# 日華大辭典
## （九）

林茂 編修

蘭臺出版社

# 注音索引

# 注音索引

## ㄨ

汙(污)（ㄨ）5645
巫（ㄨ）5647
屋（ㄨ）5648
烏（ㄨ）5651
嗚、鳴（ㄨ）5653
誣、誣（ㄨ）5653
吾（ㄨˊ）5654
吳（ㄨˊ）5655
梧（ㄨˊ）5657
無、無（ㄨˊ）5657
蜈（ㄨˊ）5688
蕪（ㄨˊ）5688
五（ㄨˇ）5688
午（ㄨˇ）5692
伍（ㄨˇ）5693
武（ㄨˇ）5693
侮（ㄨˇ）5695
舞（ㄨˇ）5696
憮（ㄨˇ）5697
勿、勿（ㄨˋ）5697
戊、戊（ㄨˋ）5698
物（ㄨˋ）5699
悟（ㄨˋ）5713
務（ㄨˋ）5714
誤（ㄨˋ）5715
霧（ㄨˋ）5718
呱（ㄨㄚ）5719
蛙（ㄨㄚ）5719
窪、凹（ㄨㄚ）5719
瓦（ㄨㄚˇ）5720
膃（ㄨㄚˋ）5721
倭、倭（ㄨㄛ）5721
渦（ㄨㄛ）5722
窩（ㄨㄛ）5723
窩、窩、窩（ㄨㄛ）5723
我（ㄨㄛˇ）5723
沃、沃（ㄨㄛˋ）5727

臥（ㄨㄛˋ）5728
握（ㄨㄛˋ）5729
斡（ㄨㄛˋ）5730
齷、齷（ㄨㄛˋ）5730
歪（ㄨㄞ）5730
外（ㄨㄞˋ）5731
威（ㄨㄟ）5742
葳（ㄨㄟ）5743
隈（ㄨㄟ）5744
危（ㄨㄟˊ）5744
圍(圍)（ㄨㄟˊ）5747
為(為)（ㄨㄟˊ）5748
韋（ㄨㄟˊ）5755
唯、唯（ㄨㄟˊ）5755
帷（ㄨㄟˊ）5758
惟、惟（ㄨㄟˊ）5758
微（ㄨㄟˊ）5758
違（ㄨㄟˊ）5762
維、維（ㄨㄟˊ）5765
薇（ㄨㄟˊ）5766
鮠（ㄨㄟˊ）5766
巍（ㄨㄟˊ）5766
尾、尾（ㄨㄟˇ）5767
委（ㄨㄟˇ）5769
偉（ㄨㄟˇ）5770
猥（ㄨㄟˇ）5771
葦（ㄨㄟˇ）5772
緯（ㄨㄟˇ）5773
鮪（ㄨㄟˇ）5773
未、未（ㄨㄟˋ）5773
位（ㄨㄟˋ）5778
味（ㄨㄟˋ）5780
畏（ㄨㄟˋ）5783
胃（ㄨㄟˋ）5785
偽(偽)（ㄨㄟˋ）5786
尉（ㄨㄟˋ）5787
慰（ㄨㄟˋ）5787
磑（ㄨㄟˋ）5789

蝟（ㄨㄟˋ）5789
衛、衛(衞)（ㄨㄟˋ）5789
謂（ㄨㄟˋ）5789
蜿（ㄨㄢ）5791
豌（ㄨㄢ）5791
彎(彎)（ㄨㄢ）5792
灣(灣)（ㄨㄢ）5792
丸（ㄨㄢˊ）5792
完（ㄨㄢˊ）5798
玩（ㄨㄢˊ）5799
頑（ㄨㄢˊ）5800
宛（ㄨㄢˇ）5801
挽（ㄨㄢˇ）5803
浣（ㄨㄢˇ）5805
婉（ㄨㄢˇ）5805
晚（ㄨㄢˇ）5805
莞（ㄨㄢˇ）5807
椀、碗、琬（ㄨㄢˇ）5807
碗、椀、琬（ㄨㄢˇ）5807
綰（ㄨㄢˇ）5807
輓（ㄨㄢˇ）5807
万(萬)（ㄨㄢˋ）5808
卍（ㄨㄢˋ）5812
腕（ㄨㄢˋ）5812
翫（ㄨㄢˋ）5815
溫、温（ㄨㄣ）5815
鰮、鰛（ㄨㄣ）5820
文（ㄨㄣˊ）5820
紋（ㄨㄣˊ）5827
蚊（ㄨㄣˊ）5828
聞、聞（ㄨㄣˊ）5828
刎、刎（ㄨㄣˇ）5837
吻（ㄨㄣˇ）5837
穩（ㄨㄣˇ）5837
紊、紊（ㄨㄣˋ）5838

問（ㄨㄣˋ）5838
汪（ㄨㄤ）5841
亡（ㄨㄤˊ）5841
王（ㄨㄤˊ）5843
往（ㄨㄤˇ）5845
枉（ㄨㄤˇ）5849
罔（ㄨㄤˇ）5849
惘（ㄨㄤˇ）5849
網（ㄨㄤˇ）5850
魍（ㄨㄤˇ）5851
妄、妄（ㄨㄤˋ）5851
忘、忘（ㄨㄤˋ）5852
旺（ㄨㄤˋ）5853
望（ㄨㄤˋ）5854
翁（ㄨㄥ）5856
鶲（ㄨㄥ）5856

## ㄩ

迂（ㄩ）5857
紆（ㄩ）5857
淤（ㄩ）5857
余（ㄩˊ）5857
於（ㄩˊ）5864
盂（ㄩˊ）5864
娛（ㄩˊ）5865
舁（ㄩˊ）5865
魚（ㄩˊ）5865
愉（ㄩˊ）5867
隅、隅（ㄩˊ）5868
愚（ㄩˊ）5869
榆（ㄩˊ）5871
瑜（ㄩˊ）5871
虞（ㄩˊ）5871
漁、漁（ㄩˊ）5871
諛（ㄩˊ）5873
輿（ㄩˊ）5873
与(與)（ㄩˇ）5875
宇（ㄩˇ）5876
羽（ㄩˇ）5877

| | | | |
|---|---|---|---|
| 雨(ㄩˇ) 5882 | 閱(ㄩㄝˋ) 5958 | 泳(ㄩㄥˇ) 6008 | 噯(ㄞˋ) 6042 |
| 傴(ㄩˇ) 5885 | 躍(ㄩㄝˋ) 5959 | 勇(ㄩㄥˇ) 6009 | 矮(ㄞˇ) 6042 |
| 語(ㄩˇ) 5885 | 冤(ㄩㄢ) 5960 | 湧、涌(ㄩㄥˇ) 6011 | 藹(ㄞˇ) 6042 |
| 予(ㄩˋ) 5888 | 淵(ㄩㄢ) 5960 | 湧、涌(ㄩㄥˇ) 6011 | 靄(ㄞˇ) 6042 |
| 玉、玉(ㄩˋ) 5892 | 鳶(ㄩㄢ) 5961 | 詠(ㄩㄥˋ) 6012 | 艾、乂(ㄞˋ) 6043 |
| 育(ㄩˋ) 5896 | 鴛(ㄩㄢ) 5961 | 蛹(ㄩㄥˇ) 6013 | 愛(ㄞˋ) 6043 |
| 芋、芋(ㄩˋ) 5897 | 元、元(ㄩㄢˊ) 5961 | 踴(ㄩㄥˇ) 6014 | 礙(ㄞˋ) 6047 |
| 郁(ㄩˋ) 5898 | 円(圓)(ㄩㄢˊ) 5965 | 擁(ㄩㄥˇ) 6015 | 隘、隘(ㄞˋ) 6047 |
| 浴(ㄩˋ) 5898 | 垣、坦(ㄩㄢˊ) 5969 | 用(ㄩㄥˋ) 6015 | 曖(ㄞˋ) 6047 |
| 域(ㄩˋ) 5899 | 原(ㄩㄢˊ) 5970 | Y | 靉(ㄞˋ) 6047 |
| 御、御(ㄩˋ) 5900 | 員、員(ㄩㄢˊ) 5977 | 阿(Y) 6021 | ㄠ |
| 欲(ㄩˋ) 5935 | 援(ㄩㄢˊ) 5977 | ㄛ | 凹(ㄠ) 6048 |
| 喻(ㄩˋ) 5937 | 園(ㄩㄢˊ) 5978 | 婀(ㄛ) 6023 | 熬(ㄠˊ) 6049 |
| 愈(ㄩˋ) 5937 | 源(ㄩㄢˊ) 5978 | 痾(ㄛ) 6023 | 鰲(ㄠˊ) 6050 |
| 寓(ㄩˋ) 5938 | 猿(ㄩㄢˊ) 5979 | 屙(ㄛˊ) 6023 | 鏖(ㄠˊ) 6050 |
| 馭(ㄩˋ) 5938 | 緣(緣)(ㄩㄢˊ) 5980 | 俄(ㄛˊ) 6023 | 鼇(ㄠˊ) 6050 |
| 裕、裕(ㄩˋ) 5938 | 轅(ㄩㄢˊ) 5984 | 峨(ㄛˊ) 6024 | 拗(ㄠˇ) 6051 |
| 預(ㄩˋ) 5959 | 遠、遠(ㄩㄢˇ) 5984 | 訛(ㄛˊ) 6024 | 媼(ㄠˇ) 6051 |
| 嫗(ㄩˋ) 5940 | 怨、怨(ㄩㄢˋ) 5989 | 蛾(ㄛˊ) 6024 | 襖(ㄠˇ) 6052 |
| 獄(ㄩˋ) 5940 | 苑、苑(ㄩㄢˋ) 5991 | 額(ㄛˊ) 6024 | 傲(ㄠˋ) 6052 |
| 慾(ㄩˋ) 5941 | 院、院、院(ㄩㄢˋ) 5991 | 鵝(ㄛˊ) 6025 | 奧(奧)(ㄠˋ) 6052 |
| 禦(ㄩˋ) 5941 | 願(ㄩㄢˋ) 5992 | 厄(ㄛˋ) 6026 | 懊(ㄠˋ) 6055 |
| 諭(ㄩˋ) 5941 | 暈(ㄩㄣ) 5993 | 扼(ㄛˋ) 6026 | 燠、燠(ㄠˋ) 6055 |
| 鬱、鬱、鬱、鬱(ㄩˋ) 5942 | 云(ㄩㄣˊ) 5995 | 惡(惡)(ㄛˋ) 6027 | ㄡ |
| 鬱、鬱、鬱(ㄩˋ) 5942 | 耘(ㄩㄣˊ) 5997 | 軛(ㄛˋ) 6035 | 歐(歐)(ㄡ) 6056 |
| 癒(ㄩˋ) 5943 | 雲(ㄩㄣˊ) 5997 | 愕(ㄛˋ) 6035 | 毆(毆)(ㄡ) 6056 |
| 譽(譽)(ㄩˋ) 5943 | 允(ㄩㄣˇ) 6000 | 萼(ㄛˋ) 6036 | 謳(ㄡ) 6057 |
| 鷸(ㄩˋ) 5944 | 隕、隕、隕(ㄩㄣˇ) 6000 | 餓(ㄛˋ) 6036 | 鷗(鷗)(ㄡ) 6058 |
| 鬻(ㄩˋ) 5944 | 孕(ㄩㄣˋ) 6000 | 諤(ㄛˋ) 6037 | 偶(ㄡˇ) 6058 |
| 鬱(ㄩˋ) 5944 | 運(ㄩㄣˋ) 6001 | 鍔(ㄛˋ) 6037 | 嘔(ㄡˇ) 6059 |
| 曰(ㄩㄝ) 5945 | 熨、熨(ㄩㄣˋ) 6005 | 顎(ㄛˋ) 6038 | ㄢ |
| 約(ㄩㄝ) 5947 | 韻(ㄩㄣˋ) 6005 | 鰐(ㄛˋ) 6038 | 广(ㄢ) 6061 |
| 肙、肙(ㄩㄝˋ) 5949 | 蘊(ㄩㄣˋ) 6006 | 鱷(ㄛˋ) 6038 | 安(ㄢ) 6061 |
| 岳(ㄩㄝˋ) 5955 | 庸(ㄩㄥ) 6006 | ㄞ | 庵(ㄢ) 6066 |
| 悅(ㄩㄝˋ) 5956 | 傭(ㄩㄥ) 6006 | 哀(ㄞ) 6039 | 鞍(ㄢ) 6066 |
| 越(ㄩㄝˋ) 5957 | 永、永(ㄩㄥˇ) 6006 | 埃(ㄞ) 6040 | 諳(ㄢ) 6067 |
| 鉞(ㄩㄝˋ) 5958 | | 挨(ㄞ) 6041 | 俺(ㄢˇ) 6067 |
| | | 皚(ㄞˊ) 6042 | 岸(ㄢˋ) 6067 |

| | | | | |
|---|---|---|---|---|
| 按(ㄢˋ) 6068 | ㆍㅂ 嚅 6105 | ㆍㅅㅏㅋㅣ 榊 6119 | 和字田部 | 注音索引 |
| 案(ㄢˋ) 6068 | ㆍㅎㅏㄴㅏㅅㅣ 噺 6105 | ㆍㅌㅔㄴ 槇 6119 | ㆍㅎㅏㅌㅏ 畑 6131 | |
| 暗(ㄢ) 6070 | ㆍㅎㅣ 囎 6106 | ㆍㅋㅏㅅㅣㅇㅏ 檞 6119 | ㆍㅎㅏㅌㅏ 畠 6131 | |
| 闇(ㄢˋ) 6074 | ㆍㅅㅗ 囃 6107 | ㆍㅌㅇㅜ 樋 6119 | 和字广部 | |
| 黯(ㄢˋ) 6076 | 和字土部 | ㆍㅁㅣㅊㅡ 櫁 6119 | ㆍㅅㅑㅋㅜ 癪 6132 | |
| ㄣ | ㆍㅋㅜ 堀 6108 | ㆍㅋㅏㅅㅣ 樫 6119 | 和字石部 | |
| 恩(ㄣ) 6077 | ㆍㅎㅔㅣ 塀 6108 | ㆍㅋㅕㅇ 橿 6119 | ㆍㅌㅜ 磴 6133 | |
| ㄤ | 和字女部 | 和字毛部 | 和字立部 | |
| 昂(ㄤˊ) 6079 | ㆍㅋㅏㅋㅏㅇㅏ 嬶 6109 | ㆍㅁㅜㅅㅣㄹㅜ 毟 6120 | キロリットル 竏 6134 | |
| ㄦ | 和字宀部 | 和字水(氵)部 | 和字皿部 | |
| 而(ㄦˊ) 6080 | ㆍㄴㅣㅋ 宍 6110 | ㆍㅌㅏㅋ 沢(澤) 6121 | 甍、甑 6135 | |
| 兒(児)(ㄦˊ) 6080 | 和字山部 | ㆍㄹㅗㅜ 滝 6121 | 和字衤(衣)部 | |
| 耳(ㄦˇ) 6081 | ㆍㅅㅗ 岨 6111 | ㆍㄹㅔㅇㅣ 澪 6122 | ㆍㅋㅏㅁㅣㅅㅣㅁㅗ 裃 6136 | |
| 爾(ㄦˇ) 6084 | ㆍㅌㅜㅇㅔ 峠 6111 | ㆍㅅㅔㅇㅣ 瀞 6122 | ㆍㅇㅠㅋㅣ 裄 6136 | |
| 餌(ㄦˇ) 6085 | 和字忄部 | 和字火部 | ㆍㅊㅡㅁㅏ 褄 6136 | |
| 二(ㄦˋ) 6085 | ㆍㅅㅏㅇㅣ、ㅅㅜㅇㅣ 悴、忰 6112 | ㆍㄹㅏㄴ 爛 6123 | ㆍㅌㅏㅅㅡㅋㅣ 襷 6136 | |
| 弐(貳)(ㄦˋ) 6097 | ㆍㅎㅗㅇ 怙 6112 | 和字犬(犭)部 | 和字竹部 | |
| 和字亻部 | ㆍㅋㅔㄴ 慳 6112 | ㆍㅊㅠㅜ 狆 6124 | ㆍㅅㅏㅅㅏ 笹 6137 | |
| 俤 6098 | 和字扌部 | ㆍㅎㅏㅋ 狛 6124 | ㆍㅎㅏㅈㅡ 箸 6137 | |
| 倅、忰、悴 6098 | ㆍㅅㅏㅌㅔ 扨 6113 | ㆍㄱㅏㅋ 貉 6124 | ㆍㅇㅣ 箴 6137 | |
| 偖 6098 | ㆍㅋㅗㅅㅣㄹㅏ 拵える 6113 | ㆍㄱㅠㅁ 鼯 6124 | ㆍㅎㅜㅋ 簐 6137 | |
| 働 6098 | ㆍㅊㅗㅋ 捗 6114 | 和字艹(艸)部 | ㆍㅅㅏㅅㅏㄹㅏ 簓 6137 | |
| 儚 6100 | ㆍㅇㅗㅋㅣㅌㅔ 掟 6114 | ㆍㅊㅣㄴ 荵 6125 | 和字米部 | |
| 和字几部 | ㆍㄹㅑㅋ 擽 6114 | ㆍㄹㅣㅊㅡ 葎 6125 | ㆍㅁㅗㅁㅣ 籾 6138 | |
| 凧 6101 | 和字心部 | ㆍㅎㅗㅜ 蒡 6125 | キロメートル 粁 6138 | |
| 凩 6101 | ㆍㅅㅗㅜ 惣 6116 | ㆍㄱㅣ 蓙 6125 | ミリメートル 粍 6138 | |
| 凪 6101 | 和字木部 | ㆍㄹㅗㅜ 蕗 6125 | センチメートル 糎 6138 | |
| 和字冫部 | ㆍㅇㅗㅜㄱㅗ 朸 6117 | ㆍㄴㅏㅇㅣ 薹 6125 | 和字糸部 | |
| 冴 6102 | ㆍㅁㅗㅋ 杢 6117 | 和字辶(辵)部 | ㆍㅋㅜㅋㅔ 絎 6139 | |
| 和字勹部 | ㆍㅅㅗㅁㅏ 杣 6117 | ㆍㅅㅡㅂㅔㄹㅣ 迚 6126 | ㆍㅋㅏㅅㅡㄹㅣ 絣 6139 | |
| 匁 6103 | ㆍㅇㅘㅋ 枠 6117 | ㆍㅊㅜㅈㅣ 辻 6126 | ㆍㄹㅗ 絽 6139 | |
| 匂 6103 | ㆍㅅㅕㅗ 枡 6117 | ㆍㅋㅗㅁㅣ 込 6127 | ㆍㅅㅗㅇ 綜 6139 | |
| 和字口部 | ㆍㅅㅠㅜ 柊 6118 | ㆍㅌㅔㄴ 逞 6128 | ㆍㅇㅗㄷㅣㅅㅣ 縅 6139 | |
| 叺 6104 | ㆍㅅㅠㅗㅜ 柾 6118 | ㆍㅌㅗㅌㅔ 迚 6128 | ㆍㅅㅣ、ㅅㅏ 縒、縒 6139 | |
| 咳 6104 | ㆍㅊㅡㄱㅏ 栂 6118 | ㆍㅇㅏㅊㅜㅂㅏㄹㅔ 遖 6129 | ㆍㄹㅔㄴ 縺 6139 | |
| 唄 6104 | ㆍㅌㅗㅊㅣ 栃 6118 | 和字瓦部 | ㆍㅜㄴ 繧 6140 | |
| 啀 6104 | ㆍㅂㅣ 梶 6118 | キログラム 瓩 6130 | ㆍㅋㅗ 纐 6140 | |
| 喰 6104 | ㆍㄹㅛㅇ 椋 6119 | ミリグラム 瓱 6130 | ㆍㅁㅗㅈㅣ 纐 6140 | |
| | ㆍㅌㅏㄴ 椴 6119 | トン、噸、屯、ドン 6130 | 和字耳部 | |

注音索引

聲 6141

**和字舟部**
艀 6142

**和字虫部**
蠢 6143
蟇 6143

**和字見部**
覗 6144

**和字言部**
誂 6146

**和字身部**
躾 6147
軅 6147

**和字酉部**
醂 6148

**和字金部**
鈑 6149
鉾 6149
鋲 6149
錆 6149
鐵 6150
鎹 6150
鐚 6150

**和字雨部**
雫 6151

**和字革部**
靫、靫、靫 6152
鞆 6152
鞐 6152

**和字風部**
嵐 6153

**和字食部**
饂 6154

**和字髟部**
鬘 6155
髷 6155

**和字魚部**
鮟 6156
鮨 6156

鯒 6156
鯣 6156
鯱 6156
鯰 6156
鰊 6156
鰯 6156
鱩 6157
鱚 6157
鱶 6157

**和字鳥部**
鳰 6158
鵯 6158
鵺 6158
鶫 6158
鶉 6158
鴫 6158

**和字麻部**
麿 6159

# 汚（污）（×）

汚〔漢造〕污濁，不潔，污損，沾污

汚穢、汚穢、汚穢〔名〕污穢，髒東西。〔俗〕糞屎，大小便

　汚穢を汲み取る（掏廁所）
　汚穢車（糞車）車車
　汚穢屋（清廁工人）

汚気〔名〕污氣、廢氣、毒氣

汚行〔名〕污行、不道德的行為（＝醜行、悪行）

汚臭〔名〕污臭、又髒又臭

汚職〔名〕貪污、瀆職（＝涜職）
　汚職腐敗の醜悪な行為（貪污腐化的醜惡行為）
　汚職不正行為を生む（產生貪污舞弊）生む産む倦む熟む膿む續む
　汚職横領を働く（貪污盜竊）
　汚職を摘発する（揭發貪污行為）
　汚職を一掃する（肅清貪污、反貪污）
　汚職盜みに断行反対する（堅決反對貪污竊盜）
　汚職と浪費は重大な犯罪である（貪污和浪費是極大的犯罪）
　汚職事件（貪污案件）

汚辱〔名、他サ〕污辱
　汚辱を蒙る（受辱、受污辱）蒙る被る
　汚辱を受ける（受辱、受污辱）受ける請ける享ける承ける浮ける
　汚辱を忍ぶ（忍受污辱）忍ぶ偲ぶ

汚水〔名〕污水、髒水、汙泥濁水
　汚水が道に溢れる（髒水漫到路上）
　汚水を流す（放髒水）
　汚水溜めを掘る（挖污水坑）掘る彫る
　汚水渠（污水道、下水道）
　汚水溝（污水溝）溝
　汚水桶（污水桶）
　汚水処理（污水處理）
　汚水の総合利用（污水綜合利用）

汚染〔名、自他サ〕汙染、沾汙
　工場廃液に因る河川の汚染（由於工廠廢水引起的河流汙染）因る寄る依る拠る由る縁る撚る
　大気汚染に因って起こる慢性気管支炎（由於大氣汙染而引起的慢性支氣管炎）縒る選る
　放射能で汚染された空気（受放射性汙染的空氣）
　此の地域は空気が汚染されている（這個地區的空氣汙染了）
　汚染抑制措置（控制汙染措施）
　汚染防止区域（防止汙染區）
　汚染防止条約（防止汙染公約）
　汚染米（汙染米）

汚俗〔名〕壞風俗、惡風俗

汚損〔名、自他サ〕汙損、沾汙
　展示品を汚損した（把陳列品弄髒了）
　汚損を防ぐ（防止汙損）
　物品に汚損が有る（物品上有汙損）有る在る或る
　汚損貨物（汙損的貨物）

汚濁〔名、自サ〕污濁
　汚濁の資本主義社会（污濁的資本社會主義）
　河水が汚濁している（河水汙濁了）
　汚濁した空気が漲っている（一片污濁的空氣）

汚濁〔名、自サ〕〔佛〕污濁（＝汚濁）

汚泥〔名〕污泥（＝泥）
　汚泥に染まらない（不染上污泥）

汚点〔名〕污點
　ズボンに汚点が付く（褲子上弄上個污點）付く着く突く就く附く憑く衝く点く
　個人の歴史に汚点を残した（在個人的歷史上留下了污點）
　終生拭う可からざる汚点（終生洗刷不掉的污點）

汚涜〔名、他サ〕髒溝、髒污

汚毒〔名、他サ〕髒毒、汙染有毒
　汚毒を排出する（排除污毒）
　神を汚毒する（污穢神）

**汚斑** [名] 汙斑、污斑點
　汚斑の有る石（有污斑的石頭）
　表面に汚斑が有る（表面上有污斑）

**汚物** [名] 污物、污垢、髒物、糞屎、垃圾、髒土
　汚物濁水（污物濁水）
　汚物運搬車（垃圾車）
　汚物を取り除く（打掃髒東西）
　汚物で汚れた（叫髒東西弄髒了）

**汚名** [名] 污名、臭名、壞名聲（＝悪名）←→美名
　汚名を雪ぐ（洗刷臭名）雪ぐ注ぐ灌ぐ濯ぐ濯ぐ
　汚名を残す（留下臭名、遺臭後世）残す遺す

**汚吏** [名] 汙吏（＝貪官）
　貪官汚吏（貪官汙吏）
　貪官汚吏を検挙する（檢舉貪官汙吏）

**汚い、穢い** [形] 髒的，骯髒的。（道義上）骯髒的，卑鄙的，卑劣的，醜陋的。不正經的。不正派的。（看上去）雜亂無章，亂七八糟。不整潔（聽起來）令人作嘔，噁心，猥褻，下流，有失體統，粗野。吝嗇，小氣
　汚い手（髒手）
　汚い身形（骯髒的穿著）
　汚い足で家に上がる（拖著骯髒的腳進屋子）上がる挙がる揚がる騰がる
　台所を汚くする（把廚房弄髒）
　見るに堪えない汚さ（髒得難看）堪える耐える絶える
　汚い戦争（骯髒的戰爭）
　汚い関係（骯髒的關係）
　汚い爆弾（骯髒的炸彈－指產生放射性擴散的氫彈）
　汚い言い掛かり（卑鄙的藉口）
　心の汚い人（心地卑鄙的人）
　報酬を望むとは汚い（想要報酬太卑鄙了）望む臨む
　汚い手を使って勝つ（施展卑鄙的手段取勝）
　汚い字（不工整的字）
　部屋が汚い（屋子不整潔）
　汚い話（下流的話）
　汚い言葉（粗野的言詞）言葉詞

　食事中そんな汚い事を言うな（吃飯的時候少說那些噁心的話）言う云う謂う
　金に汚い人（吝嗇的人）
　金持は皆金に汚い（有錢的人都是吝嗇鬼）
　金使いが汚い（花錢小氣）
　金の事を言うと汚いから止せ（一提錢就小氣了別提了）

**汚らしい、穢らしい** [形] 顯得骯髒的、令人欲嘔的、卑鄙無恥的
　台所が迚も汚らしい（廚房顯得很髒）
　汚らしい恰好（邋邋遢遢的樣子）恰好格好
　汚らしい料簡（卑鄙的想法）料簡了見
　何と言う汚らしさだ（該多麼卑鄙！）

**汚らしがる、穢らしがる** [他五] 感覺骯髒、嫌髒、覺得卑鄙

**汚がる** [他五] 嫌髒
　汚がらないでさっさと片付け為さい（別嫌髒趕快收拾起來）

**汚す、穢す** [他五] 弄髒，污染（＝汚す）、沾辱，損傷，敗壞、奸污，污辱，凌辱。（謙）忝列，忝居
　美しい着物を汚す（弄髒美麗的衣服）
　幼児の純真な心を汚す（汙染了幼兒的純潔的心靈）
　学校の名を汚さない様に頑張る（為了不沾污學校的名聲而奮鬥）名名
　其は国家の体面を汚す行為だ（那種行為有損國家的體面）
　末席を汚す（忝列末席）
　大学教授の末席を汚している（忝居大學教授的席位）

**汚れる、穢れる** [自下一] 污染，弄髒，不道德，受姦污，失去貞操、（在喪期、產後、經期等精神上認為）身子不乾淨
　汚れた一生（骯髒的一生）
　悪習に染まって心が汚れる（沾染惡習心都骯髒了）
　穢れた金を受け取るな（不要接受不義之財）
　穢れた身体（不純潔的身體、失去貞操的身體）身体身体体
　彼女は穢れていない（她是個貞潔的女人）

**汚れ、穢れ**〔名〕骯髒，污穢。（精神上）不純潔，醜惡。（喪期、產期等）身體不潔（忌避朝山拜佛）。月經。〔宗〕紅塵

汚れの無い白一色の服装（沒有污點的一色白的衣服）

心の汚れ（心靈的醜惡）

汚れを知らない純真な子供（未沾染惡習的天真的孩子）

此の世の汚れに染まる（染上紅塵）

**汚らわしい、穢らわしい**〔形〕污穢的，骯髒的、討厭的、卑鄙的、猥褻的

汚らわしい物（不乾淨的東西）

汚らわしい金（臭錢不義之財）

汚らわしい話（下流話）

買收等と言う汚らわしい手を使うな（不要採取收買之類的卑劣手法）

そんな話は聞くも汚らわしい（那種話聽起來都噁心）

奴の名前何か口に為るのも汚らわしい（提起那傢伙的名字都覺得討厭）

**汚れる**〔自下一〕髒（＝汚く為る、汚れる）

煙で汚れた空気（被煙汙染了的空氣）

煤で汚れた顔（被煤煙弄髒了的臉）

汚れた心（骯髒的心）

白い手袋は直ぐ汚れる（白手套容易髒）

汚れない様に為て置く（保持清潔-不要弄髒）

汗と油で服が汚れた（衣服被汗和油弄髒了）

電車の中で足を踏まれて、靴がすっかり汚れて終った（在電車裡被人踩了腳鞋子全髒了）

白い服は汚れ易い（白衣服容易髒）

そんな事を為ると顔が汚れる（作那樣的事臉面上不好看、作那樣事丟臉）

**汚れ**〔名〕污垢、骯髒之處

心の汚れ（心理的污垢）

汚れを取る（去污）

洗濯で汚れを落とす（洗掉污垢）

汚れが落ちない（污垢洗不掉）

風呂に入って、体の汚れを洗い落とす（洗個澡洗掉身上的污垢）

此の本には汚れが有る（這本書上有弄髒的地方）

白いシャツは汚れがはっきり見える（白襯衣上有了污垢特別顯眼）

汚れ水（髒水）

汚れ物（髒東西、要洗的東西）

**汚れ係数**〔名〕〔化〕生垢因數

**汚れ抵抗**〔名〕〔化〕污垢熱阻（生垢因數的反數）

**汚れ役**〔名〕扮演下等人物的角色

**汚す**〔他五〕弄髒（＝汚くする、汚す）、摻和，拌和（＝混ぜる、和える）

ワイシャツを汚した（弄髒了白襯衫）

本を汚すな（不要把書弄髒）

菠薐草を胡麻で汚す（芝麻拌菠菜）

# 巫（ㄨ）

**巫**〔漢造〕在神社中服務從事奏樂、祈禱、請神等的未婚女子（＝巫女、神子）

**巫医**〔名〕巫醫

**巫山戯る**〔自下一〕開玩笑，戲謔、愚弄，戲弄，嘲弄、（男女間）調戲，調情、（小孩）歡鬧，亂蹦亂跳

巫山戯るな（別開玩笑了）

巫山戯ないで真面目に考えて呉れ（別開玩笑認真地考慮考慮）

巫山戯た真似は止せ（別裝開玩笑）

巫山戯た事を言うな（別騙人啦！）

女に巫山戯る（調戲女人）

巫山戯ると承知しないぞ（戲弄人可不成啊！）

二人は私の居る前で巫山戯ていた（兩人在我面前調情）

子供が外できゃあきゃあ巫山戯ている（孩子在外邊哇啦哇啦地歡鬧著）

**巫山戯**〔名〕耍戲、開玩笑、（男女間）調情、（兒童）歡鬧

巫山戯半分に（半開玩笑地）

巫山戯屋（好開玩笑的人）

**巫山戯回る**〔自五〕嬉戲、玩耍、歡鬧

巫山の雲雨〔名〕〔喻〕男女的幽會
巫祝〔名〕巫師（=巫子、巫女）
巫術〔名〕〔宗〕巫術（=シャーマニズム-黃教:亞洲北部盛行的一種原始宗教）
　巫術で人を誑かす（以巫術誆騙人）
巫女、神子〔名〕〔神〕神子（在神社中服務從事奏樂、祈禱、請神等的未婚女子）（=覡、巫）
巫子、巫女〔名〕巫女、女巫
　巫子が巫術を為る（女巫施巫術）
御子、皇子、皇女、皇子〔名〕皇子、公主、親王
巫女秋沙〔名〕〔動〕斑頭秋沙鴨
巫覡〔名〕〔古〕女巫、巫師

# 屋（メ）

屋〔名、漢造〕屋，房屋（=家）、屋頂（=屋根）
　家屋（房屋、住房）
　茅屋（茅屋、舍下-對自己家的謙稱）
　陋屋（陋室、〔謙〕敝舍）
　社屋（公司辦公房屋）
　民屋（民房、民宅=民家）
　屋外に出て体操する（到屋外體操）
　陋屋へ御越下さい（請到寒舍一敘）
　屋上屋を架する（屋上架屋、重複、勞而無功）架する化する課する科する嫁する掠る
屋宇〔名〕屋宇
屋烏の愛〔名〕愛屋及烏
屋下、屋下〔名〕屋頂下
　屋下に屋を架す（屋下架屋、多此一舉）
屋外〔名〕屋外、室外、露天←→屋内
　屋外運動（室外運動）
　屋外集会（戶外集會、露天集會）
　屋外架線（〔電〕室外架線）
　屋外配線（〔電〕室外架線）
　屋外で授業する（在室外上課）
　屋外の気温（室外氣溫）
屋舎〔名〕屋舍、房屋（=家、家屋、建物）
　県庁の屋舎（縣政府的房屋）
屋上〔名〕屋頂（上）、屋頂平台
　屋上庭園（屋頂花園）
　屋上運動場（屋頂運動場）
　デパートの屋上に在るビア、ガーデン（百貨公司屋頂上的露天啤酒館）
　屋上に上がって眺める（登上屋頂眺望）
　屋上に物干を作る（在屋頂做一個曬物架）作る創る造る
　屋上屋を架す（屋上架屋、疊床架屋-比喻多此一舉）架す貸す化す課す科す仮す嫁す
　其は屋上屋を架す様な物だ（那簡直是疊床架屋多此一舉）
屋側〔名〕〔建〕房屋的側面
屋内〔名〕屋内、室内←→屋外
　屋内競技（室內比賽）
　屋内運動場（室內體育場）
　屋内アンテナ（室內天線）
　屋内配線（〔電〕室內架線）
　屋内プール（室內游泳池）
　屋内競技場（室內操場）
　屋内コート（室內球場）
　屋内灯（戶內燈）
　屋内で遊ぶ（在屋裡玩）
　屋内で飼い慣らされた動物（在室內養熟了動物）
屋漏〔名〕屋子漏水、房子西北角、屋子裡面別人看不見的地方
　屋漏に愧じず（無愧於屋漏、背著人也不做壞事）愧じる恥じる羞じる
屋階〔名〕閣樓
屋、家〔名〕家，房屋（=家）。〔古〕屋頂（=屋根）
〔接尾〕（接名詞下表示經營某種商業的店鋪或從事某種工作的人）店、鋪

具某種專長的人（形容人的性格或特徵）（帶有輕視的意思）人

日本商店、旅館、房舍的堂號、家號、雅號（有時寫作"舍"）
　此の屋の主人（這房屋的主人）
　屋鳴り振動（房屋轟響搖晃）
　家主（房東）
　空家、明家（空房子）

郵便屋さんが手紙を配っている（郵差在送信）
左官屋さんが来ました（瓦匠師傅來了）
薬屋（藥店）
魚屋（魚店）
肉屋（肉舖、賣肉商人）
八百屋（菜鋪、萬事通）
新聞屋（報館、從事新聞工作者）
銀行屋（銀行家、從事銀行業務者）
本屋（書店、書店商人）
鍛冶屋（鐵匠爐、鐵匠）
闇屋（黑市商人）
雑貨屋（雜貨店）
土建屋（土木建築業）
万屋（雜貨店）
鍛冶屋（鐵匠）
菓子屋（點心鋪）
干物屋（洗衣店）
床屋（理髮匠）
豆腐屋（豆腐店）
宿屋（旅店）
屑屋（收破爛業）
料理屋（飯館）
風呂屋（公共澡堂）
ちんどん屋（化裝奏樂廣告人）
荒物屋（山貨店）
問屋（批發商）
酒屋（酒店）
ペンキ屋（油漆店）
株屋（證券商）
飲み屋（小酒館）
電気屋（電器用品店）
左官屋（瓦匠）
米屋（米店）
金物屋（五金店）
郵便屋（郵差）
煙草屋（香菸鋪）

写真屋（照相館）
植木屋（花匠）
玩具屋（玩具店）
質屋（當鋪）
花屋（花店）
道具屋（舊家具店）
履物屋（鞋店）
古本屋（舊書店）
時計屋（鐘錶店）
靴屋（鞋店）
文房具屋（文具店）
石屋（石料鋪）
修理屋（修理鋪）
事務屋（事務工作人員）
政治屋（政客）
何でも屋（萬事通、雜貨鋪）
威張り屋（驕傲自滿的人）
恥かしがり屋（易害羞的人）
喧し屋（吹毛求疵的人、好挑剔的人、難對付的人）
分らず屋（不懂事的人、不懂情理的人）
千三つ屋（土地經紀人、撒謊大家、吹牛大王）
周旋屋（經紀人、代理店）
気取り屋（裝腔作勢的人、自命不凡的人、紈絝子弟）
菊の屋（菊舍）
木村屋（木村屋）
高山屋（高山屋）
木材屋（木材行）
大和屋（大和屋）
鈴の屋（鈴齋—本居宣長的書齋名）

**仕舞た屋、しもた屋**〔名〕歇業的人家，不再做買賣的人家，不做買賣的住戶，商業區的住戶（＝仕舞うた屋、仕舞った屋）

其の町は仕舞た屋が軒を並べている（那條街上有許多不作買賣的住戶）

**そそっかし屋**〔名〕冒失鬼

そそっかし屋の軽はずみな人が大嫌い（我最討厭冒冒失失的輕浮的人）

**ぞっき屋**〔名〕（殺屋的轉變）賣處理書刊的書鋪。〔舊〕批發處理商品的商店

**だぶ屋**〔名〕〔俗〕（だぶ是札倒讀的隱語）黃牛

**ちんどん屋**〔名〕（沿街拉琴彈弦吹號的）化妝廣告人（＝広目屋）

ちんどん屋が通る（化妝廣告人過街）

彼奴はちんどん屋だ（他喜好自吹自擂）

**広目屋**〔名〕（広める的連用形広め接屋構成）廣告人，廣告業者（＝広告屋、ちんどん屋）

**広告屋**〔名〕廣告業者、身掛廣告的廣告人

**むっつり屋**〔名〕沉默寡言的人不愛說話的人、愛板著臉的人

**めかし屋**〔名〕愛打扮的人、愛漂亮的人

ダンデイーめかし屋（講究時髦的人）めかしい（冒失的）そそっかしい（似乎、好像…的樣子）

彼の娘さんはめかし屋で勉強は嫌いだ（那小姐愛打扮不愛學習）

**屋数、家数**〔名〕家數、戶數

家数の少ない町（戶數不多的街道）

**屋形**〔名〕（也寫作館）公館，貴族的邸宅、（也寫作館）（舊時對有錢有勢人的敬稱）員外，老爺、屋頂形的船篷（＝船屋形）、（牛車、馬車等的）屋形車篷、臨時寓所（＝借家、借り住まい）、有屋頂形船篷的遊船（＝屋形船）（藝妓的）下處、屋形圖案的家徽或花樣。〔古〕進口綢緞（＝屋形縮緬）

屋形車（〔古〕屋頂形車篷的牛車）

屋形船（屋頂形畫舫、有屋頂形船篷的遊船）

屋形紋（屋形花紋、屋形圖案＝屋形模様）

屋形模様（屋形花紋、屋形圖案＝屋形紋）

屋形縮緬、八形縮緬（〔古〕進口綢緞）

御館様（閣下）

**屋号**〔名〕商號，商店號，（歌舞伎等演員家的）堂號

奇抜な屋号を付ける（取新穎的商號名稱）付ける 漬ける 着ける 就ける 突ける 衝ける 附ける

**屋敷、邸**〔名〕房地，宅地，（房屋的）建築用地、公館，宅邸，住宅

家屋敷を売り払う（賣出房屋及地皮）

親の屋敷に家を建てる（在父母的宅地上蓋房子）

屋敷内に建て増す（在宅地內增建）

東京に屋敷を持っている（在東京有宅邸）

彼処にも彼の屋敷が有る（那兒也有他的一所公館）

屋敷町（公館街、住宅街）

武家屋敷（武士住宅）

武家屋敷跡（武士住宅的古跡）

上屋敷（江戶時代諸侯的宅邸）

下屋敷（江戶時代諸侯的別墅）

**屋台、屋体**〔名〕可移動帶篷的售貨攤，飲食售貨車（＝屋台店）廟會或節日等搭起的帶篷的臨時舞台。

〔喩〕簡陋的小房）、能樂或演劇的道具房屋、帶篷攤床的支架，房屋的骨架，維持家業的財產，支持一家生計的頂梁柱（＝屋台骨）

縁日で屋台が並ぶ（廟會日攤床成排地擺著）

縁日の屋台（廟會的流動攤販）

屋台を出す（出攤、擺攤）

屋台に出て演ずる（登上臨時舞台表演）

駅前の屋台で酒を飲む（在車站前面的攤子喝酒）

がたびしの屋台（晃晃搖搖的簡陋小房）

屋台店（可移動帶篷的售貨攤、飲食售貨車）

屋台店を出す（出攤、擺攤）

屋台店が傾いた（攤位維持困難了）

縁日の屋台店（廟會的售貨攤子）

屋台骨（帶篷攤床的支架、房屋的骨架、維持家業的財產、支持一家生計的頂梁柱）

屋台骨をぐらつく（骨架搖晃）

屋台骨が緩む（一家人生活成了問題）

主人が死んで屋台骨が揺らぐ（戶主死後一家人生活成了問題）

彼は年は若いが彼の屋台骨を見事に切り回している（他雖年輕卻很出色地料理著家業）

屋台囃子（節日或廟會等在臨時舞台上的伴奏＝馬鹿囃子）

**屋並，屋並み、家並，家並み、家並，家並み**〔名〕房屋的排列，排列的房屋、家家戶戶（＝家毎）

通りに面した静かな屋並（鄰街而安靜的一排房屋）
此の屋並は昔の儘だ（這一排房子還是昔日的樣子）
屋並が揃っている（房屋排列整齊）
屋並の不揃いな道（房屋排列參差不齊的街道）
屋並に損害を受けた（每家遭受了損失）
屋並に捜索する（挨戶搜索）
屋並に捜したが見当たらない（挨家挨戶地找也沒找到）
屋並に国旗を掲げている（家家戶戶都掛著國旗）
屋並に鯉幟を掲げている（家家戶戶掛著鯉魚形旗幟）

**屋根**〔名〕屋頂、房蓋
　丸屋根（圓屋頂）
　尖った屋根（尖屋頂）
　苗床の屋根（苗床涼棚）
　世界の屋根、チベット（世界的屋脊西藏）
　チベットは世界の屋根と言われる（西藏被稱為世界屋脊）
　屋根を瓦で葺く（用瓦葺屋頂）葺く吹く拭く噴く
　屋根に攀じ登る（攀登屋頂）
　屋根伝いに逃げる（順著房頂逃跑）
　一つ屋根の下で暮らす（同住在一個屋頂下）
　屋根へ梯子を掛ける（把梯子搭在屋頂上）掛ける書ける欠ける駆ける賭ける駈ける
　車の屋根（車頂）
　此の車は屋根が無いから雨の日には乗れない（這車沒頂下雨天不能坐）
　苗床の屋根（苗床的罩篷）
　屋根形プリズム（〔理〕脊角稜鏡）
　屋根板（〔建〕望板）
　屋根板が腐った（屋頂板腐朽了）
　屋根板を葺き替える（換鋪屋頂的木板）
　屋根船（帶篷的小船-較屋形船小的遊船）
　屋根屋（葺屋頂的瓦匠）
　屋根裏（閣樓、頂樓層＝アチック）

　屋根裏に住む（住在閣樓裡）住む棲む済む澄む清む
　屋根裏に鼠が居る（屋頂和天花板之間有老鼠）

## 烏（ㄨ）

**烏**〔漢造〕烏鴉、黑色的
**烏喙**〔名〕〔解〕烏喙
　烏喙骨（烏喙骨）
　烏喙突起（烏喙突起）
　烏喙状（烏喙狀）
**烏臼、烏桕**〔名〕〔植〕烏臼（＝南京黄櫨）
**烏合**〔名〕烏合
　烏合の衆（烏合之眾）
**烏犀角**〔名〕〔藥〕烏犀角（退燒藥）
**烏兎**〔名〕日與月、〔轉〕歲月，光陰（＝月日、歲月、年月）
　烏兎匆匆（歲月如梭、光陰似箭）
**烏羽玉の**〔連語〕烏黑的、黑油油的（＝射干玉の）
　烏羽玉の黒髪（油黑的頭髮）
　烏羽玉の闇夜（漆黑的黑夜）
**烏梅**〔名〕烏梅（經過燻製的梅子）
**烏文木**〔名〕〔植〕烏檀、烏木（＝黒檀）
**烏木**〔名〕〔植〕烏檀、烏木（＝黒檀）
**烏有**〔名〕烏有
　烏有に帰す（化為烏有）帰す期す記す規す
　烏有先生（虛構人物）
**烏鷺**〔名〕烏鴉與白鷺（＝烏と鷺）、黑和白、圍棋的別名（＝碁、囲碁）
　烏鷺の争い（圍棋戰）
　烏鷺を戦わす（下圍棋）
**烏賊**〔名〕〔動〕烏賊、墨魚
　烏賊の甲（烏賊骨）凧凧蛸章魚胼胝
　烏賊は墨を吐く（烏賊吐墨）吐く履く穿く掃く
　一匹の烏賊（一條墨魚）
　乾烏賊（墨魚乾）乾干乾し
　烏賊の黒作り（墨魚醬＝烏賊の塩辛＝鹹烏賊）
**已下、以下**〔名〕以下，後面←→以上、已上、無資格直接參見將軍的家臣（＝御目見得以下）（指御家人

メ

-江戸時代直屬將軍的下級武士）←→御目見得以上（指旗本）

六才以下の小児（六歲以下的兒童）

以下、簡単に説明致します（後面簡單說明一下）

彼の力は僕以下だ（他力氣沒我大）

十人以下五人迄（十人以下五人以上）

以下省略（以下從略）

以下同じ（下同）

**凧、紙鳶**〔名〕（關西方言）（來自形似〔烏賊〕）風箏（＝凧）

**凧、紙鳶**〔名〕（關西方言）（僅用於詩歌）風箏（＝凧）

糸切れて雲にも成らず凧（風箏斷了線也成不了雲彩）

**凧**〔名〕風箏（＝凧、紙鳶）

凧を揚げる（放風箏） 蛸章魚鮹胼胝

凧の糸を手繰る（拉風箏線）

凧の糸を繰り出す（撒放風箏線）

凧を降ろす（拉下風箏）

**蛸、鮹、章魚**〔名〕〔動〕章魚、夯，搗槌

蛸目玉（又圓又大的眼睛）胼胝、胝（胼胝）

蛸で付く（打夯）

蛸の共食い（同類相殘）

**胼胝**〔名〕繭、胼胝、厚皮、膁子

ペン胼胝（握筆起的繭）胼胝凧蛸章魚

足に胼胝が出来た（腳上長了繭）厚繭在手為胼在腳為胝

掌に胼胝が出来た（手上起了繭）

耳に胼胝が出来る（聽膩了）

其の話は耳に胼胝が出来る程聞いた（這些話我已經聽膩了）

もう沢山、耳に胼胝が出来然うだ（夠了我的耳朵快聽膩出繭來了）

**烏帽子**〔名〕黑漆帽子（日本古時的一種禮帽，現為神官所戴）

烏帽子親（成年加冠時主持加冠的人）

**烏竜茶**〔名〕烏龍茶

**烏滸、尾籠、痴**〔名，形動〕愚蠢、癡呆、糊塗（＝馬鹿）

烏滸の振舞だ（是愚蠢的行為）

烏滸の痴物（愚蠢的傻瓜）

烏滸の沙汰（愚蠢透頂，糊塗到家、狂妄，不知分寸）

今日の代議士が民意を代表すると思うのは烏滸の沙汰である（認為現在的議員代表民意那才是愚蠢透頂）

あんなに口を出すのは烏滸の沙汰だ（那樣多嘴也太不知分寸）

彼が干渉するとは烏滸の沙汰だ（他竟然擅加干涉未免太狂妄了）

**烏滸がましい、痴がましい**〔形〕愚蠢可笑的（＝馬鹿馬鹿しい）、狂妄的，不知分寸的（＝差し出がましい）

痴がましい振舞を為る（舉止愚蠢可笑）

痴がましい言い方（狂妄的說法）

痴がましい話ですが、私に遣らせて下さい（我也許不自量力請讓我來做吧！）

意見を言うのも痴がましいが、まあ述べて見ましょう（談不上是什麼意見不過我來談一下吧！）

彼は痴がましくも其れを一人で出来ると言った（他竟不自量力地說他獨自一人可以完成它）

あんな奴が大臣に為り度い何て、全く痴がましい（那傢伙居然想當部長簡直太不知分寸了）

**烏、鴉**〔名〕烏鴉、落魄漢、行家，內行、火滅後的黑炭、愛大聲吵鬧的人、健忘的人、黑心的人

〔接頭〕黑色的

鴉が鳴く（烏鴉叫）鳴く無く泣く啼く

鴉鳴き（烏鴉叫、占卜吉凶）

鴉の様に黒い（像烏鴉一般黑）枯らす嗄らす涸らす

末は鴉の泣き別れ（結果是勞燕分飛不能團圓）

鴉の行水（過於簡單的沐浴）

宿無しの鴉（無家可歸的落魄漢）

鵜の真似を為る鴉（東施效顰）

鴉が鵜の真似（東施效顰）

鴉の雌雄（雌雄莫辨）

鴉は反哺の孝有り（慈烏有反哺之孝）

鴉の御灸（爛嘴邊）

鴉 の足跡（中年婦女的眼角皺紋）
旅烏、旅鴉（無固定住處流浪外鄉的人、外鄉人）
烏猫（黑貓）
烏石（黑色石頭、煤）
烏の百度洗っても鷺には為らぬ（烏鴉洗百遍變不成白鷺）
末は烏の泣き別れ（結果是勞燕分飛、不能團圓）
誰か烏の雌雄を知らん（誰知烏的雌雄-詩經）

**烏瓜**〔名〕〔植〕王瓜、土瓜（山野間多年生蔓草、果實作化妝原料）

**烏貝**〔名〕〔動〕（淡水產）褶紋冠蚌、賣菜，海紅

**烏勘左衛門**〔名〕〔兒〕烏鴉（擬人的稱呼）

**烏金、烏金**〔名〕以一日為期的高利貸款（來自經過一夜天亮烏啼時歸還=日済金）
烏金でも借りなくては金が回らぬ（即使一天的高利貸不借就無法周轉）

**烏口**〔名〕（製圖用的）烏嘴
烏口を使って線を引く（用烏嘴畫線）引く弾く曳く惹く牽く挽く轢く退く

**烏座**〔名〕〔天〕烏鴉座

**烏天狗**〔名〕想像中嘴像烏鴉的高鼻鬼怪

**烏鳴き**〔名〕烏鴉叫
今日は烏鳴きが悪い（今天烏鴉叫得不吉利）

**烏鳩**〔名〕烏鳩

**烏蛇**〔名〕〔動〕（琉球產的）黑蛇（=黑蛇）、赤練蛇，黑色菜花蛇

**烏豆**〔名〕烏豆

**烏麥、燕麥**〔名〕燕麥、近似燕麥的雜草（=雀麥、燕麦）

## 嗚、嗚（×）

**嗚、嗚**〔漢造〕悲嘆、歡呼聲、悲哭聲

**嗚咽**〔名、自サ〕嗚咽（=咽び泣く）
嗚咽の声（嗚咽聲）
彼方此方で嗚咽の声が聞える（到處聽到嗚咽的哭聲）
嗚咽混じりの演説（泣不成聲的演說）
悲しみの余り嗚咽を堪え切れなかった（因為過分悲傷不禁嗚咽起來）
父親の逝去に嗚咽する（為父親去世而嗚咽）母親

**嗚呼**〔感〕（表示驚、喜、悲、嘆等感情的發聲）啊！呀！唉！
嗚呼、面白い（啊！真有趣！）
嗚呼、面白いね（啊！真有趣！）
嗚呼、嬉しい（呀！真高興！）
嗚呼、大変（哎呀！不得了啦！）
嗚呼、大変だ（哎呀！不得了啦！）
嗚呼、困った（哎呀！傷腦筋啦！、哎呀！糟了！）
嗚呼、終った（哎呀！完啦！哎呀！糟了！）終う仕舞う
嗚呼、危ない（哎呀！危險！）
嗚呼、腹が減った（哎呀！餓死啦！）
嗚呼、吃驚した（哎呀！嚇了一跳！）
嗚呼、もしもし（喂！喂！）
嗚呼、承知しました（是！知道了！）
嗚呼、然う為よう（好！就那麼辦！）

**あな**〔感〕嗚呼（=嗚呼、あら）
あな恐ろし（啊！可怕！）

## 誣、誣（×）

**誣、誣**〔漢造〕冤枉別人

**誣説**〔名〕誣蔑、誹謗、造謠、中傷（=誣言、誣言）

**誣妄、誣謗**〔名、他サ〕誹謗、誣衊

**誣言、誣言**〔名〕誣蔑、誹謗、造謠、中傷（=作り言）
誣言で他人を中傷する（用誣衊的話中傷人）

**誣告**〔名、他サ〕誣告
誣告罪（誣告罪）
誣告罪を犯す（犯誣告罪）犯す冒す侵す

**誣いる**〔他上一〕誣蔑、誹謗、詆毀（=こじつける）
人を誣いる（污蔑人）誣いる強いる（強迫、強使）
人を誣いるな（別污蔑人）
現実を誣いる（歪曲現實）

メ

彼の言葉は事実を誣いる物だ（他的話歪曲了事實）

誣い言〔名〕誣言、讒言、不實之言

# 吾（ㄨˊ）

吾〔漢造〕吾、我

吾人〔代〕吾人、我們（＝我我、吾吾）
吾人の取る可き態度（吾人應持的態度）取る撮る取る盗る捕る執る採る獲る

吾、我〔代〕〔古〕我（＝吾、我、私）

吾妹〔名〕（「吾妹子的轉變」）〔古〕（男人對妻子、情人或姊妹的親暱稱呼）吾妹、我的妹妹（＝吾妹子）

吾殿、和殿〔代〕〔古〕（平等的對稱）你（＝貴方、貴殿）

吾主、和主〔代〕〔古〕（對同輩以下的對稱）你（＝御主）

吾、我〔名〕自我、自己、本身（＝自身、自我）

〔代〕〔古〕吾，我，自己，我方（＝味方）、〔方〕你（＝御前）

吾を忘れて働く（忘我地工作）
吾から進んで（主動地）
吾と思う（自以為是、自以為有把握）
吾と思わん者（自以為是者、自以為有把握者）
吾と思う者は手を挙げろ（自以為有把握者舉手）
吾と思う者は手を挙げて下さい自以為有把握者請舉手）
吾を超越した境地に入る（達到超越自我的境地）入る入る
吾こそは天下の秀才だと思ったいた（認為自己是天下第一聰明人）
吾に六分の利有り（對我方有六分利、我方比對方更為有利）
吾に利有らず（對我不利）
吾の知った事ではない（不關你的事、你不要管）
吾劣らじと（爭先恐後地）
吾劣らじと応募する（爭先恐後地應徵）
吾思う，故に吾在り（〔哲〕我思故我在－法國哲學家笛卡兒－拉丁文 cogito，ergosum 的譯語）

吾か人か（人我莫辨、模糊不清、茫然自失、恍惚）
吾関せず（與我無關）
吾関せず焉（與我無關、不關我的事）
吾関せずと傍観する（以是不關己的態度旁觀）
吾とは無に（不由得）変える買える替える代える換える飼える 蛙
吾とは無に楽しくなる（不由得快樂起來）
吾に帰る（甦醒，醒悟過來、恢復意識，神智清醒過來）帰る返る還る孵る
吾にも無く（不知不覺地、並非存心地）
吾にも無くは為た無い事を為た（不知不覺地做出了出醜的事情來）
吾も吾もと（爭先恐後地）
吾も吾もと競技場に詰め掛ける（爭先恐後地擁到運動場去）
吾も吾もと発言する（爭先恐後地發言）
皆 吾も吾もと入って来た（大家蜂擁進來了）
吾を忘れる（出神、望我）
吾を忘れて見蕩れる（看得出了神）
吾を忘れて働く（忘我地工作）

吾木香、吾亦紅〔名〕〔植〕地榆、木香

吾吾、我我〔代〕我們（＝我等）。〔謙〕我（＝私等）
我我の仲間（我們的夥伴）
君達と我我とで試合を為よう（你們和我們比賽一夏吧！）
我我は断然勝つ（我們一定取勝）
我我には縁の無い事だ（和我無緣的事）

吾，吾が，我，我が〔連體〕（代名詞わ＋格助詞が的形式）我的、（加在名詞上表示親密或自豪）我們的

吾国（我國）
吾国の悠久な歴史（我國悠久的歷史）
吾国の人口（我國的人口）
吾家（我家）
峠の吾家（山上的我的家）
吾校（我校）
吾古里を愛する（愛我的家鄉）
吾師の恩（吾師之恩）

吾世の春（我們正值青春年華）
吾世の春を歌う（彈冠相慶）
吾頭の蠅を追え（要管別人先管自己）
吾刀で首切る（自找苦吃）
吾糞は臭くない（自己的缺點看不見）
吾心石に非ず転ず可からず（堅定不移）
吾心秤の如し（我心如秤、大公無私）
吾心獲たり（獲得我心）
吾事と下り坂に走らぬ者無し（人不為己天誅地滅）
友達が成功した事を吾事の様に喜ぶ（對朋友的成功就像自己成功一樣感到高興）
吾事の様に熱心に遣る（像自己的事情一樣認真做）
母はどんな時でも吾子の事を忘れない（母親任何時候也忘不掉自己的孩子）
吾台北（我們的台北）
吾軍の戦績を讃える（稱讚我軍的戰績）讃える称える湛える
吾意を得たり（正合我意）
吾上の星を見えぬ（每人頭上一頂天惟有自己看不見、卜者為他人占卜卻不能預知自己的氣運）
吾面白の人泣かせ（只顧自己方便不管旁人麻煩、只求自己快樂哪管他人死活）
吾田へ水を引く（自私自利、只顧自己方便）
吾仏尊し（敝帚自珍）仏仏
吾子自慢は親の常（父母喜歡炫耀自己的子女）
**吾輩，吾が輩，我が輩**〔代〕（成年男子的自稱代詞、含尊大意）我，吾（=吾、我、儂、俺、予）。〔古〕我們，吾人，吾輩（=我我、吾吾、我等）
吾輩は猫である、名前は未だ無い（我是貓還沒有名字）未だ未だ
吾輩は然う思う（我這麼想）
吾輩も行く事に為た（我也決定要去）
吾輩の知った事ではない（我才不知道哩）
**吾、我**〔代〕〔古〕（自稱）我（=私）
**吾子、吾子**〔名〕吾子，我的孩子（=我子）、（別人的）孩子、（兒童的自稱）孩兒
吾子未だ幼し（吾子尚幼）未だ未だ

**吾妻、吾嬬、東**〔名〕〔古〕關東地方、日本東部地方
吾妻下り、東下り（去關東地方、從京都往關東、下關東）
吾妻遊、吾嬬遊、東遊（平安朝時代的六人舞）
東歌（關東方言和歌）
東夷（關東的蝦夷人、〔卑〕關東武士）
東男（關東人、江戶人）
東男に京女（江戶男人京都女人）
東下駄（低齒蓆面女用木屐）
東コート（和服外的婦女大衣=coat）
東琴（大和琴、六弦琴）
東路（從京都往關東的路、關東地方）
東路道中（從京都往關東旅行）道中道中
東屋、四阿（涼亭）
東屋の影が池に映る（亭榭的影子照在池塘）映る写る移る遷る
**吾、我**〔代〕〔古〕（自稱）我（=私、吾、我）
**彼、彼れ**〔代〕（表示事物，時間，人等的第三人稱、遠稱）那個（=彼の物）、那時（=彼の時）、那裡（=彼処、彼所）、他（=彼の人、彼奴）、那件事（=彼の事）
ほら、彼は何だろうね（瞧！那是什麼？）
此より彼の方が上等だ（那個比這個好）
私は彼からずっと丈夫です（從那以後我身體一直很好）
彼以来彼に会わない（從那以後沒有見過他）
彼に見えるのが村の小学校だ（在那裡可以看見的是村裡的小學）
彼の言う事を信用しては行けない（不要信他的話）
彼は何も知りませんから、色色教えて遣って下さい（他什麼都不懂請多多指教）
今迄彼を覚えている（現在還記得那件事）
彼を言われると面目も無い（被人提出那個來就感到不好意思）

# 呉（ㄨˊ）

**呉**〔漢造〕呉、呉國、日本上古時代對中國的異稱

ㄨ

**呉越**〔名〕（戰國）吳國和越國。〔轉〕不和，關係極壞，彼此仇視
　呉越の間柄である（互相敵視）
　二人は呉越の間柄である（兩個人關係很不好）
　呉越同舟（呉越同舟-為了同一目的即使交惡雙方也會站在同一陣線-孫子）

**呉音**〔名〕呉音（古代由中國吳越地方傳到日本的漢字讀音、如人讀作人、行讀作行、男女讀作勞女）
　漢音（漢音-日語漢字讀法之一、隋唐時代從中國長安洛陽一帶傳入日本、如人讀作人、行讀作行）
　唐音（唐音-日語漢字讀音的一種、指宋元明清時代傳入日本的中國音、如行燈讀作行燈、普請讀作普請=宋音）
　宋音（宋音-唐音的異稱、宋朝以後傳入日本的漢字讀音、如行火的行讀作行、風鈴的鈴讀作鈴、椅子的子讀作子）

**呉下の旧阿蒙**〔連語〕呉下の阿蒙、比喻沒有進步依然如故的人（=呉下の阿蒙）
　私は依然と為て呉下の旧阿蒙だ（我還是依然故我）

**呉牛**〔名〕水牛的別名
　呉牛月に喘ぐ（呉牛喘月）

**呉茱萸**〔名〕呉茱萸

**呉汁**〔名〕〔烹〕（加有磨碎泡軟黃豆的）大醬湯、豆汁醬湯

**呉須**〔名〕藍色釉料、中國青花瓷（=呉須燒）

**呉服**〔名〕（織物的總稱）布匹、綢緞、和服衣料 ←→太物（衣服料、棉織品、麻織品）
　呉服商（布匹商、綢緞莊）
　呉服物（織物、布匹、綢緞）
　呉服屋（布莊、綢緞莊）
　呉服店（布莊、綢緞莊=呉服屋）
　呉服尺（布尺、大尺-約37,9公分）

**呉絽、呉羅**〔名〕〔紡〕江戶時代一種進口的粗糙毛織品、安哥拉山羊毛織的毛織品
　呉絽服連（荷 grofgrein）（江戶時代一種進口的粗糙毛織品=呉絽、呉羅）

**呉れる**〔他下一〕（命令形常用呉れ）給（我）（用於對方給說話者自己或自己方面的人）。（含有鄙意地）給，施捨
　〔補動下一型〕（以…て呉れる的形式）表示主語所表現的主體給說話者或第三者做某事
　兄が私に本を呉れる（哥哥給我書）暮れる繰れる刳れる
　友達が私に呉れた本（朋友送給我的書）
　林さんが待って呉れる（林小姐會等我）
　乞食に銭を呉れる（施捨給乞丐錢）
　御金を呉れて遣る（給你錢）
　目も呉れない（不屑一顧）
　そんなに欲しけりゃ呉れて遣ろう（既然那麼想要就給你吧！）
　御茶を一杯呉れませんか（可以給我一杯茶喝嗎？）
　ボールペンを貸して呉れませんか（借我原子筆好不好？）
　一寸待って呉れませんか（稍等我一下好嗎？）一寸丁度
　先生が良く教えて呉れる（老師仔細地教給我）
　姉が日本語を教えて呉れる（姊姊交給我日語）
　誰が費用を出して呉れるのか（誰替我們出費用）
　外套を着せて呉れ（給我穿上大衣吧！）
　紙を一枚呉れ（給我一張紙=紙を一枚給え）一枚一枚
　新聞を持って来て呉れ（給我拿報紙來）

**暮れる**〔自下一〕日暮，天黑、歲暮，年終 ←→明ける
　今は六時に日が暮れる（現在六點鐘天黑）呉れる繰れる刳れる
　日の暮れるのは六時だ（日暮是六點鐘）
　日が暮れる（天黑）
　後十日で年が暮れる（再過十天就過年了）
　春が暮れた（春天過去了）

**暮れ、暮**〔名〕日暮，黃昏（=夕方）、季末，歲末 ←→明け、明
　暮の鐘（晚鐘）鉦金
　暮に蚊が出る（黃昏時有蚊子）

日の暮に為ると寒く為る（一到日落就冷起來了）鳴る成る生る
春の暮（暮春）
年の暮が近付いて来た（快到年終了）

**呉楽**〔名〕假面樂劇（=伎楽）

**呉呉**〔副〕（常下結も）懇切地、衷心地、反覆地（=更に一層）
呉呉も言い聞かす（反復告訴、再三囑咐）
呉呉も御礼申し上げます（衷心致謝）
呉呉も御体を御大事に（請一定多加保重）
呉呉も御頼みします（懇切拜託）
呉呉も宜しく（請加倍關照）止める留める停める泊める富める
呉呉も止めない様に（千萬不可罷休）止める辞める已める病める
何卒呉呉も御許し下さい（請您多多原諒）

**呉竹**〔名〕〔植〕淡竹、毛竹、南竹

**呉れ手、呉手**〔名〕給東西的人、給做…的人←→貰い手（要的人）
嫁に来て呉れ手が無い（沒有人肯嫁他）
呉手が無い（沒人給）絢い
誰も来て呉手が無い（沒有一個人肯來）
誰も金の呉手が無い（沒有要給錢的人）

**呉織**〔名〕（呉機織的轉音）古代呉國到日本的織布工人、以呉國織布法織出的布料

# 梧（ㄨˊ）

**梧**〔漢造〕梧桐
**梧下**〔名〕（書信用語）足下、座右
**梧葉**〔名〕梧葉
**梧桐、青桐、梧桐、梧桐**〔名〕〔植〕梧桐
梧桐の箪笥（梧桐的衣櫥）

# 無、無（ㄨˊ）

**無**〔漢造〕（也讀作無）無、沒有、缺乏
無愛想（不和氣、簡慢）
無遠慮（不客氣）
無礼、無礼、無礼（無禮）
無骨（粗俗）
無沙汰（久違、久未通信）
無聊、無聊（無聊）
無勢、無勢（勢單力薄）
無趣味、無趣味（無趣乏味）
無頼、無頼，破落戶（無頼）
無作法、不作法（不禮貌）
無気味、不気味（令人毛骨悚然）
無器用、不器用（笨拙）
無風流、不風流（不知趣）
無器量、不器量（無能、醜）
無躾、無仕付、不躾（不禮貌）
無精、無性、不精（懶惰）
無粋、不粋（不識趣）
無調法、不調法（不周、不會）
無道、不道（無道）
無念、無念、不念（不注意、遺憾）
無用心、不用心（不注意、粗心大意）
無様、不様（難看、不像樣）

**無愛嬌、無愛敬**〔名、形動〕不可愛、不討人喜歡、不和氣、不親切（=ぶっきら棒）
実に無愛嬌な子供だ（真是個不討人喜歡的小孩）実に 実に 真に 誠
彼の娘は全く無愛嬌だ（那個姑娘一點也不惹人愛）

**無愛想、無愛想**〔名、形動〕不和氣、冷淡（=すげない）←→愛想
無愛想な顔（扳著的臉）
無愛想な顔で物を言う（扳著臉說話）言う云う謂う
無愛想に物を言う（說話不和氣）
話し振りが無愛想だ（說話語氣不和氣、說話很冷淡）
無愛想な返事を為る（冷淡的回答）刷る摺る擦る掏る磨る擂る摩る
彼の請求を無愛想に断る（冷冷地拒絕他的請求）

**無遠慮**〔名、形動〕不客氣、不拘泥（=無躾、無仕付、不躾）←→遠慮、控え目
無遠慮に物を言う（不客氣地說、直率地說）
無遠慮な人（毫不客氣的人）
無遠慮に物を言う人（講話不客氣的人）

メ

無遠慮にじろじろ見る（不客氣地直盯著看）
誰にでも無遠慮に振る舞う人（對誰都直率的人）

**無几帳**〔名〕不是一絲不苟，不是規規矩矩、不周密，不嚴謹

**無気味、不気味**〔名、形動〕令人害怕、令人生懼

無気味に静まり返っている（寂靜得令人害怕）
辺りは無気味に静まり返っている（周圍寂靜得令人害怕）
無気味な物音が為た（響起一聲可怕的響聲）
暗い山道を一人で歩くのは迚も無気味だった（一個人走黑暗山路真叫人害怕）
無気味な沈黙（令人不快的沉默）
彼の存在は無気味だ（他的存在令人不快）
無気味な洞窟（陰森可怕的山洞）

**無器用、不器用**〔名、形動〕笨、笨拙←→器用（巧、靈巧）

無器用な手付（笨手＝不格好の手付き）
無器用な手付きで鋏を使っている（笨手笨腳地使用剪刀）鋏（鉗子）使う遣う
生まれ付無器用の質（天生笨拙）質（品質、性質）質（典當物）質（性質、體質）
遣る事が何でも無器用だ（做什麼都笨）
為る事成す事皆無器用だ（所作所為都笨）
彼は何を遣っても無器用だ（他做什麼都笨手笨腳）
私は如何してこんなに無器用なのでしょうか（我怎麼這樣笨手笨腳呢？）如何如何如何如何

**無器用、不器用**〔名、形動〕笨、笨拙（＝無器用、不器用）

**無器用、不器用**〔名、形動〕（無器用、不器用的轉變）笨、笨拙（＝無器用、不器用）

**無器用、不器用**〔名、形動〕（無器用、不器用的促音變化）笨、笨拙（＝無器用、不器用）

**無器量、不器量**〔名、形動〕無才，無能（＝不器量）、醜，難看（＝不美人、醜女）←→器量好し

彼の女は無器量だが気立ては良い（她雖然醜但性情好）良い善い好い佳い
彼の娘は無器量だが頭が良い（她雖然醜但腦筋好）良い善い好い佳い

**不器量**〔名、形動〕無才、無能（＝無器量、不器量）

**無骨、武骨**〔名、形動〕粗俗，粗魯，不禮貌（＝無作法、不作法）、庸俗（＝無風流、不風流）←→華奢

無骨な人（沒禮貌的人）
音楽の良さも分からない無骨な人間（連音樂的優美也不懂的庸俗人）人間（人）人間（無人的地方）
無骨者（粗魯的人、庸俗的人、不文雅的人）者者

**無骨**〔名、形動〕無骨，沒骨頭，不帶骨頭、粗魯，沒禮貌，無教養，庸俗，不文雅（＝無骨、武骨）

無骨の動物（剔骨肉）
無骨な男（沒教養的人、沒禮貌的人、鄉巴佬）
無骨無為（庸俗沒用）

**無沙汰**〔名、自サ〕久未通信，久未問候（＝無音）、久違

御無沙汰しましたが皆様御変り有りませんか（久疏問候府上都好嗎？）
大変御無沙汰申し上げました（久違久違）
随分御無沙汰しましたが皆様御変り有りませんか（久違了府上都好嗎？）

**無作法、不作法**〔名、形動〕沒規矩、沒禮貌、粗魯（＝無躾、無仕付、不躾）

無作法な振る舞い（粗魯的舉止）
無作法の振舞（粗魯的舉止）
此の子は無作法だ（這孩子沒規矩）
無作法な子だね（這小孩真沒規矩）
人前で足を投げ出すとは何と言う無作法だ（在人前伸出腿太沒禮貌了）

**無様、不様**〔名、形動〕難看、不像樣、笨拙（＝不格好、不恰好、不手際）

無様な坐り方（難看的坐法）
無様な坐り方を為るな（不要沒有坐樣）
無様な身形（衣冠不整）
無様に見える（難看、不像樣）

足を滑らせて無様に吃驚返った（滑了一跤摔得人仰馬翻）
無様な負け方を為た（輸得一塌糊塗）
無様な事を為る（做笨拙的事）

**無事**〔名、形動〕平安、健康（＝無難、無病）、沒有事、閒散無聊←→有事

無事に旅から帰る（從旅途平安歸來）旅度足袋帰る返る孵る還る変える代える換える蛙
無事目的地に着いた（安全到達了目的地）付く着く突く就く衝く憑く点く尽く
別れてからずっと無事です（別來無恙）分れる別れる判れる解れる
大役を無事に遣り遂せた（安然無式完成了重要任務
式典は無事に終った（典禮圓滿地結束了）終う仕舞う
遭難者の無事を祈る（祈求遇難者平安歸來）祈る祷る
道中御無事で（祝一路平安）道中道中
三十年間無事に勤めた（沒犯錯誤工作了三十年）勤まる努める務める勉める
三十年間無事に勤め上げる（三十年平安無事地混過來了）
三十年間無事に勤めて停年退職する（沒犯錯誤工作了三十年而退休）
御無事に御暮らしですか（您身體好嗎？您一向好嗎？）
無事で暮している（健康地過著日子）
御無事に祈ります（祝你健康）
出しゃばらない方が無事だ（最好別出風頭、最好別多管閒事）
兎に角無事で良かった（不管怎麼說健康比什麼都重要）
無事に苦しむ（閒得無聊、苦於無事）

**無事故**〔名〕無事故、不發生事故

無事故週間（安全周、無事故周）
無事故で生産する（安全生產）
僕は十年間無事故運転の記録を持っている（我保持著安全行車十年的記錄）

**無躾、不躾、無仕付**〔名、形動〕不禮貌（＝無礼、無礼、無礼無作法、不作法）、冒失（＝出し抜け）、露骨（＝明け透け）

行き成り人の名を聞くとは無躾千万だ（一開口就問人家姓名也太不懂禮貌了）千万千万
無躾に物を尋ねる（冒冒失失地打聽事情）尋ねる訪ねる訊ねる
無躾な言い方（唐突地說法）
無躾な話を為る（說露骨話）
無躾な質問を為る（提出冒失質問）伺候
無躾乍伺いますもう結婚されていますか（冒昧地問一句您結婚了嗎？）伺う窺う覗う

**無精、無性、不精**〔名、形動、自サ〕懶惰（＝物臭、懶）

生まれ付無精な人（天生的懶鬼）無性無性無性（沒有性別）
無精者（懶惰蟲）者者
彼奴は生まれ付無精者だ（那小子是天生的懶骨頭）
彼は筆無精だ（他懶於寫信）
無精髭（懶得刮任其長長的鬍子）髭髯鬚
一寸無精したら部屋の中が埃だらけに為った（稍一偷懶屋裡就滿是塵埃了）
今朝は無精して顔を洗わなかった（今早懶得洗臉）今朝今朝

**無精卵**〔名〕〔生〕無精卵、未受精的蛋←→有精卵

**無精液症**〔名〕〔醫〕無精液症、精液缺乏症

**無性**〔名〕無性（的）←→有性

無性繁殖（〔生〕無性繁殖）
無性植物（中間性植物）
無性花（無性花、無蕊花）

**無性生殖**〔名〕〔生〕無性生殖←→有性生殖

**無性芽**〔名〕（動、植）胞芽、（真菌的）芽胞

無性芽繁殖（芽生、種質遺傳）

**無性世代**〔名〕〔生〕無性世代

**無性に**〔副〕很、非常、特別、極端（＝無闇に、矢鱈に）

無性に腹が立つ（非常生氣）

メ

母の手紙を読んで無性に故郷が恋しく為る（看了母親的來信後非常思念家郷）故郷 故郷

体が無性に痒い（身上非常的癢）

無性に腹が空く（餓得慌）空く 好く 透く 酸く 漉く 梳く 鋤く 剥く 剝く 抄く

無性に眠い（非常地睏）

無性に喜ぶ（欣喜若狂）喜ぶ 慶ぶ 歓ぶ 悦ぶ

**無粋、不粋** 〔名、形動〕不識趣、不解人情、不風雅（=野暮、粋で無い、無風流）←→粋、粋

無粋な男（不識風趣的人）

彼は無粋の男だ（他是個不識風趣的人）

無粋な事を言うな（不要說不識趣的話）言う 云う 謂う

**無勢、無勢** 〔名〕人少、力量單薄（=小勢）←→多勢

多勢に無勢（寡不敵眾）

多勢に無勢で如何にも仕様が無かった（寡不敵眾毫無辦法）如何 如何 如何 如何

**無馳走、不馳走** 〔形動〕用粗茶淡飯招待

**無調法、不調法** 〔名、形動〕（注意、接待）不周，疏忽、（吃、喝、玩）不會，不能，笨拙

どうも無調法で済みません（不周到得很對不起）済む 住む 棲む 澄む 清む

無調法な事で相済みません（招待不周實在對不起）

とんだ無調法を致しました（我實在太疏忽了請你原諒—對過失的道歉語）

とんだ無調法を仕出かした（想不到弄出這樣事來）

酒はどうも無調法です（我不會喝酒）

私は口無調法です（我的嘴很笨、我不善辭令）

私は無調法者ですが何卒宜しく（我很笨請多關照）

私は無調法者ですが何卒宜しく御指導願います（我很笨請多關照指教）

**無道，不道，無道** 〔名〕無道

無道な振舞（兇殘的行為）

悪逆無道（大逆無道）

**無難** 〔名、形動〕平安無事（=無事）、無可非議

無難な月日を過す（平安度日）月日 月日 月日

厄介事に関わらない方が無難だ（最好不涉及麻煩的事）関る 係る 拘る

無難な人（無可非議的人）

此の程度なら先ず無難だ（能做到這個程度也就說得過去了）

無難な遣り方（平淡無奇的做法）

無難な作（平淡無奇的作品）

**無念，不念** 〔名、形動〕不注意、遺憾（=残念）

**無念** 〔名、形動〕什麼都不想，無所牽掛、懊悔，悔恨，後悔，遺憾

無念無想（萬念俱空、毫無掛慮）

無念の涙を呑む（忍住悔恨的眼淚）呑む 飲む

無念の涙が込み上げる（懊悔得心酸流淚）

彼は長い事無念がっている（他悔恨了很久）

侮辱を受けて無念に思う（懊悔受侮）思う 想う

残念無念（悔恨懊喪）

**無風流、不風流** 〔名、形動〕不風流、不解風情（=無粋、不粋）

花道も茶道も知らない無風流な人（插花和茶經都不懂的不解風情的人）花道 花道 茶道 茶道

**無用心、不用心** 〔名、形動〕不注意、粗心大意、危險

家を開けて放しに何という無用心な事だろう（把門大開是多麼大意呀！）家内中 裏

塀が無くて無用心な家（沒有圍牆的不嚴緊的住宅）開ける 明ける 空ける 厭ける 飽ける 家 家 家 家

そんな無用心な事では行けない（那樣粗心大意是不行的）

夜道の一人歩きは無用心だ（夜裡一個人走路真是危險）

**無頼、無頼，破落戸、破落戸** 〔名、形動〕無賴。無賴の徒（無賴之徒）徒、空（空、無用）徒（徒然、無用）悪戯（淘氣）徒、筧、雎（只、白白）徒（徒歩）

無頼漢、無頼漢，破落戸（無賴漢，流氓）

無頼漢が横行している（流氓橫行霸道）

無頼漢を一掃する（掃蕩流氓）

能く能くの無頼漢（大壞蛋）

**無聊、無聊**〔名、形動〕無聊、鬱悶退屈
　無聊に苦しむ 無聊に苦しむ（苦於無聊）
　読書で無聊を慰める（看書解悶）
　子供を相手に無聊を慰める（逗小孩消遣）
　毎日無聊を囲っている（每天牢騷無聊）
　無聊な一日（無聊的一天）一日一日一日一日
　無聊な毎日を送る（每天過著無聊的生活）送る贈る
　無聊を託つ（抱怨無聊）
　毎日無聊を託つ（每日抱怨無聊）

**無礼、無礼、無礼**〔名、形動〕沒有禮貌、不恭敬（＝不躾、失礼）←→慇懃
　極めて無礼の男（極沒有禮貌的人）
　態度が無礼過ぎる（態度太不恭敬了）
　無礼を働く（做不禮貌的事）
　無礼な事を言うな（不可說話沒禮貌）
　無礼にも私に挨拶も為なかった（他毫無禮貌對我竟連招呼也不打）
　どうも御無礼を致しました（失禮了、失敬了）
　無礼講（不講虛禮開懷暢飲的集會）
　今日は無礼講だから遠慮無く飲んで下さい（今天的集會不講客套請開懷暢飲）
　今日は無礼講で行こう（今天不用拘禮開懷暢飲吧！）

**無**〔名、漢造〕（也讀作無）無、沒有←→有
　無から有を生ずる（無中生有）生ずる請ずる招ずる
　無から有を生ずる筈が無い（決不會有無中生有的道理）
　無に帰する（化為烏有、白費）帰する記する規する期する
　無に為る（辜負、使落空）
　人の親切を無に為る（辜負別人的好意）
　折角の親切を無に為る様な事は仕度無い（不願做那種辜負別人好意的事）
　無に為る（辜負、使落空）
　無に為る（白費、無用）

長年の努力が無に為る（多年的努力歸於徒勞）
　計画がすっかり無に為った（計畫完全落空了）
　皆無（完全沒有、全無、毫無）
　虚無（虛無＝ニヒル）
　虚無僧（虛無僧－日本普化宗的蓄髮僧人、頭戴深草笠、吹尺八、雲遊四方）
　絶無（絕無、絕對沒有、根本不存在＝皆無）
　有無（有無、有和沒有、有或沒有、可否）

**無悪不造**〔名〕〔佛〕無惡不做、壞是做絕、壞事做盡

**無安打**〔名〕〔棒球〕（一方的一個投手）自始至終不讓對方打出安打
　無安打無得点の試合（從頭到尾不讓對方安打和得分的比賽）
　無安打に抑える（不讓對方打出安打）抑える押える

**無案内、無案内**〔名、形動〕不熟悉、不了解情況
　無案内なの土地（不熟悉的地方、陌生的地方）
　着任して間も無いので、全てに無案内です（剛到任不久對一切都很生疏）
　然う言う事柄には無案内です（對那種事情不了解）
　其の辺の地理には無案内だ（對這一帶地方不熟悉）
　道が無案内の上に日が暮れて途方に暮れた（路不熟加上天色已晚不知如何是好）

**無医**〔名〕沒有醫生
　無医地帯（沒有醫生地帶）
　無医村（沒有醫生的鄉村）
　無医村へ医療隊を派遣する（派醫療隊到無醫村去）

**無位**〔名〕沒有地位、無官銜←→高位、有位
　無位無官（無官無職）
　無位無官の人（無官無職的人）
　無位無冠（無官無職）

**無為**〔名〕無為、任其自然、無所事事←→有為
　無為の生活（遊手好閒的生活）

メ

貴重な時間を無為に過す（把寶貴的時間浪費過去）
終日無為に過ごす（終日無所事事的虛度）終日終日
無為無策（無能為力）
無為無策だ（束手無策）
無為徒食（無所作為）
無為に為て治まる（無為而治）治まる収まる納まる修まる
無為に為て化す（無為而化）化す貸す架す課す科す嫁す仮す

**無為替輸出**〔名〕〔商〕無押匯出口
**無為替輸入**〔名〕〔商〕無押匯進口
**無畏**〔名〕〔佛〕無所畏
**無意**〔名〕無意←→有意
　無意的（無意的）
　無意に言い出した（無意中說出來了）
**無意義**〔名、形動〕無意義的（=無意味）←→有意義
　無意義な論争は止めた方が良い（沒意義的爭辯最好停下較好）止める已める辞める病める
　無意義な日日を送る（過沒有意義的日子）日日日日日
　無意義な生活を送る（過沒有意義的生活）送る贈る
**無意志**〔名〕無意志、喪失意志
　無意志症（〔醫、心〕喪志症、意志缺乏症）
**無意識**〔名、形動〕無意識、不知不覺、失去知覺←→意識
　無意識に飛び降りる（無意識地跳下去）
　此は無意識の反射動作である（這是無意識的反射動作）
　無意識に歌を口吟む（無意識地低聲哼歌）
　無意識の中に手が出た（無意識地伸出了手）中内裏
　無意識状態に陥る（陷入無意識狀態、昏過去）
　交通事故に遭って無意識の儘病院に運ばれた（發生車禍在昏迷狀態下被送醫院）遭う会う逢う遇う合う
　無意識的（無意識的）
　無意識的な動作（無意識的動作）

**無意味**〔名、形動〕無意義、無價值、沒有意思（=無意義、ナンセンス）
　無意味な仕事（沒有意義的工作）
　其を論ずる事は無意味だ（談論那件事是沒有意義的）
　そんな事を為ても無意味だ（那麼做也無濟於事）
　無意味な言葉を呟いている（嘟噥著毫無意義的話）
**無遺言**〔名〕無遺囑、沒留下遺囑
　無遺言死亡者（未留遺囑的死者）
　無遺言財産（沒留下遺囑的財產）
**無一物、無一物**〔名〕什麼也沒有
　焼けて無一物に為る（燒得精光）
　焼け出されて無一物に為る（燒得精光）
　彼は今尚無一物だ（他現在還是一無所有）
　彼は賭に負けて無一物に為った（他賭錢輸得精光）
　無一物から始める（白手起家）始める創める
**無一文**〔名〕沒有分文、一文不名
　無一文に為る（落得一文不名）為る成る鳴る生る
　商売に失敗して無一文に為った（生意失敗落得一文不名）
　無駄遣いを為て無一文に為って終った（奢侈浪費而變得身無分文）終う仕舞う
**無因行為**〔名〕〔法〕無因行為、無原因行為←→有因行為
**無韻**〔名〕不押韻
　無韻の詩（不押韻的詩、繪畫=無声の詩）
　無韻詩（天韻〔自由〕詩-十六世紀始於英國後、又為德國古典派採用的一種詩體）←→押韻詩
**無有**〔名〕無與有、有無（=有無）
　無有を相通じる（互通有無）覆い被い蔽い蓋い
　中日両国の間には無有相通じる物が多い（中日兩國互通有無的東西很多）
**無依**〔名〕〔佛〕無依、什麼都不迷戀（的境地）
**無影燈**〔名〕〔醫〕（手術用）無影燈
**無益、無益**〔名、形動〕無益、沒用（=無駄）←→有益

無益な競争（無益的競爭）
無益な争いは止めよう（別做無益的爭執吧！）止める已める辞める病める
そんな事を為ても無益だ（做那種事也是徒勞無益）

**無煙、無烟**〔名〕無煙
　無煙炭（無煙煤）炭炭
　無煙火薬（無煙炸藥）
　無煙燃料（無煙燃料）

**無援**〔名〕無人援助
　孤立無援の状態（孤立無援的狀態）
　孤立無援の状態に為る（處於孤立無援的狀態）為る成る生る鳴る

**無塩**〔名〕無鹽、不含鹽分
　無塩食餌（無鹽飲食）
　無塩醤油（無鹽醬油-糖尿病-腎臟病患者用）
　無塩食療法（無鹽食療法-結核病、腎臟病患者用）

**無鉛**〔名〕無鉛、不含鉛
　無鉛ガソリン（無鉛汽油）
　無鉛白粉（不含鉛的白粉）

**無縁**〔名〕沒有關係、無人祭祀←→有縁
　私には無縁の人（和我沒有關係的人）
　私は彼の事件には無縁だ（那個案件與我無關）
　無縁墓地（無人祭祀的墓地、萬人塚、亂葬崗）
　無縁塚（無主的墳）
　無縁仏（無人憑弔的死者、野鬼）
　無縁の慈悲（菩薩廣大無邊的大慈悲）

**無黄卵**〔名〕〔動〕無黃卵、無卵黃的蛋

**無音**〔名〕無聲
　無音ピストル（無聲手槍）
　無音ピアノ（〔練習運指的〕無聲鋼琴）

**無音**〔名〕無音信（＝無沙汰）、沉默不言
　御無音（久疏問候）

**無花**〔名〕〔植〕無花序的、不開花
　無花植物（不開花植物）
　無花被花（〔植〕無被花、裸花）

**無花果、無花果**〔名〕〔植〕無花果

**無価**〔名〕無價
　無価の宝（無價之寶）

**無価値**〔名、形動〕無價值、沒有價值←→貴重
　丸っ切り無価値だ（毫無價值）
　無価値資産（呆滯資產、放置不用的資產）
　無価値な存在（無價值的存在）

**無瑕**〔名〕無暇、完美、沒毛病、無缺陷（＝無疵）

**無何有の郷、無何有の郷**〔名〕烏托邦、理想國（＝ユートピア）

**無我**〔名〕忘我，無意識，沒意識、無私，沒私心（＝無私）
　無我の境地に達する（達到無我的境地）
　無我の境地に入る（進入忘我的境地）入る入
　無我夢中（忘我地、拼命地、專心一致地）
　無我夢中に走る（拼命地跑）
　無我夢中で勉強する（專心地用功）
　無我の愛（無私的愛）

**無過失**〔名〕〔法〕無過失、非故意
　無過失責任（〔法〕無過失責任-雖無過失但應負賠償損失的責任）

**無荷重**〔名〕無載、空載
　無荷重運転（〔機〕無載運轉、空運轉）
　無荷重試験（〔機〕無載試驗）
　無荷重抵抗（無載阻力）

**無荷電粒子**〔名〕〔理〕不帶電粒子

**無顆粒細胞症**〔名〕〔醫〕粒性白球缺乏症

**無灰**〔名〕無灰
　無灰燃料（無灰燃料）
　無灰炭（無灰煤）

**無蓋**〔名〕無蓋←→有蓋
　無蓋の自動車に乗る（乘無篷的汽車）乘る載る
　無蓋貨車（敞篷貨車）

**無害**〔名〕無害←→有害
　少量の酒は無害だ（少量的酒是無害的）
　人畜に無害の薬品（對人畜無害的藥品）
　此の薬は人間には殆ど無害である（這種藥對人大致無害）人間人間（無人的地方）

**無涯**〔名〕無涯、無邊際、無止境

**無階級**〔名〕無階級、沒有階級
無階級社會（無階級社會、沒有階級社會）

**無学**〔名、形動〕沒有學識（＝無教育）
無学の男（沒學問的人）
彼は無学でも立派な仕事を残した（他雖然沒有學問但卻留下了可觀的事業）
無学文盲（文盲、不識字＝明盲文盲）
無学文盲の人（文盲、目不識丁的人）
無学無能（不學無能＝無学無知）

**無核果**〔名〕〔植〕無核果實

**無確認信用状**〔名〕〔商〕不保兌信用狀

**無額面株**〔名〕〔經〕無票面額股票

**無顎類**〔名〕〔動〕無頷綱

**無顎症**〔名〕〔醫〕無顎症

**無官**〔名〕沒有官位
無位無官の人（無官無職的人）大夫太夫
無官の大夫（敘勳而無官職的人-公卿之子成年前晉升爵五位者-特指平安末期武將 平敦盛）

**無冠、无冠**〔名〕沒有地位、不戴冠
無冠の帝王（新聞記者、無冕王）

**無感**〔名〕無感、沒有感覺
無感地震（無感地震、感覺不出來的地震）

**無感覚**〔名、形動〕無感覺、感覺麻痺、感覺遲鈍
モルヒネ注射で無感覚に為る（因注射嗎啡失去知覺）
無感覚の状態（沒知覺狀態）
寒さで手も足も無感覚に為って終った（凍得手腳都沒知覺了）終う仕舞う
何て無感覚な奴だ（好遲鈍的傢伙）

**無感動**〔名〕沒感情、冷淡、無動於衷

**無関係**〔名、形動〕沒有關係
此とは無関係な話（和這個沒有關係的話）此是之
此とは無関係な事だ（和這個沒有關係的事情）
此は其等の事と無関係では無い（這跟那些事有關聯）

彼は其の事業には無関係だ（他和那事業沒有關係）
彼の二人はとっくに無関係に為っている（那兩個人早就沒關係了）
無関係な人は入らないで下さい（不相干的人請勿進入）入る入る

**無鑑査**〔名、形動〕沒有檢查和鑑定、沒有評審
無鑑査で展覧して有る書画（不經過評審而展覽的書畫）

**無関心**〔名、形動〕不關心、不感覺興趣
文学に無関心の人（對文學漠不關心的人）
自分の将来に対して無関心な態度を取る（對自己的將來採取默不關心的態度）
無関心では居られない（不能漠不關心）
母は野球に全く無関心だ（母親對棒球一點也不感興趣）
私は音楽には無関心だ（我對音樂不感興趣）

**無干渉**〔名〕不干涉
無干渉政策（不干涉政策）
内政無干渉（不干涉內政）

**無考え、無考**〔名、形動〕考慮膚淺、不加思索
無考えな行動（輕率的行動）

**無汗症**〔名〕〔醫〕汗閉症

**無勘定**〔名〕不在乎帳款（＝勘定の事を気に為ない事）、不估計（＝計算を立てない事）

**無管植物**〔名〕〔植〕無粉管植物

**無気**〔名〕〔化〕無氣
無気噴射（無氣噴射）
無気呼吸（〔植〕缺氧呼吸）

**無気力**〔名、形動〕沒精神、缺乏朝氣、沒力氣、沒氣魄
君は如何して然う無気力なのか（你怎麼這麼有氣無力的）
病気以来すっかり無気力に為る（從生病以來完全沒有精神）
無気力な人間から気力の有る人間に変った（從一個沒有精神的人變成精力充沛的人）
青年は無気力であっては行けない（青年不能沒有朝氣）

無気力では何も出来ない（沒有氣魄是一事無成的、無精打采甚麼也做不成）
無気力な文体（平淡乏味的文體、軟弱無力的文體）
無気力な生活（死氣沉沉的生活）

**無季**〔名〕不屬於某一季節、（俳句）（發句）裡沒有季語
無季の俳句（沒有季語的俳句）

**無記**〔名〕（indifferent 的譯詞）〔哲〕不惡不善

**無期**〔名〕沒有期限
無期公債（〔經〕永久公債）
無期延期（無限期延期）
講習会は無期延期と為る（講習班無限期延期了）
宇宙ロケットの発射は無期延期と為った（太空火箭的發射無限期延期了）
無期懲役（無期徒刑）
無期年金（終身養老金）
無期限（無期限）←→期限付き
無期限に延期する（無限期延期）
其は無期限に有効です（那是無限期的有效）
此の切符は無期限に有効です（這張票是不限期的）
無期限スト（無限期罷工）
無期限休会（無限期休會）
無期刑（無期徒刑無期監禁）←→有期刑
無期禁錮（無期監禁）

**無機**〔名〕無機←→有機
無機化学（無機化學）←→有機化学
無機化合物（無機化合物）←→有機化合物
無機肥料（有機肥料）←→有機肥料
無機物（有機物）←→有機物
無機質（有機質）←→有機質
無機質肥料（無機質肥料）
無機的（無機的）
無機栄養（無稽營養）
無機栄養生物（自養生物）
無機酸（〔化〕無機酸）←→有機酸

**無技巧**〔名〕沒有技巧、不矯揉造作、自然

無技巧の技巧（拙劣的技巧、無技巧的技巧-藝術創作上不矯揉造作反而取得更好的效果）

**無軌道**〔名、形動〕（交）無軌，沒有軌道。〔俗〕（行為、動作）越軌，放縱，放蕩
無軌道電車（無軌電車）
無軌道電車に乗る（無軌電車）乘る載る
無軌道な行動（脫離常軌的行動）
無軌道な行い（越軌行為）
無軌道な娘（放蕩不羈的少女）
無軌道振りを発揮する（放蕩不羈）
無軌道な人生を送る（過著放蕩不羈的生活）贈る送る

**無軌条電車**〔名〕無軌電車（=トロリーバス）

**無疵、無傷**〔名、形動〕無傷痕、無瑕疵、清白、（比賽中）沒有失敗
無傷の茶碗（完整的飯碗）
無傷の果物（沒傷痕的水果）
鶏卵は無傷で到着した（雞蛋運到沒有損傷）到達
バナナは無傷で目的地に到着した（香蕉沒損傷地運到目的地）
彼は家の下敷に為ったが幸い無傷で助かった（他壓在房子下面幸好沒受傷）
汚職事件で無傷の者は少ない（貪汙案裡未被判罪的很少）
汚職事件の中で彼は無傷だ（貪汙案裡他是清白的）
彼の人は無傷だ（他是清白的）
彼は未だ無傷だ（他還沒有輸過）
彼のチームは未だ無傷だ（那一隊還沒有輸過）
無傷なチームは無い（沒有不會輸的隊伍）
彼のピッチャーは無傷で勝ち進んでいる（那個投手沒有敗績地連連獲勝）
彼の遣る事は無傷と言っても良い（他所做的事情可說沒有缺點）

**無記名**〔名〕不記名←→記名
無記名で結構です（不記名就可以）
無記名で投票を為る（以不記名投票）

メ

無記名でアンケートに答えを下さい（請以不記名方式在意見調查表上作答）

無記名式（不記名式）

無記名投票（不記名投票）←→記名投票

無記名預金（不記名存款）

無記名債券（不記名債券）

無記名株（無記名股票）

無記名手形（無記名票據）

無記名証券（無記名證券）

無記名裏書（無記名式背書＝無記名式裏書）

無記名小切手（無記名支票）

**無規律**〔名、形動〕沒有紀律

無規律な生活（沒有規律的生活）

**無休**〔名〕不休息、不停業

年中無休（終年不休息）

**無給**〔名〕沒有工資、無報酬←→有給

無給で奉仕する（沒有薪資義務勞動、免費服務）

其の役は無給だ（那個職務沒有報酬）

無給で働く（無報酬勞動）

勤労奉仕ですから無給です（是義務勞動所以沒有報酬）

無給休職（停薪留職）

**無給電**〔名〕〔電〕無電源

無給電空中線（無源天線）

**無窮**〔名、形動〕無窮盡（＝無限）

無窮に伝わる（永傳萬世）

天壌無窮（天地無窮盡、天長地久）

**無嗅覚（症）**〔名〕〔醫〕無嗅覺症、嗅覺喪失

**無疆**〔名、形動〕（與無窮同義）無疆、無止境、無限、永久

**無響室**〔名〕無回聲室、隔音室

**無業**〔名〕無業、無職業、沒工作

**無教育**〔名、形動〕沒受教育、沒有學問、無教養（＝無学）

無教育者の数は殆ど無くなっている（沒受教育的人數幾乎沒有）

昔の農村には無教育な人が多かった（在以前農村有許多沒受過教育的人）

無教育の者は年を追って減少している（沒受教育的人逐年減少）

無教育な女（沒教養的女孩）

**無教会**〔名〕〔宗〕無教會、不要教會

無教会運動（不要教會的運動）

無教会主義（無教會主義-日本基督教的一派-主張取消一切教會活動、專門從事傳教和聖經研究）

**無強勢**〔名〕〔語〕不重讀、無重音

無強勢の語（無重音的詞）

無強勢の音節（無重音的音節）

**無競争**〔名〕無競爭、沒競爭

無競争で当選する（無競爭當選-在同一選區沒有競爭人而當選）

**無菌**〔名〕無菌、不帶菌、沒有細菌

無菌室（無菌室）

無菌培養（無菌培養）

無菌状態（無菌狀態）

無菌手術（無菌手術）

無菌牛乳（消毒牛奶）

無菌動物（供實驗用無菌動物）

**無垢**〔名、形動〕〔佛〕清靜，擺脫煩惱、無垢，純潔，潔白，無汙點、純粹、素色（多指白色）

清浄無垢（純潔、一塵不染、完美無瑕）

清浄無垢の少女（純潔的少女）

白無垢（全身素白的衣服）

白無垢を着ている（穿一身白衣服）

金無垢（純金）

金無垢の仏像（純金的佛像）

無垢の少女（純潔的少女）

無垢な乙女（純潔的少女）

**無垢軸**〔名〕〔機〕實心軸

**無口**〔名、形動〕不愛說話、寡言←→御喋り、多弁

彼は無口で人と余り付き合わない（他不愛說話不大與人來往）

無口な性質（不愛說話的脾氣）

無口な人（不愛說話的人）

小さい時から無口な人だ（從小就是寡言的人）

彼は無口だ（他沉默寡言）

彼は無口だが心の優しい人だ（他雖不愛說話卻是心地善良的人）優しい 易しい
彼は日頃無口な職人ですが時時剽軽な事を為る若者である（他平日雖是個寡言的工人但卻也是常常做些滑稽事的年輕人）

**無口**〔名〕〔動〕無口（的）

**無口湖**〔名〕〔地〕死湖、沒有流出口的湖

**無患子、無橸子、無患子**〔名〕〔植〕無患子

**無下**〔形動〕最差，最壞，過分，胡亂（＝無闇），冷淡，不講情面（＝無下に）

　無下な断り方は出来ない（不能過分拒絕）
　無下に（冷淡、不講情面＝すげなく）
　無下に為る（置之不理）
　折角の頼みを無下に断るのも考え物だ（人家特意來懇求也不能冷淡地拒絕）
　彼等の為た事を無下に悪いとも言えない（他們做的事不能一概都說不好）

**無下に**〔副〕不屑一顧地，不加考慮地、隨便地，胡亂地，一直不停，直截了當、全然，全都

　無下に断る（斷然拒絕）
　無下に為る（置之不理、棄之不顧）
　彼の要求を無下にする訳には行かない（對他的要求不能置之不理）
　無下に見捨てた物でも無い（也不是完全不可取）
　無下に叱られた（被狠狠地批評了一頓）

**無上**〔名、形動〕無上、最高（＝最上）

　無上の光栄（無上光榮）
　御褒めに与り無上の光栄に存じます（蒙您誇獎覺得無上光榮）褒める 誉める
　無上の喜び（無限喜悅、非常喜悅）喜び 悦び 歓び 慶び
　国の為に一身を捧げる事は無上の光栄である（能以身許國是無上的光榮）一身 一身

**無礙、無碍、無碍、無碍**〔名、形動〕無阻礙、暢通無阻

　無礙の境地に達する（達到自由無阻的境地）
　融通無礙（暢通無阻）

**無形**〔名〕無形←→有形

　有形無形の援助を為る（給與有形無形的援助）

　無形の援助を受ける（受到無形的援助）受ける 請ける 享ける 浮ける
　無形の損失を蒙る（蒙受無形的損失）蒙る 被る
　身に付けた技術は無形の財産と言える（有一技在身可以說是一種無形的財產）
　無形文化財（無形文化財、無形重要文物-音樂、工藝技術、戲劇等歷史上藝術上的價值）
　無形財産（無形財產-指著作權、專利權）←→有形財産
　無形資本（無形資本由無形財產構成的資本-如技能-專賣權-版權等）←→有形資本

**無稽**〔名〕無稽、沒根據（＝出鱈目）

　荒唐無稽を極める（極為荒唐無稽）極める 窮める 究める
　無稽の噂（沒有根據的傳言）
　無稽の言（無稽之言）言 言 言

**無芸**〔名、形動〕無一技之長（＝芸無し、芸無し猿）←→多芸

　至って無芸の男（連一技之長也沒有的人）
　無芸な人は年を取ってから頼り無くなる（無一技之長的人等老了就沒依靠了）
　無芸大食（飯桶、沒本事光能吃的人）大食 大食

**無計画**〔名、形動〕無計畫、沒計畫、計畫不周

　何を為るのにも無計画の人（做什麼事都沒有計劃的人）
　無計画な行動（沒計畫的行動）
　無計画生産（無計畫生產）
　無計画な支出（無計畫開支、亂花錢）

**無傾角線**〔名〕〔理〕無傾線（＝無伏角線）

**無経験**〔名、形動〕沒經驗

　教授に無経験である（對講課沒經驗）
　無経験者（生手、沒經驗的人）者 者

**無警告**〔名〕無警告、沒有警告

　無警告スト strike（事先沒有警告的罷工）

**無警察**〔名〕無政府、沒有秩序、失去法律控制

　無警察状態である（無政府狀態）

**無欠、無缺**〔名〕無缺點、沒有缺陷

メ

**完全無欠**（完美無缺、完美無瑕）
　**完全無欠の仕事**（完美無缺的工作、十全十美的工作）
　**無欠の人は居ない**（沒有無缺點的人、沒有完人）

**無欠席、無缺席**〔名〕不缺席
　**三ヵ年無欠席で卒業した**（三年沒缺席而畢業）三か年 三ヵ年 三年 三箇年 三個年
　**無遅刻無欠席**（不遲到不缺席）
　**一年中無欠席**（一年到頭不缺席）
　**今迄無欠席だった**（迄今沒有缺席過）
　**学校を三年間無欠席で通す**（在校三年間從未缺席過）通す 徹す 透す

**無血**〔名〕不流血
　**無血革命**（不流血革命）
　**無血占領**（不流血占領、和平占領、兵不血刃的占領）
　**無血虫**（〔諷〕冷血動物）虫 蟲
　**無血デモンストレーション**（不流血的示威行動）
　**無血の闘争**（不流血的鬥爭）
　**無血戦争**（不流血的戦爭-指經濟戰 宣傳戰）

**無月**〔名〕沒月光、陰天看不見月亮
　**無月中秋**（中秋雲遮月）
　**中秋無月で興醒めた**（無月中秋很掃興）
　**無月の夜**（無月之夜）夜 夜 夜
　**無月期間**（無月期間-指陰曆月底前後看不見月亮的四天）

**無月経**〔名〕〔醫〕（婦女因病或生理原因）閉經、月經閉止

**無月謝**〔名〕不收學費、不收報酬
　**無月謝で教える**（不收學費教學）教える 訓える
　**公立の小中学校は原則と為て無月謝だ**（公立中小學原則上不收學費）

**無結果**〔名〕無結果、沒有結果
　**無結果に終わる**（毫無結果而結束）

**無間、無間**〔名〕〔佛〕無間地獄（阿鼻地獄的別名、八熱地獄的第八獄）、不間斷，連續不斷（痛苦無間斷之意）

**無間地獄**〔名〕〔佛〕無間地獄（阿鼻地獄的別名、八熱地獄的第八獄）（＝阿鼻地獄）

**無幻**〔名〕夢幻，夢想。〔佛〕虛幻
　**無幻の境を彷徨う**（在夢幻中傍徨）彷徨うさ迷う
　**無幻泡影**（夢幻泡影、〔喻〕人生無常）泡影 泡影

**無限**〔名、形動〕無限（＝無窮、無辺）←→有限
　**無限の宝庫**（無限的寶庫）
　**無限に続く**（無限延續）
　**無限の喜び**（無限歡喜）
　**無限の広さ**（廣大無邊）
　**前途は無限に広がっている**（前途無限光明）
　**家の中の仕事は遣り出せば無限に有る**（家裡的事做起來沒完沒了）家 家 家 中 中 中
　**無限小**（無限小）←→無限大
　**無限大**（無限大）←→無限小
　**無限大の数**（無限大的數）数 数
　**無限小数**（無限小數）
　**無限遠**（〔焦點〕無限遠）
　**無限軌道**（〔車〕履帶＝キャタピラ）
　**無限責任**（無限責任-負債者以全部財產償還債務的責任）
　**無限花序**（無限花序）←→有限花序

**無権代理**〔名〕〔法〕無代理權的代理
　**無権代理人**（無代理權的代理人）人 人 人

**無辜**〔名〕無辜
　**無辜の民**（無辜的人民）民 民
　**無辜の人民を殺傷する**（殺害無辜老百姓）殺害 殺害

**無功、無功**〔名〕無功勞

**無効**〔名、形動〕無效、失效←→有效
　**切符の期限が切れて無効に為る**（票過期無效）
　**汽車の切符の期限が切れて無効に為る**（火車票過期失效）
　**此の切符は決められた期限が過ぎているので無効です**（這張票超過預定期限所以失效了）

途中で下車すると此の切符は無効に為る（中途下車則此票無效）

期日を過ぎると無効に為る（逾期作廢）期日

此の契約は無効だ（這契約無效）

此の譲り渡しの契約書は無効だ（這讓渡契約無效）

無効エネルギ（〔理〕無用能）

**無公害**〔名〕沒有公害

無公害車（無公害汽車-廢氣少-噪音小）車

無公害プラスチック（〔化〕無公害塑料）

**無虹彩（症）**〔名〕〔醫〕無虹膜（症）

**無拘束速度**〔名〕〔機〕失控速度、無負荷速度

**無光帯**〔名〕（深海200米以下的）無光帶

**無後退砲**〔名〕〔軍〕無後座力砲

**無甲板船**〔名〕〔船〕無甲板船、敞艙船

**無呼吸**〔名〕〔醫〕呼吸暫停、窒息

**無告**〔名〕無處申訴（的人）、無依無靠（者）

無告の民（無處申訴的百姓、無依無靠的老弱婦孺）

**無極**〔名〕無上、至上、至極、最大

無極の光栄

**無腰、無腰**〔名〕不配帶刀劍（=丸腰）

無腰で敵陣に飛び込む（不配帶刀劍衝進敵人陣地）

**無根**〔名、形動〕沒有根據

事実無根の噂（沒有事實根據的謠言）

事実無根の噂が立っている（流傳著沒有事實根據的謠言）

其の報道は事実無根で有った（那報導沒有事實根據）

**無痕**〔名〕無痕跡、未留痕跡

**無言、無言、無言**〔名〕不說話、沉默

一日中無言で過ごす（整天沒說話）

無言の儘坐っている（一聲不響地坐著）

二人は無言で対座した（兩個人默默相對而坐）

二人の間には無言の内に了解が出来た（兩人無形中有了默契）

互いに無言で会釈した（彼此無言地點了一下頭）

無言劇（啞劇=パントマイム、黙劇）

無言の行（〔佛〕無言之行）

**無言、沈黙、静寂**〔名〕沉默、寂靜（=静寂）

二人が向い合って坐った儘無言は続いた（兩人對面坐著許久不作聲）

無言を破って大きな物音が為た（很大的響聲打破了寂靜）

無言を破って彼が口を切った（他開口說話打破了寂靜）

**無差別、無差別**〔名、形動〕沒差別、無區別、平等 ←→差別

何れも無差別に怒鳴れた（不分青紅皂白地都受了訓斥）

無差別の待遇（無差別待遇、平等待遇）

平等無差別の社会を実現する（實現平等無差別的社會）

無差別級の試合（無限量級的比賽）

男女無差別に扱う（男女平等對待）

アンケートの回答者を無差別に選んだ（公平地選擇意見調査表的答題人）

信仰無差別論（〔宗〕〔對宗教的〕冷淡主義、冷淡態度）

無差別関税（〔經〕無差別關稅）

無差別爆撃（〔軍〕不加區別的狂轟亂炸）

無差別攻撃（〔軍〕不加區別的攻擊）

**無才、無才**〔名〕沒有才能

無学無才（不學無術）

無能無才（無能無才）

無学無才の人（不學無術的人）

**無妻**〔名〕沒有妻子（=独身）

無妻主義（獨身主義）

一生無妻で通す（終身不娶）

**無菜**〔名〕沒副食

**無罪**〔名〕無罪 ←→有罪

メ

メ

無罪の判決を受ける（被宣判無罪）受ける享ける請ける浮ける
無罪の判決が下る（宣判無罪）
無罪を言い渡す（宣判無罪）
無罪なのに殺された（無辜被殺）
無罪放免（無罪釋放、〔轉〕收工）
弁護士の御蔭で無罪に為った（由於律師的辯護無罪獲釋了）
（仕事が終えて）やれやれ、此で今日は無罪放免だ（〔工作結束後〕唉呀呀今天可算解放了）

**無財餓鬼**〔名〕（一無所有的）窮光蛋、挨餓的窮鬼、饑餓鬼

**無細菌動物**〔名〕〔生〕無菌動物、不帶菌動物（＝無菌動物）

**無彩色**〔名〕無彩色（指黑、白、灰色）

**無作**〔名、形動〕粗魯，粗俗，庸俗，不禮貌（＝無骨な事）。〔農〕歉收

**無作動**〔名〕〔醫〕抗過敏現象

**無作為**〔名、形動〕隨便、隨意（＝ランダム）
無作為に選ぶ（隨便選出、自然選出）選ぶ択ぶ撰ぶ
無作為抽出（隨意抽出）

**無策**〔名〕沒有辦法
無為無策の毎日を送る（終日束手無策）送る贈る
無策の内閣（無能的内閣）
インフレに対して政府は全く無策だ（對通貨膨脹政府完全束手無策）

**無札**〔名〕無票、沒票
無札入場（無票入場）
無札乗車（無票乘車）

**無雑**〔名、形動〕沒有雜物、清一色
純一無雑（清一色）

**無雑作、無造作**〔名、形動〕簡單（＝手軽）、隨隨便便
無造作な仕事（輕而易舉的工作）
無造作に遣って退ける（毫不費力地做完）
彼は複雑な方程式を無造作に解いた（他輕而易舉的解出複雜的方程式來）解く溶く説く
無造作に引き受ける（隨隨便便地答應）

無造作な態度（隨隨便便的態度、漫不經心的態度）
無造作な髪の結い方（隨隨便便梳的髪型）髪紙神上
無造作な人柄（馬虎的人）
彼は書類を無造作にpocketに突っ込んだ（他隨手把文件塞入口袋裡）
無造作に髪を束ねていた（隨便扎頭髪）束髪
無造作に書く（潦草地寫字）書く欠く描く掻く
無造作に花を生ける（隨便插一些花）生ける活ける行ける往ける逝ける埋ける
花瓶にグラジオラスが無造作に生けて有った（花瓶裡隨便插一些劍蘭）花瓶花瓶

**無産**〔名〕沒有財產、無職業（＝プロレタリアート）←→有産
無産者（沒有產業的人）←→有産者
彼は無産者だ（他是一個沒有財產的人）
無産政党（無產階級政黨）
無産階級（無產階級）←→有產階級、中產階級
無産階級運動（無產階級革命運動）

**無算**〔名、形動〕不會計算，沒有數學知識、無數，多數、無謀

**無残、無惨、無慚、無慙**〔名、形動〕悽慘（＝労しい、痛痛しい）、殘酷（＝惨たらしい）
見るも無残（慘不忍睹）
花壇が踏み荒らされて見るに忍び無い無残さだ（花圃被踩得亂七八糟慘不忍睹）
私の夢は現実に因って無残にも打ち砕かれた（我的夢想被現實無情地粉碎了）
無残にも人を殺す（殘酷地殺人）
余りにも無残な仕打だ（過於殘忍的做法）
一切合切無残にも破壊された（一切都被殘酷地摧毀了）
無残に動物を虐める（慘忍地虐待動物）虐める苛める

**無酸症**〔名〕〔醫〕胃酸缺乏症

**無酸素**〔名〕缺氧
無酸素症（〔醫〕缺氧症）
無酸素血症（〔醫〕缺氧血症）

**無死**〔名〕〔棒球〕無死、無人出局（＝ノー、ダウン、ノー、アウト）
　無死満塁（無人出局滿壘）
　無死満塁である（無人出局滿壘）

**無私**〔名、形動〕無私心、公正（＝無我）
　公平無私の人（公正無私的人）
　公平無私な態度（公正無私的態度）
　彼の為す事は公平無私です（他做事大公無私）
　無私無偏（無私無偏）

**無始**〔名〕〔佛〕無始
　無始無終（〔佛〕無始無終、常住不變、永恆不變）

**無指、無趾**〔名〕無指、無趾

**無翅**〔動〕無翅、無翼

**無視**〔名、他サ〕無視、忽視←→尊重
　個人の利益を無視して全体に奉仕する（犧牲個人利益為全體服務）利益利益（功德、佛的恩惠）
　規則無視する（忽視規則）
　人の意見を無視する（忽視別人的意見）
　彼の存在を無視する事は出来ない（不能忽視他的存在）
　少数意見を無視する（無視少數意見）
　信号無視（闖紅燈）

**無地**〔名、形動〕沒有花紋（＝無紋）
　赤い無地のスカート（不帶花紋的紅裙子）
　黄色無地のシャツ（不帶花紋的黃襯衫）黄色黄色
　彼女は無地の着物が好きだ（她喜歡無花紋的衣服）

**無資格**〔名、形動〕沒有資格
　無資格の（な）者（沒有資格的人）
　無資格者（沒有資格的人）
　彼は無資格だ（他沒有資格）
　無資格に為る（取消資格、使無資格）

**無自覚**〔名、形動〕不自覺、無意識
　無自覚な態度（不自覺的態度）
　無自覚な行為（不自覺的行為）
　無自覚な人（不自覺的人）
　無自覚に参加する（不自覺地參加了、無意識地參加了、盲目地參加了）

**無試験**〔名〕不考試
　無試験で入学する（免試入學）
　無試験入学（免試入學）
　無試験検定（免試檢定資格）

**無資産**〔名〕無財產、沒有資產

**無資本**〔名〕沒有資本

**無資力**〔名〕無資力
　何の事業を為ようにも無資力だ（想做什麼事業都沒有資金）
　無資力者（無資力者、拿不出資金的人、無償付能力的人）者者

**無歯症**〔名〕〔醫〕無齒症、無齒畸形

**無慈悲**〔名、形動〕殘忍、狠毒（＝惨い、無情）←→慈悲深い
　無慈悲な仕打（殘忍的做法）
　無慈悲な男（狠心的男人）
　彼は怪我人を助けようと為ない本当に無慈悲な人である（他不願幫助受傷的人真是殘忍）

**無糸分裂**〔名〕〔生〕（細胞）無絲分裂

**無思慮**〔名、形動〕欠思考，缺少考慮、輕率、不慎重
　無思慮な事を言った（說了不加思考的話）言う謂う云う

**無色界**〔名〕〔佛〕無色界（三界之一）
　三界（欲界，慾界，色界、無色界）

**無識**〔名、形動〕無知、沒知識、沒有見識（＝無知）

**無食**〔名〕不吃食物、不吃東西

**無実**〔名〕沒有事實根據、冤枉（＝濡衣）
　無実の陳述を為る（做虛偽的陳述）
　有名無実の地位（有名無實的地位）
　無実の訴える（沒有事實根據的控訴）
　無実の罪に落される（背上冤枉的罪）
　人に無実の罪を着せる（冤枉別人）煙管

**無邪気**〔名、形動〕天真無邪、幼稚、單純←→邪気
　極めて無邪気な人（極天真的人）究める極める窮める
　無邪気な子供（天真爛漫的小孩）

子供達は何も知らずに無邪気に遊んでいる（孩子們什麼也不知道還在天真玩著）
無邪気な少年（天真的少年）
無邪気な考え（幼稚的想法）

**無主**〔名〕無主
無主物（無主物）
無主的命題（〔語〕非人稱命題）

**無酒精**〔名〕無酒精、不含酒精
無酒精飲料（軟飲料、不含酒精飲料）

**無首尾、無首尾**〔名、形動〕失敗，結果不好，人緣不太好←→上首尾
実験は無首尾で有った（實驗失敗了）
双方の交渉は無首尾に終った（雙方的談判沒談妥）
上役に無首尾に為る（遭到上級的冷遇、不受上級歡迎）

**無臭**〔名〕沒有氣味
空気は無色無臭の気体である（空氣是無色無味的氣體）
無味無臭の液体（無味無臭的液體）

**無終、無終**〔名〕〔佛〕無終
無始無終（無始無終）

**無住**〔名〕沒有住持
荒れ果てた無住の寺（沒有住持荒廢的廟）
無住寺（沒有住持的廟）

**無宗教**〔名〕沒有宗教（信仰）
無宗教者（不信宗教者、無神論者）者者

**無収差レンズ**〔名〕〔光〕消球差透鏡、齊明透鏡、等光程透鏡

**無収入**〔名〕沒有收入
無職無収入証明書（無職無收入證明）

**無趣味 無趣味**〔名、形動〕沒有風趣、不風雅（＝無風流、沒趣味）←→多趣味
無趣味な人（沒有風趣的人）
無趣味な学者（不風雅的學者）
無趣味な物許り買い集める（光收集一些沒用的東西）

**無重量**〔名〕沒有重量
無重量状態（太空飛行無重量狀態＝無重力狀態）

**無重力**〔名〕沒有重量（＝無重量）
無重力感（無重量感）

**無宿**〔名〕〔古〕沒有住處（的人）、（江戶時代）沒有固定住處和正業（的人），沒有戶口（的人）（＝無籍）
無宿者（流浪漢、沒有戶口的人、住所不定的人）
無宿渡世（過著沒有住處和正業的生活）

**無準備発行**〔名〕〔經〕信用發行（紙幣）

**無状**〔名〕沒有特地可以提起的善行、不禮貌（＝無礼、無礼、無礼、不作法）

**無常**〔名、形動〕無常←→常住
諸行無常（諸行無常、人生無常、萬物變化無常）
人生は無常だ（人生無常、浮生若夢）
無常の風に誘われる（無常之風奪人生命、死）誘う誘う
仏教の無常観（佛教的無常觀）
無常迅速（〔佛〕人生變化迅速無常）

**無情**〔名、形動〕無情，寡情（＝非情）、冷酷（＝無慈悲）←→有情
無情の人（冷酷的人）
無情な男（冷酷的男人）
朝から無情の雨が降り続いている（無情的雨從早上一直下個不停）
彼は無情にも困っている友を見捨てた（他無情地拋棄了受難的朋友）

**無所属**〔名〕無黨無派
無所属議員（無黨無派議員）
無所属国会議員（無黨無派國會議員）
無所属で立候補する（以無黨無派提名為候選人）
無所属である（無黨無派）
無所属者（無黨派人士）者者

**無所得**〔名〕沒有收入

**無償**〔名〕沒有代價、免費（＝無料）←→有償
無償で奉仕する（免費服務）
政府は無償で救済物資を払い下げる（政府免費發放救濟物資）
無償で援助を行う（進行無償援助）
無償で働く（盡義務）

作業衣は無償で支給する（免費發給工作衣）
衣 衣 衣
無償貸付（無利息貸款）
無償交付（免費發給）

**無条件**〔名〕無條件←→条件付き
無条件で入場を許可する（無條件地允許入場）
無条件に受け入れる（無條件接受）
友人の頼みを無条件で引き受ける（無條件地接受朋友的懇求）
相手の要求を無条件で認めた（無條件接受對方的要求）
無条件降伏（無條件投降）
無条件降伏を宣言する（宣布無條件投降）
無条件停戦（無條件停戰）
無条件反射（〔生〕無條件反射、非條件反射）
無条件分岐（〔計〕無條件轉移）

**無条約**〔名〕沒有條約
無条約時代（無條約時代）
無条約状態（無條約狀態）

**無勝負**〔名〕不分勝負、平局
試合は無勝負に終る（比賽以平局告終）
雨の為無勝負と為った（因下雨勝負不分）

**無色**〔名〕無色、中立、無黨無派←→有色
無色透明の液体（無色透明的液體）
水は無色で臭いも無い（水是無色無味的）臭い匂い
彼の意見は全く無色です（他的意見完全是不偏不黨的）
彼は政治的には無色だ（他在政治上是無黨無派）
無色の立場（中立的立場）
無色透明晶（〔化〕無色透明結晶）

**無職**〔名〕沒有職業
無職の人（沒有職業的人）
母は無職です（母親沒有職業）

**無触媒重合**〔名〕〔化〕無催化聚合（作用）

**無印**〔名〕沒有記號、〔俗〕無收入

**無心**〔名〕無中心、無心連歌，狂歌←→有心

〔形動〕天真（=無邪気）、熱中（=一途）、無我（=無想）
←→成心

〔他サ〕強求（=強請る）
無心な幼児（天真的兒童）幼児幼児
無心に遊ぶ子供達（天真無邪地玩遊戲的孩子們）
無心に笑う（天真地笑）
無心の境地（無我的境地、無邪的境地）
無心に絵を描く（熱中於畫畫）描く画く
無心に漫画を読む（熱中於看漫畫）読む詠む
無心曲線（無中心曲線）
友人に御金を無心する（向朋友要錢）
無心所着（餘興節目所作歌-雖然每句都有意義但是整個歌詞沒有意思）
無心炭素棒（〔電〕無心碳棒）
無心焼き入れ（〔冶〕無心淬火、透心淬火）

**無人、無人、無人**〔名〕無人、沒有人←→有人
無人荒野を行く（走在無人煙的荒野）荒野荒野荒野行く往く逝く行く往く逝く
無人遠隔操縦機（無人駕駛搖控飛機）
無人の家（人手不足的家庭）家家家家家
無人で会議は御流れだ（因為人數少會議停止）
無人店舗（無人售貨店、自動售貨店-完全靠電子控制與自動販賣機進行銷售）
無人倉庫（無人倉庫、自動控制倉庫）
無人島、無人島（無人島）
無人島に漂着する（漂流到無人島上）
無人の境（無人之境）境界堺
無人誘導対潜ヘリコプター（無人駕駛反潛直昇機=ダッシュ）

**無尽**〔名〕無盡、互助會（=頼母子講）
無尽の富源（無窮的富源）
無尽の資源（無盡的資源）
無尽蔵（無窮盡、非常豐富）
無尽蔵な天然資源（取之不盡的天然資源）
自然の資源は無尽蔵では無い（自然資源不是無窮盡的）自然自然
無尽に当る（得了會錢）当る中る

メ

無尽会社（合會公司）
無尽講（互助會）

**無神経**〔名、形動〕沒有感覺、感覺遲鈍（＝鈍感）←→神経質
　辱められても無神経だ（即使受到侮辱也不感痛癢）
　音楽会で大声を張り上げる無神経な男（在音樂會大聲吵嚷的愚鈍的男子）大声大声
　病人が居るのに大声で騒ぐ何て無神経な人だ（雖有病人仍大聲吵鬧真是愚鈍的傢伙）

**無診査保険**〔名〕未經診斷（健康檢查）的保險

**無信心、無信心**〔名、形動〕不信神佛、沒有信仰心（＝不信仰）
　無信心の者（不信神佛的人）

**不信仰**〔名、形動〕不信神佛、沒有信仰心（＝無信心、無信心）

**無針類**〔名〕〔動〕無針亞綱

**無神論**〔名〕無神論←→有神論
　無神論者（無神論者）者者
　マルクス主義者は無神論者である（馬克思主義者是無神論者）

**無水**〔名〕沒有水
　無水アルコール（無水酒精、純酒精）
　無水炭酸（二氧化碳、碳酐）
　無水塩（無水鹽）
　無水亜砒酸（三氧化砷、砷酐）
　無水式ガスタンク（無水儲氧箱）
　無水マレイン酸（馬來酐）
　無水物（酐）
　無水無灰炭（純煤＝純炭）
　無水硫酸（三氧化硫、硫酸酸酐）

**無髄神経**〔名〕〔動〕無髓神經

**無数**〔名、形動〕無數、非常多
　無数の人（無數的人）
　無数の人人から援助が有った（得到成千上萬人的支援）人人人
　空中には無数の細菌が漂っている（空中飄著無數的細菌）
　無数の懸案が有る（有無數的懸案）有る在る或る

　解決す可き問題は無数に在る（要解決的問題不計其數）
　空には無数の星が輝いている（無數的星星在天空閃爍）
　菓子の欠片に無数の蟻が群がっている（點心殘渣群聚著無數的螞蟻）群がる簇がる叢がる

**無声**〔名〕無聲、沒有聲音、聽不到聲音←→有声
　無声映画（無聲電影）
　チャップリンの無声映画を見る（看卓別林的默劇電影）
　無声音（無聲音-不振動聲帶的聲音如s、k、p、t）←→有声音
　無声子音、無声子音（〔語〕無聲子音）
　無声放電（〔理〕無聲放電）
　無声の詩（不押韻的詩＝無韻の詩）

**無税**〔名〕免稅（＝ノータックス）←→有税
　無税品（免稅品）
　無税で輸入出来る（可以免稅進口）
　料金が三千円以内の物は無税です（費用在三千元內者免稅）

**無請求**〔名〕無人領取、無人認領
　無請求配当（無人領取的紅利）

**無制限**〔名、形動〕無限制
　切符を無制限に発行する（無限制地售票）
　無制限に入場させる（無限制地自由入場）
　無制限に取ると山菜も芽が出なくなって終う（無限制地摘取山菜芽會長不出來）
　無制限に捕まえた為絶滅す前の動物も居る（因沒限制地捕捉所以即將絕種的動物也有）

**無生酵母**〔名〕〔化〕雜體酶

**無生代**〔名〕（地學）無生代

**無政府**〔名〕無政府
　無政府主義（無政府主義＝アナーキズム）
　無政府主義者（無政府主義者＝アナーキスト）
　無政府状態（無政府狀態＝アナーキー）
　無政府状態に陥る（陷於無政府狀態）

**無生物**〔名〕無生物←→生物
　無生物時代（〔地質〕無生物時代）

**無籍**〔名〕無戶籍、無國籍、無學籍
　無籍者（無戶籍的人、無國籍的人、無學籍的人）
**無脊椎動物**〔名〕無脊椎動物
**無責任**〔名、形動〕沒有責任、不負責任
　無責任な立場（沒有責任的立場）
　無責任な言を言う（說不負責任的話）
　火の始末も為ないで出掛ける何て無責任極まる（也不把火收始好就出去太不負責任啦！）
　彼は無責任な男だった（他是不負責任的男人）
　頼まれた事を途中で拠り出して遊びに行く何て無責任だ（受委託之事半途丟著不管而去玩真是沒責任感）
**無接合管**〔名〕無縫鋼管
**無節操**〔名、形動〕沒有節操
　彼女は無節操な女性だ（她是沒有節操的女性）
**無銭**〔名〕不帶錢、沒有錢、不付錢
　無銭飲食（不付錢白吃白喝）
　無銭旅行（不帶錢旅行）
　無銭遊興（不帶錢玩樂）
**無線**〔名〕無線、〔俗〕以目示意，眉目傳情←→有線
　無線で送信する（用無線電發報）
　無線管制航空機（無線電操縱無人駕駛的飛機）
　無線局（無線電台）
　無線航行（無線電導航）
　無線航行移動局（活動無線電導航台）
　無線写真電送（無線電傳真）
　無線周波（無線電周波、射頻）
　無線受信機（無線電接收機）
　無線制御（無線電操縱）
　無線操縦（遙控飛機、車、船、炸彈）
　無線中継（無線電轉播）
　無線電波（無線電波）
　無線通信（無線電通訊）
　無線電信（無線電報=無電）

　無線電信電話（無線電電訊電話）
　無線電送（無線電傳送）
　無線電報（無線電報=無電）
　無線電話（無線電話=無電）
　無線標識（無線電指向）
　無線方位（無線電方位）
　無線方向探知（無線電測向）
**無鬚**〔名〕沒鬍鬚、不留鬍鬚
**無租地**〔名〕不課稅的土地、國有土地、公有土地←→有租地
**無訴権**〔名〕〔法〕無起訴權
**無双、無雙**〔名〕無雙，無比（=無比、無類）、裡外用相同質料做的衣服或用具、〔相撲〕用一隻手推倒對方的大腿、無雙窗
　古今無双（古今無雙）
　無双の英雄（蓋世無雙的英雄）
　天下無双の英雄（天下無雙的英雄）天下
　豪胆無双の侍（大膽無比的武士）
　無双の羽織（裡外一樣料子的和服短掛）
　無双箪笥（裡外用同樣木料做的衣櫃）
　無双窓、夢想窓（無雙窗-兩扇窗櫺、固定一扇、另一扇可拉、合起來像一塊木板）
**無相**〔名、形動〕〔佛〕沒有形體←→有相、事態超然
**無想**〔名〕（什麼也）不想
　無念無想の境地（萬念皆空的境地）
**無装荷**〔名〕〔電〕無負荷，無載、非加感
　無装荷回路（無負荷電路、非加感電路）
　無装荷ケーブル（無負載電纜、非加感電纜）
**無走査空中線**〔名〕〔電〕固定天線、非轉動天線
**無足**〔名〕（鎌倉、室町時代）無采地或俸祿之武士、無足，無腿
　無足類の動物（無足類動物）
**無反り、無反**〔名〕直而不彎曲（的刀身）
　無反りの長い刀を提げる（帶直刀身的長刀）提げる下げる
　無反りの刀を翳す（高舉直刀身的刀）
**無損失回路**〔名〕〔電〕無損耗電路
**無損失線路**〔名〕〔電〕無損耗電路（=無損失回路）
**無駄、徒**〔名、形動〕徒勞、白費、浪費

メ

彼に親切を尽くしても無駄だ（怎樣親切待他也是白費）
彼には何を言っても無駄だ（跟他說什麼也沒用）
彼の人は直ぐ忘れるから教えても無駄だ（那人很健忘教了也是白費）
無駄な事は止めた方が好い（最好別幹徒勞無益的事）
そんな遣り方は無駄で無いかも知れない（那樣的做法也許不是徒勞無益的）
無駄に往復する（徒勞往返）
無駄な骨折（徒勞無益）
友達と無駄話を為るのは楽しい物だ（和朋友閒聊挺有趣的）
余分な事を為て時間を無駄に為る（幹多餘的事浪費時間）
彼の生活には無駄が多い（他在生活上浪費的地方很多）
そんな本見る丈時間の無駄だ（盡看那種書是浪費時間）
無駄を省く（減少浪費）
安物を買って金を無駄に為た（買便宜貨真浪費錢）

**無駄足、徒足**〔名〕白跑一趟、白去
無駄足を踏む（徒勞往返）
無駄足を為る（徒勞往返）
無駄足だった（白跑了一趟）
無駄足かも知れない（也許會白跑一趟）
不在かも知れないが無駄足だと思って御覧為さい（他也許不在家你就當白跑一趟去看看吧！）
友達が留守で無駄足に為った（朋友不在家白跑了一趟）
図書館迄出掛けたが休館で無駄足だった（到了圖書館但因休館白跑了一趟）

**無駄書、徒書**〔名〕白寫，白畫、亂寫亂畫、亂寫的字，亂畫的圖畫

**無駄金、徒金**〔名〕冤枉錢、白花的錢
彼は少なからず無駄金を使った（他花了不少冤枉錢、他白花了不少錢）使う遣う

**無駄食い、徒食い**〔名、他サ〕吃零食（＝間食、間食）、坐食，不勞而食（＝徒食）

**無駄口、徒口**〔名〕閒聊、廢話（＝無駄言、徒言）
無駄口を聞く（閒聊＝無駄話を為る）聞く聴く訊く利く効く
無駄口を叩く（閒聊）叩く敲く
無駄口を聞かないで仕事を為為さい（別閒聊做事吧！）
無駄口を叩いてないで早く為為さい（別閒聊趕快做）早い速い
無駄口を言っては為らぬ（不要瞎扯）

**無駄言、徒言**〔名〕閒話、廢話（＝無駄口、徒口）
無駄言を言うな（別說廢話、別閒聊）言う云う謂う

**無駄話、徒話**〔名〕閒聊、廢話
無駄話を為る（閒聊 說廢話＝無駄口を聞く）
無駄話が好きだ（好聊天、愛聊天）
無駄話の好きな人（喜歡閒聊的人）
無駄話好き（喜歡閒聊的人）
無駄話を為る時間が有ったらさっさと遣れ（要是有時間閒聊就趕快做吧！）
無駄話許り為る（只顧說閒話）
無駄話を為ていたら出掛ける時間が無くなる（要是再聊天的話就沒時間去了）
無駄話は止してちゃんと本題に戻り為さい（別說廢話直接言歸正傳吧！）

**無駄事、徒事**〔名〕徒勞無益的事
無駄事を為るな（別做徒勞無益的事）

**無駄時間、徒時間**〔名〕〔機〕白費時間，空耗時間、滯留時間，停歇時間

**無駄死、徒死**〔名〕白死（＝犬死）
無駄死に為る（白白送死＝犬死に為る）
無駄死に為る（白白送死）

**無駄使い、無駄遣い、徒遣い**〔名、自サ〕浪費
無駄使いを為ないで貯金しよう（不要浪費把錢存起來吧！）
無駄使いを為ないで少しも貯金を為為さい（別亂花錢多少也存點起來吧！）
水を無駄使いしない様に（別浪費水）
時間の無駄使い（浪費時間）
御年玉を無駄使いしない様に母に預ける（別亂花壓歲錢要交給母親保管）

**無駄歯**〔名〕〔機〕追逐齒

**無駄花、徒花**〔名〕謊花、空花（＝徒花-不結果的花）
茄子には無駄花が無い（茄子不開謊花）

**無駄骨、徒骨**〔名〕白費力氣、徒勞無功（=無駄骨折、徒骨折、骨折損）

　無駄骨を折る（白受累、白做、徒勞）折る織る居る

　些か無駄骨を折った（白費了點勁）些か聊か

　無駄骨を終る（終歸徒勞）登る上る昇る

　ふうふう言って五階迄の登ったけれど相手が留守で無駄骨だった（喘不過氣地跑到了五樓但是對方不在家真是白費力氣）

　department store と迄買い物に行ったが休みで無駄骨に為った（到百貨公司買東西可是沒有營業白跑一趟）

**無駄骨折、徒骨折**〔名〕白費力氣、徒勞無功（=無駄骨、徒骨、骨折損、徒労）

　無駄骨折に為る（白受累、白做、徒勞=無駄骨を折る）

　無駄骨折に為らない様に確り計画を立てて行う（好好制定計畫去做以免徒勞）

　無駄骨折に為らない様に事前に連絡して行なう（事先聯絡好以免徒勞）

**無駄損、徒損**〔名〕〔機〕不用功損耗

**無駄飯、徒飯**〔名〕閒飯

　無駄飯を食う（吃閒飯）食う喰う

　もう此以上無駄飯を食わせる訳には行かない（再不能繼續吃閒飯了）

**無駄物**〔名〕廢物、廢品、沒用的東西

**無体**〔名、形動〕無理，無法（=乱暴）、無形。〔古〕輕視，輕蔑（=蔑ろ）

　無理無体な要求（蠻不講理的要求）

　無体な振舞（不講理的舉動）

　無体な言を言うな（別說無理的話）言言言う云う謂う

　無体財産（無形財產-著作權、專利權）

　無体物（無形體物-光、電、熱）←→有体物

　無体攻め（強攻、硬攻）

**無代**〔名〕免費、白送（=無料、徒）

　無代で進呈します（免費贈送）

　見本を無代で進呈します（免費贈送樣品）

　見本を無代致します（免費奉送樣品）

　先着百名の御客様に無代進呈（免費贈送先光臨的一百位顧客）

**無題**〔名〕無題、沒有命題

　無題の歌（無題詩）←→題詠

　此の小説は無題だ（這小說無題）

　無題の七言律詩（無題的七言律詩）

**無担保**〔名〕無擔保、不需擔保、不用擔保

　無担保で金を貸す（無擔保貸款）

　無担保裏書（無擔保背書）

**無断**〔名〕擅自（=無届）

　無断使用を禁ずる（禁止擅自使用）

　両親に無断で旅行に行く（未得父母許可就去旅行）行く往く逝く行く往く逝く

　グラウンドを無断で使わないで下さい（請不要擅自使用操場）

　無断で会社を休む（擅自休息不去公司）

　此の池で無断で釣を為ない事（請勿擅自在此池中釣魚）

　無断欠勤（未經允許擅自缺勤、曠職、礦工）

　無断借用（未經允許私自借用，抄襲別人的文章、剽竊）

**無知、無智**〔名、形動〕沒知識、無智慧（=愚か）

　無知な男（沒知識的男人）

　病気に対して無知で有ると言う事は恐ろしい事だ（對疾病無知是很可怕的事）

　政治に関しては全く無知だ（對政治完全無知）

　無知な人間（愚蠢的人）人間人間（無人的地方）

　人間文盲（無知文盲）

　無知蒙昧（愚昧無知）

**無知覚**〔名〕〔醫〕沒感覺

**無恥**〔名、形動〕無恥、不害羞

　厚顔無恥の男（厚顏無恥的男人）

　其の無恥の腐敗した生活を曝け出す（揭發其無恥的腐爛生活）

　仲間を裏切るとは全く無恥極まる物だ（出賣夥伴是最無恥的）極まる窮まる

**無畜**〔名〕沒有家畜

　無畜農家（沒有家畜的農家）

**無秩序**〔名、形動〕沒有秩序
　会場は無秩序の状態だ（會場是毫無秩序的狀態）

**無茶**〔名、形動〕〔俗〕毫無道理、胡亂、蠻橫、過分、非常、特別（=滅茶、目茶）
　無茶を言って人を困らせる（說毫無道理的話難為人）云う謂う言う
　無茶な事を言うな（不要亂說）
　無茶に金を使う（胡亂花錢）使う遣う
　無茶な真似は止し給う（不要胡搞、別胡作非為）
　三日掛かる仕事を一日で遣れと言うのは無茶な話だ（三天的工作要一天完成真是太蠻橫不講理）一日一日一日一日
　全く無茶と言う物（真是豈有此理）
　一気に遣って終おう何て無茶だ（要一氣呵成實在太胡鬧了）一気呵成
　今日は又無茶に寒い（今天特別冷）今日今日
　今日は又無茶に蒸し暑い（今天又特別悶熱）
　無茶な暑さだ（天氣太熱了）
　無茶を為ては体を壊すよ（做得過分會傷身）壊す毀す
　無茶に安い（太便宜了）安い廉い易い

**無茶苦茶**〔名、形動〕〔俗〕毫無道理、亂七八糟、胡亂、過分（=滅茶苦茶、目茶苦茶）
　無茶苦茶な理屈を並べ立てる（說一大套毫無道理的理論）
　無茶苦茶の論理（毫無道理的邏輯、亂七八糟的道理）
　仕事を無茶苦茶に為る（把工作搞得亂七八糟）
　無茶苦茶に喚き立てる（亂叫一場）
　プールは無茶苦茶に混んで居る（游泳池擁擠不堪）込む混む
　部屋の中は無茶苦茶だ（屋裡亂七八糟）
　無茶苦茶に金を使う（胡亂花錢）
　君の言う事は全く無茶苦茶だね（你簡直是胡言亂語）
　無茶苦茶に酒を飲む飲む呑む（拼命喝酒）
　そんなに無茶苦茶に酒を飲む物では無い（不該那麼猛灌酒）

　無茶苦茶に勉強する（用功過度）
　無茶苦茶な勉強（猛用功）
　彼の遣り方は無茶苦茶だ（那種做法太過分了）

**無着陸**〔名〕（飛機）中途不降落
　無着陸飛行（中途不降落的飛行）
　無着陸飛行を行う（做中途不降落的飛行）

**無柱**〔名〕無支柱
　無柱式の建築物（無柱式建築物）

**無調**〔名〕〔樂〕無調
　無調性（無調性）
　無調主義（無調主義）

**無腸**〔名〕沒有主意，沒有決心，沒有節操、螃蟹的別名（=無腸公子、蟹）

**無賃**〔名〕不花運費、不買票
　無賃乗車（無票乘車）
　無賃乗車は堅く御断りします（嚴禁無票乘車）硬い堅い固い難い
　手荷物は三十kilometerまで無賃です（不超過三十公斤的隨身行李免運費）三十三十

**無痛**〔名〕無痛
　無痛分娩（無痛分娩=無痛分娩法）
　無痛手術（無痛手術）
　無痛注射（無痛注射）

**無痛覚**〔名〕無痛覺、痛覺缺失
　無痛覚症（痛覺缺失症）

**無手**〔名〕徒手，赤手，空手（=素手）、白手、沒有長處
　無手で向う（空手抵抗）空手空手空手空手徒手赤手
　無手で敵軍と組み打ちする（赤手空拳和敵軍搏鬥）
　無手で身代を築き上げた（白手成家了）身代身代
　無手勝流（〔俗〕不戰而勝的方法、獨特的作風、別出心裁的作法、以策略取勝的方法、自己創造的流派=自己流）

**無手法、無鉄砲**〔名、形動〕魯莽、莽撞、冒失（=向う見ず）
　無鉄砲な男（魯莽的男人）

あんまり無鉄砲の事を為るな（別做太莽撞的事）
あんまり無鉄砲の事を為ると後で困る（做事太魯莽了結果要糟糕）
余り無鉄砲な事を為ると後で困る（做事太魯莽了結果要糟糕）
動いている列車から飛び下りる何て無鉄砲なんだ（從還在開動的火車跳下真是莽撞）
一人で山に登る何て無鉄砲だ（一個人去登山太冒失了）上る登る昇る

**無定位**〔名〕〔理〕無定位，不定位，無定向，不定向、不歸位、無靜差
　無定位検流計（〔消除地磁場影響的〕無定向電流計）
　無定位コイル（無定向線圈）
　無定位スイッチ（〔電話交換機的〕不歸位機鍵）
　無定位動作（無靜差作用、浮動作用）

**無定形**〔名〕無定形、非晶形
　無定形炭素（非結晶形碳）

**無定型**〔名〕無定型、沒有一定體裁
　無定型短歌（自由律的短歌-不受三十一個字的限制）

**無定見**〔名、形動〕沒主見
　そんな無定見な事で如何するの（那樣沒主見怎麼辦才好？）如何如何
　無定見な考え方（沒主見的想法）

**無抵抗**〔名〕不抵抗
　殴られても無抵抗でいた（即使被揍也不抵抗）
　無抵抗主義（不抵抗主義）

**無丁字**〔名〕目不識丁、一字不識、文盲、睜眼瞎（=明き盲）

**無停車**〔名〕不停車
　無停車で走る（中間不停車行駛）

**無抵当**〔名〕（借款時的）無抵押

**無敵**〔名、形動〕無敵（=無双）
　無敵の勇者（無敵勇士）
　天下無敵の勇将（天下無敵的勇將）
　無敵艦隊（無敵艦隊）

プロ野球では無敵のチームは迚も珍しい（在職業棒球上無敵的隊伍是很少的）

**無点**〔名〕（漢文）沒有訓讀標點、（比賽）沒有得分，零分（=零点、ゼロ）
　無点本（沒有訓讀標點的漢文書）

**無電**〔名〕無線電（=無線電信、無線電話）
　無電を受ける（收無線電）打つ撃つ討つ
　無電を打って急を知らせる（拍無線電告急）
　無電を打つ（用無線電發送）
　無電で着陸を指示する（用無線電引導降落）
　無電局（無線電台）
　無電放送（無線電廣播）
　無電放送を為る（用無線電廣播）

**無刀**〔名〕刀沒帶在身上

**無灯、無燈**〔名〕沒有點燈
　自動車が無灯で走っている（汽車不開燈行駛）

**無灯火**〔名〕不點燈火
　無灯火で走る自転車（不點燈騎著走的自行車）

**無党**〔名〕無黨派
　無党の者が立候補（無黨派的人出來競選）
　無党無派（無黨無派）

**無糖**〔名〕不含糖分
　患者に無糖の食べ物を与える（給患者不含糖分的食物）
　無糖煉乳（無糖煉乳）煉乳練乳（=コンデンスミルク）

**無頭**〔名〕〔生〕沒有頭
　無頭症（無頭症）
　無頭蓋症（無頭蓋症）

**無答責**〔名〕〔法〕可不承擔法律責任

**無投票**〔名〕不投票、省略投票手續
　無投票当選（不經投票當選）
　無投票で当選する（不經投票當選）

**無道**〔名、形動〕不合情理、殘酷凶暴（=非道非理）
　無道な振舞（殘酷凶暴的行為）
　悪逆無道（大逆無道）

メ

<ruby>無徳<rt>むとく</rt></ruby>〔名、形動〕無德，缺德，沒有品德、有遜色，不體面，不成體統、無用，不起作用
　<ruby>彼奴程<rt>あいつほど</rt></ruby><ruby>無徳<rt>むとく</rt></ruby>な<ruby>奴<rt>やつ</rt></ruby>は無い（那傢伙最缺德）

<ruby>無毒<rt>むどく</rt></ruby>〔名〕沒有毒←→有毒
　<ruby>無毒<rt>むどく</rt></ruby>の<ruby>化粧品<rt>けしょうひん</rt></ruby>（沒有毒的化妝品）
　<ruby>無毒<rt>むどく</rt></ruby>の<ruby>茸<rt>きのこ</rt></ruby>（無毒蘑菇）<ruby>茸<rt>きのこ</rt></ruby> <ruby>菌<rt>きのこ</rt></ruby> <ruby>蕈<rt>きのこ</rt></ruby>

<ruby>無得心<rt>むとくしん</rt></ruby>、<ruby>無得心<rt>むとくしん</rt></ruby>〔名、形動〕不同意，不理解，不滿意，無理，不道德，殘暴

<ruby>無得点<rt>むとくてん</rt></ruby>〔名〕（比賽或考試中）沒得分（=<ruby>無点<rt>むてん</rt></ruby>）
　<ruby>無得点<rt>むとくてん</rt></ruby>の<ruby>惨敗<rt>ざんぱい</rt></ruby>を<ruby>喫<rt>きっ</rt></ruby>した（遭到零分的慘敗）
　<ruby>無得点<rt>むとくてん</rt></ruby>に<ruby>終<rt>お</rt></ruby>る（未得分而結束）封ずる 奉ずる 崩ずる 報ずる
　<ruby>相手<rt>あいて</rt></ruby>team を<ruby>無得点<rt>むとくてん</rt></ruby>に<ruby>封<rt>ふう</rt></ruby>ずる（使對方球隊一分未得）封ずる（封鎖）封ずる（封疆土）

<ruby>無届け<rt>むとどけ</rt></ruby>、<ruby>無届<rt>むとどけ</rt></ruby>〔名〕沒有報告、未經呈報
　<ruby>無届<rt>むとど</rt></ruby>けで<ruby>学校<rt>がっこう</rt></ruby>を<ruby>休<rt>やす</rt></ruby>む（沒有請假就不上學）
　<ruby>無届<rt>むとど</rt></ruby>けで<ruby>欠席<rt>けっせき</rt></ruby>する（沒有請假就不上學）
　<ruby>無届<rt>むとど</rt></ruby>けで<ruby>会社<rt>かいしゃ</rt></ruby>を<ruby>休<rt>やす</rt></ruby>む（沒有請假就不上班）
　<ruby>無届<rt>むとど</rt></ruby>けで<ruby>欠勤<rt>けっきん</rt></ruby>する（沒有請假就不上班）
　<ruby>無届<rt>むとど</rt></ruby>け<ruby>欠席<rt>けっせき</rt></ruby>（曠課）
　<ruby>無届<rt>むとど</rt></ruby>け<ruby>欠勤<rt>けっきん</rt></ruby>（曠工）
　<ruby>無届<rt>むとど</rt></ruby>け<ruby>集会<rt>しゅうかい</rt></ruby>（未經呈報的集會）

<ruby>無頓着<rt>むとんちゃく</rt></ruby>、<ruby>無頓着<rt>むとんじゃく</rt></ruby>〔名、形動〕漫不經心、不介意、不在乎
　<ruby>身形<rt>みなり</rt></ruby>の<ruby>無頓着<rt>むとんちゃく</rt></ruby>の<ruby>人<rt>ひと</rt></ruby>（對衣著漫不經心的人）
　<ruby>毀誉褒貶<rt>きよほうへん</rt></ruby>に<ruby>無頓着<rt>むとんちゃく</rt></ruby>だ（對毀譽褒貶全不介意）
　<ruby>彼<rt>かれ</rt></ruby>は<ruby>金銭<rt>きんせん</rt></ruby>に<ruby>無頓着<rt>むとんちゃく</rt></ruby>だ（他對金錢全不在乎）
　<ruby>他人<rt>たにん</rt></ruby>が<ruby>如何<rt>どう</rt></ruby><ruby>言<rt>い</rt></ruby>おうと<ruby>無頓着<rt>むとんちゃく</rt></ruby>だ（不在乎別人怎麼說）
　<ruby>宿題<rt>しゅくだい</rt></ruby>が<ruby>有<rt>あ</rt></ruby>ろうと<ruby>無<rt>な</rt></ruby>かろうとそんな<ruby>事<rt>こと</rt></ruby>には<ruby>無頓着<rt>むとんちゃく</rt></ruby>で<ruby>遊<rt>あそ</rt></ruby>び<ruby>惚<rt>ほう</rt></ruby>けている（有作業也好沒作業也好就那樣地不在乎拼命地完）

<ruby>無二<rt>むに</rt></ruby>〔名〕無二、無雙（=<ruby>無類<rt>むるい</rt></ruby>）
　<ruby>無二<rt>むに</rt></ruby>の<ruby>親友<rt>しんゆう</rt></ruby>（最好的朋友）
　<ruby>一年生<rt>いちねんせい</rt></ruby>の<ruby>時<rt>とき</rt></ruby>からの<ruby>無二<rt>むに</rt></ruby>の<ruby>親友<rt>しんゆう</rt></ruby>（從一年級開始的摯友）<ruby>一年<rt>いちねんひととせ</rt></ruby>一年
　<ruby>唯一無二<rt>ゆいいつむに</rt></ruby>の<ruby>宝物<rt>たからもの</rt></ruby>（獨一無二的寶物）<ruby>宝物<rt>たからもの</rt></ruby> <ruby>宝物<rt>ほうもつ</rt></ruby>
　<ruby>当代無二<rt>とうだいむに</rt></ruby>の<ruby>詩人<rt>しじん</rt></ruby>（當代首屈一指的詩人）
　<ruby>当代無二<rt>とうだいむに</rt></ruby>の<ruby>文豪<rt>ぶんごう</rt></ruby>（當代首屈一指的文豪）

<ruby>無二無三<rt>むにむさん</rt></ruby>、<ruby>無二無三<rt>むにむざん</rt></ruby>（〔佛〕唯一、專心、拼命=<ruby>一心不乱<rt>いっしんふらん</rt></ruby>）
　<ruby>無二無三<rt>むにむさん</rt></ruby>に<ruby>仕事<rt>しごと</rt></ruby>を<ruby>為<rt>す</rt></ruby>る（專心做事）
　<ruby>無二無三<rt>むにむさん</rt></ruby>に<ruby>逃<rt>に</rt></ruby>げる（不要命地逃、拼命地逃）

<ruby>無乳<rt>むにゅう</rt></ruby>（<ruby>症<rt>しょう</rt></ruby>）〔名〕〔醫〕無乳症

<ruby>無尿<rt>むにょう</rt></ruby>〔名〕〔醫〕無尿
　<ruby>無尿症<rt>むにょうしょう</rt></ruby>（無尿症）

<ruby>無任所<rt>むにんしょ</rt></ruby>〔名〕沒有特定的任所
　<ruby>無任所大臣<rt>むにんしょだいじん</rt></ruby>（不管部大臣、國務大臣）

<ruby>無熱<rt>むねつ</rt></ruby>〔名〕沒有發燒
　<ruby>無熱患者<rt>むねつかんじゃ</rt></ruby>（沒有發燒的病人）

<ruby>無能<rt>むのう</rt></ruby>〔名、形動〕無能、無用←→<ruby>有能<rt>ゆうのう</rt></ruby>
　<ruby>無能<rt>むのう</rt></ruby>な<ruby>職員<rt>しょくいん</rt></ruby>（無能的職員）
　<ruby>無能<rt>むのう</rt></ruby>な<ruby>奴<rt>やつ</rt></ruby>（無用的傢伙）奴
　<ruby>無能<rt>むのう</rt></ruby>の<ruby>為<rt>ため</rt></ruby>に<ruby>罷免<rt>ひめん</rt></ruby>される（因為無能被免職）
　<ruby>彼<rt>かれ</rt></ruby>の<ruby>官吏<rt>かんり</rt></ruby>は<ruby>無能<rt>むのう</rt></ruby>の<ruby>為<rt>ため</rt></ruby>に<ruby>罷免<rt>ひめん</rt></ruby>される（那個官員因為無能被免職）
　<ruby>当局<rt>とうきょく</rt></ruby>の<ruby>無能<rt>むのう</rt></ruby>さを<ruby>糾弾<rt>きゅうだん</rt></ruby>する（譴責當局的無能）
　<ruby>自分<rt>じぶん</rt></ruby>の<ruby>無能<rt>むのう</rt></ruby>さ<ruby>加減<rt>かげん</rt></ruby>に<ruby>自分<rt>じぶん</rt></ruby>で<ruby>腹<rt>はら</rt></ruby>が<ruby>立<rt>た</rt></ruby>つ（因自己的無能而生氣）

<ruby>無能力<rt>むのうりょく</rt></ruby>〔名、形動〕沒能力，沒本事。〔法〕無行為能力
　<ruby>無能力振<rt>むのうりょくぶ</rt></ruby>りを<ruby>発揮<rt>はっき</rt></ruby>する（充分表現出沒有能力）振り
　<ruby>無能力風<rt>むのうりょくぶり</rt></ruby>を<ruby>曝<rt>ばく</rt></ruby>け<ruby>出<rt>だ</rt></ruby>す（暴露沒有能力）
　<ruby>無能力者<rt>むのうりょくしゃ</rt></ruby>（〔法〕無形為能力者）

<ruby>無脳症<rt>むのうしょう</rt></ruby>〔名〕〔醫〕無腦畸形

<ruby>無派<rt>むは</rt></ruby>〔名〕無黨派
　<ruby>無党無派<rt>むとうむは</rt></ruby>（無黨無派）

<ruby>無配<rt>むはい</rt></ruby>〔名〕〔經〕沒有紅利（=<ruby>無配当<rt>むはいとう</rt></ruby>）←→<ruby>有配<rt>ゆうはい</rt></ruby>
　<ruby>無配会社<rt>むはいかいしゃ</rt></ruby>（無紅利的公司）
　<ruby>我我<rt>われわれ</rt></ruby>の<ruby>会社<rt>かいしゃ</rt></ruby>は<ruby>無配<rt>むはい</rt></ruby>だ（我們公司不分紅利）
　<ruby>彼<rt>あ</rt></ruby>の<ruby>会社<rt>かいしゃ</rt></ruby>は<ruby>無配<rt>むはい</rt></ruby>に<ruby>為<rt>な</rt></ruby>った（那個公司不分紅利了）為る 成る 鳴る 生る
　<ruby>無配当<rt>むはいとう</rt></ruby>（不分紅、沒有紅利）
　<ruby>無配当保険<rt>むはいとうほけん</rt></ruby>（無紅利的人壽保險）

<ruby>無比<rt>むひ</rt></ruby>〔名、形動〕無比、無雙（=<ruby>無双<rt>むそう</rt></ruby>、<ruby>無双<rt>ぶそう</rt></ruby>、<ruby>無類<rt>むるい</rt></ruby>）
　<ruby>此<rt>こ</rt></ruby>の<ruby>製品<rt>せいひん</rt></ruby>は<ruby>世界<rt>せかい</rt></ruby>でも<ruby>無比<rt>むひ</rt></ruby>の<ruby>性能<rt>せいのう</rt></ruby>を<ruby>持<rt>も</rt></ruby>つ（這種產品的性能在世界上也屬第一）

彼は当代無比の文豪である（他是當代無雙的文豪）
天下無比の力士（天下無比的力士）天下
痛烈無比な批判（激烈無比的批評）批評
当代無比（當代無比）
頑健無比（無比健壯）頑強頑固
正確無比（非常正確）
痛快無比（無比痛快）痛心痛苦

**無日付**〔名〕無日期、沒註日期
　無日付手形（未註明日期的票據、無期限的票據）

**無尾**〔名〕無尾
　無尾類の動物（無尾類動物）
　無尾翼機（無尾翼飛機）
　無尾目（無尾目-兩棲綱中的一目、如青蛙等、亦稱無尾類）

**無批判**〔名、形動〕沒有批評
　無批判に受け入れる（不加批評地接受）
　無批判に採用する（不加批評地採用）
　無批判な態度を取る（採取不加批評地態度）取る捕る摂る採る撮る執る獲る盗る録る

**無歪**〔名〕無畸變、不失真
　無歪最大出力（〔電〕最大不失真輸出功率）

**無筆**〔名、形動〕不識字（=文盲、明盲）
　無筆の人（不識字的人）
　我国には無筆の人は殆ど居ない（在我國幾乎沒有文盲）

**無氷**〔名〕無冰
　無氷海面（〔南冰洋等〕無冰海面）

**無病**〔名、形動〕沒有疾病←→多病
　無病は何より結構です（無病比什麼多好）
　無病息災（無病無災）

**無表情**〔名、形動〕缺乏表情
　無表情な顔（無表情的臉）
　無表情の顔（無表情的臉）
　其を聞いても彼は無表情だった（聽了那件事也沒表情）聞く聴く訊く利く効く

**無負荷**〔名〕無負荷
　無負荷電流（無負荷電流）
　無負荷運転（〔機〕空轉）

**無封**〔名〕敞口、沒封口
　無封の手紙（不封口的信）

**無風**〔名〕無風，無風氣流。〔俗〕沒有影響
　其の日は無風快晴だった（那天晴朗無風）
　無風地帯（不受事件影響地區）
　無風帯（〔氣象〕無風帶、〔喻〕平穩，消沉）
　無風状態（無風狀態）
　現在の所貿易は無風状態に在る様だ（目前貿易似乎處在平穩狀態）分る解る判る
　今の所無風状態だが何時戦争に為るか分からない（目前雖呈穩定狀態但不知何時發生戰爭）

**無分別**〔名、形動〕輕率、莽撞←→上分別（良策）
　無分別な行動（輕率的行動）
　無分別の行動（輕率的行動）
　無分別な行動は慎み為さい（請勿輕舉妄動）
　無分別な男だ（不知好歹的傢伙）
　無分別な事を為て呉れるな（別尋短見）呉れる暮れる繰れる刳れる
　力も無い癖に大男に向って行く何て無分別な事を為る（連力氣也沒有還想抵抗彪形大漢真是莽撞）

**無柄**〔名〕無柄
　無柄眼（〔生〕無柄眼）

**無辺**〔名、形動〕無邊無際
　広大無辺の砂漠（遼闊無邊的沙漠）砂漠沙漠
　広大無辺の草原（遼闊無邊的草原）
　無辺際、無辺際（沒有邊際）
　無辺世界（〔佛〕無邊世界、沒有希望的地方）

**無偏**〔名〕不偏、公平

**無変化**〔名〕無變化、單調

**無縫**〔名〕無縫
　天衣無縫（天衣無縫）

**無法**〔名、形動〕不講道理、粗暴
　無法な行為（粗暴的行為）
　無法の行為（粗暴的行為）

メ

無法な難題（無法無天的難題）
無法な話を為るな（別說蠻橫無理的話）
彼は無法にも私を杖で打倒と為た（他蠻橫得竟想用手杖打我）
無法地帯（無法無天的地區）
無法者（不講理的人）者者

**無妄**〔名、形動〕無妄
　無妄の福（無妄之福）
　無妄の災い（無妄之災）災い禍厄

**無謀**〔名、形動〕輕率、莽撞（=向う見ず）
　無謀な計画（欠斟酌的計畫）
　計画が些か無謀だ（計畫不夠周密）些か聊か
　無謀にも彼は病中の身で出掛けて行った（他帶病就去了真是胡來）
　現地の様子も分からないのに一人で出掛けるのは無謀だ（當地情形還不了解一個人就跑真是魯莽）分る解る判る一人一人一人
　無謀な運転は事故を招く（魯莽的駕駛導致事故）

**無帽**〔名〕不戴帽子
　若いサラリーマンには無帽の人が多い（年輕職員不戴帽子居多）
　無帽で町を歩いている（不戴帽子在街上走）

**無方式**〔名、形動〕無方式，沒有方式、無秩序，沒有調理

**無報酬**〔名〕沒有報酬、不要報酬
　無報酬で働く（不要報酬而工作）

**無方針**〔名〕沒有方針

**無防備**〔名〕沒有防備
　無防備地帯（不設防地帶）

**無品**〔名〕〔古〕無位的親王、沒有勳位的親王
　彼の親王は無品だ（那位親王是無品的）親王親王

**無味**〔名〕沒有滋味、沒有意思←→滋味
　無味無臭の液体（無味無臭的液體）気体固体
　無味な話に飽きる（厭膩索然無味的話）飽きる厭きる
　そんな生活は全く無味だ（那樣的生活完全沒有意思）
　無味乾燥（枯燥無味）←→興味津津
　無味乾燥な生活に飽きる（厭膩過乾燥無味的生活）
　無味乾燥な講演（枯燥無味的演講）

**無明**〔名〕〔佛〕無明、對真實無知
　無明の酒に酔う（在迷悟中不能開悟）
　無明長夜（無明長夜-不懂佛法的真理）

**無矛盾性**〔名〕（德 Widerspruchfreiheit 的譯詞）無矛盾性

**無目**〔名〕〔建〕（門、窗等的）橫檔

**無名**〔名〕無名，不具名，不知名、不著名，沒名氣←→有名、知名、高名、沒有名目，沒有理由
　無名の投書（匿名信）
　無名の英雄（無名英雄）
　無名の星（無名的星星）
　無名の俳優（不出名的演員）
　無名の一兵卒（無名小卒）
　無名で死ぬ（默默無聞而死）
　無名戦士（無名戰士）
　無名戦士の墓（無名戰士之墓）
　無名の士（無名之士）
　無名の作家（無名作家）
　無名の作家が一躍売り出す（無名作家一躍成名）
　道端に生える無名の草（長在路旁的無名草）生える映える栄える這える
　無名指（無名指=薬指）
　無名氏（無名氏）
　無名数（〔數〕無名數）
　無名の師（無名之師、不義之師）

**無銘**〔名〕書畫沒有落款、刀劍沒有刻上鑄者姓名←→在銘
　無銘の刀（刀沒有刻上鑄者姓名）刀刀
　其の刀は無銘だ（那把刀沒有刻上鑄者姓名）

**無免許**〔名〕沒有執照、不要許可執照
　無免許で医院を開業する（沒有執照開業行醫）
　無免許運転（無照駕駛）

**無面目**〔名〕沒有顏面，丟臉、不要臉，不知體面

**無毛症**〔名〕〔醫〕無毛症（多指陰毛）

**無文、無紋**〔名〕沒有花紋、沒有紋理（=無地）

無紋の上着（沒有花紋的上衣）
**無家賃**〔名〕不收房租、免收房租
無家賃で住んでいる（住在免收房租的屋子裡）住む棲む済む澄む清む
**無役**〔名〕沒職務
**無闇、無暗**〔名、形動〕胡亂，隨便、過分，過度
無闇に金を使う（胡亂花錢）
無闇に金を使うな（別胡亂花錢）
無闇に山の木を伐る（濫伐山上的樹）木樹切る斬る伐る着る
彼の人に無闇な事を言えない（跟他說話可要小心和、他不可以隨便講話）
無闇に暗記する（死記）
無闇に作る（粗製濫造）作る造る創る
無闇に作って後で困る（胡亂製造以後不好辦）後後後後
無闇に人を罵っては駄目だ（不可以隨便罵人）
地震だからと言って無闇に外へ飛び出しては反って危険だ（雖說是地震胡亂往外衝反而危險）
安いからと言って無闇に買い物を為ると無闇に為って終う（雖說是便宜但是胡亂買就變成浪費了）終う仕舞う
無闇に褒める（過分誇獎）褒める誉める
無闇に高い値段（過高的價錢）
先生は無闇に難しい問題を出した（老師出了過分難的問題）
子供に無闇に沢山御金を上げるのは良くない（給孩子過多的金錢並不好）
無闇矢鱈（無闇的加強語）（胡亂，隨便，過分，過度）
無闇矢鱈に物を毀す（不要亂毀壞東西）毀す壞す
彼は無闇矢鱈には口を利かない（他不隨便說話）聞く聴く訊く利く効く
**無憂華、無憂華**〔名〕〔佛〕無憂花、菩提樹花
**無誘導**〔名〕〔電〕無感
無誘導導体（〔電〕無感導體）
無誘導抵抗（〔電〕無感電阻）
**無用**〔名、形動〕沒有用處、不必,無需、沒有事情，不准，禁止←→有用、入用

無用の長物（沒有用處的東西、沒有用處的多餘東西）
無用の長物視する（視為沒有用處的東西）視する資する死する
無用の用（廢物反而有用處）
無用の部屋（沒有用處的房間）
狭いアパートでは立派な家具も無用だ（在窄的公寓裡漂亮的家具沒有用處）apartmentbuilding
心配は御無用です（請不必擔心）
心配御無用ちゃんと旨く遣ります（請別擔心會做得很順利）旨い甘い美味い巧い上手い
無用の心配（不必的操心）
無用な心配（不必的操心）
無用の出費（不必要的開支）
無用の交際を避ける（避免不必要的交際）避ける裂ける割ける咲ける避ける除ける
無用の者入る可からず（沒有事情禁止進入、閒人勿進）
無用の方は入らないで下さい（閒人勿進）入る入る
立ち入り無用（禁止入內）
小便無用（禁止小便）
天地無用（〔寫在貨物〕包裝上不可倒置）
**無葉性**〔名〕〔植〕無葉性
**無欲、無慾**〔名、形動〕無欲、不貪←→貪欲、強欲、大欲
極めて無欲の人（毫不自私的人）極める窮める究める
極めて無欲の男（毫不自私的人）
彼の人は無欲正直な人だ（他是不貪心誠實的人）
無欲恬淡（無欲不貪）
**無翼**〔名〕沒翅膀
無翼鳥（〔紐西蘭產的〕無翼鳥-鷗鴕、幾維）鳥鳥
**無理**〔名、形動〕不講道理、勉強，不合適,困難，強迫，強逼、過分，過度,不量力←→道理
無理が通れば道理が引っ込む（無理行得通道理就不存在了）
其は無理な注文だ（那是無理的要求、那是過分的要求、那是難為人）

メ

斯う言う事を君に頼むのは無理かも知れない（託你辦這種事也許任務過重）

其の仕事は私には無理だ（那個工作我做不了）

此の仕事は彼には無理だ（這個工作恐怕他辦不了）

此以上望むのは無理だろう（超過這個限度的要求恐怕不行吧！）

無理に飲ませる（強迫喝）

御客に酒を無理に飲ませない方が良い（別強迫客人喝酒較好）

無理に食べるな（不要勉強吃）

食べ切れなければ無理に食べるな（吃不下最好不要勉強吃）

無理に承諾させる（強迫同意）

無理に拵えた事（硬捏造出來的事情）

無理を張る（強迫對方做無理的事）張る貼る

無理する事は無い（不能勉強）

無理を為る（勉強工作）

君は病み上がりだから然う無理を為るな（你的病剛好不要那麼勉強工作）

無理に為る（不顧、冒著）

無理に当て嵌める（勉強適用）

無理が聞かない（不能勉強、不要勉強）

無理が聞くのは若い内だ（年輕時還可以硬拼）聞く聴く訊く利く効く

然う無理を為るな（別那麼自不量力）

無理は無い（當然）綯い

無理な勉強を為る（過分地用功）

こんな雨の日に無理を為て出掛ける事は無い（這種雨天犯不著硬要出去）

無理が身体に応える（過度緊張影響了身體）体 身体身体応える答える堪える

無理は三度（忍耐是有限度的）

**無理往生、無理圧状**〔名〕強迫、逼迫

無理往生させる（強迫同意）

**無理押し、無理押**〔名、他サ〕硬幹

多くの反対を退けて無理押しする（不顧多數人的反對硬幹下去）

多くの反対を退けて無理押しを為る（不顧多數人的反對硬幹下去）

批判を聞いて無理押しを為る（把批評當耳邊風硬幹）

無理押しに没義道な事を為る（橫行霸道）

**無理からぬ**〔連體〕有道理的、不無道理的、合乎道理的

無理からぬ事（合情理的事）

彼が然う言うのも無理からぬ点が有る（他那樣講也有合乎情理的地方）有る在る或る

君が悔しがる物無理からぬ事だ（他會後悔也不是沒有道理的）

彼が家を出たのも無理からぬ事だ（他離開家也不是沒有道理的）

**無理関数、無理函数**〔名〕〔數〕無理函數

**無理算段**〔名、自サ〕東拼西湊、七拼八湊

無理算段して十万円の金を拵えた（七拼八湊地弄了十萬元）

無理算段して整えた金（東挪西借籌措的錢）整える調える

**無理強い**〔名、他サ〕強迫、逼迫

無理強いに酒を飲ませる（逼著喝酒）

無理強いされて承諾して終った（被強迫不得不答應下來）仕舞う終う

**無理心中**〔名〕強迫殉情

彼の二人は無理心中だった（那兩個人是強迫殉情）

**無理難題**〔名〕不合理的要求、過分的要求

無理難題を吹っ掛ける（提出無理的要求）

**無理無体**〔名、形動〕強迫

無理無体に働かせる（強迫別人工作）

**無理遣、無理矢理**〔副〕強迫（＝無理に、強いて）

無理矢理飲ませる（逼著喝）

無理矢理に命令に服従させる（強迫對方服從命令）

無理矢理病院に連れて行く（硬把他送進醫院）

無理矢理に押し付ける（強迫推過去）

**無理解**〔名、形動〕不懂道理、不諒解

無理解な人（不懂道理的人）

**無理式**〔名〕無理式
**無理数**〔名〕無理数←→有理数
**無利子**〔名〕沒有利息（=無利息）
　無利子の公債（無利息的公債）
　無利子で金を借りる（以沒有利息借錢）
　無利子で金を貸す（免息貸款）
　二年間無利子と為る（兩年免息）
**無利息**〔名〕沒有利息（=無利子）
　無利息で人に金を貸す（不要利息把錢借給人）
**無理頼み**〔名〕強求
**無理方程式**〔名〕〔數〕無理方程式
**無慮**〔副〕大約
　参加者は無慮二十万人で有った（參加的人大約有二十萬人）
　無慮数千人（大約數千人）
　無慮数万の敵軍が押し寄せて来た（約有數萬敵軍蜂擁而來）
**無料**〔名〕免費（=無代）←→有料
　無料で提供させる（免費供應）
　無料で贈呈する（免費贈送）
　六歳迄は無料（六歲以下免費）
　無料で配達致します（免費送貨）
　修理代は無料 service（修理免費）
　入場無料（免費入場）
　無料駐車場（免費停車場）
　無料奉仕（義務服務）
**無量**〔名〕無量
　感慨無量（無限感慨）
　感慨無量の面持（感概無量的樣子）
　感慨無量為る物が有る（感概萬千）
　前途無量（前途無量）
　無量寿（〔佛〕無量寿仏、阿弥陀仏）
　無量無辺（〔佛〕無量無邊、無邊無際）
**無力**〔名、形動〕沒有力氣、沒有勢力、沒有權力、沒有資力←→有力
　無力で子供を大学に遣る事も出来る（沒有錢不能供孩子上大學）
　尽力しようと思っても無力だ（即使想盡力卻無能為力）

　私は無力で貴方を助けて上げる事が出来ない（我無力幫助您）
　無力感に打ち拉がれる（為自己無力而感到頹喪）
**無類**〔名、形動〕無類（=無比、無双、無二）
　彼は無類飛切である（他是天下無雙的）
　彼は無類の動物好きだ（他特別喜愛動物）
　無類の馬鹿者（混蛋無比的人）
　珍無類（珍奇無比）
**無漏**〔名〕〔佛〕沒有煩惱（=覚、悟）←→有漏
**無漏知**〔名〕〔佛〕從煩惱解脫的聖人智慧←→有漏知
**無禄**〔名〕無俸祿
**無論**〔副〕當然、不用說（=勿論）
　僕は無論賛成します（我當然贊成）
　其の計画には無論反対だ（對那計畫我當然反對）
　無論参加する（當然參加）
　彼も無論行った（不用說他也去了）
　遠足には無論行くに決まっている（遠足的話當然一定會去）
　其は無論の事です（那是當然的事）
**無い**〔形〕無，沒有（=居ない、存在しない）、也寫作（亡い）不在世、已去世←→有る、在る、死亡
〔補助形容詞〕（接形容詞形容動詞連用形下表示否定）沒、不
　金が無い（沒有錢）
　買い度いが金が無い（想買可是沒有錢）
　彼の人は子が無い（他沒有小孩）子児
　信用が無い（沒有信用）
　厳寒の冬は無く、酷暑の夏も無い（冬無嚴寒夏無酷暑）
　捜したが何処にも無い（找了到處沒有）
　金が無くて困る（沒有錢不好辦）
　行く気が無い（不想去）
　此の厄介な翻訳は彼の人で無くては旨く遣れない（這種難譯的東西非他翻不可）
　彼で無くて彼の細君が遣って来た（不是他而是他的太太來了）
　新聞が無くては世界の情勢が分らない（沒有報紙就不知道世界的形勢）

## メ

其は無くても差し支えは無い（沒有那個也無妨）
水が無ければ何物も生きている事は出来ない（沒有水任何東西都不能生存）
体が大きくても力は無さ然うだ（個子雖大但是好像沒有力氣）
為る事が無い（無事可做）
一つも無い（一個也沒有）
又も無い（無比的）
此はダイヤモンドの指輪では無い（這戒指不是鑽石的）では無い＝じゃ無い
発車迄後五分しか無い（離開車只有五分鐘）
可笑しいったら無い（再沒有比這更可笑的了）
話して無い（沒說）
無い知恵を絞る（絞盡腦汁、挖空心思）
無い袖は振られぬ（巧婦難為無米之炊）
無くて七癖有って四十八癖（人孰能無過、任何人多少都有毛病）
無い物食おうが人の癖（物以稀為貴）
少しも寒く無い（一點也不冷）
少しも暑く無い（一點也不熱）
静かでは無い（不安靜）
早く無い（不早）
暑くも無いし寒くも無い（不熱也不冷）
女らしく無い（不像個女人的樣子）
行き度く無い（不願意去）
綺麗では無い（不漂亮）
健やかで無い（不健康）
今亡く為った人を弔う（弔祭逝世的人）
亡く為った母の面影（亡母的姿容）
彼の優しかった母は今は亡い（那位慈祥的母親已經不在了）

**無い**〔接尾〕（接在名詞後構成形容詞）表示否定
仕方無い（沒辦法）
情無い（無情、可憐）
心無い人（缺乏同情心的人、不會體諒人的人）

**ない**〔助動、形容詞型〕（接動詞、助動詞未然形，せる，させる，れる，られる下表示否定）不

（放在句尾提高聲調）表示勸誘或慾恿
（有時下接か、かな、かしら）表示願望或委託
（加で構成狀語等於ずに、んで）沒有
（用ないで欲しい、ないで下さい等形式表示希望）請不要…
（用なくても良い、なくても構わない等形式）不、、、也行、不、、、也沒關係
（用なければならない、なければいけない等形式）必須、應該、不…不行

本を読まない（不讀書）
見せない（不能讓你看）
見せられない（不能讓你看）
新聞を見ない（不看報）
此は一寸見せられない（這可不能讓你看）
行けなくて残念だ（不能去很可惜）
僕はそんな事は知らない（那些事情我不知道）
出来も為ない（根本不會）
失望しない様に励まして遣る（鼓勵他不要失望）
彼を絶対に行かせない（絕對不讓他去）
段段話が分らなくなった（他說的話漸漸聽不懂了）
もし雨が降らなかったら行く（如果不下雨就去）
基本的人権は如何なる機関に於いても認められなくては為らない（基本人權在任何機關都應受到承認）
一緒に行かない（不一起去嗎？）
そんな事は然うじゃない（那種事算了吧！）
貸して呉れないか（能否借給我）
手伝って呉れないかな（あ）（不能給我幫個忙嗎？）
早く春が来ないかな（あ）（春天為何不早點來！）
此の手紙を出して来て呉れないかな（あ）（你能否替我把這封信發了呢？）
朝御飯を食べないで出勤した（沒吃早飯就去上班了）
道具を片付けないで出掛けた（工具沒有收拾起來就出去了）

声を出さないで読む（默讀）
交渉が円満に進行しないで皆心配している（交涉進行得不順利大家都在擔心）
そんな言葉は使わないで欲しい（希望不要使用那種語言）
窓を閉めないで下さい（請不要關窗戶）
明日は休みだから、早く起きなくても良い（明天是星期天不早起也行）
都合が悪いなら、行かなくても構わない（假如不方便不去也沒關係）
六月一日迄に申込書を出さなければならない（必須在六月一日以前提出申請書）
もっと早く寝なくては行けませんよ（必須更早一點睡喲！）

**無き**〔形〕（文語形容詞無し的連體形）沒有，不在、（也寫作亡き）已故
　無きに等しい（等於沒有）
　無き者、亡き者（死人、已故的人）
　無き者に為る（整死、殺死）為る為る
　無き者を弔う（祭弔死者）
　無き者を偲ぶ（思念死者）
　亡き父母（已故雙親）父母父母
　亡き妻に捧ぐ（獻給已故的妻子）
　亡き母を偲ぶ（想念已故的母親）偲ぶ忍ぶ
　亡き父の志を継ぐ（繼承先父之志）継ぐ次ぐ告ぐ注ぐ接ぐ

**無きにしも非ず**〔連語〕不是沒有、不一定沒有
　未だ望み無きにしも非ず（還不是沒有一點希望）
　多少の不満無きにしも非ずだ（並非沒有一點不滿）

**無げ**〔形動〕似乎沒有
　事も無げに打ち笑う（若無其事地發笑）無げ投げ
　辺りに人も無げ（の）な振舞（旁若無人的舉止）

**無さ**〔名〕（由形容詞ない的詞幹+接尾詞さ構成）無、沒有、沒有的程度（=ないこと）
　〔造語〕不、無（=、、、しないこと）
　意気地無さ（沒有魄力）

　意気地の無さに呆れる（那種沒出息的樣子令人吃驚！對不爭氣吃驚！）呆れる飽きれる厭きれる
　足り無さ（不足）
　救われ無さ（不可救藥）

**無し**〔名〕（無い的文語形、但終止形無し也用在口語）無、沒有
　何も言う事無し（無可奉告）
　一週間煙草無しで済ませるか（你一星期沒有香煙行嗎？）
　一言の挨拶も無しに帰って行った（沒有打個招呼就回去了）一言一言一言
　欠席者無し（沒有缺席的）
　問題は無しと為ない（不能說一點問題也沒有）
　透視の結果異常無し（透視結果沒有異常）

**無み**〔連語〕（形容詞無し語幹+接尾語み）因為沒有（=無いので、無いから）

**無い物強請り**〔名、連語〕任性地強求沒有的東西
　此の子はどうも無い物強請りを為て困ります（這個小孩老是死皮賴臉地強要沒有的東西真是沒辦法）
　其は無い物強請りと言う物だ（簡直是強人所難嘛！）

**無かりせば、微りせば**〔連語〕假如沒有（=なかったら）
　罪無かりせば釈放する（假如沒有罪就釋放）
　彼無かりせば（如果沒有他）

**無くす、亡くす**〔他五〕喪失，失掉，丟失（=失う、紛失），死（=死ぬ）←→無くする、亡くする
　自信を無くす（喪失信心）失くす
　特色を無くす（失掉特色）
　昨日財布を無くした（昨天丟了錢包）昨日昨日
　本を無くした（丟了書）
　子供を亡くす（死了小孩）
　幼い時に両親を亡くした（幼時失去了雙親）幼い幼い

**無くする、亡くする**〔他サ〕喪失，失掉，丟失（=失う、紛失），死（=死ぬ）←→無くす、亡くす

**無くなす、亡くなす**〔他五〕喪失，失掉，丟失（=失う、紛失），死（=死ぬ）←→無くす、無くする

**無くなる、亡くなる**〔自五〕遺失，丟失，沒有（=尽きる）、死掉←→残る
　帽子が無くなった（帽子丟了）
　私の時計が無くなった（我的錶丟了）
　米櫃に米が無くなる（米櫃裡沒有米了）
　炭火が無くなる（炭火燒光了）
　木の葉が無くなった（樹葉掉光了）木樹木木
　食糧が無くなった（沒有食糧了）
　成功する望みが無くなった（沒有成功的可能了）
　彼の父が亡くなった（他父親死了）

**無くては為らない**〔連語〕必需、不可缺少
　無くては為らない物（必不可少的東西）
　無くては為らない人（不可缺少的人物）
　米は日本人に無くては為らない食料だ（米是日本人所必需的糧食）

**無くても**〔連語〕即使沒有
　其は無くても差し支えは無い（即使沒有那個也不要緊）

**無くもがな**〔連語〕不如沒有、沒有倒好、寧缺毋濫=有らずもがな）
　無くもがなの説明（不如沒有的說明）
　無くもがなの発言（多餘的發言）
　無くもがなと思われる句が可也有る（有許多沒有反而好的句子）

**だらし無い**〔形〕不嚴謹，不檢點，散漫，衣冠不整，邋遢，吊兒郎當
　だらし無い女（邋遢的女人）
　だらし無い男（懶散的男人、放蕩的男人）
　だらし無い風を為る（邋遢打扮，衣冠不整）
　だらし無くベッドに寝る（懶散地躺在床上、四腳朝天地躺在床上）

# 蜈（ㄨˊ）

**蜈**〔漢造〕蜈蚣（節足動物中的多足類，體扁長，伏在陰濕地方，有毒會咬人）

**蜈蚣、百足**〔名〕蜈蚣
　彼は蜈蚣が恐い（他怕蜈蚣）恐い怖い強い
　蜈蚣に噛まれて腫れた（被蜈蚣咬種了）無蜈蜈腫れる脹れる晴れる張れる貼れる

# 蕪（ㄨˊ）

**蕪**〔漢造〕荒廢、錯亂、蕪菁
　荒蕪（荒蕪、荒廢）

**蕪稿**〔名〕內容雜亂文筆不成熟的原稿、謙稱自己寫的文章

**蕪雑**〔名、形動〕雜亂無章（=ごたごたしている）
　蕪雑な文章（不流暢的文章）文章文章
　蕪雑な言葉（語無倫次的話）言葉詞

**蕪辞**〔名〕雜亂之辭
　蕪辞を呈する（謹獻蕪辭）呈する挺する訂する
　蕪辞を列ねて祝辞と為る（謹列蕪辭以表賀忱）列ねる連ねる
　蕪辞を聞かされる（聽到雜亂之辭）聞く聴く訊く利く効く

**蕪**〔名〕〔植〕蕪菁（=蕪蕪菁）

**蕪、蕪菁**〔名〕〔植〕蕪菁

# 五（ㄨˇ）

**五**〔名、漢造〕五、五個（=五、五つ）
　ハートの五（〔撲克〕紅心五）
　五ポンド（五磅）
　五五二十五（五五二十五）
　五分の一（五分之一）
　五人、五人（五人）
　五円（五元）
　三三五五（三三五五、三三兩兩）
　三五（十五、十五夜-陰曆十五日夜晚〔特指八月十五日夜晚〕、三三五五、三五成群、三皇五帝）
　七五三（七五三-由一三五七九中所取的中吉數、第一道七個菜第二道五個第三道三個菜的盛宴、〔男子當三歲五歲、女孩當三歲七歲時〕在十一月十五日所舉行的祝賀儀式）
　七五調（日本詩歌或韻文反覆以七音五音構成格律的形式）←→五七調

**五**〔名〕五、五個（=五、五、五つ）、五十（=五十）
　一、二、三、四、五、六、七、八（一二三四五六七八）

五十日（五十日）
五十鈴川（五十鈴川）

**五百、五百、五百**〔名〕〔古〕五百、很大的數目
五百箇（〔古〕很大的數目）

**五**〔名〕五、五個（＝五、五つ）（僅用於計數）
一、二、三、四、五、六、七、八（一二三四五六七八）

**五日**〔名〕五天、每月五日
来月五日に東京に行く（下個月五日往東京去）行く往く逝く行く往く逝く
五日間（五天時間）間間間
五日間京都に留まる（在京都停留五天）留まる止まる

**五色**〔名〕五色（赤、青、黃、白、黒）（＝五つの色）

**五つ**〔名〕五、五個、第五個、五歲、（古代時刻）上午八點下午八點（＝五つ時）
蜜柑が五つ（橘子五個）
林檎を五つ買った（買了五個蘋果）買う飼う
五つ揃い（五個一套）
五つ目（第五）
今年五つに為る娘（今年五歲的女兒）今年今年生る成る為る鳴る
五つ衣（平安時代的女性服裝之一-穿五件襯衣）衣衣衣
五つ紋（有五個家徽的和服禮服）

**五悪**〔名〕五惡、〔佛〕五不善（殺生、偷盗、邪淫、妄語、飲酒）

**五位鷺**〔名〕〔動〕蒼鷺

**五運**〔名〕五行的運行（〔相生〕木，火，土，金，水，〔相剋〕土，木，金，水，火）

**五蘊**〔名〕〔佛〕五蘊（色、受、想、行、識）（＝五陰）

**五雲**〔名〕五色的雲（青、赤、黄、白、黒）

**五右衛門風呂**〔名〕鐵鍋澡盆（＝釜風呂、長州風呂）

**五音、五音、五韻**〔名〕五音（宮商角徵羽）、音韻、五十音圖各行的音
五音相通（同一行的音相通-雨，雨，舟，舟）

**五戒**〔名〕〔佛〕五戒（戒殺生、戒偷盗、戒邪淫、戒妄語、戒飲酒）
五戒を守る（守五戒）守る護る守る盛る漏る洩る

**五戒を破るな**（不准破五戒）

**五街道**〔名〕（江戸時代）以江戸日本橋為起點，通往京都、日光、甲府、白河的五條街道（東海道、中山道、日光街道、甲州街道、奥州街道）

**五角**〔名〕五角
五角形（五角形）

**五月、五月**〔名〕五月
五月節句（五月五日男童節＝子供の日、端午の節句）雛祭（三月三日女兒節-偶人節）
五月人形（五月五日男童節裝飾的武士偶人）
五月晴れ、五月晴（五月晴朗的天氣）
五月秋（陰曆五月的農忙季節）

**五月、皐月**〔名〕（陰曆）五月（＝早苗月）、杜鵑（＝躑躅）
五月の鯉の吹流（坦率、直爽）
五月雨、五月雨（梅雨＝梅雨、梅雨）
五月雨が続く（梅雨連綿）
五月雨戦術（拖拉戰術）
五月雨雲（梅雨期中的陰雲）
五月雨は腹の中迄腐られる（潮濕莫過五月雨肚子裡邊也發霉）
五月晴れ、五月晴れ，五月晴（梅雨期中的擎天）
五月闇（梅雨期中的黑夜）

**五月少女、早少女、早乙女**〔名〕少女、插秧姑娘
美しき早少女（美麗的少女）
早少女が歌を歌って田を植えている（插秧姑娘唱著歌插秧）植える飢える餓える
早少女が歌を歌って田植えを為ている（插秧的少女邊唱著歌邊插秧）

**五月蠅い、煩い**〔形〕討厭的，麻煩的，囉嗦的（＝煩わしい、面倒だ）、吵鬧（＝喧しい）、多嘴，嘮叨（＝口喧しい）
蠅が五月蠅い（蒼蠅討厭）蠅蠅五月蠅
五月蠅く質問する（問得令人討厭）
五月蠅い事が起った（出了件麻煩事）起る怒る興る熾る
電車の音が五月蠅くて眠れない（電車聲討厭睡不著）音音音音
世間の口が五月蠅くて敵わない（世間的風言風語真叫人受不了）敵う叶う適う

祖父は迚も五月蠅く敵わない（祖父很嘮叨真受不了）爺祖父爺祖父 爺 祖父祖母祖母婆
五月蠅く金を借りに来る（死皮賴臉地來借錢）来る来る
五月蠅い老爺（話多的老爺子）親爺親仁親父老爺
彼は食べ物に五月蠅い（他吃東西愛挑剔）
遅く為ると両親が五月蠅いので失礼します（回家太晚父母會嘮叨我先走了）
五月蠅いから静かに為為さい（太吵了請靜一靜）
迚も五月蠅くて仕事等出来ない（吵得簡直沒法工作）

**五月蠅がる、煩がる**〔自五〕討厭、厭煩
彼は非常に其を五月蠅がった（他很討厭那件事）
皆に五月蠅がられている（被大家討厭）皆皆
諄いの皆に五月蠅がられている（因為太囉嗦所以大家都討厭）

**五月蠅げ、煩げ**〔形動〕不耐煩的
五月蠅げに手を振って拒絶する（很不耐煩似的揮手拒絕）

**五月蠅さ、煩さ**〔名〕討厭、厭煩

**五官**〔名〕五官（=眼、耳、鼻、舌、皮膚=感覺器官）
五官の揃った人（五官齊全的人）

**五感**〔名〕五感（視覺、聽覺、嗅覺、味覺、觸覺）

**五器、御器**〔名〕食器、飯碗（=碗）

**五畿七道**〔名〕日本古代行政區域的總稱（五畿：山城、大和、河內、和泉、攝津、七道：東海、東山、北陸、山陰、山陽、南海、西海）

**五逆**〔名〕五逆（殺害君、父、母、祖父、祖母。〔佛〕殺父、殺母、殺阿羅漢、破壞僧侶和好、破壞佛身）

**五教**〔名〕五倫（君臣、父子、夫婦、兄弟、朋友）

**五経**〔名〕五經（詩経、書経、易経、禮記、春秋）

**五行**〔名〕五行（金、木、水、火、土。〔佛〕布施、持戒、忍辱、精進、止觀）

**五弦、五絃**〔名〕五弦琴、樂器的五條弦

**五更**〔名〕五更（古代時刻分為初更、二更、三更、四更、五更）、寅時（上午四點）

**五公五民**〔名〕（江戶時代）田賦用農收的一半繳公一半歸民

**五穀**〔名〕五穀（米、麥、粟、黍、豆）
五穀豊饒を祈る（祈禱五穀豐收）祈る禱る

**五根**〔名〕〔佛〕五根（目、耳、鼻、舌、身）、（開悟的）五基（信、勤、念、定、慧）

**五言**〔名〕五言
五言絶句（五言絕句）
五言律（五言律）

**五菜**〔名〕五菜（韮、薤、山葵、蔥、豆）、五個菜
一汁五菜（五菜一湯）

**五指**〔名〕五指（親指、人差指、中指、薬指、小指）
五指を曲する（曲指可數）
五指を曲して数えられる（曲指可數）
五指に余る（多於五指）
該当者は五指に余る（具備條件的有五個人以上）

**五四運動**〔名〕五四運動

**五彩**〔名〕五彩、五色（青、黃、赤、白、黑）

**五色、五色**〔名〕五色（青、黃、赤、白、黑=五彩）
五色の虹（彩虹）虹彩
五色揚げ（油炸蔬菜=精進揚げ）

**五七調**〔名〕（日本詩）五七格調的定型詞←→七五調

**五七日**〔名〕〔佛〕人死後第三十五日忌辰

**五十、五十、五十，五十路、五十**〔名〕五十、五十歲
五十音（〔日文字母〕五十音）
五十音図（〔日文字母表〕五十音圖）
五十肩（五十肩-五十歲左右常發生的肩疼）
五十腕（五十腕-五十歲左右常發生的臂痛）
五十歩百歩（五十歩笑百歩）
何の案も五十歩百歩だ（哪個方案都半斤八兩）
皆の考えも五十歩百歩だ（大家的想法都差不多）
五十（五十=五十）
五十年（五十年）年歲
五十、五十路（五十、五十歲=五十）
五十を超えた人（過五十歲的人）

五十（〔古〕五十＝五十）
　五十鈴川（五十鈴川-河流名）
　五十嵐（五十嵐-姓名）
　五十日、五十日、五十日（五十日）

五十三次〔名〕（東海道五十三次的簡稱）（江戶時代）從江戶日本橋到京都三條大橋的五十三個驛站

五重、五重、五重〔名〕五層
　五重の塔（五層塔＝五層の塔）
　五重奏（五重奏＝クインテット）

五種競技〔名〕五項運動（男：跳遠、標槍、鐵餅、一千五百公尺、二百公尺）
女：跳遠、跳高、鉛球、八十公尺高欄、二百公尺）

五常〔名〕五倫（君臣、父子、夫婦、長幼、朋友）、五德（仁、義、禮、智、信）

五衰〔名〕〔佛〕五衰之相

五寸釘〔名〕長釘子（約十五公分）

五節〔名〕〔古〕五節舞（新嘗祭、大嘗祭時的五人舞）

五節句〔名〕日本古時得五個節日（人日-一月七日、上巳-三月三日、端午-五月五日、七夕-七月七日、重陽-九月九日）

五攝家〔名〕日本古代有資格擔任攝政職位的五個門第（近衛、九條、二條、一條、鷹司）

五線〔名〕五線
　五線紙（〔樂〕五線紙）
　五線譜（〔樂〕五線譜）

五臟〔名〕五臟（心臟、肝臟、脾臟、肺臟、腎臟）、全身、全力
　五臟六腑（五臟六腑、〔喻〕衷心）
　五臟に染み渡る（刻骨銘心）
　五臟を煮やす（憤慨）

五體〔名〕五體（頭、頸、身、手、腳、筋、脈、肉、骨、皮、豪、隸、楷、行、草）
　五體が健全である（五體健全）
　男でも女でも生まれて来る子が五體滿足で有りさえ為れば良い（不管男孩女孩只要四肢健全就好）
　五體を投ぐ（五體投地）凪ぐ和ぐ薙ぐ

五大〔名〕〔佛〕五大（土、水、火、風、空、土、水、火、風、空）
　五大明王（〔佛〕不動明王、降三世明王、軍荼利明王、大威德明王、金剛夜叉明王）
　五大洲、五大州（五大洲）
　五大陸（五大洲）

五代〔名〕（中國史）五代

五等爵〔名〕五等爵位（公爵、侯爵、伯爵、子爵、男爵）

五等親〔名〕五等親

五德〔名〕五德（溫、良、恭、儉、讓）、三腳火架

五斗米〔名〕五斗米、〔喻〕俸祿少
　五斗米の為腰を折る（為五斗米折腰）節（節段、關節、曲調、地方）折る織る居る居る
　五斗米に節を曲げる（為五斗米折腰）節（季節、章節、節操、時候）曲げる柱げる

五倍子、五倍子、付子〔名〕〔植〕五倍子

五倍子の木〔名〕鹽膚木（＝樗）

五百羅漢〔名〕〔佛〕五百羅漢

五分、五分、五分〔名〕五分，半寸，百分之五。〔喻〕一點，多多少少，一半，均等
　年利五分で金を借りる（以年利五分借款）
　二割五分（兩成半）
　五分の縫い代を取る（留出半寸的縫邊）
　五分通り出来た（完成了一半左右）
　勝負は五分だ（不分勝負、平局）
　勝つ見込みは五分だ（取勝的可能有五成）
　両チームの力は五分と五分だ（兩隊勢均力敵）力力力
　彼の話には五分の隙も無い（他的話沒有半點漏洞）隙鋤鍬鍬桑
　彼の議論には五分の隙も無い（他的議論無懈可擊）
　盗人にも五分の理が有る（小偷也多少有他的道理）盗人盗人理 理
　五分五分（不相上下、平等、均等、相等、各半）
　五分五分に分ける（平分）湧ける涌ける沸ける
　五分五分の条件（平等的條件）

ㄨ

五分五分の勝負（平手、平局、不分勝負）
五分割り（剪五分頭-約1,5公分）
**五風十雨**〔名〕風調雨順
　五風十雨で大豊作（風調雨順大豐收）
**五木、五木**〔名〕五木（梅、桃、柳、桑、杉-梅，桃，柳，桑，杉，槐、柳，桃，桑，橡-槐、柳，桃，桑，橡）
**五味**〔名〕五味（酸，甜，苦，辣，鹹，酸，甜，苦，辣，鹹）
**五味子**〔名〕〔植〕五味子
**五目**〔名〕十錦、〔方〕垃圾
　五目飯（什錦飯）飯飯
　五目鮨（什錦壽司）寿司
　五目並べ（五子棋=連珠）
**五夜**〔名〕一夜（分為甲，乙，丙，丁，戊共五更）、五更（上午四到六時）
**五曜**〔名〕五星（火、水、木、金、土）
**五葉松**〔名〕〔植〕五葉松、五鬚松（=姫小松）
**五里霧中**〔名〕五里霧中
　五里霧中に迷う（如入五里霧中-無法判斷方向）
　五里霧中に陥る（陷入五里霧中）陥る落ち入る
**五朗八茶碗**〔名〕深底的粗瓷飯碗
**五倫**〔名〕五倫、五常（君臣之義、父子之親、夫婦之別、長幼之序、朋友之信）
**五輪**〔名〕五輪、五大（地，水，火，風，空）、奧林匹克（的標記）（=オリンピック）
　五輪大会（奧林匹克大會）
　五輪旗（奧林匹克會旗）
　五輪塔〔佛〕五輪塔
**五加、五加木**〔名〕五加、追風使

# 午（ㄨˇ）

**午**〔名、漢造〕（地支的第七位）午（=馬）、（方位）午，正南、（時辰）午，午時
　午前（上午）
　午後（下午）
　正午（正午）
　端午（端午、端陽）
　子午線（〔天〕子午線、〔地〕經線）
　下午（下午=午後、〔轉〕過中年）
**午**〔名〕（地支的第七位）午、南方、午時（上午十一點至下午一點或專指正午十二點）
　午の年（午年、馬年）年年年
**馬**〔名〕馬、馬凳（=踏台、脚立）。〔將棋〕馬（=桂馬、成角、竜馬）。〔體〕木馬、鞍馬、緊跟著嫖客索嫖帳的人（=付馬）
　馬に乗る（騎馬）載る
　馬を急かす（催馬前進、策馬前進）咳かす堰かす
　馬が掛ける（馬跑）
　馬から落ちる（從馬摔下來）
　子馬、仔馬、小馬（小馬）
　雄馬、牡馬、牡馬（公馬）
　雌馬、牝馬、牝馬（母馬）
　馬芹（野茴香）
　馬の三葉（山芹菜）
　馬が合う（投緣、投機、合得來=気が合う）
　二人は馬が合うらしい（兩個人像很投緣）
　彼とは妙に馬が合う（不知為什麼跟他性情相合）
　彼の男とは馬が合わない（跟他合不來）
　馬の脊を分ける（陣雨不過道）
　夏の夕立は馬の脊を分ける（夏天的驟雨不過道）
　馬の耳に風（馬耳東風、當作耳邊風、像沒聽見一樣、對牛彈琴）
　馬の耳に念仏（馬耳東風、當作耳邊風、像沒聽見一樣、對牛彈琴）
　馬は馬連れ（物以類聚、人以群分）
　馬を鹿に通す（指鹿為馬=鹿を指して馬と為す）
　放れ馬（脫韁之馬）離れ
　走り馬にも鞭（快馬加鞭）
　跳ねる馬は死んでも跳ねる（習性難改）
　馬が盗まれてから馬屋を閉めても遅過ぎる（賊走關門事已遲）
　馬には乗って見よ人には添うて見よ（馬不騎不知怕人不交不知心、馬要騎騎看人要處處看、事物須先體驗然後再下判斷）添う沿う副う然う

馬を水際に連れて行けても無理に飲ませる事は出来ない（不能一意孤行）
馬を牛に乗り換える（拿好的換壞的、換得不得當）
馬の骨（來歷不明的人、不知底細的人）
何処の馬の骨（甚麼東西、甚麼玩意兒、沒價值的傢伙）
馬瘦せて毛長し（馬瘦毛長、人窮志短）

**午後**〔名〕下午←→午前
午後三時（下午三點）
午後から雨が降り出した（下午開始下起雨來了）
午後バレーボールの試合が有る（下午有排球比賽）有る在る或る

**午餐**〔名〕午餐（=昼飯、昼食）
午餐を認める（吃午飯）認める認める
午餐を共に為る（共進午餐）共友伴供
午餐会（午餐會）

**午餉**〔名〕午餐（=昼餉、昼飯、昼食）

**午睡**〔名、自サ〕午睡（=昼寝）
午睡を取る（睡午覺）取る捕る摂る採る撮る執る獲る盗る
午睡して体を休める（午睡休息一下）

**午前**〔名〕上午（=昼前）←→午後
午前十時（上午十點）
午前に仕事を片付ける（上午做完工作）
此の仕事は午前中に片付けて終おう（這件工作在上午做完！）中中中
午前中は忙しい（上半天忙）忙しい忙しい
午前と午後に一回宛休みが有る（上午和下午各有一次休息）
午前様（〔俗〕常常午夜以後才回家的男人）

**午天**〔名〕正午（=正午、真昼）
**午熱**〔名〕白天的暑熱、中午的熱氣
**午飯**〔名〕午飯（=昼餉、昼餉、昼飯、昼食）
**午砲**〔名〕午砲（=どん）、正午報時信號
時計を午砲に合わせる（根據午砲對錶）
午砲が鳴ったから昼飯に為よう（午砲響了所以吃午飯吧！）鳴る為る成る生る

**伍**（ㄨˇ）
**伍**〔名〕（古時）五人一組、伙伴（=仲間、組）、五
**伍する**〔自サ〕與…為伍（=並ぶ）
列強に伍する（列入列強）男の子（男孩子）女の子（女孩子）男の人（男人）女の人（女人）
男子に伍して働く（和男子並肩工作）男女男女
彼女も職場で男子に伍して働いている（她也在工廠裡和男子並肩工作）男子女子女子
新人ながらベテランに伍して活躍する（雖是新手卻與老手並駕齊驅大顯身手）伍する期する
**伍す**〔自五〕（參加組織）入伍、（與人同列）為伍（=伍する）
**伍長**〔名〕下士、（江戶時代）五人組的頭兒

**武**（ㄨˇ）
**武**〔名〕武、武術、武藝、武力、武事、武官、半步的長度（三尺）←→文
武を練る（練武）練る煉る錬る寝る
武を尚ぶ（尚武）尊ぶ貴ぶ尊ぶ貴ぶ
文を捨てて武を学ぶ（棄文學武）捨てる棄てる習う
武を耀かす（耀武）輝かす耀かす
文武百官が集まる（文武百官集會）
文武の道（文武之道）道路途
武に訴える（訴諸武力）
**武威**〔名〕武威
武威が揚がる（武威大振）揚がる上がる挙がる騰がる
武威に輝く（威武輝煌）輝く耀く
**武運**〔名〕武士的命運、打戰勝敗的運氣
武運拙く敗れる（武運不好打敗了）拙い拙い不味い敗れる破れる
武運拙く敗れ去る（武運不好打敗了）
武運長久を祈る（祝武運長久百戰百勝）祈る祷る
**武学**〔名〕武學
**武官**〔名〕武官←→文官

大使館付武官に任命される（被任命為駐大使館的武官）

**武鑑**〔名〕（江戸時代）記録武士姓名族譜俸禄的書籍

**武器**〔名〕武器、〔喻〕有力的手段
武器を取って戦う（拿起武器作戦）戦う闘う
筆を武器に不正と闘う（以筆為武器向不正挑戦）筆筆
ペンが僕の生活の武器だ（筆是我生活的武器、筆桿是我謀生的工具）
語学が彼の武器だ（語言学是他的武器）

**武技**〔名〕武術、武藝
武技を学ぶ（学武藝）習う

**武具**〔名〕武器、武具（＝鎧、兜、冑、甲）
武具に身を固める（全副武装）

**武勲**〔名〕武功、戦績←→文勲
武勲を立てる（建立武功）立てる経てる建てる絶てる発てる断てる裁てる点てる
彼は赫赫たる武勲を立てる（他建立了赫赫戦功）

**武家**〔名〕武士門第（＝侍）、武士（＝武士、武門）←→公家、公卿（朝廷）
武家時代（〔從鎌倉到江戸時代〕武士執政時代）←→王朝時代
武家華族（有爵位的武士及其家族-第二次世界大戦後已經廢止）
武家政治（武家執政）
武家造り（〔鎌倉時代以後的〕武士住宅様式）

**武芸**〔名〕武藝、武術
武芸者（会武藝的人、精通武術的人）者者
武芸十八般（十八般武藝）

**武功**〔名〕武功、戦功（＝武勲）
武功を立てる（立戦功）
不滅の武功を立てる（立下不朽的戦功）

**武骨、無骨**〔名、形動〕粗俗，粗魯，不禮貌（＝無作法）、庸俗（＝無風流、不風流）←→華奢
武骨な人（没禮貌的人）人間（人）人間（無人的地方）

音楽の善さも分からない武骨の人間（連音樂的優美也不懂的庸俗人）分る解る判る
武骨者（粗魯的人、庸俗的人、不文雅的人）者者

**武士、武士，物夫**〔名〕武士（明治維新以前的統治階級）（＝侍）←→町人
武士の家訓（武士的庭訓）
武士は食わねど高楊枝（武士不吃飯也要用牙籤剔牙、武士吃不上飯也要擺擺架子、武士不能貧而無義、打腫臉充胖子）
武士に二言は無い（君子一言）
武士に二言無し（君子一言）
武士は相見互い（志同道合互相幫助）
武士道（武士道-重節義輕生死的精神-

**武事**〔名〕武事、軍事←→文事
彼は武事に長けている（他精於武事）長ける炊ける焚ける猛る

**武術**〔名〕武術、武藝
武術に長ずる（擅長武術）
優れた武術（高超的武藝）優れる勝れる選れる

**武将**〔名〕武将

**武臣**〔名〕武臣←→文臣
命を惜しまない武臣（不怕死的武臣）命命

**武神、武神**〔名〕戦神、軍神
武神の加護を祈る（祈禱武神保佑）祈る禱る

**武人**〔名〕軍人、武士←→文人
武人の鑑（軍人的模範）

**武装**〔名、自サ〕武装
武装を解く（解除武装）解く説く溶く
武装解除（解除武装）
道徳再武装運動（道徳重整運動）
武装力（武装力）力力力
武装警官（武装警察）
非武装地帯（非軍事地區）
非武装中立（非武装中立）
武装平和（武装和平）
武装闘争（武装鬥争）
武装蜂起（武装起義）

武装蜂起を起す（發動武裝起義）起す 興す 熾す

**武断**〔名〕以武治理、武斷←→文治
　武断主義（黷武主義）
　武断政治（獨裁政治、軍閥政治）←→文治政治
　此の決定は余りにも武断だ（這個決定太武斷了）決定 決定
　此の決定は余りにも武断に過ぎる（這個決定太武斷了）

**武道**〔名〕武藝、武術、武士道
　武道を習う（學武藝）
　武道の精神を発揮する（發揮武士道的精神）

**武闘**〔名〕武鬥

**武徳**〔名〕武德←→文德
　武徳を尊ぶ（崇尚武德）尊ぶ 貴ぶ 尊ぶ 貴ぶ

**武張る**〔自五〕逞威風
　武張った事が大好き（好逞威風）
　武張った事が好き（好逞威風）

**武備**〔名〕軍備←→文備
　武備を固める（鞏固軍備）

**武辺、武篇**〔名〕有關武道、武術的事情
　武辺話を聞く（聽有關武術的話）聞く 聴く 訊く 利く 効く
　武辺者、武辺者（武人、擁有一國一城的將軍）

**武弁**〔名〕武士
　一介の武弁（一介武士）
　一介の武弁に過ぎない（不過是一個武士）

**武名**〔名〕英勇之名（=勇名）
　武名を揚げる（勇名遠揚）
　武名を轟かす（勇名遠揚）

**武門**〔名〕武士之家、武士的血統、武士門第（=武家）
　彼は武門の後裔だ（他是武士之家的後裔）

**武勇**〔名〕勇武
　武勇の噂が高い人（聽說是個勇武的人）上（上、上等）
　武勇に優れて人（驍勇善戰的人）上（上、上面、有關）

武勇伝（勇武人的傳記、勇敢的功勳故事、借酒瘋之勇）上（上面）
酒の上での武勇伝は直ぐ会社に伝わった（酒後壯舉立即傳遍全公司）上（上方、上游）

**武略**〔名〕戰略
　武略のベテラン veteran（戰略專家）

**武力**〔名〕武力、兵力
　武力で暴動を弾圧する（以武力鎮壓暴動）
　武力に訴える（訴諸武力）
　武力で国土を奪い取る（武裝奪取國土）奪取
　矢鱈に武力を振り回す（窮兵黷武）
　武力行使（使用武力）

**武陵桃源**〔名〕世外桃源（=桃源、理想境）

**武者**〔名〕武士（=侍）
　武者修行（武士遊學練武）
　武者所（警衛武士休息所）
　武者人形（五月五日男孩節裝飾用的武士木偶=五月人形）
　武者奉行（武家時代平時管束武士戰時指揮軍隊作戰的官）
　武者振り（武士的態度舉止）
　武者振り付く（〔俗〕猛撲過去）
　武者振り付いて泥棒を掴まえた（猛撲過去而抓住了小偷）掴まえる 捕まえる 捉まえる
　武者震い（臨陣時精神抖擻、興奮得顫抖）

**影武者**〔名〕〔古〕大將或重要人物的替身。〔轉〕幕後人物，操縱者（=黒幕）
　背後の影武者は誰か（幕後人物是誰？）
　其の背後に影武者が居て彼を操縦している（被幕後人物在背地裡操縱著他）

# 侮（ㄨˇ）

**侮**〔漢造〕侮
　軽侮（輕侮、蔑視）

**侮言**〔名〕侮辱人的話
　侮言を吐く（說侮辱人的話）吐く 佩く 履く 掃く 刷く 穿く

**侮辱**〔名、他サ〕侮辱（=侮蔑）

メ

侮辱を受ける（受辱）受ける請ける享ける浮ける
衆人環視の中で侮辱を受けた（當衆受辱）
人を侮辱するな（別侮辱人）
人に侮辱される（被人侮辱）
侮辱罪（侮辱罪）

**侮日**〔名〕侮辱日本（人）、排日←→知日、親日

**侮蔑**〔名、他サ〕侮蔑、輕視（=侮辱）←→尊敬
人を侮蔑する（侮蔑別人）
人を侮蔑するな（別侮蔑別人）
侮蔑の眼差（輕蔑的眼光）眼眼眼

**侮る**〔他五〕侮辱、輕視（=輕蔑する）←→敬う、尊ぶ、貴ぶ、尊ぶ、貴ぶ
人を侮るな（別侮辱人、別小看人）
人を侮るのは自分の修養不足を表す（侮辱別人是表示自己休養不足）表す現す著す顕す
彼の文学上の知識は侮り難い（他在文學上的知識是不容輕視的）難い硬い堅い固い
彼の文学の造詣は侮り難い（他在文學造詣是不容輕視的）難い憎い悪い
敵を侮っては行けない（不可輕視敵人）行く往く逝く行く往く逝く

**侮り**〔名〕侮辱人的話
侮りを受ける（說侮辱人的話）

## 舞（ブ〜）

**舞**〔漢造〕武蹈、跳舞、鼓舞
歌舞（歌舞）
乱舞（亂舞，狂舞、〔古〕〔宮中節日酒宴後達官貴人的〕狂歌亂舞、能樂的舞蹈）
洋舞（西洋舞-近代舞、芭蕾舞的總稱）←→日舞、邦舞
日舞（日本舞蹈）←→洋舞
邦舞（日本傳統舞蹈）←→洋舞
剣舞（劍舞、配合吟詩的舞劍）
鼓舞（鼓舞）

**舞樂**〔名〕舞樂（有舞蹈的古樂、雅樂）

**舞曲**〔名〕舞曲、舞蹈和樂曲
ハンガリア舞曲（匈牙利舞曲）

**舞台**〔名〕舞台（=ステージ）
初めて舞台に立つ（初登舞台）立つ経つ建つ絶つ発つ断つ裁つ
彼は六才の時初めて舞台に出た（他六歲時第一次登台演出）初めて始めて創めて
名優の素晴らしい舞台に見蕩れる（看名演員的表演看得入迷）
舞台は変わって舞踏会の場面に為った（舞台變成舞會的場面）
舞台姿（演員的舞台形象）
初舞台（初次演出）
世界の舞台に活躍する（活躍在世界的舞台上）
外交の舞台で活躍する（在外交界活躍）
此の小説の舞台は北海道だ（這小說是發生在北海道的故事）
彼は四十五歳の時大統領に当選、政治舞台に登場した（他在四十五歲時當選總統登上政治舞台）
舞台裏（後台、幕後）
舞台裏で画策する（幕後策劃）
舞台裏の仕事（後台工作）
舞台裏工作（幕後工作）
舞台劇（舞台劇）←→映画劇、放送劇
舞台監督（舞台監督、導演）
舞台照明（舞台照明）
舞台装置（舞台裝置）
舞台衣装（舞台衣服）
舞台稽古（排演、彩排）
舞台化粧（舞台化妝）
舞台度胸（毫不怯場的態度）
舞台効果（舞台效果）
舞台面（舞台面、舞台上的情景）
舞台配光（舞台配光）
舞台開き（〔新建劇院的〕初次開演）
舞台中継（舞台轉播）

**舞踏、舞蹈**〔名、自サ〕舞蹈（=ダンス、踊り）
舞踏会（舞會）
舞踏会を催す（開舞會）

輪に為って舞踏する（圍成一個圓圈跳舞）
舞踏病（舞蹈病）
**舞踊**〔名〕舞蹈（＝舞、踊り）
舞踊を習う（學習舞蹈）学ぶ
中国舞踊を習う（學習中國舞蹈）習う倣う
舞踊劇（舞蹈劇）
民族舞踊（民族舞蹈）
舞踊音楽（舞蹈音樂）
舞踊家（舞蹈家）
舞踊曲（舞蹈曲）
**舞う**〔自五〕飛舞（＝くるくる回る、巡る、駆け巡る）、舞蹈
落葉が空に舞う（落葉在天空飛舞）落葉落葉
葉が空に舞う（樹葉在天空飄）葉刃覇歯派羽波端破爬把
木の葉が舞う（樹葉飛舞）木木木
蝶が舞う（蝴蝶飛舞）蝶蝶
舞い上る（飛上去）
舞い込む（飛進來）
舞い戻る（飛回來）
舞を舞う（舞蹈）
音楽に合わせて舞を舞う（伴著音樂舞蹈）
**眩う**〔自五〕目眩
目が眩う様な忙しさ（忙得頭暈目眩）
**舞い、舞**〔名〕舞、舞蹈（＝舞踊、踊り）
舞を舞う（舞蹈）
舞を習う（學習舞蹈）習う倣う
舞の稽古（練習舞蹈）
獅子舞（獅子舞、舞獅）
**舞い上がる、舞い上る**〔自五〕飛舞、飛揚
土埃が舞い上がる（塵土飛揚）土芥土砂
埃が舞い上がる（灰塵飛揚）塵土塵埃塵芥塵芥塵芥
風で砂埃が舞い上がる（風刮得塵土飛揚）砂塵砂塵
**舞衣裳**〔名〕舞蹈用衣服
**舞扇**〔名〕舞蹈用扇子

**舞い納める、舞納める**〔他下一〕舞蹈完畢、跳最後一場
**舞い降りる、舞降りる**〔自上一〕飛舞下來、慢慢降落
鶴が一羽空から地面に舞い降りて来た（一隻鶴從空中飛落到地面）鶴亀
**舞いカッター**〔名〕單刃割刀、單刃截斷器
**舞い衣**〔名〕舞衣、舞裝
**舞い錐**〔名〕（木工）陀螺鑽、弓鑽
**舞子，舞妓、舞妓**〔名〕舞妓（＝半玉、御酌）
**舞い込む、舞込む**〔自五〕飛進，飄進、（出乎意料地）到來，進來
窓から雪が舞い込む（雪從窗戶飛進來）
災難が舞い込む（災禍降臨）
無名の手紙が舞い込む（突然接到了匿名信）
幸運が舞い込んで来た（忽然走運了）
思わぬ福の神が舞い込んだ（出乎意料福星降臨了）
**舞い鼠**〔名〕小白鼠
**舞姫**〔名〕女舞蹈演員、舞女（＝踊り子、舞子，舞妓）
**舞舞**〔名〕鼓蟲（＝水澄まし）、蝸牛（＝舞舞螺、蝸牛、蝸牛）
舞舞螺（蝸牛＝舞舞、舞舞螺、蝸牛、蝸牛）
**舞い戻る、舞戻る**〔自五〕返回
殺人犯がこっそり現場に舞い戻った（兇手偷偷地回到現場）現場現場
故郷へ舞い戻る（又回到故郷）故郷故郷故里古里
昔勤めていた会社に舞い戻る（又回到原先的公司工作）
元の職場に舞い戻る（回到原工作崗位）元基許下本素旧原故

## 憮（ㄨˇ）
**憮**〔漢造〕失望的樣子、吃驚貌（＝驚く怪しむ）
**憮然**〔形動〕憮然、失望貌、吃驚貌
憮然と為て嘆ずる（憮然嘆息）歎ずる嘆ずる
彼は其の悪いニュースを聞いた後憮然たる表情に為った（聽到那壞消息他一臉茫然）

## 勿、勿（ㄨˋ）

**勿、勿**〔副〕（勿論之略）當然、不用說

**勿怪、無怪**〔名〕意外
　勿怪の幸（意外的幸運）
　其処で彼に出合ったのは勿怪の幸いで有った（在那裏能碰到他真是意外的幸運、在那裏能碰到他真是喜出望外）

**勿体、無体**〔名〕小題大作、裝模作樣、擺架子（＝勿体振る）
　勿体を付ける（誇大其辭、裝腔作勢）付ける附ける漬ける着ける就ける突ける衝ける
　勿体を付けて如何しても其の品を讓らない（他認為那是了不起的東西怎麼也不肯讓給我）品

**勿体無い、無体無い**〔形〕萬不應該的、過分的、不敢當的、可惜的、浪費的
　親を欺く事は勿体無い（欺騙父母真是萬不應該的）
　彼には勿体無い地位だ（對他來說是一個過分的地位）
　私には勿体無い話だ（對我來說是太不相稱了）
　勿体無い御言葉（過分誇獎）
　こんなに親切に為て戴いては勿体無い事です（蒙您這樣懇切相待真是不敢當）
　此程迄に為て戴いては勿体無い（您這樣相待真是不敢當）
　未だ使えるのに捨てるのは勿体無い（還能使用就扔掉太可惜了）
　此の暇を何も為ないで暮すのは勿体無いよ（把這個時間什麼也不做地白白度過太可惜了）
　金を出してこんな物を買うのは勿体無い（用錢買這種東西太不值得了）
　こんなに紙を何枚も使っては勿体無い（使用這麼多紙太浪費了）
　こんなにのんびり遣っていたのでは時間が勿体無い（這樣悠然自得地像是浪費時間）

**勿体振る、無体振る**〔自五〕擺架子、裝模作樣
　勿体振った態度（擺出一副了不起的姿態）
　勿体振らないで早く話せ（別裝模作樣趕快說吧！）
　勿体振らずに早く見せてよ（別裝模作樣趕快給我看看！）

　勿体振っている中味は空っぽだ（神氣十足可是肚子裡什麼也沒有）
　そんなに勿体振るな（別那麼擺架子）

**勿体らしい、無体らしい**〔形〕裝模作樣的、誇大的
　勿体らしい事を言う（說誇大其詞的話）

**勿論**〔副〕當然、不用說（＝言う迄も無く）
　其は勿論の事だ（那是不用說的、那是當然的、那是不言而喻的）
　勿論然う為る事は我我の義務だ（當然那樣做是我們的義務）
　勿論異存は無い（當然沒有異議、當然沒有不同意見）
　其の計畫には勿論反對だ（那個計畫我當然反對）
　勿論言う迄も無い（自不待言）
　勿論行くよ（當然要去）
　日本語は勿論の事英語も良く出来る（日語當然不用說英語也很好）
　彼は日本語は勿論英語も話せる（他不僅會日語也會說英語）

**勿れ，勿かれ，莫れ，莫かれ，莫**〔形〕〔文〕（無し的命令形）別、不要
　努努疑う事勿れ（千萬不要懷疑、決不要懷疑）
　驚く事勿れ（不要怕）
　行く事勿れ（別去）
　礼に有らざれ視る事勿れ（非禮無視）

**勿忘草、忘れな草**〔名〕勿忘草、琉璃草（＝フォゲットミーナット）
forget-me-not

# 戉、戊（ㄨˋ）

**戉、戊**〔名〕戊（天干第五位＝戊）
　戊戌の変（戊戌之變）

**戊**〔名〕戊（天干第五位＝戊）

十干（十天干）

| こう | おつ | へい | てい | ぼ | き | こう | しん | じん | き |
|---|---|---|---|---|---|---|---|---|---|
| 甲 | 乙 | 丙 | 丁 | 戊 | 己 | 庚 | 辛 | 壬 | 癸 |
| きのえ | きのと | ひのえ | ひのと | つちのえ | つちのと | かのえ | かのと | みずのえ | みずのと |
| 甲 | 乙 | 丙 | 丁 | 戊 | 己 | 庚 | 辛 | 壬 | 癸 |

十二支（十二地支）

| し | ちゅう | いん | ぼう | しん | し | ご | び | しん | ゆう | じゅつ | がい |
|---|---|---|---|---|---|---|---|---|---|---|---|
| 子 | 丑 | 寅 | 卯 | 辰 | 巳 | 午 | 未 | 申 | 酉 | 戌 | 亥 |

| 子 | 丑 | 寅 | 卯 | 辰 | 巳 | 午 | 未 | 申 | 酉 | 戌 | 亥 |
|---|---|---|---|---|---|---|---|---|---|---|---|
| ね | うし | とら | う | たつ | み | うま | ひつじ | さる | とり | いぬ | い |

## 物（ㄨˋ）

**物**（也讀作もつ）〔名、漢造〕物，東西（=物件、現物）、大人物（=偉物）、事物、選擇，判斷

万物（萬物）
人物（人，人物、為人，人品、人才）
真物（真品、真貨=本物）
生物（生物）
静物（靜物）
贅物（贅疣、多餘的東西、奢侈品）
唐物（〔舊〕外國貨、舶來品）
動物（動物、獸）
植物（植物）
現物（現有物品、實際物品、實物、現貨、現貨交易）←→先物（期貨）
元物（〔法〕產生收益的元物-如果樹、乳牛、礦山之類）
原物（〔對照片、模仿品等而言〕原物、原料）
鉱物（礦物）
好物（愛吃的東西）
文物（文物）
見物（遊覽，參觀，觀光，值得一看的東西）
見物（值得看的東西）
見物（〔園藝、插花〕結果的）←→花物、葉物
事物（事物）
偉物、豪物（偉大人物、傑出人物）
財物、財物（財物，金錢和物品，錢財和物資、財寶，寶物=宝物）
宝物、宝物（寶物）
食物（食物=食べ物）
臓物（雞魚豬牛等的內臟）
雑物（雜物、雜貨、雜項）
書物（書籍、圖書）
御物、御物、御物（皇室珍藏品）
進物（禮物、贈品、贈り物）
献物（〔給神佛〕獻納物品）

荷物（〔運輸或攜帶的〕貨物，行李、〔轉〕負擔，累贅）
禁物（嚴禁的事物、切忌的事物）
貨物（貨物、貨車）

**物化**〔名、自サ〕物質化、物質的變化、死去（=物故）、物理和化學

**物価**〔名〕物價
物価が上がる（物價上漲）上がる揚がる挙がる騰がる
物価が下がる（物價下跌）
物価が天井知らずに上がっている（物價無止境地上長）
物価が跳ね上がる（物價暴漲）
物価を安定させる（穩定物價）
物価が高い（物價高）
物価が低い（物價低）
物価が釣り上げる（抬高物價）
物価が引き下げる（降低物價）
物価指数（物價指數）
物価統制（統制物價）
物価高（物價貴）
物価調節（調節物價）
物価騰貴（物價上漲）
物価引き下げ（降低物價）
物価高で生活が困難に為る（因為物價昂貴生活困難起來）為る成る鳴る生る

**物我**〔名〕主觀與客觀
物我一如の境地（物我一如的境地）

**物議**〔名〕物議、社會的批評
物議を醸す（引起物議）
其の演説は教育界の物議を醸した（那次演講引起了教育界的物議）

**物件**〔名〕物品（=物、品物）
物件費（物件費）←→人件費

**物権**〔名〕物權
物権の移転（物權的轉移、過戶）
物権を渡す（轉讓物權）

**物交**〔名、自サ〕以物易物（=物物交換）
物交経済の時代（以物易物經濟的時代）

メ

**物産**〔名〕物産
物産の豊かな地方（物產豐富的地方）地方 地方（鄉下、陸地）
物産に富む島（物產豐富的島嶼）島 島嶼
郷土物産展覧会を開く（舉辦鄉土物產展覽會）開く 開く 明く 空く 飽く 厭く
中国物産展（中國物產展覽）

**物資**〔名〕物資（=物）
物資が足りなく為る（物資缺乏）
物資が欠乏する（物資缺乏）
戦略物資を確保する（確保戰略物資）
都市と農村の物資の交流を促進する（促進城鄉物資交流）
農業支援の物資が続続運ばれた（支援農業物資陸續運到了）
物資が豊かに出回る（物資大量上市）
必需物資（必需物資）必須 必須
救援物資（救援物資）

**物質**〔名〕物質←→精神
物質の面は満たされているが精神の面では恵まれて居ない（在物質上很充裕但在精神方面很匱乏）面 面 面 面
物質欲（物質慾）
物質文明（物質文明）
此の鉱物には有毒な物質が含まれている（這種礦物含有毒物質）
物質は固体、液体、気体の三つの形を持つ（物質具有固體液體氣體三種形態）形 形 形 形
燃え易い物質（易燃的物質）
物質代謝（物質代謝、新陳代謝）
物質交代（物質代謝、新陳代謝）
物質主義（物質主義）
物質崇拝（物質崇拜）
物質的（物質的、物質上的、物質方面的）←→精神的
物質的援助（物質援助）
物質的な援助（物質的援助）
物質的な援助を為る（物質的援助）

彼の人には物質的にも精神的にも大変御世話に為った（不論物質上精神上都得到他的幫助）

**物証**〔名〕物證←→人証
犯人の自白丈で物証が無ければ刑は課せられない（若沒有物證只憑犯人自白是不能處刑的）
物証を上げる（舉出物證）上げる 揚げる 挙げる
被害者が物証を上げて裁判所に訴えた（被害者提出物證向法院告狀）
物証も人証も揃っている（人證物證俱在）
容疑者に不利な物証が上がった（發現了嫌疑犯不利的物證）上がる 揚がる 挙がる 騰がる

**物象**〔名〕（無生命）物的現象、物理，化學，礦物學等的總稱

**物上**〔名〕〔法〕關於財產的、財物
物上担保（財產擔保）

**物情**〔名〕人心、物性
物情騒然（人世騒動）物騒（騒動不安、危險）
物情騒然と為る（群情騒動）
物情騒然と為た世の中（人心騒動的社會）

**物色**〔名、他サ〕尋找、物的顏色
安く良い品を物色して誕生日のプレゼントに為る（尋找物美價廉的東西作為生日禮物）
仕事に協力して呉れる人を物色する（物色能夠幫助工作的人）
適当な人物を物色する（物色適當的人物）
会長が適当な人を物色して仕事を任せた（總經理物色了適當的人委託與工作）
後任を物色する（物色接棒人）
泥棒が室内を物色した跡が有る（屋裡有小偷翻過的跡象）泥棒 泥坊

**物神**〔名〕偶像、（拜物教）崇拜的東西
物神論（萬物有靈論）

**物性**〔名〕〔理〕物性
物性論（〔理〕物性學）

**物税**〔名〕物品稅←→人稅

**物的**〔名、形動〕物質的←→心的、人的

**物的証拠**（物證＝物証）
　物的証拠を上げる（拿出物證）上げる揚げる挙げる
　彼は物的に恵まれない生活を為ている（他過著物質上不富裕的生活）
　物的条件が非常に良い（物質上的條件非常好）良い好い善い佳い良い好い善い佳い
　アメリカは物的資源の豊富な国だ（美國是物質資源豐富的國家）
　物的担保（物質抵押）

**物界**〔名〕物質世界←→心界

**物納**〔名、他サ〕以實物繳納租税←→金納（現金繳納）
　家屋で財産税を物納する（以房屋抵財産税）

**物品**〔名〕物品（＝品物）
　物品を大切に為る（愛惜東西）
　物品を保管する（保管物品）
　物品税（物品税）
　商品には物品税が掛かる（商品上要課物品税）懸る架る繋る係る羅る掛る

**物物**〔名〕物與物、各種東西
　物物交換（以物易物＝物交）
　物物交換を為る（以物易物、以貨易貨）
　魚と肉を物物交換する（用魚和肉做以物易物）魚魚魚肉肉
　昔中国では物物交換が盛んだった（從前中國盛行以物易物）

**物理**〔名〕事物的道理、物理學
　物理学（物理學）
　高エネルギ物理（高能物理）
　物理光学（物理光學）
　物理変化（物理變化）←→化学変化
　物理療法（物理療法）←→物理療法

**物療**〔名〕理療、物理療法（＝物理療法）
　物療内科（理療内科）

**物量**〔名〕物的分量、物的數量
　物量を誇る国家（自誇物資多的國家）
　物量で敵に打ち勝つ（以物資的數量戰勝敵人）
　物量に物を言わせて攻め立てる（依靠雄厚物力展開攻勢）

　物量攻撃（依靠雄厚物力展開攻撃）

**物**〔名〕〔俗〕（魚鳥獸）内臟（＝臟物）。〔佛〕生命、事物、物體（＝品物）
　物焼き（烤燒雜）

**物相、盛相**〔名〕量飯器、盛定量飯食的器皿、分食時個人用的餐具
　物相飯（定量飯、單份飯＝盛り切りの飯、犯人定量份飯＝臭い飯）
　物相飯を食う（坐牢、入獄＝臭い飯を食う）食う喰う食らう喰らう

**物体、勿体**〔名〕小題大做、装模作樣、擺架子（＝勿体振る）
　物体を付ける（誇大其辭、装腔作勢）付ける漬ける附ける搗ける尽ける点ける憑ける衝ける
　物体を付けて如何しても其の品を譲らない（他認為那是了不起的東西怎麼也不肯讓給我）

**物体無い、勿体無い**〔形〕萬不應該的、過份的、不敢當的、可惜的、浪費的
　親を欺く事は物体無い（欺騙父母真是萬不應該的）
　彼には物体無い地位だ（對他來說是一個過分的地位）
　私には物体無い話だ（對我來說真是不敢當的）
　こんな親切に為て戴いて物体無い事です（蒙您這樣懇切相待真是不敢當）戴く頂く
　未だ使えるのに捨てるのは物体無い（還能使用就扔掉太可惜了）捨てる棄てる
　こんなに紙を何枚も使っては物体無い（使用這麼多的紙太浪費了）紙神髪上守

**物体**〔名〕物體。〔哲〕（占有空間體積、沒有知覺精神的）物體
　物体は物質より成る（物體由物質形成）成る為る鳴る生る
　物体は空間の一部を占めている（物體占有空間的一部份）空間（空隙、空房間）
　未確認飛行物体（不明飛行物）

**物**〔名〕物質，物體，物品，東西（＝品、品物）、持有物，所有物、產品，製品、飲食物，東西的貨色，成色，價錢，語言，話（＝言葉）、道理，

メ

事理（=訳）、費用，經費、重要事物、任何事，天下事（=事柄、物事）、大約，大概（=凡、粗、略）、妖怪、靈魂（=化け物、魂）

身の回りの物（隨身物品、日常用具）回り周り廻り

電気と言う物（電這種東西）言う云う謂う

人間と言う物（人這個東西）人間人間（無人的地方）

革命と言う物（革命這件事）

色色な材料で物を作る（用各種材料製作物品）色色種種種種種種種作る創る造る

物が良いが値段が高い（東西好可是價錢貴）良い善い好い佳い良い善い好い佳い

物の値段が高く為った（物價漲了）

此の本はスミスさんの物です（這本書是史密斯先生的東西）

良い物を使って有る（用好的材料）使う遣う有る在る或る

何か欲しい物は有りませんか（有沒有什麼想要的東西？）

彼処で光っている物は何だろう（那裏發光著的是什麼東西？）此処其処彼処何処

物を粗末に為ては行けない（不能糟蹋東西）

現代は物の豊かな時代だ（現代是個物質豐富的時代）

此の布地は物が良い（這衣料質地好）

其等の著書は全部彼の物だ（這些書都是他著作的）

勝利はもう此方の物だ（勝利肯定屬於我們、勝利已經是我們的）此方此方

彼の工具は工員の物だ（那個工具是工人的）

全財産が彼の物と為った（所有的財產都歸於他了）為る成る鳴る生る

此の家は兄の物だ（這房子是哥哥的）家家家家家

日本の物（日本產品、日本貨）日本日本日本日本

彼れは外国の物だ（那是外國貨、那是舶來品）外国外国

物を食べる（吃東西）

何か美味い物は無いか（有沒有什麼好吃的）旨い美味い甘い上手い巧い

物も飲み度くない（什麼也不想喝）

物が良い（東西好）良い善い好い佳い良い善い好い佳い

物が悪い（東西壞）

物が高い（東西貴）

物が安い（東西便宜）安い廉い易い

物を言う（說話、發揮力量、發揮作用）言う云う謂う

一つも物を言わない（一言不發）

此の仕事は経験が物を言う（這種工作要靠經驗）

物も言わずに跳び出した（什麼也沒說就跳出來了）

物を言わさずに（不容分說）

数に物を言わせて強行採決した（靠人多數眾強行通過了）数数

物を言うのが億劫だ（連話都懶得說）

日頃の努力が物を言う（平時的努力有了成果）

経験に物を言わせる（憑經驗辦事）

目に物を言わせる（以目示意、使嘗苦頭）

物が分かる（明白事理、懂事）分る解る判る

物が計る（懂事）計る測る量る図る謀る諮る

彼は物の分らない人だ（他是個不懂事理的人）

彼は物の言い方を知らない（他不善於言詞）

物も言い様で角が立つ（由於措詞不當而得罪人、一樣話不一樣說法）立つ断つ経つ裁つ絶つ発つ

物が掛かる（費錢、花錢）掛る懸る架る繋る係る罹る

物の数に入らない（算不上、不算數、不值一顧、不在話下）入る入る

彼等は物の数に入らぬ（他們不算數、他們算不上優秀）数数

物の数に入る（稱得上）

物の数ではない（數不上、算不了什麼）

物の数とも思わない（不重視 不放在眼裡）

物には程が有る（什麼事都有一定的限度、凡事都有分寸）

物には程度が有る（什麼事都有一定的限度）
何か読む物は有りませんか（有甚麼讀的東西沒有？）
決定的要素は物であって人ではない（決定的因素是物不是人）
物の三日と経たない（不到三天的工夫）内内中裏
物に憑かれた様に（好像鬼魂附了身）
物に憑かれた様に仕事に打ち込む（像著了魔似地拼命工作）
物とも為ぬ、物とも為ない（不理睬、不當一回事、不放在眼裡＝何とも思わない、問題にも為ない）
如何なる困難も物とも為ず只管前に進む（任何困難都不放在眼裡勇往直前）
物に為る（成功、成為優秀人才、學到家了）為る成る鳴る生る
彼の日本語は物に為っていない（他的日文還沒學到家）
もう少しで物に為る（再加把勁就成了）為る成る鳴る生る
物に為らない（學不好、不成功）
物に為っていない（沒學好、沒學會、沒學到家）
物の見事に（卓越地、出色地、漂亮地）
物の見事に遣って退けた（出色地完成了）
物は相談（要辦好事情多找人商量，三個臭皮匠賽過一個諸葛亮）
物は相談だが君一つ此の仕事を遣って見ないか（做事要找人商量但這工作你不親自試試嗎？）
物は試し（做事要試一下、一切事要敢於嘗試、做事要敢做、成功在嘗試）試し験し
物は試しに其の試験を受けて見為さい（凡事都要試試那項考試你去考考看吧！）
物も言うようで角が立つ（話要看怎麼說得不好就會有稜角，一樣事兩片唇說得不好會傷人、話要看怎麼說說得不好就會有罪人）
物を言う（說話、發揮力量、發揮作用、奏效、證明）
集団の力が物を言う（集體力量發揮作用）力力力

経験に物を言わせて（使經驗發揮作用、很好地運用了經驗）
疲れて物を言え元気も無い（累得連說話的力氣都沒有了）
人の前も憚らずにつけつけ物を言う（在旁人面前也毫無顧忌地直言不諱）人前
彼に物を言わせる（叫他證明）
物が有る（是-表示強力的斷定）
恐る可き物が有る（有非常可怕的東西）
物には順序と言う物が有る（凡事都有個規律）
物の勢い（必然趨勢）
物に為る（學會、做出、掌握）
日本語を物に為る（學會日語）
物は考えよう（問題看你怎麼想了、無物無好壞是非在人心）
物の上手（優秀的藝術家）
物に感じ易い（多情善感）
物の哀れを知る（多情善感）
物が無ければ影射さず（無風不起浪）
物言えば唇寒し秋の風（不可隨便亂說話免得招災惹禍）
物盛んなれば即ち衰う（盛極必衰）
物は新しきを用い人は古きを用いる（物要新人要舊）
物は言い残せ菜は食い残せ（話到舌尖要留半句）
物先ず腐りて虫之に生ず（物先腐而後蟲生）
物を弄べば志を喪う（玩物喪志）喪う失う

**物**（形式名詞-將所接續語詞名詞化，單獨時只是形式名詞，沒有意義，必須依附其他語詞，才能浮現其作用，一般不寫漢字）←→実質名詞（可寫漢字）

（表示當然的結果）應該、應當（＝ものだ）

（表示強調、強力的斷定）是（＝ものがある）

（表示回憶、希望、感動）真、常常（＝ものだ）

（表示強硬的否定語氣）怎麼會、怎能、哪能（＝ものか、もんか、もんかい）

**メ**

（表示申述理由）因為（＝もので、もんで、ものだから、ので）

先生の言う事は良く聞く物だ（老師的話應該好好聽、應當好好聽老師的話）

何でも習って置く物だ（當然不論什麼都得學）

憤りに耐えない物が有る（不勝憤慨）

刮目して待つ可き物が有る（理應刮目相看）

早く見度い物だ（真想早些看到呢！）

彼も偉く為って物だ（他真是出息得不得了、他真是有出息啊！）

彼の車に乗って見度い物だ（真想坐那一輛汽車）

良くも勝って呉れた物だ（真是得到勝利了）

馬鹿な事を為た物だ（真是辦了件糊塗事）

此の国の繁栄は全く大した物だ（這個國家的繁榮實在不得了）

良く行った物だ（是經常去）

昔は此の川で良く泳いだ物だ（以前我常在這條河裡游泳）

彼は学者の物か（他是位學者嗎？他哪能是位學者？）

そんな事が遭って堪る物か（那種事受得了嗎？）

そんな事有る物か（哪會有那種事呢？）

そんな事知る物か（怎能知道那樣的事情呢？）

あんな所へ誰か行く物か（誰會到那樣的地方去呢？）

あんな物を買う物か（誰會買那樣的東西呢？）

疲れて終った物で御電話するのも忘れて終いました（因太疲倦忘了給你電話）

勤めが有る物で失礼する（因為有工作在身失陪了）

病気に罹った物で何や彼やと出費も多い（因為生病種種的花費也多）

**物**〔接頭〕（接形容詞、形容動詞）不由得、總覺得

物悲しい（悲哀的）悲しい哀しい

物静か（寂靜）

物静かな人（愛靜的人）

物騒がしい（總覺得很吵）

**物**〔造語〕表示同類中的一種、表示不尋常的心理狀態、表示有價值，值得

再版物（再版本）

新版物（新版本）

世話物（新劇、當代劇）

冷や冷や物だ（膽顫心驚）

余震で一晩中びくびく物だった（在餘震中提心吊膽地過了一夜）

見物（值得看的東西）見物（遊覽、觀覽）

聞き物（值得聽的話）

買い物（值得買的東西）

**物す**〔自サ〕有，在（＝有る、在る、居る）、來，去（＝来る、行く）

〔他五〕寫（＝書く）、做（＝為る、為す、行う）（＝物する）

其処に物す（在那裏）此処其処彼処何処

何処より物すぞ（從何處來的呀！）何処何処

一冊物した（寫了一本）

仕事を物す（做工作）

**物する**〔他サ〕寫（＝書く）、做（＝為る、為す、行う）（＝物す）

大事業を物する（做大事業）

長篇の推理小説を物する（寫長篇的推理小說）

**もの**〔終助〕（多用於婦女兒童、有不滿，怨恨，撒嬌等情緒時申述理由）因為、由於、呀、呢、哪

だって知らなかったんだもの（因為我不知道嘛！）

だって知り度いんですもの（因為我想知道嘛！）

だって寂しいんですもの（因為我很寂寞嘛！）寂しい淋しい寂しい淋しい寂寞寂寞

だって長いこと待ったんですもの（可是我等了那麼長的時間呢！）

だって嫌いなんだもの（我就是不喜歡哪！）

凄く綺麗ですもの（太漂亮呀！）

**者**〔名〕者、人（＝人）

余所者（外人）物
強か者（不好對付的人）
私の様な者（像我這樣的人）
其の場で死んだ者も有る（也有當場就死了的人）
若い者が重い荷物を担ぐ（年輕人担重擔子）
私は彰化から来た者です（我是從彰化來的人）
十八歳未満の者には選挙権が無い（未滿十八歲者沒有選舉權）
私は村田と言う者ですが、川上先生はいらっしゃいますか（我是村田川上先生在家嗎？）

**物新しい**〔形〕很新的、新鮮的、新穎的
物新しい考え方（很新穎的想法）

**物争い**〔名〕爭執、打架（=喧嘩）
物争いが絶えない（爭執不停）絶える耐える堪える
詰まらない事で物争いが始まった（由於無聊的事情而開始打了架）

**物合わせ**〔名〕比賽
絵の物合わせ（畫圖比賽）
歌の物合わせ（賦歌比賽）

**物哀れ**〔名、形動〕怪可憐的
物哀れな情景（怪可憐情景）
物哀れな声を出す（發出怪可憐聲音）
物哀れを覚える（感到可憐）覚える憶える

**物の哀れ**〔名〕（對客觀事物、大自然的）感觸、感動、感觸良深、觸景傷情、多愁善感
物の哀れを感じる（有所感觸）
其の娘はもう物の哀れを知る年頃だ（那個女孩已到了多愁善感的年齡了）
はらはらと散り行く桜を見ていると物の哀れを感じる（看到櫻花紛紛落下覺得傷感）

**物案じ**〔名〕憂慮、憂愁、擔心（=心配、思案、物思い）
物案じで眠れない（由於擔心而睡不著）
物案じ顔（面帶愁容）

**物言い、物言**〔名〕措詞，說法（=言葉遣い）、爭論、爭吵（=言い合い、言い争い、諍い、口論）、異議、反對意見、（=文句）、謠傳（=噂）
物言いに気を付ける（注意措詞）

物言いが柔らかだ（說話語氣和藹）
彼の人は物言いが柔らかだ（那個人說話語氣和藹）
物言いを知らない（不會講一般客套話）
物言いの種に為る（成為爭吵的原因）
物言いが付く（有異議）付く着く突く就く衝く憑く点く尽く
我我の計画に物言いが付いた（對於我們的計畫出現了反對意見）
勝負に物言いを付ける（對於比賽的結果提出異議）
試合の判定に物言いを付けた（對於比賽的結果提出異議）

**物言う**〔自五〕說話、證明、發揮作用
物言うな（不要說話）
物言う術も知らない（不知道怎樣說才好）
ずけずけと物言う（直言不諱地說）
彼に物言わす（要他當證人）
経験が物言う様に為った（經驗發揮了作用）

**物忌み、物忌**〔名〕忌避、齋戒（=精進）

**物入り，物入，物要り，物要**〔名〕開銷、支出（=費え、散財、出費）
今月は何や彼やと物入りが多かった（這個月這樣那樣開銷太多了）
暮は物入りで四苦八苦（年底由於開銷太多簡直受不了）
物入りが少ない（開銷少）
物入りが嵩む（開銷增加）嵩張る

**物憂い、懶い**〔形〕無精打采的，厭倦的、沉悶的，沉鬱的
何を為るのも物憂い（不論做什麼都感到厭倦）
彼の家へ行くのが物憂い（懶得到他家裡去）家家家家
仕事を為るのが物憂いのは多分風邪を引いた所為だろう（懶得做事大概感冒了）
夏の午後昼寝から目覚めても暫く物憂い気分だった（夏日午後午睡醒來也是覺得有些慵懶）
こんな雨の日は物憂い（這樣雨天很沉悶）

**物憂げ、懶げ**〔名、形動〕厭倦、無精打采

メ

物憂げに歩く（無精打采地走著）
物憂げに道を歩く（無精打采地走路）
物憂げに話を為る（懶洋洋地說話）

**物売り、物売**〔名〕賣東西（的人）（=行商人）
物売りの声（叫賣聲）
物売りの声が聞こえて来る（傳來叫賣聲）来る来る

**物羨み**〔名、自サ〕羨慕（=羨む）
幸福な家庭生活に物羨みを感ずる（對於幸福的家庭生活感到羨慕）

**物置き、物置**〔名〕庫房、倉庫（=納屋）
乾いた薪を物置きに入れる（用曬乾的柴放進庫房）乾く渇く薪薪
物置きからストーブを出す（從倉庫裡拿爐子出來）
物置き小屋（庫房、小倉庫）
物置き場（放貨的地方）

**物怖じ、物怖**〔名、自サ〕膽小、怯懦
彼の子は何を為ても物怖じしない（那孩子幹什麼都不怯懦）
彼の子は肝魂が大きくて何を為ても物怖じしない（那孩子很大膽幹什麼都不怯懦）
彼の子は少しも物怖じしない（那孩子一點也不膽怯）
どんな場所に出ても物怖じしない（無論什麼場合都不畏怯）
子供を余り驚かすと物怖じする癖が付く（過於嚇唬小孩會養成他們膽小的習慣）

**物惜しみ**〔名、自サ〕吝嗇、吝惜（=けち、吝い、嗇い）
物惜しみしない人（毫不吝嗇的人）
客には物惜しみを為ない（待客不吝嗇）
彼の人は物惜しみを為ずに何でも呉れる（他一點也不吝嗇要什麼給什麼）
彼は他人を援助するのに少しも物惜しみしない（他毫不吝嗇幫助別人）

**物恐ろしい**〔形〕怪可怕的、不由得令人害怕的
物恐ろしい叫ぶ声が聞こえている（傳來怪可怕的叫聲）叫ぶ呼ぶ
物恐ろしい叫ぶ声が聞こえて来る（傳來怪可怕的叫聲）

**物音**〔名〕聲音、聲響

怪しい物音（奇怪的聲音、可疑的響動）
物音を立てる（發出聲響、作響）立てる経てる建てる絶てる発てる断てる裁てる
裏の方で怪しい物音が為る（裡面發出奇怪的聲響）刷る摺る擦る掏る磨る擂る摩る
物音が次第に聞こえなく為った（聲響漸漸寂靜下來了）
ひっそりと為て物音一つしない（靜得一點聲音也沒有、鴉雀無聲）
しいんと静まり返って物音一つしない（靜得一點聲音也沒有）
物音で目が覚めた（被聲響驚醒）

**物驚き**〔名、自サ〕吃驚、驚訝
物驚きを為ない（一點也不感到吃驚、泰然自若）

**物覚え、物覚**〔名〕記憶，記憶力，記性、學習，學會（=習い覚え）
物覚えが良い（記憶力好）良い善い好い佳い良い善い好い佳い
物覚えが悪い（記憶力壞）
物覚えが速い（記得快、學得快）速い早い

**物思い、物思**〔名〕思慮、憂慮、沉思
物思いに耽る（沉思、鬱鬱不樂）耽る更ける老ける深ける吹ける拭ける噴ける葺ける
彼は何か物思いに耽っている様だ（他似乎在沉思著什麼）

**物思う**〔他五〕沉思（=思い耽る）、煩惱（=思い悩む）
朝夕窓に靠れて物思う（早晚倚窗沉思）朝夕朝夕靠れる凭れる
物思う年頃に為った（到了會煩惱的年紀了）

**物影**〔名〕影子
ふっと物影が現れた（突然出現影子）表れる現れる顕れる
物影の動くを認めた（認定有個影子閃動）認める認める（書寫、吃、看見、處理）

**物陰**〔名〕遮身處、隱蔽處、背地、暗地
物陰に隠れる（藏在隱蔽處）
物陰にじっと身を潜めていた（一動不動地藏在隱蔽處）潜める響める
物陰から見ていた物が有った（有人在暗地裡看著）

誰か物陰で我我を見て居るかも知れない（很可能有人在暗地裡看著我們）

**物数**〔名〕物品的數量、話的量
物数が足りない（東西的數量不夠）
物数の少ない人（不大說話的人、寡言的人）

**物堅い**〔形〕正直的、正派的、規規矩矩的、講義氣的、講禮節的（＝慎み深い）
物堅い商人（規規矩矩的商人）商人 商人 商人
彼は物堅い人だ（他是講義氣的人）

**物語、物語り**〔名〕談話，講話的內容（＝話）、故事，傳說，傳奇，（事實和虛構混和的）散文文學作品
聞くも悲しい物語（聽著都令人難過的事件）聞く 聴く 訊く 利く 効く 悲しい 哀しい
聞くも嬉しい物語を為る（講述聽來令人高興的故事）
此は燕が巣から飛び立つ迄の物語です（這是講燕子從巢穴到起飛的事）
物語で有名な所（在故事中著名的地方）所処（處所）所（不但、反倒）
此の桜の木にはこんな物語が伝わっている（關於這棵櫻花樹有這麼個傳說）
子供に物語を話して聞かせる（說故事給孩子聽）
台湾に伝わる古い物語（流傳於台灣的古老傳說）古い 旧い 振い 奮い 震い 揮い 篩い
源氏物語（源氏物語-平安朝時代女作家紫式部描寫宮廷生活的長篇小說）
平家物語（平家物語-描寫平氏家族的繁華和沒落的故事）
伝奇物語（傳奇故事）
軍記物語（以戰爭為主題的歷史小說）

**物語る**〔他五〕講，談（＝語る、話す、言う）、說明，表明（＝示す）
経験を物語る（談經驗）
悲しい身の上を物語る（談悲哀的命運）身の上（境遇、身世、命運）身上 身上（身世、長處、優點）
父が戦争の苦労を物語って呉れた（父親講戰爭中的勞苦給我聽）呉れる 暮れる 繰れる 刳れる
此の事実が彼の堅実な性格を雄弁に物語っている（這個事實雄辯地說明他那實事求是的性格）
苦戦を物語る得点表（說明一番苦戰的得分表）
老いを物語る白髪（象徵著年老的白髮）白髮 白髪
彼の日焼けして逞しい手足は労働の厳しさを物語っていた（他那粗壯黝黑的手腳充分說明了勞動的艱苦）手足 手足 手足（技藝高超的人）
被害の大きさは地震の凄さを物語っている（受害的嚴重程度顯示了地震的可怕性）

**物悲しい**〔形〕悲哀的、悲傷的、令人難過的（＝裏悲しい）
物悲しい気持（悲傷的心情）
両親を死なれて物悲しい（死了父母心裡悲傷）
物悲しい歌声が聞こえて来た（傳來了淒涼的歌聲）歌声 歌声
然う物悲しい顔を為るな（別那麼愁眉苦臉的）
物悲しげ（顯出悲傷、難過）
物悲しげに話す（講得很傷心）

**物かは**〔連語〕不當一回事，滿不在乎（＝何でもない、平気である）、豈只（＝ものか）
風雨も物かは（刮風下雨也不在乎）
大嵐も物かはと決然と為て出発した（毅然冒著暴風雨出發）
月は隈無きをのみ見る物かは（月亮豈只圓的時候好看！）月（月亮）月（一月一月）月（月份、星期一）

**物際**〔名〕危險的時候，緊要關頭（＝瀬戸際、際疾い所）、中元節、過年等最忙的時候
途方に暮れた物際（一籌莫展的緊要關頭）

**物臭、懶**〔名、形動〕懶、做事怕麻煩（的人）
物臭な女（懶女子）
彼は物臭だから為ないだろう（他做事怕麻煩一定不會去做的）
寒く為ると物臭に為る（天一冷就懶得動）

彼は自分の部屋も掃除しない物臭だ（他嫌麻煩自己的房間也不打掃）
物臭太郎（懶漢）

**物臭い、懶い** 〔形〕懶的、做事怕麻煩的
物臭い奴（真是個懶傢伙）

**物狂い、物狂** 〔名〕瘋狂、精神錯亂（=気違い、狂気）

**物狂おしい** 〔形〕瘋狂般的、狂熱的（=物狂わしい）
カーニバルの物狂おしい踊りと音楽（嘉年華的狂熱的舞蹈和音樂）
物狂おしい群衆に包囲された（被瘋狂般的群眾包圍起來了）
ロックンロールは物狂おしい音楽だ（搖滾樂是一種狂熱的音樂）

**物狂わしい** 〔形〕瘋狂般的、狂熱的（=物狂おしい）

**物乞い、物乞** 〔名、自サ〕乞討、討飯、乞丐（=乞食、乞食、物貰）
足元に物乞いの声が為る（身旁有乞丐的聲音）乞丐乞丐足元足下足許

**物心** 〔名〕判斷力、懂事
物心が付く（懂事）付く尽く憑く衝く就く突く着く
物心が付く年頃（稍微懂事的年齡）
そんな話が物心が付いて以来聞いた事が無い（自從懂事以來從未聽過那種事）
物心が付かぬ内に母を失った（我還不懂事的時候就失去了母親）内中裏
白髪の老人からやっと物心が付いた子供迄（從白髪老人到剛懂事的孩子）白髪白髪

**物心** 〔名〕物質和精神
此の事件で物心の両面に与えられた打撃は大きい（由於這件事在物質和精神兩方面所受的打擊很大）
物心両面の援助を提供する（提供物質和精神兩方面的援助）

**物越し、物越** 〔名〕中間隔著東西
物越しに話を為る（中間隔著東西講話）
物越しに聞こえる（中間隔著東西聽見）
物越しに声を掛ける（中間隔著東西打招呼）掛ける欠ける書ける賭ける駆ける架ける

**物腰** 〔名〕言行（=言葉付き）、舉止，態度

優しい物腰（典雅的言行、溫柔的口氣）優しい易しい
物腰の優しい青年（態度和藹的青年）
物腰の柔らかな人（態度和藹的人）
落ち着いた物腰で応対する（用沉著大方的態度對答）
物腰が丁寧だ（舉止有禮貌）丁寧叮嚀

**物事** 〔名〕事物、事情（=事柄）
物事を気に病む（為事情憂悶）病む止む已む
物事を気を付ける（對於事物小心謹慎）
彼は物事に良く気が付く（他想事很周到）
物事には程度と言う物が有る（凡事都有限度）
彼は物事に拘らない（他不拘泥於細節）
世の中の物事は中中思う様に為らない（世上的事情並不都是那麼順心如意的）
物事を好い加減に遣らない様に為為さい（辦事不要馬馬虎虎）
物事は何でも始めが大切だ（凡事開頭都很重要）
物事を善意に解釈する（善意地解釋事情）
物事をきちんと始末すると気持が好い（事情處理得好好地心情舒暢）

**物差し，物差、物指し，物指** 〔名〕尺、尺度、標準
物差しで測る（用尺量）測る計る量る図る謀る詁る
物差しで長さを測る（用尺量長度）
物差しで板の幅を測る（用尺量木板寬度）
彼の言動は普通の物差しで測れない（他的言行不能用普通的標準來衡量）
彼と我我とは考え方の物差しが違う（他和我們想的尺度不一樣）
自分の物差しで測った事が社会に適用するとは限らない（以自己的標準衡量事物不一定通用於社會）

**物淋しい、物寂しい** 〔形〕寂寞的、孤單的、沉寂的、淒涼的
物淋しい気持で日日を過す（以寂寞的心情過日子）日日日日日日
物淋しい冬の夜（寂靜的冬夜）夜夜夜

冬の山は物淋しい（冬天的山很荒涼）
今迄物淋しかった禿げ山は緑化運動で今活気に満ち溢れている（過去的荒涼的禿山現在因為綠化運動充滿了生氣）

**物寂びた**〔名〕古色古香的
物寂びた社（古神社）神社 社 社

**物騒がしい**〔形〕吵鬧的，吵吵嚷嚷的、騷動，動盪不安（=物騒）
教室の中は何時も物騒がしい（教室裡總是那麼吵吵嚷嚷的）中 中 中 中
物騒がしい世の中（動盪不安的社會、騷動不安的社會）

**物騒**〔名，形動〕騷動不安（=物騒がしい）、危險（=危ないこと）
世の中が物騒に為る（社會上騷動不安）
そんな物騒な物は速く終え（那種嚇人的東西快收起來）速く 早く
女の夜の一人歩きは物騒だ（女人一個人晚上走路是危險的）一人 一人 一人
物騒な凶器（危險的兇器）
此の悪党は物騒な物を持っているぞ。気を付けろ（那個歹徒帶著危險物品注意）
物騒な事は止めて置いた方が良い（危險的事不做為妙）止める 已める 病める 辞める
此の辺りは夜に為ると物騒だ（這一帶一到晚上就不安寧）辺り 当り 中

**物し**〔形〕〔古〕森嚴的（=物物しい）、礙眼的（=目障りだ）、不稱心，不順眼，討厭（=気に食わぬ）

**物静か，物静**〔形動〕平靜，寂靜，安靜、沉著，穩重
人人が寝静まって物静かに為る（人們都已安睡寂然無聲）人人 人人 人人
物静かな郊外（安靜的郊外）
物静かな佇まい（靜悄悄的樣子）
物静かな態度（沉穩的態度）
物静かに話す（安安靜靜地講話）話す 離す 放す
物静かな口調で語る（語氣平和地說話）
物静かな女性（穩靜的女性）女性 女性

**物自体**〔名〕〔哲〕物自體（成為現象的原因而存在的東西）

**物知らず**〔名〕無知、不學無識（的人）
物知らずにも程が有る（未免太無知）程度

**物知り，物識、物識り，物識**〔名〕知識淵博、博聞多識（的人）（=博識）
物知りの老人（知識豐富的老人）浪人
彼の物知りには驚く（他的博聞多識令人吃驚）驚く 愕く
土地の物知りに訪ねる（請教當地熟悉情況的人）訪ねる 尋ねる 訊ねる 訪れる
物知りを自慢する（自誇是百事通）
彼の物知りに聞いて見よう（向那位萬事通打聽看看）
此で一つ物知りに為った（這又增長了見識）
物知り顔（假裝博聞多識）
物知り顔に話す（擺出博聞多識的面孔講話）
物知り振る，物知振る，物識り振る，物識振る（假裝博聞多識）
物知り振る人（假裝博聞多識的人）

**物好き，物好**〔名，形動〕好奇、好事者（=好事、好事、好事家）
物好きな人（好奇的人、好事者）
此の雨に出掛けると余程物好きだね（下這麼大的雨往外跑真是好奇）
私は物好きに働いているのではない（我不是為了玩票而工作的）
私は物好きで此の仕事を為ているのではない（我不是為了玩票才做這工作的）
世間には物好きも居る物だ（世上也確實有好事者）

**物足りない、物足らない**〔形〕不能令人滿意的、不夠十全十美的、不太充分的、不十分足夠的
こんな説明では物足りない（這樣的說明不能令人十分滿意）
君が来ないので物足りなかった（因為你沒來有點美中不足）
余興が無いので物足りなかった（因為沒有餘興節目有點美中不足）
此程の食べ物では物足りない（只有這些食品有點不太夠）
随分食べたけれども未だ物足りない感じが為る（吃了不少可是還覺得不夠飽）文章 文章

文章は良く書けているが何だが物足りない所が有る（文章雖然寫得好總覺得有些不足之處）

**物尽くし、物尽し**〔名〕把同類的東西全部羅列起來表達、全部羅列出來的同類的東西

**物取り、物取**〔名〕〔老〕盜賊、劫路賊（=泥棒、泥坊、追剥、追い落とし）

物取りに会う（遇到劫路賊）会う逢う遭う遇う合う

物取りの仕業（盜賊幹的事）

物取り強盗（劫路強盜）

**物慣れる、物馴れる**〔自下一〕熟練、嫻熟

応対が物慣れている（對答很熟練、待客熟練）

店員は物慣れた態度で客と応対した（店員老練地接待顧客）

物慣れた手付きで扱う（處理得很熟練、手法純熟）

物慣れた手付きでラジオを組み立てる（熟練地裝配收音機）

**物妬み**〔名〕嫉妒

良く物妬みを為る女性（經常嫉妒別人的女性）女性女性

**物凄い**〔形〕可怕的,可怖的（=恐ろしい、気味悪い）、驚人的，猛烈的

物凄い顔で睨み付ける（用一種可怕的臉色瞪看）

物凄い台風が遣って来た（可怕的台風來了）台風颱風

物凄い形相（長相可怕）形相形相

物凄い見幕（氣餡囂張）見幕劍幕

物凄い熱い（熱得厲害）

昨日の暑さは物凄かった（昨天熱得要命）昨日昨日

物凄い拍手の音（熱烈的鼓掌聲音）拍手拍手柏手音音音音音声

物凄いスピードで走る（以驚人之速度跑）

車が物凄いスピードで走って来た（汽車飛快地開過來了）

歳末のデパートは物凄い人出だ（年底的百貨公司簡直人山人海）

火の勢いは物凄い（火勢猛烈）

弟はカメラを買って貰って物凄く喜んでいる（弟弟獲允買相機的請求非常高興）

**物凄じい**〔形〕非常可怕的、非常驚人的（=物凄い）

物凄じい光景（非常驚人的情景、非常可怕的情景）

物凄じい地震（可怕的地震）

戸外の嵐は気勢を加えて物凄じく荒れ狂った（外面的暴風增加氣勢狂猛亂吹）

**物断ち、物断**〔名、自他サ〕（向神佛許願而）不吃某東西

**物種**〔名〕事物的根基、草木的種子

命有っての物種（生命至寶、留得青山不怕沒柴燒）

**物の**〔副〕大約、約莫（=凡そ、大体、精精）

物の十五分も経たぬ内に倒れ終った（大約不到十五分的工夫就倒了）

物の五分と経たない内に又遣って来た（不到五分鐘他又來了）五分五分

物の二里も行った頃（約莫走了二里來路的時候）

物の二キロも歩いた所（僅僅大約走了二公里）

物の二、三日も休めば元気に為る（大約休息兩三天就會恢復健康的）

物の十分間も為れば出来ますよ（大約再有十分鐘就行了）

物の見事に（非常出色、非常漂亮）

手術は物の見事に成功した（手術非常成功）

**ものの**〔接助〕雖然…但是（=けれども）

承知したものの遣り遂げる自信は無い（雖然承諾下來但沒有把握能夠完成）

ああは言ったものの内心気が咎める（雖然那麼說出口但內心會愧疚）

大声で呼んでは見たものの、何の返事も無かった（雖然大聲叫看看但仍沒有什麼回應）

引き受けは為たものの、如何したら好いのか分らない（雖然接受了但還不知道怎樣做好）

**物の数**〔名〕算得上的、重要的事物或人

物の数ではない（數不著、算不上、算不了什麼）

物の数に入らない（不算數、算不上、不值一顧、不在話下）

偉い人が沢山居て私等は物の数ではない（了不起的人有的是像我這樣人根本算不上）
彼の言う事何か物の数でない（他說的話算得了什麼）
物の数とは思わない（不重視 不放在眼裡）
こんな辛さ等物の数ではない（這種辛苦算不了什麼）

**物の具**〔名〕器具，工具（=調度、道具）、武器，鎧甲（=鎧）
物の具に身を固める（穿上鎧甲、用鎧甲把身體武裝起來）

**物の気、物の怪**〔名〕陰魂、鬼魂（=生霊、死霊）
物の気に取り付かれた（被鬼魂付身了）

**物夫、武士**〔名〕武士（=侍）

**物の名**〔名〕把東西的名稱賦在和歌俳句的詞裡（=隠し題）

**物の本**〔名〕書（=書物、文）
物の本に斯う書いてある（在書上這樣寫的）
物の本に拠ると（據書上記載）拠る寄る因る縁る依る由る選る縒る撚る

**物始め**〔名〕開始、起頭、開端（=手初め、事始め）
此を物始めに色色な善行を遣った（以此為開端做了許多好事）

**物は付け、物は付**〔名〕〝雜俳〟的一種-以（…するものは）的題目做答句

**物日**〔名〕節日、紀念日（=祭日、祝日、紋日）

**物干し、物干**〔名〕曬東西、曬東西的設備
洗濯した物を物干しに掛ける（把洗好的衣物搭在曬東西的設備上）懸ける架ける駆ける翔ける
洗濯したスカートを物干しに干す（把洗好的裙子晾在曬東西的設備上）干す乾す保す補す
物干し竿（曬衣物的竹桿）
物干し場（曬衣服的地方、乾燥室）
物干し台（曬衣台）

**物欲しい**〔形〕總是覺得想要弄到手（=何と無く欲しい）
そんな物は少しも物欲しい無い（那樣的東西一點也不想要）

**物欲しげ**〔形動〕想要弄到手的樣子（=物欲し然う）
物欲しげにじっと見ている（想要弄到手的樣子目不轉睛看著）

**物欲し然う**〔形動〕想要弄到手的樣子、好像很愛好的樣子（=物欲しげ）
物欲し然うな顔を為る（表示想要弄到手的神色、死盯著看、垂涎欲滴）
物欲し然うに眺めている（死盯著看）
物欲し然うに彷徨く（眼饞得直打轉）彷徨う

**物欲、物慾**〔名〕物慾（=欲心）
物欲に囚われる（為物慾所迷）
物欲を捨てる（拋棄物慾）捨てる棄てる

**物前**〔名〕中元節過年等很忙的前幾天

**物学び**〔名〕學問

**物真似**〔名〕模仿
物真似が上手だ（善於模仿）上手（高明）下手（笨拙）上手上手（上方、占上風）
彼は物真似が上手い（他善於模仿）旨い巧い上手い（高明的）甘い美味い
人気歌手の物真似を為る（模仿受歡迎的歌星）人気人気（人緣、風氣）
鳥の物真似を為る（模仿鳥叫）人気人気（好像有人的樣子）
社長の物真似を為る（模仿社長的聲音和動作）

**物見**〔名〕參觀，遊覽（=見物）、瞭望，斥侯（=見張る）、瞭望台（=望楼）
物見遊山（遊山玩水、遊山逛景）
東京へ物見に行く（到東京參觀遊覽）行く往く逝く行く往く逝く
物見を出す（派出斥侯）
物見に行った兵の報告を聞く（聽斥侯的報告）兵 兵 聞く聽く訊く利く効く
物見櫓（瞭望台、瞭望樓）
物見櫓に登る（登瞭望台）登る上る昇る
物見櫓で見張りを為る（在瞭望台站崗）
物見台（看台）

**物見高い**〔形〕好奇心強的、好看熱鬧的
物見高然うに覗き込む（好奇地往裡望）
物見高い人（很好奇的人）
物見高いは都の常（好奇心強是都市人的常情）都 都市

メ

物見高い人人がわんさと集まった（愛看熱鬧地聚集了一大群人）人人人人

**物珍しい** 〔形〕覺得稀奇的、覺得稀罕地
　子供が物珍しい然うに眺めて行く（小孩子似乎覺得稀奇的樣子望一望走過去）
　子供達が物珍しい然うに眺めている（孩子們很好奇地望著）
　物珍しい物を見せる（出示稀奇的東西）
　物珍しい品物を客に見せる（向客人出示稀奇的東西）
　当地に来た許りなので凡てが物珍しい（剛剛來到此地什麼都覺得很稀奇）凡て全て総て
　皆に有りきたりの物だったが彼に取っては物珍しい物であった（對大家是司空見慣對他來說可是新鮮得很）
　何でも物珍しい思う（什麼都感到新奇）
　物珍しげ（好像很稀奇的樣子）
　物珍しげに田舎の景色を眺める（好像很稀奇的樣子眺望鄉下的風景）

**物申、物申** 〔感〕〔古〕（江戸時代拜訪時叫門用語）請問、借問（=物申す、御免下さい、頼もう）

**物申す** 〔自五〕說，講話，（叫門用語）請問，借問、抗議（=抗議する）

**物詣で、物詣** 〔名、自サ〕參拜（神社、寺院）（=物参り）

**物持ち、物持** 〔名〕財主，富人（=金持ち、資產家）、物品的保管，物品的保存
　村一番の物持ち（村里最大的財主）
　指折りの物持ち（數一數二的大財主）
　物持ちが良い（物品保存得很好）良い好い善い佳い良い好い善い佳い
　一年生の頃の筆箱を未だ使っている何て物持ちが良い（一年級的筆盒雖然還在使用但保存得很好）

**物物しい** 〔形〕森嚴的（=厳めしい、重重しい）、過分的，小題大做的（=大袈裟）
　物物しい警戒振り（戒備森嚴）
　国会議事堂の周りには何時も警官が物物しく立っている（在國會議事廳的附近總是戒備森嚴地站著警官）
　物物しい出で立ちを為る（打扮得太過分、打扮得煞有其事的樣子）
　彼の言う事は余りにも物物しい過ぎる（他說得過於誇大其詞）
　然う物物しく為るな（別那樣地小題大作）
　そんなに物物しく為るな（別那樣地小題大作）
　物物しげ（好像很森嚴、好像小題大做）
　物物しげに警備している（好像很森嚴地警備著）
　物物しげに着飾る（好像煞有其事地打扮起來）

**物貰い、物貰** 〔名〕乞丐（=乞食）、針眼（=麦粒腫）
　物貰いが遣って来た（乞丐來了）
　左の目に物貰いが出来た（左眼長針眼了）左左右右右目眼瞳瞳

**物柔らか** 〔名、形動〕柔和、溫和、和藹（=穏やか、淑やか）
　物柔らかな感じの為る人（舉止溫和的人、使人感到和藹的人）
　物柔らかに応答する（穩靜地對答、和顏悅色地應答）
　物腰が物柔らか（和藹可親、平易近人）
　物柔らかに話し掛ける（和藹地打招呼）

**物故** 〔連語〕因為、由於
　事行かぬ物故（由於情況不明）
　赤い物故目に付き易い（因為是紅色所以顯眼）
　黄色raincoatを着ている物故目に付き易い（因為是穿黄色雨衣所以顯眼）黃色黃色

**物故** 〔名、自サ〕死去
　物故した同志の墓に御参りする（參拜死去的同志之墓）
　物故したクラスメートの追悼会に参列する（參加去逝同班同學的追悼會）
　彼は病気で物故した（他因病去世）
　物故者名簿（死亡者名簿）

**物分かり，物分り，物解かり，物解り** 〔名〕理解、懂事（=呑み込み）
　彼は物分かりの良い人（他是個通情達理的人）
　弟は物分かりの良い子だ（弟弟是個懂事的孩子）
　物分かりが速い（理解快、領會快）速い早い

**物別れ、物別** 〔名、自サ〕決裂、破裂
　交渉は物別れに為った（交渉決裂了）
　話し合いは物別れに終った（談判以破裂告終）終う仕舞う

**物忘れ、物忘** 〔名、自サ〕忘記（＝失念）
　物忘れが酷い（健忘）
　此の頃物忘れが酷く為った（最近越發健忘了）
　年の所為が良く物忘れを為る（也許是上了年紀的關係常常忘記事情）
　物忘れが多く為る（健忘得多了）

**物笑い、物笑** 〔名〕笑柄（＝笑い草、嘲り）
　詰まらぬ事件を起こして物笑いの種に為る（惹起一場無聊的風波成為笑柄）
　物笑いに為る様な事を仕出かす（鬧出笑話來）
　人の物笑いに為る（成為別人的笑柄）
　人の物笑いに為るな（別讓人家笑話）
　そんな変な格好を為たら世間の物笑いに為るぞ（打扮得那麼稀奇古怪會讓人笑話哦！）
　とんだ物笑いだ（天大的笑話）
　過分望は物笑いの種に為る（奢望成為別人笑柄）

**物、者** 〔名〕〔俗〕〔形式名詞〕（物的約音）表示斷定語氣
　怪しい物だ（靠不住的、可疑的）怪しい妖しい
　そんな言を言う物じゃない（不許說那種話、不許那樣說）言言言言う云う謂う

# 悟（メ丶）

**悟** 〔漢造〕領悟
　悔悟（悔悟）
　改悟（悔悟、悔改）
　大悟、大悟（大悟、完全醒悟）
　覚悟（決心、精神準備、〔舊〕覺悟）
　頓悟（頓悟、突然悟道）←→漸悟、雁木悟り

**悟性** 〔名〕悟性、理解力（＝知性）←→感性
　悟に乏しい（不聰穎）乏しい欠しい

**悟道** 〔名〕〔佛〕悟道
　悟道の士（悟道之士）士（近侍、武士、剛毅果斷的人）
　悟道の域に達する（到達悟道境地）
　悟道に徹する（徹底悟道）徹する撤する徹底

**悟得** 〔名、他サ〕領悟

**悟入** 〔名、自サ〕悟道、開悟

**悟了** 〔名、自他サ〕領會、領悟（＝悟り切る）

**悟る、覚る** 〔自五〕覺悟、領悟、省悟、開悟
〔他五〕理會、洞悉、認清、發覺、察覺、開悟、看透←→迷う
　此で彼も悟るだろう（這麼一來他也會省悟吧！）
　彼も段段悟るだろう（他也會漸漸地省悟吧！）
　言外の意を悟る（領會到言外之意）
　自分の非を悟る（認識自己的錯誤）
　己の非を悟る（認識自己的錯誤）己己（自己）己己（己－天干之一）
　彼は死期が来たと悟った（他察覺到死期已到）死期死期
　悟られぬ様に変装する（化裝起來不讓人發現）
　動きを人に悟られる（被人察覺動靜）
　家族に悟られぬ様そっと家を抜け出した（為了不使家人察覺悄悄地溜出去了）家家家家家
　人生をすっかり悟る（看破世事、了悟人生）
　此の世の無常を悟る（看透現世無常）
　現世の無常を悟る（看透現世無常）現世現世現世
　此の道理を悟る（領悟這個道理）
　翻然と悟る（恍然大悟）
　頑迷で悟らない（執迷不悟）頑冥不靈
　悟り澄ました境地に入る（進入了大徹大悟的境地）入る入る
　悟った様な事を言うじゃないか（你說的未免太過明白了吧！）
　過ちを悟る（明白過錯）

**悟り，悟、覚り，覚** 〔名〕覺悟、省悟、理解力、警覺性、悟性。〔佛〕開悟，悟道

## メ

悟りを開く（悟道、大徹大悟）開く 空く 明く 飽く 厭く
悟りが良い（悟性好、腦筋快、領會得快）良い 好い 善い 佳い 良い 好い 善い 佳い
悟りが悪い（悟性壞、腦筋遲鈍、領會得慢）
彼は悟りが早い（他領會得快）早い 速い
彼は悟りが鈍い（他領會得慢）鈍い のろい
悟り澄ます〔佛〕大徹大悟

## 務（ㄨˋ）

務〔漢造〕任務、工作
公務（公務、國家及行政機關的事務）
工務（工務、土木工程）
行務（執行業務、銀行業務）
校務（學校的事務）
港務（港口事務）
業務（業務、工作）
教務（教務，教學計劃、宗教事務）
任務（任務、職責）
勤務（勤務、工作、職務）
義務（義務、本分）
国務（國務）
事務（事務）
寺務（寺院的事務、掌管寺院事務的僧侶）
時務（時務）
庶務（庶務、雜務、總務）
所務（所務）
処務（處理事務）
職務（職務、任務）
執務（辦公、工作）
実務（實際業務）
作務（禪寺僧侶的肌肉勞動）
急務（當務之急、緊急任務）
要務（重要任務）
用務（事情、工作、公務、業務）
兼務（兼職）
激務、劇務（繁重的業務、繁忙的任務）

務める、勤める、努める、勉める〔他下一〕服務，工作，做事，任職、擔任，扮演，努力，盡力，減價、（妓女）陪酒，陪客。〔佛〕修行←→怠ける、怠る
会社に務める（在公司工作）
学校の教師を務める（擔任學校的教員）
彼の学校に十五年務めた（在那個學校任教十五年）
役所に務める（在機關工作）
通訳を務める（當翻譯）
記者を務める（當記者）
議長を務める（擔任會議主席）
仲人の役を務める（擔任媒人的角色、作媒）仲人 仲人
病人に奉仕する事に務める（一心一意為病人服務）
彼は新聞社に務めている（他在報社工作）
職務を忠実に務める（忠實地做工作）
親に務める（侍奉父母）
主役を勤める（扮演主角）
芝居で主役を勤める（在劇中扮演主角）
案内役を勤める（當嚮導）
ハムレットを勤める（扮演哈姆雷特）
彼女は母さんの役を努める事に為った（決定她扮演媽媽的角色）
怠りなく努める（辛勤工作）
極力努める（極力奮鬥）
世界平和の為に努めねばならぬ（必須為世界和平而奮鬥）
世界平和の為に努めなければならない（必須為世界和平而奮鬥）
人の前で涙を見せまいと努める（在人前忍住眼淚）
人に負けまいと努める（努力不輸給別人）
受験勉強に努める（努力用功準備投考）
話し合いに由る解決に努める（努力通過協商解決）
此迄彼の為には随分努めて来た（我至今為他盡了相當大的努力）

此でも君の為には随分勤めた積りだ（我覺得已經替你效了很大的勞了）
十円丈勤めましょう（少算你十塊錢吧！）
芸者が御座敷を勤める（藝妓陪酒）
朝夕仏前に勤める（早晚在佛前念經修行）朝夕朝夕

**務め，務、勤め，勤、勉め，勉、努め**〔名〕任務、義務、職務、業務、念經修行（=勤行）、當妓女

務めを果たす（完成任務）
国家に対する務（對於國家的義務）
医師と為て務を果す（盡醫師的職責）医師薬師
兵士の務（士兵的任務）
務め向き（工作情況、業務上的事情）
親の面倒を見るのは子の務めだ（贍養父母是孩子的義務）
御務め品（特價品）品
勤め先（工作地點）
御勤め先は何処ですか（您在那裏工作）
御勤めは何方ですか（你在什麼地方工作）
何処に御勤めですか（你在哪裡工作）
勤めを励む（努力工作）
勤め人（靠薪水生活者=サラリーマン）
勤めに出る（上班工作去、執行任務去）
高校を卒業して勤めに出た（高中畢業後出外工作）
勤めが引ける（下班）
勤めを辞める（辭職）
会社勤めが嫌に為った（不想在公司做事了）
朝の勤めを為る（念經）
二度の勤めを為る（再次下海）二度二度

## 誤（ㄨˋ）

**誤**〔漢造〕錯、誤

正誤（正確和錯誤、訂正錯誤）
錯誤（錯誤、錯亂）
過誤（錯誤、過失）

**誤解**〔名、他サ〕誤解、誤會

人に誤解される（被人誤會）
誤解を解く（解除誤會）解く解く説く解く溶く
誤解を避ける（避免誤會）避ける避ける裂ける咲ける割ける除ける除ける
誤解を避ける可きだ（應該避免誤會）
誤解を引き起こす（引起誤會）
誤解を招く（招人誤會）
彼は私の気持を誤解している（他誤會了我的一片心意）
其処には何か誤解が有る様だ（這其中可能有什麼誤會）有る在る或

**誤記**〔名、他サ〕寫錯、筆誤

姓名を誤記する（寫錯姓名）
姓名を誤記した（寫錯了姓名）
誤記を正す（改正筆誤）正す質す糾す紀す

**誤見**〔名〕錯誤的見解

其は私の誤見でした（那是我的見解錯誤）

**誤差**〔名〕誤差、差錯

誤差を避けられない（差錯是不可能避免的）已む止む病む得る得る
或る程度の誤差が出るのは已むを得ない（多少有誤差是不可避免的）有る在る或
出来る丈誤差を少なく為る（盡可能地減少誤差）摩る擂る磨る掏る擦る摺る刷る
誤差が生じる（發生了誤差）生じる請じる招じる
誤差を見込んで置く（估計誤差在內）擱く置く措く

**誤殺**〔名、他サ〕誤殺、殺錯了人

**誤算**〔名、自サ〕算錯、估計錯誤（=考え違い見込み違い）

誤算したから計算し直す（由於算錯所以重算一次）直す治す
計画に誤算が有った（計畫有了差錯）
酷い誤算を為る（完全估計錯誤）
誤算したので失敗した（因為估計錯誤所以失敗了）

**誤字**〔名〕錯字←→正字

誤字を訂正する（把錯字改過來）

メ

誤字を書くな（別寫錯字）書く欠く描く搔く
此の文章は誤字が多い（這篇文章錯字多）
文章 文章
誤字を見付ける（發現錯字）
誤字を正す（改正錯字）正す質す糾す紀す
誤字を直す（改正錯字）直す治す

**誤写**〔名、他サ〕寫錯、抄錯
此の書類は誤写が多い（這個文件抄錯的地方很多）

**誤射**〔名、自サ〕打錯、走火

**誤称**〔名、他サ〕誤稱、錯稱
駆逐艦を巡洋艦と誤称した（把驅逐艦誤稱為巡洋艦）
田中さんを山田さんと誤称した（把田中小姐誤稱為山田小姐）

**誤植**〔名、自サ〕誤排、排錯字（=ミスプリント）
誤植が多くて読めない（排錯的字太多讀不通）読む詠む
此の本は誤植が多い（這本書誤排很多）
誤植を修正する（訂正誤排的字）
誤植を訂正する（校正誤排）

**誤信**〔名、自他サ〕誤信、錯信
デマを誤信する（誤信謠言）
Demagogie 徳

**誤診**〔名、自サ〕誤診、錯誤的診斷
名医でも誤診する事が有り得る（名醫也會有誤診）
誤診から手遅れに為った（由於誤診把病耽誤了）

**誤審**〔名、他サ〕誤判、錯誤的審判
誤審を弾劾する（彈劾誤判）
ファウルをフェアと誤審する（把界外球誤判為界內球）
foul fair

**誤脱**〔名〕錯字和漏字、文章有錯誤的遺漏

**誤断**〔名、自サ〕錯誤的判斷
誤断を下した（做了錯誤的判斷）下す下す下ろす降ろす卸す

**誤伝**〔名、自他サ〕誤傳

**誤電**〔名〕內容錯誤打錯的電報

**誤答**〔名、自サ〕答錯
誤答が多い（誤答多）

**誤読**〔名、他サ〕誤讀
誤読の恐れが有る（有誤讀之虞）恐れ怖れ畏れ惧れ懼れ虞

**誤認**〔名、他サ〕誤認、錯認
契約の条項を誤認した（錯認了合約的條文）
他人を友達と誤認して挨拶した（把陌生人誤認為朋友打了招呼）

**誤配**〔名、他サ〕送錯郵件
手紙の誤配は無い（沒有送錯的信）

**誤判**〔名〕錯誤判斷

**誤謬**〔名〕錯誤（=間違い、誤り）
誤謬を訂正する（訂正錯誤）
誤謬に陥る（犯錯誤）
誤謬を犯す（犯錯誤）犯す侵す冒す
誤謬を指摘する（指摘錯誤）
誤謬を正す（糾正錯誤）正す質す糾す紀す

**誤聞**〔名、他サ〕聽錯（=聞き間違い、聞き誤り）

**誤報**〔名〕錯誤的報導、錯誤的通知
其の新聞には時時誤報が有る（那家報紙往往登載錯誤的消息）
一行が遭難したと言うのは誤報だった（他們一行遇難是誤報）一行 一行 （一列）

**誤魔化す**〔他五〕欺騙，蒙蔽，愚弄（=騙す）、舞弊，侵吞（=細工する）、掩飾，搪塞，敷衍，蒙混（=繕う）
年を取っても御前には誤魔化されないぞ（我雖然老了你可欺騙不了我呀！）
年を取っても誤魔化されない（雖然老了可不會被欺騙）
年を誤魔化されない（瞞歲數、虛報年齡）
囚人は看守の目を誤魔化して逃げた（犯人蒙混過看守的監視兒逃跑了）囚人 囚人 囚人
人の目を誤魔化す（蒙蔽別人的眼睛）
此の問題に就いて誤魔化すなよ（別對這個問題打馬虎眼）
誤魔化しで話さ然うだ（不像是說瞎話）
誤魔化しは許さない（不許打馬虎眼）
誤魔化しに掛かる（上當、受騙）掛る係る繋る掛る懸る架る
誤魔化し屋（騙子）

人を誤魔化すな（別欺騙人）
どんな誤魔化しても乗らない（你怎麼欺騙也不上你的當）乗る載る
過失を誤魔化す（掩飾過失）
仕事を誤魔化す（敷衍了事）
事を誤魔化すな（別敷衍了事）
真相を誤魔化す（掩飾真相）
言葉を誤魔化す（含糊其辭、模稜兩可）
色色言訳を為て誤魔化す（用各種藉口來搪塞）
場面を誤魔化す（敷衍了一下場面）
私は其の場を誤魔化して帰った（我在那裏敷衍了一下就回來了）場場
問い質されたが其の場は旨く誤魔化して置いた（被追問時當場敷衍過去了）
帳尻を誤魔化す（捏造帳目）
勘定を誤魔化す（在帳目上搞鬼）
公金を誤魔化す（侵吞公款）
税を誤魔化す（漏稅）
十万円誤魔化して逃げた（捲逃十萬元）
電気のメートルを誤魔化す（在電表上搞鬼、偷電）

**誤魔化し**〔名〕欺騙、掩飾、蒙混
誤魔化しの決算報告（虛報的結帳）
誤魔化しに掛かった（上當）
誤魔化し物（假貨、冒牌貨）
誤魔化し屋（騙子）
工事に誤魔化しが有る（工程有偷工減料的地方）
此の酒は誤魔化しが有る（這酒裡加了水）
誤魔化しは許さない（不許敷衍了事）

**誤訳**〔名、他サ〕譯錯
誤訳の箇所を指摘する（指摘譯錯的地方）
誤訳が多い（譯錯很多）
此の本は誤訳が多い（這本書譯錯很多）多い覆い被い蓋い蔽い
此の文章を誤訳した（翻錯了這篇文章）文章文章
肝心な所を誤訳した（把重要的地方譯錯了）

**誤用**〔名、他サ〕誤用、錯用
機器を誤用した（錯用了機器）
誤用し易い文字（容易誤用的字）文字文字

**誤る、謬る**〔自、他五〕錯，弄錯、耽誤，貽誤
答を誤る（答錯）答え応え堪え誤る謬る謝る過つ
道を誤る（走錯路）
操作を誤る（操作失敗）
方針を誤る（訂錯了方針）
其は明らかに誤っている（那顯然是錯了）
私の選択は誤らなかった（我選擇的沒有錯）
船は霧で進路を誤った（船由於霧迷失了航線）
是非の判断を誤る（是非判斷錯了）
誤って足を滑らした（不小心滑了一跤）滑る統べる総べる
誤った思想を正す（糾正錯誤思想）正す質す糾す糺す
彼の見解は人を誤る物だ（他的見解是誤人的）
此の教え方は人の子を誤る物だ（那種教法是誤人子弟的）
此は後世を誤る説だ（這是一種貽誤後世的學說）後世後世
謝礼を言う（致謝、道謝）

**謝る**〔自、他サ〕謝罪，道歉、折服，敬謝不敏
手を付いて謝る（跪下低頭認錯）誤る（錯誤，弄錯、貽害，貽誤）
平謝りに謝る（低頭道歉）
君に謝らなければならない（我應該向你道歉）
別に謝る事は無い（用不著道歉）
彼奴の図図しいのには謝った（他那種沒皮沒臉我算服了）
其の仕事なら謝るよ（若是那項工作我可敬謝不敏）

**誤り**〔名〕錯誤（=間違い）
此の本には誤りが無い（這本書裡沒有錯誤）
誤り謝り過ち

此の文章には誤りが有る（這篇文章有錯誤）
彼の人の判断には誤りが無い（他的判斷不會有錯）
誤りを犯す（犯錯誤）犯す侵す冒す
誤りを犯すな（不要犯錯）
私の記憶に誤りが無ければ（假如我沒記錯的話）
誤りを直して下さい（請改錯）
誤りを改める（改正錯誤）改める革める検める
誤りを咎める（挑剔錯誤）
誤りの上塗りを為る（錯上加錯、將錯就錯）
誤りを隠す（掩飾錯誤、文過飾非＝過ちを隠す）
誤りを改め善人に為る（改過自新、改邪歸正、放下屠刀立地成佛）為る成る生る鳴る
弘法にも筆の誤り（智者千慮必有一失）弘法弘法筆筆

**謝り**〔名〕謝罪、道歉（＝詫び、謝罪）
被害者に謝りを入れる（向受害者道歉）誤り
謝りの手紙（謝罪信）
謝り証文（謝罪書）

## 霧（ㄨˋ）

**霧**〔漢造〕近地的水蒸氣遇冷而凝成的小水點
雲霧（雲霧）
雲霧立ち籠めたる大地を見下ろす（往下眺望雲霧壟罩的大地）
雲霧（雲霧、雲和霧、雲或霧）
雲霧と為る（化為火葬的雲煙）
雲散霧消（雲消霧散）（＝雲消霧散）
嫌な気持も君の一言で雲散霧消した（不快的心情因你一句話就雲消霧散了）
雲集霧散（雲集霧散）
雲消霧散（雲消霧散）（＝雲散霧消）
煙霧（煙霧、煙塵）（＝スモッグ）
濃霧（濃霧、大霧）
濃霧が籠めて来た（起大霧了）
濃霧の中を航行する（在大霧裡航行）
濃霧警報（濃霧警報）
濃霧で一寸先が見えない（大霧伸手不見五指）
噴霧器（噴霧器、霧化器）
五里霧中（五里霧中）
五里霧中に迷う（如入五里霧中-無法判斷方向）
五里霧中に陥る（陷入五里霧中）陥る落ちいる

**霧**〔名〕霧、霧氣（＝飛沫、繁吹）
霧が降りる（下霧、起霧＝霧が出る）降りる下りる
霧が掛かる（下霧、有霧＝霧が立つ）掛かる斯かる架かる懸かる罹る繋る懸る
霧が深い（霧大、霧濃、大霧瀰漫）
霧が晴れる（霧散了）
霧が立ち込める（霧籠罩著）
霧を吹く（噴霧、噴水滴）吹く拭く噴く葺く
着物に霧を吹く（往衣服上噴霧）

**霧雨、霧雨**〔名〕毛毛雨、濛濛細雨
霧雨が降る（下毛毛雨、下濛濛雨）降る振る
霧雨に煙る（霧雨に煙る）（細雨濛濛）
霧雨に濡れる（被毛毛雨淋濕）濡れる塗れる

**霧隠れ**〔名〕隱沒在霧中

**霧吹**〔名〕噴霧、噴霧器（＝スプレー）
着物に霧吹を為る（往衣服噴霧）刷る摺る擦る掏る磨る播る摩る
霧吹を使って殺虫液を撒く（用噴霧器噴灑殺蟲劑）使う遣う撒く巻く蒔く捲く播く
霧吹で農薬を撒く（用噴霧器噴灑農藥）
霧吹き染め（噴染法）

**霧雲**〔名〕（山谷間）如霧的低雲（＝層雲）

**霧海**〔名〕霧海

**霧散**〔名、自サ〕（雲消）霧散（＝雲散霧消）
全ての疑いは完全に霧散して終った（一切的疑惑都完全消失了）全て総て凡て統べて

霧消 〔名〕霧消
雲散霧消（雲消霧散）

霧鐘 〔名〕船舶在霧中航行時敲的鐘

霧中 〔名〕霧中、霧裡
霧中の海上を航行する（在霧裡的海上航行）
五里霧中に迷う（墜入五里霧中、不能預料、無法展望）
五里霧中に迷う様に（如墜入五里霧中）
霧中信号（船用霧中信號）

霧笛 〔名〕（船用）霧中警笛
左舷に霧笛が聞こえる（左舷聽到霧中警笛）右舷聞こえる聴こえる
霧笛信号（船用霧中警笛信號）

霧氷 〔名〕（冬天掛在樹上的）樹冰、樹霜、樹掛

## 呱（ㄨㄚ）

呱 〔漢造〕嬰兒的哭聲

呱呱 〔名〕哇哇（嬰兒的哭聲）
呱呱の声を上げる（呱呱落地、誕生）上げる挙げる揚げる

## 蛙（ㄨㄚ）

蛙 〔漢造〕青蛙（＝蛙）
蛙鳴蝉噪（蛙和蟬亂叫亂鳴、只會叫嚚胡扯沒有結論）

蛙 〔名〕青蛙（＝蛙）
蟇蛙、蟾蜍（蟾蜍）（＝蟇、蝦蟇）
殿様蛙（田蛙、田雞）蛙帰る返る還る孵る代える変える換える替える買える飼える
蛙泳ぎ、蛙泳（蛙式游泳）（＝平泳ぎ、平泳）
蛙股（青蛙腿形的東西或圖案）
蛙の面に水（滿不在乎、毫不在意）（＝平気だ）
彼には何を言っても蛙の面に水だ（跟他說什麼也不管用）
蛙に水掛石に灸据える（無動於衷、毫無感覺）
蛙の子は蛙（有其父必有其子）

蛙 〔名〕〔文〕青蛙（＝蛙）

蛙が鳴く（蛙鳴）鳴く泣く啼く無く
井の中の蛙大海を知らず（井底之蛙不知大海）

## 窪、凹（ㄨㄚ）

窪、凹 〔名〕凹處、窪處、凹陷（＝窪み、窪み）
道の窪に水が溜まる（路上的凹處積水）溜まる貯まる
大雨で道の窪に水が溜まる（因為下大雨路上的凹處積水）
大雨で畑の窪に水が溜まる（因為下大雨田裡的凹處積水）畑畠畑畠

窪い、凹い 〔形〕〔方〕低窪的、窪陷的
窪い所には直ぐ水が溜まる（低窪地方容易積水）

窪まる、凹まる 〔自五〕凹進去、陷下去（＝凹む、窪む、凹む）
地面が窪まる（地面下陷）
地面の窪まった所に石塊を敷く（在地面陷下去的地方鋪上石子）

窪める、凹める 〔他下一〕使凹下、使窪進、使塌陷（＝凹ませる、窪ませる、凹ませる）
道を窪める（使道路陷落）
窪める身（沒落的身世）

窪む、凹む 〔自五〕凹下、下沉、塌陷（＝凹む、窪まる、凹む）
〔他下二〕〔古〕失意、沮喪、沒落（＝窪める、凹める、落魄れる、零落れる）
目の窪んだ人（瞘瞜眼的人）
窪んだ目（塌陷的眼睛）
地下水を使い過ぎて地盤が窪む（由於地下水使用過多地基下沉）
疲れて目が窪む（因為疲勞眼睛瞘瞜了）
寝不足で目が窪む（由於睡眠不足眼睛塌陷無神）
地震で地が窪んだ（由於地震土地下沉了）地地
頬の窪んだ人（臉頰凹陷的人）
壁に指の痕が窪んでいる（牆上有按的指痕）
窪む身（沒落的身世）

窪み、凹み 〔名〕凹處、低窪的地方（＝凹み）

馬鈴薯は窪みから芽が出る（馬鈴薯從凹進的地方發芽）
雨が降って道に窪みが出来た（雨後路面出現坑洞）
窪みに落ち込む（掉進坑洞）

**窪地、凹地、窪地** 〔名〕窪地、低窪地
窪地に水が溜まる（窪地積水）
窪地に水が潰く（窪地積水）潰く付く着く突く就く衝く憑く点く尽く搗く吐く附く

**凹地** 〔名〕窪地、低窪地（＝凹地、窪地）

**窪田、凹田** 〔名〕低處的水田、低窪的水田

**窪溜り、凹溜り** 〔名〕低窪的地方、積水的凹處

# 瓦（ㄨㄚˇ）

**瓦** 〔漢造〕瓦、（重量單位）瓦（＝グラム）
煉瓦（磚）
陶瓦（陶瓦）

**瓦解** 〔名、自サ〕瓦解、崩潰（＝総崩れ）
江戸幕府の瓦解（江戶幕府的瓦解）
植民地政策は瓦解した（殖民地政策崩潰了）
共産主義制度は瓦解に瀕している（共產主義制度瀕於崩潰）瀕する貧する

**瓦器** 〔名〕瓦器

**瓦斯、ガス** 〔名〕氣體、煤氣（＝石炭瓦斯）、濃霧、絲光棉紗（＝瓦斯糸）、汽油（＝ガソリン）、毒氣（＝毒瓦斯）、屁（＝おなら、屁）
私の家には瓦斯が引いて有る（我家裡裝有煤氣設備）
瓦斯が漏れる（煤氣漏氣）漏れる洩れる盛れる守れる
此処には未だ瓦斯が来て居ない（煤氣管還沒通到這裡）
瓦斯が掛かる（下大霧）掛かる懸かる架かる罹る
今日海には瓦斯が有る（今天海上有霧）
酷い瓦斯で船が衝突する危険が有る（濃霧瀰漫船有互撞的危險）
腹に瓦斯が溜まる（肚子裡有屁）溜まる貯まる堪る
瓦斯入り電球（氬氣燈泡）
瓦斯会社（瓦斯公司）

天然瓦斯（天然氣、天然瓦斯）
水素瓦斯（氫氣）
瓦斯管（煤氣管）
瓦斯壊疽（〔醫〕瓦斯壊疽 gas gangrene）
瓦斯体（氣體）
瓦斯糸（絲光棉紗）
瓦斯織（絲光棉紗織物）
瓦斯灯（煤氣燈）
瓦斯湯沸し器（瓦斯熱水器）
瓦斯焜炉（煤氣爐）
瓦斯欠（汽油短缺、沒有汽油）
瓦斯嚢（氣囊）
瓦斯中毒（瓦斯中毒）
瓦斯タンク（煤氣貯藏槽、煤氣罐）
瓦斯コークス（焦炭）
瓦斯マスク（防毒面具）
瓦斯レンジ（瓦斯爐 gas range）
瓦斯ストーブ（取暖用煤氣爐 gas stove）
瓦斯ライター（瓦斯打火機）
瓦斯ステーション（加油站）
瓦斯ゲージ（煤氣壓力表）
瓦斯シェル（毒氣彈）
瓦斯タクシー（瓦斯計程車）
瓦斯マントル（煤氣燈白熱紗罩）
瓦斯レイト（瓦斯燈）

**瓦石** 〔名〕瓦和石子、沒有價值的東西（＝瓦礫）

**瓦全** 〔名〕瓦全↔玉砕
丈夫玉砕せんとも瓦全を恥づ（丈夫玉碎恥瓦全）丈夫（健康結實）丈夫丈夫益荒男（男子漢）

**瓦落** 〔名〕〔經〕〔俗〕行情暴跌
瓦落落ち（行情暴跌）
瓦落が来た（行情開始暴跌了）

**瓦落多** 〔名〕破爛東西、不值錢的東西
瓦落多部屋（裝破爛的屋子）
瓦落多市（破爛市）市市
瓦落多自動車（破舊汽車）

家が瓦落多に為った（房子破舊了）家屋家家家屋
瓦落多を集めて屑屋に売る（把破舊的東西收集起來賣給收廢物的人）売る得る得る
瓦落多道具（不值錢的工具）

**瓦礫**〔名〕瓦礫、一文不值的東西（＝瓦石）
戦争で都市が瓦礫の山と為った（由於戰爭都市變成了一堆瓦礫）

**瓦**〔名〕瓦、沒有價值的東西
瓦で屋根を葺く（用瓦修房頂）葺く吹く拭く噴く
瓦葺きの家（瓦房）家屋家家家家
屋根瓦（屋頂瓦）
瓦と為って全からんより玉と為って砕けよ（寧為玉碎不為瓦全）
瓦も磨けば玉と為る（瓦琢也可以成玉）磨く研く
瓦煎餅（瓦形煎餅）
瓦版（瓦上刻字印刷的瓦板-江戶時代的報紙）
瓦葺き（瓦房頂）
瓦窯（瓦窯）

## 膃（ㄨㄚˋ）

**膃**〔漢造〕膃肭-海狗
**膃肭臍、膃肭獣、オットセイ、オットセイ**〔名〕〔動〕（愛努語 annep）海狗
膃肭臍の毛皮（海狗皮）毛皮毛皮
海狗腎（海狗腎）

## 倭、倭（ㄨㄛ）

**倭**〔漢造〕（古時中國及朝鮮對日本的稱呼）倭、日本的自稱
**倭訓、和訓**〔名〕訓讀（用日文讀漢字的方法）（如國民-国民、山-山、海-海、心-心、紅葉-紅葉、皇孫-皇孫）
**倭語、和語**〔名〕日本語（＝日本語、大和言葉）←→漢語、外来語
**倭寇、和寇**〔名〕倭寇（日本海盗）
**倭國、和國**〔名〕日本（古稱）

時代後れの倭国が明治維新後僅か三十年で強国に為った（落伍的日本在明治維新後僅僅三十年之間成為強國）
**倭人、和人**〔名〕日本人（古代中國人對日本人的稱呼）
**倭朝、和朝**〔名〕日本朝廷、（日本自稱）我国
**倭名、和名**〔名〕（人的）日本名（＝倭名、和名、呼名、通り名）
倭名の外にペンネームを付ける（除了日本名字外還取個筆名）
**倭名、和名**〔名〕（人的）日本名（＝倭名、和名）、（動植物的）日本俗名（一般用假名表示）←→学名
クローバーの倭名は白詰草と言う（三葉草的日本名叫白詰草）言う云う謂う
グラジオラスの倭名はオランダ菖蒲である（劍蘭的日本名叫荷蘭菖蒲）
**倭、大和、日本**〔名〕古時國名（屬今奈良県）、日本的別稱
大和言葉（日本固有語言-特指非漢語部分、和歌、雅言）←→漢語
大和魂（日本民族精神-軍國主義曾用來鼓勵侵略戰爭）（＝和魂）
大和心（日本精神、日本人的風尚）（＝大和魂）←→唐心
大和撫子（日本女人←→唐撫子、瞿麥＝撫子）
大和民族（日本民族）日本日本日本日本
大和島根（日本的異稱）
大和芋（日本芋頭）
大和塀（用杉樹皮和竹子編的籬笆）
大和歌（和歌）
大和琴（六弦琴＝和琴）
大和錦（日本錦）（＝唐錦、糸錦）
大和使い（遣唐使）
大和煮（把牛肉等用醬油糖煮熟後裝進罐頭的食品）
大和絵（日本畫、平安時代日本畫的流派）
**日本、日本**〔名〕日本
日本アルプス（日本阿爾卑斯）
日本国首都東京（日本國〔首都東京〕）
日本一、日本一（在日本屬第一）
富士山は日本一の高山だ（富士山是日本的最高山）

日本銀行、日本銀行（日本銀行）←→市中銀行
**日本**〔名〕（來自〝日の本〞的漢語讀法）（=日本）
　日本列島（日本列島）
　日本贔屓（親日〔的人〕）
　日本Alps（日本阿爾卑斯山脈－飛驒、木曾、赤石三山的總稱）
　日本茶（日本茶）
　日本建築（日本建築）
　日本一、日本一（在日本屬第一）
　日本人、日本人（日本人）
　日本刀、日本刀（日本刀）
　日本三景（日本三景－松島、嚴島、天橋立）
　日本化（日本化）
　日本犬、日本犬（日本犬）
　日本式（日本式）
　日本住血吸虫病（日本血吸蟲病）
　日本畫（日本畫）←→洋畫
　日本風（日本風味、日本式）
　日本海（日本海）
　日本海溝（日本海溝）
　日本海流（黑潮）
　日本流（日本式、日本風格）
　日本料理（日本菜）
　日本紙（日本紙=和紙）
　日本酒（日本酒、清酒）←→洋酒
　日本腦炎（日本腦炎）
　日本間（日本式房間）←→洋間
　日本晴れ、日本晴れ（晴朗的天氣、〔轉〕舒暢、愉快）
　日本酸（〔化〕日本酸、二一雙酸）
　日本銀行、日本銀行（日本銀行）
　日本語、日本語（日語）
　日本髮（日本髮型－島田、桃割、銀杏返し等）
　日本猿（日本猴）
　日本series（日本棒球聯賽）
**日の本**〔名〕日本（的美稱）（來自日の出る本）

# 渦（ㄨㄛ）

**渦**〔漢造〕漩渦（=渦）

**渦狀**〔名〕渦狀（=渦卷形）
　渦狀の流れ（渦狀水流）
　渦狀星雲（渦狀星雲）
**渦中**〔名〕漩渦中、糾紛中
　事件の渦中に巻き込まれる（被捲入事件的糾紛中）
　紛争の渦中に巻き込まれる（被捲入糾紛的漩渦中）
**渦動**〔名〕渦動
　渦動電流（渦動電流）
**渦紋**〔名〕渦狀花紋（=渦卷模樣）
**渦流**〔名〕渦流
**渦**〔名〕漩渦、渦形、渦狀花紋（=渦卷き、渦卷）
　渦を巻く（水打漩、髮卷曲）巻く捲く撒く蒔く播く
　河の水が渦を巻く（河水打漩）
　渦に巻き込まれる（被捲入漩渦裡）
　事件の渦に巻き込まれる（被捲入事件的漩渦裡）
　人の渦（層層的人群）
　興奮の渦を巻き起こす（掀起激昂的浪潮）
**渦巻く**〔自五〕捲起漩渦
　川の水が渦巻いて流れる（河水渦旋而流）
　炎が渦巻く（火舌亂舞）炎焔炎焰炎燄
　渦巻く煙（滾滾濃煙）煙烟煙烟
　怒りが渦巻く（怒火沖天）碇錨
　雑務に迫られて頭の中が渦巻いている（為瑣事糾纏腦袋裡亂糟糟）
**渦巻き、渦巻**〔名〕漩渦、渦形花樣（=渦）
　渦巻の中に巻き込まれる（被捲入漩渦中）会う逢う遇う遭う遇う合う
　海流がぶつかり会って渦巻が起る（海流相遇產生漩渦）起る興る熾る怒る
　渦巻spring（螺旋彈簧）
　渦巻発条（螺旋彈簧）発条発条
　渦巻pao（螺形麵包）
　渦巻模様（渦形花樣）
**渦潮**〔名〕海水渦流
　渦潮に巻かれぬ様に注意する（注意別被海水漩渦捲走）
　渦潮に巻き込まれた（被海水漩渦捲進去了）

渦輪〔名〕漩渦形
　渦輪鰹（〔動〕舵鰹）（=宗太鰹、惚太鰹）

## 萵（ㄨㄛ）

萵〔漢造〕萵苣、千層菜
萵苣、萵萵〔名〕〔植〕萵苣（=レタス lettuce）
　萵苣を生で食べる（生吃萵苣）生（新鮮）生（純真）生（生命）生（生年月日）生（未熟）生（生長）生れ出身

## 窩、窩、窩（ㄨㄛ）

窩、窩、窩〔漢造〕窩
　蜂窩、蜂窠（蜂窩）
　燕窩（燕窩）
　眼窩、眼窠（眼窩）
窩主買い、窩主買〔名〕買賣贓物（的人）（=故買-知情卻收受贓品）

## 我（ㄨㄛˇ）

我〔名〕自己、自我、己意、己見、任性（=我儘）←→彼
　我の主義（自我主義）
　我が強い（固執、頑固）
　我が通す（固執己見）
　我が張る（固執己見、主張己意）張る貼る
　我を立てる（絕不改變己見）立てる経てる建てる絶てる発てる断てる裁てる点てる
　我を折る（放棄己見、屈服）折る織る居る
　到頭彼も我を折った（終於他也讓步了）
　我を出す（露出本性）出す堕す
我意〔名〕己意、私見、一己之見（=強情）
　我意を張る（固執己見）張る貼る
　我意を張り通す（固執己見）通す徹す透す
　我意を得る（正合我意、正中下懷）得る得る
　我意の人（有私見的人、利己主義者）
我見〔名〕一己之見。〔佛〕我執
我執〔名〕固執己見（=執拗）。〔佛〕我執（=我見）
　我執に囚われる（拘於己見）囚われる捕われる捉われる
　我執を捨てる（拋棄己見）捨てる棄てる
我田引水〔名〕自私的行為
　我田引水の議論（自私自利的議論）

其は我田引水と言う物だ（那是只顧自己的作法）
我慢〔名、他サ〕忍耐、原諒、將就。〔佛〕傲慢，固執
　腹が立つのを我慢する（忍怒、克制發怒）
　痛みを我慢する（忍痛）
　彼の人にはもう我慢が出来ない（對他我再也忍不下去了）
　彼の無礼な態度には我慢が為らぬ（他無禮的態度令人不能忍受）
　我慢の緒が切れた（忍無可忍、再也忍不住了）切れる斬れる伐れる着れる
　我慢にも限度が有る（容忍也有限度）有る在る或る
　我慢に我慢を重ねて居たがもう限界だ（一忍再忍已到達極限了）
　皆吹き出したいのを我慢している（大家忍著不笑）
　相手は子供だから我慢した（因為對方是個小孩所以原諒了）
　相手は過失だから我慢する（因為對方是偶然的過失所以原諒了）
　今度丈は我慢して遣る（只能原諒這一次）
　彼の品の代わりに此で我慢し為さい（那個東西沒有了用這個將就一下吧！）
　此の古い服が我慢して着よう（將就穿這件舊衣服吧！）古い旧い奮い揮い震い篩い振い
　むさくるしい部屋ですが我慢して泊まって下さい（雖然是簡陋的房間請將就住下吧！）
　我慢の角（剛愎執拗）角角角角止る泊る留る停まる
我慢強い〔形〕耐性強的、有忍耐力的（=辛抱強い）
　彼は我慢強いから何でも成功する（他因為耐性強所以任何事情都成功）
我武者羅〔名、形動〕冒失、魯莽、蠻幹（=無鉄砲）
　我武者羅に遣る（拼命地幹）
　我武者羅に遣っては駄目だ（不能蠻幹）
　我武者羅に勉強する（拼命用功）
　彼奴は我武者羅だ（那傢伙是個冒失鬼）

## メ

**我欲、我慾**〔名〕私慾、個人的慾望（＝我利）
　我欲を捨てる（拋棄個人的慾望）捨てる棄てる
　我欲が強い人（私慾心很強的人）

**我利**〔名〕私利（＝我欲、我慾）
　我利を図る人（圖謀私利的人、自私自利的人）図る謀る計る測る量る諮る
　彼は我利の点取り虫だ（他是個一味爭分數的書呆子）
　我利我欲（自私自利）
　我利我欲な奴だ（自私自利的傢伙）
　我利我利（自私自利）
　我利我利な奴だ（自私自利的傢伙）
　我利我利亡者（自私自利的人、貪心不足的人）
　我利勉（〔俗〕書呆子）

**我流**〔名〕自成一派、閉門造車、杜撰
　我流で遣る（按自己的方法做、閉門造車地幹）
　私の遣り方は我流だ（我的做法是自己想的）
　彼の字は我流でさっぱり読めない（他的字自成一派簡直令人認不得）
　我流ですが絵を少し遣ります（是自學的稍稍能畫一點）

**我、吾**〔代〕〔古〕（自稱）我（＝私）
**我、吾**〔代〕〔古〕（自稱）我（＝私、吾、我）
**彼、彼れ**〔代〕（表示事物，時間，人等的第三人稱、遠稱）那個（＝彼の物）、那時（＝彼の時）、那裡（＝彼処、彼所）、他（＝彼の人、彼奴）、那件事（＝彼の事）
　ほら、彼は何だろうね（瞧！那是什麼？）
　此より彼の方が上等だ（那個比這個好）
　私は彼からずっと丈夫です（從那以後我身體一直很好）
　彼以来彼に会わない（從那以後沒有見過他）
　彼に見えるのが村の小学校だ（在那裡可以看見的是村裡的小學）
　彼の言う事を信用しては行けない（不要信他的話）
　彼は何も知りませんから、色色教えて遣って下さい（他什麼都不懂請多多指教）

　今迄彼を覚えている（現在還記得那件事）
　彼を言われると面目も無い（被人提出那個來就感到不好意思）

**我、吾**〔代〕〔古〕我（＝吾、我、私）
**我，我が，吾，吾が**〔連體〕（代名詞わ＋格助詞が的形式）我的、（加在名詞上表示親密或自豪）我們的
　吾国（我國）
　吾国の悠久な歴史（我國悠久的歷史）
　吾国の人口（我國的人口）
　吾家（我家）
　峠の吾家（山上的我的家）
　吾校（我校）
　吾古里を愛する（愛我的家鄉）
　吾師の恩（吾師之恩）
　吾世の春（我們正值青春年華）
　吾世の春を歌う（彈冠相慶）
　吾頭の蠅を追え（要管別人先管自己）
　吾刀で首切る（自找苦吃）
　吾糞は臭くない（自己的缺點看不見）
　吾心石に非ず転ず可からず（堅定不移）
　吾心秤の如し（我心如秤、大公無私）
　吾心獲たり（獲得我心）
　吾事と下り坂に走らぬ者無し（人不為己天誅地滅）
　友達が成功した事を吾事の様に喜ぶ（對朋友的成功就像自己成功一樣感到高興）
　吾事の様に熱心に遣る（像自己的事情一樣認真做）
　母はどんな時でも吾子の事を忘れない（母親任何時候也忘不掉自己的孩子）
　吾台北（我們的台北）
　吾軍の戦績を讃える（稱讚我軍的戰績）讃える称える湛える
　吾意を得たり（正合我意）
　吾上の星を見えぬ（每人頭上一頂天惟有自己看不見、卜者為他人占卜卻不能預知自己的氣運）
　吾面白の人泣かせ（只顧自己方便不管旁人麻煩、只求自己快樂哪管他人死活）

吾田へ水を引く（自私自利、只顧自己方便）

吾仏尊し（敝帚自珍）仏仏

吾子自慢は親の常（父母喜歡炫耀自己的子女）

**我国、我が国**〔名〕我國

我国の悠久な歴史（我國悠久的歷史）

此は我国の伝統だ（這是我國的傳統）

**我背，我が背，我夫，我が夫**〔名〕〔古〕我的丈夫

行先我背と為る方（將來要當我丈夫的人）

若妻（年輕妻子、新娘子）

**我夫、我が夫**〔名〕〔古〕（妻子稱丈夫）外子、夫君

**我が輩、吾輩、吾が輩**〔代〕（成年男子的自稱代詞，含尊大意）我，吾（＝吾、我、儂、俺、予）。〔古〕我們，吾人，吾輩（＝我我、吾吾、我等）

吾輩は猫である（我是貓－夏目漱石所著小說名）

吾輩は猫である、名前は未だ無い（我是貓還沒有名字）未だ未だ

吾輩は然う思う（我這麼想）

吾輩も行く事に為た（我也決定要去）

吾輩の知った事ではない（我才不知道哩）

**我方、我が方**〔名〕我方、我軍

我方の損害は軽微（我方損害輕微）

我方の損害は微微たる物である（我方損失微乎其微）

我方は敵軍のタンクを鹵獲した（我軍虜獲了敵軍的戰車）

**我儘、我が儘**〔名、形動〕任性、放肆（＝気侭、縦、恣、擅、身勝手）

我儘の言を言う（說任性的話）言言言言言云う謂う

我儘な事を為るな（不要做任性的事）

一人息子で我儘に育つ（獨生子嬌生慣養）独り一人一人一人

彼は可愛がられて我儘一杯に育った（他是從小被嬌生慣養大的）

此の子は我儘で手に負えない（這個孩子任性得簡直沒有辦法）

我儘過ぎる（太任性）

我儘に振る舞う（任意妄為）

我儘勝手に振舞う（為所欲為）

我儘人、我が儘人（任性的人）

彼奴は我儘人だ（那傢伙是任性的人）

**我身、我が身**〔名〕自己的身體、〔代〕自己

我身を捨てて人の為を尽す（捨己為人）捨身（捨命、拼命）

我身を省みる（反躬自省）省みる顧みる

我身を振り返る（反躬自省）

我身を省察を加える（反躬自省）加える銜える啣える

我身を抓って人の痛さを知れ（推己及人）

我日に我身を三省す（吾日三省吾身）

他人の難儀を我身に引き比べる（把別人的困難比做自己的困難）

我身の事は人に問え（兼聽則明）問う訪う

**我物、我が物**〔名〕自己的東西

他人の分前を我物に為る（霸占別人的東西）

人の物は無理矢理我物に為る（霸占別人的東西）

我物と思えば軽し笠の雪（為了自己的好處不辭辛勞、自己攬的擔子不嫌重）

我物顔、我が物顔（宛如自己所有、唯我獨尊的樣子）

我物顔で使う（就像自己的一樣任意使用）使う遣う

我物顔に人の物を使う（就像自己的一樣任意使用別人的東西）

我物顔に振る舞う（霸道、橫行霸道）

彼は私の家で我物顔に振舞っている（他在我家大模大樣毫不客氣）家家家家家

我物顔にのさばる（橫行霸道）

**我家、我が家、我家、我家、我家、我家**〔名〕我家、自己的家

窓に映っている我家の灯火（照在窗戶的我家燈火）灯火灯火映る写る移る遷る

村外れの我家（村莊盡頭的我家）

我家に勝る所は無い（沒有比自己家更好的地方）勝る優る増さる

**我宿、我が宿**〔名〕我的家、我的家園

埴生の宿も我宿（雖是陋屋仍然是我的家園）

**我、吾**〔名〕自我、自己、本身（＝自身、自我）

〔代〕〔古〕吾，我，自己，我方（＝味方）。〔方〕你（＝御前）

吾を忘れて働く（忘我地工作）
吾から進んで（主動地）
吾と思う（自以為是、自以為有把握）
吾と思わん者（自以為是者、自以為有把握者）
吾と思う者は手を挙げろ（自以為有把握者舉手）
吾と思う者は手を挙げて下さい自以為有把握者請舉手）
吾を超越した境地に入る（達到超越自我的境地）
吾こそは天下の秀才だと思ったいた（認為自己是天下第一聰明人）
吾に六分の利有り（對我方有六分利、我方比對方更為有利）
吾に利有らず（對我不利）
吾の知った事ではない（不關你的事、你不要管）
吾劣らじと（爭先恐後地）
吾劣らじと応募する（爭先恐後地應徵）
吾思う、故に吾在り（〔哲〕我思故我在－法國哲學家笛卡兒－拉丁文 cogito，ergosum 的譯語）
吾か人か（人我莫辨、模糊不清、茫然自失、恍惚）
吾関せず（與我無關）
吾関せず焉（與我無關、不關我的事）
吾関せずと傍観する（以是不關己的態度旁觀）
吾とは無に（不由得）変える買える替える代える換える飼える 蛙
吾とは無に楽しくなる（不由得快樂起來）
吾に帰る（甦醒，醒悟過來、恢復意識，神智清醒過來）帰る返る還る孵る
吾にも無く（不知不覺地、並非存心地）
吾にも無くは為た無い事を為た（不知不覺地做出了出醜的事情來）

吾も吾もと（爭先恐後地）
吾も吾もと競技場に詰め掛ける（爭先恐後地擁到運動場去）
吾も吾もと発言する（爭先恐後地發言）
皆 吾も吾もと入って来た（大家蜂擁進來了）
吾を忘れる（出神、望我）
吾を忘れて見蕩れる（看得出了神）
吾を忘れて働く（忘我地工作）

**我勝ちに**〔副〕爭先恐後地（＝我先に）
中山堂前に我勝ちに押し掛ける（爭先恐後地蜂擁到中山堂前）
人人は我勝ちに列車に乗り込む（人們爭先恐後地上火車）人人人
火事だの声に人人は我勝ちに飛び出した（聽到一聲失火啦大家爭先恐後地跑出）
我勝ちに席を争う（爭先恐後地搶位置）

**我から**〔副〕自己主動地，由衷地（＝自分自ら）、連自己都（＝我作）
我から呼び掛ける（自己主動地號召）
我から難しい仕事を担う（自己主動地承擔艱鉅的任務）難しい難しい担う荷う
我から恥ずかしい思いが為る（連自己都覺得慚愧）

**我不関焉**〔連語〕與己無關、事不關己（＝我不関）
我不関焉と傍観する（事不關己抱旁觀的態度）
我不関焉と言った態度を取る（採取與己無關的態度）

**我こそは**〔連語〕我才…、自己才…

**我先に**〔副〕爭先恐後地、搶先（＝我勝ちに）
我先に外へ逃げ出す（爭先恐後地地往外逃）外外外
我先にと二階から飛び下りる（爭先恐後地從二樓跳下）
我先に発言する（爭先恐後地發言）
人人は我先に電車に乗り込む（人們爭先恐後地上電車）人人人

**我知らず、我不知**〔副〕不知不覺地、無意識地、不由得（＝思わず知らず）
我知らず泣き出した（不知不覺地哭起來了、不由得哭起來了）

5726

睡眠不足で我知らず居眠りする（由於睡眠不足不由得打起瞌睡來）
我知らず口走った（無意中說漏了嘴）
我知らず快哉を呼ぶ（不由得高喊真愉快）呼ぶ呼ぶ

**我頼み**〔名〕驕傲自大、自負（＝自惚）

**我と**〔副〕自己（＝自分から）、不由得，不自覺、自己認為比別人強（＝我こそと）
我と我身を抓る（自己捏自己）
我と我身を苦しめる（自找苦吃）
我と我身を振り返る（自我反省）
我と反省する（獨自反省）
我と話に嬉しく為る（不由得高興起來）
我と思わん者は立ち上がって下さい（自己認為有把握的人請站起來）

**我乍ら**〔副〕連自己都（＝自分乍ら、我から）
我乍ら恥ずかしい（連自己都覺得難為情、連自己都覺得慚愧）
あんな事を言って我乍ら恥ずかしい（說了那種話連自己都覺得難為情）
我乍ら可笑しいと思っている（連自己都覺得好笑）
我乍ら良く遣ったと思う（連自己都覺得做得挺好）
良くあんな事を出来た物だと我乍ら驚いた（竟做出那種事連自己都覺得吃驚）

**我にも無く**〔副〕不由得、不知不覺、無意中（＝我にも非ず）
我にも無く笑い出した（不由得笑了起來）
我にも無く端無い事を為た（無意中做出了不體面的事）

**我人**〔名〕自己和別人、彼此（＝自分と他人、自他）
我人共に許す秀才（公認的秀才）彼此彼此
我人共に許す雄弁才（公認的能言善辯之才）
我人苦楽を共に為る（彼此同甘共苦）
我人の区別が無い（不分彼此）

**我褒め、我褒**〔名〕自誇（＝自慢、自賛）
我褒めを為る（自己誇自己）
彼は我褒めには耳に胼胝が出来た（聽厭了他的自誇）

**我等**〔代〕我們（＝我我、私達）、我（＝私）、你們（＝御前等、御前達）
我等若人（我們年輕人）
我等同胞（我們同胞）同胞同胞
同胞の学舎（我們的母校）学舎学舎
我等はプロミスを実践する（我們要實踐諾言）
自由を我等に（自由屬於我們）
我等は御国に生き御国に死ぬ（我為國生為國死）
我等の知る所ではない（不是我應該知道的）
我等如きに負けるか（能輸給你們嗎？）

**我我、吾吾**〔代〕我們（＝我等）。〔謙〕我（＝私等）
我我の仲間（我們的夥伴）
君達と我我とで試合を為よう（你們和我們比賽一夏吧！）
我我は断然勝つ（我們一定取勝）
我我には縁の無い事だ（和我無緣的事）

## 沃、沃（ㄨㄛˋ）

**沃**〔漢造〕〔化〕碘
ヨード、jod 德、ヨード（碘＝ヨジウム）

**沃化**〔名〕〔化〕碘化
沃化カリウム（碘化鉀）
沃化銀（碘化銀）
沃化水素（碘化氫）
沃化水銀（碘化汞）
沃化物（碘化物）

**沃素**〔名〕碘（＝沃度、ヨード＝ヨジウム）
沃素酸（碘酸）

**沃**〔漢造〕肥沃
肥沃（肥沃）
豊沃（肥沃、富饒）

**沃壤**〔名〕肥沃的土壤

**沃饒**〔名、形動〕肥沃

**沃地**〔名〕沃土（＝沃土）←→痩地
広大な沃地（廣闊的沃土）

**沃土**〔名〕沃土（＝沃地）
此の沃土に直ぐ野菜が植えられる（這塊肥沃的土地立刻可以種蔬菜）

**沃野** [名] 沃野
 一面の沃野（一片沃野）
 河口付近に沃が広がっている（河口附近是一片沃野）河口 河口 川口

**沃る** [他ヤ上一] 潑、澆（=浴びせる）

## 臥（ㄨㄛˋ）

**臥** [漢造] 臥、躺下
 安臥（安臥、静臥）
 仰臥（仰臥）←→伏臥（伏臥）
 横臥（横臥，側臥，斜臥，躺下）
 側臥（側臥=横臥）←→仰臥
 病臥（臥病）
 行住坐臥（起居坐臥，日常生活=起居振舞、日常，平常）

**臥具** [名] 臥具（=寝具）、袈裟的異稱

**臥床** [名、自サ] 床（=寝床、臥所）、臥在床上
 病気で臥床する（臥病在床）

**臥薪嘗胆** [名、自サ]（中國春秋時代吳越的典故）
臥薪嘗胆

**臥榻** [名] 臥榻（=寝台、ベッド）

**臥病** [名] 臥病（=病臥）

**臥竜** [名] 臥龍，臥著的龍、[喻] 隱遁的俊傑，在野的偉大人物
 臥竜梅（[植] 臥龍梅）
 臥竜鳳雛（臥龍鳳雛、有為之士）

**臥さる** [自五] 俯臥、倒置（=臥す、伏す）
 臥さって寝る（趴著睡）
 kopが臥さっている（玻璃杯倒放著）

**臥す、伏す** [自五] 躺臥（=寝る）、臥病、伏藏（=潜む、隠れる）、伏臥（=俯く）、叩拜，跪拜（=臥せる、伏せる）←→仰ぐ
 仰向けに臥す（仰著躺下）臥す 伏す 付す 附す 賦す
 仰向けに眠る（仰著睡）
 仰向けに泳ぐ（仰泳）
 臥し泳ぎ、臥泳ぎ（仰泳、背泳）
 病床に臥す（躺在病床、臥病在床）
 病の床に臥す（躺在病床、臥病在床）床 床

 かばとベットに伏して泣き出した（突然撲通趴到床上哭起來了）
 彼女は母の膝にわっと泣き伏した（她哇地一聲伏在母親的膝上哭起來了）
 伏して御願い申し上げる（衷心地懇求）
 猫が物蔭に伏して鼠を狙っている（貓躲在暗處要捕老鼠）

**臥せる、伏せる** [他下一] 横臥，平放，弄倒（=寝かす）、隱藏，隱瞞（=隠す）、向下（=俯かせる）、翻過來（=覆す）、不發表，蓋上
 風邪で臥せっている（因為感冒正在躺著）
 父は只今臥せって居ります（父親臥病在床）居る 織る 折る
 地に伏せる（趴在地上、伏臥地上）地 地 土 土地
 ベットに伏せって泣いている（趴在床上哭著）泣く 鳴く 啼く 無く
 草叢に伏せる（躲藏在草叢裡）
 旗を伏せる（把旗子平放、把旗子放倒）旗 機 傍端 畑畠 畑 畠 秦側 幡 圃 簿 将
 切って伏せる（砍倒）切る 伐る 斬る 着る
 割り取った小麦を伏せて置く（把割下的小麥放在地上）置く 措く 擱く
 兵を伏せる（設伏兵）兵 兵
 兵を伏せて置く（埋伏兵）
 此の話は伏せて置く方が良かろう（這話最好不要聲張）
 此の事は当分伏せて置いて下さい（這件事請暫時保密一下）
 其の事は彼女に伏せて置こう（那件事先瞞著她吧！）
 御巡りさんを見ると泥棒は素早く身を伏せた（一看到警察小偷很快地隱藏起來）
 目を伏せる（眼睛往下瞧）
 恥ずかしいので頭を伏せる（因為不好意思低下了頭）
 茶碗で骰子を伏せる（用碗把骰子叩起來）
 皿を伏せる（把碟子叩過來）
 コップを伏せて置く（把杯子倒放）
 カルタを伏せる（把紙牌叩起來）歌留多 カルタ

トランプを伏せる（把撲克牌蓋上）
台本を伏せて台詞を覚える（把劇本蓋起來背台詞）台詞台詞科白覚える憶える
鶏に籠を伏せる（用雞籠把雞罩住）鳥
手を伏せる物を隠す（把東西倒叩在手裡）画す劃す隔す
内情を伏せて置く（不發表內幕）

**臥所、臥所**〔名〕寢室（＝寢床、閨、寢間）

**臥し転ぶ、臥転ぶ**〔自五〕打滾（＝転び回る、転げ回る）
床の上を臥し転ぶ（在地板上打滾）床床
臥し転んで泣く（打滾著哭）泣く鳴く啼く無く

## 握（ㄨㄛˋ）

**握**〔漢造〕握
把握（掌握、抓住、充分理解）
掌握（掌握）
一握（一握、一把、一撮＝一握り）

**握手**〔名、自サ〕握手、和好、合作
握手して仲直りする（握手言和、握手恢復舊好）
握手して挨拶する（握手問候）
プレジデントは団員の一人一人と握手を交わした（總統和每一個團員一一握手）交わす買わす
在野党と握手しようと為る（想和在野黨合作）
二つの会社が握手した（兩家公司合作了）
トンネル工事が進捗して双方目出度く握手した（隧道工程進行順利雙方很慶幸地會合了）

**握髮吐哺**〔名〕（史記魯周公世家）吐哺握髮、熱心物色人才

**握力**〔名〕握力
握力が強い（握力大）
握力計（握力計）

**握る**〔他五〕握、抓、掌握、抓住
綱を握る（抓繩子）
電車の吊革を握る（抓住電車的吊環）
手を握る（握手）
刀の柄を握る（握刀柄）刀刀柄柄柄
ステッキを握る（握拐杖）
握り飯を握る（捏飯糰）
手に汗を握る（捏一把冷汗）
政権を握る（掌握政權）
自分の運命を握る（掌握自己的命運）
証拠を握る（抓住證據）
権力を握る（掌權、當權）
相手の弱点を握る（抓住對方的弱點）
相手の弱みを握る（抓住對方的弱點）
実権は彼が握っている（實權操在他手中）
彼は商売で相当の金を握った（他做生意賺了很多錢）
銭を握らせる（行賄）銭銭銭

**握り、握**〔名〕一拳、一把、把手、飯糰、圍棋雙方以手中棋子單雙數決定先後
背が二握り違う（身高差兩拳）背脊背脊
二握り半（兩拳半長）
一握りの米（一把米）一握一握
ステッキの握り（拐杖的把手）
傘の握り（傘的把手）傘笠嵩瘡量量傘傘
握り飯、握飯（飯糰）
握り鮨，握鮨、握り寿司，握寿司（加魚醋山葵的飯糰）
握り金玉、握金玉（不得不做某些事時卻什麼也不做）
握り拳、握拳（握緊的拳頭＝拳固、拳骨、手頭沒錢）
握拳を振り上げて打ち掛かった（舉起拳頭打過去）
握拳を固める（捏緊拳頭）
握り箸、握箸（小孩不會拿筷子用手握著兩支筷子）
握り太、握太（握起來覺得粗大的東西）
握り屋、握屋（吝嗇鬼、守財奴）

**握握**〔名〕〔兒〕（小孩的手）一握一放、飯糰、（江戶時代用語）賄賂
役人の子は握握を良く覚える（官吏的子女很懂得收賄）覚える憶える

**握らせる**〔他下一〕行賄

メ

便宜を図って貰う為に彼に幾許か握らせた（為了圖方便給了他一些賄賂）便宜便宜

**握り緊める，握 緊める、握り締める，握 締める**
〔他下一〕緊握、緊握不放
手を握り緊めて放さない（緊緊握手不放）放す話す離す
相手の手を握り緊める（緊握對方的手）
拳を握り緊める（握緊拳頭）
彼は私の手を握り緊めた（他緊握了我的手）
倒れ然うに為って思わず吊革を握り緊める（眼看要倒下不由得緊緊抓住吊環）
金を握り緊める（緊緊握著錢不放）金金

**握り潰す** 〔他五〕捏碎、置之不理、束之高閣
卵を握り潰す（把雞蛋捏碎）卵玉子
握り潰しに為る（置之不理、束之高閣）
議案を握り潰して会議に掛けない（擱置議案不提會討論）
人の意見を握り潰す（把別人的意見束之高閣）
彼の提案は上司に握り潰された（他的提案被上司壓下來）

## 斡（ㄨㄛˋ）

**斡**〔漢造〕運、轉（=回る、回る）
**斡旋**〔名、他サ〕斡旋、關照、居中協助、居中調停（=世話、取り持ち）
友人の斡旋で就職した（經朋友的斡旋就業了）
第一銀行に入り度いから斡旋して下さい（想進第一銀行請給予關照）
中に入って斡旋する（居中斡旋）
仕事を斡旋する（介紹工作）

## 齷、齪（ㄨㄛˋ）

**齷、齪**〔漢造〕（氣量狹小而）拘泥細節、（為小事）自我煩惱
**齷齪、偓促**〔名、自サ、副〕辛辛苦苦，忙忙碌碌，處心積慮、擔心、煩惱←→悠悠
此は齷齪と働いて溜めた金だ（這是辛辛苦苦賺下的錢）溜める貯める矯める
生活の為に齷齪と働く（為生活而忙碌奔波）

金儲けに齷齪する（處心積慮地要發財）
名を揚げる為に齷齪している（處心積慮地要揚名）揚げる上げる挙げる
小事に齷齪する（為小事煩惱）
小事に齷齪するな（別為小事擔心）
彼は小事に齷齪しない人だ（他是不為小事而煩惱的人）

## 歪（ㄨㄞ）

**歪**〔漢造〕歪（=歪む、曲る、正しくない）
**歪曲**〔名、自他サ〕歪曲、弄彎曲（=歪み曲る、歪め曲る）
事実を歪曲する（歪曲事實）
歪曲された事実（被歪曲的事實）
歪曲された報道（被歪曲的報導）
道徳観念が段段歪曲した（道德觀念漸漸地歪曲了）
道徳観念が段段歪曲して来た（道德觀念漸漸地歪曲了）
**歪む**〔自五〕歪、歪斜（=歪む）
板を歪む（板子變形）歪む唯む（咬牙切齒、互相敵視）
心の歪んだ人（壞心眼的人）
**歪み**〔名〕歪斜（=歪み）
**歪める**〔他下一〕歪扭、歪曲（=歪める）
**歪**〔名、形動〕歪，歪斜（=歪み）、壓扁、變形
潰れて歪に為る（壓扁、壓扁走形了）潰れる瞑れる為る成る鳴る生る
歪な箱（變形的盒子）箱函
**歪なりにも**〔副〕不圓滿、勉強（=曲りなりにも）
歪なりにも事件を片付ける（勉強把事情解決了）
**歪む**〔自五〕歪斜、走樣（=歪む、歪に為る）
板が歪む（板子變形、板子翹面了）
板が歪んで使えない（木板走樣不能用）使える遣える仕える支える閊える瘁える
歪んだ箱（變形的盒子）箱函
映像が歪む（影像走了樣）
**歪み、歪**〔名〕歪斜（=歪み）、變形、應變、弊病
歪みが出来た（歪斜了、翹曲了）

板に歪みが出来た（板子彎了）生む産む膿む
倦む熟む績む

工業の発達の歪みが様様な公害を生んだ
（工業發達的弊病産生種種公害）

高度経済成長の歪み（高度經濟成長的弊病）

**歪む**〔自五〕歪斜（=歪む）、（思想、行為）不正

歪んだ顔（不端正的臉）

苦痛に顔が歪む（疼痛得臉都歪了）

歪んだ鼻（歪鼻子）鼻花華溟端搞

ネクタイが歪む（領帶歪了）

カラーが歪んでいる（領子歪著）

服のカラーが歪んでいる（衣服領子歪著）

物差が歪む（尺歪曲了）

此の鏡は顔が歪んで見える（這鏡子照起來
臉變得歪斜）

柱が歪んだ（柱子歪了）

追突されてバンパーが歪んで終った（被撞
得保險桿都歪了）終う仕舞う

心が歪んでいる（心眼歪、心地不正）

彼奴は根性が歪んでいる（那個傢伙心術不
正）

**歪み、歪**〔名〕歪斜、歪曲、（心地、行為）不正

家が古く為って柱に歪みを生じた（房子
舊了柱子歪了）家家家家家 生じる 請じる
招じる

ネクタイの歪みを直す（調正一下領帶）直す
治す

些かの歪みも邪まも無い（沒有一點歪曲
和邪惡）些か聊か

彼は人間が真正直で些か歪も邪も無
い（他這個人非常正直沒有一點歪曲和邪惡）

歪の有る言い方（偏差的說法）有る在る或
る

彼の考えにも少し歪が有る（他的想法有
點偏）

**歪める**〔他下一〕歪曲、使歪扭

事実を歪める（歪曲事實）

事実を歪めて報道を為る（歪曲事實報導）刷
る摺る擦る掬る磨る擂る摩る

帽子を歪めて被る（歪戴帽子）

口を歪めて泣く（咧嘴而哭）泣く啼く鳴く無
く

口を歪めて泣き然うに為る（咧嘴要哭的樣
子）為る成る鳴る生る

形を歪める（把形狀扭曲）形形形

痛さに顔を歪める（痛得臉扭曲）

童心を歪める（使童心不正）

# 外（ㄨㄞˋ）

**外**〔接頭〕外←→内

外苑（宮殿或神宮的外部庭園）

外気（戶外的空氣）

外客（外國觀光客、外國客戶）

**外**〔接尾〕…之外、之外

範囲外（範圍外）

国境線外（國境線外）

部外（部門外）

其は予想外の出来事だった（那是意想不到
的事）

室外持ち出しを禁ず（禁止帶出室外）

権限外の行為（越權的行動）

其は計画外である（那不在計畫內）

**外**（有時讀作**外**）〔漢造〕外側、外表、外面、外部、
指妻方，母方的親戚、除外

内外（內外、裡外、國內外、內外，左右，
上下）

内外（內外、內典和外典、內教和外教、內
位和外位、內官和外官）

外面（外面、外表、外觀）

外面（外面，表面，面色，容貌）

外陣、外陣（寺院院內拜佛的地方、教堂的
甬道）

望外（望外）望外の喜び（喜出望外）

法外（分外、過度、無法無天）

心外（意外，想不到、遺憾，抱歉）

人外（人間之外）人外境（世外桃源）

塵外（塵世之外）

度外（計算之外、範圍之外）度外視（置之
度外）

メ

こくがい
国外（國外）

こうがい
校外（校外）

こうがい
郊外（郊外）

こうがい
口外（說出、洩漏）

こうがい
坑外（坑道外、礦井外）

こうがい
港外（港口外）

こうがい
構外（院外、站外、廠外、圍牆外）

かいがい
海外（海外、國外、外國）

てんがい
天外（宇宙之外、遙遠的地方）

てんがい
店外（店外）

がいせき、げしゃく
外戚、外戚（母系親戚）

がいそふ
外祖父（外祖父）

がいそぼ
外祖母（外祖母）

そがい
疎外（疏遠，不理睬、〔哲〕否定）

じょがい
除外（除外、免除、不在此限）

**外圧**〔名〕〔理〕外壓
強い外圧を掛ける（從外面強加壓力）掛ける書ける架ける懸ける駈ける駆ける

**外衣**〔名〕外衣（＝上着）、被子植物莖前端分裂組織的外層（＝鞘層）

**外囲**〔名〕外圍（＝外囲い、外囲）

**外因**〔名〕外在的原因←→内因
失敗の外因を調べる（調查失敗的外在原因）

**外苑**〔名〕（宮殿或神宮等的）外部庭園←→内苑
明治神宮外苑（明治神宮的外部庭園）

**外延**〔名〕〔哲〕外延←→内包
金属と言う概念の外延は金、銀、銅、鉄である（金屬概念的外延是金銀銅鐵）金 銀 銅 鉄

**外援**〔名〕外援←→内助
外援を待つ（等待外援）待つ俟つ

**外貨**〔名〕外幣，外匯、進口貨，外國貨←→邦貨
外貨を獲得する（爭取外匯）
外貨獲得（取得外匯）
外貨手形（外幣票據）
外貨金融（外幣金融）
外貨建て相場（外匯牌價）
外貨相場（外匯行情）
外貨準備（外匯儲備）
外貨割当（外匯配額）
外貨の輸入を制限する（限制外國貨進口）

**外画**〔名〕外國電影（＝外国映画）←→邦画

**外界**〔名〕外界、〔哲〕自我以外的客觀世界。〔佛〕六界中識界以外的五界←→内界
外界との交通を絶つ（斷絕對外部交通）絶つ経つ立つ建つ発つ断つ裁つ
外界の影響を受ける（受外界影響）受ける請ける浮ける享ける

**外海、外海**〔名〕外海、大海、遠洋←→内海、内海、近海
外海の波が荒い（外海的波浪很大）波浪並荒い粗い洗い
外海に出ると波が荒い（到了大洋裡浪就大了）
湾内から外海に出る（從海灣向遠洋出發）

**外角**〔名〕外角、外角球←→内角
三角形の外角の和は三百六十度である（三角形外角和是三百六十度）

**外郭、外廓**〔名〕外廓、外圍
建物の外郭を毀す（毀壞建築物的圍牆）毀す壊す
外郭団体（外圍團體、附屬團體）

**外殼**〔名〕外殼

**外患**〔名〕外患←→内患、内憂
外患恐るるに足らず（外患不足懼）恐れる怖れる畏れる惧れる懼れる
内憂外患（內憂外患）
外患罪（通敵賣國罪）

**外間**〔名〕外間、局外人
機密が外間に漏れた（機密洩漏給外面的人了）漏れる洩れる盛れる守れる
其の事件は外間の是非を入れぬ（那件事不容局外人說長論短）入れる容れる要れる射れる

**外観**〔名〕外觀、外表、外形（＝外見、上辺、見掛）←→内実
外観で人を判断する（以外表取人）
其の建築は外観が立派だ（那個建築物外形很漂亮）

外観を繕う（装飾門面、保持體面）
外観は丸で御城の様だ（外觀簡直像座城堡似的）
内容外観共に優れている（内容和外觀都出色）優れる勝れる選れる

**外気**〔名〕戶外的空氣
着物を外気に当てる（使衣服透透空氣、把衣服晾一晾）当てる充てる宛てる中てる
着物を外気に触れる（使衣服透透空氣、把衣服晾一晾）触れる振れる降れる
表に出て冷たい外気に触れる（到外面吹吹涼氣）表面
外気療法（戶外空氣療法）
外気圏（〔地〕外氣圈）

**外客、外客**〔名〕外國客人、外國觀光客
日に二千人の外客が来る（一天有兩千名外國客人來）日日月月月來る來る

**外挙**〔名〕外舉、推薦他人
外挙讎を捨てず（外舉不棄讎、大公無私）捨てる棄てる

**外教**〔名〕外來的宗教、基督教

**外局**〔名〕政府直屬局但有獨立性質的行政機關（如專売局、國貿局）←→内局

**外勤**〔名〕跑外務的←→内勤
来月から外勤に為る（從下個月當外勤）為る成る鳴る生る
外勤勤めを為る（做外勤工作）勤め努め務め勉め
外勤職員（外勤職員）

**外形**〔名〕外形、外表
外形は立派だが内容は貧弱だ（外表華麗但是内容空虛）
外形は豪華だが内容は貧弱だ（外表華麗但是内容空虛）

**外見、外見**〔名〕表面、外表（＝見掛、上辺、外觀）
外見で人を判断する（從外表來判斷人、以貌取人）
外見で人を判断するな（不要從外表來判斷人、不要以貌取人）
外見は悪くない（外表不壞）
外見丈では分からない（只從外表是看不出來）分る解る判る

**外語**〔名〕外國語

**外交**〔名、自サ〕外交、對外的交際聯絡←→内政
蒟蒻外交（軟弱的外交）
外交関係を断絶する（斷絶外交關係）
外交関係を結ぶ（建立外交關係）結び掬び
外交の任に当たる（擔任外交工作）当る中る
外交員（推銷員）
外交官（外交官）
外交辞令（外交辭令＝御世辞）
外交機関（外交關係）
外交団（外交使節團）
外交使節（外交使節）
外交筋（外交當局）
外交政策（外交政策）
外交家（外交家、善於交際的人＝交際家、社交家）

**外光**〔名〕戶外的光線
外光を取り入れる（採光）
外光派（印象派的別名）
外光派画家（外光派畫家-1870年起源在戶外作畫的印象派畫家）

**外向**〔名〕外向←→内向
外向性（外向性）
外向型（外向型）
外向型の人物（外向型的人物）
外向的（性情外向的）
外向的だから外交官に為れる（因為性情外向所以可以當外交官）

**外寇**〔名〕外寇
外寇を防ぐ（防止外寇）

**外港**〔名〕外港、港外←→内港
外港に停泊して検疫を受ける（停在外港接受檢疫）受ける享ける請ける浮ける
船は外港に錨を卸した（船在港外拋錨了）錨碇卸す下す降ろす
横浜港は東京の外港である（横濱港是東京的外港）

**外航**〔名〕外國航路
外航船（遠洋輪）

**外項**〔名〕〔數〕（比例的）外項←→内項

メ

外項の積は内項の積に等しい（外項乘積等於內項乘積）等しい均しい斉しい

**外国、外國** 〔名〕外國（=異国）←→内国、国内
外国に行く（到外國去）行く往く逝く行く往く逝く
外国の物を中国に役立てる（洋為中用）
外国語（外國語）
外国貿易（對外貿易）
外国産（外國產品、外國出生）
外国公債（政府在國外發行的公債）
外国人（外國人）
外国航路（外國航路）
外国為替（國外匯兌、外匯牌價）
外国為替相場（外匯牌價行情）

**外債** 〔名〕外債←→内債
外債を募る（募集外債）
外債を起こす（募集外債）起す興す熾す

**外在** 〔名〕外在←→内在
外在批評（社會評論）←→内在批評
人間の責任は外在の物ではない（人的責任不是外在的東西）人間人間（無人的地方）

**外材** 〔名〕進口木材

**外史** 〔名〕外史（=野史）←→正史

**外紙** 〔名〕外國報紙、外文報紙（=外国新聞紙）
外紙の報道に拠る（根據外國報紙的報導）拠る寄る因る縁る依る由る選る縒る撚る

**外資** 〔名〕外國資本
外資導入（導入外國資本）

**外字** 〔名〕外國字、外文←→邦字（日本字）
外字紙（外文報）
外字新聞（外文報）

**外耳** 〔名〕外耳←→内耳
外耳炎（外耳炎）
外耳道（外耳道）

**外事** 〔名〕關於外國的事、關於外部的事、與己無關的事
外事係（外事工作人員）
外事課（外事課）
外事警察（外事警察）

**外車** 〔名〕外國製造的汽車←→国産車

外車を輸入する（進口外國汽車）

**外需** 〔名〕國外需要←→内需
外需に応じて大量生産する（應付國外的需要大量生產）

**外周** 〔名〕外周、外圈、外圍←→内周
外周の長さは二πrである（外周長為二πr）
外周の観衆は一杯である（外圈擠滿了觀眾）

**外柔内剛** 〔名〕外柔内剛←→外剛内柔
彼は外柔内剛だから決して舐められない（他外柔内剛所以決不被欺負）舐める舐める舐める

**外出** 〔名、自サ〕出外、出門←→在宅
雨で外出が出来なかった（因為下雨沒能外出）
先週の日曜日は一家揃って外出した（上星期天全家一起外出了）一家一家一つ家（同一房子）
外出より帰る（出門回來了）帰る返る返る還る変える代える換える蛙
外出着（出門穿的衣服）←→普段着、不断着
外出先（外出地點）
外出中（不在家）中中（整個、全部）中中

**外出血** 〔名、自サ〕外出血←→内出血

**外書** 〔名〕外國書籍、〔古〕佛教以外的書籍

**外相** 〔名〕（日本）外交部長（=外務大臣）
外相会議（外交部長會議）

**外商** 〔名〕外國商人、外國商社、店外銷售
外商の居留権を認める（承認外國商人的居留權）認める（看見、認識、同意）認める（書寫、吃、看

**外傷** 〔名〕外傷←→内傷
外傷を負って逃げる（負外傷逃跑）負う追う逃げる逃れる
全治一週間の外傷を受ける（受需要治療一個星期的外傷）全治全治

**外食** 〔名、自サ〕在外吃飯
間借りして外食する（租房間在外吃飯、租房但不包伙食）

残業で外食する（因為加班在外吃飯、因為加班不回家吃飯）
此の所夜は殆ど外食だ（這些日子晚飯差不多都在外面吃）夜夜夜
外食券（在飯館等吃飯用的餐券）

**外人**〔名〕外國人、局外人、他人、別人←→邦人（日本人）
在留外人（外僑）
外人教師（外籍教員）
外人客（外國客人）

**外陣、外陣**〔名〕（神社或寺院）作禮拜的場所←→内陣（神社或寺院的大殿）
外陣で拝む（外外堂膜拜）

**外信**〔名〕由外國來的電報或通信

**外征**〔名、自サ〕派兵到外國打仗（=外役）

**外役**〔名〕派兵到外國打仗，出征（=外征）、外役監獄

**外姓**〔名〕母方的姓、母方的親戚

**外戚**〔名〕外戚、母性親屬（=外族）←→内戚

**外接**〔名、他サ〕〔數〕外接←→内接
多角形に外接する円を書く（畫外接多邊形的圓）書く描く円円

**外切**〔名〕〔數〕外切←→内切
外切円（外切圓）

**外線**〔名〕外線電話、室外電話←→内線
外線に繋ぐ（接外線）
外線から電話が掛かって来た（由外線打來電話）
外線工事の為停電する（因進行室外電線工程而停電）
外線作戦（外線作戦）←→内線作戦

**外船**〔名〕外國船、航行外國航線的船
外船が港内に停泊している（外國船停泊在港内）

**外戦**〔名〕對外戰爭←→内戦
全国総動員で外戦に勝つ（全國總動員而贏了對外戰爭）勝つ且つ

**外祖**〔名〕外祖父
外祖の米寿（外祖父八十八歲生日）
外祖の米寿を祝う（慶祝外祖父八十八歲生日）

**外祖父**〔名〕外祖父
外祖父の喜寿を祝う（慶祝外祖父七十七歲生日）

**外祖母**〔名〕外祖母
外祖母は六十五歳に為った（外祖母六十五歲了）

**外装**〔名〕外包裝、外部裝飾（=上包、包装）←→内装
商品の外装を研究する（研究商品的包装）

**外層**〔名〕外層
外層空間の利用を制限する（限制外層空間的利用）
外層空間を利用する（利用外層空間）
外層にペンキを塗る（外層漆上油漆）

**外孫、外孫**〔名〕外孫←→内孫、内孫
外孫が五人居る（有五個外孫）

**外地**〔名〕（第二次世界大戰前日本侵占殖民地稱為）外地、國外之地←→内地
外地から原料を移入する（由外地運入原料）
外地へ移住する（移居國外）

**外注**〔名、他サ〕從外部訂貨
部品の多くを外注に出す（很多零件在廠外訂貨）

**外朝**〔名〕君王聽政的外殿、外國朝廷

**外聴道**〔名〕外聽道
外聴道炎（外聽道炎）

**外的**〔形動〕外在的，外部的，外面的、肉體的、客觀的、物質的←→内的
外的修養（外在的修養）
外的条件（外在條件）
外的生活（物質生活）

**外敵**〔名〕外敵
外敵の侵入を受ける（遭受外敵的侵略）受ける享ける請ける浮ける
保護色で外敵から身を守る（利用保護色防禦外敵）守る護る守る盛る漏る洩る

**外伝**〔名〕外傳
外伝を読む（讀外傳）読む詠む

**外電**〔名〕由國外拍來的電報

メ

外電に報ずる所に拠れば（據外電報導）報ずる奉ずる封ずる崩ずる拠る由る依る因る縁る
外電に伝える所に拠れば（據外電報導）

**外套**〔名〕外套（=オーバー、オーバーコート）。〔動〕外套膜
外套を着る（穿大衣）着る切る斬る伐る
外套を脱ぐ（脱大衣）抜く貫く貫く
外套を羽織る（披大衣）

**外灯**〔名〕戶外的燈
外灯を付ける（開戶外的燈）付ける点ける附ける漬ける着ける就ける突ける衝ける
玄関の外に外灯を付ける（在房門外安上電燈）

**外泊**〔名、自サ〕外宿
仕事が忙しくて良く外泊する事が有る（因為工作忙常有外宿的時候）忙しい忙しい
無届け外泊（沒有請假在外邊住）

**外藩**〔名〕外國（=外蕃）、諸侯的封地、遠離都城之地

**外蕃**〔名〕外國（=外藩）、遠離都城之地

**外皮**〔名〕外皮←→内皮
栗の外皮を剥く（剝掉栗子的外皮）剥く向く
木の外皮を剥ぐ（剝掉樹木的外皮）木木木剥ぐ矧ぐ接ぐ

**外賓**〔名〕外賓
外賓の接待に忙しい（忙於接待外賓）忙しい忙しい
外賓の接待に忙殺される（忙於接待外賓）
外賓を招く（邀請外賓）

**外侮**〔名〕外侮
外侮を受ける（受到外侮）受ける享ける請ける浮ける

**外部**〔名〕外部（=外側、外面、外面）←→内部
外部からの援助（來自外面的援助）
外部からの干渉（來自外面的干涉）
秘密が外部に洩れた（秘密洩漏到外面去了）洩れる漏れる盛れる守れる
秘密が外部に洩らす（向外洩漏秘密）洩らす漏らす盛らす守らす

建物の外部に亀裂を生じた（房屋外面起裂縫）生じる請じる招じる
外部の者は知らない筈だ（局外人應該不知道的）
外部との連絡を取る（和外面取得聯絡）取る捕る摂る採る撮る執る獲る盗る

**外物**〔名〕外界的事物。〔哲〕客觀事物
外物惑わず（不為外界的事物所惑）

**外聞**〔名〕被別人知道（=聞こえ、噂）、聲響，面子（=見え，体面）
外聞を恐れない（不怕被別人知道、不怕社會的批評）恐れる懼れる畏れる怖れる
外聞を憚る（怕別人知道、怕傳出去）
外聞に関わる（聲響攸關、與名譽有關）関る係る拘る拘る
外聞を恥じて秘密に為る（害怕傳出去不好聽而隱密起來）恥じる羞じる愧じる
外聞も恥も無く（不顧羞恥、不顧顔面）
もう斯う為ったら恥も外聞も無い（事已至此也顧不得體面不體面了）刷る摺る擦る掏る磨る

**外分**〔名〕〔數〕外分←→内分

**外分泌**〔名、自他サ〕外分泌←→内分泌
外分泌腺（外分泌腺）←→内分泌腺

**外壁**〔名〕外壁←→内壁
外壁で石で出来ている（外壁是用石頭砌成的）石石（容積體積單位）石岩磐巌（岩石）

**外篇、外編**〔名〕外篇←→内篇、内編
外篇を書き直す（改寫外篇）

**外報**〔名〕國外報導、國外通訊、國外電報
外報に拠ると（據外電報導）拠る由る依る因る縁る選る撚る縒る

**外貌**〔名〕外貌、外表（=見掛、外見）
外貌は粗野だが気は良い（相貌雖然粗野但是心地善良）
外貌丈では人の善悪は分からない（只看外表是無法知道人的好壞）分る解る判る善し悪し
外貌が良い（外貌好）良い善い好い佳い良い善い好い佳い
外貌が悪い（外貌不好）
外貌を飾る（裝飾外表）

**外方、外方**〔名〕外部（=外側）←→内方
　外方の圧力（外邊的壓力）
　外方を向く（扭向一旁、不加理睬）向く剥く向こう剥こう
　怒ると外方に向いて答え無い（一生氣就扭向一旁不回答）怒る怒る怒る興る起る熾る
　彼に援助を求めたのに外方に向かれる（向他請求幫助可是他沒有理我）
　外方に見る（往外看）
　彼は外方を向いて口も利かなかった（他背著臉過去一句話也不說）利く効く聞く聴く訊く
　外方を向いて相手を為ない（扭臉不理人）

**外邦**〔名〕外国
　外邦に居留する人（僑民）

**外米**〔名〕進口米（=外国米）←→内地米
　糧食不足で外米を入れる（由於糧食不足而進口外國米）入れる容れる

**外務**〔名〕外交、外勤
　外務省（外交部）
　外務大臣（外交部長）
　外務次官（外交部次長）
　外務員（外務員、外勤人員）
　日本内閣閣僚（日本内閣閣員）
　総理大臣（行政院長=首相）
　官房長官（内閣秘書長）
　外務大臣（外交部長=外相）
　大蔵大臣（財政部長=蔵相）
　通産大臣（經濟部長=通産相、通商産業大臣）
　文部大臣（教育部長=文相）
　厚生大臣（衛生福利部長=厚相）
　法務大臣（法務部長=法相）
　運輸大臣（交通部長=運輸相）
　農林水産大臣（農業部長=農水産相）
　郵政大臣（郵政部長=郵政相）
　労働大臣（勞工部長=労相）
　建設大臣（建設部長=建設相）
　自治大臣（自治部長=自治相）
　国務大臣（政務委員、不管部部長=国務相）
　防衛庁長官（國防部長）
　経済企画庁長官（經建會主委）
　環境庁長官（環保署長）
　国家公安委員長（警政署長）
　国土庁長官（國土部長）
　科学技術庁長官（科技部長）
　原子力委員長（原委會主委）
　総理府総務長官（總務部長）
　行政管理庁長官（行政管理部長）

**外面、外面、外面、外面**〔名〕外面，表面（=外側、上辺）、外表（=見掛）←→内面、内面
　外面は平気を装う（表面假裝鎮靜）
　外面的（表面的、表面上的）
　外面似菩薩内心如夜叉（外面似菩薩内心如夜叉、菩薩臉夜叉心）
　此の家の外面丈は立派だ（這房子只是外表不錯）家家家家
　彼は外面は良いが内面は悪い（他對外人不錯但對家人兇）

**外の面**〔名〕屋外、室外
　外の面の桜が咲いた（室外的櫻花開了）
　外の面の白梅が見事に咲いた（屋外的白梅開得非常美）白梅白梅見事見事美事美事

**外野**〔名〕外野←→内野
　外野手（〔棒〕外野手）←→内野手

**外油**〔名〕進口的石油
　外油の価格が五パーセント上がる（進口的石油價格上漲百分之五）上がる挙がる揚がる

**外遊**〔名、自サ〕國外旅行
　外遊の途に上る（啟程到國外旅行去）途途道路上る登る昇る

**外遊星**〔名〕外行星（=外惑星）←→内遊星

**外惑星**〔名〕外行星（在地球軌道外運行的行星=外遊星）←→内惑星

**外用**〔名〕外用←→内用、内服

メ

此の薬は外用と為て有効である（此藥外用有效） 薬 藥葯（雄蕊的葯）
外用薬（外用藥）←→内用薬、内服薬

**外洋**〔名〕遠洋（=大洋、外海、外海）←→内洋
外洋に出て魚を捕る（到外海捕魚）肴 魚 魚魚取る捕る盗る執る撮る採る摂る

**外来**〔名〕外邊來的、外國來的、門診病人
外來の診察を為る（門診）
外來受付（門診掛號處）
外來患者（門診患者）←→入院患者
外來語（外來語）←→自国語
外來思想（外來思想）

**外力**〔名〕外部的力量
外力に屈従しない（不屈服於外力）屈服

**外輪**〔名〕輪胎，輪箍、外周，外緣（=外側、外回り）
外輪山（二重火山的舊火口壁）←→内輪山（二重火山的舊火山丘）
外輪船（槳輪船-在船舷中央外側裝有兩個渦輪）

**外輪**〔名〕外八字步（=外股）←→内輪（内八字步=内股）
外輪に歩く（邁外八字步）

**外連**〔名〕歌舞伎中迎合觀眾趣味的表演、欺騙（=誤魔化し）
外連の無い人（不欺騙的人）
何の外連も無く（毫無欺騙之意）
何の外連味も無く（毫無欺騙之意）

**外**〔漢造〕外
教外（教外別伝）
外陣、外陣（寺院院内拜佛的地方、教堂的甬道）
外面（外面，表面、面色，容貌）
内外（内外、内典和外典、内教和外教、内位和外位、内官和外官）

**外科**〔名〕外科←→内科
外科医（外科醫師）怪我（受傷、過失）
外科手術（外科手術）
外科用メス（外科用手術刀）

**外記**〔名〕〔古〕太政官（主管詔敕、上奏文的起草、儀式的進行）

**外題**〔名〕書名（外標題）←→内題（書本封面後第一頁的標題）、劇名，劇目

外題学問（僅知道許多書名而不知其内容=本屋学問）
外題看板（寫著演員名字或畫像的廣告招牌=一枚看板）

**外典**〔名〕〔佛〕佛典以外的書籍←→内典（佛經）

**外道**〔名〕〔佛〕外道，佛教以外的教、異教，異教徒、壞蛋、（釣）目地以外的魚
此の外道奴（你這個壞蛋）奴奴奴

**外法**〔名〕〔佛〕佛教以外的教義、使用人的骷髏的一種巫術

**外法**〔名〕外徑、外口←→内法

**外**〔名〕外面，外部（=外）、戶外，室外、別處←→中、表面（=表側）←→内、中、裏
外を赤く塗った缶（外面塗紅色的鐵罐）
外で食事する（在外面吃飯）
此の戸は外からは開かない（這門從外面打不開）開ける開く明く空く飽く厭く
秘密が外に洩れる（秘密往外部洩漏）洩れる漏れる盛れる守れる
外で遊ぶ（在室外玩）
外の空気を入れる（讓外面的空氣進入）入れる容れる
外で体を鍛える（在戶外鍛錬身體）
外へ出掛ける（到別處去）
外から帰る（由別處回來）帰る返る還る孵る換える代える変える替える買える飼える蛙
気持を外に出さない（不要把情緒露在外面）
喜びを外へ表わす（喜形於外）喜び慶び歓び悦び表す現す著す顕す
家を外に為る（常常在外不回家）摩る擂る磨る掏る擦る掏る摺る刷る
外を家に為る（常常在外不回家）

**外歩き**〔名、自サ〕外出、出門

**外表**〔名〕布面向外叠←→中表（把面折叠在裡面）
外表に畳む（面向外叠）

**外囲い，外囲、外囲**〔名〕外圍、圍牆
外囲いを造る（築外圍）造る作る創る

**外釜**〔名〕裝在澡盆外頭的燒水鍋←→内釜（日本家庭澡堂用的燒水鍋）

**外構え、外構**〔名〕外部結構、外觀

**外構え**の立派な家（外部結構考究的住宅、門面華麗的住宅）

此の家は外構えが立派だ（這房子外觀很華麗）

**外側**〔名〕外面、外邊←→内側

塀の外側を歩く（在牆的外面走）

箱の外側を白い紙で包む（用白紙包盒子外面）

**外嫌い**〔名〕不願出門←→内嫌い（不愛在家、老想出去）

**外開き、外開**〔名〕往外開←→内開

外開きの窓（往外開的窗）

**外風呂**〔名〕建築物外修建的澡堂←→内風呂（附設在房間内的浴池＝内湯）

**外懐**〔名〕和服外側的口袋←→内懐（和服内襟）

**外耗り、外耗、外減り、外減**〔名〕（碾米時）損耗量的百分比←→内耗（加工損耗）

**外壕、外堀**〔名〕城外護城河←→内壕、内堀（城内護城河）

**外股**〔名〕外八字步（＝外輪）←→内股（内八字步＝内輪）

外股に歩く（外八字步走路）

**外回り**〔名〕周圍、外勤、外務員←→内回り（轉内圈、家裡、電車内側線路）

屋敷の外回りを掃除する（打掃房間周圍）

山手線の外回り電車（山手線外側環行電車）

外回りの仕事（對外的工作）

外回りは疲れて辛い（幹外勤非常辛苦）

外回りは迚も辛い（幹外勤非常辛苦）

外回りは大変だ（跑外勤很辛苦）

**外湯**〔名〕設於室外的浴池←→内湯（附設在房間内的浴池）

**外弟子**〔名〕通學的弟子←→内弟子（住在師父家的弟子）

**外枠**〔名〕賽馬時外側線、分配數量的範圍←→内枠（内側的柵欄、限額内、内框）

**外鰐**〔名〕兩膝外彎而走外八字步←→内鰐（腳尖朝裡走路、O型腿）

**外**〔名〕外（＝外、外）、外側（＝外側）、室外（＝屋外）、廁所（＝便所、厠）←→内、中、裏

外の面（屋外、室外）

外の面の花が咲いた（室外的花開了）

外の海（外海＝外海外海）

外の方（戸外、外部＝外部）

内外、内外、内外（内外）

**外山**〔名〕靠近村莊的山（＝端山）←→深山、深山、奥山

外山の紅葉（村邊山上的紅葉）紅葉紅葉

**外、他**〔名〕外面（＝外）、別處，旁處，外部（＝他所、余所）、另外，別的，其他，以外（＝別、其の他）

〔副助〕（下接否定語）只有、只好（＝しか）

他とは違っている（與別處不同）

此れと同じ品を他でずっと安く売っている（同樣的東西別處的便宜很多）

内の人が無ければ他から捜す（如果内部沒有人就從外部找）

他から来た人（外地來的人）

他の店（別的店）

此れは他の人の帽子だ（這是別人的帽子）

他の事なら兎も角、此れだけ御免だ（別的事還可商量唯獨這事不能辦到）

他に説明の仕様が無い（另外沒有方法說明）

他に何か無いか（此外沒有什麼嗎？）

君の他に頼る人が無い（除你以外我沒有可依靠的人）

月給の他に少し収入が有る（除月薪外還有少許收入）

釣りの他に道楽は無い（除釣魚外別無愛好）

風邪を引いている他は悪い所は無い（除了感冒以外沒有什麼病）

佐藤他五名（佐藤以外還有五名）

私は此の他に何も知らない（除此以外我一無所知）

所用の者の他入る事を禁ずる（閒人免進）

他でもない、今初め無ければ間に合わないからだ（不是因為別的主要是因為現在不開始就來不及了）

他でもない、働かざる得ないから働くのだ（不是別的因為不勞動不成所以才勞動）

石炭は石に一種に他為らない（煤不外乎是石頭的一種）

今日の成功を見たのは絶え間ない努力の結果に他為らない（得到今日的成功不外乎是不斷努力的結果）

メ

相手の挑戦で応じないと言う事は負けた事に他為らない（不接受對方的挑戰就等於敗給他了）
斯う為ったからには謝る他無い（既然是這樣就只好道歉）誤る
私と為ては行く他無い（我只好去）
然うするより他仕方有るまい（只好如此恐怕毫無辦法）
彼より他知っている者は居無い（除他以外沒人知道、只有他知道）

**他**〔名、漢造〕其他，另外，此外、別人，他人，別處，他處、別的事情（＝他）←→自、他意，二心
他の人人（其他的人們）
他の事を話す（談其他的事情）
他の三つ（其他三個）
他の三人（其他三人）三人
他に例を求める（另外找例子）
他に行く所が無い（此外無去處）
居を他に移す（移居他處）移す遷す写す映す
此れより他に方法が無い（此外別無他法）
彼を措いて他に適当な人は無い（除他以外別無適當的人）於いて
自他共に許す（公認）
己を責め、他を責めない（責備自己不責備他人）
顧みて他を言う（顧左右而言他）
我に於いて他無し（我無他意、我無二心）
自他（自己和他人、自動詞和他動詞）
利他（利他、捨己利人）←→利己
愛他主義（利他主義）
排他（排他、排外）

**外郎**〔名〕（山口、名古屋地方名產）米粉糕（＝外郎餅）、（小田原地方名產）怯痰藥

**外す**〔他五〕取下，摘下，解開（＝取り去る）←→嵌める、填める、錯過，離開，脫離（＝逃す，逃がす，失う，逸らす）、避開，躲開，放過（＝避ける）、離席，退席（＝退く）。〔俗〕放屁
看板を外す（取下招牌）
戸を外す（把門摘下）
ガラス戸を外す（摘下玻璃窗）ガラス硝子
眼鏡を外す（摘下眼鏡）眼鏡眼鏡
ボタンを外す（解開鈕扣）ボタン 釦
上着のボタンを外す（解開上衣鈕扣）下着 下着
彼はメンバーから外された（他從成員中被取消了）
元の計画から外す（從原訂計畫中刪掉）元基許下本素旧故原
顎を外す（下巴脫臼、〔喻〕很好笑）顎頤
顎を外して笑うな（別笑掉下巴、別笑掉大牙）
相手の一撃を外す（避開對方的一擊）
相手の狙いを外す（使對方的企圖落空）
質問の矢を外す（避開質問）矢箭
鋭鋒を外す（躲開鋒芒）
タイミングを外す（放過機會）
好機を外す（錯過好機會）
取れるボールを外して終った（能接的球落接了）終う仕舞う終る
問題の本質を外さない様に話し為さい（說話不要脫離問題的本質）
問題の中心を外す（脫離問題的中心）
農期を外さない（不誤農時）
的を外す（不中靶）的的
席を外す（退席、離座）蓆
場を外す（退席、離座）場場
急用で席を外す（因有急事離席）

**外れる**〔自下一〕脫落，掉下（＝取れる）、脫軌（＝逸れる）、落空、不合←→当たる
戸を外れる（門掉下來）
犬の首輪が外れる（狗的頸圈掉下來）
ボタンが外れた（鈕扣開了）
入れ歯が外れる（假牙脫落）
関節が外れる（脫臼）
顎が外れる程笑った（笑得下巴幾乎要掉下來）
汽車がレールから外れる（火車脫軌）
列車が軌道を外れる（火車脫軌）
籤が外れた（彩券沒有中）
銃弾は急所を外れた（子彈沒有打中要害）
天気予報は外れる事も有る（天氣預報有時也不準）有る在る或る

期待が外れる（期待落空）
当てが外れてがっかりする（希望落空灰心喪氣）類 喪 失 望
道理に外れた事を為る（作不合理的事）
道に外れた事を為た（作不合理的事）道 道
人情に外れる（不合乎人情）

**外れ**〔名〕落空、不中←→当り、盡頭（=端、果て）
此の籤は外れた（這個籤沒有中）
当り外れの籤（沒有中的籤）
彼の言う事に外れは無い（他的話沒有錯）言う 云う 謂う
期待外れ（指望落空）
Aチームは期待外れの成績に終った（A隊終於沒有獲得預期的成績）
町の外れ（市鎮的盡頭）
私は町の外れに住んでいる（我住在城郊）住む 棲む 済む 澄む 清む
此の街道の外れに小さい御堂が建っている（這條街的盡頭蓋了一間小佛堂）建つ 立つ 裁つ 絶つ

# 威（ㄨㄟ）

**威**〔名〕威
威を振う（逞威風）振う 奮う 揮う 震う 篩う 振る 降る
虎の威を借る狐（狐假虎威）借る 借りる
威有り猛からず（威而不猛）

**威圧**〔名、他サ〕威壓、欺壓
目に見えない威圧を加える（加以無形的威壓）加える 咥える 銜える
威圧を感ずる（覺得有威壓）感ずる 観ずる

**威嚇**〔名、他サ〕威嚇、恫嚇（=威し、嚇し、脅し、威かし、嚇かし、脅かし）
ピストルで威嚇する（以手槍威嚇）
威嚇を恐れない（不怕威嚇）恐れる 怖れる 畏れる 懼れる
威嚇して承諾させる（逼著他答應）
威嚇射撃（恫嚇的射擊）

**威喝**〔名、他サ〕威嚇（=威し、嚇し、脅し、威かし、嚇かし、脅かし）
威し文句で威喝する（用威脅的話嚇唬人）

**威儀**〔名〕威儀（=立居振舞）
威儀を正す（態度嚴肅起來、正襟危坐）正す 質す 糾す 糺す
威儀を正して言う（鄭重其事地說）言う 云う 謂う
威儀を損なう（損害尊嚴）損う 害う

**威厳**〔名〕威嚴
威厳の有る人物（有威嚴的人物）有る 在る 或る
威厳に関わる（有損威嚴）関る 係る 拘る 拘わる
威厳を保つ（保持威嚴）
威厳が備える（具有威嚴）備える 供える 具える

**威光**〔名〕威勢、威望
親の威光を笠に着る（倚仗老人的威望）笠傘 嵩 着る 切る 斬る 伐る
主人の威光を笠に着る（仗著主子的勢力）主人 主任
人の威光を笠に着る（仗著別人的勢力、狐假狐威）

**威信**〔名〕威信、威嚴
威信に掛かる（有損威信）掛る 係る 繋る 羅る 懸る 架る
威信に関わる（有損威信）関る 係る 拘る 拘わる
男の威信に関わる（有損男人威信）
威信を傷付けられる（損傷威信）
すっかり威信を落した（威信掃地）完全
威信地に墜つ（威信掃地）地地
威信に頼る（依靠威信）

**威勢**〔名〕威勢，威力，朝氣，精神，勇氣（=勢い）
威勢を振るう（逞威）振う 奮う 震う 揮う 篩う
威勢を示す（示威）示す 湿す
相手の威勢を挫く（挫對方的威風）
敵の威勢を挫く（滅敵人的威風）敵 敵 仇（對手、對頭、仇人）仇
威勢が良い（有朝氣、有勇氣）良い 好い 善い 佳い 良い 好い 善い 佳い

メ

威(い)勢(せい)が良い（有朝氣、有勇氣）
　威(い)勢(せい)の良い事(こと)を言(い)う（說有勇氣的話、說大話）言う云う謂う
　何(いつ)時(いつ)も威(い)勢(せい)の良い事(こと)許(ばか)り言(い)っている（盡說大話）
　威(い)勢(せい)が付(つ)く（振起精神）付く着く突く就く衝く憑く点く尽く搗く吐く附く撞く潰く
　皆(みんな)威(い)勢(せい)が付(つ)いた（大家都提起精神了）
威(い)猛(たけ)高(だか)、居(い)丈(たけ)高(だか)、偉(い)丈(たけ)高(だか)〔名、形動〕盛氣凌人、猖狂、囂張
　威(い)猛(たけ)高(だか)に為(な)る（盛氣凌人、逞威風）為る成る鳴る生る
　威(い)猛(たけ)高(だか)な勢(いきお)い（氣勢洶洶）
威(い)徳(とく)〔名〕威德、德威
　威(い)徳(とく)兼(か)ね備(そな)わる（德威兼備）
威(い)道(ばく)〔名〕威脅（=威(おど)す、嚇(おど)す、脅(おど)す）
威(い)張(ば)る、威(い)張(ば)る〔自五〕自豪、驕傲、說大話、逞威風、擺架子
　彼は英(えい)語(ご)が上(じょう)手(ず)だと威(い)張(ば)っている（他自吹英文說得好）上手（上邊、上游、高明）
　余り威(い)張(ば)るな（別那麼吹牛）下(へ)手(た)上(か)手(みて)（上邊、上游、舞台左側）
　威(い)張(ば)って歩(ある)く（大搖大擺地走）
　彼(かれ)は家(うち)が金(かね)持(も)ちだと言って威(い)張(ば)っている（他誇耀家裡有錢）家(うち)家(いえ)家(や)家(か)家(け)
　彼(あ)の人(ひと)はちっとも威(い)張(ば)らないので評(ひょう)判(ばん)が良(い)い（那個人一點也不驕傲所以人緣好）
　部(ぶ)下(か)達(たち)に威(い)張(ば)り散(ち)らす（對屬下大擺官架子）
　あんな勉(べん)強(きょう)家(か)なら威(い)張(ば)って及(きゅう)第(だい)出(で)来(き)る（那樣用功的學生可以穩穩當當地考中）
　彼(かれ)は自(じ)分(ぶん)丈(だけ)偉(えら)いと威(い)張(ば)っている（他自以為老子天下第一、他目空一切）
　威(い)張(ば)った物(もの)だ（了不起）
　彼(あ)の人(ひと)は翻(ほん)訳(やく)に掛(か)けては威(い)張(ば)った物(もの)だ（要講翻譯他可了不起）
　其(そ)の品(しな)なら威(い)張(ば)った物(もの)です（那個貨品可是真地道）
威(い)武(ぶ)〔名〕威武
　威(い)武(ぶ)も彼(かれ)を屈(くっ)する事(こと)が出(で)来(き)なかった（威武也不能屈服他）

威(い)風(ふう)〔名〕威風
　威(い)風(ふう)堂(どう)堂(どう)たる人(じん)物(ぶつ)（威風凜凜的人物）
　威(い)風(ふう)凜(りん)凜(りん)と為(し)て辺(あた)りを払(はら)う（威風凜凜使四座起敬）辺り当り中り払う祓う掃う
　威(い)風(ふう)辺(あた)りを払(はら)う（蠻有威風）
　威(い)風(ふう)辺(あた)りを圧(お)す（八面威風）圧す押す推す捺す
威(い)服(ふく)〔名、自他サ〕威服、以威力服人
　威(い)服(ふく)せざるを得(え)ない（不得不威服）
威(い)福(ふく)〔名〕威福
　威(い)福(ふく)を擅(ほしいまま)に為(な)る（擅作威福）擅(ほしいまま)縦(ほしいまま)恣(ほしいまま)
威(い)望(ぼう)〔名〕威望
　威(い)望(ぼう)の有(あ)る人(ひと)（有威望的人）
　本(ほん)市(し)で最(もっと)も威(い)望(ぼう)の有(あ)る人(ひと)が市(し)長(ちょう)に為(な)った（在本市最有威望的人當市長了）最も尤も
威(い)容(よう)〔名〕威容
　軍(ぐん)隊(たい)の威(い)容(よう)を示(しめ)す（顯示軍隊的威容）
　威(い)容(よう)の有(あ)る学(がっ)校(こう)（有威容的學校）
威(い)名(めい)〔名〕威名
　威(い)名(めい)が知(し)れ渡(わた)る（威名遠播）
威(い)力(りょく)〔名〕威力
　威(い)力(りょく)の有(あ)る大(たい)砲(ほう)（有威力的大砲）
　大(おお)きな威(い)力(りょく)を発(はっ)揮(き)する（發揮巨大的威力）
　金(かね)の威(い)力(りょく)を思(おも)い知(し)らされた（深感到金錢的威力）
威(い)令(れい)〔名〕威令、嚴格執行的命令
　部(ぶ)下(か)に威(い)令(れい)が行(おこな)われない（威令不能行於部下）
　威(い)令(れい)に服(ふく)さない者(もの)は無(な)い（沒有一個不遵從威令的）服す復す伏す
威(い)霊(れい)〔名〕神威
威(い)烈(れつ)〔名〕威勢、威光
威(おど)す、嚇(おど)す、脅(おど)す〔他五〕威脅、恐嚇、嚇唬（=嚇(おど)かす、威(おど)かす、脅(おど)かす）
　刀(かたな)を抜(ぬ)いて嚇(おど)す（拔刀威脅）
　武(ぶ)力(りょく)で嚇(おど)す（以武力威脅）
　怖(こわ)い話(はなし)を為(し)て嚇(おど)す（講可怕的故事嚇唬人）
　嚇(おど)したり賺(すか)したり為(し)て（連嚇帶哄地）

嚇して物品を巻き上げる（敲詐勒索）
嚇されて吃驚する様な人間じゃない（不是一嚇唬就害怕的人）

**威し、嚇し、脅し**〔名〕威脅、恐嚇、嚇唬、（田間嚇鳥的）稻草人（=案山子）
嚇し文句を並べる（說一大套威嚇的話）
嚇しを掛ける（威脅、嚇唬）
此の子はもう嚇しが効かない（這孩子已經嚇唬不住了）
嚇し交じりの口振り（帶有威脅的口吻）
素人嚇しの衒学者（嚇唬外行人的江湖學者）

**威かす、嚇かす、脅かす**〔他五〕威脅、恐嚇、嚇唬（=嚇す、威す、脅す）
ピストルを突き付けて嚇かす（端著手槍進行威脅）
戦争を持って嚇かす（以戰爭進行威脅）
人を嚇かして金を取る（威嚇人搶錢）
彼女は敵に嚇かされても少しもたじろが無かった（她雖受到敵人的威脅卻絲毫沒有動搖）
嚇かして追い払う（嚇唬跑）
嚇かしたり賺したり為て人を服従させる（連嚇帶哄地使人服從）
彼は嚇かされて白状した（他被嚇得坦白了）
嚇かしちゃ行けない（別嚇唬人）
其の話には一寸嚇かされた（那可把我嚇了一跳）
百万円掛かるって？嚇かすなよ（要一百萬日元？別嚇唬人啦）

**威かし、嚇かし、脅かし**〔名〕威脅、恐嚇、嚇唬
其れは嚇かしだよ（那是嚇唬人）
嚇かしは止めて呉れ（別嚇唬人啦！）

# 萎（ㄨㄟ）

**萎**〔漢造〕枯萎
陰萎（〔醫〕陽萎=インポテンツ）

**萎黄病**〔名〕〔醫〕萎黃症。〔植〕枯葉病

**萎縮、委縮**〔名、自サ〕萎縮
寒さに手足が萎縮した（天氣冷手腳凍縮了）手足手足手足手練（武藝高）
病虫害で葉が萎縮して終う（由於病蟲害葉子萎縮了）終う仕舞う

萎縮病（〔植〕萎縮病）
萎縮腎（〔醫〕萎縮腎）

**萎靡**〔名、自サ〕萎靡
萎靡して振るわない（萎靡不振）振るう振う震う揮う奮う篩う
萎靡沈滞（萎靡不振）

**萎れる**〔自下一〕枯萎（=凋む、萎む）、氣餒，沮喪（=しょんぼりする）。〔能樂〕用手或扇子遮臉表示哭泣的動作
花が萎れた（花枯萎了）生花活花（插花）造花（假花）
生花が萎れた（鮮花枯萎了）生花生花（鮮花、插花）
日照りで花が萎れて終った（因乾旱花都枯萎了）日照（日照）
其を聞いて彼は萎れた（他一聽了那話就氣餒了）聞く聴く訊く利く効く
彼は何時に無く萎れている（他不像往常地有朝氣）
幾等失敗してもそんなに萎れる事は無い（不管失敗多少次也不必那麼氣餒）
がっかりして萎れる（灰心喪氣）

**萎萎、悄悄**〔副〕消沉地、無精打采地、垂頭喪氣地（=すごすご、悄然）
此を聞いて萎萎と室を出て行った（聽了這話就無精打采地走出了屋子）室室（溫室）
如何したのか知らないが萎萎と立ち去った（不知道為什麼垂頭喪氣地離去了）如何如何如何
不合格と分って彼女は萎萎と戻って来た（知道沒考中她垂頭喪氣地回來了）分る解る判る

**萎びる**〔自上一〕枯萎、乾癟
花が萎びた（花枯萎了=花が萎れた、花が凋んだ）
菠薐草が萎びて終った（菠菜都枯萎了）終う仕舞う
萎びた顔（枯瘦的臉）
年を取ると皮膚が萎びて来る（一上了年紀皮膚就皺皺的）来る来る
萎びた豆（乾癟的豆子）
萎びた茄子（乾癟的茄子）茄子茄茄子茄

**萎む、凋む**〔自五〕枯萎、凋謝（=萎れる）、癟

## メ

花が凋んだ（花枯萎了）
朝顔の花が凋んだ（牽牛花枯萎了）
風船が凋んで地上に降りた（氣球癟了掉在地上了）
希望が凋む（希望不大了、希望落空）

**萎える**〔自下一〕枯萎（=萎れる）、萎靡，無力，沒精神（=力が無くなる）、變軟，不挺（=くたくたに為る）

花が萎えた（花枯萎了=花が萎れた、花が萎びた、花が凋んだ）
花がすっかり萎えて終った（花完全枯萎了）終う仕舞う
手足が萎える（四肢無力）手足手足手足手練（武藝高）
病人は寝たきりで手足が萎えて終った（病人由於久病在床所以四肢無力）
気が萎える（精神萎靡不振）
年と共に気力が萎えて来た（隨著年齡增長體力越來越差）
三十キロ歩いて体が萎えて終った（走了三十公里全身軟綿綿了）

## 隈（ㄨㄟ）

**隈**〔漢造〕山隈（山形彎曲的地方）、水隈（水道曲折的地方）、邊角

界隈（附近）

**隈、曲、阿、暈**〔名〕灣、窩、隱蔽處、陰暗處、死角（=隅）、心事、秘密、偏僻地方、臉譜（=隈取）

山の隈（山窩處）隈熊隅暈
河の隈（河灣處）河川皮革側
残る隈無く捜す（遍處尋找）捜す探す
目の隈（黑眼窩）目眼芽女雌
疲れて目の縁に隈が出来た（由於過累眼圈發黑了）縁縁縁 縁縁
心の隈（內心深處、內心的秘密）
月の隈（月暈）暈暈
田舎の隈迄農事講習所が出来た（直到偏遠的農村遍地都成立了農事講習所）
隈を取る（勾臉譜）取る捕る摂る採る撮る執る獲る盗る録る

**熊**〔名〕〔動〕熊，狗熊。〔俗〕站客，站著看戲的人

〔接頭〕（接在名詞前）表示強大
熊蜂（革蜂）

**隈隈**〔名〕到處、各個角落（=隅隅）
隈隈を捜す（尋遍各個角落）捜す探す
隈隈迄探す（尋遍各個角落）

**隈笹、熊笹**〔名〕〔植〕山白竹

**隈取る**〔他五〕勾畫臉譜、勾畫邊界、渲染
役者が顔を隈取る（演員勾畫臉譜）
地図を隈取る（勾畫地圖上的邊界）

**隈取り**〔名,他サ〕勾畫臉譜、勾畫邊界、渲染
役者が隈取りを為る（演員勾畫臉譜）刷す摩る擂る磨る掏る擦る摺る

**隈無く**〔副〕普遍，到處（=残り無く、隅隅迄）、沒有陰影，光亮
隈無く捜す（到處搜尋）捜す探す
家の中を隈無く捜す（翻箱倒櫃地找）家家家家家
全国を隈無く歩く（走遍全國）
全国を隈無く歩き回る（走遍全國）
月は隈無く四辺を照らす（明月照亮四方）四方四方
月は隈無く辺りを照らす（明月照亮四方）辺り当り中

## 危（ㄨㄟˊ）

**危**〔漢造〕危險、高、不安、損害
安危（安危）
国家の安危に関する大問題（有關國家安危的大問題）
国家の安危に関る大問題（有關國家安危的大問題）関る係る拘る拘る

**危害**〔名〕危害、災害
危害を加える（加害）加える銜える咥える
人の危害を加える（加害於人）
危害を蒙る（受害）蒙る被る被る
危害を受ける（受害）受ける請ける享ける浮ける
危害を免れる（免受災禍）
危害品（危險物品）品品
危害信号（危害信號）

**危機**〔名〕危機（=ピンチ）←→好機
　石油危機（石油危機）
　危機一髪（間不容髪、千鈞一髪）
　危機一髪の所を助かる（遇救於千鈞一髪之際）
　危機を孕む（孕育危機、包藏危機）
　事態は一触即発の危機を孕んでいる（事態包藏著一觸即發的危機）
　危機を救う（挽救危機）
　危機を逃れる（脱險、躲避危機）逃げる
　危機が迫る（危機緊迫）迫る逼る
　危機に備える（防備危機）備える具える供える
　其の動物は滅絶の危機を瀕している（那種動物現在瀕臨於絕種的危機）

**危急**〔名〕危急
　危急を告げる（告急）告げる次げる注げる継げる接げる
　危急の際に備える（以備危急之時）際際備える具える供える
　危急存亡（危急存亡）
　危急存亡の際（危急存亡之秋）際際
　危急存亡の秋（危急存亡之秋）秋秋

**危局**〔名〕危局
　中東の危局（中東的危急的局勢）
　欧州の危局を打開する（打開歐洲危急的局勢）

**危懼**〔名、自他サ〕畏懼、擔心（=危惧、不安、気掛かり）
　危懼の念を堪えぬ（不勝畏懼）堪える耐える絶える
　危懼の念を抱く（抱恐懼的念頭）抱く擁く懷く抱く
　子供の将来を危懼するに及ばぬ（不必擔心孩子的前途）
　何も危懼する物が無い（沒有什麼畏懼的）

**危惧**〔名自他サ〕畏懼、擔心（=危懼、不安、気掛かり）←→確信
　危惧の念を堪えぬ（不勝畏懼）
　子供の将来を危惧するに及ばぬ（不必擔心孩子的前途）

**危険**〔名、形動〕危險（=危ない）←→安全
　危険を冒す（冒險）冒す犯す侵す
　病気が危険に瀕する（病危）瀕する貧する
　病人はやっと危険状態を脱した（病人好不容易才脱離了危險）脱する奪する
　危険にぶつかる（碰到危險）
　危険に身に迫る（危險迫身）迫る逼る
　身の危険を物ともせず（奮不顧身）
　危険信号（危險信號、警戒信號）
　危険地帯（危險地帶）
　危険人物（危險人物）
　危険物（危險物）物物
　危険負担（〔法〕損失負擔）
　危険担保（〔法〕損失負擔）
　危険性（危險性）
　危険率（危險率）

**危殆**〔名〕危殆、危險
　危殆に瀕する（瀕於危險）瀕する貧する

**危地**〔名〕危險境地、危險場所
　危地に陥る（陷入險境）
　危地を脱する（脱離險境）脱する奪する

**危篤**〔名〕危篤、病危
　危篤に陥る（陷於病危、病危狀態）

**危難**〔名〕危難、災難（=災い）
　危難を免れる（免於災難）
　危難を避ける（避災難）
　危難に遇っても動じない（遇到災難也泰然自若）遇う会う合う逢う遭う動じる同じる

**危ない、危い**〔形〕危險的、令人擔心的、靠不住的（=危うい、危い）
　命が危ない（性命危險）
　危ないから近寄るな（因為危險不要靠近）
　危ない目に逢う（遇到危險）遇う会う合う逢う遭う
　危ない所を助けられた（在危險中得救了）
　危ない空模様（天氣靠不住）
　空模様が危なく為って来た（看來天氣要變了）
　明日の天気は危ない（明天的天氣靠不住）明日明日明日

彼に金を預けては危ない（把錢委託他保管靠不住）

彼に金を渡すのは危ない（把錢交給他是靠不住的）

彼の中国語が通じるが如何か危ない物だ（他的中國話通不通很難說）如何如何如何

彼の病人はもう危ない（那個病人已經病危了）

危なくて見て居られない（令人擔心得不敢看）

彼の会社も危ないと言う話だ（據說那家公司也沒落了）

危ない綱渡りを為る（冒險、鋌而走險）

危ない綱渡りを遣る（冒險、鋌而走險）

危ない橋を渡る（干冒風險）橋嘴端箸梯

危ない瀬戸際（危險邊緣、危險的緊要關頭）

今日明日にも危ない（危在旦夕）明日明日明日

**危なさ、危さ**〔名〕危險

**危ながる、危がる**〔自五〕感到危險、覺得擔心

皆危ながって手を出す物も無い（大家都認為危險而不肯伸手）

気紛れな相場だから危ながって手を出さない（因為忽漲忽落的行市所以認為危險而不肯出手交易）

君はちっとも危ながるには及ばない（你一點也用不著擔心）

危ながって居たら何も仕切らないよ（擔心的話什麼也做不成）

**危なげ、危げ**〔形動〕不牢靠、沒把握

何だか危なげだな（總像不牢靠似的）

危なげな足取りで外に出た（腳步蹣跚地走出去了）

危なげな足取りで歩いている（以蹣跚的腳步走路）

足元の危なげな老人（腳步蹣跚的老人）足元足下足許

彼の建物は材料が良くないので危なげだ（那棟房屋建材不好總覺得不牢靠）

**危なく、危く**〔副〕差一點兒、險些兒、好不容易、勉勉強強（=危うく、危く、殆ど）

彼は危なく溺死する所だった（他差一點兒淹死了）

彼は危なくタクシーにぶつかる所だった（他差一點兒就撞到計程車了）

危なく車に撥ねられ然うだった（險些兒被車撞了）

危なく汽車に乗り遅れる（差一點兒誤了火車）

危なく汽車に間に合った（好不容易趕上了火車）

危なく汽車に間に合わない所だった（差一點兒就搭不上火車）

危なく助かった（好不容易得救了）

**危な気無い、危気無い**〔形〕非常安全、萬無一失

危な気無い勝ち方（穩操勝算）

**危なっかしい、危っかしい**〔形〕〔俗〕危險的、令人擔心的（=危ない、危い、危なげだ、危げだ）

年を取って足元が危なっかしい（上了年紀腳步不俐落）足元足元足元足許

**危なっかしさ、危っかしさ**〔名〕危險

**危なっかしげ、危っかしげ**〔形動〕不牢靠、沒把握、看似危險狀

**危うい、危い**〔形〕〔文〕危險的、靠不住的（=危ない、危い）

命が危うい（生命危險）

病気で命が危うい（因病生命危險）

明日の天気は危うい（明天的天氣靠不住）明日明日明日

危うい所を助かった（正在危險的時候得救了）

**危うさ、危さ**〔名〕危險

**危うがる、危がる**〔自五〕覺得危險、感到擔心

**危うげ、危げ**〔形動〕不牢靠、沒把握

**危うく、危く**〔副〕好不容易（=やっと、辛うじて）、幾乎、差一點兒（=もう少しで、危なく、危く）

危うく間に合った（好不容易趕上了）

危うく車に間に合った（好不容易趕上汽車了）

危うく此処迄仕上げた（好不容易才完成了）此処此所茲

危うく死ぬ所だった（幾乎死了）

危うく命を失う所だった（差一點就沒命了）
危うく難を逃れた（差一點遭了難）
危うく引かれる所だった（差一點被壓了）

**危ぶむ**〔他五〕掛念，擔心（＝気に掛ける）、懷疑，不信（＝危ながる、危がる）
健康を危ぶむ（擔心健康）
高齢の母親の健康を危ぶむ（擔心高齢母親的健康）
彼の安否が非常に危ぶまれている（他是否平安無恙很令人擔心）
乗客の生命が危ぶまれる（乘客的生命很令人憂慮）
若い医者は得て為て危ぶまれる物だ（年輕的醫師常常令人不相信）
学校出立ての若い医者の腕は兎角危ぶまれる物だ（剛畢業年輕醫師的醫術總是令人不相信的）
勝利を危ぶむ必要は無い（勝利是無可置疑的）

**危める、殺める、傷害める**〔他下一〕危害、殺死（＝傷付ける，疵付ける，殺す）
人を危める（殺人）
人の体を危める（傷害他人身體）

# 囲（圍）（ㄨㄟˊ）

**囲**〔漢造〕圍、周圍、四周
重囲、重囲（重圍）
範囲（範圍、界限）
周囲（周圍，四周、周圍的人，環境）
四囲（四周、周圍）
胸囲（胸圍）

**囲碁**〔名〕圍棋（＝碁、棊）
囲碁を打つ（下棋）打つ撃つ討つ
囲碁を一局囲む（下一盤圍棋）
囲碁ファン（圍棋愛好者）
囲碁の名人（圍棋的名人）
囲碁名人（圍棋名人）
囲碁初段（圍棋一段）
碁一級（圍棋一級）
碁石（圍棋子）

碁盤（棋盤）
笊碁（不高明的圍棋）
棋士（下棋的人）
先手（先下＝先番）
後手（後著）
中押勝（中途停局勝）
中押負（中途停局負）
一目勝（一目勝）
二目負（二目負）

**囲繞、囲繞**〔名、他サ〕圍繞
東京都を囲繞している衛星都市の発展を図る（計畫包圍東京都的衛星都市發展）

**囲炉裏**〔名〕（日本農家取暖和燒飯用的）地爐、炕爐
囲炉裏を切る（切開地板修築地爐）切る斬る伐る着る図る謀る諮る計る測る量る
囲炉裏を焚く（燒地爐）焚く炊く
一家揃って囲炉裏を囲んで語る（全家人圍著地爐談話）一家一家語る騙る
囲炉裏火（地爐火）
囲炉裏端（地爐邊）旗機傍畑畠肌膚

**囲う**〔他五〕圍繞，圍起來（＝囲む）、儲藏，貯藏
竹で周りを囲う（用竹子把四周圍起來）周り回り廻り廻り巡り回り
庭を塀で囲う（用圍牆把院子圍起來）
林檎を囲う（儲藏蘋果）
冬に備えて野菜を囲う（儲藏蔬菜準備過冬）備える供える具える
妾を囲う（蓄妾）妾妾妾側妻妾（我-謙稱）

**囲い**〔名〕柵欄，圍牆（＝塀、垣、垣根）、儲藏，貯藏、茶室（＝数寄屋、数奇屋）
囲いを為る（設圍牆）摺る刷る擢る摩る磨る掏る擦る
家の周りに囲いを為る（在房子四周圍上柵欄）家家家家家
熊が囲いを破って家畜を襲った（熊衝破了柵欄襲擊了家畜）熊隈隈
霜除の囲い（防霜柵欄）
林檎は囲いが利く（蘋果可以儲藏）利く効く聞く聴く訊く

囲い米 (用於不時之需所準備的米) 米米米
囲い者 (妾＝囲い女)
囲い物 (貯藏的東西)

**囲む** 〔他五〕包圍、圍攻、下棋
　山に囲まれた町 (周圍皆山的市鎮) 町町
　三方縁の山に囲まれた湖水 (三面環山的湖水) 縁縁縁縁縁
　キャンプファイアを囲んで歌う (圍著營火唱歌)
　要塞を囲む (包圍要塞)
　城を囲む (圍攻城寨) 城城 白代
　一局囲む (下一局圍棋)

**囲み** 〔名〕包圍、圍攻 (＝包囲陣)、周圍、花邊新聞
　囲みを解く (解圍) 解く説く溶く
　囲みを破る (突破包圍)
　敵の囲みを破って脱出した (突破敵人包圍脫了險) 敵仇 (對手、仇人)
　囲み記事 (加花邊的文章、專欄)

## 為 (爲) (ㄨㄟˊ)

**為** 〔漢造〕為，做，行 (＝為、為る、行う)。〔佛〕生滅
　行為 (行為、行動、舉動)
　所為 (所為，所做的事、緣故)
　有為 (有為)
　有為 (〔佛〕有為、今世，現世) ←→無為
　無為 (無為)
　無為 (〔佛〕無為←→有為、〔順其自然〕無所作為、不做事，無所事事，遊手好閒，虛度年華)
　作為 (〔法〕作為，行為，積極行為←→不作為、做作，造作，人為，虛構，作假)
　敢為 (勇敢、敢作敢為)
　營為 (經營、經營的事業)
　当為 (義務、本分)
　云為 (言行)
　人為 (人為、人力、人工)

**為政** 〔名〕當政
　為政者 (當政者) 者者

**為** 〔自、他サ〕成為、發生、做 (＝為る)

**為る** 〔自サ〕(通常不寫漢字、只假名書寫)(…が為る) 作，發生，有 (某種感覺)，價值，表示時間經過，表示某種狀態；〔他サ〕做 (＝為す、行う) 充，當做、(を…に為る) 作成，使成為，使變成 (＝に為る)
　(…事に為る)(に為る) 決定，決心
　(…と為る) 假定，認為，作為
　(…ようと為る) 剛想，剛要、(御…為る) 〔謙〕做
　物音が為る (作聲、發出聲音、有聲音＝音を為る) 音音音音
　稲光が為る (閃電、發生閃電、有閃電) 稲妻
　寒気が為る (身子發冷、感覺有點冷)
　気が為る (覺得、認為、想、打算、好像) ←→気が為ない
　此のカメラは五千円為る (這個照相機價值五千元)
　彼は五百万円為る車に乗っている (他開著價值五百萬元的車)
　こんな物は幾等も為ない (這種東西值不了幾個錢)
　デパートで買えば十万円は為る (如果在百貨公司買要十萬元)
　一時間も為ない内にすっかり忘れて終った (沒過一小時就給忘得一乾二淨了)
　三日も為れば帰って来る (三天後就回來)
　さっぱり為た人 (爽快的人)
　彼の男はがっちり為ている (那傢伙算盤打得很仔細)
　頭がくらくらと為てぽっと為る (頭昏腦脹)
　幾等待っても来為ない (怎麼等也不來)
　仕事を為る (做工作)
　話を為る (說話)
　勉強を為る (用功、學習)
　為る事為す事 (所作所為的事、一切事)
　為る事為す事旨く行かない (一切事都不如意)
　為る事為す事皆出鱈目 (所作所為都荒唐不可靠)
　何も為ない (什麼也不做)

其を如何為ようと僕の勝手だ（那件事怎麼做是隨我的便）
私の言い付けた事を為たか（我吩咐的事情你做了嗎？）
此から如何為るか（今後怎麼辦？）
如何為る（怎麼辦？怎麼才好？）
如何為たか（怎麼搞得啊？怎麼一回事？）
如何為て（為什麼、怎麼、怎麼能）
如何為ても旨く行かない（怎麼做都不行、左也不是右也不是）
如何為てか（不知為什麼）
今は何を為て御出でですか（您現在做什麼工作？）
委員を為る（當委員）
世話役を為る（當幹事）
学校の先生を為る（在學校當老師）
子供を医者に為る（叫孩子當醫生）
彼を議長に為る（叫他當主席）
彼は娘をピアニストに為る積りだ（他打算要女兒當鋼琴家）積り心算心算
本を枕に為て寝る（用書當枕頭睡覺）眠る
彼は事態を複雑に為て終った（他把事態給弄複雜了）終う仕舞う
品物を金に為る（把東西換成錢）金金
借金を棒引に為る（把欠款一筆勾銷）
三階以上を住宅に為る（把三樓以上做為住宅）
絹を裏地に為る（把絲綢做裡子）
顔を赤く為る（臉紅）
赤く為る（面紅耳赤、赤化）
仲間に為る（入夥）
私は御飯に為ます（我吃飯、我決定吃飯）
今度行く事に為る（決定這次去）
今も生きていると為れば八十に為った筈です（現在還活著的話該有八十歲了）
卑しいと為る（認為卑鄙）卑しい賎しい
此処に一人の男が居ると為る（假定這裡有一個人）
行こうと為る（剛要去）

出掛けようと為ていたら電話が鳴った（剛要出門電話響了）
隠そうと為て代えて馬脚を現す（欲蓋彌彰）表す現す著す顕す
御伺い為ますが（向您打聽一下）
御助け為ましょう（幫您一下忙吧！）

**擦る、摩る、磨る、擂る、摺る、刷る**〔他五〕摩擦（=擦る）、研磨，磨碎，損失，消耗，賠，輸
タオルで背中を擦って垢を落とす（用毛巾擦掉背上的污垢）
鑢で磨ってから鉋を掛ける（用銼刀銼後再用刨子刨）
マッチを擦って明かりを点ける（劃火柴點燈）
擦った揉んだ（糾紛）
擦った揉んだの挙句、到頭離縁に為った（鬧了糾紛之後終於離婚了）
墨を磨る（研墨）
胡麻を擂る（阿諛、逢迎、拍馬屁）
擂鉢で胡麻を擂る（用研鉢磨碎芝麻）
株に手を出して大分磨った（做股票投機賠了不少錢）
すっからかんに磨って終った（輸得精光）

**刷る、摺る**〔他五〕印刷
色刷りに刷る（印成彩色）掏る剃る為る
千部刷る（印刷一千份）
良く刷れている（印刷得很漂亮）
鮮明に刷れている（印刷得很清晰）
此の雑誌は何部刷っていますか（這份雜誌印多少份？）
ポスターを刷る（印刷廣告畫）
輪転機で新聞を刷る（用輪轉機印報紙）

**掏る**〔他五〕扒竊、掏摸
掏摸に掏られた（被小偷偷了）掏る磨る擂る刷る摺る擦る摩る為る
掏摸に御金を掏られた（錢被小偷偷走了）
電車の中で財布を掏られた（在電車裡被扒手爬了錢包）
人の懐中を掏ろうと為る（要掏人家的腰包）

**剃る**〔他五〕〔方〕剃（=剃る）

メ

鬚を剃る（刮鬍子）刷る磨る摩る摺る擦る掏る擂る為る

**為る**〔自五〕變成，成為（＝変わる、変化する）。到，達（＝達する、入る）。有益，有用，起作用（＝役に立つ）。可以忍受，可以允許（＝我慢出来る）。開始…起來（＝為始める）。將棋（棋子進入敵陣）變成金將；〔補助動詞〕（御…に為る構成敬語）

癖に為る（成癖）癖癖
夜に為る（天黑了）夜夜
盲目に為る（失明）
盲に為る（失明）
金持に為る（致富、變成富翁）
大人に為る（長大成人）大人大人大人大人（城主、大人）
病気に為る（有病）
医者に為る（當醫生）
母と為る（當母親）母母
母親に為る（當母親）
液体が気体に為る（液體變為氣體）固体
御玉杓子が蛙に為る（蝌蚪變成青蛙）
御玉杓子蝌蚪 蛙 蛙
口論が取り組み合いに為った（爭執變成了打鬥）
水が凍って氷に為った（水結成了冰）
偉く為る（發跡）偉い豪い
合計為ると一万円に為る（合計共為一萬元）
全部で百円に為る（一共是一百元）
春に為った（春天到來了）
入梅に為った（到了梅雨期）
梅雨に為った（到了梅雨期）梅雨梅雨五月雨
爽やかな秋晴れに為った（到了秋高氣爽的天氣）秋爽
もう十二時に為る（已經到了十二點）
午後に為る（到了下午）
年頃に為ると美しく為る（一到適齡期就漂亮起來了）
彼は三十には未だ為らない（他還不到三十歲）三十三十未だ未だ
甘やかすと為に為らぬ（嬌生慣養沒有益處）

為に為る（對有好處）
為らぬ中が楽しみ（事前懷著期待比事後反而有趣得很）
苦労が薬に為る（艱苦能鍛鍊人）
此の杖は武器に為る（這個拐杖可當武器用）
幾等努力しても何も為らなかった（再怎麼努力也沒有用）
為らない＝為らぬ＝行けない＝出来ない（沒有、不可、不准、不許、不要、不行、得很）
見ては為らない（不准看）
欲しくて為らない（想要想得不得了）
無くては為らない＝無くては為らず＝無くては為らぬ＝無くては行かず＝無くては行かぬ＝無くては行けない（必須、一定、應該、應當）
無ければ為らない＝無ければ為らん＝無ければ為らぬ＝無ければ行けない（必須、一定、應該、應當）
為無ければ為らない（必須做）
行か無ければ為らない（一定得去）
為らない様に（千萬不要、可別）
帰ら無ければ為らない（非回家不可）
為れない（成不了）
負けて為る物か（輸了還得了）
為らぬ堪忍するが堪忍（容忍難以容忍的事才是真正的容忍）
堪忍為らない（不能容忍）
もう勘弁為らない（已經不能饒恕）
悪い事を為たは為らない（不准做壞事）
好きに為る（喜好起來）
如何しても好きに為れなかった（怎樣也喜愛不起來）
煙草を吸う様に為った（吸起香菸來了）
子供を持つ様に為ったら親の愛が分る様に為るだろう（有了孩子就會理解父母的愛）
面白く為って来た（變得很有意思）
先生が御呼びに為る（老師召喚）

**成る**〔自五〕完成，成功（＝出来上がる）。構成（＝成り立つ）、可以，允許，容許，能忍受（＝許せる、我慢出来る）。

（用御…に成る構成敬語）為、做（＝為さる）

工事が成る（完工、竣工）
志有れば終に成る（有志者事竟成）
功成り名遂ぐ（功成名就）
成るも成らぬも君次第（成敗全看你了）
為せば成る為さねば成らぬ（做就能成不做就不能成）
成れば王、敗れれば賊（勝者為王敗者為寇）
此の論文は十二章から成る（這篇文章由十二章構成）
水は水素と酸素から成る（水由氫和氧構成）
国会は二院から成る（國會由參眾二院構成）
負けて成る物か（輸了還得了）
勘弁成らない（不能饒恕）
悪い事を為ては成らない（不准做壞事）
先生が御呼びに成る（老師呼喚）
御覧に成りますか（您要看嗎？）
ホテルには何時に御帰りに成りますか（您什麼時候回旅館？）
成っていない＝成ってない＝成っちゃらん（不成個樣子、不像話、糟糕透了）
彼がホテルだって？丸で成ってないよ（那是飯店嗎？簡直糟透了）
態度が成っていない（態度不像話）
成らぬ内が楽しみ（事前懷著期待比事後反而有趣得很）
成らぬ堪忍するが堪忍（容忍難以容忍之事才是真正的容忍）
成るは嫌成り思うは成らず（〔婚事等〕高不成低不就）

**鳴る**〔自五〕響鳴，發聲、著名，聞名
雷が鳴る（雷鳴）雷雷
耳が鳴る（耳鳴）
腕が鳴る（技癢、躍躍欲試）
ベルが鳴っている（鈴響著）
御腹が鳴っている（肚子餓、肚子唱空城計）
もう食事に行く時刻だ、私の腹は鳴っているよ（到吃飯的時候了我肚子叫了）
授業のベルが鳴った（上課的鐘響了）
御中がごろごろ鳴っている、もう食事の時間だ（肚子咕嚕咕嚕叫該是吃飯的時候了）
暫し鳴り止まぬ拍手（經久不息的掌聲）拍手拍手
風景を以て鳴る（以風景美麗見稱）
名声海外に鳴る（名聞海外）
世に鳴る音楽家（聞名於世的音樂家）

**生る**〔自五〕結果（＝実る）。〔古〕生，產，耕作
梅が生る（結梅子）
花丈で実は生らない（只開花不結果）
今年は柿が良く生った（今年柿子結得很好）今年今年
金の生る木何て無い（沒有什麼搖錢樹）

**為らない**〔連語〕不可，不准（＝行けない）（接動詞、形容詞連用形加て、ては下）
必須，一定，應該，非…不可（接無くては、無ければ、ねば下）
不禁，不由得（＝禁じ得ない）（接自發動詞、形容詞、助動詞連用形加て下）
受不了（＝堪らない）、不能（＝出来ない）、不成，不行
見ては為らない（不准看）
悪い事を為ては為らない（不准做壞事）
此の事は誰にも言っては為らない（這事不准對任何人說）
無くては為らない＝無くては為らず＝無くては為らぬ＝無くては行かず＝無くては行かぬ＝無くては行けない（必須、一定、應該、應當）
無ければ為らない＝無くては為らん＝無ければ為らぬ＝無ければ行けない（必須、一定、應該、應當）
為無ければ為らない（必須做）
行か無ければ為らない（一定得去）
此の本は彼ので無ければ為らない（這本書一定是他的）
時間ですから早く行か無ければ為らない（時間已經到了必須趕快去）
研究為無ければ為らない（應該研究）
帰ら無ければ為らない（非回家不可）
其の様に思えて為らない（不由得那樣想）
将来の事が案じられて為らない（不由得擔心將來的事情）

悲しくて為らない（不禁感到悲傷、悲傷得不得了）

　欲しくて為らない（想要想得不得了）

　寒くて為らない（冷得受不了）

　合格出来て嬉しく為らない（考上了高興得不得了）

　もう我慢が為らない（已經忍無可忍）

　彼の人は油断の為らない人だ（對他不能掉以輕心、對他要提高警覺）

　此の石は重くて如何にも為らない（這塊石頭重得毫無辦法）如何如何如何

　話に為らない（不像話、不成體統、不值一提）

**為らぬ**〔連語〕不可、不能、不成、不禁（＝為らない）

　外出しては為らぬ（不准外出）

　勘弁為らぬ（不能饒恕）

**為らぬ**〔助動〕非、不是（＝でない）

　此の世為らぬ美しさ（非人間之美）

　一方為らず世話に為る（承蒙格外照顧）一方一方（一般、普通、平常）

　時為らぬ時に客が来た（在意想不到的時候來客人）

　神為らぬ身の知る由も無い（凡人無從得知）

**為り手、為手**〔名〕想擔任的人

　あんな嫌な役目には為手が有るまい（那樣討厭的職務不見得有人擔任）

　嫁に為手が無い（沒有願意嫁給他的）

**為す**〔他五〕〔文〕做，為（＝行う）、作，製造（＝作る）

　善を為す（為善）

　悪を為す（作惡）

　為す所無く暮らす（無所事事地度日）

　為す所を知らず（不知所措）

　為せな為る（有志竟成、做就成）

　小人閑居して不善を為す（小人閒居為不善）小人小人小人（身材短小的人）

　為す事為す事（所作所為）

　彼は為す術も無く見て居た（他束手無策只好一旁觀望）

　此は人力の為し得る所ではない（這不是人力所能及的）人力人力得得

　人の為せる業とは思えない（天工巧匠、彷彿不是人力所能做出來的）

**為さる**〔他五〕為，做（＝為す、為る的敬語）

　〔補動〕接動詞連用形表示尊敬

　研究を為さる（做研究）

　日曜日には何を為さる積りですか（星期日您想做什麼？）積り心算

　何を為さろうと貴方の勝手です（想做什麼隨便您）貴方（您）貴方（您們）

　先生何卒御心配を為さらないで下さい（老師請您不要擔心）

　そんなに御心配為さらないで下さい（請不要那樣擔心）

　御出で為さる（來、去、出、在＝入らっしゃる-入る、出る、居る、来る、有る、行く的命令形敬語）

**為さい**〔連語〕請…吧（稍帶命令口氣）

　食べ為さい（吃吧！）

　御休み為さい（晚安、您休息吧！-每天慣用語）

　帰り為さい（請回吧！）

　御帰り為さい（您回來了-每天慣用語）

　何卒此方に御出で為さい（請到這邊來）

　御好きな様に為さい（請隨意）

　ちゃんと返事を為さい（請做明確答覆）

**為さす**〔他下一〕〔文〕為，做（＝為さる）、使做，讓做（＝為せる）

　為られる（文語尊敬助動詞的す未然形或口語助動詞せる的未然形之下接助動詞）表示最高尊敬、使役、被動

　大統領の登らせられた山（總統登過的山）

　無理に御金を出させられた（被逼拿出了錢）

**為ん方、詮方**〔名〕方法、辦法（＝仕方、為ん術）

　為ん方尽きる（方法用盡）

　為ん方無い（沒辦法的＝仕方無い）

　為ん方無げ（感覺沒有辦法）

　為ん方無げに黙している（感覺沒有辦法而默默不語）黙する目する

**為ん術**〔名〕方法、辦法（＝仕方、為ん方、手段）

　為ん術無し（無計可施、沒有辦法＝仕方無い、為ん方無い、詮方無い）

**為**〔名〕利益，好處、因為、由於、原因，理由，目的、對於…來說

　子の為を思う（為孩子著想）思う想う
　子供の為を思って為た事だ（這是為孩子著想而做的）
　為に為る（有好處、有用處）為る成る鳴る生る
　為に為らない（沒好處、有損於=為に損だ）
　為に為る本を読む（閱讀有益的書）読む詠む
　此の本は読んで為に為る（這本書看了很有益）
　学生の為に為る本を書く（寫對學生有益的書）書く欠く描く掻く
　運動は体の為に為る（運動對身體有好處）
　そんな事を為ると為に為らんぞ（那麼做對你可沒有好處）
　君の為に損を為た（都是你害我吃了虧）
　為に為る（有所圖、別有用心、另有目的）
　何か為に為る所が有る物と察せられる（可以看出是另有什麼目的的）
　其は為に為る議論だ（那是別有用心的議論）
　余計な事は為ない方が身の為だ（別多管閒事要不然自身難保）
　病気の為に休む（因病休息）
　其は気候の為だ（那是因為氣候的關係）
　雨の為に参加者が少ない（因為下雨參加的人很少）少ない勘ない
　父が死んだ為に一家の生活が苦しく為った（因為父親去世一家的生活變得困難）一家一家一家
　入学試験の為に勉強する（為了入學考試而用功）
　幸福社会の建設の為に尽す（為建設幸福社會而努力）
　世界平和の為に努力する（為了世界和平而努力）
　念の為に言って置く（為了慎重說一下）言う云う謂う置く描く擱く
　私の為には伯父に当たる（論輩分來說是我的伯父）伯父叔父小父当る中る
　僕の為には叔父に当る人だ（對於我來說是相當於叔父輩分的人）

**為に**〔接續詞〕因而、因此（=其故に、其為に）

　敵は退路を断たれ為に降伏の已む無きに至った（敵人被截斷了退路因而不得已投降了）
　敵の食糧の補給路を断たれ、為に降服の已む無きに到った（敵人被截斷了食糧補給線因此不得已投降了）

**為書**〔名〕（書畫的上款）贈言、贈詩

**為筋**〔名〕有利（自己）的途徑、好主顧、關鍵時刻能照顧自己的人

**以為、請意、思えらく**〔副〕〔文〕以為、蓋
　余以為（我以為）余予

**為替**〔名〕匯兌、匯款、匯票、匯兌行市、匯兌牌價
　為替で送金する（用匯票匯錢）
　為替を組む（買匯票、匯款=為替を出す）
　為替を現金に換える（用匯票換成現金）代える換える替える変える帰る返る
　為替の騰貴（匯兌行市上漲）
　電報為替（電匯）
　為替銀行（外匯銀行）
　為替尻（〔銀行間的〕匯兌帳尾）
　為替管理（匯兌管理）
　為替取引（〔銀行間的〕匯兌交易）
　為替相場（匯兌行市）
　為替 rate（匯率）
　為替手形（匯票=為替券、為替証書）
　為替手形を割引する（匯票貼現）
　為替料（匯水）

**為体、体たらく**〔名〕不成體統、（難看的）樣子，狀態
　今は落魄れて彼の為体です（現在落魄的那個樣子）落魄れる零落れる
　何と言う為体だ（多麼難看的樣子、這成什麼體統）

**為人、人となり**〔名〕為人、秉性、天性（=生れ付き）
　彼の大胆さに驚くのは其の為人を知らないからだ（對於他的膽子大感到吃驚是因為不知道他的秉性）
　此の事は彼の為人を示している（這件事說明他的為人如何）

メ

メ

此の事は彼の為人を良く表している（這件事已充分反映了他的為人）表す　現す　著す　顕す

私は彼の為人を良く知っている（我很清楚他的為人）

彼の為人を感動せぬ者は居ない（沒有人不為他的為人所感動）

**為終える**〔他下一〕做完、完成（＝仕上げる、為遂げる、為し遂げる、成し遂げる）

宿題を為終える（做完習題）

工事を為終える（做完工程）

**為果せる、為果てる**〔他下一〕做完、完成（＝仕上げる、為遂げる）

困難な研究を首尾良く為果せる（順利完成困難的研究）

任務を首尾良く為果てる（順利完成任務）

三週間の予定の仕事を二週間で為果てる（把預定三週的工作兩週就做完了）

**為止す**〔他五〕做到半途而停止

**為様**〔名〕作法（＝仕方、仕様）、做法（＝仕立方）

此の仕事の為様は何と言う事だ（這工作的作法不妥）

**為済ます**〔他五〕做完，完成（＝仕上げる、為遂げる）、做得漂亮

旨く為済ましたと油断する（以為做得漂亮而疏忽大意）

旨く為済ました（作得很好）旨い　美味い　甘い　上手い　巧い

**為損なう、為損う**〔他五〕做錯、失敗（＝遣り損う、為損じる、しくじる）

いんちきを為損なった（騙人沒騙成、作假沒做好）

設計を為損なった（做錯了設計）

計算を為損なう（算錯）

大事な事を為損なった（做錯了重要的事情）大事大事

二度と為損なわない様に気を付ける（注意不要再弄錯了）二度二度

**為損ない、為損い**〔名〕做錯、失敗（＝遣り損い）

こんな為損ないは二度と為ない（再也不會做出那樣的失敗）

又為損ないを為て終った（又做錯了）又亦復

**為損じる、仕損じる**〔他上一〕做錯、失敗（＝遣り損、うしくじる）

事を為損じた（搞壞了事）

**為損ずる、仕損ずる**〔他サ〕做錯、失敗（＝為損じる、仕損じる）

急いては事を為損ずる（焦急要失敗的、急忙會出錯的）

**為初める、為初める**〔他下一〕開始做、著手

**為初め、為初め**〔名〕開始、著手

十分に準備してから為初めを為る（充分地準備後著手）

**為違える**〔他下一〕做錯（＝為損なう、為損う）

**為出かす、仕出かす**〔他五〕〔俗〕做出來、幹出來（指壞事、難事）

今度は何を為出かすか分らぬ（下次還不知道要搞出什麼來）

どんな事を為出かした（做下了天大的事情）

とんでもない事を為出かした物だ（闖出大禍來）

**為て遣る**〔他五〕〔俗〕吃（＝食べる）、為…做，給…做（＝遣って遣る）、欺騙（＝欺く、騙す）

君の代わって返事を為て遣る（替你回答）

為て遣られた（受騙了）

千円為て遣られた（被騙了一千元）

為て遣ったりと微笑んだ（我把他騙得不亦樂乎而微笑了）微笑む　微笑む

まんまと為て遣られた（巧妙地被騙了）

経験を積んだ猟師も賢い狐に為て遣られる事が有る（有經驗的獵人也會受精明狐狸的騙）

**為遂げる、為し遂げる、成し遂げる**〔他下一〕做完、完成（＝完成する、遣り遂げる）

大事業を為遂げる（完成大事業）

困難な仕事を為遂げる（做完了困難的工作）

目的を為遂げる（達到目的）

研究を為遂げる（完成研究）

此の研究を為遂げるには長い時間がかかるだろう（要完成這研究要花長時間吧！）

中興の偉業を為遂げる（完成中興大業）

二十年掛かってやっと研究を為遂げた（花了二十年終於研究成功了）

何一つ為遂げられない（一事無成）逢う会う遭う遇う合う

どんな事を逢っても此の計画を為遂げる決心だ（無論發生什麼事我決心完成這計畫）

**為所**〔名〕應當…的時候

此処が我慢の為所だ（這正是咬緊牙關的時候）此処此所茲

**為留める、仕留める**〔他下一〕（用槍）殺死、射中（＝打ち殺す）

猪を為留める（〔用槍〕打死野猪）豚

敵を一人為留めた（打死了一個敵人）一人一人

唯の一発で熊を為留めた（只開一槍就打死了熊）唯只徒

**為尽くす**〔他五〕做盡

悪事を為尽くす（做盡壞事）

馬鹿の限りを為尽くす（做盡愚蠢事）馬鹿莫迦

**為直す**〔他五〕重做、另做、再做（＝遣り直す）

初めから為直す（從頭重做）初め始め創め

初めから為直すのは馬鹿馬鹿しい（重新開始是划不來了）

掃除を為直す（重新打掃）

**為直し**〔名自サ〕重做、另做、再做（＝遣り直し）

掃除を為直しを為せられる（被命令重新打掃）

初めから為直しする（從頭重做）

為直しに時間を掛ける（花時間重做）掛ける掻ける欠ける書ける賭ける駆ける架ける描ける

**為慣れる**〔自下一〕做慣、熟練

為慣れた仕事（熟練的工作）慣れる馴れる熟れる狎れる生れる成れる為れる鳴れる

中中為慣れない（怎樣也做不慣）

**為悪い、為難い**〔形〕難做的、難辦的

為難い仕事（難做的工作）

勉強が為難い（難以用功）

為難い問題にぶつかった（遇到難題）

言い訳が為難い（難以辯解）

返事が為難い（難以回答）

**為抜く、仕抜く**〔他五〕做完、做盡、做到底（＝為尽くす、遣り抜く）

悪事を為抜く（壞事做盡、無惡不作）

此の仕事を為抜く迄は死ねない（在我有生之年非把這個工作做完不可）

**為残す**〔他五〕沒有做完

来客の為到頭仕事を為残して終った（因為來了客人工作終於沒有做完）終う仕舞う

残業で為残した仕事を為る（以加班做尚未完成的工作）刷る摺る擦る掏る磨る擂る摩る

## 韋（ㄨㄟˊ）

**韋**〔漢造〕製成柔軟的皮革、姓、音字

**韋駄天**〔名〕（梵語 Skanda 的音譯）〔佛〕韋陀（以善跑著名）、〔喻〕跑得快的人

彼の男は韋駄天だ（他是個飛毛腿）

韋駄天の様に走る（跑得飛快）

韋駄天走り（飛毛腿、飛跑）

韋駄天走りを為る（飛快地跑）摩る擂る磨る掏る擦る摺る刷る

**韋編**〔名〕用皮繩穿訂的竹簡

韋編三度絶つ（韋編三絶-出自〝孔子世家〞、比喻讀書之勤）絶つ断つ経つ裁つ発つ建つ立つ

**韋、鞣皮、鞣革**〔名〕軟化後的皮革

## 唯、惟（ㄨㄟˊ）

**唯**（也讀作惟）〔漢造〕唯，唯一、答應聲

**唯唯**〔副、形動〕是是（はいはい）、唯唯稱是，順從

唯唯と為て従う（唯命是從、唯唯地聽從）従う随う遵う

唯唯と為て付き従う（唯命是從）

唯唯諾諾（唯唯諾諾、唯命是從）

唯唯諾諾と為て人の言を従っている（唯唯諾諾地聽從別人的話）言言言

**唯一、惟一、唯一**〔名〕唯一、獨一（＝不二）

唯一無二の策（唯一的方法、獨一無二的方法）方策

メ

メ

唯一の方針（唯一的方針）
唯一の方法（唯一的方法）
釣が父の唯一の趣味です（釣魚是父親唯一的興趣）
唯一の楽しみは山登りだ（唯一的樂趣是爬山）楽しむ 愉しむ 神道 神道
唯一神道（〔宗〕唯一神道）←→両部神道

**唯我独尊**〔名〕〔佛〕唯我獨尊、自以為是（=独り善がり）
天上天下唯我独尊（天上天下唯我獨尊）

**唯識**〔名〕〔佛〕唯心
唯識論（〔佛〕唯識論）

**唯心**〔名〕〔佛〕唯心、唯識
唯心論（〔哲〕唯心論）←→唯物論

**唯美**〔名〕唯美
唯美主義（唯美主義=耽美主義）
唯美派（唯美派=耽美派）
唯美的（唯美的）

**唯物**〔名〕〔哲〕唯物←→唯心
唯物史観（唯物史觀、歷史唯物論）
唯物弁証法（唯物辯證法）
唯物論（唯物論=唯物主義、マテリアリズム materialism）←→唯心論、観念論
徹底した唯物論者は何物も恐れない物である（徹底唯物主義者是無所畏懼的）者物

**唯、只、徒、直、但**〔名〕白，免費（=無料、口ハ）、唯，只，僅，普通，平常

〔副〕白，空（=空しく、無駄に）、只，僅，光（=只管、単に、唯，僅かに）。〔古〕直接（=直に）

〔接〕但是、然而（=但し）

唯で上げます（免費奉送）上げる 揚げる 挙げる
此を君に唯で上げます（這個免費送給你）
唯でも要らない（免費也不要、白給也不要）要る 入る 射る 居る 鋳る 炒る 煎る
唯で貰う事は出来ない（不能白要）
唯で貰う訳には行かない（不能白要）
唯で働く（不要報酬工作、免費工作）
其は唯働きだ（那是白幹的了）

唯で入場出来る（可以免費入場）
子供は唯で入れる（小孩可以免費進去）入れる 容れる 煎れる 炒れる 鋳れる 居れる 射れる 要れる
修理代は一年間唯です（一年免費修理）
此が百円とは唯みたいな物だ（這個才一百元好像不要錢似的）
そんな悪口を言うと唯置かないぞ（那麼罵人可不能白饒你）擱く 置く 措く
もう一度こんな事為たら唯で置かない（要是再做出這種事可不能饒你）
此は唯では済まされない、奢れ（這可不能白拉倒請客吧！）
此を彼が知ったら唯で済むまい（萬一他知道這件事可不會就這麼了事）済む 住む 棲む 澄む 清む
其は唯で食べた方が美味い（那還是不加別的東西來得好吃）旨い 美味い 甘い 上手い 巧い
唯食いする人（白吃的人=只食いする人、徒食いする人）
彼は唯の人ではない（他不是個平常的人）人物
唯の体ではない（他不是個正常的身體、他懷孕了）
此は唯事ではない（這非同小可、這不是小事、這可不是鬧著玩的）
唯の鼠ではない（不是好惹的）
唯でさえ暑い（本來就很熱）
唯為らぬ物音が為る（響了嚇人的聲音）
中身は唯の水だった（裡頭只是水）
唯で骨折らせは為ないよ（不會叫你白費力氣的）骨折
彼の男は可惜命を唯捨てた（那傢伙可惜白送了命）捨てる 棄てる
語学の習得は唯練習有るのみ（要學好語言只有練習）有る 在る 或る
唯一つ丈有る（只有一個）
唯一言丈言った（只說了一句話）一言 一言 一言

唯自分の事を考える（只顧自己）

辺りに人影は無く唯野を渡る風の音が聞こえる許りだった（周圍不見人影只聽見刮過草原的風聲）辺り当り中り人影人影音音音音音

深い意味は無く唯聞いて見た丈だ（沒有什麼特別的意義只不過打聽了一下）聞く聴く訊く利く

君は唯言われた通りに為れば良い（你只照人家說的辦就行了）良い好い善い佳い良い好い善い

彼が何を聞いても少女は唯泣く許りだった（他問少女但她都不回答只是哭個不停）少女少女

唯泣いて許り居る（光是哭）泣く鳴く啼く無く居る入る煎る炒る鋳る射る要る

唯金儲け考える商人（唯利是圖的商人）商人商人商人

唯研究許りしている（光是埋頭研究著）

唯欠伸許りしている（直打哈欠）

皆帰って唯一人残った（都回去了只剩一個人）一人一人一人

友人と言えば唯一人君丈だ（提到朋友只有你一個人）言う云う謂う

唯の一日も休まない（連一天也不休息）一日一日一日一日朔日朔

彼女が唯一人の生き残りだ（她是唯一的倖存者）

驚く勿れ此が唯の十円だ（聽了別吃驚這個只要十元）勿れ莫れ驚く愕く優しい易しい

彼は唯の一度も優しい言葉を掛けて呉れた事が無い（他從來連一句體貼的話都沒跟我說過）

其は良い考えた但彼女がうんと言うが如何か（那真是個好主意就不知道她答不答應）

其は面白いよ但少し危ないよ（那很有趣但是有點危險）如何如何如何如何

唯さえ〔副〕本來就（=唯でさえ）

唯さえ寒いのに雪が降っては堪った物ではない（本來就已經很冷卻再下雪更受不了了）

唯さえ困っているのに病人が出来ては大変でしょう（本來就很困擾的時候卻又有病人求診諒必更吃不消吧！）

さえ〔副助〕連、甚至、並且、而且、只要

唯〔副〕〔俗〕只、僅（唯的促音化=唯、僅か）

唯五分の違いで乗り遅れた（只差五分鐘耽誤了上車）五分五分

唯百円しか残って居ない（只剩下一百元）

財布には唯百円しか残って居ない（錢包裡只剩下一百元）

唯一つの望み（唯一的希望）

参加者は唯の三人だった（參加者僅有三個人）三人三人

彼は唯一晩で此を書き上げた（他僅僅用了一個晚上把這個寫出來了）

唯今〔副〕剛剛、剛才（=唯今、只今、今し方）

唯今出掛けた所だ（剛剛才出去的）

彼は唯今来た許りだ（他是剛剛來的）

私も唯今来た所だ（我也是剛剛到的）私私私私私私

唯今、只今〔副〕現在（=今）、剛剛，剛才（= 唯今）、馬上（=今直ぐ）

〔副〕我回來了（=唯今帰りました）

唯今八時です（現在是八點鐘）

唯今外出中です（現在外出不在）中中中中

社長は唯今会議中です（社長現在正在開會）

唯今から映画を上映致します（現在開始放映電影）

唯今御出掛けに為った所です（剛剛出去）

父は唯今出掛けました（父親剛剛出去）

唯今御紹介に与りました鈴木で御座います（我就是剛才介紹的鈴木）与り預り

唯今見えます（馬上就來、馬上找得到）

唯今参ります（馬上就來、馬上就去）

部長は唯今参ります此処で御待ち下さい（部長馬上就來請在這裡稍等一下）

御父さん、唯今。御帰り（爸爸我回來了。您回來了）

**唯事、只事、徒事**〔名〕常有的事、一般的事、小事
　唯事ではない（不是平常的事、非同小可）
　此は唯事ではない（這事非同小可）
　唯事では済まされない（不能輕易放過）済む清む澄む住む棲む
**唯見る**〔連語〕只見
　唯見る一面の焼け野原（只見一片焦土）

## 帷（ㄨㄟˊ）

**帷**〔名〕帷幕、圍在四周的帳幕（＝帷、帳、垂幕）
**帷幄**〔名〕軍中的帳棚、參謀、參謀本部
　帷幄に参ずる（參加作戰計畫、參加大本營工作）参ずる散ずる
　帷幄の臣（參謀）臣臣
　帷幄上奏（帷幄上奏）
**帷墻**〔名〕帷墻
**帷帳**〔名〕帷帳
**帷幕**〔名〕帷幕、機要處（＝帷幄、本陣）
**帷子**〔名〕麻布夏衣、做帳幔用的薄布
**帷、帳**〔名〕帷、帳、幕（＝垂れ絹）
　夜の帳（夜幕）夜夜夜
　辺りに夜の帳が降りた（夜幕籠罩四方）辺り当り中り降りる下りる
　夜の帳の低く垂れる頃（夜幕低垂時）

## 惟、惟（ㄨㄟˊ）

**惟、惟**〔漢造〕思念（＝思う）
　思惟（思惟、思考、意識）
　思惟（思惟＝思惟、〔佛〕區別對象）
**惟る、以る**〔他上一〕細想（＝思い見る）
　熟熟惟るに（仔細思考、仔細想來）
**惟、維、是、之**〔副〕惟（＝方に-方、恰、正當）
　時惟十月十日（時惟十月十日）
**此れ、此、是、之、惟、維**〔代〕此，這、此人，這個人、此時，現在，今後
〔副〕（寫作是、之、惟、維）（用於漢文調文章）惟
〔感〕（招呼，提醒注意或申斥時用）喂
　此は僕の最近の作品だ（這是我的作品）
　此にサインして下さい（請在這上面簽名）
　此か彼かと選択に苦しむ（這個那個不知選擇哪個才好）
　此ではあんまりじゃ有りませんか（這樣豈不是太過分了嗎？）
　此は問題に為る事でもないかも知れませんが（這也許不算個問題不過…）
　世間知らずの人は此だから困る（不通世故的人就是這樣真叫人沒辦法）
　此位の冒険は平気だ（冒這點風險算不了甚麼）
　此で私も一安心だ（這樣一來我也可放心了）
　今日は此で止めに為よう（今天就到此為止吧！）
　では此で失礼（那麼我就此告辭了）
　此が私の弟（女房）です（這是我弟弟〔妻子〕）
　此は私の友人です（這是我的朋友）
　此からの日本（今後的日本）
　此迄に無い出来栄え（空前的成績）
　此迄は水に流して下さい（以前的事情不要再提了）
　時惟九月十五日（時惟九月十五日）
　此、何処へ行く（喂！往哪裡去）
　此、静かに為て呉れ（喂！安靜一點）
　此、泣くんじゃない（喂！不要哭）
　此、冗談も好い加減に為ろ（喂！少開玩笑了）
　此即ち（此即）
　此と言う（值得一提的特別的一定的）
　此と言う道楽も無い（也沒有特別的愛好）
　此に依って此を見れば（由此看來）
　此は此と為て置いて（這個暫且不說）
　此を以って（因此、以此）
　此に要するに（要之、總而言之）
**惟神、随神**〔名〕惟神、唯神
　惟神の道（惟神之道、神道）

## 微（ㄨㄟˊ）

微（也讀作微）〔名、漢造〕微小、微細、輕微、極少、隱密、衰微、微賤
　　微に入り細を穿つ（分析入微、仔細分析）
　　微に入り細に入る（仔仔細細）入る入る
　　微に入り細に渡って論ずる（詳細討論）渡る亘る
　　精微（精微）
　　輕微（輕微、極少）
　　極微、極微（極微、極小、無窮小）
　　顕微鏡（顯微鏡）
　　隠微（隱密、玄妙）
　　式微（式微）
　　衰微（衰微）
　　微塵（微塵、微小）
　　微細（微細）
　　微笑、微笑（微笑）
微意〔名〕微意、微衷、寸心
　　感謝の微意を表わす（聊表謝忱）表す現す著す顕す
　　微意の存する所（略表寸心）存する（存在）存ずる存じる（想、認為、知道、認識）
微雨〔名〕細雨（=小雨）
　　微雨に煙る湖の辺に佇む（佇立在濛濛細雨的湖畔）辺畔辺辺辺辺
微音〔名〕微聲
　　微音で子守唄を歌う（用微小的聲音唱搖籃歌）歌う謠う唄う嘔う詠う
微温、微温〔名〕微溫（=生温い）
　　微温的（不徹底的、不夠勁的、半途而廢的）←→徹底的
　　微温的な処置（不徹底的處置）
　　微温的な措置（不徹底的處置、不痛不癢的處理）
　　微温湯、微温湯、微温湯（溫水=温い湯←→煮え湯（開水）、微温洗澡水←→熱湯、熱湯、温湯（熱的洗澡水）
　　微温湯を飲む（喝溫水）飲む呑む
　　微温湯で薬を飲む（用溫開水吃藥）薬（藥劑、麻藥）약（雄蕊的药）
　　微温湯に浸かっている様な毎日を送る（每天過著安閒舒適的生活）送る贈る
　　微温湯に浸る（安於現狀）
　　微温湯に浸かる（安於現狀）浸かる漬かる
　　微温火（微火=弱火）
　　微温火で煮る（用微火燉）煮る似る
微官〔名〕公務員的謙稱、官階低微的公務員
微吟〔名、他サ〕低聲吟詠
　　杜甫の詩を微吟する（低聲吟詠杜甫的詩）
　　和歌を微吟する（低聲吟詠和歌）
微苦笑〔名、自サ〕微微苦笑
　　欠点を指摘されて思わず微苦笑した（被指點了缺點不由得微微苦笑了一下）
微醺〔名〕微醉（=ほろ酔い）
　　微醺で帯びて帰宅する（帶著微醉而回家）帯びる佩びる
微酔〔名〕微醉（=ほろ酔い）
　　微酔して詩を吟ずる（微醉吟詩）吟ずる吟じる
微香〔名〕微香
微光〔名〕微光（=微か光）
　　隙間から微光が漏れる（從縫隙露出微光）隙間透間空間
　　部屋から微光が漏れる（從屋裡露出微光）漏れる洩れる盛れる守れる
微行〔名、自サ〕微服出行（=御忍び、忍び歩く、密行）
　　姿を窶して微行する（化裝微行）
　　微行で観劇に出掛ける（微行看戲）
微服〔名、自サ〕微服（=忍び姿）
　　微服で回る（微服出巡）回る廻る周る廻る
微才〔名〕微才
微細〔名、形動〕微細、微賤
　　微細な点に注意する（注意微細之點）
　　微細な点を調査する（調查微細之點）
　　微細に渡って説明する（詳細地一一加以說明）渡る亘る
　　微細の身（微賤身分）
微賤〔名、形動〕微賤、卑賤
　　微賤より身を起こす（寒微出身）起す興す熾す
微罪〔名〕〔法〕微罪、輕罪
　　微罪なので罰金を言い渡す（因為微罪宣判罰款）

微罪釈放（輕罪釋放）
微罪不起訴（輕罪不起訴）

**微志**〔名〕微志

**微視的**〔形動〕〔理〕微觀的、仔細觀察的（＝ミクロ的）←→巨視的
微視的な態度（仔細觀察的態度）
微視的な世界（微觀的世界）

**微弱**〔名、形動〕微弱、微小←→強烈
微弱な反応（微弱的反應）
微弱な地震（輕微的地震）

**微小**〔名、形動〕微小←→巨大
微小な生物（微小的生物）生物生物（生鮮食物）生物（收成、水果）
地殻の微小な変動を記録する（記錄地殼的微小變動）

**微少**〔名、形動〕微少、極少
微少な金額（微少的金額）
損害は微少だ（損失極少）

**微傷**〔名〕輕傷
微傷を負う（受輕傷）負う追う
微傷を受ける（受輕傷）受ける享ける請ける浮ける
微傷だも負わなかった（連受點輕傷也沒有）

**微笑**〔名、自サ〕微笑（＝微笑み、微笑み）←→哄笑、大笑
微笑を浮かべる（面泛微笑、臉上現出微笑）
此方を向いて微笑する（面向這邊微笑）
顔に勝利の微笑が浮かんでいる（臉上浮著勝利的微笑）
口許に微笑を浮かべる（嘴角帶著一絲微笑）口許口元
微笑を漏らす（露出微笑）漏らす洩らす
微笑を禁じ得ない（禁不住微笑）

**微笑む、微笑む**〔自五〕微笑。〔喻〕〔花〕初放，微開
にっこりと微笑む（微微一笑、嫣然微笑）
微笑む許りで何も言わなかった（只含笑不語）
微笑み乍話している（一面微笑一面說）

赤ちゃんのよちよち歩きを見て思わず微笑んだ（看見小孩東倒西歪地走不自覺地微笑了）
運命の女神は何れに微笑むか（命運女神向哪方微笑呢？）女神女神何れ孰れ
春に為って庭の草花が微笑み始めた（到了春天院子裡的草花漸漸開放）始める創める
躑躅の花が微笑み始めた（杜鵑花開始綻放了）

**微笑み、微笑み**〔名〕微笑
微笑みを浮かべる（臉上現出微笑）
何時も微笑みを浮かべる（臉上經常露出微笑）
顔には幸せな微笑みが浮かんでいる（臉上浮現出幸福的微笑）幸せ仕合わせ倖せ

**微笑ましい、微笑ましい**〔形〕令人微笑的、使人滿意的、有趣的
微笑ましい家庭の団欒を見た（看到令人微笑的家庭團圓的情景）
一年生の素直な様子は本当に微笑ましい（一年級學生的乖模樣真是有趣）
微笑ましい話だ（有趣的話）

**微臣**〔名〕（謙稱）微臣、小臣、地位較低的臣子

**微震**〔名〕微弱地震

**微睡**〔名、自サ〕小睡

**微睡む**〔自五〕打盹、假寐（＝うとうとする）
考え疲れて暫し微睡む（腦筋疲倦了假寐一會）
椅子に掛けて微睡む（坐在椅子打盹）
日向で微睡む（在向陽處打盹）
微睡んだと思ったら直ぐ目が覚めた（剛打了一會兒瞌睡就醒了）

**微生物**〔名〕微生物
腐敗は微生物に因って起こる（腐敗是因為微生物而發生）起る怒る興る熾る奢る驕る
食べ物の発酵腐敗は微生物に因る（食物的發酵腐敗是因為微生物而發生的）因る拠る依る

**微積分**〔名〕微積分、微分和積分

**微速**〔名〕微速
微速で前進する（以微速前進）

**微速度**〔名〕慢速
微速度撮影（慢速攝影）

**びちゅう**〔名〕微衷
　聊か微衷を表わす（聊表微衷）聊か 些か 表す 現す 顕す 著す
　微衷を御汲取下さい（請體諒我的苦衷）
**びとう**〔名、自サ〕稍漲
**びぞう**〔名、自サ〕微増、稍漲←→微落
　輸出は去年より微増した（出口比去年略見増加）去年 去年
**びらく**〔名、自サ〕微降←→微増
　株価は微落している（股票價格略跌）
　物価は微落する（物價微降）
**びどう**〔名、自サ〕微動
　微動装置（微動装置）
　彼は立った儘微動だに為ない（他站著絲毫不動）立つ 截つ 経つ 建つ 絶つ 発つ 断つ
　微動だも為ない（絲毫不動、毫不動搖、滿不在乎）
　微動だに為ず直立している（動也不動地直立著）
　彼の表情は微動だも為なかった（他面不改色）
**びねつ**〔名〕稍微燒發燒←→高熱
　微熱が出る（稍微發燒）
　微熱が中中取れない（微熱怎麼樣也不退）取る 執る 撮る 採る 摂る 捕る 獲る 盗る
　微熱が拗れて肺炎に為った（微熱日久不退而變成肺炎了）拗れる 拗れる
　微熱が続く（低燒不退）続く 続く
**びび**〔形動〕微微
　微微たる増加（微少的增加）
　微微たる物だ（微不足道）
　影響は微微たる物だ（影響微不足道）
　微微たる収入（微薄的收入）
　其は微微たる問題だ（那是微不足道的問題）
　微微と為て振るわない（衰微不振）振う 揮う 奮う 震う 篩う
**びふう、そよかぜ**〔名〕微風←→烈風、疾風、強風
　頬を撫でる快い微風（令人舒暢的撫面微風）頬 頬
　春の微風が頬を撫でる（春風撫面）

　微風がそよそよと吹き寄せる（微風徐徐吹來）
　微風が吹き寄せる（微風吹來）
　微風が吹く（微風吹拂）吹く 拭く 噴く 葺く
　微風が吹いている（微風吹著）
**びふん**〔名〕細粉末
　微粉状（細粉末状）
　微粉の白粉（細粉末的白粉）
**びぶん**〔名、他サ〕〔數〕微分←→積分
　微分学（微分學）
　微分方程式（微分方程式）
　微分係数（微分係數）
　微分子（微小顆粒）
　微分音（〔音〕微分音）
**びぼう**〔形動〕渺茫
　春色微茫の北アルプス山山（春色渺茫的北阿爾卑斯山）
**びみょう、みみょう**〔名、形動〕微妙
　微妙な国際関係（微妙的國際關係）
　微妙な感情（微妙的感情）
　微妙な縁（微妙的緣分）縁 縁 縁
　此処が微妙な点だ（這就是微妙之處）此処 此所 茲
　両者の間に微妙な違いが有る（兩者之間有微妙的差異）間 間 間間
**びよう**〔名〕微恙、小病
　微恙で三日休んだ（因微恙而休息了三天）
**びりゅう**〔名〕微粒
　唐辛子は微粒であるが迚も辛い（辣椒雖然是微粒卻很辣）辛い 鹹い
　微粒子（為粒子）
　塵の微粒子（塵埃的微粒子）
　微粒子現象（微粒子顯像）
　微粒子の白粉（微粒子白粉）
**びりょう**〔名〕少量
　微量の塩分を含む（含有少量鹽分）服務
　微量のアルコールを入れる（加入少量酒精）入れる 容れる
　微量元素（微量元素）

微量分析（微量分析）

**微力**〔名〕勢力微弱、力量微薄←→強力
政界では彼は微力で駄目だ（他在政界勢力微弱不起作用）
微力乍出来る丈遣って見ます（願盡綿薄）
微力乍協力する（願盡微力相助）
微力を致す（盡力而為）
微力を尽くし度い（願盡微力）

**微禄**〔名、自サ〕微祿，薄薪（＝薄給）、淪落（＝落魄れる）←→高祿、美祿
微禄で日を暮らす（以微薄薪水度日）暮らす繰らす刳らす
微禄の侍（微祿的武士）
微禄して見る影も無い（淪落得完全變了樣）影陰蔭翳崖

**微塵**〔名〕微塵、微小、一點、切得很細的東西
窓ガラスが微塵に砕ける（窗子玻璃粉碎）ガラス硝子
ガラス瓶が床に当って微塵に砕けた（玻璃瓶碰到地板打得粉碎）瓶瓶床床
木端微塵（粉碎）木端木端（木屑）
木端微塵に為る（粉碎）為る成る鳴る生る
敵の陰謀を木端微塵に砕く（粉碎敵人陰謀）
敵の陰謀を木端微塵に為る（粉碎敵人陰謀）摩る擂る磨る掏る擦る摺る刷る
そんな事は微塵も考えない（那種事我一點也沒有想）
君を怨む気持は微塵も無い（一點也不恨你）怨む恨む憾む
微塵切り（切得很細的東西）
大蒜を微塵切りに為る（把大蒜切得細細的）
微塵粉（糯米粉）
微塵子（〔動〕紅蟲、水蚤）

**微塵も**〔副〕一點也、絲毫也（＝少しも、些しも）
そんな事は微塵も考えない（那種事我一點也沒有想）
そんな事は微塵も考えた事が無い（那種事我一點也沒有想過）
君を怨む気持は微塵も無い（一點也不恨你）怨む恨む憾む

微塵も嘘偽りが無い（絲毫沒有虛偽）
微塵も焦らない（毫不焦急）
微塵も好きが無い（毫不疏忽、毫不隨便）

**微か、幽か**〔形動〕微弱、模糊、可憐、貧窮←→はっきり
微かな声（微弱的聲音）
微かな希望（微弱的希望、一線希望）
微かに笑う（微微一笑）
微かに聞こえる（略微聽到）
微かに憶えている（模模糊糊記得）憶える覚える
微かに記憶している（模模糊糊記得）
微かに輝く（略微有光）輝く耀く
戸の隙間から微かな明りが漏れる（從門縫透出微弱的光亮）隙間透間漏れる洩れる
山が微かに見える（隱約可看到山）
遠くの方に島が微かに見える（遠方的海島隱約可見）
耳元で微かに囁く（耳邊細語）耳元耳許囁く私語く
微かな暮し（可憐的生活）暮し暗し
隙間な存在（微賤的人、無足輕重的人）

# 違（ㄨㄟˊ）

**違**〔漢造〕差異，不一致、違反、違背、邪惡
相違（不同、懸殊、差異）
差違、差異（差異、差別、區別、不同之點＝相違）
非違（〔古〕違法、非法）

**違憲**〔名〕違反憲法←→合憲
違憲の疑いが有る（有違憲的嫌疑）有る在る或る
此の判決は明らかに違憲だ（這個判決很明顯違憲）

**違言**〔名〕違背道理的言詞
違言を発表する（發表了違背道理的言詞）

**違算**〔名、自サ〕算錯、估計錯
計画に違算が有った（計畫中有估計錯誤的地方）
違算で割り切れない（由於算錯除不盡）

**違作**〔名〕歉收

虫害で違作に為った（由於蟲害而歉收）為る 成る 鳴る 生る

**違式**〔名、形動〕不合程序、不合格式
違式の手続（不合手續）
其の手続きは違式だ（那個手續不合格式）
違式な書き方（不合格式的寫法）

**違警罪**〔名〕違警罪
違警罪を犯した（犯了違警罪）侵す 犯す 冒す

**違勅**〔名、自サ〕違抗天子之命
其違勅の行為だ（那是違抗聖旨的行為）

**違背**〔名、自サ〕違背、違犯←→服從
親の遺言に違背する（違背雙親的遺言）父親母親
特許法に違背した物品（違犯專利法的東西）

**違反、違犯**〔名、自サ〕違反（＝違背、違犯）←→遵守
其は規則違反だ（那是違反規則的）
契約に違反する（違反合約）
此の法律に違反する者は罰金に処せられる（違犯本法律者處於罰款）者者処する書する

**違犯**〔名、自サ〕違犯
交通法規違犯（違犯交通法規）

**違法**〔名〕違反法律←→適法、遵法
違法行為（違法行為）
其は違法行為だ（那是違法行為）
二重結婚は違法だ（重婚是違法的）二重二重

**違命**〔名〕違命

**違約**〔名、自サ〕違約、爽約、失信
決して違約しない（決不食言、說話算話）
私は決して違約しません（我決不食言）
違約金（違約罰款）

**違令**〔名〕違反命令、違反法令
違令で免職する（因違反命令而免職）

**違例**〔名〕不合常例、身體違和
違例の賞金（沒有前例的獎金）
違例であり乍出勤した（雖然身體違和但是照常上班）

**違和**〔名、自サ〕違和、失調
違和感（感到身體不舒適、感到不協調）

心身の違和感（心身違和的感覺）心身身心

**違う**〔自五〕不同，不一樣，錯誤（＝間違う）←→同じ、違背，不符（＝合わない、食い違う）、扭（筋），錯（骨縫）
〔接尾〕（接動詞連用形下）交叉、交錯
大きさが違う（大小不同）誓う
私の考えは違う（我的想法不一樣）
原文と違う所が有る（有和原文不同的地方）
常人と全く違っている（完全與眾不同）
幾等も違わない（差不了多少）
酷く違っている（相差很遠）
違った目で見る（另眼相看）
人夫夫顔付が違う樣に考え方も違う（猶如人的面孔不同想法也各不相同）夫夫其其それぞれそれぞれ
習慣は土地に依って違う（習慣隨地方而不同）依る縁る拠る寄る因る撚る縒る
彼は君と年が二つ違う（他和你相差兩歲）
計算が違う（計算錯誤、覺得不對）
道が違った（路走錯了）
番号が違っている（號碼不對）
文字の書き違いが沢山有る（寫錯的字很多）文字文字
約束と違う（違背約定、與約定不符）
丸で当てが違った（和預料完全相反）当る中る
此の時計は一日に五分違う（這個錶一天相差五分）一日一日一日一日朔日朔
筋が違った（扭了筋）筋筋
足の筋が違った（扭了腳筋）足足
首の筋が違った（扭到脖子了）首首頭首首級
行き違う行き違う（未能遇上、走岔開）
飛び違う（亂飛、飛來飛去）

**間違う**〔自、他五〕弄錯，搞錯、（以間違って的形式用、作副詞）誤，錯、（以間違っても的形式、下接否定語）無論怎麼都（不）…、絕對（不）…
勘定を間違う（算錯帳）
意味を間違う（把意思弄錯）
間違った事を為る（做錯事）刷る摺る擦る掏る磨る播る摩る

双子だから弟は兄と間違う程良く似ている（因為是雙胞胎弟弟長得和哥哥一模一樣）
手紙の宛名が間違っていた（地址寫錯了）
此の時計は間違っている（這隻錶的鐘點不對）
程無く君は自分の考えが間違っている事が分るだろう（不久你將明白你的想法是錯誤的）
彼は自分が間違っている事を認めた（他承認自己錯了）認める認める
計算を間違わない様に（請不要計算錯了）
一つ間違うと全部遣り直した（一個弄錯了全都要重做）
こんな良い天気に家に居る何て間違っている（這種好天氣待在家裡太不應該）
間違って子供に大人の薬を飲ませた（誤給孩子服了大人藥）
間違って隣へ入った（錯誤地走進了隔壁）
手紙は間違って他の家へ配達された（信被誤投到別人家去）他他
彼は間違って新発見を為た（他偶然有了新發現）
そんな事は間違っても遣っては為らない（絕對不許做那樣的事）
あんな人には間違っても頼まない（怎麼都不求那樣的人）
間違ってもそんな事の有る筈が無い（絕對不會有那樣的事）
**間違い**〔名〕錯誤，過錯，不確實，不準確（常用間違いなく的形式），差錯，事故，意外，吵架，鬥毆。（男女的）不正常關係
大間違い（大錯特錯）
間違いを犯す（犯錯誤）犯す侵す冒す
間違いを直す（改正錯誤）直す治す
此の世に間違いを遣らぬ人は無い（世上沒有不犯錯的人）
彼の日本語は間違いだらけだ（他的日語全是錯誤）
駅へ行くなら、彼に付いて行けば間違いない（去火車站跟他走沒有錯）
然う考えるのは間違いだ（那樣想是錯誤的）
然う考えるのは間違いでない（那樣想並沒錯）
今日の内に間違い無く直します（我保證今天修好）
明日間違い無く仕上げます（明天一定做好）明日明日明日
間違い無く来るよう山本君に言って下さい（請告訴山本請他務必來）来る来る
間違いの無い人（不會出差錯的人）
間違いが無ければ良いが（但願不會出差錯）
とんだ間違いが起こった（發生了意外的差錯）起る興る熾る怒る
万一間違いでも起こしたら、大変だ（萬一有個三長兩短可不得了）
注意さえ為て入れば大した間違いは起きない筈だ（只要注意一下就不會出大漏子）
如何言う間違いで怪我を為たのだろう（由於什麼事故受的傷呢？）
山田は従兄弟の岡村と間違いを起こして怪我を為た（山田跟表兄岡村打架受了傷）
娘に間違いが無いように良く教育する（好好教育女兒不要出問題）
嫁入り前に間違いが有ると行けない（出嫁前有個什麼差錯可不好）
**間違える**〔他下一〕弄錯、搞錯、做錯
設計を間違える（設計弄錯）
道を間違える（走錯道路）
意味を間違える（誤會意思）
部屋を間違える（弄錯了房間）
人を間違えた（認錯了人）
字を間違えた（寫錯了字）
彼の人を弟さんと間違えた（我把他當作您的弟弟了）
彼は間違えて私の傘を持って行った（他錯把我的傘拿走了）
**違い、違**〔名〕差異，差別（=相違、差違、差異）、差錯，錯誤
田中と私とは七つ違いです（田中和我差七歲）誓い
兄弟の年は三つ違いです（兄弟年齡相差三歲）兄弟兄弟年年

二人の性質は大違いです（二人的性格相差很遠）

三分の違いで汽車に乗り損う（差三分鐘沒有趕上火車）

格別の違いが無い（沒有特別的差異、沒有很大差別）

丸で月と鼈の違いだ（簡直相差十萬八千里、簡直是雲霄之別）月月

雪と墨程の違い（天壤之別）

文字の違いが沢山有る（錯的字很多）文字 文字

彼の人違い無い（一定是他）

違い無い（一定、沒錯）

畑違いの人（外行人、外路人）畑 畠 畑畠

読み違い（讀錯）

計算違い（算錯）

違い棚（上下兩塊木板相錯的架子）

違い目（錯誤處、不同之處、交叉點）

違える〔他下一〕更改、改變、變換（＝変える）、弄錯（＝間違える）、挑撥、離間（＝背かせる）、交叉、交錯（＝交差させる）、違背、違反（＝背く）、扭（筋）、錯（骨縫）

道を違えて行く（走另一條路）行く 往く 逝く 行く 往く 逝く

行きと帰りの道を違える（去回走不同的路）

うっかり道を違えた（沒注意走錯了路）

字を違える（寫錯了字）字字 字（別號、綽號）

手順を違える（弄錯了順序）

どうも日を違えたらしい（總覺得似乎弄錯了日子、看來我把日子給弄錯了）

慌てていたので聞き違えたのでしょう（由於匆忙也許我聽錯了吧！）

二人の仲を違える（離間兩人的關係）

紐を十字に違えて結ぶ（把帶子繫成十字）結ぶ 掬ぶ

枝と枝を違える（使樹枝交叉）枝枝

二本の旗竿を違えて立てる（把兩個旗桿交叉豎起來）

足の筋を違えた（扭了腳筋）

転んで足の筋を違えた（滑了一跤扭了腳筋）

違え〔名〕差異、差別（＝相違、差違、差違）、差錯、錯誤（＝違い、違）

違う〔自五〕〔古〕不同、不一致（＝違う）、違反、違背（＝背く、外れる）

列車が一分も違わず入って来た（列車一分鐘也不差準時進站）一分一分（十分之一）

弾丸は狙わず的に命中した（瞄得一分不差打中目標）

予想に違わず彼は優勝した（果然不出所料他得了冠軍）

寸分違わぬ（分毫不差）

人情に違う（違反人情）

道徳に違う行い（違反道德的行為）

法に違う（違反法律）法 法則 矩 糊 海苔

約束に違う（違約）

違える〔他下一〕違背（＝背く）、使不一致、錯開（＝違える、違わせる）

約束を違える（違約）

農時を違えず（不違農時）

彼女は一分と違えず遣って来た（她一分不差準時來了）一分一分（十分之一）

兄弟の洋服の色を違える（把兄弟西裝的顏色分別錯開）兄 弟 兄弟 色 色 色

二つの会議を違える（把兩個會議錯開）

## 維、維（ㄨㄟˊ）

維、維〔漢造〕連結、維繫、繩、線、〔發語詞〕維
纖維（纖維）

四維、四維（天地的四邊-乾〔西北〕、坤〔西南〕、艮〔東北〕、巽〔東南〕）（禮義廉恥）

維持〔名、他サ〕維持

現状を維持する（維持現狀）

生計を維持する（維持生計）

平和を維持する事に努力する（致力於維持和平）

維持費（保養費、維修費用）

維持飼料（維持飼料-僅能維持家畜生存、不使長膘或生產的飼料）←→生產飼料

維新〔名〕維新、改舊法行新政

維新が成功した（維新成功了）

明治維新（明治維新）
維管束〔名〕維管束
　維管束植物（維管束植物）
　維管束間形成層（束間形成層）
維摩〔名〕（梵 Vimalakirti）維摩
　維摩経（維摩經）
維、惟、是、之〔副〕惟（=方に-方、恰、正當）
　時惟昭和十月十日（時惟昭和十月十日）
維、惟、此れ、此、是、之〔代〕此，這、此人，這個人、此時，現在，今後
〔副〕（寫作是、之、惟、維）（用於漢文調文章）惟
〔感〕（招呼，提醒注意或申斥時用）喂
　此は僕の最近の作品だ（這是我的作品）
　此にサインして下さい（請在這上面簽名）
　此か彼かと選択に苦しむ（這個那個不知選擇哪個才好）
　此ではあんまりじゃ有りませんか（這樣豈不是太過分了嗎？）
　此は問題に為る事でもないかも知れませんが（這也許不算個問題不過…）
　世間知らずの人は此だから困る（不通世故的人就是這樣真叫人沒辦法）
　此位の冒険は平気だ（冒這點風險算不了甚麼）
　此で私も一安心だ（這樣一來我也可放心了）
　今日は此で止めに為よう（今天就到此為止吧！）
　では此で失礼（那麼我就此告辭了）
　此が私の弟（女房）です（這是我弟弟〔妻子〕）
　此は私の友人です（這是我的朋友）
　此からの日本（今後的日本）
　此迄に無い出来栄え（空前的成績）
　此迄は水に流して下さい（以前的事情不要再提了）
　時惟九月十五日（時惟九月十五日）
　此、何処へ行く（喂！往哪裡去）
　此、静かに為て呉れ（喂！安靜一點）
　此、泣くんじゃない（喂！不要哭）
　此、冗談も好い加減に為ろ（喂！少開玩笑了）
　此即ち（此即）
　此と言う（值得一提的特別的一定的）
　此と言う道楽も無い（也沒有特別的愛好）
　此に依って此を見れば（由此看來）
　此は此と為て置いて（這個暫且不說）
　此を以って（因此、以此）
　此に要するに（要之、總而言之）

## 薇（ㄨㄟˊ）

薇〔漢造〕（山菜的一種）薇蕨、紫薇、薔薇
薇、紫萁〔名〕〔植〕薇、紫萁
　発条、撥条（彈簧）
　百日紅、猿滑（紫薇）
　薔薇（玫瑰）
　荊棘（荊棘）

## 鮠（ㄨㄟˊ）

鮠〔漢造〕魚名（色白無鱗背有肉鰭）
鮠〔名〕無鱗魚（的一種）（=鮠）
鮠〔名〕丁斑（=鮠、鮠、追河、鯎、石斑魚、山女、やまべ）
鮠〔名〕桃花魚（=鮠）（東京叫鯎，石斑魚、關西叫追河）

## 巍（ㄨㄟˊ）

巍〔漢造〕巍峨、高大貌
巍峨〔副、形動〕巍峨、高大貌
巍巍〔副、形動〕巍巍、高大貌
　巍巍たる泰山（巍巍泰山）
　巍巍と為て聳え立つ（巍然聳立）
　巍巍と聳えるエベレスト（巍巍聳立的聖母峰）
　巍巍蕩蕩（威風凜然、正正堂堂）
　山容巍巍（山勢巍峨）
巍然〔副、形動〕巍然
　巍然と為て聳え立つ（巍然聳立）

巍然と聳える大霸尖山（巍然聳立的大霸尖山）
従容と為て敵に立ち向かい巍然と為て山の如し（從容對敵巍然如山）

## 尾、尾（ㄨㄟˇ）

**尾**〔名〕尾巴（＝尻尾、尻尾）、尾狀物、山尾←→峰、留下的東西（＝名残）

狐の尾（狐狸尾巴）狐狸
犬の尾を振る（狗搖尾巴）振る降る
尾を振る（奉承、諂媚、巴結）上官 上級 上司
上役に尾を振るが旨い（很會奉承上司）旨い 巧い 上手い 甘い 美味い
尾を振って憐れみを乞う（搖尾乞憐、諂媚無恥）乞う 請う 斯う
尾を揺るがして憐れみを乞う（搖尾乞憐、諂媚無恥）憐れみ 哀れみ
星が尾を曳いて飛んだ（流星拖著尾巴飛落了）曳く 引く 挽く 牽く 惹く 弾く 轢く 飛ぶ 跳ぶ
尾を引く（產生後果、留有後患、留下影響、藕斷絲連）
此の事件は尾を引いている（這事情尚未解決）
此の失敗は将来の事に尾を引く（這個失敗會影響將來的事情）
尾に尾を付けて話す（添枝加葉地說渲染誇張）付ける 附ける 尽ける 憑ける 衝ける 話す 離す 放す
尾を見せる（露出破綻、露出馬腳）
彗星の尾（彗星尾巴）
章魚の尾（章魚尾巴）章魚 蛸 胼 胝 胝
凧の尾（風箏尾巴）烏賊 凧 紙鳶 凧

**男**〔名〕男，男子（＝男）、（也寫作〔夫〕）夫，丈夫（＝夫）

**男、雄、牡**〔造語〕（寫作〔男〕）表示較雄壯的一方←→女
（寫作〔雄〕〔牡〕）表示雄性公的←→雌
（寫作〔雄〕）表示雄壯的樣子

男滝、雄滝（大瀑布）
男波、男浪（大浪、高浪、巨浪）
雄牛、牡牛（公牛）
雄花（雄花）
牡鹿（公鹿、雄鹿）
雄竹（大竹）
雄叫び（吶喊、吼叫）

**麻、苧**〔名〕麻，苧麻的異名、麻線

**緒**〔名〕線，細繩，細帶、木屐帶、（樂器或弓的）弦、（笠或盔的）繫帶

刀の下げ緒（刀鞘上的條帶）
下駄の緒を切らした（把木屐帶弄斷了）
琴の緒（琴弦、箏弦）
勝って冑の緒を締めよ（勝而不驕、常備不懈）
堪忍袋の緒が切れる（忍無可忍）

**小**〔接頭〕小，細小（＝小さい、細かい）、稍許（＝少し）、用於調整語氣或略加美化

小川（小河）
小舟（小船）
小暗い（微暗）
小止み無く降る（不停地下雨）
玉の小琴（玉琴、美麗的琴）
小田（水田）

**御**〔接頭〕（御的轉變、大御→おほん→おん→お）
（漢語詞彙前的接頭詞御、一般讀作御或御、但有時也讀作御、御有御，御，御，御等讀法，要根據下面連接的詞來判斷）
（加在名詞、形容詞、形容動、詞數詞等前面）表示尊敬、鄭重、親愛等
（加在動詞連用形前、下接に為る或為さる等）表示尊敬
（加在動詞連用形前、下接為る、致す、申す、申し上げる等）表示自謙、客氣
（加在動詞連用形前、下接為さい、下さい）表示委婉的命令或請求
（加在某些形容動詞詞幹或動詞連用形前、構成御…樣です形式）表示謙虛、同情或慰問
（加在某些食物或有關天氣的名詞形容詞前）表示鄭重、委婉或美化（有時已形成一種固定的表現形式、幾乎沒有什麼意義）
（御也寫作阿、於、加在多為二音節的女人名前）表示親密口氣

メ

外国の御友達（外國朋友）
御国は何方ですか（您的故郷在哪裡？）
御手紙をどうも有り難う御座いました（多謝您的來信）
御早う御座います（早安）
本当に御美しい事（〔女〕真漂亮！）
御二人ですか（是兩位嗎？）
御菓子を一つ如何ですか（請吃一塊點心好嗎？）
御早く（請快一點）
御大事に（請保重）
主任さんが御見えに為りました（主任來了）
気を御付けに為って（請留神）
彼の方は酒を御飲みに為る（他喝酒）
此方から御電話します（我給您去電話）
御邪魔致しました（打擾打擾）
御話し申し上げ度い事が御座います（我有件事想跟您談談）
御入り下さい（請進來）
さあ、御読み為さい（請讀吧！）
御粗末様でした（慢待了）
御疲れでしょう（您累了吧！）
御待ち遠様でした（讓您久等了）
色色御手数を掛けて、本当に御気の毒でした（給您添許多麻煩真過意不去）
御茶を飲む（喝茶）
御暑い事（〔女〕真熱）
御雪様、阿雪様（阿雪-原名為雪或雪子）

御〔接頭〕（冠於有關對方事物的漢語上）表示尊敬、有時也表示諷刺
（冠於表示自己行為的漢語詞彙上）表示自謙
〔接尾〕（接於表示人物稱呼下）表示敬意
　御恩は忘れません（忘不了您的恩情）
　御両親は御健在ですか（令尊令堂都健在嗎？）
　近頃御子息は如何かね（近來令郎怎樣？）
　どうも御親切に有り難う（謝謝你的好意吧！）
　御挨拶に伺う（登門拜訪）
　御説明致します（謹向您解釋）

母御（令堂）
父御（令尊）
姉御（姊姊、〔流氓、賭徒間對頭子的老婆或女頭目的稱呼〕大姊，大嫂）
花嫁御（新娘）
供御（〔古〕〔天皇等用的〕御膳、〔幕府時代將軍用的〕飯菜、〔女〕飯，米飯）

尾頭〔名〕頭尾
　尾頭付き、尾頭付（帶頭尾的〔魚〕）
　御祝いに用いる魚は尾頭付きで無ければ為らない（祝賀用的魚必須是帶頭尾的）魚魚魚

尾髪〔名〕馬尾

尾長〔名〕馬尾
　尾長鶏（長尾鶏、長尾鶏）
　尾長猿（長尾猴）
　尾長蜂（長尾蜂、姫蜂）

尾根〔名〕山脊、分水嶺↔麓
　尾根伝いに歩く（沿著山脊走、順著山脊走）

尾の上〔名〕山頂
　尾の上の松（山頂上的松樹）

尾羽〔名〕（鳥的）尾巴和翅膀
　尾羽打ち枯らす（落魄、狼狽不堪、衣衫襤褸）枯らす嘆らす

尾花〔名〕〔植〕狗尾巴花、芒（＝花薄）

尾鰭、尾鰭〔名〕尾鰭、尾和鰭、誇張
　尾鰭を付ける（誇大）付ける附ける撞ける潰ける搗ける尽ける憑ける衝ける
　尾鰭を付けて喋る（加油添醋地說）
　些細な事をこんなに尾鰭を付けて言う事は有るまい（一件小事不值得這麼渲染）

尾籠、烏滸、痴〔名，形動〕愚蠢、癡呆、糊塗（＝馬鹿）
　烏滸の振舞だ（是愚蠢的行為）
　烏滸の痴物（愚蠢的傻瓜）
　烏滸の沙汰（愚蠢透頂、糊塗到家、狂妄、不知分寸）
　今日の代議士が民意を代表すると思うのは烏滸の沙汰である（認為現在的議員代表民意那才是愚蠢透頂）
　あんなに口を出すのは烏滸の沙汰だ（那樣多嘴也太不知分寸）

彼が干渉するとは烏滸の沙汰だ（他竟然擅加干涉未免太狂妄了）

**尾籠**〔名、形動〕有失體統，有失禮貌（＝失礼、無礼）、粗野，不中聽
　尾籠の事を為ました（做了一件無禮的事情）
　尾籠な話ですが（請原諒我說一句不中聽的話、請原諒我說一句粗野的話）
　良く尾籠な言葉を吐く（常說粗野的話）吐く履く掃く刷く

**尾**〔助數〕尾、條、隻（＝匹、足）←→首、頭
　鯉一尾（鯉魚一尾）鯉恋
　庭の池に金魚を三十尾飼う（院子的池塘裡養三十條金魚）飼う買う

**尾句**〔名〕（漢詩）最後一句

**尾行**〔名、自サ〕尾隨、跟蹤
　刑事が尾行する（刑警跟在後面）
　被疑者が尾行する（跟蹤嫌疑犯）
　尾行を付く（盯梢）付く附く漬く撞く吐く尽く憑く衝く突く着く
　尾行に気付く（覺得有人跟蹤）
　尾行を撒く（甩掉跟蹤）撒く巻く蒔く捲く播く
　巧く尾行を撒く（巧妙地甩掉跟蹤）旨い巧い上手い甘い美味い

**尾骨**〔名〕尾骨（＝尾骶骨）
　尾骨が痛んで掛けられない（尾骨痛得不能坐）痛む傷む悼む

**尾骶骨**〔名〕尾骨（＝尾閭骨）

**尾錠**〔名〕皮帶扣、鞋扣（＝バックル、止金、留金、尾錠金）
　靴の尾錠を掛ける（扣上鞋扣）靴履沓掛ける欠ける賭ける駆ける架ける
　尾錠を止める（用皮帶扣扣上）止める留める停める止める已める止める留める

**尾大**〔名〕尾大
　尾大掉わず（尾大不掉）振う震う震う奮う篩う

**尾灯**〔名〕尾燈（＝tail light テールライト）←→前照燈
　尾灯を付ける（開尾燈）付ける附ける漬ける搗ける憑ける衝ける

**尾翼**〔名〕（飛機）尾翼

尾翼に国旗が描かれて有る（尾翼上畫著國旗）描く画く描く書く

## 委（ㄨㄟˇ）

**委**〔漢造〕委託、詳細、棄置、委員會
　中労委（中央勞動委員會-由勞動大臣任命的七名委員組成的調節勞資糾紛的機關）
　文化財保護委（文物保護委員會）

**委員**〔名〕委員
　委員を選出する（選舉委員）
　委員に選ばれる（被選為委員）選ぶ択ぶ撰ぶ
　委員会（委員會）
　委員長（委員長）
　常任委員（常務委員）
　常任委員会（常務委員會）
　編集委員（編輯委員）編集編輯編修

**委棄**〔名他サ〕拋棄、〔法〕放棄（權利）

**委曲**〔名〕原委、詳情（＝委細）
　委曲を尽くして説明する（詳細說明）

**委細**〔名〕詳細、詳情←→概略
　委細は後から報告する（詳細情形隨後報告）後後
　委細文（詳函-電報用語）文文
　委細は面談しよう（詳情面談吧！）
　事の委細を述べる（述說詳情）述べる陳べる延べる伸べる
　委細承知しました（詳情盡知）
　委細構わず（細節不管、不管三七二十一、其他情形一概不管）
　委細構わず中央山脈の開発を決定した（一切不管決定開發中央山脈）決定決定

**委譲、移譲、依譲**〔名、他サ〕（把權限等）移讓、轉讓、讓與
　地租を地方に委譲する（把土地稅讓與地方）地方地方（鄉間、樂隊）
　株の委譲（轉讓股份）

**委嘱、依嘱**〔名、他サ〕委託
　事件の調査を委嘱される（被委託調查案件）

**委託、委拖**〔名、他サ〕委託←→受託

メ

任務を代理人に委託する（把任務委託給代理人）
委託販売（寄售）
委託販売品（寄售品）品品
委託手数料（代銷費）手数料手数

**委任**〔名、他サ〕委託
委任を受ける（受委託）受ける享ける請ける
全権を委任する（全權委託）
田中さんに全権を委任する（把全權委託田中先生）
委任状（委任狀）
委任統治（托管）
委任統治地（托管地）

**委しい、詳しい、精しい**〔形〕詳細的（=細かい）、熟悉的、精通的
詳しい事は係に聞いて下さい（詳細情況請向負責人詢問）聞く聴く訊く利く効く
詳しい地図を書いて下さい（請畫張詳細的地圖）書く描く欠く搔く
詳しい事情（詳細的事情）
詳しい事は後で話す（細節問題以後再說）話す離す放す
詳しくは知りません（不太清楚詳細的情況）
詳しければ詳しい程良い（越詳細越好）
彼は国際問題に非常に詳しい（他對國際問題很熟悉）
東京の地理に詳しい（對東京的地理很熟悉）
其の方面に就いて彼が詳しい（對於那方面他很在行）就いて付いて
soccerのruleに詳しい（熟悉足球規則）

**委せる、任せる**〔他下一〕委託，託付、聽任，任憑、盡力，盡量，隨心
仕事を秘書に任せる（把工作委託給祕書）
人に任せないで自分で遣れ（不要推給人家自己去做）
貴方に任せれば安心です（託付你我放心）
万事僕に任せて、君は休暇を取り堪える（一切交給我辦你去休假）
君の判断に任せる（任憑你去判斷）

運を天に任せる（聽天由命）
口を任せてぺらぺら喋る（信口開河）
男に身を任せる（委身於男人）
足を任せて歩く（信步而行）
力を任せてぶん殴る（用盡所有力量毆打）
金を任せて贅沢を為る（窮極奢侈）
意（心）に任せぬ事ばかりだ（盡是不稱心的事）

**委ねる**〔他下一〕委託，委任（=委せる、任せる、委任する）、獻身，奉獻，聽任，任憑（=一任する）
全権を委ねる（委以全權）
全てを彼に委ねる（一切都交給他處理）全て総て凡て統べて
凡てを司直の手を委ねる（一切都委託司法機關去辦）
判断を読者に委ねる（一任讀者判斷）
運を天に委ねる（聽天由命）
教育に身を委ねる（獻身於教育）

# 偉（ㄨㄟˇ）

**偉**〔漢造〕偉大、不凡
魁偉（魁梧）
容貌魁偉な男（相貌魁梧的男子漢）

**偉観**〔名〕偉觀、壯觀
世界的有名な物理学者が一堂に会した有様は誠に偉観であった（世界著名的物理學家會集一堂真是一個偉大的場面）
偉観を呈する中正堂（雄偉壯觀的中正堂）呈する挺する訂する

**偉業**〔名〕偉大的事業
建国の偉業を成し遂げる（完成建國的偉業）

**偉勲**〔名〕偉大功勳（=大きい手柄、立派な手柄）
偉勲を立てる（立大功）立てる経てる建てる絶てる発てる断てる裁てる截てる留まる止まる
彼の偉勲は長しえに青史に留まっている（他的豐功偉業永留青史）長しえ常しえ永久永久

**偉功**〔名〕偉大的功勞
偉功を立てる（建立偉大的功勞）立てる建てる

偉功を遺した（留下了輝煌的業績）遺す残す
**偉効**〔名〕卓效、良好的效果
　偉効を奏する（發揮卓越的功效）奏する相する草する走する
**偉才、異才**〔名〕偉才、奇才←→凡才
　世に稀な偉才（稀世的偉才）
**偉材、異材**〔名〕偉材、偉大的人物
　偉材が輩出する（偉材輩出）
**偉人**〔名〕偉人←→凡人
　偉人を尊敬する（尊敬偉人）
**偉丈夫**〔名〕大丈夫、男子漢、奇男子、大人物、身材魁梧的人
　彼は稀に見る偉丈夫だ（他是少見身材魁梧的人）大丈夫（不要緊）大丈夫（英雄好漢）
**偉大**〔形動〕偉大、雄偉、魁梧
　偉大な人物（偉大的人物）
　偉大な作品（偉大的作品）
　偉大な功績（偉大的功績）
　偉大な発明（偉大的發明）
　偉大な建築物（雄偉的建築物）
　偉大な体躯（魁梧的身軀）
　偉大な体（魁梧的身體）体 身体身体体体
**偉績**〔名〕偉大的功績
**偉容**〔名〕偉容、儀表堂堂
　偉容の有る男（儀表堂堂的男人）有る在る或る
　堂堂たる偉容（儀表堂堂）
**偉力**〔名〕強力、大力
　偉力で支持する（以強大的力量支持）
**偉い、豪い**〔形〕偉大、卓越、地位高，身分高，厲害，非常，吃力，勞累
　偉い人（偉人）
　自分を偉いと思っている（自以為了不起）
　彼の人は将来偉くなるぞ（他今後會成為了不起的人）
　偉い仕事を遣って除けた（做了一件了不起的工作）
　君は偉いよ（你真了不起呀！）
　偉い人の御越し（貴人駕臨）

会社で一番偉いのは社長だ（公司裡最高首腦是總經理）
　偉い損害（重大的損失）
　偉い寒さ（非常的冷）
　偉い降りだね（下得好厲害呀！）
　偉い事に為った（糟糕了！不得了了！）
　現場は偉い人だった（現場人可多啦！）
　そんな事を為ると偉い目に会うぞ（做那種事你將會倒霉）
　偉い仕事を引き受けた（承擔了一件吃力的工作）
　今日は全く偉かった（今天真累得要命）
**偉がる、豪がる**〔自五〕自豪、自大、自命不凡、覺得了不起
　独りで偉がっている（自以為了不起）
　柄にも無く偉がっている（妄自尊大）
**偉がり、豪がり**〔名〕自大、自命不凡
　偉がり屋（自命不凡的人、妄自尊大的人）
　偉がりを言う（誇口說大話）
**偉さ、豪さ**〔名〕偉大（的程度）
　業績に依って人の偉さを計る（根據事業判斷人的偉大）計る測る量る図る謀る諮る
**偉然う、豪然う**〔形動〕了不起的樣子
　偉然うに構える（裝出一副了不起的樣子）
　偉然うな事を言う（誇口、說大話）
　偉然うに歩く（洋洋自得地走路）
**偉ぶる**〔自五〕自豪、自大、覺得了不起、擺架子
　嫌に偉ぶっている（擺臭架子）嫌厭否
**偉物、豪物**〔名〕〔俗〕偉大人物、傑出人物
　彼の男は中中の偉物だ（他是個很傑出的人物）
**偉者、豪者、傑者**〔名〕〔俗〕偉大人物、傑出人物（=豪物、偉物）

# 猥（ㄨㄟˇ）

**猥**〔漢造〕雜亂、淫亂，下流
　淫猥（淫猥、猥褻）
　卑猥、鄙猥（下流、猥褻、粗鄙）
**猥語**〔名〕下流話（=猥言）
**猥雜**〔名、形動〕下流而雜亂

猥雑な内容の雑誌（内容下流而雜亂的雜誌）
彼の話は実に猥雑だ（他的話實在太下流而雜亂）

**猥書**〔名〕淫書（=猥本）

**猥褻**〔名、形動〕猥褻、淫猥（=エロ）
ナイト、クラブで猥褻な歌を歌う（在夜總會唱淫猥的歌曲）
猥褻な小說（淫猥的小說）
猥褻小說（色情小說）
猥褻行為（淫猥行為）
猥褻罪（淫猥罪）
猥褻文書（色情書刊）

**猥談**〔名〕下流話
猥談を為る（說下流話）
猥談を遣る（說下流話）
猥談に花を咲かせる（大談淫猥的話）

**猥本**〔名〕淫書（=猥書）
猥本を取り締まる（取締淫書）

**猥ら，猥、淫ら，淫**〔形動〕淫亂、淫猥、猥褻
淫らな風俗（淫亂的風俗）
淫らな事を言う（講淫穢的話）
淫らな生活（淫亂的生活）
淫らな目付きで見る（用猥褻的眼神看）
淫らな気持を起こす（生起淫蕩的念頭）

**猥り、濫り、妄り、乱り、漫り**〔名、形動〕胡亂，隨便、狂妄，過分
濫りに鳥を取っては為らない（不得任意捕鳥）
教室で濫りに大声を上げて行けない（在教室裡不可隨意喧嘩）
そんな事は濫りに口に為可きではない（那種話不可隨便亂說）
濫りな男（不禮貌的男人）
濫りな生活（吊兒郎當的生活）
濫りな事を言うな（不要亂說）
濫りに入る可からず（不准擅入）
濫りに欠席するな（不要隨便缺席）

濫りな（の）振舞（狂妄行為、胡作非為）

**猥りがわしい、濫りがわしい、妄りがわしい、猥がましい、濫がましい、妄りがましい**〔形〕淫亂的、猥褻的、雜亂的
猥りがわしい話を為る（講猥褻話）
猥がましい生活（淫亂的生活）
猥がましい社会（雜亂的社會）

**猥りに，猥に、濫りに，濫に、妄りに，妄に**〔副〕胡亂、擅自（=矢鱈に）
動物に濫りに餌を遣らないで下さい（請別任意餵食動物）
濫りに動物に餌を遣りないで下さい（請別任意餵食動物）
濫りに欠席する（無故缺席）
濫りに入る事を禁ず（禁止擅入）入る入る
濫りに入る可からず（不准擅自進入）
濫りに人の悪口を言う（無緣無故地罵人）言う云う謂う
濫りに憶測を加える（妄加揣測）加える銜える咥える

# 葦（ㄨㄟˇ）

**葦**〔名〕葦（=葦、蘆、葭）
葦巢の悔い（葦巢之悔）
一葦（一葉扁舟）

**葦、蘆、葭**〔名〕蘆葦（=葦、蘆、葭）
人間は一茎の葦に過ぎない然し其は考える葦である（人只不過是一根蘆葦但是那是會思考的蘆葦）茎茎然し併し

**葦、蘆、葭**〔名〕蘆葦（=葦、蘆、葭）
葦の髄から天井を覗く（以管窺天、坐井觀天）覗く覘く除く

**葦垣**〔名〕用蘆葦編的籬笆

**葦鴨、葭鴨**〔名〕水鴨的別名（=鴨）

**葦毛**〔名〕菊花青的馬毛、馬的膚色名稱足蹴（踢）

**葦簾、葭簾、蘆簀，葭簀**〔名〕葦簾子、用蘆葦編的簾子
葦簾で日除けを作る（用葦簾子做遮日幕）作る造る創る
葦簾張り（葦棚）

海岸に葦簾張りに脱衣場が有る（海岸上有葦棚的更衣所）有る在る或る

葦簾張りの茶店を立てる（搭一個草棚的茶館）茶店茶店立てる裁てる発てる建てる経てる

**葦手書き**〔名〕把（和歌）用草體寫得像亂草草、木鳥石的寫法（＝葦手）

**葦原**〔名〕草地
　見渡す限りの葦原（一望無際的草地）

**葦笛**〔名〕蘆笛
　葦笛を吹く（吹蘆笛）吹く拭く噴く葺く

**葦辺**〔名〕長著蘆葦的水邊
　葦辺に立つ白鷺（站在蘆邊的白鷺鷥）

**葦鹿**〔名〕葦鹿

**葦田**〔名〕葦田

**葦田鶴**〔名〕〔古〕鶴

**葦切，葦切り**〔名〕〔動〕大葦鶯（葦原雀、行行子）

**葦原雀**〔名〕〔動〕剖葦（＝葦切，葦切り）

**葦子**〔名〕葦芽
　葦子笛（葦笛）
　葦子笛を吹く（吹蘆笛）吹く拭く噴く葺く

**葦戸、葭戸**〔名〕葦門
　葦戸を張り直す（重編葦門）

**葦登り、葦登**〔名〕〔動〕擬鯊（長約八公分可食用）

# 緯（ㄨㄟˇ）

**緯**〔名〕（編織物的）緯線，橫線，橫紗←→経。〔轉〕（文學作品等的）主題、緯度
　経緯（經緯）
　緯武経文（緯武經文）
　台湾を緯と為る（以台灣為主題）
　北緯（北緯）
　南緯（南緯）

**経**（也讀作経）〔漢造〕經（南北方向）←→緯、經營，經管、經過，經由，經書，經典
　東経（〔地〕東經）←→西経
　西経（〔地〕西經）←→東経
　政経（政經、經濟和政治）

**経緯**〔名〕經度和緯度、（紡織品的）經線和緯線（＝経緯）、（事情的）經過，原委，底細，細節（＝経緯）

　事件の経緯を話す（敘說事情的原委）話す離す放す
　事此処に至った経緯を詳しく説明しよう（把事情到這種地步的原委詳細說明一下吧！）

**経緯**〔名〕（事情的）經過、原委、底細、內情
　事件の経緯を説明する（說明事情的經過）
　二人の間にどんな経緯が有ったかは知らない（不知道他倆究竟怎麼啦）有る在る或る
　人にも言えない様な経緯が有る（有難言之隱、有不能對人說的原委）言う云う謂う

**経緯**〔名〕（紡織品的）經線和緯線、經緯縱橫

**緯線**〔名〕緯線←→経線

**緯度**〔名〕緯度←→経度
　緯度を測定する（測定緯度）
　緯度を観測する（觀測緯度）
　緯度線（緯度線）

**緯**〔名〕〔紡織〕緯線（＝緯糸、緯糸、横糸）←→縦、跟直放的東西成交叉而橫放的東西

**緯糸、緯糸，横糸**〔名〕（編織物的）緯線，橫線，橫紗←→縦糸
　緯糸停止装置（緯停裝置）貫（建築物柱和柱間的橫木）
　縦糸は絹で緯糸は木綿だ（經線是絲線緯線是棉線）木綿木綿木綿

# 鮪（ㄨㄟˇ）

**鮪**〔名〕大金槍魚（＝鮪）

**鮪**〔名〕鮪魚（幼魚叫めじ、めじ鮪）

**とろ**〔名〕〔俗〕〔烹〕金槍魚的腹部（脂肪多的部分）
　とろの刺身（金槍魚的肥生魚片）
　中とろ（金槍魚中段）

# 未、未（ㄨㄟˋ）

**未**（也讀作未）〔漢造〕未、未完←→既、（地支的第八位）未
　己未（己未）

**未央柳**〔名〕〔植〕金絲桃

**未央宮**〔名〕未央宮（中國漢代宮殿名）

## み

**未**（也讀作未）〔漢造〕未、未完←→既
　未発見の物質（未發現的物質）
　殺人未遂で起訴する（以殺人未遂提起公訴）
　未完成の交響楽（未完成的交響樂）
　前代未聞（前所未聞）
　過現未（〔佛〕過去現在和未來三世）

**未開**〔名〕未開化、未開墾。〔花〕還沒有開
　未開の国（未開化的國家）
　未開人（未開化的人、野蠻人）
　未開社会（不開化的社會）
　未開の土地（未開墾的土地）
　未開の土地を調査する（調查未開墾的土地）

**未開拓**〔名、形動〕未開拓、未開闢
　未開拓の土地を踏査する（實地勘查未開墾的土地）
　未開拓の荒野に入植する（移住到未開墾的荒野）
　未開拓の分野を研究する（研究未開闢的領域）
　新製品の販路は未開拓だ（新產品的銷路尚未拓展開）

**未開発**〔名、形動〕未開發
　未開発の国家（未開發的國家）
　未開発地域の資源を調査する（調查未開發地區的資源）
　地下の未開発の資源が眠っている（未開發的資源沉睡在地下）
　未開発の処女地（未開發的處女地）

**未解決**〔名、形動〕未解決←→解決済み
　問題は未解決の儘今日に至っている（問題至今還未解決）
　事件は未解決の儘有耶無耶に為った（事件仍未解決而含糊搪塞了）
　未解決の懸案を期限付で解決する（限期解決尚未解決的懸案）
　未解決の問題が沢山有る（未解決的問題很多）

**未完**〔名〕未完成、未結束
　未完の原稿（未完成的草稿）
　未完の小説（未完成的小說）

**未完成**〔名、形動〕未完成
　此の作品は未完成に終った（這個作品並沒有完成）
　シューベルトの未完成交響楽を演奏する（演奏舒伯特的未完成交響樂）
　未完成の作品（未寫完的作品）
　未完成品（半成品）

**未刊**〔名〕未出版←→既刊
　全集の第五巻は未刊です（全集的第五卷還未出版）
　未刊の書籍（未出版的書籍）
　未刊の本（未出版的書籍）
　未刊の小説（未出版的小說）

**未経験**〔名、形動〕還沒有經驗
　理論は大体習ったが未経験だ（理論倒是大概都學過可是尚無經驗）
　未経験でも構わない（沒經驗的人也可以）
　未経験者（還沒有經驗的人）

**未決**〔名〕尚未決定、未判決←→既決
　未決の案件を片付ける（處理未決的案件）
　此の書類は未決だ（這文件尚未批示）
　未決監（未判決被告所住的牢房）
　未決囚（未判決的被告）←→既決囚

**未見**〔名〕沒看過、未見過面
　未見の動物（沒見過的動物）
　未だ嘗て未見の偉大な発明（前所未見的偉大發明）
　未見のペンフレンド（未謀過面的筆友）
　未見の友（未見過面的朋友）

**未婚**〔名〕未婚←→既婚
　彼女はもう二十五歳にも為るのに未婚だ（她已經二十五歲可是還沒結婚）
　未婚の女性（未婚女性）
　未婚者（未婚者）

**未墾**〔名〕未開墾
　未墾の地（荒地）
　未墾地（未開墾地）
　未墾の地に切り開く（開拓未開墾的荒地）

**未済**〔名〕未做完、未還清、未繳納（＝未納）←→既済
　未済事件（未做完事件）
　未済分を支払う（償還未清債務）
　未済の借金（未還清的借款）
　借金が未済だ（借款沒還清）

**未晒し、未晒**〔名〕未漂白
　未晒しの布（未漂白的布）布布裂切れ（衣料、布頭、碎布）

**未収**〔名〕未徵收
　部屋代未収（房租仍未收）
　未収の税金を催促する（催繳未收的税金）

**未熟**〔名、形動〕未熟、未成熟、不熟練
　未熟な梅（生的梅子）
　未熟の梅（未熟的梅子）
　未熟な果物（生的水果）
　未熟の果物（未熟的水果）
　未熟児（早產兒）兒兒
　未熟者（生手）者者
　腕前が未熟だ（技術還不熟練）
　未熟な腕前（不熟練的技術）
　未熟の腕前（不熟練的技術）
　彼の剣道の腕は未だ未熟だ（他的剣道的技術尚未熟練）
　彼の芸人は未熟者だ（那個藝人技藝不成熟）
　未熟ですが何卒宜しく（初出茅廬請多指教）

**未生**〔名〕〔佛〕未生

**未詳**〔名〕不詳
　作者未詳の作品（作者不詳的作品）
　被害の程度は未詳です（受害程度不詳）
　生没年未詳（生歿年不詳）生年生年没年

**未遂**〔名〕未遂←→既遂
　未遂に終る（結果未遂）
　未遂に終ったクーデター coup d'e'tat 法（已未遂而告終的政變）
　放火未遂で捕らえられた（因放火未遂被捕）捕られる取られる獲られる採られる
　恐喝殺人未遂罪で訴える（以恐嚇殺人未遂罪提起公訴）

**未成**〔名〕未完成

　未成の書（未完成的書）書書文文本
　未成品（半成品）品品

**未成年**〔名〕未成年（＝未定年）←→成年
　未成年者（未成年人）←→未定年者
　未成年者の癖に煙草を飲む（還未成年居然吸菸）煙草莨タバコtabacoしゃ者者
　未成年者入場御断り（未成年謝絕入場）
　未成年の者は酒を飲んでは為らない（未成年人不可以喝酒）飲む呑む

**未製品**〔名〕半成品

**未設**〔名〕未設置、未鋪設←→既設

**未然**〔名〕未然、未發生前
　未然に防ぐ（防於未然）
　事故の未然に防ぐ（防範事故於未然）
　伝染病の蔓延を未然に防がなくては行けない（必須阻止傳染病之蔓延以防範於未然）
　未然形（未然形-活用形的第一變化）

**未曾有、未會有**〔名、形動〕空前（＝空前）
　未曾有の奇跡が現れた（出現了空前的奇蹟）奇跡奇蹟現れる表れる顕れる
　古今未曾有の大地震（古今未曾有的大地震）
　未曾有の事件が起こった（發生了空前的大事）起る興る熾る怒る

**未組織**〔名〕未加入組織
　未組織の労働者（未加入工會組織的工人）

**未知**〔名〕未知、不知道←→既知
　未知の世界（未知的世界）
　未知の世界に足を踏み入れる（投身於未知的世界裡）
　未知を探る（探索未知）
　未知数（未知數、不可預料）←→既知数
　彼の力は未知数だ（他的力量難以預測）数数

**未着**〔名、形動〕未到
　未着の小包（還未寄到的包裹）
　未着の品物（還未寄到的東西）
　未着の貨物（未到達的貨物）

**未定**〔名、形動〕未定、未決定←→既定
　未定の問題（未決定的問題）
　行先は未定（去向未定）行先行き先

今年の学芸会の日取りは未定だ（今年的學藝會的日期為未定）今年今年
未定稿（未定稿）←→定稿

**未到** 〔名〕未到、未到達
前人未到の地に達する（到達前人未到的地步）
前人未到の密林地帯に達する（到達前人未到的密林地帯）

**未踏** 〔名〕足跡未到
前人未踏の山を征服する（征服前人未登過的山）
人跡未踏の高山を征服する（征服前人未登過的高山）
前人未踏の道を切り開く（開拓前人未走過的路）

**未納** 〔名〕未繳納
税金未納の儘今日に至った（直到今天尚未繳納）今日今日到る至る
先月の電気代が未納の儘に為っている（上個月的電費迄今未繳）
会費未納の方は至急納入して下さい（未交會費的個位請速繳納）
授業料未納（未繳學費）

**未配** 〔名〕尚未分配、尚未分紅、還沒配給

**未発** 〔名〕未發生、未然、未發現、未發明
事故を未発に防ぐ（防範事故於未然）
事は未発に防ぐ（防範事情於未然）
前人未発の技術（前人未發明的技術）

**未発表** 〔名〕未發表
未発表の小説（未發表的小說）

**未発見** 〔名〕未發現

**未払い、未払** 〔名〕未付←→既払い
未払いの利子（未付的利息）
本代は未払いに為っている（書款未付）
未払い費用（未付費用）

**未分** 〔名〕未分
天地未分（天地混沌未開）天地天地

**未亡人、未亡人** 〔名〕未亡人、寡婦（=後家、寡婦、寡婦、孀）
未亡人に為る（守寡）

**未満** 〔名〕未滿、不足
十円未満（不足十元）
円未満は切り捨てる（不足一元捨去）
十八歳未満の者入場御断り（未滿十八歲的人謝絕入場）

**未明** 〔名〕黎明（=明方、夜明）
三日未明に出航する（三日黎明開船）
十日未明に出発する（十日黎明出發）
今日未明に火事が有った（今天凌晨發生了大火）今日今日

**未聞** 〔名〕未聞、沒聽見過
前代未聞の出来事（從來沒聽過的事件）

**未訳** 〔名〕未翻譯
未訳の分を一か月内に仕上げる（把未翻譯的部分在一個月以內完成）一か月一ヶ月
未訳の部分を十日以内に仕上る（把未翻譯的部分在十日以內完成）一個月一箇月

**未来** 〔名〕未來、將來、來生、來世（=後世）←→過去、現在
未来の有る青年（有前途的青年）
未来の妻（未婚妻=未婚妻）
未来の夫（未婚夫=未婚夫）
未来を展望する（展望未來）
未来に対して希望を抱く（對將來抱希望）希望冀望抱く懐く抱く
未来に何が起こるかは誰にも分からない（誰也不知道將來會發生什麼事）起る興る熾る怒る
未来を信ずる宗教（相信來世的宗教）分る解る判る
貴方は未来の世界が有る事を信じますか（您相信有來生這種事嗎？）
未来永劫（永遠、永久）
未来永劫変わる事無し（永久不變）変る換る代る替る
未来派（〔藝術〕未來派=フィーチュリズム）
未来記（未來記-預言未來的書）

**未了** 〔名〕未了、未完←→完了
法案の審議未了と為る（法案未審查完）
法案の審議未了とに為る（法案未審完）

とうろんみりょう（討論未了）

**未練**〔名、形動〕不成熟，還未熟練（=未熟）、依戀、依依不捨、不乾脆，懦弱

別れた妻に未練が有る（對離婚的妻子戀戀不捨）別れる分れる解れる判れる

未練を残して去る（依依不捨地離去）残す遺す去る然る然る

彼は未だ其の地位に未練が有る（他對那個職位還依依不捨）

未練を残す（留戀）

後に未練を残して立ち去った（依依不捨地離去）後後

何の未練も無く故郷を離れる（毫不留戀地離開家鄉）故郷故郷離れる放れる

もう彼女に未練は無い（對她已毫無留戀）

都会生活に未練は無い（不留戀都市生活）

未練の余り（依戀之餘）

未練がましい（戀戀不捨地）

未練がましい振舞を為るな（不要戀戀不捨、不要那麼不乾脆）

未練がましく言う（不乾脆地說）言う謂う云う

未練な振舞を為る（行為懦弱〔不乾脆〕）

未練未酌が無い（毫不體諒同情）

未練者（懦夫、不乾脆的人、戀戀不捨的人）者者

**未**〔名〕（地支之一）未、未時（午後二時、下午一點到三點）、南南西方

未草（〔植〕睡蓮〔=睡蓮〕）羊

未申、坤（西南）

**羊**〔名〕〔動〕羊、綿羊

羊飼い、羊飼（牧羊人）

Alpsの羊飼い（阿爾卑斯山的牧羊人）

羊の群（羊群）

羊の鳴き声（羊的叫聲）

羊の毛を刈る（剪羊毛）

羊の歩み（羊走向屠宰場的步伐、光陰歲月，比喻步步接近死期）

**未通女**〔名〕未經世故的女孩子、天真浪漫的女孩子（=初）。〔方言〕小孩，烏魚的幼魚、不熟悉世故的幼稚的男子、處女（=乙女）←→御転婆、御侠、御跳ね

彼の娘は未だ本の未通女だ（她只不過是個天真的女孩子）

未だ未通女だからそんな世渡りの事は分かりません（還是個天真的女孩子所以不懂得那些人情世故）分る解る判る

未通女娘（天真的姑娘、情竇未開的少女）

もう未通女ではない（已經不是處女了）

**未だ、未**〔副〕〔古〕未，尚未（下接否定）（=未だ未）、迄今、到現在還

未だ聞いた事も無い（未曾聽說過、從來沒聽過）聞く聽く訊く利く效く

未だ三つに為らない（還不到三歲）三つ三つ為る成る鳴る生る

仕事は未だ終らない（工作還沒完）

未だ台湾に住んでいる（現在仍然住在台灣）住む棲む済む澄む清む

史上未だ嘗て其の例を見ない（歷史上未曾見過那樣的例子）嘗て曾て

**未だし**〔形〕〔古〕（一般當體言用）不到時候、為時尚早、不充分，不成熟

彼の実力は未だしだ（他的力量還不夠）

未だしの感が有る（有為時尚早之感）有る在る或る

未だしの腕である（是不成熟的技術）

**未だしい**〔形〕不到時候、為時尚早、不充分，不成熟

未だしい感が有る（有為時尚早之感）

未だしい技術（不成熟的技術）

**未だに**〔副〕仍然、還（常接否定）（=未だ、未）←→既に、已に

彼の家は未だに空いている（那所房子還空著呢）家家家家空く開く明く飽く厭く

未だに彼の行方は分らない（至今他仍下落不明）行方行方行方分る解る判る

未だに帰って来ない（到現在還沒回來）帰る返る孵る還る変える代える換える替える

未だにに返事が来ない（到現在還沒回信）

未だに完成していない（到現在還沒完成）

未だに然う為っている（依然如故）

**未だ嘗て**〔副〕未嘗、未曾
未だ嘗て会った事が無い（未曾見過面）会う 逢う遭う遇う合う

**未だ、茉**〔副〕未，尚，還（=更に、もっと）、不過，才。

〔名〕尚未
新聞は未だ来ないか（報紙還沒有來嗎？）
未だ雪が降っている（還下著雪）振る降る
未だ雨が降っている（雨還在下）
金は未だ沢山有る（還有許多錢）金金有る在る或る
未だ君に話す事が有る（還有話對你說）話す離す放す
未だ時間が有る（還有時間呢？）
未だ飲める（還會喝）飲める呑める
休暇迄は未だ十日有る（到放假還有十天）
未だ九時前だ間に合うだろう（還不到九點趕得到吧！）
病気が未だ治らない（病未痊癒）直る治る
行かない方が未だ増しだ（不去倒還好）行く往く逝く行く往く逝く
疲れたが未だ頑張れる（雖然累了尚能堅持）
此から未だ暑くなる（以後更加熱）此是茲
引越してから未だ二日だ（搬過來才兩天）
今何時ですか。未だ三時だ（現在幾點、才三點鐘）何時何時
彼女は背が高いが未だ十八歳だ（她個雖高可是才十八歲）
未だなら速く為さい（還沒有做的話請趕快做）早い速い
投票が未だな人は急いで下さい（尚未投票的人請趕快）
私は未だです（我還沒）
御食事未だでしたら御一緒しましょう（如果還未吃飯就一起吃吧！）

**未だ未だ、茉茉**〔副〕（未だ、茉的加強語氣）未，還，仍、更、遲鈍貌
此のトランクには未未入る（這個皮箱還能裝很多）入る入る
彼の英語は未未完全と行かない（他的英文還很不純熟）行く往く逝く行く往く逝く
未未丈夫で働いている（還很健壯地工作著）丈夫丈夫丈夫益荒男（男子漢）
彼の伯父さんは年を取ったのに元気だから未未働ける（那位老先生雖然上了年紀仍強壯所以還可工作）伯父さん叔父さん小父さん
未未沢山有る（還有很多）
私の発音は未未ですよ（我的發音還不行）
未未日は暮れない（離天黑還早）暮れる呉れる繰れる刳れる
未未暑くなる（會更熱起來）
未未発展する（還會更發展）
彼の工事は未未だ（那工程太慢了）

**未だき、茉き、夙**〔名、副〕〔古〕很早（=早くも）
未だきに此の事を聞けり（很早就聽到這件事了）
朝未だき（黎明）

**茉し**〔形動〕〔古〕不到時候、不充分、不成熟（=未だし）
茉しの感有り（有為時尚早之感）
彼の実力は茉しだ（他的實力還不夠）

**未だしも、茉しも**〔副〕還算、還行、還好
彼より未しも此の方が増しだ（這個比那個還算好一點）増す益す
コーヒーよりは未しも紅茶の方が好きだ（比起咖啡還算較喜歡紅茶）
せめて千円位なら未しも百円とは酷い（至少也得給一千元才行給一百元太差了）
来るなら未しも顔さえ見せない（若來還好居然連面都不見了）来る来る
其は未しも我慢が出来る（還可以忍受）
無くした金が私だったから未しも良かった（還好丟的是我的錢）

# 位（ㄨㄟˋ）

**位**〔名、漢造〕位、身分，地位、（對人的敬稱）位、計算的單位
地位（地位、職位、級別，身分）
職位（職位）
方位（方位）
本位（本位、中心、著重點、原來的位置）

順位（（順序、次序、位次、席次、等級）
準位（〔理〕水位，水平，水平面、電平、能級）
在位（帝王的在位）
皇位（皇位）
高位（高位、高接）
爵位（爵位）
名人位（名人地位）
品位（品味、成色、品格，風度，體面）
賓位（〔邏輯、語法〕賓詞）
各位（各位＝皆様方）
学位（學位）
五位（五位、五品）
水位（水位）
単位（單位、學分）
段位（〔柔道、劍術、圍棋、象棋等技能的等級〕段位－在級之上）
百位の数（百位數）
第一位（第一位、第一名）
上位を占める（占頭幾名）占める閉める締める絞める染める湿る
下位（低的地位、下級、次於某人的地位）
譲位（君主讓位）
通常位を保って体操を為る
英霊五十位を追悼する（追悼英魂五十人）

**位階**〔名〕位階（日皇頒授的一種榮譽稱號分〝正一位至正八位〞〝從一位至從八位〞共16等級）
位階勲等（日皇頒授的勳章等級-分一至八等）

**位記**〔名〕勳位證書、敘位文件（＝位書）

**位相**〔名〕〔理〕相，週相、變化的階段形式、職業性別年齡地域不同引起的語言差異
位相速度（週相速度）
位相差顕微鏡（位相差顯微鏡）

**位地**〔名〕地位、身分
位地の高い人（地位高的人）

**位置**〔名自サ〕位置、立場、地位
位置を指定する（指定位置）決定決定
位置を決める（決定位置）決める極める極める窮める究める

位置に就いて（各就各位）就いて付いて
東南に位置する（位於東南方）
君が僕の位置に立てば如何為るか（你若處在我的立場你將如何？）
相手の位置に身を置いて考える（設身處地為對方想）置く擱く措く於く
此の位置から良く見える（從這個位置看得很清楚）良く好く佳く善く
重要な位置を占める（占重要位置）占める絞める締める染める湿る
其の位置を希望している人が沢山有る（希望那個地位的人很多）
主任の位置に在る（擔當主任）在る有る或る

**位置付ける**〔他下一〕定位置、定地位、評價
彼の作品を比較文学の傑作と為て位置付ける（他的作品列為比較文學的傑作）

**位牌**〔名〕靈位、靈牌
先祖の位牌（祖先的牌位）
位牌を汚す（污損祖先）汚す穢す汚す

**位**〔名〕位、地位、職位、學位、高位、位數
〔副助〕大約，大概，上下，左右，前後、像…那樣、一點點、與其…不如（位＝位）
位を上がる（職位昇進）上がる挙がる揚がる騰がる
位を落とす（降職）
位が進む（升級）
位が付く（取得顯要地位）付く就く着く突く衝く憑く点く尽く搗く附く漬く
位に即く（即位）
位を譲る（讓位）
位が高い（職位高）
位が低い（職位低）
位の高い人（職位高的人）
位一級を加える（加一級、昇一級）加える銜える咥える
少将位（上將職位）
博士の位を贈る（贈予博士學位）博士博士贈る送る
位の上の品（高級的東西）上上上上品品品

メ

位を付ける（定位數）付ける漬ける附ける
尽ける点ける盡ける衝ける突ける就ける
十の位（十位數）
位〔副助〕大約、大概、上下、左右、前後、像…那樣、一點點、與其…不如（＝位）
人口は一億七千万位だ（人口大約為一億七千萬左右）
三十分位待って居た（大約等了三十分左右）
三十分間位待った（大約等了三十分左右）
駅迄三十分位掛かる（到車站大約要三十分左右）掛る架る繋る係る罹る懸る
五十歳位の女性（五十歳左右的女人）女性女性
施君位親切な人は少ない（像施君那樣親切的人很少）
林君位正直な人は勘ない（像林君那樣誠實的人很少）
米軍位強い軍隊は無い（沒有像美軍那樣強的軍隊）
今日位忙しい日は無かった（再沒有像今天這樣忙的了）今日今日忙しい忙しい
私と同じ位の背格好の人（個子和我一般高的人）背格好背格好
御前位馬鹿な奴は居ない（再沒有像你這麼糊塗的傢伙了）馬鹿莫迦
隣にも聞こえる位声を出す（發出連鄰居都能聽得到的聲音）
其の位の事なら誰でも出来る（那麼一點小事誰都能做）
其位の事で驚いては行けない（不可為那麼點事就大驚小怪）驚く愕く
電話を掛ける位の暇は有っただろう（你打個電話的時間總會有吧！）止める已める辞める
降参する位なら死んだ方が増しだ（與其投降還不如死了倒好）増す益す
途中で止める位なら寧ろ為ない方が良い（要是半途而廢不如不要做了倒好）
位する〔自サ〕位於、在位
メキシコはアメリカの南に位する（墨西哥位於美國之南）
北海道は本州の北に位する（北海道位於本州之北）
彼は位する事五年で離れた（他在位五年就離開了）離れる放れる
位倒れ、位倒〔名〕地位高收入少
位取り、位取〔名〕定位數、定等級
位取りを間違える（定錯位）
位付け、位付〔名、自サ〕評價、評審、定位
位負け、位負〔名、自サ〕不稱職、屈服於對方的權勢
彼は自分の地位に位負けしている（他的職位和其能力有點名不符實）
名人相手ですっかり位負けすえう（遇到了勁敵弄得束手無策）

# 味（メヘ、）

味〔名〕味、味道（＝味）
〔助數〕味（計算藥或食品的單位）
〔接尾〕（接動詞連用形或形容詞詞幹構成名詞）表示情況、樣子、程度、場所
甘味が足りない（不夠甜）甘味甘味
苦味が有る（有苦味）有る在る或る
七味の薬（七味藥）薬（藥劑、麻藥）菇（雌蕊的藥）
赤味（紅的程度）
赤味を帯びる（帶紅色）帯びる佩びる
赤味が差す（泛出紅色、略帶紅色）差す射す刺す螫す指す插す鎖す止す
顔に赤味が差す（臉發紅）
真剣味（認真的程度）
真剣味に乏しい（不夠嚴肅認真＝真剣さが足りない）乏しい欠しい
勝ち味が無い（沒有勝算）
面白味を感ずる（感到興趣）欠ける掻ける描ける架ける書ける駆ける賭ける掛ける
彼は頭が良いが暖か味に欠ける（他腦筋雖好卻欠缺溫情）暖か味温か味
有難味（恩惠、價值、值得寶貴）
親の有難味（父母之恩）
友人の有難味が分かった（懂得了朋友是多麼寶貴）分る解る判る

彼の言う事は重味が有る（他的話很有分量）有る在る或る

高味の見物（高處的參觀、坐山觀虎鬥、袖手旁觀）見物（參觀）見物（值得看）

深味に入る（進入深處）入る入る居る要る射る鑄る炒る煎る

木の繁味（樹木繁茂處）木樹繁る茂る

**味解**〔名、他サ〕仔細玩味

相手の言葉を味解する（仔細玩味對方的話）言葉 詞

**味覚**〔名〕味覺（=味感）

味覚が鋭敏である（味覺敏銳）

味覚が鋭い（味覺敏銳）

味覚をそそる（引起食慾、刺激食慾）

彼の匂いは味覚をそそる（那種香味刺激食慾）匂い臭い臭味無くなった亡くなった

風邪を引いたので味覚が無く為った（因感冒而失去味覺）引く轢く弾く惹く牽く挽く曳く退く

松茸は秋の味覚の代表だ（松茸是秋季美味的代表）

味覚に合う（合口味）合う遭う逢う会う遇う

味覚の秋（食慾旺盛的秋季）

**味方、身方、御方**〔名、自サ〕我方、同伙、朋友←→敵

敵も味方も彼が勇将である事を認めた（敵方和我方都承認他是一個勇將）認める認める

敵は降参して味方に付いた（敵人投降歸順了）付く附く漬く撞く吐く搗く尽く憑く衝く

彼の男を味方に為れば安心だ（把那個人拉攏過來就放心了）安心安身

味方に入れる（入伙）入れる容れる

敵と味方をはっきり見分ける（分清敵我）

味方に裏切られる（被同夥出賣）

彼は貧民の味方だ（他是貧民的朋友）

味方する（參加某一方、偏袒某一方、擁護某一方）

世論は彼に味方した（輿論擁護他）世論世論世論

君は一体何方に味方するのか（你究竟支持哪一方？）

**味到**〔名、他サ〕玩味、體會（=味得）

唐詩を味到する（玩味唐詩）

**味得**〔名、他サ〕玩味、體會（=味到）

芸術の真髄を味得する（領會到藝術的真隨）真髄神髓

難解で味得する迄には至らない（由於費解還沒達到融會貫通的地步）至る到る

**味読**〔名、他サ〕細讀、精讀（=精読、熟読）←→卒読、略読、速読

古典を味読する（細讀古典作品）取る盗る獲る執る撮る採る摂る捕る

Nobel文学賞を取った作品を味読する（精讀諾貝爾文學獎的作品）

**味噌**〔名〕豆醬、得意之處，自誇，特色

味噌で味を付ける（用豆醬調味）付ける漬ける附ける吐ける搗ける尽ける点ける憑ける衝ける

手前味噌（自己做的豆醬、〔喻〕自誇，自己吹噓）

手前味噌を並べる（自誇、自吹自擂、老王賣瓜自賣自誇）

味噌を揚げる（自吹自擂）揚げる上げる挙げる

落としても壊れない所が味噌だ（即使掉下來也不會破是特色）壊れる毀れる

此処は彼の味噌だ（這是他的獨到之處）此処此所茲

此の絵は赤を使った所は味噌だ（這幅畫塗紅色部分是得意之作）使う遣う

蟹味噌（蟹黃醬）

辛味噌（特鹹味噌）辛い鹹い辛い

脳味噌（腦醬、腦子）

脳味噌の足りない男（頭腦愚笨的人）

脳味噌を絞る（絞盡腦汁、挖空心思）絞る搾る

味噌が腐る（嗓音太壞）為る擂る刷る磨る摩る掏る擦る摺る

味噌を擂る（奉承、諂媚=御世辞を言う、胡麻を擂る）

メ

味噌も糞も一緒に為る（好壞不分、魚龍混雜）

味噌を付ける（丟臉、失敗＝面目を失う）面目 面目

**味噌和え、味噌和、味噌齋え、味噌齋**〔名〕醬拌菜餚

**味噌糞**〔名,形動〕亂七八糟（＝糞味噌 滅茶苦茶 滅茶滅茶）

味噌糞に言っている（說得亂七八糟）言う謂う云う

味噌糞に言われた（被說得一塌糊塗）

味噌糞に悪口を言う（亂七八糟地罵了一頓）悪口 悪口

味噌糞に遣っ付ける（亂搞一通）

味噌糞で見分けが付かない（亂七八糟地無法識別）

**味噌漉し、味噌漉**〔名〕濾醬的篩子

**味噌汁**〔名〕味噌湯（＝御御御付）

豆腐と葱の味噌汁（豆腐和葱的醬湯）

私は毎朝味噌汁を飲む（我每天早上喝味噌湯）飲む呑む

味噌汁拵えて初産する（用意周到、準備齊全）

**味噌擂り、味噌擂**〔名〕磨醬，把醬磨碎、奉承，諂媚（＝諂い）

彼の味噌擂には呆れる（為他的諂媚愕然）呆れる 憫れる 飽れる 厭れる

彼奴の味噌擂には反吐が出る（那傢伙的諂媚真叫人作嘔）

味噌擂坊主（寺院作炊事等雜役的和尚、野和尚）

**味噌っ滓**〔名〕〔俗〕醬渣、廢料、小毛頭（＝味噌っ子）

**味噌漬け、味噌漬**〔名〕醬醃（的食品）

梶木の味噌漬（醬醃的旗魚）梶木舵木（旗魚＝梶木鮪、舵木鮪）

大根を味噌漬に為た（把蘿蔔放在醬裡醃）

味噌漬の豚肉（醬豬肉）

味噌漬野菜（醬菜）

**味噌っ歯**〔名〕〔俗〕（〔小孩齲齒露出的〕黑牙）（＝味噌歯）

味噌っ歯を出して笑う（露出黑牙笑）

**味噌煮**〔名〕用醬煮的食品

豚肉の味噌煮（醬煮的豬肉）

**味噌豆**〔名〕作醬的豆、大豆

**味蕾**〔名〕味蕾

**味醂**〔名〕（用燒酒、糯米等製的）料酒

味醂漬け（〔甜料酒糟醃的〕甜鹹菜）

味醂干し（〔料酒浸製〕小乾魚）

料理に味醂を使う（加甜料酒做菜）使う遣う

**味**〔名,形動〕味道、滋味、趣味（＝趣）

味が良い（味道好、味道不錯）良い好い善い佳い良い好い善い佳い

味が悪い（味道不好）鯵（竹筴魚）

味が有る（有滋味）有る在る或る

味が無い（沒味、乏味）

味の有る絵（有特殊風味的畫）

味を見る（嘗嘗味道）

味を聞く（嘗嘗味道）聞く聴く訊く利く効く

味を付ける（調味）

味が抜ける（走味）抜ける貫ける

味を嚙み分ける（品滋味）

味も素気も無い（乏味得很）

此は味も素気も無い小説だ（這是一本枯燥無味的小說）

此のスープは味が薄い（這湯味道淡）

味の良い料理（味道好的菜）

彼の男には詩の味が分からぬ（他不懂得詩的趣味、他不懂得詩的妙處）分る解る判る

彼は杜甫の詩の味を了解している（他了解杜甫的詩的趣味）

味を覚える（嘗到甜頭、得到便宜＝味を占める）覚える憶える占める閉める締める絞める

味を覚えると中中止められない（得到一次便宜就很難罷手）止める已める辞める病める

味を覚えたから又来るに違いない（因為得到一次便宜所以一定會再來）又復赤股叉又又又又

味を占めたから止められない（因為嘗到甜頭所以欲罷不能）

味な事（妙語）

味な事を言う（說得妙、說巧妙的話）言う調う云う
彼は良く味な事を言う（他常說妙語）
子供達は貧乏の味を知らない（孩子們不知道貧窮的話）
彼に鞭の味を知らせよう（讓他嘗嘗鞭味）
味を遣る（做得漂亮＝味な事を遣る）
そんなに味を遣るとは思わなかった（沒想到他會做得那麼乾淨俐落）

**味加減**〔名〕味道的好壞、鹹淡的程度
味加減を見る（嘗一嘗味道如何）
味加減が良い（味道好）
味加減が悪い（味道不好）

**味聞き**〔名〕品嘗味道（的人）

**味気無い、味気無い**〔形〕沒有樂趣的，乏味的（＝趣が無い、面白くない）、無聊的，沒有意義的（＝詰まらない）、無情的，悲慘的，可憐的（＝情け無い）
本当に味気無い風景（實在乏味的風景）
味気無い月日を過ごす（過沒有意義的日子）月日（時光、歲月）月日（日月）
味気無い毎日を送る（每天過著無聊的生活）送る贈る
味気無い思い（可憐的感覺）思い想い重い
味気無さ（乏味、無聊）
人生の味気無さを説く仏教を信じない（不信宣講人生乏味的佛教）説く解く溶く

**味な**〔連体〕巧妙、俏皮、有風趣，有意思、奇妙（＝乙な）
味な事を為る（作的巧妙、作的俐落）
味な事を遣る（作的巧妙、作的俐落）
味な事を言う（說得有趣、說得俏皮）
縁は異な物味な物（男女的緣分不可思議、男女的緣分妙得很）

**味付け，味付、味付き，味付**〔名、他サ〕調味、調味的食品
未だ味付していない（還沒有調味）未だ未だ旨い上手い巧い美味い甘い
彼女は味付が上手だ（她很會調味）上手（上方、上游）上手（上方、強手）
味付海苔（加味海苔、五香海苔）

**味見**〔名、他サ〕嘗口味、嘗鹹淡

塩加減を味見する（嘗一嘗鹹淡＝塩加減を見る）

**味物**〔名〕味道好的東西、好吃的東西

**味わう、味う**〔他五〕嘗、品味、玩味、體驗
一つ味って御覧為さい（請嘗一下）
一つ味って見よう（嘗嘗看）
良く味うと其の意味が分かる（仔細玩味就會明白它的意義）分る解る判る
彼の言った事を良く味うと其の真義を解る（仔細玩味他說的話就了解其真義）
此の本はじっくり味って読む丈の値打が有る（這本書值得仔細閱讀一番）
人生の意義を味った（體驗了人生的意義）
人生の喜怒哀楽を味う（體驗人生的喜怒哀樂）
戦争の苦しみを味った事の無い若い世代に教育を為る（向沒受過戰爭苦難的年輕一代進行教育）
杜甫と李白の詩を味う（欣賞杜甫和李白的詩）

**味わい、味い**〔名〕味道、趣味（＝味）
此の料理の味いが良い（這道菜味道好）良い好い善い佳い良い好い善い佳い
本当に味い深い（真有味道）
味いが有る（有滋味、有趣味）有る在る或る
中華料理の味いが有る（有中國菜的風味）
彼女の演技には何とも言えぬ味いが有る（她的表演有難以形容的妙趣）
川端康成の文章には何とも言えぬ味いが有る（川端康成的文章有難說的妙趣）文章文章
沁沁と為て味い（頗有風趣）
彼の話は味いが深かった（他的話中含意很深）

**味善う**〔副〕〔俗〕順利（＝旨く、具合良く）
味善う成功した（順利成功了）

# 畏（ㄨㄟˋ）

**畏**〔漢造〕畏懼、恭敬（＝恐れ、恐ろしい）

**畏懼**〔名、自サ〕畏懼
憂患畏懼するに足らず（憂患不足懼）

メ

**畏敬**〔名、自他サ〕敬畏（=畏れ敬う、恐れ敬う）
畏敬の念に打たれる（不禁肅然起敬）打つ討つ撃つ
私の畏敬する人物（我所敬畏的人物）
畏敬す可き人物（可敬畏的人）

**畏縮**〔名、自サ〕畏縮
畏縮して進まない（畏縮不前）
恐ろしさに身も心も畏縮する（嚇得縮成一團）

**畏憚**〔名、自サ〕畏憚

**畏怖**〔名、自サ〕畏懼
畏怖の念を起こされる（使生畏懼之念）起す興す熾す
決して畏怖の念を懷かない（決無畏懼之心）抱く懷く擁く抱く

**畏服**〔名、自サ〕畏服
人を畏服される丈の威嚴が有る（有使人畏服的威嚴）

**畏伏**〔名、自サ〕畏伏
相手を畏伏される（使對方畏伏）

**畏友**〔名〕自己所尊敬的友人、對友人的尊敬

**畏れる、懼れる、恐れる、怖れる**〔自下一〕恐懼、害怕、擔心（=怖がる、恐がる、心配する）
蛇を非常に恐れる（非常怕蛇）
何も恐れない（無所畏懼）
彼は恐れる事を知らない（他不知道害怕、他無所畏懼）
人人は彼を恐れて近付こうと為ない（人人都怕他不敢跟他接近）
私達は平和を熱愛しているが、戦争を恐れたりは為ない（我們熱愛和平但也不怕戰爭）
失敗を恐れる（擔心失敗）
実験が失敗しは為ないかと恐れる（擔心試驗會不會失敗）
思う様に行かないのではないかと恐れる（擔心是否能夠如願以償）
此の規定が悪用されるのを恐れる（擔心這項規定被人濫用）
私の恐れていた事が遂に現実と為った（我所擔心的事終於成了事實）
虞を抱く（心懷恐懼）抱く抱く
虞を知らぬ気概（大無畏的氣概）
虞を為す（畏懼、有所恐懼）
彼等は虞を為して此の事業に手うを出そうと為ない（他們有所畏懼不肯伸手做這個事業）
失敗する虞が有る（怕會失敗、有失敗之虞）
大雨の虞が有る（怕下大雨）大雨
生命に危害の及ぶ虞が有る（有生命危險）
余病併発の虞が無い（沒有發生併發症的危險）
最も重大なのは吸着が平衡に達しない虞が有る事である（最重要的是惟恐吸附達不到平衡）

**畏れ入る，畏入る、恐れ入る，恐入る**〔自五〕惶恐，不好意思，不敢當，非常感激。勞駕，對不起，十分抱歉。折服，服輸。吃驚，出乎意料，感到意外。為難，吃不消
御迷惑を掛けまして、恐れ入ります（給您添麻煩實在不好意思）
態態持って来て下さって恐れ入ります（您特地替我拿來實在不好意思）
本日は態態御出で下さいまして、誠に恐れ入ります（今蒙您特地賞光實在不敢當）
御高配に預かりまして、恐れ入ります（蒙您關照不勝感激）
御招待頂き恐れ入ります（蒙您招待感謝之至）
恐れ入りますが、其の窓を開けて下さいませんか（麻煩您請把那個窗戶打開好嗎？）
恐れ入りますが一緒に行って頂けませんか（對不起請您跟我一起去好不好？）
恐れ入りますが鉛筆を貸して下さい（對不起請把鉛筆借我用一下）
恐れ入りますが暫く御待ち下さい（對不起請再稍等一下）
誤りを指摘されて恐れ入った（被指出錯誤來非常感激）
彼は恐れ入って引き下がった（他不好意思地退出去了）
君の腕前には恐れ入った（你真有本事我算服了你、沒想到你還有兩下子）
御前の遣り方の旨いのに恐れ入ったよ（你做得真妙我算服了）
如何だ、今度は確かに恐れ入ったろう（怎麼樣？這回你確實服輸了吧！）

君の記憶力の良いのに恐れ入った（你記憶力好得沒話說）
恐れ入った話だ（我認輸了、簡直沒轍）
被告は恐れ入りましたと言った（被告說認罪了）
容疑者は図星を指されて恐れ入った（嫌疑犯被指中要害認罪了）
こんなに寒いのに水泳とは恐れ入る（這麼冷天還游泳可真夠瞧的）
彼で学者だと言うから恐れ入るね（那種人還說是個學者可真不敢恭維）
此の問題には恐れ入った（這個問題可難倒我了）
彼は毎度の長話には恐れ入ったよ（他總是說起來沒完沒了可真叫人吃不消）

**畏れ多い，畏多い、恐れ多い，恐多い**〔形〕不勝感激的、誠惶誠恐的
こんなに御心配を頂くとは恐れ多い事です（蒙您這樣關懷不勝感激）
御心配を戴いて誠に恐れ多う御座います（承蒙關照不勝感激之至）
恐れ多い言葉を頂く（蒙您關懷惶恐得很）
そんな事は口に為るのも恐れ多い（那種事我連說也不敢說）
口に出すのも恐れ多い事乍ら（說起來感到非常惶恐）
恐れ多くて頭が上がらない（惶恐得抬不起頭來）
余り恐れ多いので、思わず頭が下がって終った（惶恐之虞不由得低下頭來）

**畏まる，畏こまる**〔自五〕恭恭敬敬地坐著，正襟危坐。〔敬〕是，遵命，知道了
そんなに畏まるには及ばない（不必那麼拘束、隨便坐著好了）
両手を膝に於いて畏まっている（把兩手放在膝上恭恭敬敬地坐著）両手両手両手諸手
はい、畏まりました（是，知道了、是，遵命）

**畏まり，畏こまり**〔名〕〔古〕客氣（=憚り、遠慮）、惶恐（=恐縮）、道謝道歉詞

**畏恐**〔名〕敬具（女人寫信用的結束語）（畏し的語幹）

**畏し**〔形〕可怕的（=恐ろしい）、惶恐的（=畏れ多い，畏多い、恐れ多い，恐多い）、難得的，感謝的（=有り難い、忝い）

**畏しも**〔副〕很惶恐地、萬不應該地（=畏れ多くも，畏多くも，恐れ多くも，恐多くも，勿体無くも）
畏しも拜謁の榮を賜れた（很惶恐地榮獲晉謁）榮榮榮榮え

## 胃（ㄨㄟˋ）

**胃**〔名〕胃（=胃袋）
胃に靠れる（停滯在胃裡、消化不良）靠れる凭れる
油物は胃に凭れる（油膩食品停滯在胃裡、油膩食品不容易消化）
胃を毀す（傷胃）毀す壞す
酒を飲むと胃を壊す（喝酒會傷胃）
胃が悪い（胃口不好）

**胃液**〔名〕胃液

**胃炎**〔名〕胃炎（=胃カタル、胃加答児）

**胃カタル、胃加答児**〔名〕胃炎
慢性胃加答児（慢性胃炎）
急性胃加答児（急性胃炎）

**胃腸**〔名〕胃腸
胃腸を壊す（傷胃腸）毀す壞す
胃腸が弱い（腸胃不好）弱い齢
胃腸が丈夫だ（腸胃很好）丈夫丈夫益荒男（大丈夫、男子漢）
胃腸薬（胃腸藥）薬藥
胃腸加答児、胃腸カタル（腸胃炎）

**胃潰瘍**〔名〕胃潰瘍、胃癰
胃潰瘍を治す（治胃潰瘍）治す直す

**胃拡張**〔名〕胃擴張

**胃下垂**〔名〕胃下垂症

**胃癌**〔名〕胃癌
胃癌で入院した（因胃癌而住院）

**胃痙攣**〔名〕胃痙攣（=癪、差込）
胃痙攣で入院した（因胃痙攣而住院）
胃痙攣を起こす（胃痙攣發作）起す興す熾す

**胃散**〔名〕胃散
胃散で痛みを止める（用胃散止痛）止める留める停める泊める止める留める

**胃酸**〔名〕胃酸

メ

胃酸過多症（胃酸過多症）
**胃弱**〔名〕胃弱、胃消化不良（=胃アトニー）
　胃弱を患っている（鬧消化不良）患る係る掛る繋る駆る懸る架る
**胃出血**〔名〕胃出血
　厳重な胃出血（嚴重的胃出血）
**胃痛**〔名〕胃痛
　胃痛で欠勤した（因胃痛而請假）
**胃底**〔名〕胃底
**胃の腑**〔名〕胃（=胃袋）
　胃の腑が痛む（胃痛）痛む傷む悼む
　胃の腑に落ちる（了解、領會）落ちる堕ちる墜ちる
**胃病**〔名〕胃病
　胃病に悩む（為胃病所苦）
**胃壁**〔名〕胃壁
　胃壁が爛れる（胃壁潰瘍）

## 偽（偽）（ㄨㄟˋ）

**偽**〔名、漢造〕虚偽、假（=偽り、詐り）←→真
　偽を捨てて真を残す（去偽存真）捨てる棄てる残す遺す
　真偽（真假）
　虚偽（真偽）←→真実
**偽悪**〔名〕偽惡（誇大自己的缺點惡行）←→偽善
　彼は考える所が有って偽悪を為る（他因有所思而裝壞）刷る摺る擦る掏る磨る擂る摩る
**偽善**〔名〕偽善←→偽悪
　偽善者（偽善者、偽君子）
　偽善的（偽善的）
**偽印**〔名〕假印鑑、假印章
　偽印を押す（蓋假印鑑）押す圧す推す捺す
**偽貨**〔名〕假貨
**偽君子、偽君子**〔名〕偽君子
**偽作**〔名、他サ〕假冒品、仿照品、〔法〕非法翻印抄製
　此の絵は偽作だ（這幅畫是假的）
　名画を偽作する（偽造名畫）
**偽称**〔名、自サ〕假的名稱、假冒、詐稱
**偽証**〔名、他サ〕假的證明。〔法〕偽證
　偽証罪（偽證罪）

**偽装、擬装**〔名、自サ〕偽裝、迷彩（=カムフラージュ法 camouflage）
　偽装を行う（施迷彩）
**偽造**〔名、他サ〕偽造、假造
　印鑑を偽造する（偽造印鑑）
　偽造品（偽造品、冒牌貨）
**偽足**〔名〕偽足、虛足（=假足）
**偽電**〔名〕假電報（=偽電報、贋電報）
　父危篤と言う偽電を受け取る（接到父親病危的假電報）
**偽版**〔名〕假版、盜印的書刊
**偽筆**〔名〕模仿別人筆法、非真筆跡←→真筆、真跡
　偽筆の絵（模繪的畫）
**偽文書**〔名〕偽造文件
　偽文書を作る（做假文件）作る造る創る
**偽膜、義膜**〔名〕〔生〕義膜
**偽名**〔名、自サ〕假名、冒名←→本名
　偽名を使う（冒名）使う遣う
　偽名で投書する（用假名投書）
**偽、贋**〔名〕假冒、贋品
　偽の証明（假證件）
　偽の証文（假證據）
　偽の真珠（假珍珠）
　偽の印鑑を作る（偽造印鑑）作る造る創る
　偽医者（密醫）
　偽君子（偽君子）
**偽書き、偽書、贋書き、贋書**〔名〕偽筆、偽書、假字跡、假信（=偽手紙、贋手紙）
**偽金、贋金、偽金、贋金、偽金、贋金**〔名〕假錢、偽幣
　偽金作り（造偽鈔者）
　偽金使い（用假錢的人）
　偽金を発見した（發現了假錢）
**偽首、贋首**〔名〕假首級
**偽札、贋札、偽札、贋札、偽札、贋札、贋札**〔名〕假鈔票
　偽札を掴ませる（塞給假鈔票）掴む攫む
　偽札を印刷している現行犯を捕らえる（逮捕印刷假鈔的現行犯）取る捕る摂る採る撮る摂る執る

**偽銭、贋銭**〔名〕假錢

**偽物、贋物、贗物**〔名〕假冒的東西、冒牌貨←→本物、真物

贗物の琥珀（假琥珀）

此のサインは贋物だ（這個簽字是假的）

贋物は贋物であり仮面は剥ぎ取る可きである（假貨就是假貨偽裝應當揭穿）

巧妙に作られた贋物を見破る（看穿造得好巧的冒牌貨）

旨く拵えた贋物（這個假貨做得好）旨い巧い上手い甘い美味い

贋物を掴まされる（被騙買假貨）

**偽者、贋者**〔名〕假冒的人、冒充的人

贋者の弁護士（冒牌律師）

真っ赤な贋者（純屬冒牌貨、道地的冒充者）

小説家の贋者が現れる（出現冒充小說家的人）現れる表れる顕れる

警察の贋者を捕まえた（抓到冒充警察的人）捕まえる捉まえる掴まえる

**偽る、詐る**〔自五〕撒謊、假冒
〔他五〕欺騙（＝欺く、騙す）、歪曲

大学生と偽る（冒充大學生）

衆議員と偽る（冒充眾議員）

病と偽って欠勤する（假裝有病不上班）病病

病気と偽って学校を休む（裝病曠課）

偽って言う（虛情假意地說）言う謂う云う

人を偽って金を取る（騙人弄錢）

事実を偽る（虛構事實、歪曲事實、顛倒是非）

良心を偽る（瞞良心）

**偽り、詐り**〔名〕假，虛偽，不真實、謊言←→真、実、誠

偽りの証言を為る（作虛偽的謊言）

彼の言う事に偽りは無い（他的話沒有虛假）

偽りを言う（說謊）

偽りを言っては行けない（不許說謊話）

偽りの名目で世を欺く（欺世盜名）名目名目

看板に偽りが有る（掛羊頭賣狗肉、名不副實）

偽り言、偽言（謊言、假話）

偽り人（說謊的人）

偽り者（說謊的人）

## 尉（ㄨㄟˋ）

**尉**〔漢造〕獄官，獄史、（日本古官名）判官。〔軍〕尉官

大尉（上尉-舊海陸空最高級尉官）←→中尉、少尉

陸尉（陸軍尉官）

海尉（海軍尉官）

空尉（空軍尉官）

准尉（准尉-舊日本陸軍位於少尉之下）

**尉官**〔名〕（陸海空的）尉官、尉級軍官（大尉、中尉、少尉的總稱）

**尉**〔名〕〔古〕（大寶令制的）第三等官、（能劇）老翁（＝翁、尉翁）。〔喻〕白炭灰←→姥

尉と姥（老翁和老媼）

**尉鶲**〔名〕〔動〕班鶲

**尉面**〔名〕能面的一種（有白式尉、黑式尉、三光尉、朝倉尉、笑尉、小尉、石王尉、惡尉等）

## 慰（ㄨㄟˋ）

**慰**〔漢造〕慰、安慰

弔慰（弔問、弔唁）

弔慰の手紙（弔唁的信）

**慰安**〔名、他サ〕安慰、解悶、娛樂

慰安を与える（給予安慰）

病人の慰安を与える（給予病人安慰）

親切な言葉で慰安する（用親切的話安慰）

音楽に慰安を求める（以音樂尋求安慰）

慰安婦（慰安婦）

慰安旅行（慰勞旅行）

**慰謝、慰藉**〔名、他サ〕安慰

災害に遭った人達を慰謝する（安慰遭遇到災害的人們）遭う逢う合う会う遇う

慰謝料、慰藉料（贍養費、賠償費）

**慰撫**〔名、他サ〕撫慰

メ

在留邦人を慰撫する（撫慰僑民）

**慰問**〔名、他サ〕慰問、慰藉
　傷病兵を慰問する（慰問傷患士兵）
　罹災者を慰問する（慰問災民）
　慰問の手紙（慰問信）
　慰問状（慰問信）
　慰問袋（慰問袋）

**慰留**〔名、他サ〕慰留、挽留
　慰留に勤める（盡力慰留）勤める努める務める勉める
　慰留されて辞任を思い止まった（受到挽留而打消了辭職的念頭）

**慰霊**〔名〕慰靈
　慰霊祭（追悼會）
　慰霊祭を執り行う（舉行追悼會）
　慰霊祭の弔辞を綴る（撰寫追悼會的祭文）

**慰労**〔名、他サ〕慰勞（=労う）
　店員慰労の為休業する（為慰勞店員休業）
　慰労の為三日間休暇を与える（給三天假以為慰勞）三日
　慰労金（慰勞金）
　慰労会（慰勞會）

**慰む**〔自五〕欣快，安慰，快活（=気が晴れる）、消遣，取樂（=楽しみ遊ぶ）
　〔他五〕玩弄（=玩ぶ、弄ぶ）、調戲（=からかって遊ぶ）
　心が遊ぶ（心裡欣快）
　子供を見ていると心が遊ぶ（看到孩子心裡就感到欣慰）
　釣を為て慰む（釣魚消遣）
　将棋を差して慰む（下棋解悶）差す指す
　碁を慰む（玩弄圍棋）
　骨董を慰む（玩骨董）
　女を慰む（調戲女人）

**慰み**〔名〕消遣，解悶（=気晴らし、憂さ晴らし）、玩，遊戲（=もてあそぶ、もてあそぶ）、樂事，開心事（=楽しみ、面白味）、賭博（=博打）
　慰みに音楽を遣る（為消遣搞音樂）
　慰みに音楽を聞く（為解悶聽音樂）聞く聴く訊く利く効く

彼の主な慰みと言えば読書だ（他主要的樂趣是讀書）主な重な
　碁を打つのが私の一番の慰みです（下棋是我的最大樂事）打つ撃つ討つ
　只慰みに魚や鳥を殺すのは良くない事だ（只是為了玩而殺害魚鳥是不應該的）只唯徒魚魚
　御慰みに手品を御覧に入れましょう（變個魔術給諸位輕鬆一下）
　慰み半分（一半為了玩、一半為了消遣=面白半分）
　慰み半分に俳句を作る（一半為了消遣而作俳句）作る創る造る
　慰み物慰み者（消遣物、玩物、供人消遣的人）
　慰み物に為る（成為玩物、被人愚弄）為る成る鳴る生る
　女を慰み物に為る（把女人當作玩物）刷る摺る擦る磨る掏る擦る摺る
　人の慰み者に為る（被人愚弄、被人玩弄）

**慰める**〔他下一〕使愉快，安慰，撫慰（=宥める、賺す）、慰問，慰勞（=労う）←→悩ます
　目を慰める（悅目）
　公園の新緑が目を慰める（公園的新綠使人賞心悅目）
　退屈を慰める（消遣、解悶）
　心を慰める（散心）
　音楽が私の心を慰めて呉れる（音樂可以安慰我的心）呉れる暮れる繰れる刳れる
　母を慰める（勸慰母親）
　長年の骨折りを慰める（慰問長年的辛勞）長年長年

**慰め**〔名〕安慰、消遣、樂事（=慰み）
　慰めを求める（尋求安慰）
　宗教に依って心の慰めを求める（從宗教中求得內心的安慰）依る因る撚る縒る寄る拠る
　読書は私の唯一の慰めだ（讀書是我的唯一消遣、讀書是我唯一的樂事）
　どんな慰めの言葉も彼女には役立たない（無論如何地安慰對她都沒有用）
　慰め顔（同情的面孔）

慰め合う〔他五〕互相安慰（＝慰め交す）
慰め交す〔他五〕互相安慰（＝慰め合う）

## 磑（ㄨㄟˋ）

磑〔漢造〕石磨
磑、殻臼〔名〕磨（＝磨臼、磨り臼）
　磑で籾を為る（用磨磨穀）刷る摺る擦る掏る磨る擂る摩る
　磑で引く（用磨磨）引く弾く轢く挽く惹く曳く牽く退く
　磑を引く（推磨）碾臼，碾き臼、挽臼，挽き臼（石磨＝石臼）
　碓、唐臼（臼＝踏臼）

## 蝟（ㄨㄟˋ）

蝟〔漢造〕刺蝟（＝針鼠的漢名）
蝟集〔名、自サ〕聚集
　御菓子の上に蟻が蝟集している（在點心上聚集了許多螞蟻）
　砂糖の塊に蟻が蝟集している（在糖塊上聚集了許多螞蟻）塊 固まり

## 衛、衞（衛）（ㄨㄟˋ）

衛（也讀作衞）〔名〕保衛、保衛者
　警衛（警衛、護衛）
　護衛（護衛、警衛〔員〕）
　防衛（防衛、保衛）
　自衛（自衛）
　親衛（近衛）
　侍衛（侍衛）
　守衛（守衛、警衛〔員〕）
　門衛（門衛、守門員）
　衛士（〔古〕衛士）
衛士〔名〕衛士
　皇居の衛士と為て召された（被徴召當皇宮衛士）
衛士〔名〕（古）衛士、（江戸時代）政府機關的工友（＝仕丁）
衛視〔名〕（國會的）警衛（＝守衛）
衛戍〔名〕衛戍
　衛戍司令官（衛戍司令官）
　衛戍病院（衛戍醫院）
衛所〔名〕警衛處所、警衛地區
衛星〔名〕衛星
　月は地球の衛星である（月球是地球的衛星）
　人工衛星（人造衛星）
　衛星国（衛星國）
　衛星都市（衛星都市）
　衛星船（宇宙飛船）
　衛星デパート（〔為市郊居民服務的〕無人管理商店）
衛生〔名〕衛生
　衛生に害が有る（有礙衛生）有る在る或る
　衛生を守る（講衛生）守る護る守る盛る漏る洩る
　衛生を重んじる（講究衛生）
　苛苛するのは精神衛生上宜しくない（心裡煩躁對精神健康不好）上上上
　衛生家（衛生家、講究衛生的人）
　衛生学（衛生學）
　衛生行政（衛生行政）
　衛生研究所（衛生研究所）
　衛生試験所（衛生試驗所）
　公衆衛生（公共衛生）
　環境衛生（環境衛生）
　衛生的（衛生的）
　此の部屋は衛生的で無い（這個房間不衛生）
衛兵〔名〕衛兵（＝番兵）
　衛兵を置く（布置衛兵）置く措く擱く
　衛兵に咎められる（被衛兵盤問）
衛府〔名〕古代守護宮中的機關（近衛府、衛門府、兵衛府-左右共〝六衛府〞）、衛府的武士
衛門〔名〕衛門府、右衛門
衛門府〔名〕衛門府（六衛府之一、分為左右二衛府、負責皇宮大小門的警衛）（＝靫負の官）

## 謂（ㄨㄟˋ）

謂〔名〕謂、意思（＝謂れ、謂）
　称謂（稱謂、稱呼＝呼名）

**謂**〔名〕謂、意思（文語動詞いふ的名詞形）（=訳、意味、謂れ、謂）

印象主義とは何の謂ぞや（何謂印象主義？）

利己主義とは我儘者の謂である（利己主義是任性者之意）

**謂われ、謂れ、謂**〔名〕緣故，理由（=訳）、來歷，由來（=由来、由緒）

謂も無く人を打つ（無緣無故地打人）打つ討つ撃つ

謂の無い言い掛かり（沒有理由的藉口）

謂の無い罪を着せられる（蒙受莫須有的罪名）

色色も謂が有る（有種種緣故）色色種種種種種種

怒る謂は無いのだ（沒有理由生氣）怒る怒る興る起る熾る

其には何か謂が有り然うだ（那大概是有什麼來由）

其の謂は斯うだ（它的來由是這樣）

謂の有る品（有來歷的東西）ある在る或る

謂因緣（緣故，理由〔=訳〕、來歷，由來〔=由来、由緒〕）（=謂われ、謂れ、謂）

**曰く、曰**〔名〕曰，說、理由，緣由，隱情

**謂う、言う、云う**〔他五〕說，講，道（=話す、喋る）。說話，講話（=口を利く）。講說，告訴，告誡，忠告（=語る告げる）訴說，說清，承認（=訴える、厳命する、是認する）表達，表明（=言い表す）

（用…と言われる形式）被認為，一般認為、稱，叫，叫作，所謂（=名付ける、称する）。傳說，據說，揚言（=噂する、告げ口する）。值得提，稱得上

（接在數詞下、表示數量多）…之多。多至…

（用在兩個相同名詞之間、表示全部）全，都，所有的

（用…と言う形式構成同格）這個，這種，所謂

〔自五〕（人以外的事物）作響，發響聲（=鳴る、音が為る）

寝言を言う（說夢話、作幻想）

小声で言う（小聲說）

馬鹿（を）言え（胡說）

誰に言うと無く言う（自言自語）

然う言わざるを得ない（不能不那麼說）

もう何も言わないで（什麼也別說啦！）

彼の言う事は難しい（他的話難懂）

良くもそんな事が言えた物だ（竟然能說出那種話來）

言い度い事が有るなら言わせて遣れ（如果有話要說就叫他說）

一体君は何を言おうと為ているのか（你究竟想要說什麼？）

明日の事は何とも言えない（明天如何很難說）

然うは言わせないぞ（那麼說可不行）

言い度くっても言わずに置け（想說也憋在肚子裡吧！）

人の事を兎や角言う物ではない（別人的事不要說三道四）

御礼を言う（道謝、致謝）

物を言う（說話）

大雑把に言えば良い（說個大概就可以）

然う言えば然うだよ（那麼說來可不是麼）

ちっとも物を言わない（一聲不吭）

驚いて物が言えなく為る（嚇得說不出話來）

物語の中では動物が物を言う（在故事裡動物會說話）

私の言う通りに為為さい（照我告訴那麼做）

言う事を聞かない子（不聽話的孩子）

人に言うな（別告訴別人）

年を取ると体が言う事を聞かなく為る（年紀一大腿腳就不靈了）

其れ見為さい、言わぬ事か、もう壊して終った（你瞧！不是說過了嗎？到底弄壞了）

頭痛が為ると言う（說是頭痛）

泣言を言う（哭訴、發牢騷）

何故来なかったか言い為さい（說明為什麼沒有來）

男らしく負けたと言え（大大方方地認輸吧！）

自分が悪かったと言った（他承認自己錯了）

何と言ったら好いだろう（怎麼表達才好呢？）

其の時の気持は何とも言えない（那時的心情簡直無法表達）

斯う言う事はドイツ語で如何言うか（這種事情用德語怎麼表達？）ドイツドイツ独逸
思う事が旨く言えない（不能很好地表達自己的心思）
塩は清める力が有ると日本では言われている（在日本一般認為食鹽能消毒）
彼は世間では人格者と言われている（一般認為他是個正派人）
私は米川と言います（我姓米川）
机の事を英語で何と言うか（桌子英語叫什麼？）
此れは牡丹と言う花です（這朵花叫作牡丹）
紅旗と言う雑誌を買った（買了叫作紅旗的雜誌）
彼の様な男を目から鼻に抜けると言う（他那樣的人就是所謂機靈透頂的人）
彼はテニスが旨いと言う（據說他網球打得好）
火事の原因は今取り調べ中だと言う（據說失火的原因正在調查中）
彼は僕が其れを盗んだと言う（他揚言我偷了那件東西）
特に此れと言う長所も無い（沒有特別值得一提的優點）
小さな町で病院と言う程の物は無い（是個小鎮沒有像樣的醫院）
彼は決して学者等とは言えない（他決稱不上是個學者）
二万台と言うトラクターを作り出した（生產了兩萬輛之多的拖拉機）
何千人と言う人が集まった（聚集了多達數千人）
村と言う村（所有的村莊）村
家と言う家は国旗を立てて国慶節を祝う（家家戶戶掛國旗慶祝國慶節）
温泉と言う温泉で殆ど行かない所は無い（所有的温泉幾乎沒有沒去過的）
然う言う事は無い（沒有這種事）
嫌いと言う事は無いが（我並不討厭不過…）
金と言う武器が有る（有金錢這種武器）
貧乏と言う物は辛い（貧窮這種事很難受）

共産党宣言と言う本を何度も読んだ（多次閱讀了共產黨宣言這本書）
窓がたがた言う（窗戶咯嗒咯嗒響）
がんがんと言う音が為る（發出咣咣的響聲）
犬がきゃんきゃん言う（狗汪汪叫）
言うか早いか（說了…就、立刻、馬上）
言うか早いか実行した（說了就辦）
言う丈野暮だ（不說自明、無需多說）
言うに言われぬ（說也說不出來、無法形容）
言うに言われぬ趣（無法形容的趣味）
言うに及ばず（不用說、不待言、當然＝言うに及ばない、言う迄も無い）
日本語は言うに及ばず、英語も出来る（日語不用說英語也會）
言うに足らぬ（不足道、不值一說＝言うに足りない）
言うは易く行うは難し（說來容易作起難）
言うも愚か（不說自明、無需說、當然）
言って見れば（說起來、老實說、說穿了））
言って見ればそんなもんさ（說穿了就是那麼回事）
言わぬが花（不說倒好、不講為妙）
言わぬ事（果然不出所料、不幸言中）
こんなに怪我を為て、だから言わぬ事じゃない（果然不出所料傷得這麼重）
言わぬは言うに勝る（不說比說強、沉默勝於雄辯）

**謂う、云う、言う**〔自、他五〕說（＝云う、言う、謂う）

## 蜿（ㄨㄢ）

蜿〔漢造〕盤曲的樣子、蛇行的樣子
**蜿蜒、蜿蜒、蜒蜒**〔副、形動〕蜿蜒
　蜿蜒と為て流れる（蜿蜒而流）
　黄河は蜿蜒と流れる（黃河蜿蜒而流）
　蜿蜒たる山脈（蜿蜒的山脈）
　蜿蜒長蛇の列（長蛇陣）
　蜿蜒と続く行列（蜿蜒不斷的行列）
　蜿蜒と起伏する山岳（蜿蜒起伏的峰巒）

## 豌（ㄨㄢ）

メ

**豌**〔漢造〕豌豆
**豌豆**〔名〕豌豆
　豌豆豆（豌豆、豌豆粒）

## 弯（彎）（ㄨㄢ）

**弯**〔漢造〕彎（=曲る）
**弯曲、湾曲**〔名、自サ〕彎曲
　脊柱が弯曲している（脊柱彎曲）
　背骨が弯曲する（脊骨彎曲）
　弯曲した橋（彎曲的橋）嘴端箸梯
　くねくねと弯曲した海岸線（彎彎曲曲的海岸線）
　弯曲率（彎曲率）
**弯入、湾入**〔名、自サ〕彎進
　海が陸地に弯入する（海彎進陸地）陸地陸地
　海が緩やかに弯入している（海緩緩地凹入陸地）
　弯入した所に桟橋が有る（彎進的地方有碼頭）

## 湾（灣）（ㄨㄢ）

**湾**〔名〕灣（=入海、入江）、彎曲（=曲る）
　湾内に船が泊まっている（灣內停著船）泊る止る留る停まる
　東京湾（東京灣）
　湾曲、弯曲（彎曲）
**湾曲、弯曲**〔名、自サ〕彎曲
　脊柱が湾曲している（脊柱彎曲）
　背骨が湾曲する（脊骨彎曲）
　湾曲した橋（彎曲的橋）嘴端箸梯
　くねくねと湾曲した海岸線（彎彎曲曲的海岸線）
　湾曲率（彎曲率）
**湾口**〔名〕灣口
　湾口に沈船が有る（灣口有沉船）有る在る或る
　湾口が狭い（灣口狹窄）
**湾屈**〔名〕彎曲
**湾月、弯月**〔名〕弦月
**湾頭**〔名〕灣頭、灣邊（=湾の辺）

　船が湾頭に停泊している（船停在灣頭）
**湾内**〔名〕灣內
　湾内は波が静かだ（灣內風平浪靜）波浪並
　汽船が湾内に入って来る（汽船開進灣內）来る来る
**湾入、弯入**〔名、自サ〕彎進
　海が陸地に湾入する（海彎進陸地）陸地陸地
　海が緩やかに湾入している（海緩緩地凹入陸地）
　湾入した所に桟橋が有る（彎進的地方有碼頭）
**湾流**〔名〕灣流、暖流

## 丸（ㄨㄢˊ）

**丸**〔漢造〕圓、球狀的東西、藥丸
　弾丸（彈丸、槍彈、砲彈）
　砲丸（砲彈、鉛球）
　弾丸列車（子彈列車、高速列車）
　六神丸（六神丸）
　正露丸（正露丸）
　奇応丸（奇應丸）
　救命丸（救命丸）
**丸剤**〔名〕丸藥、藥丸（=丸薬）
　漢方薬の丸剤（中藥的藥丸）
**丸薬**〔名〕丸藥（=丸剤）←→散薬、粉薬、粉藥、水薬，水薬
　丸薬と散薬（丸藥和散藥）
　漢方薬の丸薬を服用する（吃中藥的藥丸）
**丸、玉、弾**〔名〕子彈（=弾丸）
　丸に当る（中彈）
　丸に当たった（中了槍彈了）当る中る
　丸は頭に命中した（子彈擊中了腦袋）
　ピストルの丸（手槍的子彈）
　丸の跡（彈痕）
　丸を込める（裝子彈）
　大砲の丸を込める（裝砲彈）込める混める籠める
　鉄砲の丸を込める（裝砲彈）

**玉、珠、球**〔名〕玉，寶石，珍珠，球，珠，泡、鏡片，透鏡、（圓形）硬幣、電燈泡、子彈、砲彈、台球（＝撞球）。〔俗〕雞蛋（＝玉子）。〔俗〕妓女，美女。〔俗〕睾丸（＝金玉）、（煮麵條的）一團、（做壞事的）手段，幌子，〔俗〕壞人，嫌疑犯（＝容疑者）。〔商〕（買賣股票）保證金（＝玉）。〔俗〕釘書機的書釘。〔罵〕傢伙、小子

玉で飾る（用寶石裝飾）靈魂弾
玉の台（玉石的宮殿、豪華雄偉的宮殿）
玉の様だ（像玉石一樣、完美無瑕）
玉と為って砕く共、瓦と為って全からじ（寧可玉碎不為瓦全）表示否定的意思
硝子珠、ガラス珠（玻璃珠）
糸の球（線球）
毛糸の球（毛線球）
露の珠（露珠）
シャボン玉（肥皂泡）
球を投げる（投球）
球を打つ（擊球）
玉を選ぶ（〔喻〕等待良機）
額に珠の様な汗が吹き出した（額頭上冒出了豆大的汗珠）
眼鏡の珠（眼鏡片）
十円玉（十日元硬幣）
玉が切れた（燈泡的鎢絲斷了）
玉の跡（彈痕）
玉に当る（中彈）
玉を込める（裝子彈）
玉を突く（打撞球）
馬の玉を抜く（騙馬）
饂飩の玉を三つ（給我三團麵條）
女の玉に為て強請を働く（拿女人做幌子進行敲詐）
玉を繋ぐ（續交保證金）
玉に瑕（白圭之瑕、美中不足）
玉を転がす様（如珍珠轉玉盤、〔喻〕聲音美妙）
玉を抱いて罪あり（匹夫無罪懷璧其罪）
玉の杯底無きが如し（如玉杯之無底、華而不實）

玉磨かざれば光無し（器を成さず）（玉不琢不成器）

**偶、適**〔副〕（常接に使用、並接的構成定語）偶然、偶而、難得、稀少（＝偶さか）
偶の休日（難得的休息日）
偶の休みだ、ゆっくり寝度い（難得的假日我想好好睡一覺）
偶の逢瀬（偶然的見面機會）
偶に来る客（不常來的客人）来る
偶には遊びに来て下さい（有空請來玩吧！）
彼とは偶にしか会わない（跟他只偶而見面）
偶に一言言うだけだ（只偶而說一句）
偶に遭って来る（偶然來過）
偶に有る事（偶然發生的事、不常有的事）
偶には映画も見度い（偶而也想看電影）

**靈、魂、魄**〔名〕靈魂（＝霊、魂、心、精神、気力）

**円、丸**〔名〕圓形，球形，圓圈、句點，半濁音假名的圓圈、〔隱〕錢、甲魚（＝鼈）、（關西方言）鱔魚（＝鰻）

〔造語〕城郭的內部

〔接頭〕完全，整個、原樣、原封不動、滿，整、圓形

〔接尾〕（麻呂的轉變）接在人名下、接在名刀寶劍下、接在鎧甲名下、接在樂器名下、接在船舶名下

人名の上に丸を付ける（在人名上畫圈）
二重丸を付ける（畫雙圈）二重二重
答案に丸を付ける（在答案上畫圈－表示嘉獎讚許）
丸で囲む（用圓圈圈上）
番号丸で囲む（把號碼用圓圈圈上）
丸を打つ（打句號）
文の終りに丸を打つ（在句末打個句點）打つ撃つ討つ
教室二九三（203號教室）
スタジオ一九二（播音室102號）
丸を書く（畫圓形）
此処に丸を書いて下さい（請在此處畫個圓）此処此所茲
丸テーブル（圓形桌子）

メ

日の丸（太陽旗-日本國旗）
丸送れ（〔電報〕匯錢來）
丸の儘煮る（整個煮）似る
本丸（內城、城的中心）
二の丸（內城外的第二層圍牆）
丸焼け（全燒、燒光）
丸煮（整個煮）
丸の儘煮る（整個煮）煮る似る
丸の儘飲み込む（整個吞下去）
丸損（全賠光）
丸坊主（光禿子）
丸齧り（整個地咬、〔喻〕生吞活剝）
丸漬（整個醃）
玄関のドアが開いていて、外から中が丸見えた（大門開著從外面什麼都看得見）
窓が開いていて外から中が丸見えた（窗戶開著完全可以看見裡面）
散髮仕立の丸坊主（剛理了的光頭）
火事で何も彼も焼かれて丸裸に為って終った（由於遭了火災什麼都被燒了變得一貧如洗）
丸寝（和衣而睡）
丸一日（整天、一日）
丸三年（滿三年）
彼からもう丸三年に為る（從那時候起已經過了整整三年了）
丸十年勤める（工作整十年）
其処へ行くには丸二日掛かる（到那裡去需要整兩天）
牛若丸（牛若丸-人名）
蜘蛛切丸（斬蛛寶劍-源氏傳家寶劍）
筒丸（筒丸-鎧甲）
富士丸（富士丸-笛）
獅子丸（獅子丸-箏）
浅間丸（淺間丸、淺間號輪）
高砂丸（高砂丸-船名）
紅葉丸（紅葉丸-船名）

**丸い、円い**〔形〕圓，圓形，球形，圓滿、妥善、安祥，和藹

丸い顔（圓臉）
背中が丸い（弓背、駝背）
丸い月（圓月、滿月）
角の丸い机（圓角的桌子）
目を丸くする（瞪圓眼睛）
驚いて目を丸くする（嚇得目瞪口呆）
地球は丸い（地球是圓形的=地球は円形を為ている）
芝居の上に丸く為って坐る（在草坪上圍成圓圈坐下來）坐る座る据わる
丸い人（圓滑〔溫和、和藹〕的人）
丸い感じの人柄（圓滑〔溫和〕的人品）
彼は人間が丸く為った（他為人圓滑了）
仲に立って丸く修める（從中調停 打圓場）修める治める収める納める
彼は間に立って争いを丸く修める（他居中圓滿解決爭端）
争いを丸く修める（圓滿解決爭端）
争いを丸く解決する（圓滿解決爭端）
丸い卵も切り様で四角（事在人為）

**丸っこい**〔形〕圓的、團團的
丸っこい顔（圓臉）

**丸み、円み**〔名〕圓，圓形（的程度、樣子），圓胖，圓潤
丸みを帯びた箱（帶慢圓的盒子、略圓的盒子）
丸みを帯びた声（圓潤的聲音）
洋服の肩に丸みを付ける（西服肩膀成弧形）
彼女は体に段段丸みが付いて来た（她體態漸漸豐盈起來）
最近性格に丸みが出て来た（近來性格變得開通些）
丸み出し（〔印〕〔書背〕半圓弧形）

**丸まる**〔自五〕變圓（=丸く為る）
丸まって寝る（捲著身體睡）
猫が丸まって寝ている（貓捲著身體睡）
小犬が丸まっている（小狗捲曲著）
寒いので丸まって寝る（凍得捲著身體睡）
丸まって球の様に為る（捲縮成小球狀）

**丸める**〔他下一〕弄圓，揉成團，籠絡，操縱（=丸め込む、丸める）、剃光頭

丸めて紙屑籠に入れる（揉成團扔到紙屑籠）入れる容れる
要らない紙を丸めて捨てる（把不要的紙揉成團丟掉）捨てる棄てる
手で丸く丸める（用手揉成團）
雪を丸く投げる（把雪揉成團來丟）投げる凪げる和げる薙げる
体を丸める（捲曲著身體）
彼を丸めるのは易しい（籠絡他很容易）易しい優しい
彼の人を丸める事は易しい（籠絡他很容易）
頭を丸める（剃光頭、落髮出家）

**丸める**〔他下一〕弄圓，揉成團、籠絡，操縱（=丸込む、丸める）、剃光頭
泥を丸める（團泥球）
ハンカチを丸めてポケットに入れる（把手帕揉成團塞進口袋）入れる容れる
彼は丸めるのは迚も難しい（很難籠絡他）
頭を丸める（剃光頭、落髮出家）

**丸め込む**〔他五〕揉成團塞入、籠絡（=抱き込む）
書類をポケットに丸め込む（把文件揉成團塞入口袋）
雑誌を鞄を丸め込んだ（把雜誌捲起來塞進皮包）
口先で丸め込む（用口頭籠絡）
反対派に丸め込まれた（被反對派拉攏過去了）
敵に丸め込まれる（被敵人拉籠過去）
彼は人を丸め込むのが旨い（他很會籠絡人）旨い巧い上手い甘い美味い
人を丸め込む（籠絡人）

**丸で**〔副〕完全、全部，簡直（=すっかり、全く、全然）、好像、宛如（=宛も、宛ら、丁度、そっくり、其の儘）
其は丸で話が別だ（那完全是另一回事）
丸で違う（完全不對）
其は丸で違っている（那完全不對）
ビールなら飲めるが御酒は丸で駄目だ（啤酒的話還能喝酒就完全不行了）
丸で為っていない事を言う（說得簡直不像樣子）
商売は丸で駄目だ（生意簡直完蛋）

彼は丸で別人の様に変わって終った（他變得簡直像另一個人似的）変る換る代る替る
丸で死人の様だ（好像死人一樣）
丸で夢の様だ（簡直就像作夢一樣）
丸で地上のパラダイスの様だ（簡直就像地上的樂園一樣）
丸で蜘蛛の様に壁を爬い登る（簡直像蜘蛛一樣往上爬）
丸で蜘蛛の様に壁を這い上がる（簡直像蜘蛛一樣往上爬）

**丸っ切り**〔副〕完全、全然、簡直（=丸で、すっかり、全く、全然）
横文字は丸っ切り分からない（洋文完全不同）分る解る判る
洪水で作物は丸っ切り駄目に為った（因為大水作物完全糟蹋了）
彼は丸っ切り子供だ（他簡直是個孩子）
其処は想像とは丸っ切り違っていた（那裏和我所想像的不同）
私は其の事件と丸っ切り無関係だ（我跟那件事全然沒有關係）
丸っ切り他人と言う訳でも有るまい（又不是素不相識）
丸っ切り元気が無い（全然沒有精神）

**丸切り**〔副〕完全、全然、簡直（=丸で、すっかり、全く、全然）
地理に対して丸切り興味が無い（對地理毫無興趣）
丸切り駄目だ（完全不行、根本不行）
英語は丸切り分からない（英文完全不懂）分る解る判る

**丸鉋、円鉋**〔名〕（木工用）圓刨
外円鉋（凸形圓刨-刨圓溝槽用）
内円鉋（凹形圓刨-刨成棒形用）

**丸ぼちゃ**〔名、形動〕〔俗〕圓圓臉、可愛動人的圓臉
丸ぼちゃの娘（圓圓臉的女孩）

**丸まっちゃい**〔形〕〔俗〕矮胖的、圓滾滾的
丸まっちゃい体（矮胖的身體）

**丸洗い、丸洗**〔名、他サ〕（衣服不拆開）整個洗、全洗←→解き洗い

**蒲団カバーを丸洗いする**（洗整條被單）

**丸打ち，丸打，丸打ち，丸打**〔名〕織成筒狀的帶子或繩子←→平打ち（扁帶）
　丸打ちの紐（打圓的細繩子）

**丸襟**〔名〕圓領、整塊布做的和服外掛的領
　丸襟のシャツ（圓領襯衫）

**丸首**〔名〕圓領
　丸首シャツ（圓領襯衫）
　綿の丸首シャツ（綿的圓領襯衫）

**丸帯**〔名〕整塊布做成的禮服寬幅筒狀帶←→昼夜帯（不同布料做的女用和服帶）

**丸顔**〔名〕圓臉←→面長、細面
　丸顔の女の子（圓臉的女孩子）

**丸抱え、丸抱**〔名〕負擔一切費用、藝妓老板負擔一切生活費用←→自前（自己出錢）
　会社丸抱えの旅行（由公司負擔全部費用的旅行）

**丸形**〔名〕圓形
　丸形の鏡（圓形的鏡子）

**丸勝ち，丸勝**〔名〕全勝（=完勝）←→丸負、完敗
　リーグ戦に参加して丸勝ちで優勝旗を貰った（參加循環賽全勝而獲得冠軍旗）

**丸合羽、丸ガッパ**〔名〕防雨斗篷

**丸割り、丸割**〔名〕（剃）平頭

**丸木、丸木**〔名〕圓木（=丸太）
　丸木で建てた小屋（用圓木蓋的小房）
　丸木小屋（獨木屋）
　丸木橋（獨木橋）
　丸木船（獨木舟=カヌー）

**丸太**〔名〕圓木（=丸木、丸木、丸材）
　溝に丸太を渡す（把圓木橫搭在水溝上）

**丸太ん棒、丸太棒**〔名〕（丸太の棒的轉音）圓木（=丸太、丸木、丸木、丸材）

**丸材**〔名〕（剝了皮的）圓木（=丸太）←→角材

**丸絎け、丸絎**〔名〕圓絎（絎成圓筒形的帶子）
　丸絎け帯（圓絎的棉帶子）

**丸公**〔名〕公定價格、公定價格的記號

**丸腰**〔名〕〔古〕（武士）不配刀、徒手

**丸腰で強盗に立ち向かう**（徒手對抗強盜）
　泥棒（小偷）掏摸（扒手）

**丸共**〔副〕整個、全部（=全部そっくり）
　林檎を丸共齧る（把整個蘋果啃著吃）
　柿を丸共食べた（把整個柿子吃下去了）
　魚を丸共煮る（煮整條魚）
　鶏を丸共焼く（烤整隻雞）

**丸染め、丸染**〔名〕（衣服不拆開）整個染色

**丸損**〔名〕全部損失、整個賠光←→丸儲け、丸儲（全部賺下）
　株で丸損する（作股票把錢賠光）
　そんな値段で売ったら丸損だ（要是賣那種價錢就要全賠了）
　台風で作物が駄目に為り丸損を為た（因颱風作物糟蹋了完全虧損）

**丸儲け、丸儲**〔名、自サ〕全部賺下←→丸損（整個賠光）
　混乱に乗じて丸儲けを為た（乘著混亂把錢全賺下了）
　坊主丸儲け（一本萬利、穩賺不賠）

**丸出し**〔名、他サ〕全部露出
　乳も臍も丸出し（乳頭和肚臍全部露出）
　乳も臍も丸出しで寝ている（乳頭和肚臍全部露著睡）
　子供が御尻を丸出しに為て遊んでいる（小孩光著屁股在玩）
　御国訛丸出しで喋る（說話滿口鄉音）
　方言を丸出しに為て喋る（說道地的家鄉話）
　方言丸出し（滿口方言）

**丸漬け、丸漬**〔名、自サ〕（蔬菜不切開）整個醃
　大根の丸漬け（整個醃的蘿蔔）

**丸潰れ、丸潰**〔名、自サ〕完全崩潰、完全垮台、完全倒塌
　丸潰れの面目（完全丟了面子）
　面目丸潰れ（面子丟光）
　信用が丸潰れに為る（信用完全破產）

家が丸潰れに為る（房子完全倒塌了）家家家家家

垣根が丸潰れに為った（籬笆全都倒塌了）

御蔭で一日が丸潰れだ（為了你浪費了整整一天的時間）一日一日一日一日 朔

**丸天井、円天井**〔名〕圓房頂（＝ドーム）、天空（＝青空、大空）

丸天井の室外音楽堂（圓房頂的室外音樂堂）

**丸取り、丸取**〔名、他サ〕全部佔有、全取、全拿

利益は彼の丸取りだ（利益都歸他一個人）利益利益

丸取りした所で二千円しか無い（全拿也不過只有二千元）

**丸寝，丸寝、丸寐，丸寐**〔名〕合衣而睡（＝転寝）

其の儘ころりと丸寝した（就那樣沒脫衣服一倒就睡）

大変疲れたので其の儘ころりと丸寝した（因為非常疲倦所以就那樣合衣而睡）

**丸鋸**〔名〕圓形鋸

**丸呑み、丸呑**〔名、他サ〕整個吞、整個吃、囫圇吞（＝鵜呑み）

蛇が蛙を丸呑みする（蛇把青蛙整個吞下）蛇蛇蛇蛙蛙

蛇が蛙を丸呑みに為る（蛇把青蛙整個吞下）

教科書を丸呑みに為る（囫圇吞棗地背教科書）

人の意見を丸呑みに為る（不假思索輕信人家的意見）

三つの国を丸呑みした（併吞了三個國家）三つ三つ

**丸裸**〔名〕赤身裸體，一絲不掛（＝赤裸、真っ裸）、一無所有，精光

丸裸で寝込んでいる（光著全身躺著）

彼の山は丸裸だ（那座山是禿山）

火災で丸裸に為った（由於遭火災變得一無所有）

ぺてん師に掛かって丸裸に為れた（上了騙子的當被騙得身無分文）

**丸幅**〔名〕布的全幅面（＝大幅）

丸幅三ヤードで洋服を仕立てる（以全幅三碼做西服）

**丸針**〔名〕圓針←→平針

**丸紐**〔名〕圓帶、圓繩

**丸坊主**〔名〕光頭、〔喻〕山光禿

丸坊主に割る（剃光頭）

濫伐で山が丸坊主に為った（由於濫伐樹木變成了禿山）

濫伐で山が丸坊主に為って終った（由於濫伐樹木變成了禿山）終う仕舞う

**丸干し、丸干**〔名、他サ〕整個曬乾

小魚の丸干し（整個曬乾的小魚）

鰯の丸干し（沙丁魚乾）鰯鰯

丸干しの大根（整個曬乾的蘿蔔）

大根の丸干し（蘿蔔乾）

**丸本**〔名〕全套的書（＝完本）、編成一本的淨瑠璃腳本（＝丸本）←→端本、欠本

**丸盆、円盆**〔名〕圓盤←→角盆

**丸髷、丸髷**〔名〕橢圓形髮髻（日本已婚婦女的一種髮型）

**丸窓、円窓**〔名〕圓窗

丸窓を開ける（開圓窗）開ける開ける

**丸丸**〔名〕雙圈、某某、錢、空字記號

〔副〕全部，完全、圓胖地，胖嘟嘟

丸丸会社の社長（某公司的經理）

其は丸丸損には為らない（那並非完全都損失、那不會全部損失）

試験は丸丸一週間延期された（考試整整延後一星期）

丸丸三時間勉強し続けた（整整用功了三個小時）

丸丸と為た赤ちゃん（胖得圓圓的嬰兒）

赤ちゃんが丸丸と太っていて本当に可愛い（小寶寶胖嘟嘟的真可愛）

丸丸と為た体付き（圓滾滾的身材）

**丸見え**〔名〕完全看得見

此の室は外から丸見えだ（這間房子從外邊全看得見）室室外外外

此の部屋は隣の家から丸見えだ（從隔壁的房子看這間房子什麼都看得見）

**丸麦**〔名〕（未加工的）麥子

**丸焼き、丸焼**〔名〕整個烤

仔豚を丸焼きに為る（烤全豬）
丸焼きの家鴨（烤全鴨）
北京ダックの丸焼き（北京烤全鴨）
丸焼きの芋（烤地瓜）

**丸焼け、丸焼**〔名〕全燒、燒光←→半焼け
家が丸焼けに為る（房子全部燒光）
火事で家が丸焼けに為った（遭火災房子全部燒光了）

**丸屋根**〔名〕圓形屋頂（＝ドーム）
丸屋根の音楽堂（圓形屋頂的音樂堂）

**丸、麿、麻呂**〔名〕〔古〕（第一人称、男女上下通用）我（＝我、私）
〔接尾〕〔古〕男人名-接在人名之下的詞（如柿本人麻呂）＊近世用〝丸〞作男孩子名、以代替〝麿〞-如牛若丸（牛若丸-人名）

## 完（ㄨㄢˊ）

**完**〔漢造〕完全、完整無缺←→欠、完了
未完（未完、待續）
全編完（全篇完）
全二十冊完（全二十冊完）

**完泳**〔名、自サ〕游完

**完結**〔名、自サ〕結束、完畢
仕事は一先ず完結した（工作暫告結束了）
仕事が完結した（工作結束了）
此の全集は十冊で完結する（這部全集出版十本就完成）

**完工**〔名、自サ〕完工（＝竣工、竣功）←→起工
高速道路は十月三十日に完工した（高速公路在十月三十日竣工了）

**完済**〔名、他サ〕清還、清償（＝皆済）
債務を完済する（清償債務）
借金を完済する（還清借款）
やっと完済に為った（好不容易才還清）為る成る生る鳴る

**完載**〔名、他サ〕全部登載完畢

**完治**〔名〕痊癒

**完熟**〔名、自サ〕成熟、熟透
未だ完熟の域に達していない（還沒達到成熟的階段）未だ未だ

**完勝**〔名、自サ〕全勝、徹底勝利←→完敗

**完全**〔名、形動〕完全、完善、完整←→不完全
完全な域に達する（達到完善地步）
其の手紙は完全なドイツ語で書いてある（那封信是十分正確的德文寫的）
完全な日本語で書いた文章（用道地的日語寫的文章）文章文章
完全な皿は一つも無い（一個完整的盤子也沒有了）
其は完全な失敗であった（那是完全的失敗）
其は完全に失敗した（那是完全失敗了）
何事も完全と言う事は有り得ない（任何事都不會是十全十美的）
完全雇用、完全雇傭（完全雇用-有意就職者全部有職業）
完全試合（完全比賽-防守得使對方隊無人能有跑壘的機會的棒球比賽＝パーフェクト、ゲーム）
完全燃焼（完全燃燒）
完全肥料（含氫磷鉀三要素的肥料）
完全変態（〔昆蟲的〕完全變態）←→不完全変態
完全冷房（最完整的冷氣設備）
完全無欠（完整無缺、盡善盡美）
此の工事は完全無欠だ（這工程是十全十美的）

**完走**〔名、自サ〕跑完全程
五十キロを完走した（跑完了五十公里）

**完調**〔名〕條件最好、條件具備（＝ベストコンディション）

**完敗**〔名、自サ〕大敗、慘敗←→完勝
ピンポンの試合に完敗する（乒乓球比賽慘敗）

**完遂**〔名、他サ〕完成、達成
計画を完遂する（完成計畫）
任務完遂の為に努力する（努力完成任務）
目的を完遂する（達到目的）

**完成**〔名、自他サ〕完成←→未完成
著述を完成する（完成著述）
完成に近い（接近完成）近い誓い
研究は完成に間近い（研究接近完成）

大事業を完成した（完成了大事業）
新しいホールが五月に完成する（新禮堂五月完工）
完成の暁（完成之際、完成之時、完成之日）
完成品（完成品）品品

**完投**〔名、自サ〕沒有缺點的投球、一個投手投完整場球（頭到最後）

**完納**〔名、他サ〕繳完、完全繳納（＝全納）
罰金を完納する（把罰款完全繳納）
税金を完納する（把稅金完全繳納）
会費は十二月迄に完納して下さい（會費請十二月以前全部繳納）

**完配**〔名〕配售完畢、全數配給

**完備**〔名、自サ〕完備、完善←→不備
此の学校は設備の点は完備している（這學校的設備完善）
此の工場の設備は完備している（這工廠的設備完善）工場工場（工廠）工廠（軍火廠）

**完膚**〔名、他サ〕完膚
完膚無き迄（に）（體無完膚地、徹底地）
彼は殆ど完膚無き迄に攻撃した（他被攻擊得幾乎體無完乎）
完膚無き迄駁論する（反駁得體無完膚）
敵を完膚無き迄に遣って付ける（把敵人打得落花流水）
其のチーム完膚無き迄遣られた（那個隊被打得落花流水）

**完封**〔名、他サ〕完全封鎖
敵の攻撃を完封する（完全封鎖了敵人的攻擊）
敵の反撃を完封した（完全封鎖了敵人的反擊）
相手の野球チームを完封した（完全封鎖了對方的棒球隊）
封筒を完封する（把信封密封上）

**完璧**〔名〕完善、完整、無缺（＝完全無欠）
完璧の域に達する（達到完善地步）
完璧を期する（力求完善）期する記する規する帰する

此の文章は完璧で添削の余地が無い（這篇文章很完善沒有增減的餘地）文章文章

**完本**〔名〕全本、足本←→端本、欠本、零本

**完訳**〔名、他サ〕全譯、全譯本←→抄訳
Shakespeare全集を完訳した（把莎士比亞全集全部翻譯了）

**完了**〔名、自他サ〕完畢、完成、完結←→未完、未了
二年間の軍務を完了する（服完二年的軍務）
三年間の兵役を完了する（服完二年的兵役）
架橋工事が完了した（架橋工程完成了）
仕事の完了を急ぐ（加緊完成工作）
完了時制（〔語法〕完成時態）

## 玩（ㄨㄢˊ）

**玩**〔漢造〕好玩、玩弄、玩具
賞玩、賞翫（玩賞、欣賞、品嘗、玩味）
絵を賞玩する（欣賞繪畫）
山海の珍味を賞玩する（吃山珍海味）
愛玩（玩賞、欣賞）
愛玩動物（玩賞動物）

**玩具、玩具**〔名〕玩具、玩物
玩具を箱に終う（把玩具收在箱子裡）終う仕舞う
玩具の馬（玩具馬）
玩具を買う（買玩具）買う飼う
刃物を玩具に為ては行けない（不要拿刀子當玩具玩）
玩具箱（玩具箱）
玩具屋（玩具店）
玩具に為る（當作玩具戲弄＝玩ぶ、弄ぶ）為る為る刷る摺る擦る掘る磨る擂る摩る
彼は僕を玩具に為る（他把我當作玩具戲弄）
女を玩具に為る（調戲婦女）
人を玩具に為る（玩弄人）

**玩物喪志**〔名〕玩物喪志

**玩味、含味**〔名、他サ〕玩味、體會、品味
此は深く玩味す可き言葉だ（這是需要深深玩味的話）

熟読玩味する（細讀玩味）
御茶の味を玩味する（品嘗茶的味道）
**玩弄**〔名、他サ〕玩弄（＝玩ぶ、弄ぶ、愚弄）
人を玩弄する（玩弄人）
玩弄物（玩物〔＝慰み物、嬲り者〕、玩具〔＝玩具、玩具〕）
玩弄物の如く取り扱う（如同玩物一般對待）如く若く及く（如-接否定）
玩弄物と為る（成為玩物）為る成る鳴る生る
**玩ぶ、弄ぶ**〔他五〕玩弄、擺弄、戲弄（＝弄る、弄くる、嬲る、嬲る）
花を玩ぶ（玩弄花）
骨董を玩ぶ（玩賞骨董）
書画を玩ぶ（欣賞書畫）
月を玩ぶ（觀賞月亮）
火を玩ぶ（玩火）
運命を玩ばれる（被命運擺布）
彼女は数奇な運命を玩ばれる（她被不幸的命運所捉弄）数奇数奇（不幸）数奇数寄（愛好風雅）
女を玩ぶ（玩弄婦女）
法律を玩ぶ（玩弄法律）
田舎者を玩ぶ（輕視鄉下人）
書画を玩ぶ（欣賞書畫）
人形を玩ぶ（玩弄洋娃娃）人形人形
政治を玩ぶ（玩弄政治）
ナイフを玩ぶのは危ない（玩弄刀子很危險）
今迄散散人の感情を玩んで来た（至今還大玩別人感情）
**玩び物、弄び物**〔名〕玩物、被玩弄的人

## 頑（ㄨㄢˊ）

**頑**〔漢造〕冥頑，愚昧無知，強建（＝頑な）
**頑愚**〔名、形動〕頑固愚蠢、頑固而愚昧
此程頑愚な人は見た事が無い（未曾見過這麼頑固愚蠢的人）
頑愚な人（頑固愚蠢人）

段段に頑愚に為る（漸漸變頑固而愚昧）為る成る鳴る生る
**頑強**〔名、形動〕頑強、強健（＝頑健）
頑強に抵抗（頑強抵抗）
自説を頑強に主張する（固執己見）
頑強な体（強健的身體）体身体身体
**頑健**〔名、形動〕頑健、強健、強壯（＝頑強）
私も頑健に暮らしている（我也強健地過日子）
頑健に暮す（強健地過日子）
明晰な頭と頑健な体（清晰的頭腦和強健的身體）
益益頑健に為る（越發強壯）
**頑固**〔名、形動〕頑固（＝片意地）
頑固に自説を主張する（固執己見）
頑固一点張り（頑固到家）
頑固な病気（頑疾、久治不癒的病）
今度の風邪は頑固だ（這次感冒不易好）風邪風風
**頑丈、岩乗**〔形動〕（構造）堅固，堅實、（身體）強健，健壯
頑丈な机（堅固的桌子）
頑丈に出来ている（製造得堅固）
此の自転車は頑丈に出来ている（這輛自行車製造得堅固）
頑丈な人（身體強健的人）
頑丈な体格の人（身體強健的人）
頑丈に釘付けして有る（釘得很結實）
**頑是無い**〔形〕幼稚的，無知的、天真的，純潔的
五つでは未だ頑是無い子供だ（才五歲還是無知的孩子呢）未だ未だ
未だ頑是無い年頃だ（還是幼稚的歲數）
頑是無い子供に梃子摺る（對無知的孩子真沒辦法）梃子摺る手子摺る手古摺る
**頑癬**〔名〕頑癬、牛皮癬（＝陰金）
頑癬で痒くて堪らない（長了牛皮癬癢得受不了）堪る溜る貯まる
**頑張る**〔自五〕固執、固守、堅持
何処迄も頑張る（固執到底）一人一人一人独り

彼が一人で頑張っているので相談が纏まらなかった（因為他一個人固執己見所以沒有達成協議）

君が頑張りさえ為れば相手は屈服する（只要你堅持下去對方就會屈服的）

頑張りさえ為れば屹度成功する（只要拼命努力一定會成功）屹度急度

自分が正しい言って頑張る（固執地認為自己正確）

親父が頑張っているので身上は中中息子の手に渡らない（老頭不肯讓位所以財產總也到不了兒子的手裡）身上 身上

入口には警官が頑張っている（入口有警察在監視著不走）入口 入口

彼が頑張っているので外の人は出る機会が無い（因為他固守地為所以別人沒有出頭的機會）

頑張れ（加油！）

論文を書くのに徹夜で頑張った（為了寫論文熬了一夜通宵）

頑張って好い成績を取った（拼命努力得到好成績）取る捕る摂る採る撮る執る獲る盗る録る

**頑張り** 〔名〕 堅持，固執，拚命，幹勁

いざと言う時に頑張りが効かぬ（到緊要關頭堅持不住）効く利く聞く聴く訊く

若いけれども頑張りが有る（雖然年輕卻有幹勁）有る在る或る

頑張り屋（拼命幹的人、堅持己見的人）

**頑迷、頑冥** 〔形動〕 冥頑、固執

自論を頑迷に固執する（冥頑地固執己見）

頑迷で悟らない（執迷不悟）悟る覚る

頑迷不霊（冥頑不靈）

頑迷固陋（頑迷固陋）

**頑な、頑** 〔形動〕 頑固

頑なな態度（頑固的態度）

頑なに口を噤む（頑固地閉口不言）

頑な者、頑者（頑固的人）

## 宛（メろ〜）

**宛** 〔漢造〕 宛如，彷彿，恰是（=宛も，恰も，丸で）、曲折（=曲る）

**宛然** 〔名、副〕 宛然恰如（=宛も，恰も，丸で，宛ら，丁度，一樣，そっくり）

宛然天国の様だ（宛如天堂）

**宛転** 〔形動〕 緩慢轉動貌、事情進行順利

風車が宛転と回る（風車緩慢地轉動）風車 風車 回る 廻る 周る

予算審査が宛転と進んで通過した（預算審査順利進行通過了）

**宛てる、当てる、充てる** 〔他下一〕碰，撞，接觸。安，放，貼近。曬，烤，吹，淋。適用。指名。給，發。分配，撥給，充作。猜（中）。推測（正確）。〔柔道〕擊（要害處）

〔自下一〕（投機）成功、得利

ボールを窓硝子に当てた（把球打在玻璃窗上了）ガラス

ズボンに継ぎを当てる（給褲子補釘）

物差を当てる（用尺量）

座布団を当てる（鋪上坐墊）

耳元に口を当てて話す（貼著耳朵說）

火に当てる（烤火）

風に当てると早く乾く（讓風吹吹乾得快）

漢字に仮名を当てる（把漢字標上假名）

生徒に当てて答えさせる（指名叫學生回答）

母に当てて手紙を書く（給母親寫信）

人に手紙を当てる（給人寄信）

一人に二個宛当てる（每人分給兩個）一人独り

一人に蜜柑を二つ宛当てる（每人分給兩個橘子）

此は僕に当てて来た荷物だ（這是發送給我的行李）

教育費に当てる（撥作教育費）

旨く当ててた（猜對了）

中に何が入っているか当てて御覧（裡面有什麼你猜猜看）

籤を当てる（抽籤）

**宛，宛て，充，充て，当，当て** 〔造語、接尾〕寄給，匯給，致、每，平均，分攤（=宛）

中央図書館宛の手紙（寄給中央圖書館的信）

林さん宛に為替手形を送る（寄給林先生匯票）

メ

此の手紙は私宛の物ではない（這封信不是寄給我的）

此は田中さん宛の手紙です（這是寄給田中先生的信）

小包は勤務先宛に送る（包裹寄往服務地點）

荷物は会社宛に送って下さい（請把行李送到公司）

為替は輸入部宛に振り出して下さい（請把匯款匯給輸入部）

林さん宛に為替を組む（給林先生匯錢）酌む汲む

一人宛千円（每人一千日元）

一人に付き三十斤宛の配給（每人配給三十斤）

一人宛三十キロの米を配給する（每天配給三十公斤的米）

月に千円宛の予算だ（每月一千元的預算）

**当て**〔名〕目的，目標、指望、依靠、墊、護具

夕飯後当ても為しに浜辺を散歩した（晚飯後在海邊漫無目的地散步）

何時迄も親を当てに為るな（別老指望父母）

彼の言う事は当てに為らない（他說得靠不住）

ボーナスが出ると思ったのに当てが外れた（我以為有獎金結果卻落了空）

肩当て（墊肩）

脛当て（護腿）

**宛行う**〔他五〕分配，分給、緊靠、貼上

小遣銭を宛行う（給零用錢）

子供達に小遣銭を宛行う（分零用錢給孩子們）

子供に玩具を宛行う（給孩子玩具）玩具玩具

二階は僕の部屋に宛行われている（二樓是分給我的房間）

会社の仕事を宛行う（分派公司的工作）

其其に仕事を宛行う（給每個人安排工作）其其夫夫

入試合格者を学校に宛行う（把招考錄取生分發給學校）

受話器に耳を宛行う（把耳朵貼在耳機上）

ズボンの膝に継ぎを宛行う（褲膝補上補釘）

傷口にガーゼを宛行う（傷口上敷上紗布）

**宛行**〔名〕分配（＝割当）、供應，供給（＝給与）

部屋の宛行を為る（分配房間）摩る擦る磨る擦る掏る摺る刷る

宿舎の宛行を為る（分配宿舍）

宛行が十分で無いと不平が出る（如果供給不充分就會有人抱怨）

宛行が少ないと生活出来ない（如果供應太少就不生活）

宛行扶持（酌量給的錢或物品、俸米、口糧）

給料は幾等と言う定めではなく宛行扶持です（工資不是規定多少而是酌量給）

宛行扶持三万石（祿米三萬石）

**宛て先，宛先，当て先，当先**〔名〕收信（件）人的姓名住址

郵便物には宛先をはっきりと記す事（郵件上要寫清收件人的姓名住址）

宛先不明（收件人住址不詳）

宛先の外に郵便番号も書いて下さい（收件人姓名住址外也請寫郵遞區號）外外外

**宛字、当て字，当字**〔名〕借用字、假借字（＝借字）（如素敵、無沙汰、泥棒和辭意無關只根據音訓借用漢字）、錯別字←→正字

〝めでたい〟を〝目出度い〟と書くのは当て字だ（把〝めでたい〟寫作〝目出度い〟是假借字的寫法）

当て字を書くのは止めよう（不要寫假借字了）

**宛所、宛て所**〔名〕收信（件）人地址

受取人宛所に尋ね当たらず（找不到收件人地址）

**宛名、当て名**〔名〕收件人姓名（住址）

封筒に宛名を書く（在信封上寫上收件人姓名〔住址〕）

表に宛名を書く（在外面寫上收件人姓名）表面

手紙が宛名不明で戻って来る（信件因為收件人姓名〔住址〕不清楚退回來）

宛名不明の手紙は配達出来ないからはっきり書かなければなりません（收件人姓名不明的信是無法遞送的所以非寫清楚不可）

宛名が違っている（收件人姓名寫錯了）

**宛**〔接尾〕接在數量詞後面表示平均、表示同一數量

一人に三つ宛分ける（分給每人各三個）

一人宛交代で休む（一個個輪著休息）

皆で少し宛分けよ（每個人都分一點吧！）

十人宛を一組と為る（每十人為一組）摩る擂る磨る擦る掏る摺る刷る

机と椅子を一つ宛用意する（預備桌子椅子各一張）

一人百円宛出す（每人各出一百元）

毎日二時間宛練習する（每天練習兩個小時）

少し宛入れる（一點一點地放進去）

一回に一杯宛飲む飲む呑む（每天喝一杯）

一日朔（初一）

此の時計は一日に二分宛遅れる（這個錶一天慢兩分）一日一日一日遅れる後れる

**宛も、恰も、恰かも**〔副〕宛如，恰是、正好，正是

日差しが暖かて宛も春の様だ（陽光溫暖好像春天一般）暖か温か

冬なのに宛も春の様な日和だ（雖是冬天恰如春天般的好天氣）

昔の事が宛も昨日の事の様に思い出される（往事宛如昨天記憶猶新）

時恰も民国三十四年二月十六日（時間正是民國三十四年二月十六日）

時恰も昭和三十六年八月十八日巨星が地に落ちた（時間正是昭和三十六年八月十八日巨星落地）

時恰も花見のシーズン（正值賞花的季節）

**宛ら**〔副〕宛如、恰如、彷彿（＝丸で、丁度、宛も、恰も、そっくり、其の儘）

宛ら戦場の様だ（如同戰場一樣）

現場は宛ら戦場の様な騒ぎだった（現場猶如戰場亂成一團）現場現場

宛ら昼の様に明るく為った（明亮得好像白晝一樣）

灯火は宛ら星の様に輝いた（燈火像星星似地閃爍）灯火灯火灯

宛ら王侯と同じ様な生活を為る（過宛如王侯般的生活）摩る擂る磨る擦る掏る摺る刷る

少女は母親宛らに妹をあやした（少女像母親似的哄著妹妹）少女少女乙女

## 挽（ㄨㄢˇ）

**挽**〔漢造〕挽、輓

**挽歌**〔名〕輓歌

**挽回**〔名、他サ〕挽回（＝取り返し、立て直し、回復）←→失墜

失地を挽回する（收復失地）

損失を挽回する（挽回損失）

形勢を挽回する（挽回形勢）

名誉を挽回する（挽回名譽）

退勢を挽回する（挽救敗局）

劣勢を挽回する（挽回劣勢）

三点挽回する（得回三分）

汽車の遅れを挽回する（挽回火車誤點的時間）遅れ後れ送れ贈れ

**挽く**〔他五〕鋸、鏇、拉

鋸で板を挽く（用鋸鋸木板）鋸鋸

木材を鋸で挽く（用鋸鋸木材）木材木材

轆轤鉋で挽く（用鏇床鏇）轆轤鉋轆轤鉋

車を挽く（拉車）

荷車を挽く（拉貨車）貨車

**引く、曳く、牽く**〔他五〕曳、引、拉、牽←→押す

綱を曳く（拉繩）曳く引く牽く弾く轢く挽く惹く退く

袖を曳く（拉衣袖-促使注意）

弓を曳く（拉弓、反抗）

幕を曳く（拉幕）

車を曳く（拉車）

牛を曳く（牽牛）

船を曳く（拖船）

裾を曳く（拉著下擺）

**引く、退く**〔自五〕後退、辭退、退落、減退、（妓女）不再操舊業

後へ退く（向後退）

もう一歩も後へ退かぬ（一步也不再退）

メ

私は退くに退かれぬ立場に在る（我處於進退兩難的地步）
退くに退かれず（進退兩難、進退維谷）
会社を退く（辭去公司工作）
役所を退く（辭去機關工作）
校長の職を退く（辭去校長職務）
潮が退く（退潮）
熱が退く（退燒）
川の水が退いた（河水退了）
腫れが退いた（消腫了）

**引く、惹く、曳く、挽く、轢く、牽く、退く、轢く、礑く**〔他五〕拉，曳，引←→，帶領，引導、引誘，招惹，引進（管線），安裝（自來水等），查（字典），拔出，抽（籤），引用，舉例，減去，扣除、減價，塗，敷，繼承，遺傳，畫線，描眉，製圖，提拔，爬行，拖著走，吸氣，抽回，收回，撤退，後退，脫身，擺脫（也寫作退く）

綱を引く（拉繩）
袖を引く（拉衣袖、勾引、引誘、暗示）
大根を引く（拔蘿蔔）
草を引く（拔草）
弓を引く（拉弓、反抗、背叛）
目を引く（惹人注目）
人目を引く服装（惹人注目的服裝）
注意を引く（引起注意）
同情を引く（令人同情）
人の心を惹く（吸引人心）
引く手余った（引誘的人有的是）
美しい物には誰でも心を引かれる（誰都被美麗的東西所吸引）
客を引く（招攬客人、引誘顧客）
字引を引く（查字典）
籤を引く（抽籤）
電話番号を電話帳で引く（用電話簿查電話號碼）
例を引く（引例、舉例）
格言を引く（引用格言）
五から二を引く（由五減去二）
実例を引いて説明する（引用實例說明）

此は聖書から引いた言葉だ（這是引用聖經的話）
家賃を引く（扣除房租）
値段を引く（減價）
五円引き為さい（減價五元吧！）
一銭も引けない（一文也不能減）
車を引く（拉車）
手に手を引く（手拉著手）
子供の手を引く（拉孩子的手）
裾を引く（拖著下擺）
跛を引く（瘸著走、一瘸一瘸地走）
蜘蛛が糸を引く（蜘蛛拉絲）
幕を引く（把幕拉上）
声を引く（拉長聲）
薬を引く（塗藥）
床に油を引く（地板上塗一層油）床床油脂膏
線を引く（畫線）
蝋を引く（塗蠟、打蠟）
罫を引く（畫線、打格）
境界線を引く（設定境界線）
眉を引く（描眉）
図を引く（繪圖）
電話を引く（安裝電話）
水道を引く（安設自來水）
腰を引く（稍微退後）
身を引く（脫身、擺脫、不再參與）
手を引く（撤手、不再干預）
金を引く（〔象棋〕向後撤金將）
兵を引く（撤兵）
鼠が野菜を引く（老鼠把菜拖走）
息を引く（抽氣、吸氣）
身内の者を引く（提拔親屬）
風邪を引く（傷風、感冒）
気を引く（引誘、刺探心意）
彼女の気を引く（引起她的注意）
血を引く（繼承血統）
筋を引く（繼承血統）

尾を引く（遺留後患、留下影響）
跡を引く（不夠，不厭、沒完沒了）

**挽き臼，挽臼、碾き臼，碾臼**〔名〕磨
挽臼を引く（推磨）

**挽き子、挽子**〔名〕鋸木人、拉車伕、縴夫

**挽き茶，挽茶、碾き茶，碾茶**〔名〕碾成粉的好茶葉、磨好的上等茶（=抹茶、末茶）
挽茶を入れる（泡好茶葉末）入れる容れる要れる射れる居れる淹れる炒れる煎れる

**挽き肉、挽肉**〔名〕絞碎的肉
挽肉でコロッケを作る（用絞碎的肉做炸肉餅）作る造る創る

**挽き割る**〔他五〕鋸開

**挽き割り、碾き割り**〔名〕磨碎←→押し割り、押割（壓開、壓碎的麥）
挽き割り麦（磨碎的麥、碎麥）
挽き割り飯（白米加碎麥的飯）

## 浣（ㄨㄢˇ）

**浣**〔漢造〕洗（=洗う、濯ぐ）、十天（=旬）
浣衣、澣衣（洗衣、洗的衣）
上浣、上澣（上旬=上旬）←→中浣、下浣
中浣、中澣（中旬）←→上浣、下浣
下浣、下澣（下旬）←→上浣、中浣

**浣腸、灌腸**〔名、他サ〕灌腸
腸カタルの患者に浣腸を行なう（給腸炎的病人施行灌腸）腸カタル 腸加答児
腸炎の患者に浣腸を行う（給腸炎的病人施行灌腸）

## 婉（ㄨㄢˇ）

**婉**〔漢造〕美麗、和順、婉轉

**婉曲**〔形動〕婉轉、委婉←→露骨、剥き出し
婉曲な言葉（委婉的話）
言葉遣いが婉曲である（措詞委婉）
婉曲な言い回し（委婉的說法）
婉曲な言い回しを為る（說話很婉轉）刷る摺る擦る掏る磨る擂る摩る
婉曲に断る（委婉地拒絕）
婉曲に拒絶する（委婉地拒絕）

**婉然**〔副、形動〕婉然、婀娜、優美、慈祥
婉然と歩く（婀娜步行）婉然嫣然宛然

## 晩（ㄨㄢˇ）

**晩**〔名、漢造〕晚、夜、傍晚、晚上（=夕方、日暮れ）、晚，遲←→朝、早
晩の御飯（晚飯）
一緒に晩の御飯を食べましょうか（一起去吃晚飯好嗎？）
明後日の晩伺います（後天晚上去拜訪您）明後日明後日伺う窺う覗う
朝から晩迄畑で働く（從早到晚在田裡工作）畑畠畑畠
彼は電話を聞くや其の晩に駆け付けた（他一接到電話當晚就急忙趕來）聞く聴く訊く利く効く
昨日の晩は暑くて眠れなかった（昨天夜裡熱得睡不著）昨日昨日暑さ厚さ熱さ
今晩（今天晚上）
明晩（明天晚上）
昨晩（昨天晚上=昨夜）
朝晩（早晚、日夜、經常）
歳晩（年終、歲暮）
大器晩成（大器晚成）

**晩夏**〔名〕晚夏←→初夏、盛夏、真夏

**晩花**〔名〕晚花

**晩霞**〔名〕晚霞

**晩学**〔名〕上學晚、較晚開始求學
晩学の人（就學晚的人）霞霞
晩学なので覚えが悪い（因為上學晚所以記性差）覚え憶え

**晩方**〔名、副〕晚上、傍晚（=夕方）←→明方（黎明）、朝方（清晨）
晩方に為るとぐっと冷え込む（一到晚上就涼得很）
晩方に来て下さい（請晚上再來）

**晩期**〔名〕晚期、晚年、末期←→早期
ピカソの晩期の作品（畢卡索晚期的作品）
此はピカソの晩期の作品だ（這是畢卡索晚期的作品）

メ

徳川時代の晩期に尊皇攘夷の声が沸き上がった（徳川時代末期湧起了尊王攘夷的呼聲）

**晩景**〔名〕傍晚（=晩方、夕方）

**晩婚**〔名〕晩婚←→早婚

晩婚なので四十歳にも為るが子供は五歳丈である（因為晩婚雖已四十歳孩子只有五歳）

晩婚だったので子供が未だ小さい（由於晩婚孩子還小）四十四十四十四十路

今晩婚の人が多い（現在晩婚的人很多）多い覆い被い蔽い蓋い

**晩蚕**〔名〕晩蠶、夏蠶（=夏蚕）←→春蚕、秋蚕

**晩餐**〔名〕晩餐（=夕食）

晩餐に招待する（招待晩餐）蚕蚕
晩餐会（晩餐會）

**晩酌**〔名〕晩餐時飲的酒

晩酌の楽しむ（愛喝晩酒）楽しむ愉しむ
晩酌に一杯遣ろう（晩上喝杯酒吧！）

**晩秋**〔名〕晩秋、秋末（=暮秋）←→初秋、早秋、中秋

晩秋の季節（晩秋季節）良い善い好い佳い良い善い好い佳い
晩秋の空は澄んで気持良い（晩秋的天空清澄使人精神爽朗）澄む清む住む棲む済む

**晩春**〔名〕晩春（=暮春）←→初春、早春

晩春の景色（晩春的景色）

**晩照**〔名〕晩照、夕照

瀬田晩照（瀬田夕照）

**晩鐘**〔名〕晩鐘（=入相の鐘）←→暁鐘

晩鐘が響いて来る（傳來晩鐘之聲）来る来る
彼は毎晩教会の晩鐘を聞く（他每天晩上都聽教堂的鐘聲）聞く聴く訊く利く効く

**晩食**〔名〕晩飯（=夕食）

栄養豊富な晩食（營養豐富的晩餐）

**晩節**〔名〕晩節

晩節を全うする（保全晩節）

**晩霜**〔名〕晩霜（=遅霜）

晩霜が降る（下晩霜）降りる下りる
思い掛けない晩霜が降りた（下了想不到的晩霜）

**晩冬**〔名〕晩冬←→初冬

晩冬の物寂しい景色（晩冬的淒涼景色）
物寂びしい物淋しい

**晩稲**〔名〕晩稲（=晩稲、晩生、晩熟、奥手）

**晩稲、晩生、晩熟、奥手**〔名〕晩稲、晩熟的作物、發育晩的人←→早稲、中手

晩熟の梨が出回り始めた（晩熟的梨開始上市了）
彼の娘は晩熟だ（那個姑娘發育得晩）
家の息子は晩熟だ（我家的兒子成長得慢）家家家家
晩熟台風（晩秋初冬的颱風）

**晩熟**〔名〕晩熟←→早熟

晩熟の稲（晩熟稲）

**晩生**〔名〕晩生作物（=晩生、晩稲、晩熟、奥手）（謙稱）晩輩

晩生種（晩熟種）種種

**晩年**〔名〕晩年（=老年）←→早年、壯年

晩年の寂しい生活（晩年的寂寞的生活）寂しい淋しい
晩年は寂しい日日を送った（晩年的生活很孤寂）日日日日送る贈る
彼の晩年は寂しい月日を送った（他晩年的生活很孤寂）
彼は晩年は不遇だ（他晩年不佳）

**晩飯**〔名〕晩飯（=夕飯、夕飯、夕食）←→朝飯、朝飯、朝餉、朝御飯、朝食

友人と晩飯を一緒に食べる（和友人共進晩餐）

**晩い、遅い**〔形〕晩，不早，夜深，過時，趕不上，來不及←→速い

帰りが遅い（回來得晩）
もう時刻が遅い（時間已經不早了）
此の辺は春の来るのが遅い（這一帶春天來得晩）
もう遅いから早く寝る（已經夜深了趕快睡吧！）
もう遅いから休もう（時間不早了就寝吧！）
もう遅いから失礼します（時間不早了我該告辭了）
夜遅く迄働く（工作到深夜）

こんなに遅いのに未だ帰って来ない（這麼晚了還不回來）
遅いとも月曜日には帰ります（最晚星期一回來）
遅く迄起きている（直到夜裡很晚也不睡）
今から行ってはもう遅い（現在去已經晚了）
急がないと汽車に遅く為るよ（你要不快一點就趕不上火車了）
後悔してももう遅い（後悔也來不及了）
一足遅かった一足一足（一雙）
遅く為りました（我遲到了〔請原諒〕）

**遅い、鈍い**〔形〕慢，不快，遲緩，遲鈍←→速い
　足が遅い（走得慢）
　進歩が遅い（進步慢）
　進歩が速い（進步快）速い早い
　遅い汽車ですね（火車跑得真慢）
　時計が段段遅く為り出した（錶漸漸地走得慢起來了）
　悟りが遅い（悟性遲鈍）
　理解が遅い（理解得慢）
　遅い助けは助けに為らぬ（遠水救不了近渴）
　遅かりし由良之助（坐失良機、後悔莫及）

# 莞（ㄨㄢˇ）

**莞**〔漢造〕微笑的樣子（＝にっこりする樣）。多年生草可織蓆

**莞爾**〔名、形動〕微笑（＝にっこり）
　莞爾と微笑む（莞爾而笑）微笑む微笑む
　莞爾と為て笑う（莞爾而笑）
　莞爾と為て死ぬ（含笑而死）

**莞、太藺**〔名〕〔植〕莞、莞蒲
　藺（燈心草＝藺草）

# 椀、碗、琓（ㄨㄢˇ）

**椀、碗、琓**〔名、助數〕碗
　御椀に味噌汁を装う（碗裡盛醬湯）装う装う（裝飾打扮假裝）
　吸い物を盛る椀（盛湯的碗）盛る守る漏る洩る
　一椀の吸物（一碗湯）
　一椀の汁（一碗湯）
**椀盛り、椀盛、碗盛り，碗盛**〔名〕用碗盛（的湯）
**椀、鋺**〔名〕〔古〕椀（盛水或酒的容器）
　椀で水を飲む（用椀喝水）飲む呑む鞠毬
**椀飯振舞**〔名、自サ〕（江戶時代）新正宴會。〔喻〕盛宴、慷慨大方地餽贈別人東西
　椀飯振舞を為る（舉行盛宴）擦る刷る擂る磨る掏る擦る摺る

# 碗、椀、琓（ㄨㄢˇ）

**碗、椀、琓**〔名、助數〕碗
　御椀に味噌汁を装う（碗裡盛醬湯）装う装う（裝飾打扮假裝）
　吸い物を盛る椀（盛湯的碗）盛る守る漏る洩る
　一椀の吸物（一碗湯）
　一椀の汁（一碗湯）
**碗盛り、碗盛、椀盛り，椀盛**〔名〕用碗盛（的湯）
**椀、鋺**〔名〕〔古〕椀（盛水或酒的容器）
　椀で水を飲む（用椀喝水）飲む呑む鞠毬
**椀飯振舞**〔名、自サ〕（江戶時代）新正宴會。〔喻〕盛宴、慷慨大方地餽贈別人東西
　椀飯振舞を為る（舉行盛宴）擦る刷る擂る磨る掏る擦る摺る

# 綰（ㄨㄢˇ）

**綰**〔漢造〕繫、聯絡

**綰ねる**〔他下一〕捆在一起（＝束ねる）
　竹を綰ねる（把竹子捆在一起）竹丈岳茸
**綰ねる、綰ねる**〔他下一〕（把長條形的東西）盤繞起來
　針金を綰ねる（把鐵絲盤繞起來）
　髮を綰ねる（把頭髮挽起來）髮紙神上守
　電線を綰ねる（把電線盤繞起來）
**綰げる**〔他下一〕（將東西）彎成圓形
**綰物**〔名〕（用檜木或杉木）薄木片做成的盒子（＝曲げ物）

# 輓（ㄨㄢˇ）

**輓**〔漢造〕輓、輓車
　推輓、推挽（推輓、推舉、推薦＝推挙、推薦）

友人を顧問に推輓する（推舉朋友為顧問）
**輓近**〔名〕最近（=近頃）
輓近の教育界（最近的教育界）
輓近の文学界（最近的文學界）
**輓馬**〔名〕拉車的馬
二匹の輓馬に為る（改為兩匹拉車的馬）摺る刷る擂る摩る磨る掏る擦る

## 万（萬）（×ㄨㄢˋ）

**万**〔漢造〕萬（=万）；〔副〕萬、絕對、無論如何（=如何しても）
万能、万能（萬能）
無礼千万（極其無理）無礼無礼無礼千万千万千万
万事（萬事）
万全（萬全）
万已むを得ずに遣った事だ（萬不得已才做的）已む止む病む
万已むを得ない事情で欠席した（是萬不得已才缺席的）
万遺漏無きを期す（期萬無一失）期す帰す記す規す
君なら失敗する事が万有るまい（要是你可能萬無一失）
**万華鏡、万華鏡**〔名〕萬花筒。〔喻〕千變萬化
万華鏡の様な都会の夜景（千變萬化的都市夜景）
**万感**〔名〕萬感
万感交交至る（百感交集、感概萬千）至る到る
万感胸に迫る（百感交集、感概萬千）迫る逼る
万感交交胸に迫る（百感交集、感概萬千）
**万機**〔名〕萬機、政治大事
万機公論に決す可し（國家大事應取決於公論=万機公論に決する）
日に万機を理す（日理萬機）理る
**万鈞、万鈞**〔名〕萬鈞（=千鈞）
万鈞の重み（萬鈞之重）重み重味
万鈞の鼎（萬鈞之鼎）
**万愚節**〔名〕四月一日愚人節

**万頃**〔名〕萬頃
万頃の水面（碧波萬頃）水面水面水面
万頃の地面（萬頃地面）
**万古**〔名〕萬古、千古、永久、永遠
万古不滅（萬古長存）
万古不易（萬古不易）
万古不易の真理（萬古不易的真理）
万古焼（四日市出產的陶器）
**万国**〔名〕萬國（=万の国）
万国博覧会（萬國博覽會）
万国旗、万国旗（萬國旗）
万国地図（世界地圖）
万国音標文字（萬國音標文字）
**万斛**〔名〕萬斛、很多
万斛の涙（很多眼淚）
万斛の涙を飲む（眼淚流得很多）飲む呑む
**万骨**〔名〕萬骨
一将功成って万骨枯る（一將功成萬骨枯）駆る刈る狩る駈る借る
**万歳、万才**〔名〕〔感〕萬歲，萬幸。〔俗〕沒有辦法（=御手上）
万歳を三唱する（三呼萬歲）
工事の完成を祝って万歳を三唱する（祝工程完工三呼萬歲）
千秋万歳（萬歲千秋）
万歳の後（百年之後）後後後
成功したら万歳だ（能成功可好極了）
旨く行けば万歳だ（能順利進行的話非常萬幸）旨い巧い上手い甘い美味い
勝った、勝った、万歳（勝利了！勝利了！萬歲！）
**万歳、万才**〔名〕慶祝新年的歌舞、表演新年歌舞的演員（=萬歲）、相聲（=漫才）
**万策**〔名〕萬策、種種策略
万策尽きて降参する（無計可施終於投降）
**万死**〔名〕萬死
万死を冒して進む（冒著生命危險前進）冒す犯す侵す
万死に一生を得る（死裡逃生）得る得る

万死の一生（九死一生）
万死一生を顧みず（萬死不辭、萬死不顧一生）顧みる省みる
罪万死に値する（罪該萬死）値する価する
罪万死に当たる（罪該萬死）当る中る

**万事** [名] 萬事 ←→ 一事
万事が旨く行き然うだ（看來一切都很順利）旨い巧い上手い甘い美味い美味しい
万事休す（萬事皆休）休す給す急す窮す
万事意の儘だ（萬事如意＝万事が旨く行った＝万事上首尾です）
万事人に頼らない（萬事不求人）
万事目出度し（萬事亨通）
万事心得ている（萬事心中有數）
然うして貰えれば万事好都合だ（如果能那樣的話就萬事亨通了）
万事順調（萬事大吉）
万事オーケー（一切都很順利）
万事は夢（世事皆如夢、萬般皆空）
万事万端（一切事物、種種手段）

**万謝** [名、他サ] 非常感謝、深致歉意
心から御厚情に万謝する（由衷深深感謝您的厚意）

**万寿** [名] 萬壽、長壽、長命

**万象** [名] 萬象
万象が更新する（萬象更新）
森羅万象（森羅萬象）
森羅万象を創造した造物主（創造了森羅萬象的造物主）

**万障** [名] 一切障礙
万障御繰り合わせての上御出席下さい（務請撥冗惠臨）
万障御繰り合わせ御来会の程御願いします（務請撥冗惠臨－請帖用語）

**万丈** [名] 萬丈
万丈の気炎（氣焰萬丈）気炎気焰
気炎万丈（氣焰萬丈）
万丈の気を吐く（氣焰萬丈）吐く履く掃く刷く

黄塵万丈（黃塵萬丈）
波瀾万丈（波瀾萬丈）

**万乗** [名] 萬乘（＝天子、帝王）
万乗の君（萬乘之君）君君
一天万乗（王位、帝位）
一天万乗の君（萬乘之君）君君

**万人、万人、万人** [名] 萬人、所有的人 ←→ 一人、一人、一人
万人に通ずる（人人皆通）
万人向き（面向大眾、適合多數人的）
万人向きの放送（對大眾的廣播）
万人向きのテレビ放送番組（適合一般大眾的電視廣播節目）
ブルーは万人向きのカラーだ（藍色是大多數人喜愛的顏色）
万人の願い（大眾的願望）
万人が然う言っている（誰都這樣說）言う云う謂う
万人に喜ばれる贈り物（誰都歡迎的禮物）喜ぶ慶ぶ歓ぶ悦ぶ
此は万人の認める所である（這是大家所公認的）認める認める
万人の知る所である（萬人所知）
万人の敬仰崇拝する所の偉人（萬人所敬仰崇拜的偉人）

**万世、万世、万世** [名] 萬世，萬代，永遠，永久
名を万世に残す（留芳萬世）名名残す遺す
万世に名を留む（萬古留芳）
万世不易（永世不變）
万世一系（萬世一系）
万世一系の皇位（萬世一系的皇位）

**万聖節** [名] 萬聖節

**万全** [名] 萬全 ←→ 疎漏
万全の策（萬全之計）策策鞭笞
万全の策を取る（採取萬全之策）取る捕る摂る採る撮る執る獲る盗る
万全の策を講ずる（採取萬全之策）講ずる嵩ずる高ずる昂ずる
万全を期す（期望萬全）期す帰す記す規す

万全の注意を払う（深加注意、給予十分周密的注意）

**万卒**〔名〕萬卒
万卒は得易く一将は得難し（萬卒易得一將難尋）

**万朶**〔名〕萬朵、花枝繁茂
万朶の梅（多枝的梅）
万朶の桜（萬朵的櫻花）

**万代、万代**〔名〕萬代

**万端**〔名〕萬端、一切、所有的方法
万端の準備が終る（作完一切準備）
用意万端整った（萬事俱備）
万端を講ずる（研究所有的方法）

**万難**〔名〕萬難、種種困難
万難を排して任務を遣り遂げる（排除萬難完成任務）
万難を排して勝利を勝ち取る（排除萬難贏得勝利）

**万年青、万年青、万年青**〔名〕〔植〕萬年青
万年青を植える（種萬年青）

**万能、万能**〔名〕萬能、全能、全才、無所不能
万能薬（萬能藥）
万能鍵（萬能鑰匙、百合鑰匙）
現代の社会は黄金万能の社会だ（現代的社會是金錢萬能的社會）
金銭万能の社会（金錢萬能的社會）金錢尽（金錢萬能）
万能ドリル（萬能鑽頭）
万能選手（全能選手）
彼は万能選手だ（他是全能選手）
御互い万能博士ではない（彼此都不是萬能博士）
万能足りて一心足らず（萬能足一心不足）

**万能**〔名〕萬能。〔農〕拖耙（＝馬鍬、鍬）

**万波**〔名〕萬波
千波万波（千波萬浪）
千波万波の海原（千波萬浪的海洋）

**万博**〔名〕萬國博覽會（＝万国博覧会）

**万万**〔名、副〕絕對，決不至於（＝決して、万一、万が一）、非常，完全，充分地（＝全く、十分に）
そんな事は万万有るまい（那樣的事絕對不會有）
万万異存は有るまい（決不會有異議吧！）
万万忝い（非常感謝）
万万引き受けた（完全答應了）
其は万万承知している（那不用你說我全知道了）
此の辞書は彼の辞書に万万だ（這部辭典比那部辭典好得多）

**万万歳**〔名〕萬萬歲、可喜可賀、高興
国の万万歳を祈る（祝國家萬歲）
若し然うなら万万歳だ（假如是那樣可太高興了）

**万万一、万万一**〔副〕萬一
万万一失敗しても心配する事は無い（即使萬一失敗也不用擔心）

**万般**〔名〕一般、各方面（＝百般）
準備万般調った（一切設備都齊全了）
万般皆運命である（萬般都是命）
生活の万般に亘って人の世話に為る（在生活各方面都依靠別人照顧）

**万夫**〔名〕萬夫
一夫関に当れば万夫も敵わず（一夫當關萬夫莫敵）
一夫関に当れば万夫も当たる無し（一夫當關萬夫莫敵）
一夫関に当れば万夫も開く無し（一夫當關萬夫莫開）

**万福、万福**〔名〕萬福（＝多幸）
高堂の万福を祈る（謹祝府上萬福）

**万物**〔名〕萬物
天地は万物の逆旅である（天地者萬物之逆旅）
万物の霊長（萬物之靈、人類＝人間）

**万邦**〔名〕萬邦、萬國
万邦と友好を結ぶ（與萬邦友好）

**万方**〔名〕萬方、所有方向(=方方)、萬國(=万国、万邦)、各種方法(=万端、万般)
万方を尽す(使盡各種方法)

**万民**〔名〕萬民
万民等しく崇拝する偉人(萬民一齊崇拝的偉人)異人(奇人、外國人)

**万目**〔名〕萬目、眾目
万目の見る所(眾目所視)

**万有**〔名〕萬有、萬物
万有引力(萬有引力)
ニュートンは万有引力を発見した(牛頓發現了萬有引力)

**万雷**〔名〕萬雷
万雷の拍手に迎えられる(受到雷鳴般掌聲的歡迎)拍手拍手柏手

**万籟**〔名〕萬籟
万籟寂と為て声無し(萬籟俱寂)寂錆

**万里**〔名〕萬里
万里の長城(萬里長城)
万里の道を行く(行萬里路)道路行く往く逝く行く往く逝く
万里の波濤を越える(越過萬里波濤)越える超える肥える
万里同風(喻天下太平)

**万緑**〔名〕萬綠、一片綠色
万緑叢中紅一点(萬綠叢中一點紅)
彼女は万緑叢中紅一点だった(當時她是其中唯一的女性)

**万、萬**〔名、漢造〕萬、多數、完善
何万と言う人(好幾萬人)
何万と言う金額(數萬元金額)
そんな事は万に一つも起こるまい(那種事非常罕見)起る興る熾る怒る
万に一つの失敗も無い(萬無一失)無い綯い奢る驕る
万に一つでも入れば良い(萬裡挑一入選也好)
千万言を費やす(費盡千言萬語)
億万(億萬)
億万長者(億萬富翁、大富豪)

巨万(鉅額、極多)

**万一、万一**〔名、副〕萬一、倘若、一萬分之一
万一落しで若したら如何しよう(萬一若丟了可怎麼辦呀!)
万一無くなったら大変だから銀行に預けて置く(萬一丟了就糟所以先存在銀行)
万一事故が起こった直ぐ知らせて下さい(萬一發生事故請立刻通知我)
万一約束を破ったら御遣いは上げないよ(倘若不守約我可不給你零用錢)
万一覚悟を為る(做好最壞的精神準備)
万一に備える(以備萬一)備える供える具える
万一に備えて保険に入る(加入保險以防萬一)入る入る

**万が一**〔名、副〕萬一
万が一失敗したら大変だ(萬一失敗可不得了)

**万巻**〔名〕萬卷
万巻の書を読む(讀萬卷書)書書文読む詠む

**万金**〔名〕萬金(=千金)
万金を積んでも売れない(給多少錢也不賣)積む摘む詰む抓む売る得る得る

**万言、万言**〔名〕萬言
万言を費やしても尚足りない(雖費萬言猶不足)尚猶

**万石通し、万石篩**〔名〕篩子(=千石通し、千石篩)

**万作**〔名〕〔植〕金縷梅

**万筋**〔名〕(用兩種顏色的緯紗織成的)豎紋、(地圖上表示高低深淺的)等高線，等深線

**万灯**〔名〕紙燈籠、許多燈籠
万灯会(萬燈法會-點萬燈普渡眾生的法會)

**万年**〔名〕萬年、永久
万年も変わらない(萬年不變)変る換る代る替る
万年草(〔植〕景天、玉柏、佛甲草=一夏草)
万年茸(〔植〕紫芝、靈芝=幸茸)
万年青、万年青、万年青(〔植〕萬年青)
万年シャツ(〔學生用語〕赤背-只穿外衣不穿襯衫)

## メ

**万年床**（從來也不整理的床）
**万年雪**（萬年積雪-永不溶化的雪）
**万年筆**（鋼筆、自來水筆）
万年筆にインキを入れる（給鋼筆加墨水）入れる容れる

**万八**〔名〕〔俗〕虛偽、說謊（一萬個只有八個是真的）（＝嘘、偽り）、酒的異稱

**万引き、万引**〔名、他サ〕（假裝買東西）在商店偷竊、順手牽羊、小偷
本を万引する（偷書）
本屋で本を万引する（在書店偷書）
衣料品を万引する（偷竊衣物）
おい、気を付けろ、彼奴は万引の様だぞ（喂！小心點！那傢伙像小偷）

**万病**〔名〕百病、各種疾病
万病に効く薬（萬靈藥）薬 薬効く利く聞く聴く訊く
風邪が万病の元（感冒是百病之源）風邪風元故旧基素下

**万分の一**〔名〕萬分之一、少量、極少（＝極僅か）
御恩の万分の一にも答える事が出来ない（不能報大恩於萬一）答える応える堪える
万分の一の報酬（極少的報酬）

**万遍無く、満遍無く**〔副〕到處、四處（＝遍く、普く）
国中万遍無く調査を進める（全國普遍進行調查）国中 国中 進める薦める勧める奨める
万遍無く捜す（到處搜尋）捜す探す
万遍無く捜したが見付からなかった（到處搜尋卻沒有找到）
教室を万遍無く掃除する（打掃教室的四周）
万遍無く搔き混ぜる（攪拌均勻）

**万万年**〔名〕萬萬年（＝万年）
万万年に栄える（繁榮萬萬年）

**万葉、万葉**〔名〕萬葉集
万葉集、万葉集（萬葉集-日本最古的歌集、共二十集、集仁德天皇到淳仁天皇間古歌4500首）
万葉仮名、万葉仮名（萬葉假名-多用在萬葉集的假名、以漢字的音訓讀出日語的發音、如〝也末〞讀成〝やま〞-山）

**万葉調、万葉調**（萬葉調）
**万力**〔名〕虎頭鉗（＝バイス）
**万両**〔名〕〔植〕硃砂根、紅銅盤、大羅傘
**万**〔名〕眾多、成千上萬（＝沢山、数多、許多）
〔數〕萬、一萬（＝万）
〔副〕萬事、一切（＝全て、凡て、総て、統べて）
万の国（萬國、許多國家）万国
万の言葉（許多的語言）言葉 詞
万屋（雜貨店、百貨店、萬事通）
此の店は薬屋と言うより万屋だ（與其說這家店是藥房不如說是雜貨店）店見世店
万代、万代（萬代、永久、萬世＝万世）
名を万代に残す（留芳萬世）名名残す遺す
名を万代に伝える（萬古流芳）
万代不易の真理（永恆不變的真理）
万引き受けます（一切都答應了）
万秘書に任せる（一切交給秘書辦）
万秘書任せ（一切交給秘書辦）

## 卍（ㄇㄢˋ）

**卍**〔名〕卍字（印度表示祥瑞的記號畫在佛像胸前表示萬德之相）、卍字形、家徽名稱

**卍巴**〔名〕紛紛、交錯
雪が卍巴と降る（大雪紛飛）降る振る
卍巴と入れ乱れて戦う（大混戰）戦う闘う
卍巴に入れ乱れて戦う（大混戰）叩く敲く

## 腕（ㄨㄢˋ）

**腕**〔漢造〕腕，胳膊、能力，本事（＝腕）
鉄腕（鐵腕-喻腕力強大無比）
前腕（前胳膊）前膊
切歯扼腕（切齒扼腕）
左腕に負傷した（左腕負了傷）
右腕に入墨が有る（右腕有刺青）右腕右腕 入墨刺青文身文身
手腕（手腕、才幹、本事、才能、本領）

怪腕（驚人的才幹）
敏腕（能幹）
辣腕（精明強悍、手段高明、能幹）
**腕骨、腕骨**〔名〕腕骨
腕骨を挫く（腕骨扭傷）
**腕車**〔名〕人力車
**腕章**〔名〕腕章、臂章
腕章を付ける（帶臂章）付ける着ける漬ける就ける突ける衝ける附ける
赤十字の腕章を付ける（配帶紅十字袖章）
**腕白**〔名、形動〕淘氣
腕白な少年（淘氣的少年）
腕白の少年（淘氣的少年）
腕白時代（小孩正在淘氣的時候）
腕白盛り（最淘氣的年紀）
此の子は腕白盛りだ（這孩子正值淘氣的時候）
腕白者（淘氣的人）者者
腕白小僧（淘氣的孩子）
腕白坊主（淘氣的孩子）
**腕力、腕力、腕力**〔名〕腕力，力氣、手腕，能力，本事
腕力の強い男（有力氣的人）
腕力が強い（腕力大）
腕力が振るう（動武、採取暴力手段）振う奮う揮う震う篩う
腕力で押し捲る（用暴力壓倒對方、以力服人）
腕力で相手に承諾させる（強迫對方承諾）
腕力沙汰（動武、互毆＝殴り合い）
腕力沙汰に及ぶ（互相毆打起來）
社内で腕力の有る人物（公司裡有本領的人）
**腕**〔名〕腕，手腕，胳膊、本領，本事，技能、臂力，力氣。〔建〕橫臂，橫樑，拖架
腕で腕章を巻く（胳膊上配帶臂章）巻く撒く蒔く捲く播く
腕が痺れた（手腕麻了）

腕に下げる（跨在胳膊上）下げる提げる
腕を捲る（露出胳膊來、捲起袖子來）捲る捲る（掀、翻、扯）巡る廻る回る
腕を組む（挽著胳膊、捲起袖子來）組む汲む酌む
腕を組んで歩く（挽著胳臂走）
腕を組んで考え込んでいる（抱著胳膊在沉思）
腕を貸す（攙扶、幫助）貸す化す課す科す嫁す
腕が有る（有本事）有る在る或る
腕が無い（沒本事）無い綯い
腕が利く（有本領、能幹、技術好＝腕が確かだ）利く効く聞く聴く訊く
腕が確かだ（有本領、能幹、技術好、技術高超）
腕が冴える（本領高強、技術高超＝腕が優れた）優れる勝れる選れる
腕が冴えた労働者（技術高超的工人）
腕が拙い（技術不高、手不靈巧、手笨）拙い拙い不味い
彼の女は腕が凄い（那個女人本事厲害）
腕が試す（試試本領）試す驗す
腕が上がる（技術提高了、水準提高了、能力提高了）上がる挙がる揚がる騰がる
腕が下がった（技術退步了、手藝生了）
腕を上げる（提高技術）上げる挙げる揚げる
腕を段段上げる（技術漸漸提高了）
腕を研く（鍛鍊本事、提高技術＝腕を鍛える）研く磨く
腕を見せる（顯本事、顯能耐、露一手＝腕前を見せる）
腕を振るう（顯本事、施展才能）振う震う揮う奮う篩う
腕を鳴らす（顯示本事、大顯身手）鳴らす慣らす馴らす成らす生らす為らす均す
腕が鳴る（躍躍欲試、摩拳擦掌、技癢、心裡癢癢）鳴る成る生る為る
明日の試合の事を思うと腕を鳴る（想到明天的比賽就心裡癢癢）明日明日明日

メ

## メ

腕を唸る（躍躍欲試、摩拳擦掌、技癢、心裡癢癢）唸る呻る

腕を摩る（躍躍欲試、摩拳擦掌、技癢、心裡癢癢）摩る擦る

腕を摩り乍待ち受ける（摩拳擦掌地等著）

腕を生かす（施展本領、發揮才能）生かす活かす

腕一本（自食其力、自己謀生）

腕一本脛一本（赤手空拳、單憑自己的本事、光棍一條）

腕一本脛一本で世を渡る（單憑自己的本事過活）渡る涉る亘る

腕を競う（比本事）爭う

腕次第で（全看本事如何、根據能力、按照能力）

全ては君の腕次第だ（全看你的本事了）全て総て凡て統べて

腕に覚えが有る（有自信、有信心＝自身が有る）

腕に縒りを掛ける（拿出全副精神、加把勁、加油）掛ける架ける駆ける懸ける駈ける翔る

生徒達は皆腕に縒りを掛けて運動会の競争に参加している（學生們都拿出全副精神來參加運動會）

腕に拱く（袖手旁觀）

電柱の腕を折れた（電桿的橫木斷了）

人の腕を比べる（和別人較量力氣、和別人較量本事）比べる較べる競べる

**腕押し、腕押**〔名、自サ〕比腕力（＝腕相撲）

**腕相撲**〔名、自サ〕比腕力（＝腕押し、腕押）←→足相撲

腕相撲に興じる（比腕力玩、對比腕力感興趣）

**腕限り**〔名〕竭盡全力

腕限り奮闘する（竭盡全力奮鬥）

**腕絡**〔名〕〔柔道〕夾臂

**腕木**〔名〕橫樑，橫木、托架、扶手

電柱の腕木が折れた（電桿上的橫木斷了）

電信柱の腕木が折れた（電桿上的橫木斷了）

腕木式信号機（臂板信號機）

門の腕木（門的桁架）門門

椅子の腕木（椅子的扶手）

**腕利き、腕利**〔名〕有本領的人、能幹的人（＝腕扱き、腕扱、腕っ扱き、腕っ扱）

腕利の職人（有本領的工匠）

彼は腕利のセールスマンだ（他是個有本領的推銷員）

**腕扱き、腕扱**〔名〕有本領的人、能幹的人（＝腕利き、腕利、腕っ扱き、腕っ扱）

腕扱の大工（有本領的木匠）

**腕っ扱き、腕っ扱**〔名〕有本領的人、能幹的人（＝腕利き、腕利、腕扱き、腕扱）

選りすぐった腕っ扱（精挑細選出來的優秀能手）

**腕首**〔名〕手腕（＝手首）

腕首を掴む（抓住手腕）掴む攫む

腕首をぐっと掴まれた（被緊緊抓住手腕）

腕首を挫いた（扭傷了手腕）

**腕組み、腕組**〔名、自サ〕抱著胳膊

腕組して考える（抱著胳膊沉思）

腕組して考え込む（抱著胳膊沉思）

**腕比べ、腕競べ**〔名、自サ〕比賽力氣、比賽本領

彼と腕比べを為る（和他比賽力氣、和他比賽本領）刷る摺る擦る掏る磨る擂る摩る

**腕自慢**〔名、自サ〕誇耀自己的本領或力氣

**腕尽く**〔名〕憑本事、憑武力（動武）

取るなら腕尽くで取って見ろ（要拿你就憑本事拿拿看）取る捕る摂る採る撮る執る獲る盗る

腕尽くなら負けないぞ（動武誰也敵不過我）

腕尽くでも取って見せる（訴諸武力也要奪過來）

腕尽くでも渡せない（動武也不能交給你）天が下、天の下（普天之下、全國）

腕尽くで天下を取る（憑武力取天下）天下り、天降り（下凡、指派）

**腕揃い、腕揃**〔名〕全是有本事的人、盡是能手

中中腕揃だ（真是人才濟濟）

全く腕揃だ（真是人才濟濟）

**腕達者**〔名、形動〕力氣大，大力士、技能高，高手

彼の御師匠は男装仕立に頗る腕達者だ（那位師傅男裝做得很漂亮）

腕立て、腕立〔名、自サ〕逞強、爭勝
　腕立無用（禁止動武）

腕立て伏せ、腕立伏せ〔名〕伏地挺身
　毎日腕立て伏せを為て体を鍛える（每天做伏地挺身鍛鍊身體）体 身体 身体

腕試し、腕試〔名、自サ〕試試力量、試試才幹（＝力試し）
　腕試を為る（試力量、試才幹）為る 為る

腕っ節〔名〕力氣、腕關節（＝腕節、腕力、腕力、腕力）
　腕っ節が強い男（力氣大的男子）

腕節〔名〕力氣、腕關節（＝腕っ節、腕力、腕力、腕力）
　腕節が強い（力氣大）

腕時計〔名〕手錶
　防水防震の腕時計（防水防震的手錶）

腕巻き〔名〕手錶（＝腕時計、腕巻き時計）

腕無し〔名〕沒有手的殘廢人、沒有本事的人、沒有力氣的人

腕貫き〔名〕手鐲（＝腕輪）、袖套（＝腕カバー）、（刀的）帶環

腕輪〔名〕手鐲（＝腕貫き）
　翡翠の腕輪（翡翠的手鐲）
　腕輪を嵌める（戴手鐲）嵌める 填める 食める

腕前〔名〕能力、本事、才幹
　大した腕前（了不起的本事）
　彼の釣の腕前は大した物だ（他釣魚的本事可真不簡單）
　大いに腕前発揮する（大顯身手）
　彼は其の難関を切り抜ける丈の腕前が無かった（他沒有能突破那難關的本領）
　水際立った腕前（超人的本領、特別顯著的本領）水際 水際立つ 経つ 建つ 絶つ 発つ 断つ 裁つ
　腕前を見せる（施展本領）
　私の腕前を御覧（看看我的本領）

腕捲り〔名、自サ〕捲起袖口。〔喻〕躍躍欲試
　腕捲りして床を拭く（捲起袖口擦地板）床 床 拭く 吹く 噴く 葺く
　腕捲りを為て喧嘩腰に為る（捲起袖口要打架的樣子）為る 成る 生る 鳴る

腕〔名〕腕、胳膊（＝腕）

　腕に漲る力（充滿在胳膊上的力量）
　腕を鍛える（鍛鍊胳膊）

## 翫（ㄨㄢˋ）

翫（＝玩）〔漢造〕玩（＝弄ぶ、喜ぶ）

翫賞〔名、他サ〕玩賞

翫味〔名、他サ〕玩味、品滋味

玩ぶ、弄ぶ〔他五〕玩弄、擺弄、戲弄（＝弄る、弄くる、嬲る、弄る）
　花を玩ぶ（玩弄花）
　骨董を玩ぶ（玩賞骨董）
　書画を玩ぶ（欣賞書畫）
　月を玩ぶ（觀賞月亮）
　火を玩ぶ（玩火）
　運命を玩ばれる（被命運擺布）
　彼女は数奇な運命を玩ばれる（她被不幸的命運所捉弄）数奇数奇（不幸）数奇数寄（愛好風雅）
　女を玩ぶ（玩弄婦女）
　法律を玩ぶ（玩弄法律）
　田舎者を玩ぶ（輕視鄉下人）
　書画を玩ぶ（欣賞書畫）
　人形を玩ぶ（玩弄洋娃娃）人形 人形
　政治を玩ぶ（玩弄政治）
　ナイフを玩ぶのは危ない（玩弄刀子很危險）
　今迄散散人の感情を玩んで来た（至今還大玩別人感情）

## 温、溫（ㄨㄣ）

温（也讀作溫）〔漢造〕溫和、溫度、溫習、珍惜
　微温（微溫）
　気温（氣溫）
　水温（水溫）
　体温（體溫）
　検温（檢查體溫）
　低温（低溫）
　定温（定溫）

メ

温存（保存、〔珍惜而〕保存起來）

温罨法〔名〕〔醫〕熱敷法←→冷罨法
　温罨法を為る（熱敷）為る為る

温湿布〔名〕熱敷（＝温罨法）←→冷湿布

温雅〔名、形動〕溫雅
　温雅な人（溫柔典雅的人）
　温雅な御嬢さん（溫雅的小姐）

温顔〔名〕溫柔的面孔、和顔悅色
　父上の温顔（父親的溫和面孔）父親

温灸〔名〕〔醫〕溫灸

温血、温血〔名〕熱血←→冷血
　温血動物（熱血動物＝恒温動物）←→冷血動物、変温動物

温言〔名〕溫言、溫和的話
　温言を以て宥める（溫言相勸）

温厚〔名、形動〕溫厚、敦厚←→酷薄
　温厚な人柄（溫厚的人格）
　彼は大変温厚な人物だ（他為人非常敦厚）

温故〔名〕溫故
　温故知新（溫故知新）

温室〔名〕溫室、暖房
　温室で栽培する（在溫室栽培）
　温室で薔薇を作る（在溫室種玫瑰）薔薇荊棘作る造る創る
　温室植物（溫室植物）
　温室育ち（喩嬌生慣養）
　温室育ちの娘（嬌生慣養的小姐）

温石〔名〕溫石（石頭燒熱包在布裡用於取暖或治病）、（譏笑）衣衫襤褸的人

温習〔名、他サ〕溫習、複習（＝御浚い、復習）←→予習
　数学を温習する（溫習數學）
　踊りを温習する（溫習舞蹈）

温柔〔名、形動〕溫柔、溫和柔順
　温柔な性質（溫柔的性格）
　温柔敦厚（溫柔敦厚）

温順〔名、形動〕溫順、溫柔和順
　温順な性質（溫順的性格）
　彼は温順な人だ（他是個溫柔和順的人）
　温順な気候（溫和的氣候）

温床、温床〔名〕〔農〕溫床、苗床（＝フレーム）、〔轉〕（喻釀成壞事的環境或條件）溫床、淵藪←→冷床
　温床で育てる（用溫床栽培）
　稲を温床で育てる（用溫床栽培稻秧）稻稻
　温床で米の苗を作る（用溫床栽培稻苗）米米米作る造る創る
　戦争の温床と為った（成了戰爭的溫床）為る成る鳴る生る
　遊郭は悪の温床だ（妓院是罪惡的溫床）

温情〔名〕溫情←→冷血
　温情主義（溫情主義）

温色〔名〕溫和的面色、暖色←→寒色

温泉、温泉、出泉、出で泉〔名〕溫泉←→冷泉
　温泉に行く（去溫泉）泉泉行く往く逝く行く往く逝く
　温泉に入る（洗溫泉）入る入る
　温泉に浸かる（洗溫泉）浸かる漬かる
　温泉場（有溫泉的地方）場場
　温泉宿（溫泉旅館）宿宿
　温泉マーク（溫泉的符號、〔俗〕攜情婦同住的旅館）

温蔵庫〔名〕保溫庫←→冷蔵庫

温存〔名、他サ〕保存、（珍惜而）保存起來
　骨董の温存に力を致す（致力保存古董）
　物資を温存する（囤積物資）
　精力を温存する（保存精力）
　温存されて来た悪習を一掃する（徹底去除留下來的壞習慣）

温帯〔名〕溫帶←→寒帯
　温帯気候（溫帶氣候）
　温帯植物（溫帶植物）
　温帯低気圧（溫帶低氣壓）

温低〔名〕（氣象）溫帶低壓（＝温帯低気圧）←→熱低

温暖〔名、形動〕溫暖←→寒冷
　気候の温暖な地方（氣候溫暖的地方）地方地方（郷間、樂隊）
　温暖育（暖室育蠶法）
　温暖前線（〔氣象〕暖風面）←→寒冷前線（冷鋒面）

**温点**〔名〕皮膚的溫覺神經←→冷点

**温度**〔名〕溫度
　温度を測る（量溫度）測る計る量る図る謀る諮る
　温度が高い（溫度高）
　温度が低い（溫度低）
　温度が上がる（溫度上升）上がる揚がる挙がる騰がる
　温度が下がる（溫度下降）
　温度計（溫度計=寒暖計）

**温湯**〔名〕溫水、熱水、溫泉←→冷水
　温湯で顔を洗う（用熱水洗臉）
　温湯浸法（〔農〕溫水浸種法-用於防止和殺死種子上細菌或使之提前發芽）

**温熱**〔名〕溫熱

**温風暖房**〔名〕（送）暖風的暖氣設備

**温服**〔名、他サ〕溫服
　薬を煎じて温服する（把藥煎好溫服）

**温容**〔名〕溫和的面容
　忘れられない温容（無法忘記的溫和的面貌）
　温容を湛える（面容溫和）湛える称える讚える

**温浴**〔名、自サ〕洗熱水澡←→冷水浴

**温良**〔名、形動〕溫良、溫順善良
　温良な女（溫順的女人）
　温良恭倹譲（溫良恭儉讓）

**温和**〔名、形動〕溫和、溫柔
　温和な性質（溫和的性質）
　温和な気候（溫和的氣候）
　気候の温和の地方（氣候溫和的地方）地方地方（鄉間、樂隊）

**温和、穏和**〔名、形動〕穩和、穩健←→粗暴
　温和な手段（穩健的手段）
　温和派（穩健派）
　性質の温和な人（性情溫和的人）

**温突、オンドル**〔名〕火炕
　温突が有るから寒く感じない（有火炕所以不覺得冷）有る在る或る
　温突を焚く（燒火炕）焚く炊く
　温突の焚口（灶門）

**温**〔漢造〕溫和、平穩（=穏やか）

**温気**〔名〕溫暖（=温まり）、悶熱（=蒸し暑さ）
　温気に蒸される（悶熱如蒸）蒸す生す
　此の頃の温気に蒸されて食べ物が腐る（最近在悶熱的天氣下食品腐爛）

**温州蜜柑、雲州蜜柑**〔名〕〔植〕溫州蜜柑（日本橘子的代表品種、因溫州為中國有名的橘子產地而取名）

**温かい，温い、暖かい，暖い**〔形〕溫暖的，暖和的，富足的，富裕的，和睦的，親密的（=暖かい，暖い、温かい，温い）
　暖かい天気（暖和的天氣）
　暖かい内に召し上がって下さい（請趁熱吃吧！）
　此の部屋は暖かい（這間房子暖和）
　此の教室は暖かい（這間教室暖和）
　暖かい手を差し伸べる（伸出溫暖的手、給以熱情的援助）
　今年の冬は暖かい（今年的冬天很暖和）
　彼等は暖かく持て成された（他們受到親切的招待）
　暖かい内に召し上がって下さい（請趁熱吃吧！）
　国民所得が増加して農家も暖かく為った（國民所得增加農家也富裕起來了）
　懐が暖かい（手頭寬裕）
　暖かい歓迎（熱情的歡迎）
　暖かい家庭（溫暖的家庭、和睦的家庭）
　暖かく迎え入れる（熱情迎接）
　彼の人は暖か味が無い（那個人很冷酷）

**温かい，温い、暖かい，暖い**〔形〕溫暖的，暖和的、富足的，富裕的、和睦的，親密的（=暖かい，暖い、温かい，温い）

**温か，温、暖か，暖**〔形動〕溫暖，暖和、有錢，富足、和睦，親密（=暖か、温か）
　段段暖かに為る（漸漸暖和起來）
　暖かな部屋（暖和的房間）
　暖かな天気（暖和的天氣）
　懐が暖かだ（手頭寬裕）
　暖かな色（暖色）

二人の仲が暖かだ（兩個人很親密）
彼の一家は実に暖かだ（那一家人非常親密）
一家一家実に実に
暖かな柿の色（鮮紅色的柿子顏色）
暖か人（親切的人）

**温か、暖か**〔形動〕〔俗〕溫暖，暖和、有錢，富足、和睦，親密（＝暖か，暖、温か，温）

**温かみ、暖かみ**〔名〕溫暖（的程度）、溫情，熱情
此の布団には未だ暖かみが残っている（這個被子裡還有一點熱氣）
体に未だ暖かみが有る（身體還有點熱氣）
体に未だ暖かみが有るから大丈夫だ（因為身體還有點熱氣沒問題）
暖かみの有る人（熱情的人）
暖かみの無い人（冷酷的人）
彼の人は暖かみが無い（那個人很冷酷、那個人沒有溫情）
台湾人は暖かみが有る（台灣人有人情味）
不幸に為て家庭の暖かみを知らない（不幸得很沒有嚐到家庭的溫暖）

**温かみ、暖かみ**〔名〕溫暖（的程度）、溫情，熱情

**温かさ、暖かさ**〔名〕溫暖、溫度

**温かさ、暖かさ**〔名〕溫暖、溫度

**温まる、暖まる**〔自五〕暖和，取暖、富足，充裕（＝暖まる，温まる）←→冷える
火に当って暖まる（烤火取暖）
ストーブに当って暖まる（在爐邊烤火取暖）
部屋が暖まった（房間暖和了）
心の暖まる御話（暖人心的話）
心の暖まる思いが為る（心裡溫暖的感覺）
彼は多忙で席の暖まる暇も無い（他很忙席不暇暖）
懐が暖まると、じっとして入られない（手頭一寬裕就坐不穩站不安了）
懐が暖まると一杯飲み度く為る（手裡一有錢就想喝一杯）

**温まる、暖まる**〔自五〕暖和，取暖、富足，充裕（＝暖まる、温まる）

**温まり、暖まり**〔名〕暖，暖和、暖（熱）空氣（＝温もり）
暖まりが早い（暖〔熱〕得快）
一暖まりする（暖一暖）
暖まりが残っている（還有熱氣）
布団の暖まりが冷める（被子的熱氣涼了）

**温める、暖める**〔他下一〕溫，熱，燙、恢復，保留，據為己有←→冷やす
御飯を暖める（熱飯）
スープを暖める（熱湯）
酒を暖める（燙酒）
弁当を暖める（蒸便當）
雌鳥が卵を暖める（母雞孵蛋）
旧交を暖める（重溫舊交）
互いに友情を暖める（共敘友情）
論文テーマを暖める（溫習論文課題）
原稿を暖める（保留原稿為了修改暫不發表）
金を借りたきりで暖めて終う（一借了錢之後就不管了）
胸の底に暖めて置く（藏在心裡不加於發表）
考えを暖め続ける（繼續考慮一段時間）
ベンチを暖める（坐冷板凳）

**温める、暖める**〔他下一〕〔俗〕溫，熱，燙、恢復，保留，據為己有（＝暖める、温める）

**温とい、暖とい**〔形〕〔方〕溫暖的、暖和的（＝温い、暖かい）
此の頃は大分暖とく為った（近來天氣很暖和了）
名物饅頭の暖といのを御上がり下さい（有名的豆餡點心請吃熱點的）

**温い**〔形〕暖和的、溫暖的（＝温かい，温い，暖かい，暖い）
今日は大分温い（今天很溫暖）今日今日大分大分
毛布に包まると温い（裹在毛毯裡就暖和了）

**温とい**〔形〕〔方〕暖和的、溫暖的（＝温い、温かい，温い、暖かい，暖い）

**温灰**〔名〕溫灰（＝熱灰）
温灰で芋を焼く（用熱灰烤甘藷）

**温温**〔副、自サ〕熱呼呼，暖烘烘，蠻不在乎、剛完成的、剛做出來的、很自由地，不受拘束地

温温している御弁当（熱呼呼的便當）

温温している手（熱呼呼的手）

温温と為た部屋（暖烘烘的屋子）

子供は温温と毛布に包まれて眠っていた（小孩包裹在暖烘烘的毛毯裡睡著覺）

温温と嘘を言う（蠻不在乎地撒謊）言う云う謂う

温温と大口を叩く（大言不慚）叩く敲く

全く温温した人だ（真是一個厚顏無恥的人）

彼は良くも温温とそんな事を言えたもんだね（他居然恬不知恥地說出那樣話來）

温温とそんな事が良くも言えたね（他竟厚著臉皮說出這樣話來）

彼は温温と白を切った（他厚著臉皮假裝不知道）

温温と為ている饅頭（剛出爐的麵包）

温温と為ている札（剛從腰包掏出來的新鈔票）札札

温温と為た生活（很自由自在的生活）

温温と余生を送る（舒舒服服地度晚年）送る贈る

教授の地位に温温収まる（悠然自得地坐在教授的寶座上）収まる納まる治まる修まる

**温まる**〔自五〕暖和起來（＝温まる、暖まる）←→冷える

風呂に入って体が温まった（洗澡使身體暖和起來）体身體身体

薪を焚いて温まる（燒柴取暖）薪薪焚く炊く

温まった部屋（暖和的房間）

彼女の思い遣りで身の温まる思いを為る（她的體貼使人感到溫暖）

**温める**〔他下一〕暖、使…溫暖（＝温める、暖める）←→冷やす

体を温める（暖身體）体身體身体

体を温めるゲーム（熱身遊戲）

鶏が卵を温める（雞孵蛋）鶏鶏鳥卵玉子

冷えたスープを温める（把涼的湯熱一熱）

湯湯婆で足を温める（用熱水袋暖腳）足脚葦蘆

**温もる**〔自五〕溫暖起來（＝温まる、温まる、暖まる）←→冷える

酒を一杯飲んで体が温もって来た（喝了一杯酒身體暖和起來了）

**温もり**〔名〕溫暖、暖氣（＝温み、温かみ、暖かみ）

日の温もり（太陽的溫暖）

家庭の温もり（家庭的溫暖）

布団の温もり（被褥的暖氣）布団蒲団

猫が温もりを求めて蒲団に入って来た（小貓為了取暖躲進棉被裡了）

長雨で太陽の温もりが懐かしい（因久雨懷念太陽的溫暖）

**温み**〔名〕溫暖、暖氣（＝温もり、温かみ、暖かみ温かさ、暖かさ）

体の温み（體溫）体身體身体

未だ温みが有る（還有熱氣）未だ未だ

体の温みが未だ少し残っている（身上還有點熱氣）

**温い**〔形〕微溫的，半涼不熱的（＝温い）、溫和的←→熱い

火が温い（火不夠熱）

茶が温い（半涼不熱的茶）

茶が温く為った（茶有點涼了）

風呂が温い（浴池不夠熱）

温い風呂に入って風邪を引いた（洗了半涼不熱的澡著了涼）

そんな温い遣り方では駄目だ（採取那樣溫和的辦法是不行的）

取締が温い（取締不力）

**温湯、温い湯**〔名〕溫水、微溫水（＝微溫湯）←→熱湯、煮え湯

**温む**〔自五〕變暖、變溫（＝温く為る）

水が温む頃（水漸暖的時候）

柔らかい日差しに小川の水も温み春近しの感が有る（溪水因柔和的陽光而變暖有春天將近感覺）

**温み**〔名〕微溫水（＝微溫湯）、微溫（的程度）、河水的緩流處（＝淀）

メ

**温める**〔他下一〕把（水）弄溫、把（水）弄得半涼不熱
　水を温める（把水加熱到微溫程度）
　湯を温める（把熱水弄到微溫程度）

**鰯、鰛（ㄨㄟˇ）**
鰯、鰛〔名〕沙丁魚、鈍刀
　鰯の頭も信心から（精誠所至金石為開）
　鰯網に鯨（歪打正著、意外的收穫）
　鰯で精進落ち（因小失大、吃一條沙丁魚開了齋）
　赤鰯を提げている（帶生鏽的鈍刀）提げる下げる避ける裂ける割ける咲ける
　鰯粕（鰯魚粉－作肥料用）
　鰯鯨（〔動〕鰯鯨）
　鰯雲（〔俗〕波狀雲＝巻積雲、斑雲、鱗雲）

# 文（ㄨㄣˊ）

**文（也讀作文）**〔名〕文章、文學←→武、詩、単語
〔漢造〕花紋、紋飾、文字、文章
〔國語〕句。書籍，紀錄。文學。非軍事的。文部省。（讀作もん）（古時錢的單位、鞋或襪底的長度單位）文
　文を作る（作文章）作る造る創る
　二つの文を一つに為て下さい（請把兩句變為一句）
　文中の思想を掴む（抓住文章的中心思想）掴む攫む
　感想文を書く（寫感文）書く欠く描く掻く
　文を練る（推敲文章）練る寝る
　文は武に優る（文優於武）優る勝る
　文は人也（文如其人）
　文武両道に優れる（文武雙全）優れる勝れる選れる
　文武兼ね備わる（文武兼備）備わる具わる供わる
　文武は車の両輪（一文一武相輔相成）
　文を以て友を会す（以文會友）友共供伴会す解す介す改す
　斑文、斑紋（斑紋）
　半文（半文錢、微不足道的錢）

　縄文、縄紋（〔考古〕縄文）
　証文（證書、字據、文據、契紙）
　渦狀文（渦狀文）
　説文（說文解字的簡稱、說明文字的形成和原義）
　注文、註文（訂貨，訂購、希望，願望）
　拙文（拙劣的文章、〔自謙〕拙文，拙作）
　籀文（漢字書體的一個）
　古文（古文、文言文、古體漢字）
　詩文（詩文、文學作品）
　死文（空文，具文、無內容的文章，不適用的文章）
　斯文（斯文、斯道－尤指儒教）
　主文（判決主文、文章的主要部分）
　本文（本文、正文）
　本文（〔對序言和附錄而言〕正文、〔加注的〕本文、〔引用的〕原文）
　正文（正文、本文、標準文本）
　成文（成文、寫成文章或條款）
　省文（省略文字、省略筆畫的字）
　誓文、誓文（宣誓書）
　贅文（多餘的詞句）
　散文（散文）
　梵文（梵文、古印度文）
　国文（國文、日本語文、日本文學）
　告文（〔向神佛的〕禱告文、〔向上級的〕申請書）
　和文（日文＝国文）←→漢文、欧文
　漢文（漢文←→和文、古漢語、文言文）
　英文（英文、英國文學）
　作文（作文，寫文章、〔轉〕空談，空作文章）
　名文（有名的文章、優秀的文章）←→悪文
　明文（明文）
　迷文（糊塗文章）
　銘文（銘文、碑文）
　前文（〔文章中已敘述部分的〕前文、〔法令規章等的〕序言、〔書信前段的〕客套話）
　全文（全文、通篇文章）

序文（序、序文）←→跋文
経文（佛經、佛教經典）
祭文、祭文（祭文）
金石文（金石文-碑鼎上刻的文字）
単文（簡單句、簡單的文章）←→複文
短文（短句）←→長文
複文（複句）
副文（〔條約或契約等正文的〕附件）
復文（回信、譯回原文、改成原樣）
疑問文（疑問文）
一文銭（一文錢）

**文案**〔名〕草案、草稿
　文案を作る（起草、起稿）作る造る創る
　広告の文案を作る（起廣告的草稿）

**文意**〔名〕文意
　文意がはっきりしない（文意不清楚）
　文意不明（文意不清楚）
　文意が通らない（文意不通）通る透る徹る

**文運**〔名〕藝術文化進步的氣勢、文化燦爛的氣勢←→武運
　紀元前五千年エジプトでは既に文運が盛んであった（早在紀元前五千年埃及文化就很發達）
　唐代の文運は日本の文化に大きな影響を齎した（唐代的文運帶給日本文化很大的影響）
　文運が衰える（文運衰落）日本日本日本大和倭日の本既に已に
　文運頓に盛んに為った（文運頓時昌盛）

**文苑**〔名〕文集、文壇
　戦争文学の文苑（戰爭文學的文集）
　文苑の俊秀の集い（文壇俊秀的集會）

**文化**〔名〕文化、文明←→自然
　文化を開ける（開化、文化開展）開ける拓ける啓ける披ける開ける明ける空ける
　文化の交流を促進する（促進文化的交流）
　文化の程度が高い（文化水準高）
　文化生活（文明生活）
　東洋文化（東洋文化）
　西洋文化（西洋文化）
　文化保護法（文物保護法）
　埋蔵文化（地下文物）
　文化価値（文化價值）
　文化住宅（〔設備完善的〕新式住宅）
　文化勲章（文化勳章）
　文化団体（文化團體）
　文化運動（文化運動）
　文化科学（文化科學）←→自然科学
　文化功労者（文化功勞者）
　文化交流（文化交流）
　文化事業（文化事業）
　文化祭（文化活動節日）
　文化使節（文化使節）
　文化センタ（文化中心）
　文化財（文化資產）
　文化会館（文化會館、文化中心）
　文化遺産（文化遺產）
　貴い文化遺産（寶貴的文化遺產）貴い尊い貴い尊い
　文化人（文明人、從事文化工作的人）
　文化映画（教育影片）←→劇映画
　文化映画を見る（看教育影片）
　文化地理学（文化地理學）
　文化の日（文化節-十一月三日）
　文化の日に文化勲章を受章する（文化節榮獲文化勳章）
　文化的（文化的有、關文化的、合乎文化的）
　文化的な行事（有關文化的活動）
　文化的な生活（文明的生活）
　文化的な生活を営む（過著文明的生活）

**文科**〔名〕文科、文學院（=文学部）←→理科

**文学**〔名〕文學
　文学を愛好する（愛好文學）
　文学作品（文學作品）
　文学愛好家（文學愛好者）
　文学専攻（專攻文學）
　文学芸術活動家（文藝工作者）

メ

児童文学（兒童文學）
近代文学（近代文學）
文学者（文學家）
文学青年（愛好文學的青年）
文学博士（文學博士）博士博士
文学史（文學史）
文学部（文學院）
文学的（文學的）

**文官**　文官←→武官
　文官を懲戒する（懲戒文官）懲罰懲治

**文義**〔名〕文意、文章的意義
　文義を研究する（研究文意）

**文久銭**〔名〕江戸幕府文久三年（1863）鑄造的銅銭

**文教**〔名〕文教
　文教地区（文教區）
　文教部門（文教部門）
　文教事業（文教事業）
　文教予算（文教預算）
　文教政策（文教政策）
　文教の府（教育部）

**文金高島田**〔名〕高髮髻的日本婦女髮型（穿日本傳統新娘禮服時梳這種髮型）（=文金、文金島田）

**文具**〔名〕文具（=文房具）
　文具を買う（買文具）買う飼う
　文房具屋（文具商）

**文房具、文房具**〔名〕文具（=文房用具、学用品）
　文房具入れ（文具盒）
　文房具屋（文具店）

**文型**〔名〕句型（=センテンスパタン sentence pattern）
　文型練習（句型練習）

**文芸**〔名〕文藝
　文芸作品（文藝作品）
　文芸小説（文藝小説）
　文芸の夕べ（文藝晚會）
　文芸批評（文藝評論）
　大衆文芸（大眾文藝）
　文芸復興（文藝復興=ルネッサンス renaissance）
　文芸欄（文藝欄）

**文芸学**（文藝學）
**文芸映画**（文藝影片）

**文検**〔名〕日本舊式的教員檢定考試

**文献**〔名〕文獻、參考資料
　平安時代の貴重な文献が見付かる（發現平安時代的珍貴文獻）
　参考文献（參考文獻）
　文献学（文獻學）

**文言、文言**〔名〕文言、信中的詞句（=文句）←→白話

**文庫**〔名〕文庫、書庫、叢書、藏書、袖珍本
　金沢文庫（金澤文庫）
　本を文庫に収める（把書收藏到書庫裡）収める納める治める修める
　手文庫（小型文件箱）
　岩波文庫（岩波叢書）
　文庫本が良く読まれている（袖珍本很暢銷）
　文庫判（三十二開本）

**文語**〔名〕文語、文言←→口語
　文語体（文語體）←→口語体
　文語文（文語文）←→口語文
　文語法（文語文法）←→口語法
　文語文法（文語文法）←→口語文法

**文豪**〔名〕文豪
　世界の文豪の名作を紹介する（介紹世界文豪的名著）名著名言

**文才**〔名〕文才
　彼は文才が有る（他有文才）有る在る或る

**文士**〔名〕文士、文人、作家
　三文文士（不值錢的文人、失意潦倒的作家）

**文事**〔名〕文事←→武事
　文事有る者は必ず武備有り（有文事者必有武備）

**文治、文治**〔名〕文治、以蚊治事←→武断
　家康は文治政策を取った（德川家康採取了文治政策）取る捕る摂る採る撮る執る獲る盗る
　文治政治（文治政策）←→武断政治

**文辞**〔名〕文詞
　優雅な文辞（優雅的文章）

**ぶんしつひんぴん**
文質彬彬 〔名〕文質彬彬
　文質彬彬と為て然る後君子也（文質彬彬然後君子也）然る燃る

**ぶんじゃく**
文弱 〔名〕文弱
　文弱に流れる（流於文弱）
　文弱の徒（文弱書生）徒徒徒空徒無駄 徒悪戯徒只

**ぶんしゅう、もんじゅう**
文集、文集 〔名〕文集
　文集を作る（編輯文集）作る造る創る
　日本語文集を編集する（編輯日語文集）編集編輯
　学級文集（班刊、班級文集）

**ぶんしょ、もんじょ**
文書、文書 〔名〕文書、公文、文件（＝書類、書状）←→口頭
　文書の発送受付を為る（収發文件）刷る擦る掏る磨る擂る摩る
　文書で願い出る（呈文申請）
　古文書（古書、古文、舊文件）
　公文書（公文）
　私文書（私人函件）
　外交文書（外交文件）
　文書綴り（卷宗、文件夾）
　文書毀棄罪（毀棄文書罪）
　文書偽造罪（偽造文書罪）
　文書を偽造する（偽造文書）

**ぶんしょう**
文相 〔名〕教育部長（＝文部大臣）
　文相が更迭する（文部大臣更換）

**ぶんしょう、もんじょう**
文章、文章 〔名〕文章←→文、文節、単語
　文章が旨い（文章寫得好）旨い巧い上手い甘い美味い
　長たらしい文章（冗長的文章）
　簡潔な文章（簡潔的文章）
　文章を作る（作文章）作る創る造る
　此の文章には為っていない（這不成文章）
　文章は経国の大業（文章為經國大業）大業大業
　文章家（名作家、善於寫文章的人）
　文章法（作文法）
　文章語（文言＝文語、記録語、書言葉）←→口頭語、話し言葉

**ぶんしょうたい**
文章体（書寫體）

**ぶんしょうろん**
文章論（文章論）

**ぶんしょく**
文飾 〔名、他サ〕文飾、用美麗辭藻潤飾、裝飾（＝飾り、文、綾、色彩、彩、色取）
　文飾し過ぎて不自然に為る（過於文飾變得不自然）為る成る鳴る生る
　文飾に過ぎて実感が無い（文章修飾過分沒有真實感）

**ぶんが**
文雅 〔名、形動〕文雅（＝雅やか）

**ぶんしん**
文臣 〔名〕文臣、文官

**ぶんしん**
文身、文身，入墨，刺青、刺青，彫物 〔名〕紋身、墨刑
　背中に文身を為る（在背上刺青）摩る擂る磨る掏る擦る摺る刷る

**ぶんじん**
文人 〔名〕文人、文士←→武人
　文人墨客（耍筆桿的人）
　文人相軽んず（文人相輕）
　文人画（文人畫＝南画）

**ぶんせい**
文勢 〔名〕文章的氣勢
　非凡な文勢（非凡的文勢）

**ぶんせき**
文責 〔名〕對文章所負的責任←→筆責
　此の対談の記録の文責は筆者に在る（這會談紀錄的文責由筆者自負）在る有る或る
　文責在記者（文責在記者、文責由筆者自負）

**ぶんせつ**
文節 〔名〕文節（＝文素）
　〝秋風がそよそよと吹く〟は三つの文節から成り立っている文である（〝秋風微微在吹〟是由三個文節構成的句子）秋風秋風
　〝今朝朝顔が咲きました〟は三つの文節から成り立っている文である（〝今天早晨牽牛花開了〟是由三個文節構成的句子）

**ぶんそ**
文素 〔名〕文節（直接構成句子的最小單位要素）←→文、文章、単語

**ぶんせん、もんぜん**
文選、文選 〔名、他サ〕檢字、檢字工
　文選工（檢字工人）

**ぶんそう**
文藻 〔名〕文藻（＝文才）、文采（＝文綾、模樣）

**ぶんたい**
文体 〔名〕文體（＝スタイル）、文章的體裁、作者的風格
　平易な文体で書く（以平易的文體寫）
　漱石な文体を研究する（研究夏目漱石的文風）

メ

**ぶんだい**
**文台**〔名〕文几、小書桌

**ぶんだい**
**文題**〔名〕文章的題目（=題目）

**ぶんたん　モンタン　モンタン**
**文旦、文旦，文橙**〔名〕文旦、柚子（=ザボン、朱欒）

**ぶんだん**
**文段**〔名〕段落（=切れ目、区切り）
　文段を分ける（分段落）

**ぶんだん**
**文壇**〔名〕文壇、文藝界
　文壇の大家（文壇的權威）大家大家（富戶、世家）大家大屋（房東）
　文壇に出る（参加文藝界）
　文壇で活躍する（活躍於文藝界）

**ぶんちゅう**
**文中**〔名〕文章中、句子裡頭
　次の文中から助動詞を選び出す（從下列的句子裡挑出助動詞來）

**ぶんちょう**
**文鳥**〔名〕〔動〕文鳥

**ぶんちん**
**文鎮**〔名〕文鎮、鎮紙
　紙の上に文鎮を載せる（把文鎮壓在紙上）載せる乗せる伸せる熨せる上上上上
　大理石の文鎮（大理石的文鎮）

**ぶんつう**
**文通**〔名、自サ〕通信（=便り）
　外国人と文通する（和外國人通信）
　外国の友人と文通する（和外國朋友通信）
　文通が無い（沒有信息）無い綯い
　彼とも何時の間にか文通が絶えた（不知什麼時候跟他斷了音信）絶える耐える堪える
　私は彼と何度も文通した事が有る（我和他通過好幾次信）

**ぶんてん**
**文典**〔名〕文法、文法書
　文典を研究する（研究文法）
　日本口語文典（日本口語文法書）日本日本日本日本大和　倭　日の本

**ぶんてん**
**文展**〔名〕日本舊式美術展覽

**ぶんてんぶき**
**文恬武嬉**〔名〕文恬武嬉、天下太平

**ぶんとう**
**文頭**〔名〕文章的開頭←→文末

**ぶんぱく**
**文博**〔名〕文学博士

**ぶんぱん**
**文範**〔名〕文範、作文範本
　書簡文範（模範尺牘）書簡書翰

**ぶんぴつ**
**文筆**〔名〕文筆、筆墨
　文筆の才が認められる（被認為有文才）認める認める
　文筆に携わる（從事文筆工作）

　文筆で立つ（靠文筆為生）立つ経つ建つ絶つ発つ断つ裁つ起つ截つ
　文筆に親しむ（愛好寫作）
　文筆を弄ぶ（玩弄文筆）弄ぶ玩ぶ
　文筆生活（文筆生活）
　文筆家（作家、文筆家）
　文筆業（以寫作為職業）

**ぶんぶ**
**文武**〔名〕文武
　文武両道に秀でる（文武雙全）
　文武兼ね備わる（文武兼備=文武兼ねて備わる）
　文武百官の集まり（文武百官的集會）

**ぶんぶつ**
**文物**〔名〕文物
　古代の文物と制度を研究する（研究古代文物制度）
　昔の文物を研修する（研究古代文物）研鑽

**ぶんぽう**
**文法**〔名〕文法、語法
　文法を研究する（研究文法）
　文法書（文法書籍）
　文法学（文法學）
　文法的（語法上的）
　文法的な説明（語法方面的說明）
　映画の文法（電影的表現法）

**ぶんまつ**
**文末**〔名〕句尾、文章的最後←→文頭
　文末に句点を付ける（句尾點上句點）付ける漬ける着ける就ける突ける衝ける附ける点ける
　文末助詞（句尾助詞）
　文末で其の事に触れている（在文章節尾提及那件事）
　文末の言い回しに注意せよ（注意文章結尾的措詞）

**ぶんみゃく**
**文脈**〔名〕文脈、文理、文章的脈絡←→語脈
　文脈がはっきりしない（文脈不清）
　此の文は文脈がはっきりしない（這篇文章文理不清）
　文脈が乱れている（文理紊亂）
　此の言葉の意味は文脈から判断出来ない（從文脈能判斷這詞的意思）

文脈から言うと然うは理解出来ない（從文脈看不能作那樣的解釋）

時時文脈に合わない語が飛び出す（經常出現不合文脈的詞）

**文民**〔名〕（日本憲法用語）軍人以外的民眾、非現役軍人（=シビリアン）

内閣総理大臣は文民で無ければ成らない（内閣總理不得是現役軍人）

**文名**〔名〕文名、文學家的名聲（=文声）

文名が高い（很有文名）

文名を馳せる（博得文名）

推理小説家の文名頓に上がる（推理小說家的文名頓時提高）上がる挙がる揚がる騰がる

**文明**〔名〕文明←→野蛮、原始

文明進んだ国（文明國家）

文明が進む（文明進步）

文明の利器（文明的利器）

文明開化（文明開化）

文明国（文明國家）

文明病（文明病-神經衰弱、性病）病病

文明史（文明史）

文明人（文明人）←→野蛮人

物質文明（物質文明）

**文面**〔名〕（文章或書信的）字面

此の文面から察すると（從這個字面看來）

此の文面から推理する（從這個字面來推理）

手紙の文面に依れば（從信的字面來判斷）依る寄る拠る因る拠る縁る由る選る

**文弥節**〔名〕淨琉璃的一派（岡本文弥為創始人）

**文楽**〔名〕大阪文楽座（演木偶戲的劇場）。〔劇〕木偶戲淨琉璃

**文理**〔名〕文科和理科、文脈、紋理（=筋目、文，綾、木目）

文理学部（文理學院）

大理石の文理（大理石的紋理）

**文例**〔名〕文例、文章的例子

文例を挙げて説明する（舉文例加以說明）上げる挙げる揚げる

**文話**〔名〕關於文章文學的談話（=文談）

文話を発表する（發表關於文學的談話）

**文**〔名〕經，咒（=経文、呪文）、文，文章（=文）

〔接尾，漢造〕（舊時錢的單位、"錢"的十分之一）文、（日本襪子等的長度單位）文（一文=2、4公分）

文を唱える（誦經）唱える称える

鐚一文も無い（身無分文、一文錢也沒有）

九文半の足袋（九文半的日式布襪）

経文（佛經、佛教經典）

祭文、祭文（祭文）

一文銭（一文錢）

斑文、斑紋（斑紋）

半文（半文錢、微不足道的錢）

縄文、縄紋（〔考古〕繩文）

証文（證書、字據、文據、契紙）

渦状文（渦狀文）

説文（說文解字的簡稱、說明文字的形成和原義）

注文、註文（訂貨，訂購、希望，願望）

**文句**〔名〕詞句，話語、不滿，異議（=苦情、言分）

論語の文句を引用する（引用論語裡的詞句）引喩引例引証

彼奴の文句が癪に触った（他的話語使我氣憤）触る障る

手紙の文句が気に入った（喜歡信裡的詞句）

此の小説の中に好きな文句が有る（在這小說中有喜歡的詞句）

文句が練る（推敲詞句）練る寝る

歌の文句を覚える（記住歌詞）歌う唄う覚える憶える

宣伝文句に釣られて買って終った（受廣告宣傳詞句的誘惑買下來）終う仕舞う

文句を言う（發牢騷，不滿=意見を出す、不平を鳴らす、苦情を言う、言い掛りを付ける）

文句を並べる（發牢騷）

文句を言われる（受人指責）言う云う謂う

分け前が少ないと文句を言う（分配得少就不滿）

文句許り言って何も為ない（淨發牢騷什麼也不做）

メ

文句が有る（有意見=意見が有る）有る在る或る

其の提案には文句が有る（對那個提案有意見）

文句が有るなら私に言い為さい（有意見的話請跟我說）

文句を付ける（找毛病、吹毛求疵、講歪理、罵人）付ける附ける衝ける就ける着ける漬ける突ける

文句無し（沒有異議、沒有意見）

文句無しに賛成する（無條件贊成）

君の意見に文句無しに賛成する（無條件贊成你的意見）

文句無しに面白い（百分之百地有趣）

**文字、文字**〔名〕文字、文章、學問

文字で表わす（用文字表達）表す現す著す顕す

アルファベット二十六文字（ABCD 二十六個字母）

警世の大文字（警世大作）大文字大文字

文字の誤り（錯字）誤り謝り

下手な文字を書く（字跡拙劣）下手（笨拙）下手（下手）下手（下手）下手（下面、低微）下手（下游、舞台左邊）

彼の人は迚も上手な文字を書く（他寫一手好字）上手（高明）上手（高明、上游）上手い

文字を書く練習を為る（練習寫字）刷る摺る擦る掏る磨る播る摩る

此の子は未だ文字が読めない（這小孩還不識字）未だ未だ

此は如何言う文字ですか（這是什麼字呢？）

此は言葉や文字では表せない物である（這是語言和文字所無法表達的）

文字を解しない（看不懂文章）解する介する会する改する

文字の上で知っている（從文章裡了解到的）上上上上

文字が有る（有學問）

彼は目に文字が無い（他沒有學問）

文字通り（照字面、照書面、的的確確、不折不扣）

文字通り解釈する（按照字面解釋）

文字通り一文無しだ（的的確確是一文也沒有、完全是一文也沒有）

私は今日文字通り一文無しだ（我今天的確一塊錢也沒有）

文字盤（〔鐘錶或打字機的〕字盤）

時計の文字盤を取り替える（換鐘錶的字盤）

文字読み（將漢語多音詞按照訓讀法唸、例如心緒唸成 心緒 將表音漢字当字 宛字（假借字）按照音讀法唸、例如瓦落唸成瓦落）

文字面（〔漢字等的〕字面排列）

文字改革（文字改革）

文字詞（日本古代宮中女官用的隱語、把事物名稱最後的音刪除用もじ代替、表示委婉、例如髪唸成 髮、寿司唸成寿司）

**文章博士**〔名〕〔古〕（在大學寮教授詩文歷史等文章的）文章博士

**文珠、文殊**〔名〕文殊菩薩

三人寄れば文殊の知恵（三個臭皮匠勝過一個諸葛亮）三人三人

**文無し、文無**〔名〕一文不名、一貧如洗（=一文無し）、特大號的日本襪子

殆ど文無しだ（幾乎是一文不名）

到頭文無しに為って終った（終於一文不名）仕舞う終う

**文部**〔名〕文教部、教育部（=文部省）

文部省（文部省、教育部）

文部大臣（文部大臣、教育部長）

文部省検定の教科書（教育部審定的教科書）

**文盲**〔名〕文盲

義務教育に頼って文盲を無くす（施行義務教育來掃除文盲）頼る由る依る寄る拠る因る縁る

文盲無知（目不識丁）

無学文盲の人（目不識丁的人）

**文様、紋様**〔名〕花紋、花樣（=模様）

浪が砂に美しい紋様を描く（波浪把沙子沖出美麗的花紋）浪波並砂沙 砂 沙 描く画く

押し寄せる浪が沙に美しい紋様を画く（湧上來的波浪把沙子沖出美麗的花紋）

ハンカチに綺麗な紋様が刺繍して有る（手帕上繡著漂亮的花紋）綺麗奇麗
彼の机には花の紋様は入っている（那張桌子有花紋）入る在る

**文談、文談** 〔名〕關於文章文學的談話（=文話）

**文、綾** 〔名〕花樣，花紋（=模樣）、措詞，修辭（=言い回し）、條理，情節（=筋道）
雨が水面に文を描く（雨下在水面濺出花紋來）描く書く
此の文が綺麗だ（這個花紋漂亮）綺麗奇麗
文章の文（文章的措詞）文章文章
彼の文章には文が無い（他的文章沒有修辭）
彼の言葉には文が無い（他的話不夠委婉）
文の有る言葉（委婉的言詞）
此の事件には色色文が有る（這件事很複雜）色色色色
此の事件の文は想像以上に複雑だ（這件事的條理情節比想像的還要複雜）

**文無し** 〔形〕〔古〕道理不通、莫名其妙、沒有價值、沒有意義

**文目、黒白** 〔名〕〔古〕花樣（=模樣）、道理，條理（=筋道）、區別
文目も見えぬ闇（伸手不見五指）菖蒲菖蒲
事の文目を良く考える（要好好考慮事情的來龍去脈）
善し悪しの文目も知らぬ人（好歹不分的人）
文目も分かぬ（不懂道理、不知好歹）
物の文目も付かない（無法區別）

**文、書** 〔名〕文章、書籍（=文書、書物）書信（=手紙）/學問、漢書、漢文
文を差し上げる（寄信、呈上一封信）
文の道（學問之道）
文は遣り度く書く手は持たぬ（想寫信可是不會寫、心有餘而力不足）
文を付ける（寄情書、送情書）

**文殻** 〔名〕舊信、看完後不要的信
文殻を焼いて終う（燒掉舊信）

**文使い、文使** 〔名〕送信的人

**文月、文月** 〔名〕農曆七月

**文机、文机** 〔名〕書桌

**文箱、文箱** 〔名〕信匣（=狀箱）、書匣（=文箱）

## 紋（ㄨㄣˊ）

**紋** 〔名〕紋理，花紋，花樣（=模樣）、家徽（=紋所）
美しい紋の有る蝶（有美麗花紋的蝴蝶）有る在る或る
此の布には美しい紋が有る（這塊布有漂亮的花紋）布布裂切れ（衣料）
着物に紋を染め抜く（在和服上染出花紋）
徳川家の青い紋（徳川家的青色花紋）青い蒼い碧い
紋付羽織（帶家徽的和服外掛）

**紋御召し、紋御召** 〔名〕花紋突出的皺綢

**紋織り、紋織** 〔名〕有突紋的衣料
紋織物（有突紋的衣料）

**紋柄** 〔名〕花紋、花樣（=柄、模樣、紋樣）
紋柄の有る生地（有花紋的布料）生地生地（出生地、原籍）

**紋切り型，紋切型，紋切り形，紋切形** 〔名〕剪家徽的樣式。〔喻〕千篇一律，老套
紋切型の挨拶（千篇一律的致詞、照本宣科的致詞）
紋切型の文章（八股調的文章）文章文章
文章を書く時紋切型の書き方を為ては行けない（寫文章時不要老是用那一套的寫法）

**紋下** 〔名〕木偶戲淨琉璃的頭牌演員（=櫓下）

**紋紗** 〔名〕帶突花紋的紗

**紋章** 〔名〕家庭或團體的徽章
大家の紋章（名門望族的徽章）大家大家（富戶、世家）大家大屋（房東、房主）
東京都の紋章（東京都徽）

**紋白蝶** 〔名〕〔動〕白粉蝶
紋白蝶を採集する（採集白粉蝶）

**紋帳，紋帖** 〔名〕家徽的樣冊（=紋本）

**紋縮緬** 〔名〕織有突紋的皺紋

**紋付き，紋付** 〔名〕帶有家徽的日本式禮服
紋付を着る（穿帶有家徽的日本式禮服）着る切る斬る伐る
彼は紋付の羽織を着ている（他穿著帶家徽的和服外衣）

メ

父は紋付を着て姉の結婚式に出席した（父親穿著繡有家徽的和服參加姊姊的結婚典禮）

**紋服**〔名〕帶有家徽的日本式禮服（=紋付き、紋付）
紋服を着替える（換上有家徽的禮服）

**紋所**〔名〕家徽（=紋、紋印）
紋所を染め抜く（染出家徽）
紋所を着物に縫い付ける（把家徽縫在衣服）

**紋羽二重**〔名〕織出突紋的薄綢

**紋日**〔名〕節日、紀念日（=物日）
紋日に旗を上げる（節日升旗）上げる揚げる挙げる旗機傍端畑畠

**紋様，文様**〔名〕花紋、花樣（=模様）
浪が砂に美しい紋様を描く（波浪把沙子沖出美麗的花紋）浪波並砂沙砂沙描く画く
押し寄せる浪が沙に美しい紋様を画く（湧上來的波浪把沙子沖出美麗的花紋）
ハンカチに綺麗な紋様が刺繍して有る（手帕上繡著漂亮的花紋）綺麗奇麗
彼の机には花の紋様は入っている（那張桌子有花紋）入る入る

**紋絽**〔名〕織出突紋的絹紗

# 蚊（ㄨㄣˊ）

**蚊**〔漢造〕蚊子（=蚊）

**蚊**〔名〕蚊子
蚊の食う程にも思わぬ（絲毫不感覺痛癢、滿不在乎、根本不當一回事）食う喰う食らう喰らう
蚊の脛の様な足（像麥桿那樣細的腿）脛臑足脚葦蘆
蚊の脛（細瘦的腿）
蚊の鳴く様な声（很小的聲音、聲音像蚊子似的）鳴く泣くく啼く無く
蚊の鳴く様な声で答えた（用細小的聲音回答）答える応える堪える
蚊の涙（很少、一點點）
蚊の睫毛に巣くう（很小）睫毛睫巣くう救う掬う

蚊を駆らず（孝順父母）駆る刈る狩る駈る借る
蚊を為て山を負わしむ（負不起重任）
蚊に喰われる（被蚊子叮了）

**蚊燻し、蚊燻**〔名、自サ〕燻蚊子（=蚊遣り、蚊遣）
蚊燻しを為る（燻蚊子）為る為る摩る擦る磨る掏る擦る摺る刷る

**蚊遣り、蚊遣**〔名〕燻蚊子（=蚊燻し、蚊燻）、燻蚊香（=蚊取り線香、蚊取線香）
蚊遣りを焚く（點蚊香、燃起蚊香）焚く炊く
蚊遣り線香、蚊遣線香（燻蚊香=蚊取り線香、蚊取線香）
蚊遣火（燻蚊子的煙火）

**蚊除け、蚊除**〔名〕驅蚊子、蚊香（=蚊遣り、蚊遣）

**蚊取り線香、蚊取線香**〔名〕蚊香（=蚊遣り線香、蚊遣線香）
蚊取線香を付ける（點蚊香）付ける着ける附ける漬ける就ける突ける衝ける

**蚊絣、蚊飛白**〔名〕小碎花的花布

**蚊蜻蛉**〔名〕長腳蚊，蚊蜉（=大蚊）。〔喻〕高瘦的人

**蚊蚋**〔名〕蚊蜉（=大蚊、蚊蜻蛉）

**蚊帳、蚊帳，蚊屋**〔名〕蚊帳
蚊帳に孔が有る（蚊帳有洞）孔穴有る在る或る
蚊帳を吊る（掛蚊帳）吊る釣る鶴弦
蚊帳を外す（去掉蚊帳）
蚊帳吊草、莎草（〔植〕莎草）

**蚊柱**〔名〕蚊群
蚊柱を立っている（蚊子成群地飛著）立つ経つ建つ絶つ発つ断つ裁つ

**蚊針、蚊鉤**〔名〕（釣香魚用）蚊形魚鉤、假餌釣魚鉤

# 聞、聞（ㄨㄣˊ）

**聞**（也讀作**もん**）〔漢造〕聽、聽見、聽見的事、消息、名聲

**見聞、見聞**（見聞、閱歷、見識）

**伝聞**（傳聞、傳說）

**他聞**（別人聽見）

**多聞**（見聞廣博）

ひゃくぶん　百聞（百聞）
　百聞は一見に如かず（百聞不如一見）
がいぶん　外聞（名聲，聲譽，體面、外邊的傳說）
そくぶん　仄聞　側聞、仄聞（傳聞、風聞）
ふうぶん　風聞（風聞、謠傳）
ちょうもん　聴聞（〔佛〕聽說法、〔法〕行政機關向利害關係人徵詢意見、〔宗〕聽信徒懺悔）
しょうもん　声聞（〔佛〕聽佛的說教聲而悟道的人）
にょぜがもん　如是我聞（真如我所聞）
じょうぶん　上聞（上聞-君主聞知、上奏）
めいぶん　みょうもん　名聞、名聞（〔對某人的〕社會評論、風評）
きゅうぶん　旧聞（舊聞、舊事、老話）
しんぶん　新聞（新聞、報紙）
しゅうぶん　醜聞（醜聞）

聞人〔名〕聞人

聞知〔名、他サ〕聞知
　そんな事は聞知しない（沒聽說過那種事）
　其の様な事は聞知しなかった（沒聽說過那種事）

聞香、聞香、聞香〔名〕聞香、辨別香味

聞達〔名、自サ〕聞達
　聞達を求めず（不求聞達）

聞かす〔他五〕使…聽、讓…聽（=聞かせる、聞せる）、聽（古時乃是表示尊敬的助動詞）（=御聞きに為る）
　子供に聞かす（讓小孩子聽）

聞かせる、聞せる〔他下一〕使…聽，讓…聽，告訴、中聽，好聽
　歌を歌って聞かせる（唱歌給…聽）歌唱歌　謠う唄う謳う詠う
　子守歌を歌って聞かせる（唱搖籃曲給孩子聽）
　彼には私から良く言って聞かせます（由我來好好說服他）
　彼の演説は一寸聞かせるね（他的演說很令人愛聽）一寸一寸丁度
　彼の喉は中中聞かせるね（他的嗓音相當好）

聞く、聴く、訊く〔名〕聽、聽說、聽到、聽從、應允、答應、打聽、徵詢、品嘗、嘗酒、聞味
　良く注意して聞く（好好注意聽）
　熱心に話を聞く（聚精會神地聽講話）

　ぼんやり聞く（馬馬虎虎地聽）
　身に入れずに聞く（馬馬虎虎地聽）
　始めから終り迄聞く（從開頭聽到末了）
　毎日日本放送を聞く（每天都聽日本廣播）
　聞こうと為ない（不想聽、聽不進去、置若罔聞）
　聞いて聞かない振りを為る（裝沒聽見、置若罔聞）
　聞けば聞く程面白い（越聽越有意思）
　もう一言も聞き度くない（一句話也不想再聽了）
　聞いているのかね（你是在聽嗎？）
　まあ聞いて下さい（請您姑且聽一聽吧！）
　ねえ、御聞きよ（喂！您聽著啊！）
　彼が日本語を話すのを聞いていると日本人と思われる位だ（聽他說日本話簡直就像日本人似的）
　噂に聞く（傳說）
　風の便りに聞く（風聞）
　聞く所に拠れば（聽說、據說）
　私の聞いた所では然うではない（據我聽說不是那樣）
　聞いた事の無い島（沒聽說過的島）
　良く聞く名前（常聽說的名字）
　そんな事は聞いた事が無い（那種事情沒聽說過）
　君が来る事は彼から聞いた（聽他說你要來）
　彼が死んだと聞いて吃驚した（聽說他死了嚇了一跳）
　御宅で女中が入用だと聞いて参りました（聽說府上要個女傭我就來了）
　党の呼び掛けを聞く（聽從黨的號召）
　指導者の言い付けを聞く（聽從領導的指示）
　私の言う事を良く聞き為さい（你要好好聽我的話）
　他人の言う事を聞くな（不要聽別人的話）
　彼奴は人の事何か聞く男じゃない（那個傢伙不是個聽話的人）
　忠告を聞く（聽從勸告）
　人の頼みを聞く（答應別人的請求）

メ

訴えを聞く（答應申訴）
彼の希望も聞いて遣らねば為らない（他的希望也得答應）
駅へ行く道を聞く（打聽到車站去的路）
聞いて見て呉れ（你給我打聽一下）
根堀り葉堀り聞く（追根究底）
理由を聞き度い（我要問理由何在）
君に聞くが、君が遣ったんだろう（我來問問你是你做的吧！）
先ず自分の身に聞いて見給え（首先要問問你自己，首先要反躬自省一下）
後聞き度い事が有りませんか（再也沒有要問的嗎？）
大衆の意見を聞く（徵詢群眾的意見）
酒を聞く（嘗酒味）
香を聞く（聞香味）
聞いて極楽、見て地獄（耳聞不如眼見、耳聞是虛眼見為實）
聞いて千金、見て一文（耳聞不如眼見、耳聞是虛眼見為實）
聞くは一時の恥、聞かぬは一生の恥（求教是一時之恥不問是終身之羞、要不恥下問）
聞くは見るに如かず（耳聞不如眼見、耳聞是虛眼見為實）
聞けば聞き腹（不聽則已一聽就一肚子氣）
聞けば気の毒、見れば目の毒（眼不見嘴不饞耳不聽心不煩）

**利く、効く**〔自五〕有效，見效，奏效。有影響，起作用。好用、好使，敏銳，頂用。（交通工具等）通，有。可以，能夠，經得住。（常用利かない形式）〔俗〕（數量好多）不止，豈止
〔他五〕（以口を利く形式）說（話）、關說

此の薬は良く利く（這個藥很有效）聞く 聴く 訊く
此の薬は非常に良く利く（這個藥很有效）
此の薬草は色色な病気に利く（這種草藥能治很多病）
幾等薬を飲んでも利かない（吃多少藥也不見效）
万病に利く薬（萬靈藥）

薬は利き過ぎたらしい（藥力似乎太猛了、〔轉〕處置似乎太嚴了）
芥子が利いた（芥末味出來了）芥子辛子
塩味が利いている（有鹹味了）
酒が段段体に利いて来る（酒力漸漸涌上身來）
無理の利く体（能經得起勞累的身體）
無理が利かない（不能勉強）
病気上がりで無理が利かない（病剛好不能勉強）
賄賂が利かない（賄賂不起作用）
体が利かない（身體不聽使、身體不行了）
手が利かない（手不好使、手拙）
右手より左手が良く利く（左手比右手好使）
顔が利く（有勢力）
目が利く（有眼力、眼力高）
鼻が利く（鼻子好使、嗅覺靈敏）
耳が良く利く（耳朵靈）
年を取ると目が利か無く為る（一上年紀眼睛就不好使了）
腕が利く（能幹、有本領）
気が利く（機敏、機靈、心眼快）
眺めが利く（能看得很遠）
見通しが利かない（看不清楚、前途叵測）
どんな鑢も此の金属には利かない（怎麼樣的銼也銼不動這種金屬）
病気の為体の自由が利かない（因為有病身體不能動彈）
鶴嘴が利かない（鎬刨不動）
ブレーキが利かない（剎車不靈）
ブレーキが利かないと危険だ（剎車若是不靈可就危險了）
其処は電話が利く（那裡通電話）
彼の村迄はバスが利く（有公車通到那個村子）
釘が利く（釘子能釘結實、意見等生效）
洗濯が利く（經得住洗）
裏返しが利く（可以翻裡作面）
修繕が利かない程破損している（破損得不能修理了）

貯蔵の利く食品（可以貯藏的食品）
百や二百では利かない（不止一二百）
口を利く（說話、關說）
冗談口を利く（詼諧、說笑話）
山田さんに口利いて貰う（請山田先生給關說一下、請山田先生給美言一番）

**聞き、聞**〔名〕聽、風聲、鑑定、聞香味、品嘗

**聞き厭きる，聞厭きる、聞き飽きる，聞飽きる**〔他上一〕聽膩、聽厭
そんな話はもう聞き厭きた（那種話已經聽膩了）
そんな話はもう耳に胼胝が出来る程聞き厭きた（那種話已經聽膩了）胼胝章魚蛸凧
君の言訳はもう聞き厭きた（你的辯解早就聽煩了）言訳言分

**聞き誤る**〔他五〕聽錯、誤聽
大事な事を聞き誤るな（不要誤聽重要的事）大事大事

**聞き誤り**〔名〕聽錯、誤解
聞き誤りが有る様だ（好像有聽錯的地方）

**聞き合わせる、聞合せる**〔他下一〕詢問、打聽、照會（=問い合わせる、問合せる）
手紙で聞き合わせる（用信照會）
先方の意見を聞き合わせる（詢問對方的意見）
聞き合わせた所に拠ると（根據各方面了解的結果）拠る寄る因る縁る依る由る選る縒る撚る

**聞き合わせ、聞合せ**〔名〕照會（=問い合わせ、問合せ）
聞き合わせの手紙が来た（照會的信來了）

**聞き合わす、聞合す**〔他五〕詢問、照會（=聞き合わせる、聞合せる）

**聞き入る、聞入る**〔自五〕傾聽、專心聽
美しい音楽に聞き入る（傾聽美麗的音樂）
講演に聞き入る（專心聽演講）

**聞き入れる、聞入れる**〔他下一〕聽到，聽見、聽從，採納、承諾，答應
人の言う事を聞き入れない（不聽人家說的話）言う云う謂う
彼の言葉を聞き入れた（聽進了他的話）言葉詞
忠告を聞き入れる（聽從忠告）
意見を聞き入れる（採納意見）
辞職を聞き入れる（准許辭職）
願いを聞き入れる（答應請求）
全ての条件を聞き入れた（一切條件都答應了）全て総て凡て統べて
幾等頼んでも父は私の願いを聞き入れて呉れなかった（怎麼向父親懇求父親也不答應）

**聞き置く、聞置く**〔他五〕聽下、聽了不表意見記在心裡（=聞いて置く）
参考の為に聞き置く（聽了作為參考）
聞き置いて参考に為る（聽取之後做為參考）為る刷る摺る擦る掏る磨る擂る摩る
要求を聞き置く（把要求聞而置之）

**聞き納め、聞納**〔名〕最後一次聽、聽最後一次、再也沒有聽的機會
教授の話は今度が聞き納めだ（聽教授的話這是最後一次了）

**聞き怖じ、聞怖**〔名、自サ〕一聽就害怕、害怕聽見

**聞き落とす、聞落す**〔他五〕聽漏、沒聽見（=聞き漏らす，聞漏す，聞き洩らす，聞洩す）
肝心な所を聞き落として終った（把要緊的事聽漏了）終う仕舞う
一番大事な事を聞き落とした（聽漏了最重要的事情）

**聞き漏らす，聞漏す、聞き洩らす，聞洩す**〔他五〕聽漏，沒聽見，問漏，忘問
一語も聞き漏らさじと聞く（一句也不漏地傾聽、專心傾聽）
一語も聞き漏らすまいと聞く（一句也不漏地傾聽、專心傾聽）
大事な話を聞き漏らした（聽漏了重要的事情）
値段は聞き漏らした（價錢忘問了）
電話番号を聞き漏らした（忘了問電話號碼）

**聞き外す、聞外す**〔他五〕聽到中途，不聽到完、沒聽見，失掉聽的機會、聽漏（=聞き落とす、聞き漏らす）
肝心な所を聞き外した（把要緊的地方聽漏了）肝心肝腎

メ

メ

**聞き覚え、聽覚え**〔名〕聽過、耳聽心記、聽來的知識（=耳学問）
　聞き覚えの有る声だ（好像是聽過很熟的聲音）有る在る或る
　其の声には聞き覚えが有った（那個聲音覺得很熟）
　私の英語は正則に習ったのではなく聞き覚えです（我的英文不是按步就班學的是隨便散學的）
　聞き覚えの外国語（常聽學會了的外語）

**聞き覚える、聽覚える**〔他下一〕聽後記住、散聽而記住
　御経を聞き覚える（聽誦經而記下來）
　聞き覚えた歌を歌って聞かせる（把隨聽隨學的歌唱給別人聽）

**聞き及ぶ、聽及ぶ**〔他五〕聽說過（=噂に聞く、伝え聞く）、早就聽到
　そんな事は聞き及んでいない（沒聽說過那種事）
　私の聞き及んだ所では斯うです（據我所聽到的是這樣）
　御聞き及ぶの事かと存じますが（或許你已有耳聞）一か月一ヶ月一箇月一個月
　其のニュースは一か月前に聞き及んだ（那個消息早在一個月前就聽到了）

**聞き返す、聽返す**〔自五〕再問、反問（=聞き直す、聞直す）
　分からなかったら何遍でも聞き返し為さい（如果不明白可以再三再四地問）分る判る解る
　分からなかったら何遍でも聞き返せば良い（如果不明白可以再三再四地問）
　聞き返されて言葉も出ない（被反問得說不出話來）
　逆に聞き返されて返事に詰まった（他反問我倒把我問住了）

**聞き直す、聽直す**〔自五〕再問、反問（=聞き返す、聞返す）
　何回聞き直しても分らぬ（反覆問多少次也不明白）分る判る解る

**聞き書き、聽書**〔名〕聽寫、聽寫的記錄
　講演の聞き書き（演講的記錄）

**聞き齧る、聽齧る**〔他五〕聽得一知半解、學得一些皮毛
　彼は色色な事を聞き齧っている（他各種事情都知道一點皮毛）色色種種

**聞き齧り、聽齧り**〔名〕聽得一知半解、知道一點皮毛
　聞き齧りの学問（皮毛的學問）
　聞き齧りの知識（半瓶醋的知識）
　聞き齧りで話す（學皮毛就說話）話す離す放す

**聞き方，聞方、聽き方，聽方**〔名〕聽法，聽的方式、聽的態度、聽的人（=聽手）
問法，問的方式、問的態度、問的人（=聞手）
　聞き方が拙い（問得不高明）拙い拙い不味い止める留める停める
　今日は話を止めて聞き方に回ります（今天我不講了聽聽你們的）止める已める辞める泊める

**聞き様**〔名〕打聽法、問的方式（=聞き方，聞方、尋ね方，尋方）
　答えるか如何かは聞き様に因る（回答與否要看問的方式如何）因る拠る由る依る縁る縁る撚る
　聞き様が悪い（問得不得法）

**聞き手、聞手、聽き手，聽手**〔名〕聽者、聽眾（=聞方、聞役）、善於聽別人講話的人（=聞上手）←→話し手、語り、手読み手
　聞き手が多い（聽眾很多）多い覆い被い蔽い蓋い
　話し手、聽き手、事柄は言語成立の三条件である（講話者聽眾內容是構成語言的三個條件）
　中中の聽き手だ（是個了不起善於聽別人講話的人、是個忠實的聽眾）
　良い聽き手に為るのは難しい（當一個善於聽別人講話的人可不容易）
　聽き手が少ない（聽眾很少）
　相手が続け様に喋るので此方が却って聞き手に為って終った（由於對方接連不斷的說我反倒成了聽眾了）却って反って

**聞き役、聞役**〔名〕聽旁人說話的人（=聞き手，聞手、聽き手，聽手）
　聞き役に回される（落得只聽旁人說-自己不能發言）

聞き役に回る（變成聽者）回る周る廻る

**聞き込む，聞込む，聴き込む，聴込む**〔他五〕聽到、探聽到、偵查到

彼の男の噂を聴き込む（聽到那人的風言風語）

思い掛けない所から話を聴き込んだ（從意想不到的地方聽到了一些說法）

その男に就いて何か聴き込んだ事でも有るか（關於那人你探聽到什麼沒有？）

**聞き込み，聞込み，聴き込み，聴込**〔名〕聽到、探聽到、偵查到

聴き込みを手掛かりに為て犯人の捜査に当たる（以探聽到的情況為線索搜查犯人）

聴き込みを続ける（繼續偵查）

**聞き上手，聞上手**〔名、形動〕善於聽別人講話、善於聽別人講話的人←→聞き下手

聞き上手な人は話も上手い（善於聽別人講話的人自己也很會講話）旨い上手い巧い美味い甘

**聞き下手，聞下手**〔名、形動〕不善於聽別人講話、不善於聽別人講話的人←→聞き上手

**聞き苦しい、聞苦しい**〔形〕難聽的，不好聽的，不堪聽的(=聞き辛い)、聽不清楚的(=聞き取り難い)←→聞き良い

聞き苦しい話（難聽的話、刺耳的話、髒話）話噺

言葉が荒くて聞き苦しい（說話粗野不中聽）荒い粗い洗い

そんな弁解は聞き苦しい（這種辯解太不中聽）

彼の人の話は声が小さくてどうも聞き苦しい（他的語聲小怎麼也聽不清楚）

雑音でラジオが聞き苦しい（因為有雜音所以收音機聽不清楚）

**聞き辛い、聞辛い**〔形〕難聽的，不好聽的(=聞き苦しい、聞苦しい)、難以聽懂的(=聞き悪い、聞悪い、聞き難い，聞難い)

聞き辛い話（難聽的話、刺耳的話、髒話、醜話）

彼の人の話は聞き辛い（他的話難以聽懂）

**聞き悪い，聞悪い、聞き難い，聞難い**〔形〕難聽的，不好聽的(=聞き苦しい、聞き辛い)、難以聽懂的、聽不清楚的(=聞き取り難い)、不好意思問的(=質問し難い)

聞き悪い話（難聽的話）悪い難い憎い悪い

下品な聞き悪い話（難聽的話、下流話）下品下品

遠くて聞き悪い（離得遠聽不清）

電話の声が小さくて聞き悪い（電話聲小聽不清）

そんな事は聞き悪い（那樣事不好意思問）自ずか自ら己れ（自己）

そんな事は自らの口からは聞き悪い（那種事不好意思自己開口）自ら自躬ら躬ら

**聞き良い，聞良い、聞き善い，聞善い**〔形〕好聽的，順耳的，中聽的←→聞き苦しい、容易聽的(=聞き易い)

聞き良い話（好聽的話）

聞き良い音（容易聽的聲音）音音音

聞き良い音の高さ（聲音高低正適合）

**聞き好い，聞好い**〔連體〕好聽

聞き好い声（好聽的聲音、悅耳的聲音）

**聞き応え，聞応**〔名〕聽得有價值、值得一聽、聽後之反應

聞き応えの有る話（聽得有價值的話）

聞き応えの有る演説（值得一聽的話）

今日の演説は聞き応えが有る（今天的演說聽後有反應）今日今日

**聞き事、聞事**〔名〕值得聽的事(=聞き物、聞物)

此の話は聞き事だ（這話值得聽）

**聞き物、聞物**〔名〕值得聽的(=聞き所、聞所)

彼の演説は聞き物だ（他的演說值得聽）

**聞き所，聞所、聞き処，聞処**〔名〕值得聽的地方、應該注意聽的地方

其処が聞き所だ（那是值得聽的地方）

聞き所の無い話（不值一聽的話）

此処が此のオペラの聞き所だ（這是這個歌劇最值得聽的地方）

**聞き酒，聞酒、利き酒，利酒**〔名、自サ〕品嘗酒味，鑑定酒的好壞、供品嘗的酒，備鑑定的酒

聞き酒を為る（品嘗酒）摩る擂る磨る掏る擦る摺る刷る

**聞き止す、聞止す**〔他五〕聽到半截
人の話を聞き止して他の人話を為るのは失礼だ（聽人說話聽到半途又和旁人說話是不禮貌的事）他他

**聞き知り顔**〔名〕似乎聽懂的表情
彼の子は何時も聞き知り顔を為る（那孩子經常露出好像聽懂的表情）

**聞き過ごす、聞過す**〔他五〕不細心聽，聽過不理，充耳不聞（＝聞き流す、聞流す）、聽過度
聞き過ごしていたので覚えていない（因為沒仔細聽所以沒記住）
ラジオを聞き過ごして勉強に障る（聽廣播聽過度妨礙學習）障る触る

**聞き流す、聞流す**〔他五〕置若罔聞、充耳不聞（＝聞き捨てに為る）
忠告を聞き流す（不聽忠告）
幾等話しても彼は聞き流している（無論怎麼說他只當耳邊風）
柳に風と聞き流す（當耳邊風、逆來順受）鰻

**聞き捨てる、聞捨てる**〔他下一〕聽完不理會、置若罔聞（＝聞き流す、聞流す）
そんな下らぬ話は聞き捨てて置き為さい（那種廢話就當沒聽見算了）下る降る降る振る
聞き捨てる訳には行かぬ（不能置之不理）
聞き捨てる事の出来ない言葉（不能原諒的話）
忠告を聞き捨てる（把忠告當耳邊風）

**聞き捨て、聞捨**〔名〕聽完不理會、置若罔聞（＝聞き流し、聞流し）
此は聞き捨て為らぬ話だ（這話我可不能原諒）
聞き捨て為らない（聽不過去、不能原諒、不能置若罔聞）

**聞き澄ます、聞澄す 聞き済ます、聞済す**〔他五〕從頭到尾聽完、傾聽
廊下の足音を聞き澄ます（傾聽走廊上的腳步聲）
二人の話を聞き澄ます（傾聽兩個人說的話）兩人

**聞き損う、聞損う**〔他五〕聽漏、沒聽見、聽錯（＝聞き誤る）
病気の為講演を聞き損った（因為生病沒能聽到演講）
此の点は是非聞き損わ無い様に（這點千萬不要聽錯了）
私の聞き損いかも知れない（也許是我漏聽）

**聞き損い、聞損い**〔名〕聽漏、沒聽見、聽錯

**聞きそびれる**〔他下一〕聽漏、沒聽見
忙しく終ラジオの特別番組を聞きそびれた（因為忙一馬虎沒聽到廣播的特別節目）忙しい

**聞き出す、聞出す**〔他五〕開始打聽，問起來，打聽出，探問出，開始聽
変な事を聞き出す（問起意想不到的事情來）
彼の口からは何も聞き出す事が出来ない（從他嘴裡什麼也探問不出來）
今学期から歴史の講義を聞き出す（從這學期開始聽歷史講義）
日本語の講義を聞き出す（開始聽日文講授）

**聞き糾す、聞糾す、聞き質す、聞質す**〔他五〕查問清楚
確かか如何か聞き糾して見為さい（是否確實要問清楚）如何如何如何
本人に良く聞き糾す（向本人好好查問清楚）良く好く佳く克く能く

**聞き違い、聞違**〔名自サ〕聽錯（＝聞き違い，聞違、聞き違え，聞違え）
其は君の聞き違いだ（那是你聽錯了）

**聞き違える、聞違える**〔他下一〕聽錯
出発の時間を聞き違えた（聽錯了出發的時間）

**聞き違え、聞違え**〔名〕聽錯（＝聞き違い、聞違）

**聞き間違う、聞間違う**〔他五〕聽錯、會錯意

**聞き間違い、聞間違い**〔名〕聽錯、會錯意

**聞き継ぐ、聞継ぐ**〔他五〕繼續聽、傳聞
聞き継ぐ処に拠ると此の洞穴の中類人猿が居る然うだ（根據傳聞這洞穴裡有類人猿）洞穴

**聞き付ける、聞付ける**〔他下一〕聽慣（＝聞き慣れる、聞慣れる）、聽到
聞き付けた話（聽慣了的話）
聞き付けている音楽（聽慣了的音樂）
聞き付けた声（熟悉的聲音）妻子妻子妻子

妻の小言は聞き付けているので何を言われても答えない（太太的牢騷已經聽慣說什麼我也不在乎）

珍しい噂を聞き付けた（聽到稀奇的風傳）

内情を聞き付ける（探知內幕）

騒ぎを聞き付けて大勢が集まって来た（聽到鬧事許多人趕來了）大勢大勢

**聞き慣れる，聞慣れる、聞き馴れる，聞馴れる**〔他下一〕聽慣（＝聞き付ける、聞付ける）

聞き慣れた声（熟人聲音）

彼の声は聞き慣れている（他的聲音我聽慣了）

**聞き慣れた、聞慣れた**〔連語〕聽慣了的

聞き慣れた歌（熟悉的歌）

**聞き旧す，聞旧す，聞き古す，聞古す**〔他五〕聽慣、聽膩

聞き旧した話で一向に珍しくない（聽慣了的話一點也不新奇）一向一向只管

**聞き伝える、聞伝える**〔他下一〕風聞、間接聽到（＝伝え聞く）

聞き伝える処に拠ると（據傳聞、據悉）

聞き伝える処に拠れば彼は博士に為った然うだ（據悉他得到博士學位）博士博士

**聞き伝え、聞伝え**〔名〕傳聞

聞き伝えでは信用出来ない（單聽傳聞是靠不住的）

聞き伝えは当に為らない（傳聞是靠不住的）

**聞き咎める、聞咎める**〔他下一〕責問、聽後記住（＝聞き覚える）

過ぎ去った事は聞き咎めなくても良い（過去的事情不必責問）

失言を聞き咎める（責問失言）

**聞き届ける、聞届ける**〔他下一〕注意聽，仔細聽、允許，批准

要求を聞き届ける（答應要求）

願いを聞き届ける（答應請求）

神様が私の願いを聞き届けて下さった（上帝應允了我的願望）

**聞き取る，聞取る，聴き取る，聴取る**〔他五〕聽見，聽懂、聽後記住、聽取

日本語は話すのは易しいが聴き取る事が難しい（日語好講但不容易聽懂）

君の言う事が良く聴き取れなかった（沒聽見你說的什麼）

声が小さくて聞き取れない（聲音小聽不見）

講義は聞き取れるか（能聽懂講義嗎？）

フランス語は聞き取り難い（法語不易聽懂）

雑音が多くて聞き取り悪い（雜音太多聽不清楚）

先生の話を聞き取って置為さい（把老師的話聽了記下來啊！）

先生の話を良く聴き取って置く（要聽了牢實記住老師的講話）

競技の情況を聞き取る（聽取比賽的狀況）

調査の情況を聞き取る（聽取調查的情況）

試合の状況を聞き取る（聽取比賽的狀況）

戦況の報告を聞き取る（聽取戰況的報告）

事件の経過を聞き取る（聽取事件的經過）

**聞き取り，聞取り、聴き取り，聴取り**〔名〕聽見，聽懂、聽後記住、聽取、聽力（＝ヒアリング）

日本語を聴き取りで書けますか（你能憑聽把日語寫下來嗎？）

聴き取り書き（檢查員等的聽取調查書、審訊紀錄）

聴き取り学問（聽來的學識、拾人牙慧的學問）

聴き取り算（算盤唸算）

聴き取りの試験（聽力測試）

聴き取りのテスト（聽寫的考試）

聴き取り書（筆錄、審訊記錄）

**聞き留める、聞留める**〔他下一〕聽後記住（＝聞き覚える）

歌を聞き留める（聽歌而記下來）

**聞きともない**〔形〕不願意聽（＝聞き度くも無い）、難聽，不好聽（＝聞き苦しい、聞き辛い）、傳出去不好聽，害怕外人聽（＝人聞が悪い）

**聞きともなく**〔副〕無意中聽到

竹藪に降る雨の音を聞きともなく聞いていた（無意中聽到竹叢中的雨聲）音音音

**聞き溢れる、聞き惚れる**〔自下一〕聽得出神、聽得入迷（＝聞き惚れる、聞惚れる）

ラジオに聞き溢れる（聽廣播聽得出神）

ラジオに聞き溢れて飯を食べない（聽廣播聽得出神而不吃飯）

ラジオに聞き盪れて寝む度くない（聽廣播聽得出神而不想睡）

**聞き惚れる、聞惚れる**〔自下一〕聽得出神、聽得入迷（=聞き盪れる、聞き惚れる）

音楽に聞き惚れる（聽音樂聽得出神）

**聞き惚れ、聞惚れ**〔名、自サ〕聽得出神、聽得入迷

**聞き逃げ、聞逃げ**〔名〕聽了害怕而逃走、（在雜耍場不買票入場）聽完溜走

**聞き残す、聞残す**〔他五〕聽漏（一部分）、沒聽完全、聽後留在腦海裡

用事が有るので聞き残して出て来た（因為有事所以沒有聽完就出來了）

**聞き腹**〔名〕聽了生氣

聞き腹が立つ（聽了就生氣）立つ経つ建つ絶つ断つ発つ裁つ截つ起つ

聞けば聞き腹（聽見就生氣）

**聞き耳、聞耳**〔名〕傾聽、注意聽、外間的傳說、聲響、面子（=外聞）

聞き耳を立てる（洗耳恭聽、凝神傾聽）立てる起てる断てる建てる経てる絶てる発てる截てる

聞き耳を潰す（故意假裝不聽）

聞き耳が悪い（聲響不好）

**聞き分ける、聞分ける**〔他下一〕聽出來、聽明白、聽懂

人の声を聞き分ける（聽出來是誰的語聲）

彼は鳥の声を聞き分けられる（他能分辨鳥的聲音）

子供が親の話を聞き分ける（孩子聽懂父母的話）

**聞き分け、聞分け**〔名〕聽懂、聽得明白（=得心）

聞き分けの良い（懂話的、聽話的、通情達理的）良い佳い好い善い良い佳い好い善い

聞き分けの無い（不聽話的、不可理喻的、頑皮的）

聞き分けの良い子供は可愛がられる（聽話的孩子會被疼愛）

**聞き忘れる、聞忘れる**〔他下二〕忘記問、忘掉

住所を聞き忘れた（忘記問住址了）

要点を聞き忘れた（把要點聽完忘記了）

**聞く道ら，聞道ら、聞く説く，聞説く**〔副〕〔古〕據聞、據說（=聞く所に拠れば）

**聞こす**〔自四〕〔古〕說（言う的尊敬語=仰る）

〔他四〕〔古〕聽（聞く的尊敬語=御聞に為る）

**聞こえる、聞える**〔自下一〕聽得見，聽見、聽著覺得、聞名（=知れ渡る）、聞到，嗅到（=匂う、薫る）、覺得有道理，能夠理解（=会得する）

遠くて聞えない（離得遠聽不見）

鈴の音が聞える（聽見鈴聲）音音音

斯う言えば変に聞えるでしょう（這麼一說聽來可能覺得奇怪吧！）

こんな事を言うと変に聞えるでしょう（這樣說法令人不解）

君が然う言うと皮肉に聞える（你這麼說怪刺耳的）

世界に聞えている（世界聞名）

彼は世に聞えた音楽家だ（他是世界聞名的音樂家）

香が聞える（聞到香味）香薫

聞えぬ事を言う（說沒條理的話）言う云う謂う

其は聞えぬ御言葉です（那是沒有道理的話、那是不可置信的話）

其は聞えません（那太不夠意思了、太豈有此理了、太不體貼人了）

**聞こえ、聞え**〔名〕聽見、名聲（=噂、人聞、評判）

聞えが悪い（名聲不好）

聞えが良い（名聲好聽）

聞えの良いラジオ（音質好的收音機）

**聞こえよがし、聞えよがし**〔連語〕故意大聲地

聞えよがしに言う（故意大聲地說-好讓別人聽見）

**聞こし召す、聞召す**〔他五〕聽（聞く的尊敬語=御聞に為る）。〔俗〕喝酒、吃，喝（=食う、飲む的尊敬語=召し上がる）。做（行う的尊敬語）、允許（=御聞入れに為る）

一杯聞こし召して上機嫌に為る（喝上一杯快活起來）為る成る鳴る生る

**聞こゆ、聞ゆ**〔自下二〕〔古〕聽得見（=聞こえる、聞える）

〔他下二〕〔古〕說（言う的尊敬語=申し上げる）

〔補動、下二〕（表示謙讓）說、做（=申す、為さる）

頼み聞こゆ（拜託）

## 刎、刎（ㄨㄣˇ）

**刎**〔漢造〕砍頭（＝首を刎ねる）
　自刎（自殺）
**刎頸**〔名〕刎頸
　刎頸の交わり（吻頸之交）
**刎死**〔名〕自刎而死
**刎ねる、撥ねる**〔他下一〕砍掉
　首を刎ねる（砍頭、殺頭）
　松の小枝を刎ねる（修剪松枝）
**撥ねる**〔他下一〕彈、（物體一端或兩端）翹起，（漢字筆畫的）鉤、淘汰、拋掉、飛濺、彈射、提成。
　〔語〕發撥音（用〝ん〞表示的音）
　爪の先で小虫を撥ねる（用指尖彈小蟲）跳ねる刎ねる
　ぴんと撥ねた口髭（兩頭往上翹的八字鬍）
　汗の縦棒を撥ねては行けない（汗字的一豎不能鉤上去）
　撥ねる処と、止める処をはっきり区別する（挑筆的地方和頓筆的地方要區分清楚）
　筆記試験で撥ねる（筆試時沒有錄取）
　二十人許り撥ねられた（二十來個人被淘汰了）
　粗悪品を撥ねる（把不合格品淘汰掉）
　船の荷を撥ねる（把船上的貨物拋入海中）
　小数点以下を撥ねる（將小數點以下捨掉）
　自動車に撥ねられる（被汽車撞倒）
　泥を撥ねて歩く（濺著泥水走路）
　頭を撥ねる（提成、揩油、抽取佣金）
　上前を撥ねる（提成、揩油、抽取佣金）
　撥ねる音（撥音）

## 吻（ㄨㄣˇ）

**吻**〔漢造〕（動物或昆蟲的）長嘴
　接吻（接吻＝口付け、kiss）
　口吻（口吻，口氣，語氣、〔動〕喙）
**吻合**〔名、自サ〕吻合，符合、（手術）的傷口癒合
　不思議な吻合（奇怪的吻合、奇妙的吻合）
　理論と実際が吻合する（理論和實際吻合）

## 穏（ㄨㄣˇ）

**穏**〔漢造〕穩靜、溫和
　平穏（平穏、平靜、平安）
　安穏（安穏、平安）
**穏健**〔名、形動〕穩健←→過激
　穏健な議論（穩健之議）
　穏健な人物（穩健的人物）
　穏健派（穩健派）←→過激派
　此は穏健派の主張である（這是穩健派的主張）此是之
**穏当**〔名、形動〕穩當，妥當、溫和，穩健
　其の解釈は穏当である（那樣解釋很恰當）
　穏当を欠く（欠妥）欠く書く描く搔く
　穏当な措置（穩妥的措施）
　穏当な処置（妥當的處理）
　穏当で無い（不妥當）
　遣り方が穏当だ（做法穩健、辦得妥當）
　何を遣らせても彼は極めて穏当だ（叫他辦什麼事都很穩妥）極めて窮めて究めて
　穏当な意見（穩健的意見）
**穏婆**〔名〕〔古〕助產士（＝産婆、助產婦）
**穏便**〔名、形動〕穩妥、溫和、和平、不嚴厲、不聲張
　事を穏便に済ました（把問題和平解決了）済ます澄ます住ます清ます棲ます
　穏便な手段で出来ないなら強硬な手段を用いる（如和平方式行不通就採取強硬手段）
　世間が煩いから穏便に願い度い（人們的嘴很討厭的請不要聲張）煩い五月蠅い
　事を表沙汰に為ず穏便に解決する（不要把事情聲揚出去妥善加以解決）
**穏和、温和**〔名、形動〕穩健、溫柔←→粗暴
　穏和な手段（穩健的手段）
　穏和派（穩健派）
　性質の穏和な人（性情溫和的人）
**穏やか**〔形動〕穩靜，平穩（＝静か、長閑）溫和、健（＝安らか）、穩妥，妥當
　穏やかな海（風平浪靜的海面）膿
　穏やかな風（和風）風風風邪

メ

今日は天気が穏やかだ（今天天氣晴和）今日 今日 今日

此の数日穏やかな日が続いている（這幾天風和日麗）

形勢は穏やか為らぬ（局勢不穩）

穏やかに一歩一歩進む（穩步前進）

穏やかな人（安詳的人、和藹的人、老實的人）

穏やかな人柄（為人穩健）

穏やかな顔付（溫和的面孔、和顏悅色）

穏やかに話す（溫和地說）話す離す放す

現在の社会は大変穏やかだ（現在的社會很安穩）

事を穏やかに済ます（和平解決事情）済ます澄ます住ます清ます棲ます

そんな措置を取るのは穏やかで無い（採取那樣措施不穩妥）取る録る盜る獲る執る撮る採る

## 紊、紛（ㄇㄣˋ）

**紊、紛**〔漢造〕紊亂、雜亂（=乱す、乱れる）

**紊乱、紛乱**〔名、自他サ〕紊亂（=乱す、乱れる、乱脈）、擾亂

秩序の紊乱（秩序紊亂）

秩序の紊乱を防ぐ（防止秩序紊亂）防止

秩序の紊乱を防ぐ為に此の停留所に幾つかの手摺が備えられた（為了防止秩序紊亂車站裡設了幾個欄杆）幾つ幾箇備える供える具える

風紀を紊乱する（擾亂風紀）

風紀の紊乱している社会（風紀紊亂的社會）

風紀紊乱（風紀紊亂）

**紊る、乱る**〔自、他五〕弄亂、擾亂、紊亂、作亂（=乱す、乱れる）

世の中が乱る（社會紊亂）

## 問（ㄇㄣˋ）

**問**〔漢造〕質問、問題、慰問、訪問

下問（下問、垂詢）

諮問（諮詢）

試問（口試、考試）

自問（自問）

尋問、訊問（訊問、盤問）

審問（審問、細問）

質問（質問、質詢、詢問、提問）

詰問（詰問、追問、盤問）

拷問（拷問、刑訊）

不問（不問、不予過問、置之不理）

疑問（疑問）

奇問（奇怪的質問）

顧問（顧問）

難問（難題）

第一問（第一題）

慰問（慰問）

訪問（訪問、拜訪）

法問（佛法問答）

**問罪**〔名、自サ〕問罪

問罪の師を興す（興師問罪）興す起す熾す

**問者、問者**〔名〕提出質問或問題的人

**問診**〔名、他サ〕問診

患者に問診する（向患者詢問病情）

**問訊**〔名、他サ〕問訊

**問責**〔名、他サ〕責問（=問い詰める）、追究責任

問責を受ける（受到責問）

社長の厳しい問責を受けた（受到社長的嚴厲指責）厳しい厳しい

首相の失態を問責する（追究首相的輕率言行）

責任を問責する（追究責任）

**問題**〔名〕問題（=問）←→答，解答，（應該研究討論的）問題、事情，問題（=事柄）、事件、麻煩、引起反對（=問着）、引人注目的事

問題を出す（出題）

問題と答え（問和答）

問題に答える（回答問題）答える応える堪える

数学の問題を解く（解答數學問題）解く説く溶く梳く

物理の問題が一問解けなかった（有一題物理試題我沒答出來）

大学卒業前の研究問題（大學畢業前的研究問題）

未だ誰も手を着けない問題着ける付ける（任何人都沒有著手過的專題）

問題に為る（作為問題）刷る摺る擦る掏る磨る擂る摩る

問題に為る（成為問題）為る成る鳴る生る

家よりもパンの方が問題だ（住還好吃成問題、麵包比房子還要成問題）家家家家家

量より質が問題だ（問題不在於數量在於品質、品質比數量還要成問題）

此の問題を不問に為る事は出来ない（這件事不能置之不理）

趣味の問題（趣味的問題）

其は別の問題だ（那是另外的問題、那是另外的事情）

其は問題が違う（那是另外一種問題、那是另一件事）

問題は彼が承知するか如何かだ（問題在於他答不答應）如何如何如何

計画自体に問題が有る（計劃本身有問題）

全く問題無く解決された（毫無問題地解決了）

個人の名誉や利益を問題に為たがる（喜歡計較個人的名利）利益利益

試合の勝負は然したる問題で無い（比賽勝負都無關重要）

此の際費用等問題ではない（現在問題不在錢）

其は重大な国際的問題と為った（那成為國際重大的問題）

湖の汚れの問題を住民皆で考える（住民全體討論湖水汙染的問題）

今其を発表するのは問題だ（現在發表那個是有問題的）

住宅問題を取り組む（致力解決住宅問題）

問題意識（觀察和認識問題的能力）

問題意識が高い（觀察和認識問題的能力強）

問題外（置之度外、拋在腦後）

こんな提案は問題外だ（這種提案不值一提）

利害得失は全て問題外に置く（利害得失都拋在腦後）全て総て凡て置く擱く措く

個人の得失を問題外に置く（把個人得失置於度外）

あんな奴は問題外だ（那種傢伙完全不成問題）

あんな奴問題じゃない（那傢伙算什麼）

あんな人は問題で無い（像他那樣的人不成為問題）

問題作（問題的作品、引起公眾注意的作品）

今年の問題作を紹介する（介紹今年引起爭論的作品）今年今年

此が問題の作品だ（這是引起公眾注意的作品）此是之

問題の絵（轟動社會舉世皆知的畫）

此が問題の人物です（這是引人注目的人物）

本件の誤審が世間の問題と為った（本案的誤審引起了喧囂的興論）

問題を起こす（鬧事）起す興す熾す

妹は良く問題を起す（妹妹常惹麻煩）

彼の演説が教育界の問題と為った（他的演講引起教育界的反對）

其は反って問題を大きく為た（那反而把問題惹大了）反って却って

**問答**〔名、自サ〕問答、爭論（＝論争、議論、話し合い）

問答を繰り返す（反覆問答）

英語学科の学生は英語で問答する（英語系的學生用英語問答）

問答形式で書かれた入門書（以問答形式寫的入門書）

絵を見乍先生と生徒は色色な問答を為ます（師生一邊看圖一邊做各種問答）

問答無用（不得爭論、無須多言）

**問う**〔他五〕詢問，打聽（＝聞く、尋ねる）←→答える、顧，管、追問，追究，問罪

安否を問う（問安、問候）

道を問う（問路）

住所を問う（打聽住所）

問うは一時の恥問わぬは末代の恥（問是一時恥不問一世羞）

問うに落ちず語るに落ちる（問時閉口不言無意中自己說出、作賊心虛不打自招）
勝負を問わない（不管勝負、不問成敗）
事の成否を問わない（不問事之成敗）
値段を問わず買い上げる（不管價錢如何都收買）
性別を問わず採用する（不分性別都採用）
理由の如何を問わず許可しない（不管什麼理由絕不允許）如何奈何如何如何
多少を問わず引き受けます（不管多少都承包）
年齢を問わず参加出来る（年齡不限都可以參加）
医者は昼夜を問わず病人が有れば何時でも往診する（醫生不分晝夜一有病人就出診）
殺人罪に問われる（被控殺人罪）
罪状を問う（問罪）
責任を問う（追究責任）
責任を問われて辞職した（被追究責任辭職了）

**訪う**〔他五〕訪問、拜訪（＝訪れる）
友の家を訪う（訪問朋友家）訪う問う疾う
紹介状を持って訪う（帶著介紹信訪問）
大臣の官邸に訪う（到官邸拜訪大臣）訪う弔う弔う

**疾う**〔副〕〔舊〕趕快（＝速く）、以前，老早（＝疾く）
疾うせよ（快點做吧！）
疾うから知っている（老早就知道）
疾うの昔（很久以前）
疾うに話した事（老早說過的事）
疾うに帰ったよ（早就回去啦！）

**問い、問**〔名〕質問、問題←→答え、答
問いを掛ける（發問＝問いを発する）掛ける書ける欠ける賭ける駆ける架ける描ける翔ける
分からない所は問いを発して下さい（不懂的地方請發問）分る解る判る
問いの答えに為っていない（答非所問）樋
問いに答える（答問）答える応える堪える
次の問いに答え為さい（請回答下列問題）
問いの五番は一番易い（第五題最簡單）易い安い廉い

**問屋、問屋**〔名〕批發商←→小売店
問屋から商品を仕入れる（從批發商採購商品）卸売り（批發）
呉服問屋（綢緞批發商、布匹批發商）
彼は病気の問屋だ（他三兩天就生病）然う沿う副う添う
然うは問屋が卸さない（沒有人上你的當、你的如意算盤打錯了、不會那樣隨心所欲的）

**問い薬**〔名〕（為了判斷病症的）試藥、（為了引起對方注意而說的）使對方高興的話

**問い合わせる、問合せる**〔他下一〕詢問、打聽
相場を問い合わせる（打聽行情）
市場の相場を問い合わせる（打聽市場行情）市場市場
問い合わせても返事が無い（詢問也沒回答）
詳しい事は係の人に問い合わせて下さい（詳情請問負責人）詳しい精しい委しい
詳しい事は本人に問い合わせて下さい（詳情請問本人）
問い合わせて調べる（查詢）
友人の安否を問い合わせる（打聽朋友安危）
値段を製造元に問い合わせる（向廠商詢問價錢）
会社の電話番号を問い合わせる（詢問公司的電話號碼）

**問い合わせ、問合せ**〔名〕詢問、打聽
問い合わせの手紙を出す（發信去打聽、發信詢問、寄發打聽的信）
御問い合わせは東京郵便局宛に差し出して下さい（詢函請寄東京郵局）宛充当
御問い合わせの件調査の結果を御知らせします（您所詢之事調查結果特此告知）

**問い返す、問返す**〔他五〕重問、再問、反問
良く分からないので二度も問い返した（因為不太明白重問了兩次）
良く聞き取れなかったので問い返した（因為沒聽清楚再問了一次）良く好く善く克く能く
自己に問い返す（反躬自問）

意外な返事に此方から問い返す（對於意外的回答這邊又加以反問）此方此方此方此方
何故そんな事を聞くのかと彼に問い返した（我反問他為什麼問這種事）聞く聴く訊く利く効く

**問い掛ける、問掛る**〔他下一〕詢問、開始問
矢継早に問い掛ける（接二連三地問）止める留める
隣の人に問い掛けられた（旁邊的人向我打聽）止める留める泊める富める停める
問い掛けて止めた（剛要問又不問了）止める已める辞める病める

**問い質す、問質す**〔他五〕詢問、追問、盤問
分かる迄問い質す（問個明白）分る解る判る
何処迄も問い質す（追根究底）良い好い善い佳い
分からない所は問い質した方が良い（不懂的地方最好要問明白）良い好い善い佳い
昨日の足取りを問い質す（盤問昨天的行蹤）昨日昨日

**問い詰める、問詰める**〔他下一〕追問、逼問、問倒
私は問い詰められて返事に窮した（我被追問得無話可說）窮する給する休する
幾等問い詰めても泥を吐かぬ（無論怎麼逼問也不招供）吐く履く掃く刷く
二言三言で彼を問い詰めた（兩三句話就把他問倒了）二言二言（食言、第二句話）
二言三言で先生を問い詰めた（幾句話就把老師問倒了）

## 汪（ㄨㄤ）

**汪**〔漢造〕水深而廣（=広大な様）

**汪溢、横溢**〔名,自サ〕洋溢、飽滿、充沛
元気が横溢している（精神飽滿 精力充沛）
活気横溢（精神旺盛）

**汪洋**〔副,形動〕汪洋
汪洋たる大海（汪洋大海）

## 亡（ㄨㄤˊ）

**亡**（也讀作**もう**）〔漢造〕亡、滅亡、逃亡、死亡、亡故（=亡びる、滅びる、死ぬ）
三月二十日亡（三月二十日亡）

存亡（存亡）
危急存亡の秋（危急存亡之秋）
損亡（損失、虧損）
滅亡（滅亡）
興亡（興亡）
逃亡（逃亡、逃走）
敗亡、敗亡（戰敗滅亡、戰敗逃亡、戰敗而死）
流亡、流亡（流亡、流浪）
死亡（死亡）

**亡君**〔名〕已死的君主
亡君を弔う（追悼已故的君主）

**亡兄**〔名〕亡兄、已死的哥哥
今日は亡兄の三回忌だ（今天是先兄的三周年忌辰）今日今日

**亡弟**〔名〕亡弟、已死的弟弟

**亡国**〔名〕亡國
亡国の民と為る（成為亡國奴）民民為る成る鳴る生る
亡国論を反駁する（反駁亡國論）
亡国の音（亡國之音樂）音音音
亡国の声（亡國的聲音）図る謀る諮る計る測る量る
亡国の大夫は以て存を図る可からず（敗軍之將不談兵）大夫大夫（旦角、高級妓女）

**亡魂**〔名〕亡魂（=亡霊、幽霊）
亡魂を祭る（祭亡魂）祭る奉る祀る纏る

**亡き魂、亡き霊**〔名〕亡魂、亡靈
亡き魂を弔う（弔祭亡魂）
先祖の亡き魂を弔う（弔祭祖先亡魂）

**亡霊、亡霊**〔名〕亡靈（=亡魂、鬼）
亡霊を慰める（慰在天之靈）
彼の家は亡霊が出る然うだ（據說那所房子鬧鬼）人人人人家家家家
彼の家は亡霊が出ると言って人人は恐れている（那房子據說鬧鬼人們很害怕）
父王の亡霊を迎えるハムレット（迎請父王靈魂的哈姆雷特）恐れる怖れる畏れる懼れる
亡霊を取り付かれる（被鬼魂纏住）憑く

**亡妻**〔名〕亡妻←→亡夫
　明日は亡妻の一回忌である（明天是亡妻的一周年忌辰）明日

**亡夫**〔名〕亡夫←→亡妻
　亡夫の形見（先夫的遺孤、先夫的遺物）

**亡児**〔名〕亡兒、已死的孩子
　亡児の為に墓碑を立てる（給亡兒立墓碑）立てる 建てる 経てる 絶てる 発てる 断てる 裁てる
　亡児の写真に涙をそそられる（看亡兒的照片流眼淚）

**亡師**〔名〕亡師
　亡師の追悼会に参加する（參加亡師的追悼會）

**亡失**〔名、自他サ〕遺失（＝亡くす、亡くなる）
　パスポートを亡失する（遺失護照）
　鞄を亡失する（皮包丟失了）

**亡者、亡者**〔名〕〔佛〕亡者，死者，死後未能超渡的亡魂、貪財者
　彼は金の亡者（他是個守財奴）金
　我利我利亡者（守財奴、貪心不足的人、自私自利的人）

**亡父**〔名〕亡父、先父、先考←→亡母
　亡父の遺言（先父的遺囑）遺言遺言遺言
　兄が亡父の跡を付いて店を切り回している（哥哥接替亡父之位掌管店面）

**亡母、亡母、亡母**〔名〕亡母、先妣←→亡父

**亡姉**〔名〕亡姉

**亡妹**〔名〕亡妹

**亡命**〔名、自サ〕亡命、流亡
　海外に亡命する（亡命海外）
　自由を求めて海外に亡命する（為求自由亡命海外）
　前国王は内乱を逃れてスイスへ亡命した（前國王因內亂逃脫而流亡到瑞士）
　亡命政府（流亡政府）
　亡命政権（流亡政權）
　亡命者（亡命者）者者
　亡命客（亡命客）客客

**亡友**〔名〕亡友、已故友人
　亡友の遺児を世話する（照顧亡友的遺兒）友

**亡羊**〔名〕亡羊
　亡羊の嘆（亡羊之嘆）羊羊
　多岐亡羊（多岐亡羊）
　亡羊補牢（亡羊補牢）

**亡い**〔形〕死亡
　亡く為った人を弔う（祭弔逝世的人）
　亡く為った母の面影（亡母的倩影）

**亡き、無き**〔連体〕已故（亡し、無し的連體形）
　亡き母を偲ぶ（想念已故的母親）偲ぶ 忍ぶ
　亡き父の志を継ぐ（繼承先父之志）継ぐ 接ぐ 告ぐ 次ぐ 注ぐ
　亡き父母（已故雙親）父母父母

**亡き人**〔名〕死者、已故之人（＝故人、亡者）

**亡き者、無き者**〔名〕死者（＝故人、亡者、亡き人）
　亡き者に為る（殺死＝殺す）刷る 摺る 擦る 掏る 磨る 擂る 摩る

**亡き後**〔名〕死後
　我が亡き後（我死之後）
　亡き後の事を頼む（託付後事）頼む 恃む

**亡き数**〔名〕死亡者、死亡者的同伴
　亡き数に入る（去世、名登鬼籍）入る 入る
　亡き数に入る名を留める（去世、名登鬼籍）名名 留める 止める

**亡き骸、亡骸**〔名〕屍體、遺體（＝屍、屍）
　彼の亡き骸は郷里に葬られた（他的遺體被安葬在故鄉）
　亡き骸を火葬に為る（將屍體火葬）水葬

**亡くす、無くす**〔他五〕喪失，失掉，丟失（＝失う、紛失），死（＝死ぬ）←→無くする、亡くする
　自信を無くす（喪失信心）失くす
　特色を無くす（失掉特色）
　昨日財布を無くした（昨天丟了錢包）昨日昨日
　本を無くした（丟了書）
　子供を亡くす（死了小孩）
　幼い時に両親を亡くした（幼時失去了雙親）幼い幼い

亡くする、無くする〔他サ〕喪失，失掉，丟失（＝失う，紛失），死（＝死ぬ）←→無くす、亡くす

亡くなす、無くなす〔他五〕喪失，失掉，丟失（＝失う，紛失），死（＝死ぬ）←→無くす、無くする

亡くなる、無くなる〔自五〕遺失，丟失，沒有（＝尽きる），死掉←→残る

帽子が無くなった（帽子丟了）
私の時計が無くなった（我的錶丟了）
米櫃に米が無くなる（米櫃裡沒有米了）
炭火が無くなる（炭火燒光了）
木の葉が無くなった（樹葉掉光了）木樹木木
食糧が無くなった（沒有食糧了）
成功する望みが無くなった（沒有成功的可能了）
彼の父が亡くなった（他父親死了）

亡びる、滅びる〔自上一〕滅亡、滅絕（＝絶える）
国家が滅びる（國家滅亡）
国が滅びる（國家滅亡）
此の身は滅びても此の名は後世に残るだろう（此身雖亡此名將流傳於後世）後世後世
滅びた家を立て直す（重建滅絕的家）
朱鷺等の滅び掛けている動物を保護する（保護正開始滅絕的朱鷺之類動物）
此の種の植物は数万年程前既に滅びて終った（這種植物約在幾萬年前就滅絕了）

亡ぶ、滅ぶ〔自五〕滅亡、滅絕（＝絶える、滅びる、亡びる）

亡ぼす，亡す，滅ぼす，滅す〔他五〕使滅亡、撲滅（＝絶やす）←→興す、起す
敵国を滅ぼす（滅亡敵國）敵国敵国
伝染病を滅ぼす（撲滅傳染病）
身を滅ぼす（喪命）
彼の男は酒で身を滅ぼした（那男子因酒而身敗名裂）
源氏が平氏を滅ぼした（源氏滅了平氏）

## 王（メオノ）

王（有時候音便為王）〔名，漢造〕帝王，君主，國王（＝国王、キング、君主）。（無親王稱號的皇族男子）王，王子。（某方面最有勢力的）首領，大王。〔象棋〕王將（相當於中國象棋的將、帥）（＝王将）
王たる者（王者、為王的）
王を廃する（廢王）廃する配する拝する排する
王を立てる（立王）立てる断てる経てる建てる発てる裁てる点てる
獅子は百獣の王（獅子為百獸之王）獅子王
牡丹は百花の王（牡丹是百花之王）
石油王国丈有って人民所得は世界一だ（不愧為石油王國人民所得為世界第一）
其は石鹸の王である（那是最高級的肥皂）
王を詰める（將軍、將老帥）詰める積める摘める抓める
勤王、勤皇（勤王、保皇）
親王（親王-天皇的兒子和孫子）←→内親王
大王（〔對王的敬稱〕大王）
女王（女王，王后（＝クイーン）、皇女，王女）
諸王（諸王，各國國王、皇子皇孫）
法王（〔宗〕教皇、〔佛〕如來的尊稱）
国王（國王）
発明王（發明王）
三冠王（〔棒球〕〔同一季比賽取得-擊球冠軍、全壘打次數冠軍、擊球的跑壘得分冠軍的〕三冠王）
ホームラン王（全壘打次數冠軍）

王位〔名〕王位
王位より落す（使遜位）脅す威す嚇す
王位を譲る（禪讓王位）
王位を争う（爭王位）

王威〔名〕王威

王化〔名〕王化-人民順從君主之德

王瓜〔名〕〔植〕烏瓜

王冠〔名〕王冠、榮冠（名譽王冠）、（王冠形）瓶塞，瓶蓋
王冠を戴く（戴上王冠）戴く頂く
王冠を争う（爭榮冠）
王冠を守る（衛冕）守る護る守る盛る漏る洩る
王冠を抜く（拔去瓶塞）抜く貫く脱ぐ

**王旗**〔名〕王旗
　王旗が翻る（王旗飄揚）

**王宮**〔名〕王宮
　古代王宮の遺跡を発見した（發現了古代王宮遺跡）

**王業**〔名〕王業

**王家、王家**〔名〕王族
　王家の後裔（王族的後裔）

**王族**〔名〕王族

**王権**〔名〕王權、君權、國王的權利

**王公**〔名〕王公、身分地位高貴的人

**王侯**〔名〕王侯
　王侯將相（王侯將相）
　王侯將相何んぞ種有らんや（王侯將相寧有種乎）何んぞ焉んぞ
　王侯貴族（王侯貴族）

**王国**〔名〕王國
　オランダ王国（荷蘭王國）

**王座**〔名〕王位、首席，首位
　王座を守る（維護王位）守る護る守る盛る漏る洩る
　王座を占める（居首位）占める閉める締める絞める染める湿る
　テニス界で王座に登る（在網壇居首位）界境登る上る昇る

**王様**〔名〕國王（=王）
　王様が御出でに為る（國王來了）為る成る鳴る

**王佐の材**〔名〕王佐之才

**王氏**〔名〕未頒布臣下姓氏之天皇子孫

**王師**〔名〕國王的軍隊、帝王的師傅
　革命の王師を率いて中原神州を統一平定した（率領革命王師統一平定了中原神州）

**王子**〔名〕王子←→王女

**王事**〔名〕王業、有關王室之事
　南に面して王事を行う（南面行王事）

**王室**〔名〕王室（=王家、王家）
　王室が崩れる（王室崩潰）
　王室の復興を図る（計畫王室的復興）図る計る測る量る諮る謀る

**王者、王者**〔名〕王者、帝王←→覇者
　海上の王者と為る（海上稱雄）為る成る鳴る
　水上競技の王者（水上比賽之王）水上水上（上游、起原）

**王女、皇女**〔名〕公主←→王子
　王女の夫君（駙馬）
　王女殿下（公主殿下）

**王将**〔名〕〔將棋〕王將（=中國象棋的將帥）奮い揮い震い篩い

**王城**〔名〕王宮（=都）
　古い王城を参観して昔日の面影を偲ぶ（參觀古王宮緬懷昔日的面目）古い旧い偲ぶ忍ぶ

**王水**〔名〕王水
　金は王水に丈溶ける（黃金只溶於王水）溶ける解ける融ける熔ける鎔ける

**王政**〔名〕王政、君主政體
　王政を実施する（實施王政）
　王政復古（廢除武家政治恢復天皇親政、廢除共和制恢復君主制）

**王孫**〔名〕王孫

**王代**〔名〕王朝時代
　王代の歴史を繙く（讀王朝時代的歷史）繙く紐解く

**王代物**〔名〕以源平時代以前故事為主體的〝淨瑠璃〞〝歌舞伎〞〝狂言〞

**王朝**〔名〕王朝←→武家時代
　王朝時代（王朝時代-指日本奈良朝，平安朝時代，天皇執政時期）

**王手**〔名〕〔將棋〕將、將軍
　王手を掛ける（將軍）掛ける駆ける翔ける懸ける駈ける
　王手飛車取り（將軍抽車、〔喻〕逼入絕境）
　王手の詰（將死）
　対策の王手を打つ（打出最後一張王牌）打つ撃つ討つ

**王都**〔名〕王都

**王土**〔名〕封建帝王統治的國土

**王統**〔名〕王統

**王道**〔名〕王道←→覇道

王道を行う（行王道）
**王妃**〔名〕王妃（=后）
　王妃を迎える（歡迎王妃）迎える向える
**王父**〔名〕王父
**王母**〔名〕王母
**王法**〔名〕〔佛〕王法←→仏法
**王命**〔名〕王命
　王命を受ける（奉君主之命）
**王立**〔名〕國王或王族設立的機構、受到國王或王族保護獎勵的設施
　王立図書館（王立圖書館）

# 往（×オ﹀）

**往**〔漢造〕往、去←→来，復，還，今，以往，過去、有時
　来往（來往、往来=往来）
　既往（既往、過去）
　古往今来（古往今來、從古至今）
　往を彰かに為て来を察す（彰往察來、溫故知新）
　往を告げて来を知る（告網知來、聞一知十）告げる次げる注げる継げる接げる
　往を観て来を知る（看過去知未來）
**往往**〔副〕往往、時常（=折折、時時、度度、屢）
　そんな事は往往有る（那樣事常常有）有る在る或る
　そんな事は往往に有る事だ（那是常有的事）
　彼奴は往往出鱈目を言う（那傢伙時常胡說八道）言う云う謂う
**往還**〔名、自サ〕往來（=往き来，行き来、往き来，行き来）、街道
　大通りには車の往還が激しい（大街上車子的來往很頻繁）激しい烈しい劇しい
　大路には車輛の往還が激しい（大街上車子的來往很頻繁）街道
**往古**〔名〕古代、上古時代（=昔、古）
**往航**〔名〕往航、出航←→帰航
　船は往航中であった（船是在開往目的地途中）船舟中中中
　船は往航中に故障した（船是在開往目的地途中故障了）

**往歳**〔名〕往年
　往歳を偲ぶ（回憶往年）偲ぶ忍ぶ
　往歳の面影すらない（連昔日的影子都沒有）面影俤
**往年**〔名〕往年、當年（=昔）
　往年の古強者（當年的勇將）
　往年の面影（往年的倩影）面影俤
**往時**〔名〕往時、往昔（=昔）←→近時
　往時を追懷する（回憶當年）
**往事**〔名〕往事
　往事を思い出す（想起往事）思い出す想い出す
　往事がはっきり頭に浮かぶ（往事歷歷如繪）
　往事渺茫総て夢に似たり（往事渺茫總是夢）総て全て凡て統べて茫茫
**往昔、往昔**〔名〕往昔、昔日（=昔、往時、古）←→現今
　往昔の繁栄を偲ぶ（回憶昔日的繁榮）偲ぶ忍ぶ豪華奢侈
　往昔の帝王の生活は豪奢を極めた（往昔帝王的生活極盡豪華奢侈）極める窮める究める
**往日**〔名〕往日、昔日（=昔）
　往日を偲ぶ（回憶往日）偲ぶ忍ぶ
**往者**〔名〕往時、往事
　往者は諫む可からず来者は猶追う可し（往者不可諫來者猶可追）
**往生**〔名、自サ〕〔佛〕往生，極樂，死，喪命、為難，困惑、屈服
　鉄道往生を為る（被火車壓死）刷る摺る擦る掏る磨る擂る摩る
　惨めな往生を遂げる（死得可慘）遂げる磨げる研げる砥げる
　畳の上で往生する（壽終正寢）
　今度の試験には往生した（這次的考試可把我難倒了）
　其には全く往生した（對那件事真叫我進退兩難）
　彼を説き付けてやっと往生させた（我好容易才把他說服了）

メ

往生際（臨終〔=死際〕、死心，断念〔=思い切り、諦め〕）
往生際の悪い男（不輕易死心的人、不乾脆断念的人）
往生際が悪い（不輕易死心的）
往生安楽国（往生極樂淨土）

**往診**〔名、自サ〕出診←→宅診
午後往診に出掛ける（下午出診）応診
医者が往診する（醫生出診）
往診料（出診費）

**往信**〔名〕去信←→返信

**往復**〔名、自サ〕往返，來回（=行き帰り）、來往，交際，互通信息←→片道
動物園迄往復幾等だ（到動物園來回多少錢）
往復とも自動車に乗る（往返都坐汽車）乗る 載る
往復五時間掛かる（往返需要五小時）掛る 係る 繋る 罹る 懸る 架る
往復の切符を買う（買來回票）買う 飼う
往復切符（來回票）
二人の間に手紙の往復は無かった（他們倆人彼此沒通過信）間 間間
手紙の往復を為る（來往通信）刷る 摺る 擦る 掏る 磨る 擂る 摩る
往復葉書（往復明信片）
往復貿易（來往貿易）←→片貿易
往復圧縮機（往復壓縮機）
往復運動（往復運動）

**往反、往返**〔名、自サ〕往返（=往復、行き帰り）
商用で台北と高雄との間を往反する（為了商務往返台北和高雄之間）間 間間

**往訪**〔名、自サ〕前去訪問（=訪問）←→来訪
往訪の記者に次の様に語った（對前去訪問的記者發表了如下的談話）語る 騙る

**往来**〔名、自サ〕往來（往き来，行き来，往き来，行き来）、道路、大街
人の往来が絶えない（行人來往不絕）絶える 堪える 耐える
車馬往来止（禁止車馬通行）
往来止め（禁止通行、此路不通=通行止め）

往来物（〔古〕私塾用教科書）
往来手形（〔江戸時代〕身分證兼旅行證）
車が絶え間無く往来する（車輛川流不息）
賑やかな往来（熱鬧的大街）
往来は人が多くて賑やかだ（街上人多很熱鬧）
往来で遊ぶと危ない（在大街玩危險=往来で遊ぶのは危ない）
あんな人と往来しては行けない（不要和那種人來往）
相場は二円台を往来する（行市上下於兩元之間漲落）

**往路**〔名〕往路、去路←→帰路、復路
往路は飛行機に為る（去時坐飛機）
往路は横断道路を通り帰路は臨海道路を通る（去程經橫貫公路回程經濱海公路）

**往き来、往来、行き来、行来**〔名、自サ〕往返（=往復）、來往（=往来）、交際（=付き合い）
学校の往来に道草を食う（上下學時在途中閒逛）食う 喰う 食らう 喰らい
此の通りは車の往来が激しい（這條馬路車輛來往頻繁）激しい 烈しい 劇しい
表通りは車輛の往来が激しい（大街上車輛來往頻繁）
此の道は人の往来が多い（這條道路來往行人多）多い 蓋い 蔽い 覆い 被い
彼とは今は往来を為ていない（現在和他不來往）
彼とは最近往来していない（最近和他沒有來往）
往来が有る（有來往）有る 在る 或る
人の往来が絶えない（人的來往不斷）耐える 堪える 絶える
人の往来が途絶える（中斷人際間的交往）
昔の様に彼と往来している（和從前一樣地和他有來往）

**往く，行く，往く，行く**〔自五〕往，去，行，走←→来る、前進、通往、做、走過、經過、離去、進展、達到、產生、發生、出嫁、入伍，入贅，成長、過去、流逝、死亡、不可、往來，上學

〔補動五〕表示動作繼續進行狀態逐漸變化（=動二+て+行く）

学校に行く（到學校去）
毎朝歩いて学校に行く（每天早上走路上學）
東京へ行く（到東京去）
京都へ行く（往京都去）
ロンドンへ行く（赴倫敦）
友達に会いに奈良へ行く（到奈良見朋友）会う逢う遭う遇う合う
行く人来る人（去的人來的人）
行く者は追わず者は拒ます（去者不留來者不拒）追う負う
雨に為り然うだから傘を持って行き為さい（看來要下雨把傘帶著去吧！）
一足先に行く（先走一步）一足一足（一雙）
私はもう行かねばならない（我得走了）
映画を見に行く（去看電影）
道を行く人（走路的人）
道を行く人人（走路的人們）
田舎道を行く（走鄉下的路）
日に千里を行く（日行千里）
此の道を真直ぐ行けば海に出る（從這條路一直走就可以通到海邊）停車場（火車站=駅）
停車場へは何の道を行ったら良いでしょうか（往停車場走哪條路好呢？）停車場（汽車停車場）
行くに徑に由らず（行不由徑）小道小路
百里を行く者は九十里を半ばとと為（行百里者以九十為半、事情越做越困難）
家の前を大勢の小学生が行く（有很多小學生由房前走過去）家家家家家大勢大勢
門の前をの人が行った（很多人由門前經過）門門
駅の前を沢山の人が行く（有很多人從車站前經過）
物売りはもう行って終った（賣東西的人已經走過去了）終う仕舞う
行く雁（飛過的雁）雁雁
行く雁の群（飛過的雁群）雁雁群群
学生が教室の前を話し乍行く（學生邊講話邊走過教室前面）
乞食はもう行って終った（乞丐已經離去了）乞食乞食乞食乞丐乞食
行ったり来たりする（來來往往）
彼の人は行って終ま（那個人走了）
艦隊が太平洋を行く（艦隊在太平洋前進）
町へ行く道（通向城鎮的道路）
町に行く（到鎮上去）
東京から青森へ行く道（從東京通往青森的道路）
私なら然うは為ないで斯う行く（若是我就不那麼做而那麼做）
もう一度始めから行こう（從頭再做一遍吧！）
仕事が旨く行く（工作順利進展）旨い巧い上手い甘い美味い
思うように行かない（不能順利進展）
捗が行く（進展）量捗
仕事の捗が行く（工作進展）
其処迄行くと後は楽だ（進行到那種程度以後就容易了）
今更止める訳には行かない（事到如今不能再停下來）止める已める辞める病める
万事計画通りに行かった（一切照原計畫進行得很順利）
納得が行かない（不理解、不明白）
合点が行かない（不理解、不明白、莫名其妙）合点合点
納得が行く（可以領會、可以理解）
納得の行くように説明する（解說得使人能夠了解）
満足が行く（感到滿足）
心行く許り語り合う（盡情交談、談得很投機）
損が行く（產生損失）
嫁に行く（出嫁=御嫁に行く）
来月嫁に行く（下個月出嫁）
来年辺り御嫁に行くかも知れない（也許明年出嫁）

娘の行った先（女兒出嫁的人家、女兒的婆家）
行く日を前に為て（提前出嫁）
婿養子に行く（入贅）
兵隊に行く（入伍、當兵去）
年の行かない子供（年紀又小的孩子）
年端も行かぬ（年歲很小、年輕輕的）
年端も行かぬのに旨い者だ（年歲雖小卻做得很好）
行く春（即將過去的春天）
行く春を偲ぶ（回憶離去的春天）偲ぶ忍ぶ
行く春を惜しむ（惋惜春天的逝去）惜しむ愛しむ
行く年を送る（辭歲）送る贈る
行く水（流逝的水）
九十歳に為って行った（滿九十歳逝世）為る成る鳴る生る
先生が行ってから既に五年に為る（老師逝世已經五年）既に已に
然うは行かぬ（那樣可不行）
飲む訳には行かぬ（不可以喝）飲む呑む
食べる訳には行かぬ（不可以吃）
公立高校に行っている（在公立高中上學）
早稲田に行っている（在早稻田大學上學）
御花に行く（每天去學插花）
通知が行った筈だ（通知該到了）分る解る判る
遣って行く中に分かる（在繼續做下去的中間會明白、做著做著就會明白）中中中中
暮らして行く（生活下去）
何とか為て暮らして行く（想辦法生活下去）
力強く生きて行く（堅強地生活下去）
経験を積み重ねて行く（一點一滴地累積經驗）
先の方を読んで行き為さい（請繼續唸下去）先方
始めてから読んで行く（從頭讀下去）始め創め初め
水が綺麗に為って行く（水逐漸澄清起來）
天気が暑く為って行く（天氣漸漸熱起來）暑い熱い厚い篤い
空が明るく為って行く（天漸漸亮起來了）

**往く、征く**〔自五〕出征
　戦地に往く（奔赴前線）

**逝く、逝く**〔自五〕逝世、流逝、過去
　先生が逝かれてから既に五年（老師逝世已經五年）行く往く行く往く
　春は逝き夏が来た（春去夏來）
　逝く年を送る（辭歲）
　逝く水に影を落す（投影於流水中）

**往き，往，行き，行，往き，往，行き，行**〔名〕去 ←→帰り、返り
　往きの切符丈買う（只買要去的車票）買う飼う
　東京往きの汽車（開往東京的火車）
　仙台往きの急行列車（開往仙台的快車）
　往き返りに二時間掛かる（往返要兩小時）掛る架る懸る繋る係る罹る
　往きは船で返りは汽車に為る（去時坐船回頭坐火車）摩る擂る磨る掏る擦る摺る刷る
　往きは電車で返りはバスで為た（去時坐電車回程坐公車）
　往きは飛行機で返りは自動車に乗る（去時搭飛機回程坐火車）乗る載る
　往き大名の返り乞食（旅行去時腰纏萬貫回頭囊空如洗）
　往きは楽しいが返りが恐い（去時很快樂可是回程很害怕）楽しい愉しい恐い怖い強い

**往き返る，往返る，行き還る，行還る**〔自五〕往返、往還

**往なす，去なす**〔他五〕遠離去、返回去（關西常用）。〔相撲〕突然一轉身使對方失去平衡。〔轉〕閃躲，躲開
　皆を去なしてやっと休めだ（叫大家都走了才得休息）
　飛び込んで来る所を軽く去なす（當對方撲過來時一轉身使失去平衡）
　質問を去なす（閃避質問）
　鋭い質問を軽く去なす（輕輕地閃躲過尖銳的質問）

**往ぬ、去ぬ**〔自ナ〕〔古〕離開、過去、死亡

黙々と来たり、黙々と去ぬ（默默的來默默的去）
去ぬにし日を偲ぶ（回憶過去的日子）偲ぶ忍ぶ

## 枉（ㄨㄤˇ）

**枉**〔漢造〕冤枉、枉費（勞而無功）、歪曲
冤枉（冤枉、冤屈）
枉顧（光臨、駕臨＝枉駕）

**枉駕**〔名自サ〕光臨、駕臨（＝御来駕、御光来）
御枉駕の程御待ち申し上げます（敬候光臨）
枉駕を御待ち申して居ります（〔書信用語〕恭候駕臨）

**枉げる、曲げる**〔他下一〕彎曲，折彎、歪斜，傾斜、歪曲，竄改、違心、改變、典當、偷竊
腰を曲げる（彎腰）
針を曲げて釣針を造る（彎針做釣鉤）
足を曲げて椅子の下に入れる（把腳彎進椅子底下）
膝を曲げる運動（曲膝運動）
スローガンを曲げて貼る（把標語斜著貼）
首を横に曲げる（歪脖子）
事実を曲げる（歪曲事實）
人の意見を曲げて取る（曲解人家的意見）
話の意味を曲げて解釈する（歪解話的意思）
彼は如何しても自説を曲げない（他怎麼也不改變自己的主張）
他人の誠意を曲げて取らない様に為なさい（不要曲解他人的誠意）
法を曲げる（枉法）
法律を曲げる（枉法）
節を曲げない（不屈節）
晚節を曲げない（不改晚年操守）
所信を曲げない（不改變信念）
事実を曲げて報道する（歪曲事實報導）
己を曲げて人に従う（屈己從人）
主義を曲げる（放棄主義）
質屋で着物を曲げる（在當舖裡當衣服）

**枉げて**〔副〕勉強、好歹、務必、無論如何（＝強いて、無理に、無理矢理）
枉げて御承諾願います（請無論如何答應吧！）
御無理とは存じますが其処を枉げて御願います（我知道這件事十分困難但無論如何請您盡力）
枉げて御出席御願います（請您務必出席）
枉げて応ずる（遷就）

**枉枉しい、曲曲しい、禍禍しい**〔形〕不吉的、不祥的
曲曲しい運命（可詛咒的命運）
彼自身の未だ知らない曲曲しい運命（他本身還不知道的可憎的命運）

## 罔（ㄨㄤˇ）

**罔兩、魍魎**〔名〕魍魎（山水木石的精靈妖怪）
魍魎魑魅（魍魅魍魎、山水木石的精靈妖怪）

## 惘（ㄨㄤˇ）

**惘**〔漢造〕惘然、失意（＝ぼんやりする、自失する）

**惘然、茫然**〔形動〕惘然、失神
彼は惘然と為て暫し口も利かなかった（他惘然若失半天沒開口說話）利く効く聞く聴く訊く
意外の返事に惘然の体（面對著意外的回信目瞪口呆）体体体

**惘れる、呆れる**〔自下一〕吃驚，驚訝、嚇呆，愕然（＝呆気に取られる）
こんな酷い物が五千円だって？呆れたね（這樣次貨要五千日元？真嚇人）
君の記憶の悪いのには呆れた（真想不到你的記性這麼壞）呆れる飽きれる厭きれる
呆れて物も言えない（嚇得說不出話來）
皆呆れて顔を見合わせた（大家驚嚇得面面相覷）
呆れた奴だ（這種人真少有！）
町の汚いのに呆れた汚い穢い
呆れた要求（豈有此理的要求）
其は呆れた要求だ（那是毫無道理的要求）
本当に呆れた奴だ（實在是令人唾棄的傢伙）

本当に呆れた話だ（真是不像話、真是令人討厭的事）

## メ

## 網（ㄇㄤˇ）

**網**〔漢造、接尾〕網、網狀物、網羅
　魚網、漁網（漁網）
　法網（法網）
　天網（天網）
　天網恢恢疎に為て漏らさず（天網恢恢疏而不漏）
　鉄条網（鐵絲網）
　放送網を広める（擴大廣播網）
　通信網を完成する（完成通信網）

**網状**〔名〕網狀
　道路が網状に成している（道路成為網狀）成す為す
　網状膜（網狀膜）
　網状脈（網狀脈）

**網膜**〔名〕網膜
　網膜に物の像を結ぶ（在視網膜上形成物像）結ぶ掬ぶ

**網羅**〔名、他サ〕網羅、羅致、收羅無遺
　辞書の有らゆる言葉を網羅する（把所有的詞都收羅到辭典裡）関する冠する緘する
　此の辞典は物理学に関する用語を網羅している（這部辭典包羅了物理學方面所有的術語）
　会員は政界財界を殆ど網羅している（會員幾乎包括了政界金融界的所有人物）
　第一流の人物を網羅する（網羅第一流的人物）
　一流の人材を網羅する（網羅第一流的人才）
　万象を網羅する（包羅萬象）

**網**〔名〕網、鐵絲網、警網、羅網
　網を打つ（撒網、下網）打ち撃ち討ち
　網を下す（下網）下す下ろす降ろす卸す
　網で魚を捕る（用網捕魚）肴魚魚魚取る捕る摂る採る撮る執る獲る盗る
　網を張る（張網、布下羅網）張る貼る
　網を張った窓（罩上鐵絲網的窗）
　窓に網を張る（窗上罩上鐵絲網）
　網に掛かる（落網）掛かる掛る係る繋る罹る懸る架る
　犯人が網に掛かった（犯人落網了）
　全国に網を巡らす（全國布置了警網）巡らす廻らす回らす
　網に掛かった魚（網裡的魚、〔喻〕跑不掉）
　網に掛かった魚も同然だ（就好比是落網之魚）
　法律の網を潜る（鑽法律的漏洞）潜る括る
　法の網を潜る（鑽法律的漏洞）法法則矩糊海苔
　網呑舟の魚を漏らす（網漏吞舟之魚〔喻〕法律漏洞多）漏らす洩らす
　網も破らず魚も漏らさず（謹言慎行、滴水不漏）
　地引網（曳網）
　大謀網（袋狀大網）

**網打ち**〔名、他サ〕撒網、撒網打漁的人、角力時抓住對方胳膊往相反方向摔的技術

**網具**〔名〕網具
　網具を干す（曬網具）干す乾す保す補す

**網子**〔名〕拉網的漁夫
　網子が舳先に立っている（船夫站在船頭）立つ建つ截つ発つ経つ絶つ起つ裁つ断つ

**網子別れ**〔名〕漁期結束時漁民解散

**網杓子**〔名〕漏杓
　ギョーザを網杓子で掬う（用漏杓撈餃子）掬う救う

**網シャツ**〔名〕網眼襯衫（=網襦袢、網ジュバン、網襦袢、網ジバン）

**網襦袢、網ジュバン、網襦袢、網ジバン**〔名〕網眼汗衫（=網シャツ）、（歌舞伎）和服袖上加網的輕便裝束

**網結き、網結**〔名〕織網、織網的人

**網棚**〔名〕（火車或電車上）網架
　鞄を汽車の網棚に載せる（把皮包放在火車行李架上）乗せる載せる伸せる熨せる

**網戸**〔名〕紗門、紗窗
　網戸を付けて蚊を防ぐ（裝紗窗防蚊）編戸（竹門）

**網主**〔名〕漁夫的老闆、漁船的船主（=網元）

**網元**〔名〕漁夫的老闆、漁船的船主（=網主）
**網の目**〔名〕網眼（=網目）
　網の目が大きいので魚を逃した（因為網眼太大所以魚逃掉了）肴　魚魚魚
　網の目が粗い（網眼粗、網眼大）粗い荒い洗い
　市内の交通網は網の目の様に走っている（市内交通網如網眼般通向）
**網目**〔名〕網眼（=網の目）
　網目が細かい（網眼細、網眼小、網眼密）編目（針眼=編の目）
　網目版（網紋版、照相銅版=網版）
**網版、網版**〔名〕網目版、網紋版、照相銅版
**網針**〔名〕織網針、編織針
　網針で網の割れ目を繕う（用織網針把漁網的地方補上）
**網焼き、網焼**〔名〕用鐵絲網烤、炭烤（=グリル）
**網代**〔名〕冬季用竹子編出插在河裡代替漁網捕魚的漁梁、用細竹子或細木材編成草蓆般的竹蓆
　網代木（〔古〕掛竹蓆的木樁）
　網代車（〔古〕用竹蓆蓋屋頂的牛車）
　網代笠（用細竹子編製的竹笠）

**魍**（ㄇㄥˊ）
**魍魎、罔兩**〔名〕魍魎（山水木石的精靈妖怪）
　魑魅魍魎（ㄔㄇㄟˋㄇㄥˊㄌㄧㄤˇ、山水木石的精靈妖怪）

**妄、妄**（ㄇㄤˋ）
**妄**（也讀作妄）〔漢造〕非分,亂來,沒節制（=妄り、濫り、乱り、猥り、漫り）、假,虛妄（=嘘偽り、）
　虛妄（虛妄、虛假）
　迷妄（迷惘）
**妄舉**〔名〕妄動（=妄動、盲動）
**妄言、妄言**〔名、自サ〕信口開河,隨便說出（=出任せの言葉）、謊話（=嘘）、〔謙〕妄言（=妄語、妄語）
　妄言を吐く（撒謊）吐く履く掃く刷く
**妄語、妄語**〔名〕信口開河 隨便說出（=出任せの言葉）、謊話（=嘘）（=妄言、妄言）
　妄語戒（〔佛〕妄語戒-禁止撒謊的戒律）
**妄説、妄説**〔名〕妄說（=妄言、妄言）

　妄説で人を誑かす（用錯誤的言論騙人）
**妄想、妄想、妄想、盲想**〔名、他サ〕妄想,幻想。〔佛〕邪念
　妄想を逞しくする（胡思亂想、異想天開）
　妄想に悩まされる（因妄想而煩惱）
　妄想に耽る（一味地胡思亂想）耽る吹ける拭ける噴ける葺ける更ける老ける深ける
　被害妄想（被害妄想症）
　誇大妄想（誇大狂）
　誇大妄想狂（誇大狂）
　妄想を除く（除掉邪念）除く覗く覘く
**妄評、妄評**〔名、他サ〕亂加批評。〔謙〕妄評
　他人の作品を妄評する（胡亂批評別人的作品）
　妄評を多謝する（妄評之處請多原諒）
　妄評を御許し下さい（妄評之處請多原諒）
　妄評多罪（妄評多罪）
**妄動、盲動**〔名、自サ〕妄動、盲動
　軽挙妄動（輕舉妄動）
　軽挙妄動を慎む（不輕舉妄動）慎む謹む
　軽挙妄動を為すべきではない（不應該輕舉妄動）
**妄執**〔名〕〔佛〕妄執、固執
　妄執を去る（破除執迷）
　妄執に囚われる（執迷不悟）囚われる捕らわれる捉われる
**妄念**〔名〕妄念、執迷（=妄執）
　妄念を取り去る（破除執迷）
　妄念に取り付かれる（執迷不悟）
**妄信、盲信**〔名、他サ〕隨便相信、盲目相信
　人の話を妄信する（妄信別人的話）
　人の言葉を妄信する（妄信別人的話）言葉詞
　デマ（Demagogie）を妄信するな（別隨便相信謠言）
　権勢を妄信する（迷信權勢）
　妄信を打破し新知識を吸収する（破除迷信吸取新知）
**妄誕**〔名〕荒謬（=出鱈目）
　妄誕の至りだ（荒謬至極）至る到る
**妄断**〔名、他サ〕荒謬判斷、盲目判斷、任意斷定

妄断を下す（荒謬判斷、盲目判斷）下す降す下す降ろす卸す

**妄り、濫り、乱り、猥り、漫り**〔形動〕胡亂、隨便、狂妄、過分

濫りに鳥を取っては為らない（不得任意捕鳥）

教室で濫りに大声を上げて行けない（在教室裡不可隨意喧嘩）大声大声

そんな事は濫りに口に為可きではない（那種話不可隨便亂說）

濫りな男（不禮貌的男人）

濫りな生活（吊兒郎當的生活）

濫りな事を言うな（不要亂說）

濫りに入る可からず（不准擅入）

濫りに欠席するな（不要隨便缺席）

濫りな（の）振舞（狂妄行為、胡作非為）

**妄りに，妄に，濫りに，濫に，猥りに，猥に**〔副〕胡亂、擅自（＝矢鱈に）

動物に濫りに餌を遣らないで下さい（請別任意餵食動物）

濫りに動物に餌を遣りないで下さい（請別任意餵食動物）

濫りに欠席する（無故缺席）

濫りに入る事を禁ずる（禁止擅入）入る入る

濫りに入る可からず（不准擅自進入）

濫りに人の悪口を言う（無緣無故地罵人）言う云う謂う

濫りに憶測を加える（妄加揣測）加える銜える咥える

## 忘、忘（ㄨㄤˋ）

**忘**〔漢造〕忘記

健忘（健忘、易忘）

備忘（備忘）

**忘恩**〔名〕忘恩←→報恩、謝恩

忘恩の徒（忘恩之徒）徒徒空徒唯只徒無駄徒徒步 徒 悪戲

彼は忘恩の徒である（他是忘恩負義的人）

**忘我**〔名〕忘我、出神（＝無我）

忘我の境に浸る（沉湎於忘我的境地、心曠神怡）境界境

忘我の境に入る（進入忘我的境地）入る入る

**忘却**〔名、他サ〕忘卻、遺忘（＝忘れる、遺れる）

前後を忘却する（忘其所以）

約束の日取りを忘却する（忘記約定的日期）

使命を忘却する（忘記使命）

忘却の彼方（忘卻的過去）彼方彼方彼方

忘却の彼方に押し遣る（拋到九霄雲外）

**忘失**〔名、自他サ〕忘掉

本を何処かに忘失した（把書忘記放在什麼地方了）

**忘年**〔名〕忘年、忘掉一年的辛苦

忘年の交わり（忘年之交、年齡懸殊的相交）

忘年の友（忘年之友）友共供伴艫友友愛

忘年会（忘年會、年終慰勞會）

今夜は忘年会が有る（今晚有年終慰勞會）有る在る或る

**忘憂**〔名〕忘憂

忘憂の物（忘憂之物、酒的別名）

**忘れる、遺れる**〔自、他下一〕忘記、忘掉、忘卻、忘懷、遺忘←→覚える

数学の公式を忘れる（忘記數學公式）

英語の単語を忘れる（忘記英文的單詞）

忘れずに五時に起して下さい（別忘記五點叫醒我）

忘れずに返事を下さい（請別忘記回信）

心の痛手を忘れようと努める（一心想忘掉心中的創痛）努める勤める務める勉める

学校に教科書を持って来るのを忘れる（把教科書放在學校忘記帶來了）

達成の喜びに長年の苦労を忘れた（成功的喜悅駛人忘記多年的辛勞）喜び慶び悦び歓び

帽子を忘れる（把帽子遺忘了）長年永年長年

片時も忘れた事が無い（念念不忘）片時片時

危うく忘れる所だった（差一點兒給忘了）

彼の事は死んでも忘れない（那件事死了也忘不了）
彼の事はもう忘れた方が良い（最好別考慮那件事）
来週の予定を忘れる（忘記下週預定的事情）
傘を電車の中に忘れる（把傘遺忘在電車裡）
車の中に鞄を忘れた（疏忽把皮包放在車子裡）
彼の家に本を忘れて来た（把書忘在他家裡了）
心の痛手を忘れようと努める（一心想忘掉心中的創傷）努める 勤める 務める 勉める
失恋の痛みを忘れる（不願想起失戀的痛苦）
時の経つのを忘れる（沒注意到時間的流逝 忘了時間的過去）立つ 截つ 発つ 絶つ 裁つ 断つ 建つ
本を読み耽って時の経つのも忘れる（埋頭苦讀忘了時間的流逝）耽ける 更ける 老ける 深ける
うっかりして彼に言い忘れた（一時疏忽忘了告訴他）
忘れようと為て忘れられない（想忘也忘不了）
世間から忘れられた人（被社會遺忘了的人）
人に忘れられた（被人們遺忘、默默無聞）
寝食を忘れる（廢寢忘食）
寝食を忘れて研究に打ち込む（廢寢忘食地鑽研）
我を忘れる（忘我、熱中）
恩を忘れる（忘恩）
人の恩を一生忘れない（一輩子忘不了人家的恩情）
雀百迄踊り忘れず（江山易改本性難移）

**忘れ**〔名〕忘、忘記
決して忘れは為ない（決不忘記）
決して今日の事を忘れは為ない（決不忘記今天的事情）
そんな事は兎角忘れ勝だ（那樣的事動不動就會忘記）

**忘れ難い、忘難い**〔形〕難忘的、難以忘懷的
忘れ難い思い出（難忘的回憶）
**忘れ形見、忘形見**〔名〕紀念品、遺腹子，遺孤（=遺児，遺子）
忘れ形見と為て写真を貰う（要一張相片作紀念）
忘れ形見と為て写真を送る（送一張相片作紀念）送る 贈る
忘れ形見と為て写真を上げる（給他一張相片作紀念）上げる 挙げる 揚げる
此の宝石は母の忘れ形見です（這寶石是母親的紀念物）
友人の忘れ形見の面倒を見る（照顧朋友的遺孤）
友人の忘れ形見を世話する（照顧朋友的遺孤）
**忘れ勝ち、忘勝**〔形動〕好忘、容易忘
其は兎角忘れ勝ちに為る（動不動就把它忘掉）為る 成る 鳴る 生る
**忘れ草、忘草、萱草、萱草**〔名〕萱草、煙草的別名
**忘れ霜、忘霜**〔名〕晚霜（=別れ霜、別霜）
**忘れっぽい**〔形〕好忘的、健忘的（=忘れ易い）
忘れっぽい人（健忘的人）
年を取ると忘れっぽく為る（上了年紀就見忘起來）
**忘れな草、勿忘草**〔名〕勿忘草 琉璃草（=フォゲット、ミーナット）
**忘れ物、忘物**〔名〕遺忘的東西
忘れ物の無い様に（請別忘了東西）
忘れ物を為ない様に為為さい（別忘記自己的東西）
忘れ物は有りませんか（沒忘了東西嗎？）
此の雑誌は誰の忘れ物ですか（這是誰忘了的雜誌）
雨の日に傘の忘れ物が多い（雨天遺忘的傘特別多）傘 笠 嵩 多い 蓋い 覆い 蔽い 被い
学校に忘れ物を為た（把東西放在學校忘記帶了）

## 旺（ㄨㄤˋ）

**旺**〔漢造〕興盛、繁盛（=盛んな様）

**旺盛**〔形動〕旺盛、充沛
　精力が旺盛である（精力充沛）
　元気旺盛（精力充沛）
　士気旺盛（士氣旺盛）
　食欲が旺盛である（食慾旺盛）食欲 食慾

## 望（ㄨㄤˋ）

**望**（也讀作もう）〔漢造〕望、遠望、願望、人望、希望（=望み、望）、望，滿月（=望月、望月）、農曆十五日
　一望（一瞥、一望）
　一望千里（一望無際）
　展望（展望、瞭望、眺望）
　眺望（眺望、瞭望）
　遠望（遠望、遠眺）
　怨望（怨恨）
　有望（有希望、有前途）
　希望、冀望（希望、期望）
　既望（陰曆十六日的夜晚或月亮）
　待望（期望、期待、等待）
　志望（志願、願望）
　四望（向四方眺望、四方的景色）
　欲望（慾望）
　野望（野心、奢望）
　非望（非分的願望、不合身分的願望）
　熱望（渴望、熱切希望）
　切望（渴望、切盼）
　大望、大望（大志、大願望）
　願望、願望（願望、心願）
　観望（觀看、展望、眺望）
　所望（〔舊〕希望，希求物、要求、請求）
　失望（失望）
　絶望（絕望、無望）
　人望（人望、聲望、名望、愛戴）
　信望（信譽、信用和聲望）
　衆望（眾望）
　名望（名望、名譽、聲譽）
　声望（聲望、聲譽、名譽、人望）
　徳望（德望）

**望**〔名〕望（農曆十五日）、滿月，圓月（=望月、望月）
　望の日（陰曆十五）

**餅**〔名〕年糕、黏糕
　餅を搗く（搗製年糕）餅糯望黐
　餅は餅屋（〔喻〕無論做什麼事還得靠行家）

**糯**〔名〕做年糕的穀類←→粳
　糯米（糯米、江米）
　糯米で餅を搗く（用糯米搗製年糕）
　糯米で赤飯を炊く（用糯米煮紅豆飯）糯餅望黐

**黐**〔名〕〔植〕細葉冬青（=黐の木）、（用細葉冬青等的樹皮熬成的）黏膠（=鳥黐）
　黐で鳥を刺す（用黏膠黏鳥）
　鳥黐（黏鳥膠、黏蟲膠）

**望遠**〔名〕望遠
　望遠鏡（望遠鏡=遠眼鏡）
　望遠鏡で敵の動きを偵察する（用望遠鏡偵查敵人動靜）
　望遠レンズ（望遠鏡頭）
　望遠レンズの有るカメラ（有望遠鏡頭的照相機）

**望外**〔名〕望外、出乎意料的好
　望外の喜び（喜出望外）喜び 慶び 歓び 悦び
　其は望外の成功だ（那是出乎意料的成功）
　其は実に望外の成功だ（那真是出乎意料的成功）実実 誠 真 允 信

**望郷**〔名〕望鄉、思鄉（=懷鄉）
　望郷の念に堪えない（不禁思鄉之念）堪える 耐える 絶える
　望郷の念止み難い（不禁有思鄉之情）
　望郷の念に駆られる（引起思鄉之念）駆る 刈る 狩る 借る
　望郷の念を起こす（想起家鄉）起す 興す 熾す
　望郷の思いが募る（更加想起家鄉來）思い 想い 重い

**望見**〔名、自他サ〕眺望、遠望

バルコニーから広場を望見する（從陽台上眺望廣場）
窓から遥か富士山を望見する（從窗口眺望遠方的富士山）

**望蜀**〔名〕（得隴）望蜀。〔喻〕不知足
些か望蜀の感が有る（有點得隴望蜀之感、有些得寸進尺之感）些か聊か有る在る或る
其は所謂望蜀と言う物だ（那就是所謂得隴望蜀）言う云う謂う
望蜀の嘆（望蜀之嘆）

**望楼**〔名〕望樓、瞭望台（=物見櫓、火の見櫓）
望楼から火災を発見する（從瞭望台上發現失火的地方）

**望月、望月**〔名〕望、滿月、農曆十五日的月亮、中秋的明月（=望の月）
望月を眺める（遠眺中秋的明月）眺める長める

**望む**〔他五〕眺望（=眺める）、希望，願望，期望，指望（=願う）、仰望，景仰（=仰ぐ、慕う）
遥かに泰山を望む（遙望泰山）
湖は此処から望むと一番美しい（從這裡眺望湖泊的景色是最美的）
此処からダムの雄姿が望まれる（從這裡可以眺望到水庫的雄姿）
万一を望む（指望萬一）
彼に大きな事は望めない（對於他不能期望過高）
此では回復は望めない（這樣的話可沒有希望恢復健康了）回復恢復
此の様な状態では待遇改善望む可くも無い（在這種情況下改善待遇沒有希望）
望む可からざるを望む（指望不可期望的、妄冀非分、想入非非）
多くを望めない（不能期望過高）
其の徳を望む（仰望其德）
天を望んで嘯く（仰天長嘯）

**臨む**〔自五〕面臨、瀕臨、蒞臨、君臨，統帥
岳陽楼は洞庭湖に臨んでいる（岳陽樓面臨著洞庭湖）臨む望む
其の家は大通りに臨んで建っている（那所房子面臨大街）建つ立つ経つ絶つ発つ断つ

海に臨んでいる道路（臨海道路）
海に臨んだ別荘（臨海的別墅）
最後に臨む（到最後關頭、到最後階段）
此の期に臨んで何を言うか（臨到這關頭還能說什麼？）
危機に臨む（瀕臨危機）
危機に臨んで沈着冷静である（臨危不亂）
不意の出来事に臨んで慌てない様に（遇到偶發的變故時不要慌張）
別れに臨んで斯う言った（臨別的時候這樣說了）別れ分れ判れ解れ斯う請う乞う
機に臨み変に応ず（隨機應變）
戦場に臨む（上戰場）
部長は竣工式に臨んだ（部長蒞臨了竣工典禮）
来賓と為て開幕式に臨む（以來賓的身分出席開幕典禮）
圧制を以て土人に臨む（用壓制對待土人）
部下に臨むに寛大である（對部下寬大）
部下に臨む態度（對待不下的態度）
天下に臨む（君臨天下）

**望ましい**〔形〕符合心願的、值得歡迎的、盼望的、可喜的（=好ましい、願わしい）
皆協力する事が望ましい（最好是大家協力）
此は望ましい事ではない（這不是令人高興的事）
早目に準備する事が望ましい（最好是早一點兒準備）
話し合いで解決する事が望ましい（最好是通過協商來解決）
望ましくない事許り起こる（淨發生一些不稱心的事情）起る興る熾る怒る
御互いに助け合う事が望ましい（希望能互相幫助）

**望まれる**〔連語〕希望
徹底した対策が望まれる（希望能拿出根本對策）

**望むべくんば**〔連語〕如果可以希望的話、如果可以要求的話、如果可以的話（=望めるなら）

望むべくんばもう一度御説明願います（如果可以的話請再說明一次）

望むらくは〔副〕希望、但願（=何卒、どうか）

望むらくは成功します様に（但願成功）

望み、望〔名〕眺望，張望（=眺め）、眾望，聲望，人望，希望，願望，期望（=願い、見込み）

多年の望み（多年來的希望、多年來的願望）

望みを掛ける（指望）掛ける駆ける架ける馳ける翔ける懸ける

望みを遂げる（達成願望、達成心願）遂げる研げる磨げる砥げる

望みを叶える（滿足某人的願望、達到某人的要求）叶える適える敵える

望みを叶う（願望實現、如願以償、希望得到滿足）叶う適う敵う

成功の望み（成功的希望）

望みの有る人（有希望的人）有る在る或る

望みを捨てる（放棄希望、灰心失望=望みを失う）捨てる棄てる

望みを嘱される人（被矚望的人）嘱する食する蝕する属する

一縷の望みを繋ぐ（寄一縷希望、繫一線希望）

此で望みの綱が切れた（這一下算沒希望了）

世界一周の望みを持っている（懷有環繞世界一周的願望）

彼女には金持ちと結婚し度いと言う望みが有った（她想和有錢人結婚）

御望み通りに致しましょう（按照您的意思去做吧！）

天下の望みを一身に集る（集天下眾望於一身）一身一身

望みを一身に集める（身負重望）

天下の望みを負う（負天下眾望）負う追う

望み薄（希望不大、希望渺茫）

実現は望み薄だ（實現的希望不大）

望み次第（聽任希望、依照希望、隨心所欲）

褒美の品は望み次第（獎品完全聽任受獎人希望、受獎人要什麼就發給什麼）

望み通り（符合希望、符合要求、如願、稱心如意）

望み通りの結果（稱心如意的結果）

望み通りに行かない事が多い（不如意的事占多數）

望み手（希望者、求婚者、買主=買い手、貰い手）

其の品は望み手が多い（那種貨品買主多）多い覆い被い蔽い蓋い

彼の娘は大分望み手が有る（向那小姐求婚的不少）大分大分

## 翁（ㄨㄥ）

翁〔名〕老翁（=翁、老人）。〔敬〕翁，老先生←→媼、老女

白頭翁（白頭翁）

漁翁（漁翁）

山田翁（山田翁、山田老先生）

沙翁（莎翁、莎士比亞）

翁〔名〕老翁（=老人）、〔敬〕翁、〔能樂〕老翁面具←→媼、嫗、老女

翁ぶ〔自上二〕〔古〕老成、老態龍鍾

翁貝〔名〕〔動〕日本鴨嘴蛤

翁草〔名〕〔植〕翁草，白頭翁、貓頭花、菊（的別名）、松（的別名）

翁百合〔名〕翁百合

## 鶲（ㄨㄥ）

鶲〔名〕〔動〕鶲、雞燕（狀似麻雀、鳴聲如打火石互相摩擦的聲音）

# 迂 (ㄩ)

**迂** 〔漢造〕繞遠、迂腐

**迂遠** 〔形動ノ〕（道路）迂迴，繞遠、迂闊、迂緩，不切合實際

　　迂遠な議論（迂論）

　　迂遠な見解（迂見）

　　迂遠な事を言う（說繞彎的話）

　　迂遠な（の）計画（不切合實際的計畫）

　　其れは迂遠な遣り方だ（那是個走彎路的辦法）

　　君の言う事は甚だ迂遠だ（你說的話太迂闊了）

**迂回** 〔名、自サ〕迂迴、繞遠、走彎路

　　大きく迂回する（繞大彎）

　　迂回せよ（〔牌示〕繞行）

　　山を迂回して行く（繞過山去）

　　道路が工事中なのでバスが迂回する（正在修路所以公車繞行）

　　迂回作戦（迂迴戰）

　　迂回生産（迂迴生產）

　　迂回線（迂迴路線）

　　迂回道路（迂迴的旁道）

　　迂回貿易（迂迴貿易－為了套匯經第三國進行的貿易）

**迂闊** 〔名、形動〕愚蠢、無知、稀裡胡塗，粗心大意

　　どうも迂闊な事を為た（可幹了件蠢事）

　　彼は世間な事には全く迂闊な男だ（他完全不懂世故）

　　其れには気が付かないとは迂闊な人だ（連那個也沒查覺到真是個馬大哈）

　　此れは迂闊には出来ない（這可不能大意）

　　こりゃ迂闊に手を出せない（這可不能隨便插手）

　　迂闊に物は言えないぞ（可不能隨便說話）

**迂曲、紆曲** 〔名、自サ〕迂曲、迂迴、曲折、繞遠

　　随分紆曲した話し方（說得過於繞彎子）

　　道が紆曲する（道路迂迴曲折）

**迂愚** 〔名、形動ダ〕愚笨、糊塗、遲鈍

　　迂愚な（の）人（糊塗人、愚鈍的人）

**迂言** 〔名〕偏離實情的話

**迂生** 〔名〕（寫信時自己的謙稱）愚兄、愚弟

**迂拙** 〔名〕拐彎抹角的意見、不合道理的議論

**迂路** 〔名〕迂迴之路、繞道（＝回り道）

　　迂路を取る（繞道走）

# 紆 (ㄩ)

**紆** 〔漢造〕彎曲地圍繞著

**紆曲、迂曲** 〔名、自サ〕迂曲、迂迴、曲折、繞遠

　　随分紆曲した話し方（說得過於繞彎子）

　　道が紆曲する（道路迂迴曲折）

**紆余曲折** 〔名、自サ〕彎彎曲曲、周折，波折

　　紆余曲折した道（彎彎曲曲的道路）

　　紆余曲折を経て漸く交渉が纏まった（幾經周折談判好容易才達成協議）

　　何の革命運動も紆余曲折を避け難い（任何革命運動曲折都是難免的）

# 淤 (ㄩ)

**淤** 〔漢造〕不流通的、河道被泥沙塞住

**淤血、惡血** 〔名〕瘀血、（含有病毒的）汙血，壞血（＝悪血）

# 余 (ㄩˊ)

**余** 〔名〕其餘，其他。（接尾詞用法、接數詞後）…餘、多…

〔代〕（與〝予〞同）余，我（＝自分、私）

〔漢造〕（〝餘〞的簡體）多餘，剩餘，其餘，另外，以後

　　余の事（其餘的事）

　　余の儀ではないが…（不為他事…）

　　余は知らず（不知其他）

　　十年余の間病床に居る（臥床十餘年）

　　三マイル余（三英里多）

ㄩ

五十余人（五十多人）
余の知る限りではない（非余所知）
余輩（我們）
余等（我等）
残余（殘餘、剩餘）
剰余（剩餘、殘數）
刑余（受過刑罰）

**余威**〔名〕餘威
　戦勝の余威に乗じて（趁戰勝的餘威）
　成功の余威を駆って更に一仕事に取り組む（乘著成功的勢頭又幹起一項工作）

**余意**〔名〕言外之意

**余韻、余音**〔名〕餘音、餘韻、餘味
　余韻が漂う（餘音嫋嫋、餘音繚繞）
　余韻嫋嫋と為ている（餘音嫋嫋）
　余韻が尽きない（餘韻不盡）
　余韻を残す（餘韻不盡、留下餘味）
　此の詩には言葉に尽せぬ余韻が有る（這首詩裡含有無法形容的餘韻）

**余蘊**〔名〕餘蘊
　説き尽くして余蘊が無い（把話說盡、毫無含蓄）
　余蘊無く究める（徹底究明、盡究底蘊）究める極める窮める

**余栄**〔名〕餘榮、死後的光榮
　死して余栄有り言う可し（可謂死有餘榮）

**余映**〔名〕餘暉
　落日の余映（落日餘暉）

**余炎**〔名〕（也寫作"余焰"）殘餘的火焰、殘暑

**余殃**〔名〕做壞事的報應（相對於余慶-餘蔭）

**余暇**〔名〕餘暇、業餘時間（=暇、レジャー）
　仕事の余暇に野球を楽しむ（工作餘暇打棒球消遣）
　絵を描いて余暇を楽しむ（業餘時間畫畫消遣）
　勤務の余暇は畑仕事を為る（業餘時間做莊稼活）
　余暇を利用して小説を書く（利用業餘時間寫小說）

**余角**〔名〕〔數〕餘角

**余割**〔名〕〔數〕（三角函數的）餘割（=コセカント）

**余寒**〔名〕餘寒、春寒
　春とは言え余寒が厳しい（雖說是春天春寒還很厲害）
　未だ余寒が去らない（春寒還沒過去）

**余技**〔名〕業餘的愛好
　余技に絵を書く（業餘畫畫）描く搔く
　余技と為てバイオリンを楽しむ（業餘拉提琴消遣）
　余技に詩を作る（業餘作詩消遣）

**余儀無い**〔形〕不得已、無奈何、沒辦法（=仕方が無い、止むを得ない）
　余儀無く出発を延ばす（不得已只好暫緩動身）
　母親は余儀無い気持で船を乗った（母親以無可奈何的心情搭上了船）
　健康上の理由で余儀無く退職する（由於健康關係不得已而退職）
　余儀無く欠席する（沒辦法而缺席）

**余の儀**〔連語〕別的事、另外的事（=他の事）
　余の儀に有らず（不是別的事）
　汝を呼び出したのも余の儀でない（叫你來也不為別事）

**余興**〔名〕餘興
　余興に物真似を為る（來一段模擬表演作為餘興）
　入学式の余興（開學典禮的餘興）
　余興の中に曲芸が有る（餘興中有雜技表演）

**余響**〔名〕餘響、餘音

**余業**〔名〕留下的工作、本業以外的工作

**余薫**〔名〕餘香、餘德，餘蔭
　先人の余薫を蒙る（蒙受先人的餘蔭）

**余慶**〔名〕餘慶、餘蔭、餘光
　余慶を蒙る（蒙受餘蔭）

積善の家には余慶有り（積善之家有餘慶）

**余計**〔形動、副〕多餘，無用（=無駄）、富餘，過多（=余分）、更多、更加、格外、分外（=尚一層）

　余計な心配を為る（操多餘的心、杞人憂天）
　余計な御世話だ（少管閒事！不用你管！）
　余計な事を為るな（少管閒事！）
　余計な（の）物が多くて困る（沒用的東西太多真麻煩）
　椅子が一つ余計に有る（富餘一把椅子）
　二つ余計に買う（多買兩個）
　御釣りを余計渡した（多找了零錢）
　人より余計に働く（比別人做更多）
　何時もより余計に勉強した（比平常更加用功）
　病弱な丈に余計（に）心配だ（只因為身體虛弱令人格外擔心）
　見るなと言われると余計見度く為る（一說不讓看反而更想要看）

**余蘗、余蘖**〔名〕〔農〕（由作物殘茬再生的）餘蘗，秧蓀、（覆亡之家的）餘蘗，子遺

**余弦**〔名〕〔數〕餘弦（=コサイン）

**余弧**〔名〕〔數〕餘弧

**余光**〔名〕餘光，殘照（=残光）、餘蔭（=御陰）
　夕日の余光（夕陽殘照）
　父親の余光で出世する（借父親的餘蔭飛黃騰達）
　親の余光が子に及ぶ（父母的餘蔭遺及子女）

**余香**〔名〕餘香

**余国**〔名〕其他國家（=他国）

**余財**〔名〕剩餘的財產、餘下的財產
　余財は寄付する（把餘財捐獻出去）

**余材**〔名〕剩下的木材和材料

**余罪**〔名〕（已查明的罪行以外的）餘罪
　犯人の余罪を追求する（追究犯人的其他罪行）
　余罪追及中（其餘的罪行正在追查中）

**余事**〔名〕別的事情，其餘的事，餘事、閒事
　余事に就いて全く関知しない（其餘的事概不預聞）
　余事に忙しい（忙於閒事）

**余事象**〔名〕〔數〕互補事件、對立事件

**余日**〔名〕餘日，勝下的日子、他日、改天、閒暇的日子
　学期の終り迄余日が幾等も無い（到學期結束剩餘的日子沒有幾天了）
　今年も余日幾許も無い（今年眼看就沒有幾天了）
　余日又伺います（改天再來拜訪）

**余臭**〔名〕殘餘、餘跡（原義為留下的氣味）
　前代の余臭（先代的餘跡）

**余剰**〔名〕剩餘（=余り、残り）
　支出が少なくて、余剰が出る（因開支少有了餘款）
　余剰物資を売り捌く（推銷剩餘物資）
　余剰人員（剩餘人員、超額人員）
　余剰労働力（剩餘勞動力）
　余剰価値（〔經〕剩餘價值=剰余価値）

**余情**〔名〕餘韻、餘味
　余情溢れる詩（餘韻盎然的詩篇）

**余色**〔名〕〔理〕互補色（=補色）

**余人、余人**〔名〕別人、他人、其餘的人、另外的人（=外の人）
　余人を交えない（不夾雜別人、沒有旁人）
　余人をはいさ知らず、私は然う思わない（別人姑且不論我是不那麼想）
　余人を交えずに話し合う（拋開外人談事）

**余燼**〔名〕餘燼、餘火（=燃え残り）
　大火の余燼（大火的餘燼）
　余燼が未だ時時燃える（餘燼還不時復燃）
　余燼を搔き集める（把餘燼耙到一處）
　両国の関係は戦争の余燼尚冷め遣らぬ状態に在る（兩國的關係還處在戰火未熄的狀態）

**よ**

**余震**〔名〕〔地〕餘震（=揺り返し）
余震が収まる（餘震停息）収まる 納まる 治まる 修まる
余震が有る（有餘震）
余震の動向を監視する（監視餘震的活動）
余震回数（餘震次數）

**余水吐き**〔名〕溢洪道、溢水口
余水吐きゲート（溢洪道放水口）

**余水路**〔名〕溢洪道、溢水口（=余水吐き）

**余生**〔名〕餘生
余生を安楽に過す（歡度晚年）
余生を楽しむ（愉快地度過晚年）
余生を送る（度〔過〕晚年）
余生を祖国の現代化の為に尽くし度い（願以餘生為祖國現代化貢獻力量）

**余勢**〔名〕餘勢、餘勇、剩餘力量
渡河した我軍は余勢を駆って進撃を続ける（渡過河去的我軍趁著餘勢繼續進攻）

**余切、余接**〔名〕〔數〕（三角函數的）餘切（=コタンジェント）

**余喘**〔名〕殘喘、餘生（=虫の息）
余喘を保つ（苟延殘喘）
インフレの下で余喘を保つ中小企業（在通貨膨脹下苟延殘喘的中小企業）

**余所、他所**〔名〕別處、遠方，他鄉、別人家、（…を余所に形式）與己無關、不顧，漠不關心
余所を見る（看別處）
此の店の品物は余所より安い（這家商店的東西比別處便宜）
用事が出来て余所へ行った（因有事出去了）
彼の人は余所から移って来た人です（他是從他鄉遷來了）
余所で食事を為る（在外吃飯、在別人家吃飯）
余所で御馳走に為る（在別人家吃飯）
余所の叔父さん（別人家的叔叔）
勉強を余所に遊び惚ける（淨貪玩 不用功）
浮世を余所に為る（看破紅塵）
喜怒哀楽を余所に生活する（不為七情所動地生活）
余所の御馳走より家の茶漬け（別人家的宴席不如自己家的茶泡飯）
余所の花は赤い（野花比家花香）
余所の見る目も痛痛しい（旁觀者也都覺得可憐）

**余所行き、余所行き**〔名〕出門，到別處去、出門穿的衣服，（不自然的）客客氣氣，一本正經，鄭重其事（的言語和舉止）
余所行きの着物（出門穿的衣服）
今夜はパーティーが有るから、余所行きの服を着て出掛けよう（今天晚上有晚會穿上出門穿的衣服去吧！）
此の帽子はもう古く為ったから、余所行きには使えないよ（這頂帽子已經舊了出門時不能戴啦）
外出から帰ったら、余所行きを普段着に着替える（出門回來就把出門穿的衣服換成便服）
余所行きの言葉で話す（不自然的說話、客客氣氣的說話）
余所行きの顔を為る（故作一本正經的神態、裝作矜持的表情）
余所行きの態度を取っている（用一種不自然的客氣態度、裝作鄭重其事的樣子）
余所行きは止しましょう（咱們不用客氣吧！）

**余所聞き**〔名〕物議、輿論、風聲（=人聞き）

**余所事、他所事**〔名〕別人的事、與己無關的事
余所事じゃない（決非與己無關）
余所事の様に思っているらしい（他似乎認為此事與他無關）
余所事の様に思っていたら大間違だ（認為事不關己可是大錯特錯）

**余所乍**〔副〕背地裡，暗中，遙遠地、（雖然事不關己可是）從旁，間接地

余所で御成功を祈る（遙祝您成功）

人の事を余所ながら案じる（暗自為別人的事擔心）

余所で暇乞いを為て来た（暗中向他告別）

余所で警戒の目を怠らない（雖然事不關己卻沒有放鬆警惕）

**余所見**〔名,自サ〕從旁處看（=脇見）、別人瞧著

余所見を為乍ら歩く（東張西望地走路）

余所見（を）為ては行けない（不要往旁處看）

余所見せずに読み為さい（專心看書不要左顧右盼）

余所見が悪い（別人瞧著不好看）

**余所目**〔名〕旁人看、從旁看、從局外人來看（=傍目）、乍一看，冷眼一看，從外表看（=外見）

余所目を気に為る（擔心別人看他）

余所目にも痛痛しい（從旁人看來也覺得很可憐）

其の夫婦仲の良さは余所目にも羨ましい程であった（他們伉儷情深從旁看來也令人羨慕）

余所目に映った所では（在別人看來…）

余所目には四十を越したと思える男（乍一看好像四十出頭的人）四十四十四十四十

**余所者**〔名〕遠方來的人、生人、外國人

彼の男は余所者だ（他不是本地人）

余所者に為る（當做外人對待）

**余所余所しい**〔形〕疏遠的、見外的、冷淡的、不親的（=疎疎しい）

余所余所しい態度を取る（採取冷淡的態度）

彼女の挨拶は冷たい余所余所しい物だった（她的應對冷淡見外）

何時迄も人見知りして、余所余所しくしては駄目です（總認生而表示疏遠的樣子是不行的）

**余沢**〔名〕餘澤、餘蔭、恩德、恩惠

近代文明の余沢（現代文明的恩惠）

**余談**〔名〕閒話、廢話、多餘的話

此れは余談ですが（這是題外的話、附帶提一下…）

余談の多い講義（廢話連篇的講課）

余談は扨置いて（閒話少敘、言歸正傳、題外的話暫且不談）扨扨扨扨扨

**余地**〔名〕餘地（=ゆとり、余裕）、空地（=空き地）

未だ発展の余地が有る（還有發展的餘地）未だ

弁解の余地を与えない（不容辯白）

疑いを挟む余地も無い（無可置疑）

此の証拠には疑問の余地が無い（這個證據是無可置疑的）

彼は非難の余地が無い人物だ（他是無可非議的人）

立錐の余地も無い（無立錐之地）

建て増しを為る丈の余地は有る（還有可以擴建的空地）

**余詰み**〔名〕〔象棋〕（棋式正著之外的）新奇著法、出乎意料之外的著法

**余滴**〔名〕（筆尖等的）餘滴，殘餘的水滴（=残滴）、〔轉〕點滴，花絮

教育界の余滴（教育界點滴）

**余党**〔名〕餘黨、殘餘份子

**余桃**〔名〕餘桃，未吃完的桃子、餘桃之罪（=余桃の罪）

**余得**〔名〕外快、額外的收入（=余禄）

給料の外に色色の余得が有る（薪資以外還有種種額外收入）

**余徳**〔名〕（先人的）餘德、恩澤

先祖の余徳を被る（承祖先的餘德）被る蒙る被る

**余毒**〔名〕餘毒、殘留的禍害

**余熱**〔名〕餘熱，殘餘的熱力、殘暑（=残暑）

アイロンの余熱を利用する（利用烙鐵的餘熱）

竈の余熱で蒸らす（用爐灶的餘熱燜）

焚き火の余熱を使って薩摩芋を焼いて食べる（利用柴火的餘熱烤白薯吃）

余熱に喘ぐ（殘暑逼人）

**余念**〔名〕雜念、別的念頭
　余念が無い（一心一意、專心制志）
　読書に余念が無い（埋頭讀書）
　余念無く（心無雜念地、一心一意、專心、埋頭）
　余念無く勉強する（專心用功）
　余念無く仕事に励む（專心致志地努力工作）

**余波、余波**〔名〕（風靜後的）餘波、（事後的）影響（＝迸り）
　台風の余波で波が高い（由於颱風的影響波浪很大）
　インフレの余波を受ける（受通貨膨脹的影響）
　事件の余波（事件的餘波）

**余波**〔名〕（浪退後）留在海濱的海水、（風息後的）餘波

**余輩**〔名〕我輩、我們（＝自分達、我我）
　其れは余輩の伺い知らぬ事だ（那是我們不得而知的事情）

**余白**〔名〕餘白、空白（＝スペース）
　教科書の余白に解釈を書き込む（把註釋寫在教科書的空白上）
　余白を埋める（填補空白）埋める

**余病**〔名〕併發症、合併症
　余病を併発する（引起併發症）

**余風**〔名〕遺風、遺俗（＝遺風）
　未開時代の余風（未開化時代的遺俗）
　其の地方は十八世紀の余風が多く残っている（那個地方保留著很多十八世紀的遺風）

**余憤**〔名〕餘憤
　余憤を洩らす（發洩餘憤）洩らす漏らす盛らす守らす

**余分**〔名、形動〕多餘，剩餘（＝余り）、超額，額外（＝余計）
　余分は皆で分ける（剩下的由大家分）
　余分の入場券（多餘的入場券）
　人より余分に働く（比別人格外多做）
　余分な物は持って行くな（多餘的東西不要帶去）
　余分に取る（多拿）
　少しも余分の金は持たない（一文多餘的錢也沒帶）
　余分に上げよう（多給你一些吧！）

**余聞**〔名〕軼聞、逸話（＝余話、零れ話）
　政界余聞（政界軼聞）

**余弊**〔名〕餘弊，遺害，流弊，副作用
　文明の余弊（文明的副作用）

**余芳**〔名〕餘香、死後留下榮耀

**余程、余っ程**〔副〕很，頗，相當，大量，在很大程度上（＝可也，随分，大部）
（以"余程遣って…ようと思った"的形式）很想…。差一點就…
　今日は昨日より余程寒い（今天比昨天冷得多）
　病気が余程重い（病相當重）
　余程の学者に違いない（一定是個了不起的學者）
　駅迄余程有る（距車站相當遠）
　余程で無ければ凍らない（不是很冷的話不會結凍）
　今の針で腰痛が余程治った（打這一針腰痛好得多了）治る直る
　私に取って日本語は話すよりも読む方が余程楽です（對我來說日語閱讀比說話要容易得多）
　余程遣って見ようと思った（我很想試一下，我差一點就要試一下）
　余程言って遣ろうと思ったが（我真想說上幾句〔可是沒說〕）

**余っ程**〔副〕〔俗〕很，頗，相當，大量，在很大程度上（＝余程）

**余蒔き**〔名〕〔農〕連播、復種、當年復種復收

**余命**〔名〕餘生、殘年（＝余生）
　余命を引き伸ばす（苟延殘喘）

余命を繋がせる（使苟延殘喘）

余命幾許も無い（將不久於人世）

**余裕**〔名〕富餘，剩餘（=余分、余り）、充裕，從容（=ゆとり）

忙しくて時間の余裕が無い（忙得沒有剩餘時間）

一銭の余裕も無い（一分錢的剩餘也沒有）

発車迄未だ三十分程余裕が有る（開車前還有三十分鐘的剩餘時間）

余裕の有る態度（從容不迫的態度）

収入は少なくても生活に余裕が有る（收入雖然不多但生活很充裕）

何時も心に余裕を持つ（經常保持從容鎮靜的心情）

余裕綽綽（從容不迫、綽綽有餘）

体力が余裕綽綽と為ている（體力綽綽有餘）

彼は一日十時間も働いて尚余裕綽綽と為ている（他一天工作十小時仍然還無倦意）

危機に直面しても余裕綽綽たる物だ（即使面臨危機仍然從容不迫）

**余力**〔名〕（力量、經濟力等的）餘力（=余裕）

五百メートル走っても、未だ余力が有る（跑了五百米還有餘力）

余力を残さず（不遺餘力）

余力を蓄える（積蓄餘力）

贅沢品に手を出す余力は無い（沒有餘力買奢侈品）

**余類**〔名〕餘類、餘黨（=残党）

余類が蠢動する（餘黨還在蠢動）

**余齢**〔名〕餘命、餘生、殘年

**余瀝**〔名〕餘瀝、殘滴（=余滴）

**余禄**〔名〕〔俗〕外快、額外收入（=余得）

彼の仕事には多少の余禄が有る（那項工作有些外快）

**余録**〔名〕餘錄、餘聞、正文之外的記錄

**余論**〔名〕（本論以外的）餘論、附論

**余話**〔名〕軼聞、軼事（=余聞、零れ話）

某事件余話（某案件的奇聞軼事）

**余す**〔他五〕餘、剩、留（=残す）

皆使わないで千円位余し度い（希望不全用完留下千把元）

試験迄余す所一日と為った（離考試只剩下一天了）

余す所たった百円だ（只剩下一百日元）

余す所無く（完全、徹底、絲毫不留）

其の問題は彼の本に余す所無く記されている（那問題都寫在他的書裡）

食い余す（吃剩下、吃不完）

食い余し（吃剩下的東西=食い余り、食べ残し）

**余る**〔自五〕餘，剩（=残る）、過分，承擔不了，力不能及

金が余っている（錢剩下了）

余った金を貯金する（把剩下的錢存起來）

二十七を六で割ると三が余る（用六除二十七剩三）

身に余る光栄（過分的光榮）

力に余る仕事（擔任不了的工作）

手に余る困難な仕事（處理不了的困難工作）

思案に余る（想不出主意）

目に余る振舞（令人看不下去的行徑）

**余り**〔名〕剩餘，勝下（=残り）。餘數，剩下的數、過分，過度（常用余りの形式）。過度…的結果，因過於…而（常用の余り形式）

〔副〕（下接否定）（不）怎樣，（不）很（=大して、其程）、太，過分（=大変、大層）

〔造語〕（接數詞之下表示）餘、多

余りが有る（有剩餘）

生活費の余りを貯金する（把生活費的餘額存起來）

日数の余りが幾等も無い（剩下的日數不多了）

十六を五で割ると余りは一（十六除以五餘數是一）

余りの嬉しさに涙が出る（喜極而泣）

## ㄩ

余りの暑さに卒倒する（因為太熱暈倒）

嬉しさの余り小躍りする（因過於高興而歡欣雀躍）

恥ずかしさの余り赤面する（羞得面紅耳赤）

傷心の余り病気に為る（痛心的結果生起病來）

余り嬉しくない（不怎樣高興）

余り食べ度くない（不大想吃）

余り速いので良く見えなかった（因為太快了沒有看清楚）

彼は余りにも大人し過ぎる（他老實得過分）

余り急いだので財布を忘れて来た（由於太過匆忙忘帶錢包了）

彼の時からもう十年余りに為る（從那時起已經有十年多了）

三十人余りのクラス（三十餘人的班級）

余りと言えば（過分地、也太）

余りと言えば無理な仕打ち（也太不講理的做法）

余りと言えば酷い事を言う（也太蠻不講理了）

食い余り（吃剩下的東西）

**余り有る**〔連語〕有餘、能充分

彼の長所は短所を補って余り有る（他的優點能夠彌補他的缺點而有餘）

前途の困難は想像に余り有る（前途的困難是可以充分想像道的）

**余りに**〔副〕太、過於（＝非常に）

余りに大きい（過於大、大得過分）

余りにも酷い（也太不像話了）

なんぽなんでも余りに世間見ずだ（無論怎麼說也太不懂世故了）

余りに寒いので凍死者が出た（因為太冷有凍死的）

**余りの定理**〔名〕〔數〕剩餘定理

**余り物**〔名〕剩下的東西、用不著的東西

余り物には福が有る（別人吃剩下的東西有福、碗底下有肉）

## 於（ㄩˊ）

**於**〔漢造〕於、在、表承接的（於是）、表原因的（由於）

**於段、お段**〔名〕五十音的第五段（お、こ、そ、と、の、ほ、も、よ、ろ、を）

**於鍋、阿鍋**〔名〕〔俗〕女僕、女傭（因江戶時代的小說等作品中常用作女僕的名字）

**於いて、於て**〔連語〕（由〝於く〞的連用形音便形式+て構成、常用〝…に於いて〞形式）在，於，關於，在…方面

大会は台北に於いて一週間に亘って開かれた（大會在台北舉行了一星期）

此処に於いて（於是）

過去に於いては普通の事であった（在過去是普通的事情）

数学に於いて彼に勝る（在數學上勝過他）

総理大臣に於いて此を決す（由總理大臣來決定）

其れは現代人に於いては良しと為れている（那在現代人看來認為是好的）

私に於いて、少しも異存が無い（我是毫無異議、我完全同意）

**於ける**〔連語〕（由文語動詞〝於ける〞的已然形+助動詞〝り〞的連體形構成、常用〝に於ける〞形式）。於，在，對於，關於

国会に於ける発言（在國會上的發言）

日本に於ける公害の問題（在日本的公害問題）

仙台に於ける我我（在仙台的我們）

資本主義国家に於けるプロレタリア政党の任務（資本主義國家的無產階級政黨的任務）

原子物理学に於ける弁証法的唯物論の応用（辯證唯物論在原子物理學上的應用）

空気の人に於けるは水の魚に於けるが如し（空氣之於人猶如水之於魚）

## 盂（ㄩˊ）

**盂**〔漢造〕盛飯食的器皿、盛痰器

**盂蘭盆**〔名〕〔佛〕盂蘭盆

盂蘭盆の行事は古くから行われている（盂蘭盆的活動自古以來就舉行）
盂蘭盆会（盂蘭盆會）

## 娯（ㄩˊ）

娯、娛〔漢造〕快樂
歓娯（娛樂）
娯楽〔名〕娛樂、文娛
生活には適度の娯楽が必要だ（生活中適當的娛樂是必要的）
若い人には正当な娯楽を持た無ければ為らぬ（年輕人應有正當的娛樂活動）
娯楽が仕事の妨げと為る様な事が有っては為らぬ（不要讓娛樂活動妨礙了工作）
娯楽品（娛樂品）
娯楽場（娛樂場）
娯楽番組（廣播的文娛節目）

## 舁（ㄩˊ）

舁〔漢造〕兩人扛抬東西
舁く〔他五〕（兩人以上）抬（轎子、擔架等）（＝担ぐ）
駕籠を舁く（抬轎子）
担ぐ〔他五〕擔，扛，挑。〔轉〕推戴，擁戴，以…為領袖、迷信、騙，耍弄
鉄砲を担ぐ（扛槍）
箱を肩に担ぐ（把箱子扛在肩上）
リュックサックを担ぐ（背起登山背包）
天秤棒で担ぐ（用扁擔挑）
彼を会長に担ぐ（推他為會長）
彼を委員長に担ぎ上げる（擁戴他為委員長）
今日は日が悪いと言って担ぐ（迷信說今天的日子不吉利）
彼に担がれた（我上他的當了）
君は担がれたんだよ（你受騙了）
すっかり担がれた（大上其當．完全被騙了）
誰も来ないのに客だと言って母を担ぐ（本來沒有人來硬說有客人來了和媽媽開玩笑）

## 魚（ㄩˊ）

魚〔漢造〕魚
水魚（魚和水）
池魚（池魚）
稚魚（魚苗）
鮮魚（鮮魚）
大魚（大魚）
珍魚（珍魚）
沈魚落雁（沉魚落雁、〔喻〕婦女容貌美麗）
香魚、香魚、年魚、鮎（香魚）
養魚（養魚）
幼魚（魚苗）
金魚（金魚）
銀魚（銀魚）
熱帯魚（熱帶魚）
深海魚（深海魚）
河水魚（河水魚）
人魚（美人魚、儒艮）
木魚（木魚）
魚影〔名〕魚影
魚影が濃い（釣魚時魚多）
魚介〔名〕魚類和介類
魚介に富む（盛產魚介）
魚介類（魚介類）
魚革〔名〕魚皮
魚学〔名〕〔動〕魚類學
魚眼〔名〕魚眼
魚眼石（〔礦〕魚眼石）
魚眼レンズ（魚眼透鏡-180度的廣角透鏡）
魚群、魚群〔名〕魚群
魚群情況の予報（魚情預報）
魚群探知機（魚群探測器）
魚形〔名〕魚形、紡錘形

ㄩ

ㄩ

魚形水雷（魚雷）

**魚膠**〔名〕鰾膠

**魚餌**〔名〕魚餌、魚食

**魚礁、漁礁**〔名〕魚礁、魚群棲息的岩礁
　人工漁礁（人工魚礁）

**魚食**〔名、自サ〕食魚、以魚為常食
　魚食者（食魚者）

**魚信**〔名〕（魚）咬鉤、上鉤（=当り）

**魚精**〔名〕魚精液

**魚層**〔名〕魚層、魚在海中的游泳層（=棚）

**魚族**〔名〕魚類
　淡水魚族（淡水魚類）

**魚拓**〔名〕魚的拓本
　魚拓を取る（把魚形拓下來）

**魚鳥**〔名〕魚和鳥、（古生物）（白堊紀）魚鳥

**魚梯**〔名〕（為使魚溯流而上在瀑布水庫等處設的）斜面水路（=魚梯、魚梯子）

**魚梯、魚梯子**〔名〕梯形魚道（使魚群易於往上游的一種不陡或分段水渠=魚梯）

**魚田**〔名〕〔烹〕烤魚串
　魚田楽（烤魚串）

**魚道**〔名〕魚群通過的道、（築堤堰等時所留的）魚道

**魚燈油**〔名〕魚油煉製的燈油

**魚肉**〔名〕魚肉
　魚肉をうんと食べる（大量吃魚肉）
　魚肉中毒（魚肉中毒）

**魚板**〔名〕〔佛〕（掛在寺院裡敲打以報時的木製）魚板、魚鼓

**魚肥**〔名〕用魚類作的肥料

**魚苗**〔名〕（養殖魚類的）魚苗

**魚病**〔名〕（主要指養殖魚類的）魚病

**魚譜**〔名〕魚類圖譜

**魚腹**〔名〕魚腹
　魚腹に葬られる（葬於魚腹、淹死）

**魚粉**〔名〕（用作食品、飼料、肥料的）魚粉

**魚鼈**〔名〕魚鼈（水產物總稱）

**魚味**〔名〕魚味，魚菜、（小孩三四歲時）初次吃魚的喜慶（=魚味の祝い）

**魚網、漁網**〔名〕魚網

**魚油**〔名〕魚油

**魚雷**〔名〕〔軍〕魚雷
　魚雷艇（魚雷艇）
　魚雷発射管（魚雷發射管）
　魚雷防禦網（防魚雷網）
　魚雷を食らう（被魚雷擊中）

**魚卵**〔名〕魚卵
　魚卵石（〔礦〕魚卵石）

**魚籃、魚籃、魚籠**〔名〕魚籃、魚簍
　魚の一杯入った魚籠（裝滿魚的魚簍）
　釣った魚を魚籠に入れる（把釣的魚裝進魚簍裡）

**魚鱗**〔名〕魚鱗（=鱗）。〔軍〕魚鱗形陣，人字形陣←→鶴翼。〔軍〕人字形編隊飛行
　魚鱗癬（〔醫〕魚鱗癬）

**魚類**〔名〕魚類
　魚類、獣類及び鳥類（魚類獸類和鳥類）
　魚類を濫獲する（濫捕魚類）
　魚類加工品（魚產品）
　魚類罐詰（魚罐頭）
　魚類回游水路（魚道）

**魚蠟**〔名〕魚蠟、鯨蠟（魚油製的固體脂肪用作蠟燭等）

**魚**〔名〕魚（"魚"是文語式說法、現常使用"魚"形式）
　川魚（河魚）
　魚を捕る（打魚）取る摂る採る撮る執る獲る盗る録る
　魚を釣る（釣魚）
　木に縁って魚を求める（緣木求魚）依る拠る由る縒る寄る依る縁る選る撚る
　水清ければ魚棲まず（水清無魚）棲む住む済む澄む清む
　魚と水（如魚得水、非常親密）

魚と水の様な深い友情（魚水深情）

魚の目に水見えず（魚在水中不見水、〔喻〕人往往不注意到切身之事）

魚を得て筌を忘る（得魚忘筌、過河拆橋）

魚心有れば水心（你對我好我也對你好、你要有心我也有意、你幫我我也幫你）

**魚商人**〔名〕魚販

**魚市場**〔名〕魚市（＝魚河岸）

魚市場へ買い出しに行く（到魚市去採購）

**魚鉤**〔名〕（把大魚拉上岸時用的）手鉤、挽鉤、搭鉤

**魚河岸**〔名〕魚類批發市場、設有魚市的河岸（江戶時代在日本橋、現指東京築地的魚類批發市場＝河岸）

**魚滓魚滓**〔名〕（魚頭尾骨腸等用作肥料的）魚渣滓

**魚串**〔名〕烤魚用的插子

**魚心**〔名〕對對方的好意

魚心有れば水心有り（你對我好我也對你好、你要有心我也有意、你幫我我也幫你）

**魚座**〔名〕〔天〕雙魚宮，雙魚座、（日本中世）魚商組織的行幫

**魚蝨、蝨**〔名〕〔動〕魚虱（寄生淡水魚身上吸血的節足小蟲）

**魚鷹**〔名〕〔動〕魚鷹（＝鶚）

**魚釣り、魚釣り**〔名〕釣魚（者）（＝釣り）

魚釣りに行く（去釣魚）

**魚問屋**〔名〕魚類批發商

**魚の目**〔名〕〔醫〕雞眼

**魚偏**〔名〕（漢字部首）魚字旁

**魚焼き網、魚燒網**〔名〕烤魚用鐵網

**魚**〔名〕（作為食物的）魚，魚肉、（作為水中動物的）魚，魚類

煮魚（燉魚）

焼き魚（烤魚）

魚の肉（魚肉）

魚の骨（魚骨頭）

魚を料理する（料理魚）

魚の様に料理している（當作魚肉來宰割）

魚の群れ（魚群）

魚を釣る（釣魚）

魚を捕まえる（捕魚）

池に魚が泳いでいる（魚在池中游）

此の川には魚が多い（這條河裡魚很多）

**肴、魚**〔名〕（原意為酒菜）酒菜，菜餚，下酒的菜、酒宴上助興的節目或話題

酒と肴（酒菜、酒和菜）肴魚魚

酒の肴が何も無い（沒有什麼酒肴）菜魚

刺身を肴に為て酒を飲む（拿生魚片下酒喝）飲む呑む

ピーナッツを肴に為てビールを飲む（拿花生米配啤酒喝）

酒の肴に鯣を出す（拿出魷魚乾來當酒菜）

酒の肴に歌でも歌おう（唱個歌來助酒興吧！）

人の事を肴に為る（把別人的事當話題）

人のスキャダルを酒の肴に為ている（把別人的醜聞當作酒席上談笑的話題）

**魚**〔名〕〔兒〕魚

御魚（魚）父

金魚（金魚）

**魚**〔名〕〔古語〕魚（＝魚、魚）

**魚**〔名〕〔古語〕魚（＝魚、魚）

**魚**〔名〕〔古語〕（當食品時的）魚（＝魚、魚）

**魚子、斜子**〔名〕魚子紋（刻在金屬製品上作為裝飾的顆狀凸紋）、魚子紋織法（看上去似有小突起的一種絲織物織法＝斜子織）

**魚扠**〔名〕（叉魚的）魚叉

**魚条、楚割**〔名〕（把魚肉撕碎曬乾的）魚乾

鯛の魚条（鯛魚乾）

ㄩ

# 愉（ㄩˊ）

**愉**〔漢造〕愉快（＝楽しい、楽しむ、喜ばしい、喜ぶ、快い）

**愉悦**〔名、自サ〕喜悅、愉快

ユ

愉悦を感ずる（感到喜悦）

**愉快**〔形動〕愉快，快活，暢快，想不到，沒料到 ←→不愉快

愉快な人（快活的人、樂天派）

愉快な一日を送る（度過愉快的一天）

愉快に語り合う（快活地交談）

愉快然うに笑う（笑得很開心）

今日は実に愉快でした（今天非常快活）実に

彼奴が入学出来たとは愉快だ（沒想到他能考上學校）

**愉色**〔名〕喜色

**愉絶**〔名〕非常愉快

**愉楽**〔名〕愉快、歡樂

愉楽を求める（尋求歡樂）

## 隅、隅（ㄩˊ）

**隅**〔漢造〕角落、(舊地方名)大隅國

四隅（四隅-東北、東南、西南、西北）

四隅（方形物的四角）

一隅（一角=片隅）

東北隅（東北角）

大隅国（隅州）

**隅角**〔名〕角落、邊上、立體角

**隅、角**〔名〕角落、邊上

荷物を部屋の角に置く（把東西放在屋角）

角から角迄捜す（找遍了各個角落）

此の辺は角から角迄知っている（這一帶情況一清二楚）

重箱の角を突く様な事を為る（對不值得的瑣事追根究柢、吹毛求疵）

全世界の隅隅（全世界每個角落）

角に置けない（不可輕視、懂得道理、有些本領）

**墨**〔名〕墨汁，墨汁、墨繩、墨色，墨色、墨染

墨を磨る（研墨）擦る摺る刷る摩る擂る掏る為る

墨が濃い（墨濃）

墨が薄い（墨淡）

墨が滲む（墨水滲開）

墨を磨るは病夫の如く筆を執るは壮士の如く（研墨要輕握筆要有力）

墨が濃過ぎる（墨色太黑）

墨を筆に付ける（往筆上醮墨）

墨を打つ（木工打墨線）

墨の流した様（烏雲密布、漆黑一片）

一面に墨の流した様な夜空（一片漆黑的夜空）

雪と墨（喻性格完全不同）

朱墨、朱墨（朱墨）

朱墨で書く（用朱色顏料寫）

藍墨（藍墨）

入墨、文身、文身、刺青、刺青（刺青）

墨の衣（染成黑色的衣服）衣

鍋墨を掻き落とす（刮鍋煙）

鍋墨の煤を掻き落とす（刮鍋底灰）

烏賊の墨（烏賊的墨汁）

章魚が墨を吐いた（章魚噴黑色墨汁）章魚蛸凧胼胝

**炭**〔名〕炭、木炭(=木炭)。燒焦的東西

山で炭を焼く（在山上燒炭）炭墨隅角

山で炭を作る（在山上燒製木炭）

火鉢に炭を継ぐ（往火盆裡添炭）継ぐ注ぐ接ぐ次ぐ告ぐ

火鉢に炭を入れる（往火盆裡放炭）

炭俵（裝炭的稻草包）

火事場には柱だけが炭に為って残っている（失火的地方只剩下燒焦了的柱子）

**隅っこ**〔名〕〔俗〕角落、邊上（=隅）

**隅石**〔名〕〔舊〕牆角石、(接合牆壁用的)隅石塊

**隅木、隅木**〔名〕〔建〕角椽。(用作家具隅角的)大塊木料

**隅隅**〔名〕各處、各角落、各方面、所有地方

部屋の隅隅迄捜す（找遍屋裡各角落）
名声が世界の隅隅（に）迄知れ渡る（名聲傳遍世界各地）
国の隅隅から集った代表（全國各地集聚一堂的代表）

**隅棚**〔名〕（陳列古董、茶具等）放在牆角的架子

**隅玉縁**〔名〕〔建〕角隅（彎曲處）的美麗飾邊

**隅垂木、隅椽**〔名〕〔建〕角椽

**隅接ぎ**〔名〕〔建〕角榫

**隅柱**〔名〕角柱

**隅棟**〔名〕〔建〕屋脊

**隅持ち送り**〔名〕〔建〕隅撐、托座

**隅煉瓦**〔名〕〔建〕角磚

# 愚（ㄩˊ）

**愚**〔名、形動〕愚笨，蠢，傻（＝馬鹿）、傻瓜，愚笨的人（＝馬鹿者）

〔代〕〔謙〕愚、自己

〔漢造〕愚蠢、愚笨、自謙

こんな事を為るのは愚の極みだ（做這種事太愚蠢了）
そんな方法を取るのは愚の話だ（採取這種方法是愚蠢的）
愚按ずるに（愚意、據我想）
愚に返る（年邁昏庸）
愚にも付かぬ（太愚蠢、無聊得不值一提）
愚にも付かぬ事を言う（說無聊透頂的話）
愚の骨頂（愚蠢透頂）
其れは愚の骨頂（那真愚蠢透頂）
暗愚（愚昧）

**愚案**〔名〕〔謙〕愚見，拙見、愚蠢的看法，拙劣的見解

愚案に依れば（按照我的看法…）
愚案に就いて検討されん事を望む（希望研究我提的意見）
彼奴は愚案許り出す（那個傢伙淨出餿主意）
愚案に落つ（理解、想通）

**愚意**〔名〕〔謙〕愚意、拙見

**愚詠**〔名〕（謙稱）自己作的詩歌、拙劣的詩歌

**愚挙**〔名〕下策、愚蠢的行動
愚挙に出る（採取下策）

**愚兄**〔名〕〔謙〕家兄、愚蠢的兄長

**愚計**〔名〕〔謙〕愚計，我的想法、愚蠢的計謀

**愚見**〔名〕〔謙〕愚見、拙見
愚見を述べる（述說愚見、講我自己的看法）
述べる 陳べる 延べる 伸べる

**愚公**〔名〕（列子寓話的主人公）愚公
愚公山を移す（愚公移山、〔喻〕有志者事竟成）移す 遷す 映す 写す

**愚考**〔名、自サ〕〔謙〕愚見，拙見，我的想法、愚蠢的看法（意見）

**愚行**〔名〕愚蠢的想法

**愚稿**〔名〕謙稱自己的詩歌或文章

**愚妻**〔名〕〔謙〕拙荊、賤內、內人

**愚作**〔名〕〔謙〕拙著、沒有價值的作品

**愚策**〔名〕〔謙〕拙見愚蠢的策略
愚策を弄する（玩弄愚蠢的策略）

**愚札**〔名〕謙稱自己的信

**愚察**〔名〕謙稱自己的推察或觀察

**愚姉**〔名〕〔謙〕家姉、家姐

**愚者**〔名〕傻瓜、愚蠢的人←→賢者
愚者にも一得（愚者亦有一得）

**愚か者**〔名〕愚人、傻瓜、蠢貨、糊塗蟲（＝馬鹿者）
一番の愚か者（頭號大傻瓜、最沒有頭腦的人）

**愚書**〔名〕〔謙〕愚書，拙著、沒有價值的書，無聊的書

**愚女**〔名〕〔謙〕小女、愚蠢的女人

**愚状**〔名〕愚書

**愚臣**〔名〕愚笨臣下、對君主自稱愚臣

**愚人、愚人**〔名〕愚人、傻瓜、呆子（＝愚者）
愚人の夢（痴人之夢）

**愚か人**〔名〕傻瓜

**愚図**〔名、形動〕遲鈍、慢吞吞、慢性子

彼の男は愚図だ（他是個慢吞吞的人）
愚図っぺ（慢吞吞的傢伙）
御前は此の頃愚図に為ったぞ（你近來太不麻利啦！）

**愚図る**〔自五〕磨蹭,慢騰騰(=愚図愚図する)、抱怨,嘮叨(=愚図愚図言う)、磨人,鬧人(=駄駄を捏ねる)。〔俗〕找碴,找彆扭(=言い掛かりを付ける)
愚図っていて使いに行かない（磨磨蹭蹭地不去辦事）
愚図り出すと限が無い（嘮叨起來沒完沒了）
限切り
赤ん坊が乳を飲みたがって愚図る（小孩鬧著要吃奶）乳乳
不良に愚図られる（受到流氓的挑釁）

**愚図付く**〔自五〕磨蹭,動作遲緩拖延、（天氣）陰天,不晴朗
学校へ行くのが嫌だと言って愚図付く（說不願上學在那兒磨蹭）
子供が愚図付く（孩子磨蹭）
天気が愚図付く（總不開晴）
愚図付いた天気が続く（連續陰天）

**愚図愚図**（副、自サ）遲鈍,慢騰騰、嘮叨,嘟囔
〔形動〕（不牢固的樣子）搖晃,擺動,晃悠
愚図愚図している（磨磨蹭蹭的）
愚図愚図するな（別磨蹭蹭的）
気に入らないで愚図愚図言う（因不滿意而嘮叨）
愚図愚図言うな（別嘟囔了）
包み方が愚図愚図だと見苦しい（包得鬆鬆垮垮就不好看）
紐が弛んで愚図愚図に為った（繩鬆了晃悠起來了）

**愚生**〔名〕〔謙〕鄙人(=小生)

**愚説**〔名〕〔謙〕愚見,拙見,我的意見,愚蠢之談,胡說八道←→卓説
愚説を参考に為れ度い（請參考愚見）

**愚拙**〔名〕愚蠢笨拙、自稱愚拙

**愚僧**〔代〕〔謙〕愚僧、貧僧、小僧、老納

**愚息**〔名〕〔謙〕犬子、小兒

**愚存**〔名〕愚見

**愚痴**〔形動〕〔佛〕愚痴,愚蠢,無知、(無用的、與事無補的)牢騷,抱怨
愚痴の闇（愚昧無知、愚笨而不懂道理）
愚痴を溢す（抱怨、發牢騷）溢す零す
愚痴言（牢騷話、抱怨的話）
愚痴話（牢騷、抱怨的話）

**愚痴る**〔自五〕〔俗〕抱怨、發牢騷、口出怨言(=愚痴を言う)

**愚直**〔名、形動〕愚直、過於正直(=馬鹿正直)
愚直な（の）人（過分正直的人）

**愚弟**〔名〕〔謙〕舍弟、我的弟弟

**愚答**〔名〕愚蠢的回答、毫無價值的回答
愚問愚答（愚蠢的提問和答覆）

**愚禿**〔名〕〔謙〕貧僧,僧、日本古代有名僧人"親鸞"的自稱

**愚鈍**〔名ナ〕愚蠢、遲鈍、愚魯
愚鈍な（の）人（愚蠢的人）

**愚筆**〔名〕筆跡不好。〔轉〕自己文字文章或繪畫不高明

**愚貧**〔名〕又愚蠢又貧窮
愚貧僧（又愚蠢又貧窮的僧人、窮和尚）

**愚父**〔名〕愚父、〔謙〕自己的父親

**愚物**〔名〕愚人、蠢貨
あんな愚物では物に為らない（那樣的蠢貨不會有出息）

**愚母**〔名〕愚母。〔謙〕自己的母親

**愚妹**〔名〕〔謙〕舍妹

**愚昧**〔名、形動〕愚昧
愚昧な人（愚昧無知的人）

**愚蒙**〔名〕愚蠢、愚昧

**愚問**〔名〕愚蠢的提問、愚蠢的問題
愚問を発する（提出愚蠢的問題）
愚問賢答（愚蠢的提問賢明的答覆）
愚問愚答（愚蠢的問答）

**愚劣**〔形動〕愚蠢、愚笨、糊塗

愚劣な話（蠢話）
其れは愚劣極まる事だ（那是糊塗透頂的事）
此の小説は愚劣だ（這本小說無聊）

**愚連隊**〔名〕〔俗〕流氓、阿飛、惡棍、無賴（來自ぐれる-墮落、走入歧途）

**愚老**〔代〕（老人謙稱）老朽

**愚弄**〔名、他サ〕愚弄
人を愚弄する（愚弄人）
人を愚弄するにも程が有る（不要欺人太甚）

**愚漏**〔形動〕愚蠢卑鄙

**愚論**〔名〕〔謙〕拙見、謬論
愚論を聞いて戴き度い（請聽一聽拙見）
出たのは愚論許り（提出的淨是些謬論）

**愚か**〔名、形動〕傻、愚笨、愚蠢、糊塗（=馬鹿）
〔副〕（也寫作〝疎か〟。以〝…は愚か〟形式）別說、慢說、豈止（=勿論、所か）
愚かな事を為る（做傻事）
私は愚かにもあんな者を利用した（我竟然愚蠢地相信了他那樣人）
彼の様子が如何にも愚かに見える（他的樣子顯得非常愚蠢）
あんな事に手を出したのは君も愚かだった（那樣的事你也插手去管真夠糊塗了）
千円は愚か十円も持ち合わせが無い（別說一千日元就是十元也沒帶）
彼はギリシア語（拉Graecia語）は愚か英語も知らない（別說希臘語就是英語他也不懂）
彼は進学は愚か、食うにも困っている（不用說升學他連吃飯都成問題）
似たとは愚か、二人は瓜二つよ（豈止相似兩個人簡直是一模一樣）
言うも愚か（當然、無需說、不說自明）

**愚かしい**〔形〕愚蠢、糊塗（=愚か）
愚かしい言を言う（說愚蠢話）

# 楡（ㄩˊ）

**楡**〔漢造〕落葉喬木，高八九丈，皮褐色，葉橢圓而長，有赤白兩種，木材可造器具，果實叫楡夾
**楡**〔名〕〔植〕楡樹（=エルム）
**楡羽虫**〔名〕〔動〕楡金花蟲

# 瑜（ㄩˊ）

**瑜**〔漢造〕美玉、玉上的光彩
**瑜伽**〔名〕（梵yoga）〔佛〕瑜珈（=ヨーガ）

# 虞（ㄩˊ）

**虞**〔漢造〕憂慮，憂愁，思慮、（傳說中國古代的）虞朝
不虞（沒料到的事）
憂虞（憂懼）
虞舜（虞舜）

**虞犯**〔名〕〔法〕（從其性格、環境、行為等來看）易於犯法的人、有犯法可能（傾向）的人
虞犯少年（易於犯法的少年、有犯法可能傾向的少年）

**虞美人草**〔名〕〔植〕虞美人、麗春花（=雛罌粟、雛芥子）

**虞，虞れ，恐れ**〔名〕畏懼，害怕，恐懼、有…危險、有…可能、恐怕會…
虞を抱く（心懷恐懼）抱く抱く
虞を知らぬ気概（大無畏的氣概）
虞を為す（畏懼、有所恐懼）
彼等は虞を為して此の事業に手を出そうと為ない（他們有所畏懼不肯伸手做這個事業）
失敗する虞が有る（怕會失敗、有失敗之虞）
大雨の虞が有る（怕下大雨）大雨
生命に危害の及ぶ虞が有る（有生命危險）
余病併発の虞が無い（沒有發生併發症的危險）
最も重大なのは吸着が平衡に達しない虞が有る事である（最重要的是惟恐吸附達不到平衡）

# 漁、漁（ㄩˊ）

**漁**〔漢造〕捕魚、尋找

## ロ

漁夫、漁父（漁夫＝漁師）
漁色（漁色＝猟色）
漁書（尋找書籍、收購珍本）
**漁火、漁火**〔名〕漁火（＝漁り火）
　漁火が海に美しく映える（漁火美麗地映照在海上）
**漁り火**〔名〕漁火（＝漁火、漁火）
**漁家**〔名〕漁家、漁夫之家
**漁歌**〔名〕漁歌
**漁獲**〔名、自サ〕漁獲、捕魚
　底引き網で漁獲する（用拖網捕魚）
　此の沖には鯡の漁獲が多い（這邊海裡可捕得很多鯡魚）
　漁獲するにも魚が無くなる（已無魚可捕）
　漁獲海域（捕魚海域）
　漁獲活動（捕魚活動）
　漁獲シーズン（捕魚旺季）
　漁獲主権範囲（捕魚主權範圍）
　漁獲高（捕魚量）
　漁獲優先権（優先捕魚權）
　漁獲量調整（調整捕魚量）
**漁期、漁期**〔名〕漁期、捕魚季節
　漁期に為ると町中が活気を帯びて来る（一到漁期整個鎮上就活躍起來）
　秋は秋刀魚の漁期である（秋天是捕秋刀魚的季節）
**漁況**〔名〕捕魚情況、漁獲情況、漁業情況
**漁業**〔名〕漁業
　漁業に従事する（以捕魚為業）
　漁業の盛んな国（漁業發達的國家）
　遠洋漁業（遠洋漁業）
　近海漁業（近海漁業）
　漁業気象（漁業氣象）
　漁業協定（漁業協定）
　共同漁業権（共同捕魚權）
　漁業基地（漁業基地）
　漁業シーズン（魚汛季節）
　漁業制限区域（漁業控制區）
　漁業地帯（漁區）
　漁業資源保存措置（保護漁業資源措施）
　漁業閑散期（漁業淡季）
　漁業ボス（漁霸）
**漁区**〔名〕漁區、漁場
**漁具**〔名〕捕魚工具
**漁戸**〔名〕漁戶
**漁港**〔名〕漁港
**漁師、漁師**〔名〕漁夫（＝漁夫、漁父）
　漁師町（漁夫街）
**漁者**〔名〕〔古〕漁夫
**漁父、漁夫**〔名〕漁夫（＝漁師、漁師）
　漁夫の利（漁夫之利）
　漁夫の利を占め様と企てる（企圖攫取漁人之利、企圖從旁佔便宜）
　鷸蚌の争いは漁夫の利と為る（鷸蚌相爭漁人得利-戰國策）
**漁民**〔名〕漁民（＝漁師、漁師）
　漁民組合（漁民合作社）
**漁舟**〔名〕漁舟（＝漁り舟）
**漁書**〔名〕尋找書籍、收購珍本
　漁書家（獵書者、搜尋珍本的人）
**漁礁、魚礁**〔名〕魚礁、魚群棲息的岩礁
　人工漁礁（人工魚礁）
**漁場、漁場、漁場**〔名〕漁場、漁業水域
　南氷洋の捕鯨漁場（南冰洋的捕鯨漁場）
　区画漁場（區劃漁場）
　専用漁場（專用漁場）
　漁場標識（漁場標識）
**漁色**〔名〕漁色（＝猟色）
　漁色に身を持ち崩す（為漁色而身敗名裂）
　漁色家（漁色者）

**漁船**〔名〕漁船
　漁船団（漁船團）

**漁村**〔名〕漁村

**漁拓**〔名〕魚的拓本
　漁拓を取る（拓下魚的拓本）

**漁灯、漁燈**〔名〕捕魚用燈（＝漁火）
　漁燈油（魚油煉製的燈油）

**漁法**〔名〕捕魚法
　古い漁法は能率が悪い（舊的捕魚法效率低）
　漁法には網、釣り其の他が有る（捕魚法有網捕釣捕等法）

**漁牧**〔名〕漁業和畜牧、漁民和牧民

**漁網、魚網**〔名〕魚網

**漁油**〔名〕魚油

**漁利**〔名〕漁業收益、漁人之利
　漁利を占める（收漁人之利）占う

**漁猟**〔名〕漁獵，捕魚和狩獵、捕魚，漁業
　漁猟時代（漁獵時代）
　一回の漁猟高（一次捕魚量）

**漁労、漁撈**〔名〕魚撈，（大規模）捕魚、撈取水產物
　漁撈を業と為る（以捕魚為業）
　水產学校の漁撈科（水產學校的魚撈科）
　漁撈の自由（捕魚自由）
　漁撈を規制する（限制捕魚）
　漁撈許可証（捕魚執照）
　漁撈区域（捕魚區）
　漁撈作業（捕撈作業）
　漁撈船団（漁船隊）
　漁撈隊（捕魚隊）
　漁撈能力（捕獲能力）
　漁撈長（捕撈長）

**漁**〔名〕捕魚、漁獲量
　舟で漁に出る（駕船出海捕魚）
　此の時化では漁が出来ない（這樣的暴風雨不能捕魚）
　今日は漁が有った（今天捕得多）
　漁が少ない（捕得少）
　大漁（大量捕撈、漁業豐收）
　不漁（捕魚量少）
　禁漁（禁止捕魚）

**漁る**〔他五〕打魚，撈取魚類。（動物）尋找食物、獵取，尋求
　海に出て魚を漁る（出海打魚）
　鶏が地を搔いて虫を漁る（雞刨地找蟲）
　干潟に餌を漁る水鳥の群れ（在淺灘上尋找食物的水鳥群）水鳥 水鳥
　古本を漁る（物色舊書）
　ニュースの種を漁る（蒐集新聞材料）
　官職を漁る（獵官）

**漁り、漁**〔名、自サ〕漁打魚（＝漁り）
　漁り舟（漁舟）

**漁る**〔他五〕捕魚、打魚（＝漁を為る）

**漁り**〔名、自サ〕捕魚（＝漁、漁り、漁）、漁夫
　沖に出て漁り（を）為る（出海打魚）
　漁り舟（漁船）

## 諛（ㄩˊ）

**諛**〔漢造〕阿諛、逢迎、諂媚、奉承（＝諂う、阿る、媚びる）

**諛辞**〔名〕諛言

## 輿（ㄩˊ）

**輿**〔漢造〕大地、車、轎、眾多，群眾
　車輿（車和轎子）
　乗輿（天子的車馬、一般交通工具）
　神輿、神輿、御輿（神輿、供有神牌位的轎子）
　神輿、御輿（神轎、〔俗〕腰，屁股）

**輿地**〔名〕大地、全球、全世界
　輿地図（世界地圖）

**輿望**〔名〕眾望、聲望

## ロ

輿望をに為って当選した（因乎眾望而當選）
国民の輿望を担う（肩負人民的眾望）

**輿論、世論、世論、世論** 〔名〕輿論

輿論に訴える（訴諸輿論）
輿論を作る（製造輿論）
輿論に従う（尊重輿論）
輿論の制裁を受ける（受輿論制裁）
輿論が沸騰する（輿論鼎沸）
彼は輿論を無視して思い所を断行した（他不顧輿論自行其是）
輿論調査、世論調査（輿論調査、民意調査）
輿論に耳を傾ける（聽取輿論）

**輿** 〔名〕轎子，肩輿、神輿（=神輿、神輿、御輿）

玉の輿（顯貴坐的錦轎、富貴的身分）
玉の輿に乗る（女人因結婚而獲得高貴的地位）
女は氏無くして玉の輿に乗る（出身貧寒的女子可因結婚而富貴）
神輿、神輿、御輿（神轎、〔俗〕腰，屁股）
神輿を担ぐ（抬神轎、給人戴高帽子）
神輿を下ろす（坐下）
神輿を据える（坐下不動、從容不迫）

**腰** 〔名〕腰部、（衣服、裙子）腰身、（牆壁、隔扇）下半部、（年糕等）黏度

〔接尾〕（腰上的東西）把、件

腰を曲げる（彎腰）
腰を屈める（彎腰）
腰を曲った老人（彎了腰的老人）
腰を伸ばす（伸懶腰、休息）伸ばす延ばす展ばす
腰を掛ける（坐下、落坐）書ける欠ける賭ける駆ける架ける描ける翔ける懸ける掻ける駆ける
腰を下ろす（坐下、落坐）下ろす降ろす卸す
椅子に腰を掛ける（坐在椅子上）
腰を押す（在背後支持、挑唆）押す推す圧す捺す

腰を入れる（認真地做、專心做）容れる煎れる炒れる鋳れる射れる要れる居れる
腰を折る（彎腰，屈服、半途而廢，打斷話頭）折る織る居る
腰を落ち着ける（坐穩）
話の腰を折る（打斷話題）
腰を挫く（扭了腰）
腰を据える（下定決心、坐著不動、專心做）据える吸える饐える
腰を抜かす（嚇人、非常吃驚）抜かす貫かす
腰を据えて掛かる（沉著地做、安心做）掛る罹る係る繋る懸る架る
値段が高いので腰を抜かす（價錢貴得驚人）
腰を据えて仕事を掛かる（安安穩穩地坐下來工作）
腰を低くする（打躬作揖）
腰が重い（懶得動）思い想い
腰が痛い（腰痛）
腰が浮いている（心情浮躁、部沉著）
腰が悲しみ痛む（腰痠痛）痛む傷む悼む
腰が砕ける（鬆勁了、態度軟了、半途而廢）
腰が座る（站穩）座る坐る据わる
腰が低い（謙虛、謙恭、和藹）
腰が高い（驕傲、狂妄、自大）
腰が弱い（態度軟弱，沒骨氣、黏性不高）
腰が強い（態度強硬、黏度強）
腰が抜ける（嚇軟、嚇破了膽）抜ける貫ける
腰がだるい（懶倦的）（腰痠）
障子の腰（紙拉門的下半部）
腰が立たない（直不起腰、伸不直腰）立つ経つ建つ絶つ発つ断つ裁つ起つ断つ
此のペン（pen）は腰が強い（這隻筆尖硬）
此の餅は腰が強い（這黏糕黏得很）
此の麵は腰が強い（這麵很黏）

太刀一腰（一把大刀）
袴一腰（一件和服裙褲）

**腰**〔接尾〕表示態度、姿勢的意思
　強腰（強硬的態度）
　喧嘩腰（挑戰的態度）

**輿入れ**〔名、自サ〕轎送（新娘）、出嫁（＝嫁入り）
　吉日を選んで輿入れ（を）為る（選擇良辰出嫁）

**輿脇**〔名〕轎旁、在轎旁服侍的人

# 与（與）（ㄩˇ）

**与**〔漢造〕給予、參與、交往，友好
　贈与（贈與、贈給、贈送、捐贈）
　貸与（貸與、借給、出借）
　賞与（獎賞、獎金）
　譲与（讓與、出讓、轉讓）
　生殺与奪（生殺與奪）
　関与、干与（參與、干預）
　参与（參與、參預、參加、參贊）

**与圧**〔名〕〔機〕（高空飛行的飛機機艙的）增壓、加壓
　与圧器（增壓裝置）
　与圧室（增壓艙、氣密座艙）

**与圧服**〔名〕〔體〕登山服、增壓安全服

**与格**〔名〕〔語法〕（印歐語的）與格、間接受詞

**与件**〔名〕〔哲〕論據、作為論據的事實、已知的條件

**与国**〔名〕與國、盟國

**与次郎兵衛**〔名〕兩臂平伸姿勢的偶人玩具（＝弥次郎兵衛、釣合人形）

**与太**〔名〕〔俗〕傻瓜，蠢人，窩囊廢（＝与太郎）、荒唐，胡說（＝出鱈目）、壞蛋，懶漢（＝与太者、破落戶、怠け者）
　与太を飛ばす（胡說八道）
　与太を言う（胡說八道）

**与太る**〔自五〕〔俗〕胡說八道（＝与太を飛ばす）、要流氓，胡作非為

与太り歩く若者（招搖過市的青年）

**与太話**〔名〕閒話，閒聊、癡話，奇談怪論
　文壇与太話（文壇閒話）

**与太もん**〔名〕〔俗〕壞蛋，懶漢（＝与太者）

**与太者**〔名〕〔俗〕懶漢（＝怠け者）、惡棍，流氓，壞蛋（＝破落戶）
　怠け者に脅かされる（受到惡棍的恫嚇）

**与太郎**〔名〕〔俗〕（來自日本相聲中的糊塗蟲人名）糊塗蟲，窩囊廢，呆子，傻瓜（＝愚か者、馬鹿者、阿呆）、說謊的人（＝嘘吐き）
　与太郎を相手に為ていても仕方が無い（可不能跟混蛋打交道）

**与奪**〔名〕與奪、賜與和奪取
　生殺与奪の権（生殺與奪之權）

**与党**〔名〕（資本主義國家）執政黨（＝政府党）←→野党、志同道合的夥伴（＝徒党）
　与党側の議員（執政黨方面的議員）

**与力**〔名〕〔古〕協力，幫助、（江戶時代）捕吏，警長（屬於〝奉行〟之下、指揮所屬〝同心〟的官職）

**与る**〔自五〕參與，參加，干與、（也寫作預かる）蒙，受
　相談に与る（參加商討）預かる
　工場の建設計画に与っている（參與建設工廠的計畫）
　此の辞典の編纂に与っている者は三十人を下らない（參加編撰這辭典的不下三十人）
　其れは私の与り知る所ではない（那與我無干）
　御褒めに預かる（蒙受誇獎）
　御招待に預かり、実に有り難う存じます（承蒙招待不勝感激）

**与って**〔連語、副〕非常、主要、多半（＝非常に、多く）
　私の今日有るのは与って彼の援助に因る（我之所以能有今天主要是由於他的援助）
　其の会議は平和回復に与って力が有った（那次會議對恢復和平很有幫助）

## ㄩ

**与える**〔他下一〕給予（=遣る）、授予（=授ける）、派定（=課する）、使蒙受（=加える）
　賞品を与える（給獎品）
　機会を与える（給機會）
　悪い印象を与える（留下不良印象）
　便宜を与える（給予方便）
　援助を与える（給予援助）
　博士号を与えられる（被授予博士學位）
　Nobel 賞を与えられる（被授予諾貝爾獎金）
　彼の人は仕事さえ与えて遣れば、一生懸命働くだろう（只要分派給工作他會拼命幹的）
　損害を与える（使受損失）
　恥辱を与える（使受恥辱）
　苦痛を与える（使受痛苦）

**与えられた**〔連體〕（given 的譯詞）（与える的過去被動形式）已給的，被給予的，一定的，特定的。〔數〕已知的，設定的
　与えられた題でレポートを書く（按交給的題目寫報告）
　此れは与えられた材料で作った物だ（這是用發給的材料做的）
　此の仕事は与えられた時間で遣り遂げ無ければ行けない（這件工作必須在限定時間內做完）
　与えられた直線上に（在已知的一條直線上、在設定的一條直線上）

**与え**〔名〕給予、賜予
　此れは天の与えではなく、全く我我の努力の賜物なのだ（這不是什麼天賜而完全是我們努力的結果）

**与する**〔自サ〕參加，參與，入伙，與…合成一伙，與…聯合、贊成、擁護
　何方にも与しない（不加入任何一伙）
　西側陣営に与している（和西方陣營聯合著）
　私は彼の見解には与しない（我不贊成他的意見）
　双方に与しないで中立の立場を取る（雙方都不袒護而採取中立的立場）
　悪事に与する（參予做壞事）
　暴動に与して検挙される（因參加暴動而被拘捕）

**与し易い、組し易い**〔形〕好對付的、不足怕的
　与し易い男（好對付的男人）
　与し易いと見て見縊る（看他好欺負而輕視他）

## 宇（ㄩˇ）

**宇**〔漢造〕屋檐，房屋，世界，天地四方，氣魄，儀表
　殿宇（殿宇、殿堂）
　屋宇（屋宇）
　一宇（一棟、一座）
　気宇（氣度、胸襟）
　器宇（胸襟、肚量）
　眉宇（眉宇、眉間）

**宇治茶**〔名〕宇治茶（京都宇治地方產的茶的總稱）

**宇内**〔名〕宇內、天下、全世界（=天下）

**宇宙**〔名〕宇宙、（外層）空間
　大宇宙（宏觀宇宙）
　銀河宇宙（銀河系）
　島宇宙（島宇宙）
　小宇宙（小宇宙）
　宇宙帽（宇宙飛行帽）
　宇宙物理学（宇宙物理學）
　宇宙化学（宇宙化學）
　宇宙中継（太空轉播）
　宇宙技術（宇宙飛行技術）
　宇宙 glider（空間滑翔）
　宇宙語（宇宙飛行用語）
　宇宙航行学（航天學）
　宇宙 bus（航天飛船）
　宇宙発生論（宇宙起源說）

宇宙進化論（宇宙進化論）
宇宙兵器（空間武器）
宇宙飛行（宇宙飛行）
宇宙飛行士（宇航員）
宇宙歩行（太空漫步）
宇宙遊泳（太空漫步）
宇宙引力（萬有引力）
宇宙時代株（宇宙時代股票）
宇宙磁気（宇宙磁力）
宇宙人（太空人）
宇宙銃（宇宙發射器）
宇宙征服（征服宇宙）
宇宙観（宇宙觀）
宇宙形状誌（宇宙結構學）
宇宙計画（空間計畫）
宇宙航法（宇宙航行學）
宇宙空間（宇宙空間）
宇宙空間探知追跡網（宇宙空間探測追蹤系統）
宇宙空間平和利用条約（和平利用外層空間條約）
宇宙雷（宇宙雷）
宇宙力学（天體力學）
宇宙産業（宇宙空間工業）
宇宙生物学（宇宙生物學）
宇宙センター（空間中心）
宇宙食（航天食品）
宇宙小説（星際旅行的科學小説）
宇宙速度（宇宙速度）
宇宙ステーション（太空站）
宇宙探査（宇宙探索）
宇宙空間探査機（空間探測器）
宇宙探険（宇宙探險）
宇宙通信（宇宙通訊）
宇宙雲（宇宙雲）

宇宙開発（空間發展）
宇宙科学（宇宙科學）
宇宙学（宇宙學）
宇宙工学（宇宙工學）
宇宙船（太空船）
宇宙線（宇宙射線）
宇宙服（太空服）
宇宙旅行（太空旅行）
宇宙論（宇宙論）
宇宙rocket（太空火箭）

**宇、軒、簷、檐**〔名〕屋簷
　宇を並べる（房屋鱗次櫛比）
　宇を連ねる（房屋鱗次櫛比）
　宇に風鈴が吊るして有る（屋簷下掛著風鈴）
　宇の下で雨宿りする（在屋簷下避雨）
　一寸宇を御借り申します（借您簷下避一避）
　宇を争う（鱗次櫛比）

## 羽（ㄩˇ）

**羽**〔漢造〕羽毛、舊地方名
　出羽国（出羽國-舊地方名）

**羽越**〔名〕〔地〕羽越地區（以前日本出羽地區和越州地區的總稱-即現今山形，秋田和新潟，富山，福井東部）
　羽越本線（羽越幹線-沿日本海通過秋田、山形、新潟的鐵路線）

**羽化**〔名、自サ〕羽化，成蛾、飛升變化（指成仙）
　蚕が羽化する（蠶成蛾）
　羽化登仙（羽化登仙）

**羽角**〔名〕（梟的）耳羽

**羽核、羽翮**〔名〕翮、羽毛根、羽毛管

**羽客**〔名〕仙人

**羽冠**〔名〕〔動〕鳥的冠、冠毛

**羽茎**〔名〕羽軸（=羽軸）

**羽後**〔名〕〔地〕羽後地區（日本舊地方名-現在秋田縣和山形縣部分）

**羽鰓類**〔名〕〔動〕羽鰓類

## う

羽枝 〔名〕〔動〕羽枝

羽軸 〔名〕〔動〕羽軸

羽州 〔名〕〔地〕羽州（舊地方名出羽国的別稱-今山形、秋田兩縣）

羽觴 〔名〕（雀形，頭尾，羽翼兼備的）酒杯

羽状 〔名〕羽狀
   羽状線（羽狀線）
   羽状複葉（羽狀複葉）
   羽状脈（羽狀脈）
   羽状中裂の（羽狀半裂的）

羽前 〔名〕〔地〕羽前地區（舊地方名-和〝羽後〞均為〝出羽国〞的一部分-現山形縣大部地區）

羽片 〔名〕〔植〕（複葉的）羽片

羽弁 〔名〕（鳥翻上的）短毛、羽片、甲羽

羽毛 〔名〕羽毛、羽翎、絨毛
   羽毛が生え変わる（脫換羽毛）
   羽毛状（羽狀）

羽翼 〔名〕羽翼，翅膀、〔喻〕才幹，勢力、〔喻〕左右輔佐的人
   十分に羽翼を伸ばす（充分施展才能、充分擴張勢力）
   羽翼と為る（成為得力助手、成為左右臂膀）

羽 〔名〕羽，羽毛（=羽）、翼，翅膀、（箭）翎、勢力，權勢（=羽振り）
   孔雀の羽（孔雀的羽毛）
   鷹の羽音（老鷹拍翅膀的聲音）
   蝉の羽（蟬翼）
   矢羽（箭翎）
   羽が利く（有權勢）

葉 〔名〕葉（=葉っぱ）
   葉が落ちる（葉落）
   木の葉（樹葉）
   楡の葉が出る（楡樹長葉子了）
   木の葉がすっかり無く為った（樹葉都掉了）
   葉を出す（生葉、長葉）
   木の欠いて根を断つな（修剪樹枝不要連根砍斷）
   葉のこんもり茂った松の木（葉子茂密的松樹）
   葉の出る前に花の咲く木（先開花後長葉的樹）微風微風

歯 〔名〕齒，牙，牙齒、（器物的）齒
   歯の根（牙根）
   歯の跡（牙印）
   歯を磨く（刷牙）
   歯を穿る（剔牙）
   歯を埋める（補牙）
   歯を入れる（鑲牙）
   歯を抜く（拔牙）
   歯が痛む（牙疼）
   歯が生える（長牙齒）
   歯が一本抜けている（掉了一顆牙）
   此の子は歯が抜け代わり始めた（這孩子開始換牙了）
   歯を剥き出して威嚇する（齜牙咧嘴進行威嚇）
   歯車（齒輪）
   鋸の歯（鋸齒）
   櫛の歯（梳子的齒）
   下駄の歯（木屐的齒）
   歯が浮く（倒牙、牙根活動、令人感到肉麻）
   歯が立たない（咬不動、比不上，敵不過，不成對手）
   歯に合う（咬得動、合口味，合得來）
   歯に衣を着せない（直言不諱、打開窗戶說亮話）
   歯の抜けた様（殘缺不全、若有所失，空虛）
   歯の根が合わない（打顫、發抖）
   歯の根も食い合う（親密無間）
   歯の根を鳴らす（咬牙切齒）

歯亡び舌存す（歯亡舌存、剛者易折柔者長存）

歯を食い縛る（咬定牙關）

歯を切す（咬牙切齒）

歯を出す（斥責、怒斥）

刃〔名〕刃、刀刃（＝刃）

　刃が鋭い（刀刃鋒利）

　刃が鋭くて良く切れる（刀刃鋒利好切）

　刃を付ける（開刃）

　庖丁の刃（菜刀的刀刃）

　剃刀の刃（刮鬍刀刃）

　刃の付いた刀（開了刃的刀）

　刃が欠ける（毀れる）（被刀刃傷到）

　刃が切れなくなった（刀刃變鈍了）

　ナイフには鋭い刃が付いていた（這把刀有鋒利的刀刃）

　ナイフの刃が捲くれる（小刀刃變捲了）

　刃を拾う（磨刀）

　刃を研ぐ（磨刀）

端〔名〕邊、頭（＝端、端）

〔造語〕零頭、零星物

　口の端（口邊）

　山の端（山頭、山頂、山脊）

　軒の端（檐頭）

　端数（零數、尾數）

　端物（零頭、零碎的東西）

派〔名、漢造〕派、派別、流派、派生、派出

　派が違う（流派不同）

　一つの派を立てる（樹立一派）

　二つの派を分れる（分成兩派）

　流派（流派）

　支派（支派）

　自派（自己所屬的黨派）

　分派（分派，分出一派、小流派，分出的流派）

　末派（藝術或宗教的最末流派、分裂出來的宗派、小角色，無名小輩）

　左派（左派＝左翼）←→右派

　右派（右派、保守派＝右翼）

　各派（各黨派、各流派）

　学派（學派）

　宗派（宗派、教派、流派）

　党派（黨派、派別、派系）

　統派（統派）

　硬派（強硬派，死硬派、政經新聞記者、不談女色的頑固派、暴徒、看漲的人，買方）←→軟派

　軟派（鴿派，穩健派＝鳩派、報社的社會部文藝部，擔任社會欄文藝欄的記者、

　色情文藝，喜愛色情文藝的人、專跟女人廝混的流氓、空頭）

　鷹派（鷹派、強硬派）

　鳩派、（鴿派、主和派、溫和派）←→鷹派

　何派（哪一派）

　主流派（主流派、多數派）

　反対派（反對派）

　反動派（反動派）

　ローマン派（浪漫派）

　実権派（實權派、當權派）

覇〔名、漢造〕覇。〔體〕冠軍

　覇を称える（稱霸）

　全国の覇を争う（爭奪全國冠軍）

　争覇（爭霸、稱霸、奪錦標）

　制覇（稱霸、獲得冠軍）

羽蟻、羽蟻〔名〕〔動〕羽蟻、交尾期的蟻

羽団扇〔名〕羽毛（團）扇

羽団扇豆〔名〕〔植〕羽扇豆（＝ルピナス）

羽裏〔名〕鳥翼的背面

羽音〔名〕（鳥蟲）振翅聲、（射箭）箭羽聲

ㄩ

ハ

羽音を立てる（發出抖動翅膀的聲音）

羽織る〔他五〕披上、罩上、穿上（外衣）

マントを羽織る（披上斗篷）

コートを羽織って出掛けた（披上大衣出門了）

羽織、羽織り〔名〕（罩在和服外面的）外掛、短外罩

羽織を着る（穿和服外掛）

羽織を羽織る（穿和服外掛）

羽織袴（外掛和裙子、〔轉〕禮裝）

羽織袴で出掛ける（穿上禮裝出門）

羽交、羽交い〔名〕（鳥的）左右兩翼交叉處、（鳥的）羽翼，翅膀（=翼）

鳥の羽交を切る（剪掉鳥的翅膀）

羽交締め〔名〕（摔交時的）背後掐脖子的招數、倒剪二臂

人を羽交締めに為る（將人倒剪二臂）

羽替え、羽替〔名〕（鳥類）退換羽毛

羽掛かり〔名〕〔建〕互搭、搭接

羽掻き〔名〕鳥用嘴啄理自己的羽毛

羽風〔名〕（鳥蟲等）扇動翅膀時帶動的風、舞袖風

羽釜〔名〕（外面中腰周圍有突緣的）日本式飯鍋

羽茎〔名〕〔動〕羽軸（=羽の茎）

羽口〔名〕〔冶〕（熔爐）風口、（堤壩的）坡面

羽口ジャケット（風口水套）

羽口穿孔棒（風口釬子）

羽口ノズル（風口嘴）

羽車〔名〕（遷移神位時用的）轎輿

羽黒蜻蛉〔名〕〔動〕緫

お羽黒蜻蛉〔名〕（河蜻蛉科、日本固有品種的）黑蜻蜓

羽子、羽子〔名〕羽毛毽、板羽球（=衝羽根）

羽子を付く（拍羽毛毽）

羽子板で羽子を付く（用毽子板拍羽毛毽）

羽子板（毽子板）

羽子の木（〔植〕撞羽=衝羽根）

羽衣、羽衣〔名〕羽衣（傳說用鳥羽製成薄而輕的衣服、天仙穿上可在空中飛翔）

羽尺、端尺〔名〕衣料尺頭（成人做一件和服外掛所需衣料）←→着尺

羽虱、羽蝨〔名〕羽虱（寄生禽類體表的昆蟲）

羽数〔名〕禽類的隻數

飼育羽数（飼養隻數）

羽太〔名〕〔動〕鮨科魚（尤指紅鮨）

羽繕い〔名、自サ〕（鳥）整翅，啄理羽毛。（人）整理衣裝

羽並み、羽並〔名〕（鳥等）羽毛排列（整齊）的情況

羽並みの良い鳥（羽毛光滑的鳥）

羽抜け〔名〕脱毛、掉毛、羽毛脱落

羽抜け鳥（羽毛脱落的鳥）

羽博く、羽撃く〔自五〕振翅、拍打翅膀

鶏が鳴き乍羽博く（雞一邊啼叫一邊拍打翅膀）

羽博き〔名、自サ〕振翅、拍打翅膀

羽博きを為る（振翅）

羽博きして飛んで行く（振翅飛去）

羽二重〔名〕純白紡綢、細膩柔軟

羽二重の蒲団（紡綢被子）

羽二重肌（白而細膩的皮膚）

羽振り〔名〕羽毛的樣子、振翅。〔轉〕勢力、聲望

彼は金融界では非常に羽振りが良い（利く）（他在金融界很有聲望）

彼奴すっかり羽振りが良く為った（他飛黃騰達起來了）

羽斑蚊〔名〕〔動〕瘧蚊

羽虫〔名〕〔動〕羽虱（=羽虱、羽蝨）

羽目〔名〕板壁、境地、地步、困境、窘境

苦しい羽目に陥る（陷入困境）

可笑しな羽目に為る（弄得莫名其妙）

意気消沈し、怒りと恨みが交交至る羽目に陥った（陷入垂頭喪氣惱恨交集的境地）

羽目を外す（盡情、盡性、過分）

羽目を外して騒ぐ（盡情歡鬧）
**羽目板**〔名〕壁板、護牆板
**羽、翅、羽根**〔名〕羽毛、（鳥蟲等的）翼，翅膀、（機器、器物等的）翼、箭翎

鳥の羽（鳥羽）
彼の鳥の羽は綺麗だ（那隻鳥的羽毛漂亮）
段段体全体に羽が生えて来た（全身逐漸長出羽毛來了）
羽が抜ける（羽毛脫落）
羽ペン（羽毛筆）
共同募金の時、御金を箱に入れると、赤い羽を胸に付けて呉れます（公共基金募捐時你如果把錢投進募捐箱內就給你胸前戴上一根紅羽毛）
鳥が翅を広げて空へ飛び立った（鳥展翅飛向天空）
翅をばたばたさせる（拍打翅膀）
風車の翅（風車的翼）
扇風機の羽（電風扇扇葉）
矢羽（箭翎）
羽が生えた様（生了翅膀似的、商品暢銷貌）
羽が生えた様に売れる本（暢銷書）
羽を伸ばす（放開手腳、無拘無束、無所顧忌）
口煩い姉が居ないので羽を伸ばして遊べる（愛嘮叨的姐姐不在可以放開手腳玩了）

**羽根**〔名〕（鳥蟲等的）翼，翅膀
**羽根車**〔名〕〔機〕葉輪
**羽根突き**〔名〕拍羽毛毽

御正月に羽根突きを為る（新年拍羽毛毽玩）

**羽根断面**〔名〕葉片斷面
**羽布団、羽蒲団**〔名〕羽毛被

ふわふわした羽布団に包まって寝る（裹在鬆軟的羽絨被裡睡覺）

**羽箒、羽帚，羽帯**〔名〕羽毛撢掃
**羽箒貝**〔名〕〔動〕二色裂江珧

**羽**〔接尾〕（數鳥兔的助數詞）隻

鶏一羽（一隻雞）
兎二羽（兩隻兔）
三羽（三隻）
六羽（六隻）
八羽（八隻）
十羽（十隻）
出羽国（出羽國-舊地方名）

**和**〔名〕和、和好、和睦、和平、總和←→差
〔漢造〕（也讀作和）溫和、和睦、和好、和諧、日本

和を乞う（求和）
和を申し込む（求和）
夫婦の和（夫婦和睦）
人と人の和を図る（謀求人與人間的協調）
和を講じる（講和）
地の利は人の和に如かず（地利不如人和）
二と三の和は五（二加三之和等於五）
二数の和を求める（求二數之和）
三角形の内角の和は二直角である（三角形內角之和等於二直角）
柔和（溫柔、溫和、和藹）
温和（溫和、溫柔、溫暖）
緩和（緩和）
違和（違和、失調、不融洽）
平和（和平、和睦）
不和（不和睦、感情不好）
同和（同和教育）
協和（協和、和諧、和音）
講和（講和、議和）
付和雷同（隨聲附和）
清和（清和、陰曆四月）
共和（共和）
中和（中和）

ㄩ

## ㄨ

調和（調和）
飽和（飽和）
唱和（一唱一和）

和、倭 〔名〕日本、日本式、日語
和菓子（日本點心）
和風（日本式）
和英辞典（日英辭典）
漢和（漢日）
独和（德日）

和、我、吾 〔代〕〔古〕我（＝我、私）
〔接頭〕〔古〕你
和子（公子）
和殿（你）（對男性的稱呼）

輪、環 〔名〕輪、圈、環、箍
車の輪（＝車輪）
輪が回る（輪子轉）回る廻る周る
車の輪が回る（車輪轉動）
花の輪を作る（做花圈）作る造る創る
鉄の輪を付ける（裝上鐵環）付ける附ける漬ける就ける着ける突ける衝ける点ける
輪に為って坐る（坐成圓圈）坐る座る据わる
先生の周りに生徒が輪に為る（學生圍在老師周圍）周り回り廻り
皆が輪に為って坐る（大家圍成圓圈坐下）
踊りの周りの中に入る（進入跳舞的圈子裡）入る入る
鳶が空に輪を描いて飛んでいる（老鷹在天空盤旋翱翔）描く画く描く書く
桶の輪（桶箍）
輪に輪を掛ける（誇大其詞）掛ける書ける欠ける賭ける駆ける架ける描ける翔る
輪を掛ける（大一圈、更厲害）
息子は私に輪を掛けた慌て者だ（我的兒子比我還魯莽）

把 〔接尾〕（助數詞用法）把、束、捆（＝把、束）
一把（一把、一捆）
薪一把（一捆柴火）
菠薐草を一把買う（買一把菠菜）

## 雨（ㄩˇ）

雨 〔名〕雨、下雨
晴雨（晴天或下雨）
星雨（流星雨）
雷雨（雷雨）
驟雨（驟雨、暴雨、降雨）
秋雨、秋雨（秋雨）
慈雨、滋雨（甘霖）
時雨（及時雨、秋冬之交的陣雨＝時雨）
山雨（山雨）
降雨（下雨、下的雨）
豪雨（豪雨、大雨、暴雨）
暴雨（暴雨）
梅雨、梅雨（黃梅雨）
大雨、大雨（大雨、豪雨）
微雨（微雨＝小雨）
小雨、小雨（微雨）
蕭雨（蕭蕭細雨）
少雨（少雨）
春雨、春雨（春雨）

雨域 〔名〕降雨地區

雨陰 〔名〕〔地〕雨影（雨風吹過山地時山背少雨地區）

雨下 〔名、自サ〕下雨、像雨點般落下
弾丸雨下の中を驀進して行く（在彈雨中猛進）

雨季、雨期 〔名〕〔氣〕雨季←→乾季
雨季に入る（進入雨季）
雨季に為る（進入雨季）

雨月 〔名〕雨月

雨後 〔名〕雨後

雨後の清清しい気分（雨後的清爽心情）
雨後の竹の子（雨後春筍）
雨後の竹の子の様に現れている（如雨後春筍般出現）

雨食〔名〕〔地〕雨水沖刷

雨水〔名〕雨水（＝雨水）、（二十四節氣之一）雨水

雨水〔名〕雨水
雨水が漏る（漏雨）漏る浅る盛る守る守る
街路には雨水が流れていた（街上流著雨水）

雨声〔名〕雨聲

雨雪、雨雪〔名〕雨雪
雨雪量（雨雪量、降水量）

雨線〔名〕〔氣〕雨帶（指因大氣中水蒸氣而引起的太陽光譜中的黑帶）

雨中〔名〕雨中
雨中の熱戦（雨中的激戰）
雨中にも拘らず（不顧下雨）
試合は雨中に行われた（比賽是在雨中進行的）

雨注〔名、自サ〕大雨如注
弾丸雨注の中を進んで行く（在槍林彈雨中前進）

雨滴〔名〕雨滴、雨點（＝雨垂れ）
雨滴で深い穴が穿たれている（雨點滴成了深洞）
静かな雨滴の様な音が聞こえていた（聽到了靜靜的雨滴似的聲音）

雨天〔名〕雨天←→晴天
雨天が続く（連日下雨）
雨天順延（雨天順延）
雨天体操場（室內體育場）
雨天決行（風雨無阻）

雨飛〔名、自サ〕雨一般地飛落
弾丸雨飛の中を突進する（在槍林彈雨中前進）

雨氷〔名〕〔氣〕雨冰

雨余〔名〕雨後（＝雨後）

雨量〔名〕〔氣〕雨量、降水量（＝降水量）
雨量を測る（測定雨量）測る計る量る図る諮る謀る
昨日の雨量は三十ミリ milliliter であった（昨天下雨三十毫米）
雨量計（雨量計）
雨量観測所（雨量站）

ロボット雨量計〔名〕自動雨量計

雨緑樹林〔名〕雨綠樹林（在熱帶亞熱帶的季風帶常見旱期落葉而雨期生葉的樹林）

雨露、雨露〔名〕雨露。〔喻〕恩澤
雨露を凌ぐ（遮蔽風雨）
雨露を曝される（任憑風吹雨打）
雨露の恵み（雨露之恩）

雨〔名〕雨、下雨、雨天、雨量
小糠雨（細雨＝細かい雨）天飴
大雨、大雨（大雨、豪雨）
俄か雨（驟雨＝驟雨）
霧の様な雨（濛濛細雨）
土砂降りの雨（瓢潑大雨）
滝如す雨（傾盆大雨）
降り続く雨（連綿的淫雨）
雨の多い地方（多雨的地方）
雨の少ない国（雨量少的國家）
雨が降り然うだ（要下雨的樣子）
雨が止む（雨住）
雨が上がる（雨住）
久しく雨が無い（好久沒下雨了）
雨に遇う（遇雨）
雨に降られる（遇雨）
雨に濡れる（被雨淋濕）
雨を防ぐ（防雨）
雨を凌ぐ（躲雨、避雨）
あ、雨だ（啊！下雨啦）

雨

今日は雨だ（今天是下雨天）

弾丸の雨（彈雨）

拳骨の雨（拳頭雨點般落下）

雨降って地が固まる（下了雨地面就牢固起來、〔喻〕破壞之後才有建設、經過戰爭才有和平）

**飴**〔名〕飴糖、軟糖、麥芽糖

飴菓子（糖果）飴雨天鯢

子供が飴をしゃぶっている（小孩嘴裡含著糖）

飴を食わせる（給他一個甜頭吃）食わせる喰わせる

飴を舐めさせる（給他一個甜頭吃）舐める嘗める嘗める

飴を舐らせる（給他一個甜頭吃）

今の負けは飴を嘗めさせたんだ（剛才輸給他是故意給他的甜頭）利口利巧俐巧

彼は利口だから、飴を嘗めさせようと為ても駄目だ（因她很機靈想用好處籠絡也不成）

飴を含み孫を弄ぶ（含飴弄孫）

**天**〔名〕天（=天、空）↔土

**雨上がり、雨上がり**〔名〕雨後

雨上がりの上天気（雨後的好天氣）

美しい虹の橋が、雨上がの空に懸かった（雨後的彩虹懸掛在雨後的天空上）

**雨跡**〔名〕雨點的痕跡

**雨霰**〔名〕雨和霰、（子彈等）紛飛狀, 雨點般落下

**雨風、雨風**〔名〕雨和風、連風帶雨，帶雨的風

雨風に鍛えられる（在風雨中鍛鍊）

雨風に曝される（經受風吹雨打）

酷い雨風だ（好厲害的大風雨呀！）

**雨勝ち**〔形動〕多雨

此の頃は雨勝ちだね（近來雨可真多呀！）

**雨冠、雨冠**〔名〕（漢字部首）雨字頭

**雨植物**〔名〕喜雨植物

**雨虎、雨降らし**〔名〕〔動〕雨虎（一種沿岸海產軟體動物=海鹿）

**雨降り**〔名〕下雨、下著雨、下雨的天氣、下雨的時候

外は雨降りだ（外面下雨了）

雨降りだと鬱陶しくて行けない（一下起雨來就鬱悶得很）

雨降りに出歩く（冒著雨出去）

雨降りに出掛ける（冒著雨出去）

**雨**〔漢造〕雨

**雨間、雨間**〔名〕雨停的工夫、降雨的間歇

此の雨間に出掛けようか（趁著雨停了走吧！）

**雨足, 雨脚、雨足, 雨脚、雨脚**〔名〕雨腳、雨勢

雨足が激しい（雨勢很猛）

雨足が近付いて来る（雨來得近了）

夏の夕立は雨足が速い（夏天的驟雨來得快）

**雨覆い、雨覆**〔名〕（遮雨的）雨布

**雨落ち**〔名〕檐溜（檐滴水）下落的地方（=雨垂れ落ち）

雨落ち石（滴水石、櫓溜石）

**雨外套**〔名〕雨衣（=レーンコート）

**雨蛙**〔名〕（常在下雨時鳴叫的）雨蛙

**雨笠**〔名〕雨笠

**雨傘**〔名〕雨傘

雨傘を差す（打雨傘）

雨傘番組（電視或廣播因下雨中止節目的代替節目）

**雨傘蛇**〔名〕（台灣毒蛇）雨傘節

**雨合羽**〔名〕雨斗蓬

**雨皮**〔名〕（古時蓋車輛用的）雨罩

**雨着**〔名〕雨衣

雨着に良い（適於下雨天穿）

**雨霧**〔名〕雨霧、小雨似的濃霧

**雨具**〔名〕（雨衣、雨傘、雨鞋等）雨具

雨具の用意が無い（沒有準備雨具）

**雨雲**〔名〕雨雲、陰雲

雨雲が空を覆って今にも降り出し然うだ（陰雲密布眼看就要下起來）

**雨曇り、雨曇**〔名〕陰雲密布、即將下雨的陰天

**雨気、雨気**〔名〕雨意、將要下雨（=雨模様、雨模様）

空気は雨気を帯びていた（空氣中充滿了雨意）

**雨景色**〔名〕雨景、要下雨的樣子

**雨乞い**〔名〕祈雨、求雨←→日乞い

雨乞いは一種の迷信だ（求雨是一種迷信）

**雨曝し**〔名〕曝露在雨中、抛在雨裡（不管）

洗濯物を雨曝しに為る（把洗的衣服淋在雨中不管）

雨曝しの材木（曝露在雨中的木材）

**雨雫**〔名〕雨點、雨滴（=雨滴、雨垂れ）

**雨支度**〔名〕準備雨具

雨支度を為て出掛ける（帶好雨具外出）

**雨空**〔名〕欲雨的天空、正在下雨的天空

**雨垂れ、雨垂**〔名〕從屋簷流下的雨水、檐溜、檐滴水

雨垂れが落ちる（檐溜滴下）

雨垂れ落ち（檐溜流下的地方）

雨垂れ拍子（單調的拍子）

雨垂れ石を穿つ

**雨燕**〔名〕〔動〕雨燕

雨燕科の鳥（雨燕科的鳥）

針尾雨燕（針尾雨燕）

**雨粒**〔名〕雨點、雨滴

**雨戸**〔名〕（防風雨罩窗外的）木板套窗、滑窗

雨戸を開ける（拉開木板套窗）

雨戸を閉める（關上木板套窗）

**雨樋**〔名〕檐槽、滴水槽、雨水管

雨樋を付ける（裝雨水管）

**雨催い、雨催い**〔名〕〔舊〕要下雨的樣子（=雨模様、雨模様）

雨催いの空（要下雨的天空）

**雨模様、雨模様**〔名〕要下雨的樣子

空が雨模様に為って来た（天要下雨了）

**雨漏り**〔名、自サ〕漏雨

此の部屋は雨漏りが酷い（這房子漏雨厲害）

屋根の方方で雨漏りが為る（屋頂有好幾處漏雨）方方

**雨宿り**〔名、自サ〕避雨（=雨除け、雨避け）

軒下で雨宿りする（在屋簷下避雨）

**雨止み**〔名〕雨停、避雨，等待雨停（=雨宿り）

雨止みを待つ（等待雨停）

**雨夜、雨夜**〔名〕雨夜

**雨除け、雨避け**〔名、自サ〕雨布（=雨覆い、雨覆）、避雨（=雨宿り）

雨除けの庇（雨棚、雨搭）

軒下で雨除けする（在屋簷下避雨）

**雨装い**〔名〕準備雨具（=雨支度）

**雨装束、雨装束**〔名〕防雨的服裝

**雨**〔漢造〕雨

秋雨、秋雨（秋雨）

春雨、春雨（春雨）

小雨、小雨（微雨）

**鮫**〔名〕〔動〕鯊魚（關西地方叫做鱶、山陰地方叫做鰐）

鮫皮（鯊魚皮）

鮫肝油（鯊魚肝油）

# 傴（ㄩˇ）

**傴**〔漢造〕曲背

**傴僂、傴僂、傴僂，屈背、傴僂**〔名〕〔醫〕傴僂病、駝背，羅鍋

佝僂、痀瘻（佝僂=傴僂）

傴僂（傴僂病、駝背）

# 語（ㄩˇ）

**語**〔名〕話，語言，單詞、語調（=言葉、言葉遣い）

〔漢造〕語，說，話、語言，單詞、故事

語を改めて（改變語調）

語を強めて（加強語調）

語を結ぶ（結束談話）
言語（言語、語言）
諺語（諺語=諺）
私語（耳語、小聲說話）
死語（廢詞、已不使用的語言）
耳語（耳語、私語）
笑語（笑語）
冗語、剩語（多餘的字、不必要的詞）
畳語（疊詞-如我我、山山）
低語（低語、小聲說話）
独語（自言自語、德語）
独立語（獨立語）
漢語（漢語）
和語、倭語（日語）
洋語（西方語言、外來語）
用語（用語，措辭、術語，專用語）
要語（重要詞彙）
閑語（輕輕談話、無聊的話）
豪語（誇口、說大話）
口語（口語、白話、現代語）
大言壮語（豪言壯語）
人語（人的語言、人的語聲）
新語（新語、生詞）
仏語（法國話）
仏語（佛教用語）
国語（國語課、一國的語言、本國語言、普通話）
古語（古語）
類語（同義詞、同類詞）
詩語（作詩用的詞）
識語、識語（序跋）
反語（反語法、說反話）
俚語（方言、土話）

標語（標語）
評語（評語）
現代語（現代語、明治以後的口語）
標準語（標準話、普通話）
外来語（外來語）
世界語（世界語、國際語）
国際語（國際語、英語）
源氏物語（源氏物語=源語）
平家物語（平家物語=平語）
伊勢物語（伊勢物語=勢語）

**語意**〔名〕語意、詞意
**語彙**〔名〕詞彙
　日本語の語彙（日語詞彙）
　語彙を豊富に為る（豐富詞彙）
　此の辞書は語彙が豊富だ（這辭典詞彙豐富）
　語彙の乏しい男（詞彙貧乏的人）
**語音**〔名〕語音
**語格**〔名〕語法
　語格に外れる（不合語法）
　語格の誤り（語法上的錯誤）
**語学**〔名〕語言學（=言語学）、外語，外語學習，外語課程、〔俗〕會外語，外語能力
　語学の教師（外語教師）
　語学の才が有る（有學外語的才能）
　彼の人は語学が出来ない（他不會說外國語）
　語学が得意だ（擅長外語）
**語感**〔名〕語感（語言給予的印象感覺）（=語のニュアンス）、對語言的微妙感覺
　外国語の語感を掴むのは難しい（掌握外國語的語感很困難）
　語感が鋭い（對語言的感覺敏銳）
　語感を養う（培養對語言的感覺）
**語幹**〔名〕〔語法〕語幹、詞幹←→語尾
**語気**〔名〕語氣、語調
　語気が鋭い（語氣尖銳）

語気が荒い（語氣粗暴）荒い洗い粗い

語気を強めて言う（加強語氣說）

語気鋭く詰め寄る（語氣咄咄逼人）

**語義**〔名〕語意、詞意

語義を明かに為る（明確語意）

**語句**〔名〕語句，詞句，詞，語

語句の用法（詞的用法）

語句の選択に注意を払う（注意選擇詞句）

**語形**〔名〕語形、詞形、詞態

語形変化（詞形變化）

語形論（詞態論、詞態學）

**語原、語源**〔名〕語源、詞源

語源を調べる（查語源）

此の語の語源はラテン語から出ている（這詞的來源出自拉丁語）

語源学（語源學）

**語語**〔名〕句句、每個詞

言言語語（字字句句、每字每句、一字一句）

**語根**〔名〕〔語〕詞根、用言的詞幹

**語史、語誌**〔名〕詞源（關於詞的起源意義用法的變遷的說明）、語言史

**語釈**〔名、他サ〕語句的解釋、解釋詞句

**語順**〔名〕〔語〕句中詞的排列次序、（辭典等的）單詞排列順序（=語序）

**語序**〔名〕〔語〕句中詞的排列次序、（辭典等的）單詞排列順序（=語順）

**語数**〔名〕詞數、字數

**語勢**〔名〕語勢、口氣

語勢を強める（加強語氣、加重語調）

語勢を強めて言う（加強語氣說）

**語族**〔名〕〔語〕（family of languages 的譯詞）語系

インド、ヨーロッパ語族（印歐語系）

**語調**〔名〕語調、語氣、腔調

興奮した語調（興奮的語調）

怒った語調で語る（用憤怒的口氣說）

ゆっくりした語調（從容的聲調）

語調を和らげる（緩和語調）

**語頭**〔名〕〔語〕詞頭←→語尾、語末

**語尾**〔名〕〔語〕語尾←→語頭、詞尾←→語幹、一句話的結尾（=言葉尻）

語尾が子音で終る（語尾落在子音上）子音

語尾の変化（詞尾的變化）

君の言う事は語尾がはっきりしない（你說的語尾不清楚）

**語弊**〔名〕語病

此の言葉は語弊が有る（這句話有語病）

然う言っては語弊が有るかも知れないが（這樣說有許有語病…）

馬鹿だと言えば語弊が有るが、少なくとも利口ではない（說是糊塗也許不太恰當至少是不聰明）

**語法**〔名〕語法、說法（=言い方）

語法に背く（不合語法）

語法上間違った言い方（語法上錯誤的說法）

**語末**〔名〕語尾←→語頭

語末音（語尾音）

**語脈**〔名〕語脈、文脈、詞與詞的脈絡

**語盲症**〔名〕〔醫〕失讀症

**語類**〔名〕詞類（=品詞）

文を語類に分かつ（按詞類分析句子）

**語例**〔名〕詞例、例句

**語呂、語路**〔名〕語調，語感，腔調，轍口，和轍押韻（=語呂合わせ）

語呂が良い（語調好）

語呂が悪い（語調不好）

語呂を合わせる（和轍）

語呂の良い標語（順口的口號）

語呂合わせ（和轍押韻、編和轍押韻的俏皮話=）

**語錄**〔名〕（學者、高僧、著名人士的）語錄

**語らう**〔他五〕談，談話，談心（=話し合う）、定約，山盟海誓（=契りを結ぶ）、勸說，邀請，同謀，計議

親子水入らずで語らう（父母子女間一家人談心）

語らう友も無く侘びしく住んでいる（連個談心的朋友都沒有寂寞地住在那裡）

二、三の友を語らって旅行に出掛ける（邀請二三友人出去旅行）

仲間を語らって一揆を起す（同伙計議起義）

**語らい**〔名〕談，談話，談心、（男女的）誓約

親子水入らずの語らい（父母子女間一家人的談心）

夫婦の語らいを為る（定夫婦的誓約、海誓山盟）

**語る**〔他五〕說，談（=話す）、說明、說唱

体験を語る（談體會）騙る騙す

趣味を語る（談興趣）

友人と語る（跟朋友談話）

彼の語る所に拠ると（據他所談）

淀みなく語る数千言（下筆萬言）

今夜は大いに語ろうではないか（今晚我們暢談一番吧！）

浄瑠璃を語る（說唱淨琉璃）

語るに落ちる（不打自招）

語るに足る（值得一談）

語るに足りない（不值一談）

**騙る**〔他五〕騙、騙取

金を騙る（騙錢）

名を騙る（冒名頂替）名名

名士の名を騙る（冒名士之名）

牧師だと偽って金を騙る（冒充牧師騙錢）

**語り**〔名〕談話，講話、談的話、（〝能樂〟〝狂言〟等的）道白、（廣播、電視、影片等的）解說（員）

**騙り**〔名〕欺騙、詐騙、騙子

騙りに会う（騙錢）会う遇う逢う遭う

騙りを働く（作詐騙活動）

彼の男はとんだ騙りだ（那人是個意想不到的騙子）

**語り明かす、語り明す**〔他五〕談到天亮、談個通宵

友人と一晩語り明かした（和朋友徹夜談心）

**語り草**〔名〕話題、談話的資料

語り草に為る（作為話題）

人の語り草に為る（成為人們的話題）

此れは後世迄の語り草と為ろう（這將成為後世的話題）

**語らい草**〔名〕話題

**語り口**〔名〕話頭，講話的開端、（特指〝落語〟和〝淨琉璃〟的）語調和態度

**語り継ぐ**〔他五〕世代傳說下去

古くから語り継がれた話（從古代流傳下來的故事）

**語り手**〔名〕講話的人、劇情解說人、善於講話的人

**語り部**〔名〕〔史〕上古以講述傳說典故為世襲職業的部族

**語り物**〔名〕說唱的故事（如〝浪花節〟〝淨琉璃〟〝平曲〟等）

## 予（ㄩˋ）

**予**〔代〕余、我（=余、我）

〔漢造〕（〝豫〟的簡體）提前，事先，躊躇，猶豫、（舊地方名）伊予的簡稱

猶予（猶豫、延期）

伊予（予州）

**予価**〔名〕預定價格

**予科**〔名〕預科

大学の予科（大學的預科）

予科生（預科學生）

予科練（〔舊〕海軍飛行預科練習生）

**予覚**〔名、他サ〕預感（=予感）

予覚した事が其の通りに為る（預感的事情成為事實）

**予感**〔名、他サ〕預感、預兆

不吉な予感（不祥的預兆）

死の予感を持つ（有死的預感）

君が来る様な予感が為た（我總覺得你一定會來的）

此の事業には事故が起こり然うな予感が為る（我總覺得這件事要出問題）

失敗し然うな嫌な予感が為た（我有一種要失敗的不吉的預感）

予感した通り友が訪ねて来た（不出所料果然朋友來了）

**予期**〔名、他サ〕預期、預料、預想

予期の如く（正如所料）如く若く敷く

予期以上に（出乎預料）

予期通りに為る（果如所料）

君が来るとは予期しなかった（沒想到你會來）

其の薬は予期した効果を上げなかった（那種藥沒收到預期的療效）

結果は予期以上だった（結果〔好得〕超出預料）

売り上げは予期した程ではなかった（銷售額不像預料的那樣好）

予期に反して良い点が取れた（和預料相反得分不錯）

**予覚**〔名、他サ〕預見、預知

一年前に大戦の勃発を予覚する（在一年之前預見到大戰的爆發）

**予言**〔名、他サ〕預言，預告、〔宗〕（寫作預言）預言

予言が当る（預言說中了）

其の予言は外れた（那項預言沒有說中）

大地震が起こると予言している（預告要發生大地震）

其れは誰も予言する事が出来ない（那是誰也無法預言的）

予言者（預言家、先知）

預言書（預言書）

**予言、豫言、兼言**〔名〕諾言、誓言

**予後**〔名〕〔醫〕預後（治療後的情況）

手術の予後が思わしくない（手術後的病況不大好）

予後が良好である（預後良好）

予後を養う（預後調養）

**予行**〔名、他サ〕預先演習、排演

出し物を予行する（排演〔預演〕節目）出し物演し物

式の予行を為る（預先演習儀式）

予行演習（預演、預先練習）

**予稿**〔名〕預備稿、徵求意見的草稿

**予告**〔名、他サ〕預告、預先通知

新刊書予告（新書預告）

遠足の日取りを予告する（預告郊遊的日期）

映画の予告編（電影預告片）

立ち退きの予告（搬遷通知）

試験期日を予告する（預告考試日期）

**予察**〔名、他サ〕預測、事先推測、事先察覺

**予算**〔名〕預算

本予算（主要預算、正式預算、原預算）

追加予算（追加預算、附加預算）

予算を編成する（編造預算）

予算を組む（編造預算）

予算を成立させる（通過預算案）

予算を切り詰める（減縮預算）

此の家を建てるには一千万円の予算が要る（建造這所房子需要一千萬日元的預算）

旅行の予算を立てる（做旅行的預算）

思わぬ支出で予算が狂って仕舞った（由於意外的支出把預算搞亂了）

女房が反対するなんて僕の予算に入っていなかった（我沒有把妻子的反對預計在內）

予算欠損（預算赤字）

予算超過（超過預算）

予算統制（預算控制）

予算返上（〔議會認為政府預算案不妥〕把預算案駁回）

ㄩ

ロ

予算生活（按照計畫開支的生活）
予算外（預算以外）
予算案（預算〔草〕案）
予算教書（〔美國的〕預算咨文-表示從七月一日開始的會計年度的預算案）
予算管理（預算管理-通過預算制度來管理企業的經營活動）
予算提出権（〔向國會〕提出預算的權限）

**予示**〔名、他サ〕預先示知、預告（=前触れ）
入学心得を予示する（預先示知入學須知）

**予習**〔名、他サ〕預習←→復習
明日の数学を予習する（預習明天的數學）
予習と復習を十分に為る（充分地進行預習和複習）

**予震**〔名〕〔地〕前震、初期微震

**予審**〔名〕〔法〕（正式公審前的）預審（按日本現行法已廢止）
予審で免訴に為った（預審時決定免予起訴）

**予洗**〔名〕（在正式洗滌以前）預先沖洗（=下洗い）

**予選**〔名、他サ〕預選、預賽
百メートル予選（百米預賽）
予選、準決勝、決勝（預賽半決賽決賽）
予選をパスした（預選合格、通過了預選）
予選で落ちる（在預選中落選、在預賽中被淘汰）
作品の中から予選して良い物丈残す（從作品中進行一次預選只留下好的）

**予旋回**〔名〕〔機〕預迴轉
予旋回羽根（預迴轉葉片）

**予餞会**〔名〕（畢業前等預先舉行的）餞別會
予餞会を開く（舉行餞別會）

**予想**〔名、他サ〕預想、預料、預測、預計
米作予想（稻米估産）
景気予想（行情預測）
控え目に予想する（作保守估計）
予想が外れる（預計落空）

被害は予想以上である（受災比預料的重）
如何言う結果に為るか予想が付かない（結果如何尚難預料）
収穫高は予想を遥かに上回るだろう（産量大大超過預計）
収穫高は予想を遥かに下回るだろう（産量大大低於預計）
一位に為ると皆が思っていたのに、彼は予想に反して二位に為った（人們都以為他會取得第一名結果出乎預料他得了第二）
誰も今日有るを予想した者は居なかった（誰也沒料到有今天）
彼は然う言う強硬な態度に出て来るであろうとは十分予想出来る（他將採取那種強硬態度是完全可以預料到的）
予想外（出乎預料）
予想通り（如所預料）
予想配当（預測的紅利）

**予測**〔名、他サ〕預測、預料
何とも予測が付き兼ねる状態です（情況很難預測）
台風の進路を予測する（預測颱風的風向）
勝敗は予測出来ない（勝敗無法預料）
前途は予測を許さない（前徒叵測）

**予諾**〔名〕事先應允
予諾を与える（事先表示應允）

**予断**〔名、他サ〕預先判斷
前途は予断を許さない（前途叵測）

**予知**〔名、他サ〕預知、預先知道（=前以て知る事）
地震を予知する（預知地震）

**予定**〔名、他サ〕預定
予定の行動（預定的行動、預先計畫的行動）
予定が狂う（預定的計畫被打亂）
一週間滞在の予定です（預定逗留一個星期）
今日は何を為る予定ですか（今天預定做什麼？）

船は予定時間に港を出た（船按預定時間準時啟航）

会は金曜日の晩に有る予定です（會預定在星期五晚上舉行）

急に予定を変えて､其方へ明日行く事に為た（突然改變計畫決定明天到那裡去）

仕事は予定通り具合良く進んでいる（工作按預定計畫順利進行著）

予定額（預定額）

予定案（預定的方案）

予定表（計畫表）

予定日（預定的日期）

予定申告（納稅報表－納稅人向稅徵機關填報的繳稅預計表）

予定保険（預定保險）

予定納税（預繳稅款－日本稅制規定、本年稅款先按上年實繳額、分別於七月、十一月各繳三分之一、其餘則在下年三月、算出本年應納稅額時全部繳清）

**予熱**〔名〕〔機〕預熱

予熱器（預熱器）

予熱口（預熱孔）

予熱炉（預熱爐）

**予燃室**〔名〕〔船〕預燃室

**予納**〔名、他サ〕預先繳納（＝前納）

保証金を予納する（預先繳納保證金）

**予備**〔名〕預備，準備，備品、預備役（＝予備役）

万一の時の予備に貯金する（存錢以備不時之需）

予備の電池を買って置く（購置備用的電池）

予備を使って修理する（用備品修理）

予備金（準備金）

予備部品（備件）

予備工作（準備工作）

予備交渉（準備性會談）

予備役（預備役）

予備知識（預備知識、事前準備的知識）

予備校（預備學校、〔考大學的〕補習學校）

予備隊（〔舊〕預備隊、後備隊）

予備選挙（預選）

予備費（預備費）

**予報**〔名、他サ〕預報

天気予報（天氣預報）

津波を予報する（預報海嘯）

予報が当る（預報恰中）

**予防**〔名、他サ〕預防

火災予防（防火）

伝染を予防する（預防傳染）

水害を予防する（預防水災）

予防は治療に勝る（預防勝於治療）

清潔に為ている事は病気の予防に為る（保持清潔可以預防疾病）

予防注射（預防注射）

予防線（預防線、警戒線、防線）

予防策（預防的措施）

予防接種（預防接種、打預防針）

**予約**〔名、他サ〕預約、預定、預購、注定（前途命運等）

新刊の本を予約する（預訂新書）

入場券の予約は此方で（這裡預訂入場券）

新製品の予約を承ります（辦理新產品的預約）

座席に二人分予約する（預訂兩個人的座位）

早目に御予約を御勧め致します（請及早訂購）

碧郎の前途には何か暗く予約されている事でも有るのだろうか（難道碧郎的前途會注定是什麼不光明的嗎？）

予約者（預訂者、訂購人）

予約席（預訂的座位）

予約代価（預訂費、訂購費）

ㄩ

## ㄩ

予約締切日（預約截止日期）

予約済み、予約済（已預約完了）

予約語（〔計〕預定字、保留字）

**予料**〔名〕〔哲〕（德 Antizipation 的譯詞）預料、預測、預知

**予鈴**〔名〕（學校上課的）預備鈴

**予冷器**〔名〕〔機〕預冷器

**予て、兼て**〔副〕事先、以前、老早、早先、原先（＝予め、前以て、予てから、予予）

予ての計画（原先的計畫）

予て耳に為ていた噂（老早就聽到的傳說）

予ての望みを達する（達到宿願）

此の本は予て読み度いと思っていた（這本書我老早就想看來著）

御高名は予てから伺って居ります（久仰大名）

予て聞いていたよりずっと優れていた（比原先聽到的好得多）

予て御頼みして置いた話は如何為りましたか（以前拜託您的那件事怎麼樣了？）

**予予、兼兼**〔副〕老早、很久以前（＝予て、兼て、前以て、前から）

御名前は予予伺って居ります（久仰大名）

予予心配していた事が起こった（很久以前就擔心的事情發生了）

予予言った通り（正像以前所說的那樣）

東京へ行ってみたいと予予思っていた（我很早以前就想到東京去看看）

**予め**〔副〕先、預先（＝予て、兼て、前以て、前から）

予め知らせ置く（預先通知）

予め計画を立てる（先訂計畫）

## 玉、玉（ㄩˋ）

**玉**〔名、漢造〕玉石（＝玉）。（飲食店用語）雞蛋、炒雞蛋。（花柳界用語）藝妓，付給藝妓的錢。〔象棋〕玉將。（交易所用語）交易對象（指有價證券、股票或商品）、尚未清算的交易契約、已成交的商品數量。（提交交易所的）保證金。美麗如玉，寶貴如玉。有關皇帝的敬語

紅玉（紅玉）

玉を付ける（給藝妓錢）

玉が足りない（證券〔股票〕不足）

玉不足（證券〔股票〕不足）

玉整理（清理尚未清算的交易契約）

玉を飲む（經紀交易員、自行交易、欺騙委託交易的顧客、侵吞其保證金）

珠玉（珍珠和玉石、辭藻華麗的詩文）

宝玉（寶玉、寶石）

美玉（美玉）

碧玉（碧玉）

硬玉（〔礦〕硬玉、翡翠）

黃玉（〔礦〕黃玉）

鋼玉（〔礦〕鋼玉、氧化鋁）

紅玉髓（〔礦〕光玉髓、肉紅玉髓）

金殿玉楼（瓊樓玉宇）

金声玉振

金枝玉葉（金枝玉葉、皇族）

金科玉条（金科玉律）

**玉案**〔名〕用玉石裝飾用的几案，漂亮的几案、他人的几案的敬稱

玉案下（〔書信〕用語座右）

**玉韻**〔名〕〔敬〕對手作的漢詩

**玉詠**〔名〕（對他人詩歌的美稱）玉詠

**玉音**〔名〕清脆的聲音、日皇的聲音（＝玉音）、您的來信，大札

**玉音**〔名〕日皇的聲音

玉音放送（日皇親自廣播-特指八一五無條件投降的廣播）

**玉顔**〔名〕〔舊〕玉顏、日皇（天子）的臉，龍顏（＝竜顔）

**玉眼**〔名〕雕像或木偶玻璃等做的眼睛、高貴人的眼睛、女人美麗的眼睛

**玉座**〔名〕日皇（天子）的座席、寶座

**玉砕**〔名、自サ〕玉碎、（與其被俘）乾脆犧牲、豁出吃敗戰（也蠻幹下去）←→瓦全

陣地を死守して全員玉砕した（死守陣地全部人員都犧牲了）

玉砕主義で行く（抱定乾脆犧牲的主義幹下去、豁出吃敗戰也蠻幹下去）

玉砕を貴ぶ、瓦全を恥ず（貴玉碎恥瓦全）
貴ぶ尊ぶ　尊ぶ貴ぶ

**玉札**〔名〕〔敬〕對手的信

**玉山**〔名〕產玉的山、相傳西王母住的山

**玉璽**〔名〕御璽、天子的印章

**玉手**〔名〕玉手、天子的手、敬對方的手和信

**玉樹**〔名〕美麗的樹、比喻高潔的人。〔植〕槐的異名

**玉什**〔名〕好的詩歌、（對他人詩歌的美稱）玉詠

**玉書**〔名〕〔敬〕對方的信

**玉女**〔名〕玉女、女人的美稱、仙女

**玉将**〔名〕〔象棋〕玉將、王將

**玉章**〔名〕好的詩文、（對他人書信的尊稱）華函，玉音

**玉章、玉梓**〔名〕（稱對方的來信）華翰、瑤簡（=玉章）

**玉觴**〔名〕玉觴、玉杯

**玉条**〔名〕美麗的枝條、金科玉律

**玉食**〔名〕美餐、豪華的飲食
錦衣玉食（錦衣玉食）

**玉人**〔名〕姿態美麗的人、人格高尚的人、玉的加工工人、玉製的人偶

**玉髄**〔名〕〔礦〕玉髓

**玉成**〔名、他サ〕培養成完善的人

**玉石**〔名〕玉和石、的和壞的
玉石混淆（良莠混淆）
其れはまるで玉石混淆だ（那簡直是好壞不分）
玉石俱に焚く（玉石俱焚-書經）

**玉石**〔名〕（砌牆、鋪院子的）卵石、圓石

**玉屑**〔名〕碎玉的粉末（被考慮為長生不老藥）、比喻降雪

**玉体**〔名〕日皇（貴人）的身體、（對他人身體的尊稱）玉体

**玉代**〔名〕付給藝妓的錢（=玉、花）

**玉滴石**〔名〕〔礦〕玻璃蛋白石

**玉兎**〔名〕月亮
玉兎、銀波を映じる（玉兎映銀波）

**玉堂**〔名〕玉飾的殿堂、美麗的宮殿、宮殿的美稱。〔敬〕他人的家

**玉杯**〔名〕玉杯、酒杯的美稱

**玉帛**〔名〕玉和帛、天子寫的信

**玉盤**〔名〕玉盤、盤的美稱

**玉筆**〔名〕漂亮的筆。〔敬〕他人的筆跡和詩文

**玉斧**〔名〕玉斧
玉斧を乞う（請賜斧正）請う

**玉歩**〔名〕日皇（皇后、皇太后）的腳步、顯貴的腳步

**玉門**〔名〕美麗的門。〔隱〕女陰，陰門

**玉葉**〔名〕美麗的樹葉、金枝玉葉

**玉蘭**〔名〕〔植〕玉蘭

**玉露**〔名〕露水、玉露（一種高級綠茶）

**玉楼**〔名〕玉樓、白玉樓
金殿玉楼（瓊樓玉宇）

**玉階**〔名〕宮中或神社的階梯

**玉肌**〔名〕美麗的皮膚

**玉器**〔名〕玉製的器物

**玉稿**〔名〕〔敬〕尊稿
今度の号には是非玉稿を戴き度い（下期務請惠賜尊稿）

**玉、珠、球**〔名〕玉，寶石，珍珠、球，珠，泡，鏡片，透鏡、（圓形）硬幣、電燈泡、子彈，砲彈、台球（=撞球）。〔俗〕雞蛋（=玉子）。〔俗〕妓女，美女。〔俗〕睾丸（=金玉）、（煮麵條的）一團、（做壞事的）手段，幌子。〔俗〕壞人，嫌疑犯（=容疑者）。〔商〕（買賣股票）保證金（=玉）。〔俗〕釘書機的書釘。〔罵〕傢伙、小子

玉で飾る（用寶石裝飾）靈魂　弾
玉の台（玉石的宮殿、豪華雄偉的宮殿）
玉の様だ（像玉石一樣、完美無瑕）
玉と為って砕く共、瓦と為って全からじ（寧可玉碎不為瓦全）表示否定的意志

山

ㄩ

硝子珠、ガラス珠（玻璃珠）
糸の球（線球）
毛糸の球（毛線球）
露の珠（露珠）
シャボン玉（肥皂泡）
球を投げる（投球）
球を打つ（擊球）
玉を選ぶ（〔喻〕等待良機）
額に珠の様な汗が吹き出した（額頭上冒出了豆大的汗珠）
眼鏡の珠（眼鏡片）
十円玉（十日元硬幣）
玉が切れた（燈泡的鎢絲斷了）
玉の跡（彈痕）
玉に当る（中彈）
玉を込める（裝子彈）
玉を突く（打撞球）
馬の玉を抜く（騙馬）
饂飩の玉を三つ（給我三團麵條）
女の玉に為て強請を働く（拿女人做幌子進行敲詐）
玉を繫ぐ（續交保證金）
玉に瑕（白圭之瑕、美中不足）
玉を転がす様（如珍珠轉玉盤、〔喻〕聲音美妙）
玉を抱いて罪あり（匹夫無罪懷壁其罪）
玉の杯底無きが如し（如玉杯之無底、華而不實）
玉磨かざれば光無し（器を成さず）（玉不琢不成器）
**偶、適**〔副〕（常接に使用、並接の構成定語）偶然、偶而、難得、稀少（＝偶さか）
偶の休日（難得的休息日）
偶の休みだ、ゆっくり寝たい（難得的假日我想好好睡一覺）

偶の逢瀬（偶然的見面機會）
偶に来る客（不常來的客人）来る
偶には遊びに来て下さい（有空請來玩吧！）
彼とは偶にしか会わない（跟他只偶而見面）
偶に一言言うだけだ（只偶而說一句）
偶に遣って来る（偶然來過）
偶に有る事（偶然發生的事、不常有的事）
偶には映画も見度い（偶而也想看電影）
**玉紫陽花**〔名〕〔植〕圓繡球、圓八仙花
**玉霰**〔名〕霰的美稱、細粒狀的點心
**玉糸**〔名〕（由兩隻蠶作成的繭抽出的）粗絲
玉糸織り、玉糸織（用粗絲織的綢緞）
**玉織り、玉織**〔名〕用粗絲織的綢緞（＝玉糸織り、玉糸織）
**玉受座**〔名〕（戒指上的）寶石座
**玉垣**〔名〕神社周圍的木柵欄
**玉飾り**〔名〕珠寶，珠寶飾物、珠子項鍊、（旗桿頂上的）頂球
玉飾り細工（寶石雕刻）
**玉葛**〔名〕蔓草的總稱、（和歌中）はふ，長し，絶えぬ，繰る的枕詞
**玉鬘**〔名〕髮飾的珠串、假髮（＝鬘）。〔佛〕華鬘（＝華鬘）、（和歌中）掛く，かげ的枕詞
**玉桂**〔名〕（古傳說中）月球上的桂樹。〔轉〕月亮，月球
**玉絹**〔名〕玉絹（經線用生絲，緯線用粗絲平織的一種絹綢）
**玉黍**〔名〕玉蜀黍（＝玉蜀黍）。〔動〕短濱螺，玉黍螺，荔枝螺
玉黍科（濱螺科，玉黍螺科）
**玉串**〔名〕〔神〕玉串（獻神用的楊桐樹小枝，帶葉纏以白紙）。〔植〕楊桐樹的異稱（＝榊）
玉串を捧げる（奉獻玉串）
**玉匣、玉櫛笥**〔名〕梳頭匣，化妝匣、（和歌中）み，ふた，おほふ，開ける，開く，奧的枕詞
**玉子、卵**〔名〕（鳥、蟲、魚等的）卵，蛋、（特指）雞蛋。〔轉〕幼稚，未成熟者
家鴨の玉子（鴨蛋）

魚や蝦の玉子の粒（魚或蝦的卵粒）

茹で玉子（煮雞蛋）

玉子を割る（磕雞蛋）

玉子の殻（蛋殼）

産み立ての玉子（新下的雞蛋）

玉子の白身（蛋白）白味

玉子の黄身（蛋黃）黃味

黄身の二つ有る玉子（雙黃蛋）

玉子に目鼻（小孩的臉蛋白淨可愛）

医者の玉子（小醫師、實習醫師）

詩人の玉子（小詩人、還沒有名氣的詩人）

**玉子丼、卵丼**〔名〕〔烹〕大碗雞蛋蓋飯

**玉子豆腐**〔名〕〔烹〕雞蛋豆腐、蛋羹

**玉子巻き**〔名〕〔烹〕雞蛋捲

**玉細工**〔名〕玉器、玉器工藝

**玉笹、玉篠**〔名〕小竹（的美稱）（＝笹、篠）

**玉算、珠算**〔名〕珠算

**玉鴫**〔名〕〔動〕彩鷸

**玉軸受**〔名〕滾珠軸承

**玉羊歯**〔名〕〔植〕圓羊齒

**玉砂利**〔名〕大粒沙子

玉砂利を敷き詰める（鋪滿大粒沙子）

**玉簾**〔名〕珠簾（＝玉垂れ）、〔植〕玉簾

**玉簾**〔名〕珠簾（＝玉垂れ）

**玉垂れ**〔名〕珠簾、簾子的美稱（＝簾）

**玉台**〔名〕（台球的）球台（＝玉突き台）

**玉突き、玉突、撞球**〔名〕台球（＝撞球、ビリヤード billiards）

玉突の球（撞球的球）

玉突のゲーム取り（撞球記分員）

玉突を為る（打撞球）

玉突台（撞球台）

玉突棒（撞球桿）

**玉造り、玉造**〔名〕玉匠

**玉椿**〔名〕山茶（的美稱）（＝椿）。〔植〕女貞（的別稱）

**玉手箱**〔名〕（童話）（浦島太郎在龍宮從龍王公主手裡得到的）玉匣。〔喻〕收藏重要物品的小盒子

開けて悔しい玉手箱だった（打開一看竟然大失所望）

**玉取り、玉取**〔名〕耍球雜技（＝品玉）

**玉菜**〔名〕〔植〕甘藍、洋白菜、捲心菜

**玉苗**〔名〕秧苗（＝早苗）

**玉無し**〔名〕賠光、全糟（＝台無し）

玉無しに為る（全部弄壞、糟蹋光）

遣り損えば其れこそ玉無しだ（搞糟了可要連老本都賠光）

相場に手を出して折角の儲けを玉無しに為て仕舞った（搞投機買賣把辛辛苦苦賺來的錢 全賠光了）

**玉葱**〔名〕〔植〕洋蔥、蔥頭

**玉乗り、球乗り**〔名〕踩球雜技、踩球的人（演員）

**玉の**〔連語〕如玉珠般的、玉製的、美麗的

玉の汗（汗珠）

玉の杯（玉杯）

玉の顔（美麗的容貌）

**玉の汗**〔名〕汗珠、汗滴

額に玉の汗が流れている（額頭上流著汗珠）

**玉の緒**〔名〕穿玉的繩、（魂の緒之意）性命，生命（＝命）

玉の緒が絶える（一命嗚呼）絶える耐える堪える

玉の緒を絶つ（絶命）絶つ立つ経つ建つ発つ断つ裁つ截つ

**玉の簪**〔名〕〔植〕玉簪

**玉の声**〔名〕美妙（清脆、悅耳）的聲音、漂亮（華麗）的詞章、鈴（的異稱）

**玉の輿**〔名〕（顯貴坐的）錦轎、富貴的身分

玉の輿に乗る（〔女人〕因結婚而獲得高貴的地位）

女は氏無くして玉の輿に乗る（出身貧寒的女子可因結婚而富貴）

**玉花飾り**〔名〕〔建〕圓球飾

玉箒、玉箒〔名〕〔植〕地膚，掃帚草、正月第一個子日掃蠶室的笤帚、酒（的別名）
　酒は憂いの玉箒（酒是解愁之物、一醉解千愁）

玉房、玉総〔名〕（婦女、兒童衣帽上作裝飾用的）絨球、絲球

玉縁〔名〕漂亮的鑲邊。〔建〕串珠線腳，半圓飾

玉偏〔名〕（漢字部首）王字旁

玉矛，玉鉾、玉矛，玉鋒〔名〕戈（的美稱）

玉繭〔名〕（二隻蠶共作的）大繭、蠶繭（的美稱）

玉水〔名〕水（的美稱）、瀑布、（屋簷流下的）雨滴
　軒の玉水（屋簷流下的水滴）

玉味噌〔名〕（農家做的）蠶豆醬（＝味噌玉）

玉虫〔名〕〔動〕吉丁蟲，金花蟲、彩虹色（＝玉虫色）

玉虫甲斐絹、玉虫海気〔名〕（做衣裡用的）閃光綢

玉虫色〔名〕彩虹色
　玉虫色絹布（閃色綢）

玉芽茶〔名〕中國珠茶

玉藻〔名〕藻（的美稱）

玉目〔名〕旋渦狀的細密木紋

玉響〔副〕稍微、暫時，一會兒

玉除け，玉除、弾除け，弾除〔名〕防彈、防彈用具
　玉除けのチョッキ（防彈背心）
　玉除けの御守り（防彈護符）

玉綿〔名〕仔綿

玉珧〔名〕〔動〕江珧（貝類、曬乾即干貝、泛稱貝柱）

玉筋魚〔名〕〔動〕玉筋魚
　玉筋魚科（玉筋魚科）

玉蜀黍〔名〕〔植〕玉蜀黍、玉米
　玉蜀黍の粉（玉米麵）粉粉
　玉蜀黍の引き割り（玉米糝）

# 育（ㄩˋ）

育〔漢造〕養育、撫育、扶養、成長

愛育（撫育、嬌養、精心撫養）

養育（養育、撫養）

教育（教育、教養、文化程度）

体育（體育、體育課）

知育（智育）

徳育（德育）

生育（生育、生長、繁殖）

成育（成長、發育）

発育（發育、成長）

育英〔名〕育英，培育英才、教育，資助優秀的青少年使受教育
　育英事業に力を注ぐ（致力於教育事業）雪ぐ濯ぐ灌ぐ
　育英会（育英會、獎學會）
　育英資金（資助優秀學生的助學金）

育児〔名、自サ〕育兒
　母は育児に忙しい（母親忙於撫育幼兒）忙しい
　育児院（育嬰院）
　育児園（托兒所）

育児嚢〔名〕〔動〕（袋鼠等的）育兒袋
　育児嚢の有る動物（有袋動物）

育種〔名、自他サ〕育種、培育改良品種
　育種ステーション（育種站）
　育種田（種子田）
　育種家（育種家）

育雛〔名、自サ〕育雛、培育小雞
　自然育雛（天然養雛）
　人工育雛（人工養雛）
　育雛器（育雛器）

育成〔名、他サ〕培養、培育、培訓、扶植、扶育
　技術者を育成する（培養技術人員）
　人物を育成する（培養人才）
　事業を育成する（扶植事業）

優れた選手の育成には時間と努力が要る（培養優秀選手需要時間和努力）優れる 勝れる 選れる

**育苗**〔名〕育苗

**育つ**〔自五〕發育，成長，長進，成長

此の植物は日本では育たないらしい（這種植物好像在日本不生長）

此の子は育つまい（這孩子長不大、這孩子活不長）

彼の音樂の才能はすくすくと育って行く（他的音樂才能很快地成長起來）

自分は解放後の社会で育った青年労働者です（我是解放後成長起來的青年工人）

彼は東京で生れ育った（他生在東京長在東京）

**育ち**〔名〕發育，成長，長勢，教育，教養，撫養，出身，長大成人

育ちの速い木（長得快的樹）早い

良い天候が続いたので稲の育ちが良い（由於接連是好天氣稻子長勢良好）稲

育ちの良い子（教育得好的孩子）

彼の人は育ちが良い（他有教養）

温室育ち（在温室中成長〔的人〕）

僕は彰化生れの彰化育ちだ（我是生在彰化長在彰化的）

氏より育ち（門第不如教育重要）

**育てる**〔他下一〕培養、培育、教育、撫養、撫育

水仙を育てる（培養水仙花）

子供を牛乳で育てる（用牛奶餵養孩子）

其の少年は全く伯母の手一つで育てられた（那個少年完全是他伯母一手撫養起來的）

弟子を育てる（培養徒弟、帶徒弟）弟子弟子

手塩に掛けて育てる（精心培養教育）

後継者を育てる（培養接班人）

**育て**〔名〕撫育、撫養、養育

育ての親（撫養者、養父母）

**育て上げる**〔他下一〕培育、培養、教育、撫養（成人）

稲の優良品種を育て上げる（培育出稻子的優良品種）

女手一つで子供を育て上げる（只靠婦女一雙手把孩子撫養大）

社会主義革命事業の後継者を育て上げる（培養社會主義革命事業的接班人）

有能な婦人記者を育て上げる（培養有才能的女記者）

**育て方**〔名〕培育法、教養法、撫育法

子供は親の育て方一つです（孩子好壞全在於父母的教育方法如何）

**育ての親**〔名〕撫養的父母、養父母

**育む**〔他五〕抱，孵，養育，培養，培育，維護，保護

鳩が雛を育む（鴿子抱雛）

両親に育まれて成長する（受父母養育而長大）

人材を育む（培養人才）

自由を育む（維護自由）

# 芋、芋（ㄩˋ）

**芋、薯、藷**〔名〕薯（白薯、芋頭、馬鈴薯、山藥的總稱）。（植物的）球根

〔造語〕程度低的、不足掛齒的

芋を蒸かす（蒸白薯）妹 妹

芋焼酎（白薯製的白酒）

ダリヤの芋（dahlia）（大麗花的球根）

じゃが芋、馬鈴薯、馬鈴薯（馬鈴薯＝ジャガタラ芋 jacatra 藷）

里芋（芋頭）

芋侍（貧窮潦倒的武士）

芋辞書（〔雇用學生剪貼其他字典拼湊剽竊而成的〕無價值的詞典）

芋の煮えたも御存じない（連白薯煮的生熟都不懂、〔喻〕也太缺乏常識）

芋を洗う様（擁擠不堪）

夏は海水浴客達で芋を洗う様に為る（夏天因海水浴的客人們而擁擠不堪）

## ロ

**芋頭**〔名〕大芋頭。〔茶道〕（芋頭形的）盛水罐

**芋粥**〔名〕白薯粥、山藥甜粥（宮中大宴等食用）

**芋幹**〔名〕芋頭莖、曬乾的芋頭的葉柄（=芋莖）

**芋酒**〔名〕（用山藥泥摻酒製成的）山藥酒

**芋刺し**〔名〕（把人）用長矛刺穿

**芋燒酎, 芋燒酎、藷燒酎, 藷燒酎**〔名〕白薯燒酒

**芋蔓**〔名〕甘薯、山藥蔓

 芋蔓式（順蔓摸瓜、從一個線索追查出許多人來、像順著一根白薯蔓把白薯一個一個拔出來似的）

 犯人を芋蔓式に檢挙する（順藤摸瓜似地把犯人一個個逮捕起來）

**芋の子**〔名〕（最大球根上的）小甘薯，小芋頭、芋頭（=里芋）

**芋の子教育**〔名〕洗芋頭式教育、民眾教育（把統治階級的子弟送入一般市民學校使受民眾式鍛鍊）

**芋版**〔名〕甘藷版（在切成圓片的甘藷上刻上文字或圖案製成的版）、用甘藷版印製的文字圖案

**芋掘、藷掘**〔名〕挖白薯（的人）。〔罵〕鄉下佬，土包子

 芋掘坊主（〔罵〕無用的禿驢）

**芋虫**〔名〕〔動〕（蝴蝶等的幼蟲）芋蟲，青蟲、蠋、〔轉〕討厭的人

 芋虫の様な奴（討厭的傢伙）

 町內の芋虫（街道上的討厭鬼）

**芋名月**〔名〕陰曆八月十五日的月亮、仲秋的月亮（因供芋頭得名）

 栗名月（陰曆九月十三日的月亮=豆名月-舊俗此夜用毛豆供月、故名）

**芋莖、苗芋**〔名〕〔植〕芋頭莖（可食）（=芋莖）

 芋莖芋（芋頭、青芋）

**じゃが芋、馬鈴薯、馬鈴薯**〔名〕〔植〕馬鈴薯（=ジャガタラ芋）

 馬鈴薯の皮を剥く（剝馬鈴薯皮）

 馬鈴薯を掘る（刨馬鈴薯）

 穴を掘って馬鈴薯を植える（刨坑栽馬鈴薯）

 飢える餓える

 馬鈴薯畑（種馬鈴薯的地）

## 郁（ㄩˋ）

**郁**〔漢造〕美好的樣子、文章美盛的樣子、香味濃厚

**郁郁**〔形動タルト〕文明昌盛、芬芳馥郁

**郁子、野木瓜**〔名〕〔植〕野木瓜（=うべ、常磐木通）

## 浴（ㄩˋ）

**浴**〔漢造〕洗澡、沐浴、受惠

 沐浴（沐浴〔=水浴、湯浴み〕、受到恩惠）

 齋戒沐浴（齋戒沐浴）

 水浴（涼水浴=水浴び）

 入浴（入浴、沐浴、洗澡）

 海水浴（海水浴）

 日光浴（日光浴）

 混浴（男女混浴）

 浴恩（受到恩惠）

**浴衣、浴衣**〔名〕浴衣

 入浴してから浴衣を着る（洗完澡穿上浴衣）

**浴衣**〔名〕夏季穿的單衣（=湯帷子）、浴衣（=湯上り）

 浴衣を着る（穿浴衣）

 浴衣地（做浴衣用的布料）

 浴衣掛け（只穿著浴衣〔夏季單衣〕）

 浴衣掛けで外出する（只穿著浴衣出門）

**浴後**〔名〕浴後

 浴後に軽い散歩を為る（浴後作短時間的散步）

**浴室**〔名〕浴室、洗澡間（=湯殿、風呂場）

 浴室用マット（浴室用的墊子）

 完備した浴室を持つ旅館（沒有完善浴室的旅館）

**浴場**〔名〕（大）浴池（=湯殿、風呂場）、澡堂，公共浴池（=風呂屋）

 公衆浴場（公共浴池）

5898

温泉プールの付いた大浴場（附設温泉游泳池的公共浴池）

**浴槽**〔名〕浴池（=湯船）

浴槽にタイルを張る（浴池鑲上磁磚）貼る

浴槽に浸る（泡在浴池裡）

**浴電圧**〔名〕〔電〕電解槽電壓

**浴用**〔名〕沐浴用、洗澡用

浴用石鹸（洗澡用的肥皂）

浴用タオル（浴巾）

**浴療学**〔名〕〔醫〕浴療學

**浴客、浴客**〔名〕洗澡的顧客

温泉の浴客（來洗溫泉的顧客）

**浴する**〔自〕沐浴，日光浴（=入浴する、日光に当る）、蒙受（=蒙る）

日光に浴する（曬太陽）

恩恵に浴する（受惠）

**浴びる**〔他上一〕澆，淋，浴，照，曬，受，蒙，遭

冷水を浴びる（澆冷水）

一風呂浴びる（洗個澡）

血を浴びて戦う（浴血奮戰）

燦燦と為た日光を浴びる（曬在燦爛的陽光下）

埃を浴びる（滿身塵土）

拍手を浴び乍、壇に上った（在鼓掌聲中登上了講台）

非難を浴びる（受責難）

砲火を浴びる（遭到砲火）

**浴びせる、浴せる**〔他下一〕澆。〔轉〕（不斷地）加，給、（用刀）砍

頭から水を浴びせる（從頭上澆水）

敵に砲火を浴びせる（向敵人發出猛烈砲火）

質問を浴びせる（紛紛提出質問）

非難の声を浴びせる（大加責難）

抜き打ちに一太刀浴びせる（冷不防地砍一刀）

**浴びせ掛ける、浴せ掛ける**〔他下一〕（從上面）澆、（從上方）大聲吆喝

頭から水を浴びせ掛ける（從頭上澆水）

学生の質問を浴びせ掛けられて先生が立往生する（被學生披頭蓋腦地提問把老師弄得張口結舌）

こらと一声浴びせ掛ける（嗨！大喊了一聲）

**浴びせ倒し、浴せ倒し**〔名〕〔相撲〕把身體整個壓在對方身上壓倒對方的手法

**浴む**〔他上二〕澆、淋、浴

湯浴み（〔舊〕沐浴、入浴）

# 域（ㄩˋ）

**域**〔名〕域、標準、階段、境地

〔漢造〕範圍、區域、地方

芸は既に名人の域に達している（技藝已達到專家的境地）

其の国の電子工業は未だ実験の域を脱しない（那國家的電子工業還沒有脫離實驗的階段）

地域（地域、地區）

区域（區域、地區、範圍）

境域（境域、領域）

領域（領域、範圍）

神域（神社院內）

震域（地震的區域）

浄域（神社寺院等的院內、靈地、淨域）

小域（〔生〕小翅室）

流域（流域）

異域（異域、外國）

西域、西域（〔史〕西域）

声域（〔樂〕聲域）

**息**〔名〕呼吸，喘氣、氣息，生命、步調、心情

息が苦しい（呼吸困難）

息を為る（呼吸、喘氣）

大きく息を為る（大喘氣）

息を為なくなる（停止呼吸、嚥氣）
息が荒い（呼吸困難）
息衝く暇も無い（連喘氣的功夫都沒有）
未だ息が有る（還有口氣）
息が絶える（斷氣）
父は昨夜息を引き取りました（父親昨天夜裡死了）
息も絶え絶えだ（奄奄一息）
息を吐く（吐氣）
息を吸う（吸氣）
冬の朝は息が白く見える（冬天早晨呼出的氣顯得白）
窓硝子は人の息で曇っていた（窗玻璃因人的呵氣形成一層霧）
息が合う（步調一致、合得來）
息が合わない（步調不一致、合不來）
彼の二人の俳優は息がぴったり合っている（那兩位演員配合得很好）
息が有る（続く）限り（只要有口氣、有生之日）
息が掛かる（受影響庇護）
息が通う（氣息尚存、還有口氣）
息が切れる（氣絕、接不上氣）
息が衝ける（緩口氣、鬆口氣）
息が詰まる（呼吸困難、憋氣）
息が弾む（上氣不接下氣、氣促）
息も衝かずに（一口氣地）
息も衝かせぬ（（沒有喘息的時間、瞬息）
息を入れる（換口氣、歇口氣、休息一下）
息を切らす（弾ませる）（呼吸困難、接不上氣）
息を殺す（凝らす）（屏息、不喘大氣）
息を吐く（深呼吸，喘大氣、喘息，鬆口氣）
息を継ぐ（喘口氣、歇口氣）
息を詰める（屏氣、憋住氣）

息を抜く（歇口氣、休息一下）
息を呑む（喘不上氣、倒吸一口涼氣）
息を引き取る（斷氣、死亡）
息を吹き掛ける（吹氣、喝氣）
息を吹き返す（緩過氣來、甦醒）

**粋**〔名、形動〕漂亮，俊俏，風流，瀟灑、花柳界的老在行←→野暮（土氣）
粋な男（風流人）
粋な服装を為ている（穿著漂亮）
彼女は髪を粋に結っている（她頭髮梳得俏皮）
帽子を粋に傾けて被っている（歪戴著帽子很俊俏）
粋筋の女（花柳界的女人）

**閾**〔名〕門檻。〔心〕閾限
識閾（識閾）
刺激閾（刺激閾）
弁別閾（辨別閾）

**域外**〔名〕域外、境外、區域以外←→域内
域外買い付け（域外採購）

**域内**〔名〕域内、區域内、地區内←→域外
域内関税の撤廃（取消區域内的關稅）
域内貿易（〔歐洲共同市場或蘇聯勢力範圍内的〕域内貿易）

# 御、御（ㄩˋ）

**御**〔接頭〕（冠於有關對方事物的漢語上）表示尊敬、有時也表示諷刺。（冠於表示自己行為的漢語詞彙上）表示自謙

〔接尾〕（接於表示人物稱呼下）表示敬意
御恩は忘れません（忘不了您的恩情）
御両親は御健在ですか（令尊令堂都健在嗎？）
近頃御子息は如何かね（近來令郎怎樣？）
どうも御親切に有り難う（謝謝你的好意吧！）
御挨拶に伺う（登門拜訪）

御説明致します（謹向您解釋）

母御（令堂）

父御（令尊）

姉御（姉姉、〔流氓、賭徒間對頭子的老婆或女頭目的稱呼〕大姊，大嫂）

花嫁御（新娘）

供御（〔古〕〔天皇等用的〕御膳、〔幕府時代將軍用的〕飯菜、〔女〕飯，米飯）

**御挨拶**〔名〕〔敬〕問候，講話，致辭。〔俗〕（對方的）蠻橫的說法，不講理的話

代表団長の御挨拶（代表團長的講話）

皆様に御挨拶申し上げます（我向各位講幾句話）

帰れとは御挨拶だね（你叫我回去這是什麼話？）

**御一新**〔名〕〔史〕明治維新

**御印**〔名〕〔敬〕印章（=判子）

**御絵伝**〔名〕佛和祖師等的傳記及其教化以辭書和繪畫表示的東西

**御恩**〔名〕〔敬〕（您的）恩情、大恩（=御恵み）

御恩は一生忘れません（大恩終身難忘）

**御忌、御忌**〔名〕〔敬〕（封建貴族、佛祖等的）忌辰

**御忌**〔名〕（顯貴或佛祖逝世周年紀念日舉行的）忌辰法會（=御忌）

**御器、五器**〔名〕〔古，方〕食器、飯碗

**御機嫌**〔名、形動〕（機嫌的敬語）起居，安否，高興（=上機嫌）。〔俗〕好得很（=素晴らしい）

御機嫌如何ですか（您好啊？）

御機嫌を伺う（問候）

御機嫌伺いの手紙（問候信）

大分御機嫌だ（很高興）大分

一杯遣って御機嫌に為る（喝了一杯高興起來）

大変な御機嫌だ（高興得不得了、〔反語〕可不高興了）

御機嫌斜めである（很不高興）斜め

今日は御機嫌だね（今天您真高興啊！）

偉い御機嫌だね（您真高興啊！）

御機嫌な映画（好得很的影片）

御機嫌よう（〔多用於臨別時〕祝你健康！一路平安！）

**御形、御形**〔名〕〔植〕鼠曲草（=母子草）

**御供、御供**〔名〕（神佛的）供品（=供物）

人身御供（以活人作犧牲）

**御供、御伴**〔名、自サ〕陪同，隨從、陪同的人，隨員、（飯館等）為客人叫來的汽車

途中迄御供しましょう（我來陪你一段路）

御供致しましょう（我來陪您吧！）

貴方の御供を為て参りましょう（我陪您去吧！）

生憎急な用事が出来て御供出来ません（不湊巧有了急事不能奉陪）

御供を三人連れて出張する（帶著三個隨員出差）

彼は大統領の御供の一人です（他是總統的隨員之一）

娘を御供に連れて行く事に為た（決定讓女兒陪同我去）

御供が参りました（接您的汽車來了）

**御供え**〔名〕供品（=供え物）、〔女〕供神用的年糕（=御供え餅、御鏡餅）

**御苦労**〔名〕〔敬〕（表示感謝、慰問用語）勞駕、辛苦

御苦労を御掛けしました（辛苦您了）

御苦労、御苦労、良く遣って呉れました（勞駕勞駕你做得真好）

ほんとに御苦労様でした（您太辛苦了）ほんと=本当

**御幸**〔名〕御幸（特指太上皇、皇太后等出行）

**御幸、行幸**〔名、自サ〕行幸、天皇的外出

**御座**〔名〕御座，寶座、〔古〕來，蒞臨（=いらっしゃる）

**御座る**〔自五〕〔敬〕在，來，去（=いらっしゃる）。〔敬〕有（=御座います）。〔俗〕戀慕。〔俗〕腐爛。〔俗〕破舊，陳舊。〔俗〕衰老，老糊塗

## ㄩ

彼女は大分君に御座ってるよ（她對你很多情）

此の魚は御座ってる（這條魚壞了）

御座った洋服（陳舊的西服）

**御座い**〔感助〕〔俗〕是（=御座る、御座います）

有り難う御座い（謝謝）

博士で御座いと言って威張る（炫耀自己是博士）

**御座います**〔連語、自サ、特殊型〕〔敬〕（御座ります的音便）有，是（=有ります）

〔補動、特殊型〕補助動詞有る的敬語形式，（接形容詞連用形的ウ音便後）只表示尊敬，沒有其他意義

沢山御座います（有很多）

ボールペンは此方に御座います（圓珠筆在這裡）

御用が御座いましたらベルを御押しに為って下さいませ（如果有事請按電鈴）

御忙しい所を態態御越し下さいまして、実に申し訳御座いません（您在百忙之中還特意來一趟真對不起）

此処に花が飾って御座います（這裡擺著花）

右に見えますのがデパートで御座います（右邊看到的是百貨公司）

然様御座います（是的、是那樣）

然うでは御座いません（不是的、不是那樣）

次は五階で御座います（下一層是五樓）

御苦労様で御座います（您辛苦了！勞您駕了！）

御早う御座います（早安！）

有り難う御座います（謝謝！）

何時でも宜しゅう御座います（什麼時候都可以）

本当に美しゅう御座います（真美麗）

**御座ります**〔連語、自サ、特殊型〕〔舊〕（御座る的連用形+ます構成）有，是（=御座います、有ります）

**御座りんす**〔連語〕（御座ります的轉變、江戶時期京都人、大阪人、江戶妓院的用語）有，是（=御座る、御座います）

**御座んす**〔連語、自サ、特殊型〕（御座ります的轉變）有，是（=御座います）（在老年婦女、商人、賭徒、無賴之間使用）

**御座ん成れ**〔連語〕（にこそあるなれ的轉變、原形為ごさんなれ）是啊、來吧

扨は人御座ん成れ（原來是個人啊！）

良き敵御座ん成れ（好敵手來吧！）

**御座す、在す、御座す，在す**〔自四、下二、サ變〕（有る、居る、行く、来る的敬語形式）有、在、來、去

**御座所**〔名〕宮室、日皇的居室

**御座無く**〔連語〕〔敬〕沒有、不是

**御座船**〔名〕〔古〕日皇或貴人乘坐的船、篷船

**御座**〔名〕日皇（皇后、皇族、顯貴的）座席

**御座**〔名〕（座席的鄭重說法）座位、座上的氣氛

御座が醒める（冷場全座掃興大殺風景）

喧嘩で御座が醒めた（因為吵架大殺風景）

**御座す**〔自、特殊型〕（的敬語）有、在（=御座します）

〔補動、特殊型〕（大阪方言）接在形容詞連用形音便或指定助動詞的連用形後表示尊敬（=御座います）

宜しゅう御座す（好可以）

何で御座す（是什麼？）

**御座す、在す、御座す，在す**〔自四、サ變、下二〕（有る、居る、行く、来る的敬語形式）有、在、來、去

**御座します**〔自四〕有、在、來、去（御座す，在す，御座す，在す的更加尊敬形式）

**座す、在す**〔自五〕〔古〕（有る、居る的敬語）有，在。（行く、来る的敬語）去，來

**御沙汰**〔名〕〔敬〕指示、命令

御沙汰を待つ（聽候吩咐）

**御裁河**〔名〕〔天皇〕裁斷、聖裁、御批

御裁河を仰ぐ（仰祈裁決）

**御三家**〔名〕〔史〕德川將軍直系三家的尊稱（即尾張、紀伊、永戶）、〔喻〕三大家

歌謡界の御三家（歌謡界的三大家）

**御酒**〔名〕〔女〕酒（＝御酒）

**御酒、神酒**〔名〕〔俗〕酒（＝酒）、敬神的酒，神酒（＝御神酒）

彼は少し御御酒が回っている（他有點醉意）

神棚に御御酒を供える（向神龕獻酒）供える 備える 具える

**御神酒**〔名〕神酒，敬神的酒。〔俗〕酒

御神酒を供える（供神酒）

大分御神酒が回っている（喝得醉醺醺的）

御神酒が少し入っている（多少喝了一點酒）

御神酒の加減で（喝了點酒的關係、借酒的力量）

御神酒を聞こし召す（喝酒）

御神酒上がらぬ神は無い（神仙無不愛酒-愛喝酒的人為喝酒找藉口）

**御朱印**〔名〕〔史〕蓋有將軍朱印的公文

御朱印船（〔桃山、江戶時代〕持有朱印執照從事海外貿易的船）

**御守殿**〔名〕〔敬〕（江戶時代）嫁給三位以上的諸侯的將軍女兒或其住所的敬稱

**御所**〔名〕皇宮。〔古〕對天皇，太上皇，皇后等或其住所的敬稱。〔古〕對親王、將軍、大臣或其住所的敬稱

**御所車**〔名〕〔史〕（貴人坐的）有蓋牛車（＝源氏車）

**御所柿、五所柿**〔名〕（柿的一種）大和柿、紅柿

**御書**〔名〕〔敬〕別人的筆跡書狀

**御状**〔名〕〔敬〕別人的筆跡書狀（＝御書）

**御諚**〔名〕〔古〕御旨（＝仰せ、御言葉）

**御生気**〔名〕祈求來生安樂的心願

御生気を起す（但願來生安樂）

**御冗談**〔名〕戲言、詼諧、笑談、玩笑

御冗談でしょう（別開玩笑了）

**御仁**〔名〕〔敬、舊〕人（＝御方）

全く人の良い御仁だ（真是個好好先生）

立派な御仁だ（是個好人）

**御仁体、御仁体**〔形動〕敬稱有身分和德厚的人

**御真影**〔名〕〔舊〕日皇、皇后的照片

**御神火、御神火**〔名〕（伊豆大島的）三原火山的噴火

**御神灯**〔名〕供神的燈火（＝御灯、御燈、御明）、（藝妓等為求吉利）掛在門前的燈

**御神酒**〔名〕神酒，敬神的酒。〔俗〕酒

御神酒を供える（供神酒）

大分御神酒が回っている（喝得醉醺醺的）

御神酒が少し入っている（多少喝了點酒）

御神酒の加減で（借著酒勁、喝點酒的關係）

御神酒を聞こし召す（喝酒）

御神酒上がらぬ神は無い（神仙無不愛酒-好喝酒的人為喝酒找藉口）

**御神酒徳利**〔名〕成對供神酒的酒壺。〔轉〕同樣姿態服裝的兩個人，同樣形狀的一對東西。〔轉〕形影不離的伴侶

**御神輿**〔名〕神轎（＝御輿、神輿）

**御輿、神輿**〔名〕神轎。〔俗〕腰，屁股

御輿を担ぐ（抬神轎、〔轉〕捧人，給人戴高帽）

御輿を下ろす（坐下）

御輿を据える（坐下〔不動〕、〔喻〕悠閒，從容不迫）

御輿を上げる（抬起屁股、久坐後站起來、〔喻〕開始工作）

彼は何時も御輿を据えて話し込むので閉口だ（他總是坐下來說個沒完令人毫無辦法）

**御輿草**〔名〕〔植〕牛扁（＝風露草）

**御神楽**〔名〕〔俗〕在平房上增建（的）二樓、祭神的音樂和舞蹈（＝神楽）

**御新様**〔名〕（對別人妻子的敬稱）太太、新婦（＝御新造）

**御新造**〔名〕〔敬〕（明治、大正時代中層社會用語）（對別人妻子的敬稱）太太、新婦

**御親父**〔名〕〔敬〕令尊

**御膳**〔名〕〔敬〕食案，膳桌、飯食

御膳を並べる（布置飯桌）

御膳を戴く（用膳）

**御膳汁粉**〔名〕豆沙粥

口

**御膳蕎麦**〔名〕雞蛋蕎麵
**御膳米**〔名〕供貴人食用的米、江戶時代供將軍家食用的美濃特產米
**御膳**〔名〕（膳的鄭重說法）（擺飯菜碗碟用的木製）餐盤、（擺在餐盤裡的）飯菜（=膳）
　御膳を出す（端出餐盤）
**御膳立て**〔名、他サ〕備膳，備餐，準備飯菜。〔轉〕準備（工作）
　御膳立てが出来ました（飯菜準備好了）
　夕飯の御膳立てを為る（備晚餐、做晚飯的準備）
　会議の御膳立てを整える（做好開會的整備）
　催し物の御膳立てはちゃんと出来ている（演出的準備工作已完全做好了）
　組閣の御膳立てを話し合う（洽商組閣準備）
**御僧**〔名〕僧的敬稱
**御存知、御存じ**〔名〕（存知、存じ的敬語）您知道、您認識
　何方も御存知でしょう（誰都知道吧！）
　御存知の通り（如您所知道的）
　御存知の方（您認識的人）
　御存知より（〔書信結尾語〕知名不具）
**御多分**〔名〕〔俗〕多數人的意見行為等
　御多分連（附和雷同之輩）
　御多分に洩れず（和其他多數人一樣、並非例外、不出所料-多用於貶意）
　御多分に洩れず彼も金が無い（他也並不例外沒有錢）
　彼の人も御多分に洩れずのらくら者だ（他也並不例外是個懶漢）
**御多聞**〔名〕見聞廣博
**御多福、阿多福**〔名〕（大胖臉、低鼻梁、小眼睛的）醜女假面具（=御多福面、御亀）、（類似多福面具的）醜女人（=御亀）、〔機〕雙螺栓法蘭盤（的俗稱）
　御多福の面を被る（戴多福假面具）
　御多福風（流行性腮腺炎的俗稱）

**御多福面**（臉部扁平的醜女人、面貌謾罵婦女醜八怪樣）
**御多福面**（〔大胖臉、低鼻梁、小眼睛的〕醜女假面具（=御亀）
**御多福豆**（糖煮蠶豆）
**御体、御体、御体**〔名〕身體的敬稱（=御姿）
**御大層**〔形動〕〔俗〕過火、過分、誇大（=大袈裟、仰山）
　御大層な態度（大驚小怪的態度）
　御大層な景気だ（景氣真不壞啊！）
　御大層な事を言うな（別誇大其詞啦）
**御託**〔名〕絮絮叨叨、信口瞎聊、夸夸其談（=御託宣）
　御託を並べる（夸夸其談、廢話連篇）
**御託宣**〔名〕〔敬〕天啟，神諭，絮絮叨叨，信口瞎聊，夸夸其談（=御託）。〔謔〕（上級的）指示，訓話，說教，講大道理
　社長の御託宣を聞きに行くのさ（聽經理的訓話去唄）
　値下げしろと言う御託宣だ（指示說要降價）
**御馳走**〔名、他サ〕盛筵，酒席，款待，吃喝，飯菜，好吃的東西
　御馳走に呼ぶ（請客〔吃飯〕）
　御馳走に為る（被請〔吃飯〕）
　私は時時彼の所で御馳走に為る（我常在他那裡吃飯）
　御馳走を為る（請客、擺盛筵=御馳走する）
　寿司を御馳走する（請吃壽司）
　屹度御馳走に為りに参ります（我一定去叨擾您）
　冬は火が何よりの御馳走だ（冬天火是最好的款待）
　色色な御馳走が出た（拿出各式各樣好吃的東西）
　何の御馳走も有りません（沒有什麼好飯菜）
　正月の御馳走を買う（買過年的吃喝）
**御馳走様**〔連語、感〕承您款待了，叨擾叨擾，我已經吃飽了。〔俗〕對炫耀自己豔遇的人的取笑語
　どうも御馳走様でした（承您款待了謝謝）

**御都合主義**〔名〕機會主義、隨波逐流、隨風倒

　　御都合主義の人（機會主義者、沒有主見的人）

**御殿**〔名〕府第、清涼殿的別稱、豪華的住宅

　　御殿の様な家（王府似的住宅）

**御殿医、御典医**〔名〕（江戶時代）（將軍或諸侯的）御醫

**御殿女中**〔名〕（江戶時代）皇宮，將軍府，諸侯家的侍女、〔喻〕善於說壞話，搞陰謀，陷害人的人

**御內方**〔名〕〔敬〕（對別人妻子的敬稱）夫人、太太（＝奧方）

**御難**〔名〕〔敬〕（用於別人）困難，災難。〔謙〕（用於自己）困難，災難

　　旅行先で御難に遇った然うだね（聽說您在旅途上遇到了災難）

　　病気には為るし、泥棒には入られるし、全く御難続きだ（又生病又挨偷簡直是災難重重）

**御念**〔名〕（念的敬語、有時含諷刺意）費心、勞神（＝御心遣い）

　　御念の入った御持て成しで本当に恐縮です（蒙您費心款待實在過意不去）

　　同じ事を三度も遣るとは全く御念の入った話だ（一樣事情竟然做上三遍真夠慎重了）

**御悩**〔名〕（對貴人生病的敬稱）尊恙（＝御病気）

**御破算**〔名〕（珠算）去了重打。〔轉〕推倒重來，從新作起

　　御破算で願いましては（去了重打上）

　　今迄の話は御破算に為て始めから遣り直す（以前說的話都一筆勾銷再重新談起）

　　彼の件は御破算に為よう（那件事情就一筆勾銷吧！）

**御飯**〔名〕米飯（＝飯）、餐，飯食（＝食事）

　　御飯を炊く（煮米飯）

　　御飯の御代わりを為る（添飯）

　　御飯を盛る（盛飯）

　　御飯蒸し（蒸飯鍋）

　　御飯を食べる（吃飯）

　　御飯ですよ（開飯了）

　　御飯の仕度を為るからゆっくり為さい（我預備飯你不要走）

　　御昼だから御飯に為ましょう（已經中午了吃飯吧！）

**御飯**〔名〕〔俗〕飯（＝飯、御飯）

　　御飯を食べる（吃飯）

**御無音**〔名〕（書信用語）久未通信、久未奉函問候（＝御無沙汰）

　　久しく御無音に打ち過ぎる（久疏問候）

**御無事**〔名〕敬稱他人平安健康、傻瓜，遲鈍，老實

**御無沙汰**〔名、自サ〕久疏問候、久未奉函、久未晉訪

　　長らく御無沙汰致しました（〔見面時寒暄〕久違久違、〔寫信時致歉〕久疏問候）

　　長らく御無沙汰して居りますが、皆様御変り有りませんか（好久沒問候了府上都好嗎？）

**御無用**〔名〕〔敬〕（用於謝絕對方的好意等）謝絕、不需要（＝無用）

　　そんな御心配は御無用に願います（請不要那麼擔心）

　　遠慮は御無用です（不用客氣）

**御無理御尤も**〔連語〕〔俗〕（明知不對、為了怕得罪對方、也不反駁而表示全面接受對方意見時）。您說的完全正確、您怎說都對

**御不承**〔名〕〔敬〕不答應（＝不承）、勉強答應

　　御不承願います（請您勉強答應）

　　御不承下さい（請您勉強答應）

**御不浄**〔名〕〔女〕廁所（＝憚り、手洗い、便所）

**御府内**〔名〕〔古〕江戶的市區（相當於舊東京市區）

**御福、御福**〔名〕被神佛授予的幸福（特指京都鞍馬寺多聞添授予的福氣）

**御幣**〔名〕祭神驅邪幡（＝幣帛）

　　御幣を担ぐ（迷信）

**御幣担ぎ**〔名〕講究迷信（的人）、因迷信而多所禁忌（的人）

　　御幣担ぎの老人（講究迷信的老人）

**御幣持ち**〔名〕阿諛奉承者、拍馬屁的人（＝太鼓持ち）

**御辺**〔名〕〔代〕〔古〕（主要用於武士同輩之間）台端、足下（＝貴殿）

**御報**〔名〕〔敬〕（您的）通知（＝御知らせ）
　御報參上（〔商業書信用語〕一經通知馬上前往）

**御坊**〔名〕（對寺院或僧侶的敬稱）寶刹、法師

**御命講**〔名〕〔佛〕佛事、法會（＝御会式-日蓮上人忌日法會，十月十三日舉行的佛事集會）

**御免**〔名〕〔敬〕許可，允許。（常接為さい、下さい、蒙る表客氣）原諒。（用御免だ、御免です、御免を蒙る等形式）表示拒絕。（官方的）准許，特許。〔敬〕免職，罷免

〔感〕（道歉、叩門、辭別、謝絕時的客套話）對不起。請原諒，請不要見怪（＝御免為さい、御免下さい）

　御免を蒙って中に入った（請得許可走了進去）

　御免為さい（〔道歉時〕對不起，請原諒、〔叫門時〕主人在家嗎？我可以進來嗎？〔從人前過時〕請勿見怪、〔辭別時〕再見，恕我告辭）

　御免下さい（〔道歉時〕對不起，請原諒、〔叫門時〕主人在家嗎？我可以進來嗎？〔從人前過時〕請勿見怪、〔辭別時〕再見，恕我告辭）

　御先へ御免（對不起我先走一步，請原諒我先走一步）

　御免下さい、此の辺にバスの停留所は有りませんか（勞駕，這附近有公車站嗎？）

　そんな事は御免だ（那樣事我可不幹）

　酒はもう御免だ（再也不能喝了）

　折角だが、御付き合いは御免を蒙ろう（謝謝您不過我可不能奉陪）

　無政府主義は御免だ（謝絕無政府主義）

　御説教は御免だ（少講大道理）

　天下りは御免だ（強迫命令可不接受）

　帯刀御免の商人（准許帶刀）

　此れでやっと御役御免に為った（這回才算卸了差事）

　御免、御免、どうか許して呉れ給え（對不起對不起請原諒我）

**御面相**〔名〕〔俗〕面相、容貌、相貌
　彼の女は酷い御面相だ（那女人長得好嚇人）
　自慢する程の御面相でもない（長得並不怎麼樣）

**御物、御物、御物**〔名〕御物，皇室的物品，皇室的珍藏品，尊物，您的用品
　正倉院の御物（正倉院的皇室的珍藏品）

**御尤も**〔副〕正確、誠然、理所當然（＝尤も）
　其の御質問は御尤もです（您那個問題提得對）

**御紋**〔名〕〔敬〕徽章（＝紋章）

**御用**〔名〕〔敬〕事情、公事，公務。〔商〕惠顧，賜顧，定貨，拘捕，逮捕
　何の御用ですか（您有什麼事？）
　お父さんが御用です（父親有事找你）
　何時でも御用を勤めます（我隨時準備為您服務）
　はい、御安い御用です（遵命一定照辦）
　御用が有りましたら遠慮無く仰って下さい（如果有事盡請吩咐好了）
　御上の御用で洋行する（因公出國）
　多少に拘らず御用仰せ付けて下さい（不拘多寡敬請惠顧）
　自宅で御用に為る（在家裡被捕了）
　御用だ、神妙に為ろ（你被捕了放老實點！）

**御用納め**〔名〕官廳在年底最後一天（12月28日）的辦公、封印、封文件←→御用始め

**御用学者**〔名〕御用學者、反動政府豢養的學者

**御用聞き**〔名〕〔商〕推銷員、（江戶時代）捕吏的助手

**御用商人**〔名〕皇宮、官廳用品的承辦商人

**御用新聞**〔名〕御用報紙、反動政府的機關報

**御用達、御用達**〔名〕特定官廳的用品承辦商人
　宮内庁御用達（宮内廳用品承辦商人）

**御用邸**〔名〕皇室的別邸

**御用始め**〔名〕官廳在年初第一天（1月4日）辦公、啟封←→御用納め

**御来光**〔名〕（在高山上眺望的美麗莊嚴的）日出、（在高山上霧中觀看日出日沒時）背著陽光的個人陰影（因頭像周圍呈現紅色的光圈，好像菩薩前來接迎的景像故名）（=御来迎）

御来光を仰ぐ（看日出）

**御来迎**〔名〕〔佛〕（臨終時菩薩前來）接迎。（在高山上霧中觀看日出日沒時）背著陽光的個人陰影（因頭像周圍呈現紅色的光圈，好像菩薩前來接迎的景像故名）

阿弥陀如来の御来迎を待つ（等死、眼看要死）

**御覧**〔名〕〔敬〕看，觀賞、（親切地叫人）看、（補助動詞用法、接動詞連用形+て、構成親切的命令式）試試看

御覧下さい（請看）

御覧為さい（請看）

景色を御覧に為る（觀看風景）

工場の設備を御覧に入れる（請你看工廠的設備）

ゆっくりと御覧を願います（請慢慢看）

一寸此れを御覧（你看看這個）

其れ御覧（你看-糟了吧！）

御覧、蝶蝶が飛んでいる（你看蝴蝶在飛著）

一寸着て御覧（你穿上看看）

もう一度遣って御覧（再來一次看看）

まあ考えて御覧（你想想看）

下手でも良いから一寸書いて御覧（寫不好也不要緊寫看）

苦くないから一寸飲んで御覧（不苦喝一點試試看）

**御覧じる**〔他上一〕〔舊〕看，觀，覽（=御覧に為る）、試一試，試試看（=試みる）

**御覧じろ**〔他上一〕（御覧じる的命令形）請看（=御覧為さい）

**御利生**〔名〕（神佛的）靈驗（=御利益）

**御利益**〔名〕（神佛的）靈驗（=御利生）

神様が大変御利益が有る（神佛很靈驗）

御利益が有るので有名である（因為靈驗所以出名）

御利益を受ける（蒙神佛保佑）

御利益を得ようと為て神詣でを為る（為了求得保佑而拜神）

**御料**〔名〕〔敬〕用品，衣食器物、皇室的財產

御料車（御用汽車、宮廷用汽車）

御料地（皇室的土地）

御料林（皇室的森林）

**御陵**〔名〕皇陵（=陵）

**御寮**〔名〕〔古〕（對貴族子女的敬稱）少爺，小姐、〔古〕（對別人妻子、兒女的敬稱）寶眷、（京都附近對中流家庭少婦的敬稱）少奶奶，少太太（=御寮人）

**御寮人**〔名〕〔古〕（對貴族子女的敬稱）少爺，小姐、〔古〕（對別人妻子、兒女的敬稱）寶眷、（京都附近對中流家庭少婦的敬稱）少奶奶，少太太

**御猟場**〔名〕（供帝王、皇室專用的）御獵場

**御連枝**〔名〕貴人的兄弟（=御兄弟）

**御**〔接頭〕（御的轉變、大御→おほん→おん→お）。（漢語詞彙前的接頭詞御、一般讀作御或御、但有時也讀作御、御有御，御，御等讀法、要根據下面連接的詞來判斷）

（加在名詞、形容詞、形容動、詞數詞等前面）表示尊敬、鄭重、親愛等

（加在動詞連用形前、下接に為る或為さる等）表示尊敬

（加在動詞連用形前、下接為る、致す、申す、申し上げる等）表示自謙、客氣

（加在動詞連用形前、下接為さい、下さい）表示委婉的命令或請求

（加在某些形容動詞詞幹或動詞連用形前、構成御…樣です形式）表示謙虛、同情或慰問

（加在某些食物或有關天氣的名詞形容詞前）表示鄭重、委婉或美化（有時已形成一種固定的表現形式、幾乎沒有什麼意義）

（御也寫作阿、於、加在多為二音節的女人名前）表示親密口氣

外国の御友達（外國朋友）

御国は何方ですか（您的故鄉在哪裡？）

御手紙をどうも有り難う御座いました（多謝您的來信）

御早う御座います（早安）

本当に御美しい事（〔女〕真漂亮！）

御二人ですか（是兩位嗎？）

御菓子を一つ如何ですか（請吃一塊點心好嗎？）

御早く（請快一點）

御大事に（請保重）

主任さんが御見えに為りました（主任來了）

気を御付けに為って（請留神）

彼の方は酒を御飲みに為る（他喝酒）

此方から御電話します（我給您去電話）

御邪魔致しました（打擾打擾）

御話し申し上げ度い事が御座います（我有件事想跟您談談）

御入り下さい（請進來）

さあ、御読み為さい（請讀吧！）

御粗末様でした（慢待了）

御疲れでしょう（您累了吧！）

御待ち遠様でした（讓您久等了）

色色御手数を掛けて、本当に御気の毒でした（給您添許多麻煩真過意不去）

御茶を飲む（喝茶）

御暑い事（〔女〕真熱）

御雪さん、御雪様（阿雪-原名為雪或雪子）

**御愛想、御愛想**〔名〕（飯館等的）（本來是店方的用語）帳單（=勘定書）、應酬話，恭維話，客套話（=御世辞）、應酬，款待（=持て成し）（=愛想）

御愛想頼むよ（給我算帳吧！）

御愛想を言う（說恭維話、說應酬話）

何の御愛想も無く失礼しました（〔招待得〕太簡慢了很對不起）

**御生憎様**〔連語、感〕（生憎的客氣說法）（無法滿足對方要求時、用於表示歉意、有時也用於表示諷刺或挖苦）真不湊巧、真對不起

御生憎様 売り切れです（真對不起賣完了）

私が食べて仕舞ったのよ。御生憎様（叫我都吃光了真對不起）

御生憎様 未だ君何かに負けや為ないよ（對不起還不至於輸給你）

**御相手**〔名〕夥伴、對手、對象（=相手）

**御足**〔名〕〔俗〕錢（=御金）（來自不翼而飛、不脛而走的意思）

御足が足りない（錢不夠了）

御足を落とした（把錢丟了）

**御足労**〔名〕〔敬〕勞步

御足労を煩わしました（麻煩您特意跑了一趟）

**御預け**〔名〕（訓練狗等時把食物擺在它面前）暫時不准吃、暫緩執行，暫時保留

白、御預け（小白先不要吃）

彼の計画は当分御預けだ（那個計畫暫時擱起來了）

手当の支給が御預けに為る（津貼暫時不發了）

御預けを食う（〔已經講好的事〕告吹、落空）

**御家**〔名〕〔敬〕府上，貴府，封建主的家，諸侯的家

御家の大事（封建主家裡危急存亡的大事）

**御家芸**〔名〕家傳絕技、（個人的）獨特技藝，拿手好戲（=十八番）

早口言葉は彼の人の御家芸だ（說繞口令是他的拿手好戲）

**御家さん**〔名〕（京阪方言）（對他人妻子的尊稱）夫人、太太

**御家騒動**〔名〕（大名等家庭因繼承問題等引起的）內部糾紛、（政黨等的）內部派系鬥爭

保守政党の御家騒動（保守政黨的內部糾紛）

**御家物**〔名〕以貴族家庭糾紛為題材的歌舞伎劇目、歌舞伎演員等自家的傳統拿手好戲

**御家流**〔名〕江戶時代的公文字體（伏見天皇皇子尊圓法親王留下的行書體書法-又稱尊圓流、青蓮流）

**御家人**〔名〕〔史〕（鎌倉時代）將軍家臣的自稱、（江戶時代）直屬於將軍的下級武士

**御出で**〔名〕（居る、居る的尊敬語）在，住、（出る、来る、行く的尊敬語）出，去，來、（御出で為さい、来い的親密或輕微的尊敬說法）來

お父さんは御出でですか（你父親在家嗎？）
今晩御宅に御出でに為りますか（今天晚上您在家嗎？）
台北には久しく御出でですか（你住在台北很久了嗎？）
明日の会に御出でに為るでしょうか（您出席明天的會嗎？）
何卒此方へ御出で下さい（請到這邊來）
一緒に御出で為さい（一起去吧！）
何方へ御出でですか（你去哪裡？）
御出でを御待ちして居ります（敬候光臨）
ようこそ御出で下さいました（歡迎光臨、歡迎歡迎）
坊や、此方へ御出で（小寶寶到這裡來）

**御居処**〔名〕（關西方言）〔女〕屁股（=御尻）

**御薄**〔名〕〔茶道〕（薄茶的鄭重說法）淡茶

**御歌**〔名〕天皇（皇族）作的和歌
御歌会（宮中舉行的和歌會、宮中詩會）
御歌所（皇室和歌事務局-舊屬宮內省）

**御歌**〔名〕日皇作的和歌（=大御歌）

**御移り**〔名〕（對贈品的）回禮（用火柴、信紙等些微之物放在原贈品容器中、略表敬意）

**御裏様**〔名〕〔古〕（裏方的敬稱）貴夫人

**御会式**〔名〕〔佛〕日蓮上人忌日法會（10月13日舉行的佛事集會）

**御偉方**〔名〕〔俗〕（統治階級的）權貴、要人、大人物、顯要人物、高級人士

**御母様**〔名〕〔敬〕（比御母様更尊敬或客氣）媽媽、母親、（尊稱別人的母親）令堂、您的母親

**御母様**〔名〕（母的尊敬或客氣說法）
（在別人面前提到自己的母親時稱為母、但對自己家裡人提到時仍可稱御母様、另外有時在兒女面前用於指自己的妻子
（直接對自己母親的稱呼或作為一般稱呼）媽媽、母親
（稱呼別人的母親）令堂、你的媽媽、妳的母親

御母様、電話ですよ（媽媽來電話啦！）
彼女はもう御母様に為ったよ（她已經做母親了）
御母様はいらっしゃいますか（你母親在家嗎？）
悪戯すると御母様怒りますよ（你淘氣媽媽可要生氣了）

**御母様、御多多様**〔名〕（來自住在対屋之意）（宮中、封建貴族家庭中用語）母親尊稱←→御父様（父親）

**御蚕**〔名〕〔動〕蠶。〔俗〕絲綢

**御蚕包み**〔名〕〔俗〕滿身綾羅綢緞、奢侈的生活
御蚕包みで育った（在滿身綾羅綢緞中長大、從小嬌生慣養）
御蚕包みの暮し（奢侈豪華的生活）

**御返し**〔名〕（收到別人禮品）回敬的禮品，答謝的禮品、回報，答謝、報復（=仕返し）、（商店給顧客）找回的錢
結婚祝いの御返しを為る（對結婚的賀禮還給答謝禮品）
御返しは何を上げようか（送點什麼來還禮呢？）
御返しの宴（答謝宴會）
御返しの招待を受ける（接受答謝的邀請）

**御嬶、御母**〔名〕〔古、方〕母親（=御母様）、（對別人家的主婦或自己妻子的稱呼）妻子、老婆

**御抱え**〔名〕私人雇用的、包雇（的）、專聘（的）
御抱え弁護士（專聘的律師）
御抱え新聞（資產階級政黨的御用的報紙）
御抱えの医者（私人醫師、個人專聘醫師）
御抱えの運転手（自己雇用的司機）

**御鏡**〔名〕〔女〕（鏡餅的簡略說法）（過年供神用的大小兩個摞起來的）圓形年糕

**御欠き**〔名〕〔女〕（烤）年糕片（=欠き餅、掻き餅）

**御隠れ**〔名〕〔敬〕（身分高的人）逝世（=死ぬ）
　御隠れに為る（逝世）

**御掛け**〔名〕（幼兒的）圍兜兜、〔女〕湯（=汁）

**御陰、御蔭**〔名〕（神佛的）保佑、庇護、（別人的）幫助、恩惠、託…的福、沾…的光、幸虧、歸功於（也用於諷刺或挖苦的說法）

（對別人的好意照顧等表示略帶感謝意味的一種習慣的客氣說法）謝謝、多謝、託福（常用〝御蔭様で〟的形式）
　神の御蔭を蒙る（蒙神的保護）
　貴方の御蔭です（託您的福、沾您的光、多虧您的幫助）
　君が助けて下さった御蔭です（多虧您給我的幫助）
　今日の様な幸福な生活が有るのは自由民主党の御蔭です（有今天這樣幸福的生活全靠自由民主黨）
　毎日練習した御蔭で上手に為った（由於每天堅持練習有了進步）
　彼の人は友人の御蔭で生きている（他靠朋友的幫助維持生活）
　君の御蔭で私迄鼻が高い（跟你沾光我都感到驕傲）
　彼奴の御蔭で酷い目に会った（沾他的光吃了個大虧）
　二週間寝込んだ御蔭ですっかり仕事が遅れて仕舞った（由於病臥了兩個星期工作全都耽誤了）
　御蔭（様）で丈夫です（謝謝托福我很健康）
　御蔭（様）で毎日元気に暮して居ります（託您福我一直很健壯）
　御蔭（様）で皆達者です（託您福一家都很健壯）
　御蔭（様）で助かりました（多謝您幫了我大忙）

**御飾り**〔名〕供在神佛前的裝飾物，供品（特指鏡餅）、（新年掛在門前的）裝飾用的稻草繩（=注連飾り）。〔轉〕（沒有實權的）掛名領導，名義代表，傀儡

**御数、御菜**〔名〕（來自把多種東西配合在一起之意）（吃飯時吃的）菜，菜餚（=御菜）
　漬物を御数に為て飯を食べる（就著鹹菜吃飯）
　御数許り食べている（光吃菜）
　今晩の御数は美味かった（今天晚飯的菜很好吃）
　御数食い（光吃菜、能吃菜的人）
　御数好み（愛吃菜、好吃菜、挑剔菜）

**御菜**〔名〕菜，菜餚（=御数、御菜）

**御方**〔名〕（對別人的尊稱）人，位。〔古〕對封建貴族的妻，子的尊稱。〔古〕對別人的妻子尊稱

**御方**〔名〕（封建貴族等的）住處的尊稱、（封建貴族等）顯貴人物的尊稱

**御徒**〔名〕〔古〕徒步扈從

**御河童**〔名〕（少女髮型之一）（前髮在眉上、後髮在耳邊剪齊的短髮）孩子頭、娃娃頭
　御河童頭の少女（剪著孩兒頭的少女）
　御河童に為る（剪成孩兒髮）

**御門違い**〔名ナ〕認錯門，走錯門、弄錯對象，弄錯方向，估計錯，不對路
　御門違を為る（走錯路、走到別人家裡去）
　家では有りません、御門違いです（不是我們這兒您找錯門了）
　私を責めるのは御門違いだ（你責備我可是弄錯對象了）
　私に頼むの何て御門違いだ（你來求我可是找錯人了）
　御門違いの恨みを抱く（恨錯了人）

**御金**〔名〕錢、貨幣（=金）
　御金に為て（變成錢、按錢來算）

**御株**〔名〕〔俗〕專長、擅長的技能、拿手好戲、（獨佔的）地位
　人の御株を奪った（搶了別人的地位、學會了別人拿手玩意）

女の御株を奪ってミシンを掛ける（搶做女人的行當踩縫紉機）

御株を奪われた（取られた）（自己的拿手玩意被人學去了、被人搶了行當）

又御株が始まった（他那一套拿手戲又開始了）

愚痴は彼の人の御株だ（發牢騷是他的老毛病）

**御壁**〔名〕〔俗〕〔女〕（因白如牆）豆腐（＝豆腐）

**御釜**〔名〕（釜的鄭重說法）鍋，爐灶、火山的噴火口。〔俗〕屁股。〔俗〕男色

御釜を起す（發財致富）

**御構い、御構**〔名〕招待，款待，（江戶時代的刑罰之一種）放逐，驅逐出境

何卒御構い下さるな（〔客人對主人的話〕請別為我張羅、請不要客氣）

何卒御構い下さらない様に（〔客人對主人的話〕請別為我張羅、請不要客氣）

何も御構い致しませんで失禮しました（〔主人對客人〕沒什麼招待的真對不起）

折角御出で下さっても何の御構いも為ませんで失禮しました（好容易來到我們這裡也沒有怎麼招待您失敬得很）

何卒御構い無く（請別張羅、請別管我、請別客氣、請別為我操心）

直ぐ帰りますから何卒御構い無く（我馬上就走請不要張羅）

何卒御構い無く御食事を御済まし下さい（請您繼續用飯別管我）

何卒御構い無く御勉強を（請繼續用功別管我）

彼は江戸御構いに為った（他被逐出江戸）

御構い無し（招待不周、慢待得很、不管，不介意，不在乎，不放在心上）

御構い無しで済みません（招待不周很對不起）

私はそんな事は御構い無しだ（那樣的事我不介意）

費用は幾等掛かっても御構い無しだ（不論花錢多少全沒關係）

規律等御構い無しだ（也不管什麼紀律）

人の迷惑も御構い無しに騒ぐ（大聲吵鬧也不管攪擾別人）

**御上**〔名〕朝廷，政府、（在皇宮裡指）天皇。〔舊〕官廳，衙門、主人，女主人、(也寫作女將、女將)（飯館、旅館、商店等的）女掌櫃，老板娘，女主人（＝御上さん、御內儀さん）

御上の御用で出張する（因公出差）

御上に訴える（向當局控訴、告到官府）

御上の御厄介に為る（給政府添麻煩、被官府逮去）

八百屋の御上（蔬菜店的老板娘）

**御上さん、御内儀さん、お上さん**〔名〕〔俗〕（御上、女將、女將的尊稱）女掌櫃，老板娘，女主人、（對歲數大的婦女、別人或自己妻子的俗稱，多用於商人的妻子）主婦，內掌櫃，太太，老婆

宿屋の御上さん（旅館的老板娘）

家の御上さん（我的老婆）

**御上りさん**〔名〕〔俗〕新從鄉下來到大城市的人、進東京遊覽的鄉下人

御上りさんの東京見物（鄉下人遊覽東京）

見物（值得看的東西）

**御亀**〔名〕醜女假面具、大胖臉的胖女人、（臉部扁平的）醜女人（＝御多福、於多福）

御亀の面を被る（戴醜女假面具）

御亀の癖に気取っている（一幅醜八怪相還裝模作樣）

**御亀蕎麦**〔名〕（加魚糕、蘑菇、豆腐皮等的）什錦蕎麵條

**御粥**〔名〕粥（＝粥）

御粥を煮る（煮粥）

**御殻**〔名〕豆腐渣（＝雪花菜、卯の花）

御殻を豚に遣る（拿豆腐渣餵豬）

**御厠、御廁**〔名〕〔女〕（小孩、病人用的）橢圓形便器、廁所（＝御虎子）

御厠に立つ（入廁）

**御虎子**〔名〕（室內用的）便盆、馬桶（＝御厠、御廁）

**御代わり、御代り**〔名〕（把酒、飯等）再來一份、再添一碗、再來一杯

## ロ

御代わりを上げましょうか（給您再來一份好嗎？）

御飯の御代わりを致しましょうか（給您再添一碗飯好嗎？）

コーヒーの御代わり（再來一杯咖啡）

酒の御代わり（再來一壺酒）

御代わりは有りませんよ（不能再添啦）

**御燗**〔名〕（燗的鄭重說法）溫酒、燙酒

御燗を致しましょうか（給您把酒燙一下吧！）

御燗が付いた（酒燙好了）

御燗番（飯館裡專管燙酒的女服務員）

**御冠**〔名〕〔俗〕生氣、發脾氣、不高興、情緒不佳（＝御冠を曲げる、不機嫌）

酷く御冠である（很不高興、大發脾氣）

今日主任さんは少々御冠だ（今天主任有點不高興）

御冠を曲げる（生氣、發脾氣、不高興、情緒不佳）

彼は気に入らない事を言われて御冠を曲げた（他聽到不順耳的話生起氣來了）

**御気に入り**〔名〕〔俗〕心愛的人、喜歡的人、得意的人、紅人、寵兒

彼は先生の御気に入りの教え子だ（他是老師的得意門生）

彼は主任の大の御気に入りだ（他是主任手下的大紅人）

御気に入りの部屋（喜愛的房間）

御気に入りの臣下（寵臣）

**御気の毒様**〔連語、感〕〔俗〕（對別人的不幸表示同情）可憐、令人同情、（給別人增添麻煩或不能滿足對方要求時表示歉意或道歉）對不起、真抱歉、過意不去

本当に御気の毒様です（實在可憐、衷心表示同情！）

色色御手数を掛けて本当に御気の毒様でした（給您添很多麻煩實在過意不去）

生憎売り切れて御気の毒様です（不湊巧賣光了真對不起）

**御決まり**〔名〕慣例，常例，老習慣，老一套，按慣例的價錢小費等

御決まりの御菜（照例的菜、老一套菜譜）

御決まりの答えを為る（作照例的答覆）

ああ言うのが彼の御決まりだ（那樣的說法是他的老習慣）

御決まりの癖が始まった（老毛病又來了）

其れは彼の御決まりの手さ（那是他的老手法）

御決まりで結構です（照常例就可以-不額外要求）

**御決まり文句**〔名〕〔俗〕老調、老一套、口頭禪、老生常談

御決まり文句を並べる（老調重彈、唱陳腔濫調）

**御定まり**〔名〕〔俗〕照例、老一套（＝御決まり）

御定まりの文句（老一套的話、陳腔濫調）

御定まりの長話（又臭又長的老調、沒完沒了的老一套）

彼の御定まりの言い訳には敵わない（受不了他那套辯白的話）

**御客さん**〔名〕（客的尊稱）客人，顧客、（團體、組織的）非正式成員，客員

御客さんですよ（來客人了）

御客さん一人来られました（來了一位客人）

私は御客さんじゃ有りませんよ（我不算什麼客人）

彼の方は手前共好い御客さんです（他是我們的好顧客）

**御侠**〔名〕〔俗〕潑辣的姑娘、瘋丫頭（＝御転婆）

彼の娘は御侠で困る（那女孩瘋瘋癲癲的真沒辦法）

御前の様な御侠は嫁の貰い手が無いぞ（像你這樣的瘋丫頭可找不到婆家喲）

**御経**〔名〕〔佛〕經（＝経）

御経を読む（念經）

**御髪、御髪**〔名〕（對別人頭髮的尊稱）頭髮（＝髪）

良い御髪です事（你的頭髮長得真好！）

御髪上げ〔名〕〔敬〕（給別人）梳頭（的人）
　御髪上げを為る（給別人梳頭）

御髪上げ〔名〕梳貴族式的頭髮

御国〔名〕〔敬〕貴國。〔敬〕（別人的）故鄉，家鄉，原籍、鄉下、（江戶時代）諸侯的領地
　御国は何方ですか（您的家鄉是那裡？）
　御国言葉（土話、方言、鄉下話）
　御国者（鄉下人）
　御国入り（衣錦還鄉、光榮地回到故鄉）
　御国自慢（誇耀自己的故鄉，說自己家鄉好）
　銘銘御国自慢を為た（各自誇耀自己的家鄉）
　暫くは御国自慢の花が咲いた（一時談笑風生各自誇自己家鄉好）
　御国訛り（鄉音、家鄉土話、故鄉的方言）
　御国訛りで話す（用家鄉的方言講話）

御国、皇国〔名〕祖國，我國、國家
　御国の為に尽す（為祖國效忠）

御倉、御蔵〔名〕〔劇〕完場，完場的戲、散台戲、收藏
　御倉に為る（〔把一度要發表的東西決定不發表〕收藏起來、存檔）
　法案を御倉に為る（把法案擱置起來）
　計画を御倉に為る（把計畫擱置起來）
　御倉入り、御蔵入り（收藏不用、束之高閣、擱置起來不發表）

御包み〔名〕（裹嬰兒用的）小棉被包、棉斗篷

御袈裟〔節〕〔名〕袈裟曲（從新潟縣柏崎地方開始流行的一種民謠俚曲）

御講〔名〕〔佛〕〔敬〕宮中舉行的佛事、（真宗在親鸞和尚忌辰舉行的）佛事集會、講經會、聽法會

御声掛り、御声掛かり〔名〕〔俗〕（有勢力者或長上的）推薦，介紹，關說，說個話，打個招呼、指示，命令
　彼の昇進は大臣の御声掛りだ（他的升級是部長推薦的）
　主任の御声掛りで製作に着手する（根據主任的指示而動手製造）

御焦げ〔名〕〔女〕鍋巴
　御飯の御焦げ（飯鍋巴）
　御焦げで御握りを作る（用鍋巴作飯糰）

御小言〔名〕申斥、責備
　父から御小言を頂戴した（挨了父親一頓申斥）

御子様、御子さん〔名〕（對別人孩子的尊稱）令郎，令嬡、您的孩子

御越し〔名〕（"行く""来る"的敬語、比"御出で"的敬意還強）來，去，光臨，駕臨
　どうか御暇の折り御越しを願います（請您得暇過來一趟）
　何卒御越し下さい（請您駕臨）
　何時御越しに為りますか（您什麼時候來〔去〕呢？）
　貴方の御越しを御待ちしています（敬候您的光臨）

御腰〔名〕〔女〕（貼身的）纏腰布（＝腰巻）
　御腰を為る（圍上纏腰布）

御高祖頭巾〔名〕日蓮式防寒頭巾（形似日蓮和尚像的頭巾、只露出眼部、把整個頭部和臉部遮住的婦女防寒頭巾）

御事〔代〕你、您（貴方、御前）

御言添え〔名〕關說、美言、說好話
　御言添えを御願いします（請給美言幾句）

御言葉〔名〕〔敬〕您說的話、您的說法
　此れは御言葉とも覚えませぬ（我不敢相信這是您說的話）
　御言葉ですが私は然うは思いません（您雖然這樣說但我並不認為是這樣）
　御言葉に甘えて御願いします（領受您的一番好意我就這樣拜託您了）

御断り〔名、他サ〕（"断り"的鄭重說法）謝絕、道歉、預先通知
　入場御断り（〔牌示〕謝絕入場、閒人免進）
　室内喫煙御断り（〔牌示〕室内請勿吸煙）
　小便御断り（〔牌示〕〔此處〕禁止小便）

押し売りは御断りを為る（〔牌示〕謝絕叩門賣貨）

君に御断りし無ければ為らない事が有る（我有一件事應該向你道歉）

前日に御断り下さい（請在前一天給個通知）

前以て御断りが無ければ出来ません（事前沒有個通知可做不到）

**御好み** 〔名〕〔敬〕（您的）趣味、嗜好、愛好、喜愛、挑選、要求、希望

君の御好み次第だ（任您挑選、您愛怎麽辦就怎麽辦）

御好みに応じて調製します（按您的希望調製）

何か料理の御好みは有りませんか（您有什麽特別喜歡的菜嗎？）

御好み食堂（可以隨意挑選盤菜的經濟食堂）

御好み焼き（雜樣煎菜餅）

**御零れ、御溢れ** 〔名〕〔俗〕溢出（物），滴下（物），洒落（物）。〔轉〕剩下的一點東西

御零れを頂戴したに過ぎない（不過跟著沾了一點光）

御零れに与る預かる（跟著沾了點光）

**御薦** 〔名〕〔女〕乞丐（=乞食、薦被り）

**御籠り** 〔名,自サ〕（為了齋戒祈禱在一定期間內）幽居在神社或寺院裡不外出（=参籠）

**御強** 〔名〕〔女〕糯米小豆飯（=強飯、赤飯）

**御下がり** 〔名〕〔俗〕撤下的供品、酒席的殘餘、長輩給的舊衣物

御下がりを使う（用別人的舊東西）

此の靴は兄の御下がりです（這雙鞋是哥哥穿過舊了的）

**御下げ** 〔名〕（少女垂在肩上或背後的）辮子、（婦女穿和服時）兩端下垂的繫帶樣式

御下げの少女（梳辮子的少女）

髪を御下げに為る（把頭髮梳成辮子）

**御先** 〔名〕（先的尊敬或鄭重的說法）先、今後、前途、未來、走卒、爪牙（=御先棒）

御先に何卒（請先走）

御先に失礼します（我先走請原諒、我先失陪了）

では一足御先へ（に）参ります（那麼我先走一步）

年頭から御先に（歲數大的請先走）

独占資本主義は御先真っ暗だ（壟斷資本主義前途一片黑暗）

反動派の御先に使われる（給反動派當爪牙）

**御先煙草** 〔名〕（到別人家訪問時）主人招待的香煙、對方的香煙

御先煙草を為る（抽伸手牌香菸、向主人討香煙抽）

**御先棒** 〔名〕走卒、爪牙

御先棒に使われる（被用來當爪牙）

御先棒を担ぐ（當走狗、充當爪牙）

帝国主義の御先棒を担ぎ、反民主を喚め立てる（為帝國主義張目叫囂反民主）

**御座敷** 〔名〕（座敷的鄭重說法）藝妓等被邀到宴會席上表演或陪酒

御座敷が掛かる（藝妓等被招去陪酒）

**御札** 〔名〕紙幣、鈔票（=札）

**御札** 〔名〕（神社寺院發的）護身符

**御薩** 〔名〕〔女〕甘藷、番薯、地瓜（=薩摩芋）

**御座付き、御座付** 〔名〕歌妓陪宴時的開場曲

**御里** 〔名〕娘家、出身、來歷、老底，以前的經歷

御里に帰る（回娘家去）

御里帰り（回娘家）

つい御里が出た（無意中露出了老底）

御里が知れる（露出馬腳、露出原形、洩漏老底）

彼が口を開くと直ぐ御里が知れる（他一開口就露出老底來）

そんな事を為ると御里が知れて終うぞ（那麼一來就把老底全洩漏啦！）

言葉使いで彼の御里が知れた（一聽他說的話就知道他的老底了）

**御寒い** 〔形〕冷。〔俗〕寒酸，貧窮

此の所御寒い毎日が続きますね（最近幾天都很冷啊！）

御寒い計画だ（小得可憐的計畫）

彼は懐が何時も御寒い様です（他的腰包老是很窮似的）

科学者の論文と為ては御寒い物だ（作為一篇科學家寫的論文太貧乏了）

**御浚い**〔名、他サ〕複習，溫習，（音樂、舞蹈、戲劇等的）排演，排演會

英語の御浚いを為る（溫習英文）

唄を御浚いする（練習歌曲）

明日は芝居の御浚いが有る（明天要排戲）

御浚いの会（排演會、練習會、試驗會）

**御産**〔名〕（產的鄭重說法）生產、分娩、生孩子

昨夜御産を為た（昨天晚上分娩了）

御産で死ぬ（因生孩子而死）

御産が重い（難產）

**御三時**〔名〕〔俗〕下午（三點鐘左右）給兒童吃的點心、零食（=御八つ）

御三時を食べる（吃下午點心）

御三時に為る（吃下午點心）

**御八つ**〔名〕（午後三點鐘左右給兒童吃的）點心、茶點

*（八つ是古時的八點的意思、相當於現在的三點鐘、所以現在一般改稱御三時）

御八つを遣る（給午後茶點吃）

御八つを与える（給午後茶點吃）

御八つにビスケットを食べる（吃餅乾當午後的點心）

御八つに何を食べましょう（吃點什麼當點心呢？）

**御饌**〔名〕〔俗〕（在廚房工作的）女僕，女傭（=御饌殿、御三どん）

**御饌殿、御三どん**〔名〕〔俗〕（在廚房工作的）女僕，女傭（=御饌）、下廚房，做飯菜

妻が病気なので毎日御饌殿を為る（因太太生病每天自己燒飯做菜）

日曜日は妻に代わって御饌殿だ（星期天替我太太下廚房做飯菜）

**御祖父様**〔名〕（祖父的尊稱）祖父、外祖父

**御祖父さん**〔名〕（祖父的尊稱或親密稱呼）祖父、外祖父

**御爺様**〔名〕老爺爺、老先生

**御仕置き、御仕置**〔名〕〔史〕（江戶時代幕府、諸侯所加的）刑罰，處刑。〔俗〕懲罰，處分

御仕置き者（罪犯）

子供の御仕置き（對孩子的懲罰）

どんな御仕置きを受けても構いません（受到甚麼處分都沒關係）

**御四季施、御仕着せ**〔名〕按季節發給傭工或職工的衣服

給料の外に御四季施が有る（工資之外還供給衣服）

**御辞儀**〔名、自サ〕敬禮，行禮，鞠躬、客氣，講禮節

丁寧に御辞儀を為る（恭恭敬敬地鞠躬）

ぴょこんと御辞儀を為る（突然點頭貌）（點頭致敬）

御客さんに御辞儀を為る（向客人敬禮）

一寸御辞儀を為て立ち去った（點了點頭就走了）

人から御辞儀を為れる（別人給敬禮）

御辞儀を返す（回禮）

御辞儀は（如何した）（〔對兒童說〕你怎麼不行禮啊？）

決して御辞儀は致しません（我決不客氣）

其れでは御辞儀無しに頂きます（那麼我就不客氣地領受了）

**御浸し、御浸し**〔名〕〔烹〕溫拌青菜（把菠菜等用開水燙過後加上醬油乾松魚等調成的小菜）

**御下地**〔名〕〔女〕醬油、（煮雞、肉類等的）原湯

**御七夜**〔名〕孩子生後第七天晚上（的祝賀）

**御忍び**〔名〕〔俗〕（有身分的人故意不露自己的身分）微服出行

御忍びで遊びに行く（微服出去尋歡作樂）

**御絞り**〔名〕熱手巾、手巾把

客へ御絞りを出す（遞給客人熱手巾）

**御仕舞い、御仕舞**〔名〕（仕舞い的鄭重說法）完了，終止，結束，最後，完蛋，絕望，無法挽救、（婦女的）化妝，打扮

今日は此れで御仕舞いに為ます（今天到此為止、今天就此結束）

此れで御話は仕舞いです（我的話到此完了）

御仕舞いの一幕は中中良かった（最後的一幕好得很）

仕事を御仕舞いに為よう（把工作結束了吧！）

林檎はもう御仕舞いに為りました（蘋果已經賣完了）

品物は此れで御仕舞いだ（東西就這些了）

演說が御仕舞いに為る頃（演說快要結束的時候）

彼の店はもう御仕舞いに為った（那家店已經停止營業了）

人間はああ為っちゃ御仕舞いね（人一到那種地步就完啦）

植民地主義はもう御仕舞いだ（殖民主義已經完蛋了）

彼の男ももう御仕舞いだ（他已經不可挽救了）

御仕舞いが綺麗に出来た（打扮得很漂亮）

**御湿り**〔名〕下雨、少量的雨水

良い御湿りです（好雨）

御湿り程度の雨（剛濕過地皮的雨）

**御下**〔名〕〔舊〕女傭，女僕。〔女〕大小便

**御釈迦**〔名〕〔俗〕生產過程中的廢品

御釈迦が出る（出廢品）

又御釈迦に為った（又成了廢品）

為る可く御釈迦を出さない様に為る（盡量爭取不出廢品）

御釈迦に為る（弄壞、糟塌、弄得不能用）

**御釈迦様**〔名〕釋迦牟尼（的敬稱或愛稱）

御釈迦様でも気が付くまい（出人意外、萬想不到、神不知鬼不覺）

御釈迦様でも御存じ有るまい（出人意外、萬想不到、神不知鬼不覺）

**御社貢寺連朶**〔名〕〔植〕日本水龍骨（蕨類落葉多年生草）

**御酌**〔名〕斟酒、陪酒的侍女、雛妓，未成年的藝妓（＝半玉）

御酌を為ましょう（我來給您斟酒吧！）

**御喋り、御饒舌**〔名ナ、自サ〕多嘴多舌，好說話，健談，多嘴多舌的人，愛講話的人、話匣子、閒談，聊天

御喋りな女（愛講話的女人）

御喋りな御婆さん（碎嘴子的老太婆）

彼の子は御喋りだ（那孩子多嘴多舌）

御喋りするな（別瞎聊啦！別嚼舌頭啦！）

彼は余計な御喋りは為ない（他不講廢話）

彼の男は御喋りだ（他多嘴多舌）

一寸御喋りする内に時間に為った（閒聊了一會兒時間就到了）

何を御喋りしているのか（你們在閒聊什麼？）

**御洒落**〔名ナ〕好打扮、好修飾、愛俏皮（的人）

彼の人は御洒落だ（那個人愛漂亮）

御洒落の（な）女（好打扮的女人）

男の癖に御洒落を為る（男子卻還愛漂亮）

彼女は今朝御洒落を為て来た（她今天早晨打扮得漂漂亮亮地來了）

**御重**〔名〕（重箱的鄭重說法）（盛食物用的）套盒、重疊式木盒

**御嬢様**〔名〕〔敬〕（比御嬢様更客氣的說法）令嬡、小姐

**御嬢様**〔名〕（對他人女兒的尊稱）令嬡，您的女兒，（對未婚年輕女性的稱呼）小姐，姑娘，（不知生活辛苦）嬌生慣養的小姐

御嬢様はもう学校ですか（令嬡已經上學了嗎？）

御嬢様、どれに致しましょう（小姐您要哪一個？）

御嬢様には此の御洋服が良いと思います（我認為這件西裝對小姐很合適）

隣の御嬢様（鄰居的姑娘）
鈴木さんの御嬢様、一寸入らして（鈴木小姐請您來一下）
御嬢様向きスーツ（適合年輕小姐穿的西裝）
彼の人は御嬢様だから、私達の様な生活は出来ないだろう（她是一個嬌生慣養的小姐，像我們這樣的生活怕是過不來吧！）
御嬢様育ち（當小姐長大的、嬌生慣養的小姐）

**御上手**〔名〕會說話、奉承話、諂媚話（＝おべっか）
御上手を言う（諂媚、討好、說奉承話）
御上手を使う（諂媚、討好、說奉承話）

**御相伴**〔名、自サ〕作陪。〔轉〕陪著受損失
御馳走の御相伴する（陪人一同吃飯）
映画の御相伴を為る（陪伴人去看電影）
御相伴致しましょう（讓我來作陪吧！）
銀行が潰れた御相伴に、此方も倒産の破目に為った（銀行倒閉我們也跟著落到破產的地步）

**御職**〔名〕（江戶時代）頭把手、同行列中居上位的人（特指藝妓界而言）

**御白様、御白神**〔名〕（從關東到東北地方民間迷信的）養蠶之神

**御印**〔名〕（謝意等的）表示
本の御印です（不過是一點表示、只是我的一點心意）

**御新香**〔名〕新醃的鹹菜、鹹菜，醬菜（＝漬物、香の物、香香、こうこ）

**御数寄屋坊主**〔名〕〔史〕（在江戶幕府的茶室内服務的）茶役

**御裾分け、御裾分**〔名〕（把得到的贈品或利益的一部份）分贈，分送、分贈別人的東西
僅か許りですが御裾分けします（微不足道的一點點分送您一些）
本の御裾分けです（這不過是分送給您的一點東西）

**御福分け**〔名、他サ〕分贈自己收到的禮品（＝御裾分け）

**御澄まし、御澄し**〔名〕假裝一本正經（的人）。〔女〕清湯，高湯（＝澄まし汁）。〔方〕醬油

**御墨付き、御墨付**〔名〕（室町、江戶時代）（幕府、大名頒發證件上）蓋的黑色圖章。〔轉〕得到權威人士的保證

**御酢**〔名〕〔女〕醋（＝酢）

**御酢文字**〔名〕（方、女）壽司、醋飯（＝寿司）

**御坐り**〔名〕坐下（＝御坐りを為さい）
まあ、御坐り（坐下！）
赤ん坊はやっと御坐りが出来る様に為った（嬰兒剛剛會坐）

**御世辞**〔名〕恭維（話）、奉承（話）、應酬（話）、獻殷勤（的話）
御世辞を言う（說恭維話）
御世辞を並べる（說恭維話）
御世辞が旨い（善於應酬）
心にも無い御世辞を言う（說言不由衷的恭維話）
御世辞の上手な人（會奉承的人、會獻殷勤的人）
御世辞たらたらだ（油嘴滑舌地恭維）
御世辞の無い所を申します（我直率地跟您說）
人に厭に為る程御世辞を言う（恭維得令人肉麻）
君は御世辞に然う言うのだろう（你是恭維我才那麼說的吧！）
僕は御世辞は大嫌いだ（我就厭惡阿諛奉承）
彼の人を学者とは御世辞にも言えない（即使捧著說也不能說他是個學者）

**御世辞笑い**〔名、自サ〕陪笑、伴笑、諂笑
彼の人は良く御世辞笑いを為る（他好諂媚假笑）

**御節**〔名〕（新年或節日做的）年節菜、節日食物
正月は御節と一汁三菜と屠蘇酒（過年有年節菜和三菜一湯加屠蘇酒）

**御節介**〔名、形動〕愛管閒事、好管閒事
人の御節介を為る（多管別人的閒事）
人の御節介を焼く（多管別人的閒事）
余計な御節介だ（用不著你管！）

入らぬ御節介は止めて呉れ（少管閒事）

御節介を為る物じゃない（你不要多管閒事）

彼は御節介な人だ（他是個好管閒事的人）

**御煎**〔名〕〔女〕（日本式）脆餅乾（＝煎餅）

**御膳**〔名〕（膳的鄭重說法）（擺飯菜碗碟用的木製）餐盤、（擺在餐盤裡的）飯菜（＝膳）

御膳を出す（端出餐盤）

**御膳立て**〔名、他サ〕備餐，準備飯菜。〔轉〕準備（工作）

御膳立てが出来ました（飯準備好了）

夕飯の御膳立てを為る（備晚餐、做晚飯的準備）

会議の御膳立てを整える（做好開會的準備）

催し物の御膳立てはちゃんと出来ている（演出的準備工作已完全做好了）

組閣の御膳立てを話し合う（洽商組閣準備）

**御祖師樣**〔名〕〔佛〕（日蓮宗）祖師、教祖（指鎌倉時代的日蓮和尚）

**御草草樣**〔連語〕（款待客人時的客氣話）怠慢、簡慢

御草草樣（でした）（簡慢了、怠慢得很）

**御供え**〔名〕供品（＝供え物）。〔女〕供神用的年糕（＝御供え餅、御鏡餅）

**御側**〔名〕（君主或主人的）側近、近臣，侍臣，近侍，左右的人，貼身的人，身旁侍奉的人

御側に仕える（在身旁侍奉、侍君側）支える 使える 遣える 閊える 痞える

御側去らず（側近的寵臣）

**御粗末**〔形動〕（粗末的客氣用法、含有輕蔑謙遜式自嘲的口吻）粗糙，不精緻、簡慢

御粗末な演技（不高明的演技）

私の御粗末な頭を以て為ては…（就以我笨拙的頭腦…）

御粗末樣（〔款待後的客氣話〕簡慢得很、不成敬意）

**御陀仏**〔名〕〔俗〕（來自人死時念誦阿弥陀仏）死。〔轉〕完蛋，垮台，報銷

御陀仏に為った（死了、完蛋了）

此れで折角の計画も御陀仏に為った（這一下子煞費苦心的計畫也完蛋了）

**御台**〔名〕盛食器的盤（＝御台盤）。〔女〕飯

**御代**〔名〕（代金的鄭重說法）貨款、價款

御代は後程で結構です（錢以後再給吧！）

**御代、御世**〔名〕（日皇的）統治期間、在位期間

明治の御代（明治天皇治世期間）

**御代わり、御代り**〔名〕（把酒、飯等）再來一份、再來一杯、再添一碗

御代わりを上げましょうか（給您再來一份好嗎？再盛一碗好嗎？）

御飯の御代わりを致しましょうか（給您再添一碗飯好嗎？）

coffeeの御代わり（再來一杯咖啡）

酒の御代わり（再来一壺酒）

御代わりは有りませんよ（不能再添啦）

**御太鼓**〔名〕（日本婦女穿和服時的）鼓形結帶法（＝御太鼓結び）、空閒、諂媚（＝太鼓持ち）

御太鼓を敲く（阿諛、奉承）

**御題目**〔名〕〔佛〕口頭禪（日蓮宗信徒念誦的南無妙法蓮華経七個字）、（主張、見解的）題目，標題、（根本實行不了的）條款

御題目丈は立派だ（只是題目漂亮、空喊漂亮口號）

御題目を並べる（羅列一些裝門面的條款）

**御平らに**〔連語〕（在日式房間裡勸客人不必拘泥、盤腿坐時的用語）隨便坐

何卒御平らに（請隨便坐）

**御平**〔名〕〔女〕淺碗、平碗（＝平碗）

御平の長芋（中看不中用的人、相貌好看而頭腦愚蠢的人）

**御互い**〔名〕（互い的鄭重說法）彼此、互相

御互いに気が合う（彼此情投意合）

御互いに助け合う（互相幫助）

御互いに係わり合いが無い（彼此沒有關係）

御互いに相讓らない（互不相讓、相持不下）

真逆の時には御互いに力に為ろうじゃないか（在要緊的時候讓我們來互相幫助吧！）

其の方が御互いの利益です（那樣對雙方有利）

此れは御互いの仕合せです（這是彼此的幸運）仕合せ

御互い樣、御互樣〔名〕彼此彼此、彼此一樣

御互い樣だから御礼を言うには及びません（彼此彼此不必道謝）

御無沙汰は御互い樣です（彼此都久疏問候）

色色御世話に為りました。-御互い樣です（謝謝您多方關照、哪裡的話）

私は卑怯者だって？御互い樣じゃないか（你說我是膽小鬼？我看你和我一樣吧！）

御高く〔副〕（高く的鄭重說法）高高地、高傲地（只作以下用法）

御高く止まる（高高在上、高傲自大、自命不凡、瞧不起人）

彼は随分御高く止まっている（他非常高傲自大）

御高く止まって官僚風を吹かせている（高高在上、官氣十足）

御高祖頭巾〔名〕日蓮式防寒頭巾（只露出眼部把整個頭部和臉部遮住的婦女用防寒頭巾-形似日蓮和尚像的頭巾故名）

御高盛〔名〕裝得滿滿的一碗飯（一般說是一輩子有三次必須裝這樣的飯-即誕生日的產飯、結婚時的合歡飯和死時的供飯）

御宝〔名〕〔俗〕〔敬〕寶貝，珍寶。〔舊〕錢，金錢。（新年到處叫賣的取吉利象徵的）寶船圖（=宝船）。（對別人孩子的暱稱）小寶貝

御宝を頂いた（領到了錢、給了我錢）

御宝売り（賣保船圖的）

御宝前〔名〕（神社或佛殿的）殿前、神前、佛前

御宅〔名〕（對別人家的尊稱）家、府上、貴府

〔代〕您、貴處、您那裏

先生の御宅は何方ですか（老師的家住哪裡？）

御宅は被害は有りませんでしたか（您府上沒受什麼損失吧！）

御父さんは御宅ですか（你父親在家嗎？）

御宅の方景気は如何ですか（你那裏的情況怎麼樣？）

御尋ね者〔名〕逃犯

強盗犯の御尋ね者（在逃的盜犯）

国中の御尋ね者（全國通緝的在逃犯人）

御立ち〔名〕〔敬〕動身，起程、（客人）回去

何時御立ちですか（您何時動身？）

もう御立ちですか（您要走了嗎？）

御達し、御達示〔名〕（官僚或上司的）指示、通知、通告

遅刻しない樣にと御達しが有った（有通知說不得遲到）

御達〔名〕〔古〕（對婦女的敬稱）夫人、太太

御店〔名〕（商店的職工等稱呼自己的商店）櫃主、店舖裡

御店者（店員、伙計）

御旅所〔名〕（舉行祭禮時）神轎臨時停放的地方

御玉〔名〕湯匙（=御玉杓子）。〔女〕雞蛋，小雞

御玉杓子〔名〕湯匙。〔動〕蝌蚪。〔冶〕（鑄鐵中）有尾球墨

御靈屋、御廟〔名〕廟、祠堂

御堪り小法師〔名〕（來自起き上がり小法師的諧韻）受不了、吃不消

御堪り小法師が有る物か（有什麼吃不消的呢？）

御為顏〔名〕一副裝作熱情幫忙的面孔、一副假裝送人情的面孔

御為ごかし〔名〕假裝為人（實際為己）、送假人情（進行欺騙）、為了個人利益的偽善

御為ごかしの意見（假裝好心腸的意見）

御為ごかしを言う（說送人情的話）

彼の人は御為ごかしを言って僕を騙そうと為た（他說送假人情的話想來騙我）

御為ごかしのぺてんに引っ掛かるな（別上假仁假義的當）

御為筋〔名〕好顧客、好主顧

御誕生〔名〕（誕生〔白〕的鄭重說法）生日，誕辰，出生，誕生

**御近付き** 〔名〕（近付き的鄭重說法）相識、認識、結識

　　御近付きの印（見面禮、相識的紀念禮品）標徵驗記

　　御近付きに為れて嬉しゅう御座います（我能跟您認識感到很高興）

　　彼の人は東京に御近付きに為りました（我和他是在東京認識的）

**御稚兒、御兒** 〔名〕（稚兒的鄭重說法）參加祭祀行列的盛裝兒童、高僧的侍童

**御乳の人** 〔名〕（封建貴族等的）奶媽、乳母

**御茶** 〔名〕（茶的鄭重說法）茶。茶道，品茗的禮法（=茶の湯）。茶會，吃茶點。（工作中間的）休息小憩。〔方〕（農忙季節）早午餐中間增加的一餐，打尖

　　御茶を入れる（泡茶、沏茶）

　　御茶を御上がり下さい（請喝茶）

　　御茶を注ぐ（倒茶）注ぐ　接ぐ告ぐ次ぐ継ぐ

　　御茶の稽古を為る（學習茶道）

　　御茶の先生（茶道的教師）

　　御茶に招く（請去吃茶點）

　　御茶に呼ばれる（被請去吃茶點、被邀請赴茶會）

　　もう御茶だよ（該休息啦！）

　　御茶に為る（休息一下、工作中間喝杯茶）碾く引く轢く惹く弾く曳く退く挽く牽く

　　御茶を濁す（含糊其詞、支吾搪塞、蒙混過去、馬虎過去）

　　訳の分らない話を為て御茶を濁す（用莫名其妙的話敷衍過去）

　　何時も御茶を濁してはっきり答えない（總是含混其詞不明確回答）

　　私にも本当の所迚も出来ないから、此の辺で御茶を濁して置きましょう（說真的我也不會就這樣馬虎地算了吧！）

　　御茶を挽く（〔藝妓等招不到客人〕閒呆著-來自沒有客人的藝伎做磨茶葉末的工作）

**御茶子** 〔名〕〔劇〕（劇場的）女服務生

**御茶の子** 〔名〕〔俗〕點心，茶食（=御茶請け）、極其容易，輕而易舉的東西

　　試験等は御茶の子です（考試算不了一回事）

　　こんな仕事は御茶の子だ（這樣工作容易得很）

　　彼の男を負かす位は御茶の子だ（想打敗他易如反掌）

　　御茶の子さいさい（極其容易）

**御茶請け** 〔名〕（茶請け的鄭重說法）（喝茶時吃的）點心、茶點、茶食

**御茶挽き** 〔名〕〔俗〕空閒著沒有客人（的藝妓）

**御茶屋** 〔名〕茶葉鋪、茶館、飯館。〔茶道〕茶室

**御中道** 〔名〕〔俗〕（登富士山）只登到一半、沒爬到山頂

　　御中道巡り（逛半山）

**御調子者** 〔名〕〔俗〕（一戴上高帽就得意忘形）輕舉妄動的人，輕浮不重的人（=おっちょこちょい）、應聲蟲，隨聲附和的人，隨波逐流（實際上靠不住）的人

　　彼は少し御調子者だ（他只要一戴高帽就得意忘形了）

**御猪口** 〔名〕（只作以下用法）

　　御猪口に為る（撐開的傘被風吹翻過去-呈喇叭形）

　　私の傘は風で御猪口に為った（我的傘被風刮翻了）

**御ちょぼ口** 〔名〕櫻桃小口、收攏著的小嘴巴

　　御ちょぼ口を為る（抿起小嘴）

**御壺口** 〔名〕櫻桃小口、收攏著的小嘴巴（=御ちょぼ口）

**御付き** 〔名〕侍從、隨員、護衛者

　　総理の御付き（總理的隨從）

　　御付きの人（侍從隨從人員）

　　御付きの医者（私人醫師、保健醫生）

**御付け** 〔名〕（麵條上的）澆鹵，（炸魚上的）澆汁液、醬湯（=味噌汁）、湯，清湯，菜湯

　　朝食に御付けは付き物だ（早飯一定要有醬湯）

御付けの実は何ですか（湯裡放的是什麼菜？）

**御着き**〔名〕（着く的敬語）到達、到來
御客様は正午御着きに為る（貴賓正午到來）

**御作り**〔名〕〔女〕化妝，打扮（＝御化粧）、（刺身的鄭重說法）生魚片
服装も御作りも全て東京風です（服装打扮全是東京派頭）

**御告げ、御告**〔名〕〔敬〕告知，奉告。〔宗〕（神的）啟示，天啟
御告げ文（天皇在神前的祭文）
神の御告げを受ける（受到神的啟示）

**御次**〔名〕〔敬〕下一位。（的鄭重說法）隔壁的房間。〔轉〕對別人家女僕的尊稱。〔古〕江戶時代在將軍諸侯居室的隔壁房間聽候使喚的女僕
御次は何方（下一位是誰？）
御次の番だよ（輪到下一位啦）
御次の方は前へ出て下さい（下一位請到前面來）

**御勤め**〔名〕（僧侶作為課業的）朝夕念經、（勤め的鄭重說法）工作，職業，上班、單純任務觀點，敷衍塞責
今御勤めは何方ですか（您現在在哪裡工作？）
御勤めの帰りですか（您是下班要回家嗎？）
御勤めで為る（敷衍塞責）
只御勤めに遣っている丈の事です（只是為了任務不得不敷衍一下）

**御勤め品**〔名〕〔商〕（當天的）廉價品、處理品

**御摘み**〔名〕小吃、簡單的酒菜（＝御摘み物）

**御詰**〔名〕〔茶道〕茶會中坐在末席的客人（普通是熟悉茶道幫助主人招待客人的人）
（詰める的敬語說法）擠，移動
少し宛前の方へ御詰願います（請各向前稍擠一下）

**御積もり、御積り**〔名〕〔俗〕（酒宴）最後一杯酒。散席
御積もりに為る（喝完這杯為主）
では此れで御積もりに致しましょう（那麼就作為最後一杯吧！那麼就這一杯為止了）
もう御積もりだ（這是最後一杯了）

**御汁**〔名〕〔女〕（汁的鄭重說法）汁、湯、湯汁

**御釣り**〔名〕找零、找的零錢
御釣りで御座います（這是我給您的零錢）
御釣りを下さい（請找錢給我）
二十円の御釣りに為ります（還剩二十日元零錢）
御釣りは要らないよ（零頭不用找啦-送給你吧）要る 炒る 射る 煎る 居る 入る 鋳る
千円出すと御釣りが来る（拿出一千日元還有找零-還不到一千日元）来る 繰る 刳る

**御手上げ**〔名〕沒轍、毫無辨法、只好放棄、只好認輸
皆の者に問い詰められて、彼はすっかり御手上げだ（被大家一追問他完全沒轍了）
如何しても良いか分らず御手上げの態だった（弄得毫無辨法不知如何是好）

**御手洗い**〔名〕廁所、盥洗室
御手洗いは何処でしょうか（廁所在哪裡？）
御手洗いに参り度いのですが（〔女〕我想去洗洗手）

**御手洗、御手洗い**〔名〕神社門旁洗手（嗽口）處、洗手（臉）

**御手塩**〔名〕〔女〕小碟子（＝手塩皿）

**御手玉**〔名〕（少女玩具、內盛小豆等的）小沙包，投擲小沙包的遊戲。〔俗〕〔棒球〕（外野手沒接準）球在手裡彈跳幾次
御手玉を為る（扔小沙包玩）
御手玉を取る（扔小沙包玩）

**御手付き、御手付け**〔名〕（玩紙牌歌留多時）摸錯了牌、主人跟自己的女僕發生關係、被主人污辱了的女僕
御手付き一枚（摸錯了一張牌-處罰摸錯了的人）

**御手伝い**〔名〕（的改稱）女傭、家務助理

御手伝いさんを求む（〔廣告用語〕招聘家務助理）

**御手並み** 〔名〕（別人的）本領、本事

　天晴な御手並みだ（本領高超、了不起的本領）

　此れ迄に無い御手並みだ（還沒有看到過這樣的本領）

　御手並み拝見（讓我來領教領教您的本領）

　先ずは御手並み拝見と出た（首先他要領教我的本領、首先他向我挑戰起來）

**御手の中、御手の内** 〔名〕〔俗〕（您）手裡的東西、（您的）本領

　御手の中を拝見し度い物（我想領教領教您的本領）

　天晴な御手の中だった（本領真高、名不虛傳）

**御手の筋** 〔名〕〔舊〕〔俗〕（對個人經歷或家庭的事）猜對、猜中（來自手紋）

　御手の筋だ（猜對啦）

**御手の物** 〔名〕擅長、特長、拿手、得意的一手

　そんな事は彼の御手の物だ（那是他的擅長）

　翻訳は御手の物だ（翻譯是我的拿手）

　碁は私の御手の物ではない（圍棋我不擅長）

**御手前** 〔名〕（也寫作御点前）〔茶道〕點茶的技藝（手法）

　〔代〕〔古〕（室町時代以後武士的用語）你（＝貴公）

**御点前** 〔名〕〔茶道〕點茶的技藝（手法）（＝御手前）

**御手元、御手許** 〔名〕（在宴席、飯館等）筷子小碟等的別稱

**御手許金** 〔名〕（天皇、皇族的）個人款項、手頭的錢

**御手盛り** 〔名〕自己盛飯盛菜、為自己打算、圖自己方便、本位主義、一手包辦

　御手盛りで頂く（自己盛飯吃）戴く

　御手盛りの案（本位主義的方案）

　内閣の御手盛り増俸案が昨夜可決された（昨晚通過了內閣爭取的增薪草案）

**御手柔らかに** 〔連語、副〕（比賽開始時的客套話）手下留情

何卒御手柔らかに（願います）（請手下留情）

**御出来** 〔名〕〔俗〕膿腫、膿包、瘡子（＝出来物）

　頭に御出来が出来た（頭上長了瘡子）

　御出来の跡（瘡疤）跡痕後址

**御出座、御出座し** 〔名〕〔敬〕出去，出外，出門，來到，蒞臨，到場

　御出座の御支度（出門的準備）

　御出座を待つ（等候駕臨）

　会へ御出座でしたか（您到會了嗎？）

**御寺さん** 〔名〕〔敬〕（寺院的）方丈、住持

**御天気** 〔名〕（天気的鄭重說法）天氣，好天氣。〔俗〕情緒，心情（＝機嫌）

　今日は御天気が良い（今天的天氣好）

　御天気の都合で行くか如何かを決める（看天氣好壞決定去不去）

　気を付けろ、今朝は親父の御天気が悪いぞ（你可要注意今天早上老闆脾氣不好）

**御天気師** 〔名〕〔俗〕（在路上向農民詐騙財物的）騙子（俗稱〝丟包的〞）

**御天気者** 〔名〕喜怒無常的人、沒好脾氣的人（＝御天気屋）

**御天気屋** 〔名〕喜怒無常的人、沒好脾氣的人

　御天気屋だから何を為るか知れない（他是個喜怒無常的人說不定會做出甚麼事來）

**御天道様、御天道様** 〔名〕〔俗〕太陽、老天爺

　御天道様が上った（太陽出來了）上る登る昇る

　御天道様が見て御座る（蒼天有眼、老天爺看得見）

**御日様** 〔名〕〔女〕〔兒〕太陽、日頭（＝御天道様）

　御日様が顔を覗かせる（太陽剛露出、日頭冒出來）

**御転婆** 〔名、形動〕野丫頭、瘋丫頭、輕浮的姑娘

　彼の娘は御転婆だ（她是個瘋丫頭）

　御転婆な（の）娘（輕挑的姑娘）

　彼女は今御転婆盛りだ（她現在正當愛打愛鬧的時候）

**御跳ね**〔名〕〔女〕瘋丫頭、輕挑的姑娘（=御転婆）
　御跳ねさん（瘋丫頭）

**御父様**〔名〕（對自己父親的尊稱）父親，爸爸、（對別人父親的尊稱）令尊，您的父親
　御父様、此方へ何卒（爸爸請到這邊來-比稱御父様更鄭重婦女較多使用）
　（貴方の）御父様は御元気ですか（令尊健康嗎？您父親好嗎？）

**御父さん**〔名〕（對自己父親的尊稱、比御父様較隨便而含親密口氣）父親，爸爸。（對別人父親的尊稱）您的父親，他的父親。（父親對兒女的自稱）爸爸
*（在別人面前提到自己的父親時稱為父、但對自己的家人提到時仍可稱御父様、另外主婦有時在兒女面前用於指自己的丈夫）
　御父様、御土産を買って来て頂戴（爸爸請您給我買點好東西來）
　御父さん、今日は何時に御帰りですか（爸爸今天幾點鐘回來？）
　御母さん、御父様から電話ですよ（媽媽爸爸來電話啦！）
　（貴方の）御父様はどんな仕事を為ていらっしゃいますか（您的父親做甚麼工作？）
　彼の人の御父様は音楽家だ然うです（聽說他父親是個音樂家）
　悪戯すると御父様怒るよ（你淘氣爸爸可要生氣啦！）怒る

**御当所**〔名〕此處、那裏、當地

**御当地**〔名〕貴地
　もう涼しく為りましたが、御当地は如何で御座いますか（天氣已涼貴地如何？）

**御当人**〔名〕本人、當事人
　被害を受けた御当人に聞いて見る（詢問受害者本人）

**御通し**〔名〕（飯店裡在主菜上來以前的）小菜，簡單酒菜（=御通し物、突き出し）

**御通夜**〔名〕（通夜的鄭重說法）（靈前）守夜。（在佛堂）坐夜，徹夜祈禱
　御通夜を為る（在靈前守夜）

**御伽**〔名、自サ〕（江戶時代）陪將軍說話的人。〔古〕（侍奉枕蓆的）妾、（在死人枕邊）守夜，伴靈，童話，神話故事（=御伽噺、御伽話）、陪伴，陪侍
　御伽の国（仙境、神話國）
　御伽芝居（童話劇）
　客の御伽を為る（陪伴客人）
　徹夜の御伽を為る（徹夜陪侍）

**御伽草子**〔名〕（室町時代的）童話式短篇小說（的泛稱）

**御伽噺、御伽話**〔名〕（講給兒童聽的）故事、童話、神話
　子供に御伽噺を為て聞かせる（講故事給孩子聽）
　御伽噺の様な感じが為る（有神話似的感覺、好像是在講神話故事）

**御年玉**〔名〕新年禮物、壓歲錢
　御年玉を上げる（給壓歲錢送新年禮物）上げる揚げる挙げる

**御土砂**〔名〕（本來是土和砂的意思-只作以下用途）
　御土砂を掛ける（說點奉承話來緩和一下對方的情緒-來自人死入殮時上面撒點沙土 以緩和屍體僵硬的迷信）

**御隣事**〔名〕（女孩們）辦家家酒（=飯事、御隣ごっこ）

**御伴、御供**〔名、自サ〕陪同，作伴，隨從、隨員，陪同的人、（飯店等）為客人叫來的汽車
　途中迄御伴しましょう（我來陪您一段路）
　御伴致しましょう（我來陪您吧！）
　貴方の御伴を為て参りましょう（我陪您去吧！）
　生憎急な用事が出来て御伴出来ません（不湊巧有了急事不能奉陪）
　御伴を三人連れて出張する（帶著三個隨員出差）
　彼は大統領の御伴の一人です（他是總統的隨員之一）
　娘の御伴に連れて行く事に為た（決定讓女兒陪我同去）

御伴が参りました（接您的汽車來了）

**御酉様**〔名〕（酉の市的鄭重說法）（每年十一月酉日）大鳥神社的廟會

**御とり膳**〔名〕〔俗〕兩女兩人對面用餐（的餐廳）

**御置り**〔名〕〔舊〕（在電影院飯店等顧客）更換坐位或房間、（在旅館等顧客）改變旅居日期，延長逗留時間

**御中、御腹**〔名〕〔俗〕（原來是婦女用語）肚子、胃腸

御中が痛い（肚子痛）

御中が空いた（肚子子餓了）空く好く漉く梳く酸く剥く抄く透く抄く

御中が大きい（肚子大了、懷孕了、有孩子了）

御中を壊す（腹瀉、鬧肚子）こわす毀す

僕は御中（が）一杯だ（我吃得很飽了）

**御中**〔名〕（用於寫給公司、學校、機關團體等的書信）公啟

台湾大学御中（台灣大學公啟）

**御流れ**〔名〕（預定的計畫等）中止，停止，成泡影，（宴會上推杯換盞時）接受長上的杯中酒或長上給斟的酒、長上賜給的舊衣服

旅行が御流れに為った（旅行中止了）

今日の運動会は雨で御流れに為った（今天的運動會因雨中止了）

折角の計画も御流れだ（煞費苦心的計畫也成泡影了）

婚約も御流れに為った（訂的婚也吹了）

御流れ頂戴（致します）（請把您的杯中酒賞給我-喝完把杯還回斟滿）

**御馴染み、御馴染**〔名〕〔敬〕熟識，相好、熟人、老相識

彼女とは御馴染みの間柄だ（我跟她熟得很）

彼の人は私の御馴染みだ（他是我的老相識）

御馴染みですから安くします（您是老顧客少算點錢）安い廉い易い

**御慰み**〔名〕安慰，解悶，消遣。〔轉〕那可好極了，再好不過（通常含有諷刺意義）

手品が旨く行ったら御慰み（戲法變好了就算給您解悶了）

出来ましたら御慰み（要是能成可再好不過-就怕不成）

そんな考えで旨く行けば御慰みだ（那種想法要是能行得通就再好不過了-就怕行不通）

とんだ御慰みさ（那可好極了-就怕…）

**御名残り**〔名〕（名残り的鄭重說法）離別、臨別紀念

御名残り惜しい（依依惜別）

御名残り興行（告別演出）

御名残りに此のバッジを上げます（把這像章送給你作為臨別紀念）

此れが御名残りに為るかも知れません（這也許是我們最後一次見面）

**御情け**〔名〕〔俗〕（別人的）情誼、情面、情分、恩惠、恩賜、照顧、慈悲、憐憫

彼は御情けで及第したのだ（他是靠情面錄取的）

友人の御情けで暮している（靠朋友的照顧過日子）

**御涙**〔名〕（涙的鄭重說法）眼淚，流淚、微不足道（的東西）

御涙頂戴の映画（使觀眾流淚的影片）

御涙程度の減税（少許的減稅）

**御成り**〔名〕〔敬〕（皇族或古代將軍等）出門、外出、來臨、來訪

不意の御成り（突然的出訪）

**御納戸**〔名〕（封建貴族等放衣服用具的）儲藏室、青灰色（=御納戸色）、江戶時代將軍、諸侯等封建貴族的衣服用具保管員（=御納戸役）

**御納戸色**〔名〕青灰色、略帶灰色的藍色

**御納戸役**〔名〕（江戶時代）（將軍、諸侯等封建貴族的）衣服用具保管員

**御握り**〔名〕〔女〕飯糰（=握り飯）

**御似まし**〔名〕〔舊〕〔女〕像父母、肖似父母

御似ましでいらっしゃる（像父〔母〕親一樣）

御荷物 [名]（被視為難以擺脫或難以處理的）包袱、負擔、累贅的人（=厄介な物）
　会社の御荷物に為る（成為公司的包袱）
　仲間の御荷物に為り度くない（不願意成為大家的包袱）
御主 [代][舊][方] 你（=御前）
御粘 [名][女]（煮飯時的）飯米湯
御練り・御邌り [名][古]（祭祖儀式或古代諸侯出行時的）結隊遊行
御睡 [名][女][兒] 睏、想睡覺（=眠たい）
御上りさん [名][俗] 剛從鄉下來到大城市的人、進京遊覽的鄉下人
　御上りさんの東京見物（鄉下人遊覽東京）
御は文字 [名][女]（來自恥ずかしい的第一音）慚愧、害羞（=恥ずかしい事）
御祖母様 [名]（祖母的敬稱）祖母、外祖母、奶奶、外婆
　御祖母様何卒此方へ（奶奶請到這邊過來）
　貴方の御祖母様は御達者ですか（您的祖母身體好嗎？）
御祖母さん [名]（祖母的敬稱、口語的愛稱是御祖母ちゃん）祖母、外祖母、奶奶、外婆
　御祖母さん此方へいらっしゃい（奶奶到這邊來）
　君の御祖母さんは御元気かい（你祖母好嗎？）
御婆さん [名]（對年老婦女的稱呼）老太太、老奶奶
　御婆さん此処へ御掛け為さい（老奶奶這裡坐吧！）
　もうすっかり御婆さんに為った（已經是老太婆了）
御萩 [名]（來自萩の餅）萩餅、牡丹餅（=牡丹餅）
御歯黒、鉄漿 [名]（古時已婚婦女用鐵漿）染黑牙齒、（染牙齒用的）鐵漿（用鐵片泡在醋或茶製成）
　御歯黒を付ける（用鐵漿染黑牙齒）
御歯黒花 [名][植] 馬兜鈴（=馬の鈴草、馬兜鈴）
御羽黒蜻蛉 [名]（日本固有品種的）黑蜻蜓

御化け [名][俗] 妖怪，妖精（=化け物）。[轉] 醜陋難看，奇形怪狀
　御化けが出ると言って人を嚇かす（嚇唬人說有妖怪）脅かす威かす
　御化け屋敷（鬧鬼的房子、凶宅）
　丸で御化けの様な顔付だ（一副醜八怪相）
　御化け薬缶（奇形怪狀的水壺）
御葉漬け [名][女] 醃鹹白菜（=菜漬）
御運び [名]（来る事、行く事的一種敬語說法）來、去、勞駕、勞步
　態態御運び戴きまして（請您特意來一趟〔真對不起〕）
御端折 [名][女]（把和服比身長多出的部分）在腰部打個折（用細帶繫起來穿）
御弾き [名]（遊戲）打彈子（彈玻璃珠、小石頭等）
御鉢 [名][俗]（盛飯的）飯桶（=飯櫃）、（富士山的）噴火口周圍。[轉] 輪班
　御鉢が空に為った（飯桶空了）
　御鉢巡り（巡遊富士山噴火口周圍）
　御鉢に回る（輪到班）
　到頭御鉢に回って来た（終於輪到我的班了）
　そろそろ此方へも小言の御鉢に回って来そうだ（看樣子輪到我來被責罵了）
　他の人が辞退したので自分に御鉢に回った（別人謝絕不做結果輪到自己身上）
御櫃 [名]（盛飯的）飯桶（=御鉢、飯櫃）
　御櫃の飯を皆平らげた（把飯桶裡的飯全吃光了）
御初 [名]（初的鄭重說法）初次，第一次（=初め）、第一次的事物，新鮮的東西、也用於玩笑口吻）新穿的衣服，新使用的器具，新理的髮
　今年に為って此れが御初だ（今年以來是頭一次）
　御初に御目に掛かります（初次見面）
　御初を頂く（嘗鮮味）
　君の此のセーター、御初だろう（你這件毛線衣是第一次穿吧！ 你這件毛線衣是新買的吧！）

**御初穂**〔名〕供神佛的新穀

**御花**〔名〕〔女〕插花、生花（=生花）

　御花の先生（教插花的老師）

**御花畑、御花畠**〔名〕野花盛開的高山草原

**御話**〔名〕（話的敬語形式）話，談話，說話，講話、故事

　貴方の御話は少しも分りません（你講的話我一點也不懂）

　先生御話を為て下さい（老師請講個故事）

　御話中（〔兩個人〕正在說話、〔電話用語〕佔線）

　御話中ですが（請原諒我打斷您們的話）

　御話中を告げる音（電話佔線的聲音）

　三度もダイヤルを廻し、御話中を確認して受話器を下ろした（撥了三次撥號盤知道確實在佔線就把耳機放下了）

　御話に為らない（不值一提、不值得談、不像話、不成話）

　其の傲慢無礼と言ったら御話に為らない（那種傲慢無禮的樣子簡直不像話）

　勉強と為れば、てんで御話に為らない（提起學習來簡直不像話）

　先方の要求は御話に為らない（對方的要求不像話）

　彼の講演は御話に為らない酷さだった（他的演講糟透了是不值得一提的）

　御話に為らない味だ（這個東西很不是味道）

**御早う**〔感〕（早う是、早い的連用形早く的、ウ音便早う的、現代假名標寫法）早安！早啊！您早！（=御早う御座います）

　先生御早う（御座います）（老師您早！）

**御払い**〔名、他サ〕〔敬〕支付，付錢，付款，賣廢品，賣破舊東西

　御払いは有りませんか（有什麼破爛要賣嗎？有什麼廢品要處理嗎？）

　御払い物（破爛、廢品、破銅爛鐵）

**御払い箱**〔名〕（來自同音的御祓い箱、每年要更換一次）解雇，免職，開除，趕走，清理廢品，扔掉破爛

　会社の整理で御払い箱に為る（因為公司裁減人員被解雇）

　そんな事を為ると君は御払い箱だぞ（你那樣做會丟掉飯碗的）

　御払い箱に為る（解雇、趕走、清理出去）

　こんな詰まらぬレコードは御払い箱に為よう（這種無聊的唱片扔掉吧！）

　此の短靴はもう御払い箱だ（這雙鞋已經該扔掉了）

**御祓い**〔名〕（神社舉行的）驅邪，怯除不祥（=大祓、大祓）、驅邪的神符

　御祓い箱（神社盛神符的箱子）

**御針**〔名〕〔女〕縫紉，針線活（=針仕事）、縫紉女工，做針線活的女工

　御針を為る（做針線活）

　御針が上手だ（縫紉技術高明、很會做針線活）

　御針の稽古を為る（學習縫紉）

**御針子**〔名〕〔女〕縫紉女工

**御姬樣**〔名〕〔女〕（御姬樣的轉變）公主、千金小姐

**御姬樣**〔名〕公主、千金小姐

**御髭**〔名〕（髭的鄭重說法）鬍子、有鬍子的人

　御髭の塵を払う（〔對長輩〕諂媚、奉承）

**御日待**〔名〕（農村在陰曆證越等舉行的）祈禱集會、節日，假日，宴會

**御膝送り**〔名〕〔敬〕依次移動坐位（以便讓站著的人可以坐下）

　御膝送りを願います（請往上移一移）

　御膝送りを為て席を空ける（依次移動一下騰出位子）

**御膝下**〔名〕〔敬〕（長輩的）身旁。〔舊〕京城，首都，天子腳下

**御引き摺り**〔名〕下擺長得拖地（的衣服）。〔轉〕邋邋懶惰的女人，懶散不修邊幅的女人、只求穿著不愛工作的女人

**御浸し**〔名〕〔烹〕（俗語也叫作御浸し）燙拌青菜（把菠菜等用開水燙過後、澆上醬油等調味料做成的簡單小菜）（=浸し物）

**御人好し**〔名、形動〕老好人、老實人、大好人、好好先生、忠厚老實
　御人好しの(な)男（忠厚老實的人）
　彼の人は御人好しだ（他是個老實人）
　君は御人好しだから騙されない様に用心し給え（你是個忠厚的人提防別人而上當）
　御人好しは騙される（老好人是要受騙的）

**御雛様**〔名〕（三月三日女節附列的）古裝玩偶（=雛人形）、陳列古裝玩偶（的節日）（=雛祭）

**御捻り**〔名〕（供神佛或作為喜儀贈送的）包著錢的紙包、喜封

**御冷や**〔名〕（原來是婦女用語）冷水、涼水（=冷水）、冷飯，涼飯（=冷飯）
　御冷やを一杯下さい（請給我一杯涼水）

**御百度**〔名〕拜廟一百次（為了祈禱神佛到神社或寺院在一定距離往返拜廟百次）（=百度参り）
　御百度を踏む（拜廟一百次、〔轉〕百般央求，多次前往懇求）
　就職を頼みに彼の所へ御百度を踏んだ（為了請幫忙找工作到他那裏懇求了多次）
　幾等御百度を踏んで頼んでも駄目だった（儘管百般央求也不成）

**御開き**〔名〕〔俗〕（喜慶宴會等）結束，散會，散席（因為忌諱使用去る、帰る、終り等字樣而用其反語）
　御開きに為ましょう（我們散會吧！）
　御開きに為る（散會、散席）
　未だ中中御開きに為り然うも有りません（看樣子一時還散不了習）

**御昼**〔名〕（昼飯的鄭重說法）中飯、午飯
　御昼に為ましょう（吃午飯吧！）

**御披露目**〔名〕（披露目是広めの意思）披露，宣布，發表，公開於眾，（藝妓等在宴席上）初次露面（=披露）
　結婚の御披露目を為る（舉行結婚招待宴）

**御拾い**〔名〕〔敬〕走、步行（=歩く）
　御拾いで行く（走著去、步行去）
　御拾いでいらっしゃいます（您步行去嗎？）

**御賓頭盧**〔名〕憲兵盧尊者（十八羅漢之第一羅漢-迷信說摸他的像病就會痊癒）

**御布施**〔名〕〔佛〕布施
　寺へ御布施を上げる（向寺院布施）

**御袋**〔名〕〔俗〕母親、媽媽（成年男子在和別人說話時對自己母親的親密稱呼）
　家の御袋（我媽）
　御袋の作った料理が食べ度いなあ（我好想吃我媽做的菜啊！）

**御仏前**〔名〕佛前、佛龕前、靈牌前
　御仏前に線香を上げる（佛前燒香）
　御仏前に花を供える（佛前供著花）
　父の御仏前に手を合わせる（在亡父靈牌前合掌）

**御仏名**〔名〕佛名，佛的尊號、佛名法會（=仏名会）

**御筆先**〔名〕（原來指天理教等教主寫的神諭）神諭、神的啟示

**御古**〔名〕〔俗〕舊東西、舊衣物
　兄の御古の洋服を着る（穿哥哥的舊西裝）
　此のズボンは叔父が長年着た御古です（這條褲子是我叔叔穿了多年的舊東西）

**御触れ**〔名〕〔古〕（官府的）布告、通告（=触れ）
　御触れを出す（出布告、發通告）
　御触れ書（江戶時代的布告、告示）

**御部屋様**〔名〕（江戶時代諸侯等的）妾、姨太太、小老婆

**御坊ちゃん**〔名〕〔敬〕（稱別人的）男孩子、（對於嬌生慣養不通世故的少年人的戲稱）公子哥們，大少爺
　赤ちゃんは御坊ちゃんですか御嬢ちゃんですか（您的小孩是男孩還是女孩？）
　彼は丸で御坊ちゃんだ（他簡直是個公子哥們）
　御坊ちゃん育ち（公子哥們出身、嬌身慣養）
　そんな御坊ちゃん等思うのか（你以為我是個那麼不懂世故的公子哥嗎？）

**御盆**〔名〕〔佛〕（陰曆七月十五日中元節佛教舉行的）盂蘭盆會（=盂蘭盆会）

**御参り**〔名，自サ〕拜廟、朝山、參拜神佛（=参詣）
　寺に御参り(を)為る（拜廟）

ㄩ

神社へ御参りに行く（去参拜神社）行く

**御前**〔代〕（原來用作同輩以上的第二人稱的敬稱、現在用作對親密關係的同輩或晚輩的稱呼，也用作夫對妻的暱稱）你

〔名〕神前、佛前、貴人面前

御前に此れを呉れて遣ろう（這個給你吧！）

御前昨日何処へ行ったんだ（你昨天到哪裡去了？）

御前を育てるのに随分苦労したよ（把你扶養長大可費了一番苦勞啦！）

御前俺と呼ぶ合う間柄（是互相稱兄道弟的親密關係）

**御前様**〔代〕〔舊〕（御前的敬稱、用於書信等）你

御前様の事を何時も母と話して居ります（經常和媽媽談起你來）

**御前様**〔代〕（御前的略帶敬意的稱呼）你。（關東方言）（妻對夫的暱稱）你，當家的

御前様は誰だね（你是誰呀？）

**御前**〔接尾〕〔古〕（接在婦女名下構成敬語）

姫御前（公主、郡主）

**御前**〔名〕御前（帝王或貴族面前）。〔古〕（貴族外出時的）前導

〔代〕（臣僕對貴族的尊稱）大人、（對貴族夫人的尊稱）夫人（=御前）

〔接尾〕（接在男女名下）表示尊敬

御前会議（御前會議）

御前試合（御前比賽）

御前様（大人）

若君御前（少爺）

尼御前（尼姑）

**御負け**〔名〕（作為贈品）另外奉送，白送給（的東西）。〔轉〕另外附加（的東西）、附帶（的東西）、（表示減價）搭上

*（作為〝讓價〞意義的自謙語形式的御負けする、是動詞負ける的變化）

馬を御買いに為れば鞍は御負けに為て置きます（您要是買馬馬鞍一起奉送給您）

全部買って下されば其を御負けに差し上げます（您要是都買的話那個舊送給您）

新年号の婦人雑誌には御負けが一杯付く（新年號的婦女雜誌帶有很多贈品）

入れ物を御負けに添える（把裝的容器一起奉送）

此れは御負けの話だ（這是附帶的一段話）

御負けにもう一つ御話を為て上げます（另外我再給你講一個故事）

御負けを付ける（言う）（誇大其詞、添油加醋）

彼の人は自分の話を為る時は何時も御負けを言う（他講到自己時總是誇大其詞）

彼女は自分の子供を褒めるのに御負けを付けるのが常だ（她誇獎她的孩子常常過於誇大其詞）

鉛筆一本御負けします（搭上一支鉛筆）

**御負けに**〔接〕又加上、更加上、而且、況且

疲れて、御負けに少し寒く為りましたので…（因為疲倦了加上有點冷起來…）

今日は非常に暑い、御負けに風がちっとも無い（今天很熱而且一點風也沒有）

彼は貧乏で御負けに病人と来ている（他既窮又有病）

**御交じり**〔名〕（病人、幼兒吃的）稀飯

**御待ち遠様**〔連語〕（讓人久候之後表示歉意的客氣話）讓您久候、使您久候（對不起）

どうも御待ち遠様でした（對不起讓您久等了）

支度が遅れて御待ち遠様（でした）（準備晚了讓您久等了）

**御祭り、御祭**〔名〕（祭り的鄭重說法）祭祀、廟會、祭日、節日。〔俗〕（釣魚時）釣絲與別人的纏在一起

鎮守の御祭り（土地神的廟會）

八幡様の御祭り八幡（八幡神社的廟會）

子供等は御祭りを楽しみに為て待っている（孩子們高高興興地盼望著節日）

村は御祭り気分である（村子裡充滿節日氣氛）

国を挙げて御祭り気分だ（舉國歡騰）

**御祭り騒ぎ、御祭騒ぎ**〔名〕廟會的吵雜，熱鬧節日的狂歡，狂歡作樂、亂吵亂鬧，無謂的吵雜，空熱鬧一番

祝賀会だと言って御祭り騒ぎを為る（開慶祝會狂歡一番）

会議は御祭り騒ぎに終った（會議只是吵鬧一番毫無結果）

**御守り**〔名〕（從神社、佛寺領的）護身符（=守り札）

安産の御守り（平安分娩的護身符）

病難避けの御守り（免病的護身符）避ける咲ける割ける裂ける　避ける除ける

災難避けの御守り（免災的護身符）

**御巡り（さん）**〔名〕〔俗〕巡警、警察

**御身**〔代〕你您（=貴方、其方）

**御身**〔名〕（對他人身體的敬稱）貴體、您的身體
〔代〕（略帶敬意的對稱）您（=貴方、其方）

御身御大切に（請保重身體、請注意健康）

**御御、大御**〔接頭〕表示鄭重、尊敬等意思

御御足（您的腳、他的腳）

御御大きい（大）

御御御付　御御御付け（味噌湯、醬湯）（=味噌汁）

**御御籤、御神籤**〔名〕（御籤的鄭重說法）（神社、佛寺供參拜的人問卜吉凶的）神籤

御御籤を引く（抽籤）

**御水取**〔名〕（每年三月十二日夜半在奈良東大寺二月堂舉行的）汲水儀式（迷信飲此水可治病）

**御見逸れ**〔名、自サ〕（見逸れ的自謙敬語）眼拙，沒認出來（是誰）、（以稱讚的口吻說）有眼不識泰山，沒看出來（對方的能力等）

御見逸れ申しました（我眼拙，沒認出您來）

鬚を生やしたので御見逸れする処でした（因為您留了鬍子我差一點就認不出您了）

御見事な腕前、御見逸れ致しました（我有眼無珠沒能看出您有這樣了不起的本領）

**御耳**〔名〕〔敬〕耳、耳朵

一寸御耳を拝借し度いのです（請您聽我說句話）

**御宮**〔名〕神社、（警察隱語）難破的複雜案件，迷魂陣（=御宮入り）

**御土産**〔名〕〔兒〕禮物、好吃的、好東西（=土産）

御土産頂戴（給我好吃的呀）

**御土産**〔名〕（土産的鄭重說法）（從旅行的地方帶回來的）土産、禮物、禮品、紀念品

御土産を貰う（收到禮物）

そら御土産を遣ろう（喂！給你帶來了好東西）

此の話は国の友人達への良い御土産に為る（這一番話將是給我家鄉朋友們很好的紀念品）

御土産付きの花嫁（已經懷孕的新娘）

**御結び**〔名〕〔女〕（結び的鄭重說法）飯糰（=握り飯）

**御目**〔名〕〔敬〕目，眼睛、看，眼力

御目が利く（有眼力、有鑑賞力）

御目が高い（眼力高）

御目に掛かる（〔会う的自謙敬語〕見面、會見）

初めて御目に掛かります（〔初次見面的客套話〕我初次見到您、久仰久仰！您好！）

貴方には前に一度御目に掛かった事が有ります（我以前曾見過您一次）

彼の方には良く御目に掛かります（我常見到他）

ちっとも御目に掛かりません（我總是沒看見他）

佐藤さんに御目に掛かり度いのですが（我想見見〔拜會〕佐藤先生…）

久しく御目に掛かりませんでした（好久沒見面了、久違久違）

此処で御目に掛かれて嬉しゅう御座います（能在這裡見到你我很高興）

明日又御目に掛かります（明天再會）

ㄩ

思い掛けない処で御目に掛かりました（想不到在這裡見到了您）

御目に掛ける（〔見せる的自謙敬語〕給人看、送給觀賞、贈送）

何を御目に掛けましょうか（給您看點什麼好呢？您要看什麼？）

何でも御目に掛けます（您要看什麼都可以）

御目に掛ける様な品は有りません（沒有值得一看的東西）

此の本を貴方に御目に掛けます（這本書請您看看）

此れは御年玉の印に御目に掛けます（這是作為祝賀新年的一點小意思贈送給您）

御目に止まる（〔敬〕受到賞識、被看中、受到〔長上〕注意）止まる 留まる 泊まる 停まる

選手の奮闘が首相の御目に止まる（運動員的奮戰受到總理的注意）

彼の画が御目に止まりましたか（您看中了那幅畫呢？）

**御目文字**〔名〕（御目に掛かる的婦女用語）見面、相見、會見

**目玉**〔名〕眼珠，眼球，申斥，譴責，朝白眼

大きな目玉をぎょろぎょろさせて辺りを睨み回す（瞪大眼睛向四下掃視）

目玉をくりくりさせる（眼珠亂轉、眼珠圓溜溜地轉）

目玉をくりくり動かす（眼珠圓溜溜地轉）

目玉の黒い内（未死之前、有生之年）

目玉の黒い内に世界一周し度い（有生之年響環遊世界）

目玉が飛び出る（貴得驚人，特別貴、被痛罵了一頓）

目玉が飛び出る程高い（貴得驚人）

目玉が飛び出る程叱られた（被狠狠地罵了一頓）

目玉を頂戴した（被申斥了、挨了一頓罵）

御目玉を食う（挨罵）

悪戯御目玉を食った（因惡作劇¥而挨了罵）

目玉焼き、目玉焼（不打散蛋，黃蛋白只煎一面的煎蛋）

目玉商品（為招攬顧客而展銷的物美價廉的商品）

**御目玉**〔名〕〔俗〕責罵、責備、則罰

御目玉を食う（受申斥、受責備、挨責罵、遭白眼）

御目玉を頂戴する（受申斥、受責備、挨責罵、遭白眼）

悪戯を為て父親から御目玉を食った（因為淘氣挨了父親一頓責罵）

変な真似を為るな、見付かると御目玉を食うぞ（別瞎胡鬧！讓人看見了你可要挨罵呀）

**目出度がる、芽出度がる**〔自五〕感覺可喜、感到高興

**目出度い、芽出度い**〔形〕可喜可賀的，吉慶的，吉利的、幸運的、順利的、有點傻瓜的、腦筋簡單的（=御目出度い）。〔俗〕死。〔古〕美麗的、漂亮的、豪華的

目出度い日（吉慶的日子）

目出度い前兆（吉慶的前兆）

今日は息子が結婚する目出度い日だ（今天是兒子結婚的大喜日子）

家中揃って元気に暮しているのは目出度い（家人團聚康泰地生活真是可喜可賀）

御目出度い事が続く（喜事接連不斷）

目出度く入学する（順利地入學）

目出度い結末（順利的結束）

運動会は目出度く終った（運動會順利結束了）

物語は目出度く終わった（故事以大團圓結束了）

一生懸命勉強して目出度く試験にパスした（很用功順利地通過了考試）

彼の男は少々御目出度い（那傢伙有點傻、那傢伙有點蠢）

御目出度い人（頭腦簡單的人）

世の中が甘いと思うのは御目出度いです（認為世界是甘美的未免太愚蠢）

御目出度い（〔俗〕過世）

御目出度く為る（〔俗〕死）

最も目出度き御住まい（非常漂亮的住宅）

**御目出度い、御芽出度い**〔形〕（目出度い、芽出度い的鄭重説法）可喜，可賀，忠厚，憨厚，愚傻，過分老實、過分樂觀，過於天真

御目出度い事（喜事）

其は御目出度い（那可是大喜）

御目出度い前兆（吉祥之兆）

彼の男は少々御目出度い（那個人有點傻氣）

其は知らんとは君も余程御目出度いね（這件事情你都不知道你可真在太傻氣了）

其は少し御目出度い考え方だ（那種想法有點過於樂觀）

其は真に受ける程御目出度くは無い（決不會天真到那種程度把它信以為真）

**御目出度、御芽出度**〔名〕（結婚、懷孕、分娩等）喜慶事

御正月から御目出度続きですね（新年以來您洗事重重的）

御嬢さんは近近御目出度だ然うですね（聽說您的女兒最近要結婚了）近近

御目出度は何時でしたかね（你什麼時候結的婚？）

**御目出度う、御芽出度う**〔感〕恭喜恭喜、可喜可賀（=御目出度う御座います）

新年御目出度う（御座います）（恭賀新喜、新年恭喜、新年好）

合格した然うで御目出度う（聽說你被錄取了可喜可賀）

御全快の由御目出度う（御座います）（〔書信用語〕聽說您病已痊癒實在可喜、祝賀您病已痊癒）

御目出度うを言う（道喜、祝賀、致賀詞）

**目見え、目見得**〔名〕謁見、僕人試工、傭人初次做事

御目見えする（晉謁）

女中が御目見えに来る（女傭初次來工作）

**御目見え、御目見得**〔名、自サ〕（初次會見地位高的長輩）謁見，晉謁、（傭工等的）試工、（新來的演員等）與觀眾初次見面。〔史〕（江戶時代）能直接參見將軍的身分

新入社員が社長に御目見得する（新來的公司職員謁見總經理）

新しい女中が御目見得に来る（新用的女僕來試工）

映画俳優が舞台で御目見得する（電影演員在舞台上與觀眾見面）

御目見得以上（有資格直接參見將軍的家臣-指旗本）

御目見得以下（無有資格直接參見將軍的家臣-指御家人）

**御命講**〔名〕〔佛〕佛事、法會（=御会式）

**御粧**〔名、自サ〕〔俗〕化妝、打扮、濃妝豔抹、盛裝麗服

彼女は綺麗に御粧（を）為ている（她打扮得很漂亮）

御粧は実に上手だ（真會打扮）真に

大層御粧じゃないか（你打扮得真夠意思啊！你可真用心打扮了一番啊！）

彼女は余り御粧を為ません（她不大打扮）

**御眼鏡**〔名〕〔敬〕眼力、眼光、鑑賞力

御眼鏡が高いですね（您真有眼光）

御眼鏡は違わない（你的眼光不錯）

彼は大いに局長の御眼鏡に適った（他大受局長賞識）

御眼鏡に適った人が有りましたか（有您看中意的人嗎？）

**御恵み**〔名〕（恵み的鄭重説法）恩惠、恩賜、施捨

御恵みに縋っている（靠施捨過日子）

**御目覚**〔名〕〔兒〕（自覺是自覺め的省略）給孩子睡醒時吃的糕點

**御召し、御召**〔名〕（呼ぶ、招く的敬語）召見，呼喚、（乗る的敬語）乘用、（着る的敬語）穿。〔敬〕衣服（=御召し物、御召物）、特等綢緞（=御召し縮緬、御召縮緬）

ㅁ

陛下の御召しに応じて（奉召、應天皇的召見）

神の御召し（神的召喚）

御召しの馬車（天皇乘用的馬車）

御召しの自動車（天皇乘用的汽車）

御召し列車（天皇的專用列車）

今日は洋服を御召しですか（您今天穿西服嗎？）

何卒御召し下さい（請穿上衣服）

御召しを御着換え下さい（請換衣服）

**御召し物、御召物**〔名〕（對他人衣服的敬語）衣服、（對他人用品的敬語）隨身物件，零星東西

奥様の御召し物は本当に良く御似合いです（太太您這件衣服真合身）

御召し物が汚れていますよ（您的衣服弄髒了）汚れる穢れる

御召し物御預り所（小件衣服寄存處）

**御召し替え、御召替え**〔名,自サ〕（着替える的敬語）更換衣服、（乗り換える的敬語）換乘車（馬船），換乘交通工具

**御召し列車、御召列車**〔名〕天皇乘坐的專用列車

**御召し縮緬、御召縮緬**〔名〕特等綢緞

**御面**〔名〕（面的鄭重說法）面，臉、假面具，護面具

御面を一本取る（〔擊劍〕擊中頭部一次）

**御持たせ（物）**〔名〕〔俗〕〔敬〕（客人）親自送來的禮品

此れは御持たせで御座いますが何卒一つ召し上がって下さい（這是您拿來的禮品請吃￥一個吧）

御持たせで失礼ですが（用您拿來的東西招待您真不好意思）

**御許、御許**〔名〕（婦女寫信加在收信人姓名下、表示敬意的客套話）座前、座右

〔代〕〔古〕（對婦女的親密的第二人稱）您（=貴方）

**御貰い**〔名〕乞丐（=乞食）

**御守り**〔名〕看孩子、看孩子的（人）、照顧老人（的人）

私が外出すると子供の御守りを為て呉れる者が無い（我一出門沒有人替我看孩子）

御守りを一人雇う（請一位看孩子的人）

年寄りの御守りを為る（照顧老人）

**御焼**〔名〕〔女〕烤的東西、烤的食品（如燒き豆腐）

**御役**〔名〕（役目的敬語）任務，公務。〔女〕月經

御役御免（免職、作廢）

停年で御役御免に為る（因到年齡而免職）

**御役所式**〔名〕〔俗〕官樣、官廳式、官僚作風、文牘主義

御役所式の決まり文句（官樣文章）

**御役所風**〔名〕〔俗〕官樣、官廳式、官僚作風、文牘主義（=御役所式）

**御役所仕事**〔名〕（繁瑣和拖拉的）公事程序、官僚作風、機關作風

**御役目**〔名〕任務、職務（=役目）

御役目で為る（當作任務來作、應付事情地做）

御役目御苦労様（您為公務辛苦了）

**御役目的**〔形動ノ〕單純任務觀點、敷衍塞責、應付事情

御役目的の（な）見地（單純任務觀點）

御役目的に仕事を為る（敷衍了事地做事情）

式を御役目的に済ました（草草地完成儀式）

彼の先生の授業は御役目的だ（那老師的教學只是應付差事）

**御安い**〔形〕〔俗〕容易、簡單

（そんな事は）御安い御用です（那容易得很、那算不了什麼、那沒有問題）

御安くない（不簡單、夠意思-用於對男女親密關係的戲謔）

二人は御安くない仲に為った（兩個人的關係變得不簡單〔親密〕了）

御揃いで御出掛けか。御安くないね（兩位一起出去嗎？真夠意思！）

**御休み**〔名〕（晚間分別時寒暄語）晚安，再見（=御休みなさい）、休假，請假，放假，休業

お父さん、御休み（為さい）（爸爸晚安！）

ああ、御休み（啊！晚安）

もう遅いから失礼します、御休み為さい（已經很晚了我要告辭了再見）

御休みを言う（道晚安）

三日間の御休みを貰った（請了三天假）三日

頭が痛いので今日は御休みだ（因為頭痛今天休息了）

明日は御休みです（明天放假、明天休業）明日

店は毎週月曜日御休みです（商店每星期一休業）

**御雇い**〔名〕雇用、聘用（的人）（=雇い）

御雇い外国人（政府聘用的外國人、外籍雇員）

御雇い教師（政府聘用的外籍教師）

**御山の豌豆**〔名〕〔植〕日本辣豆

**御山の大将**〔名〕（兒童遊戯）爭山頭，山頭爭奪戰，土霸王，當一個小頭目而自鳴得意的人，在一個小範圍內稱王稱霸的人

御山の大将俺一人（我就佔山為王了）

彼みたいな人を御山の大将と言うんだよ（她那樣的人就叫做土霸王）

御山の大将主義（山頭主義）（=山上主義）

**御湯**〔名〕開水，熱水，澡堂，浴室、洗澡水

御湯を沸かす（燒開水）

御湯を沸いた（水開了）沸く涌く涌く

御湯に入る（洗澡）

御湯の加減は如何ですか（洗澡水冷熱如何？）

御湯が温い（洗澡水不夠熱）

**御呼ばれ**〔名〕被邀請（吃飯）、受招待

御呼ばれに預かる（受到邀請、應邀作客）与かる

**御呼び立て**〔名、他サ〕（呼び立て的自謙敬語）叫來、呼喚來

御呼び立てして済みません（教您來一趟真對不起）

**御礼**〔名〕（礼的客氣說法）感謝，謝意、（對別人餽贈的）回禮、還禮、（酬答別人的）謝禮，酬謝

御礼を述べる（致謝、道謝）

御礼を言う（致謝、道謝）

実に御礼の申しようも御座いません（實在感激不盡、實在不勝感激）実に

厚く御礼を申し上げます（深表感謝、致以衷心的謝意）

御礼には及びません（用不著道謝、請不必客氣）

御礼の印に差し上げます（送給您表示我的謝意）

御土産の御礼に何を遣ろうか（對他的禮品回敬一點什麼好呢？）

御骨折りの御礼だから是非取って下さい（這是對您的辛苦的一點酬謝）

拾得者にどっさり御礼を為る（給撿到者大量酬謝）

僅か許りの御礼を差し上げます（贈送一點菲薄的謝禮）

**御礼返し**〔名、自サ〕（對別人的餽贈、幫助的）回禮、還禮、回敬的禮品

御礼返しに行く（回禮去、去送回敬的禮品）

御礼返しに何を上げましょうか（拿什麼作回禮好呢？）

**御礼参り**〔名、自サ〕為還願去拜廟。〔俗〕（流氓、無賴獲釋後）向揭發檢舉的人進行報復

**御礼奉公**〔名、自サ〕酬謝性效勞、義務效勞（學徒或傭工在約定期滿後為師父或雇主無償工作一段時間）

**御歴歴**〔名〕〔俗〕顯貴、大亨、風頭人物、顯要人士、著名人士

彼も御歴歴の仲間に入った（他也成了風雲人物）

**御詫び**〔名、自サ〕（詫び的客氣說法）道歉、賠罪、賠不是、表示歉意、請求原諒

彼に御詫びを為ねば為らない（我該向他道歉）

日頃の御無沙汰の御詫びを申し上げます（久疏問候向您表示歉意）

幾重にも御詫びを致します（向您鄭重道歉、衷心表示歉意）

御詫びの為ようも有りません（不知怎麼向您道歉才好）

**御笑い**〔名〕滑稽故事（特指日本的單口相聲-落語）、笑柄，笑料

一席御笑いを申し上げます（說落語時的開場白）（我來說一段滑稽故事）

此奴はとんだ御笑いだ（這真是個特大的笑料）

**御**〔接頭〕（的變化形式）表示敬意（=御）

*（御比御敬意較強烈、屬於文語式的表現形式、用法比較狹窄、用於書信或鄭重的場合）

厚く御礼申し上げます（深致謝忱、衷心表示感謝）

暑中御見舞い申し上げます（茲當盛暑謹致問候）

**御内**〔名〕（書信用語）…家（收啟）

井上太郎御内（井上太郎家收啟）

**御社**〔名〕（敬稱對手的）公司或神社

**御曹子、御曹司**〔名〕古時公卿貴族（特指源氏直系）的子弟、名門子弟，公子哥們

**御大**〔名〕〔俗〕（團體的首領或家長的暱稱）頭目，老大（=御大将）、（朋友間的戲稱）老兄

御大に叱られた（被老大罵了一頓）

おい、御大、何処へ行く（喂！老兄到那裏去？）

**御地**〔名〕〔敬〕貴地、貴處

御地の様子は如何ですか（貴地情況如何？）

**御の字**〔名〕特別好，最上等。〔俗〕好極，夠好，難得，夠滿足

御の字の客（貴賓、上等客人）

然う為れば御の字（能那樣就夠好的了）

其丈遣ったら御の字だ（給這些就足夠了）

**御亡，御坊，隱坊，御坊，隱坊**〔名〕〔古〕處理屍體墳墓的人、妓院區的工作者

**御**〔接頭〕（接在有關日皇或神佛等的名詞前）表示敬意或禮貌（=御）

御国（國、祖國）

御船（船）

**御灯、御燈、御明**〔名〕神佛前供的燈

御灯を上げる（〔向神佛前〕獻燈）

**御綾威、御綾威**〔名〕皇威

**御影**〔名〕〔敬〕（神或貴人的）靈魂（=御霊）

**御影**〔名〕神佛，貴人的相片，木像，畫像。〔敬〕（別人的）肖像

**御影石**〔名〕〔礦〕花崗岩（=花崗岩）

**御門、帝**〔名〕天皇，日皇、朝廷，皇室、皇宮，宮門、〔古〕聖上（指當時的皇帝）

**御車寄**〔名〕（上有頂蓬的）門廊、門口上下車的地方（=車寄、ポーチ）

**御子、皇子、皇女、親王**〔名〕皇子、公主、親王

**御言、命**〔名〕〔古〕詔、旨意、上諭（=仰せ、詔，勅）

**御簾**〔名〕竹簾、（宮殿神社等掛的以提花絲織物鑲邊的）簾子

御簾を垂れる（垂簾）

御簾を上げる（捲起竹簾）

**御簾貝**〔名〕〔動〕泡螺

**御台**〔名〕〔敬〕（天皇或貴人盛食物的）台（=食卓）。〔轉〕（天皇或貴人的）食物（=御物）

**御霊、御靈**〔名〕（"魂"的敬語）魂、靈魂

故人の御霊を慰める（安慰亡魂）

御霊代（〔代替靈魂供在神殿的〕神體、牌位）

御霊屋、御靈屋（靈廟=霊廟）

御霊祭り（〔除夕夜或元旦凌晨前〕祭祀祖先亡魂）

**御堂**〔名〕〔佛〕佛堂、佛殿

**御法**〔名〕〔敬〕佛法

**御法馭法**〔名〕駕馭法

**御法度**〔名〕禁止、禁令

喫煙は御法度に為っている（不准吸煙）

**御幸、行幸**〔名、自サ〕天皇的外出、行幸

**御世、御代**〔名〕（日皇的）統治期間、在位期間
　明治の御世（明治天皇治世期間）

**御**〔漢造〕駕馭、有關皇帝皇室的敬語、對別人的敬語、表示尊敬敬重、防備（＝禦）
　制御、制禦、制馭（駕馭、控制、支配、調節）
　礼楽射御（禮樂射御）（禮儀、音樂、射箭、駕馬）
　入御、入御（〔天皇、皇后等〕進入宮內）←→還御
　崩御（駕崩、皇帝逝世）
　還御（〔天皇、皇后等〕回宮、還駕、回鑾）
　臨御（〔日皇〕蒞臨）
　防御、防禦（防禦）

**御す**〔自、他サ変〕駕馭、控制、支配（＝御する）

**御する**〔他サ〕駕馭、控制、支配
　荒馬を御して馬場を駈け巡る（駕御悍馬環繞馬場跑）
　御し切れ無くなる（不可馭制）

**御し易い**〔形〕容易駕馭（控制）
　御し易い相手（容易對付的對方）
　御し易いと見て侮る（認為好對付兒瞧不起）

**御衣**〔名〕日皇的衣服、顯貴的衣服

**御意**〔名〕尊意，您的意旨、尊命、您的指示、您的話
　御意に召す（叶う）（入る）（合您的心意）
　御意の儘（一如尊意、悉聽尊便）
　御意を得度い（願領尊命）
　御意の通り（您說得對）
　御意に御座ります（誠然、您說得對-也用於諷刺意）

**御宇**〔名〕御宇、治世（＝御世、御代）

**御詠**〔名〕日皇等詠的詩歌

**御苑**〔名〕禁苑、御花園
　新宿御苑（新宿御花園）

**御宴**〔名〕御宴、皇室設的酒宴。〔敬〕酒宴

**御感**〔名〕（日皇的）觀感、心意、滿意
　御感に入る（中天皇的意）

**御慶、御慶**〔名〕吉慶，喜慶、恭喜，賀年
　新年の御慶目出度く申し納め候（恭賀新年）候
　御慶帳（〔掛門口供賀年客人簽名用賀年〕來賓登記簿）

**御慶事**〔名〕皇室的喜慶事
　皇后陛下には近近御慶事が有る（皇后陛下最近有喜慶事）

**御剣**〔名〕日皇用劍

**御璽**〔名〕御璽

**御者、馭者**〔名〕趕車的、車把式
　御者台（御者座）
　御者座（〔天〕御夫座）

**御寝**〔名〕〔敬〕就寝（＝寝る事）
　御寝為る（就寝）

**御寝る**〔自五〕（寝る的敬語、來自御夜的動詞化）就寝（＝御休みに為る）

**御製**〔名〕日皇作的詩歌

**御撰**〔名〕日皇撰寫（的書籍）

**御選**〔名〕日皇選定（的選集）

**御題**〔名〕日皇題字、日皇選定的詩歌題目

**御題目**〔名〕〔佛〕口頭禪（日蓮宗信徒念誦的南無妙法蓮華経七個字）、（主張、見解的）題目，標題、（根本實行不了的）條款
　御題目丈は立派だ（只是題目漂亮、空喊漂亮口號）
　御題目を並べる（羅列一些裝門面的條款）

**御名**〔名〕日皇名
　御名御璽（御名御璽）

**御遊**〔名〕宮中的音樂遊藝會

**御柳**〔名〕〔植〕檉柳

# 欲（ㄩˋ）

**欲、慾**〔名、漢造〕慾望、貪心、希求
　人間のには限りが無い（人的慾望沒有止境）
　慾が深い（貪心不足）
　慾に目が眩む（利令智昏）暗む

彼は慾に目が無い（他利慾薰心）

慾が手伝って為た事だ（是在貪慾驅使下做的）

もう慾も得も無い。早く其の仕事を終わりにしたかった（已經顧不得那麼多但願趕快結束這項工作）

慾にも得にも此れ以上彼の男とは一緒に遣って行けない（無論如何我不能和他一起搞下去了）

慾と二人連れ（唯利是圖）

彼の男は慾と二人連れ（他是個唯利是圖的人）

慾の皮が張る（貪得無厭）

慾の熊鷹股を裂く（貪得無厭反而倒霉）

慾を言えば（如果更高要求的話）

彼は確かに頭が良い、然し慾を言えばもう少し勤勉であって欲しい（他的確很聰明但是如果進一步要求的話希望他更加勤奮一點）

貪欲、貪慾（貪欲、貪婪）

愛欲、愛慾（愛慾、情慾）

色欲、色慾（色慾、情慾、色情和利慾）

性欲、性慾（性慾）

制欲、制慾（節慾）

禁欲、禁慾（禁慾、節慾）

食欲、食慾（食慾）

無欲、無慾（無私慾、不貪慾）

私欲、私慾（私欲）

嗜欲、嗜慾（嗜好、喜好、愛好）

大欲、大慾（大慾望、貪婪）

知識欲（求知慾）

**欲界、欲界**〔名〕〔佛〕慾界

**欲海、欲海**〔名〕〔佛〕慾海

**欲気**〔名〕貪心貪婪的慾望

　彼は未だ未だ欲気が有る（他還貪心不足呢！）

　欲気を出して危険な株を買う（貪財心切買進擔風險的股票）

**欲情**〔名〕慾望，貪心。（俗也用作欲情する）情慾，春心

　欲情を起す（起了貪心）

**欲心**〔名〕貪心

　金を見て欲心を起こす（見財起意、見錢起貪心）金

**欲面**〔名〕表情貪婪的人、一副貪婪的面孔

**欲得**〔名〕貪婪、貪圖、貪心

　欲得を離れた行い（沒有私心的行為、無所貪圖的行為）

　欲得を離れて人に親切を尽す（無私心地誠懇待人）

　欲得では出来ない親切（無私的盛情）

　欲得抜き（拋開私心）

　欲得尽く（利慾薰心、一心為私、完全自私自利）

　此れは欲得尽くで引き受けられる仕事ではない（這項任務不是貪圖利益就能承擔的）

　社会奉仕は欲得尽くで出来る物ではない（一心為私的人不能為社會服務）

　欲得尽くで取り掛かる（在貪心的驅使下從事）

**欲念**〔名〕慾念、貪心

　一切の欲念を去る（拋棄一切慾念）

**欲張る**〔自五〕貪婪、貪得無厭

　欲張って却って損を為る（因為貪婪反而吃虧）反って

　余り欲張るな（別太貪啦！）

　食べ切れないのに欲張る（吃不了卻貪得無厭）

　欲張った御願いが有ります（〔我〕還有個過分的要求）

　一人で欲張らないで、皆にも上げ為さい（不要個人獨吞也分給大家些）

　余り欲張る物ではない（不要那麼貪得無厭）

**欲張り**〔名ナ〕貪婪、貪得無厭

　欲張り根性（貪婪成性）

欲張りの（な）人（貪得無厭的人）

**欲深**〔名ナ〕貪心不足、貪得無厭
　欲深りの（な）人（貪得無厭的人）

**欲望**〔名〕慾望
　人間の欲望は限りが無い（人的慾望沒有止境）
　欲望を満たす（滿足慾望）
　欲望を抑える（抑制慾望）抑える 押える

**欲目**〔名〕偏愛、偏心（＝贔屓目）
　親の欲目（父母的偏愛）
　欲目で見る（懷著偏心來看）
　惚れた欲目で相手の欠点が分らなかった（戀慕之情使他看不清對方的缺點）
　親の欲目か、家の子は頭が良い様だ（也許由於做父母的偏心總覺得我那孩子聰明）

**欲火**〔名〕慾火

**欲求**〔名、他サ〕慾望、希求
　欲求の少ない人（慾望少的人、寡慾的人）
　人間の欲求は限りが無い（人的慾望沒有止境）
　欲求を満たす（滿足慾望）
　欲求不満（慾望沒有達到＝フラストレーション frustration）

**欲しい**〔形〕想要、希望（以…して欲しい形式表示要求或命令）
　欲しい物（希望得到手的東西）
　茶が欲しい（想喝茶）
　そんな物は少しも欲しくない（那種東西一點也不想要）
　もう少し早く来て欲しい（希望你來得更早一些）
　今後は注意して欲しい（以後你要注意）

**欲する**〔他サ〕欲、希望、願意、想得到
　山雨来たらんと欲する（山雨欲來）
　日暮れんと欲する（日將暮）
　列席せんと欲する人は申し出よ（希望列席的人請報名）
　私は彼と交わる事を欲しない（我不願意跟他來往）
　収入の多い職を欲する（想得到一個收入多的工作）
　平和を欲する（要求和平）
　欲するが儘に（隨意、隨心所欲地）
　己の欲せざる所は人に施す勿れ（己所不欲勿施於人）

**欲しがる**〔他五〕想要、貪求、希望得到手
　赤ん坊が乳を欲しがって泣く（嬰兒哭著要吃奶）
　人の物を欲しがるな（不要貪圖別人的東西）
　彼の男は金を欲しがらない（他不愛錢）

## 喻（ㄩˋ）

**喻**〔漢造〕比方、使人明白

**喩え、例え、譬え**〔名〕比喩，警喩，寓言、常言、例子
　喩えを言う（說比喩）
　イソップの狐と烏の喩え（狐狸和烏鴉的伊索寓言）
　壁に耳有りと言う喩えも有る仮令縦令（常言說得好隔牆有耳）
　能有る鷹は爪を隠すの喩えにも有る通り（正如寓言所說兇鷹不露爪）
　喩えが悪いので余計分らなくなった（例子不恰當反而更不明白了）
　喩えを引いて話す（舉例來說）

**喩える、例える、譬える**〔他下一〕比喩、比方
　美人を花に喩える（把美人比喩成花）
　人生は屢航海に喩えられる（人生常常被比作航海）
　其の景色は喩え様も無い程美しい（其景色之美是無法比喩的）
　兎と亀の話に喩えて油断を戒める（拿兔子和烏龜的故事做比喩來勸戒疏忽大意）

## 愈（ㄩˋ）

# ㄩ

**愈** 〔漢造〕更加、勝過、病好

**愈、弥、愈愈** 〔副〕愈益,越發,更(=益益)、真的,果真,確實(=確かに)、到底,終於(=終に)、最後時刻,緊要關頭(=ぎりぎりの時)

風が愈激しく為る（風越發大了）

此れで愈間違い無しだ（這樣就更不會有錯了）

勉強し無ければ為らないと言う気持ち愈強まり…（今後必須努力學習的決心越來越大）

愈其れに相違無ければ捨てて置けない（果真是那樣的話就不能置之不理）

父の病気も愈良い方に向いて来た（父親的病確見好轉）

愈台風が上陸した（颱風終於登陸了）

愈僕の番だ（終於輪到我了）

愈本降りだ（〔雨〕終於下大了）

愈明日出発します（終於明天要出發了）

愈と為れば何でも売り飛ばすよ（到了最後關頭可要什麼都賣掉）

愈と為ったら決意するさ（到了緊要關頭就要下決心）

談判は愈と言う所迄漕ぎ着けた（談判已臨到最後階段）

愈と為る迄彼は書かない（期限不逼到頭上他不動筆）

愈と言う時にへこたれる（臨到緊要關頭洩氣了）

**愈、弥** 〔副〕〔文〕(=愈、弥、愈愈) 愈益,越發,更(=益益)、真的,果真,確實(=確かに)、到底,終於(=終に)、最後時刻,緊要關頭(=ぎりぎりの時)

**癒す、癒やす、医す** 〔他五〕治療、醫治

病を癒す（治病）

渇きを癒す（解渴）

# 寓（ㄩˋ）

**寓** 〔漢造〕寓居、寓所、寓言、過目

仮寓（臨時的住處）

流寓（流寓、流浪）

寄寓（寄居）

**寓する** 〔自サ〕寄居、僑居

〔他〕寄託、假託(=託ける)

外国に寓する（僑居國外）

深遠の意を寓する（寓意深遠）

**寓意** 〔名〕寓意、寄託某種意義

寓意を含んだ話（有寓意的話、帶寓言意義的故事）

寓意小説（寓言小說）

寓意劇（寓言劇）

**寓居** 〔名、自サ〕寓所,寄居。〔謙〕舍下,我的住處

御序の節に寓居に御立ち寄り下さい（請方便的時候到舍下來坐坐）

**寓言** 〔名〕寓言(=寓話)

**寓舎** 〔名〕寓所(=寓居)

**寓所** 〔名〕寓所、住所

**寓目** 〔名、自サ〕寓目、看到、過目、注意到

**寓話** 〔名〕寓言、童話、神話

イソップの寓話（伊索寓言）

# 馭（ㄩˋ）

**馭** 〔漢造〕駕馬、節制

**馭者、御者** 〔名〕御者、馭手、趕車的、車把式

馭者台（御者座）

馭者座（〔天〕御夫座）

**馭法、御法** 〔名〕御法、駕馭法

# 裕、裕（ㄩˋ）

**裕** 〔漢造〕豐裕、(心胸)開闊

富裕（富裕）

余裕（富餘,剩餘、充裕,從容）

余裕綽綽（綽綽有餘、從容不迫）

寛裕（寬裕）

**裕度** 〔名〕〔機〕裕度、餘量

**裕福** 〔名、形動〕富裕

裕福な(の)暮し（富裕的生活）

裕福に為る（富裕起來）

裕福な家に生まれる（生在富裕家裡）

# 預（ㄩˋ）

**預**〔漢造〕寄存，寄放、（與予通用）事先，預先

**預金**〔名、自他サ〕存款
　定期預金（定期存款）
　当座預金（活期存款）
　普通預金（普通活期存款）
　銀行が預金を受け入れる（銀行接收存款）
　銀行から預金を引き出す（從銀行提取存款）
　彼は其の銀行に五万円の預金が有る（他在那家銀行裡有五萬日元存款）
　彼は毎月の給料の半分を預金しています（他每月把工資的一半存入銀行）
　預金利子（存款利息）
　預金通帳（存摺）
　預金口座（存戶）
　預金者（存款人）
　預金主（存款人）
　預金保険制度（存款保險制度-保證金融機關倒閉時存戶不受損失的保險制度）
　預金原価、預金コスト（存款成本存款費用銀行為了收集存款支出的費用和利息）
　預金通貨（存款貨幣成為支票及其他支付手段的基礎的特指銀行的活期存款）
　預金準備率（銀行的支付存款儲備率-市中銀行存入中央銀行的存款與市中銀行持有存款總額的比率）

**預血**〔名、自サ〕〔醫〕存血（把自己的血存到血庫）

**預言**〔名、他サ〕〔宗〕預言
　預言者（預言家、先知）
　預言書（預言書）

**予言**〔名、他サ〕預言，預告、〔宗〕（寫作預言）預言
　予言が当る（預言說中了）
　其の予言は外れた（那項預言沒有說中）
　大地震が起こると予言している（預告要發生大地震）
　其れは誰も予言する事が出来ない（那是誰也無法預言的）
　預言者（預言家、先知）
　預言書（預言書）

**預貸率**〔名〕〔經〕存放比-銀行用存款額除放款額的比率

**預託**〔名、他サ〕寄存、委託保管
　株券の預託（委託保管股票）
　銀行に通帳を預託する（把存摺寄存到銀行裡）
　預託銀行（信託銀行）

**預かる**〔他五〕收存，保管、擔任，負責，管理、保留，暫不解決
　御荷物は私が預かります（東西由我保管）
　与る
　当銀行は十円から御預かり致します（本銀行十日元以上即可存入）
　三年生を預かっている（負責三年級的學生）
　其の事務を預かっている人（擔任這項事務的人）
　留守を預かる（替人看家）
　台所を預かる（掌管廚房）
　喧嘩を預かる（調停爭吵）
　此の勝負は暫く預かる事に為る（這項比賽暫定為不分勝負）
　候補者の氏名は暫く預かって置く（候選人的名字暫時保留）
　批評は暫く預かる（暫不加以批評）

**預かり、預り**〔名〕收存，保管，存單，存條（=預かり証、預かり証書）、保管人，保留，未解決
　一万円丈預かりに為て置く（給您存上一萬日元正）
　預かり金（別人委託保管的存款）
　預かり人（保管人、收存者）
　預かり主（保管人、收存者）
　問題を預かりに為て置く（把問題保留、把問題作為懸案）

勝負が預かりに為る（勝負未定）

此の勝負は預かりと為った（這次比賽沒有決定勝負）

**預かり子、預り子**〔名〕（別人）寄養的孩子、養子

**預かり状、預り状**〔名〕存單、存條（＝預かり証、預かり証書）

**預かり証券**〔名〕（倉庫的）存貨收據、棧單

**預かり証，預り証、預かり証書，預り証書**〔名〕存單、存條（＝預かり状、預り状）

**預かり票、預り票**〔名〕寄存證、保管票

**預かり物、預り物**〔名〕（別人的）寄存物品、保管品

此れは私のではなく人の預かり物だ（這不是我的是別人寄存的東西）

**預ける**〔他下一〕寄存，寄放、委託，託付（＝任せる）

荷物を預ける（把行李寄存）

金を銀行に預ける（把錢存在銀行裡）

銀行に十万円預けて有る（銀行裡存有十萬日元）

彼の人には御金は預けられない（不能把錢存在他那裡）

子供は近所の人に預けて夫婦で働きに出ている（把孩子寄放附近的人夫婦都出去工作）

喧嘩を預ける（委託排解爭吵）

此の問題は林先生に預ける事に為た（這問題已經委託林先生來解決了）

**預け**〔名〕（一般不單獨使用）寄存，委託保管、（用御預け的形式）（訓練貓狗時說）先別吃。〔轉〕延期，從緩。〔古〕委託監管（把罪人委託諸侯、街村、親屬或其他人代為看管監督的一種刑罰）

預け金（託人保管的存款）

預け主（寄存者、委託保管者）

預け物（寄存品、委託保管品）

運動会が御預けに為った（運動會決定延期了）

**預け入れる**〔他下一〕存入、存進

売り上げを銀行に預け入れる（把賣貨款項存入銀行）

**預け入れ**〔名〕存入、儲蓄

## 嫗（ㄩˋ）

**嫗**〔漢造〕老婦人的通稱

**嫗、媼、老女、老女**〔名〕老嫗 ←→ 翁

**嫗**〔名〕老嫗（＝嫗、媼、老女、老女）

## 獄（ㄩˋ）

**獄**〔名、漢造〕獄、監獄、牢獄

獄に繋がれる（被關在獄裡）

獄に投ずる（下獄、收監）

入獄（入獄）

投獄（下獄、關進監獄）

出獄（出獄）

監獄（監獄）

地獄（地獄、火山噴火口、溫泉噴熱水口、受苦的地方、私娼、暗娼）

牢獄（牢獄、監獄、監牢）

煉獄（煉獄）

疑獄（疑獄、疑案、大官僚等的貪污案件）

**獄衣**〔名〕囚衣

**獄司**〔名〕掌管監獄事務的官員（＝牢役人）

**獄死**〔名、自サ〕囚死、死在獄中（＝牢死）

**獄舎**〔名〕牢房、監牢（＝牢屋）

獄舎に繋がれる（坐牢）

**獄囚**〔名〕囚犯、囚徒

**獄窓**〔名〕獄窗、牢獄

獄窓に有る事十八年（住了十八年監獄）

**獄則**〔名〕獄規

厳しい獄則（嚴格的獄規）

**獄卒**〔名〕獄卒，獄警、〔佛〕（地獄的）鬼卒，小鬼

**獄中**〔名〕獄中、監牢裡

獄中十八年（獄中十八年）

獄中記（獄中記）

**獄丁**〔名〕獄卒、獄警（＝獄卒）

**獄道、極道**〔名ナ〕無惡不作、胡作非為、為非作歹、放蕩無羈（的人）

　獄道な息子（浪子、敗家子）
　獄道奴！（壞蛋！）
　彼奴は獄道だ（那傢伙是個壞蛋）

**獄内**〔名〕獄中

**獄門**〔名〕獄門，牢門，梟首（示眾）
　獄門に晒す（梟首示眾、獄門懸首）曝す
　獄門に掛ける（梟首示眾、獄門懸首）
　獄門首（梟首）
　獄門台（梟首台）

**獄屋**〔名〕〔舊〕監獄（=牢獄）

**獄吏**〔名〕獄吏

**獄裡、獄裏**〔名〕獄中

**獄、人屋、囚獄**〔名〕牢房、監牢、監獄（=牢屋）

## 慾（ㄩˋ）

**慾、欲**〔名、漢造〕慾望、貪心、希求

　人間のには限りが無い（人的慾望沒有止境）
　慾が深い（貪心不足）
　慾に目が眩む（利令智昏）　暗む
　彼は慾に目が無い（他利慾薰心）
　慾が手伝って為た事だ（是在貪慾驅使下做的）
　もう慾も得も無い。早く其の仕事を終わりにしたかった（已經顧不得那麼多但願趕快結束這項工作）
　慾にも得にも此れ以上彼の男とは一緒に遣って行けない（無論如何我不能和他一起搞下去了）
　慾と二人連れ（唯利是圖）
　彼の男は慾と二人連れ（他是個唯利是圖的人）
　慾の皮が張る（貪得無厭）
　慾の熊鷹股を裂く（貪得無厭反而倒霉）
　慾を言えば（如果更高要求的話）
　彼は確かに頭が良い、然し慾を言えばもう少し勤勉であって欲しい（他的確很聰明但是如果進一步要求的話希望他更加勤奮一點）

　貪欲、貪慾（貪欲、貪婪）
　愛欲、愛慾（愛慾、情慾）
　色欲、色慾（色慾、情慾、色情和利慾）
　性欲、性慾（性慾）
　制欲、制慾（節慾）
　禁欲、禁慾（禁慾、節慾）
　食欲、食慾（食慾）
　無欲、無慾（無私慾、不貪婪）
　私欲、私慾（私慾）
　嗜欲、嗜慾（嗜好、喜好、愛好）
　大欲、大慾（大慾望、貪婪）
　知識欲（求知慾）

## 禦（ㄩˋ）

**禦**〔漢造〕抵抗、止住

**禦ぐ、防ぐ**〔他五〕防禦、防守、防衛、防止、防備、預防

　敵の侵略を禦ぐ（防禦敵人侵略）
　全く禦ぐ様が無い（真是防不勝防）
　患いを未然に禦ぐ（防患於未然）煩い
　病気を禦ぐ（預防疾病）
　火を禦ぐ（防火）
　伝染を禦ぐ（預防傳染）
　水害を禦ぐ（預防水災）

**禦ぎ、防ぎ、拒ぎ**〔名〕防禦，防備，防守、（妓院的）保鏢

　斯う方方から攻められては禦ぎが付かない（這樣各方面都攻擊上來無法防禦）方方
　禦ぎ場（重要防守地）
　禦ぎ勢（守軍）

## 諭（ㄩˋ）

**諭**〔漢造〕曉喻、諭示

　**教諭**（教誨，訓諭、教諭-小學、中學、高中的正規教師）

　**説諭**（教誨、訓誡、告誡）

　**上諭**（上諭）

　**告諭**（曉諭、勸諭、訓令、規勸）

　**勅諭**（天皇的告諭）

**諭告**〔名、自サ〕告示，曉諭、告誡、警告

　**職務怠慢に付き諭告する**（因玩忽職務給予警告）に付き　に就き

**諭旨**〔名〕曉諭、諭告（＝諭告）

　**諭旨退学**（勸告退學）

　**諭旨免職**（諭告免職）

**諭示**〔名〕訓諭、訓誡

**諭達**〔名〕曉諭、曉示

**諭す**〔他五〕（與動詞〝悟る、覚る〟同辭源）諭，曉諭，說明（道理）、使了解、告誡，教導，教誨

　**危険を諭す**（告誡當心危險、說明危險）

　**不心得を諭す**（針對錯誤思想進行教育）

　**利害を以て諭す**（諭之以利害）

　**彼は諭して漸く納得させた**（好容易把他說服了）

　**彼は懇懇（諄諄）と諭して遣った**（我諄諄地教誨了他）

**諭し**〔名〕曉諭，告誡，教誨、神諭、神佛的啟示

　**神の御諭しを聞く**（聽神的啟示）聞く　聴く　訊く　効く　利く

## 閼、閼、閼、閼（ㄩˋ）

**閼、閼、閼、閼**〔漢造〕閼（＝塞ぐ、塞がる、止める、留める、停める）

**閼伽**〔名〕〔佛〕（佛壇、墳墓前）供的水

　**閼伽棚**（擺供水供花的架子）

## 閾、閾、閾（ㄩˋ）

**閾**〔名〕門檻。〔心〕閾限

　**識閾**（識閾）

　**刺激閾**（刺激閾）

　**弁別閾**（辨別閾）

**息**〔名〕呼吸，喘氣、氣息，生命，步調，心情

　**息が苦しい**（呼吸困難）

　**息を為る**（呼吸、喘氣）

　**大きく息を為る**（大喘氣）

　**息を為なくなる**（停止呼吸、嚥氣）

　**息が荒い**（呼吸困難）

　**息衝く暇も無い**（連喘氣的功夫都沒有）

　**未だ息が有る**（還有口氣）

　**息が絶える**（斷氣）

　**父は昨夜息を引き取りました**（父親昨天夜裡死了）

　**息も絶え絶えだ**（奄奄一息）

　**息を吐く**（吐氣）

　**息を吸う**（吸氣）

　**冬の朝は息が白く見える**（冬天早晨呼出的氣顯得白）

　**窓硝子は人の息で曇っていた**（窗玻璃因人的呵氣形成一層霧）

　**息が合う**（步調一致、合得來）

　**息が合わない**（步調不一致、合不來）

　**彼の二人の俳優は息がぴったり合っている**（那兩位演員配合得很好）

　**息が有る（続く）限り**（只要有口氣、有生之日）

　**息が掛かる**（受影響庇護）

　**息が通う**（氣息尚存、還有口氣）

　**息が切れる**（氣絕、接不上氣）

　**息が衝ける**（緩口氣、鬆口氣）

　**息が詰まる**（呼吸困難、憋氣）

　**息が弾む**（上氣不接下氣、氣促）

　**息も衝かずに**（一口氣地）

　**息も衝かせぬ**（沒有喘息的時間、瞬息）

　**息を入れる**（換口氣、歇口氣、休息一下）

息を切らす（弾ませる）（呼吸困難、接不上氣）

息を殺す（凝らす）（屏息、不喘大氣）

息を吐く（深呼吸，喘大氣、喘息，鬆口氣）

息を継ぐ（喘口氣、歇口氣）

息を詰める（屏氣、憋住氣）

息を抜く（歇口氣、休息一下）

息を呑む（喘不上氣、倒吸一口涼氣）

息を引き取る（斷氣、死亡）

息を吹き掛ける（吹氣、喝氣）

息を吹き返す（緩過氣來、甦醒）

**粋**〔名、形動〕漂亮，俊俏，風流，瀟灑、花柳界的老在行←→野暮（土氣）

粋な男（風流人）

粋な服装を為ている（穿著漂亮）

彼女は髪を粋に結っている（她頭髮梳得俏皮）

帽子を粋に傾けて被っている（歪戴著帽子很俊俏）

粋筋の女（花柳界的女人）

**域**〔名〕域、標準、階段、境地

〔漢造〕範圍、區域、地方

芸は既に名人の域に達している（技藝已達到專家的境地）

其の国の電子工業は未だ実験の域を脱しない（那國家的電子工業還沒有脫離實驗的階段）

地域（地域、地區）

区域（區域、地區、範圍）

境域（境域、領域）

領域（領域、範圍）

神域（神社院內）

震域（地震的區域）

浄域（神社寺院等的院內、靈地、淨域）

小域（〔生〕小翅室）

流域（流域）

異域（異域、外國）

西域、西域（〔史〕西域）

声域（〔樂〕聲域）

**閾価**〔名〕〔攝〕閾值、臨界值

**閾**〔名〕〔古〕門檻（=敷居）

**閾値**〔名〕〔理〕閾值、界限值、臨界值、門限值

## 癒（ㄩˋ）

**癒**〔漢造〕痊癒

治癒（治癒、治好、痊癒）

平癒（痊癒）

全癒（痊癒）

快癒（痊癒）

**癒合**〔名、自サ〕〔醫〕癒合

傷口が癒合した（傷口癒合了）

**癒傷組織**〔名〕〔植〕癒傷組織、創傷組織

**癒瘡木**〔名〕〔植〕癒瘡樹、癒瘡樹脂

癒瘡木チンキ、癒瘡木丁幾（癒瘡木酊劑）

**癒着**〔名、自サ〕〔醫〕粘連

肋膜癒着（肋膜粘連）

傷口が癒着する（傷口粘連）

火傷で手の指が癒着する（手指因燒傷粘連）火傷

**癒える**〔自下一〕（傷、疾病等）痊癒（=直る）

病が癒える（病癒）

足の傷はすっかり癒えた（腳傷完全好了）

心の痛手が癒える（心靈的創傷消除了）

**癒す，癒やす，医す**〔他五〕治療、醫治

病を癒す（治病）

渇きを癒す（解渴）

## 誉（譽）（ㄩˋ）

**誉**〔漢造〕稱讚、聲譽

称誉（稱譽）

毀誉褒貶（毀譽褒貶）

名誉（名譽、榮譽）

## ユ

栄誉（榮譽、名譽）

輿望（聲望）

輿望（聲望、眾望）

**誉れ、誉**〔名〕榮譽、名譽、名聲。〔古〕一等軍功

彼は国家の誉である（他是國家的榮譽）

此の様な生徒は学校の誉だ（這樣的學生是學校的榮譽）

誉を永久に輝かす（留芳百世）

秀才の誉が高い（很有優秀生的名氣、大家都稱讚是個高材生）

**誉める、褒める、賞める**〔他下一〕讚揚、讚美、褒獎←→謗る、貶す

勇敢な行為を褒める（讚揚勇敢行為）

余り立派なので褒める言葉が無い（太漂亮了簡直讚不勝贊）

其れは褒める可き行為だ（那是值得你稱讚的行為）

其れは余り褒めた話ではない（那不是值得讚揚的事）

褒められて怒る者は無い（沒有受到讚揚反而生氣的人）

**誉めそやす、褒めそやす**〔他五〕讚不絕口、極力讚許（=褒め立てる、誉め立てる、褒めちぎる、誉めちぎる）

一同は其の勇敢な行為を褒めそやした（大家極力稱讚他那勇敢的行為）

**褒め称える、誉め称える**〔他下一〕讚不絕口、極力讚許（=盛んに褒める）

英雄の偉業を褒め称える（極力讚揚英雄的豐功偉績）

**誉め立てる、褒め立てる**〔他下一〕讚不絕口、極力讚許（=褒めそやす、誉めそやす）

口を揃えて褒め立てる（異口同聲地大加讚揚）

**誉め千切る、褒め千切る**〔他五〕讚不絕口、極力讚許（=褒めそやす、誉めそやす）

口を極めて褒め千切る（稱讚得不得了）

**誉め囃す、褒め囃す**〔他五〕讚不絕口、極力讚許（=褒めそやす、誉めそやす）

**誉め者、褒め者**〔名〕受大家稱讚的人、受大家表揚的人

彼は町内の褒め者だ（他是街道上受稱讚的人）

## 鬻（ㄩˋ）

**鬻**〔漢造〕賣

**鬻ぐ**〔他五〕賣

春を鬻ぐ（賣淫）

駄菓子を鬻いで細細と暮す（靠賣粗點心勉強度日）細細（瑣碎、仔細）

## 鷸（ㄩˋ）

**鷸**〔漢造〕鳥名，涉禽類，嘴細長，常棲田澤，善捕小魚及昆蟲

**鷸蚌、鷸蚌**〔名〕鷸蚌（=鷸と蛤）

鷸蚌の争い（鷸蚌相爭漁翁得利-戰國策）

鷸蚌の弊え（徒勞之爭）費え潰え

**鷸、鴫**〔名〕〔動〕鷸

鷸と蛤の争えば漁夫の利と為る（鷸蚌相爭漁翁得利）

鷸の看経（呆立不動）

## 鬱（ㄩˋ）

**鬱**〔名、漢造〕（俗寫作欝）鬱悶、煩悶（=塞ぐ）、草木繁茂

鬱を散ずる（散心、解悶）

陰鬱、陰欝（憂鬱、鬱悶、不舒暢、不痛快、悶悶不樂）

沈鬱（抑鬱、沉悶）

憂鬱（憂鬱、鬱悶）

**鬱する**〔自サ〕憂鬱、憂悶

気が鬱する（心情憂鬱）

**鬱鬱**〔形動タルト〕（心情）鬱鬱，悶悶、（草木）繁茂

心が鬱鬱と為て楽しまない（心中鬱鬱不樂）

山は鬱鬱たる森に蔽われている（滿山都是鬱鬱蔥蔥的森林）蔽う覆う蓋う被う

**鬱然**〔形動タルト〕草木繁茂、蔚然，盛大，有文采、抑鬱

鬱然たる大家（文采鬱鬱的大家、學問淵博的權威）大家（權威）大家（大戶、望族）大家（房東、主房）

鬱然たる勢力（不容忽視的勢力）

**鬱病**〔名〕〔醫〕抑鬱症憂鬱症（=メランコリー melancholy）

**鬱勃**〔形動タルト〕鬱勃、旺盛貌

鬱勃たる鬪志（旺盛的鬪志）

雲が鬱勃と湧く（烏雲滾滾）沸く涌く

鬱勃たる野心（野心勃勃）

鬱勃たる元気（精力旺盛）

**鬱林**〔名〕密林、繁茂的森林

**鬱気**〔名、自サ〕憂鬱、鬱悶、悶悶不樂、心情不痛快

鬱気の病（抑鬱症）

**鬱屈**〔名、自サ〕抑鬱、鬱悶（=塞ぎ込む）

**鬱血**〔名、自サ〕〔醫〕鬱血、瘀血

打った所が鬱血する（碰傷處瘀血）

**鬱結**〔名、自サ〕鬱結

**鬱乎**〔形動タルト〕事物盛大、草木茂盛

**鬱金香**〔名〕〔植〕鬱金香（=チューリップ）

**鬱金**〔名〕〔植〕鬱金、姜黃色（=鬱金色）

鬱金色（用鬱金染的顏色、姜黃色）

**鬱散**〔名、自サ〕消愁、消遣、解悶（=気晴らし）

**鬱積**〔名、自サ〕鬱積

鬱積している不滿（鬱積起來的不滿）

日頃の憤りが鬱積する（平日的憤恨鬱積起來）

**鬱蒼**〔形動タルト〕茂盛、鬱鬱蔥蔥（氣體上升時的）郁勃，盛大貌

鬱蒼たる森林（茂密的森林）

鬱蒼と茂った樹木（郁蔥茂密的樹）

**鬱陶しい**〔形〕鬱悶的，陰鬱的、沉悶的、厭煩的，不痛快的

気分が鬱陶しい（心情鬱悶）

鬱陶しい天気（陰鬱的天氣）

梅雨時の鬱陶しさ（梅雨期令人鬱悶的感覺）

髪の毛が下がって来て鬱陶しい（頭髮搭拉下來真膩人）

顔に腫れ物が出来て鬱陶しい（臉上長了個疙瘩真膩煩人）

**鬱憤**〔名〕鬱憤、積憤、積恨

酒を飲んで鬱憤を晴らす（飲酒發洩鬱憤）

仕返しを為て鬱憤が晴れる（還擊洩憤）

# 曰（ㄩㄝ）

**曰**〔漢造〕說

**曰く**〔名〕曰，云，說、理由，緣故，說道，藉口、隱情，難言之隱

荀子曰く（荀子曰）

古諺に曰く（古諺語說）

此れには何か曰くが有る（這裡面有甚麼緣故）

曰くを付けて金に為る（藉口敲詐）

曰く因縁が有る（有些緣由隱情）

彼は言いたがらないのに何か曰くが有るに違いない（他不肯說一定有難言之隱）

曰く言い難し（難言之隱）

**曰く付き、曰く付**〔名〕有複雜情形、過去有過情形，歷史上有問題，犯過罪（坐過牢）（的人）

曰く付きの品物（有說到的東西）

曰く付きの男だから気を付けた方が良い（那個人有過問題注意點好）

**曰わく、宣わく**〔連語〕〔古〕曰

子曰わく（子曰）

**曰う、宣う**〔他四〕〔古〕（言う的敬語）說（=仰る）（也用於開玩笑）

分りきった事を曰うな（明明白白的事別說了）

**云う、言う、謂う**〔他五〕說，講，道（=話す、喋る）。說話，講話（=口を利く）。講說，告訴，告誡，忠告（=語る告げる）訴說，說清，承認（=訴える、是認する、嚴命する）表達，表明（=言い表す）

（用…と言われる形式）被認為，一般認為。稱，叫，叫作，所謂（=名付ける、称する）。傳

ロ

說，據說，揚言（＝噂する、告げ口する）。值得提，稱得上

（接在數詞下，表示數量多）…之多。多至…

（用在兩個相同名詞之間，表示全部）全，都，所有的

（用…と言う形式構成同格）這個，這種，所謂

〔自五〕（人以外的事物）作響，發響聲（＝鳴る、音が為る）

寝言を言う（說夢話、作幻想）

小声で言う（小聲說）

馬鹿（を）言え（胡說）

誰に言うと無く言う（自言自語）

然う言わざるを得ない（不能不那麼說）

もう何も言わないで（什麼也別說啦！）

彼の言う事は難しい（他的話難懂）

良くもそんな事が言えた物だ（竟然能說出那種話來）

言い度い事が有るなら言わせて遣れ（如果有話要說就叫他說）

一体君は何を言おうと為ているのか（你究竟想要說什麼？）

明日の事は何とも言えない（明天如何很難說）

然うは言わせないぞ（那麼說可不行）

言い度くっても言わずに置け（想說也憋在肚子裡吧！）

人の事を兎や角言う物ではない（別人的事不要說三道四）

御礼を言う（道謝、致謝）

物を言う（說話）

大雑把に言えば良い（說個大概就可以）

然う言えば然うだよ（那麼說來可不是麼）

ちっとも物を言わない（一聲不吭）

驚いて物が言えなく為る（嚇得說不出話來）

物語の中では動物が物を言う（在故事裡動物會說話）

私の言う通りに為為さい（照我告訴那麼做）

言う事を聞かない子（不聽話的孩子）

人に言うな（別告訴別人）

年を取ると体が言う事を聞かなく為る（年紀一大腿腳就不靈了）

其れ見為さい、言わぬ事か、もう壊して終った（你瞧！不是說過了嗎？到底弄壞了）

頭痛が為ると言う（說是頭痛）

泣言を言う（哭訴、發牢騷）

何故来なかったか言い為さい（說明為什麼沒有來）

男らしく負けたと言え（大大方方地認輸吧！）

自分が悪かったと言った（他承認自己錯了）

何と言ったら好いだろう（怎麼表達才好呢？）

其の時の気持は何とも言えない（那時的心情簡直無法表達）

斯う言う事はドイツ語で如何言うか（這種事情用德語怎麼表達？）ドイツドイツ独逸 Deutschland德 Duits荷 ドイツ

思う事が旨く言えない（不能很好地表達自己的心思）

塩は清める力が有ると日本では言われている（在日本一般認為食鹽能消毒）

彼は世間では人格者と言われている（一般認為他是個正派人）

私は米川と言います（我姓米川）

机の事を英語で何と言うか（桌子英語叫什麼？）

此れは牡丹と言う花です（這朵花叫作牡丹）

紅旗と言う雑誌を買った（買了叫作紅旗的雜誌）

彼の様な男を目から鼻に抜けると言う（他那樣的人就是所謂機靈透頂的人）

彼はテニスが旨いと言う（據說他網球打得好）

火事の原因は今取り調べ中だと言う（據說失火的原因正在調查中）

彼は僕が其れを盗んだと言う（他揚言我偷了那件東西）

特に此れと言う長所も無い（沒有特別值得一提的優點）

小さな町で病院と言う程の物は無い（是個小鎮沒有像樣的醫院）

彼は決して学者等とは言えない（他決稱不上是個學者）

二万台と言うトラクターを作り出した（生產了兩萬輛之多的拖拉機）

何千人と言う人が集まった（聚集了多達數千人）

村と言う村（所有的村莊）村

家と言う家は国旗を立てて国慶節を祝う（家家戶戶掛國旗慶祝國慶節）

温泉と言う温泉で殆ど行かない所は無い（所有的溫泉幾乎沒有沒去過的）

然う言う事は無い（沒有這種事）

嫌いと言う事は無いが（我並不討厭不過、、）

金と言う武器が有る（有金錢這種武器）

貧乏と言う物は辛い（貧窮這種事很難受）

共産党宣言と言う本を何度も読んだ（多次閱讀了共產黨宣言這本書）

窓がたがた言う（窗戶咯嗒咯嗒響）

がんがんと言う音が為る（發出咣咣的響聲）

犬がきゃんきゃん言う（狗汪汪叫）

言うか早いか（說了…就、立刻、馬上）

言うか早いか実行した（說了就辦）

言う丈野暮だ（不說自明、無需多說）

言うに言われぬ（說也說不出來、無法形容）

言うに言われぬ趣（無法形容的趣味）

言うに及ばず（不用說、不待言、當然=言うに及ばない、言う迄も無い）

日本語は言うに及ばず、英語も出来る（日語不用說英語也會）

言うに足らぬ（不足道、不值一說=言うに足りない）

言うは易く行うは難し（說來容易作起難）

言うも愚か（不說自明、無需說、當然）

言って見れば（說起來、老實說、說穿了））

言って見ればそんなもんさ（說穿了就是那麼回事）

言わぬが花（不說倒好、不講為妙）

言わぬ事（果然不出所料、不幸言中）

こんなに怪我を為て、だから言わぬ事じゃない（果然不出所料傷得這麼重）

言わぬは言うに勝る（不說比說強、沉默勝於雄辯）

云う、言う、謂う〔自、他五〕說（=云う、言う、謂う）

## 約（ㄩㄝ）

約〔名〕 約定，保證，略，簡略

〔副〕大約，大體

〔漢造〕約定，商定、節約、簡約、除，約分

約を結ぶ（締約）

約を果たす（踐約、履約）

約を背く（背約）

約を破る（爽約）

中国は中華人民共和国の約だ（中國是中華人民共和國的略稱〔簡稱）

約二十人居る（約有二十人）

約三十数キロ（約三十多公里）

約二千人の人が集った（約聚集了兩千人）

規約（規約、協約、規章、章程）

既約（〔數〕不可約）

既約分数（簡分數、不可約分數）

契約（契約、合同）

制約（制約，限制、規定，條件）

誓約（誓約、盟誓）

成約（訂立契約）

婚約（婚約、定婚）

公約（公約）

ㄩ

公約数（〔數〕公約數）
口約（口頭約定）
条約（〔法〕條約）
密約（秘密條約）
違約（違約、失約、違反條約、違反契約）
締約（締結條約〔契約〕）
簡約（簡約、簡化）
倹約（儉約、節約、節省、儉省）
節約（節約、節省＝儉約）
要約（要點、摘要、概要、歸納）

**約音**〔名〕約音（兩個音節連在一起時變成一個音節）
　〝なり〟は〝にあり〟の約音である（〝なり〟是〝にあり〟的約音）

**約言**〔名、他サ〕約言，簡言。〔語〕約音（＝約音）
　此れ等の事実を約言すれば次の通りである（這些事實簡單地講就是以下這樣）
　〝なり〟は〝にあり〟の約言である（〝なり〟是〝にあり〟的約音）

**約日**〔名〕約會的日期

**約定**〔名、自サ〕約定、商定、協定、締約、定約
　約定金利（議定利率）
　約定書（契約、合同）
　約定値段（議價、商定價格）
　約定を結ぶ（締約、定約）
　前以て約定する（事先約定）
　約定済み（已約定好）
　約定利息（〔契約雙方商定的〕議定利息）
　←→法定利息

**約数**〔名〕〔數〕約數←→倍數

**約説**〔名、他サ〕簡言、約言（＝約言）

**約束**〔名、他サ〕約定，商定、規定、規則、指望、希望，出息，前途、命運、緣分，因緣
　約束を結ぶ（締約）結ぶ掬ぶ
　約束を守る（守約）守る護る守る盛る漏る洩る

約束を果す（踐約）
約束を背く（違約）背く叛く
約束を破る（失約、毀約）
約束を取り決める（訂約、締約）
約束を交わす（互相約定）
約束を取り消す（取消約會）
約束済みである（已經約定）
彼の人は約束が堅い（他說話算數、他不食言）堅い硬い固い難い
此は約束通りの品質でない（這不是講好的那種質量）
一緒に昼飯を食べる約束を為る（約定一起吃午飯）昼飯昼飯
彼と期日を約束した（跟他約好了日期）
会の約束を守る（遵守會議規定）
競技の約束を違反する（違犯比賽規則）
彼には重役の地位が約束されている（他有希望當董事）
其の成功は更に輝かしい未来を彼女に約束する（那次成功會給他帶來更光明的前途）
前世の約束（前世註定）
約束変換え常の如し（常の習い）（食言毀諾世之常事、食言毀諾滿不在意的人）
約束を反故に為る（毀約）

**約束事**〔名〕規定，約定的、緣分，因緣，命運
　舞台の約束事（舞台的規定）

**約束手形**〔名〕〔商〕期票（＝約手）
　約束手形を振り出す（開出期票）
　一覧払約束手形（見票即付期票）
　持参人払約束手形（憑票即付期票）
　記名式約束手形（記名式期票）
　内国約束手形（國內期票）
　連帯約束手形（連保期票）
　指図式約束手形（指定式期票）
　定期払約束手形（定期期票）

約束手形振出人（期票發票人）

**約諾**〔名、他サ〕許諾、應諾、答應

援助を約諾する（答應給予援助）

**約手**〔名〕期票（=約束手形）

**約転**〔名〕〔語〕（兩個以上的音節連在一起時發生的）約音變化（如しておく約音變成しとく）

**約文**〔名、他サ〕簡化（的）文章

**約分**〔名、他サ〕〔數〕約分、約簡分數

六分の三を約分すると二分の一に為る（把六分之三約分成二分之一）

**約款**〔名〕（條約、契約等的）條款

講和条約の約款に背く（違反媾和條約的條款）

講和条約の約款に違反する（違反媾和條約的條款）

**約す**〔他五〕約定，商定、簡略，約略。〔數〕約，約分、節約（=約する）

此れを約すに（簡單地說）

**約する**〔他サ〕約定，商定、簡略，約略。〔數〕約，約分、節約（=約す）

再会を約して別れる（相約再會而別）訳する 扼する

此れを約するに（簡單地說）

長い名を約して呼ぶ（簡稱很長的名字）

十分の五は二分の一に約する事が出来る（十分之五可以約成二分之一）

経費を約する（節約經費）

**約まる**〔自五〕〔方〕縮短、縮簡、簡化（=縮まる）

此の文章は三分の二位に約まる（這篇文章可以壓縮成三分之二左右）

**約やか**〔名、形動〕簡略，簡約、不大，窄小、節約，樸實，恭謹，規矩

約やかな表現（簡略的表現）

約やかな住まい（不大的住宅）

約やかな暮し（樸素的生活）

約やかな態度（恭謹的態度）

**約める**〔他下一〕縮小，縮減，縮短（=縮める）、簡化，簡約，節約

スカートの丈を約める（縮短裙子的長度）

経費を約める（縮減經費）

作文を二ページに約める（把作文壓縮成兩頁）

約めて言えば（簡言之）

〝であろう〞を約めて〝だろう〞と言う（把〝であろう〞簡約成〝だろう〞來說）

生活を約める（節約生活、節衣縮食）

## 月、月（ㄩㄝˋ）

**月**〔漢造〕月，月球、每月，一個月、月曜日的略稱

名月（陰曆八月十五日夜的中秋明月=芋名月。陰曆九月十三日夜的明月=栗名月）

明月（明月）

仲秋の明月（中秋明月）

半月（半個月、半月-上下弦月、半月形）

半月（半個月）

山月（山上明月）

残月（〔天亮後的〕殘月）

新月（初一，陰曆的朔日、新月，月牙=三日月、剛升起的月亮）

心月（〔佛〕心月、心淨如月）

満月（圓月、望月=望月）←→新月

観月（賞=月見）

閑月（農閒月）←→要月

寒月（冬季皎潔之月）

水月（水和月、水中月影、兩軍對峙、心窩=鳩尾）

歳月（歲月=年月）

年月、年月（歲月、年月、光陰=歲月）

日月、日月（太陽和月亮、歲月，光陰，時光）

今月（本月）

本月（本月）

臨月（臨月、臨近產期=産み月）

先月（上月）←→来月

前月（上月、前一個月=先月）

来月（下個月）←→先月

毎月、毎月（每月）

十二箇月（十二個月＝月毎、月月）

**月下**〔名〕月下、月光下

月下の彰花（月下的彰化）

月下に花を賞す（月下賞花）賞する

月下氷人（月下老人、媒人＝月下老人）

月下老人（月下老人、媒人＝月下氷人、仲人）

月下（の）美人（〔植〕月下香）

月下香（〔植〕晚香玉）

**月華**〔名〕月華、月光

**月角差**〔名〕〔天〕月角差

**月刊**〔名〕月刊、每月刊行

月刊（の）雑誌（月刊雜誌）

〝文芸春秋〟は月刊だ（〝文藝春秋〟是月刊）

**月間**〔名〕（尤指有某種特別活動的）一個月期間←→旬間、週間

月間の生産高（一個月的產量）

月間運動（一個月為期的運動）

交通安全月間（交通安全月）

**月球**〔名〕〔天〕月球

**月給**〔名〕月薪、薪水、工資

月給を貰う（領月薪）

月給で暮す（靠工資生活）

私は日給でなくて月給です（我不是日薪是領月薪）

月給は幾等頂けますか（您能給我多少工資？）

月給取りの養成丈が教育の目的ではない（教育的目的不僅僅是為了培養工資生活者）

**月俸**〔名〕月俸、月薪（＝月給）

月俸三十万円（月薪三十萬日元）

高い月俸を払う（付給高額的月薪）

**月宮殿**〔名〕月宮月光殿

**月琴**〔名〕〔樂〕月琴（中國傳入日本的四弦琴）

**月計**〔名〕每月收支的合計

**月経**〔名〕（婦女的）月經（＝月の物、メンス）

月経が閉止した（月經停止了）

月経が上がった（月經停止了）

月経が始まった（來月經了）

彼女の月経は順調です（她的月經正常）

月経は通例二十八日に一回で、三日乃至六日に亙る（月經通常每到第二十八天來一次每次三到六天）

月経障害（月經不調）

**月事**〔名〕月經（＝月経）

**月の障り、月の障**〔名〕月經（＝月経）

**月の物**〔名〕〔舊〕月經（＝月経、月役）

月の物を見無くなった（月經不來了）

**月役**〔名〕月經（＝月経、月の物）、一種杉木薄板（長1、8米寬5厘米-因婦女例假時所住別室屋頂曾用此材）

月役の有る女（來月經的婦女）

**月桂**〔名〕月中桂樹。〔轉〕月，月光。〔植〕月桂樹（＝月桂樹）

**月桂冠**〔名〕桂冠（古羅馬授予競賽優勝者戴的月桂樹葉做的冠）。〔轉〕榮譽，光榮

月桂冠を得る（得到榮譽）得う得る

勝利の月桂冠を戴く（戴上勝利的桂冠）頂く

月桂冠は彼の手に帰した（桂冠落在他的手裡了）

**月桂樹**〔名〕〔植〕月桂樹

**月の桂**〔名〕（中國古代傳說的）月桂樹、月亮中的桂樹

月の桂を折る（中國古代的折桂、登科）

**月卿雲客**〔名〕公卿和允許上殿的貴族

**月光**〔名〕月光

月光の曲（月光曲）

**月光**〔名〕〔佛〕月光菩薩（＝月光菩薩）

**月朔**〔名〕初一

**月産**〔名〕每月生產量

月産一万台の工場を建てる（建設月產一萬輛的工廠）

**月謝**〔名〕月酬、每月的學費
月謝を払う（付學費）
月謝無しで教える（不收學費白教）
無月謝の学校（不收學費的學校）
私の学校の月謝は三千円です（我們學校的學費是每月三千日元）
経験の為に高い月謝を払うのは好まない（我不喜歡花太高的學費來取得經驗）

**月収**〔名〕每月收入、一個月的所得
月収二十万円の生活（月薪二十萬日元的生活）
月収五十万円有る（月收入有五十萬日元）

**月商**〔名〕〔商〕每月的交易總額←→年商、日商
月商は如何程ですか（每月交易總額有多少？）

**月色**〔名〕月色、月景、月光

**月食、月蝕**〔名〕月蝕
明晩は月食です（明晚有月蝕）

**月震**〔名〕〔天〕月震

**月心座標**〔名〕〔天〕月面座標

**月世界**〔名〕月、月球、月上世界

**月相**〔名〕〔天〕月相

**月旦**〔名,他サ〕初一，每月的第一天（=一日）、月旦評，人物評論（=月旦評）

**月旦評**〔名〕月旦評、人物評論（來自中國後漢時許劭每逢月旦作一次人物評論）

**月長石**〔名〕〔礦〕月長石（=ムーンストーン moonstone）

**月表**〔名〕月報表

**月評**〔名〕每月評論
小説月評（小說月評）

**月賦**〔名〕月賦，按月分配（=月月の割当）、按月分期付款（=月賦払い）
ミシンを月賦で買う（按月分期付款買縫紉機）
彼は月賦の洋服を着ている（他穿著分期付款的西裝）

五か月月賦で払う（分五個月付清）五箇月五個月

**月払い、月払**〔名〕每月支付、按月攤付（=月賦）
月払いの家具（分月付款的家具）
月払いで洋服を買う（分月付款買西裝）

**月餅**〔名〕（中國中秋節吃的）月餅

**月報**〔名〕月報、每月的通報（報告書）
月報を発行する（發行月報）

**月暈、月傘**〔名〕〔氣〕月暈

**月影、月影**〔名〕月影，月陰、月光、月色
月影清かな夜（月光皎潔之夜）

**月央**〔名〕〔商〕（交易用語）月中（=月の半ば）

**月額**〔名〕每月金額、每月定額
家賃は月額六万円です（房租每月六萬日元）

**月額**〔名〕額上有白斑的馬（=星月）、（古時男子）剃成月牙形的前額（=月代）

**月額、月代**〔名〕（平安時代）男子冠下額頭剃為半月形（的部分）、（江戶時代）男子自前額至頭頂剃光頭髮（的部分）

**月次**〔名〕月在天空的位置、（作接頭語用）每月，按月
月次報告（月次報告、按月的報告）

**月次、月並，月並み**〔名ナ〕每月 按月，月月（=月毎）、平凡，平庸，陳腐（=在り来り）
月次（の）会（每月例會）
月次の（な）文句（平庸的詞句）
考え方が月次だ（想法平凡）
月次調（平庸的調子、陳詞老調的俳句）

**月内**〔名〕月內、本月內、該月內
月内に帰る積りだ（打算月內回來〔去〕）

**月鼈**〔名〕月和鱉（=月と鼈）。〔轉〕相差很大，相差千里
雲泥月鼈の差（天地之差、霄壤之別）

**月末、月末**〔名〕月末、月終、月底
月末払い（月末付款）
払いは月末に願います（請月底付款）
月末迄には書き上げる（月底以前寫出來）

## ㄩ

月末に支払います（月底支付）
月末迄待って下さい（請等到月底）

**月明** [名] 月明、月光
月明の夜（月明之夜）夜
月明を頼りに夜道を歩く（依靠月光走夜路）

**月明かり** [名] 月光
月明かりで本を読む（借月光讀書）
故郷の山が月明かりの中に浮かんでいる（故郷的山浮現在月影中）故郷

**月面** [名] 月面、月球表面
月面図（月面圖）
月面着陸（月面著陸、登陸月球）

**月余** [名] 月餘、一月多（＝一月余り）
待機する事月余に及ぶ（已等待月餘）

**月曜** [名] 星期一
月曜日（星期一）
月曜病（因星期日沒休息在家勞動等星期一無精打采的疲勞現象）

**月来、月来，月頃** [名] 近幾月來、數月以來、幾個月以來

**月利** [名] 月利、月息
月利二歩の利子（月利二分的利息）

**月理学** [名] [天] 月面學

**月輪** [名] 月、一輪明月

**月の輪** [名] 月輪，月亮、月圓形。[佛] 袈裟上的圓環、熊的喉部的月牙形白毛、稻草做的圓形鍋墊

**月の輪熊** [名] [動] 黑熊、狗熊（喉部有半月形白紋、膽能入藥）

**月例** [名] 每月定期舉行
月例の委員会（每月的例行委員會）
写真雑誌では写真の月例募集を為ている（攝影雜誌按月募集攝影作品）

**月齢** [名] [天] 月齡（以新月時為零計算的日數-表示月的盈虧、滿月為月齡十五日）、出生後的月數

**月** [接尾] 月

正月（正月、一月）
五月（五月）
五月、早月、皐月（陰曆五月、杜鵑＝五月躑躅）
十月一日（十月一日）

**月忌** [名] 月忌（每月於亡者忌日所作的佛事）

**月日** [名] 月日，月和日（＝月日）、年月，日期（＝月日、時日、年月，年月）
生年月日（生年月日）生 年
事件の月日を調べる（調查事件發生的年月）
月日の付いていない手紙（沒有寫日期的信）

**月日** [名] 月亮和太陽（＝月と日）、時光，歲月，光陰（＝歲月）、月日，日期
月日の立つのは早い（時光過得很快、光陰似箭）
悪戯に月日が立つ（虛度歲月）
楽しい月日を送る（過快樂的日子）
論文の終りに完成した月日を記入する（在論文的末尾記上寫完的日期）
月日変れば気も変る（日久心情變）
月日に関守無し（光陰去不留）

**月日貝、海鏡** [名] [動] 日本日月貝

**月** [名] 月亮、月光、月份、妊娠期、一個月、月經
月が昇る（月亮升上來）昇る上る登る
月が欠ける（月虧）掛ける搔ける描ける架ける懸ける書ける駆ける賭ける翔ける馳ける斬ける
月が満ちる（月圓）
月が差し込む（月光射進來）
月が明るい（月光明亮）
月が変わる（月份變了）代わる替わる換わる
大の月（大月）
月が満ちて男の子を産んだ（妊娠期滿生了個男孩、到了月份生了個男孩）産む生む
月足らずの子（不夠月的孩子、早產的孩子）
熟む續む膿む倦む

月に一度集る（一個月集會一次）

連絡船が月に二回出る（連絡船每月開兩次）

月の物（月經）

月の障りの時は体に気を付ける（來月經時注意身體）障り触り

月に暈が掛かれば風が吹き、礎が湿れば雨が降る（月暈而風礎潤而雨）

月と鼈（程違う）（相差懸殊、天壤之別）

月に叢雲、花に風（好景不常、好事多磨）

月にも満ち欠けが有る（月亮也有圓有缺）

月の前の灯火（小巫見大巫）

月満つれば（即ち）虧く（月滿則虧）

月よ星よと眺む（非常欣賞、非常寵愛）

**付き、付、附き**〔名〕附著、燃燒、協調、人緣、相貌。〔俗〕運氣

〔接尾〕（接某些名詞下）樣子、附屬、附帶

付きの悪い糊（不黏的漿糊）

白粉の付き（白粉的附著力）

付きの悪いマッチ（不容易點著的火柴）

此の薪は乾いていて、付きが良い（這個劈柴乾一點就著）

此の服に彼の帽子では付きが悪い（那頂帽子配這件西服不協調）

何処と無く付きの悪い男（總覺得有點處不來的人）

付きの悪い男がうろついている（一個古怪的人徘徊著）うろつく

付きが回って来る（走運、否來運轉）

付きが変わった（運氣變了）

顔付（相貌、神色）

手付き（手的姿勢）

撓やかな腰付き（優美的身腰）撓やか嫋やか

大使館付き武官（駐大使館武官）

司令官付き通訳（司令隨從翻譯）

社長付き秘書（總經理專職秘書）

条件付き（附有條件）

保証付き（有保證）

瘤付き（帶著累贅的孩子）

ガス、水道付きの貸家（帶煤氣自來水的招租房）

**付き、就き**〔接助〕（用に付き、に就きの形式）就，關於、因為、每

此の点に付き（關於這點）

増産問題に付き社員の意見を求める（關於增產問題徵求社員的意見）

雨天に付き中止（因雨停止）

病気に付き欠席する（因病缺席）

一ダースに付いて百円（每打一百日元）

一人に付き三つ（每人三個）

**尽き、尽**〔名〕盡

運の尽き（劫數已到、惡貫滿盈）会う逢う遭う遇う合う

警官に会ったのが彼奴の運の尽きだ（遇到了警察活該那個傢伙惡貫滿盈）

**坏、坯**〔名〕〔古〕陶碗（食器）

高坏（高腳陶碗）

**月送り**〔名〕按月發送，按月發出、一個月一個月地推遲下去

**月後れ、月遅れ**〔名〕（月刊雜誌等）過期、（把舊曆某月日的節日）按公曆推遲一個月（來過）

月後れの雑誌（過期的雜誌）

田舎は月後れの正月で大賑わいた（鄉下正在過晚一個月的新年熱鬧得很）

月後れの盆（晚一個月的盂蘭盆會）

**月替え**〔名〕〔俗〕隔月（＝一月置き）

**月掛け、月掛**〔名〕按月攤付、按月交款

月掛け貯金（零存整付存款、每月交固定數目的錢的存款）

月掛けで払う（按月攤付）

**月頭**〔名〕月頭、月初（＝月初め）

**月初め**〔名〕月初
　月初めに集金に来る（月初來收費）
　月初めには弛み勝ち、月末には緊張（月初鬆月底緊）月末

**月形**〔名〕月芽形、半圓形

**月極め、月極**〔名〕按月、包月
　新聞を月極めで購読する（按月訂報）
　月極めの読者（按月的訂戶）
　車を月極めで雇う（雇包月車）
　月極めの雇い人（月工）
　月極めの聴視料（按月的電視費）

**月行事**〔名〕每月的例行事項、值月班的例行事項

**月草、鴨跖草**〔名〕〔古〕〔植〕鴨跖草（一年生草可作染料、利尿劑）（=露草、鴨跖草）

**月毛、鴇毛**〔名〕（馬的毛色）桃花色、桃花馬
　月毛の馬（桃花馬）

**月越し、月越**〔名〕跨月
　月越しの勘定（跨越的帳款）

**月跨り、月跨がり**〔名〕跨月（=月越し、月越）

**月跨ぎ**〔名〕〔俗〕跨月（=月跨り、月跨がり）

**月毎**〔名〕每月、月月
　月毎に出版する（每月出版）

**月別**〔名〕月別、每月、按月（=月毎）
　月別の売り上げ高（按月的銷售額）

**月代**〔名〕月亮、（平安時代）男子冠下額頭剃為半月形（的部分）、（江戸時代）男子自前額至頭頂剃光頭髮（的部分）（=月代、月額）

**月白**〔名〕月白（月亮出來前天空的白光）

**月代わり、月代り**〔名〕換月，改月、每月一換班，一個月一交班
　明日からは月代わりで五月に為る（從明天起換月為五月）明日
　月代わりで当番を為る（每月一值班、值月班）

**月代、月額**〔名〕（平安時代）男子冠下額頭剃為半月形（的部分）、（江戸時代）男子自前額至頭頂剃光頭髮（的部分）

**月足らず**〔名〕不足月，早產。〔罵〕先天不足的東西，呆子，蠢貨
　月足らずの子（早產兒）
　月足らずで生まれる（不足月就生了）

**月不足**〔名〕不足月、早產（=月足らず）

**月着陸船**〔名〕（宇）登月艙

**月月**〔名、副〕月月、每月
　月月の生活費（每月的生活費）
　月月百万円の収入（每月一百萬日元的收入）
　月月月謝を払う（月月付學費）

**月手当**〔名〕每月的津貼

**月中**〔名〕月中、月半（=月半ば）

**月半ば**〔名〕月半、月中
　月半ばに大会を開く予定だ（準備月中開大會）開く

**月の石**〔名〕〔天〕月石

**月の障り、月の障り**〔名〕月經（=月経）

**月の雫**〔名〕露水（=露）、葡萄蘸（日本甲州特產點心-葡萄粒外沾白糖）

**月の眉**〔名〕新月、月芽、娥眉月（=三日月）

**月の都**〔名〕月宮、廣寒宮

**月番**〔名〕值月班、值月班的人
　月番に当る（輪到值月班）
　今月は私の家が月番だ（這個月是我家值班）

**月偏**〔名〕（漢字部首）月字旁（=肉月）

**月参り**〔名、自サ〕每月例行拜廟（=月詣で、月詣）

**月詣で、月詣**〔名、自サ〕〔舊〕每月例行拜廟（=月参り）
　月詣でを為る（每月例行拜廟）
　月詣でを欠かさない（每月都去拜廟）

**月参**〔名〕每月例行拜廟（=月参り）

**月待ち**〔名〕等待月出的拜月會（在13日、17日、23日等夜舉行-多由佛教信徒等團體組織）

**月回り**〔名〕輪流值月班、月令的吉凶，一月中的運氣
　今月は月回りが良い（本月運氣好）

月見 [名] 賞月、觀月
　月見を為る（賞月）
　月見の宴を張る（擺宴賞月）
月見草 [名][植] 月見草（=月見草）
月見草 [名][植] 月見草（=月見草）、夜來香，香待宵草（待宵草）
月見月 [名][古] 陰曆八月、桂月
月見蕎麥 [名][烹] 臥果蕎麵條
月雇い、月雇 [名] 月工、做月工的人
　月雇いに為る（雇月工）
月雪花 [名] 月雪花、四季的美景（=雪月花）
月夜、つくよ [名] 月夜←→闇夜
　良い月夜だ（月光如水）
　月夜に散歩する（月夜散步）
　月夜に釜を抜かれる（月夜裡鍋背偷走｛喻｝太疏忽，太馬虎）
　月夜に提灯（月亮地打燈籠、[喻] 多此一舉，畫蛇添足）
月夜 [名] 月夜（=月夜）
月夜烏 [名] 月夜的啼鴉
月夜茸 [名][植] 日本北風菌、月夜蕈（擔子菌類、一種毒蕈）
月夜見、月読み，月読 [名]（來自月読命、月読尊 的轉變）月亮、明月
月読命、月読尊 [名]（日本神話中的）月神、夜國之神
月読みの神、月読の神 [名]（日本神話中的）月神、夜國之神（=月読命、月読尊）
月澱 [名] 打胎藥（=下し薬）
月割、月割り [名] 每月平均、分月付款（=月賦）
　税金は月割で五万円位だ（稅款每月平均五萬日元左右）
　ミシンの代を月割で払う（按月攤付縫紉機價款）

# 岳（ㄩㄝˋ）

岳 [漢造] 山岳、巍峨
　山岳（山岳=山）
　五岳（五岳）
　巨岳（巨岳）
　富岳、富嶽（富士山）
岳人 [名] 登山愛好者
岳南 [名] 富士山南側
　岳南工業地帯（富士山南工業區）
岳父 [名] 岳父（=舅）
舅 [名]（丈夫的父親）公公、岳父
　結婚して三十年間舅に仕える（結婚後侍候了公公三十年）仕える使える支える問える痍え
姑 [名] 婆婆、岳母（=姑）
　姑御（[敬] 婆婆）
　姑の涙汁（[由於婆婆很少同情媳婦][喻] 極少、甚微）
　姑の前の見せ麻小笥（媳婦在婆婆面前假裝工作、[喻] 假積極）
姑 [名] 婆婆、岳母
　姑に仕える（侍候婆婆）
　姑根性を持った上役（具有婆婆根性的上司）
岳麓 [名] 富士山麓
岳 [名] 山岳、高山
　浅間の岳に立つ煙（淺間山上冒出的煙）
丈 [名] 身長，高度（=高さ）、長度，尺寸，長短（=長さ）、罄其所有（=有る限り、有り丈、全部）
　丈が高い（身材高）
　身の丈が六尺の大男（身高六尺的大漢）
　稲の丈が伸びる（稻子漲高）伸びる延びる
　水辺には丈の高い蘆が生い茂る（水邊長著很高的蘆葦）水辺水辺
　着物の丈が短い（衣服的尺寸太短）
　スカートの丈を縮める（改短裙子的長度）
　丈が足りますか（長度夠不夠？）
　此の外套は私には丈が長過ぎる（這件外套我穿太長）

心の丈を打ち明ける（傾訴衷腸、把心裡話全說出來）

**竹**〔名〕〔植〕竹。〔樂〕竹（竹製樂器）

竹の葉（竹葉）

竹を割る（劈竹子）

木に竹を継いだ様だ（很不協調、不銜接）継ぐ告ぐ接ぐ注ぐ次ぐ

竹製品（竹器）

竹籠（竹筐、竹籃、竹轎）

竹筏（竹排）

糸竹の道を学ぶ（學絲竹之道、學音樂）

竹のカーテン（〔舊〕竹幕—仿〝鐵幕〞之稱）

竹を割った様（心直口快、性情爽朗，乾脆）

竹を割った様な男だ（性情爽直的男子）

**茸**〔名〕〔植〕蘑菇（＝茸、菌、蕈）

松茸（松茸）

茸を刈る（採蘑菇）

**岳樺**〔名〕〔植〕樺木

## 悅（ㄩㄝˋ）

**悅**〔名、漢造〕喜悅、得意

一人悦に入る（暗自得意、心中暗喜）

喜悦（喜悦、高興）

実験の成功に心から喜悦する（對實驗的成功感到衷心喜悦）

喜悦措く能わず（不勝喜悦）

恐悦、恭悦（恭喜、恭賀）

満悦（喜悦、大悦）

**悅楽**〔名、自サ〕喜悦、歡樂

悦楽に浸る（沉浸於歡樂中）

**悅服**〔名、自サ〕悦服

心から悦服する（心悦誠服）

**悅ぶ、喜ぶ、慶ぶ、歓ぶ**〔自他五〕歡喜、高興、喜悦

友達の成功を喜ぶ（為朋友成功而高興）

喜んで貴方の為に尽力します（樂意為您效勞）

喜んで然う致します（我很高興那樣做）

彼は何でも喜んで引き受ける（無論什麼他都欣然接受）

彼等はどんなに喜ぶ事でしょう（他們該多麼高興啊！）

此の贈り物は誰にも喜ばれるでしょう（這個贈品任何人都會歡迎的）

**悅び、喜び、慶び、歓び**〔名〕歡喜、高興、喜悦←→悲しみ、祝賀，道喜，喜事，喜慶

喜びに堪えない（不勝高興）

心の喜びを抑え切れない（按捺不住內心的喜悦）

喜びを面に現す（喜形於色）

目に喜びの色が現れる（眼神裡露出喜色）

顔に喜びの色を浮かべる（喜形於色）

彼女の胸は喜びに躍っている（她高興得心口直跳）

一同に代って御喜びを申し上げます（謹代表大家向您祝賀）

御病気御全快との事、心から御喜び申し上げます（得知您已痊癒致以衷心的祝賀）

隣の家に御喜びが有る（鄰家有喜事）

御二人の御結婚の御喜びの標に、アルバムを御贈りします（敬贈向測以誌結婚之喜）

**悅ばしい、喜ばしい**〔形〕可喜的、喜悦的、高興的（＝嬉しい）

喜ばしい日（大喜的日子）

無事で何より喜ばしい（平安無事最令人高興）

こんな喜ばしい事は無い（沒有比這更令人高興的了）

彼は喜ばし然うな顔を為ている（他顯出高興似的表情）

**悅ばす、喜ばす**〔他五〕使歡喜、使高興（＝喜ばせる、悦ばせる）

人の心を喜ばす（令人心快）

人の目を喜ばす（令人悅目）

先ず此の知らせを皆に知らせて、喜ばして遣れ（先把這消息告訴一下讓大家高興高興）

今後も手を握らないなら、唯敵を喜ばす丈に為る（今後再不攜起手來那就只能叫敵人高興）

**悦ばせる、喜ばせる**〔他下一〕（喜ぶ、悦ぶ的使役形式）使歡喜、使高興（＝喜ばす、悦ばす）

人人を喜ばせる（讓人們高興）

## 越（エツ丶）

**越**〔漢造〕（也讀作エチ、オツ）越過、超出、度過、舊地方名（越前、越後、越中的簡稱）

激越（〔感情、語言等〕激越、激昂、激動）

僭越（僭越、冒昧、放肆、不自量）

卓越（卓越、超群）

超越（超越、超出、超脫、達觀）

優越（優越）

**越月短資**〔名〕〔經〕跨月短期通融資金、拆借

**越獄、越獄**〔名〕越獄（＝脫獄）

**越年、越年**〔名、自サ〕越年、過年

台中で越年する（在台中過年）

越年蠶種（越年蠶種）

越年手当（年關津貼）

**越年生**〔名〕〔植〕二年生（植物）（＝二年生）

越年生草本（二年生草本、越冬草本）

**越流**〔名〕溢流、溢出、充溢

越流ダム（溢流堰、溢洪壩）

**越境**〔名、自サ〕越過國境、越過邊界

不法越境（非法越境）

隣国の軍隊が越境する（鄰國軍隊犯邊）

越境入学（越過規定的學區入學）

**越権、越権**〔名〕越權

越権行為（越權行為）

越権の処置を取る（採取越權措施）

そんな事を為るのは越権行為だよ（你無權那麼做）

**越州**〔名〕〔地〕越州（舊地方越前、越後、越中的總稱）

**越訴、越訴**〔名〕〔史〕越級上訴

**越冬**〔名、自サ〕越冬

昆虫は主に卵と蛹で越冬する（昆蟲主要以卵或蛹越冬）

越冬資金（冬季津貼、過冬費）

南極越冬隊（在南極過冬的考察隊）

**越す、超す**〔自、他五〕越過、跨過、經過、渡過、超過、勝過、搬家、轉移〔敬〕去（＝行く），來（＝来る）

峠を越す（越過山嶺）漉す濾す

山を越す（翻山）

川を越す（過河）

年を越す（過年）

水が堤防を越す（水溢過堤防）

冬を越す（越冬）

難関を越す（渡過難關）

彼の人は五十を越した許りです（他剛過五十歲）

不景気で年が越せ然うも無い（由於蕭條年也要過不去了）

百人を越す（超過一百人）

其れに越した事は無い（那再好沒有了）

早いに越した事は無い（越早越好）

彼の演説は所定の時間を越した（他的講演超過了預定時間）

新居に越す（遷入新居）

此処に越して来てから三年に為る（搬到這裡來已經三年）

何方へ御越しに為りますか（您上哪兒去？）

宅へも御越し下さい（請您也到我家來吧！）

**越し、越**〔接尾〕（綢織品）從左右相互插進的緯紗數量

ロ

## ㄩ

**越、高志** 〔名〕（古稱）北陸道（福井、石川、富山、新潟四縣）

**越し方、来し方** 〔名〕過去，既往、走過來的地方
　越し方行く末を考える（思前想後）
　越し方を思うと夢の様だ（想起往事猶如一場夢）

**越路** 〔名〕（日本八道之一）北陸道的古稱（=北陸）
　越路の旅（北陸旅行）

**越し** 〔接尾、造語〕（附於名詞之後）表示隔著（某物）、表示經過多久
　窓越しに見る（隔著窗戶看）
　眼鏡越しを見る（隔著眼鏡看）眼鏡
　壁越しに話す（隔著牆說話）
　一年越しの問題（經過了一年的問題）
　三年越しの借金（經過了三年的欠款）

**越える、超える** 〔自下一〕越過、超過、勝過、跳過
　山を越える（翻山）肥える
　国境を越える（越過國境）
　海山を越えて遣って来た（翻山渡海而來）
　走り高跳びで二メートルのバーを越える（跳高越過二米橫桿）
　限度を越える（超過限度）
　気温が三十度を越える（氣溫超出三十度）
　九十才を越えた老人（超過九十歲的老人）
　学識衆に越える（學識超群）
　常人を越える（勝過一般人）
　越えて1980年（過了年1980年）
　順序を越える（跳過順序）
　兄を越えて弟は家を継ぐ（弟弟跳過哥哥繼承家業）

**越え** 〔接尾〕（接國名、山嶺名下）表示超過該國境或山嶺（的路）
　伊賀越え（越過伊賀的路）

**越中** 〔名〕〔地〕越中（舊地方名、現富山縣）
　越中褌（一種丁字形兜襠布）

**越後** 〔名〕〔地〕越後（舊行政區之一、現新潟縣）

**越後獅子**（獅子舞-起源於越後地區=角兵衛獅子、箏曲名）

**越前** 〔名〕〔地〕越前（舊地方名、現福井縣東北部）

**越度、落度，落ち度** 〔名〕過錯，過失，失誤，失策。〔古〕（不遵守法令）繞過關口（渡口）的罪
　人の越度を拾う（找別人的錯處）
　人の越度に為る（歸咎於人）
　彼に越度は無い（他沒有過錯）
　自分の越度を認める（承認自己的過錯、認錯）
　証拠の無い事だから、言うと此方の越度に為る（因為是沒有證據的事情說了就成為我方的過錯）此方

## 鉞（ㄩㄝˋ）

**鉞** 〔漢造〕大斧

**鉞** 〔名〕鉞、板斧（=斧）

## 閱（ㄩㄝˋ）

**閲** 〔名、漢造〕閱、看、審閱、經歷
　閲を請う（請審閱）乞う
　観閲（查閱、檢選，點名數數）
　簡閲（檢閱、閱兵）
　検閲（檢閱、檢查，審查）
　校閲（校閱、校訂）
　披閲（披閱、披覽、瀏覽）

**閲見** 〔名、他サ〕查閱、閱覽

**閲読** 〔名、他サ〕閱讀
　年鑑を閲読する（查閱年鑑）

**閲覧** 〔名、他サ〕閱覽
　公衆の閲覧に供する（供群眾閱覽）
　資料を閲覧する（查閱資料）
　閲覧室（閱覽室）

**閲歴** 〔名〕閱歷、經歷、履歷（=経歴）
　自分の閲歴を語る（敘述自己的經歷）
　閲歴が古い（資歷老）

**閲兵**〔名、自サ〕閲兵
　閲兵式を行う（舉行閲兵式）
**閲する**〔他サ〕閲，過目、查閱、審閱、經過
　多くの年月を閲する（經過許多歲月）謁する
**閲する**〔他サ〕檢閱，檢查，調查、（時間）經過，歷時
　完了迄五年を閲した（到結束為止經過了五年）

## 躍（ㄩㄝˋ）

**躍**〔漢造〕跳躍、躍起
　跳躍（跳躍、跳高、跳遠）
　飛躍（飛躍，超越、跳躍、活躍）
　一躍（一躍、一舉）
　活躍（活躍、活動）
　雀躍（雀躍）
　勇躍（勇躍）
**躍出**〔名〕躍出
**躍如**〔形動タルト〕栩栩如生、活龍活現、逼真
　彼の面目躍如たる物が有る（他的面貌活現出來）
　其の一節には彼の風姿が躍如と為て描かれている（在這一節裡他的風姿寫得栩栩如生）
**躍然**〔形動タルト〕栩栩如生、活龍活現、逼真（＝躍如）
**躍進**〔名、自サ〕躍進、飛躍的進展（發展）
　躍進する台湾の化学工業（躍進的台灣化學工業）
　第五位から第一位に躍進する（從第五位躍居第一位）
　躍進に躍進を重ねる（一個躍進跟著一個躍進）
**躍増**〔名、自サ〕激增、劇增、猛增
**躍動**〔名、自サ〕跳動、（朝氣）蓬勃
　生気が躍動する（生氣勃勃、朝氣蓬勃）
　若人の血が躍動する（青年人的熱血沸騰）
　彼の胸は興奮で躍動している（他興奮得心裡直跳動）
**躍起**〔名、形動〕（多用…に為る形式）急躁，激動、熱烈，積極
　躍起に為って弁解する（趕緊進行辯解）
　躍起に為って喋る（激動地說）
　躍起に為って議論する（興奮地議論）
　躍起に為って子供の為に奔走する（為孩子的事積極奔走）
　躍起に為って反対する（極力反對、起勁地反對）
**踊る**〔自五〕跳舞，舞蹈。〔轉〕（用使役被動形式）為人效勞，被人操縱
　踊りを踊る（跳舞、舞蹈）
　バレーを踊る（跳芭蕾舞）
　歌を歌い乍ら踊る（一邊唱歌一邊跳舞、且歌且舞、載歌載舞）
　音楽に合わせて踊る（隨著音樂跳舞）
　我を忘れて踊る（跳得忘形）
　黒幕に操られて踊る（在黑後台的操縱下上竄下跳）
　人の笛に釣られて踊る（跟著別人亦步亦趨）
　ボスに踊らされる（受上司的擺布）
　笛吹けども踊らず（不受別人的擺布）
**躍る、踊る**〔自五〕跳，跳躍、跳動、搖晃，顛簸、亂，紊亂。〔轉〕（利）滾動
　魚が水に踊る（魚躍出水面）
　馬が踊る（馬跳躍起來）
　嬉しさで胸が踊る（高興得心直跳）
　心が踊る（心跳、心頭激動）
　自動車が踊る（汽車顛簸）
　活字が踊った（鉛字亂了）
　利息が踊る（利上滾利）
**躍り，躍、踊り，踊**〔名〕舞，舞蹈，跳舞、（高利貸等所索取的）雙重利息，蹦蹦利，驢打滾（＝踊り歩）、疊用字，重復符號（＝躍り字、踊り字）。〔解〕囟門（＝ひよめき、踊り子）、（飯館用

語）跳蝦，活蝦。〔機〕失調、跳動，震動，搖動

**田舎踊り**（いなかおどり）（民間舞蹈）

**踊りが旨い**（おどりがうまい）（舞跳得好、擅長舞蹈）

**踊りを踊る**（おどりをおどる）（跳舞、舞蹈）

**踊りの師匠**（おどりのししょう）（舞蹈教師）

**踊りの手**（おどりのて）（舞蹈的技法〔動作〕）

**踊りの手振り**（おどりのてぶり）（舞蹈的手勢）

**躍り上がる、踊り上がる**〔自五〕跳起來

吃驚して躍り上がる（びっくりしておどりあがる）（嚇得跳起來）

躍り上がって喜ぶ（おどりあがってよろこぶ）（高興得跳起來）

彼は躍り上がらん許りに喜んだ（かれはおどりあがらんばかりによろこんだ）（他樂得幾乎跳起來）

**躍り掛かる、踊り掛る、踊り懸かる、踊り懸る**〔自五〕猛撲上去

虎が羊に躍り掛かる（とらがひつじにおどりかかる）（老虎向羊猛撲上去）

**躍り食い、踊り食い**〔名〕生吃（活蝦、小魚等）

蝦の躍り食い（えびのおどりぐい）（生吃活蝦）海老（えび）

**躍り越える**〔自五〕跳過去

小さい川なので躍り越えて進んだ（ちいさいかわなのでおどりこえてすすんだ）（因為是條小河跳了過去前進）

**躍り越す**〔他五〕跳過

生垣を躍り越す（いけがきをおどりこす）（跳過樹籬）

塀を躍り越す（へいをおどりこす）（跳過圍牆）

**躍り込む、踊り込む**〔自五〕跳進，跳入、闖進，闖入

水に躍り込む（みずにおどりこむ）（跳入水中）

船に躍り込む（ふねにおどりこむ）（跳到船上）

矢庭に家の中へ躍り込む（やにわにいえのなかへおどりこむ）（突然闖進屋裡）

**躍り字、踊り字**〔名〕疊用字、疊用符號、重複符號（例如国々的々、人々的々）

**躍り出る**〔自下一〕跳著出去、跳到，躍到

一躍、首位に躍り出る（いちやく、しゅいにおどりでる）（一躍而居首位）

**躍らす、踊らす**〔他五〕（來自文語踊る的使役形）使之跳動，使之受到鼓舞（=踊らせる）、操縱，擺弄

胸を躍らす（むねをおどらす）（心情激動、鼓舞人心）

身を躍らして屋根に上がる（みをおどらしてやねにあがる）（縱身上房）

敵に躍らされる（てきにおどらされる）（被敵人利用）

あんな奴に躍らされて堪るもんか（あんなやつにおどらされてたまるもんか）（受那傢伙操縱怎麼行呢？）

## 冤（ㄩㄢ）

**冤**〔名、漢造〕冤、冤屈

冤を雪ぐ（えんをそそぐ）（伸冤）雪ぐ濯ぐ灌ぐ注ぐ

**冤枉**〔名〕冤枉、冤屈

冤枉を雪ぐ（えんおうをそそぐ）（伸冤、雪冤）

**冤罪**〔名〕冤罪

冤罪を蒙る（えんざいをこうむる）（蒙冤）被る

冤罪をを雪ぐ（えんざいをそそぐ）（雪冤、伸冤、平反）

冤罪に陥れる（えんざいにおとしいれる）（冤枉人、陷人於罪）陥る

## 淵（ㄩㄢ）

**淵**〔漢造〕潭、深水

深淵（しんえん）（深淵=深い淵）

**淵源**〔名自サ〕淵源（=源（みなもと））

淵源を尋ねる（えんげんをたずねる）（尋找淵源、追根求源）尋ねる訪ねる訊ねる

**淵叢**〔名〕淵藪、薈萃的地方

学芸の淵叢（がくげいのえんそう）（文學藝術的中心）

**淵、潭**〔名〕淵，潭，深水處←→瀬（せ）。〔轉〕深淵

淵に棲む魚（ふちにすむさかな）（棲於深水處的魚）住む澄む清む済む

昨日の淵今日の瀬と為る（きのうのふちきょうのせとなる）（滄海桑田）

底無しの淵（そこなしのふち）（無底深淵）

絶望の淵に沈む（ぜつぼうのふちにしずむ）（陷於絕望的深淵）

**縁**〔名〕緣、邊、框、檐、旁側

崖の縁から転げ落ちる（がけのふちからころげおちる）（從懸崖的邊緣滾下來）淵渕

眼鏡の縁（がんきょうのふち）（眼鏡框）眼鏡（めがね）

黒縁の眼鏡（くろぶちのめがね）（黑框眼鏡）

縁を付ける（ふちをつける）（鑲邊）

道路の縁を通る（走路邊）

彼は疲労の為目の縁が黒い（他因疲勞眼圈黑了）

側の縁に立つ（站在河邊）側側

縁の広い帽子（寬檐帽子）

**淵瀬**〔名〕深淵與淺灘。〔喻〕（社會、人事）變化無常，滄海桑田

## 鳶（ㄩㄢ）

**鳶**〔漢造〕猛禽名，鷹的一種，翼長闊，張開時寬至四尺左右

**鳶目兎耳**〔名〕老鷹銳利的眼睛和兔子靈敏的耳朵、眼觀六路耳聽八方（＝飛耳長目）

**鳶、鵄、鴟**〔名〕鳶，老鷹（＝鳶）、（江戶時代）消防員（＝鳶の者、鳶職）、消防鉤（＝鳶口）、茶褐色（＝鳶色）

 鳶が舞い降りる（老鷹盤旋而下）

 鳶が鷹を生む（子勝於父青出於藍烏鴉窩裡出鳳凰）產む膿む倦む熟む續む

 鳶に油揚を攫われた様（煮熟的鴨子飛了、弄得目瞪口呆）攫う浚う復習う

 鳶も居住まいから鷹に見ゆる（舉止端正就顯得高貴）

**鳶色**〔名〕茶褐色（＝鳶）

 鳶色の目（褐色眼睛）

 くすんだ鳶色（淡褐色）くすむ

 薄い鳶色（灰褐色、米色）

**鳶鱝**〔名〕鳶魟（南日本產的軟骨魚）

**鳶口**〔名〕（棍棒一端安有鐵鉤的）消防鉤，救火鉤（＝鳶）、（鉤圓木的）鐵鉤

 鳶口で燃えている板を叩き落す（用消防鉤打掉燃燒的木板）

**鳶職**〔名〕（江戶時代）消防員、架子工（＝鳶、仕事師、鳶の者）

**鳶人足**〔名〕（江戶時代）消防員、架子工（＝鳶、鳶職、仕事師、鳶の者）

**鳶の者**〔名〕（江戶時代）消防員、架子工（＝鳶、鳶職、鳶人足、仕事師、鳶の者）

**鳶**〔名〕〔動〕鳶（＝鳶）、和服式呢絨男大衣（＝鳶合羽）、（走路過店鋪門前）順手牽羊的扒手

廊下鳶（無所事事在走廊走來走去的人）

鳶に油揚げを攫われる（一馬虎重要東西被抄走）油揚

**鳶合羽**〔名〕和服式呢絨男大衣（＝鳶）

**鳶凧**〔名〕鷹形風箏

**鳶尾、一八**〔名〕〔植〕鳶尾

## 鴛（ㄩㄢ）

**鴛**〔漢造〕水鳥名，形似小鴨，雄的叫鴛，羽毛美麗，雌的叫鴦，全體蒼褐色，雌雄常成對棲在一處

**鴛鴦**〔名〕〔動〕鴛鴦的古名（＝鴛鴦）

**鴛鴦、鴛鴦、鴛鴦**〔名〕〔動〕鴛鴦。〔轉〕（形影不離的）夫妻

 鴛鴦の契りを結ぶ（訂偕老之盟 結成夫妻）

 鴛鴦夫婦（形影不離的夫妻）

 鴛鴦入選（夫妻同時中選）

 鴛鴦弁護士（夫妻同做律師）

## 元、元（ㄩㄢˊ）

**元（也讀作元）**〔漢造〕元始，最初。根元，根本。宇宙間的根本實在。頭，頸。首長，頭號人物。朝代的初年。人民。〔數〕方程式的未知數。（中國貨幣單位）元。蒙古王朝的國號

 元本、元本（本金，資金，〔房屋、土地、公債、存款、版稅等能產生利息或收入的〕財產，資產）

 根元、根源（根源）

 根元、根本（根、根本）

 三元（〔化〕三元）

 三元合金（三元合金）

 一元（〔哲〕一元、元年、皇帝在位期間只用一個年號、〔數〕一元）

 一元論（一元論）

 一元二次方程式（一元二次方程式）

 多元（〔哲〕多元）

 多元論（多元論）

 改元（改年號）

ロ

紀元（紀元、公元、建國第一年）

黎元（黎民）

二元一次方程式（二元一次方程式）

宋元明（宋元明）

**元金、元金**〔名〕（對利息而言）本金，本錢←→利息、資本，本錢（＝資本金、元手）

元金に利息を付けて返す（連本帶利都還清）

利息は愚か元金迄も踏み倒された（不用說利錢連本錢都不還了）疎か

元金と利子（本金和利息、本利）

元金を工面する（籌畫資本）

元金が足りない（本錢不足）

**元手**〔名〕本錢，資本（＝資本金）、（對利息而言的）本金（＝元金）

商売の元手（作生意的資本）

山田は語学力を元手に為て通訳に為った（山田以外語能力為資本當上了翻譯）

**元三**〔名〕元旦、元旦至初三的三天

**元日、元日**〔名〕元旦

**元正**〔名〕元旦（＝元日、元日）

**元旦**〔名〕元旦的清晨、元旦（＝元日、元日）

**元朝**〔名〕元旦（的早晨）

元朝参り（元旦參拜神社）詣り

**元祖**〔名〕始祖，鼻祖，第一代祖先、（事物的）創始者，創始人、（事物發明創造的）根源，來源

人間の元祖は猿である（人類的始祖是猿）

カステラの元祖（蛋糕的創始者）

我国の木版画の元祖（我國木刻的創始人）

浄土真宗の元祖（淨土真宗的始祖）

機械の元祖は原始人の石の斧だ（機器產生的來源是原始人的石斧）

**元年**〔名〕元年

大正元年（大正元年）

**元本、元本**〔名〕本金，資金、（房屋、土地、公債、存款、版稅等能產生利息或收入的）財產，資產

**元来**〔副〕本來、原來（＝元元）

元来正直な男（本來就是誠實的人）

兎は元来臆病な動物だ（兔子生來是懦怯的動物）

元来君が間違っている（其實是你錯了）

此の本は元来児童に読ませる為の物だ（此書本來是給兒童讀的）

炭酸gasは元来は毒な物で無い（二氧化碳本來是沒有讀的）

**元利**〔名〕本利、本金和利息

元利合計額（本利總額）

借金は元利合計五万円に為る（借款的本利一共是五萬日元）

元利共に完済する（連本帶利一齊還清）

複利では元利合計に利息が付く（複利是按本利合計總額計息）

**元悪**〔名〕元兇首惡（＝元凶、元兇）

**元価、原価**〔名〕（採購）原價（不包括利潤）（＝仕入れ値）、成本，生產費（＝生產費）

元価を割って売る（折本出售）

元価計算（成本計算）

**元気**〔名、形動〕精力（充沛），精神，朝氣，銳氣、健康，身體結實、（萬物生長的）元氣

元気な青年（精力充沛的青年）

元気の良い人（精神飽滿的人）

コーヒーを飲んで元気を付ける（喝杯咖啡振作精神）

私は今日は元気が無い（我今天沒精神）

花は水に付けると元気に為る（花一浸在水裡就支棱起來）

彼は以前に倍する元気で又仕事を始めた（他用比以前加倍的精力又開始工做了）

彼は元気溢れる許りです（他意氣風發精神百倍）

元気で暮す（健康度日）

何時も御元気で結構です（您總是這麼硬朗太好了）

彼の老人は元気に任せて無理を為ている（那老人憑身心健康過分勞累）

御元気？（你好嗎？）

一国の元気を鼓舞する（鼓舞起一個國家的元氣）

**元気付く**〔自五〕振作起來、精神起來

ニュースを聞いて元気付いた（聽到消息精神起來了）

其の良い知らせに元気付いて、盛んに話を為た（接到這一喜訊振作起來打開了話匣子）

**元気付ける**〔他下一〕鼓舞、鼓勵、使振作起來

病人を元気付ける（鼓勵病人振作起來）

**元期**〔名〕〔天〕曆元

**元凶、元兇**〔名〕元凶、罪魁、首惡

陰謀の元凶が掴まらない（陰謀的首要分子還沒有抓到）掴む攫む

**元勲**〔名〕元勳、元老

明治維新の元勲（明治維新的元勳）

**元寇**〔名〕〔史〕元寇（指1274-1281年間元朝軍隊進攻日本）

**元号**〔名〕年號（如大正、昭和等）

元号を改める（改元、改換年號）改める革める検める

**元始**〔名〕元始、興起、事物的最初

元始祭（元始祭-日本皇室大祭之一、每年一月三日由天皇舉行的祝賀皇位開始的祭典）

**元首**〔名〕（國家的）元首

共和国の元首である大統領（共和國元首的總統）

**元宵**〔名〕元宵、陰曆政月十五日之夜

元宵節（元宵節）

**元帥**〔名〕元帥

元帥府（元帥府）

**元素、原素**〔名〕〔化〕元素

幾つかの元素を分解する（分解成某幾個元素）

一価元素（一價元素）

元素周期律（元素週期律）

元素分析（元素分析）

元素記号（元素符號）

**元服**〔名、自サ〕元服（古時男子成年開始戴冠的儀式）、（江戸時代）女子結婚時的裝扮（結髮、染齒、剃眉）

**元物**〔名〕〔法〕產生收益的原物（如果樹、乳牛、礦山之類）

**元謀**〔名〕主謀

**元老**〔名〕元老，元勳、各界有功的人士

明治の元老（明治的元老）

経済界の元老と協議する（和經濟界的耆宿協商）

**元老院**〔名〕〔史〕（古代羅馬的）元老院，（明治初年作為立法機關的）元老院、上議院（＝上院）

**元禄**〔名〕〔史〕元禄（1688-1704年東山天皇即位後改元的年號）。〔轉〕（政治、經濟、文化等的）繁榮時代、元禄袖（＝元禄袖）、元禄時代流行的花紋大而鮮豔的和服衣料花樣（＝元禄模様）

元禄時代（元禄時代）

昭和元禄（昭和元禄、昭和的繁榮時代）

元禄袖（婦女和服袖子樣式之一、比一般袖子短底部呈明顯的圓形）

元禄模様（元禄時代流行的花紋大而鮮豔的和服衣料花樣）

**元、本、素**〔名〕本源，根源←→末、根本，根基、原因、起因、本錢、資本、成本、本金、出身，經歷、原料，材料、酵母、麹、樹本、樹幹、樹根、和歌的前三句，前半首

〔接尾〕（作助數詞用法寫作本）棵、根

禍の元（禍患的根源）

元を尋ねる（溯本求源）

話を元に戻す（把話說回來）

此の習慣の元は漢代に在る（這種習慣起源於漢朝）

電気の元を切る（切斷電源）

元を固める（鞏固根基）

外国の技術を元に為る（以外國技術為基礎）

農業は国の元だ（農業是國家的根本）

元が確りしている（根基很扎實）
失敗は成功の元（失敗是成功之母）
元を言えば、君が悪い（說起來原是你不對）
風邪が元で結核が再発した（由於感冒結核病又犯了）
元を掛ける（下本錢、投資）
元が掛かる仕事だ（是個需要下本錢的事業）
商売が失敗して元も子も無くして仕舞った（由於生意失敗連本帶利都賠光了）
元も子も無くなる（本利全丟、一無所有）
元が取れない（虧本）
元を切って売る（賠本賣）
本を質す（洗う）（調查來歷）
元を仕入れる（購料）
紅茶と緑茶の元は同じだ（紅茶和綠茶的原料是一樣的）
聞いた話を元に為て小説を書いた（以聽來的事為素材寫成小說）
木の本に肥料を遣る（在樹根上施肥）
庭に一本の棗の木（院裡一棵棗樹）
一本の菊（一棵菊花）
本元（根源）

**旧、舊**〔名〕原來，以前，過去，本來，原任，原來的狀態
　元首相（前首相）
　元の校長（以前的校長）
　元の儘（一如原樣、原封不動）
　元からの意見を押し通す（堅持原來的意見）
　品物を元の持主に返す（物歸原主）返す帰す反す還す孵す
　私は元、小学校の先生を為ていました（以前我當過小學教員）
　又元の工場に戻って働く事に為った（又回到以前的工廠去工作）工場工廠
　此の輪ゴム伸びて終って、元に戻らない（這橡皮圈沒彈性了無法恢復原狀）

一旦した事は元は戻らぬ（覆水難收）
元の鞘へ（に）収まる（〔喻〕言歸於好、破鏡重圓）収まる納まる治まる修まる
元の木阿弥（恢復原狀、依然故我-常指窮人一度致富後來又傾家蕩產恢復原狀）

**下、許**〔名〕下部、根部周圍，身邊，左右，跟前，手下，支配下，影響下，在…下
　桜の木の下で（在櫻樹下）
　旗の下に集る（集合在旗子周為）
　親許を離れる（離開父母身邊）
　叔父の許に居る（在叔父跟前）
　友人の許を訪ねる（訪問朋友的住處）
　勇将の許に弱卒無し（強將手下無弱兵）
　月末に返済すると言う約束の下に借り受ける（在月底償還的約定下借款）
　法の下では皆平等だ（在法律之前人人平等）
　先生の合図の下に歩き始める（在老師的信號下開始走）
　一刀の下に切り倒す（一刀之下砍倒）
　山下、山元、山本（山麓，山腳，山主，礦山主，礦山所在地，礦坑的現場）

**元請け（負い）人**〔名〕原訂的人、原承包人、原承包商
**元子**〔名〕本利（=元利）
**元肥**〔名〕〔農〕基肥（=基肥）←→追肥
**元込め**〔名〕後裝（從槍砲的後膛裝填子彈）←→前込め
　元込め銃（後膛槍）
**元締め、元締**〔名〕總管，經理人。〔轉〕頭目，首領（=親分）
　銀行の総元締め（銀行的總經理）
　彼一人で会の仕事の元締めを為ている（他一個人總管著會裡的事務）
　やくざの元締め（流氓頭子）
**元栓**〔名〕（自來水、煤氣等的）總開關
**元高**〔名〕（計算利率等時的）本金、原價
**元種**〔名〕原料（=原料）

**元帳**〔名〕（簿記的）分類帳（=原簿）

元帳に記入する（記在分類帳上）

総勘定元帳（總分類帳）

得意先元帳（顧客分類帳、應收帳）

仕入先元帳（採購分類帳、應付帳）

**元詰め、元詰**〔名〕原裝、原裝貨

**元手**〔名〕本錢，資本（=資本金）、（對利息而言的）本金（=元金）

商売の元手（作生意的資本）

山田は語学力を元手に為て通訳に為った（山田以外語能力為資本當上了翻譯）

**元通り**〔名〕原樣、以前的樣子

使った本を元通り書棚に仕舞う（把用過的書照原樣放到書架裡）

**元値**〔名〕成本、本錢

元値で売る（照本賣）

元値を切って売る（賠本出售）

其れでは元値にも為りません（那就連成本都不夠）

元値が切れる（賠本）

**元の木阿弥**〔連語〕恢復原狀、依然故我（常指窮人一度致富後來又傾家蕩產恢復原狀）

又元の木阿弥だ（我又依然故我了）

折角一点取ったのに、直ぐ敵に一点取られて仕舞った。此れでは元の木阿弥だ（好容易得了一分馬上又被對方贏去一分這麼一來就又和原先一樣了）

**元払い**〔名〕〔商〕（發貨人）預付、先付←→先払い

運賃元払い（預付運費）

**元へ**〔感〕（體操、軍隊口令、報數等）重做、重報（=元い）

**元元、本本**〔名〕不賺不賠、同原來一樣

〔副〕根本、本來、從來

上級生との試合は負けても本本だ（和高年級比賽輸了也不虧）

どうせ拾った物だから、失くしても本本だ（反正是撿來的東西丟了也沒損失什麼）

彼の人は本本忘れっぽい（他本來就常愛忘事）

彼は本本親切な人です（他原來就是個熱心腸的人）

此処は本本台所だった（這裡原來是廚房）

**元結い、元結**〔名〕扎髮髻的細繩、髮髻（=髻、髻）

元結いを切る（出家）

**元より、素より、固より、本より**〔副〕本來，原來，根本、當然，固然，不用說

其は素より承知の上だ（那是我原先就知道的）

辛い事は素より覚悟の登山だ（早就料到登山是件辛苦的事）

試験の失敗は素より覚悟していた（早就有了試驗失敗的心理準備）

私は素より反対する気持は有りません（我根本就沒有反對的意思）

此は素より極端な例ですが（這當然是個極端的例子）

ドイツ語は素より英語も日本語も知っている（德語不用說還會英語和日語）

彼は英語は素よりフランス語、ドイツ語にも堪能だ（他英文不用說法語德語都能精通）

素より会に出席します（當然要出席會議）堪能堪能

夏は素より春や秋でも海で泳いでいる（夏天不用說春天秋天也在海邊游泳）

遊園地は休日は素より、平日も混雑する（遊園地假日就不用說平常也很壅擠）

条件が有れば素よりの事、無ければ条件を付けて遣る（有條件當然好沒有條件也要創造條件）

# 円（圓）（ㄩㄢˊ）

**円**〔名、漢造〕圓〔形〕（=円、丸）←→方、〔數〕圓，圓周、完滿、（日本貨幣單位）日元（￥）、金錢

円運動（圓周運動）

円を描く（畫圓）

円の下落（日元跌價）

## え

円の切り上げ（日元升值）
円の切り下げ（日元貶值）
円平価（日元法價〔比價〕）
円バンク、ローン（日元銀行間借款）
楕円、橢円（橢圓）
外接円、外切円（外接圓）
内接円、内切円（外接圓）
同心円（同心圓）
日本円（日本圓）
金円（金錢〔御金〕）

**円圧機**〔名〕〔印〕圓壓平印刷機
**円売り**〔名〕〔商〕售出日元（換購外匯）
**円価**〔名〕〔經〕日元的幣值、日元的對外價格
**円貨**〔名〕日元、日幣
　円貨の下落（日元下跌）
**円蓋**〔名〕圓頂，拱頂，〔解〕顱骨的穹窿
**円滑**〔名、形動〕圓滑、順利，協調
　事が円滑に進む（事情順利進行）
　二人の仲が円滑に行かない（兩人的關係不太協調）
　円滑符号（〔樂〕連線）
**円為替**〔名〕〔經〕日元外匯、日元匯價
　円為替相場（日元匯價）
**円環**〔名〕環、環形物
　円環体（環、環形）
　円環状（環狀）
**円関数**〔名〕〔數〕圓函數
**円規**〔名〕圓規（＝コンパス）
**円丘**〔名〕圓丘、圓壇
**円球**〔名〕圓球
**円鋸、円鋸**〔名〕圓鋸
**円鏡**〔名〕圓鏡
**円形**〔名〕圓形
　円形劇場（圓形劇場）
　円形に為る（使成圓形）

**円形葉**（圓形葉）
**円経済圏**〔名〕〔經〕日元經濟圈
**円弧**〔名〕弧、弧形
　円弧を描く（畫弧形）
　円弧規（圓弧規）
　円弧測定器（圓弧測定器）
**円五郎**〔名〕（陶瓷工業用的）燒箱、燒盆
**円光**〔名〕〔佛〕圓光、後光（＝後光）
**円口類**〔名〕〔動〕圓口綱、環口亞綱
**円坐、円座**〔名、自サ〕團坐、圍坐（＝車座）
　円坐を作る（團團圍坐）
**円材**〔名〕〔船〕圓材（如桅桿）
　円材を取り付ける（安裝圓材）
**円匙、円匙**〔名〕小鏟
**円寂**〔名〕〔佛〕圓寂
**円借款**〔名〕〔經〕日元借款（提供對方日元資金用於支付進口日貨的日本政府貸款）
**円周**〔名〕〔數〕圓周
　円周角（圓周角）
**円周率**〔名〕〔數〕圓周率
**円熟**〔名、自サ〕圓熟、成熟、老練
　円熟の域に達する（達到圓熟的境地）
　演技が円熟する（演技純熟）
　彼は年と共に次第に円熟して来た（他隨著年齡的增長日趨成熟了）
**円順列**〔名〕〔數〕循環排列
**円心**〔名〕〔數〕圓心
**円唇**〔名〕〔語〕圓唇
　円唇母音（圓唇元音）
**円陣**〔名〕圓形的陣容（戰鬥隊形）、站成一個圓圈
　選手が円陣を組んで作戦を練る（選手站成一個圓圈研究作戰方案）
**円錐**〔名〕〔數〕圓錐
　円錐形（圓錐形）
　円錐体（圓錐體）

円錐面（圓錐面）

円錐花序（圓錐花序、散穂花序）

円錐図法（圓錐形投影、錐頂射影）

円錐四分法（錐形四分法-試樣採取法的一種）

円錐曲線（圓錐曲線、二次曲線）

円錐屈折（〔理〕錐形折射）

円錐振子（〔理〕錐動擺）

円錐細胞（〔生理〕錐細胞、晶錐細胞）

**円錐**〔名〕（木工用的）圓鑽

**円石**〔名〕圓石、大鵝卵石

**円体**〔名〕球（＝球）

**円高**〔名〕日元匯價高←→円安

**円安**〔名〕〔經〕日元匯價低←→円高

為替相場は円安で釘付けに為れた（匯價固定在日元比價偏低的基礎上）

**円卓**〔名〕圓桌

円卓を囲んで懇談する（圍著圓桌暢談）

円卓会議（圓周會議）

**円建て**〔名〕〔經〕以日元為基礎

円建て相場（以日元為基礎的匯價）

円建て外債（外國人在日本發行的日元債券）

円建て輸出手形（用日元結算的出口票據）

**円弾**〔名〕〔軍〕舊式圓形炮彈

**円柱**〔名〕圓柱、〔數〕圓柱體

円柱配置法（〔建〕列柱法）

**円虫類**〔名〕〔動〕圓體不分節的蟲（如蟯蟲及鉤蟲）

**円頂**〔名〕圓頂、和尚、光頭，和尚頭

円頂丘（〔地〕圓丘、穹地）

円頂黒衣（僧人打扮）

**円転**〔名〕滾轉、圓滑、圓通

円転滑脱（圓滑老練）

円転滑脱な交渉振り（圓滑老練的談判態度）

**円筒**〔名〕圓筒。〔數〕圓柱、圓柱體（＝円柱、円壔）

円筒ゲージ（圓筒形內徑測量器）

円筒研削盤（外圓磨床）

円筒ポンプ（柱塞泵）

円筒形蓄電器（圓筒形電容器）

円筒気缶（筒形鍋爐）

円筒面レンズ（柱面透鏡）

**円壔**〔名〕〔數〕圓柱、圓柱體（＝円柱、円筒）

円壔形（圓柱形）

円壔座標（圓柱座標）

円壔篩（滾筒篩、洗礦筒）

円壔面（圓柱面）

円壔図法（圓柱投影）

**円板**〔名〕圓板、圓盤

円板クラッチ（圓盤離合器）

**円盤**〔名〕圓盤、唱片、〔體〕鐵餅

空飛ぶ円盤（飛碟）

円盤鋸（圓盤鋸）

円盤投げ（擲鐵餅）

**円舞**〔名〕圍成一圈跳的舞蹈、圓舞，華爾滋舞（＝ワルツ）

円舞曲（圓舞曲）

**円振子、円振り子**〔名〕〔理〕單擺

**円墳**〔名〕〔考古〕一種圓形的古墳（＝円塚）

**円偏光**〔名〕〔理〕圓偏振光

**円本**〔名〕（昭和初期）每冊定價一元的全集（或叢書）

**円摩度**〔名〕（砂粒等的）圓度、球度

**円満**〔名、形動〕圓滿、美滿、沒有缺點

円満な人格（完美的人格）

円満退社（非因過失等的正常退職）

家庭が非常に円満である（家庭非常美滿）

交渉は円満に解決された（交涉圓滿地解決了）

**円屋根**〔名〕圓屋頂

**円鱗**〔名〕〔動〕圓鱗

円鱗魚（圓鱗魚）

**円顱**〔名〕光頭（＝坊主頭）

口

ㄩ

**円、丸**〔名〕圓形，球形，圓圈。句點，半濁音假名的圓圈。〔隱〕錢、甲魚（=鼈）。（關西方言）鱔魚（=鰻）。完全，完整

〔造語〕城郭的內部

〔接頭〕完全，整個、原樣，原封不動，滿，整、圓形

〔接尾〕（麻呂的轉變）接在人名下、接在名刀寶劍下、接在鎧甲名下、接再樂器名下、接在船舶名下

人名の上に丸を付ける（在人名上畫圈）

二重丸を付ける（畫雙圈）

答案に丸を付ける（在答案上畫圈-表示嘉獎讚許）

丸で囲む（用圓圈圈上）

教室二九三（203號教室）

日の丸（太陽旗-日本國旗）

丸を打つ（打句號）

丸送れ（〔電報〕匯錢來）

丸の儘煮る（整個煮）似る

本丸（內城）

二の丸（內城外的第二層圍牆）

丸焼け（全燒、燒光）

丸煮（整個煮）

丸損（全賠光）

丸坊主（光禿子）

玄関のドアが開いていて、外から中が丸見えた（大門開著從外面什麼都看得見）

丸寝（和衣而睡）

丸十年勤める（工作整十年）

其処へ行くには丸二日掛かる（到那裡去需要整兩天）

丸テーブル（圓桌）

牛若丸（牛若丸-人名）

蜘蛛切丸（斬蛛寶劍-源氏傳家寶劍）

筒丸（筒丸鎧甲）

富士丸（富士丸-笛）

獅子丸（獅子丸-箏）

浅間丸（浅間丸、浅間號輪）

**円鉋、丸鉋**〔名〕（木工用）圓刨

外円鉋（凸形圓刨-刨圓溝槽用）

内円鉋（凹形圓刨-刨成棒形用）

**円盾**〔名〕圓盾

**円テーブル**〔名〕圓桌

円テーブル会議（圓桌會議）

**円天井**〔名〕圓屋頂，拱頂（=ドーム）、天空，穹窿，蒼穹（=大空、青空）

円天井の大広場（圓頂大廳旅館等的中央大廳）

円天井筒形（筒形拱頂）

**円花窓**〔名〕〔建〕圓花窗

**円盆、丸盆**〔名〕圓盤←→角盆

**円窓、丸窓**〔名〕圓窗

**円物、丸物**〔名〕完整的東西←→端物、狹袖便服（=小袖）〔隱〕錢、鵠的-靶的一種、（歌舞伎）立體型大道具←→平物

**円み、丸み**〔名〕圓，圓形（的程度、樣子）、圓胖，圓潤

丸みを帯びた箱（帶慢圓的盒子）

洋服の肩に丸みを付ける（西服肩膀成弧形）

彼女は体に段段丸みが付いて来た（她體態漸漸豐盈起來）

丸み出し（〔印〕〔書背〕半圓弧形）

**円い、丸い**〔形〕圓，圓形，球形，圓滿，妥善、安祥，和藹

丸い顔（圓臉）

背中が丸い（弓背、駝背）

丸い月（圓月、滿月）

目を丸くする（瞪圓眼睛）

丸い人（圓滑〔溫和、和藹〕的人）

丸い感じの人柄（圓滑〔溫和〕的人品）

仲に立って丸く修める（從中調停 打圓場）修める治める収める納める

争いを丸く修める（圓滿解決爭端）

彼は人間が丸く為った（他為人圓滑了）

丸い卵も切り様で四角（事在人為）

**円ら**〔名、形動〕圓、圓胖

円らな瞳（圓眼珠）眸

**円椎**〔名〕〔植〕圓柯（山毛欅科喬木）

**円らか**〔形動〕圓（＝円ら）

円らかな目（溜圓的眼睛）

**円か**〔形動〕溜圓、安穩，恬靜（＝安らか、穏やか）

円かな月（圓圓的月亮）

円かに夢路を辿る（安然進入夢鄉）

**円居、団居**〔名、自サ〕團坐，團團圍坐（＝車座）、團圓，團聚，團樂（＝団欒）

円居の人人（團團圍坐的人們）

楽しい一家の円居（全家快樂的團聚、全家歡聚一堂）

**円やか**〔形動〕圓、圓溜、圓潤（＝丸やか）

円やかな月（圓圓的月亮）

円やかな声（圓潤的聲音）

# 垣、垣（ㄩㄢˊ）

**垣**〔漢造〕低牆

**垣籬**〔名〕籬笆、圍牆（＝垣根）

**垣**〔名〕籬笆，柵欄。〔轉〕隔閡，界限

生垣（樹籬笆）

竹垣（竹籬笆）

垣を結う（編籬笆）

垣を巡らす（圍上籬笆〔柵欄〕）廻らす回らす

垣を廻らした庭（圍著籬笆的院子）

二人の間に垣が出来た（二人之間發生了隔閡）

親しい仲にも垣を為よ（親密也要有個界限〔分寸〕）

垣堅くして犬入らず（家庭和睦外人無隙可乘）

垣に鬩ぐ（兄弟鬩牆）

垣に耳（隔牆有耳）

**柿**〔名〕〔植〕柿子、柿樹

渋柿（澀柿子）

醂柿（漉過的柿子）

乾し柿（乾柿子、柿餅）

柿の粉（柿子霜）

柿の蔕（柿子蒂）

柿の種（柿子核、柿核形小餅乾）

柿を醂す（漉柿子）

庭に柿の木が有る（院子裡有柿子樹）

赤い柿の実が一杯為っている（樹上結滿了紅柿子）

桃栗三年柿八年（桃樹栗樹三年結果柿樹八年結果）

**牡蠣、牡蠣**〔名〕牡蠣（＝オイスター）

牡蠣飯（和牡蠣肉一起煮的飯）

**垣網**〔名〕〔漁〕牆網（擋住魚道使魚游向主網的附屬魚網）

**垣越し**〔名〕隔牆、越牆，跳牆

垣越しに覗く（隔牆窺視）覘く覗く

垣越しに見える（隔牆看得見）

垣越しに渡す（隔著牆遞給）

**垣通し**〔名〕〔植〕連錢草、積雪草

**垣隣**〔名〕一牆之隔的近鄰、隔壁、鄰家

**垣根**〔名〕籬笆，柵欄，圍牆（＝垣）、牆根

垣根を作る（圍籬笆、作柵欄）

垣根を廻らす（圍上圍牆）

垣根の所に花が咲いている（牆根下開著花）

垣根草（牆根草）

**垣根越し**〔名〕隔著牆（＝垣越し）

**垣根芥子**〔名〕〔植〕鑽果蒜芥

**垣覗き**〔名〕從籬笆縫窺視

盲の垣覗き（瞎子從牆縫窺視、〔喻〕徒勞，白費）

**垣間見る**〔他上一〕（垣間見る的音便）（從縫隙）窺視、偷看

塀の節穴から垣間見る（從板牆的節孔偷看）

## 原（ㄩㄢˊ）

**原**〔漢造〕原來，原始、原野，平原、原子力（＝原子力）

語原、語源（語源、詞源）
起原、起源（起源）
根源、根元（根源）
平原（平原）
草原（草原）
中原（中原）

**原案**〔名〕（對修正案而言）（向議會等提出的）原案
原案を作成する（擬訂原案）
原案を修正する（修正原案）
原案に賛成する（贊成原案）
予算案を原案通り可決した（預算法案照原案通過了）

**原意**〔名〕原意、原義、本來意義

**原因**〔名、自サ〕原因
原因を明らかに為る（明確原因）
誤解の原因を除く（排除誤解的原因）
原因が無くては結果は生じない（沒有原因就不能產生結果）
火事は種種の原因から起る（火災發生於種種原因）
酒が彼の早死にの原因と為った（酗酒成了他早死的原因）
君の失敗は不勉強に原因する（你的失敗是因為不用功）

**原液**〔名〕〔化〕（未被稀釋的）原液

**原音**〔名〕〔理〕基音、（外來語等）用原來語言發的音，原來的發音

**原価、元価**〔名〕（採購）原價（不包括利潤）（＝仕入れ値）、成本，生產費（＝生產費）
元価を割って売る（折本出售）
元価計算（成本計算）

**原歌**〔名〕原來的歌

**原画**〔名〕（對複製而言）原畫
大観の原画（橫山大觀的原畫）

**原環虫類**〔名〕原環蟲綱

**原基**〔名〕〔生〕原基

**原器**〔名〕（標準）原型，楷模、（度量衡的）標準原器

**原義**〔名〕原來的意義←→転義
其の語の原義は斯うだ（這詞的原義是這樣的）
原義に依って解釈する（照原義解釋）

**原気管類**〔名〕〔動〕原氣管綱

**原級**〔名〕原來的等級、原來的年級〔語法〕、（英語、德語形容詞的）原級←→比較級、最大級
原級留め置きの生徒（留級的學生）
原級に留まる（留級）留まる止まる停まる留まる止まる停まる

**原拠**〔名〕根據、依據
小説の原拠を尋ねる（尋找小說的依據）訪ねる訊ねる訪れる

**原句**〔名〕原句

**原形**〔名〕原形、原狀、舊觀、原來的形狀
爆発で工場が吹っ飛び、原形を留めていない（因爆炸工廠被摧毀舊觀不復存在了）
遺跡が原形を保っている（遺跡還保留著原狀）

**原形質**〔名〕〔生〕原生質、細胞質
原形質分離（原形質分離）
原形質糸（胞間連絲）
原形質体（原生質體）
原形質吐出（細胞溶解）
原形質分離回復（質壁分離復原）
原形質膜（質膜）

**原型**〔名〕原型、模型
原型を取る（取模型）
彫像の原型（雕像的原型）

**原語**〔名〕原文、原句、原話、未翻譯的外國語

プラトンをギリシア語の原語から直接訳す（由希臘語的原文直接翻譯柏拉圖）

**原溝**〔名〕〔動〕原溝

**原条**〔名〕〔動〕原溝（=原溝）

**原鉱**〔名〕原礦、礦石

**原稿**〔名〕原稿、草稿、稿子

　自筆の原稿（手稿）

　原稿を採用する（採用來稿）

　原稿は来月早早印刷します（原稿下月很快就付印）

　本誌は依頼原稿以外は使用しない（本雜誌除特約稿件外不予採用）

　原稿料は一ページ（一枚）幾等で払います（稿費按每頁多少付給）

　原稿用紙（稿紙）

　原稿を直す（改稿子）

　原稿に手に入れる（修改稿子）

　原稿に赤を入れる（修改稿子）

**原告**〔名〕被告〔法〕原告←→被告

　其の証拠は明らかに原告に不利だ（這個證據顯然對原告不利）

　原告側弁護士（原告方面律師）

**原罪**〔名〕〔宗〕（人類生來就有的）原罪

**原裁判**〔名〕原判、原審

　原裁判を取消す（撤銷原判）

**原材料**〔名〕原料和材料

　原材料を節約する（節約原材料）

**原作**〔名〕原作、原著、原文

　翻訳では原作の味は伝え難い（翻譯是不易表達原著的風格的）

　原作者（原作者）

**原索動物**〔名〕〔動〕原索動物（脊索動物的一個亞門）

**原産**〔名〕原產

　熱帯原産の植物（熱帶原產的植物）食物

　原産地（原產地）

**原子**〔名〕〔理〕原子

　物体は全て原子から為る（物體都是由原子構成）

　原子雲（原子雲、蘑菇雲）

　原子価（原子價）

　原子価電子（原子價電子）

　原子核（原子核）

　原子核反応（核反應）

　原子記号（原子符號）

　原子エネルギー（原子能）

　原子説（原子論）

　原子式（原子式、結構式）

　原子細胞（生發細胞）

　原子核磁子（核磁子）

　原子時計（原子鐘）

　原子スペクトル（原子光譜）

　原子爆弾（原子彈）

　原子水素溶接（原子氫悍）

　原子線（原子束）

　原子病（原子病）

　原子番号（原子序數）

　原子物理学（原子物理學）

　原子兵器（核武器）

　原子模型（原子模型）

　原子砲（原子炮）

　原子量（原子量）

　原子核分裂（核分裂）

　原子核融合（核聚變、核合成）

　原子炉（原子堆）

　原子論（原子論）

　原子熱（原子熱）

　原子力（原子能）

　原子力発電所（原子能發電站）

　原子力委員会（聯合國原子能委員會）

　原子力平和利用（原子能核評利用）

　原子容（克原子體積）

口

**原史時代**〔名〕〔考古〕原史時代（先史時代和歷史時代的中間時代）

**原糸**〔名〕生絲

**原糸体**〔名〕〔植〕原絲體

**原始**〔名〕原始
　原始共同体（原始公社）
　原始生活（原始生活）
　原始経済（原始經濟）
　原始農業（原始農業）
　原始人（原始人）
　原始林（原始林）
　原始関数（〔數〕原函數）
　原始生殖細胞（〔動〕原生殖細胞）
　原始的（原始的）
　原始的生活（原始生活）

**原姿**〔名〕原樣、研究對象的文獻等

**原紙**〔名〕（葡蟠樹皮製的）蠶卵紙、油印蠟紙
　原紙を切る（刻蠟紙）
　謄写版の原紙（油印的蠟紙）

**原詩**〔名〕原詩
　バイロン(Byron)の原詩を読む（讀拜倫的原詩）

**原軸**〔名〕〔機〕主動軸、傳動軸

**原酒**〔名〕未過濾的濁酒、未經任何處理剛釀出的酒、貯存過一定期間的威士忌原液

**原種**〔名〕為取種子而播種的種子、（改良品種前的）動植物原種←→変種、改良種

**原住民**〔名〕原住民、土著（居民）

**原獣類**〔名〕〔動〕原獸亞綱

**原初**〔名〕最初事物的基本
　宇宙の原初（宇宙的起源）
　原初期（原始期、初期）

**原書**〔名〕原書，原版書（＝原本）、原文書
　原書は英語で書かれている（原書是用英語寫的）
　原書講読（在課堂講授外文原著）
　シェイクスピア(Shakespeare)を原書で読む（讀莎士比亞的原著）

**原状**〔名〕原狀、本來面目
　原状に戻す（恢復原狀）
　原状を変更しては行けない（不要改變原狀）

**原色**〔名〕原色（紅、黃、藍三色）、（複製繪畫時所用的）原來彩色
　三原色（紅、黃、藍三原色）
　印刷で原色を出す（印出原來顏色）

**原審**〔名〕〔法〕原審、原判（前一級的審判）
　原審破棄（撤銷原判）

**原人**〔名〕〔考古〕原人、原始人
　北京原人（北京原人）

**原図**〔名〕（複寫、臨摹等的）原圖、原畫

**原水**〔名〕生水

**原水爆**〔名〕原子彈和氫彈
　原水爆禁止運動（禁止原子武器運動）
　原水爆戦争（核武器戰爭）

**原寸**〔名〕原來的尺寸、與實物大小相等的尺寸
　原寸大（與實物大小相同）
　原寸通りに作る（按實物大小製作）

**原生**〔名〕〔生〕原生、原始
　原生林（原始林）
　原生動物（原生動物）
　原生師部（〔植〕原生韌皮部）
　原生中心柱（〔植〕原生中柱）
　原生木部（〔植〕原生木質部）

**原生代**〔名〕〔地〕原古代

**原成**〔名〕〔礦〕原生、原始形成
　原成岩石（原生岩類）
　原成鉱物（原生礦物）

**原石**〔名〕未加工的寶石。〔礦〕原礦（石）
　ダイヤモンド(diamond)の原石（未加工的鑽石）

**原石器**〔名〕〔考古〕始石器（最古的石器）

**原籍**〔名〕原籍、本籍、籍貫
　原籍は京都に在る（原籍在京都）

**原説**〔名〕原來的意見（說法、主張）

**原泉、源泉**〔名〕源泉、根源、本源
エネルギーの原泉（能源、精力的來源）
悪の原泉を矯める（矯正罪惡的根源）矯める 貯める 溜める
愛は生命の内部的為る力と光との原泉である（愛是生命内部的力與光的源泉）
原泉課税（預扣稅款）

**原潜**〔名〕原子能潛艇（＝原子力潛水艦）

**原繊維**〔名〕〔植〕原纖維

**原素、元素**〔名〕〔化〕元素
幾つかの元素を分解する（分解成某幾個元素）
一価元素（一價元素）
元素周期律（元素週期律）
元素分析（元素分析）
元素記号（元素符號）

**原組織**〔名〕〔生〕組織原

**原像**〔名〕原有的像

**原則**〔名〕原則
原則を立てる（確立原則）
原則を基いて行動する（根據原則行動）
学生は原則と為て制服で登校せよ（學生原則上要穿制服到校）
平等互恵の原則に則る（遵照平等互惠的原則）則る 法る
三原則に依る成る政策（由三原則組成的政策）

**原隊**〔名〕（最初入伍時）所屬部隊、原隊
原隊へ復帰する（回歸原隊）

**原態**〔名〕〔生〕原態

**原題**〔名〕原題←→改題

**原体腔**〔名〕〔動〕原體腔
原体腔動物（原體腔動物）

**原炭**〔名〕原煤

**原虫**〔名〕原蟲（＝原生動物）

**原注、原註**〔名〕原註←→訳注
原注に当たる（查看原註）

**原著**〔名〕原著、原文
此れは原著で翻訳ではない（這是原著不是翻譯）

**原腸形成**〔名〕〔動〕原腸形成、原胚形成

**原付き**〔名〕帶發動機（的）
原付き自動車（輕便型摩托車）

**原典**〔名〕（被引證、翻譯的）原著、原書、原來的文獻
ラテン語の原典から訳す（從拉丁語的原書翻譯）
引用文を原典に当たって調べて見る（把引用文和原著對照一下）
原典に依れば…（根據原著的話…）

**原点**〔名〕（丈量土地等的）原點，基準點、（問題的）根據，根源，出發點。〔數〕原點，座標的交點
再び原点に戻って考える（再回到問題的出發點來考慮）

**原土**〔名〕（為試驗土壤採集的）原土壤

**原頭**〔名〕原野、原野附近（＝野原）
代代木原頭に於ける閲兵（在代代木原野一帶的閲兵）

**原動**〔名〕產生動力的根源

**原動力**〔名〕原動力、動力
健康が有らゆる事の原動力に為る（健康是做一切事情的動力）
石炭を原動力と為て電力を起す（以煤為動力發電）
世論が原動力と為って内閣が倒れる事も有る（也有時輿論形成原動力而使内閣垮台）世論

**原動機**〔名〕發動機、電動機
原動機付き自転車（帶電動機的自行車）

**原麦**〔名〕原麥（麥粉、麥製品的原料）

**原爆**〔名〕原子彈（＝原爆弾）
原爆雲（原子雲、蘑菇雲）
原爆症（原子病）

**原発**〔名〕〔醫〕原發（病）、自發（病）、特發（病）

ㄩ

**原発病**（原發病）

**原判決**〔名〕〔法〕原判
 原判決を維持する（維持原判）

**原板**〔名〕（照像）原版、底版、底片

**原版**〔名〕〔印〕作鉛板的活字版。〔印〕（照像製版的）底版、（複製、翻譯等的）原版

**原盤**〔名〕原版唱片、原灌的唱片

**原皮**〔名〕（未加工的）原料皮革

**原肥**〔名〕〔農〕底肥、基肥（＝元肥）

**原鼻孔**〔名〕〔動〕嗅窩

**原票**〔名〕（會計事務等）原始傳票、存根（＝控え）

**原品**〔名〕原物、原來的物品

**原譜**〔名〕原來的樂譜

**原物**〔名〕（對照片、模仿品等而言）原物（＝オリジナル）、原料
 **原物大**（原物大小）

**原文**〔名〕（未經刪改貨翻譯的）原文←→訳文
 翻訳で原文の味を出す（用翻譯表達出原文的風格）
 原文に忠実に訳す（忠實於原文地翻譯）
 原文に当って確かめる（與原文對照核實）

**原簿**〔名〕原帳簿、底帳
 原簿と照合して間違いを正す（對照底帳改正錯誤）

**原木**〔名〕原木、木料、木材
 パルプの原木（作紙漿用的原木料）

**原本**〔名〕原本，原書、根本，本源
 原本に忠実に訳す（對原書忠實翻譯）
 原本に溯れば（追溯根源的話）

**原名**〔名〕原來的名字
 原名を調べて下さい（請查原來的名字）

**原棉，原綿**〔名〕原棉

**原毛**〔名〕原毛
 原毛を輸入する（進口原毛）

**原野**〔名〕原野、荒野、野地
 富士の裾野の原野に野兎を追う（在富士山麓的原野追捕野兔）負う

**原葉体**〔名〕〔植〕原葉體

**原由，源由，原由，源由**〔名、自サ〕原由、緣由、由來、起因
 そんな感想は如何なる精神状態に原由する物であろう（那種感想是來自何種精神狀態呢？）

**原油**〔名〕原油
 原油を輸入して国内で精製する（進口原油在國內提煉）

**原理**〔名〕原理
 経済学の根本原理（經濟學的根本原理）
 梃子の原理を応用する（應用槓桿的原理）
 君の説は原理的に正しい（你的說法在原理上是對的）
 凧はどんな原理で揚がるのか（風箏是根據什麼道理飛起來的呢？）蛸上がる揚がる騰がる

**原料**〔名〕原料
 原料を海外に仰ぐ（原料依靠外國）
 原料炭（原煤）

**原論**〔名〕根本理論
 経済学原論（經濟學原論）

**原話**〔名〕（某作品所根據的）原來的故事

**原**〔名〕平原，平地、荒野，荒地
 雪で覆われた原（蓋滿雪的原野）

**腹、肚**〔名〕腹，肚子。〔轉〕內心、想法、心情，情緒、度量，氣量，胎內，母體內。（器物中央）鼓出部分
 腹が冷える（肚子著涼）
 腹が空く（肚子餓）
 腹が減る（肚子餓）
 腹がぺこぺこだ（肚子餓扁了）
 腹が一杯だ（吃得飽飽的）
 腹が痛くて腰が伸ばせぬ（肚子疼得直不起腰來）
 腹を下す（腹瀉、拉肚子）
 腹を抱えて笑う（捧腹大笑）
 腹を空かして置く（空起肚子）

腹を切って死ぬ（切腹而死）

昨夜の蝦で腹を壊した（昨晚上的蝦把肚子吃壞了）

腹の筋を縒る（笑得肚皮痛）

相手の腹を探る（刺探對方的想法）

腹が見え透く（看穿心事）

腹を割って笑う（推心置腹地壇）

彼の人の腹が如何も分らない（他的心思很難摸透）

痛くない腹を探られる（無故被人懷疑）

腹の中で笑う（心中暗笑）

彼の人は酷い事を言うが、腹はそんなに悪くは無い（他雖然說話很嚴厲但內心並不那麼壞）

相手の腹を読む（揣摩對方的心思）

腹を決める（下決心、拿定主意）

彼の口と腹とは違う（他心口不一）

腹が黒い（心眼壞）

腹に収める（記在心裡）

腹が立つ（生氣、發怒）

腹を立てる（生氣、發怒）

腹が癒える（息怒、出氣、解恨）

腹に据え兼ねる（忍無可忍、無法忍受）

彼の人は腹が太いから失敗が有っても落ち着いている（他度量大失敗了也很沉著）

腹が出来ている（鎮靜、沉著、遇事不慌）

腹が据わる（沉著、有決心）

自分の腹を痛めた子（親生子）

腹違いの兄弟（同父異母兄弟）

後妻の腹に出来た子（後妻生的兒子）

指の腹（手指肚）

徳利の腹（酒瓶肚）

腹が無い（沒有膽量、沒有度量）

腹が膨れる（吃飽、有身孕、大肚子、肚子裡憋著話）

腹が減っては軍は出来ぬ（餓著肚子打不了戰、不吃飯什麼也做不了）

腹に一物（心懷叵測）

腹は借り物（子女貴賤隨父親）

腹八分目（飯要吃八分飽）

腹も身の内（肚子是自己的－戒暴飲暴食）

腹を合わせる（合謀、同心協力）

腹を切る（切腹、自掏腰包）

腹を拵える（吃飽飯）

腹を肥やす（肥己、自私、貪圖私利）

腹を据える（下定決心、沉下心去）

腹を召す（貴人切腹）

腹を割る（推心置腹、披肝瀝膽）

**原茸**〔名〕〔植〕食用傘菌

**原中**〔名〕原野之中、礦野之中

**原、輩、儕**〔接尾〕輩、儕、們（＝達、共、等）（除殿輩以外、均用於貶意）

殿輩（諸公）

役人輩（官員們）

海賊輩（一群海盗）

女輩（女流之輩）

あんな奴輩に負けて堪るか（輸給那群傢伙們怎麼行呢？）

**薔薇、薔薇、薔薇、薔薇**〔名〕〔植〕薔薇、玫瑰

薔薇疹（〔醫〕玫瑰疹）

**薔薇**〔名〕野薔薇（＝野薔薇）、薔薇科植物、薔薇花、玫瑰花

薔薇の木（薔薇樹、玫瑰樹）

薔薇油（玫瑰油）油

薔薇色（玫瑰色）

薔薇の花飾り（玫瑰花飾）

薔薇に刺有り（玫瑰美麗但有刺）

**茨、荊棘**〔名〕有刺灌木（＝茨、荊、棘）、薔薇（＝薔薇）

**棘、茨、荊**〔名〕〔植〕有刺灌木，荊棘。〔俗〕植物的刺、〔轉〕充滿苦難,多磨難

ロ

棘を開く（披荊斬棘）
棘垣（有刺灌木的圍牆）
棘の道（艱苦的道路）
棘を負う（負荊請罪、背負苦難）
棘を逆茂木に為た様（比喻非常艱苦的行程等）

**棘、蓬、荊棘**〔名〕草木叢生（的地方）、（頭髮等）蓬亂
棘が原（草木叢生的原野）
棘の髪（蓬亂的頭髮）
髪を棘に振り乱す（披頭散髮）
棘が軒（雜草叢生的屋簷、簡陋的房屋）
棘の路（荊棘叢生的道路、〔古〕"公卿"的別稱）

**原、元、旧、故**〔名〕從前、原先、原來←→今
〔連體〕原先、從前←→現、前、新
終ったら元の場所に戻して下さい（用完了請放回原位）
此処は元荒地だった（這裡原先是荒地）
彼女は元小学校の教師を為ていた（她曾做過小學教師）
元住んでいた家は跡形も無くなっていた（從前住過的房子連一點痕跡也沒有了）
元の鞘に収まる（言歸於好、破鏡重圓）
元の木阿弥（徒然無功、依然故我）
元校長（原任校長、從前的校長）
元世界チャンピオン（前世界冠軍）

**元、本、素**〔名〕本源，根源←→末，根本，根基，原因，起因，本錢，資本，成本，本金，出身，經歷，原料，材料，酵母，麴，樹本，樹幹，樹根，和歌的前三句，前半首
〔接尾〕（作助數詞用法寫作本）棵、根
禍の元（禍患的根源）
元を尋ねる（溯本求源）
話を元に戻す（把話說回來）
此の習慣の元は漢代に在る（這種習慣起源於漢朝）

電気の元を切る（切斷電源）
元を固める（鞏固根基）
外国の技術を元に為る（以外國技術為基礎）
農業は国の元だ（農業是國家的根本）
元が確りしている（根基很扎實）
失敗は成功の元（失敗是成功之母）
元を言えば、君が悪い（說起來原是你不對）
風邪が元で結核が再発した（由於感冒結核病又犯了）
元を掛ける（下本錢、投資）
元が掛かる仕事だ（是個需要下本錢的事業）
商売が失敗して元も子も無くして仕舞った（由於生意失敗連本帶利賠光了）
元も子も無くなる（本利全丟、一無所有）
元が取れない（虧本）
元を切って売る（賠本賣）
本を質す（洗う）（調查來歷）
元を仕入れる（購料）
紅茶と緑茶の元は同じだ（紅茶和綠茶的原料一樣的）
聞いた話を元に為て小説を書いた（以聽來的事為素材寫成小說）
木の本に肥料を遣る（在樹根上施肥）
庭に一本の棗の木（院裡一棵棗樹）
一本の菊（一棵菊花）
本元（根源）

**下、許**〔名〕下部、根部周圍、身邊、左右，跟前、手下，支配下，影響下，在…下
桜の木の下で（在櫻樹下）
旗の下に集る（集合在旗子周圍）
親許を離れる（離開父母身邊）
叔父の許に居る（在叔父跟前）
友人の許を訪ねる（訪問朋友的住處）
勇将の許に弱卒無し（強將手下無弱兵）

月末に返済すると言う約束の下に借り受ける（在月底償還的約定下借款）
法の下では皆平等だ（在法律之前人人平等）
先生の合図の下に歩き始める（在老師的信號下開始走）
一刀の下に切り倒す（一刀之下砍倒）
山下、山元、山本（山麓，山腳，山主，礦山主，礦山所在地，礦坑的現場）

## 員、員（ㄩㄢˊ）

**員**〔名、漢造〕人員、人數、成員
　唯員に備わる丈だ（爛芋充數）
　自分も其の一員に加わる（自己也作為一員參加其中）
　定員（編制的員額、規定的人數）
　艇員（全體船員）
　満員（滿座）
　人員（人員、人數）
　人員整理（裁員、精簡人員）
　委員（委員）
　医員（醫生、醫務人員）
　教員（教員、教師）
　会員（會員）
　海員（船員）
　成員（成員）
　正員（正式成員）
　各員（各位、各成員）
　客員（會友、準會員）
　閣員（內閣成員）
　楽員（樂隊隊員）
　議員（議員）
　役員（負責人員，高級職員，官員，幹部，幹事，公司的董事）
　欠員、缺員（缺額、出缺、空額）

　社員（公司職員、某社的社員、財團法人的成員）
　職員（職員）
　塾員（私塾的學員、私塾工作人員）
　事務員（事務員、辦事員）
　会社員（公司職員）
**員外**〔名〕編制以外，定員以外、編制外的官員（=員外官）
　員外教授（編制外教授）
**員数、員数**〔名〕（物品的）個數、額數（=数）
　員数が足りない（不夠數）
　員数を揃える（湊足額數）
　君は員数に入っている（你在數）
　員数外（定員以外、定額以外、多餘的人或東西）
**員内**〔名〕編制以內、定員以內

## 援（ㄩㄢˊ）

**援**〔漢造〕引用、幫助，救助
　応援（支援、救援、聲援）
　救援（救援）
　後援（後援，聲援，支援、援軍）
　支援（支援）
　声援（聲援、支援）
**援引**〔名、他サ〕援引、引用（=引用）
　前文を援引する（引用前文）
**援軍**〔名〕援軍，救兵。〔轉〕支援，幫忙的人
　援軍を請う（求救兵）
　援軍を送る（派救兵）
　一人で手に負えないので援軍を求める（一個人做不來求人幫忙）
**援護**〔名、他サ〕支援、援救、救濟
　味方を援護する（支援己方）
　罹災者に援護の手を差し伸べる（對遭受災害的人伸出救援之手）
**援助**〔名、他サ〕援助

海外援助計画（對外援助計畫）

財政的援助（財政援助）

援助を与える（給予援助）

援助を求める（求助）

援助の手を差し伸べる（伸出援助之手）

幸い友人が援助して呉れたので良かった（幸好朋友給幫了忙）

援助プロジェクト（援助計畫、援助項目）

援助資金（援款）

**援兵**〔名〕援兵、援軍

援兵を送る（派援兵）

**援用**〔名、他サ〕援用、引用

条項を援用する（援引條款）

ピタゴラスの定理を援用して問題を解く（引用畢達哥拉斯定理解答問題）

## 園（ㄩㄢˊ）

**園**〔漢造〕（也讀作おん）園地、庭園

田園（田園、田地）

荘園、庄園（莊園）

菜園（菜園、菜地）

薬園（藥圃）

公園（公園）

庭園（庭園、住宅的花園）

名園、名苑（著名庭園）

遊園地（遊園地、娛樂場地）

児童遊園地（兒童樂園）

楽園（樂園、天堂＝パラダイス）

学園（學園－多指自低年級至高年級具有一貫組織的私立學校）

植物園（植物園）

動物園（動物園）

幼稚園（幼稚園）

祇園精舎（為釋迦說法而修建的寺院）

**園芸**〔名〕〔農〕園藝

園芸植物（園藝作物）

園芸家（園藝家）

**園児**〔名〕托兒所、幼稚園的兒童

**園舎**〔名〕幼稚園、保育園等的房舍

**園主**〔名〕園主（庭園、樂園、幼稚園、保育園等的所有人或負責人）

**園地**〔名〕園地，庭園。〔古〕舊時分給各戶種桑、漆的土地

**園池**〔名〕庭園和水池

**園長**〔名〕（幼稚園、動物園等的）園長

**園丁**〔名〕園丁、園林工人

**園亭**〔名〕涼亭

**園庭**〔名〕庭園（＝庭、庭園）

**園内**〔名〕（公園、幼稚園等的）園內

**園圃**〔名〕園圃

**園遊会**〔名〕遊園會

外国人を招いて園遊会を催す（邀請外賓舉行園遊會）

**園林**〔名〕園林

**園、苑**〔名〕園、花園

学ぶの園（學園、學校）

花園（花園）

園に咲き誇る秋の花（園中盛開的秋天的花朵）

**園生、園生**〔名〕庭園

竹の園生（皇室的雅稱）

## 源（ㄩㄢˊ）

**源**〔漢造〕根源、本源、源氏（＝源氏）

根源、根元（根源）

本源（本源、根源）

淵源（淵源＝源）

財源（財源）

起源、起原（起源）

**源語**〔名〕〝源氏物語〞的略稱（＝源氏）

**源五郎**〔名〕〔動〕龍虱。〔動〕琵琶湖產的鯽魚（＝源五郎鮒）

**源五郎鮒**〔名〕〔動〕琵琶湖產的鯽魚、荷色鯽（來自漁夫源五郎曾將此鯽魚獻給安土城主）

**源氏**〔名〕〔史〕源氏，源姓氏族（嵯峨源氏、村上源氏等）、源氏物語（日本平安朝時代、描寫宮廷生活的長篇古典小說、其主人公為源氏）（=源氏物語）

　源氏絵（取材於源氏物語的風俗畫）
　源氏糸（由紅白二色線捻成的線）
　源氏箱（裝源氏物語的格子書箱）
　源氏巻（一種紅白二色的小塊點心）
　源氏豆（紅白二色的糖豆）

**源氏車**〔名〕（平安時代顯貴坐的）帶篷牛車（=牛車）、車輪形圖案的家徽

**源氏名**〔名〕以源氏物語的卷名為名的女官名稱（如榊命婦、早蕨典侍等）、
　妓女本名以外的花名（取自源氏物語的卷名、如夕霧、若紫等）

**源氏蛍**〔名〕〔動〕（日本最大的黑色）螢火蟲

**源泉、原泉**〔名〕源泉、根源、本源
　エネルギーの原泉（能源、精力的來源）
　悪の原泉を矯める（矯正罪惡的根源）矯める貯める溜める
　愛は生命の内部的為る力と光との原泉である（愛是生命內部的力與光的源泉）
　原泉課税（預扣稅款）

**源平**〔名〕〔史〕源氏和平氏、敵我、紅白（因源氏用白旗、平氏用紅旗）
　源平に分れて勝負する（分為敵我進行比賽）
　源平餅（紅白年糕）
　源平豆（紅白兩色糖豆）

**源由，原由，原由，源由**〔名、自サ〕原由、緣由、由來、起因
　そんな感想は如何なる精神狀態に原由する物であろう（那種感想是來自何種精神狀態呢？）

**源流**〔名〕源流，水源、起源，起始
　利根川の源流を探る（探尋利根川的源流）
　ギリシャ文化の源流を研究する（研究希臘文化的起源）

**源**〔名〕起源、水源、發源地
　事件の源を糾す（追究事件的起源）糾す質す正す紅す
　其の源は明らかでない（它的起源不詳）
　川の源を尋ねる（尋找水源的發源地）尋ねる訪ねる訊ねる訪れる
　ヒマラヤに源を発する（發源於喜馬拉雅山）

## 猿（ㄩㄢˊ）

**猿**〔漢造〕猿
　意馬心猿（心猿意馬）
　野猿、野猿（野猴）

**猿猴**〔名〕猿猴
　猿猴捉月（猿猴撈月、喻沒有自知之明的人自取滅亡）

**猿猴草**〔名〕〔植〕驢蹄草

**猿人**〔名〕（人類學）猿人
　ジャワ猿人（爪哇直立猿人）

**猿臂**〔名〕猿臂、長臂、〔喻〕善射
　猿臂を伸ばす（伸出長臂、向遠處伸手）

**猿**〔名〕〔動〕猴子，猿猴（的總稱）。〔轉、罵〕猴子似的人，有鬼聰明的人，只會模仿別人的人、（門窗的）插銷、（爐火上吊鍋、壺用吊鉤的）鉤扣
　猿が芸を為る（猴子耍玩意）申
　猿が鳴く（猴子啼叫）啼く泣く無く
　猿を回す（耍猴子）
　人間は猿の進化した物だ（人是從猿猴進化的）
　猿に烏帽子（沐猴而冠）
　猿に木登り（を教える）（班門弄斧、聖人門前讀三字經）
　猿の尻笑い（烏鴉笑話豬黑、喻只責別人缺點不見自己過錯）
　猿の空虱（猴捉蝨子、瞎忙亂）
　猿の人真似（猴子學人、瞎模仿）

猿も木から落ちる（智者千慮必有一失）
猿麻裃、松蘿〔名〕〔植〕松蘿、金錢草
猿楽、申楽、散楽〔名〕古代曲藝雜耍（的總稱）、（鎌倉時代）一種帶歌舞樂曲的滑稽戲（是能樂、狂言的源流）
猿賢い〔形〕〔俗〕猴精、狡猾、鬼機靈、小聰明
　彼奴は大変猿賢い（那傢伙機靈得很）
猿轡〔名〕堵嘴物、塞口物（主要指用手巾等塞在嘴裡或綁在嘴上）
　強盗は家族の者に猿轡を嵌めて（噛ませて）縛り上げた（強盗用東西堵住家人的嘴然後綁了起來）
　猿轡を嵌められて声を上げられない（被人用東西堵住了嘴不能叫喊）
猿芝居〔名〕耍猴戲。〔轉〕拙劣的演技（花招）
　彼等の遣っている事は丸で猿芝居だ（他們做的那一套簡直拙劣透了）
猿辷り〔名〕〔圍棋〕伸腿（從二路向一路大飛）
猿知恵〔名〕小聰明、鬼聰明、鬼機伶
　猿知恵を振り回す（玩弄小聰明）
　彼奴の猿知恵で何が出来る物か（憑他那種鬼聰明能做出什麼呢？）
猿戸〔名〕（庭園入口的）簡單木門
猿捕り茨、莢蒾〔名〕〔植〕莢蒾（百合科落葉灌木）
猿似〔名〕〔俗〕（沒有血緣關係的兩個人）長相一模一樣、外貌很相似（=空似）
猿の腰掛、胡孫眼〔名〕〔植〕多孔蕈（生於樹上硬質多年生蕈類總稱，如靈芝）
　猿の腰掛科（多孔蕈科）
猿袴〔名〕猴襠褲（一種肥襠瘦腳的勞動褲）
猿引き〔名〕耍猴的藝人（=猿回し、猿廻し）
猿回し、猿廻し〔名〕耍猴的藝人（=猿引き）
猿頬貝〔名〕〔動〕小蚶子（因肉紅似猴腮故名）
猿真似〔名〕（不加分析地）瞎模仿、依樣畫葫蘆
　猿真似を為る（瞎模仿、東施效顰）
猿股〔名〕（男用）短襯褲
　猿股を穿く（穿短襯褲）履く 掃く 吐く 刷く 佩く

猿面〔名〕猴子臉，猴子一般的面貌、仿照猴子相貌的假面具
　猿面冠者（猴子相貌的年輕人-豐臣秀吉的綽號）
猿類〔名〕〔動〕（類人）猿亞目（=真猿類）
猿〔名〕猴子（猿的異名）
猿子〔名〕〔動〕猴子（的別名）（=猿）、燕雀目小鳥的總稱（鳴聲似猴叫、種類三十多種）
猿〔名〕猴（=猿、猿）
　猿の如く攀じ登る（像猿猴似地攀登上去）

## えん（縁）（ㄩㄢˊ）

縁〔名、漢造〕（也寫作椽）走廊（=縁側）、關係，因緣（=縁、因）、血緣，姻緣。〔佛〕緣分，機緣、邊，緣
　縁に出る（到走廊去）
　縁の下（廊下）
　彼とは縁が無い（和他沒關係）
　縁が深い（關係深）
　縁も縁も無い（毫無關係、非親非友）
　学問には縁が無い（對學問無緣）
　彼の人とは縁が遠く為った（和他關係疏遠了）
　親子の縁（親子關係）
　縁に頼って職を求める（通過關係找工作）
　縁に繋がる（有血緣關係）
　兄弟の縁を切る（斷絕兄弟關係）兄弟
　顔は似ているが彼とは何の縁も無い（長相很像但彼此之間沒有絲毫親屬關係）
　前世の縁（前生之緣）
　妙な縁で彼に会う（由於一個奇妙的機緣遇上他）
　此れを御縁に…（今後請多關照-初次見面的客套話）
　御縁が有ったら又御目に掛かりましょう（假若有緣還會見面）
　金の切れ目が縁の切れ目（錢在人情在、錢了緣分盡）

縁無き衆生か度し難し（無緣眾生難超渡）

縁に付ける（使出嫁）

縁の下の力持ち（を為る）（在背地裡賣力氣而無人知曉，作無名英雄）

縁は異な物（味な物）（姻緣天定、緣分是不可思議的）

再縁（再嫁、再婚）

内縁（非正式的婚姻，姘居、親屬關係）

復縁（離婚夫妻恢復舊好、恢復夫妻關係）

離縁（離婚、斷絕與養子女的關係）

良縁（好姻緣、好婚姻、好對象）

因縁（〔佛〕因緣、〔轉〕注定的命運、因命運結成的關係、由來、藉口）

機縁（〔佛〕機緣、機會）

奇縁（奇巧因緣）

宿縁（宿緣）

外縁（外緣）

**縁板**〔名〕走廊地板

**縁家**〔名〕姻戚、親戚、親友之家

**縁側**〔名〕走廊（=縁、縁先）、（魚的）擔鰭骨、〔俗〕鯖和鰹附近的魚肉

縁側に出て夕涼みを為る（在走廊下乘晚涼）

**縁起**〔名〕〔佛〕緣起、起源，沿革，由來、兆頭，吉凶之兆

此の御宮の縁起は誰も知るまい（這神社的由來誰也不會知道）

縁起が良い（吉利）

縁起が悪い（不吉利）

縁起直し（免災、消除災殃）

縁起直しに一杯飲もう（為了消除災殃喝上一杯）

縁起物（記載廟宇緣起的冊子，用於祈禱吉祥的物品、吉祥物）

縁起棚（藝妓、接客業等祈禱吉利的神櫥）

縁起でも無い（不吉利、不吉之兆）

まあ、縁起でも無い事を言う（噯呀！少說不吉利的話）

縁起を祝う（祝福、祈禱吉祥）

縁起を担ぐ（迷信兆頭、講究吉利不吉利）

**縁切り**〔名、自サ〕斷絕關係（指夫妻、父子、母子、兄弟、主從關係、狹義指夫妻關係）

夫（妻）と縁切りを為て独りで暮らす（離婚獨居）

縁切り状（脫離關係的字據、離婚書）

縁切り寺（江戶時代有權幫助逃來婦女辦理離婚的寺院）

**縁組、縁組み**〔名、自サ〕結成夫妻、結親、收養子女（法律上尤指過繼養子）

某家と縁組する（和某家結親）

養子縁組（過繼養子）

**縁故**〔名〕親戚關係，親屬關係、（人與人的）關係（=縁）

縁故を辿る（投親靠友）

縁故者は任用しない（不用私人）

採用は縁故者のみに限る（任人唯親）

彼は私の縁故の者です（他是我的親戚）

縁故採用（錄用私人）

縁故募集（非公開招募）

同じ仕事を為た縁故で親しく為る（因同行而接近）

**縁語**〔名〕相關語（寫詩歌時為了修辭而用的相互關聯的詞）

**縁甲板**〔名〕鋪地板等用的窄條薄板

**縁坐、縁座**〔名、自サ〕〔古〕（由於親屬關係）連坐、連累、株連

**縁材**〔名〕〔船〕（艙口）擋板、圍板

艙口縁材（艙口擋板、艙口圍板）

**縁先**〔名〕屋簷下走廊

縁先で失礼します（對不起不進屋了）

縁先に腰を下ろす（坐在走廊邊上）

**縁定め**〔名〕定親、定婚

**縁者**〔名〕〔舊〕親屬、親戚（=親戚）

ㄩ

縁者続き（親友、親屬關係）

縁者贔屓（重用親戚、裙帶關係）

良い縁者が居る（有門好親戚）

**縁礁**〔名〕堤礁

**縁戚**〔名〕親戚、姻親（＝親類）

**縁台**〔名〕（擺屋外供休息、納涼等用的）長板凳

**縁談**〔名〕親事、提親、說媒

縁談が有る（有人提親）

縁談に応じる（同意議親）

縁談を持ち込む（說媒、說親）

此の縁談の仲立ちは何方ですか（這門親事是由誰介紹的？）

其の縁談は旨く纏まった（那門親事順利地說成了）

折角の縁談が毀れた（好好一門親事吹了）

**縁付く**〔自五〕出嫁、入贅（＝片付く）

娘は隣村の農家に縁付いた（女兒嫁到鄰村的一個農家）

**縁付ける**〔他下一〕打發出嫁、使入贅

娘を隣村の農家へ縁付ける（把女兒嫁給鄰村的一個農家）

**縁続き**〔名〕親屬（關係）、親戚（關係）、沾親

縁続きの人（親屬、親戚）

彼と縁続きに為っている（和他沾親）

**縁遠い**〔形〕關係疏遠、（常指女性）輕易也找不到對象

私は自然科學には縁遠い（我對自然科學很生疏〔欠研究〕）

縁遠い娘（輕易也找不到對象的小姐）

顔も気だても良いのに如何言う訳か縁遠い（相貌也好性情也好可不知為什麼老也找不到對象）

**縁日**〔名〕廟會、有廟會的日子

縁日商人（趕廟會的商販）商人

**縁の下**〔名〕走廊的地板下

縁の下に潜む（藏在地板下）

縁の下の力持ち（在背地裡賣力氣而無人知曉、作無名英雄）

縁の下の筍（沒出息的人）

**縁引き**〔名〕〔俗〕縁辺-姻親，沾親帶故的人（＝親類、縁続き）-縁故-親戚關係、親屬關係、(人與人的) 關係（＝縁）

**縁辺**〔名〕邊緣、姻親，沾親帶故的人（＝親類、縁続き）

縁辺震動（邊震）

縁辺胎座（〔植〕邊緣胎座）

**縁結び**〔名〕結親，結婚、（把寫有意中人的條子繫到神社寺院的門窗或樹上）祈求終成眷屬

縁結びの神（月下老人）

**縁毛類**〔名〕〔動〕縁毛（纖蟲）目

**縁由、縁由**〔名〕縁由，動機、親戚、故舊（＝縁故、好，誼）

**縁類**〔名〕親戚、姻親

**縁**〔名〕緣、邊、框、檐、旁側

崖の縁から転げ落ちる（從懸崖的邊緣滾下來）淵渕

眼鏡の縁（眼鏡框）眼鏡

黒縁の眼鏡（黑框眼鏡）

縁を付ける（鑲邊）

道路の縁を通る（走路邊）

彼は疲労の為目の縁が黒い（他因疲勞眼圈黑了）

側の縁に立つ（站在河邊）側側

縁の広い帽子（寬檐帽子）

**縁石**〔名〕路邊石

**縁植え**〔名〕（園林的）四周種植

縁植え植物（周圍種植的植物）

**縁飾り、縁飾り**〔名〕縁飾、飾邊、花邊、流蘇

縁飾りを付ける（加上飾邊鑲上花邊）

**縁取る**〔他五〕加邊、飾邊、鑲邊

草花で縁取った池（用花草飾邊的水池）

草花で縁取った小道（用花草飾邊的小徑）

ハンカチの四辺を刺繡で縁取る（用刺繡給手帕四邊鑲邊）

**縁取り**〔名〕邊飾、飾邊、鑲邊

緑の縁取りの有る白い制服（鑲綠邊的白色制服）

**縁無し**〔名〕無邊、無框

縁無し眼鏡（無框眼鏡）

**縁縫い、縁縫い**〔名、他サ〕縫邊、鑲邊

**縁**〔名〕（河、懸崖、桌子等的）緣，邊（＝縁、際、端）、（帽）檐、（草蓆的）鑲邊

川の縁（河邊）

道路の縁（路邊）

机の縁（桌邊）

茶碗の縁（碗沿）

崖の縁に立つ（站在懸崖邊）

帽子の縁（帽檐）

縁付きの帽子（帶檐的帽子）

縁を取る（縫邊、包邊、鑲邊）

縁を縫い付ける（縫上邊）

カーテンに縁を付ける（給窗簾鑲上邊）

**縁縢り**〔名〕〔縫紉〕包邊、拷邊、鎖邊

**縁削り盤**〔名〕〔機〕刨邊機、切邊機

**縁取り**〔名〕鑲邊、花瓣的異色周邊

此れは手際の良い縁取りだ（這道邊鑲得很漂亮）

縁取りモーリング、コート（鑲邊的早禮服）

縁取りのハンカチ（鑲邊手帕）

**縁**〔名〕緣、緣分（＝縁、縁）

縁の糸（姻緣的紐帶）

不思議な縁で結ばれた二人（由於奇緣而結合在一起的兩個人）

**縁、所縁**〔名〕因緣、關係

彼とは一寸した縁が有る（和他多少有點關係）

私には縁も縁も無い人だ（是和我毫無關係的人）

渋民村は啄木縁の地である（澀民村是和啄木有因緣的地方）

**縁、便、因**〔名〕依靠，投靠（特指可投靠的夫、妻、兒女）、私人關係，憑依，憑借

身を寄せる便も無い老人（無依無靠的老人）

命を繋ぐ便（賴以餬口的辦法）

便を求めて就職する（求個門路找工作）

一枚の写真を思い出の便と為る（以一張照片作為紀念）

亡き先生を偲ぶ便ともなる（這也是懷念亡師的紀念品）

**縁る、因る、由る、依る、拠る**〔自五〕因為，由於、在於，取決，依賴，仰仗，根據，按照，（寫作拠る）據，憑借

其の火事は煙草の火の不始末に因る（那次火災是由於沒有捻滅香煙引起的）

不注意に因って大怪我を為た（由於不小心受了重傷）寄る縋る選る撚る

私の今日有るは彼の助力に因る（我能夠有今天都是由於他的幫助）

其れは人にも因りけりだ（那也要看是誰）

成功するか為ないかは、君が今後努力するか為ないかに因るだろう（能否成功將看你今後是否努力啦）

悪い事を為た人は誰に因らず罰せられる（凡做壞事的不論是誰一律受罰）

良く注意して、場合に因っては、然う為ても良い（要多加注意看情況那樣做也可以）

其の話を聞けば、人に因っては怒るかも知れない怒る（聽了那話有的人也許要生氣）

辞書に因って、知らない言葉の意味を調べる（不懂的詞靠辭典來查明它的意義）

思想は言語に因って表現される（思想通過語言來表達）

話し合いに因って事件を解決する（通過協商解決事件）

聞く所に因ると（據聞）

最近の調査に因れば（據最近調查）

ユ

ラジオに因ると明日は雨が降る然うです（據收音機明天下雨）明日 明日

学生の能力に因り、クラスを分ける（按照學生的學力分班）

命令に因り行う（按照命令行事）

私は此の本を先生の御勧めに因って買いました（我按照老師的勸導買了這本書）

天険に拠る（憑借天險）

城に拠って抵抗する（據城抵抗）

**寄る**〔自五〕靠近，挨近、集中、聚集、順便去，順路到、偏、靠、增多、加重、想到、預料到。〔相撲〕抓住對方腰帶使對方後退。〔商〕開盤

近く寄って見る（靠近跟前看）

側に寄るな（不要靠近）

もっと側へ御寄り下さい（請再靠近一些）

此処は良く子供の寄る所だ（這裡是孩子們經常聚集的地方）

砂糖の塊に蟻が寄って来た（螞蟻聚到糖塊上來了）

三四人寄って何か相談を始めた（三四人聚在一起開始商量什麼事情）

帰りに君の所にも寄るよ（回去時順便也要去你那裡看看）

何卒又御寄り下さい（請順便再來）

一寸御寄りに為りませんか（您不順便到我家坐一下嗎？）

此の船は途中方方の港に寄る（這艘船沿途在許多港口停靠）

右へ寄れ（向右靠！）

壁に寄る（靠牆）

駅から西に寄った所に山が有る（在車站偏西的地方有山）

彼の思想は左（右）に寄っている（他的思想左〔右〕傾）

年が寄る（上年紀）

顔に皺が寄る（臉上皺紋增多）

皺の寄った服（折皺了的衣服）

貴方が病気だったとは思いも寄らなかった（沒想到你病了）

時時思いも寄らない事故が起こる（時常發生預料不到的意外）

三人寄れば文殊の智恵（三個臭皮匠賽過諸葛亮）

三人寄れば公界（三人鬪議、無法保密）

寄って集って打ん殴る（大家一起動手打）

寄ると触ると其の噂だ（人們到一起就談論那件事）

寄らば大樹の蔭（大樹底下好乘涼）

## 轅（ㄩㄢˊ）

**轅**〔漢造〕駕車的木槓

**轅**〔名〕車轅

馬車に轅を付ける（給馬車安裝車轅）

## 遠、逺（ㄩㄢˇ）

**遠、逺**〔漢造〕遠、深奧、遠離、（舊地方名）遠州（＝遠江）

久遠（永遠、永久）

永遠（永遠、永久、永恆、永存）

悠遠（悠遠、悠久）

幽遠（幽遠、深遠）

僻遠（僻遠）

高遠（高遠、遠大）←→低俗

広遠、宏遠（宏偉、遠大）

深遠（深遠）

敬遠（敬而遠之、有意迴避）

疎遠（疏遠）←→親密

**遠因**〔名〕遠因、間接的原因←→近因

其れが戦争の遠因を為している（那是導致戰爭的遠因）

政治の貧困が水害の遠因である（政治的無能是造成水災的遠因）

**遠泳**〔名、自サ〕長距離游泳

遠泳を行う（舉行長距離游泳）

**遠裔**〔名〕後裔（=末孫）

**遠海**〔名〕遠洋（=遠洋）←→近海
 遠海漁業（遠洋漁業）

**遠洋**〔名〕遠洋（=遠海）←→近海
 遠洋漁業（遠洋漁業）
 遠洋航海（遠洋航行）
 遠洋区域（遠洋區域）
 遠洋魚類（遠洋魚類）
 快速遠洋汽船（遠洋快輪）
 遠洋定期船（遠洋班輪）

**遠隔**〔名〕遠隔
 遠隔の地（遙遙地方）
 遠隔計測器（遙測計、遙測儀）
 遠隔測定（遙測）
 遠隔透視（〔心〕超閾限感覺）
 遠隔作用（〔理〕遠距離作用）
 遠隔操作（遙控=リモート、コントロール、リモコン）remote control
 遠隔操縦（遙控=遠隔操作）
 遠隔制御（遙控=遠隔操作）
 遠隔通信（遠距離電信、無線電長途通訊）

**遠眼**〔名〕遠視眼（=遠視眼）←→近眼
 遠眼鏡（遠視眼鏡、老花眼鏡）

**遠眼鏡**〔名〕〔俗、舊〕望遠鏡（=望遠鏡）

**遠忌、遠忌**〔名〕〔佛〕超過三年的忌日（真宗稱遠忌、其他宗稱遠忌）

**遠忌**〔名〕〔佛〕（宗派的開山祖等）死後每五十周年舉行的忌辰的佛事

**遠距離**〔名〕遠距離（=長距離）←→近距離
 遠距離写真術（遠距攝影術）

**遠近**〔名〕遠近
 道の遠近を問わず（不問路途遠近）
 遠近調節（眼的調解作用）

**遠近法**〔名〕（繪畫）透視畫法（=パースペクティブ）perspective
 遠近法に適っている（合乎透視畫法）

**遠近図**〔名〕透視圖

**遠近**〔名〕遠近、遐邇、到處（=彼方此方）
 遠近の村に灯が点る（遠近的村莊點起了燈火）
 小さな人影が三三五五、遠近にちらほらと見ている許りである（這裡那裡只能稀稀落落地看見三三五五的小的人影）人影

**遠景**〔名〕遠景、（美）背景←→近景
 富士の遠景（富士山的遠景）

**遠見、遠見**〔名〕遠眺、眺望

**遠見**〔名〕遠眺、眺望、瞭望、瞭望員、從遠處看、遠景、（歌舞伎）遠景（的布景）。〔古〕檢查部分收成情況決定年貢（=遠見檢見）
 遠見の効く高台に登る（登上可以眺望的高台）
 此処は遠見の良い所だ（這裡是適合遠眺的地方）
 遠見の兵士を配置する（配置眺望的士兵）
 遠見番（瞭望員）
 遠見番所（江戸時代設在沿海各地監視外國船隻的瞭望所）
 遠見櫓（偵查敵情的望樓）
 遠見は良く見える（從遠處看很好看）
 物は全て遠見には美しく見える物だ（東西都是從遠處看好看）
 遠見に描く（繪成遠景）

**遠交近攻**〔連語〕遠交近攻
 遠交近攻の策（遠交近攻政策）

**遠国、遠国**〔名〕較遠的國家、舊時遠離京城的地區←→近国、中国
 遠国から遥遥尋ねて来た（遠道而來）

**遠山、遠山**〔名〕遠處的山
 遠山の倒影（遠山倒影）
 遠山陰（遠山麓）
 遠山桜（遠山盛開的櫻花）
 遠山里（遠處的山村）

**遠視**〔名〕遠望，看遠處、遠視（眼）（=遠視眼）←→近視

ㄩ

遠視の眼鏡（遠視眼鏡）眼鏡
彼の人は少し遠視だ（他有點遠視）
遠視画（透視畫）
遠視眼（透視＝遠視）

**遠寺**〔名〕遠處的寺院
遠寺の鐘（遠寺的鐘聲）

**遠紫外線**〔名〕遠紫外線（紫外線波長短的部分）←→近紫外線

**遠日点、遠日点**〔名〕〔天〕遠日點←→近日點

**遠写**〔名〕〔攝〕遠距離拍攝←→近写

**遠写し**〔名〕（攝電影）遠距離拍攝（的鏡頭）（＝ロング、ショット）←→クローズ、アップ

**遠射砲**〔名〕遠射程大砲

**遠州**〔名〕〔地〕遠州（＝遠江）（現靜岡縣西部）

**遠称**〔名〕〔語法〕遠稱←→近称、中称、不定称

**遠心**〔名〕離心←→求心
遠心分離機（離心機）
遠心ポンプ（離心幫浦）
遠心花序（離心花序）
遠心調速機（離心力節速器）
遠心脱水機（離心去水器）
遠心圧縮機（離心壓縮機）
遠心器（離心機）
遠心力（離心力）←→求心力

**遠水**〔名〕遠處的水
遠水は近火を救わず（遠水救不了近火）

**遠陲**〔名〕邊陲、遠境

**遠征**〔名、自サ〕遠征、到遠處去（比賽、登山、探險等）
国軍の遠征（國軍長征）
遠征に出掛ける（出去遠征）
遠征軍（遠征軍、遠征隊、探險隊）
遠征隊（遠征隊、遠征軍、探險隊）

**遠逝**〔名〕長逝、逝世（＝死去）

**遠戚**〔名〕遠親

**遠祖**〔名〕遠祖

**遠足**〔名、自サ〕遠足、郊遊、（尤指學校辦當天往返的）徒步旅行
八卦山へ遠足に出掛ける（到八卦山去郊遊）
学校の遠足（學校辦的遠足）
家族揃って遠足に出掛ける（全家出去郊遊）

**遠大**〔名、形動〕遠大
遠大な理想（遠大理想）
遠大な計画（遠大的計畫）
遠大に事を計る（高瞻遠矚）計る諮る図る謀る測る量る

**遠地**〔名〕遠隔之地
遠地地震（遠地地震＝離震央二千公里以上的地震）
遠地点（〔天〕遠地點）←→近地点

**遠点**〔名〕視力所及的最遠點

**遠投**〔名、他サ〕（把球或釣鉤等）投得遠遠的

**遠島**〔名〕遠離陸地的島嶼、（江戸時代的一種刑罰）流放遠島（＝島流し）
遠島を申し付けられる（被宣告流放離島）

**遠熱水成鉱床**〔名〕〔地〕遠成熱液礦床

**遠馬**〔名〕乘馬遊遠方

**遠方、遠方**〔名〕遠方、遠處
遠方から来る（由遠方來）繰る剡る
遠方に行っている（到遠處去了）
遠方の処を御苦労様でした（謝謝您遠道而來）
遠方から遥遥尋ねて来た客（從遠方來訪的客人）
遠方に見えるのは台中公園の池亭（遠處看到的是台中公園的池亭）

**遠望**〔名、他サ〕遠望、遠眺（＝遠見、遠見、見渡し）
山に上がると遠望が利く（上山能看得遠）効く聞く聴く訊く
遠望の効く場所（能看得遠的地方）

**遠謀**〔名〕深謀
深慮遠謀（深謀遠慮）

**遠来**〔名〕遠道而來

遠来の客を持て成す（款待遠方來客）

**遠雷**〔名〕遠處打的雷

遠雷の音（遠雷聲）音音
遠雷の如き音（像遠雷般的聲音）
砲声が遠雷の様に轟く（砲聲遠雷似地隆隆作響）

**遠略**〔名〕遠略、深謀、遠大的計畫

**遠慮**〔名、自他サ〕遠慮，深謀遠慮、客氣、迴避，謝絕，謙辭、閉門反省（江戶時代對武士、僧侶等犯輕罪時的處罰）

遠慮を欠く（缺乏遠慮）く掻く描
遠慮の無い批評（不客氣的批評）
遠慮の無い間柄（親密無間的關係）
遠慮無く言う（不客氣地說）
ちっとは遠慮するが良い（要稍微客氣點才好）
何卒御遠慮無く（請不要客氣）
遠慮無く頂戴します（不客氣地領受〔吃〕）
批評を遠慮します（不加批評）
食べるのは遠慮する（推辭不吃）
招待を遠慮する（謝絕邀請）
車内で喫煙は御遠慮下さい（車內請勿吸煙）
御遠慮して戴けませんか（可否請您迴避一下）
遠慮会釈も無く（毫不客氣地）
遠慮無ければ近憂有り（無遠慮則有近憂）

**遠慮勝ち**〔形動〕好客氣、好謙虛

遠慮勝ちな人（好客氣的人）

**遠慮深い**〔形〕非常客氣、拘謹、拘禮

遠慮深い人（非常拘謹的人）

**遠類**〔名〕遠親

**遠離**〔名〕遠離（＝遠離）。〔佛〕無為

**遠**（語素）相當於遠い的語幹

**遠い**〔形〕遠，遙遠，久遠，疏遠←→近い、（神志）恍惚，不清、（視覺）模糊、（聽覺）遲鈍，不靈

駅は私の家から可也遠い（火車站離我家相當遠）
遠い田舎に移った（搬到很遠的鄉間）
飛行機が段段遠く為って行く（飛機漸漸飛遠）
山に登って遠い処を眺める（登山遠眺）
遠く離れた処に在る（在離很遠的地方）
遠さは何の位か（有多麼遠？）
遠い処を御苦労でした（遠道而來您辛苦了）
遠くて半里位です（最遠也就是半里左右）
此処から程遠からぬ処に小学校が有る（離這裡不太遠的地方有一所小學）
遠からず（不久）
遠い昔は空を飛べるとは思わなかっただろう（往昔不會想到能在空中飛翔）
其の時の来るのも遠くは無かろう（那個時候的到來不會太遠）
此の法律が廃止されるのも遠い先の事では有るまい（這個法律不久將會廢除）
彼の人は私の遠い親類です（那人是我的遠親）
吃驚して気が遠く為る（嚇得神志不清）
目が遠い（眼花）
耳が遠い（耳背）
電話が遠いから、大きい声で話して下さい（電話聽不清請大聲說）
遠い親類より近くの他人（遠親不如近鄰）
遠くて近きは男女の仲（千里姻緣一線牽，喻男女之間關係似遠實近極易結合）
遠き慮り無ければ必ず憂い有り（人無遠慮必有近憂）
遠きに交わりて近きを攻む（遠交近攻）
遠きは花の香近きは糞の香（遠香近臭、遠來的和尚會念經）

**遠く**〔名〕（遠い的名詞形）遠方、遠處←→近く

遠くを見ると森林許りだ（遠方望去一片森林）

遠くから人が来た（有人從遠處來了）

彼は今度遠くへ行くのだ然うだ（聽說他這次有遠行）

遠く迄行かない内に彼は立ち止った（走不遠他就站住了）

遠くの火事背中の灸（喻他人的大事不如自己的小事感到痛癢）

遠くの親類より近くの他人（遠親不如近鄰）

**遠歩き**〔名、自サ〕遠行

**遠っ走り**〔名、自サ〕〔俗〕遠行、出遠門

遠っ走りして疲れる（出了一趟遠門很累）

**遠浅**〔名〕（海岸等）平淺、不陡

此処等一帯は遠浅に為っている（這一帶是平淺灘）

遠浅の海（平淺的海）

**遠縁**〔名〕遠親、遠房

彼は私の母方の遠縁に当る（他是我母親的遠親）

**遠駆け、遠駆**〔名〕長驅、驅馬跑向遠方

**遠からず**〔副〕不遠、不久、最近

当らずと言えども遠からず（雖不中不遠矣）

遠からず解決するでしょう（不久會解決的）

彼は遠からず全快するだろう（他不久就會康復）

遠からず渡米する予定だ（準備不久到美國去）

**遠雁**〔名〕遠空飛雁、倒人字型花樣

**遠声**〔名〕遙遠的叫聲

悲しげな犬の遠声（悲慘的遠處狗叫聲）

**遠ざかる**〔自五〕遠離，離遠、疏遠、節制，克制←→近付く

危機が遠ざかる（危機離遠）盛る

彼が遠ざかる迄見送っていた（目送他走遠）

船が次第に遠ざかって行った（船漸漸走遠）

文壇から遠ざかる（離開文壇）

彼の事件以来彼は僕から遠ざかった（從那個事件以來他和我疏遠了）

心臓を患ってから久しく酒と煙草から遠ざかる様に為った（自患心臟病以後許久不動菸酒了）

**遠ざける**〔他下一〕躲遠，躲開、避開、疏遠、節制，忌，戒

人を遠ざけて密談する（躲開人密談）避ける裂ける割ける咲ける

悪友を遠ざける（疏遠壞朋友）

酒を遠ざける（戒酒）

**遠出**〔名、自サ〕到遠處去、出遠門

遠出を為て田舎の空気を吸う（到遠郊去吸吸農村的空氣）

子供連れでは、遠出は無理だ（帶著孩子出遠門不合適）

**遠鳴り、遠鳴**〔名〕遠處傳來（雷浪等的）聲音

潮の遠鳴りが聞える（聽見遠處的潮聲）塩汐

**遠音**〔名〕遠處的聲音

蛙の遠音が聞こえる（聽見遠處的蛙聲）帰る返る

**遠退く**〔自五〕離開、離遠、疏遠、隔遠、間歇、斷斷續續

足音は次第に遠退いていった（腳步聲逐漸遠了）

危ないから遠退いてい為さい（這裡危險離遠點）

卒業以来彼とも遠退いて仕舞った（畢業以後跟他也疏遠了）

彼の男からは遠退いていろ（不要接近那個人）

近頃足が遠退いている（近來不大來了）

砲声は次第に遠退いた（砲聲漸稀了）

**遠退ける**〔他下一〕躲開、避開、疏遠（＝遠ざける）

他人を遠退ける（避開別人、不和別人接近）

**遠乗り、遠乗**〔名、自サ〕乘車（馬）遠行

遠乗りに出掛ける（乘車遠行）

自動車で田舎へ遠乗りする（坐汽車到遠處鄉間去）

**遠火**〔名〕遠處的火。〔烹〕遠火，離火稍遠

遠火で焼く（離火遠點烤）炙く

**遠吠え、遠吠**〔名〕（狗）在遠方拉長聲嚎叫

夜中に遠吠えを聞くと、嫌な気持が為る（夜裡聽到遠處狗嚎感到發疹）

犬の遠吠え（虛張聲勢、背地攻擊）

文句が有ったら直接言え。何だ、犬の遠吠えみたいだ（有意見直接說別在背裡亂哄哄）

**遠巻き**〔名〕遠遠圍住

城を遠巻きに為る（遠遠圍住城池）代白

狩人は段段虎を遠巻きに取り巻いて行く（獵人漸漸從遠處把老虎圍住）

**遠回し、遠廻し**〔名、形動〕間接、委婉、拐彎抹角、不直截了當

遠回しに忠告する（委婉地勸告）

遠回しに相手の意見を探る（拐彎抹角地刺探對方的意見）

遠回しな言い方で真意を尋ねた（用委婉的說法探詢真意）

もしあからさまに言い難ければ、遠回しに言ったら良い（要是不好直截了當地說可以轉個彎說）

**遠回り、遠廻り**〔名、形動、自サ〕繞遠、繞道

人を避けて遠回りを為る（躲開人繞道走）

其方へ行くと遠回りに為る（從那邊走就繞遠了）

其れは遠回りな遣り方だ（那是走彎路的辦法）

**遠道、遠路**〔名〕走遠路、繞遠（＝回り道）←→近道

遠道の疲れが出る（現出走遠路的疲勞）

其方へ行くと遠道に為る（從那邊走繞遠）

**遠路**〔名〕遠路、遠道

遠路遥遥（萬里迢迢）

遠路の処を態態御出で戴き、有り難う御座います（謝謝您特地遠路前來）

**遠耳**〔名〕耳朵尖、順風耳

遠耳が利く（耳朵靈）効く 利く 聞く 訊く 聴く

**遠目**〔名〕從遠處看、看得遠、遠視眼、稍遠些←→近目

遠目には美しく見える（從眼處看很好看）

遠目に見ると区別が付かない（從遠處看分辨不出來）

彼は遠目が利かなく為った（他的視力看不遠了）

此の盆栽は少し遠目に置いた方が良い（這盆栽擺稍遠些好）

夜目遠目笠の内（〔女人〕在夜裡在遠處在傘下都顯得好看）

**遠矢**〔名〕射向遠處（的箭）

**遠寄せ**〔名〕遠遠圍住（＝遠巻き）

## 怨、怨（ㄩㄢˋ）

**怨（也讀作怨）**〔漢造〕怨、抱怨

怨霊（〔死人的〕冤魂）

旧怨（舊怨、宿怨）

仇怨（冤仇）

閨怨（閨怨）

私怨（私怨、私仇）

宿怨（宿怨）

積怨（積怨、積憤）

恩怨（恩怨）

**怨じる**〔自、他上一〕怨、埋怨、怨恨（＝怨ずる）（＝恨む、怨む、憾む）

**怨ずる**〔自、他サ〕怨、埋怨、怨恨（＝怨じる）

**怨言**〔名〕怨言

怨言を放つ（出怨言、發牢騷）

怨言を言う（出怨言、發牢騷）言う 謂う 云う

**怨み言，恨み言、怨言，恨言**〔名〕怨言

くどくどと恨み言を言う（嘮嘮叨叨地發牢騷）

互いに恨み言を言い合う（互相埋怨）

**怨恨**〔名〕怨恨（＝恨み、怨み、憾み、恨、怨、憾）

怨恨を抱く（懷恨）抱く 擁く 懷く 抱く

**怨魂**〔名〕怨魂

怨魂を慰める（超度怨魂）

**怨嗟**〔名、自サ〕抱怨、怨恨

**えんさ** 怨嗟の的と為る（成為怨恨目標）為る成る鳴る生る

  怨嗟の声を巷に溢れる（怨聲載道）

**えんじょ** 怨女〔名〕怨女、怨婦

**えんしょく** 怨色〔名〕怨色

**えんせい** 怨声〔名〕怨聲

  怨声を放つ（抱怨）

**えんぞう** 怨憎〔名、他サ〕怨恨、憎惡

**えんぷ** 怨府〔名〕怨府、眾人怨恨目標

  皆の怨府と為る（成為大家怨恨的人）

**えんぼう** 怨望〔名、他サ〕怨望、怨恨

  怨望の的と為る（成為怨恨的目標）

**おん**（也讀作**えん**）怨〔漢造〕怨、抱怨

**おんがい** 怨害〔名〕因怨加害、怨靈作祟

**おんしゅう** 怨讐、**えんしゅう** 怨讐〔名〕仇恨

**おんてき** 怨敵〔名〕仇敵

**おんねん** 怨念〔名〕怨恨、仇恨、遺恨

  怨念を抱く（懷恨）抱く擁く懷く抱く

**おんりょう** 怨霊〔名〕（死人的）冤魂

  怨霊を取り付かれる（冤魂附體）

**うらむ** 怨む、恨む、憾む〔他五〕恨、懷恨、抱怨、遺憾、悔恨、雪恨

  我が身を恨む（怨恨自己）

  恨まないで下さい（請不要恨我）

  天をも人をも恨まず（不怨天尤人）

  怠けて落第したからと言って誰を恨む訳にも行くまい（既然因懶惰沒及格就不能抱怨誰）

  逸機が恨まれる（遺憾錯過了機會）

  此の事に就いては何の恨む所は無い（關於這件事情沒有什麼悔恨）

  一太刀恨む（砍上一刀雪恨）

**うらむらくは** 怨むらくは、恨むらくは、憾むらくは〔連語、副〕可恨的是、可惜的是、遺憾的是

  恨むらくは不抜の決心が無い（可惜的是沒有堅定的決心）

**うらみ** 怨み, 恨み、, 憾み, 怨, 恨, 憾〔名〕恨、怨、遺憾、缺陷←→恵み、恵

  恨みを抱く（持つ）（懷恨）

  恨みを言う（抱怨責備）

  恨みを晴らす（報仇雪恨）

  恨みを買う（招怨得罪）

  恨みを飲む（飲恨含恨）

  侵略者への恨みと怒り（對侵略者的仇恨和怒火）

  恨みを残して死んでいった（含恨而死）

  恨み骨髄に徹する（恨之入骨）

  恨みに報ゆるに徳を以てする（以德報怨）

  千秋の憾み（千秋之憾）

  結論を急ぎ過ぎた憾みが有る（有結論過急的缺陷）

**うらみがお** 怨み顔, 恨み顔、怨顔, 恨顔〔名〕怨恨的表情、怒色

**うらみじに** 怨み死に, 恨み死に、怨死に, 恨死に〔名、自サ〕含恨而死

**うらみっこ** 怨みっこ, 恨みっこ、怨っこ, 恨っこ〔名〕互相埋怨、互相怨恨

  恨みっこの無い様に（叫誰也不怨誰）

  御互いに恨みっこ無しに為よう（我們不要互相埋怨了）

  さあ、此れで恨みっこ無しだ（現在我們誰也不怨誰）

**うらみつらみ** 怨み辛み, 恨み辛み、怨辛み, 恨辛み〔名〕怨恨和辛酸

  恨み辛みの数数を述べる（訴說種種怨恨和辛酸）

**うらめしい** 怨めしい、恨めしい〔形〕覺得可恨的、覺得遺憾的

  恨めし然うな顔付（含怨的神情）

  其を思うと恨めしく為る（一想起那件事就覺得可恨）

  私を騙した人が恨めしい（騙我的人真可恨）

  自分の不甲斐無いが恨めしい（可恨自己不爭氣）

自分の愚かなのが恨めしい（痛恨自己愚蠢）

## 苑、苑（ㄩㄢˋ）

**苑、苑** 〔漢造〕苑，庭園、文藝界

　御苑（禁苑、御花園）

　禁苑、禁園（禁苑、御花園、皇宮的庭園、禁止入內的庭園）

　神苑（神社院內、神社內的庭院）

　鹿野苑、鹿野園（在印度波羅奈國的林園）

　文苑、文園（文壇、文林、詩集）

　芸苑（藝壇、文壇、藝術界、文藝界）

　学苑（學校）

**苑、園** 〔名〕園、花園

　学ぶの園（學園、學校）

　花園（花園）

　園に咲き誇る秋の花（園中盛開的秋天的花朵）

## 院、院、院（ㄩㄢˋ）

**院** 〔漢造〕〔古〕院（對太上皇、皇太后及其住所等的一種尊稱）。〔古〕（有身分的人的）戒名、院（某些機關和公共處所的名稱）

　上東門院（上東門院）

　後鳥羽院（後鳥羽院）

　本院（本院←→分院、〔古〕）本院－上皇、法皇同時有二人的第一人←→新院-新太上皇）

　逍遙院（逍遙院）

　議院（議會、國會、國會大廈）

　棋院（棋院-圍棋專家的團體、棋館-下圍棋者的集會處）

　参議院（參議院）

　衆議院（眾議院）

　寺院（寺院）

　病院（醫院）

　上院（美國國會的上院=参議院）

　下院（美國國會的下院=衆議院）

　学士院（學士院、研究院、科學院）

　大審院（〔舊〕明治憲法規定的最高司法機關）

　僧院（寺院、修道院）

　修道院（修道院）

　学院（學院-多用於私立宗教學校及特種學校的名稱）

　医院（私人經營沒有住院設備的診療所）

　養老院（養老院）

　育児院（育嬰堂）

　少年院（收容流氓少年的少年教養院）

　感化院（感化院）

　美容院（美容院）

**院外** 〔名〕参議院（眾議院）的外部←→院内

　院外団（院外團體-在議會外進行政治活動的團體）

　院外運動（議會外的活動）

**院内** 〔名〕参議院（眾議院）的外部←→院外、醫院等的內部

　病院の院内（醫院內部）

　院内で土足厳禁（嚴禁穿鞋進入院內）

　院内総務（院內總務-在議院內指導黨員維持黨紀的政黨幹部）

**院議** 〔名〕参議院或眾議院的決議

　院議を以って除名する（通過議院的決議開除）

**院号** 〔名〕〔古〕院號（加給太上皇、皇太后等的尊稱）、（戒名上加院的）法名、修道者達到一定年限時所加稱號

　上東門院（上東門院）

　逍遙院（逍遙院）

**院主** 〔名〕〔佛〕方丈、住持

**院賞** 〔名〕學士院獎（=学士院賞）、藝術院獎（=芸術院賞）

**院生** 〔名〕研究生、大學院的學生

**院政** 〔名〕〔史〕院政（太上皇代天皇執政）

**院宣** 〔名〕〔史〕太上皇發出的詔書

院長〔名〕（醫院等的）院長
院展〔名〕日本美術院展覽會
院本〔名〕宋元時代的雜劇、淨瑠璃的腳本

# 願（ㄩㄢˋ）

願〔名、漢造〕求神、許願、願望
　願を掛ける（許願求神）
　願が叶う（如願以償）叶う適う敵う
　祈願（祈禱）
　請願（請求、請願、申請）
　誓願（〔對神佛的〕誓願，許願、〔佛、菩薩普渡眾生的〕誓願）
　志願（志願、報名、申請）
　本願（夙願、〔佛〕普渡眾生之願、寺院創建者）
　悲願（悲壯的誓願，誓必實現的決心、〔佛、菩薩〕普渡眾生的誓願，大慈大悲的誓願）
　勅願（日皇的祈禱）
　発願（發起心願〔想作某事〕、〔對神佛〕祈禱，許願）
　満願（〔佛〕結願）
　結願（〔佛〕結緣）

願意〔名〕請願，請求，意願，願望，心願
　願意が聞き届けられた（願望被接受了）
　願意を伝える（傳達意願）

願掛け、願掛け〔名、自サ〕祈願、許願、禱告、求神保佑
　子供の病気が治る様にと酒を断って願掛け（を）為る（戒酒祈願小孩病好）断つ絶つ截つ

願立て〔名、自サ〕許願、發誓祈禱（=願掛け）
　父の病気が治る様に願立てする（為父親疾病痊癒而許願）治る直る

願行〔名〕〔佛〕祈願和修行

願主〔名〕（向神佛）許願的人

願書〔名〕申請書，聲請書、（多指）入學申請書、（向神佛提出的）祈願書（=願文）
　入学願書（入學申請書）

願書を提出する（提出申請書）
願書を受け付ける（接受申請書）

願望、願望〔名、他サ〕願望、心願
　平和は人類全体の願望である（和平是全人類的願望）
　願望を達する（達到願望）
　願望を叶えた（如願以償）叶える適える敵える
　Europaへ行き度いと願望する（希望到歐洲去）
　願望の助動詞（〔語法〕願望助動詞=包括文語的たし和口語的たい、たがる等=希望の助動詞）

願解き、願解〔名〕（像神佛）還願（=礼参り）

願力〔名〕力求達到願望的精神。〔佛〕願力

願う〔他五〕請求，要求，懇求，懇請（=頼む、乞い望む）。願望，希望（=望む、欲する）。（向神佛）祈求，祈禱，許願。（向）官廳、公共機關等）申請，請願（=出願する）
　早速御返事を願います（請早回信）
　御願いし度い事が有る（我有件事想求您）
　何卒宜しく願います（請多關照〔幫忙〕）
　家の子供を御願い申します（請你照料我的孩子）家家家家家
　御願い出来れば満足です（如果你肯答應我的請求那我太高興了）
　援助を願う（請求援助）
　（電話で）済みませんが小林さんを御願いします（〔電話中〕勞駕請找一下小林先生）
　御用命を願います（〔商店等用語〕請您吩咐、懇請惠顧）
　御手柔かに願う（請高抬貴手、請手下留情）
　親しく願っている（有交情〔來往〕）
　毎度願って居ります（〔商店等用語〕常蒙光顧）
　子供の病気が早く治る様に願う（盼望孩子的病早日痊癒）治る直る
　栄達を願わない（不求顯達）

神に祈り願う（向神祈求）

願ったり叶ったり（正中下懷、正合心願）

願っても無い事（求之不得的好事）

**願い、願**〔名〕願望，意願，心願，志願，請求，申請，請願，請求書，申請書，請願書（＝願書）

其は私の願いです（那是我的願望）

一生の願い（終生的願望）

共通の願い（共同願望）

達ての願い（熱切的請求〔要求〕）

願いが叶う（達成願望、如願以償）叶える適える敵える

願い通りの結果を収める（取得如願的結果）治める納める収める修める

一つ御願いが有る（我有一個請求、我想請求你一件事）有る在る或る

願いに依って本官を免ぜられた（辭官照准）

休学願い（休學申請書）

願いを出す（提出申請書）

願いを聞き届ける（批准申請）

願いを却下する（駁回申請〔請願〕）

**願い上げる**〔他下一〕衷心希望

此の問題の解決を願い上げる（衷心希望解決這個問題）

**願い事**〔名〕心願，願望、（對神佛的）祈求、禱告、許願

願い事が叶う（心願實現）

君の願い事を聞き届けて上げる（答應〔滿足〕你的願望）

神様に願い事を為た（向神明作了祈求）

**願い下げ**〔名、他サ〕撤回申請（請求書）、撤消要求、撤回訴狀（控告書）

申請を願い下げに為る（撤回申請）

其の役目は願い下げ（に）為度い（我想謝絕那項職務）

其の話は願い下げだよ（那件事情不要再提起啦！）

**願い手**〔名〕申請者、請求者（＝願い人）

**願い出る**〔他下一〕（提出）申請

辞職を願い出る（提出辭呈、申請辭職）

一週間の休暇を願い出る（請一個禮拜的假）

学校当局に転校を願い出る（向學校當局提出轉學的申請）

**願い出**〔名〕申請、請求、請願、提出申請（要求）

一部の者から願い出が有った（有一部人提出了申請）

願い出に依り休学を許可する（根據申請批准休學）

**願い人**〔名〕申請人、請願人

**願人**〔名〕申請人，聲請人，祈禱人，許願人，乞丐僧，化緣僧，蓄髮僧（＝願人坊主）

**願人坊主**〔名〕江戶時代上野東睿山寬永寺的修行僧，乞丐僧，化緣僧，蓄髮僧

**願い文**〔名〕申請書，聲請書、（多指）入學申請書、（向神佛提出的）祈願書（＝願文、願書）

**願文**〔名〕禱告（神佛）文、祈禱文

**願わくは、願わくば**〔副〕但願、希望

願わくは成功されん事を（祝〔願〕你成功）

**願わしい**〔形〕所希望、所祈求、所喜歡、所歡迎、最好是（＝望ましい）

此の際特に君の決心が願わしい（現在特別希望你能下決心）際際

自分で調べる事が願わしい（最好是自己親自調查〔考查〕）

願わしくない事（不希望的事、不隨心的事）

願わしからざる人物（所不希望的人、不隨心的人）

**願ぐ、祈ぐ**〔他五〕〔古〕祈求、祈禱（＝祈る、願う）

願がぬ日は無し（無日不在祈禱）

# 暈（ㄩㄣ）

**暈**〔漢造〕模糊不清的光環（＝暈）

## ロ

**うんげん、繧繝**〔名〕暈渲式染法（以一種顏色染成三段濃淡不同顏色的染法）、（美）暈渲，渲染濃淡（=隈取り）

　**繧繝彩色**（暈渲彩色）
　**繧繝雲形**（用暈渲彩色畫的雲彩）

**暈色**〔名〕〔礦〕（礦物內部或表面上的）暈彩、暈色

**暈倒病**〔名〕（獸醫）家畜暈倒病、蹣跚病

**暈取り、隈取り**〔名、他サ〕（繪畫的）明暗法，勾畫輪廓，暈映，界限。〔劇〕臉譜，勾臉譜

**暈**〔名〕〔天〕（日月等的）暈，暈輪、風圈、模糊不清的光環

　**日暈**（日暈、日光環）暈傘笠嵩瘡
　**月暈**（月暈、月暈圈）
　**月に暈が掛かっている**（月亮有暈圈）
　**月は暈を被り、明日の雨を知らせていた**（月亮周圍出現風圈預兆第二天要下雨）
　**じっと見詰めると、其の電灯の明るみは七色の暈に包まれている**（目不轉睛地一看那電燈的亮光周圍包著七色的模糊光環）

**傘**〔名〕傘

　**傘を差す**（打傘、撐傘）傘笠嵩瘡暈暈
　**傘を差して歩く**（打著傘走）
　**傘を差さずに行く**（不打傘去）
　**風で傘が御猪口に為る**（風把傘吹翻過去）
　**傘を広げる**（撐開傘）
　**傘を畳む**（把傘折起）
　**傘を窄める**（把傘折起）
　**傘の柄**（傘柄、傘柄）
　**傘一本**（一把傘）
　**傘の骨**（傘骨）
　**雨傘**（雨傘）
　**傘一張、傘一張**（一把油紙傘）
　**晴雨兼用の傘**（晴雨傘）
　**日傘**（洋傘）
　**蝙蝠傘**（洋傘、旱傘）
　**唐傘**（油紙傘）
　**折り畳傘**（折疊傘）

**傘**〔名〕紙傘、雨傘

　**傘を広げる**（撐開傘）
　**傘を窄める**（折起傘）
　**傘を差す**（撐傘、打傘）
　**傘番組**（〔電視、廣播的〕預備節目）

**笠**〔名〕笠、草帽、傘狀物

　**田植えの人達は皆笠を被っている**（插秧的人們都戴著草帽）
　**蓑と笠**（蓑衣和斗笠）
　**ランプの笠**（燈罩）笠傘嵩瘡暈
　**電燈の笠**（燈罩）
　**茸の笠**（菌傘）
　**松茸の笠**（松蘑菇的菌傘）
　**笠に着る**（依仗…的勢力〔地位〕）
　**親の威光を笠に着て威張る**（依仗父親的勢力逞威風）
　**職権を笠を着て不正を働く**（利用職權做壞事）
　**笠の台が飛ぶ**（被斬首、被解雇）台台台

**嵩**〔名〕體積、容積、數量。〔古〕威勢

　**嵩（が）高い**（體積大）嵩笠傘暈瘡
　**嵩の大きい品**（體積大的東西）
　**車内に持ち込める荷物の嵩には制限が有る**（能攜帶到車裡的行李體積是有限制的）
　**川の水（の）嵩が増す**（河水的水量增加）
　**川の水（の）嵩が増える**（河水的水量增加）
　**嵩に掛かる**（蠻橫，跋扈，威壓，盛氣凌人、乘優勢而壓倒對方）
　**語気鋭く嵩に掛かった口調で言った**（以語氣尖銳壓倒對方的口吻說）

**暈す**〔他五〕使顏色濃淡界限模糊不清，使逐漸轉化到相鄰的另一顏色，使漸濃漸淡，暈映。（使語言、態度等）曖昧，使模稜兩可

此の絵の背景は暈し方が斑だ（這幅畫的背景暈映得不勻）

暈した写真（半身暈映的照片）

重要な点を暈す（把重點說得模稜兩可）

彼は言を左右に為て自分の主張を暈している（他左右其詞不表明自己的主張）

態度を暈す（態度曖昧、不表明態度）

**暈し**〔名〕（顏色的）由濃漸淡、（明暗界限的）朦朧，模糊

写真の下の方を暈しに為る（使照片的下邊暈映、把照片下邊的明暗界限洗印成模糊不清）

**暈ける、惚ける、耄ける**〔自下一〕記憶減退、糊塗、發呆（＝惚ける、呆ける、耄ける、蓬ける）。（顏色，相片）模糊變得不鮮明、（行情）呆滯

年を取って頭が惚けて仕舞った（年老腦筋糊塗了）

ピント(punt荷)が惚ける（焦點不對照得模糊）

此の上着は何時の間にか色が惚けた（這件上衣不知不覺地褪了色）

## 云（ㄩㄣˊ）

**云**〔漢造〕說、這樣說、如是如是、文言文中句末的停頓語（和焉字相似）

**云為**〔名、他サ〕言行（＝言行、仕業）

人の云為にけちを付ける（貶抑別人的言行）

**云云**〔名〕云云、等等（表示省略、引用或不便明講的事情）（＝云云、然然）

〔他サ〕說三道四、說長道短

〝此の問題は後に述べる云云〞と言った（說是這個問題後面再說等等）

大会の運営云云の事は後回しに為て（關於大會的安排等問題留待以後再說）

其れに就いて云云する必要は無い（關於那件事情不必說三道四了）

薬の効能に就いて云云する（議論藥品的效能）

**云云、然然**〔副〕（用於省略不必要的詞句）云云、等等（＝云云）

云云の日に（在某某日）

金を受け取った云云と手紙が来た（來信說錢說到了等等）

斯く斯く云云（如此這般）

用件は云云とはっきり言い為さい（有什麼事你就明說）

**云う、言う、謂う**〔他五〕說，講，道（＝話す、喋る）。說話，講話（＝口を利く）。講說，告訴，告誡，忠告（＝語る告げる）訴說，說清，承認（＝訴える、厳命する、是認する）表達，表明（＝言い表す）

（用…と言われる形式）被認為，一般認為。稱，叫，叫作，所謂（＝名付ける、称する）。傳說，據說，揚言（＝噂する、告げ口する）值得一提，稱得上

（接在數詞下、表示數量多）…之多。多至…

（用在兩個相同名詞之間、表示全部）全，都，所有的

（用…と言う形式構成同格）這個，這種，所謂

〔自五〕（人以外的事物）作響，發響聲（＝鳴る、音が為る）

寝言を言う（說夢話、作幻想）

小声で言う（小聲說）

馬鹿（を）言え（胡說）

誰に言うと無く言う（自言自語）

然う言わざるを得ない（不能不那麼說）

もう何も言わないで（什麼也別說啦！）

彼の言う事は難しい（他的話難懂）

良くもそんな事が言えた物だ（竟然能說出那種話來）

言い度い事が有るなら言わせて遣れ（如果有話要說就叫他說）

一体君は何を言おうと為ているのか（你究竟想要說什麼？）

明日の事は何とも言えない（明天如何很難說）

然うは言わせないぞ（那麼說可不行）

言い度くっても言わずに置け（想說也憋在肚子裡吧！）

人の事を兎や角言う物ではない（別人的事不要說三道四）

御礼を言う（道謝、致謝）

物を言う（說話）

大雑把に言えば良い（說個大概就可以）

然う言えば然うだよ（那麼說來可不是麼）

ちっとも物を言わない（一聲不吭）

驚いて物が言えなく為る（嚇得說不出話來）

物語の中では動物が物を言う（在故事裡動物會說話）

私の言う通りに為為さい（照我告訴那麼做）

言う事を聞かない子（不聽話的孩子）

人に言うな（別告訴別人）

年を取ると体が言う事を聞かなく為る（年紀一大腿腳就不靈了）

其れ見為さい、言わぬ事か、もう壊して終った（你瞧！不是說過了嗎？到底弄壞了）

頭痛が為ると言う（說是頭痛）

泣言を言う（哭訴、發牢騷）

何故来なかったか言い為さい（說明為什麼沒有來）

男らしく負けたと言え（大大方方地認輸吧！）

自分が悪かったと言った（他承認自己錯了）

何と言ったら好いだろう（怎麼表達才好呢？）

其の時の気持は何とも言えない（那時的心情簡直無法表達）

斯う言う事はドイツ語で如何言うか（這種事情用德語怎麼表達？）ドイツドイツ独逸

思う事が旨く言えない（不能很好地表達自己的心思）

塩は清める力が有ると日本では言われている（在日本一般認為食鹽能消毒）

彼は世間では人格者と言われている（一般認為他是個正派人）

私は米川と言います（我姓米川）

机の事を英語で何と言うか（桌子英語叫什麼？）

此れは牡丹と言う花です（這朵花叫作牡丹）

紅旗と言う雑誌を買った（買了叫作紅旗的雜誌）

彼の様な男を目から鼻に抜けると言う（他那樣的人就是所謂機靈透頂的人）

彼はテニスが旨いと言う（據說他網球打得好）

火事の原因は今取り調べ中だと言う（據說失火的原因正在調査中）

彼は僕が其れを盗んだと言う（他揚言我偷了那件東西）

特に此れと言う長所も無い（沒有特別值得一提的優點）

小さな町で病院と言う程の物は無い（是個小鎮沒有像樣的醫院）

彼は決して学者等とは言えない（他決稱不上是個學者）

二万台と言うトラクターを作り出した（生產了兩萬輛之多的拖拉機）

何千人と言う人が集まった（聚集了多達數千人）

村と言う村（所有的村莊）村

家と言う家は国旗を立てて国慶節を祝う（家家戶戶掛國旗慶祝國慶節）

温泉と言う温泉で殆ど行かない所は無い（所有的溫泉幾乎沒有沒去過的）

然う言う事は無い（沒有這種事）

嫌いと言う事は無いが（我並不討厭不過、、）

金と言う武器が有る（有金錢這種武器）

貧乏と言う物は辛い（貧窮這種事很難受）

共産党宣言と言う本を何度も読んだ（多次閱讀了共產黨宣言這本書）

窓がたがた言う（窗戶咯嗒咯嗒響）

がんがんと言う音が為る（發出咣咣的響聲）

犬がきゃんきゃん言う（狗汪汪叫）

言うか早いか（說了…就、立刻、馬上）

言うか早いか実行した（說了就辦）

言う丈野暮だ（不說自明、無需多說）

言うに言われぬ（說也說不出來、無法形容）

言うに言われぬ趣（無法形容的趣味）

言うに及ばず（不用說、不待言、當然=言うに及ばない、言う迄も無い）

日本語は言うに及ばず、英語も出来る（日語不用說英語也會）

言うに足らぬ（不足道、不值一說=言うに足りない）

言うは易く行うは難し（說來容易作起難）

言うも愚か（不說自明、無需說、當然）

言って見れば（說起來、老實說、說穿了）

言って見ればそんなもんさ（說穿了就是那麼回事）

言わぬが花（不說倒好、不講為妙）

言わぬ事（果然不出所料、不幸言中）

こんなに怪我を為て、だから言わぬ事じゃない（果然不出所料傷得這麼重）

言わぬは言うに勝る（不說比說強、沉默勝於雄辯）

**云う、言う、謂う**〔自、他五〕說（=云う、言う、謂う）

**曰く**〔名〕曰，云，說、理由，緣故，說道，藉口、隱情，難言之隱

荀子曰く（荀子曰）

古諺に曰く（古諺語說）

此れには何か曰くが有る（這裡面有甚麼緣故）

曰くを付けて金に為る（藉口敲詐）

曰く因縁が有る（有些緣由隱情）

彼は言いたがらないのに何か曰くが有るに違いない（他不肯說一定有難言之隱）

曰く言い難し（難言之隱）

## 耘（ㄩㄣˊ）

**耘**〔漢造〕除去田裡的雜草、興盛的樣子

**耘る**〔自五〕除草

## 雲（ㄩㄣˊ）

**雲**〔漢造〕雲、(舊地方名)出雲國(今島根縣東部)（=出雲の国、雲州）

暗雲（烏雲，黑雲=黒い雲、風雲險惡，形勢不穩）

彩雲（彩雲、彩霞）

瑞雲（瑞雲、祥雲）

青雲（青雲，青天、高的地位）

星雲（星雲）

風雲（風雲、形勢，局勢）

浮雲、浮雲（浮雲、極不穩定）

卷雲、絹雲（卷雲）

層雲（層雲）

卷積雲、絹積雲（卷積雲）

積乱雲（積雨雲）

原子雲（原子雲、磨菇雲）

**雲雨**〔名〕雲與雨。〔轉〕恩惠、成大業的機會、男女合歡

雲雨の情（雲雨之情）情

**雲影**〔名〕雲影

快晴で一点の雲影も無い（天朗氣清沒有雲影）

**雲翳**〔名〕陰天

**雲煙、雲烟**〔名〕雲煙雲霧和烟氣（山水畫的）雲霞

雲煙飛動（雲煙飛動）

雲煙万里（雲煙萬里）

**雲煙、雲煙**〔名〕雲和烟、雲或烟

雲煙と為す（火葬、進行火葬）為す成す生す

雲煙と為る（火葬、化為雲煙）為る成る鳴る生る

**雲霞**〔名〕雲霞（=雲霞）。〔轉〕雲集（形容很多人聚集在一起）

雲霞の如く集まる（雲集）

雲霞の如き大軍（雲集的大軍）

ㄩ

**雲霞**〔名〕雲霞、逃得無影無蹤、逃之夭夭、一溜煙地逃跑

**雲海**〔名〕雲海
　雲海に見下ろす（俯瞰雲海）

**雲外**〔名〕（九霄）雲外、天外

**雲客**〔名〕仙人

**雲漢**〔名〕雲漢、天河、雲河（＝天の川）

**雲気**〔名〕雲氣（天空雲彩的變化情況）
　雲気を望む（觀望雲氣變化-以測天候或卜吉凶）臨む

**雲脚**〔名〕雲腳（雲彩移動的樣子）（＝雲脚、雲足）

**雲脚、雲足**〔名〕雲的移動（情況）、低沉的雨雲、桌椅等家具腿上的雲頭
　雲脚が下がっている（雲腳低沉）

**雲級**〔名〕〔氣〕雲級、雲的分類
　十種雲級（十雲級、雲的十種分類）

**雲鏡**〔名〕〔氣〕測雲器（鏡）

**雲霓**〔名〕雲霓、雲和彩虹（意為降雨的前兆）

**雲高**〔名〕〔氣〕雲高
　雲高計（〔空〕雲高計）
　雲高測定器（〔空〕雲高計）

**雲根**〔名〕高山、山的岩石

**雲斎**〔名〕粗地厚斜紋布（用作布襪底）（來自創始人的名字）（＝雲斎織り）

**雲際、雲際**〔名〕雲際、雲端、天邊、遙遠的天空

**雲散**〔名、自サ〕雲散
　雲散霧消（雲消霧散）
　嫌な気持も君の一言で雲散霧消した（不快的心情因你一句話就雲消霧散了）一言一言一言

**雲消霧散**〔名〕雲消霧散（＝雲散霧消）

**雲集**〔名、自サ〕雲集
　各地の代表が此処に雲集する（各地代表雲集於此）

**雲州蜜柑、温州蜜柑**〔名〕〔植〕温州蜜柑（日本橘子得代表品種-因温州為中國有名的橘子產地而取名）

**雲霄**〔名〕雲霄。〔轉〕高位

**雲上**〔名〕雲上、雲霄、禁中、宮中
　雲上に聳える（高聳入雲）
　雲上人（出入宮中的貴族、宮廷人員、出入宮禁的人員＝雲の上人）
　我我庶民には雲上人の気持は分らない（我們老百姓不理解宮中貴族的心情）

**雲の上**〔名〕雲上、天上、宮中、皇宮裡面、高高在上無法靠近的地方、與群眾隔絕的地方
　雲の上人（皇宮裡的人-包括日本天皇、皇族、女官、被許可進宮的貴族等）
　雲の上の人（高高在上無法靠近的人）

**雲状**〔名〕雲彩狀

**雲壤**〔名〕天壤、天地。〔轉〕差別很大（＝雲泥）
　雲壤の差（天壤之別）

**雲蒸竜変**〔名〕喻英雄豪傑抓住機會大肆活躍

**雲水**〔名〕行雲流水、行腳僧（＝行脚僧）

**雲速計**〔名〕〔氣〕測雲計

**雲孫**〔名〕（像雲一樣很遠的子孫）自己算起九代的子孫（自己、子、孫、曾孫、玄孫、來孫、昆孫、仍孫、雲孫）

**雲台**〔名〕（照相機等三腳架上的）方向轉台、運台、萬能工作臺
　カメラを雲台に取り付ける（把照相機裝在運台上）

**雲頂**〔名〕（積雲等的）雲頂

**雲底**〔名〕〔氣〕雲底（積雲等的最下部）

**雲梯**〔名〕（攻城、體操用）雲梯

**雲泥**〔名〕雲泥、〔喻〕高低懸殊
　雲泥の差（天壤之別）
　雲泥万里（天淵之別、相差十萬八千里）

**雲版**〔名〕〔樂〕雲版、（寺院的）雲彩鐘

**雲表**〔名〕雲表、雲層之上（＝雲外）
　雲表に聳える（高聳到雲層之上）
　飛行機が雲表に出る（飛機飛出雲層之上）

**雲豹**〔名〕〔動〕雲豹

**雲霧**〔名〕雲霧
　雲霧立ち籠めたる大地を見下ろす（往下眺望雲霧壟罩的大地）

**雲霧**〔名〕雲霧、雲和霧、雲或霧
　雲霧と為る（化為火葬的雲煙）

**雲母、雲母、雲母**〔名〕〔礦〕雲母
　金雲母（金雲母）
　黒雲母（黒雲母）
　鱗雲母（鱗雲母）
　雲母片岩（雲母片岩）
　雲母片麻岩（雲母片麻岩）
　雲母銅鉱（雲母銅礦）
　雲母鉄鉱（雲母赤鐵礦）
　雲母コンデンサー（雲母電容器）
　雲母閃緑岩（雲母閃長岩）
　雲母紙（雲母紙）

**雲母引き**〔名〕雲母紙、塗雲母〔的紙〕

**雲紋**〔名〕（織物、金屬等面上）雲紋、雲彩花紋

**雲竜水**〔名〕（舊時的一種消防泵）龍吐水

**雲量**〔名〕〔氣〕雲量
　雲量記号（雲量記號）
　雲量十度（雲量十度）

**雲脂、頭垢**〔名〕頭皮、頭垢、膚皮
　雲脂取り（篦子）
　雲脂櫛（篦子）
　雲脂取り香水（洗髪液）
　雲脂がぼろぼろ落ちた（膚皮紛紛脱落）
　雲脂性の男（好長頭皮的男人）
　雲脂が出る（長頭皮）
　雲脂を掻く（撓頭皮）

**雲丹、海胆**〔名〕〔動〕海膽（棘皮動物海膽類的總稱）、海膽醬（常寫作雲丹-用海膽卵巢加鹽酒製成）

**雲雀**〔名〕〔動〕雲雀
　雲雀が囀る（雲雀鳴叫）
　雲雀が上がる（雲雀鳴叫）
　雲雀の口に鳴子（口若懸河）

**雲呑、餛飩**〔名〕（中）（澎）餛飩
　雲呑麺（餛飩麺）

**雲**〔名〕雲（上代東方國家方言）（=雲）

**雲**〔名〕雲、雲彩
　雲の切れ目（雲彩縫隙）
　空一面の雲（滿天雲彩）
　雲が晴れた（雲散了、晴了）
　厚い雲の層（厚的雲層）
　山陰から大きな雲が湧き上がって来た（從山背後湧出了大塊雲彩）
　雲に覆われる（被雲彩遮住、層雲密布）
　雲が出て来た（出來雲彩了）
　雲が低く垂れている（雲彩低垂）
　空には一点の雲も見えなかった（空中看不到一點雲彩）
　北風が雲を吹き払った（北風吹散了雲彩）北風北風
　今は心に掛かる雲が無い（現在沒有覆蓋在心靈上的雲彩了、現在沒有精神上負擔了）
　雲に梯（達不到的願望、高攀不上、辦不到的事）
　雲に汁（雲催雨下、情況好轉）
　雲に臥す（山居雲深處、居住在深山中）臥す伏す付す附す賦す
　雲に竜に從い、風に虎に從う（雲從龍風從虎、明君之下必有賢臣輔佐）竜竜
　雲無心に為て岫を出づ（雲無心以出岫、悠悠自適、悠然自得）
　雲を霞と（一溜煙地跑得無影無蹤）
　雲を霞と逃げ去った（一溜煙地逃掉了）
　雲を掴む（虚幻無實、不著邊際）
　雲を掴む様な話（不著邊的話、不可置信的事、荒誕的事）
　雲を衝く（頂天、衝天）

# ㄩ

雲（を）衝く様な男（頂天大漢、個子高的男子）

黒い雲（黑雲）

入道雲（積雨雲）

**蜘蛛**〔名〕〔動〕蜘蛛

蜘蛛が巣を掛ける（蜘蛛作繭）

蜘蛛の子を散らす（比喻多數人像四面八方散去-有如破開卵袋的小蜘蛛四處奔跑一般）

蜘蛛の子を散らす様に逃げる（四散奔逃）

**雲合い、雲合**〔名〕天空的情況、雲彩的樣子（=雲行き、空模樣）

雲合いが怪しい（天要陰起來、要變天）

**雲井、雲居**〔名〕雲中，天上，空中。〔轉〕遙遠的地方、禁城，皇宮，宮廷，都城，京城

雲井を渡る雁（雲中雁、穿雲雁）

雲井を凌ぐ摩天嶺（凌空的摩天嶺）

雲井に近き方（接近宮廷的人）

**雲井路、雲居路**〔名〕（鳥類飛翔的）空中之路、雲的移動方向（=雲路）

**雲隠れ**〔名、自サ〕藏在雲中，隱藏在雲彩裡、躲藏，逃跑，（東西）找不著，消失蹤跡

雲隠れの月（藏在雲中的月亮、雲遮月）

妹は叱られる前に雲隠れして終った（妹妹在受申斥前躲藏起來了）

**雲形**〔名〕雲形、雲子、雲頭、雲形花紋

**雲形定規**〔名〕雲（形）規、曲線板

**雲形**〔名〕〔氣〕雲形、雲狀、雲級

**雲切れ**〔名〕雲彩縫隙、雲和雲之間的縫隙

雲切れの間から月が出て来た（從雲彩縫隙露出月亮來了）

**雲路**〔名〕（鳥類飛翔的）空中之路、雲的移動方向

**雲助、蜘蛛助**〔名〕（江戶時代）（沒有固定住處的）抬轎工人，流浪漢。〔轉〕流氓，無賴（=破落戶）

**雲助運転手**〔名〕向客人勒索額外車費的出租汽車司機

**雲助根性**〔名〕敲詐勒索的劣根性、乘人之危的不良習性

雲助根性丸出しの男（毫不掩飾其敲詐勒索的劣根性的男人）

**雲の峰**〔名〕雲峰、（夏季出現的）像山峰似的雲彩（=入道雲）

**雲間**〔名〕雲彩縫隙

日の光が雲間から洩れる（太陽光從雲縫裡露出來）洩れる漏れる守れる盛れる

**雲行き、雲行**〔名〕雲的移動情況。〔轉〕前景，形勢、（不容忽視的）發展前途

雲行きが怪しく為って来た（要變天了）

両国間の雲行きが悪く為った（兩國間關係的前景不妙了）

# 允（ㄩㄣˇ）

**允**〔漢造〕答應、准許

**允可**〔名、他サ〕許可、允許（=許可）

**允許**〔名、他サ〕允許（=許し）

允許を与える（允許、許可）

**允文允武**〔名〕允文允武、能文能武、文武全才

# 隕、殞、霣（ㄩㄣˇ）

**隕**〔漢造〕從高處落下

**隕星**〔名〕〔天〕隕星、隕石（=隕石）

**隕石**〔名〕隕石

**隕鉄**〔名〕〔天〕隕鐵

# 孕（ㄩㄣˋ）

**孕**〔漢造〕懷孕、姙娠

孕婦（孕婦=孕み女、姙み女）

**孕む、姙む**〔自、他五〕懷孕，姙娠、孕育，內含，包藏

猫が子を孕む（貓懷胎）

帆が風を孕んで、勢い良く進む（船帆鼓滿風破浪前進）

雨を孕んだ風（夾著雨的風）

嵐を孕んだ世界情勢（孕育著風暴的世界情勢）

穂を孕む（孕穗）

**孕み**〔名〕懷孕、姙娠

孕み女、姙み女（孕婦）

# 運（ㄩㄣˋ）

**運**〔名〕運、運氣、幸運、命運

〔漢造〕運轉、運用、搬運、運命

　　私は運が良い（我運氣好）
　　私は運が悪い（我運氣壞）
　　運が向く（走運）
　　運が向かない（背運）
　　運を試す（碰碰運氣）
　　人には運不運が有る（人有走運的有不走運的、人有幸有不幸）
　　成否を運に任せて遣る（成功與否碰碰運氣看）
　　此処迄来て失敗するとは運が無い（到了這個地步還失敗了真是運氣不好）
　　人の運と言う物は分らない物だ（人的運氣莫測）
　　誰にも一度は運が回って来る物だ（誰都有走運的時候）
　　運の尽き（運數已盡、惡貫滿盈）
　　自宅に立ち戻ったのが運の尽きで、犯人が掴まった（犯人回到家中該他惡貫滿盈被逮捕了）
　　運は天に在り（命運在天、成事在天）
　　運は天に任せる（聽天由命）
　　海運（海運、航運）
　　開運（走運、交運、否極泰來）
　　舟運（船運、船舶運輸）
　　水運（水運、水路運輸）
　　衰運（衰運、頹勢、衰敗的趨勢）
　　陸運（陸路運輸）
　　空運（空運）
　　惡運（厄運、倒霉、賊運、作壞事而不遭惡報的運氣）
　　幸運、好運（幸運、僥倖）
　　国運（國運）
　　天運（天命、命運、天體的運行）
　　非運、否運（厄運、逆運、壞運氣、不幸運）
　　不運（不幸、倒霉、不走運）
　　武運（軍人〔武士〕的命運）
　　文運（文化，文明進步的趨勢）

**運営**〔名、他サ〕領導、運籌、籌劃、辦理、經營、管理
　　会社の運営（公司的經營管理）
　　議事の運営を司る（掌管議事的進行）
　　学校を運営する（辦學、管理學校）
　　新任総裁が党の運営に就いて党員党友の協力を求める（新任總裁關於黨的領導工作徵求黨員和黨友的協助）
　　運営機構（管理機構）
　　運営規則（管理規則）

**運河**〔名〕運河
　　パナマ運河（巴拿馬運河）
　　運河を開く（開運河）
　　運河を開鑿する（開鑿運河）
　　運河が舟を通ずる（在運河上通行船隻）
　　運河船（運河船）

**運気**〔名〕運氣，命運，天數、（中醫）五運六氣
　　運気が良い（運氣好）

**運脚**〔名〕（奈良平安時代的）運夫（農民）

**運弓**〔名〕弓法、（小提琴等）弓的運用

**運休**〔名〕（機器、交通工具等）停開、停駛、停車（＝運転休止）
　　大雪で列車が運休に為った（因下大雪火車停開）

**運行**〔名、自サ〕（天體）運行、（交通工具按一定路線）行駛
　　天体の運行（天體的運行）
　　遊星は其の軌道を運行する（行星沿著它的軌道運行）
　　列車の運行が乱れる（列車的運行時刻表打亂了）

ㄩ

## く

夏の間丈バスが運行する（公共汽車只在夏季行駛）

**運航**〔名、自サ〕（船、飛機）在航線上行駛
太平洋を運航する（在太平洋航線上行駛）
天津、上海間を運航してる汽船（航行在天津上海之間的汽船）

**運鉱船**〔名〕運礦船、礦石運輸船

**運根鈍**〔連語〕順從命運、有毅力、不露鋒芒（被認為是成功三要素）

**運鈍根**〔連語〕順從命運、有毅力、不露鋒芒（被認為是成功三要素）（＝運根鈍）

**運座**〔名〕（作〝俳句〞並從中評選佳句的）俳句會
運座を行う（舉行俳句會）

**運算**〔名、他サ〕〔數〕運算、演算（＝演算）
運算が旨い（善於運算）
運算を間違える（演算錯誤）

**運指法**〔名〕〔樂〕（吹彈樂器的）指法
フルートと同じ運指法で吹奏される（用與長笛同樣的指法來吹奏）

**運者**〔名〕幸運者、走運的人（＝幸せ者）

**運上**〔名〕（＝運送上納）（鎌倉時代）把公物運往京都上繳、（室町末期）徵稅、（江戶時代對各種營業課的）雜稅、（江戶時代）稅務所、明治初年的海關
運上金（雜稅款）

**運針**〔名〕〔縫紉〕運針法、縫紉法
運針を練習する（練習運針法）
運針縫い（〔縫紉〕絎、拱針）

**運尽く**〔名〕憑運氣、聽天由命（＝運次第）

**運勢**〔名〕運氣、命運
運勢が良い（運氣好）
運勢が悪い（運氣壞）
彼の運勢は下り坂だ（他運氣衰落了）
易者に運勢を見て貰う（請算掛的給算命）

**運声法**〔名〕〔樂〕運聲法、嗓子運用法

**運送**〔名、他サ〕運送、運輸、搬運
海上運送（海上運輸）
トラックで運送する（用卡車運送）
引越し荷物の運送を手伝う（幫忙搬運搬家行李）
運送を引き受ける（承運）
運送費（運輸費用）
運送状（運貨單、托運單）
運送船（貨船、運輸船）
運送料（運費）
運送保険（陸運保險）
運送人（陸運業者）
運送屋（運輸行、搬運工人）
運送業（運輸業、搬運業）
運送店（運輸行）

**運漕**〔名、他サ〕水運、海運、船運（＝回漕、廻漕）
運漕料（船費、船腳）

**運試し**〔名、自サ〕碰運氣、試試運氣
運試しに遣って見る（碰碰運氣試試看）

**運炭機**〔名〕煤炭運輸機（設備）

**運ちゃん**〔名〕（愛稱或蔑稱）司機、開車的

**運賃**〔名〕運費
運賃を取る（收運費）
運賃を上げる（提高運費）上げる揚げる挙げる
運賃を下げる（降低運費）下げる提げる
運賃を払う（付運費）
運賃を割引する（減收運費）
運賃を払い戻す（退還運費）
運賃後払い（後付運費）
運賃保険料込み値段（到案價格）
運賃表（運費表）
運賃同盟（海運聯合會）
運賃協定（運費協定）
運賃先払い（運費到付）
運賃支払い済み（運費付迄）

運賃前払い（運費預付）

運賃割り戻し（運費回扣）

**運転**〔名、自他サ〕駕駛、操縱，開動，運轉，運用，周轉，利用

自動車を運転する（開汽車、駕駛汽車）

運転台（駕駛台）

運転免許証（駕駛執照）

試運転（試車）

機械の運転を始める（開動機器）

資金を巧みに運転する（巧妙地周轉資金）

運転資金（周轉資金、流通資金）

運転資本（周轉資金、流通資金）

運転手（電車、汽車、電梯等的）司機

運転士（〔海〕駕駛員，高級船員，司機＝運転手）

運転系統（運轉系統、行駛路線）

**運動**〔名、自サ〕〔理〕（物體的）運動、（身體的）運動，體育運動、（政治、社會的）活動，奔走（鑽營）

運動の法則（運動定律）

運動電位（動電位、動電勢）

運動エネルギー（動能）

運動方程式（運動方程式）

運動摩擦（動摩擦）

運動ポテンシャル（動勢）

運動粘度（黏滯率）

運動率（力矩）

運動に出掛ける（出去運動）

運動帽（運動帽）

運動中枢（運動中樞）

運動服（運動服）

運動着（運動服）

運動靴（運動鞋、球鞋）

運動場（運動場）

運動感覚（運動感覺）

運動器具（運動器械、體育用具）

運動用具（運動器械、體育用具）

運動記事（體育新聞、體育消息）

運動器官（運動器官）

運動筋（運動肌）

運動記者（體育記者）

運動競技（體育比賽）

運動欄（體育專欄、體育版）

運動医法（運動療法、鍛鍊療法）

運動精神（體育道德、運動風格）

運動シャツ（運動衫）

運動施設（體育設施）

運動失調（運動機能不協調）

運動質（運動質）

運動衝動（運動衝動）

運動好き（運動愛好者）

選挙運動（競選運動）

学生運動（學生運動）

幾等運動しても駄目だ（怎樣奔走活動也不成）

運動員（鼓動家、競選活動人員、為達某種目的奔走人員）

運動資金（活動經費）

運動会（運動會）

運動性（運動姓）

運動型（運動型）

運動学（運動學）

運動具（體育用品、運動器械）

運動部（報社或大學的體育部）

運動家（運動家、體育家）

運動量（運動量、動量）

運動熱（對體育活動的愛好）

ㄩ

運動費（活動經費）
運動不足（運動不足、缺乏運動）
運動神経（運動神經）
運動選手（運動員）

**運搬**〔名、他サ〕搬運、運輸（=運び移す）
トラックで運搬する（用卡車搬運）
運搬業（搬運業、腳行）
運搬手段（運載工具）
運搬夫（搬運工人、腳夫、挑夫）
運搬車（搬運車、手推車、運貨汽車）
運搬電流（〔電〕運流、對流）

**運筆**〔名〕運筆、運筆法（=筆法）
運筆の勢いが有る（運筆有力、運筆有神）
正しい運筆を習う（學習正確的運筆法）倣う

**運否天賦**〔連語〕〔俗〕聽天由命、命由天定
斯う為ったから運否天賦だ（事到如今只好聽天由命了）
運否天賦だ、兎に角遣って見よう（聽憑運氣我來試試看）

**運任せ**〔名〕碰運氣、聽天由命
運任せに遣って見る（碰碰運氣試試看）

**運命**〔名〕命，命運。〔轉〕將來
運命に任せる（聽天由命）
運命を支配する（掌握命運）
運命の悪戯（命運的嘲弄、離奇的遭遇）
彼の運命は決まっている（他的命運已定）
国家の運命を占う（占卜國家的未來、預測國家的未來）
運命論（宿命論=宿命論）
運命付ける（命定、命中注定）
侵略者は失敗を運命付けられている（侵略者注定要失敗）

**運輸**〔名〕運輸、運送、搬運
貨物運輸（貨物運輸）
海上運輸（海上運輸）

運輸会社（運輸公司）
運輸機関（運輸工具）
運輸能力（運輸能力）
運輸省（日本交通部）
運輸大臣（日本交通部長）

**運用**〔名、他サ〕運用、活用
運用能力を高める（提高運用能力）
マルクス主義の立場、観点、方法を運用する（運用馬克思主義的立場觀點方法）
運用資本（運用資本、流動資本）
運用術（船舶駕駛術）
運用の妙は一心に存す（運用之妙存於一心-唐書岳飛傳）

**運良く（も）**〔連語、副〕僥倖、幸運地
運良く行けば（如果運氣好的話）
私は運良く災難から逃れた（我幸運地逃脫了災難）

**運ぶ**〔他五〕運送，搬運、移步，前往，運筆，運針、推進
〔自五〕（事物的）進展
荷物を車で運ぶ（用車運行李）
彼は船で遠い国へ運ばれた（他被用船送到了遠方）
発電所を参観に来る人は必ず石窟に足を運ぶ（來發電廠參觀的人必定移步石窟）
会議を旨く運ぶ（很好地推進議程）
仕事がすらすらと運ぶ（工作順利進展）
万事が順調に運んだ（一切都進行得很順利）
小説の筋がどんどん運ぶ（小說的情節順利地進展）
交渉の話が一向に運ばない（談判總是遲遲不見進展）

**運び**〔名〕搬運、（工作等的）進行，（事物的）進展情況、階段、程序、處理、解決、移步、前往
荷物の運びを手伝う（幫助搬東西）

仕事の運びが遅い（工作進展得慢）遅い晩い襲い

話の運びが旨い（談話的程序安排得很好）旨い巧い上手い旨い甘い美味い甘い

筆の運びに気を付ける（注意運筆）

仕事が愈愈完成の運びに至る（工作即將到達完成階段）到る

此の鉄道は七月には開通の運びに為るだろう（這條鐵路可能七月通車吧！）

近日開店の運びに為る（不日即將開張）

何とか早く運びを付けて貰わなければ為らない（務請盡快設法解決）

足の運びが遅い（步伐慢）

明日九時迄に御運び願い度い（請於明天九時前光臨）

**運び込む**〔他五〕搬進、運進、移入
　負傷者を運び込む（把傷員抬進來）

**運び去る**〔他五〕搬走、運走
　こっそりと運び去った（偷偷地運走了）
　何処へ運び去ったのか知りません（不知道運到哪裡去了）

**運び出す**〔他五〕搬出、運出
　家具を運び出す（把家具包出來）
　飛行機で運び出す（用飛機運出）
　長白山から運び出された原木（由長白山運出來的木材）

## 熨、熨（ㄩㄣˋ）

**熨、熨**〔漢造〕用火燙平衣料的用具、燙平東西

**熨す**〔他五〕熨平
　アイロンで皺を熨す（用熨斗把皺摺燙平）伸す

**熨、熨斗**〔名〕禮簽（附在禮品上的裝飾用長方形色紙疊成上寬下窄細長的六角形）、乾鮑魚片（＝熨斗鮑）、熨斗（＝アイロン、火熨斗）
　贈物に熨を付ける（給禮品附上禮簽）伸し延し
　熨を付ける（情願雙手奉送、無條件地奉送）
　熨を付けて進上します（情願雙手奉送給你）
　そんな批評は熨を付けて返上する（那種批評情願雙手奉還給他）

**熨斗瓦**（一種平瓦）

**熨斗目**（生絲作經線熟絲作緯線織成的綢衣料-江戶時代作為武家禮服）

**熨斗紙**（附有禮簽禮繩的紙-用於附在禮品包上）

**熨斗袋**（附有禮簽禮繩的封筒-用以裝謝禮的錢）

**熨斗梅**（一種點心）

**熨斗鮑**（乾鮑魚片-用鮑魚薄條曬乾而成，原為儀式酒餚，從其伸展延長之意，用作禮品的禮簽）

**火熨斗**〔名〕（裡面盛炭火的）火熨斗
　火熨斗を掛ける（用火熨斗燙）

## 韻（ㄩㄣˋ）

**韻**〔名〕（詩歌的）韻，韻腳、（漢字的）韻母
〔漢造〕韻，聲、詩韻、韻事，情趣
　韻を踏む（押韻）
　余韻、余音（餘音、餘韻、餘味）
　松韻（松韻、松濤）
　押韻（押韻）
　古韻（古韻）
　頭韻（頭韻法）
　脚韻（腳韻）
　同韻（同韻）
　神韻（神韻）
　気韻（氣韻-文章或書畫的意境或韻味）
　風韻（風韻、風趣）

**韻学**〔名〕音韻學、韻律學

**韻脚**〔名〕（漢詩的）韻腳、（歐文詩的）韻步
　韻脚の有る詩（押韻的詩）

**韻語**〔名〕（漢詩、文的）押韻的詞、韻文

**韻字**〔名〕（詩或韻文句末的）押韻字、韻腳

**韻事**〔名〕韻事、（作詩文等）風雅的事

## ㄩ

風流韻事（ふうりゅういんじ）（風流韻事）

**韻書**〔名〕（按漢字的韻排列的）韻書

**韻致**〔名〕韻致、雅致、雅趣、風雅

**韻文**〔名〕韻文（如詩、賦等）←→散文

**韻律**〔名〕韻律

豊かな韻律に富む詩（韻律豐富多彩的詩）

## 蘊（ㄩㄣˋ）

**蘊**〔漢造〕藏、積聚、深奧的部分

**蘊奧、蘊奧**〔名〕奧秘、奧意、最深奧的地方

哲学の蘊奧を窮める（徹底掌握哲學的奧妙）
窮める極める究める

**蘊蓄**〔名〕蘊蓄、造詣高深、知識淵博

蘊蓄の有る人（知識淵博的人）
蘊蓄の一端を漏らす（顯示出造詣的高深）
一端一端（也算得上一個）漏らす洩らす盛らす
動物学に於ける蘊蓄（在動物學方面的高深造詣）於ける置ける擱ける措ける
蘊蓄を傾ける（拿出淵博的知識－用於工作、寫作、談話上）

## 庸（ㄩㄥ）

**庸**〔漢造〕平凡、（常寫作用）用人，任用、（古賦役制度的）庸

中庸（中庸、中庸-四書之一）
凡庸（庸碌、平庸、平凡）
登庸、登用（錄用）
租庸調（租庸調）

**庸医**〔名〕庸醫（=藪医者）

**庸愚**〔名〕糊塗、平庸愚蠢

**庸才**〔名〕庸才、平庸無能的人

**庸主**〔名〕庸主、庸君

**庸俗**〔名〕庸俗、平庸（的人）

**庸劣**〔名〕庸劣、愚劣、愚蠢

## 傭（ㄩㄥ）

**傭**〔漢造〕雇傭

雇傭、雇用（雇傭、就業）

**傭員**〔名〕雇員、薪級最低的職員

**傭耕**〔名〕被雇來耕作

**傭船**〔名他〕租船、租用的船

裸傭船（租用的空船〔不帶船員〕）
外国から傭船する（租用外國船隻）
傭船料（租船費）
傭船市場（租船市場）
傭船契約（租船契約）

**傭銭**〔名〕工錢（=雇い賃）

**傭人**〔名〕傭人，雇用的人、（機關中）比雇員低一級的職員，臨時雇工

**傭兵**〔名〕雇傭兵（=雇い兵）

傭兵制度（傭兵制）

**傭う、雇う**〔他五〕雇、雇用

女中を雇う（雇女傭人）
船を雇う（雇船、租船）
君を当校の教師に雇おう（我想聘你當本校教師）
銀行に雇われる（被銀行雇用）

**傭い，傭、雇い，雇**〔名〕雇用，雇傭（的人）。〔舊〕（機關中的）雇員，臨時職員

雇い兵（傭兵）
臨時雇い（臨時雇用〔的人〕）
日雇い（日工）
雇い入れ（雇用）
雇いを募集する（招臨時職員）
役所の雇いに為る（當機關的雇員）

## 永、永（ㄩㄥˇ）

**永**（也讀作永）〔漢造〕長、長久

永劫、永劫（永劫、永久、永遠）

**永永**〔副〕長期、冗長

**永遠**〔名〕永遠，永久，永恆、〔哲〕永存

永遠の真理（永恆的真理）
永遠の眠り（に就く）（永眠）

永遠に変わらない公式（一成不變的公式）
人類の歴史は永遠に終わりを告げる事が無い（人類的歷史永遠不會完結）
永遠性（永久性）
永遠公債（永久公債-只付利息永不還本的公債）
パリ・コンシューンの原則は永遠である（巴黎公社的原則是永存的）

**永久**〔名〕永久、永遠
永久の策（長久之計）
永久に続く（萬古長青）
中日両国人民の永久の友誼（中日兩國人民永恆的友誼）
永久不滅の数数の偉大な功績（永不磨滅的豐功偉績）数数数数 数 屢屢 屢
永久不変（永世不變）
永久電流（持恆電流）
永久公債（〔經〕永久公債-只付利息永不還本的公債）
永久磁石（〔理〕永磁鐵）
永久磁場（〔理〕永磁場）磁場
永久膨張（〔理〕永膨脹）
永久細胞（〔植〕永久細胞）
永久組織（〔植〕永久組織）
永久硬度（〔化〕永久硬度）
永久歪（〔理〕永久變形、殘餘變形）
永久花（〔植〕永久花-乾枯後不變形，不脫落，顏色，光澤也不變的花）
永久機関（〔機〕永動機）
永久歯（〔解〕恆齒）
永久性（永久性、持久性）

**永久、常**〔名、副〕永久、永遠、長久（=永久、永久，長しえ，常しえ，永久なえ）
永久の命（永遠的生命）
永久の誉れ（永遠的榮譽）
永久に栄える（永遠繁榮）栄える 生える 映える 這える
君の幸福に続きます様祈ります（祝願您永遠幸福）

**永久、長しえ、常しえ**〔名〕永遠、永久（=永久なえ）
永久の幸いを祈る（祝永遠幸福）
永久に続く（永遠繼續下去）
永久に眠る（永眠）

**永久なえ**〔名〕永遠、永久（=永久、長しえ、常しえ）
永久なえの栄光を祈る（祝永遠光榮）

**永訣**〔名、自サ〕永訣，永別、死別（=永別）
師の亡骸に向って永別の辞を述べる（向老師的遺體告別）

**永劫、永劫**〔名〕永劫、永久、永遠
未来永劫（永久、永遠）
永劫不変（永遠不變）

**永小作**〔名〕〔法〕永佃、長期租佃（=永代小作、永久小作）
永小作権（永佃權-二十年以上五十年以下）
永小作人（永佃人、長期佃戶）

**永字八法**〔名〕永字八法（練習毛筆字的八種運筆法）

**永日**〔名〕永晝（晝長的春天）

**永住**〔名、自サ〕久居、長住、落戶
永住の地（久居之地、長住的地方）
中国に永住する（定居中國 在中國落戶）
此処を永住の地に為度いと思う（我想在這裡定居）
永住者（長住戶）
永住権（永住權、居住權）

**永世**〔名〕永世永久（=永久）
永世（局外）中立（永世中立）

**永生**〔名〕長壽，長命（=長生き）、永生

**永逝**〔名、自サ〕死、長逝、永眠

**永続**〔名、自サ〕持續、持久（=永続き長続き）

インフレに依る繁栄は永続しない（靠通貨膨脹的繁榮不能持久）縒る因る拠る撚る由る縁る

中日両国人民の友好関係を永続させる（使中日兩國人民的友好關係持續下去）

薬の効き目に永続性が無い（藥的效力不持久）

**永続き、長続き**〔名、自サ〕持續、持久（＝永続）

此の好天気は永続きするだろう（這個好天氣可能持續下去）

彼は何を遣らせても永続きしない（讓他做什麼也不能持續下去）

**永代**〔名〕永世、永久

永代供養料（永久佛事費－為了給死者按時作佛事而給寺院的費用）

永代借地権（〔法〕永久租地全）

**永年**〔名〕長年、長時間、長久的歲月

永年の交誼（老交情）

永年変化（〔天〕長期變化〔恆星位置〕、〔理〕長期變、〔地〕世紀變化）

永年方程式（〔天〕長期差）

永年摂動（〔天〕〔天體運動的〕長期攝動）

**永年、長年**〔名〕多年，漫長的歲月、長年累月

永年の画策して来た（蓄謀已久）

永年に亘る切実な体験（多少年來的切身體會）亘る渡る渉る

彼とは永年の付き合いです（和他是多年的交往〔老朋友〕）

永年着古した寝巻（多年穿舊了的睡衣）寝巻寝間着

永年補修されなかった（年久失修）

永年勤続、長年勤続（長期供職＝長年勤務）

**永別**〔名、自サ〕永別（多用於死別）

永別を告げる（訣別、永遠告別）

**永眠**〔名、自サ〕死、永眠、長眠

永眠の地（長眠之處、死葬之地）

薬石効無く永眠致しました（藥石無效與世長辭）

**永夜**〔名〕永夜

**永樂銭**〔名〕〔史〕永樂銅錢（明永樂九年製造的青銅錢，表面有永樂通寶字樣，輸入日本後，用於室町時代及江戶初期）

**永樂燒**〔名〕（江戶時代的）仿永樂瓷

**永牢**〔名〕〔史〕終身監禁（江戶時代的一種刑罰）

**永良部鰻**〔名〕〔動〕海蛇

**永らえる、長らえる、存える**〔自下一〕長生、繼續活著

生き永らえる（繼續活下來）

戦争中も不思議に生き長らえて（戰爭期間居然也活過來了）

**永い、長い**〔形〕（時間、距離）長、長久、長遠

長い年月（漫長的歲月、長年累月）年月

尻が長い（久坐不走）

先が長い（來日方長）

彼はもう長い事は有るまい（他活不長了）

長く交際する（長年交往）

長く御目に掛かりませんでしたね（久違了）

長い間鍛えられた腕前（久經鍛鍊的本領）

夜は幾等長くても何時かは明ける物だ（黑夜雖長但總會天亮）

長い棒（長棍）

長い文章（長文章）

袖が長過ぎる（袖子太長）

気が長い（慢性子、慢吞吞）

道程が長い（路程遠）道程道程

長い目で見る（從長遠看、高瞻遠矚、把眼光放遠）

長い物には巻かれる（胳膊扭不過大腿）

## 泳（ㄩㄥˇ）

**泳**〔漢造〕游泳

水泳（游泳＝水泳ぎ、スイミング）

競泳（游泳比賽）

胸泳（蛙泳＝平泳ぎ、ブレスト）

遠泳（長距離游泳）

泳脚〔名〕〔動〕（甲殻動物的）游泳足
泳者〔名〕（一組）游泳比賽選手
　　八百メートルリレーの第一泳者（八百米游泳接力賽第一輪參加者）
泳動電位〔名〕〔化〕（膠粒）移動電勢
泳法〔名〕游泳法、游泳的花式
泳ぐ、游ぐ〔自五〕游，游泳，游水，泅水。〔轉〕擠過，穿過，度過，混過，（相撲等被推或撲空的游泳姿勢）向前栽去
　　海で泳ぐ（在海裡游泳）
　　プールで泳ぐ（在游泳池裡游泳）
　　長江を泳いで渡る（游渡長江）
　　武装して泳ぎ渡る（武裝泅渡）
　　岸へ泳ぎ着く（游到岸邊）
　　泳いで上る（向上游、逆流而游）上る登る昇る
　　泳ぎ回る（到處游、游來游去）
　　仰向けに泳ぐ（仰泳）
　　一つ泳ごう（我們游一下吧！）
　　私は少しも泳げない（我一點也不會游泳）
　　泳いで行けるか（你能游過去嗎？）
　　人波（群衆の中）を泳いで行く（從人群中游過去）
　　世の中を泳ぐ（在社會上混、鑽營度世）
　　時流に乗って泳ぐ（隨波逐流）
　　時流に逆らって泳ぐ（抗拒時代潮流）
　　体が泳ぐ（身體失去平衡、身體向前栽去）
泳ぎ、游ぎ〔名〕游泳
　　泳ぎ場（游泳池、游泳區、游泳的地方）
　　泳ぎ手（游泳者、游泳的人）
　　君は泳ぎ方を知っているか（你會游泳嗎？）
　　彼は泳ぎが上手だ（旨い）（他很會游泳）
　　泳ぎに行く（去游泳）
　　泳ぎ比べを為る（作游泳比賽）比べ較べ
　　泳ぎの心得が無い（不熟悉水性）
　　仰向け泳ぎ（を為る）（仰泳）
　　立ち泳ぎ（を為る）（立泳、踩水）
　　平泳ぎ（を為る）（俯泳、蛙泳）
　　泳ぎの中で泳ぎを覚え、実践を学び取る（在游泳中學會游泳在實踐中學會實踐）
　　泳ぎを覚え様と為るからには一口二口水の呑む事は如何しても免れないだろう（既然要學會游泳就難免要喝幾口水）
　　泳ぎ上手は川で死ぬ（善水者溺善騎者墜）
泳がせる、游がせる〔他下一〕（本來是泳ぐ的使役形）（為了便於作進一步的調查或掌握證據）讓犯人暫時逍遙法外自由行動
　　犯人を泳がせて置く（讓犯人暫時逍遙法外）

## 勇（ㄩㄥˇ）

勇〔名、漢造〕勇敢、勇氣、豪勇
　　匹夫の勇（匹夫之勇）
　　勇を鼓す（鼓起勇氣）鼓す越す超す滝す濾す
　　勇を奮う（奮勇）奮う振う震う揮う篩う
　　勇を以て鳴る（以豪勇聞名）鳴る成る為る生る
　　武勇（勇敢、英勇）
　　沈勇（沉著勇敢）
　　忠勇（忠勇）
　　剛勇、豪勇（剛勇、剛強）
　　義勇（義勇）
　　義勇軍（義勇軍）
　　蛮勇（匹夫之勇、無謀之勇）
勇往〔名〕勇往
　　勇往邁進（勇往直前）
　　勇往邁進の気象に富んでいる（富有勇往直前的精神）
勇敢〔名、形動〕勇敢
　　勇敢な少年（勇敢的少年）
　　勇敢に戦う（勇敢地戰鬥）戦う闘う
勇気〔名〕勇氣
　　勇気を出す（鼓起勇氣）

ㄩ

勇気を奮い起こす（鼓起勇氣）
勇気を失う（失去勇氣）
勇気百倍する（勇氣十足）
勇気が挫ける（勇氣挫傷）

**勇気付く**〔自五〕鼓起勇氣
援軍が来たと聞いて、忽ち勇気付いた（聽說來了援軍立刻鼓起了勇氣）

**勇気付ける**〔他下一〕鼓勵、使勇敢起來
此の成功に勇気付けられて次の攻撃に移った（受到這次成功的鼓勵轉入了下一次的進攻）

**勇怯**〔名〕勇敢和怯弱（=怯勇）

**勇健**〔名、形動〕勇健。〔舊〕（書信用語）康健

**勇士**〔名〕勇士
此の川を泳ぎ渡る勇士は無いか（有敢游過這條河的勇士嗎？）
白衣勇士（負傷軍人、傷員）

**勇姿**〔名〕英姿、雄姿
颯爽たる馬上の勇姿（颯爽的馬上英姿）

**勇者**〔名〕勇士、有勇氣的人
真の勇者（真正的勇士）真実誠慎允信

**勇将**〔名〕勇將

**勇進**〔名、自サ〕勇進、猛進

**勇戦**〔名、自サ〕奮戰、奮勇戰鬥
勇戦力闘（英勇戰鬥）

**勇壮**〔名、形動〕雄壯
勇壮な行進曲（雄壯的進行曲）
勇壮を極めた進撃（極其猛烈的進攻）極める窮める究める

**勇退**〔名、自サ〕（給後來人讓路）主動辭職
停年を待たず為て勇退する（不等到退休年齡就主動辭職）
勇退して後進に途を開く（主動辭職為後來人讓路）
彼はもう勇退しても良い年だ（他已經到了該主動辭職的年齡了）

**勇断**〔名、他サ〕勇斷、果斷、勇敢的決定
危機に直面して勇断を待つ（面臨危機需要果斷）待つ俟つ

**勇婦**〔名〕勇敢的婦女、巾幗英雄

**勇武**〔名〕勇武
勇武の人（勇武之士）

**勇邁、雄邁**〔名、形動〕英勇豪邁
勇邁の気象を富む（富於英勇無畏的精神）

**勇名**〔名〕威名、勇敢名聲（也用於諷刺）
天下に勇名を馳せる（勇敢馳名天下）
勇名を轟かせた将軍（威震一時的勇將）

**勇猛**〔名、形動〕勇猛
勇猛な将軍（勇將）
勇猛果敢（勇猛果敢）
勇猛心（勇猛精神）

**勇躍**〔名、副、自サ〕踴躍
勇躍して敵地に向う（踴躍衝向敵陣）
平和サインに勇躍参加する（踴躍參加和平簽名）

**勇力、勇力**〔名〕強力、勇猛有力

**勇略**〔名〕勇氣和智略

**勇魚、鯨**〔名〕〔古〕鯨魚（=鯨）

**勇ましい**〔形〕勇敢，勇猛、活潑、生氣勃勃、雄壯，振奮人心、〔俗〕有勇無謀
勇ましい兵士（勇敢的戰士）
勇ましく戦う（勇敢戰鬥）
勇ましい女（活潑的婦女）
近頃の女性は中中勇ましい（近來的婦女非常活潑）
勇ましい寒中水泳（朝氣蓬勃的冬泳）
勇ましい喇叭の音（雄壯的喇叭聲）

**勇む**〔自五〕振奮、奮勇、踴躍、抖擻精神
勇んで出発する（踴躍出發）
勇んで事に当る（踴躍從事）
病気が治って勇んで登校する（病癒後振起精神上學）治る直る

**勇み**〔名〕勇，勇氣、豪邁，豪俠氣概（=勇み肌）

勇み足〔名〕〔相撲〕（把對方推到場地邊緣眼看勝利在望但因用力過猛）自己的腳先邁出場地（結果輸了）。〔喻〕因得意忘形而失敗

勇み立つ〔自五〕振奮、奮起
　其の報告に一行は勇み立った（聽了這個報告大家精神振奮起來）

勇み肌〔名〕豪俠、豪邁、豪俠氣概（的人）
　勇み肌の男（豪俠的漢子、打抱不平的人）

## 涌、湧（ㄩㄥˇ）

涌、湧〔漢造〕（同湧）泉水向上冒

涌出、湧出（〝涌出〟的習慣讀法）〔名、自サ〕湧出
　温泉が涌出する（温泉湧出）
　原油の年間涌出量（原油的年湧出量）

涌出〔名、自サ〕湧出（=涌き出る）
　石油が涌出する（涌出石油）
　涙の涌出泉の如し（淚如泉湧）

涌く、湧く〔自五〕湧出，冒出，噴出、湧現，產生、（小蟲等）大量湧現，孳生
　温泉が涌く（温泉湧出）
　地下水が涌く（地下水湧出）
　天から降ったか地から涌いたか（從天下掉下來的還是從地上冒出來的）
　心に厚い友情が涌いて来た（心中湧現出深厚的友情）
　祖国の為だと思うと力が涌いて来る（想到是為了祖國力量就來了）
　音楽に興味が涌く（對音樂產生興趣）
　希望が涌く（希望湧現、有希望）
　蛆が涌く（生蛆）
　虱が涌く（生虱子）
　孑孑が涌く（孳生孑孑）

沸く〔自五〕沸騰，燒開，燒熱（=煮える、煮え立つ）、（感情）激動、興奮、（金屬）熔化（=湯ける）、哄鬧、吵嚷、（方）發酵
　湯が沸く（開水沸騰）

　風呂が沸く（洗澡水燒熱）
　薬缶の湯が盛んに沸く（水壺裡的開水滾開）
　青年の血が沸く（青年的熱血沸騰）
　鉄が沸く（鐵熔化）
　場内が沸く（場內轟動起來）
　議論が沸く（議論紛紛）
　熱戦で観衆が沸く（因為比賽進行得很激烈觀眾激動起來）
　糠味噌が沸く（米糠醬發酵了）

涌き〔名〕湧出、冒出

涌き出る、湧き出る〔自下一〕湧出，噴出，冒出、（眼淚）流出、湧現
　滾々と涌き出る（滾滾湧出）
　彼女の目に涙が一杯涌き出た（她眼淚奪眶而出）
　勇気が涌き出る（湧現出勇氣）

涌き水、湧き水〔名〕湧出的水、冒上來的水、泉水←→溜り水
　涌き水の池（泉水池）
　多量の涌き水で工事が捗らない（由於地下水湧出很多工程不得進展）

涌かす、湧かす〔他五〕使湧現、使發生
　蛆を涌かす（生蛆、長蛆）
　歴史に興味を涌かす（對歷史產生興趣）

## 湧、涌（ㄩㄥˇ）

湧、涌〔漢造〕水向上飛騰

湧出、涌出（〝涌出〟的習慣讀法）〔名、自サ〕湧出
　温泉が湧出する（温泉湧出）
　原油の年間湧出量（原油的年湧出量）

涌出〔名、自サ〕湧出（=涌き出る）
　石油が涌出する（涌出石油）
　涙の涌出泉の如し（淚如泉湧）

湧泉、涌泉〔名〕湧泉

湧く、涌く〔自五〕湧出，冒出，噴出、湧現，產生、（小蟲等）大量湧現，孳生

## ㄩ

温泉が涌く（温泉湧出）
地下水が涌く（地下水湧出）
天から降ったか地から涌いたか（從天下掉下來的還是從地上冒出來的）
心に厚い友情が涌いて来た（心中湧現出深厚的友情）
祖国の為だと思うと力が涌いて来る（想到是為了祖國力量就來了）
音楽に興味が涌く（對音樂產生興趣）
希望が涌く（希望湧現、有希望）
蛆が涌く（生蛆）
虱が涌く（生虱子）
孑孑が涌く（孳生孑孑）

**沸く**〔自五〕沸騰，燒開，燒熱（=煮える、煮え立つ）、（感情）激動、興奮、（金屬）熔化（=蕩ける）、哄鬧、吵嚷。〔方〕發酵

湯が沸く（開水沸騰）
風呂が沸く（洗澡水燒熱）
薬缶の湯が盛んに沸く（水壺裡的開水滾開）
青年の血が沸く（青年的熱血沸騰）
鉄が沸く（鐵熔化）
場内が沸く（場內轟動起來）
議論が沸く（議論紛紛）
熱戦で観衆が沸く（因為比賽進行得很激烈觀眾激動起來）
糠味噌が沸く（米糠醬發酵了）

**湧き起る、湧き起こる、沸き起る、沸き起こる**〔自五〕湧起、湧現、呈現

空に黒雲が湧き起こった（天空烏雲湧現）
闘志が湧き起こる（鬥志湧現）
拍手が湧き起こる（響起熱烈掌聲）

**湧き出る、涌き出る**〔自下一〕湧出，噴出，冒出、（眼淚）流出、湧現

滾々と涌き出る（滾滾湧出）
彼女の目に涙が一杯涌き出た（她眼淚奪眶而出）
勇気が涌き出る（湧現出勇氣）

**涌き水、湧き水**〔名〕湧出的水、冒上來的水、泉水←→溜り水

涌き水の池（泉水池）
多量の涌き水で工事が捗らない（由於地下水湧出很多工程不得進展）

**湧かす、涌かす**〔他五〕使湧現、使發生

蛆を涌かす（生蛆、長蛆）
歴史に興味を涌かす（對歷史產生興趣）

## 詠（ㄩㄥˇ）

**詠**〔名、漢造〕詠，吟，詩，作詩、（詠的）詩

彼の詠（他作的詩歌）
吟詠（吟詠、作詩、吟詠詩歌）
朗詠（朗吟）
遺詠（生前遺留的詩或和歌、臨終遺留的詩或和歌）
諷詠（吟詠、作詩、賦詩、吟詩作賦）
題詠（按題賦詩、按題作俳句）
代詠（代吟詩歌、代吟的詩歌）
即詠（即席作詩、即席吟詠〔的詩歌〕）

**詠歌、詠歌**〔名〕〔古〕吟歌，作和歌，（吟詠或作成的）和歌。〔佛〕進香歌（=御詠歌、巡礼歌）

**詠吟**〔名、他サ〕吟詠詩歌、吟詠的詩歌

**詠史**〔名〕歌詠歷史、史詩←→詠物

**詠出**〔名、他サ〕吟詠詩歌、吟詠的詩歌

**詠唱**〔名、他サ〕詠唱。〔樂〕詠嘆調（=アリア）

賛美歌の詠唱（唱讚美歌）

**詠誦**〔名〕吟詠詩歌

**詠進**〔名、他サ〕作詩歌獻給皇室（或神社）、（每年一月）按宮中歌會日皇出的題作詩進獻

新年御題の詠進歌（按新年日皇出題所作的詩歌）

**詠草**〔名〕（和歌、俳句等的）底稿、詩稿

**詠嘆、詠歎**〔名、自サ〕讚嘆，感嘆。〔古〕詠歎，吟詠

景色の素晴らしさに詠嘆の声を漏らす（為風景優美發出讚嘆聲）漏らす洩らす

詠嘆法（〔修辭〕詠歎法）

**詠物**〔名〕詠物（寄懷）←→詠史

詠物詩（詠物詩）

**詠じる**〔他上一〕吟詠、吟詩、作詩（=詠ずる）

詩を詠じる（作詩、吟詩）

梅を詠じた詩（詠梅詩）

**詠ずる**〔他サ〕吟詠、吟詩、作詩

梅を詠じた詩（詠梅詩）

感想を歌に詠ずる（把感想詠成詩歌）

**詠む、読む**〔他五〕詠、吟、作（詩）（=作る）

彼は和歌を詠むのが旨い（他擅長作詩歌）

此の俳句は冬の景色を詠んだ物だ（這個俳句是詠冬季景色的）

**読む**〔他五〕讀，念，誦，看，朗讀、閱讀、解讀、揣摩、數數、考慮（棋的著數）

大声で読む（大聲念）大声大声

朗朗と読む（朗朗而讀）

御経を読む（念經）

アナウンサーは原稿を読み乍放送する（廣播員念著稿子廣播）

子供に物語を読んで聞かせる（念故事給孩子聽）

ざっと読む（瀏覽、粗略地一看）

念を入れて読む（仔細讀）

手紙を読む（看信）

グラフを読む（看圖表）

目盛りを読む（看刻度、看分量、看尺寸）

毎日新聞を読む（每天看報）

此の本はは読んで面白い（這本書讀起來有趣）

此の本は広く読まれている（這本書擁有廣泛的讀者，這是一部暢銷書）

相手の心を読む（揣摩對方的心思）

彼の人は人の心を読むのが旨い（他擅於體察別人的心意）

人の心が顔色で読める（從神色可以看出人的心思）顔色顔色

敵の暗号を読む（解讀敵人的密碼）

入場者の数を読む（數入場者的人數）

票を読む（數票數、點票數）

相手の先の手を常に読まなければ行けない（必須時刻考慮對方下一步棋怎麼走）

君は此の手が読めるかね（這一著棋你能看出來嗎？）

**詠む入れる 詠み入れる**〔他下一〕（把人、物、地名等）詠進、引用在詩歌裡（=詠み込む）

三国の国の名も詠み入れる（三國的國名也詠進詩歌裡）

**詠み癖，詠癖、読み癖，読癖**〔名〕習慣獨法（=慣用読み）、個人獨特的讀法（=詠み癖，詠癖，読み癖，読癖）

南殿、冷泉、施薬院等は伝統的な読み癖である（南殿、冷泉、施薬院等的讀法是傳統的習慣讀法）

此れは昔からの読癖だ（這是過去的習慣讀法）

此は彼の読癖だ（這是他的習慣讀法）

**詠み口、読み口**〔名〕詩歌等的風格、和歌的名人

**詠み込む**〔他下一〕（把人、物、地等）詠進、引用在詩歌裡（=読み入れる）

三国の国の名も詠み込む（三國的國名也詠進詩歌裡）

**詠み手、詠手**〔名〕和歌，俳句的作者

**詠み人，詠人、読み人，読人**〔名〕詩歌作者、詩歌吟詠者

此の短歌は詠人知らずだ（這首和歌作者不詳）

**蛹**（ㄩㄥˇ）

ㄩ

**蛹**〔名〕蛹（=蛹）

**蛹化**〔名、自サ〕〔動〕化蛹

**蛹虫**〔名〕蛹（=蛹）

蚕の蛹虫（蠶蛹）

**蛹**〔名〕蛹、蟲蛹、金剛

蚕の蛹（蠶蛹）

蛹に為る（化永）為る成る生る鳴る

蛹油（金蛹油）

蛹殻（蛹殼、蛹皮）

## 踊（ㄩㄥˇ）

**踊**〔漢造〕跳、做事起勁、快活的樣子

舞踊（跳舞、舞蹈=舞い、踊り、ダンス）

**踊躍**〔名、自サ〕踊躍、雀躍

歓喜踊躍（歡喜雀躍）

**踊る**〔自五〕跳舞，舞蹈。〔轉〕（用使役被動形式）為人效勞，被人操縱

踊りを踊る（跳舞、舞蹈）

バレーを踊る（跳芭蕾舞）

歌を歌い乍踊る（一邊唱歌一邊跳舞、且歌且舞、載歌載舞）

音楽に合わせて踊る（隨著音樂跳舞）

我を忘れて踊る（跳得忘形）

黒幕に操られて踊る（在黑後台的操縱下上竄下跳）

人の笛に釣られて踊る（跟著別人亦步亦趨）

ボスに踊らされる（受上司的擺布）

笛吹けども踊らず（不受別人的擺布）

**躍る、踊る**〔自五〕跳，跳躍、跳動、搖晃，顛簸、亂，紊亂〔轉〕（利）滾動

魚が水に踊る（魚躍出水面）

馬が踊る（馬跳躍起來）

嬉しさで胸が踊る（高興得心直跳）

心が踊る（心跳、心頭激動）

自動車が踊る（汽車顛簸）

活字が踊った（鉛字亂了）

利息が踊る（利上滾利）

**踊り，踊、躍り，躍**〔名〕舞，舞蹈，跳舞、（高利貸等所索取的）雙重利息，蹦蹦利，驢打滾（=踊り步）、疊用字，重複符號（=躍り字、踊り字）。〔解〕囟門（=ひよめき、踊り子）、（飯館用語）跳蝦，活蝦。〔機〕失調、跳動，震動，搖動

田舎踊り（民間舞蹈）

踊りが旨い（舞跳得好、擅長舞蹈）

踊りを踊る（跳舞、舞蹈）

踊りの師匠（舞蹈教師）

踊りの手（舞蹈的技法〔動作〕）

踊りの手振り（舞蹈的手勢）

**踊り上がる、躍り上がる**〔自五〕跳起來

吃驚して躍り上がる（嚇得跳起來）

躍り上がって喜ぶ（高興得跳起來）

彼は躍り上がらん許りに喜んだ（他樂得幾乎跳起來）

**踊り懸かる踊り懸かる，踊り懸る、躍り掛かる，躍り掛る**〔自五〕猛撲上去

虎が羊に躍り掛かる（老虎向羊猛撲上去）

**踊り食い、躍り食い**〔名〕生吃（活蝦、小魚等）

蝦の躍り食い（生吃活蝦）海老

**踊り狂う**〔自五〕盡情（狂歡）地跳舞、跳得入迷

**踊り子**〔名〕舞蹈的少女、職業舞女，芭蕾舞演員，女舞蹈演員、藝妓（=舞妓、舞子）、〔俗〕囟門（=ひよめき）

**踊り子草**〔名〕（草）野芝麻（紫蘇科多年生草）

**踊り込む、躍り込む**〔自五〕跳進，跳入、闖進，闖入

水に躍り込む（跳入水中）

船に躍り込む（跳到船上）

矢庭に家の中へ躍り込む（突然闖進屋裡）

**踊り字、躍り字**〔名〕疊用字、疊用符號、重複符號（例如国々的々、人々的々）

**踊手**〔名〕舞蹈者、舞蹈家

**踊り抜く**〔自五〕（抜く是作補助動詞用）跳到底、一直跳

一晩踊り抜く（跳舞跳個通宵）

**踊り念仏、踊念仏**〔名〕敲打鐘鼓跳著舞念經（=空也念仏）（據說始自空也和尚）

**踊り場、踊場**〔名〕跳舞場，舞蹈的地方，舞台。〔建〕（樓梯中途的）休息台，樓梯平台

**踊り歩、踊歩**〔名〕（高利貸在貸款不能如期償還時索取的）雙重利息，利滾利，蹦蹦利。〔俗〕驢打滾

**踊り回る**〔自五〕到處跳、跳來跳去

喜んで踊り回る（高興得跳來跳去）喜ぶ 歓ぶ悦ぶ慶ぶ

**踊らす、躍らす**〔他五〕（來自文語踊る的使役形）使之跳動，使之受到鼓舞（=踊らせる）、操縱，擺弄

胸を躍らす（心情激動、鼓舞人心）

身を躍らして屋根に上がる（縱身上房）

敵に躍らされる（被敵人利用）

あんな奴に躍らされて堪るもんか（受那傢伙操縱怎麼行呢？）

## 擁（ㄩㄥˇ）

**擁**〔漢造〕抱、擁戴

抱擁（擁抱、摟抱）

**擁する**〔他サ〕擁抱（=抱く）、擁有（=持つ）、率領（=率いる）、擁戴（=頂く、戴く）

相擁して泣く（相抱痛哭）擁する要する

十億の人口を擁する（擁有十億人口）

巨万の富を擁する（擁有萬巨財富）

大軍を擁する（率領大軍）

幼帝を擁する（擁戴幼帝）

**擁護**〔名、他サ〕擁護、維護

憲法を擁護する（擁護憲法）

自由擁護の為に戦う（為維護自由而奮鬥）闘う

擁護者（擁護者）

**擁壁**〔名〕護牆、防護壁、擋土牆

**擁立**〔名、他サ〕擁立

幼帝を擁立する（擁立幼帝）

## 用（ㄩㄥˋ）

**用**〔名〕事情（=用事）、用途，用處，使用（=働き、使い道）、費用，大小便

〔漢造〕使用，利用、功用，作用、（要辦的）事情，需要（的物品）

人の用を為る（給別人辦事情）

人の用を勤める（給別人辦事情）勤める勉める努める務める

用を足す（辦事、解手，大小便）

用を弁ずる（辦事）

用を済ます（辦完事情）済む住む澄む棲む清む

用が有って上海へ行く（因為有事到上海去）

一寸君に用が有る（和你有點事）

用が有ったら呼んで下さい（有事您就叫我）

君は日本語で用が足せるか（你能用日語表達自己的意思嗎？）

彼は何か用を為ている（你正在忙著做什麼事）

用に立つ（有用處）立つ断つ発つ経つ截つ絶つ裁つ起つ

種種の用に供せられる（供多種用途）種種種種

日除けの用を為る（用於遮陽）

此れは中学生用の辞書です（這是供中學生使用的辭典）

用を節する（節用、節約開支）節する接する摂する絶する

用を足す（辦事、解手，大小便）

採用（採用，採取、任用，錄取）

任用（任用、把編制外人員改任為正式職員）

貼用（貼用）

徴用（徴用）

重要、重用（重用）

充用（充作使用）

収用（徴用）

襲用（沿用、沿襲）

## ㄩ

運用（運用、活用）
活用（有效地利用，正確地使用，實際應用、日語用言和助動詞的語尾變化）
応用（應用、適用、實用、運用、利用）
食用（食用）
実用（實用）
利用（利用）
服用（服用）
乱用濫用（濫用、亂用）
悪用（濫用、用於不良目的）
有用（有用）
妙用（妙用）
効用（用途、用處、功用、效驗）
行用（銀行的事務）
公用（公用、國家或公共團體的費用）
供用（提供使用）
共用（共同使用）
功用（功用）
信用（信用、堅信、確信，相信，置信，信任，信賴、信譽）
無用（無用，沒有用處，不起作用、無須，沒必要，不許，不准，不得，禁止）
使用（使用、利用）
試用（試用）
適用（適用、應用）
擢用（提拔、拔擢）
私用（私事，私用，個人使用，私自使用，盜用）
盗用（盜用、偷用、竊用）
登用、登庸（起用、錄用）
当用（目前使用、當前的事情）
灯用（燈用）
起用（起用、任用）
器用（靈巧，精巧，巧妙，精明）
所用（使用，所用物品，事情，事務）
費用（費用、經費、開支）

御用 〔名〕〔敬〕事情、公事，公務。〔商〕惠顧，賜顧，定貨，拘捕，逮捕
　何の御用ですか（您有什麼事？）
　お父さんが御用です（父親有事找你）
　何時でも御用を勤めます（我隨時準備為您服務）
　はい、御安い御用です（遵命一定照辦）
　御用が有りましたら遠慮無く仰って下さい（如果有事盡請吩咐好了）
　御上の御用で洋行する（因公出國）
　多少に拘らず御用仰せ付けて下さい（不拘多寡敬請惠顧）
　自宅で御用に為る（在家裡被捕了）
　御用だ、神妙に為ろ（你被捕了放老實點！）
御用納め 〔名〕官廳在年底最後一天（12月28日）的辦公、封印、封文件←→御用始め
御用学者 〔名〕御用學者、反動政府豢養的學者
御用聞き 〔名〕〔商〕推銷員、（江戶時代）捕吏的助手
御用商人 〔名〕皇宮、官廳用品的承辦商人
御用新聞 〔名〕御用報紙、反動政府的機關報
御用達、御用達 〔名〕特定官廳的用品承辦商人
　宮内庁御用達（宮內廳用品承辦商人）
御用邸 〔名〕皇室的別邸
御用始め 〔名〕官廳在年初第一天（1月4日）辦公、啟封←→御用納め
用意 〔名、自他サ〕準備，預備（=仕度、支度）、注意，警惕，小心（=用心）
　用意、ドン（〔賽跑〕準備，跑！）
　旅行の用意を為る（作旅行的準備）
　寝具を用意する（準備睡覺用的東西）
　用意が出来ている（準備好了）
　用意が周到である（準備周到、準備齊全）
　真坂の時の用意に貯金する（存款以備不時之需）
　水害に備えて用意して置く（注意防備水災）
　備える具える供える
　勉強に対する用意が足りない（對學習祝意不夠）

災害に対する用意を怠らない様に為ましょう（對災害可不要麻痺大意）
用意周到（小心謹慎、用心周到、準備充分）
用意周到な応対振り（謹慎周到的應對態度）
**用役**〔名〕〔經〕服務（廣義指人力，土地，資金的作用、狹義指醫生，律師，教員等的服務）
**用益**〔名〕使用和收益
用益権（用益權-在一定期限內對別人的所有物取得的使用權和收益權）
用益物権（用益物權為一定的目的可以使用別人的土地並享用其收益的物權）
**用器**〔名〕使用器具
**用器画**〔名〕器械畫，器械製圖、幾何畫←→自在画
**用聞き**〔名〕挨門串戶攬生意的店員（商人）（＝御用聞き）
**用金**〔名〕公款。〔史〕（日本封建諸侯向領地內人民臨時徵收的）稅款
御用金（稅款）
**用具**〔名〕用具、工具
運動用具（體育用具）
掃除の用具を出す（拿出打掃用具）
謄写の用具一揃い買う（買一套謄寫用具）
**用件**〔名〕（應辦的）事、事情、事情的内容（＝用事）
大事な用件を手帳にメモして置く（把重要的事情記錄在本子上）置く擱く於く措く
どんな御用件でしょう（你有什麼事呢？）
無駄な事を言わないで、用件丈を話しましょう（不講廢話只說正事吧！）
**用言**〔名〕〔語法〕用言（日語中動詞、形容詞、形容動詞的總稱、廣義也包括助動詞、都有語尾變化）←→体言
**用後**〔名〕使用以後
**用語**〔名〕用語，措詞、術語，專用語
人と話す時には用語に気を付け為さい（和人講話時要注意措詞）
用語が適切を欠く（措詞欠妥）
哲学用語（哲學術語）
スポーツ用語（體育術語）

新聞用語（新聞術語）
学生用語（學生用語）
英和科学用語辞典（英日科學術語辭典）
**用材**〔名〕木料，木材、材料、使用人才
アカシアを建築用材に使う（用洋瑰作建築材料）
学習用材（學習材料）
**用紙**〔名〕（特定用途的）紙張、格式紙
原稿用紙（稿紙）
投票用紙（選票）
新聞用紙（白報紙）
答案用紙（答案紙）
申込用紙に住所氏名を書き込む（在報名單上填寫住址姓名）
所定の用紙を使う（使用規定的格式紙）
用紙難（紙荒、紙張不足）
**用字**〔名〕用字
用字法（用字法）
用字便覧（用字便覽）便覽便覽
**用事**〔名〕（必須辦的）事情、工作
一寸用事が有る（有點事情）
急な用事が出来たので帰らねばならなくなった（因為出了急事我必須回家）
用事を為てから遊ぶ（辦完了事再玩）
大した用事でも無い（並不是什麼大不了的事）
何か私に用事が御有りですか（這事跟我有什麼關係嗎？）
**用捨**〔名、他サ〕取捨、克制，姑息，留情（＝容赦）
用捨を誤る（搞錯了取捨）
用捨無く扱う（不客氣地對待）
情用捨も無く責める（毫不留情地責備）情情責める攻める
用捨無く時が過ぎる（時光無情地逝去）
**用尺、要尺**〔名〕〔縫紉〕（量體裁衣所必需的）衣料尺寸
**用心、要心**〔名、自サ〕注意、小心、警戒、提防

ヨ

## ㄩ

火の用心（注意防火）

足元御用心（腳底留神）

懷中物御用心（提防扒手）

用心の上にも用心が肝要だ（小心再小心非常重要）

彼の人は用心の言い人だ（他是一個小心謹慎的人）

寝冷えしない様に用心する（注意睡覺時別著涼）

戸締りに用心する（注意關門）

泥棒に用心する（注意防盜）

用心に怪我無し（有備無患、警惕沒有害處）

用心は臆病に為よ（要膽怯一般小心）

**用心金**（準備不時所需的錢、槍上的保險栓）

**用心時**（〔有危險或冬季容易發生火災的〕要特別注意的時候、要特別警惕的時候）

**用心時の自身番**（緊要時候親自戒備）

**用心深い**（十分小心、十分謹慎）

**用心深い人**（小心謹慎的人）

**用心深く行動する**（小心從事）

**用心棒**（防身棒、頂門棍＝心張棒、警衛、保鑣）

**用心棒を一人抱える**（雇一個保鑣的）

**用心門**（太平門）

**用水**〔名〕用水、（飲用、防火或灌溉等用的）水

**用水便所**（抽水馬桶、抽水廁所）

**農業用水**（農業用水）

**箱根用水**（箱根水渠）

**用水路**（渠道）

**用済み**〔名〕事畢、辦完事、任務完成

**用済みに為る**（完事、完成任務）

私は此れで用済みと為った（我這就完成任務了、我這就完事〔被解雇〕了）

**用船**〔名〕使用的船隻

**用箋**〔名〕（寫書信或稿件用的）信箋、信紙、便條、稿紙

役所の用箋を使って手紙を書く（用公文紙寫信）

**用足し，用達し，用達**〔名、自サ〕辦事、大小便、（常寫作〝御用達〞）機關用品承辦商

用足しに出掛ける（出去辦事）

学校の帰りに町へ回って用足しを為て置く（從學校回來的路上繞到街上辦了一點事）

済みませんが、近所迄用足しに行って下さいませんか（勞駕到附近去給我辦點事好嗎？）

一寸用足しを為て来る（我去解一下手）

一寸失礼します、用足しし度いんだ（對不起我想解一下手）

官公庁御用達（機關用品承辦商）

**用達**〔名、自サ〕承辦官廳所需商品（的商人）（＝用達し、用達）

宮内庁御用達の老舗（承辦宮內廳生意的老舖）

**用立つ**〔自五〕有用、中用（＝役に立つ）

世に用立つ人間に為れ（要作一個對社會有用的人）

**用立てる**〔他下一〕用，使用（＝役に立てる、使う）、（為別人）謀方便、借錢，墊款（＝貸す）

此の金を何かに用立てて下さい（這筆錢請您隨便用吧！）

少し位なら、私が用立ててましょう（為數不多的話我借給您吧！）

三万円用立てて呉れませんか（能否借給我三萬日元？）

**用立て**〔名〕（為別人）謀方便、借錢，墊款、（給）別人使用

用立て金（借出的錢、墊的款）

何でも御用立て致します（您儘管吩咐）

**用談**〔名、自サ〕商談、洽談

君に用談が有る（和你有事商談）

父は御客様と応接間で用談している（爸爸在客廳和客人商量事情呢？）

例の件に就いて社長と用談し度い（關於那件事想跟總經理商量一下）

**用箪笥**〔名〕小型櫥櫃

用箪笥に終う（收在小廚櫃裡）終う仕舞う
用箪笥付き机（帶小廚櫃的桌子）

**用地**〔名〕用地、有特定用途的土地
農業用地（農業用地）
学校用地（學校用地）
建築用地（建築用地）
工場建設用地を選定する（選定建廠地點）

**用畜**〔名〕〔農〕家畜、使用家畜

**用次、用次ぎ**〔名〕傳達、轉達（=取次ぎ）

**用途**〔名〕用途、用處
用途が広い（用途很廣）
石炭の新しい用途を開発する（研究出煤炭的新用途）
募金のを明確に為る（明確募捐的用途）

**用度**〔名〕庶務，總務，供應。〔舊〕費用
用度係（總務科、物資科、供應科）
外遊の用度を調達する（籌措出國的費用）

**用無し**〔名〕閒暇，賦閒，沒工作、沒用，不需要
彼は用無しで（遊んで）いる（他沒有工作閒呆著）
彼の男にはもう用無しだ（我再也不需要他了，我再也不跟他打交道了）

**用人**〔名〕〔古〕（江戶時代幕府、諸侯家的）管家、執事

**用筆**〔名〕運筆，筆順，（使用的）筆
用筆を誤る（下錯筆）謝る
紙と用筆を用意する（預備紙和筆）

**用品**〔名〕用品、用具
スポーツ用品（體育用品）
事務用品（辦公用品）
日常用品（日常用品）
台所用品（廚房用品）

**用布**〔名〕（做衣物的）布料

**用不用説**〔生〕用進廢退說、拉馬克學說（=ラマルク説）

**用部屋**〔名〕辦公室、（江戶時代）議政廳（=御用部屋）

**用兵**〔名〕用兵
用兵の妙を発揮する（發揮用兵之妙）

用兵に長ずる（善於用兵）
用兵学（軍事科學）

**用弁**〔名〕辦事、完成任務、差使（=用足し、用達し）

**用便**〔名、自サ〕解手、大小便
用便（を）為る（解手）
用便を足す（去廁所）
用便後（便後）

**用法**〔名〕用法（=使い方）
用法を誤る（弄錯用法）
器具の用法が分らない（不懂器具的用法）
薬の用法を間違え無い様に（不要弄錯藥的用法）

**用木**〔名〕木材、木料

**用米**〔名〕（江戶時代）備臨時要用的貯藏米

**用務**〔名〕事情、工作、公務、業務
緊急の用務（緊急的公務）
日常の用務（日常業務、例行公務）
用務を果たす（辦完事情、完成工作）
用務員（公司或學校等的勤雜工）（小使いの改稱）

**用向き、用向**〔名〕事情、任務（=用事、用件）
会社の用向きで出張する（為公司的事出差）
今日御出でに為ったのはどんな御用向きですか（今天您來有什麼事情？）
用向きを伺う（問對方有什麼事情？）伺う窺う覗う
用向きを尋ねる（問對方有什麼事情？）尋ねる訪ねる訊ねる
用向きを述べる（談自己要來辦什麼事情）述べる陳べる延べる伸べる
御用向きは（您有什麼事〔要我辦〕？）

**用命**〔名〕吩咐，囑咐、定購
試みに御用命下さい（請您吩咐我們試一試）
御用命の程御願い致します（請予以吩咐）
何なりと御用命下さい（不管什麼您儘管吩咐）
御呼びに為った御用命は何でしょうか（您叫我有什麼吩咐？）

御用命の品を御届け致しました（已送上您訂購的物品）

店員に御用命下さい（請向店員訂購）

**用量**〔名〕（特指藥物的）用量、劑量

用量を誤るな（不要搞錯劑量）

用量を超えて飲む（服藥過量）

**用例**〔名〕用例、實例、例句

此の辞書は用例が沢山有って便利だ（這部辭典例句多很方便）

言葉の用例を示す（舉出詞的例句）示す湿す

**用いる**〔他上一〕用，使用（＝使う）、採用，採納、任用，錄用、用心、注意

黒いinkを用いる事（要使用黑墨水）

材料に木を用いる（用木頭作材料）

古い物を直して用いる（把舊東西修理一下使用）

alcoholは消毒に用いられる（酒精用於消毒）

此の語は今では用いられない（這個詞現在不用）

良い案を用いる（採納好的建議）

新しい技術を用いる（採用新技術）

私の意見は終に用いられなかった（我的意見終於未被採納）

新人を用いる（錄用新人）

人を重く用いる（重用人）

意を用いる（用心、注意）

心を用いる（用心、注意）

此れからはもっと健康に意を用いて下さい（今後請更加注意健康）

特に材料に意を用いる（特別在使用材料上費心思）

# 阿（ㄚ）

阿〔漢造〕阿附，阿諛、用於梵語或其他語言的音譯、阿波（=阿波国）、（也讀作阿）表示親密稱呼

阿諛（阿諛、逢迎、奉承）

阿附（阿諛）

阿世（阿世）

阿弥陀（阿彌陀佛）

阿修羅（惡神）

阿州（阿波国）

阿千（阿千）

阿吽、吽〔名〕（梵語 a-hun）（來自梵文字母最初和最後的聲韻、是開口聲、是閉口聲）阿吽，口閉口出的聲音、萬物的始終、廟門兩旁的哼哈二將獅子狗的表情〔一個張口一個閉口〕、呼吸

阿吽の呼吸が合って両者同時に立ち上がりました（〔相撲〕〔擺架式後〕兩個力士氣息相合同時站起來了）

阿嬌〔名〕美人

阿膠〔名〕〔中藥〕阿膠

阿行、ア行〔名〕あ行（五十音圖的第一行：あいうえお）

阿古屋貝〔名〕〔動〕珍珠貝、珠母（=真珠貝）

阿漕〔形動〕（來自三重縣津市的地名）（厚著臉皮）貪得無厭、死求白賴地貪婪

阿漕な人（貪得無厭的人）

余りにも阿漕の遣り方（過於貪婪的做法）

着ている物迄剥いで行くとはあんまり阿漕だ（連身上穿的衣服也給剝走也太貪得無厭了）

そんな阿漕な事を為るな（別那麼死求白賴的）

阿含経〔名〕〔佛〕阿含經

阿闍梨〔名〕（梵 acarya）〔佛〕阿闍梨，高僧天、台宗真，言宗的僧位

阿修羅〔名〕（梵 asura）〔佛〕阿修羅、惡神

阿修羅の如き形相（凶神般的相貌）

阿世〔名〕阿世、媚世

阿仙薬〔名〕阿仙藥樹製造的暗褐色塊狀的藥劑（可當收斂劑、止血劑、清涼劑、染料）

阿檀〔名〕〔植〕露兜樹（巴拿馬草帽原料）

阿茶羅漬、阿茶羅漬け〔名〕（阿茶羅原為來自波斯語的葡萄牙語 achar）八寶鹹菜

阿堵物〔名〕阿堵物、金錢

阿婆擦れ〔名〕〔俗〕厚臉皮的女人、女光棍、女流氓（=擦れっ枯らし）

彼の女は阿婆擦れだ（她是個厚顏無恥的女人）

阿婆擦れ女（女流氓）

阿鼻〔名〕〔佛〕〔梵語〕地獄之一

阿鼻叫喚（〔原意為忍受不了阿鼻地獄的痛苦而發出的叫喊聲〕悽慘的呻吟、痛苦的哀鳴）

阿鼻叫喚の声（悽慘的嚎叫）

阿鼻地獄の巷と化す（變成一片悽慘的景象）

阿鼻地獄（〔佛〕阿鼻地獄、無間地獄-八大地獄的第八、最痛苦的地獄）

阿附、阿付〔名、自サ〕阿諛（=諂い従う）

阿附迎合（逢迎奉承）

阿片、鴉片〔名〕鴉片、大烟

阿片を吸う（吸鴉片）

阿片煙管（煙槍）

阿片窟（大烟館）

阿片戦争（鴉片戰爭）

阿片中毒（鴉片中毒、大烟癮）

阿片アルカロイド（鴉片生物鹼）

阿呆、阿房〔名、形動〕〔俗〕愚蠢、傻子（=馬鹿）。〔罵〕混蛋←→利口

此の阿呆奴（你這個傻瓜）

阿呆な事を為る（作蠢事）

阿呆な事を為るな（不要作蠢事）

阿呆等と人を罵っては行けない（不許罵人傻瓜）

## ㄚ

底無しの阿呆（胡塗到家）

阿呆に付ける薬は無い（糊塗蟲無藥可救）

阿呆面（呆臉、蠢相）

阿呆垂れ（傻瓜、胡塗重=馬鹿者）

阿呆律儀（憨直、死心眼=馬鹿正直）

阿呆陀羅経（〔江戶時代沿門乞討的和尚模仿經文的訓讀唱的〕諷刺時事俚謠）

阿呆らしい（胡塗的、愚蠢的、無聊的、胡說的=馬鹿らしい、阿呆臭い）

阿呆らしい事を言って、そんな事が有る物か（胡說哪有那樣的事！）

**阿弥陀**〔名〕〔佛〕阿彌陀佛、靠後戴帽子（=阿弥陀被り）、抓大頭（=阿弥陀籤）

阿弥陀仏（阿彌陀佛）

阿弥陀経（阿彌陀經）

帽子を阿弥陀に被る（把帽子戴在後腦勺上）

阿弥陀の光も金次第（錢能通神、有錢能使鬼推磨）

阿弥陀如来（〔阿彌陀佛的尊稱〕阿彌陀如來佛）

阿弥陀被り（〔俗〕靠後戴〔帽子〕）

帽子が阿弥陀被り為っているよ（帽子戴得靠後了）

阿弥陀籤（〔俗〕抓大頭）

阿弥陀籤を引く（抓大頭）

**阿諛**〔名、自サ〕阿諛、逢迎、奉承（=諂い、おべっか）

人に阿諛する（奉承人）

阿諛を事と為る（專事逢迎）

**阿羅漢**〔名〕〔佛〕羅漢（=羅漢）

**阿多福、御多福**〔名〕（大胖臉、低鼻梁、小眼睛的）醜女假面具（=御多福面、御亀）、（類似多福面具的）醜女人（=御亀）。〔機〕雙螺栓法蘭盤（的俗稱）

御多福の面を被る（戴多福假面具）

御多福風（流行性腮腺炎的俗稱）

御多福面（臉部扁平的醜女人、面貌謾罵婦女醜八怪樣）

御多福面（〔大胖臉、低鼻梁、小眼睛的〕醜女假面具（=御亀）、御多福豆（糖煮蠶豆）

**阿鍋、於鍋**〔名〕〔俗〕女僕、女傭（因江戶時代的小說等作品中常用作女僕的名字）

**阿蘭陀海芋**〔名〕〔植〕馬蹄蓮

**阿母**〔名〕〔舊、俗〕媽媽（孩子的稱呼）、孩子他媽（丈夫的稱呼）

阿母、坊やが泣いているよ（孩子的媽寶寶在哭）

阿母さん、阿母さん（媽媽）

**阿る**〔自五〕阿諛、奉承、諂媚、巴結、獻殷勤（=諂う）

権門に阿る（巴結有權勢的人）

世に阿る人（趨炎附勢的人）

# 婀（ㄜ）

**婀**〔漢造〕柔弱美麗的樣子

**婀娜**〔形動〕婀娜、嬌媚、妖豔
　婀娜な年増（妖豔的半老徐娘）艷めく
　婀娜な姿（嬌態）

**婀娜っぽい**〔形〕妖豔、嬌媚（＝艷めかしく美しい、色っぽい）
　婀娜っぽい女（妖豔的女人）
　身の熟しが婀娜っぽい（身段優美）

**婀娜めく、徒めく**〔自五〕風騷、賣弄風情、妖豔

# 痾（ㄜ）

**痾**〔漢造〕疾病、重病
　宿痾（宿疾、老毛病）
　宿痾が癒える（宿疾痊癒）
　宿痾の為死亡する（因宿疾死亡）

# 囮（ㄜˊ）

**囮**〔漢造〕（與〝訛〞通）鳥媒（就是把活鳥裝在籠子裡用來引誘外鳥）、詐騙別人的錢財（囮詐）

**囮、媒鳥**〔名〕（來自古語を招鳥的簡略）囮，鳥媒，鳥囮。〔轉〕誘餌，誘惑物，引誘的手段
　囮を使って他の鳥を誘き寄せる（用鳥囮招引旁的鳥）
　囮に為る人（當誘餌的人）
　囮船（〔軍〕偽裝獵潛艦）
　囮捜査（利用誘餌進行犯罪偵查）
　囮ミサイル（〔軍〕誘餌導彈）

# 俄（ㄜˊ）

**俄**〔漢造〕突然、頃刻、極短的時間

**俄然**〔副〕俄然、突然、忽然（＝突然、急に）
　俄然態度を変える（突然改變態度）変える代える換える替える孵る返る帰る蛙
　俄然形勢が逆転する（突然形勢倒轉）

**俄か、俄**〔名、形動〕突然，忽然、馬上，立刻、臨時，暫時

〔名〕即興狂言（＝俄か狂言，俄狂言，仁輪加狂言）
　大雨が俄に降り出す（突然下起大雨）大雨 大雨
　俄の出来事（突然的事件）
　俄に下落する（突然降下）
　皆俄に歌い出した（大家突然唱起歌來）
　病状が俄に変化した（病情突然惡化）
　俄に駆け出す（突然跑起來）
　俄に差し支えが出来て出席出来ません（突然因故不能出席）
　俄に御答えする訳には参りません（我不能馬上作出回答）
　俄に然うと断言出来ない（不能馬上斷定是那樣）
　僕の顔を見ると俄に逃げ出した（他一看見我馬上就溜了）
　俄か勉強、俄勉強（臨陣磨槍）
　俄か成金、俄成金（暴發戶）

**俄か雨、俄雨**〔名〕急雨、驟雨
　俄雨と女の腕捲り（不值得害怕）

**俄か狂言，俄狂言、仁輪加狂言**〔名〕（在街頭或席間表演的）即興滑稽小劇（＝茶番狂言）

**俄か景気、俄景気**〔名〕（商業等）暫時的景氣、突然的繁榮

**俄か細工、俄細工**〔名〕倉促的工藝、粗糙的工藝品

**俄か仕込み、俄仕込**〔名〕趕緊進貨（的商品）、（為趕上需要）突擊學習，臨陣磨槍
　俄仕込の知識（突擊學的知識）
　英語は俄仕込じゃ駄目だ（英語突擊是不頂用的）

**俄か仕立て、俄仕立て**〔名〕臨時的準備，倉促的準備、權宜之計，應急措施
　俄仕立ての案（臨時方案、權宜方案）
　俄仕立てのチーム（臨時〔倉促〕組成的隊伍）

**俄か大尽、俄大尽**〔名〕暴發戶（＝俄か分限、俄分限、成金）

俄か分限、俄分限〔名〕暴發戶（=俄か大盡、俄大盡、俄か成金、俄成金）

俄か成金、俄か成金〔名〕暴發戶暴發戶（=俄か分限、俄分限、成金）

俄か作り、俄か造り、俄作り、俄造り〔名〕臨時制作、即興創作、臨時速成（的東西）

俄作りの物で間に合わせる（用臨時制作的東西湊合過去）

俄か道心、俄道心〔名〕突然起皈依心而出家（的人）

俄か日和、俄日和〔名〕（陰雨連綿）驟然天晴

俄か普請、俄普請〔名〕匆促興建、臨時修建

俄か勉強、俄勉強〔名、他〕臨陣磨槍、應急學習、臨時抱佛腳的學習

数学の俄勉強を為る（應急學習數學）

試験の為俄勉強を為る（為了考試臨陣磨槍）

俄か盲、俄盲〔名〕（因病或外傷）突然失明（的人）

俄か闇、俄闇〔名〕突然陰暗

## 峨（さ／）

峨〔漢造〕很高的樣子

峨峨〔形動タルト〕巍峨、巍巍

峨峨たるアルプス（巍峨的阿爾卑斯山）

## 訛（さ／）

訛〔漢造〕訛、方言

訛謬（訛謬）

転訛（轉訛）

訛音〔名〕不正確的發音

訛形〔名〕（語言的）訛形

訛言〔名〕訛傳、不標準的詞（=訛語）

訛語〔名〕不標準的詞、訛詞、方言、地方音

訛称〔名〕訛稱、訛誤、以訛傳訛

訛伝〔名、自サ〕訛傳、誤傳

其は何かの訛伝でしょう（那大概是什麼的誤傳吧！）

あんな事は訛伝し易い（那種事容易以訛傳訛）

訛声、濁声〔名〕混濁的聲音，嘶啞的聲音、（不同於標準口音的）怪腔

彼の古くなり訛声に為ったプレーヤー（那聲音嘶啞了的陳舊電唱機）

訛の有る訛声で喋る（用帶有地方口音的怪腔說）

訛〔名〕訛音、鄉音，土音，地方口音

訛を矯正する（矯正訛音）鉛

関西訛（關西口音）

田舎訛（土音、鄉音）

フランス訛の英語（法國腔調的英文）

訛は国の手形（一聽口音就知道是什麼地方的人）

御国訛（鄉土口音）

鹿児島訛丸出して話す（說話一口鹿兒島腔）

訛の無いドイツ語を話す（說一口地道的德語）

彼の言葉には酷い東北訛が有る（他的話裡帶有極重的東北土音）

訛る〔自、他五〕說話發訛音、帶地方口音、發鄉音

段段と字音が訛って終った（字音慢慢地以訛傳訛了）鈍る鈍る

火箸を火箸と訛る（把火筷子火箸說成火箸）

シチヤをヒチヤと訛る（把シチヤ說成ヒチヤ）

## 蛾（さ／）

蛾〔名〕〔動〕蛾

蛾眉〔名〕蛾眉。〔轉〕美人

## 額（さ／）

額〔名、漢造〕額頭、金額、匾額、畫框、鑲在框內的畫

予算の額（預算額）

額に足りない（不夠數額）

生産の額が上がる（生產額上升）

巨大な額に達する（達到巨大數額）

絵を額に入れる（把畫裝入畫框）

油絵の額（鑲框的油畫）

写真を額に入れて机の上に置く（把相片裝上相框放在桌子上）

額に為る（鑲框）

壁に写真の額を掛ける（把鑲框的照片掛在牆壁上）

門に額が掛かっている（門上掛著匾額）門門

前額（前額＝額）

猫額、猫額（貓的前額、〔喻〕非常窄小）

小額、少額（小額、少額）←→多額

多額（大金額、大數量）

全額（全部數額、全數）

金額（金額、款額、錢數）

定額（定額、定量）

低額（低額、少額）←→高額

高額（高額、巨額）←→低額、小額、少額

扁額（匾額）

篆額（篆額）

**額皿**〔名〕工藝美術品的掛碟、裝飾用畫著畫的碟子

**額縁**〔名〕畫框、鏡框、裝飾門窗等的框。〔俗〕（遊覽區土特產店為弄虛作假）在食品盒等周圍塞的紙片

絵を額縁に入れる（把畫裝進畫框）入れる容れる

窓に額縁を付ける（窗子裝上裝飾框）

**額面**〔名〕匾額、帶框的畫（＝掛け額）、（貨幣、有價證券的）票面額

相場が額面以上に上がる（行市漲出票面額）

外国の貨幣は額面価格には通用しない（外國貨幣不按票面價額通用）

額面一万円の株価が一万五千円です（額面一萬日元的股票價額一萬五千日元）

額面通り（按票面額、〔轉〕〔按所說的〕不折不扣）

額面通り支給する（按票面額支付）

噂を額面通りに受け取る（把傳言不折不扣信以為真）

彼の人の話は額面通りには受け取れない（他的話不能不折不扣地信以為真）

額面割れ（〔商〕〔證券行市〕跌到票面額以下）

相場が額面割れに為る（行市跌到票面額以下）

額面割れの株（行市低於票面額的股票）

**額**〔名〕額，天庭。〔古〕（冠的）前額部分、（物的）突出部分

額の広い人（前額寬的人）

額の汗を拭う（擦額上的汗）

額に八の字を寄せる（皺起眉頭）

抜け上がった額（拔頂）

猫の額（貓的額、〔喻〕面積窄小＝猫額、猫額）

猫の額の程の土地（很小一塊土地、巴掌大的地方）

額に箭は立つと背に箭は立たず（寧死前進決不後退、〔喻〕武人的風度）

額を集める（集合大家共同商議、鳩首）

額を合わせる（二人湊近、面對面）

**額際**〔名〕前額的髮際

**額**〔名〕〔古〕前額（＝額）、叩頭，禮拜（＝額付く事）

**額付く、額付く**〔自五〕叩頭、敬禮

地面に額付く（叩頭）

神前に額付く（在神前膜拜）

# が（ㄍㄜˊ）

**鵞**〔漢造〕（同鵝）鳥名，游禽類，比鴨大，身肥頸長，為家禽之一

**鵞口瘡**〔名〕〔醫〕鵝口瘡、嬰兒的黴菌性口腔炎

**鵞鳥**〔名〕〔動〕鵝

**鵞毛**〔名〕鵝毛、〔轉〕雪

# 厄（ㄜˋ）

**厄**〔名、漢造〕災難，災禍（=災い、禍），厄運年齡，坎坷之年，厄運之年（=厄年）、天花（=疱瘡）

とんだ厄に会う（遇到意外之災）会う 逢う 遭う 遇う 合う

不慮の厄に遇う（遭到意外災禍）

厄払い，厄払、厄払い，厄払（祓除不祥）

災厄（災難）

後厄（厄運年的第二年）

前厄（交厄運的前一年）

**厄運**〔名〕厄運

**厄落とし、厄落し**〔名〕消災、祓除不祥（=厄払い，厄払、厄払い，厄払）

厄落としに御寺に御参りする（參拜佛寺祓除不祥）

厄落としだと思って諦めよう（就當消災算了吧！）

**厄害**〔名〕災難、災害、厄運與災難

**厄子**〔名〕雙親在厄運年齡生的孩子

**厄神、疫神**〔名〕疫神（=疫神）

**厄年**〔名〕厄運年齡（特指男-25、42、60歲，女-19、33、49歲這幾年）、厄運之年，坎坷之年，多災多難之年

今年は天候が不順で農民に取って厄年だった（今年天氣反常對農民是厄年）

数え年の四十二才は男の厄年と言われている（俗語說虛歲四十二歲是男人的厄年）

**厄難**〔名〕災難（=災難）

厄難に遭う（遭到災難）

**厄払い，厄払、厄払い，厄払**〔名、自サ〕消災、祓除不祥（=厄落とし、厄落し）。〔喻〕驅逐找麻煩的人、除夕走街竄巷念念喜歌乞討的人

**厄日**〔名〕凶日，災難之日，倒霉的日子，諸事不宜的日子、遭受天災的日子（如二百十日、二百二十日常有颱風）

**厄前**〔名〕厄運之年的前一年（=前厄）

**厄除け、厄除**〔名〕消災、祓除不祥（=厄払い，厄払、厄払い，厄払、厄落とし，厄落し）

**厄介**〔名、形動〕麻煩，難辦，難對付、照料，照顧，照應，幫助（=世話）、寄食，寄宿（的人）

厄介がる（感到麻煩、令人煩惱）

厄介な男（難對付的人）

厄介な問題（難解決的問題）

実に厄介な事だ（真是件麻煩事）実に 実に

他人に厄介を掛ける（給別人添麻煩）

時が延びれば延びる程厄介だ（時間越拖越麻煩）

彼は厄介な破目に落ち込んだ（他陷入無可奈何的窘境）

老人の厄介を見る（照顧老人）

友人の厄介に為る（受朋友照應）

薬の厄介に為る（求助於藥物）

其では御厄介に為りましょう（那麼就求您幫忙啦！）

厄介事（麻煩事、討厭事、令人煩惱的事）

厄介事を御願いして申訳有りません（請您辦這件麻煩事真對不起）

厄介者（要照顧的人，寄食寄宿的人，食客=居候、累贅，添麻煩的人，難對付的人）

彼の男には三人の子供と言う厄介者が居る（那人有三個需要扶養的孩子）

厄介者を沢山抱えている（養著很多食客）

彼は我我の厄介者に為った（他成了我們的累贅）

社会の厄介者（社會的包袱 遊手好閒的人）

厄介払い（擺脫麻煩或煩惱）

彼が居なく為って厄介払い出来た（他不在可省得麻煩了）

# 扼（ㄜˋ）

**扼**〔漢造〕壓抑、守住要點

**扼す**〔他五〕扼，用力掐住、扼守，把守，控制（=扼する）

海峡を扼す地点（控制海峽的地點）

**扼する**〔他サ〕扼，用力掐住、扼守，把守，控制

腕を扼する（扼腕）約する 訳する 扼する
咽喉を扼する（搤住咽喉）
進路を扼する（扼住進路）
敵の退路を扼する（把守住敵人的退路）

**扼殺**〔名、他サ〕扼殺、搤死
　扼殺死体（被搤死的屍體）

**扼腕**〔名、自サ〕扼腕
　切歯扼腕して悔しがる（咬牙切齒地悔恨）

# 悪（惡）（あく）

**悪（有時讀作惡）**〔名、漢造〕惡，壞、壞人、惡劣，醜惡，劇烈，凶猛，厭惡，憎惡。〔劇〕反派角色（=悪役）←→善
　悪の道を走る（走上邪路）
　悪を懲らす（懲惡）凝らす
　彼奴は悪だ（他是個壞人=彼奴は悪だ）
　悪に強ければ善にも強い（有本事作壞事也有本事作好事）
　善悪（善惡、好壞、良否）
　凶悪、兇悪、梟悪（凶惡、凶狠、窮凶惡極）
　罪悪（罪惡）
　最悪（最壞、最惡劣、最不利）←→最良、最善
　邪悪（邪惡、心數不正）
　醜悪（醜惡、醜陋）
　十悪（〔佛〕十惡）
　険悪（險惡、危險、可怕）
　元悪（首惡、元凶）
　好悪（好惡、愛憎）
　憎悪（憎惡、憎恨、厭惡）

**悪意**〔名〕惡意←→好意、惡意扭曲←→善意。〔法〕知法犯法，明知故犯
　悪意を抱く（懷惡意）抱く 抱く
　悪意を持つ（懷惡意）
　悪意の有る行動（不懷好意的行動）
　悪意の（有る）批評（惡意的批評）
　悪意が有って為た事ではない（不是出自惡意作的事）
　悪意に解釈する（惡意扭曲）
　悪意に取る（惡意扭曲）
　悪意の受益者（情知不該受益而受益者）

**悪衣悪食、悪衣悪食**〔名〕粗衣粗食

**悪食**〔名〕粗食、吃（蛇蠍之類的）怪東西（=如何物食い）
　悪食を好む（好吃怪東西）
　悪食家（好吃怪東西的人）

**悪因**〔名〕〔佛〕惡因←→善因
　悪因悪果（〔佛〕惡因惡果、惡有惡報）
　善因善果悪因悪果（善有善報惡有惡報）

**悪運**〔名〕惡運，倒霉，賊運，作壞事而不遭惡報的運氣←→幸運、好運、
　彼の人の一生は悪運続きだった（他一輩子厄運連連）
　悪運が強い（賊運亨通）
　御前は悪運の強い奴だ（你這傢伙真是賊運亨通）
　悪運が尽きる（賊運已盡、惡貫滿盈）
　悪運尽きて終に捕らわれた（賊運已盡終於落網）

**悪影響**〔名〕壞影響、不良影響
　悪影響を受ける（受到壞影響）
　悪影響を与える（給予壞影響）

**悪疫**〔名〕瘟疫、惡性流行病
　大水の後には悪疫が流行する（洪水之後流行瘟疫）大水大水流行流行
　悪疫流行地（瘟疫流行地區）

**悪液質**〔名〕〔醫〕惡病體質、極度瘦弱狀態（癌症、梅毒、結核等的末期症狀）

**悪縁**〔名〕（多指夫妻、男女關係）惡因緣、孽緣（=腐れ縁）
　離れようと思っても離れられない悪縁（想離也離不開的孽緣）

あ

御前とは全くの悪縁だ（和你真是前世冤家）

**悪形**〔名〕〔劇〕反派角色（=悪役、敵役）

**悪逆**〔名〕凶惡，殘暴、〔古〕謀弒君父之罪（=大逆）

悪逆無道（暴虐無道）

悪逆無道の行い（大逆不道的行為）

**悪行、悪行**〔名〕惡行、壞事（=悪事）

悪行の限りを尽くす（幹盡壞事）

**悪言**〔名〕惡言、壞話（=悪口）

**悪業**〔名〕〔佛〕招致惡果的罪孽、前世罪孽的惡果←→善業

**悪才**〔名〕幹壞事的才能、壞本事

悪才に長ける（專會幹壞事）焚ける炊ける猛る

**悪妻**〔名〕惡妻、悍婦←→良妻、賢妻

悪妻は一生の不作（娶了壞老婆倒霉一輩子）

悪妻は百年の不作（娶了壞老婆倒霉一輩子）

**悪材料**〔名〕（導致行市跌落的）不良條件、壞因素←→好材料

**悪事**〔名〕壞事、惡行（=悪行、悪行）

悪事を企む（陰謀作壞事）

悪事を働く（做壞事）

悪事千里を走る（〔好事不出門〕壞事傳千里）

悪事千里を行く（〔好事不出門〕壞事傳千里）

**悪疾**〔名〕惡性病，難治之病、痲瘋病的古稱

悪疾に冒される（染上惡性病）冒す犯す侵す

**悪質**〔名、形動〕惡劣，惡性、劣質←→良質

悪質な貧血（惡性的貧血）

悪質な病気（惡性疾病）

悪質な（の）犯罪（惡性犯罪）

悪質な宣伝（惡性宣傳）

悪質な手段で仇を討つ（以惡劣手段報仇）仇仇敵打つ撃つ討つ

悪質分子（壞分子）

悪質な食品（品質低劣的食品）

悪質の紙（劣質紙）

**悪手**〔名〕〔圍棋，象棋〕壞步、壞著（=拙い打ち方）

**悪酒**〔名〕不好的酒、劣質酒

**悪趣味**〔名、形動〕低級趣味、下流的愛好

彼の悪趣味にも困った物だ（他那種下流嗜好真沒治）

**悪趣**〔名〕〔佛〕地獄（=地獄）

**悪臭**〔名〕惡臭、難聞的氣味（=嫌な臭い）

悪臭が漂う（充滿難聞的氣味）

悪臭を放つ（發出惡臭）

悪臭鼻を突く（惡臭沖鼻）

**悪習**〔名〕惡習、壞習慣

悪習が身に付く（染上惡習）

悪習に染まる（沾染惡習）

世の悪習を一掃する（肅清社會上的惡習）

**悪循環**〔名、自サ〕〔經〕惡性循環

悪循環を引き起こす（引起惡性循環）

物価騰貴と賃金上昇の悪循環に陥っている（陷入了物價高漲和工資上升的惡性循環）

**悪所**〔名〕險地，險路（=難所）、不良場所，（特指）花街柳巷（=遊郭）

此の悪所を越えれば安心だ（越過這個險地就放心了）越える超える肥える恋える請える乞える

悪所通いを為る（出入不良場所〔花街柳巷〕）

**悪書**〔名〕壞書、下流的書、有害的書、內容（思想）不健康的書籍←→良書

悪書追放（清除壞書）

**悪女**〔名〕狠毒的女人，悍婦←→善女、醜女←→美女

悪女の深情（醜女多情、〔俗〕不受歡迎的好意，添麻煩的好意，令人為難的好意）

**悪性**〔名、形動〕品質惡劣、品行不端、（婦女）水性楊花（=不身持）

悪性（の）女（水性楊花的婦女、浪蕩女）

悪性話（猥褻之談）

悪性者（品行壞的人、浪子）

**あくせい悪性**〔名〕惡性
　悪性の風邪が流行る（流行惡性感冒）
　悪性インフルエンザ（惡性流行感冒）
　悪性インフレ（惡性通貨膨脹）
　インフレは益益悪性に為る（通貨膨脹越來越兇）
　悪性腫瘍（惡性腫瘍、癌症）

**あくしん悪心**〔名〕惡念、歹意←→善心
　悪心を起こす（起惡念）

**おしん悪心**〔名〕噁心作嘔（=むかつき、吐き気）

**あくじん悪神**〔名〕給人帶來災禍之神

**あくすい悪水**〔名〕（不能飲用的）污水、髒水
　悪水路（污水溝、下水道）

**あくせい悪声**〔名〕不好聽的聲音，不好的嗓音←→美声、壞名聲（=悪い評判）←→名声
　生れ付きの悪声だ（是天生的壞嗓音）
　悪声が立つ（名聲壞）
　悪声を放つ（說壞話）

**あくせい悪政**〔名〕惡政、苛政←→善政、仁政
　悪政に強く反対する（強力反對苛政）

**あくぜい悪税**〔名〕苛捐雜稅、不合理的徵稅
　悪税に苦しむ（苦於苛捐雜稅）

**あくせん悪銭**〔名〕不義之財（=あぶく銭）、質地差的貨幣
　悪銭身に付かず（不義之財不能久享）

**あくせんくとう悪戦苦闘**〔名、自サ〕艱苦戰鬥
　生活の為に悪戦苦闘する（為生活而艱苦奮鬥）
　悪戦苦闘の末勝利を得た（艱苦戰鬥之後取得了勝利）得る得る

**あくそう悪相**〔名〕凶相，凶惡（凶狠）的嘴臉，不吉之兆，不吉利的樣子←→吉相

**あくそう悪僧**〔名〕不守戒律的壞和尚。〔古〕武藝高強的和尚

**あくたい悪態**〔名〕〔舊〕罵、惡言惡語（=悪口、憎まれ口）
　悪態を付く（罵街、咒罵、惡與傷人）

**あくだま悪玉**〔名〕壞人、壞蛋（=悪人）（來自江戶時代繪圖小說中壞人的臉上在○中寫個〝惡〞字）←→善玉
　彼奴は悪玉だ（那傢伙是個壞蛋）

**あくたれる悪垂れる**〔自下一〕〔俗〕（主要指兒童）胡鬧，惡作劇、不聽話、胡搞蠻纏
　悪垂れるのも好い加減に為ろ（不要c再胡鬧）
　悪垂れるに止め為さい（不要再胡鬧）

**あくたれ悪垂れ**〔名〕淘氣，胡鬧，惡作劇，髒話，罵人的話（=悪垂れ口）
　悪垂れは止めろ（別胡鬧！）
　悪垂れ小僧（頑童、淘氣鬼）
　悪垂れ者（無賴、頑皮的人、胡鬧的人）
　悪垂れ口（髒話、罵人的話=悪口、悪態）
　悪垂れ口を利く（罵人、罵街、說髒話）
　悪垂れ口を叩く（罵人、罵街、說髒話）

**あくたろう悪太郎**〔名〕〔俗〕頑童、淘氣鬼（=悪戯っ子）

**あくち、あっけつ、おけつ、わるち悪血**〔名〕壞血、瘀血、毒血、含病毒的血液

**あくてん悪天**〔名〕壞天氣
　悪天を突いて山に登る（冒著壞天氣登山）

**あくてんこう悪天候**〔名〕壞天氣、惡劣的天氣
　悪天候に阻まれる（被壞天氣阻止）
　悪天候を突いて出発する（冒著壞天氣出發）

**あくと悪徒**〔名〕惡徒、壞蛋（=悪者）

**あくとう悪投**〔名、他サ〕〔棒球〕暴投

**あくとう悪党**〔名〕惡徒、無賴、壞蛋（=悪者、悪人）
　悪党の一味（壞人的同夥）
　悪党奴（〔罵〕壞蛋！）

**あくどう悪道**〔名〕壞的道路、難走的道路（=悪い道）、邪途。〔佛〕苦海，地獄（=悪趣）
　悪道者（壞蛋）

**あくどう悪童**〔名〕頑童，淘氣小孩（=悪垂れ小僧、悪戯っ子）。〔轉〕（大人中行動類似頑童）喜歡惡作劇的人，無理取鬧的人
　悪童が窓のガラスを毀した（壞小孩打碎了窗戶玻璃）

あ

会社の悪童連に誘われて遊ぶ（被公司那些壞蛋勾引去遊逛）

**悪徳**〔名〕敗德、缺德、惡行←→美德、善德

悪徳を重ねる（一再幹壞事）

飲酒は一つの悪徳だ（喝酒是一種壞事）

悪徳業者（不正派的工商戶、作缺德買賣的人）

悪徳新聞（借機敲竹槓的黃色小報）

**悪日、悪日**〔名〕凶日、不吉利的日子←→吉日、吉日、吉日

今日は如何なる悪日ぞ（今天是個多麼倒霉的日子！）

**悪人**〔名〕惡人、壞人（=悪者）←→善人

悪人に騙される（被壞人蒙騙）

彼は評判程の悪人ではない（他並不是傳說那樣的壞人）

**悪念**〔名〕惡念、歹意、壞心眼（=悪心）

**悪場、悪場**〔名〕（登山）險隘、非常難登的地方

**悪罵**〔名、他サ〕辱罵、痛罵

悪罵を浴びせる（把人痛罵一頓、破口大罵）

人を悪罵するのは良くない（辱罵人是不好的）

**悪馬、悪馬**〔名〕不好駕馭的馬

**悪筆**〔名〕拙劣的字、難看的字←→達筆、能筆

酷い悪筆だ（太難看的字）

悪筆で人に見せられない（字寫得難看見不得人）

悪筆は一生の損（字寫得難看一輩子吃虧）

**悪病**〔名〕惡疾、惡症、難症、不好治的病

**悪評**〔名、他サ〕壞的評價、壞名聲（=悪い噂）←→好評

悪評を買う（受到壞的評價）

悪評有る人（名聲不好的人）

彼の人には悪評が絶えない（總是不斷有人說他的壞話）

彼に悪評が立っている（他的名聲不好）

**悪平等**〔名、形動〕形式上的平等、實質上的不平等、平均主義

醵金させるのは良いが頭割りでは悪平等だ（讓大家湊錢是可以如果按人頭均攤就是平均主義了）

**悪風**〔名〕惡習、壞風氣←→美風、良風

都会の悪風に染まる（沾染城市的惡習）

悪風を一掃する（掃除壞風氣）

**悪文**〔名〕拙劣的文章、難懂的文章←→名文

悪文を書く（寫拙劣的文章）

此の文章は悪文だ（這篇文章糟透了）文章文章

悪文を読ませられるのには閉口する（讓我看拙劣的文章真受不了）

**悪弊**〔名〕惡習、壞習慣（=悪習、悪風）

悪弊を一掃する（消滅壞習慣）

悪弊を矯正する（矯正惡習）

冠婚葬祭に大金を掛けるのは悪弊だ（在婚喪嫁娶上花很多錢是一種壞習慣）大金大金

**悪癖、悪癖**〔名〕壞毛病、壞習慣（=悪い癖）

悪癖が付く（染上壞習慣）

悪癖に陥る（染上壞習慣）

悪癖が直る（戒掉壞習慣）直る治る

悪癖を直す（矯正壞毛病）直す治す

悪癖を矯正する（矯正壞毛病）

彼は飲酒の悪癖が有る（他有好喝酒的壞毛病）

黙って人の物を失敬する悪癖の持主（一個有偷偷拿走別人東西的壞毛病的人）

**悪変**〔名、自サ〕變壞、惡化

天気が悪変した（天氣變壞了）

病状が悪変する（病情惡化）

**悪法**〔名〕壞法律、邪教

悪法は早く改正す可きだ（不好的法律應該從速改正）

**悪報**〔名〕〔佛〕惡報，罪孽的報應、凶訊，不好的消息（=悪い知らせ）←→吉報

**悪木**〔名〕沒有用的樹木

**悪魔**〔名〕惡魔、魔鬼

悪魔を払う（驅逐魔鬼）払う祓う掃う

悪魔に憑かれる（中魔）

彼の人は人間ではない、悪魔だ（他不是人是魔鬼）

天人共に許さざる悪魔の所業（天人所不容的惡魔行徑）天人（天仙、美女）

悪魔主義（diabolism, satanism 的譯詞）惡魔主義（十九世紀末期、文藝上描寫人生的黑暗面、頹廢、怪異、恐怖等中尋求美的一種傾向）

**悪夢**〔名〕惡夢、噩夢←→吉夢

悪夢を見る（作惡夢）

悪夢に襲われる（為惡夢所魘）

悪夢に魘される

悪夢から醒める（從惡夢中醒過來、猛然悔悟、重新做人）醒める覚める冷める褪める

**悪名、悪名**〔名〕臭名、壞名聲←→美名

悪名を馳せる（臭名遠播）

悪名が高い（臭名昭著）

悪名を千載に残す（遺臭萬年）

**悪役**〔名〕〔劇〕反派角色，反面人物（=悪形）。〔轉〕討厭的人，不受歡迎的人（=憎まれ役）

悪役を務める（扮演反派角色）務める勤める努める勉める

悪役専門の俳優（專扮演反派角色的演員）

今度は彼が悪役に回る事に為った（這回輪到他扮演壞人的角色了）

**悪友**〔名〕壞朋友、狐朋狗友（有時作反語、指一起喝酒作樂等親密朋友）←→良友

悪友に誘われて酒を飲む（被壞朋友勾引去喝酒）

悪友に誘われて賭け事を覚えた（受壞朋友引誘學會了賭博）

悪友と交わる（和狐朋狗友交往）

悪友の為に身を誤る（因壞朋友而走上邪路）誤る謝る

**悪用**〔名、他サ〕濫用、亂用、用於不良目的←→善用

職権を悪用する（濫用職權）

他人の名を悪用する（利用別人名義作壞事）名名

原子力を悪用すれば地球は滅びる（假如濫用原子能地球就會毀滅）滅びる亡びる

**悪辣**〔形動〕惡毒、毒辣、陰險

悪辣な手段（毒辣的手段）

遣り方が益益悪辣に為る（做法越來越陰險）

悪辣な事を遣る（幹陰險的勾當）

**悪霊**〔名〕惡鬼、邪魔、冤魂（=物の怪物の気）

悪霊が乗り移る（邪魔附體）

**悪例**〔名〕壞例子、壞榜樣（=悪い先例）←→好例

悪例を造る（造成壞的例子）造る作る創る

悪例を残す（留下壞榜樣）

**悪路**〔名〕險路、壞道路（=悪い道）

人生の悪路を歩き尽くした（嘗盡了人生的痛苦）

**悪化**〔名、自サ〕惡化、變壞←→好転

情勢が悪化する（形勢惡化）

病気が悪化する（病情惡化）

**悪貨**〔名〕貶值的貨幣、成色不純的硬幣（=悪銭）←→良貨

悪貨は良貨を駆逐する（惡幣驅逐良幣-格雷沙姆法則）

**悪漢**〔名〕壞人、壞蛋、惡棍、無賴（=悪者）

悪漢に襲われる（遭受壞人襲擊）

悪漢に扮する（扮演壞蛋）

**悪感**〔名〕惡感、不快之感

悪感を抱く（懷有惡感）

**悪感化**〔名〕壞的感化、不良影響

悪感化を及ぼす（產生不良影響）

彼の悪感化を受ける（受到他的壞影響）

**悪感情、悪感情**〔名〕惡感、惡意

悪感情を抱く（懷惡感）

悪感情を与える（給予不良印象、有傷感情）

**悪鬼**〔名〕惡鬼、鬼怪

悪鬼の如き形相（鬼怪般的形象）

**あ**

悪鬼に憑かれる（魔鬼附體）

悪鬼羅刹（魔鬼羅刹）

**悪計**〔名〕壞主義、壞計謀

密かに悪計を廻らす（暗地裡出壞主義）

**悪戯**〔名、形動、自サ〕淘氣，惡作劇、玩笑、消遣、擺弄、玩弄、（男女）胡鬧，亂搞

悪戯な子（淘氣的孩子）

悪戯を為るな（別淘氣）

彼の子は悪戯許りする（那小孩淨會淘氣）

運命の悪戯（命運捉弄人）

小説を書いたんですか。―いいえ、本の悪戯です（寫小說了嗎？―不只是鬧著玩）

悪戯半分に遣ったのです（半開玩笑做的）

悪戯半分に生花を習う（學插花當消遣）

銃に悪戯を為る（不要擺弄槍玩）

悪戯を為る（男女胡搞）

悪戯っ子（淘氣鬼、淘氣小孩）

悪戯女（淫亂的女人、胡搞的女人）

悪戯小僧（淘氣鬼＝悪戯っ子）

悪戯坊主（淘氣鬼＝悪戯っ子）

悪戯者（無用的人、淘氣鬼、無賴、淫蕩女人、老鼠的別稱）

悪戯書き、悪戯書（亂寫、亂畫）

悪戯盛り（正淘氣的年齡）

悪戯着（幼兒、男孩的遊戲服）

**悪し**〔形シク〕惡，壞、笨拙、卑賤、粗暴、險惡 ←→良し

良し悪し（好和壞）

良きに付け悪しきに付け（不論好壞）

悪しき心（不好的心腸、心術不正）

悪しき生まれ（卑賤的出身）

**悪しからず**〔連語、副〕請原諒、不要見怪

悪しからず思し召し下さい（請不要見怪）

会には出席出来ませんが何卒悪しからず（不能參加會議請原諒）

悪しからず御了承願います（請予原諒）

**悪し様**〔副〕惡意地、不懷好意地、故意貶低地、往壞裡地

人を悪し様に言う（說人家的壞話）

悪し様に罵る（惡意地辱罵）

**悪**〔漢造〕（也讀作悪）厭惡、憎惡、惡劣、（不好）

好悪（好惡、愛憎）

憎悪（憎惡、憎恨、厭惡）

嫌悪（厭惡、討厭）

**悪寒**〔名〕惡寒、寒顫

風邪を引いたのか悪寒が為る（也許是感冒了身上發寒）

急に悪寒を覚える（突然覺得發冷）

悪寒が酷い（渾身冷得厲害）

悪寒が治まった（冷勁過去了）治まる修まる収まる納まる

**悪阻、悪阻**〔名〕〔醫〕孕吐

妊娠悪阻（孕吐、妊娠劇吐）

彼女は悪阻で頻りには吐いている（她因為鬧孕吐不斷嘔吐）

**悪露**〔名〕〔醫〕惡露（產婦生產後排出的黏液和污血）（＝下り物）

**悪**〔名〕〔俗〕壞事、壞蛋、壞人

〔造語〕（作接頭詞、接尾詞用法）壞，不好、嚴重，厲害、激烈、過度，過分，過頭，過火

悪を為る（做壞事）

大変な悪だ（是個很壞的傢伙）

彼の悪が未だ何か為たのか（那個壞蛋又幹了什麼勾當了嗎？）

悪知恵（壞主義）

悪賢い（狡猾）

意地悪（心術不良）

悪悪戯（惡作劇）

悪酔い（酩酊大醉）

悪乗り（乘興大開玩笑）

悪遠慮（過分謙虛）

悪巫山戯（惡作劇）

**悪い**〔形〕壞，不好、惡性，惡劣，有害，不利、不對，錯誤，不吉利，不吉祥，不佳，不舒暢，不適合，不方便，腐敗←→良い、良い

悪い奴（壞傢伙）
悪い事は直に覚える（壞事馬上學會）
心掛けが悪い（居心不良）
評判が悪い（名聲不好）
頭が悪い（腦筋不好）
発音が悪い（發音不好）
雨上がりで道が悪い（雨剛停道路泥濘）
記憶が悪い（記憶不好）
悪いballを投げる（投壞球）
悪い事を為る（做壞事）
成績が悪い（成績不好）
景気が悪い（景氣不佳）
決まりが悪い（不好意思、拉不下臉、害羞）
悪く思うなよ（不要往壞處想、不要見怪）
何か御礼を為ないと悪いよ（不送點什麼可不好呀！）
悪い事は良い事に変わる（壞事變成好事）変わる 換わる 替わる 代わる
悪い政治（惡政）
悪い疾病（惡性疾病）
条件が悪い（條件惡劣）
彼奴は悪い相手だ（那傢伙不好對付）
体に悪い（對身體有害）
始末に悪い（難纏、不好對付）
此の気候は作物に悪い（這樣的氣候對農作物不利）
悪い事を言わない、今の内に止めて置き為さいよ（我說的是好話馬上住手吧！）
悪いのは御父さんの方だよ（是父親不對）
君が悪いのだ（是你不對）
私が悪かった（我錯了）

今日は日が悪い（今天日子不吉利）
縁起が悪い（不吉利）
運が悪い（倒霉）
悪い知らせ（惡耗、不吉利的消息）
胃の具合が悪い（胃口不好）
機嫌が悪い（情緒不佳、不痛快）
此の眼鏡は具合が悪い（這付眼鏡不適合）
明日は具合が悪い（明天不方便）
戸の滑りが悪い（拉門不滑）
悪い時に来たもんだ（來得不湊巧）
牛乳が悪く為った（牛奶壞了）
病人は急に悪く為った（病情突然惡化了）
そんな食物は見ただけで胸が悪く為る（那種食品一看就噁心）
其は長く取って置いても悪く為らない（那種東西久放也不會壞）

**悪さ**〔名〕〔俗〕惡劣（程度）、淘氣・惡劣行為（=悪戲）

道路の悪さったら無い（道路再壞沒有了－壞到了極點）
物を無くした時の後味の悪さは格別だ（丟東西以後的彆扭滋味沒法說）
子供が悪さを為る（小孩淘氣）
悪さ子（淘氣的孩子、頑皮的孩子）

**悪し**〔形ク〕（悪い的文語形）（=悪い）

**悪くすると**〔連語、副〕（預想結果不好）也許、說不定

悪くすると今日は一日中雨ですよ（說不定今天要下一天雨）
悪くすると落第だ（說不定要留級）
悪くすると失敗かも知れん（弄不好說不定要失敗）

**悪足掻き、悪足搔**〔名、他サ〕拼命掙扎、惡作劇

今更悪足掻きを為ても駄目だ（事到如今怎樣掙扎也不行了）
此の際悪足掻きは禁物だ（此刻不要拼命掙扎）

## さ

幾等悪足掻きした所でもう遅いよ（現在怎麼掙扎也來不及了）

此の場に為っての悪足掻きは止せ（到了這般地步別再拼命掙扎了）

**悪遊び**〔名〕淘氣、嫖賭

悪遊びを為るな（別淘氣）

悪遊びを覚える（學會了嫖賭）

**悪案じ**〔名〕壞想法，壞主意、陰謀，詭計

**悪悪戯**〔名〕惡作劇

悪悪戯を為ている所を見付けられる（正在惡作劇時被發覺）

**悪賢い**〔形〕〔俗〕狡猾、奸詐

彼奴は全く悪賢い男だ（那傢伙簡直是個老狐狸）

**悪気**〔名〕惡意、歹意

悪気の無い人（溫厚的人）

別に悪気が有って遣った訳ではない（並不是有甚麼惡意做的）

彼の人だって悪気ではない（他也不是惡意的）

悪気を回す（起惡念、惡意猜測）

**悪口、悪口**〔名〕壞話、毀謗、罵人（=悪口）

人の悪口を言う（說別人壞話）

陰で悪口を言う（背後說壞話）

彼は悪口屋だ（他是專說壞話的傢伙）

悪口言い（好講壞話、好講壞話的人）

**悪口**〔名、自サ〕罵、毀謗（=悪口）

他人の悪口を言い触らす人（到處亂講別人壞話的人）

友達に対する悪口は聞き苦しい（講朋友的壞話太不堪入耳）

面と向って悪口を浴びせる（當著面加以謾罵）

悪口雑言〔名〕謾罵、辱罵）

悪口雑言を浴びせる（謾罵、罵得很難聽、罵得狗血噴頭）

**悪たれ口**〔名〕髒話、罵人的話（=悪口、悪態）

悪垂れ口を利く（罵人、罵街、說髒話）

悪垂れ口を叩く（罵人、罵街、說髒話）

**悪騒ぎ**〔名〕（不考慮他人的）喧鬧、亂吵鬧

悪騒ぎを為る（大吵大鬧）

**悪洒落**〔名〕〔俗〕粗野的詼諧、拙劣的詼諧、討厭的玩笑、無聊的笑話、怪打扮

悪洒落が過ぎる（詼諧得太粗野）

**悪推**〔名〕往壞處推想（=悪推量、邪推）

**悪擦れ、悪摺れ**〔名、自サ〕薰染學壞、滑頭滑腦、世故圓滑

若いのに悪擦れしている（年輕輕的卻滑頭滑腦）

悪擦れの為た子供（薰染變壞了的孩子、滑頭滑腦的孩子）

**悪巧み、悪工**〔名〕惡計、奸計、壞主意、陰謀詭計

彼等は悪巧みを為ているのだ（他們在搞陰謀詭計）

悪巧みに掛かる（中奸計）

何時もの悪巧み（慣用的伎倆、慣用的奸計）

悪巧みを為る（出壞招）

悪巧みを為る人（搞陰謀詭計的人）

**悪達者**〔名、形動〕（演員、藝人等）演技熟練但平庸低級（的人）

彼の文章は悪達者だ（他的文章平凡庸俗）

悪達者な芸能（熟練但庸俗的技藝）

**悪知恵**〔名〕壞主意、陰謀詭計

悪知恵の有る奴（詭計多端的傢伙）

彼は悪知恵の働く男だ（那傢伙滿腦袋壞主意）

子供に悪知恵を付けては困る（不要給孩子出壞主意）

**悪茶**〔名〕粗茶、次茶

**悪度胸**〔名〕做壞事的膽量、賊膽

悪度胸の座った男（膽大妄為的人）座る坐る据わる

**悪止め、悪留**〔名、自他サ〕強留（客人）

御客を悪止めしては行けない（不要強留客人）

悪止め（を）為るな（不要強留客人）

辞職を悪止めする（一再挽留辭職）

**悪慣れ**〔名〕習以為常而鬆懈、習以為常而不重視

**悪乗り**〔名、自サ〕〔俗〕乘興而過分開玩笑、乘興說過頭的話或作過分的事、（趁機而）得意忘形

悪乗り（を）為るな（你可別得意忘形啊！）

**悪びれる**〔自下一〕（下接否定語）膽怯、怯場

悪びれずに答える（大模大樣地回答）

逮捕されても悪びれた様子が無い（被逮捕了還滿不在乎）

悪びれた色も無く（絲毫也沒有膽怯的神色）

**悪巫山戯、悪ふざけ**〔名、自サ〕惡作劇、過分的淘氣

少し悪巫山戯が過ぎる（淘氣有些過火了）

悪巫山戯を嫌う（厭惡過分的淘氣）

御前は如何して悪巫山戯許りするんだ（你怎麼老是惡作劇）

悪巫山戯は止せ（別惡作劇了）

**悪者**〔名〕壞人、壞蛋、惡棍（＝悪人）

悪者を懲らしめる（懲治壞人）

俺の方だけが、何時も悪者に為れる（只有我們總是被認為是壞人）

悪者共の手に掛かる（落在壞蛋們的手裡）

**悪酔い、悪酔**〔名、自サ〕醉後難受（反胃頭痛等的痛苦）、耍酒瘋

此の酒は悪酔いする（這酒醉後難受）

安い酒を飲むと悪酔いする（喝便宜酒醉後難受）

彼は決して悪酔いしない（他決不耍酒瘋）

**悪い、憎い**〔形〕可憎的，可惡的，可恨的、（用作反語）漂亮，令人欽佩，值得欽佩

憎い奴（可惡的傢伙）

殺して遣り度い程憎い（恨得想把他殺死）

中中憎い事を言うな（你說得真漂亮啊！）

中中憎い振る舞いだ（令人欽佩的舉動）

**悪い、難い**〔接尾〕（接動詞連用形下構成形容詞）困難、不好辦

話し難い（不好說、難開口、不好意思說）難い

食べ難い（難吃、不好吃）

扱い悪い機械（難以掌握的機器）

答え難い質問（難以回答的提問）

英語では思う事を十分に言い表し悪い（用英文難以充分表達自己的思想）

彼の前ではどうも切り出し悪かった（在他面前實在難以開口）

此のペンは書き難い（這枝鋼筆不好寫）

**悪げ, 憎げ, 悪気, 憎気**〔名、形動〕可憎、可厭、討厭

憎げが無い（不討厭）

女は憎げに男の顔を見遣った（女人厭惡地看了一下男人）

憎げ言（討厭的話）

## 軛（ヤク）

**軛**〔漢造〕在車衡兩端，扼住馬頭用的曲木，如半月形的東西

**軛、衡、頸木**〔名〕（牲畜的）軛、頸圈、夾板。〔轉〕桎梏

軛を掛ける（套上頸圈）

軛を脱する（擺脫桎梏）

軛を争う（互爭勝負）

## 愕（ガク）

**愕**〔漢造〕驚怕、驚訝的樣子

**愕然**〔形動タルト〕（表示驚訝）愕然

愕然と為て色を失う（愕然失色）

愕然と為て為す所を知らない（愕然不知所措）

破産に瀕している事を知って愕然と為る（得悉瀕臨破產而愕然）

**愕く、驚く、駭く**〔自五〕吃驚，驚奇，驚歎，驚訝（＝吃驚する）、意想不到，出乎意料。〔古〕睡醒

大いに驚く（大吃一驚、嚇一大跳）

驚いて物が言えない（嚇得說不出話來）

驚いて如何して良いか分らない（嚇得不知所措、嚇得不知怎麼辦好）

大きな音に驚く（聽到大的聲音嚇一跳）

子供が虎を見て驚く（孩子看到老虎害怕）

馬が自動車を見て驚いて跳ねる（馬看見汽車驚得跳起來）跳ねる 撥ねる 刎ねる

驚いた事に彼の人は詐欺師だ然うだ（意想不到據說他是個騙子）

此の事は別に驚くには当たらない（這件事用不著吃驚、這件事用不著大驚小怪）

事に臨んで驚かない（臨事不懼、遇事不慌）

まあ驚いた（真驚人！真令人驚訝！真出人意料之外！）

彼の博学には驚いた（他的博學使人驚嘆）

彼は驚いて私をじろじろ見た（他驚訝地目不轉睛地看我、他驚訝地直盯著看我）

僕が最も驚くのは彼の厚かましさ加減だ（最使我驚訝的是他厚顏無恥到那種程度）

彼の勉強振りは実に驚いた物だ（他那種用功勁實在是驚人的）実に 実に

驚いた事には彼は生きていた（意想不到的是他還活著）

彼で自分は専門家の積りでいるから驚く（那兩下子還以專家自居真令人吃驚）

彼で英語が得意だと言うから驚くじゃないか（就那樣還說是擅長英文難道不使人驚訝嗎？）

**愕き、驚き、駭き**〔名〕吃驚、驚訝、震驚、驚人

驚きの声を上げる（發出驚訝的聲音）上げる 揚げる 挙げる

驚きの目を見張る（瞪著吃驚的眼睛）

驚きの色を表した（面上現出驚訝的神色）表わす 現わす 著わす 顕わす

驚きの余り発狂した（嚇瘋了）

驚きの余り声も出ない（嚇得說不出話來）

余りの驚きに茫然自失した（嚇得茫然若失）

其の驚きは大変な物であった（這一驚非同小可）

此を聞いた時の彼の驚きは如何許りであったろう（他聽見這件事該是多麼吃驚的啊！）

彼の人が未だ三十歳とは驚きだ（聽說他才三十歲可真令人吃驚）

**萼（ㄜˋ）**

萼〔名〕〔植〕花萼

萼片〔名〕〔植〕萼片

萼〔名〕〔植〕花萼（＝萼）

**餓（ㄜˋ）**

餓〔漢造〕飢餓

飢餓、饑餓（飢餓）

餓鬼〔名〕〔佛〕餓鬼
〔蔑〕小鬼，小淘氣，小傢伙

餓鬼の様にがつがつと食べる（像餓鬼般的狼吞虎嚥）

此の餓鬼奴（你這個小鬼）

餓鬼大将（孩子頭、淘氣大王）

煩い餓鬼共だ（討厭的小鬼們）

餓鬼の目に水見えず（〔喻〕夢寐以求反而放過身邊之物）

餓鬼も人数（人多智廣、人多力量大）

餓鬼道（〔佛〕〔五道或六道之一〕惡鬼、惡鬼界）

餓死〔名、自サ〕餓死

餓死線上に在る（瀕於餓死邊緣）

餓死者を出す（出現餓死的人）

飢饉で餓死する者（因饑饉餓死的人）

**餓える、飢える**〔自下一〕飢餓、渴望

飢饉で農民が飢える（因饑荒農民挨餓）

知識に飢えている（求知心切）

愛に飢える（渴望愛情）餓える飢える植える

**植える**〔他下一〕植，種，栽，嵌入，排字，培植，培育

花を植える（栽花）飢える餓える

友情の木を植える（種植友誼樹）

トマトの苗を植える（移栽番茄苗）

活字を植える（排鉛字）

細菌を培養基に植える（把細菌放在培養液裡培育）

種痘を植える（種牛痘）

社会主義的道徳思想を植える（培育社會主義的道德思想）

火傷の痕に健康な皮膚を植える（往燒傷的上面移植健康的皮膚）

**餓え，餓、飢え、飢**〔名〕飢、餓（=ひもじさ）

飢えと寒さに迫られる（飢寒交迫）ひもじい（飢餓的）

飢えを覚える（感到飢餓）

飢えを凌ぐ（勉強充饑）

飢えを忍ぶ（勉強充饑）

絵に描いた餅で飢えを凌ぐ（畫餅充饑）

飢えに臨み苗を植う（臨渴掘井）

**餓え死に，餓死に，飢え死に，飢死に，餓え死に，飢え死に**〔名、自サ〕餓死（=餓死）

飢饉で飢え死にする（因為災荒餓死）

飢え死にするとも降参は決して為ない（寧可餓死決不投降）

**餓える、飢える**〔自下一〕飢餓、渴望、缺乏

飢饉で飢える（因饑荒而饑餓）

知識に飢える（渴望得到知識）

母の愛に飢える（渴望母愛）

書物に飢える（渴望書籍）

甘い物に飢える（缺甜的東西）

**諤**（ㄜˋ）

**諤**〔漢造〕直言的樣子

**諤諤、愕愕**〔形動タルト〕諤諤、直言不諱

諤諤の言（諤諤之言）

侃侃諤諤（侃侃諤諤）

**鍔**（ㄜˋ）

**鍔**〔漢造〕刀劍的鋒口

**鍔、鐔**〔名〕（刀劍的）護手、鍋緣、帽緣。〔機〕軸環、（管子的）凸緣

模様の彫って有る鍔（刻有花紋的護手）唾

鍔の広い帽子（帽緣寬的帽子）

**唾**〔名〕唾液（=唾）

唾を吐く（吐唾液）唾鍔

人に唾を引っ掛ける（吐人一口唾液）

悪口を言われて、其の上唾迄引っ掛けられた（挨頓臭罵還被吐了一身口水）

**唾**〔名、自サ〕唾液、吐唾液（=唾）

唾を吐く（吐唾液）唾椿

唾を垂らす（流涎、垂涎）

手に唾する（往手上吐口水、要幹起來）

指に唾を付けてページを繰る（手指沾點口水翻書頁）繰る来る剎る

彼はぐっと唾を呑んだ（他使勁嚥了口唾液-忍氣吞聲、抑制強烈感情）

唾を飛ばし乍話し続ける（口水四濺地講個不停）

唾でも吐き掛けて遣りたかった（我真想吐他一口口水）

天を仰ぎて唾す（仰天吐口水、害人反害己、搬起石頭砸自己的腳）

**鍔際**〔名〕刀身和護手相接處。〔轉〕關鍵所在，緊要關頭（=瀬戸際）

鍔際から折れる（從刀根上斷了）

鍔際で失敗する（在緊要關頭失敗了）

**鍔迫り合い**〔名〕（劍術）（用護手擋住刺來的刀劍）互相衝撞。〔轉〕白刃交鋒，激烈鬥爭

鍔迫り合いの格闘（短兵相接的搏鬥）

鍔迫り合いの戦い（短兵相接、白刃格鬥）

与党と野党が議場で互いに鍔迫り合いを演じている（執政黨和在野黨的議員在會場上進行箭拔弩張的鬥爭）

鍔鳴り〔名〕刀放進刀鞘時發出的聲音

鍔元〔名〕刀身和護手相接處（＝鍔際）

## 顎（ガク）

顎〔名〕〔解〕頜骨

顎音〔名〕顎音（使前舌面靠近硬口蓋壓榨氣息而發的音-如ちゃ之類）

顎下〔名〕〔解〕頜下

顎下腺（頜下腺）

顎骨〔名〕〔解〕頜骨

顎、腭、頤〔名〕顎，（上下）頜（＝顎，顎門、腭、腭門）、下頜,下巴（＝頤）釣魚鈎的倒鈎（＝かかり）

上顎（上頜）

下顎（下頜）

何時間も話し続けたので、顎が草臥れた（一連講了半天話嘴都累乏了）

顎の骨（下巴骨）

顎が長い（下巴長）

顎の角張った人（四方下巴的人）

顎が落ちる（特別好吃）

顎が落ち然う（特別好吃）

顎が落ちる程美味い（好吃得很）

顎が干上がる（窮得吃不上飯）

顎で使う（頤使人）

顎で蠅を追う（〔用下巴趕蒼蠅〕弱不禁風）

顎を出す（累得要命、束手無策）

顎を撫でる（〔喻〕洋洋得意）

顎を外す（解頤、大笑）

顎を外して笑う（哈哈大笑）

顎足〔名〕〔動〕鰓足、（昆蟲）顎足

顎鬚〔名〕下巴上的鬍鬚、落腮鬍

顎鬚を生やす（留落腮鬍）囃す

顎紐〔名〕套在下巴上的帽帶

顎紐を掛ける（下巴上繫上帽帶）

腭〔名〕顎

顎，顎門、腭，腭門〔名〕（腭是顎的雅語、戸是門之意）魚鰓（＝魚の鰓）、顎（＝顎）

## 鰐（ガク）

鰐〔漢造〕（同鱷）爬蟲類，長丈餘，口巨齒銳，背有鱗甲，性兇猛，會捕食人畜，產於熱帶河流中

鰐〔名〕〔動〕鱷魚、（山陰地方言）鯊魚（＝鮫）

鰐足〔名〕（走路時腳向裡或外斜的）八字腳（外鰐是外八字、內鰐是內八字）

鰐皮〔名〕鱷魚皮

鰐皮のハンドバッグ（鱷魚皮手提包）

鰐皮の鞄（鱷魚皮皮包）

鰐皮のベルト（鱷魚皮的褲帶）

鰐口〔名〕大嘴，闊嘴。〔轉〕虎口，危險地方、（佛殿或寶塔簷下懸掛的）鰐口（參拜者拉繩擊響）

鰐口の人（大嘴的人）

鰐鮫〔名〕〔動〕大鯊魚（＝鱶）

鰐鮫の鰭（魚翅）

鰐千鳥〔名〕〔動〕（啄食鱷魚牙慧的）鰐鳥

鮫〔名〕〔動〕鯊魚（關西地方叫做鱶、山陰地方叫做鰐）

鮫皮（鯊魚皮）

鮫肝油（鯊魚肝油）

鯊、沙魚〔名〕〔動〕蝦虎魚

沙魚科（蝦虎魚科）

跳び沙魚（彈塗魚、跳跳魚）

## 鶚（ガク）

鶚〔漢造〕鳥名，猛禽類，嘴短，趾有連蹼，常飛翔於海面，捕魚為食

鶚、雎鳩〔名〕〔動〕鶚、魚鷹

# 哀（ㄞ）

**哀**〔漢造〕悲哀、憐憫、哀求
　悲哀（悲哀）

**哀咽**〔名〕抽泣

**哀歌**〔名〕哀歌、悲歌（=エレジー）

**哀歡**〔名〕悲喜、哀樂
　人生の哀歡（人生的悲喜）
　哀歡を共に為る（休戚與共）

**哀感**〔名〕哀感、悲哀
　哀感を誘う（引起悲哀）

**哀願**〔名、自サ〕哀求、苦苦懇求
　哀願する様に（像哀求似的）
　哀願を容れる（答應懇求）入れる
　哀願を容れない（不答應懇求）

**哀苦**〔名〕悲哀和痛苦

**哀号**〔名、自サ〕哀號、號泣、痛哭

**哀哭**〔名、自サ〕悲泣、痛哭

**哀殘**〔名〕悲痛

**哀史**〔名〕慘史、苦難史、悲慘的故事
　女工哀史（女工的悲慘故事）
　平家滅亡の哀史（平家滅亡的慘史）
　涙乍哀史を語る（邊流淚邊談悲慘的故事）

**哀詩**〔名〕哀詩、哀歌、輓歌（=エレジー）

**哀愁**〔名〕哀愁、悲哀（=物かなしさ）
　哀愁をそそる（引起哀愁）
　哀愁を感じる（感到悲哀）

**哀傷**〔名、他サ〕哀傷、悲傷（=悲しみ傷む事）
　哀傷歌（哀歌、輓歌）

**哀惜**〔名、他サ〕哀悼惋惜（=哀悼）
　哀惜の念を堪えない（不勝哀悼）堪える耐える絶える
　A君の死を聞き哀惜措く能わず（驚聞A君逝世不勝哀悼）

**哀切**〔名、形動〕悲慘、悲哀

　哀切な（の）物語（悲哀的故事）

**哀絕**〔名、形動〕非常悲哀、悲痛欲絕

**哀訴**〔名、自サ〕哀訴、哀求（=哀願）

**哀調**〔名〕悲調
　哀調を帯びた歌声（帶有悲調的歌聲）
　彼の歌は哀調を帯びている（他的歌帶有悲傷的調子）

**哀悼**〔名、他サ〕哀悼、弔唁（=御悔み）
　謹んで哀悼の意を表す（謹表哀悼之意）表わす現わす顕わす著わす
　哀悼の辞を述べる（致悼辭）述べる陳べる延べる伸べる
　陳先生の逝去に深い哀悼の意を捧げる（為陳老師的逝世致深切的哀悼）捧げる奉げる

**哀別**〔名〕悲哀的離別（=哀しい別れ）

**哀別離苦、愛別離苦**〔名〕〔佛〕（佛教的〝八苦〞之一）生離死別的痛苦

**哀慕**〔名〕（人死）悲痛懷念

**哀楽**〔名〕哀樂、悲歡（=悲しみと楽しみ）
　喜怒哀楽（喜怒哀樂）

**哀憐**〔名、他サ〕哀憐、悲惜
　哀憐の情に堪えない（不勝悲惜）

**哀話**〔名〕哀史、悲慘故事（=哀しい話）
　皇后の哀話（皇后的悲慘故事）

**哀しい、悲しい**〔形〕悲哀的、悲傷的、悲愁的、可悲的、遺憾的
　悲しい物語（悲哀的故事）
　悲しい境遇（可悲的境遇）
　悲しい話を為る（說傷心的故事）
　悲しい思いが為る（感到悲傷）
　悲しい顔を為ている（面帶愁容）
　彼は色色悲しい事に出会った（他經歷了種種的傷心事）

**悲しがる**〔他五〕（態度）悲痛、露出難過的表情

## ㄞ

大事な壺の割れたのを悲しがる（悲惜貴重的瓷罐打破了）

**哀しさ、悲しさ**〔名〕悲哀

学問の無い悲しさ（不學無識的悲哀）

悲しさの余り（悲哀之餘、過於悲哀）

悲しさに胸が痛く為る（為悲哀而痛心）

**哀しげ、悲しげ**〔形動〕悲哀、悲傷、可憐

悲しげな様子（悲哀的樣子、可憐的樣子）

悲しげに泣く（哭得很悲傷）

**哀しむ、悲しむ**〔他五〕悲傷，悲哀，悲痛、可嘆

人の不幸を悲しむ（為別人的不幸而悲傷）

哀しむ悲しむ愛しむ

彼の死を聞いて人人は非常に悲しんだ（聽說他死了人們非常悲痛）

そんなに悲しむな（別那麼悲傷）

怠けている御前を見たら、親はどんなに悲しむだろう（父母如果看到懶惰的你該多麼難過呀！）

幼児死亡率の増加は悲しむ可き事である（嬰兒死亡率的增長現象是可嘆的）

**哀しみ、悲しみ**〔名〕悲傷、悲哀、悲痛、悲愁、憂愁

悲しみの涙（悲傷的眼淚）

悲しみに堪えません（不勝悲痛）

悲しみに沈んでいる（沉浸在悲哀中）

**哀れ，哀、憐れ，憐**〔名〕哀憐、憐憫、可憐（＝哀れみ、憐れみ）

哀れを催す（令人可憐）

哀れをそそる（引起人憐憫）

哀れに思う（覺得可憐）

**哀れ、哀**〔名、形動〕悲哀，可憐，悽慘，悲慘、悲切，哀傷，情趣

〔感〕啊！真的、啊！真可憐

哀れな物語（悲哀的故事）

漫ろに哀れを催す（不由得悲從中來）

哀れな姿（一副可憐相）

哀れな孤児（可憐的孤兒）

哀れな境遇（可憐的境遇）

世の中に哀れな人人が多い（世上有很多可憐的人）

哀れな身形（襤褸的打扮）

哀れな生活（悽慘的生活）

旅の哀れ（旅愁）

物の哀れを解する人（懂得情趣的人）

哀れ海底の藻屑と消えたのであった（可憐竟葬身於海底了）

**哀れむ、憐れむ**〔他五〕憐憫 憐惜（＝可哀相に思う）、憐愛（＝可愛がる）

同病相憐れむ（同病相憐）

憐れむ可き小市民根性（可憐的小市民根性）

月を憐れむ（愛月、賞月）

幼い者を憐れむのは人情だ（憐愛幼兒是人的常情）

**哀れみ、憐れみ**〔名〕可憐、憐憫、同情

人の憐れみを乞う（乞憐於人）乞う請う斯う恋う

人に憐れみを掛ける（憐憫別人）

憐れみを感じさせる（令人感覺可憐）

**哀れさ**〔名〕可憐

哀れさを感じさせる（使人感覺可憐）

**哀れげ**〔形動〕看著可憐、可憐的樣子

哀れげな顔（一副可憐像）

**哀れがる**〔他五〕覺得可憐、值得同情（＝可哀相に思う）

**哀れっぽい**〔形〕〔俗〕可憐

哀れっぽい声（可憐的聲音）

哀れっぽい話（可憐的故事）

哀れっぽい様子を為る（顯出可憐相）

哀れっぽい物の言い方を為る（說話的樣子很可憐）

## 埃（ㄞ）

**埃**〔漢造〕塵埃

塵埃（塵埃，塵土、〔轉〕塵世，俗世）

埃〔名〕塵埃、塵土、灰塵

埃だらけに為る（弄得滿是灰塵）

埃を被る（落上塵土）

机の上の埃を払う（撣去桌上的塵土）払う掃う祓う

自動車が通ると埃が立つ（汽車一過塵土飛揚）

テーブルに埃が一面に積もっている（桌子上積滿了塵土）

埃が収まった（飛塵平息了）収まる納まる治まる修まる

塵〔名〕塵土，塵埃，塵垢，垃圾（=埃、塵，芥）、微小、少許、世俗，塵世，骯髒，汙垢（=汚れ、穢れ）

塵を払う（拂去塵土）

塵を掃き取る（打掃塵土）

塵の山（垃圾山）

塵一つ落ちていない部屋（沒有一點塵土的屋子）

机の上に塵が積る（桌子上一層塵土）

塵は塵箱に捨てよ（垃圾要倒在垃圾箱裡）

塵の身（區區之身）

彼は塵程も私心が無い（他沒有一點私心）

塵程の価値も無い（毫無價值、一文不值）

塵程も頓着しない（毫不介意）

彼の人に良心等は塵程も無い（他一點良心也沒有）

塵の世（塵世）

浮世の塵を逃れる（拋棄紅塵）

山の湯で都会の塵を洗い落とす（用山裡的溫泉洗掉城市的汙垢）

鬚の塵を払う（諂媚、奉承）

塵も積もれば山と為る（積少成多）

芥〔名〕垃圾（=塵，芥，塵）

芥の如く捨てられた（像垃圾一般被丟掉了）

芥、塵〔名〕垃圾、塵土

台所の芥（廚房的垃圾）

ピクニックの人が残した芥（郊遊的人扔下的垃圾）

芥を捨てる（倒垃圾）

目に芥が入った（眼睛進去塵土了）

此処に芥を捨てないで下さい（此處請勿倒垃圾）

床下に芥が沢山溜まった（地板下面積存很多塵土）

芥焼却炉（垃圾銷毀爐）

芥捨て場（垃圾場）

## 挨（ㄞ）

挨〔漢造〕靠近、依照次序

挨拶〔名、自サ〕（挨是推す、拶是迫る之意、原為佛教用語、是一問一答以刺探參禪悟道深淺的意思）

（與人見面或分別時說的）寒暄，問候，致意，應酬話

（對熟人用某種動作）致敬，表示敬意、致詞，講話、回答，答禮，通知，知會，打招呼

初対面の挨拶（初次見面的客套話）

朝夕の挨拶（早晚見面的寒暄話）朝夕 朝夕

親しみを込めて挨拶を述べる（親切地問候）

手を振って挨拶を為る（揮手致意）

挨拶を抜きに為て会談を始めた（略去寒暄開始會談）

帽子を取って挨拶する（脫帽致敬）

挨拶に行く（去表示敬意）

挨拶に立つ（致詞）

開会の挨拶を為る（致開會詞）

歓迎の挨拶を為る（致歡迎詞）

挨拶状（賀信、致敬信）

一寸御挨拶を申し上げます（我說幾句話）

## 万

知らせたのに何の挨拶も無い（通知過了可是沒有甚麼回話）

然う言われて挨拶に困った（人家那麼一說說得我無言答對）

来ないなら、一言挨拶を為可きだ（不來就應該關照一下）

何の挨拶も無しに入り込む（連招呼也不打就走進來）

何の挨拶も為ずに東京へ来た（什麼都沒通知就到東京來了）

此れは御挨拶だね（您這是什麼話？您這像話嗎？－用於回復對方所說不盡情理的話）

### 皚（ㄞˊ）

皚〔漢造〕霜雪潔白的樣子

皚皚〔形動タルト〕皚皚

皚皚と為た白雪（皚皚白雪）

白皚皚たる群山（滿是白雪的群山）

一夜に為て皚皚たる銀世界と為る（一夜之間變成了一片銀色世界）一夜一夜一夜

### 噯（ㄞˇ）

噯〔漢造〕氣逆發聲

噯、噯気〔名、形動〕嗝。〔中醫〕噯気（=げっぷ）

噯気を為る（打嗝）

胸が悪く為って噯気が出る（心中不舒服打嗝）

噯気にも出さない（隻字不提、絲毫不露聲色）

彼は何を為に来たか噯気にも出さない（他幹甚麼來的一個字也不提）

そんな事は噯気にも出さない（那樣的事你可一個字也別提）

其の後は誰も噯気にさえ出さなく為っている（後來誰都連提也不提了）

### 矮（ㄞˇ）

矮、矮〔漢造〕低的、短小的

矮屋〔名〕矮屋

矮躯〔名〕矮個子、身材短小

矮小〔名、形動〕矮小，個子短小。〔轉〕短小，小巧，（心情）低沉

矮小の（な）人（矮子、身材短小的人）

矮小の（な）家屋（矮小的房屋）

矮小の（な）樹木（矮小的樹木）

矮小な木（矮樹）

アフリカの矮小人種（非洲的矮小人種）

矮人〔名〕矮人、身材短小的人←→巨人

矮人の観場（矮子看戲、〔喻〕隨聲附合，盲從他人）

矮人、低人、侏儒〔名〕（矮人的音便）矮子、矮個子（=小人）

矮性〔名〕〔植〕矮性

矮星〔名〕〔天〕矮星←→巨星

矮林〔名〕矮樹林

矮鶏〔名〕（越南古地方名Champa的轉變）〔動〕矮雞，短腿雞。〔俗〕身材短小的人

### 藹（ㄞˇ）

藹〔漢造〕性情和順、樹木茂密的樣子

藹藹〔形動タルト〕藹然、和藹

和気藹藹たる家庭（和睦快樂的家庭）

### 靄（ㄞˇ）

靄〔漢造〕雲氣、雲聚集的樣子

靄〔名〕霧、煙霧、濃霧

朝靄（朝靄）

靄が掛かる（煙霧迷漫、薄霧壟罩）掛かる架かる懸かる

靄が晴れる（煙霧消散）

靄が山村を包んでいる（煙霧壟罩的山村）

牧場には乳色を為た靄が深く立ち込めている（牧場上瀰漫著一層濃濃的乳白色霧氣）

靄の中から少し宛姿を現す（從濃霧中漸漸出現影子）

# 艾、艾（ㄞˋ）

**艾、艾**〔漢造〕草名，葉背上生白毛，可做灸治病

**艾**〔名〕（艾灸用的）乾艾。〔植〕艾（＝艾）

**艾、蓬**〔名〕〔植〕艾
- 蓬の様な髪（蓬頭散髮）
- 蓬の宿（蓬門茅舍）
- 蓬餅（艾草黏糕＝草餅）

# 愛（ㄞˋ）

**愛**〔名、漢造〕愛、愛情、友愛、恩愛、熱愛、喜愛、愛好、愛惜
- 親の愛（父母對子女的愛）
- 朋友の愛（朋友的友愛）
- 愛の告白（愛情的告白）
- 愛の手を差し伸べる（伸出友愛之手）
- 愛の無い結婚（沒有愛情的結婚）
- 彼女に対する愛が薄らいだ（對她的愛情淡薄了）
- 学問への愛（對學問的愛好）
- 芸術に対する愛を示す（表示對藝術的愛好）
- 偏愛（偏愛）
- 博愛（博愛）
- 寵愛（寵愛）
- 友愛（友愛）
- 相愛（相愛）
- 恋愛（戀愛）
- 自愛（自愛）
- 慈愛（慈愛）
- 熱愛（熱愛、厚愛）
- 恩愛（恩愛）
- 祖国愛（愛國心）

**愛す**〔他五〕（愛する的稍舊形式）愛、喜愛、愛好
- 愛す可き（可愛的）
- 愛す可き園児達（可愛幼兒園的孩子們）

**愛する**〔他サ〕愛、熱愛、慈愛、敬愛、珍愛、愛護、愛戀、愛好、喜愛←→憎む
- 子を愛する親心（父母愛子女的心情）
- 祖国を愛する（愛祖國）
- 自然を愛する（愛大自然）自然自然
- 彼は友人の誰からも愛されている（每個朋友都喜歡他）
- 愛する人（心愛的人）
- 私は貴方を愛しています（我愛你）
- 孤独を愛する（喜好孤獨）
- 労働を愛する（愛勞動）
- 美術を愛する（喜好美術）
- 花を愛する（愛花、喜歡花）

**愛くるしい**〔形〕（くるしい是加強語氣的接辭）天真可愛、非常可愛、逗人喜愛
- 愛くるしい笑顔（逗人喜愛的笑容）

**愛らしい**〔形〕可愛（＝可愛らしい）
- 愛らしい花（可愛的花）

**愛らしげ**〔形動〕可愛的樣子
- 如何にも愛らしげに見える（看來實在可愛）

**愛らしさ**〔名〕可愛、招人愛
- 愛らしさの無い子供（不招人愛的孩子）

**愛育**〔名、他サ〕用愛心撫養小孩

**愛飲**〔名、他サ〕愛喝、喜歡飲用
- 酒を愛飲する（愛喝酒）
- 愛飲家（〔某種飲料或酒類〕喜歡飲用者）
- 愛飲者（愛喝酒的人）

**愛煙**〔名、他サ〕愛抽菸←→嫌煙
- 愛煙家（好吸菸的人）
- 大の愛煙家（非常好吸菸的人、菸癮大的人）

**ㄞ**

**愛玩**〔名、他サ〕玩賞、欣賞
　彼氏愛玩の骨董品（他所玩賞的骨董）
　父の愛玩するパイプ（父親欣賞的煙斗）
　愛玩動物（玩賞動物）
　愛玩者（〔對動植物等〕愛好者）

**愛眼**〔名〕愛惜眼睛

**愛器**〔名〕愛用的樂器、用慣了的樂器

**愛機**〔名〕用慣了或愛用的飛機、私人飛機、個人專用飛機、用慣了的照相機
　愛機を操縦する（駕駛愛用的飛機）

**愛戯**〔名〕調情、性行為（=愛の戯れ）

**愛棋家**〔名〕愛下象棋的人、象棋愛好者、象棋迷

**愛球家**〔名〕愛好棒球的人、（棒球的）球迷

**愛郷**〔名〕愛家鄉、愛故鄉
　愛郷心（愛鄉心、鄉土觀念）

**愛嬌、愛敬**〔名〕可愛之處，動人之處，魅力、好感，親切、令人發笑的言行，幽默、贈品
　愛嬌の有る娘（嬌媚可愛的女孩）
　彼の娘は綺麗だが愛嬌が無い（這女孩長得雖然漂亮但不怎麼討人喜歡）
　目元に愛嬌が有る（眼睛長得動人）
　愛嬌の無い返事（不親切的回答、冷淡的回答）
　愛嬌たっぷり（十分親切、極有好感、笑容可掬、和藹可親）
　誰にでも愛嬌を振り撒く（逢人都表示好感、向每個人討好）
　愛嬌の有る失敗（令人發笑的失策、出洋相）
　今のは愛嬌だ（這算是給你開心-出洋相的解嘲語）
　森の愛嬌者（樹林裡開心的動物-指松鼠、猴子等）
　パンダは愛嬌者だ（熊貓挺好玩的）
　御愛嬌にガムを差し上げます（送給口香糖作為贈品）

**愛嬌笑い**（陪笑=御世辞笑い）

**愛嬌痘痕**（俏皮麻子）

**愛敬**〔名、他サ〕敬愛（=敬愛）
　愛敬の念を増す（增加敬愛的心情）

**愛禽家**〔名〕愛鳥的人、愛玩鳥的人（=愛鳥家）

**愛吟**〔名、他サ〕吟誦喜愛的詩歌、喜歡吟詠詩歌
　李白の詩を愛吟する（愛吟誦李白的詩詞）

**愛犬**〔名〕喜愛的狗、喜好養狗
　愛犬を連れて散歩する（帶著愛犬散步）
　愛犬家（喜好養狗的人）

**愛顧**〔名、他サ〕惠顧、光顧、眷顧（=最贔屓引き立て）
　御客様の御愛顧に報いる（報答顧客的惠顧）
　相変わらぬ御愛顧を願います（請照舊賜顧）
　倍旧の御愛顧を御願い致します（請加倍惠顧）

**愛護**〔名、他サ〕愛護←→虐待
　公共の財産を愛顧する（愛護公共財物）
　動物愛護週間（愛護動物週）
　動物を愛護する（愛護動物）

**愛校**〔名〕愛校、愛護自己的學校
　愛校心（愛校心）

**愛好**〔名、他サ〕愛好←→嫌悪
　音楽を愛好する（愛好音樂）
　芸術を愛好する人人（愛好藝術的人們）
　切手愛好家（集郵愛好者）

**愛国**〔名〕愛國
　愛国の熱情（愛國的熱情）
　胸に溢れる愛国の熱情（滿腔的愛國熱忱）
　愛国主義（愛國主義）
　愛国者（愛國者）
　愛国心（愛國心、愛國精神）

全国人民は敵の侵入に因って激しい愛国心を搔き立てられた（敵人的入侵使全國人民激起了強烈的愛國心）

**愛妻**〔名〕心愛的妻子、愛妻子

愛妻家（愛妻子的人）

**愛餐**〔名〕基督教會聚餐

**愛児**〔名〕愛兒、愛子（=愛し子）

不慮の災難で愛児を失う（因意外的災禍喪失了心愛的兒子）

**愛し子、愛子**〔名〕愛子、疼愛的孩子（=愛児）

**愛子**〔名〕〔古〕愛子、愛兒、心愛的兒子（=愛し子、愛子）

**愛日**〔名〕冬天的太陽

**愛車**〔名〕個人愛用的汽車、私人汽車

愛車を駆ってピクニックに行く（開私人汽車去郊遊）

**愛社**〔名〕愛自己的公司

愛社精神（愛社精神）

**愛執**〔名〕依依不捨

愛執の念を断つ（割斷留戀之念）

**愛書**〔名〕愛書，喜歡書、愛讀的書，喜歡讀的書

愛書家（喜歡書的人）

**愛妾**〔名〕寵妾、寵愛的小老婆

**愛称**〔名〕昵稱、綽號、給快車或特快列車起的優美名稱（如光）

愛称で呼ぶ（用昵稱招呼）

**愛唱**〔名、他サ〕愛唱、喜歡唱

此れは父が良く愛唱していた歌です（這是父親過去愛唱的歌）

愛唱歌（愛唱的歌曲）

**愛誦**〔名、他サ〕好朗誦、喜歡吟詠

彼の愛誦する詩歌（他喜歡吟詠的詩歌）詩歌詩歌

石川啄木の詩を愛誦する（愛吟詠石川啄木的詩歌）

**愛情**〔名〕愛，熱愛，喜愛、（對異性的）愛情，愛戀

母の愛情（母愛）

仕事に愛情を持つ（熱愛工作）

愛情の籠った手紙（極為親切的信）

彼は両親の愛情を一身に受けて成長した（他在雙親的愛護下長大成人）

愛情を打ち明ける（表達自己的愛情）

彼に仄かな愛情を抱く（對他懷有一些愛戀之情）抱く抱く

**愛嬢**〔名〕父母喜愛的女兒、心愛的女兒（=愛娘）

愛嬢を嫁に出す（嫁出心愛的女兒）

**愛人**〔名〕情人（=恋人）、情夫，情婦

愛人が出来る（有了男〔女〕朋友）

**愛婿、愛壻**〔名〕愛婿、喜歡的女婿

**愛石**〔名〕愛石

**愛惜**〔名、他サ〕愛惜（=愛着、愛著）

今去るに臨んで愛惜の情に堪えません（現在臨別不勝依依之處）

**愛染**〔名〕〔佛〕貪戀，煩惱、愛染明王佛（=愛染明王-三目六臂、全身赤色、為眾生解脫愛慾的明王）

**愛想、愛想**〔名〕親切，和藹、招待，款待、（在飲食店）顧客付的錢

愛想が良い（和藹可親）

愛想の良い人（和藹〔親切〕的人）

愛想が無い（冷淡、不親切）

愛想を言う（說客套話）

何の御愛想も出来ませんでした（招待得太簡慢了）

何の愛想も無く失礼しました（沒什麼招待真對不起）

姉さん、御愛想（服務員請算帳）

愛想が尽きる（討厭、厭煩、嫌惡、唾棄）

愛想を尽かす（討厭、厭煩、嫌惡、唾棄）

彼の男には愛想が尽きた（我真討厭那個傢伙）

愛想尽かし（厭煩、嫌棄）

## ㄞ

愛想尽かしを言う（以冷言冷語相待）
愛想尽かしを為る（冷淡對待）
愛想笑い（討好的笑）

**御愛想、御愛想**〔名〕（飯館等的）（本來是店方的用語）帳單(=勘定書)、應酬話，恭維話，客套話(=御世辞)、應酬，款待(=持て成し)(=愛想)

御愛想頼むよ（給我算帳吧！）
御愛想を言う（說恭維話、說應酬話）
何の御愛想も無く失礼しました（〔招待得〕太簡慢了很對不起）

**愛憎**〔名〕愛憎

愛憎の念が甚だしい（愛憎的感情很強）
愛憎のはっきりした態度（愛憎分明的態度）

**愛蔵**〔名、他サ〕珍藏

愛蔵の書（珍藏的書）

**愛息**〔名〕愛子、疼愛的兒子
**愛孫**〔名〕愛孫、疼愛的孫子
**愛他主義**〔名〕利他主義

愛他主義者（利他主義者）

**愛知用水**〔名〕〔地〕愛知水渠（引〝木曾川〞上流的水、貫穿〝濃尾平尾〞到〝知多半島〞、1961年完成）

**愛着、愛着**〔名、自サ〕（舊作愛着）留戀、依依難捨、戀戀不能忘懷

故郷に愛着を感じる（對故郷感到難以忘懷）故郷故郷
故郷に愛着を覚える（對故郷感到難以忘懷）

**愛鳥**〔名〕愛護（野生）小鳥、心愛的小鳥

愛鳥週間（小鳥愛護週-自5月10日起一星期）

**愛重**〔名、他サ〕器重
**愛読**〔名、他サ〕喜歡讀

名著を愛読する（愛讀名著）
愛読者（愛讀者）
愛読書（愛讀的書）

**愛馬**〔名〕心愛的馬、愛騎的馬、喜好飼養馬

愛馬に跨る（騎上心愛的馬）

**愛撫**〔名、他サ〕愛撫、撫愛(=可愛がる)

赤ちゃんを愛撫する（撫愛嬰兒）

**愛別離苦、哀別離苦**〔名〕〔佛〕（佛教的〝八苦〞之一）生離死別的痛苦

**愛慕**〔名、他サ〕愛慕

愛慕の情（愛慕之情）
生徒に愛慕されている先生（受到學生敬愛的老師）

**愛用**〔名、他サ〕愛用、喜歡用

国産品を愛用する（愛用國貨）
愛用のペン（喜歡用的鋼筆）
葉巻の愛用者（喜歡吸雪茄的人）

**愛欲、愛慾**〔名〕愛慾、情慾

愛欲に溺れる（沉溺於愛慾之中）

**愛林**〔名〕愛護森林

愛林週間（愛護森林週）

**愛恋**〔名、他サ〕愛戀、戀慕
**愛憐**〔名、他サ〕憐愛、憐惜
**愛しい**〔形〕可愛、可憐

愛しい子（可愛的孩子）
若死に為って御愛しい事です（年輕輕的就死了叫人心疼）
愛しい子には旅を為せよ（疼愛的孩子要打發出去磨練）

**愛しがる**〔他五〕喜愛，疼愛、覺得可憐

末っ子を愛しがる（疼愛最小孩子）

**愛しげ**〔形動〕可愛、心疼
**愛しさ**〔名〕喜愛（的心情或程度）、愛憐

愛しさの余り（由於過分喜愛）

**愛い**〔連體〕（對晚輩誇獎時使用）招人喜歡、好樣的

愛い奴（好小子、好樣的）憂い悲しむ哀しむ愛しむ悲しい哀しい愛しい

**愛しむ**〔他四〕〔古〕愛、感到可愛(=愛する)
**愛しい**〔形〕可愛(=可愛い)

愛、真〔造語〕心愛、得意、精心培養
　愛弟子（得意弟子）
　愛娘（掌上明珠）

愛弟子〔名〕得意弟子、得意門生

愛娘〔名〕愛女、心愛的女兒、掌上明珠

愛でる、賞でる〔他下一〕愛，愛惜，疼愛、欣賞、佩服，讚賞
　子供を愛でる（疼愛孩子）
　花を愛でる（賞花）
　花鳥風月を愛でる（欣賞大自然）
　月を愛でて、歌を詠む（賞月詠詩）読む詠む
　勇敢な行為を愛でる（佩服勇敢的行為）

愛での盛り〔名〕備受寵愛的時期、全盛時代

## 碍（ㄞˋ）

碍〔漢造〕（有時候讀作碍）妨礙、阻礙
　障碍、障礙、障害（障礙，妨礙，毛病，故障）
　妨碍、妨害（妨礙、妨害）
　無碍、無礙（無阻礙、暢通無阻）

碍管〔名〕〔電〕（裝電線用的）瓷管、絕緣管

碍子〔名〕〔電〕絕緣子、電瓷

## 隘、隘（ㄞˋ）

隘、隘〔漢造〕狹隘
　狹隘（狹隘、狹窄、狹小）

隘路〔名〕狹路、難關、障礙
　谷間の隘路（山谷間的狹路）谷間谷間
　貿易上の隘路を打開する（打通貿易上的障礙）
　生産の隘路は原料不足に在る（生產的障礙在於原料不足）

## 曖（ㄞˋ）

曖〔漢造〕不明白的、秘密不正的行為

曖昧〔形動〕含糊，模稜，不明確（＝あやふや）、可疑，不正經（＝如何わしい事）←→明確、明瞭

曖昧な事を言う（含糊其辭）
曖昧な返事を為る（含糊地回答）
曖昧な態度を取る（採取模稜兩可的態度）
曖昧模糊（曖昧模糊）
曖昧屋（暗娼、娼窩-明治、大正時代以旅館為掩護暗地裡經營色情買賣的店）
曖昧宿（窩藏妓女的下流旅館）

## 靉（ㄞˋ）

靉〔漢造〕雲氣很盛的樣子

靉靆〔形動タリ〕雲氣很盛、陰暗
　天気靉靆（天氣陰暗）

# 凹（ㄠ）

**凹**〔漢造〕凹←→凸

**凹角**〔名〕〔數〕凹角←→凸角

**凹型、凹型**〔名〕凹型、凹形←→凸型

**凹状**〔名〕凹狀

**凹多角形**〔名〕〔數〕凹多角形

**凹地**〔名〕窪地、低窪地（=凹地、窪地）

**凹地、窪地**〔名〕窪地、低窪地
　凹地に水が溜まる（窪地積水）

**凹凸**〔名〕凹凸、凹凸不平、高低不平（=凸凹）
　凹凸の激しい道路（非常崎嶇不平的道路）激しい烈しい
　業種に依っては生産性にも凹凸が有る（按行業的不同生産率也有高有低）
　月の表面には大小の凹凸が見られる（在月球表面上可以看見有大大小小的凹凸）
　凹凸レンズ（凹凸透鏡）

**凹版**〔名〕〔印〕凹版←→凸版、平版
　凹版印刷（凹版印刷術）

**凹面**〔名〕凹面←→凸面
　両凹面のレンズ（凹凹透鏡）
　凹面鏡（〔理〕凹鏡）←→凸面鏡
　凹面格子（〔理〕凹光柵）

**凹レンズ**〔名〕凹透鏡

**凹、窪**〔名〕凹處、窪處、凹陷
　道の凹に水が溜まる（路上的凹處積水）溜まる貯まる

**凹田、窪田**〔名〕低處的水田、低窪的水田

**凹溜り、窪溜り**〔名〕低窪的地方、積水的凹處

**凹目**〔名〕瞘瞜眼、凹陷而圓的眼睛（=金壺眼）
　凹目を為ている（瞘瞜著眼睛）

**凹む、窪む**〔自五〕凹下、下沉、塌陷
　目の凹んだ人（瞘瞜眼的人）
　地下水を使い過ぎて地盤が凹む（由於地下水使用過多地基下沉）
　疲れて目が凹む（因為疲勞眼睛瞘瞜了）
　寝不足で目が凹む（由於睡眠不足眼睛塌陷無神）
　地震で地が凹んだ（由於地震土地下沉了）

**凹み、窪み**〔名〕凹處、低窪的地方（=凹み）
　馬鈴薯は凹みから芽が出る（馬鈴薯從凹進的地方發芽）
　雨が降って道に凹みが出来た（雨後路面出現坑洞）
　凹みに落ち込む（掉進坑洞）

**凹い、窪い**〔形〕〔方〕低窪、窪陷
　凹い所には直ぐ水が溜まる（低窪地方容易積水）

**凹まる、窪まる**〔自五〕凹進去、陷下去（=凹む）
　地面の凹まった所に石ころを敷く（在地面陷下去的地方鋪上石子）

**凹める、窪める**〔他下一〕使凹下、使窪進、使塌陷（=凹ませる）

**凹む**〔自五〕凹下，陷下、屈服，認輸。〔轉〕赤字，虧空
　ballが凹む（球扁了）
　凹んだ帽子（扁了的帽子）
　道が凹む（道路陷下）
　凹んだ土地（低窪地）
　脚気で足が凹んでいるので押すと凹む（因患腳氣腿一按就凹陷）
　彼は強情で中中凹まない（他很固執輕意也不認輸）
　何を言われても凹まない（不管人家説什麼也不屈服）
　今月は千円凹んだ（本月虧空了一千日元）

**凹み**〔名〕凹下的地方、窪坑
　帽子の凹みを直す（把帽子扁下去的地方撐起來）
　帽子に凹みを付ける（在帽子頂上折個窪坑）

**凹ます**〔他五〕弄扁，弄凹下去、使屈服，打敗
　腹を凹ます（把肚子癟回去、收腹）
　議論で相手を凹ます（憑議論使對手屈服）

彼奴を凹まして遣った（把那小子整老實了）

彼は凹まして遣る必要が有る（有必要把他教訓服貼）

**凹ませる**〔他下一〕壓扁、駁倒（=凹ます）

腹を凹ませる（肚子往內縮）

相手を凹ませる（駁倒對方）

## 熬（ゴウ／）

**熬**〔漢造〕煮、乾煎

**熬る、炒る、煎る**〔他五〕炒、煎

栗を炒る（炒栗子）入る要る射る居る鋳る

豆を炒る（炒豆）

卵を炒る（煎蛋）

玉子を炒る（煎蛋）

炒り付けられる様な暑さだ（熱得好像在油鍋裡煎似的）

**居る**〔自上一〕（人或動物）有，在（=有る、居る）、在，居住、始終停留（在某處），保持（某種狀態）

〔補動、上一型〕（接動詞連用形+て下）表示動作或作用在繼續進行、表示動作或作用的結果仍然存在、表示現在的狀態

子供が十人居る（有十個孩子）

虎は朝鮮にも居る（朝鮮也有虎）

御兄さんは居ますか（令兄在家嗎？）

前には、此の川にも魚が居た然うです（據說從前這條河也有魚）

ずっと東京に居る（一直住在東京）

両親は田舎に居ます（父母住在鄉下）

住む家が見付かる迄ホテルに居る（找到房子以前住在旅館裡）住む棲む済む澄む清む

一晩寝ずに居る（一夜沒有睡）

兄は未だ独身で居る（哥哥還沒有結婚）未だ未だ

自動車が家の前に居る（汽車停在房前）

見て居る人（看到的人）

笑って居る写真（微笑的照片）

子供が庭で遊んで居る（小孩在院子裡玩耍）

映画を見て居る（在看電影）立つ経つ建つ絶つ発つ断つ裁つ截つ

鳥が飛んで居る（鳥在飛著）飛ぶ跳ぶ

彼は長い間此の会社で働いて居る（他長期在這個公司工作著）

花が咲いて居る（花開著）咲く裂く割く

木が枯れて居る（樹枯了）枯れる涸れる嗄れる駆れる狩れる刈れる駈れる

薬が効いて居る（藥見效）効く利く聞く聴く訊く

工事中と言う立札が立って居る（立起正在施工的牌子）言う云う謂う

時計は壊れて居て使えない（錶壞了不能用）壊れる毀れる使う遣う

食事が出来て居る（飯做好了）

彼は中中気が利いて居る（他很有心機）効く利く聞く聴く訊く

戸に鍵が掛かって居る（門鎖上了）掛る係る繋る罹る懸る架る

居ても立っても居られない（坐立不安、搔首弄姿、急不可待）

歯が痛くて居ても立っても居られない（牙疼得坐立不安）

居ても立っても居られない程嬉しかった（高興得坐不穩站不安的）

**射る**〔他上一〕射、射箭、照射

弓を射る（射箭）入る要る居る鋳る炒る煎る

矢を射る（射箭）

的を射る（射靶、打靶）

的を射た質問（擊中要害的盤問）

明るい光が目を射る（強烈的光線刺眼睛）

彼の眼光は鋭く人を射る（他的眼光炯炯射人）

**入る**〔自五〕進入（=入る-單獨使用時多用入る、一般都用於習慣用法）←→出る

〔接尾、補動〕接動詞連用形下，加強語氣，表示處於更激烈的狀態

幺

佳境に入る（進入佳境）
入るを量り出ずるを制す（量入為出）
入るは易く達するは難し（入門易精通難）
日が西に入る（日沒入西方）
今日から梅雨に入る（今天起進入梅雨季節）
泣き入る（痛哭）
寝入る（熟睡）
恥じ入る（深感羞愧）
つくづく感じ入りました（深感、痛感）
痛み入る（惶恐）
恐れ入ります（不敢當、惶恐之至）
悦に入る（心中暗喜、暗自得意）
気に入る（稱心、如意、喜愛、喜歡）
技、神に入る（技術精妙）
手に入る（到手、熟練）
堂に入る（登堂入室、爐火純青）
念が入る（注意、用心）
罅が入る（裂紋、裂痕、發生毛病）
身が入る（賣力）
実が入る（果實成熟）

要る、入る〔自五〕要、需要、必要（=必要だ、掛かる）
　金が要る（需要錢）
　要らなく為った（不需要了）
　間も無く要らなく為る（不久就不需要了）
　要らない物を捨て為さい（把不要的東西扔掉吧！）
　要るだけ持って行け（要多少就拿多少吧！）
　要る丈上げる（要多少就給多少）
　旅行するので御金が要ります（因為旅行需要錢）
　此の仕事には少し時間が要る（這個工作需要點時間）
　此の仕事には可也の人手が要る（這個工作需要相當多的人手）
　御釣りの要らない様に願います（不找零錢）

要らぬ御世話だ（不用你管、少管閒事）
要らない所へ顔を出す
返事は要らない（不需要回信）
要らない本が有ったら、譲って下さい（如果有不需要的書轉讓給我吧！）
要らない事を言う（說廢話）

鋳る〔他上一〕鑄、鑄造
　釜を鋳る（鑄鍋）

熬り子、炒り子〔名〕煮熟曬乾的沙丁魚（=炒りぼし，炒り干し，熬り干し，熬干し）

熬り粉, 熬粉, 炒り粉, 炒粉〔名〕炒米粉（製點心的材料）

熬海鼠、海参〔名〕乾海參（=干海鼠，乾海鼠，干海鼠，乾海鼠，金海鼠，光参）

熬り干し，熬干し，炒り干し，炒干し〔名〕煮後曬乾的小魚（=炒りこ、熬りこ）

熬り豆, 熬豆, 炒り豆, 炒豆〔名〕炒的大豆、炒豆子
　炒豆に花が咲く（枯樹開花、太陽從西邊出來）咲く裂く割く

熬り物、煎り物〔名〕炒菜、炒豆、炒米

熬り焼、熬焼〔名〕烤雞片、烤肉片

鰲（幺ˊ）

鰲〔漢造〕節足動物第一對足的變形，用於取食及自衛

鰲〔名〕〔動〕（螃蟹等節肢動物的第一對腳）螯、螃蟹夾子

鏖（幺ˊ）

鏖〔漢造〕猛力苦戰
鏖殺〔名、他サ〕殺光、殺盡、斬盡殺絕（=鏖、皆殺し）
　一家鏖殺に為る（全家被殺死）
鏖、皆殺し〔名〕殺光、殺盡
　一家を鏖に為る（把全家殺光）

鼇（幺ˊ）

鼇〔漢造〕海裡的一種大龜
鼇頭〔名〕書眉、眉批

## よう（ㄠˇ）

**拗**〔名〕倔強固執

**拗音**〔名〕〔語〕拗音（日與特有的讀音、や，ゆ，よ，わ四個假名，在其他假名右下方小寫時，與前面的子音構成一個音節，如きゃ，きゅ，きょ，くゎ等）←→直音

**拗らせる**〔他下一〕弄扭歪、使纏綿、使惡化
　風邪を拗らせる（弄得感冒老不好）
　問題を拗らせる（致使問題複雜化起來）
　風邪を拗らせて死ぬ（因為感冒拖延日久而死）
　そんな事を為れば事態を拗らせる許りだろう（那樣做只會使情況更加複雜化起來）

**拗らす**〔他五〕弄扭歪、使纏綿、使惡化(=拗らせる)、倔強
　問題をを拗らす（使問題複雜化）
　風邪をを拗らす（感冒越來越嚴重）

**拗れる**〔自下一〕彆扭，乖僻，惡化，複雜化，纏綿，纏繞
　仲が拗れた（交情失和）
　気持が拗れる（心裡彆扭）
　拗れると手が付けられない（一彆扭起來簡直沒法辦）
　病気が拗れる（久病不癒）
　風邪が拗れて肺炎に為った（感冒老是不好變成肺炎了）
　会談は酷く拗れて来た（談判變得非常麻煩了）

**拗ねる**〔自下一〕撒刁、乖僻、鬧彆扭
　子供は拗ねて親の言う事を聞かない（小孩乖僻不聽父母的話）
　彼の人は一寸拗ねた所が有る（他性情有點乖僻）一寸一寸
　拗ねて許り居る子供（愛使性子的小孩）
　世を拗ねる（玩世不恭、憤世嫉俗）

**拗ね者**〔名〕彆扭的人、性情乖戾的人、玩世不恭的人
　彼は拗ね者だ（他是個彆扭的人）
　彼は中中拗ね者だ（他是個相當彆扭的人）

**拗け者**〔名〕彆彆扭扭的人、性情乖張的人、剛愎的人

**捻くれ者**〔名〕〔俗〕乖僻的人、性格彆扭的人

**拗くれる、捩くれる**〔自下一〕彎彎曲曲(=拗れる、捩れる)、彆彆扭扭，乖張(=拗ける，捻くれる)
　拗くれた針金（彎曲的鐵絲）
　拗くれた性質の男（性情乖僻的人）

**拗ける**〔自下一〕彎彎曲曲，彆彆扭扭、彆扭、乖僻
　拗けた釘（彎了的釘子）
　虐待で根性が拗けた（由於受虐待性情變得乖僻）
　此の子は拗けている（這孩子性情乖僻）
　拗けた笑い声（奸笑）

**拗る、捩る、捻る**〔他五〕扭，捻，擰、扭轉、借端反來覆去地責備，趁機責備
　タオルを拗る（擰手巾）
　彼は私の手をぎゅっと拗った（他使勁擰了我手一下）
　栓を拗て水を出す（擰開水龍頭放水）
　そんな事は赤ん坊の手を拗る様な物だ（那種事情太容易了，那是易如反掌的事）
　体を拗って恥ずかしがる（扭過身體害羞）
　バナナを一本拗って取った（擰下了一根香蕉）

**拗れる、捩れる、捻れる**〔自下一〕扭歪，彎曲、乖僻，彆扭
　着物の襟が拗れている（衣服領子扭歪了）
　彼奴は心が拗れている（那傢伙性情彆扭）
　小さい子供を余り叱ると、性質が拗れる（對小孩過分斥責會使他性情變得乖僻）

**拗れ、捩れ、捻れ**〔名〕扭勁，扭彎曲，扭勁的形狀、〔理〕扭曲，扭轉
　縄の拗れ（繩子的扭勁）
　ネクタイの拗れを直す（整理領帶的歪扭）
　拗れ係数（扭轉係數）

## おう（ㄠˇ）

媼

嫗〔名〕嫗、老嫗、老太婆

嫗、嫗、老女〔名〕老嫗（=老女）←→翁

## 襖（ㄠˇ）

襖〔漢造〕袍

襖〔名〕（木格上兩面糊紙的）隔扇（拉門）
襖を開ける（拉開隔扇）開ける 明ける 空ける 飽ける 厭ける
襖越しに（隔著隔扇）襖 衾
襖絵（畫在隔扇上的畫）
襖障子（隔扇）
襖紙（隔扇紙）

衾、被〔名〕被子、棉被（=掛け布団）

麩、麬〔名〕麥糠

## 傲（ㄠˋ）

傲〔漢造〕驕傲
驕傲（驕傲、倨傲）
倨傲（倨傲、傲慢）

傲岸〔名、形動〕倨傲、傲慢（=傲慢）
傲岸不遜（傲慢無禮）
傲岸な（の）態度（傲慢的態度）

傲然〔形動タルト〕倨傲、高傲
傲然たる態度（高傲的態度）
傲然たる態度で話す（以高傲的態度說話）
傲然と構える（作倨傲之態）

傲慢〔名、形動〕傲慢、驕傲
傲慢な顔（一副驕傲的面孔）
傲慢な態度を取る（採取傲慢態度）
傲慢無礼な奴（傲慢無禮的傢伙）
彼が傲慢に振舞うのを見た事が無い（沒見過他擺架子）

傲る、驕る〔自五〕驕傲、傲慢
勝って驕らず（勝而不驕）
成功したとて驕るな（成功了也不要驕傲）
驕る者は久しからず（驕者不長久、驕者必敗）奢る

奢る、侈る〔自五〕奢侈、奢華、鋪張浪費、過於講究

〔他五〕請客、作東
奢った生活を為ている（過著奢侈的聲或）驕る、傲る
着物に奢り過ぎる（過分講究穿）
こんなに御馳走を出すとは豪く奢った物だ（擺出這樣的酒席來太闊氣了）
彼は口が奢っている（他講究吃、他口味高）
今日は僕が奢るから一杯遣ろう（今天我請客我們去喝一杯吧！）
何を奢ろうか（我請你吃點什麼好呢？）
牛鍋を奢り給え（請我吃牛肉火鍋）
今度は私が奢る番だ（這次輪到我請客了）
此れは僕が奢る（這個我請客）
今晚の芝居は誰が奢ったのか（今晚的戲票是誰請的客？）

傲り、驕り〔名〕驕傲、傲慢
顔に驕りの色を表わしている（臉上露有驕傲的神色）
驕りや自己満足の気持が現れた（現出了驕傲自滿的情緒）
驕りの気持が芽生えて来た（產生了驕傲的情緒）
驕りや焦りを戒め、一層努力を傾ける（戒驕戒躁再接再勵）奢り 傲り 驕り

奢り〔名〕奢侈，奢華、請客，作東
奢りを極める（窮奢極侈）驕り、傲り
奢りに耽る（縱情奢侈）
今日は私の奢りです（今天我請客）
昨晚の芝居は李さんの奢りでした（昨晚的戲票是李先生請客）
彼れは鈴木先生の私共への奢りだった（那是鈴木先生對我們的招待）

## 奥（奧）（ㄠˋ）

**奥**〔漢造〕（有時音便為奧）內部，深處，含意深、舊地方名陸奧的簡略（今青森縣和岩手縣的一部分）

　深奧（深奧、蘊奧、深處）

　心奧（心底）

　蘊奧、蘊奧（奧秘、奧義、最深奧的地方）

　陸奧（陸奧-古時日本諸侯國名之一、今青森縣和岩手縣的一部分）

**奥羽地方**〔名〕〔地〕奧羽地方、奧羽地區（福島、宮城、青森、秋田、岩手、山形六縣的總稱、現在稱東北地方）

**奥旨**〔名〕（學問、宗教、技藝等）奧秘（＝奧義、奧義、極意）

**奥州**〔名〕〔地〕奧州（今福島、宮城、青森、岩手四縣的舊稱、有時也指整個日本東北地區＝陸奧國）

　奥州へ旅行する（到東北地區旅行）

**奥陶紀**〔名〕〔地〕奧陶紀（古生代的第二紀＝オルドビス紀）Ordovician

**奥秘**〔名〕奧秘、深奧的意義（＝奧義、奧義）

**奥**〔名〕裡頭，內部，深處，裡屋，上房，內宅、盡頭、末尾、最後、夫人、太太（原指封建貴族的妻子很少與外人接觸故名、現在已成為一般的稱呼）、晚稻。〔轉〕成熟較晚的孩子（＝奥手、晚生、晚稻）←→表

　洞穴の奥（洞穴的深處）洞穴洞穴

　奥の間（裡屋、裡間房子）

　山の奥（山裡頭）

　密林の奥（密林深處）

　心の奥迄見抜く（識破內心深處）

　探検隊は其の土地の奥深く進んで行った（探險隊深入該處的腹地）

　御客を奥へ通す（請客人到內宅）

　奥の手を出す（使出最後的手段、拿出王牌）

　巻物の奥（畫卷的末尾）

　手紙の奥に書き付ける（寫在信的末尾）

　家の子供は奥だ（我家的孩子成熟得晚）

**奥まる**〔自五〕在深處、在盡頭裡、在深邃的所在、在僻靜的地方

　奥まった部屋（在盡頭裡的房間）

　奥まった所（僻靜的地方）

　奥まった座敷に案内される（被請到裡面僻靜的客廳去）

**奥意**〔名〕真意、內心的意思、深奧的意義（＝奧義、奧義）

　彼の奥意が理解し難い（他的真意捉摸不透）

　マルクス主義の奥意を極める（鑽研馬克思主義的深奧意義）

**奥印**〔名〕舊時書籍底頁的（出版者，作者名下的）檢驗圖章、公文（證件）最後的公章、私人證明文件最後的蓋章

　証明書に奥印を押す（在證明書上蓋公章）押す推す圧す捺す

**奥処、奥処**〔名〕深奧處、奧秘處

**奥書**〔名〕跋，編後（現在稱奧付）、版權頁（印有編輯者，出版者，出版年月日，價格等）。（官廳在文件末尾的）簽證，證明文字、（師傳給徒弟的）傳授技藝證明書

**奥方**〔名〕（對封建貴族的妻的稱呼）尊夫人

**奥義、奥義**〔名〕奧妙，奧秘，深奧的意義、秘訣，妙訣，訣竅

　弁証法的唯物論の奥義を窮める（鑽研辯證唯物主義的深奧意義）窮める極める究める

　大自然の奥義（大自然的奧秘）

　柔道の奥義を教える（教給柔道的秘訣）

　奥義を授ける（傳授秘訣）

**奥口**〔名〕通往內宅的門

**奥座敷**〔名〕內廳、內客廳、內宅正廳←→表座敷

**奥様**〔名〕（對別人妻子尊稱）夫人，尊夫人←→旦那様、（傭人稱女主人）太太。（一般對年紀稍長婦女的尊稱）太太

　奥様の御病気は如何ですか（尊夫人的病情如何？）

　奥様、御客様が御見えに為りました（太太來客人了）

　奥様、何を差し上げましょうか（太太您要買點什麼？）

**奥さん**〔名〕（奥様的轉變、敬意稍輕）（對別人妻子尊稱）夫人，太太。（對女主人或年紀稍長婦女的稱呼）太太

奥さんに宜しく（問候嫂夫人好！）

奥さん、御客さんですよ（太太來客了）

奥さん、何を上げましょうか（太太您買什麼？）

彼は隣の奥さんだ（那是我們隔壁的太太）

**奥社**〔名〕比本社（主要的神社）更内部的神社

**奥女中**〔名〕（江戸時代諸侯等府邸直接侍候主人的）上房女傭←→下女中

**奥底**〔名〕底蘊，深處，内心，衷曲，秘密的心事

奥底の知れない学理（莫測高深的學理）

海の奥底を探る（探勘海洋深處）

学問は奥底の深い物だ（學問是深奥無窮的）

奥底の無い人（坦率的人、爽直的人、開誠布公的人）

心の奥底から出た言葉（由衷之言、出自内心的話）

心の奥底を打ち明ける（說出心裡話、打開窗子說亮話）

彼の人は奥底の知れない男だ（他是個令人難以捉摸的人）

心の奥底では然う思っているだろう（内心深處大概是這樣想的）

**奥底**〔名〕深奥處、奥妙處、心中的奥秘

**奥地、奥地**〔名〕（遠離城市或海岸的）内地、腹地

奥地の工業を速やかに発展させる（迅速發展内地工業）

アフリカ奥地を探検する（到非洲内地探險）

**奥地**〔名〕内地（=奥地）、日本東北地方（=奥羽地方）

**奥津城、奥つ城**〔名〕（つ是的的意思）墳墓（=墓所）

**奥付**〔名〕〔印〕（書籍的）底頁，版權頁（上面印有著作者、發行者、印刷者、出版年月日、定價等）←→扉

日本では著者が本の奥付に検印を捺す（在日本著者在書的底頁上蓋檢驗章）

扉から奥付迄（從扉頁到底頁、全書從頭到尾）

**奥手、晩生、晩稲**〔名〕（常寫作晩稲）〔植〕晩稲、（常寫作晩生）（水果，蔬菜，穀物等）晩熟的品種、（常寫作奥手）晩開花的草木。〔轉〕發育（成熟）得晩←→早稲

晩生の梨が出回り始めた（晩熟的梨上市了）

彼の娘は奥手だ（那姑娘發育得晩）

家の子供は奥手だ（我家的孩子成熟得晩）

**奥の手**〔名〕秘訣，奥妙的手法（=奥義、奥義）、絶招，最後的手段、左手

奥の手を使う（使出絶招）

愈愈奥の手を出す（終於使出絶招、終於攤出王牌）

虚勢は彼の奥の手だ（虚張聲勢是他的看家本領）

三十六計の奥の手を出す（來了個三十六計走為上計）

**奥伝**〔名〕秘傳、秘訣（=奥許し）

奥伝を授ける（傳授秘訣）

**奥庭**〔名〕後院

**奥の院**〔名〕（神社，寺院的）内殿。〔轉〕最神聖的地方，最神秘的所在

科学の奥の院（科學的最深奥的境地）

**奥の間**〔名〕（房屋的）裡間、内室

**奥の巻**〔名〕（書籍的）末卷、秘傳，秘訣（=奥伝）

**奥歯**〔名〕臼齒（=臼齒）←→前歯

奥歯三枚見える（張嘴大笑）

奥歯に衣を着せる（婉言示意）

奥歯に剣（暗懷敵意、不露聲色、暗中盤算）

奥歯に物が挟まる（吞吞吐吐）

奥歯に物が挟まった様な遠回しな言い方を為る（說話吞吞吐吐、說話拐彎抹角）

**奥深い、奥深い**〔形〕深邃，幽深、深遠，深奥

森の奥深い所（密林深處）

奥深い建物（深宅）

奥深く静かな別荘（幽静的別墅）

奥深い哲理（深奥的哲理）

意味が奥深い（意義深遠）

**奥向き、奥向**〔名〕內宅、家務事

奥向きの用事（家務事、家庭生活方面的事）

**奥目**〔名〕凹陷的眼睛（=凹目）

**奥役**〔名〕（劇院的）後台總管

**奥山**〔名〕深山（=深山）、東京淺草公園觀音堂後一帶的俗稱

**奥床しい**〔形〕幽雅、雅致、文雅、典雅

奥床しい山林の別荘（幽雅的山林別墅）

景色が奥床しい（風景幽美）

此の庭園は静かで奥床しい（這個庭園又清淨又雅致）

奥床しい人物（文雅的人、有涵養的人）

奥床しい婦人（嫻靜的婦人）

奥床しい言葉（典雅的語言）

**奥行き、奥行**〔名〕（房屋、地面等）進深、縱深。〔轉〕（一般事物的）深度←→間口

此の家は奥行きが深い

此の土地は奥行きが四十メートル有る（這塊地縱深有四十米）

此の庭は奥行きが無い（院子深度不夠）

彼の人の学問は間口は広いが奥行きが無い（他的學問泛而不精）

**奥許し**〔名、自サ〕秘傳、傳授秘訣

奥許しを受ける（接受秘密傳授）

奥許しを取る（接受秘密傳授）

# 懊（ㄠˋ）

**懊**〔漢造〕悔恨、煩惱、事後想不該那麼做而抱怨自己、心中有所悔恨而神志沮喪

**懊悩**〔名、自サ〕懊惱、苦惱、煩惱（=悩み悶える）

心に懊悩を抱く（心裡煩惱）抱く抱く

懊悩の極（極其苦惱）

**悔恨**〔名、自サ〕悔恨

悔恨の念に責められる（感覺十分後悔）

悔恨の情に堪えない（非常悔恨之至）

悔恨の様子は更に無い（毫無悔恨的表現）

**悔い**〔名〕後悔、懊悔

悔いを残す（後悔遺恨）

悔いを千載に残す（遺恨千古）

# 燠、熾（ㄠˋ）

**燠、熾**〔漢造〕暖

**燠、熾**〔名〕炭火、餘燼

真っ赤な熾（通紅的炭火）

熾を搔き立てる（拔起餘燼）

熾を起す（使餘燼復燃）

**燠火、熾火**〔名〕通紅的炭火

## 欧（歐）（ヌ）

**欧**〔漢造〕歐、歐洲（=欧羅巴、ヨーロッパ）

西欧（西歐）

東欧（東歐）

北欧（北歐）

南欧（南歐）

在欧（駐歐、住在歐洲、旅居歐洲）

渡欧（赴歐、到歐洲去）

**欧亜**〔名〕歐洲和亞洲

ウラル山脈は欧亜の両大陸に跨っている（烏拉爾山脈橫跨歐亞兩大洲）

欧亜連絡飛行（歐亞航空聯運、歐亞間航行）

**欧化**〔名自サ〕歐化、西（洋）化

欧化の影響を受ける（受到歐化的影響）

欧化した港町（西洋化的港口都市）

**欧字**〔名〕歐洲文字、羅馬字

**欧氏管**〔名〕〔解〕耳咽管（=耳管）

欧氏管炎（耳咽管炎）

**欧州**〔名〕歐洲（=欧羅巴、ヨーロッパ）

欧州各国を旅行する（旅遊歐洲各國）

欧州人の欧州（歐洲人的歐洲）

欧州の同一性（歐洲一體性）

欧州ドル（歐洲美元-歐洲各國銀行或公司所持有的美元資金）

欧州宇宙研究機構（歐洲空間研究組織-ESRO）

欧州共同体（歐洲痛同體-EC）

欧州経済共同体（歐洲經濟痛同體-EEC）

欧州共同市場（歐洲共同市場-ECM）

欧州経済委員会（歐洲經濟委員會-聯合國經濟及社會理事會的委員會之一-ECE）

欧州原子力共同体（歐洲原子能聯營-EURATOM）

欧州自由貿易連合（歐洲自由貿易聯盟-EFTA）

欧州石炭鉄鋼共同体（歐洲煤鋼聯營-ECSC）

欧州通貨協力基金（歐洲貨幣合作基金-EMCF）

欧州安全保障協力会議（歐洲安全和合作會議、歐安會-ESC）

**欧風**〔名〕歐風、歐式、歐洲風味、西洋式

欧風の家（西式房屋）

欧風に為る（歐化、使具歐洲風味）

欧風銘菓（西式特製糕點）

欧風料理（西式料理）

欧風家具（西式家具）

**欧文**〔名〕西文、洋文（狹義指羅馬字）、西歐文字、西洋文字

欧文係（主管西歐文字的工作人員）

欧文工（西歐文字排字工人）

欧文タイプライター（西歐文打字機）

欧文物（西歐文字印刷品）

欧文電報（西歐文電報、羅馬字電報）

欧文脈（日本文章中央夾有的西歐文直譯式的筆調）

**欧米**〔名〕歐美

欧米を旅行する（到歐美國家旅行）

欧米諸国を回る（訪問歐美各國）回る廻る周る

欧米人（歐美人、西洋人）

欧米文化（西方文化）

欧米思想（歐美思想、西方思想）

**欧露**〔名〕蘇聯的歐洲部分（=ヨーロッパ、ロシア）

## 殴（毆）（ヌ）

**殴**〔漢造〕毆打、打人

**殴傷**〔名、他サ〕毆傷、打傷

**殴打**〔名、他サ〕毆打、打人（=殴る）

暴漢が相手を殴打して気絶させた（暴徒把對方打暈過去）

**殴る、撲る、擲る**〔他五〕打，湊，毆打、（接某些動詞下面構成複合動詞）忽視，不重視，草草從事

横面を殴る（打嘴巴）

殴ったり怒鳴り付けたりする（又打又罵）

滅茶苦茶に殴る（痛毆、毒打）

散散に殴る（痛毆、毒打）

そんな事を為ると殴られるぞ（做那樣的事可要挨湊啊！）

書き擲る（潦草地寫）

殴り書き、擲り書き（潦草地寫、亂寫的東西）

擲り書きのメモ（字跡潦草的字條）

擲り書きで読み辛い（因書寫潦草很難唸）

**殴り、撲り、擲り**〔名〕打，湊，毆打。〔木工〕用銼子粗削木材

**殴り合う**〔自五〕互相毆打

**殴り合い**〔名、自サ〕互毆、打架

二人は危うく殴り合いを為る処だった（他倆險些打起來）

挙句の果てが殴り合いに為った（最後終於動手毆打起來）挙句揚句

**殴り返す**〔自五〕回擊、反擊

**殴り掛かる**〔自五〕向某人打去、撲上去打

相手に殴り掛かる（撲過去打對方）

**殴り書き、擲り書き**〔名、自他サ〕亂塗、潦草書寫

二、三行擲り書きする（潦草地寫二三行）

手紙を擲り書き（潦草地寫信）

**殴り込む**〔自五〕結夥闖入別人家中取鬧、擁上去毆打

**殴り込み**〔名〕〔俗〕蜂擁闖入、前往找碴打架

殴り込みを掛ける（找上對方打架）

やくざが殴り込みを掛ける（無賴前往找碴打架）

**殴り殺す**〔他五〕毆打致死、打死

棍棒で殴り殺す（用棍棒打死）

暴徒に殴り殺される（被暴徒打死）

**殴殺**〔名、他サ〕毆殺、打死（=殴り殺す）

**殴り倒す**〔他五〕打倒

かっと為って相手を殴り倒す（一氣之下把對方打倒）

**殴り付ける**〔他下一〕（擲る的加強說法）狠揍痛打

嫌と言う程殴り付ける（狠狠揍一頓）

頭をぽかりと殴り付ける（啪嚓一聲痛打頭部）

**殴り飛ばす**〔他五〕（擲る的加強說法）使勁揍、痛打

彼奴を殴り飛ばして遣ろう（狠狠揍他一頓吧！）

## 謳（ヌ）

**謳**〔漢造〕讚美、歌頌功德、齊聲歌唱

**謳歌**〔名、他サ〕謳歌、歌頌（=褒めそやす）

偉大な祖国を謳歌する（歌頌偉大的祖國）

社会主義を謳歌する（歌頌社會主義）

**謳う**〔他五〕歌頌，頌揚、明文規定、大肆宣傳

天下に其の名を謳われる（揚名天下）謳う歌う謡う詠う唄う

条文に謳って有る（有明文規定）

謳い文句許り謳う（光說不做）

**歌う、謡う、詠う、唄う、謳う**〔他五〕唱、詠歌、謳歌、強調，列舉

歌を唄う（唱歌）

小さい声で唄う（低聲唱）

ピアノに合わせて唄う（和著鋼琴唱）

唄ったり踊ったりする（載歌載舞）

林の中で鳥が唄う（鳥在林中歌唱）

梅を唄った時（詠梅詩）

英雄と謳われる（被譽為英雄）

令名を謳われる（負令名、有口皆碑）

効能を唄う（開陳功效）

自己の立場を唄う（強調自己的立場）

其れは憲法にも謳っている（那一點在憲法上也有明文規定）

**謳われる**〔自下一〕（謳う的被動形式）稱譽，有名聲、載入文件，有明文規定

天才と謳われる（被譽為天才）謳われる歌われる謠われる詠われる唄われる

令名を謳われる（有口皆碑）

言論の自由は憲法に謳われている（言論自由在憲法上有明文規定）

## 鴎（鷗）（ヌ）

**鴎**〔漢造〕鳥名，游禽類，蒼灰色，嘴鉤曲，飛翔海面，捕魚為食

**鴎、鷗**〔名〕〔動〕海鷗

## 偶（ヌˇ）

**偶**〔漢造〕同伴，伙伴、雙數←→奇、偶然、人像

配偶（配偶、夫婦）

良偶（良偶）

対偶（兩個，一對、同伴，伙伴、配偶，夫婦、〔語〕對偶法、〔數〕對偶，換質位）

木偶、木偶（木偶、傀儡）

土偶（泥偶、〔日本繩文時代的〕陶俑）

**偶因**〔名〕偶然的原因
**偶詠**〔名、他サ〕偶然吟詠、偶然吟詠的詩歌
**偶価元素**〔名〕〔化〕偶價元素
**偶核**〔名〕〔理〕偶核
**偶角**〔名〕〔數〕立體角
**偶感**〔名〕偶然產生的感想（感懷）
**偶関数**〔名〕〔數〕偶函數←→奇関数
**偶奇性**〔名〕〔理〕宇稱性
**偶吟**〔名、他サ〕偶然吟詠、偶然吟詠的詩歌（=偶詠）
**偶語**〔名、他サ〕兩人相對而語
**偶合**〔名、自サ〕巧合、偶然一致

**偶作**〔名〕偶然的創作、偶然的寫作
**偶日**〔名〕偶數日、雙數的日子
**偶人**〔名〕偶人、木偶（=木偶、木偶、人形）
　偶人劇（木偶戲）
**偶数**〔名〕〔數〕偶數、雙數←→奇数
**偶成**〔名〕偶然作成、偶然吟成（的詩歌等）
**偶生**〔名〕〔生〕偶發、偶然產生
**偶然**〔名、形動、副〕偶然，偶而、（哲）偶然，偶然性←→必然
　偶然の出来事（偶然的事件）
　偶然を当てに為ているのでは成功は難しい（期待偶然不意成功）
　偶然（に）出会う（偶然遇上）
　三人の誕生日は偶然にも同じ日だった、正に偶然の一致だ（三個人的生日都在同一天真是偶然的一致）正に当に将に雅に
　偶然発生（〔生〕無生源說）
　偶然誤差（偶然誤差）
　偶然異変説（〔生〕突變理論）
**偶像**〔名〕偶像
　偶像を拝む（禮拜偶像、崇拜偶像）
　偶像を崇拝する（禮拜偶像、崇拜偶像）
　偶像化（偶像化）
　偶像視（偶像化=偶像化）
　偶像破壞（〔宗〕反對偶像崇拜、打破傳統的迷信道德習慣）
　偶像崇拝（〔宗〕崇拜偶像、〔轉〕把特定人物當作偶像來崇拜）
**偶蹄目**〔名〕〔動〕偶蹄目
**偶発**〔名、自サ〕偶然發生
　偶発的な出来事（偶發事件）
　偶発戦争（偶發性戰爭）
**偶有**〔名、他サ〕偶然具有
　偶有性（〔哲〕偶有性）
**偶力**〔名〕〔理〕力偶
**偶列**〔名〕偶數的行、雙數的行←→奇列
**偶、適**〔副〕（常接に使用、並接の構成定語）
　偶然、偶而、難得、稀少（=偶さか）

偶の休日（難得的休息日）
偶の休みだ、ゆっくり寝度い（難得的假日我想好好睡一覺）
偶の逢瀬（偶然的見面機會）
偶に来る客（不常來的客人）来る
偶には遊びに来て下さい（有空請來玩吧！）
彼とは偶にしか会わない（跟他只偶而見面）
偶に一言言うだけだ（只偶而說一句）
偶に遣って来る（偶然來過）
偶に有る事（偶然發生的事、不常有的事）
偶には映画も見度い（偶而也想看電影）

**玉、珠、球**〔名〕玉，寶石，珍珠、球，珠，泡，鏡片，透鏡、（圓形）硬幣、電燈泡、子彈、砲彈、台球（=撞球）。〔俗〕雞蛋（=玉子）。〔俗〕妓女，美女。〔俗〕睪丸（=金玉）、（煮麵條的）一團、（做壞事的）手段，幌子。〔俗〕壞人、嫌疑犯（=容疑者）。〔商〕（買賣股票）保證金（=玉）。〔俗〕釘書機的書釘、〔罵〕傢伙、小子

玉で飾る（用寶石裝飾）靈魂彈
玉の台（玉石的宮殿、豪華雄偉的宮殿）
玉の様だ（像玉石一樣、完美無瑕）
玉と為って砕く共、瓦と為って全からじ（寧可玉碎不為瓦全）
硝子珠、ガラス珠（玻璃珠）
糸の球（線球）
毛糸の球（毛線球）
露の珠（露珠）
シャボン玉（肥皂泡）
球を投げる（投球）
球を打つ（撃球）
玉を選ぶ（〔喻〕等待良機）
額に珠の様な汗が吹き出した（額頭上冒出了豆大的汗珠）
眼鏡の珠（眼鏡片）
十円玉（十日元硬幣）
玉が切れた（燈泡的鎢絲斷了）
玉の跡（彈痕）
玉に当る（中彈）

玉を込める（裝子彈）
玉を突く（打撞球）
馬の玉を抜く（騸馬）
饂飩の玉を三つ（給我三團麵條）
女の玉に為て強請を働く（拿女人做幌子進行敲詐）
玉を繋ぐ（續交保證金）
玉に瑕（白圭之瑕、美中不足）
玉を転がす様（如珍珠轉玉盤、〔喻〕聲音美妙）
玉を抱いて罪あり（匹夫無罪懷璧其罪）
玉の杯底無きが如し（如玉杯之無底、華而不實）
玉磨かざれば光無し（器を成さず）（玉不琢不成器）

**偶さか**〔副〕偶然、偶而、稀罕（=偶、偶然、稀）

偶さか出会った（偶然遇見）
そんな事が有るのは偶さかである（那種事很少有）
偶さかに来ると留守だ（偶而來了卻不在家）

**偶偶、偶、適**〔副〕偶然，碰巧、偶而，有時

偶偶泊り合わせた客（偶然住在一起的旅客）
偶偶二人は同時汽車に乗り合わせた（碰巧兩人坐同一班火車）
偶偶手紙を寄越す（偶而來信）

## おう（ヌˇ）

**嘔**〔漢造〕吐、故意引人惱怒
**嘔気**〔名〕噁心、要嘔吐（=吐き気）
**嘔吐**〔名、他サ〕嘔吐（=吐く、戻す）
頻回嘔吐（乾嘔）
嘔吐性毒ガス（催吐性毒氣）
嘔吐を催す（覺得噁心、叫人噁心、令人作嘔）
嘔吐を催す食物（令人噁心的食物）
嘔吐を催させる様な御世辞（恭維得肉麻、令人作嘔的奉承）

ㄡ

嘔吐を催すが吐き出さない（乾嘔心吐不出來）

**嘔吐く**〔自五〕嘔吐（＝吐く）

又嘔吐き然うに為る（又要吐）

**吐く**〔他五〕吐出、吐露，說出、冒出，噴出

血を吐く（吐血）

痰を吐く（吐痰）

息を吐く（吐氣、忿氣）

彼は食べた物を皆吐いて終った（他把吃的東西全都吐了出來）

ゲエゲエするだけて吐けない（只是乾嘔吐不出來）

彼は指を二本喉に突っ込んで吐こうと為た（他把兩根手指頭伸到喉嚨裡想要吐出來）

意見を吐く（說出意見）

大言を吐く（說大話）

彼も遂に本音を吐いた（他也終於說出了真心話）

真黒な煙を吐いて、汽車が走って行った（火車冒著黑煙駛去）煙煙

遥か彼方に浅間山が煙を吐いていた（遠方的淺間山正在冒著煙）

泥を吐く（供出罪狀）

泥を吐かせる（勒令坦白）

泥を吐いて終え（老實交代！）

## 广（ㄯ）

**广** 〔漢造〕以崖巖為屋

**广、麻垂れ** 〔名〕（漢字部首）麻部（如麻、床、庭等〝广〞的部分）

　麻垂れと病垂れは違い（麻部和病部不同）

## 安（ㄢ）

**安** 〔漢造〕安全、平安、安定、安穩、安心、簡便，容易、便宜，廉價

　治安（治安）
　平安（平安，太平，平靜，平穩、平安京-桓武天皇的首都-現今京都市、平安時代-自桓武天皇至鎌倉幕府的四百年間-74-1192年）
　保安（保安、治安）
　不安（不安，擔心、不穩定）
　慰安（安慰、為落）

**安易** 〔名、形動〕容易、安逸，安閒，舒適

　安易な道を選ぶ（選擇容易的方法）選ぶ 択ぶ 撰ぶ
　問題を安易に考える（把問題看得簡單）
　安易な（の）生活（安逸的生活）
　安易に暮らす（安閒度日）

**安意** 〔名〕安心

**安逸、安佚** 〔名、形動〕安逸、遊手好閒

　安逸を貪る（貪圖安逸）
　安逸に耽る（貪圖安逸）耽る 更ける 老ける 深ける 吹ける 拭ける 噴ける 葺ける
　安逸に生活（遊手好閒的生活）

**安価** 〔形動〕廉價←→高価、膚淺，淺薄，沒有價值

　安価な商品（廉價的商品）
　安価に仕入れる（廉價買進）
　安価な哲学（膚淺的哲學）
　安価な同情は受け度くない（不願意接受膚淺的同情）

**安臥** 〔名、自サ〕安臥、靜臥、安睡

**安閑** 〔形動タルト〕安閒、悠閒、悠遊、懶散

　安閑たる態度（悠閒的態度）
　安閑と（為て）暮らす（悠遊歲月）
　安閑と為ては要られない（再也不能無所事事了）

**安危** 〔名〕安危

　国家の安危に関する大問題（有關國家安危的大問題）
　国家の安危に関わる大問題（有關國家安危的大問題）
　国家の安危の分かれる時（決定國家命運的時刻）

**安気** 〔形動〕悠閒、無憂無慮（＝暢気、呑気）

　彼の人は独り暮らしだから全く安気なもんです（他是個單身漢逍遙自在透了）

**安気配** 〔名〕〔商〕市場價格疲軟、市場情況不景氣、有下跌趨勢

**安居** 〔名〕安居、安定地生活

　安居妨害（妨害安居）

**安居** 〔名〕〔佛〕安居（比丘僧於夏季三個月期間閉門修行）（＝夏安居）

**安固** 〔形動〕穩固、穩定、牢固

　安固な地位（穩固的地位）
　国家の基礎を安固に為る（穩固國家的基礎）

**安坐、安座** 〔名、自サ〕穩坐、盤腿坐（＝胡坐）

**安産** 〔名、他サ〕安產、順產、平安分娩←→難產

　安産を為る（平安分娩）
　安産で彼と願う（祝願平安分娩）
　無痛安産法（無痛分娩法）

**安山岩** 〔名〕〔地〕安山岩（火山岩的一種、主要用作建築材料）

　安山岩線（安山岩線）

**安死術** 〔名〕〔醫〕安樂死、無痛苦致死術（＝Euthanasie德、オイタナジー）

**安住** 〔名、自サ〕安居、安於現狀

　安住の地を求める（尋求安居之地）
　田舎に安住する（安居農村）
　現在の地位に安住する（安於現狀的地位）

**安如**〔形動タルト〕安然

**安心、安神**〔名、形動、自サ〕放心、無憂無慮
其で母も安心するだろう（那麼一來母親也會放心）
試験に合格する迄は安心とは言えない（在考上以前還不能說放心）
仕事が斯う捗ればもう安心だ（工作這樣進展就可以放心了）
彼の人なら安心して仕事を任せられる（如果是他可以放心把工作交給他）
一同無事ですから御安心下さい（家裡都好請您放心）

**安心立命**〔名、自サ〕（佛語讀作安心立命）安心立命
安心立命を得る（達到安心立命的境地）

**安静**〔名〕安静
心身の安静を保つ（保持心身的安静）
体を安静に為る（使身體安静）
絶対安静が必要だ（必須保持決對安静）

**安全**〔名、形動〕安全、平安
安全第一主義（安全第一的原則）
安全な場所に置く（放在安全的地方）
荷物が安全に着いた（東西平安到達）
一身の安全を図る（謀個人的安全）
此処に居れば安全です（在這裡安全）
安全荷重（安全載荷、容許負載）
安全剃刀（保險刮臉刀）
安全火薬（安全〔合格〕炸藥）
安全感（安全感）
安全器（電路上的保險盒）
安全圏（安全範圍）
安全策（安全方案、安全辦法、萬全之計）
安全装置（安全裝置、安全設備、槍砲等的保險機）
安全地帯（安全地帶、馬路上的安全島）
安全灯（礦井裡用的保險燈）
安全弁（汽鍋的保險閥、〔喻〕預防措施）
安全保障（安全保障〔保證〕）
安全率（〔工〕安全係數、保險系數）
安全ガラス（安全玻璃、不碎玻璃）
安全バンド（保險帶、安全帶）
安全ピン（別針）
安全マッチ（安全火柴）

**安息**〔名、自サ〕安息、安静地休息
心身の安息を求める（尋求心身的安息）

**安息日**〔名〕〔宗〕安息日、禮拜日

**安息香、安息香**〔名〕〔化〕安息香
安息香樹（安息香樹）
安息香酸（安息香酸、苯甲酸）

**安打**〔名、自サ〕〔棒球〕安打（＝ヒット）
紛れ当りの安打（僥倖的安打）
集中安打（集中安打）
内野安打（內野安打）
投手が敵を無安打に封じる（投手始終沒讓對方擊出安打）
見事な安打を放った（打了一支漂亮的安打）

**安泰**〔名、形動〕安泰
国家が安泰に為る（國家安泰）

**安置**〔名、他サ〕安置、安放（佛像、珍寶、遺體等）
遺骸を安置する（安放遺體）
其の寺に安置された仏像（安放在那座寺院裡的佛像）

**安着**〔名、自サ〕平安到達
飛行機が安着する（飛機平安到達）

**安直**〔名、形動〕省錢，便宜，簡便、輕鬆、爽快，不費事
安直な手続（簡便的手續）
安直な料理（便宜菜）
安直に掛かれる医者（不費事就能給看病的醫生）
安直に往診して呉れる（醫生爽快地出診）

**安定**〔名、自サ〕安定、穩定、安穩←→動搖
　生活の安定を得る（獲得生活的穩定）
　物価の安定を保つ（保持物價穩定）
　物価が安定して来た（物價穩定下來了）
　人心に安定を与える（使人心穩定）
　安定した容器（安穩的容器）
　石油ストーブは安定が悪いと危ない（煤油爐如果不安穩就危險）
　底の広い瓶は安定が良い（底大的瓶子安穩）
　安定感（安定感、穩定感）
　安定所（公共職業安置所＝公共職業安定所、職安）
　安定勢力（穩定力量）
　安定装置（穩定器、穩定裝置）
　安定同位体（〔化〕穩定性同位素）
　安定翼付弾（〔軍〕尾翼穩定投射彈－如炸彈、火箭等）
　安定群落（〔生〕頂級群落）
　安定状態（〔化〕穩定態）
　安定度（穩定度、穩定程度）
　安定板（〔空〕穩定板、安平面）

**安堵**〔名、自サ〕放心。〔古〕領主對領地所有權的確認
　安堵の胸を撫で下す（放下了心）
　此れでやっと安堵した（這才放了心）

**安寧**〔名〕安寧
　社会の安寧を維持する（維持社會的安寧）
　社会の安寧を乱す（擾亂社會的安全）
　安寧秩序（安寧秩序）

**安穩**〔名、形動〕（安穩之變）安穩、平安
　無事安穩（太平無事）
　安穩に暮らす（平安度日）
　安穩な社会状態（安穩的社會狀態）

**安否**〔名〕安否，平安與否、起居
　安否を気遣う（擔心是否平安）
　息子の安否を気遣う（擔心兒子的安危）
　彼の人の安否が分らない（不知他是否平安）
　安否を問う（問安、問候）
　安否を伺う（問安、問候）

**安保**〔名〕安全保障（＝安全保障）
　安保条約（日美安保條約）

**安眠**〔名、自サ〕安眠
　熱の為安眠出来無かった（因為發燒沒有睡好）
　安眠を妨げる（妨礙安眠）
　安眠妨害だからラジオを止めて呉れ（因為妨礙安眠把收音機給我關掉）

**安楽**〔名、形動〕安樂、舒適
　安楽な生活（舒適的生活）
　余生を安楽に暮らす（安度餘生）
　安楽椅子（安樂椅）
　安楽死（安樂死、無痛苦致死術＝オイタナジー德Euthanasie）
　安楽浄土（〔佛〕極樂世界＝極楽浄土）

**安**〔造語〕（結合名詞）表示安穩之意。
（結合名詞或動詞）表示輕率，草率之意
（結合名詞）表示便宜，低廉，省錢等意
（結合名詞）表示落價，錢少等意
　安席（舒適的坐席）
　安国（安樂的國家）
　安請け合い（輕言易諾）
　安物（便宜貨）
　安値（廉價）
　安月給（低工資）
　今日の平均株価は五円安だ（今天的平均股價跌落五日元）

**じり安**〔名〕〔商〕（行市）逐漸跌落、越來越低←→じり高

ろ

じり安の株式（行情越來越低的股票）

相場がじり安だ（行市逐漸下跌）

此の頃株式はじり安を続けれている（近來股票行市一直越來越低）

**安い**〔形〕安靜，平穩，安穩、（用御安くない形式）（謔）（男女間的關係）親密，不尋常

安からぬ心持（不平靜的心緒）

国家を泰山の安きに置く（使國家穩如泰山）

霊よ安かれ（請安息吧！）霊

二人は御安くない仲に為った（兩個人可親密極了）

**安い、廉い**〔形〕低廉、便宜↔高い

値段が安い（價格便宜）

安い買物（買得很便宜的東西）

此の洋服が二万円とは安い（這套西服二萬日元可真便宜）

思ったより安く買った（買得比想像的便宜）

安い物は高い物（買便宜貨結果並不便宜）

安かろう悪かろう（便宜沒好貨、一分錢一分貨）

**易い**〔形〕容易，簡單↔難しい、（接動詞連用形下）表示容易

御易い御用です（小事一段、不成問題）

易きに付く（避難就易）

言うは易く、行うは難し（說來容易做起難）

此の辞書は引き易い（這辭典容易查）

おべっかに動かされ易い（喜歡受人奉承）

勝つと油断し易い（一勝利就容易大意）

**安き**〔名〕（文語形容詞安し的連體形）安穩、平穩

泰山の安きに置く（穩如泰山）

安きに居て危きを忘れず（居安不忘危）

**易き**〔名〕（文語形容詞易し的連體形）易↔難き

易きに付く（避難就易）

**安けく**〔副〕安靜地、寧靜地、安寧地

眠れ、安けく（睡吧！安靜地）

**安っぽい**〔形〕不值錢、不高尚，庸俗，沒有風度，令人瞧不起

値が値だけに此の洋服は安っぽい（這套西裝價錢便宜嘛瞧著就不起眼）

此の帽子を被ると、人間迄安っぽく見える（戴上這頂帽子連人都顯得俗氣）

人を安っぽく見える（不要瞧不起人）

**安まる、休まる**〔自五〕得到休息

忙しくて体の安まる暇も無い（忙得身體無暇休息）

心が安まる（情緒安定）

気が安まる（心情安定）

海を見ると心が安まる（看到大海情緒就安定）

色眼鏡を掛けると目が安まる（戴上有色眼鏡眼睛可以得到休息）

**安らう**〔自五〕休息。〔古〕躊躇。〔古〕停留

木木に安らう小鳥（樹上休息的小鳥）

河畔に安らう人人（在河畔休息的人們）

**安らい**〔名〕休息

心の安らい（安心、舒心適意）

安らいが欲しい（希望得到休息）

**安らか**〔形動〕安樂，安定、安靜，安穩

安らかな生活（安樂的生活）

安らかに暮らす（平平安安地生活）

安らかに余生を送る（無憂無慮地度過晚年）贈る

心が安らかである（心裡很平靜）

心を安らかに為る（使心情平靜）

安らかな顔を為て寝入る（安穩地入眠）

母親の懐で安らかに眠っていた（安詳地睡在媽媽懷裡）

**安らぐ**〔自五〕（感覺）安樂、安穩、平靜

気分が安らぐ（心情平靜）

静かな音楽を聞くと心が安らぐ（一聽到幽雅的音樂心裡就感到平靜）聞く聴く訊く利く効く

**安らぎ**〔名〕（心情、心境）安樂、安穩、平靜

心の安らぎを覚える（覺得心情平靜）

**安らけく**〔副〕安靜地、平安無事地

**安んじる**〔自、他上一〕安心，放心、安於，滿足，情願、使安心（＝安んずる）

安んじて君に任せる（放心地委託給你辦）

今の地位に安んじている（滿足於現在的地位）

人心を安んじる（使人安心、安定人心）

意を安んじる（安心、放心）

**安んずる**〔自、他サ〕安心，放心、安於，滿足，情願、使安心

安んじて君に任せよう（放心地委託給你了）

小成に安んずる（安於小成）

現状に安んずる（安於現狀）

今の地位に安んずる（安於現在的地位）

此の程度の成功に安んじては要られない（不要滿足於這種程度的成功）

人心を安んずる（使人安心、安定人心）

意を安んずる（安心）

**安んぞ、焉んぞ**〔副〕（安にぞ、焉にぞ的轉音、表示反語和疑問、下接推量助動詞）安、焉（＝如何して）

安んぞ知らん（安知、焉知、誰知）

安んぞ其の然るを知らんや（焉知其然哉）然る然る

安んぞ知らん一時の利が国家永遠の損失を来たさんとは（焉知一時之利竟招致國家永久之損失）来たす

**安上がり、安上り**〔名、形動〕省錢、便宜

安上がりな原料（廉價原料）

ガスは炭より安上がりです（煤氣比炭便宜）炭墨隅済

家で料理した方が安上がりに為る（家裡做菜便宜）

自分で作れば安上がりだ（自己做的話可以省錢）

**安請け合い、安請合い**〔名、自サ〕輕易答應

安請け合いを為る癖が有る（有輕易答應的毛病）

彼は安請け合いしない（他不輕易許諾）

**安売り**〔名、他サ〕廉賣，賤賣。〔轉〕輕易地應承（答應、接受任務）

大安売り（大減價）

彼の店は今日大安売りだ（那家店今天大減價）

斯う言う品は安売り出来ない（這樣的貨不能賤賣）

安売りを為る（賤賣）

此れはデパート（department store）の安売りで買った（這個是在百貨店大減價中買的）

季節外れの商品を安売りする（降價出售過期貨）

親切の安売り（輕易表示親切）

**安月給**〔名〕低薪

安月給取り（掙低工資〔的人〕）

**安酒**〔名〕廉價的劣等酒

**安手**〔名、形動〕（價錢）便宜、不值錢、不高尚，庸俗，沒有風度、令人瞧不起（＝安っぽい）

安手の品物（便宜貨）

**安泊り、安泊まり**〔名〕〔舊〕低廉的投宿、便宜的旅店、小客棧（＝安宿、安旅籠）

**安値**〔名〕廉價，賤價。〔商〕（交易所中某種股票或貨物的）當時最低價↔高値

法外の安値（格外的廉價）

そんな安値では売れない（不能賣得那麼便宜）

安値で買い叩き、高値で売り付ける（賤買貴賣）

其の日の安値で売る（按當天最低價出售）

**安値引け**〔名〕〔商〕（在交易所中前場交易和後場交易）以當天最低價收盤↔高値引け

**安普請**〔名〕簡易修建、廉價建築（的房屋）

ろ

安普請で建てられた家（簡易修建的房屋）
何為ろ安普請ですから（因為修建的簡陋…）

**安含み**〔名〕〔商〕（股票、商品等）行情趨跌（=弱含み）

**安目**〔名〕（物價）趨跌、（價錢）較廉←→高目
物価が安目に為る（物價漸跌）
安目の品（較便宜的東西）
安目に見積る（低估）

**安物**〔名〕便宜貨、不值錢的貨物
安物の玩具を買う（買便宜玩具）玩具玩具
安物売り場（廉價品售貨部）
安物買い（購買便宜貨〔的人〕）
安物を漁る（尋找便宜貨）
安物買いの銭失い（圖便宜買爛貨）
安物は高物（買便宜貨結果並不便宜）

**安安**〔副〕安安樂樂地、太太平平地
安安（と）眠る（舒舒服服地睡）
安安と世を送る（安安樂樂地度日）

**安宿**〔名〕小客棧、便宜的旅店
安宿に泊る（住在小客棧裡）泊る止る留る

**安土時代**〔名〕〔史〕安土時代（織田信長以近江的安土城為據點掌握政權的時代）

**安土桃山時代**〔名〕〔史〕安土桃山時代（織田信長和豊臣秀吉掌握政權期間，也是日本美術史畫分的一個時代、1573-1600）

**安倍川餅**〔名〕安倍川年糕（靜岡縣安倍川地方的名產）

## 庵（ろ）

**庵**〔名、漢造〕庵（也用於文人雅士等住處的雅號、菜館的字號）、草庵、僧庵（=庵、庵）
庵を結ぶ（結庵）
庵に隠遁する（隱居草庵）
草庵（草庵、茅廬、茅屋）

**庵室**〔名〕僧庵、尼姑庵、簡陋的僧房

**庵主**〔名〕（古讀作庵主）庵主、庵室的主人

**庵**〔名〕庵、廬（=庵）

**庵**〔名〕庵、廬
庵を結ぶ（結廬）
庵看板（往昔歌舞伎劇場門前書寫名演員名字的木牌-頂尖狀似茅屋頂）
庵点（ヘ形符號-用於表示條文、和歌、連歌等已檢查完或應注意的符號）

## 鞍（ろ）

**鞍**〔漢造〕鞍（墊在馬背上的坐具）

**鞍傷**〔名〕（牛馬等因鞍摩擦所受的）鞍傷

**鞍上**〔名〕鞍上、馬上←→鞍下

**鞍下**〔名〕（牛馬背上）鞍子下面的部分（的好肉）、牛里脊肉

**鞍状鉱脈**〔名〕〔地〕鞍狀礦脈

**鞍点**〔名〕（曲面上的）鞍點

**鞍馬**〔名〕（體）鞍馬、〔古〕備了鞍子的馬（=鞍馬）

**鞍馬**〔名〕〔古〕備了鞍子的馬

**鞍馬天狗**〔名〕（神話）古時傳說在鞍馬山（京都北方的山名）居住的天狗（一種想像中的妖怪、人形、紅臉、大鼻子、有翼）、日本民族舞蹈能舞的節目之一

**鞍部**〔名〕（兩峰之間的）山坳

**鞍**〔名〕鞍、鞍子
荷鞍（駄鞍）鞍蔵倉庫競
鞍を置く（備鞍子）
鞍を卸す（卸鞍子）
鞍に跨る（跨上馬鞍）
鞍に乗る（坐上馬鞍）乗る載る
鞍壺（鞍座）
鞍帯（馬的肚帶）
鞍擦れ（馬的馬鞍擦傷）
鞍師（馬鞍工人）

**倉、庫、蔵**〔名〕倉庫,棧房.穀倉,糧倉
売れ残りの品を倉に終う（把賣剩下的商品放入倉庫）
御米を倉に入れる（把米放進糧倉）
倉が建つ（〔喻〕十分賺錢、大賺其錢）

鞍替え〔名、自サ〕改行，轉業，轉變（立場等）。〔舊〕妓女從一個班子轉到另一個班子

一杯飲み屋からコーヒー店に鞍替えする（由小酒館轉為咖啡館）

右派から左派に鞍替えする（由右派轉變為左派）

彼は急に西洋舞踊に鞍替えして終った（他突然改行轉到西洋舞蹈方面去了）

鞍掛け〔名〕（放不用鞍子的）鞍子架

鞍尻〔名〕鞍子的後部

鞍擦れ〔名、自サ〕（牛馬背上的）鞍傷、（騎馬人的）襠口傷

鞍壺〔名〕鞍子中部騎坐的地方、（馬術）稍靠馬鞍前邊或後邊的騎法

鞍爪〔名〕鞍的前輪和後輪的兩端（=鞍取り）

## 諳（ㄢ）

諳〔漢造〕明白、熟悉

諳記、暗記〔名、他サ〕暗記、熟記、記住（=空覚え）

無暗に諳記する（死記硬背）無暗無闇

好きな詩を何度も読んでいる内に諳記して終った（把愛好的詩詞念上多少遍就記住了）

公式を諳記する（熟記公式）

諳譜、暗譜〔名、他サ〕熟記樂譜、記住樂譜

諳譜で弾く（不看樂譜彈奏）弾く引く退く挽く曳く轢く惹く牽く

諳んじる〔他上一〕背、默記、記住（=諳んずる）

英語のリーダーを諳んじる迄読む（把英語讀本讀到能夠背下來）

諳んずる〔他サ〕〔舊〕背、默記、記住（=諳記する、暗記する）

詩を諳んずる（背詩）

英語のリーダーを諳んずる迄読む（把英語讀本讀到能夠背下來）

## 俺（ㄢˇ）

俺〔漢造〕我（乃行於中國北方的第一人稱，尤以山東為盛）

俺〔代〕（對平輩或晚輩的自稱）俺、咱、我

そんな事、俺の知った事か（那種事我怎麼會知道呢？）

俺は彼奴何かに負けないぞ（我決不會輸給那傢伙的）

俺御前の間柄に有る（是你我不分的親密關係）

俺様、己様〔代〕〔俗〕（尊大的自稱）咱家、老子

俺様を見ろ（看老子的）

俺等、己等〔代〕〔俗〕（俺様、己様的轉變）（男性對同輩或晚輩使用）俺、咱、俺們、咱們

俺等そんな事知らねえよ（俺們可不知道那件事）

## 岸（ㄢˋ）

岸〔漢造〕岸、懸崖高聳（居高臨下）般

対岸（對岸）

彼岸（春分〔秋分〕周－從春分〔秋分〕日起前後各加三天共七天、春分〔秋分〕季節、對岸、目的地、〔佛〕彼岸，涅槃岸、〔佛〕春分，秋分季節舉行的法事=彼岸会）

彼岸桜（〔植〕寒櫻、緋櫻）

彼岸花、石蒜（〔植〕石蒜）

沿岸（沿岸）

海岸（海岸）

傲岸（傲慢=傲慢）

岸頭〔名〕岸頭

岸壁〔名〕港口碼頭的靠岸處、陡岸

外国船が岸壁に着く（外輪到達碼頭）

汽船を岸壁に横付ける（把輪船靠到碼頭上）

岸壁に攀じ登る（攀登陡岸）

岸〔名〕（河、湖、海等）岸，濱、崖（=崖）

海の岸（海岸）

琵琶湖の岸（琵琶湖濱）

嵐で船が岸に吹き付けられた（船因暴風被吹到岸邊）

波が岸を打っている（波浪拍岸）

聳え立つ岸（懸崖）

切り岸（峭壁）

**岸伝い**〔名〕沿著岸邊
岸伝いに歩く（沿著岸邊走）

**岸辺**〔名〕岸邊
岸辺に船を着ける（駛船靠岸）
岸辺に林立する帆柱（岸邊林立的桅桿）

## 按（ㄢˋ）

**按**〔漢造〕按、思考、察看

**按じる**〔他上一〕按、查看、推察（＝按ずる）

**按ずる**〔他サ〕按、查看、推察
剣を按ずる（按劍）按ずる案ずる
急所を按ずる（抓住要害）
地図を按ずる（查看地圖）
足音から按ずるに（從腳步聲來推察）

**按ずるに、案ずるに**〔副〕按、竊思
謹んで按ずるに（謹按…）
史を按ずるに（按史書所載…）

**按察、案察**〔名、他サ〕審訊（特別是政治和行政方面）

**按配、按排、案排**〔名、他サ〕安排、布置、調整
役割を按排する（安排任務）
機械を按排する（調整機器）

**按舞**〔名、他サ〕編導舞蹈動作（的人）
民謡の按舞を為る（編民謠舞蹈）

**按腹**〔名、自サ〕對腹部的按摩、按摩腹部

**按分、案分**〔名、他サ〕按比率分配
按分比例（按分比率）
按分で割り当てる（按比率分攤）
人員に応じて経費を按分する（按人數分擔經費）

**按分射撃**〔名〕〔軍〕分火射擊

**按摩**〔名、他サ〕按摩、按摩的人、〔俗〕盲人
肩を按摩する（按摩肩膀）
腰を按摩する（按摩腰部）あんああああん
按摩を取る（按摩）

按摩を為て下さい（請幫我按摩）
按摩さん（按摩師）
按摩取り（按摩的人）
按摩に眼鏡（瞎子打燈籠、白費蠟）
流しの按摩が笛を吹いている（流動的按摩人在吹著笛子）

## 案（ㄢˋ）

**案**〔名、漢造〕案，桌子、意見，主意、方案，議案，法案、預料，預想、草稿，原稿，計畫
案を叩く（拍案、拍桌子）叩く敲く
案を出す（出主意、提出辦法）
自分の案を述べる（陳述自己的意見）述べる陳べる延べる伸べる
予算案（預算案）
案を立てる（草擬計畫、訂計畫）
案を練る（想辦法、訂計畫）練る錬る煉る寝る
案を提出する（提出方案）
案に相違して彼に出席しなかった（出乎意外他竟沒有出席）
案に落つ（果如所料）
案に相違する（出乎意料）
案の如く（正如意料那樣）
玉案（用玉石裝飾的几案、漂亮的几案、他人的几案的稱呼）
考案（設計、規畫）
公案（公案、禪宗的參禪課題）
思案（思量，考慮，盤算、憂慮，擔心）
私案（個人的方案）
試案（試行方案）
愚案（拙見、愚蠢的看法）
具案（擬定草案、具體計畫）
懸案（懸案）
検案（檢驗，鑑定，調查，考察）

原案（對修正案而言）（向議會等提出的原案）
修正案（修正草案）
新案（新的設計、新的圖案）
提案（提案、建議）
定案（確定的案件、已定方案）
腹案（腹稿）
妙案（好主意）
文案（草稿、草案）
草案（草案、草稿）
創案（發明、首創）
起案（起草、草擬）
議案（議案）
答案（答卷、試卷）
同案（該案、該意見、同一方案）
法案（法律草案）
方案（方案、計畫、規畫）
立案（籌畫，設計，制定方案、草擬、起草，擬定）
改訂案（修訂案）
改定案（重新規定案）

案じる〔他上一〕擔心，掛念、思索、思考（=案ずる）
←→安んじる
　事の成行を案じている（擔心事態的發展）
　一計を案じる（想出一計）

案じ〔名〕考慮，擔心，掛念

案じ顔〔名〕擔心的神色、臉上露出擔心的樣子
　案じ顔で手術の結果を待っている（露出擔心神色等候手術的結果）

案ずる〔他サ〕擔心，掛念，思索，思考
　試験は案じた程でもなく、無事に終った（考試並不像擔心的那樣很順利地結束了）
　母の病気を案ずる（掛念母親的病）按ずる案ずる
　碁盤に向って次の手を案ずる（對著圍棋思索下一步棋）

一策を案ずる（想出一條辦法）
案ずるより産むが易い（事情並不都像想像的那麼難）

按ずるに〔副〕按、竊思、根據
　謹んで按ずるに（謹按…）
　史を按ずるに（按史書所載…）

案ずるに〔連語〕多方考慮
　案ずるに然程の事でもない（經過再三考慮那並不是大不了事情）

案下〔名〕（書信用語）足下（=机下）

案外〔副、形動〕意想不到、出乎意外（=思いの外、存外）
←→案の定
　案外な成行（意想不到的演變）
　案外な結果（出乎意外的結果）
　工事は案外早く出来上がった（工程出乎意外很快完成了）
　君が泳げないとは案外だ（你不會游泳是我意想不到的）

案件〔名〕案件，議案、訴訟事件
　多くの案件を一括上程可決する（把許多議案一股腦提出來通過）

案出〔名、他サ〕想出、研究出
　新しい造り方を案出する（研究出新的製造法）
　彼の案出に掛かる便利な装置（由他研究出來的方便的裝置）

案じ出す〔他五〕想出
　一策を案出（想出一條主意來）

案頭〔名〕桌上（=案上）

案内〔名、他サ〕引導、嚮導、導遊，陪同遊覽、傳達、通知、邀請、了解，熟悉
　旅行案内（旅行指南）
　演芸案内（文娛節目介紹）
　道を案内する（引路、帶路）
　御客を客間へ案内する（把客人領到客廳）
　公園の中を案内する（陪同遊覽公園）

万里の長城を案内して上げましょう（我來陪您們遊覽一下萬里長城吧！）

局長に案内を願う（請向局長傳達一下）

案内を乞う（請傳達、請帶路）乞う斯う請う

入学案内（入學通知）

結婚の案内を出す（發出結婚的通知）

食事に案内する（邀請吃飯）

御案内をどうも有り難う御座いました（承蒙邀請不勝感激）

此の辺は御案内でしょう（這一帶你是了解的吧！）

御案内の通り（正如您所知）

案内人（嚮導）

案内状（通知、請帖）

案内車（〔機〕導輪）

案内者（嚮導）

案内所（訊問處）

案内係（招待員、訊問處的職員）

案内記（遊覽指南、旅行手冊）

案内書（旅行指南）

案内業者（職業嚮導）

**案の定**〔副〕果然、果如所料

危ないと思ったら案の定だ（認為危險果然不出所料）

案の定然うだった（果然是那樣）

案の定失敗した（果然失敗了）

**案排、按配、按排**〔名、他サ〕安排、布置、調整

役割を按排する（安排任務）

機械を按排する（調整機器）

**案分、按分**〔名、他サ〕按比率分配

按分比例（按分比率）

按分で割り当てる（按比率分攤）

人員に応じて経費を按分する（按人數分擔經費）

**案文**〔名〕草案，草稿、思考文章

案文を練る（推敲草稿）

**案山子**〔名〕稻草人。〔轉〕魁儡，牌位，徒有其名的人

田圃に案山子が立っている（田裡立著稻草人）

一本足の案山子（趕鳥用一根木腿的稻草人）

案山子を立てて害鳥を防ぐ（立稻草人防止害鳥）

彼は単なる案山子だ（他只是一個魁儡）

彼は会長と言っても案山子同然だ（他雖說是會長跟個魁儡沒兩樣）

# 暗（ㄢˋ）

**暗**〔漢造〕黑暗←→明、發黑、愚蠢，糊塗，暗地，秘密、默，憑腦力

明暗（明暗、濃淡）

幽暗（幽暗）

**暗に**〔副〕諳中、私下、背地

暗に教唆する（暗中教唆）

暗に反対する（暗中反對）

暗に辞意を漏らす（暗地裡透露辭意）漏らす洩らす盛らす守らす

**暗い**〔形〕昏暗，黑暗、發黑、發暗、陰沉、不明朗、暗淡、沉重、生疏、不懂、不熟悉←→明るい

部屋が暗い（屋子黑暗）食らい喰らい位

朝暗い内に起きる（早晨天還暗時起床）内中裡家

此の電灯は暗い（這個電燈很暗）

ランプを暗くする（把油燈擰暗）

暗く為ってから（天黑以後）

暗く為らない内に（在天沒黑以前）

暗い所で読書する（在昏暗的地方讀書）

暗い赤色（深紅色）

暗い感じの男（給人陰鬱感的人）

暗い音楽（憂鬱低沉的音樂）

暗い前途（暗淡的前途）

暗い政治（黑暗政治）
気分が急に暗く為った（心情突然沉重起來）
世事に暗い（不諳政治）
彼の人は法律に暗い（他缺乏法律上的知識）
私は此の辺の地理に暗い（我不熟悉這一帶的地理）

**暗さ**〔名〕黑暗，黑暗的程度、憂鬱了臉色
四辺の暗さが薄らいで来る（周圍的黑暗減弱起來）辺り
彼に少しも暗さが無かった（他一點憂愁的神色也沒有）
暗さは暗し（天色漆黑）

**暗がり**〔名〕黑暗，暗處，黑暗時，別人看不到的事（地方），隱私、不明道理，愚昧
暗がりに隠れる（藏在暗處）
暗がりで見えない（由於黑暗而看不見）
暗がりを二階迄手探りで上る（摸著黑上樓）
暗がりの恥を明るみへ持ち出す（家醜外揚、隱私外揚）

**暗ます、晦ます**〔他五〕隱藏，隱蔽、蒙蔽、欺瞞
行方を暗ます（把行蹤隱蔽起來）
人の目を暗ます（瞞人耳目、乘人不注意時）

**暗ます、眩ます**〔他五〕（暗む、眩む的使役形暗ませる、眩ませる的轉變）耀眼，晃眼、使眼花、迷惑

**暗む、眩む**〔自五〕天黑起來、眩暈、頭昏眼花、執迷，被某物所迷惑而失去理智
目も暗む許りの輝き（使人眼花撩亂的光輝）
目の暗む様な高さから跳び下りる（從使人頭暈的高度跳下來）
其の美しい衣裳に目も暗む許りだ（那種美麗的服裝令人眼花撩亂）
金に目が暗むのは良くない（財迷心竅不是好事）金金

**暗み**〔名〕暗、暗處
草陰の暗みに身を潜める（在草陰暗處藏身）
潜める顰める

**暗暗、闇闇**〔形動タルト〕黑暗，黑漆漆、暗中，暗地裡
黒暗暗（黑漆漆）
暗暗と為て、少しも見えない（黑漆漆得一點也看不見）
暗暗の内に計画を推し進める（暗中推進計畫）
暗暗の内に知らせる（暗中通知）

**暗暗裏、暗暗裡**〔副〕暗中、背地裡
事を暗暗裏に運ぶ（暗中行事）
暗暗裏に計画を立てる（暗中訂計畫）
暗暗裏に調査を進める（暗中進行調查）
暗暗裏の約束（密約、默契）

**暗鬱**〔形動〕暗淡、陰鬱
暗鬱な色調（暗淡的色調）

**暗雲**〔名〕烏雲，黑雲、〔喻〕風雲險惡，形勢不穩
暗雲が引く暮れた籠る（烏雲籠罩大地）
中東に暗雲が漂う（中東形勢不穩）
地球上には未だ人種対立の暗雲が消えていない（地球上人種對立的烏雲尚未消散）

**暗影、暗翳**〔名〕暗影，黑影。〔喻〕前途暗淡
地上に暗影を落とす（地面上投下黑影）
暗影が漂う（籠罩著黑影）
前途に暗影を投げ掛ける（給前途投上陰影、使前途暗淡）

**暗化波**〔名〕〔天〕（火星表面的）暗化波

**暗灰色**〔名〕暗灰色

**暗記、諳記**〔名、他サ〕暗記、熟記、記住（=空覚え）
無暗に諳記する（死記硬背）無暗無闇
好きな詩を何度も読んでいる内に諳記して終った（把愛好的詩詞念上多少遍就記住了）
公式を諳記する（熟記公式）

**暗鬼**〔名〕暗鬼、因幻想而生的恐懼
疑心暗鬼を生じる（疑心生暗鬼）

**暗渠**〔名〕暗溝、陰溝
暗渠で排水する（用暗溝排水）

**暗愚**〔名、形動〕愚昧(＝愚か)←→賢明
　暗愚な(の)人（愚昧的人）

**暗君**〔名〕昏君、昏庸的國王←→名君

**暗剣殺**〔名〕(迷信)暗劍殺、喪門星（九星方位中最不吉利的方位）
　暗剣殺を犯す（犯喪門星）犯す冒す侵す

**暗紅**〔名〕暗紅（色）

**暗紅色**〔名〕暗紅色

**暗香**〔名〕不知何處傳來的花香（梅花香）

**暗号**〔名〕暗號、密碼
　暗号で電報を打つ（用密碼打電報）打つ撃つ討つ
　暗号を解読する（譯解密碼）
　暗号表（密碼表）
　暗号電報（密碼電報、電碼電報）
　暗号名（電碼名稱）
　暗号文（密碼電文）
　暗号書（密碼本）
　暗号員（密碼員）
　暗号学（密碼學）
　暗号体系（〔軍〕密碼體系）
　暗号分析（密碼分析）
　暗号分析者（密碼分析員）
　暗号保全（〔軍〕密碼保密措施）

**暗合**〔名、自サ〕巧合、偶然符合、不期而合
　同じ題材を撰んだのは偶然の暗合だ（選了同樣的題材真是偶然的巧合）

**暗黒、闇黒**〔名、形動〕黑暗，漆黑←→光明、愚昧
　暗黒の夜（漆黑的夜晚）
　暗黒に為る（黑暗起來）
　暗黒面（〔社會或生活等的〕陰暗面）
　暗黒街（〔罪惡活動橫行的〕黑暗街、黑社會、下流社會）
　暗黒時代（〔政治上的〕黑暗時代、〔史〕蒙昧時代-指歐洲中世紀）
　暗黒星雲（〔天〕暗星雲）
　暗黒大陸（黑暗的大陸-殖民主義者對非洲的蔑稱）
　暗黒伴星（〔天〕暗伴星）

**暗殺**〔名、他サ〕暗殺、行刺（＝闇討ち）
　暗殺を企てる（圖謀暗殺）
　暗殺を図る（圖謀暗殺）図る謀る諮る計る測る量る
　大統領が暗殺された（總統被暗殺了）

**暗算**〔名、他サ〕心算←→筆算、珠算
　暗算で計算を為る（用心算計算）

**暗示**〔名、他サ〕暗示、示意
　暗示を与える（給與暗示）
　暗示を得る（得到暗示）
　答を暗示する（暗示答案）
　神経衰弱の暗示療法（神經衰弱的暗示療法）

**暗紫色**〔名〕暗紫色

**暗視野**〔名〕暗視場
　暗視野顕微鏡（暗視場顯微鏡）
　暗視野反射顕微鏡（暗視場反射顯微鏡）

**暗室**〔名〕暗室
　暗室でネガを焼く（在暗室裡曬底片）negative
　暗室で現像する（在暗室裡沖洗底片）

**暗射地図**〔名〕（學習用的不記載地名的）暗射地圖、空白地圖（＝白地図）

**暗弱、闇弱**〔名、形動〕昏庸懦弱

**暗主**〔名〕昏君←→明主

**暗所**〔名〕暗處
　暗所に置く（放在暗處）置く措く擱く

**暗唱、暗誦、諳誦**〔名、他サ〕記住、背誦
　九九を暗誦する（背誦九九乘法表）
　外国語は十分暗誦しないと物に為らない（外語如不好好記住是學不好的）

**暗証**〔名〕〔佛〕暗証（以坐禪等實踐來悟道）、除簽名外另添加本人知道的文字或數字來佐證

**暗礁**〔名〕暗礁。〔轉〕意外的障礙（困難）

暗礁を避けて行く（躲開暗礁行駛）避ける 避ける 行く 往く 逝く 往く 行く 逝く

船が暗礁に乗り上げた（船觸了礁）

人生の暗礁（人生的挫折）

会談が暗礁に乗り上げた（會談遇到了意外的障礙）

**暗色**〔名〕暗色、不明朗的顔色←→明色

**暗赤色**〔名〕暗紅色

**暗線**〔理〕暗線←→輝線

**暗然、黯然、闇然**〔形動タルト〕黯然、暗淡

黯然たる面持ち（無精打采的面孔）

黯然と為て声を呑む（飲泣吞聲）

黯然たる未来（暗淡的前途）

**暗澹**〔形動タルト〕昏暗，黑暗、暗淡

暗澹たる空（陰暗的天空）

前途は暗澹たる物だ（前途暗淡）

**暗中**〔名〕暗中、背地裡

**暗中飛躍**〔名、自サ〕暗中活動、背地裡耍花招（＝暗躍）

暗中飛躍を試みる（試圖背後活動）

**暗中模索**〔名、自サ〕暗中摸索

殺人事件が迷宮に入り、暗中模索の状態だ（凶殺案沒有頭緒處於暗中摸索狀態）

人生の意義を探求して暗中模索する（為探求人生的意義而暗中摸索）

**暗転**〔名、自サ〕〔劇〕（不閉幕而在）黑暗中轉換場面、舞台暗轉（＝ダークチェンジ）

舞台が暗転する（舞台暗轉）

**暗電流**〔名〕〔理〕暗電流、無照電流

**暗闘**〔名、自サ〕暗鬥。〔劇〕沒台詞沒伴奏的武場，默鬥（＝黙まり）

彼等の間に利権を巡って暗闘が有る（他們之間因圍繞著權益而暗鬥）

反対派と暗闘する（和反對派暗鬥）

**暗箱、暗函**〔名〕（照相機的）暗箱

**暗反応**〔名〕〔理〕黑暗反應←→明反応

**暗譜、諳譜**〔名、他サ〕熟記樂譜、記住樂譜

諳譜で弾く（不看樂譜彈奏）弾く 引く 退く 挽く 曳く 轢く 惹く 牽く

**暗放電**〔名〕〔理〕無照放電、無光放電

**暗幕**〔名〕（開演電影時掛的）黑窗簾

窓に暗幕を張った（窗戶拉上了黑窗簾）張る 貼る

**暗面**〔名〕黑暗面、醜惡的一面

暗面描写（描寫黑暗面）

**暗黙**〔名〕沉默、緘默、默不作聲

暗黙の内に許す（默認、默許）

暗黙の了解（默契）

**暗夜、闇夜**〔名〕黑暗、黑暗的夜晚

暗夜に乗じて進軍する（趁著黑暗進軍）

暗夜に灯火を得た心地が為た（覺得像是在黑暗中看到了光明）灯火 灯火

**暗躍**〔名、自サ〕暗中活動（＝暗中飛躍）

政界の裏面で暗躍する（在政界內部暗中活動）

**暗喩**〔名〕隱喻（＝隠喩）

**暗流**〔名〕暗流，潛流。〔喻〕隱蔽的趨向，潛在的勢力

暗流が横たわっている（有暗流、地下水在流動）

政界の暗流（政界的暗流）

**暗緑色**〔名〕暗綠色

**暗涙**〔名〕暗自流淚、暗中流淚

暗涙に咽ぶ（暗中流淚）咽ぶ 噎ぶ

**暗闇**〔名〕漆黑，黑暗、暗處。〔轉〕亂世，黑暗狀態

電燈が消えて暗闇に為った（電燈滅了一片漆黑）

夜の暗闇の中に消えて行く（消失在黑暗中）

暗闇に紛れて（趁著黑暗）

自分の悪事を暗闇に葬る（把自己的壞事隱藏起來）

暗闇の恥を明るみへ出す（隱私外揚）

昔の世の中は暗闇だった（從前的社會漆黑一團）

くらやみ
暗闇から牛を引き出す（辨認不清、動作遲鈍缺乏朝氣）

くらやみ てっぽう
暗闇の鉄砲（〔喻〕魯莽、白費事）

くらやみ ほおかむり
暗闇の頰冠（瞎子點燈白費蠟、〔喻〕無用之事）

## 闇（ㄋ丶）

あん
闇〔漢造〕黑暗、不明事理、隱晦的樣子

あんあん あんあん
闇闇、暗暗〔形動タルト〕黑暗，黑漆漆、暗中，暗地裡

こくあんあん
黒暗暗（黑漆漆）

あんあん し み
暗暗と為て、少しも見えない（黑漆漆得一點也看不見）

あんあん うち けいかく お すす
暗暗の内に計画を推し進める（暗中推進計畫）

あんあん うち し
暗暗の内に知らせる（暗中通知）

あんこく あんこく
闇黒、暗黒〔名、形動〕黑暗，漆黑←→光明、愚昧

あんこく よる
暗黒の夜（漆黑的夜晚）

あんこく な
暗黒に為る（黑暗起來）

あんこくめん
暗黒面（〔社會或生活等的〕陰暗面）

あんこくがい
暗黒街（〔罪惡活動橫行的〕黑暗街、黑社會、下流社會）

あんこくじだい
暗黒時代（〔政治上的〕黑暗時代、〔史〕蒙昧時代－指歐洲中世紀）

あんこくせいうん
暗黒星雲（〔天〕暗星雲）

あんこくたいりく
暗黒大陸（黑暗的大陸－殖民主義者對非洲的蔑稱）

あんこくはんせい
暗黒伴星（〔天〕暗伴星）や

やみ やみ
闇、暗〔名〕黑暗，暗夜，糊塗，迷網。〔轉〕（常寫作ヤミ）黑市，黑貨，黑市交易

やみ なか てさぐ ある
闇の中を手探りで歩く（摸著黑走路）

やみ じょう こうげき
闇に乗じて攻撃する（乘暗夜進攻）

あやめ わ しん やみ
文目も分かぬ真の闇（咫尺莫辨的黑暗、黑得伸手不見手指）

ひとかげ やみ き
人影が闇に消える（人影消逝在黑暗中）

やみ す み
闇を透かして見る（透過黑暗看）透かす空かす賺す好かす濾かす梳かす鋤かす剥かす

やみ まぎ
闇に紛れる（乘黑暗）

こころ やみ
心の闇（心中無數）

こころ やみ まど まと
心は闇に惑う（心裡糊塗、搞不清）纏う

ちち な さき やみ
父を亡くして、先は闇だ（喪失了父親將來不知怎麼辦才好）

やみ よ
闇の世（黑暗的社會）

ぜんと まった やみ
前途は全くの闇だ（前途一片黑暗）

あくじ やみ やみ ほうむ
悪事を闇から闇に葬る（把壞事暗中隱蔽過去、打胎）

やみさいはん
闇再販（黑市倒賣）

やみたいじ
闇退治（取締黑市）

やみぶっし
闇物資（黑貨）

やみなりきん
闇成金（黑市暴發戶）

やみ なが
闇に流す（〔把公定價格的東西〕拿到黑市去倒賣）

やみ broker
闇ブローカー（黑市掮客）

やみ route
闇ルート（黑貨來源）

やみうけおいし
闇請負師（黑包工）

やみとりひき
闇取引（黑市交易）

やみ もう
闇で儲ける（在黑市賺錢）設ける

こめ やみ か
米を闇で買う（買黑市的米）

やみ うし ひ だ
闇から牛を引き出す（暗夜拉老牛、〔喻〕判斷不清，行動緩慢〔的人〕）

やみ からす
闇に烏（撲朔迷離、〔喻〕非常相似不易辨別）鴉枯らす嗄らす

やみ く
闇に暮れる（天黑，入夜、過分悲傷，不知如何是好）呉れる繰れる刳れる

やみ さ はな
闇に咲く花（妓女、野妓）

やみ てっぽう
闇に鉄砲（無的放矢）

やみ ひとりまい
闇の一人舞（暗地裡賣力氣〔的人〕）

くらやみ
暗闇（漆黑，黑暗，暗處、〔轉〕亂世，黑暗狀態）

やみいち black market
闇市〔名〕〔商〕黑市（＝ブラック、マーケット）、黑市行情

じゅんやみいち
準闇市（半合法的黑市）

やみいち こめ う
闇市で米を売る（在黑市上賣米）

やみいち た
闇市が立つ（有黑集市）

闇市が蔓延る（黑市猖狂）

闇市を取り締まる（取締黑市）

**闇討ち、闇討**〔名、他サ〕夜襲，暗殺。〔轉〕出奇不意（使其吃驚）

闇討ちに会う（遭暗殺）

闇討ちを掛ける（乘黑夜襲擊）

闇討ちを食う（因冷不防吃了一驚、吃了一記悶棍）食う喰らう喰らう食らう

闇討ちを食わせる（出其不意、給他一個冷不防）

闇討ちを為る（放暗箭）

**闇売り**〔名、他サ〕在黑市交易、在黑市上賣

**闇買い**〔名、他サ〕在黑市上買

**闇価格**〔名〕〔商〕黑市價格（=闇值）

闇価格協定（黑市價格協定）

**闇金融**〔名〕〔商〕黑市貸款

闇金融を受ける（接受黑市貸款）

**闇雲**〔名、形動〕〔俗〕胡亂，莽撞、隨便、不分清紅皂白，沒頭沒腦

〔副〕模糊不清，毫無目的

闇雲に発砲する（亂放槍）

闇雲に怒鳴り散らす（不分清紅皂白地亂申斥）

闇雲に突っ走る（不管不顧地猛跑、亂跑一通）

そんな事を闇雲に言い出されても困る（沒頭沒腦地說出那種事可不好辦）

**闇気配**〔名〕〔商〕黑市行情

**闇行為**〔名〕〔商〕黑市交易、非法交易

闇行為を取り締まる（取締黑市交易）

**闇路**〔名〕暗路，黑暗的道路。〔轉〕醉心，著迷、冥府，陰間

闇路を辿って家に帰る（踏著暗路回家）

恋の闇路に踏み迷う（為戀愛神魂顛倒）

闇路に赴く（赴陰間、死）

**闇弱、暗弱**〔名、形動〕昏庸懦弱

**闇汁**〔名〕瞎子會餐、摸黑會餐（關燈摸黑將各自攜帶的食物放火鍋中煮一起吃）

**闇然、暗然、黯然**〔形動タルト〕黯然、暗淡

黯然たる面持ち（無精打采的面孔）

黯然と為て声を呑む（飲泣吞聲）

黯然たる未来（暗淡的前途）

**闇相場**〔名〕〔商〕黑市價格、黑市行市（=闇值）

**闇取引**〔名〕〔商〕黑市交易，非法交易，黑市價格交易、暗中勾結，秘密交易

米の闇取引を為る（米的黑市交易）

闇取引が横行する（黑市猖獗）

ボス同士の闇取引（工頭〔老闆、頭頭〕間的秘密交易）

ブルジョア政党の闇取引を暴露する（揭開資產階級政黨的暗中勾結）

**闇流し、闇流**〔名、他サ〕（把公定價格的物資）按黑市出售（牟利）

物資を闇流しする（把物資拿到黑市去倒賣）

**闇値**〔名〕黑市價格（=闇価格、闇相場）

新穀が出回って米の闇値が下がった（新糧上市黑市米的價格跌下來了）

闇値で幾等ですか（黑市價格是多少錢呢？）

**闇売買**〔名〕〔商〕黑市交易、非法買賣（=闇取引）

**闇屋**〔名〕做黑市交易的人或店鋪

暴利を貪って闇屋に為る（貪圖暴利做起黑市來）

**闇闇**〔副〕〔舊〕輕易地、隨隨便便地、容容易易地（=むざむざ）

闇闇と殺される物か（怎能隨隨便便讓你殺掉啊！）

然う闇闇と彼を許す事は出来ない（不能就那麼輕易地饒了他）

**闇夜**〔名〕暗夜、漆黑的夜晚（=闇夜、暗夜）←→月夜

闇夜に目有り（隔牆有耳、〔喻〕事雖甚秘亦能洩漏出去）

闇夜の提灯（暗夜的明燈、〔喻〕遇到渴望的東西）

闇夜の礫（黑夜裡投石子、〔喻〕無的放矢）

闇夜の鉄砲（無的放矢、井裡投石）
闇夜の灯火（暗夜的明燈）
闇夜の錦（錦衣夜行）
文目も分かぬ闇夜（咫尺莫辨的暗夜）
一寸先も見えない闇夜（天黑得伸手不見五指）

**闇夜、暗夜**〔名〕黑暗、黑暗的夜晚
暗夜に乗じて進軍する（趁著黑暗進軍）
暗夜に灯火を得た心地が為た（覺得像是在黑暗中看到了光明）灯火灯火

# 黯（ㄢˋ）

**黯**〔漢造〕深黑色、慘澹無光的情景、悲傷的樣子
**黯然、暗然**〔形動タルト〕黯然、暗淡
黯然たる面持ち（無精打采的面孔）
黯然と為て声を呑む（飲泣吞聲）
黯然たる未来（暗淡的前途）

# 恩（ㄣ）

**恩**〔名、漢造〕恩、恩情、恩惠
　恩を受ける（受恩、蒙受恩情）
　恩を知る（知恩、感恩）
　恩を施す（施恩）
　恩を返す（報恩）
　恩を報ずる（報恩）
　恩を忘れる（忘恩）
　恩を知らない人（不知感恩的人）
　恩に感じる（感恩）
　恩に報いる（報恩、報答恩情）
　御恩に深く感謝します（感恩不盡）
　御恩は決して忘れません（決忘不了您的恩情）
　恩知らず（忘恩負義〔的人〕、不領情〔的人〕）
　恩に着せる（使人感恩、以恩人自居、賣人情）
　恩に掛ける（使人感恩、以恩人自居、賣人情）
　恩を売る（使人感恩、以恩人自居、賣人情）
　彼は其を恩に着せようと為ている（他打算在那件事情上讓人不忘他的好處）
　君に世話を為ても、別に恩に着せる積りは無い（我給你幫忙並沒有要你感恩的意思）
　彼は少しの事で君に恩を売るのだ（他那是略施小惠使你領他的情）
　恩に着る（感恩、感激、領情）
　其では恩を着よう（那麼我就領情吧！）
　然うして下されば、何時迄も恩に着ます（如果你能那樣做那我永遠感恩不盡）
　恩を仇で返す（恩將仇報）仇仇
　恩を以て怨みに報ず（以德報怨）
　師恩（師恩、老師的恩情、師傅的恩情）
　私恩（私人恩情）
　四恩（〔佛〕四恩-天地或三寶、國王、父母、眾生之恩）
　謝恩（謝恩、報恩、酬謝）
　報恩（報恩）
　芳恩（您的恩情＝御恩）
　忘恩（忘恩）
　御恩（大恩、您的恩情）
　大恩（大恩、厚恩）

**恩愛**〔名〕恩愛
　恩愛の情に絆される（被恩愛之情束縛住）
　恩愛
　恩愛浅からず（恩愛匪淺）

**恩威**〔名〕恩惠和威力
　恩威並び行われる（恩威並施）

**恩怨**〔名〕恩怨、恩仇
　恩怨を明らかに為る（恩怨分明）

**恩返し**〔名、自サ〕報恩
　恩返しを為る（報答恩情）

**恩義、恩誼**〔名〕恩義、恩情
　恩義に感ずる（感恩）
　恩義に報いる（報恩）
　恩義に背く（忘恩負義）背く叛く
　人に恩義を受けている（受了別人的恩情、欠人恩情）

**恩着せがましい**〔形〕硬叫人感恩、以恩人自居、要別人領情道謝
　恩着せがましい態度（以恩人自居的態度）

**恩給**〔名〕（舊時日本以政府名義發給公務員的）養老金、退職金、（公務員死亡時給家屬的）撫卹金、（現稱退職年金或退職手当）
　恩給が付く（取得領養老金的資格）
　恩給を貰っている（領著養老金）
　恩給を貰って退職する（領取退休費後退休）

退職後は恩給を受けて生活する（退休後靠退休金維持生活）

恩給法（關於養老金或撫卹金的法律）

恩給権（享有領取養老金或撫卹金的權利）

**恩金**〔名〕情誼借到或給予的錢

**恩遇**〔名〕優遇、厚遇

**恩恵**〔名〕恩惠、恩賜←→怨恨

恩恵に浴する（沾恩惠、受到好處）

恩恵を受ける（受惠）

恩恵を施す（施惠）

彼の方には非常な恩恵を蒙っていまっす（我受了他很大的好處）

此の発明は人類に対する大恩恵だ（這項發明是對於人類莫大的貢獻）

**恩顧**〔名〕惠顧

御恩顧を蒙り有り難く存じます（承蒙惠顧不勝感激）

**恩光**〔名〕陽光、春光、君主的廣大慈愛

**恩師**〔名〕恩師

**恩賜**〔名〕（天皇、封建主的）恩賜、賞賜

恩賜の時計（天皇賞賜的錶）

**恩赦**〔名〕〔法〕恩赦、特赦、大赦

恩赦に預る（受到特赦）与る

恩赦に遇って釈放された（遇到特赦被釋放了）

**恩借**〔名、他サ〕惠借（的金錢、物品）

恩借の本を御返しします（奉還惠借的書）

**恩讐**〔名〕恩仇、恩怨

恩讐を弁える（分清恩仇）

恩讐がはっきりしている（恩怨分明）

恩讐を越えて（恩仇置之度外）越える超える請える乞える肥える恋える

恩讐の彼方（不計較恩怨的超然境界）

恩讐分明（恩怨分明）

**恩賞**〔名〕（國王、封建主的）賞賜、獎賞

恩賞に預る（受到賞賜）与る

殊勲により国王から恩賞を賜る（由於卓越的功勳得到國王的獎賞）

**恩情**〔名〕恩情

御恩情は一生忘れません（您的恩情一輩子也忘不了）

永遠の父親の御恩情を忘れる事は出来ません（永遠不能忘記父親的恩情）

**恩知らず**〔名、形動〕忘恩負義（的人）

此の恩知らず奴（你這個忘恩負義的傢伙！）

彼は恩知らずではなかった（他並不是一個忘恩負義的人）

此の男は昔から恩知らずである（此人歷來是不知感恩的）

恩知らずな振舞を為る（做出忘恩負義的舉動）

**恩人**〔名〕恩人

命の恩人（救命恩人）

恩人顔を為る（以恩人自居）

恩人面を為る（以恩人自居）

**恩沢**〔名〕恩澤、恩惠

人に恩沢を施す（對人施以恩澤）

我我は科学の恩沢に預っている（我們受著科學的恩惠）

**恩寵**〔名〕（封建君主或神的）恩寵、寵愛

神の恩寵（上帝的恩寵）

恩寵を失う（失寵）

恩寵を蒙っている（受著寵愛）蒙る被る

**恩典**〔名〕恩典、恩情

大赦の恩典を浴する（蒙受大赦的恩典）

**恩徳**〔名〕恩德（＝恵み）

**恩波**〔名〕恩澤

**恩命**〔名〕恩慈的命令、恩慈的話

恩命に接する（受到恩慈的命令）

**恩免**〔名〕恩赦、特赦（＝恩赦）

**恩宥**〔名〕特赦（＝恩赦）

# 昂（ㄤˊ）

**昂**〔漢造〕高昂

　　意気軒昂（意氣軒昂）

　　激昂（激昂、激動）

**昂進、亢進、高進**〔名、自サ〕亢進，惡化，騰貴，上漲←→鎮靜

　　心悸亢進（心跳過速）

　　病勢が亢進する（病勢惡化）

　　彼は心配で病状が亢進する（他因為擔心病情惡化）

　　物価が益益亢進する（物價日漸上漲）

**昂然**〔形動タルト〕昂然

　　昂然と（為て）胸を張る（昂首挺胸）

　　昂然たる態度（昂然的態度）

　　意気昂然たり（意氣昂然）

**昂騰、高騰**〔名、自サ〕（物價）騰貴、高漲←→下落、低落

　　生活費の昂騰（生活費的高漲）

　　物価が昂騰する（物價上漲）

**昂奮、亢奮、興奮**〔名、自サ〕興奮、激動

　　亢奮して口も利けない（過於激動連話都說不出來）

　　亢奮して眠れない（興奮得睡不著）

　　亢奮し易い（易興奮、好激動）

　　強いcoffeeを飲んだ為亢奮し眠れなかった（因為喝了濃咖啡興奮得睡不著）

　　然う亢奮しないで落ち着き為さい（別那麼興奮冷靜一點）

　　過度の亢奮から疲れる（由於過度興奮而疲倦）

　　亢奮を覚える（感到興奮）

　　亢奮を静める（抑制興奮）

　　亢奮剤（興奮劑）

　　亢奮性（應激性、激動性）

　　亢奮状態（興奮狀態）

　　神経性亢奮（神經性興奮、過敏性激動）

　　亢奮の余り泣き出した（激動之餘哭了出來）

　　彼の顔に亢奮の色が見えた（他的臉上出現了激動的神色）

**昂揚、高揚**〔名、自他サ〕高昂、高漲、發揚

　　愛国心の昂揚（愛國精神的發揚）

　　国威を昂揚する（發揚國威）

　　士気の昂揚を図る（設法提高士氣）

**昂る、高ぶる**〔自五〕自高自大，自我尊大，自滿，高傲、興奮，亢進

　　一寸煽てられると直ぐ昂る（稍一誇獎就自高自大起來）

　　成功したからと言って昂るな（不要因成功而驕傲）

　　彼は昂る癖が有る（他有自高自大的脾氣）

　　人の前で昂るのは良くない（在人前妄自尊大可不好）

　　旅行の前日は神経が昂って眠れない（旅行的前晚興奮得睡不著）

　　彼は本当に昂らない人だ（他真是一個謙虛的人）

# 儿

## 而（ㄦˊ）

**而**〔漢造〕表示轉折語氣（然而）、卻（食而無味）、就（不言而行）、並且（而且）

**而して、然して**〔接〕然後、於是（=然うして、斯うして）

彼は折り返し点を通過した、然して益益快調です（他通過了折回點於是跑得越來越起勁）

**而も、然も**〔接〕而且、並且、而，卻，但，儘管如此還

貧乏で而も病身（貧而多病）

彼は然う言った、而も驚いた事には其を実行したのだった（他那麼說了而且令人吃驚的是還實行了）

安くて而も栄養の有る料理（便宜而有營養的飯菜）安い廉い易い

注意を受け、而も改めない（受到警告卻不改正）改める革める検める

買収の証、歴然たる物が有る、而も辞意を表明しない（受賄的證據確鑿但仍不表示要辭職）

**而して、然して**〔接〕（熱くして、爾くしての音便）而，而且（=而して、然して、然うして）

彼は偉大な人物である、而してユーモア（humour）に富んだ人である（他是個偉大人物而且是個富於幽默的人）

**而立**〔名〕而立、三十歲

齢而立に達する（年達三十）齢弱い

## 兒（兒）（ㄦˊ）

**兒**〔漢造〕（有時也讀作児）幼兒、兒童、兒子、人、可愛的年輕人

乳児（出生不到一年的嬰兒=乳飲み子）

幼児（幼兒、幼童、學齡前兒童=幼子、幼児）

育児（育兒）

女児（女兒、女孩=女の子）←→男児

男児（男兒、男孩）←→女児

孤児、孤児（孤兒）

二歳児（黃口孺子=青二才）

優良児（優良兒童=多指體質）

健康児（健康的孩子）

精薄児（智力發育不全兒童）

異常児（畸形兒）

愛児（愛兒、愛子=愛し子、愛子）

豚児（〔謙稱自己的兒子〕犬子）

幸運児、好運児（幸運兒）

熱血児（熱血好漢）

健児（健兒，青年=若者、健児）

健児（平安時代隸屬兵部省配備在各地的士兵、武家時代的男僕）

寵児（寵兒、紅人、溺愛的孩子）

小児（幼兒、兒童）

**兒戲**〔名〕兒戲

児戯に類する（類似兒戲）

児戯と看做す（視同兒戲）

彼の研究は児戯に等しい（他的研究等於兒戲）

**兒女**〔名〕女兒、子女

彼は二人の児女を持っている（他有兩個女兒）

児女に囲まれて談笑する（被子女圍著談笑）

**兒孫**〔名〕兒孫、子孫

**兒童**〔名〕兒童、學齡兒童（=子供、童）

児童向きの小説（童話故事）

児童期（童年）

児童文学（兒童文學）

児童教育（兒童教育）

児童心理学（兒童心理學）

児童犯罪（兒童犯罪、少年犯罪）

児童福祉（兒童福祉）

児童画（兒童畫）

児童劇（兒童劇）

**兒輩**〔名〕孩子們、〔轉〕〔蔑〕（稱他人為）兒輩

兒、子〔名〕子女←→親、小孩、女孩、妓女藝妓的別稱、（動物的）仔。（派生的）小東西、利息

〔接尾〕（構成女性名子）（往昔也用於男性名字）子

〔造語〕（表示處於特定情況下的人或物）人、東西

　子を孕む（懷孕）
　子を生む（生孩子）
　子を養う（養育子女）
　子無しで死ぬ（無後而終）
　百姓の子（農民子女）
　百姓の子（一般人民子女）
　子が出来ない様に為る（避孕）
　此の子は悪戯で困る（這孩子淘氣真為難）
　中中良い子だ（真是個乖孩子）
　彼の子は内のタイピストだ（這女孩是我們的打字員）
　其処に良い子が居る（那裏有漂亮的藝妓）
　犬の子（幼犬）
　牛の子（牛犢）
　虎の子（虎子）
　魚の子（小魚）
　子を持った魚（肚裡有子的魚）
　芋の子（小芋頭）
　竹の子、筍、笋（筍）
　元も子も無くする（連本帶利全都賠光）
　花子（花子、阿花）
　秀子（秀子、阿秀）
　売り子（售貨員）
　振り子（〔鐘〕擺）
　張り子（紙糊的東西）
　江戸っ子（土生土長的東京人）
　老いては子に従う（老來從子）
　可愛い子には旅を為せよ（愛子要他經風雨見世面、對子女不可嬌生慣養）
　子は（夫婦の）鎹（孩子是維繫夫婦感情的紐帶）
　子は三界の首枷（子女是一輩子的累贅）
　子故の闇（父母每都溺愛子女而失去理智）
　子を見る事親に若かず（知子莫若父）
　子を持って知る親の恩（養兒方知父母恩）
　稚児（嬰兒，幼兒、參加寺廟祭祀行列的盛裝童男童女、男色對象的少年、寺院或公卿武士家的童僕）
　稚児（嬰兒=赤ん坊、赤子、嬰児、嬰兒）

兒の手柏〔名〕〔植〕側柏

っ兒、っ子〔接尾〕（接名詞下）表示某種情況的人、表示蔑視的稱呼
　売れっ子（紅人）
　流行っ子（風雲人物）
　江戸っ子（東京人）
　小僧っ子（小孩子、小毛頭）
　ちびっ子（小矮子）
　娘っ子（小姑娘）
　女っ子（女子）

兒、子〔名〕〔方〕嬰兒（=稚児、赤ん坊）

# 耳（ル〜）

耳〔漢造〕耳
　耳聾（耳聾）
　内耳（內耳）
　中耳（中耳）
　外耳（外耳）
　俗耳（世俗之耳）
　飛耳長目（喻觀察敏銳）

耳科〔名〕〔醫〕耳科
耳下神経〔名〕〔解〕耳下神經
耳下腺〔名〕〔解〕耳下腺
　耳下腺炎（耳下腺炎、腮腺炎）
耳介〔名〕耳殼（=耳殼）
耳殼〔名〕〔解〕耳殼、耳郭（=耳介）

耳殻で音を受けて聞き易くする（用耳殻接受聲音以便聽清）

**耳学** 〔名〕耳學、道聽塗說的學問、一知半解的知識（=耳学問）

**耳管** 〔名〕〔解〕耳咽管、歐氏管

**耳鏡** 〔名〕〔醫〕檢耳鏡

**耳後動脈** 〔名〕〔解〕耳後動脈

**耳孔** 〔名〕〔解〕耳孔

**耳疾** 〔名〕耳病

**耳珠** 〔名〕〔解〕耳珠、耳屏（耳內的小凸）

**耳出血** 〔名〕〔醫〕耳出血

**耳順** 〔名〕耳順、六十歲
　耳順に達した人（到了六十歲的人）

**耳小骨** 〔名〕〔解〕（中耳）耳小骨

**耳石** 〔名〕〔解〕耳石、聽石

**耳洗器** 〔名〕〔醫〕耳注射器

**耳朶** 〔名〕耳、耳朵
　耳朶に触れる（聽到）触れる 振れる 降れる
　耳朶を打つ叫び（震耳的喊聲）
　我等の耳朶に尚新たな所（依然縈繞在我們的耳際）

**耳朶，耳埀，耳朶，耳埀** 〔名〕耳垂
　耳朶に耳飾りを下げる（耳垂上戴著耳環）下げる 提げる
　耳朶が大きい（耳垂大）
　耳朶を引っ張る（揪耳垂）

**耳垂れ、耳垂** 〔名〕〔醫〕耳漏（耳朵流膿）（=耳漏）、耳朵流出的膿
　耳垂が出る（患耳漏）
　耳垂に為る（害耳漏）

**耳漏** 〔名〕〔醫〕耳漏（耳朵流膿）（=耳垂）

**耳丹毒** 〔名〕〔醫〕耳丹毒

**耳痛** 〔名〕〔醫〕耳痛
　耳痛が為る（耳痛）

**耳底** 〔名〕耳底、耳的深處
　其の言は今も尚耳底に在る（那些話現在還在耳裡、那些話現在言猶在耳）言言

**耳囊** 〔名〕〔解〕聽囊、聽泡

**耳鼻** 〔名〕耳鼻
　耳鼻科（耳鼻科）
　耳鼻咽喉科（耳鼻咽喉科）

**耳房** 〔名〕〔解〕耳房

**耳目** 〔名〕耳目、視聽，見聞，（眾人）注目、提供消息者
　耳目に触れる（觸及耳目、耳聽眼見）
　耳目の欲（聲色之慾）
　世の耳目を引く（引起世人注目）
　世間の耳目を避ける（避開世人的耳目）避ける 除ける
　耳目を驚かす（聳人聽聞）
　耳目を聳動させる（聳人聽聞）
　人の耳目と為って働く（充當別人的耳目）

**耳翼** 〔名〕〔解〕耳翼、耳郭、外耳殼

**耳** 〔名〕耳朵、耳部、耳垂、聽力、（器物的）耳，提手、（布、紙張、麵包等的）邊，緣、針鼻
　耳が鳴る（耳鳴）
　父の声が耳に残る（父親的話還留在耳邊）
　耳の痛い事を言う（說刺耳的話、說不愛聽的話）
　耳の付け根迄赤く為る（〔羞得〕面紅耳赤）
　右の耳から入って左の耳に抜ける（右耳聽左耳出、當作耳邊風）
　耳が聞こえない（耳聾）
　耳が聞こえなくなる（失去聽覺）
　耳が鋭い（聽覺靈敏）
　壁に耳有り（隔牆有耳）
　聞く耳持たぬ（不願意聽）
　耳が大きい（耳垂大）
　鍋の耳が取れた（鍋耳掉了）
　織物の耳（布邊）
　紙の耳を揃える（把紙邊弄整齊）
　耳が有る（〔對音樂等〕有鑑賞力）

耳が痛い（〔因別人揭短等感到〕刺耳、不愛聽）

耳が肥えている（〔對音樂等〕有鑑賞力）

耳が遠い（耳沉、耳背）

耳が早い（耳朵長、消息靈通）

耳から口（嘴快、聽了就說、有話藏不住）

耳に入れる（說給…聽）

耳に付く（聽膩，聽煩，聽後忘不掉）

耳に入る（聽到）

耳に挟む（略為聽到一點）

耳を掩うて鈴を盗む（掩耳盜鈴）蓋う被う蔽う覆う

耳を貸す（聽取意見、參與協商）

耳を傾ける（傾聽、仔細聽）

耳を澄ます（注意傾聽）澄ます清ます済ます住ます棲ます

耳を欹てる（傾聽、豎起耳朵聽）

耳を揃える（〔把錢一文不差地〕湊齊）

耳を潰す（假裝沒聽見、假裝不知道）

耳を塞ぐ（不想聽、堵上耳朵）

**御耳**〔名〕〔敬〕耳、耳朵

一寸御耳を拝借し度いのです（請您聽我說句話）

**耳垢**〔名〕耳垢、耳屎（＝耳屎、耳糞）

耳垢を取る（掏耳垢）

**耳屎耳糞**〔名〕耳垢、耳屎（＝耳垢）

耳屎を取る（掏耳垢）

**耳新しい**〔形〕初次聽到

其は耳新しい話だ（那是初次聽到的事）

何か耳新しい事が有りますか（有什麼新鮮事嗎？）

其は耳新しい事ではない（那並不什麼新鮮事）

**耳当て、耳当**〔名〕防寒耳塞、禦寒用的護耳

**耳覆い**〔名〕（可放下護耳禦寒的）帽扇、耳扇

**耳栓**〔名〕（防水或防震聾的）耳塞

**耳打ち、耳打**〔名、自他サ〕耳語（＝耳擦り、耳語）

そっと耳打ち（を）為る（悄悄地低聲耳語）

友達が注意する様にと耳打ちして呉れた（朋友對我耳語要我留意）

**耳擦り**〔名、自サ〕〔俗〕（說某人壞話等）耳語（＝耳打ち）、含沙射影，指桑罵槐，借題挖苦

耳擦りを為る（打耳語）

隣の人に耳擦りする（和鄰人耳語）

耳擦りを言う（說話含沙射影、拐彎抹角地挖苦人）

彼の人は何時も耳擦りを言う（他老是指桑罵槐）

**耳語**〔名、自他サ〕耳語、私語（＝耳打ち、私語）

互いに耳語する（互相耳語）

**耳掻き、耳掻**〔名〕挖耳杓

耳掻きで耳の掃除を為る（用挖耳杓掏耳垢）

**耳貝**〔名〕〔動〕耳螺

**耳隠し**〔名〕（大正末期流行的）蓋上兩耳的一種婦女髮型

**耳学問**〔名〕道聽塗說的學問、一知半解的知識

彼は耳学問で色色な事を知っている（他從道聽塗說中知道許多事情）

私の知識等耳学問に過ぎない（我的知識只不過是口耳之學）

**耳飾り、耳飾**〔名〕耳飾、耳環（＝耳輪、耳環、イヤリング）

耳飾りを付ける（戴耳環）

**耳輪、耳環、耳環**〔名〕耳環（＝イヤリング）

耳輪を為る（戴耳環）

**耳金**〔名〕戴在耳垂的金屬裝飾品、（器物等的）金屬耳

**耳聡い**〔形〕耳靈、耳朵尖、聽覺靈敏、消息靈通

此の子は耳聡い（這孩子聽覺靈敏）

彼女は其の噂を耳聡く聞き付けて来た（她的消息靈通聽來了那個風聲）

**耳早い**〔形〕耳朵尖、耳朵長、消息靈通

**耳障り、耳障**〔名、形動〕刺耳、難聽

## 儿

隣のラジオが耳障りだ（鄰居的收音機刺耳）

耳障りな話（刺耳的話）

其の発音はイギリス人には耳障りだ（那樣發音英國人聽起來不順耳）

演奏中の咳払いは本当に耳障りだ（演奏時的咳嗽聲真叫人難忍受）

**耳立つ**〔自五〕聽來刺耳

彼の話し振りには、ネ、ネ、が耳立つ（他說話總是ネネ的令人聽來刺耳）

テレビの音が耳立つ（電視機的聲音刺耳）

**耳映い**〔形〕聽來刺耳、難聽

**耳掃除**〔名〕掏耳朵

耳掃除を為る（掏耳朵）

**耳索**〔名〕〔海〕（橫帆角上的）耳索

**耳遠い**〔形〕重聽，耳沉，耳背，不順耳，聽不慣（=聞き慣れない）

年を取って耳遠く為った（上了年紀耳朵不管用了）

耳遠い響き（沒聽慣的音響）

耳遠い感じだった（有點聽不慣）

**耳鳴り**〔名〕耳鳴

耳鳴りが為る（耳鳴）

**耳馴れる、耳慣れる**〔自下一〕聽慣、耳熟（=聞き慣れる）

耳慣れた声が為る（傳來耳熟的聲音）

耳慣れない言葉を聞いた（聽到陌生的單字）

耳慣れない名前の魚（沒聽過名字的魚）

**耳羽**〔名〕耳毛、（梟鳥的）羽耳

**耳偏**〔名〕（漢字部首）耳字旁

**耳元、耳許**〔名〕耳邊、耳旁

耳元で囁く（在耳邊小聲說）

耳元でそっと囁く（在耳邊竊竊私語）

耳元で怒鳴る（在耳邊大聲嚷）

彼女は耳元迄赤く為った（她連耳根都紅了）

**耳寄り**〔名、形動〕引人愛聽、值得一聽、令人喜歡聽

其は耳寄な話だ（那是求之不得的好消息）

余り耳寄な話でもなさ然うだ（那番話聽來並不太引人入勝）

## 爾（ル ˇ）

**爾**〔漢造〕而，其、（副詞後綴）爾

徒爾（徒然、白費）

莞爾（莞爾、微笑）

卒爾、率爾（〔舊〕唐突、突然）

**爾後、自後**〔名〕以後、今後（=以後、其の後、今後）

自後数年彼と会う機会が無かった（從那以後好幾年沒有機會和他見面）

**爾今、自今**〔名、副〕今後、以後

自今プールの使用は午後三時迄と為る（今後游泳池開放到下午三點）

自今注意せよ（今後務須注意）

自今以後（今後）

**爾汝**〔名〕汝、你（=御前、貴様）

爾汝の交わり（爾汝之交、親密之交）

**爾余、自余**〔名〕其餘、此外

自余の作品は遥かに此れに劣る（其餘的作品遠不如這個）

**爾来**〔副〕爾來、以來、從那以後

爾来彼の消息は絶えた（自那以後他就沒有信息了）堪える耐える絶える

爾来彼とは会っていない（從那以後再沒見到他）

**爾、然**〔副〕如此、如斯、這樣

…、と、爾申す（…、云爾）

爾有れど（雖然如此）

**爾く、然く**〔副〕那樣、那麼（=其の様に、そんなに）

問題は爾く簡単に往く物ではない（問題並不那麼簡單）

**爾、汝**〔代〕你（=御前）

爾自身を知れ（要自知）

爾に出でて爾に帰る（出乎爾者、反乎爾者也）

## 餌（ㄦˇ）

餌〔漢造〕餌、食物

　食餌（食物、飲食）

　薬餌（薬=藥、藥品和食物）

　好餌、香餌（好餌、香餌、〔轉〕〔引起慾望的〕餌食，利益）

餌〔名〕餌，餌食（=餌）。〔轉〕誘餌，引誘物

　魚が餌に掛かる（魚上鉤）

　釣針に餌を付ける（把餌安在鉤上）

　兎に餌を遣る（餵兔子）

　鶏が餌を漁る（雞找食吃）

　金を餌に為て騙す（以金錢作誘餌來欺騙）

餌差し〔名〕（江戶時代）用膠桿黏鳥的差役（屬於鷹匠部下）、用膠桿黏小鳥（的人）

　餌差し竿（黏鳥桿）

餌食〔名〕餌食。〔轉〕犧牲品

　狼の餌食と為る（成了狼的餌食、被狼吃掉）為る鳴る成る生る

　兎が虎の餌食に為った（兔子被老虎吃掉）

　帝國主義の餌食と為る（成為帝國主義的犧牲品）

餌付く〔自五〕（新飼養的鳥獸）開始吃食

餌付き〔名〕（新飼養的鳥獸）開始吃食

餌付け〔名、他サ〕餵養（野生動物使之馴服）

餌壺〔名〕（餵鳥用的）鳥食罐

　餌壺に餌を入れる（把鳥食放在鳥食罐裡）

餌袋〔名〕（狩獵時）盛鷹餌的、（旅行時）攜帶食物的口袋、胃，（鳥類的）嗉囊

餌〔名〕餌食。〔轉〕誘餌。〔俗〕食物

　魚に餌を遣る（餵魚）魚肴魚魚

　金を餌に為る（以金錢為誘餌）

　景品を餌に客を釣る（以贈品為誘餌招來顧客）

餌が悪い（吃食不好）

餓鬼に餌を遣れ（給孩子點吃的吧！）

餌彫り、餌彫〔名〕挖蚯蚓等魚餌（的人）

餌〔名〕〔俗〕餌（=餌）

## 二（ㄦˋ）

二、弐〔名〕二，二個、第二，其次。（三弦的）中弦，第二弦。〔棒球〕二壘手、不同

〔漢造〕（人名讀作二）二、兩個、再，再次、並列、其次，第二、加倍

　二足す二は四（二加二是四）

　二の膳（正式日本菜的第二套菜）

　二の糸（三弦的中弦）

　二の次（第二、次要）

　二の矢を番える（搭上第二支箭）使える遣える仕える支える問える痞える

　二の足を踏む（猶豫不決）

　二の句が告げない（愣住無言以對）

　二の舞（重蹈覆轍）

　二に為て一でない（不同、不相同、不是一回事）

　一も二も無く（立刻、馬上）

　二郎、次郎（次子=次男）

　信二、信二（信二）

二上がり、二上り〔名〕提高三弦第二弦一個音階的音調（的曲子）

　二上がり新内（提高三弦第二弦音調的哀怨小調）

二院〔名〕兩院、上院和下院、參議院和眾議院

　二院制（兩院制）

　二院制度（兩院制）

二因子雜種〔名〕〔動〕二對因子雜種（雜合子）

二液電池〔名〕〔理〕雙液電池

二塩化エチレン〔名〕〔化〕二氯化乙烯 ethylene

二塩化物〔名〕〔化〕二氯化物

二塩基酸〔名〕〔化〕二元酸

二王、仁王〔名〕〔佛〕（寺院門內的）哼哈二將

## 儿

仁王立（像哼哈二將似地叉著腿站立）
仁王門（兩旁有哼哈二將的寺院門）
二化〔名〕〔動〕二化（昆蟲等一年發生兩代）
二化螟蛾（二化螟）
二化螟虫（二化螟幼蟲）
二価〔名〕〔化、生〕二價
二価アルコール（二元醇）
二価染色体（二價染色體）
二価の酸（二鹽基酸）
二価元素（〔化〕二價元素）
二回〔名〕二回、兩次
月二回発行の雑誌（每月發行兩次的雜誌、半月刊）
二階〔名〕二層、二層樓房、二層建築
客を二階に通す（把客人請到二樓）
二階へ上がる（上二樓）上がる挙がる揚がる騰がる
二階造り（二層樓的建築部）
二階建て（二層樓的建築部）
二階付きのバス（雙層公車）
二階屋（二層樓）
二階から目薬（〔喻〕非常繞遠、毫無效驗、無濟於事）
二月〔名〕二月（=如月-陰曆二月）
二月下旬（二月下旬）
二月革命〔名〕（1848年的）法國二月革命、（1917年的）俄國二月革命
二環式化合物〔名〕〔化〕雙環化合物
二季〔名〕兩季（指春秋、夏冬等相對應的兩個季節）、七月十五和年末
春秋二季（春秋兩季）春秋 春秋
二季払い（七月十五和年末兩次結帳〔付款〕）
二季鳥〔名〕〔動〕大雁的別稱
二期〔名〕二期，二屆、（把一年分為）兩期、一年收成兩次（=二期作）
会長を二期勤める（擔任二屆會長）勤める努める務める勉める

二期生（第二屆畢業生）
二期制（二期制）
二期作〔農〕一年收穫兩次-多指水稻）
二期作の稲（一年收穫兩次的水稻）
二毛作〔名〕一年收成兩次（=二期作）←→一毛作、多毛作
此処は二毛作の地区だ（這裡是一年收穫兩次的地區）
南部では二毛作が可能だ（南部一年可兩熟）
二儀〔名〕兩儀（天和地、陰和陽）
二義的〔形動〕次要的、第二位的、非本質的、非根本意義的（=第二義的）
二義的に考える（認為是次要的）
其は二義的な問題だ（那是次要的問題）
二級〔名〕二級，二等、兩級，兩個等級←→一級
二級酒（二等酒）
二業〔名〕（飯館業和藝妓業）兩種行業
二業地（許可經營飯館業和藝妓業的地區）
二極〔名〕〔電〕二極
二極管（二極管）
二極発電機（雙極發電機）
二極スイッチ（雙刀開關）
二極性（雙極性）
二極真空管（二極真空管）
二均差〔名〕〔天〕（月球運動）二均差
二君〔名〕兩個君主
二君に仕えない（不仕二主）仕える使える遣える痞える問える支える
二軍〔名〕〔棒球〕（職業棒球隊的）二線選手（=第二軍）、預備隊、預備隊（=ファーム、チーム）。〔轉〕二線人物,不能在一線活躍的專家←→一軍
二形〔名〕〔生〕二形、二態
二形花（二形花）
二形性（二形性）
二形、両形、双成〔名〕兩性人，陰陽人、具有兩個形狀

二元〔名〕二元、二重
　二元方程式（〔數〕二元方程式）
　二元放送（同時用同波長的兩地廣播〔節目〕）
　物心二元論（〔哲〕物質精神二元論、主客觀二元論）
　二元合金（〔化〕二元合金）
　二元酸（〔化〕二元酸）
　二元論（〔哲〕二元論）←→一元論

二弦琴、二絃琴〔名〕〔樂〕二弦琴

二原子分子〔名〕〔化〕雙原子分子

二原色視〔名〕〔醫〕（只能辨認兩種原色的）二色性色盲

二胡〔名〕〔樂〕（中國的）二胡

二更〔名〕二更（下午九點到十一點間）

二項〔名〕〔數〕二項
　二項式（二項式）
　二項係数（二項式係數）
　二項定理（二項式定理）
　二項分布（二項式分布）

二号〔名〕第二號。〔俗〕妾，姨太太（＝妾）
　二号活字（二號鉛字）
　二号車（二號車廂）
　二号を置く（蓄妾）擱く置く措く
　二号を囲う（蓄妾）

二交代制〔名〕兩班交替工作制
　二交代制で働く（兩班交替制工作）

二言〔名〕二言，重說、食言，說了不算
　二言を吐く（食言）
　此の事に就いては二言は無い（關於這件事沒有第二句話）
　我我には二言は無い（我們說話算數）
　武士に二言は無い（武士一言為定）
　決して二言は無い（絕不食言）

二言目〔名〕第二句話、口頭禪
　彼の人は二言目には死ぬと言う（他一開口就說要死）
　二言目には僕の悪口を言う（一開口就說我的壞話）
　父は二言目には勉強しろと言う（父親一開口就要我讀書）
　二言目には仕事の話だ（三句話不離本行）

二歳〔名〕兩歲、〔俗〕黃口孺子（＝青二才）

二鰓類〔名〕〔動〕二鰓目

二三〔名〕兩三個、少許、一點
　二三の人（兩三個人）
　二三日（兩三天）
　二三の訂正を加える（加以少許訂正）加える銜える咥える
　二三の質問を為る（提兩三個問題）
　二三御伺い度い事が有ります（有點事要向您請教）伺う窺う覗う
　心当たりを二三尋ねて見る（到想到的兩三處去打聽）尋ねる訪ねる訊ねる

二酸塩基〔名〕〔化〕二價鹼、二酸鹼

二酸化〔名〕〔化〕二氧化
　二酸化物（二氧化物）
　二酸化窒素（二氧化氮）
　二酸化チタン（二氧化鈦）Titan德
　二酸化セレン（二氧化硒）Selen德
　二酸化マンガン（二氧化錳）Magan德
　二酸化硫黄（二氧化硫）
　二酸化珪素（二氧化矽）
　二酸化炭素（二氧化碳）

二死〔名〕〔棒球〕兩人出局（＝ツーダン）two down

二至経線〔名〕〔天〕二至圈

二枝集散花序〔名〕〔植〕二歧聚傘花序

二字〔名〕兩個字、名字（因人名多為兩個字）

二字口〔名〕〔相撲〕（摔跤場上運動員的）東西入場口

二次〔名〕第二次，第二位，其次，次要。〔數〕二次
　第二次世界大戦（第二次世界大戰）
　二次試験（複試）
　二次的な問題（次要問題）
　二次方程式（二次方程式）

**二次曲線**（二次曲線）
**二次Ｘ線**（〔理〕二次Ｘ射線）
**二次元**（〔數〕二元、二次元、平面）
**二次双晶**（〔地〕次生雙晶）
**二次会**（正式宴會後在他處再次舉行的宴會、第一次會後以同樣目的開的第二次會）
**二次空気**（〔化〕二次空氣）
**二次転移点**（〔化〕二級轉變點）
**二次組織**（〔植〕次生組織）
**二次電子**（〔化〕二次電子）
**二次電池**（二次電池、蓄電池）
**二次鉱物**（〔地〕次生礦物）
**二次的**（次要的、第二位的、從屬的）
**二の次**〔名〕第二、其次、次要（=二番目、後回し）
　儲かる儲からぬは二の次だ（賺錢不賺錢是次要的）
　御話は二の次に為て、先ず一献（話一會兒再說先喝一杯）
　文句は二の次に為て仕事に掛かれ（有意見以後再說先幹活吧！）
　健康が第一、成績は二の次だ（健康第一成績第二）
　学歴等二の次だ（學歷等是次要的）
　そんな事は二の次だ（那件事以後再說）
　二の次に為る（緩辦、往後延）
**二軸結晶**〔名〕二軸晶體
**二軸性**〔名〕〔化〕雙軸性
**二室**〔名〕〔植〕兩室、兩分室
**二十進法**〔名〕〔數〕二十進位法
**二十世紀**〔名〕二十世紀。〔植〕二十世紀梨
**二者**〔名〕二者、二人
　二者其の一を選ぶ（二者選一）
　二者の話し合いで決定する（由二人商量來決定）
**二者択一**〔名〕二者選一
　二者択一を迫られる（被迫二者選一）
**二捨三入**〔名、他サ〕（尾數計算法）二捨三入

**二種**〔名〕兩種、第二種
　第二種郵便物（第二種郵便、明信片）
**二竪**〔名〕〔古〕二竪、病
　二竪に冒される（患病）犯す侵す冒す
**二臭化**〔名〕〔化〕二溴化
　二臭化エチレン（二溴化乙烯）
　二臭化物（二溴化物）
**二週間**〔名〕兩周、兩個星期
　二週間置きに（每隔兩個星期）
　二週間の休暇（休假兩周）
**二十**〔名〕二十
　二十分の一（二十分之一）
**二十、二十歳**〔名〕〔古〕二十、二十歲
　私の娘は此の春で二十に為る（我的女兒今年春天就二十歲了）
　二十台の人（二十多歲的人）
　彼は未だ二十前だ（他還不到二十歲）
**二十歳、二十年**〔名〕二十年、二十歲
　和歌の道に入ったから二十歳余りに為る（從事和歌寫作〔研究〕以來已達二十餘年）
**二十年**〔名〕二十年
**二十歳**〔名〕二十歲
**二十重**〔名〕二十重，二十層，數重，許多層
　十重二十重（十層二十層、許多層）
**二十折り**〔名〕〔印〕二十開（書、本、紙）
**二十面体**〔名〕〔數〕二十面體
**二重**〔名〕兩層，雙層，雙重（=二重）、重複（=重複）
　二重の苦しみ（雙重痛苦）
　二重に包む（包上兩層）
　二重の目的に適う考えだ（這是符合兩種目的的想法）適う叶う敵う
　其は二重の役を為る（那個起雙重作用）役役
　物が二重に見える（看成雙影）

二重ガラス窓（夾層玻璃窗）
二重壁（雙層牆、夾層牆）
仕事が二重に為る（工作重複）
二重に記入する（重複寫入）
其では二重の手数だ（那樣的話手續就重複了）
二重人格（〔心〕雙重人格）
二重写し（〔攝〕重複曝光、〔電影〕重疊攝影＝オーバーラップ）
二重生活（兼有西式和日本式兩種生活方式、同時具有職業風俗習慣等截然不同的兩種生活、家庭成員兩地生活）
二重回し（男用和服外套＝鳶）
二重式火山（〔地〕雙火山）
二重交叉（〔植〕雙交換）
二重母音（〔語〕雙元音、複合元音）
二重売り（把已訂出售契約並收了貨款的貨物重又出售給他人）
二重否定（〔語法〕雙重否定、否定之否定-表示肯定）
二重底（兩層底）
二重取り（佯裝不知貨款已收而重複收款）
二重刷り（〔印〕印重-指同一頁上不慎印了兩次）
二重価格（對同一商品制定兩種價格）
二重国籍（雙重國籍）
二重苦（雙重痛苦）
二重奏（〔樂〕雙重奏＝デュエット）
二重星（〔天〕雙星）
二重秤量法（換秤法）
二重唱（〔樂〕雙重唱＝デュエット）
二重窓（雙層窗）
二重寄生（〔動〕二重寄生）
二重結合（〔化〕雙鍵）
二重結婚（重婚）
二重蓋（雙層蓋）

二重構造（〔經〕雙重結構-現代化部門與非現代化部門同時並存的狀態、大企業和中小企業同時並存的經濟結構）
二重撮り（〔攝〕重複曝光）
二重橋（上下兩層的雙層橋、日本皇宮前的二重橋）
二重積分（〔數〕二重積分）
二重顎（雙下巴）
二重織り（雙面織物）
二重露出（〔攝〕兩次曝光＝二重露光）
二重露光（〔攝〕兩次曝光）
二重システム（〔計〕雙套系統、雙工通信制）

**二重**〔名〕雙重、雙層、雙折
二重に為っている箱（雙層的盒子）
二重瞼（雙眼皮）
二重顎（雙下巴）
二重に折る（雙折）
布団を二重に畳む（把被子疊成兩折）
二重腰（老人彎腰）

**二十四気**〔名〕二十四節氣
**二十四孝**〔名〕（中國古代的）二十四孝
**二十四面体**〔名〕〔數〕二十四面體
**二十四金**〔名〕純金、二十四開金
**二十四時間**〔名〕二十四小時、一晝夜
二十四時間勤務（二十四小時連續工作）
二十四時間制（二十四小時制）

**二十日**〔名〕二十日

**二十日**〔名〕二十日、二十天
七月二十日（七月二十日）
二十日掛かります（需要二十天）
二十日間休む（休息二十天）
二十日恵比寿、二十日恵比須、二十日夷、二十日戎（每年陰曆十月二十日商人祭祀財神的活動）
二十日草（〔植〕牡丹的別名）

二十日大根（小蘿蔔、水蘿蔔-原產歐洲種後二十日可食故名）

二十日鼠（〔動〕小家鼠-玩賞或實驗用）

二十八宿〔名〕〔天〕二十八宿

二乘〔名〕〔佛〕二乘、大乘和小乘

〔名、他サ〕〔數〕自乘（=自乘、二乘）

二乘根（自乘根、平方根）

二乘、自乘〔名、他サ〕自乘、平方

五の自乘は二十五（五的平方是二十五）

自乘冪（自乘冪、二次冪）

自乘根（平方根、二次根）

二疊紀〔名〕〔地〕二疊紀

二焦点〔名〕雙焦點

二焦点眼鏡（雙光眼鏡）

二焦点レンズ（雙焦點透鏡）

二色〔名〕二色、雙色

二色性（二色性）

二色版（〔印〕二色版）

二色〔名〕兩種顏色、兩種，兩類

二食〔名〕兩頓飯的量、一天吃兩頓飯（=二食）

二食主義（兩餐主義）

二食〔名〕〔舊〕一天吃兩頓飯（=二食）

私は二食だ（我一天吃兩頓飯）

二心，弍心、弐心〔名〕二心，不忠實，叛逆之心（=弍心、二心）、疑心

弍心を抱く（懷二心）

二心、弍心〔名〕二心、不忠實

二心を抱く（懷二心）抱く抱く

二心無き事を誓う（誓無二心、保證忠誠）

二伸〔名〕（書信用語）又啟、又及、附及、再啟（=追伸）

二神〔名〕〔神〕二神（指伊弉諾和伊弉冉）

二信〔名〕〔電〕雙工

二信電信（雙工電報）

二進〔名、自サ〕〔棒球〕進到二壘

二進法〔名〕二進位制

二進も三進も〔連語〕（來自珠算用語、下接否定語）一籌莫展貌、寸步難行貌、進退維谷貌、陷入困境貌（=如何にも斯うにも）

二進も三進も行かない（一籌莫展、寸步難行、進退維谷、陷入困境、毫無辦法）

難関にぶつかって二進も三進も行かなくなった（碰到難關一籌莫展）

彼は借金で二進も三進も行かない状態だ（他因負債陷入了困境）

二審〔名〕〔法〕第二審

二陣〔名〕〔軍〕二線兵力，第二梯隊，（代表團等的）第二批

二親等〔名〕〔法〕二等親、隔代直系親屬（如祖父母和孫子）、同代非直系親屬（如自己或妻的兄弟姊妹）

二親、両親〔名〕雙親、父母←→片親

二親が居ない（父母不在世）

二親が揃っている（父母雙全）

二水〔名〕（漢字部首）冫部

二数花〔名〕〔植〕二基數花、二基數花卉植物

二世〔名〕〔佛〕今世與來世、今生與來生

二世の契り（偕老之盟）

二世を契る（結為夫婦）

二世〔名〕二世、第二代（多指生在美國取得美國公民權的日本移民）。〔俗〕小孩，兒子

ジョージ二世（喬治二世）

エリザベス二世（伊莉莎白二世）

ハワイの日本人二世、三世は迚も多い（在夏威夷的第二代第三代日本人很多）

最近二世が生まれた（最近生了小孩）

最近二世が生まれた然うだね（聽說你最近得了個兒子）

二選〔名、自サ〕（選舉等）二次當選、再次當選（=再選）

二層〔名〕二層、雙層

二層街路（雙層路面街道）

二足〔名〕二足，兩隻腳、鳥類的別稱、（鞋襪等）兩雙

二足動物（二足動物）
二足歩行（兩條腿走路）
二足の靴（兩雙鞋）
二足の草鞋を穿く（一身兼任互不兩立的兩種職業-如賭徒兼捕吏、互相矛盾）

**二の足**〔名〕第二步
二の足を踏む（躊躇、猶豫不全）
此の急流にはどんなに泳ぎが達者でも二の足を踏む事だろう（這樣的急流即便是甚麼樣的游泳好手也將怯步不前）

**二足三文、二束三文**〔名〕一文不值、不值錢、很便宜
二足三文の品（不值錢的東西）
古本を二足三文で売った（把舊書很便宜地賣掉了）古本古本
彼は二足三文で買っては高く売る（他廉價買進高價賣出）

**二大**〔造語〕二大
二大政党（兩大政黨）

**二代**〔名〕〔方〕後嗣，嗣子、兩代、兩個世代、皇帝統治的兩代
明治大正の二代に亘って（經過明治大正兩代）亘る渡る

**二段**〔名〕二段、第二段
二段ベット（雙層床）
二段抜き（報紙等兩欄通欄的標題）
二段構え（第二步措施、第二手準備）

**二段活用**〔名〕〔語法〕二段活用（文語動詞活用形之一、包括上二段及下二段）

**二段目**〔名〕（分成數段的淨瑠璃等的）第二章、（文章等）第二段。〔相撲〕排在名次表上第二段的名次（＝幕下）

**二端子回路**〔名〕〔理〕二端網絡

**二着**〔名〕（賽跑的）亞軍、第二名、第二位
マラソンで二着に為る（在馬拉松賽跑中跑第二）

**二直角**〔名〕〔數〕平角

**二天門**〔名〕（有毘沙門天和持国天二神像的）寺院中門

**二兔**〔名〕兩兔
二兔を追う者は一兔も得ず（追兩兔者不得一兔、〔喻〕兩頭落空）

**二途**〔名〕二途、殊途、兩條路、兩種作法
言文二途に分かれる（言文殊途）
議論が二途に分かれて纏まらない（爭論分成兩種意見統一不起來）

**二度**〔名、副〕兩次、再次
二度の優勝（再次獲勝）
壁を二度塗る（把牆塗抹兩次）
二度吃驚する（又嚇了一跳）
二度と無い機会（再也沒有的機會）
東京での二度目の春（住在東京的第二個春天）
もう二度と言わない（再也不說了）
二度有る事は三度有る（事物是再三反復的、有了兩次就會有三次）
二度手間（二遍工夫、兩道手續）
二度目（第二次）
彼の結婚は二度目だ（他是再婚）
此処へ来るのは此れが二度目だ（這是第二次到這兒來）
彼は二度目に旨く行った（他第二次成功了）
二度目に行ったら留守でした（第二次去他沒在家）
二度芋（〔植〕馬鈴薯）
二度と再び（〔下接否定〕再）
二度と再び行かない（再也不去）
二度と再びは来ないチャンス（再也得不到的機會）
此の様な間違いは二度と再び致しません（我再也不做這樣的錯事）
二度咲き（一年開兩次花的植物＝返り咲き）
二度音程（〔樂〕第二度音程、低音部）
二度添い（續弦、繼室＝後添い、後妻）
二度の勤め（藝妓等重操舊業、一度作廢的東西又拿出來使用）

## 儿

**二度、再び**〔副〕再、又、重、再一次
　二度と再びこんな事は為るな（下次可不許再做這種事啦！）
　彼は再び本を読み始めた（他又開始看書了）
　彼は再び元の工場へ戻って働く事に為った（他又回到以前的工廠工作了）
　再び御会いする迄（等到下次再見、下次再會）
　再び同じ過ちを犯す（重犯同樣錯誤）
　再び遣って来た（捲土重來）

**二刀**〔名〕雙刀
　二刀使い（使雙刀的人）

**二刀流**〔名〕使雙刀的流派。〔俗〕既好吃點心又好喝酒，既好甜的又好辣的（人）

**二等**〔名〕二等，二級、第二名，第二位、二等親（=二等親）
　二等品（二等品）
　二等水兵（二等水兵）
　二等船室（二等艙）
　二等で旅行する（坐二等車旅行）
　二等賞（二等獎）
　二等分（二等分、平分）
　二等星（〔天〕二等光度星）
　二等兵（二等兵）
　二等親（二等親=二親等）
　二等辺三角形（〔數〕等腰三角形）

**二頭筋**〔名〕〔解〕二頭肌
**二頭股筋**〔名〕〔解〕股二頭肌
**二頭歯**〔名〕〔解〕兩尖齒、前臼齒
**二頭立て、二頭立**〔名〕雙駕馬車、二馬拉車
**二頭膊筋**〔名〕〔解〕肱二頭肌
**二筒機関**〔名〕雙氣缸式發動機
**二糖類**〔名〕〔化〕二糖
**二無し、似無し**〔形ク〕〔古〕無二、無比（=二つと無い）
**二年**〔名〕二年
　二年生（二年級學生、〔植〕二年生）
　二年生植物（二年生植物）
　二年草（二年生草本植物）
　二年草本（二年生草本植物）

**二念**〔名〕別的念頭（=余念）
**二の腕**〔名〕上膊、上半截胳膊
**二の替わり、二の替り**〔名〕〔劇〕（歌舞伎在每年十一月演完介紹新演員的戲後）正月演的新戲、每月第二次換了節目演的戲
　二の替わり狂言（正月演的新戲的節目）

**二の句**〔名〕第二句話下一句話
　二の句が継げない（〔因驚嚇等〕說不出第二句話來、無言以對）告げる継げる接げる注げる

**二の膳**〔名〕〔烹〕（日本正式宴會在每人一份主菜以外添配的）第二份副菜
　二の膳付きの御馳走（有第二份副菜的菜餚）

**二の酉**〔名〕十一月第二個酉日（的集市）（=酉の市）

**二の舞**〔名〕重複、反復（他人的失敗）
　二の舞を演じる（重演、重蹈覆轍）
　二の舞を踏む（重演、重蹈覆轍）
　人の二の舞を演じない様に気を付け為さい（注意別重蹈他人的覆轍）
　兄の失敗の二の舞を演ずる（重蹈哥哥失敗的覆轍）

**二の丸**〔名〕外城、外郭←→本丸

**二の矢**〔名〕第二支箭、第二步對策，下一步措施
　二の矢を番える（搭上第二支箭）
　二の矢が継げない（下一步措施跟不上）

**二杯酢**〔名〕〔烹〕醬油合醋（的調味料）

**二倍**〔名〕二倍
　二倍の大きさ（兩倍大）
　二倍も気を付ける（加倍注意）
　月給は以前の二倍だ（月薪是以前的兩倍）

**二倍体**〔名〕〔生〕二倍體（含二組染色體的細胞）

**二番**〔名〕第二、二次、二等、二次抵押（=二番抵当）
　彼は二番で卒業した（他畢業時名列第二）

彼がAに次いで二番に為った（他繼A後成為第二名）

三番の内二番勝つ（三次當中獲勝兩次）

二番目物（能樂的第二個節目=修羅物、歌舞伎的第二個節目=世話物）

二番作（〔農〕第二次收割）

二番抵当（〔法〕同一抵押品的二次抵押）

二番鶏（天亮前第二次雞叫）

二番煎じ（藥茶等煎第二次、〔轉〕重演，翻版）

二番煎じの御茶なので味が薄い（是沏了兩回的茶所以味淡）

去年の二番煎じでは御客の興味を引かない（重演去年舊節目叫不動座）

此の案は前案の二番煎じだ（這個方案是前一個方案的翻版）

二番館（二輪電影院=セカンド、ラン second round）

二飛〔名〕〔棒球〕擊到二壘前面的騰空球

二百十日〔名〕（從立春算起）第二百一十天（約在九月一日左右、常有颱風農家視為厄日）

二百十日は無事に過ぎた（第二百一十日安全度過了）

二百二十日〔名〕（從立春算起）第二百二十天（約在九月十一日左右、常有颱風農家視為厄日）

二拍子〔名〕〔樂〕二拍子（進行曲拍-如二分之二拍、四分之二拍等）

二部〔名〕兩部、兩冊、兩份、第二部（指大學的夜校或舊制高校理科）

此の小説は二部に分かれている（這小說分為兩部）

書類は二部作成の事（文件做成兩份）

此の辞書を二部下さい（請給我兩冊這部辭典）

二部の学生（夜校學生）

二部曲（〔樂〕二部曲）

二部合奏（〔樂〕高低音二部合奏）

二部合唱（〔樂〕高低音二部合唱）

二部作（由上下兩部組成的作品）

二部制（學校的二部制、工廠的兩班制）

二部教授（學校的二部制=學生分成上下午上課）

二部授業（學校的二部制=二部教授）

二幅対〔名〕雙幅（書畫）

二幅相称〔名〕〔動〕兩幅對稱

二幅、二布〔名〕〔縫紉〕雙幅寬（把兩條單幅布縫成雙幅的寬度）、婦女的貼身圍腰布（內裙）（=腰卷）

二腹筋〔名〕〔解〕二腹肌

二分〔名,他サ〕二分、分成兩部分

天下を二分する（二分天下、平分天下）

二分の一（二分之一）

二分音符〔名〕〔樂〕二樂）二分音符、半音符

二分金〔名〕二分金（江戶時代的金幣-約含金0.75克）

二分裂〔名〕〔生〕二分裂、二分體

二変色性〔名〕〔動〕二色變異

二変量〔名〕〔數〕雙變量

二本差し、二本差〔名〕〔俗〕腰佩雙刀（的武士）、〔相撲〕兩手插入對方腋下的著數（=両差し）

二本立て〔名〕同時進行兩件事情、一場上映兩部影片

二本立て興行（一場上映兩部影片）

二本立ての映画を見に行った（我去看了一場上映兩部影片的電影）

二本棒〔名〕〔俗〕腰佩雙刀的武士（=二本差）、流鼻涕的孩子、〔諧〕怕老婆的人

二本巻き〔名〕〔電〕雙線繞法、雙股線圈

二本溝化粧〔名〕〔建〕雙槽板

二枚〔名〕兩枚、兩張、兩片、兩幅、兩扇、兩塊、兩片、兩折

紙を二枚下さい（請給兩張紙）

二枚戸（兩扇對開的門）

二枚屏風（兩扇的屏風）

二枚続きタオル towel（兩條連在一起的手巾）

毛布を二枚に折る（把毯子疊成兩折）

二枚に開く（把魚沿著脊骨切成兩片）

儿

に まいお に まいおち
二枚落ち、二枚落〔名〕（象棋）讓飛車和角行兩個棋子進行比賽

に まいがい
二枚貝〔名〕〔動〕雙殼貝←→巻貝

に まいげ に まいげり
二枚蹴り、二枚蹴〔名〕〔相撲〕從腿的外側將對方踢倒

に まいじた
二枚舌〔名〕撒謊、一口二舌、說話前後矛盾

　　に まいじた　　つか
　　二枚舌を使う（撒謊、一口二舌、說話前後矛盾）

に まいめ
二枚目〔名〕（歌舞伎）扮演美男子的演員，
　　　　　　　　た やく　　　　　　　　　　　やさおとこ
小生（=立ち役）、〔俗〕美男子（=優男）、〔相
　　まえしら　　じゅうりょう　　まくした
撲〕前頭，十両，幕下等級別中的第二位力士

　　に まいめ　　やく　　や
　　二枚目の役を遣る（扮演美男子的角色）

　　に まいめ　　き
　　二枚目が来た（美男子來了）

に めいてがた
二名手形〔名〕雙名票據

に めいほう
二名法〔名〕〔生〕雙名法

に めん
二面〔名〕兩面、報紙的第二版

　　に めんせい
　　二面性（兩面性）

　　に めんきじ
　　二面記事（第二版的新聞）

　　に めんせいさく
　　二面政策（兩面政策）

　　に めんは
　　二面派（兩面派）

に めんかく
二面角〔名〕〔數〕二面角

に もうさく
二毛作〔名〕一年收成兩次（=二期作）←→一毛作、
たもうさく
多毛作

　　ここ　　に もうさく　　ちく
　　此処は二毛作の地区だ（這裡是一年收穫兩次的地區）

　　なんぶ　　　　に もうさく　　かのう
　　南部では二毛作が可能だ（南部一年可兩熟）

に よう
二葉〔名〕雙葉

　　に よう　　しょくぶつ
　　二葉の植物（雙葉植物）

　　に ようそうきょくめん
　　二葉双曲面（〔數〕雙葉雙曲面）

　　に ようちょうかいきょう
　　二葉跳開橋（開合橋）

ふたば、ふたば
二葉、双葉〔名〕〔植〕子葉（最初生出的兩片嫩葉）、（事物的）開端、萌芽、（人的）幼年

　　ふたば　　うち　　た
　　二葉の内に絶つ（消滅於萌芽狀態、防患
　　　　た た た た た た た た
　　於未然）絶つ断つ立つ経つ建つ発つ裁つ

　　ふたば　　ころ　　そだ　　あ
　　二葉の頃から育て上がる（從幼小扶養成人）

せんだん　　ふたば　　　　かんば
栴檀は二葉より芳し（偉大人物從小就與眾不同）

に よう
二様〔名〕二種、二類

　　に よう　　い み
　　二様の意味（二種意思）

　　こ　　ところ　　に よう　　かいしゃく で き
　　此の所は二様に解釈出来る（這個地方可以做二種解釋）

　　それ　　に よう　　や
　　其は二様に遣れる（那可以有兩種做法）

に らんせいそうし
二卵性双子〔名〕〔動〕二卵雙生

に らんせいそうせいじ
二卵性双生児〔名〕〔醫〕雙卵雙胎兒

に りつはいはん　　　　　　　　　　dilemma dilemma
二律背反〔名〕〔邏〕二律背反（=ディレンマ、ジレンマ）

に りゅう　　　　　　　　　　　　　　　　　　　いちりゅう　さんりゅう
二流〔名〕二流，二等←→一流、三流、兩個流派

　　に りゅうさんりゅうどころ　　しゅっぱんや
　　二流三流所の出版屋（二三流的出版商）

　　さんりゅうさっか
　　三流作家（二流作家）

に りゅうかたんそ
二硫化炭素〔名〕〔化〕二硫化碳

に りょうたい
二量体〔名〕〔化〕二聚物

に りん
二輪〔名〕兩輪（車）、兩朵（花）

　　に りんざ
　　二輪咲き（雙朵花）

に りんしゃ
二輪車〔名〕二輪車（自行車、摩托車等）

に りんそう
二輪草〔名〕〔植〕鵝掌草

に るい　　　　　　　　　　　　second base
二塁〔名〕〔棒球〕二壘（=セカンドベース）、二壘
　　　　に るいしゅ
手（=二塁手）

　　に るいしゅ
　　二塁手（〔棒球〕二壘手）

　　に るいだ
　　二塁打（〔棒球〕二壘安打）

に れつ
二列〔名〕二列、二排、二行

　　に れつじゅうたい
　　二列縦隊（二列縦隊）

　　に れつおうたい
　　二列横隊（二列横隊）

　　に れつ　　なら
　　二列に並ぶ（排成二行）

　　に れつ　　な　　　　すす
　　二列に為って進む（排成二列前進）

に れつ
二裂〔名〕〔植〕二裂、雙裂

　　に れつは
　　二裂葉（雙裂葉）

に れん　　　　crank
二連クランク〔名〕〔機〕雙聯曲柄

に れんしき
二連式〔名〕〔機〕雙聯式

に れんじゅう
二連銃〔名〕雙筒槍（=二連発）

に れんぱつ
二連発〔名〕雙筒槍（=二連銃）

**二六時中**（にろくじちゅう）〔名〕（來自古時晝夜各分六個時辰、新的說法為四六時中）整天、晝夜、日夜、終日（＝一晝夜（いっちゅうや）、一日中（いちにちじゅう）、終日（しゅうじつ））

二六時中子供の事を心配する（整天為孩子操心）

**二八**（にっぱち）〔名〕〔俗〕（商業、戲劇等不景氣的）二八月、二八月的淡季

**二黑**（じこく）〔名〕〔天〕土星（九星之一）

**二女、次女**（じじょ）〔名〕次女、第二個女兒

**二男、次男**（じなん）〔名〕次子、二兒子←→長男（ちょうなん）、三男（さんなん）

二男坊（じなんぼう）（次子）

**二合半、小半ら、小半**（こなから、こなから）〔名〕二合半、四分之一升

小半ら入り（こなからいり）（盛二合半的容器）

小半ら酒（こなからざけ）（二合半酒、少量的酒）

**二**（ふ）〔名〕（只用於數數時）二（＝二（ふう）、二つ（ふた））

一、二、三（ひ、ふ、み）（一二三）

**二**（ふう）〔名〕（只用於數數時）二（＝二（ふ）、二つ（ふた））

一、二、三（ひい、ふう、みい）（一二三）

**二**（ふた）〔造語〕二、雙

二親、両親（ふたおや、りょうおや）（雙親）

二間（ふたま）（兩個房間）

二七日（ふたなぬか）（人死後二七-第十四天）

**二藍**（ふたあい）〔名〕染色名（染紅花之上再疊染藍色、表裡用二藍疊染）（＝二重（ふたえ）、二つ色（ふたついろ））

**二從兄弟、二從姊妹**（ふたいとこ）〔名〕（父母的堂或表兄弟姊妹所生的兒子或女兒）從堂兄弟、從堂姐妹、從表兄弟、從表姊妹（＝又從兄弟（またいとこ）、又從姉妹（またいとこ））

**二皮目、二皮眼**（ふたかわめ）〔名〕雙眼皮（＝二重瞼（ふたえまぶた））

**二桁**（ふたけた）〔名〕兩位（數字）

二桁の数（ふたけたのかず）（兩位數）數数（かずすう）

**二子、双子**（ふたこ）〔名〕（線的）兩股（＝二子糸（ふたこいと））、（用兩股線織的）平紋棉布（＝二子織り（ふたこおり））

二子の縄（ふたこのなわ）（兩股繩）

**二子、双生兒**（ふたご）〔名〕雙胞胎

彼等二人は二子の兄弟です（かれらふたりはふたごのきょうだいです）（他們倆是雙胞胎兄弟）

二子を生んだ（ふたごをうんだ）（生了雙胞胎）

**二子機関**（ふたごきかん）（雙引擎）

**二子フロート**（ふたごfloat）（〔建〕雙層抹灰）

**二筋**（ふたすじ）〔名〕兩條

**二筋道**（ふたすじみち）〔名〕岔路、兩條道、（不同的）兩個方面

彼は其を為す可きか如何かの二筋道に迷った（かれはそれをなすべきかいかんかのふたすじみちにまよった）（他對該不該做那件事感到不知如何是好）

色と欲との二筋道（いろとよくとのふたすじみち）（色和慾兩方面）

**二つ**（ふた）〔名〕兩個、兩歲、兩方、第二

二つに切る（ふたつにきる）（切成兩個）

西瓜を二つに切る（すいかをふたつにきる）（西瓜切成兩半）

林檎を二つ食べた（りんごをふたつたべた）（吃了兩個蘋果）

蜜柑を二つ宛取り為さい（みかんをふたつずつとりなさい）（每個人拿兩個橘子吧！）

紙を二つに折る（かみをふたつにおる）（把紙對摺起來）

此れは世に二つと無い宝石です（これはよにふたつとないほうせきです）（這是舉世無雙的寶石）

二つと無い命だから大切に為よう（ふたつとないいのちだからたいせつにしよう）（生命不會再有要好好珍惜吧！）

世界に二つと無い（せかいにふたつとない）（世界上唯一的）

二つの男の子（ふたつのおとこのこ）（兩歲的男孩）

此の子は今年二つです（このこはことしふたつです）（這孩子今年兩歲）

弟は今年二つに為る（おとうとはことしふたつになる）（弟弟今年兩歲了）

私には二つ違いの妹が居る（わたしにはふたつちがいのいもうとがいる）（我有比我小兩歲的妹妹）

二つ共良く出来た（ふたつともよくできた）（雙方都做得好）

意見が二つに分かれる（いけんがふたつにわかれる）（意見分成了兩方）

新旧二つの制度は天地の差が有る（しんきゅうふたつのせいどはてんちのさがある）（新舊兩種制度有天地之差）

一つには祖国の為、二つには人民の為（ひとつにはそこくのため、ふたつにはじんみんのため）（第一是為國家第二是為人民）

一つには正直、二つには勇気（ひとつにはしょうじき、ふたつにはゆうき）（第一要誠實第二要勇敢）

二つと無し（ふたつとなし）（唯一、獨一無二、無與倫比）

二つに一つ（ふたつにひとつ）（二者取一）

儿

死か降服が二つに一つ（死或投降二者取一）

さあ金を渡すか命を寄越すか、二つに一つだ（要錢還是要命兩條路由你挑）

二つ山（平分、對半分）

二つ走く（有兩條路、二者並存）

**二つ置き**〔名〕每隔兩個

二つ置きに並べる（每隔兩個擺上）

**二つ折り**〔名〕對折，對開、〔植〕（葉）對折

二つ折りに為る（疊成對折）

二つ折り本（對開本）

二つ折り判（對開紙）

**二つ乍ら、双つ乍ら**〔副〕雙方都

二つ乍ら欠陥の無い立派な物だ（兩個都是完整無缺的東西）

二つ乍ら良く出来た（雙方都做得很好）

**二つ成り**〔名〕〔植〕一枝結兩果

**二つ返事**〔名〕立即同意、馬上答應←→生返事

二つ返事で承諾する（馬上答應）

二つ返事で引き受ける（立即接受）

**二つ繭**〔名〕二蛹蠶

**二つ目**〔名〕第二個（＝二番目）、（歌舞伎）第二幕（名演員不出場）、（日本落語中在壓軸演員真打前出場的）二等演員

**二目**〔名〕再看、第二次看

二目と見られない（不堪再睹、目不忍睹）

二目と見られない悲惨な光景（令人目不忍睹的悲慘景象）

彼の女の顔は二目とは見られない（那女人的臉醜得不堪再睹）

二目と見られない姿に為った（變成了令人目不忍睹的樣子）

**二つ割り**〔名〕一分為二，分成兩份、裝兩斗酒的酒桶（四斗酒桶的一半）

**二手**〔名〕兩手、兩路、兩個方面

二手に別れて進撃する（分兩路進攻）

**二手類**〔名〕〔動〕二手類

**二通り**〔名〕兩種、兩類

書類を正副二通り作る（把文件製成正副兩式）

二通りに解釈が出来る（可以做兩種解釋）

**二七日、二七日**〔名〕二七日（人死後第十四天）

二七日を済ませた（辦完了二七的法事）

**二晩**〔名〕兩個晚上、兩個夜晚

二晩続いて仕事を為た（連續工作了兩個夜晚）

**二股**〔名〕兩股，兩岔。〔轉〕三心兩意，搖擺不定，腳踏兩條船

電気の二股（電的叉端）

道路が二股に為る（路分兩股）

尾が二股に分かれる（尾分兩岔）

我我は道が二股に分かれている所へ出た（我們來到了道路的岔口）

二股大根（分岔蘿蔔）

二股を掛けてしくじる（腳踏兩條船而失敗）

**二股膏薬**〔連語〕騎牆派、兩面派、機會主意者

二股膏薬を遣る（耍兩面派）

彼は二股膏薬だ（他是個騎牆派）

**二道**〔名〕岔路，歧路。〔喻〕徬徨歧路，腳踏兩條船，兩者不能兼顧

義理と人情の二道に絡まる（在義理與人情兩者之間進退維谷）

色と欲との二道（徘徊於女色和慾望之間）

**二役**〔名〕兩個角色、兩個職務

二役を勤める（身兼二職、演兩個角色）

**二人**〔名〕兩個人、一對（夫妻情侶等）

二人と無い勇士（舉世無雙的勇士）

兄弟は二人共医者だ（兄弟倆都是醫師）

二人で分ける（兩個人分）

二人で乗る（兩個人一起騎一匹馬、兩個人乘一輛車）

弟が二人居る（有兩個弟弟）

二人は互いに助け合い、学び合った（兩個人互相幫助互相學習）

此れは二人だけの話に為て於いて下さい（這話只在你我之間、請別告訴別人）

二人目の子供（第二個孩子）

御二人（夫妻倆）

御二人の幸福を御祈り致します（祝你們兩位的幸福）

**二人静**〔名〕〔植〕及己、四葉對

**二人連れ**〔名〕二人同伴、兩人一伙

若い二人連れの観光客（兩個年輕的旅遊客人）

二人連れで出掛ける（兩個人一起出去）

彼は丸で欲と二人連れだ（他貪得無厭）

**二人前**〔名〕兩個人份

一人が二人前の仕事を為る（一個人做兩個人的工作）

二人前の食事を注文する（訂兩份飯）

**二人三脚**〔名〕（比賽、遊戲）二人三足

**二人称**〔名〕〔語法〕第二人稱

**二日**〔名〕兩天、（每月的）初二，二號

二日分（兩天份）

二日分の食糧（兩天份的糧食）

二日分の仕事を一日で為る（一天做兩天的工作）

二日置きに（每隔兩天）

着いてから二日目に（在到達以後第二天）

一週間と二日（一個星期又二天）

来月二日に会議が有る（下個月初二有個會議）

二日月（陰曆八月二日的月亮）

**二日酔い、宿酔**〔名、自サ〕宿醉

余り飲み過ぎると二日酔いしますよ（喝太多了會宿醉）

宴会の翌朝は誰も彼も二日酔いだった（宴會第二天早上大家都宿醉未醒）

二日酔いの頭痛を起こす（引起宿醉頭痛）

# 弐（貳）（ㄦˋ）

**弐、貳**〔名、漢造〕貳（二的大寫多用於表示金額）、叛離。〔古〕太宰府的次官

**弐心，二心，弐心**〔名〕二心，不忠實，叛逆之心（=弐心、二心）、疑心

弐心を抱く（懷二心）

**弐心、二心**〔名〕二心、不忠實

二心を抱く（懷二心）抱く抱く

二心無き事を誓う（誓無二心、保證忠誠）

ㄦ

# 和字イ部

## イ

### 俤
**俤、面影** 〔名〕（在心中浮現的）面貌，面影，模樣。（舊時的）跡象、影像、面貌

顔に幼い時の俤が有る（臉上還有小時候的模樣）

彼の俤は未だ目に見える様だ（他的面影仿彿還在眼前）

弟には父親の俤が有る（弟弟長得酷似父親）

彼の俤は僕に取り付いて忘れられない（她的模樣深深印在我的腦海不能忘記）

昔の俤を一欠片も見出す事が出来ない（看不出原來的一點影子）

彼の色艶は未だ青春の俤を留めている（他的面色還留有青春的跡象）

城は昔の俤を留めていない（城堡已面目全非）

彼には学究の俤が有る（他保持著學究的風貌）

昔の俤更に無し（已無當年跡象、面目全非）

倅、忰、悴

### 倅、忰、悴
**倅、忰、悴** 〔名〕〔俗〕（對人謙稱自己的兒子）小犬，小孩子、（對他人的兒子，晚輩的蔑稱）小子，小傢伙。〔謔〕（自己的）陽物

此が私の倅です（這是我的兒子）

彼のひょろ長い男が社長の倅か（那個細高的人是總經理的小子嗎？）

### 偖
**偖、扨、扠** 〔副〕一旦，果真（=其の時に為って）

〔接〕（用於結束前面的話，並轉入新的話題）那麼，卻說，且說（=所で）

（用於表示接著前面的話繼續談下去）然後，於是，那麼，就這樣（=其処で、そして）

〔感〕（用於要採取某種動作時的自問，猶豫或勸誘）呀，那麼，那可（=さあ）

偖机に向かうと、勉強する気は無くなった（〔本想用功但〕一旦坐在桌子前又不想用功了）

会い度いと思っていながら、偖会って見ると話が無い（本想見一面但果真見了面又沒有話可談）

偖と為ると、遣る気が失せる（真到要幹的時候又不想幹了）

偖此で御暇致します（那麼我這就要告辭了）

此は良いと為て、偖次は…（這個就算行了那麼下一個呢？）

偖話変って（那麼轉變一下話題、那麼談談另外的事）

偖、話を元に戻して（戻すと）（〔那麼〕言歸正傳）

鍋に水を入れます、偖其処で其の鍋を火に掛けて十五分位熱します（鍋裡放進水然後把鍋坐在火上燒十五分鐘左右）

偖、如何したら良いでしょう（呀！這可怎麼辦好呢？）

偖、此には困った（呀！這可不好辦了）

偖、そろそろ帰ろうか（那麼現在就回去吧！）

偖、何れから手を付けようか（那麼可從哪一個著手呢？）

**偖又、扨又** 〔接〕另外還，再者（=其れから又、其の上に又）

偖又次の様な場合が有るかも知れない（另外也許還會發生如下的情況）

偖又此処に一つ御願いが有ります（另外這裡還有一件事情請您幫忙）

## どう

### 働
**働** 〔漢造〕（日造漢字）勞動、工作

労働（勞動，工作，體力勞動、勞動力，工人）

実働、実動（實際勞動，實際工作，實際運轉，實際操作）

自働電話、自動電話（自動電話）

**働く**〔自五〕勞動，做工、工作、起作用、（人體器官，精神等）活動、做（壞事）、〔語法〕〔語尾〕變化，活用

朝から晩迄働く（從早到晚勞動）
汗水を垂らして（矻矻と）働く（辛勤勞動）
せっせと働く（拼命幹活）
夜の目も惜しんで働く（日夜工作）
自分で働いて食う（自食其力）
彼はもう年を取って働けない（他已年邁不能工作）
兄は会社で働いている（哥哥在公司工作）
工場で働き乍夜学に通う（邊在工廠工作邊上夜校）
物を前に進める力が働く（推動物體前進的力發生作用）
引力が働く（引力發生作用）
反対の力が働く（相反方向的力發生作用）
頭が良く働く（腦子靈）
理性が働き、喧嘩を止める（理性控制了感情停止吵架）
悪事を働く（做壞事）
強盗を働き、刑務所に入れられる（當強盗被投入監獄）
掏摸を働いて、巡査に捕まる（當扒手被警察逮住）
働かざる者食う可からず（不勞者不得食）
五段に働く動詞（五段活用動詞）

**働き**〔名〕勞動，工作、作用、效用、功勞，功績，功能，機能，才幹，能力，任務，作用

働きに出る（去工作）
一日の働きを終える（做完一天的工作）
働きが過ぎる（工作過度、過勞）
立派な働きを為る（起很好的作用）
薬の働き（藥的作用、藥效）
引力の働きで、林檎は地に落ちた（由於引力的作用蘋果掉在地上了）
抜群の働き（卓越的功績）
此は全く彼の働きだ（這完全是他的功勞）
彼は立派な働きを残して死んだ（他留下偉大的功績死去了）
働きを認めて支店長に抜擢する（承認有功勞提昇為支店長）
心臓の働き（心臟的功能）
頭の働きが鈍い（頭腦遲鈍）
胃腸の働きが悪い（胃腸機能不佳）
彼は何の働きも無い（他什麼本領也沒有）
働きの有る人（有才能的人）
働きの無い男（不能自立的人）
副詞の働きを為る言葉（起副詞作用的詞彙）
社長が留守の間、副社長が其の働きを為る（社長不在時由副社長代行其職務）

**働き、活き**〔名〕〔語法〕〔語尾〕變化，活用

動詞の働きを調べる（查動詞的詞尾變化）
動詞の働きは大きく分けて三つ有る（動詞的詞尾變化大體上分三種）

**働き蟻**〔名〕〔動〕工蟻

**働き掛ける**〔自、他下一〕推動，發動，對…做工作、開始工作

当局に働き掛けて賄を改善する（推動當局改善伙食）
先方に働き掛けて事を円満に解決する（給對方做工作使事情圓滿解決）
大衆に働き掛ける（發動大家）
平和を働き掛ける（促進和平）
合併を働き掛ける（促進〔推動〕合併）

**働き掛け**〔名〕推動力、影響

外部からの働き掛けが有る（有來自外部的影響）

**働き口**〔名〕職業、工作（崗位）

働き口を捜す（找工作、求職）
働き口を見付ける（找到工作〔職業〕）
働き口が無い（沒有工作、失業）

**働き盛り**〔名〕壯年時期、精力充沛（勞動力強）的時期
　男の四十と言えば働き盛りですよ（要說男人四十歲可正是精力充沛的時候）

**働き手**〔名〕幹活的人，勞動能手，能幹的人、負擔家庭生活的人，維持一家生計的人
　彼は名うての働き手だ（他是個赫赫有名的勞動能手）
　会社で評判の働き手だ（公司裡有名的能幹的人）
　働き手の息子が急死する（維持一家生計的兒子突然死去）
　戦争で働き手を失う（由於戰爭喪失了家庭支柱）

**働き蜂**〔名〕〔動〕工蜂

**働き振り**〔名〕勞動態度，工作時的表現、勞動能力，才幹
　立派な働き振りを示す（工作表現得很出色）

**働き者**〔名〕勞動能手、能幹的人、有本領的人、善於處理問題的人

**働かす**〔他五〕使勞動、使動作、開動（＝働かせる）
　子供を工場で働かす（叫孩子到工廠去做工）
　機械を働かす（開動機器）
　頭を働かす（開動腦筋）
　手足を十分に働かす（充分活動手腳）
　想像力を働かす（發揮想像力）

# 儚

**儚い、果敢無い、果無い**〔形〕短暫，（變幻）無常、虛幻，不可靠、可憐，悲慘
　人の一生は儚い物だ（人的一生是短暫〔無常〕的）
　儚くも忘れ去られる（轉眼被忘掉）
　儚い望みを抱く（抱著幻想）
　儚い夢に終る（落得一場夢幻）
　儚い最期を遂げる（死得可憐）
　儚い運命（悲慘的命運）

**儚さ**〔名〕短暫、虛幻、無常
　人の世の儚さ（人生的虛幻〔無常、短暫〕）
　人の世の儚さは朝露の如し（人生短暫如朝露）

**儚む、果無む**〔他五〕（感到）虛幻、無常
　世を儚む（厭世）
　世を儚んで自殺する（人生短暫如朝露）

# 和字几部

## 凧

凧〔名〕風箏（＝凧、紙鳶）

　凧を揚げる（放風箏）
　凧の糸を手繰る（拉風箏線）
　凧の糸を繰り出す（撒放風箏線）
　凧を降ろす（拉下風箏）

蛸、鮹、章魚〔名〕〔動〕章魚、夯，搗槌

　蛸目玉（又圓又大的眼睛）
　蛸で付く（打夯）
　蛸の共食い（同類相殘）

胝、胼胝〔名〕胼胝、繭皮

　ペン胝（右手中指因握筆起的繭皮）
　足に胝が出来た（腳上長繭）
　其の話は耳に胝が出来る程聞いた（這些話我已經聽膩了）
　もう沢山、耳に胝が出来然うだ（夠了我的耳朵快聽出繭來了）

凧、紙鳶〔名〕（關西方言）（來自形似〔烏賊〕）
風箏（＝凧）

凧、紙鳶〔名〕（關西方言）（僅用於詩歌）
風箏（＝凧）

　糸切れて雲にも成らず凧（風箏斷了線也成不了雲彩）

## 凩

凩、木枯らし，木枯し〔名〕（秋末冬初的）寒風、秋風

　凩が吹く（刮寒風）
　凩が山から吹き降ろす（寒風由山上刮下來）

## 凪

凪ぐ〔自五〕變得風平浪靜

　海が凪いで来た（海上平靜了）和ぐ 薙ぐ

　昼頃に為ると風が急に凪いで仕舞った（到了午間風突然平息了）

凪〔名〕風平浪靜、無風無浪←→時化

　大凪（風平浪靜）
　小凪（海風平靜）
　朝凪（早晨海上風平浪靜）
　夕凪（傍晚海上風平浪靜）
　凪に会う（遇上風平浪靜的日子）
　凪に為った（風浪平息了）
　凪は暴風雨の前兆だ（海上平靜是暴風雨的前兆）

几

## 和字ン部

### 冴（さえ）

**冴え、冱え**〔名〕（光線的）清澈，（顏色的）鮮明，（聲音的）清脆、（手腕，頭腦等的）明敏，敏銳，精巧，純熟

頭の冴え（頭腦的敏銳）

腕の冴えを見せる（顯示本領的純熟）

**冴える**〔自下一〕寒冷，冷峭、清澈、鮮明、清爽、清醒、清晰、敏銳、精巧、純熟

冴えた夜（寒涼的夜晚）

冬の夜は深深と冴える（冬天的夜晚冷峭逼人）

冴えた月（清澈的月光）

冴えた星空（清澈的星空）

冴えた色（鮮明的顏色）

冴えない色（暗淡的顏色）

冴えた音色（清脆的聲音）

雨で紅葉が一段と冴える（雨後紅葉顯得更加鮮艷）

目が冴える（眼睛清醒睡不著）

目が冴えて眠れない（眼睛睜得亮亮地睡不著）

良く寝たので頭が冴えている（因為睡得好頭腦清醒）

気分が冴えない（心情不清爽）

顔色が冴えない（面色黯淡）

冴えた腕（熟練的本領）

頭の冴えた人（頭腦清晰的人）

腕の冴えた労働者（技術高超的工人）

冴えない（洩氣、懊喪、喪氣、意氣消沉）

今日は冴えない（今天真洩氣）

Aは先約が有ると言うし、Bは留守だし、冴えないなあ（找甲說已有約會找乙又不在家真喪氣）

**冴え返る**〔自五〕（〔冴える〕的加強說法）（非常）清澈、皎潔、寒澈、清醒、敏銳、純熟、餘寒料峭

冴え返る冬の夜（分外寒澈的夜晚）

月の冴え返る夜空（明月皎潔的夜空）

冴え返る作者の目（作者極其敏銳的眼力）

彼の腕は冴え返っている（他的技術爐火純青）

余寒の冴え返った晩（餘寒料峭的夜晚）

**冴え冴え、冱え冱え**〔副、自サ〕分外清澈、分外明敏

冴え冴え（と）為た顔付き（分外明朗的神情）

彼女の冴え冴えと為た黒い瞳（她的水靈靈的黑眼珠）

**冴え渡る**〔自五〕冷澈、清澈、響徹

冴え渡った月（清澈皎潔的月亮）

バイオリンの音が場内に冴え渡る（小提琴的聲音響徹全場）

昨夜の月は冴え渡っていた（昨晚月光如水）

# 和字勹部

## 匁
**匁、文目**〔名〕（舊時日本重量單位）〔貫〕的千分之一（3、75公克）、（舊時日本貨幣單位）〔一兩〕的六十分之一

## 匂
**匂う**〔自五〕有香味，散發香味，發出芳香（=香る，薫る，馨る）。〔雅〕（顏色）顯得鮮豔（美麗）。〔喻〕隱約發出，使人感到似乎…

　梅の花が匂う（梅花發出芳香）臭う

　此の花は良く匂いますね（這花真香呀！）

　匂う許りの美貌（閉花羞月之貌）

　朝日に匂う山桜（旭日映照得非常鮮豔的野櫻花）

　婚約したんでしょう。隠してもぷんぷん匂うわ（〔女〕訂婚了吧！你瞞也瞞不住啊！）

　段段匂って来た、もう少し良く調べよう（漸漸有點意思了再好好調查一下吧！）

**臭う**〔自五〕發臭、有臭味

　溝川が臭う（髒水溝發出臭味）匂う（有香味，散發香味、顯得鮮豔、隱約發出）

　君、酒を飲んだろう、ぷんぷん臭うぜ（你喝酒了吧？臭味沖鼻子）

　ストーブのガスが臭う（爐子發出煤氣味）

**匂わす**〔他五〕發香味、透露，暗示（=仄めかす）

　香水を匂わした晴れ着の女（散發香水味的盛裝女人）

　採用が内定した事を匂わす（透露出已內定錄取的口氣）

**匂わせる**〔他下一〕發香味、透露，暗示（=匂わす）

**匂い、匂**〔名〕香味，香氣，芳香（=香り，薫り，馨り）、氣息、色彩、風格、情趣（=趣、気韻）、漂亮的光澤，（狹義指）日本刀刃上隱約可見的煙狀花紋

　匂い袋（香袋、香囊）

　匂いの良い花（香花）

　香水の匂いを嗅ぐ（聞香水的香味）

　匂いに敏感な人（嗅覺靈敏的人）

　花が良い匂いを放った（花發出香味）

　匂いが抜けた（走了味）

　生活の匂い（生活的氣息）

　夏の匂い（夏天的氣息）

　人間の匂い（人的氣息）

　文学的匂いの為る表現（富有文學風格的表現）

　此の本には多少無政府主義の匂いが有る（這書有點無政府主義的色彩）

　其の詞には何処と無く古風な匂いが有る（那詞有些陳舊的味道）

**臭い、臭**〔名〕臭味（=臭気）。〔喻〕（做壞事的）樣子，味道，跡象

　嫌な臭い（臭味）匂い、匂（香味，香氣，芳香、氣息、色彩、風格、情趣）

　腐った魚の臭いが為る（有爛魚味）

　ガスの臭いが為る（有煤氣味）

　彼の息は酒の臭いが為る（他的呼吸有酒氣味）

　悪い臭いの為る雑草（散發臭味的雜草）

　犯罪の臭い（有犯罪的跡象）

　不正の臭い（做壞事的跡象）

**匂い油**〔名〕髮油（=香油）

**匂い紫羅欄花**〔名〕〔植〕桂竹香（油菜科二年生草）

**匂い紙**〔名〕（婦女化妝用的）香紙、（用於選擇香水的）蘸上香水的紙條

**匂い零れる**〔自下一〕飄香，香氣飄逸、光輝燦爛

**匂い菖蒲**〔名〕〔植〕香菖、白菖蒲

**匂い菫**〔名〕〔植〕香菫菜

**匂い玉**〔名〕球形香袋

**匂い付け**〔名〕（芭蕉派俳句中）使上下句餘韻連貫的一種連句接續法

**匂い檜葉**〔名〕〔植〕美國側柏、金鐘柏

**匂い袋、匂袋**〔名〕香袋、香囊、香荷包

**匂いやか、匂やか**〔形動〕香馥馥（的）、艷麗（的）

　匂いやかな花畑（芳香的花圃）

　匂いやかな美少女（閉月羞花的少女）

# 和字口部

## 叺 かます

**叺** かます〔名〕（裝鹽，炭，大米等的）草包，草袋

肥料を叺に入れる（把肥料裝進草袋裡）噛ます 鰤 梭魚

大豆を二叺買う（買兩草包大豆）

## 呟 げん

**呟く** つぶやく〔自五〕（獨自）嘟噥、發牢騷

彼は独りで呟いている（他一個人在嘟嘟噥噥）

ぶつぶつ呟く（嘟嘟噥噥、嘮嘮叨叨）

**呟き** つぶやき〔名〕嘟噥、嘟噥的語聲

訳の分らぬ呟きを漏らす（流露出莫名其妙的嘟噥聲〔怨言〕）

## 唄 ばい

**唄、歌** うた〔名〕（用三弦伴奏的日本形式的）謠曲、流行歌謠、民間小調

**唄う、歌う、謠う、謳う** うたう〔他五〕唱、賦詩、詠歌、（常寫作謳う）謳歌，歌頌，列舉，強調，堅決主張

歌を歌う（唱歌）

小さな声な歌う（低聲唱）

ピアノに合わせて歌う（和著鋼琴唱）

歌ったり踊ったりする（載歌載舞）

林の中で鳥が歌う（鳥在林中唱歌）

梅を歌った詩（詠梅詩）

英雄と謳われる（被譽為英雄）

令名を謳われる（負盛名、有口皆碑）

効能を歌う（開陳功效）

自己の立場を歌う（強調自己的立場）

其れは憲法にも謳っている（那一點在憲法中也有明文規定）

## 啀 がい

**啀む** いがむ〔自五〕互相仇視、互相咆嘯（=啀む合う）

**啀み合う** いがみあう〔自五〕互相仇視、互相咆嘯（=憎み合う）←→睦び合う

親子が啀み合う（父子反目）啀む 歪む歪む

犬が啀み合っている（狗在咬架）

**啀み合い** いがみあい〔名〕互相仇視、爭吵、不和

啀み合いが絶えない（經常爭吵）

彼は始終啀み合いを為ている（他們總是爭吵不休）

## 喰 そん

**喰う、食う** くう〔他五〕吃（較粗俗平常多用〝食べる〞）、生活、咬、刺，叮，需要，使用，耗費，消耗，侵占，併吞，遭受，蒙受，打敗，取勝，叮住，夾住，磨腳，歲數大，年齡高，遭受拒絕，受騙，上當

飯を食う（吃飯）

昨夜から何も食っていない（從昨天晚上什麼也沒吃）

何食わぬ顔（假裝不知，若無其事的樣子）

如何にも食って行けない（怎麼也生活不下去）

昨夜蚤に食われた（昨晚被跳蚤咬了）

此の自動車はガソリンを食う（這輛汽車費油）

小さい店は皆大きい会社に食われた（小商店都被大公司併吞了）

他人の縄張りを食う（侵占別人的地盤）

人を食った遣り方（目中無人的作法）

大目玉を食う（大遭申斥）

横綱を食う（打敗相撲的冠軍）

草鞋が足を食って痛い（草鞋把腳磨痛了）

可也年を食った男（年齡相當大的男人）

玄関払いを食う（吃閉門羹、被拒絕會面）

一杯食った（食わされた）（上了大當）

其の手は食わぬ（不上那個當）

食うか食われるかの戦い（殊死的戰爭你死我活的鬥爭）

食うや食わずの生活（非常貧困的生活）

**喰らう、食らう**〔他五〕〔俗〕吃，喝、挨，蒙受、生活，度日

飯を食らう（吃飯）

大酒を食らう（喝大酒）

御目玉を食らう（受申斥）

びんたを食らう（挨耳光）

遊んで食らう（遊手好閒）

## 嘸

**嘸**〔副〕想必、諒必、一定是（一般不寫漢字、用於對他人的境遇、心情等的同感、下接推量語氣詞）

嘸寒かろう（想必冷吧！）

嘸御腹が空いたでしょう（您一定餓了吧！）

嘸御心配でしょう（想必您一定很擔心）

嘸御力落しでしょう（想必您一定很灰心）

御両親は嘸御喜びに為る事でしょう（您的父母一定很高興吧！）

**嘸かし**〔副〕（〔嘸〕的加強語氣的說法，〔かし〕是加強語氣的文語終助詞）想必、一定是

嘸かし辛かったでしょう（您一定是很難過的）

嘸かし寂しかったでしょう（一定很寂寞吧！）

御心中は嘸かし御苦しい事でしょう（您心裡想必是很痛苦的）

嘸かし御喜びでしょう（你一定很高興吧！）

子供達は嘸かし寒い思いを為ているだろう（孩子們一定覺得冷吧！）

**嘸や**〔副〕〔古〕（〔嘸〕的加強語氣的說法，〔や〕是感嘆助詞）想必、一定是

嘸や御心配の事と存じます（我想你一定很擔心）

## 噺

**噺、話、咄**〔名〕故事、單口相聲

子供に桃太郎の噺を聞かせる（給孩子講桃太郎的故事）

長い長い噺（很長的故事）

昔話（故事）

寄席に噺を聞きに行く（到曲藝廳去聽單口向聲）

**話**〔名〕話、說話，講話、談話、話題、商量，商議，商談，傳說，傳言，故事、事情，道理、（也寫作咄或噺）單口相聲（=落語）

こそこそ話（竊竊私語）

一人話独り話（自言自語）

話上手（會說話、健談）

話下手（不會說話、不健談）

詰まらない話（無聊的話）

話を為る（講話、說話、講故事）

話を為ては行けない（不許說話）

話が旨い（能說善道、健談）

彼は話が旨い（他能說會道）

話が角張る（說話生硬、說話帶稜角）

話が空転する丈（只是空談）

何卒話を続けて下さい（請您說下去吧！）

話の仲間入りを為る（加入談話）

話半分と為ても（即使說的一半可信）

此処丈の話だが（這話可是說到哪算到哪）

御話中（正在談話、電話佔線）

御話中失礼ですが（我來打擾一下）

話が尽きない（話說不完）

話を逸らす（把話岔開、離開話題）

話で紛らす（用話岔開、用話搪塞過去）

話が合わぬ（話不投機、談不攏）

話が出来る（談得來、談得攏、談得投機）

話の種に為る（成為話柄）

話の接ぎ穂が無くなる（話銜接不下去）

話を変える（變換話題）

其の話はもう止めて！（別提那話了！）

話を元に戻して（話歸本題）

話が又元に戻る（話又說回來）

話は現代の社会制度に及んだ（話談到了當代的社會制度）

食事の話と言えば（で思い出したが）何時に御昼を召し上がりますか（提起吃飯〔我倒想起來了〕你幾點吃午飯？）

話が前後する（語無倫次、前言不搭後語）

話の後先が合わない（前言不搭後語）

話に乗る（參與商談）

話が成立する（談妥了）

話が纏まった（談妥了、達成協議）

双方の話が纏まった（雙方談妥了）

話が付いた（談妥了、達成協議＝話が決まった）

話を付ける（談妥了、達成協議＝話が付いた、話が纏まった）

早く話を付けよう（趕快商定吧！）

話は其処迄は運んでいない（談判尚未進展到那裏）

一寸話が有るのだが、今晩都合は如何ですか（有點事和你商量，今晚有時間嗎？）

耳寄りな話（好消息）

皆の話では彼は中中学者らしい（據人們說，他似乎是個很了不起的學者）

彼は結婚したと言う話だ（聽說他結婚了）

彼の人は去年死んだと言う話だ（聽說他去年死了）

話の後（下文）

話の種（話題、話柄）

話の場（語言環境）

昔話（故事）

御伽噺、御伽話（寓言故事）

真に迫った話（逼真的故事）

身の上話（經歷）

虎狩りの話（獵虎記）

面白い話を聞く（聽有趣的故事）

子供に話を為て聞かせる（說故事給孩子聽）

良く有る話さ（常有的事）

馬鹿げた話（無聊的事情）

彼は全く話の分らぬ男だ（他是個不懂道理的人）

案外話が分る人だ（想不到是個懂道理的人）

話が別だ（另外一回事）

其は別の話です（是另外一回事、那又另當別論）

旨い話は無いかね（有沒有好事情？有沒有賺錢的事情？）

寄席に話を聞きに行く（到曲藝場去聽單口相聲）

話が弾む（談得非常起勁、聊得起勁）

話に為らない（不像話、不成體統）

話に花が咲く（越談越熱烈）

話に実が入る（越談越起勁了）

話を変わる（改變話題）

話を切り出す（說出、講出）

話を掛ける（跟…打招呼）

話を句切る（把話打住、說到這裡）

話を遮る（打斷話）

話を続ける（繼續說下去）

話を引き出す（引出話題、套話、拿話套）

**噺家、咄家**〔名〕說書的藝人、說單口相聲的藝人

# 嚊

**嚊、嬶**〔名〕〔俗〕妻、老婆←→宿六

嚊の尻の下に敷かれている（怕老婆、懼內、受老婆的氣）

家の嚊はだらしが無い（我老婆邋遢）

**嚊天下、嬶天下**〔名〕老婆當家、老婆掌權←→亭主関白

彼の家は嚊天下だ（那家是老婆當家）

彼の家は嚊天下だ（他家是老婆說了算）

# 囃

**囃す**〔他五〕（為戲曲等）伴奏、（通過拍手叫喊等）打拍子、齊聲歡呼（喝采）、大聲哄笑（嘲笑）

笛や太鼓で囃す（吹笛敲鼓伴奏）

皆で手を打って囃す（大家拍手打拍子）

どっと囃し立てる（眾人齊聲喝采）

皆に囃されて泣き出した（被大家哄哭了）

**囃し立てる**〔他下一〕敲鑼打鼓（用笛子和鼓吹吹打打地伴奏）

**囃子、囃**〔名〕（〔能樂〕〔歌舞伎〕等的）伴奏，場面（由笛，鼓，三弦等組成）、（〔能樂〕〔歌舞伎〕等的）伴奏者、在能樂表演中某一場面不裝扮就演出

祭り囃子が聞こえて来る（聽見祭神的敲鼓聲）

**囃子方**〔名〕（〔能樂〕〔歌舞伎〕等的）伴奏者、擔任場面的人

**囃子詞、囃子言葉**〔名〕歌謠中為諧韻而用的虛詞

**囃子物**〔名〕（〔能樂〕〔歌舞伎〕等）伴奏用的樂器

# 和字土部

## 堀

**掘る**〔他五〕挖、刨、挖掘
　溝を掘る（挖溝）　掘る彫る放る
　芋を掘る（挖白薯）
　石炭を掘る（挖媒）
　庭に池を掘る（在庭院裡挖池塘）
　前足で穴を掘る（用前足挖洞）
　自ら墓穴を掘る（自掘墳墓）

**堀、濠、壕**〔名〕護城河、溝，渠
　皇居の御堀（皇宮的護城河）
　城に堀を巡らす（在城的四周挖城壕）
　堀を掘る（挖溝）
　川と川とを堀で連絡させる（用水渠把兩條河溝通起來）

**堀江**〔名〕小運河、溝渠

**堀端**〔名〕渠旁、護城河畔
　堀端を散歩する（在護城河畔散步）

## 塀

**塀、屏**〔名〕圍牆，院牆、牆壁、柵欄、板牆
　土塀（土牆）
　板塀（板牆）
　煉瓦塀（磚牆）
　塀伝いに行く（沿著牆走）
　塀を立てる（砌牆）
　塀を巡らす（圍上圍牆）
　塀が風で倒れる（牆被風颳倒）
　塀の穴から中を覗く（從木板牆洞窺視裡面）
　塀越しに見る（隔著牆看）

**垣**〔名〕籬笆，柵欄。〔轉〕隔閡，界限
　生垣（樹籬笆）
　竹垣（竹籬笆）
　垣を結う（編籬笆）
　垣を巡らす（圍上籬笆〔柵欄〕）廻らす回らす
　垣を廻らした庭（圍著籬笆的院子）
　二人の間に垣が出来た（二人之間發生了隔閡）
　親しい仲にも垣を為よ（親密也要有個界限〔分寸〕）
　垣堅くして犬入らず（家庭和睦外人無隙可乘）
　垣に鬩ぐ（兄弟鬩牆）
　垣に耳（隔牆有耳）

## 和字女部

### 嬶
かかあ

**嬶、嚊**〔名〕〔俗〕妻、老婆←→宿六

　嬶の尻の下に敷かれている（怕老婆、懼内、受老婆的氣）

　家の嬶はだらしが無い（我老婆邋遢）

**嬶天下、嚊天下**〔名〕老婆當家、老婆掌權←→亭主関白

　彼の家は嬶天下だ（那家是老婆當家）

　彼の家は嬶天下だ（他家是老婆說了算）

女

## 和字宀部

宀

**宍、肉**〔名〕〔古〕（獸類的）肉、野豬肉、鹿肉
**猪**〔名〕野豬（＝猪）
**鹿**〔名〕〔古〕鹿（＝鹿）（鹿為鹿和鹿的總稱）
　鹿の角を揉む（耽溺於賭博－因骰子是用鹿角做的）鹿肉豬獸
　鹿の角を蜂の刺した程（蜜蜂螫鹿角毫無反應、絲毫不感痛癢）
**尿**〔名〕〔兒〕尿、小便（＝しっこ）
**獸**〔名〕〔古〕獸，野獸、為食用而獵獲的野獸（常指野豬和鹿）、獵獸（＝獸狩）
　獸狩（獵獸）獸肉鹿猪尿
　獸食った報い（自食惡果、自作自受－因伊勢神宮忌豬鹿）
**獅子**〔名〕〔動〕獅子（＝ライオン）、獅子舞（＝獅子舞）、獅子頭假面（＝獅子頭）
　獅子身中の虫（內奸、心腹之患、害群之馬）
　獅子に鰭（如虎生翼）猪宍肉尿鹿
　獅子に牡丹（相得益彰）
　獅子の子落し（置自己兒子於艱苦環境中進行考驗）
　獅子の齒噛（氣勢洶洶）
　獅子の分け前（強者侵吞弱者的果實）

## 和字山部

### 岨
**岨、岨**〔名〕懸崖、絕壁
　山の岨を攀じ登る（攀登山的絕壁）

**岨伝い**〔連語〕沿著懸崖絕壁（而行）
　岨伝いに行く崖の道（沿著絕壁的懸崖上的道路）

**岨道**〔名〕險峻的山路、懸崖上難行的山路

### 峠
**峠**〔名〕山頂，山巔、頂點，絕頂、關鍵、危險期，危機，難關
　峠の茶屋（山頂的茶館）
　彼も今が峠だ（現在是他的全盛時期）
　此の仕事を峠を越した（這工作最困難的部分已過去了）
　暑さ峠を越した（最熱的時候過去了）
　病状も峠を越した（病情已經過了危險期）
　此の二十四時間が峠でしょう（從現在起這二十四小時是危險期）

# 和字 忄 部

## 忄

### 悴、倅

**悴（せがれ），悴（せがれ）、倅（せがれ），倅（せがれ）**〔名〕〔俗〕（對人謙稱自己的兒子）小犬，小孩子、（對他人的兒子，晚輩的蔑稱）小子，小傢伙。〔諢〕（自己的）陽物，陰莖

此(これ)が私(わたし)の倅(せがれ)です（這是我的兒子）

彼のひょろ長(なが)い男(おとこ)が社長(しゃちょう)の倅(せがれ)か（那個細高的人是總經理的小子嗎？）

彼(あ)の煙草(たばこ)を吸(す)っているのが彼(かれ)の悴(せがれ)か（那個吸煙的傢伙就是他小子嗎？）

**悴容（すいよう）、衰容（すいよう）**〔名〕衰容、憔悴的面容（=窶(やつ)れた顔立(かおだ)ち）

### 悋

**悋気（りんき）**〔名、自サ〕嫉妒心、吃醋（=焼餅(やきもち)）

悋気(りんき)が激(はげ)しい（嫉妒心強）妬(ねた)む

悋気(りんき)を起(おこ)す（生嫉妒心、吃醋）

### 慳

**慳貪（けんどん）**〔名、形動〕貪婪，吝嗇、冷酷無情，刻薄冷酷（=突慳貪(つっけんどん)）

慳貪(けんどん)に燃(も)える眼(め)（貪婪的眼光）

慳貪屋(けんどんや)（貪婪吝嗇的人）

**突慳貪（つっけんどん）、突っ慳貪（つっけんどん）**〔形動〕（態度，言語等）粗暴，簡慢，冷淡，不和藹（=無愛想(ぶあいそ)、思(おも)い遣(や)りが無(な)い、刺刺(とげとげ)している）

突慳貪(つっけんどん)な返事(へんじ)（簡慢的回答）

突慳貪(つっけんどん)に接待(あしら)う（冷淡對待）

突慳貪(つっけんどん)な口(くち)の聞(き)き方(かた)（說話刺耳）

突慳貪(つっけんどん)な挨拶(あいさつ)（冷淡的寒暄）

そんなに突慳貪(つっけんどん)に言(い)わなくても好(よ)い（說話何必那麼粗暴）

## 和字 扌部

### 扢

**扢、偖、扠**〔副〕一旦，果真（＝其の時に為って）

〔接〕（用於結束前面的話，並轉入新的話題）那麼，卻說，且說（＝所で）

（用於表示接著前面的話繼續談下去）然後，於是，那麼，就這樣（＝其処で、そして）

〔感〕（用於要採取某種動作時的自問，猶豫或勸誘）呀，那麼，那可）（＝さあ）

扢机に向かうと、勉強する気は無くなった（〔本想用功但〕一旦坐在桌子前又不想用功了）

会い度いと思っていながら、扢会って見ると話が無い（本想見一面但果真見了面又沒有話可談）

扢と為ると、遣る気が失せる（真到要幹的時候又不想幹了）

扢此で御暇致します（那麼我這就要告辭了）

此は良いと為て、偖次は…（這個就算行了那麼下一個呢？）

扢話変って（那麼轉變一下話題、那麼談談另外的事）

扢、話を元に戻して（戻すと）（〔那麼〕言歸正傳）

鍋に水を入れます、扢其処で其の鍋を火に掛けて十五分位熱します（鍋裡放進水然後把鍋坐在火上燒十五分鐘左右）

扢、如何したら良いでしょう（呀！這可怎麼辦好呢？）

扢、此には困った（呀！這可不好辦了）

扢、そろそろ帰ろうか（那麼現在就回去吧！）

扢、何れから手を付けようか（那麼可從哪一個著手呢？）

**扢置く、扢措く**〔他五〕暫且不管，暫且不提，姑且不說，暫放一邊，不用說，慢說

遠い昔の事は扢置き…（遠的暫且不說）

冗談は扢置き、本題に入ろう（先別開玩笑談談正題吧！）

余談は扢置き、本題に戻ります（閒話休題言歸正傳）

彼の事は扢置いて、君は一体如何するんだ（他怎麼樣且不必說你到底打算怎麼辦？）

彼は日本語は扢置き、独逸語も出来る（他別說日語德語也會）

贅沢は扢置いて、食うにも困っている（慢說奢侈連吃飯都成問題）

朝起きたら何は扢置き其れを為為さい（早晨起來首先要做那件事）

何は扢置き時間を守らなければならない（首先必須遵守時間）

**扢又、偖又**〔接〕另外還，再者（＝其れから又、其の上に又）

扢又次の様な場合が有るかも知れない（另外也許還會發生如下的情況）

扢又此処に一つ御願いが有ります（另外這裡還有一件事情請您幫忙）

**扢は**〔接〕還有、並且還、最後還、再加上

〔感〕那麼一定是、原來是、這樣說來、看起來

果物。御菓子、扢はキャンデーと山程食べた（水果點心還有糖果吃了一大堆）

飲む、歌う、扢は踊り出すと言う騒ぎた（鬧得又喝酒又唱歌並且還跳起舞來）

負傷は為る、疲労も為る、扢は腹痛迄起って、死に然うな気が為た（又受傷又疲倦再加上肚子還痛了起來簡直覺得要死了似的）

扢は僕を騙したな（那麼一定是他騙了我啦！）

扢は君だったのだ（原來那是你呀！）

扢は嘘を付いたな（看起來一定是他撒謊了）

**扢も**〔接〕（〔扢〕的強調形式）那麼、那樣

〔感〕〔舊〕真是、哎喲喲

扢も立派な人物じゃのう（真是一個出色的人物）

扢も、扢も、不思議な事だわい（哎喲喲、真是一件怪事）

### 拵える

## す

**拵える**〔他下一〕做、製造、籌款、湊錢、化妝、打扮、捏造、虛構

　料理を拵える（做菜）

　家を拵える（蓋房子）

　包みを拵える（打個包）

　彼に新しい着物を拵えて遣る（給他做新衣服）

　庭を拵える（修建庭園）

　革命の基礎を拵える（打好革命基礎）

　新記録を拵える（創造新記錄）

　五人も子供を拵える（竟生了五個孩子）

　金を拵える（湊錢、賺錢）

　借金を拵える（借款）

　資金を拵える（籌措資金）

　顔を拵える（化妝）

　綺麗に拵えて出掛ける（打扮得漂漂亮亮出門）

　無い事を拵えて言う（無中生有）

　旨く拵えて騙す（煞有介事地騙人）

　話を拵える（捏造謊言）

　其の場を拵える（暫時掩飾〔敷衍、應付〕過去）

**拵え**〔名〕構造、製造、服裝、打扮、化妝、準備、預備

　家の拵えが確りしている（房子的結構很結實）

　拵えが悪くて直ぐに壊れ然うだ（做得不好馬上就要壞的樣子）

　急拵えの家（趕造的房子）

　小奇麗な拵え（滿漂亮的打扮）

　立派な拵えを為た女（盛裝的女人）

　顔の拵え（化妝）

　拵えの上手な女（會化妝的女人）

　彼の役者の拵えは若過ぎる（那演員的化妝顯得太年輕）

　御飯の拵えを為す（準備飯、備餐）

**拵え事**〔名〕捏造的事、虛構的事（＝造り事）

　拵え事は直ぐばれる（捏造的事馬上會露馬腳的）

**拵え立て**〔名〕剛做出來（的）東西

　拵え立てのパン（剛做出來的麵包）

**拵え直し**〔名〕重做、改做

**拵え物**〔名〕偽造品、仿製品（＝模造品）

**拵る**〔他下一〕〔俗〕做、製造（＝拵える）

## ちょく

**捗**

**捗る**〔自五〕（工作、工程等）進展

　仕事が捗る（工作進展）

　工事が中中捗らない（工程遲遲不見進展）

　交渉が一向に捗らない（談判毫無進展）

**捗、果**〔名〕（工作等的）進度、進展

**捗捗しい**〔形〕（下接否定語）（工作）迅速進展，順利進行，如意，順手

　交渉が捗捗しく行かない（談判沒有進展）

　彼の病気は捗捗しくない（他的病勢不佳）

　商売が捗捗しくない（買賣不順當）

## おきて

**掟**

**掟**〔名〕〔舊〕成規、規章、法令、戒律

　国の掟に従って（遵照國法）

　掟を定める（定規章）

　昔からの掟を破る（打破成規）

　神の掟を背く（違背神的戒律）

## りゃく

**擽**

**擽る**〔他五〕（搔腋下、腳心等）使發癢，胳肢，搔癢，逗弄，逗人笑

　子供を擽って笑わす（胳肢小孩叫他笑）

　脇の下を擽られても平気だ（胳肢腋下也不在乎）

　人を擽る（逗弄人）

　心を微妙に擽る（使內心微妙地發癢）

　人の心を擽る様な話（逗人發笑的話）

**くすぐり**〔名〕使發癢，胳肢，搔癢、（曲藝等的）逗笑，逗樂

　くすぐりを入れる（逗哏）

　彼の芝居はくすぐりが多過ぎる（那部戲噱頭太多了）

**くすぐったい**〔形〕發癢，麻癢，害羞，難為情

　足の裏がくすぐったい（腳心發癢）

　くすぐったくて堪らない（麻癢得受不了）

　皆の前で褒められて何だかくすぐったい（在眾人面前受到誇獎感到難為情）

**こそぐる**〔他五〕〔俗〕搔癢、逗笑，逗樂（＝くすぐる）

　子供をこそぐって笑わせる（搔癢小孩使其發笑）

# 和字心部

**惣**(そう)

**惣嫁、総嫁**(そうか、そうか)〔名〕（江戸時代）街頭的妓女、野雞（=辻君(つじぎみ)、夜鷹(よたか)）

**惣菜、総菜**(そうざい、そうざい)〔名〕家常菜、副食

　　御惣菜(おそうざい)（〔家常〕菜）

　　此(これ)は御惣菜(おそうざい)に丁度好(ちょうどよ)い（這正好作菜吃）

　　惣菜料理(そうざいりょうり)（家常菜）

**惣太鰹、宗太鰹**(そうだがつお、そうだがつお)〔名〕（魚）扁舵鰹

**惣領、総領**(そうりょう、そうりょう)〔名〕頭生兒，長男，長女、總管

　　惣領(そうりょう)は女(おんな)だ（頭胎是女兒）

　　惣領息子(そうりょうむすこ)（長子）

　　惣領娘(そうりょうむすめ)（長女）

　　惣領地頭(そうりょうじとう)（莊園總管、總莊頭）

　　惣領(そうりょう)の甚六(じんろく)（傻老大、老大多顢頇）

# 和字木部

## 朸 おうご
**朸**〔名〕扁擔（=天秤棒）

## 杢 もく
**杢糸** もくいと〔名〕雜色絲線

## 杣 そま
**杣**〔名〕（為了採伐木材而）種上樹木的山場（=杣山）、（山場上的）樹木（=杣木）、樵夫，伐木的人（=杣人）

**杣角** そまかく〔建〕（從山上採下來的）大方木、方木料

**杣木** そまぎ〔名〕山上長的樹（作木材用的）、從山上伐下來的木材

**杣小屋** そまごや〔名〕伐木人的窩棚

**杣人** そまびと〔名〕伐木人、樵夫（=樵 きこり）

**杣山** そまやま〔名〕出木材的山、育林山、林地

## 枠 わく
**枠、框**〔名〕框、（書等的）邊線，輪廓。〔建〕鑲板，模子，範圍，界限，框框，圈子

障子の枠（拉窗框）

額の枠（畫框）

硝子を枠を嵌める（把玻璃鑲在框裡）

各ページに枠を付ける（每頁都加上邊線）

黒枠の広告（訃告）

セメントが固まったので枠を外す（混凝土乾了拆掉模子）

他人に枠を嵌める（限制別人）

予算の枠を決める（決定預算的範圍）

狭い枠から抜け出した（走出了狭隘的圈子）

法律の枠を超えた行動（超出法律界線的行動）

古い考え方の枠を打ち破る（破除舊想法的圈子）

枠に嵌った表現（拘泥於框框的表現）

**枠外** わくがい〔名〕框子外、範圍外↔枠内

常用漢字の枠外（超出常用漢字的範圍）

予算の枠外で費用の支出を考える（考慮在預算的範圍外開支費用）

**枠組、枠組み**〔名〕框架，框子的結構。〔轉〕（事物的）結構，輪廓

コンクリートの枠組（製造混凝土構件的框架）

フレームの枠組が出来上がる（框架作出來了）

計画の枠組（計畫的輪廓）

**枠堰** わくぜき〔名〕〔建〕（埋立木樁內積土石的）欄堤壩

**枠内** わくない〔名〕框子裡、範圍内、限度内↔枠外

予算の枠内で遣り繰りする（在預算範圍內設法安排）

**枠張物** わくばりもの〔名〕〔劇〕舞臺布景（鑲在框架内的大道具）

**枠箱** わくばこ〔名〕（包裝用）箱框、箱架

## 枡 しょう
**枡、升**〔名〕（液體、穀物等的）量器，升，斗（木製或金屬製有方形或圓筒形）、（升斗量的）分量（=枡目 ますめ）

（管道連接處的）箱斗、（劇場等正面前方隔成方形的）池座、（沐浴池水用的）水斗，沐斗

一升枡（升）枡斗鱒 ますますます

一斗枡（斗）

五リットル枡（五公升量器）

不正枡（非法的升斗-小於或大於法定標準的升斗）

枡掻き（刮斗用的斗板）

枡で量る（用升斗量）

枡で量る程有る（多得車載斗量）

枡が十分です（（分量足）

枡が足りない（分量不足）

枡で芝居を見る（坐在池座看戲）

**枡売り** ますうり〔名、他サ〕按升賣、用量器賣（如糧穀、酒、醬油等）

**枡落とし、枡落し**〔名〕老鼠強（支起升子大碗等以扣捕老鼠的器具）

木

**枡掻き、枡搔**〔名〕（斗量時刮平斗口的）斗板

**枡形**〔名〕（像升斗似的）四方形、甕城，甕圈。〔建〕斗栱，科拱（=斗）

　**枡形本**（近於正方形的書）

**枡組、斗組**〔名〕（櫥窗、欄杆等的）方格（結構）。〔建〕斗栱

　**枡組棚**（〔公共浴池、游泳池更衣室等處放置衣物的〕方格櫃）

**枡席、升席**〔名〕（劇場、相撲場正面前邊的）池座、前座席位

**枡減り、枡減**〔名〕（由於多次秤量而產生總量不足）掉秤、斗耗（=量り減り）

**枡目、升目**〔名〕升斗量的分量

　枡目はたっぷりだ（分量足）
　枡目は不足だ（分量不足）
　枡目をたっぷりに為る（把分量量足）
　枡目を正確に為る（把分量量準確）
　枡目を盗む（蒙混分量）
　枡目を誤魔化す（蒙混分量）

柊

　**柊**〔名〕〔植〕柊樹、刺葉桂花

柾

**柾**〔名〕直木紋（=柾目）、直木紋的薄木板（=柾目紙）

**柾目、正目**〔名〕直木紋（通過幹心鋸開，木紋筆直的）縱斷面木材←→板目、鋼紋筆直的刀坯

**柾目紙、正目紙**〔名〕（紙紋規整，印彩色畫用的）潔白厚紙、（桐、杉等）直木紋的薄木板（用於貼飾箱櫃錶面）

**柾、正木、杜仲**〔名〕〔植〕大葉黃揚

**柾の葛**〔名〕〔植〕扶芳藤

栂

**栂、栂**〔名〕〔植〕栂、日本鐵杉（松科常綠喬木）

**栂桜**〔名〕松毛翠、日本栂櫻（杜鵑科常綠小灌木）

**栂松**〔名〕日本鐵杉（松科常綠喬木）（=栂）

栃

**栃、橡**〔名〕〔植〕日本七葉樹（=栃の木、橡の木）

**栃の木、橡の木**〔名〕〔植〕日本七葉樹

**栃麵**〔名〕用日本七葉樹籽粉製成的麵條

**栃麵棒**〔名〕擀麵杖、（也寫作栃麵坊）〔俗〕慌張，驚慌，張惶

　栃麵棒を振る（慌張）
　栃麵棒を食う（慌張）
　栃麵棒を踏む（慌張）
　先生に呼ばれて栃麵棒を食った（被老師一叫慌張起來了）

梶

**梶、舵**〔名〕（寫作〔舵〕）舵、（寫作〔梶〕）車把，舵柄（=梶棒）

　舵を誤る（掌錯舵、領錯方向）
　上手舵！（撐上水舵）
　下手舵！（撐下水舵）
　取り舵（理舵左舷）
　舵が良く利く（舵很好使）
　舵が良く利かない（舵不大好使）
　急に反対の舵を取る（忽然把舵轉向相反方向）
　舵子、舵取り（舵手）
　舵を取る（掌舵、〔轉〕操縱，掌握方向）
　一国の舵を取る（掌握一國的政權）

**梶、楫**〔名〕船槳（=櫂）

**梶緒、楫緒**〔名〕舵繩（船上拴舵、槳等的繩）

**梶木、旗魚**〔名〕〔動〕旗魚（=旗魚鮪）

**梶の木**〔名〕〔植〕楮木

**梶棒、舵棒**〔名〕（人力車、手推車等的）車把，舵柄

　梶棒が重い（車把很重）
　梶棒が軽い（車把很輕）

**楫枕**〔名〕（來自〔以槳為枕〕之意）乘船旅行在船上過夜（=船の旅、波枕）

　波の随に行方も知らぬ楫枕（隨波蕩漾不知去向的海上旅行）

## りょう
椋

椋〔名〕〔植〕糙葉樹（=椋の木）。〔動〕白頭翁（=椋鳥）

椋鳥〔名〕〔動〕白頭翁。〔謔〕鄉下佬。〔俗〕（做投機生意容易上當受騙得）外行

　　星椋鳥（歐椋鳥）

椋の木〔名〕〔植〕糙葉樹

椋の葉〔名〕〔植〕糙葉樹的葉子

## たん
椴

椴〔名〕〔植〕冷杉（=椴松）

椴松〔名〕〔植〕冷杉（建築、造紙用）

## さかき
榊

榊〔名〕〔植〕楊桐（山茶科常綠喬木）、（神社院內的）常綠樹的總稱

## てん
槙

槙、真木〔名〕〔植〕羅漢松

槙皮、槙絮〔名〕填絮、麻絮（用於填塞船縫等）

## かしわ
槲

槲、柏〔名〕〔植〕槲樹

## とう
樋

樋〔名〕（安裝在屋簷上引導雨水下流的）導水管、（竹或木製的）導水管

　　雨樋（導雨水管）

　　雨水が樋を伝わって落ちる（雨水通過導水管流下）

　　樋で湯元から温泉を引く（用導水管從溫泉引過來熱水）

樋〔名〕（用竹竿做的）導水管、物體表面上刻的細溝、刀身兩側的細溝（血道）

樋口〔名〕（屋簷下落水管的）洩水口

樋嘴〔名〕〔建〕滴水管

懸樋、筧、筧〔名〕（架在地面上的）引水筒，水管←→埋み樋

　　懸樋で水を引く（用水管引水）

　　懸樋から清水が滴る（清水從引水管裡滴出）

埋み樋〔名〕埋在地下的引水管 暗水管←→懸樋、筧、筧

## みつ
樒

樒、梻〔名〕〔植〕芥草

## かし
樫

樫、櫧、橿〔名〕〔植〕橡樹、槲樹

樫鳥、橿鳥〔名〕〔動〕松鴉、樫鳥（=懸巢）

## きょう
橿

橿、樫、櫧〔名〕〔植〕橡樹、槲樹

橿鳥、樫鳥〔名〕〔動〕松鴉、樫鳥（=懸巢）

木

## 和字毛部

毛

**毟** (むしる)

**毟る、挘る** 〔他五〕揪、拔、薅、撕

　髪の毛を毟る（揪頭髮）

　草を毟る（薅草）

　庭の草を皆毟って仕舞った（把院裡的草拔了個精光）

　魚の肉を毟って子供に食べさせる（把魚肉剔下來給小孩吃）

**毟り取る** 〔他五〕拔掉、薅掉

　草毟り取る（薅草）

　頭の毛を数本を毟り取る（揪下幾根頭髮）

# 和字水（氵）部

## 沢（澤）
たく

沢 〔漢造〕沼澤、濕潤、潤澤、施恩、光澤

　沼沢（沼澤）
　しょうたく

　山沢（山澤）
　さんたく

　潤沢（潤澤，光澤，豐富，充裕、利潤，恩惠）
　じゅんたく

　恩沢（恩澤、恩惠）
　おんたく

　徳沢（德澤、恩澤、恩惠）
　とくたく

　仁沢（仁澤、寬厚、仁慈）
　じんたく

　聖沢（聖澤）
　せいたく

　色沢（色澤）
　いろたく

　光沢（光澤）
　こうたく

　手沢（手澤、手汗，喻某人常用之物或其遺物）
　しゅたく

　手沢本（手澤本、某人生前愛讀的書）
　しゅたくぼん

沢庵、沢庵 〔名〕沢庵鹹菜（以米糠麩加鹽醃製的黃色蘿蔔，17世紀沢庵和尚所創製）（＝沢庵漬け）
たくあん、たくわん

沢山 〔副、形動〕很多，好些，大量（＝数多）、夠了，不再需要，不想再要（＝十分）
たくさん

　御菓子を沢山買った（買了好些點心）

　彼の図書館には好い本が沢山有る然うです（據說那圖書館有很多好書）

　未だ時間が有りますから、急がなくても好いです（時間還充裕可以不必著急）

　何卒沢山召し上がって下さい（請多吃點）

　沢山御買いに為れば割引します（您如果買得多就打折扣）

　午後は沢山の用事が有る（下午有很多事情）

　戦争で沢山の人が死んだ（因戰爭死了很多人）

　然う沢山の人に知られていない（沒有多少人知道）

　六時間も寝れば沢山です（睡六小時就足夠了）

　御飯はもう沢山です（飯已吃夠、很飽了）

　家族三人ですから魚は三匹有れば沢山です（全家三口人有三條魚足夠了）

　其の話はもう沢山だ、聞き度くない（這些話已經聽夠了不想聽了）

　今の地位で沢山です（現在的地位我很滿意）

沢 〔名〕沼澤，濕地、（兩山中間的）淺谷，山谷
さわ

　道に迷って沢に出る（迷了路走到沼澤地）

　此の沢には一日中日が差さない（這山谷整天不見陽光）

沢蟹 〔名〕〔動〕小河蟹
さわがに

沢桔梗 〔名〕〔植〕大種半邊蓮、石龍膽
さわぎきょう

沢胡桃 〔名〕〔植〕水胡桃
さわぐるみ

沢煮 〔名〕〔烹〕味道清淡的湯菜
さわに

　沢煮椀（白肉菜絲湯）
　さわにわん

沢辺 〔名〕澤邊、澤畔
さわべ

沢蘭 〔名〕〔植〕澤蘭
さわらん

沢瀉、野茨菰 〔名〕〔植〕澤瀉、野慈姑
おもだか

## 滝
ろう

滝 〔名〕〔古〕急流（＝早瀨）、瀑布（＝瀑布）
たき

　滝が落ちる（瀑布流下）

　滝を利用して電気を起す（利用瀑布發電）

　其の崖には高さ二十メートルの滝が懸かっている（從那峭壁垂下高達二十米的瀑布）

　汗が滝の様に流れ出た（汗流如注、大汗淋漓）

滝川 〔名〕急流、激流
たきがわ

滝口 〔名〕瀑布開始流下的地方 〔舊〕宮中警衛
たきぐち

滝縞 〔名〕粗細條紋相間的布面花樣（＝縞織）
たきじま

滝つ瀬 〔名〕（〔つ〕是古代相當於〔の〕的助詞）瀑布（＝滝）、急流（＝早瀨）
たきつせ

滝壺 〔名〕瀑布潭
たきつぼ

　滝が飛沫を上げて滝壺に落ち込む（瀑布濺起飛沫向瀑潭落下）

## シ

<sup>たき の</sup>
**滝飲み**〔名、他サ〕（仰面）大口喝酒（或水）、一口氣喝下（=食い飲み）

## れい
## 澪

<sup>みお</sup> <sup>みお</sup> <sup>みお</sup>
**澪、水脈、水尾**〔名〕水路、水道、航道

　　<sup>みお</sup> <sup>ひ</sup>
　　澪を引く（〔船駛過後〕留下航跡）

<sup>みおすじ</sup>
**澪筋**〔名〕水路、水道、航道（=<sup>みお</sup>澪、<sup>みお</sup>水脈、<sup>みお</sup>水尾）

<sup>みおつくし</sup>
**澪標**〔名〕（是〝つ〞文語格助詞等於〝の〞、〝くし〞與串同一語源）航路的木椿標誌

## せい
## 瀞

<sup>とろ</sup> <sup>どろ</sup>
**瀞、瀞**〔名〕河水深靜處

<sup>とろ</sup>
**瀞む**〔自五〕水面寧靜、瞌睡，睡眼矇矓（=とろとろと為る）

## 和字火部

### 燗 らん

**燗**〔名〕燙酒、溫酒
  酒の燗を為る（燙酒、溫酒）
  燗を為て出す（燙熱之後斟酒）
  燗を為て飲む（把酒燙熱喝）
  燗が出来たか（酒燙好了嗎？）
  好い燗だ（酒燙得正好）
  燗を付ける（燙酒）
  燗が冷めた（燙的酒涼了）
  燗が温い（燙的酒半涼不熱）

**燗酒**〔名〕燙的酒、燙熱的酒←→冷酒

**燗冷まし**〔名〕（燙後）放冷的酒
  燗冷ましは不味い（燙後放冷的酒沒有香味）

**燗徳利**〔名〕燙酒的酒壺

**燗鍋**〔名〕燙酒鍋、暖酒用的鍋（銅製，帶嘴，形似扁水壺）

**燗番**〔名〕（常用御燗番）專管燙酒的人

火

# 和字犬（犭）部

## 犼
<sup>ちゅう</sup>

**犼**〔名〕〔動〕哈巴狗

**犼くしゃ**〔名〕〔俗〕（像哈巴狗打噴嚏時的）醜面孔、醜八怪

**犼ころ**〔名〕哈巴狗（＝犼）、小狗

## 貊
<sup>はく</sup>

**貊、高麗**〔名〕〔史〕高麗（朝鮮的古王朝之一、也作為〝朝鮮〞的古稱）、一般作為〝朝鮮〞的稱呼（＝高麗<sup>こうらい</sup>）

**貊犬**〔名〕（神社等殿前或門前擺設的一對石雕或木雕的）獅子狗

## 狢
<sup>かく</sup>

**狢、貉**〔名〕狢（＝穴熊<sup>あなぐま</sup>）、狸（＝狸<sup>たぬき</sup>）

　一つ穴の狢（一丘之貉）

　彼等は一つ穴の狢だ（他們是一丘之貉他們是一路貨色）

**狢**〔名〕狢（＝狢<sup>むじな</sup>、貉<sup>むじな</sup>）

## 獾
<sup>まみ</sup>

**獾**〔名〕獾（＝穴熊<sup>あなぐま</sup>）、狸（＝狸<sup>たぬき</sup>）

## 和字艹（艸）部

### ご
茣

**茣蓙、蓙**〔名〕蓆子

　茣蓙を敷く（鋪蓆子）

### りつ
葎

**葎**〔名〕〔植〕葎草

　葎の門（葎草叢生的荒涼〔貧窮〕之家）
　土竜鼴鼠＝木竜

### ほう
蔀

**蔀**〔名〕（古式建築上遮蔽日光風雨的）帶格子的板窗

　蔀を揚げる（掀開板窗）

**蔀戸**〔名〕（古式建築上遮蔽日光風雨的）帶格子的板窗（＝蔀）

### ざ
蓙

**蓙、茣蓙**〔名〕蓆子

　蓙を敷く（鋪蓆子）

### ろ
蕗

**蕗、苳、款冬、菜蕗**〔名〕〔植〕款冬、蜂斗葉

**蕗の薹**〔名〕〔植〕帶花莖的款冬根莖

### たい
薹

**薹**〔名〕〔植〕薹，梗、過時，全盛時期已過

　蕗の薹（款冬梗）
　薹が立つ（生薹，長梗）
　薹が立って固く為った油菜（長了薹的老油菜）
　彼の役者もそろそろ薹が立って来た（那演員也快要不紅了）
　薹に立つ（由少年成長為青年、〔技藝等〕成熟）

# 和字辻（走）部

## 辷

**辷り**

**辷る、滑る、退る**〔自五〕滑，滑行、滑溜、打滑、〔俗〕不及格，考不中，退位，下台，失言，走筆

　　氷の上を辷る（滑冰）

　　汽車が辷る様に出て行った（火車像滑行一様開出站去）

　　道が辷るから気を付け為さい（路滑請小心）

　　足が辷って転び然うだった（脚一踏滑差一點摔倒了）

　　バナナの皮を踏んで辷った（踩上香蕉皮趾溜了）

　　手が辷って、持っていたコップを落とした（手一滑把拿著的玻璃杯摔落了）

　　試験に辷った（沒考及格）

　　大学を辷った（沒考上大學）

　　委員長を辷った（丟掉了委員長的地位）

　　言葉が辷る（說出不應該說的話）

　　口が辷る（說話走嘴）

　　うっかり神、口が辷って然う言って仕舞った（不留神一走嘴就那麼說了）

　　筆が辷る（走筆、寫出不該寫的事）

　　辷った転んだ（說長道短、雞哩咕嚕發牢騷）

　　辷ったの転んだのと文句を並べる（嘮嘮叨叨地發牢騷）

**辷り、滑り**〔名〕滑、光滑、滑行

　　戸の辷りが悪い（拉門不滑溜）

　　テニスの時、手に砂を付けてラケットの辷りを止める（打網球時手上蹭砂子防止球拍滑動）

　　辷り棒（滑桿）

　　辷り座（〔機〕滑座、滑板、〔賽艇上划手所坐的〕滑動座位）

　　辷り革（〔帽內的〕汗帶）

　　辷り板（滑板）

　　辷り車（〔拉門下的〕滑輪）

　　辷り入る、滑り入る〔自五〕滑入，滑進、溜進

　　辷り込む、滑り込む〔自五〕滑進，溜進、剛剛趕上時間、〔棒球〕（跑壘者）滑進（壘墊）

　　そっと部屋に辷り込む（悄悄溜進屋子）

　　蒲団に辷り込む（鑽進被窩）

　　始業擦れ擦れに辷り込む（在眼看就要上課時趕到）

　　辷り込んでセーフ（安全滑進壘墊）

**辷り止め、滑り止め**〔名〕防滑物（墊在輪胎前後的木石、鋪在階梯上的踏滑物，撒在冰雪上的灰砂）、防止升學考試不中（同時報考另外學校）

　　辷り止めの為て有るタイヤ（防滑輪胎）

　　山田君は辷り止めに有る私大をも受験して置いた（山田為了防止名落孫山同時還報考了一個私立大學）

**辷らす、滑らす**〔他五〕使滑動、使滑溜

　　氷の上に橇を辷らす（在冰上滑雪橇）

　　足を辷らす（脚踩趾滑倒）

　　レールの上を辷らして荷を運ぶ（在鐵軌上滑行運貨）

　　うっかり口を辷らす（不小心說走了嘴）

## 辻

**辻**〔名〕十字路口（=十字路）、路旁，街頭（=道端）

　　辻に立っている（站在十字路口）

　　辻に立って花を売る（站在街頭賣花）

　　辻演説（街頭演說）

　　辻商人（攤販）

**辻商い、辻商**〔名〕街頭攤販

**辻行燈**〔名〕（江戶時代）街頭警衛所前的方座燈

**辻占**〔名〕（來自古時站在街頭，憑來往行人的談話占卜吉凶）問卜的卦籤、吉凶禍福的先兆

　　良い辻占を引いた（抽到吉籤）

　　辻占売り（賣卦籤的）

　　其れは好い辻占だ（那是個吉兆）

　　こりゃ辻占が悪い（這是個不祥之兆）

**辻売り、辻売**〔名〕街頭攤販（=辻商い、辻商）、街頭賣子（者）（一種往昔育兒迷信習俗，把身體纖弱的嬰兒抱到街頭，讓首次或第三次遇到的行人為義父，假裝說賣給了他，求他給起個名字）

**辻駕籠**〔名〕〔古〕街頭攬座的轎子

**辻君**〔名〕（江戶時代）（夜晚在街頭等客的）妓女、野雞（=夜鷹、ストリート、ガール）

**辻斬り、辻斬**〔名〕〔古〕（武士為試驗刀劍銳鈍或武術高低夜間在街頭）試刀殺人（的人）

**辻車**〔名〕〔舊〕街頭攬座的人力車（=流しの人力車）

**辻講釈、辻講釈**〔名〕在路旁說書講古（的人）

**辻強盜**〔名〕路劫
　辻強盜に会う（遇上路劫）

**辻說法**〔名〕街頭講道
　辻說法を為る（進行街頭說法）

**辻談義**〔名〕街頭講道（=辻說法）、在路旁說書講古（的人）（=辻講釈、辻講釈）

**辻褄**〔名〕（"辻""褄"都是縫紉用語意謂縫衣服應上下左右吻合）條理，道理，首尾，前後（=筋道）
　話の辻褄が合わない（前言不搭後語、自己打嘴巴）
　旨く辻褄を合わせて話す（前後好好合攏起來說）
　勘定の辻褄を合わせる（使帳目合攏起來、使帳目能對得上）
　辻褄が合う（有條有理、合乎邏輯）
　辻褄の有った返答（有道理的回答）
　辻褄の合わない言い訳（前後矛盾的辯解）

**辻堂**〔名〕路旁的小佛堂

**辻馬車**〔名〕〔舊〕街頭攬座的馬車

**辻番**〔名〕〔古〕（街頭的）崗哨、（江戶時代）（江戶市內各藩公館街口的）崗哨所（=辻番所）。〔古〕（放在被窩裡的）小暖爐（=辻番火鉢）
　辻番を置く（設崗哨）

**辻番所**〔名〕（江戶時代）（江戶市內各藩公館街口的）崗哨所

**辻番火鉢**〔名〕〔古〕（放在被窩裡的）小暖爐

**辻札**〔名〕路旁告示牌

**辻便所**〔名〕公共廁所

**辻待ち**〔名〕（車夫等）在街頭等候（客人）
　辻待ち車夫（街頭攬座的人力車伕）

**辻店**〔名〕街頭攤販

## こみ

**込む、混む**〔自五〕人多，擁擠、混雜（=込み合う）←→空く透く

（常用〝手が込む〟的形式）費事，費工夫、精緻，精巧，複雜

〔接尾〕（接動詞連用形下）表示進入的意思、表示深入或持續到極限
　劇場が込んでいる（劇場裡觀眾很多）
　電車が込む（電車裡乘客擁擠）
　樹が込み過ぎている（樹太密了）
　彼の辺は家が込んでいる（那一帶房子稠密）
　手の込んだ細工（編物）（精巧的工藝品〔編織品〕）
　滑り込む（滑進去）
　積み込む（裝上）
　飛び込む（跳進、闖進）
　風が吹き込む（風吹入）
　レコードに吹き込む（灌進唱片）
　腕で抱え込む（用手抱在懷裡）
　考え込む（深思）
　黙り込む（默不作聲）
　惚れ込む（看中、戀上）
　信じ込む（深信不疑）
　磨き込む（擦得通亮）

**ずり込む**〔自五〕偷偷（悄悄）溜進，滑進，不知不覺地陷入
　暗闇の中に猫が一匹ずり込んで来た（在黑暗中悄悄地溜進來一隻貓）
　知らず知らずの内に其の連中の仲間にずり込んだ（不知不覺地混進那群人一夥裡了）

**たくし込む**〔他五〕拿回，拉回手中、斂錢，把錢財收集到手中、塞入

着物の裾を帯の下にたくし込む（把下襬塞進衣帶下）

**粧し込む**〔自五〕粉飾、打扮得漂漂亮亮（＝粧す）
粧し込んで出掛ける（打扮得漂漂亮亮出門）
大いに粧し込んでいる（打扮得非常漂亮）

**刷り込む**〔他五〕加印上，印刷進去、用模板印刷
挿絵を刷り込む（加印上插圖）
名刺に勤務先を刷り込む（在名片上印上工作單位）

**擦り込む、擂り込む**〔他五〕擦進去，揉搓進去，研磨進去，研碎混入

〔自五〕諂媚、逢迎
クリームを皮膚に擦り込む（把面霜擦進皮膚裡）
蜂に刺されて患部にアンモニア水を擦り込む（給被蜜蜂螫的患處擦上氨水）
塩の中に胡麻を擦り込む（把芝麻研進鹽裡）

**込み**〔名〕擁擠，混雜，總共、通通、（接名詞後）包含在内。〔圍棋〕（交替先下子時對拿黑子的）讓子、（也寫作"小身"）刀身插入刀柄的部分、（插花）（為固定花枝插進的）叉棍
朝の電車の込み様は酷い（早上電車擠得厲害）
大小込みの値段（大小一包在内的價錢）
良いのも悪いのも込みで売る（好壞一包在内賣、論堆賣）
其と込みで幾等ですか（連那個一起多少錢？）
其れと此れと込みで一万円です（連那個帶這個總共一萬日元）
荷造り運賃込み噸一万円（運費連同包裝費在内每噸一萬日元）
税込み十四万円の月給（連税在內月薪十四萬日元）
此れは配達料込みの御値段です（這是包括送到家的運費在內的價錢）
四目の込み（讓四個子）

**込み合う**〔自五〕人多、擁擠

電車が込み合う（電車上擁擠）
通りが込み合う（馬路上交通擁擠）
人の山で込み合って一寸の隙も無い（人山人海擠得水瀉不通）
人が込み合って一寸歩け然うに無い（人擁擠得很輕易也走不過去）
込み合いますから懐中物の御用心を願います（車内擁擠小心扒手）

**込み上げる**〔自下一〕往上湧、作嘔、湧現
涙が込み上げて来る（眼淚汪汪）
込み上げて来た吐き気（噁心要吐）
怒りが込み上げる（怒氣上沖）
悲しみが心の中に込み上げる（一陣悲傷湧上心頭）
胸の中に込み上げて来た憎悪（湧上心頭的贈恨之念）

**込み入る**〔自五〕錯綜複雜，糾纏不清、（眾人）闖進
込み入った事情（錯綜複雜的情況）
然う為ると事が込み入って来る（那麼一來事情就錯綜複雜了）
此の機械は込み入っていて私には分らない（這機器很複雜我不懂）
此れは中中込み入った細工だ（這是個非常精密的工藝品）
其の小説は後半に入って筋が込み入って来る（那本小說後半部的情節很複雜）
城に込み入る（闖進城裡）

**込める、籠める**〔他下一〕裝填（＝詰める）、包括在内，計算在内、集中，貫注
銃に弾丸を込める（往槍膛裡裝子彈）
弾丸を込めた銃（實彈的槍）
運賃を込めて一万円です（包括運費在内共一萬日元）
税金、サービス料等一切を込めた宿泊料（包括税金服務費等一切費用的住宿費）
心を込めて書く（全神貫注地寫）

仕事に力を込める（把精力集中在工作上）

真心を込めた贈り物（誠懇的禮品）

**込め、籠め**〔接尾〕（接名詞後）表示包含在內（=包み、毎）

箱込め千円の品（帶箱一千日元的商品）

**込め物**〔名〕填充物，嵌夾物。〔印〕填充材料，夾條

隙間に込め物を為る（填充縫隙）

## てん
## 辿

**辿る**〔他五〕沿路前進，邊走邊找、走難行的路，走艱難的道路、追尋、探索、發展、走向

家路を辿る（走上回家的路、往家走）

地図を辿ってやっと友人の家を捜し当てた（邊看地圖邊找好不容易才找到朋友的家）

地図を頼り山道を辿る（借助地圖踏山路）

青春の思い出を辿る（追尋青春的回憶）

犯罪の手口を辿る（追尋犯罪的手段）

学問の道を辿る（探索學問之道）

破滅の運命を辿る（走向毀滅的命運）

其の会社は一途に破産の道を辿った（那公司每況愈下地踏上了破產的道路）

**辿辿しい**〔形〕（步伐）不穩的、（動作）不敏捷的

辿辿しい足取り（蹣跚的步伐）

平仮名を書くのも辿辿しい様子だ（連平假名都寫得東倒西歪的）

辿辿しい喋り方（說話結結巴巴）

**辿り書き**〔名、他サ〕邊想邊寫（的拙劣的文章）

**辿り着く**〔自五〕好容易走到，摸索找到，掙扎走到、到達（目的地）

散散迷って漸く辿り着く（完全迷了路好容易才走到）

険しい山路を漸く頂上に辿り着く（好容易才沿著危險的山路走到了山頂）

船が港へ辿り着く（船到港口）

メキシコに辿り着いた（到了墨西哥）

**辿り読み**〔名、他サ〕一個字一個字結結巴巴地唸

## 迚

**迚も**〔副〕（下接否定詞）怎麼也，無論如何也、極，非常

迚もそんな事は出来ない（那樣事怎麼也做不到）

迚も駄目だ（怎麼也不成）

迚も三十とは見えない（怎麼也不像三十歲）

数学では迚も彼に敵わない（數學怎麼也趕不上他）

町では迚も花は買えない（街上絕買不到花）

彼は迚も助かるまい（他恐怕怎麼也救不過來了）

迚も面白い本（極有趣的書）

迚も良く効く薬（非常有效的藥）

今日は迚も疲れた（今天累極了）

桂林は迚も綺麗な処です（桂林是非常美麗的地方）

迚も腹が減っている（肚子餓得很）

**迚も斯くても**〔副〕總而言之

迚も斯くても手に負えない仕事だ（總之是件棘手的工作）

**迚もの事に**〔連語〕索性、乾脆

迚もの事に別れた方が好い（莫如乾脆離婚就算了）

## あっぱれ
## 遖

**遖、天晴**〔形動〕漂亮、非常好、值得欽佩

〔感〕真好！漂亮！有本事！

遖な功績（卓越的功績）

若いのに遖だ（年輕輕的卻值得欽佩）

敵乍ら遖な者だ（雖然是敵人卻值得欽佩）

良く遣った。遖、遖（幹得好、漂亮！漂亮！）

遖堂堂と遣って退けた（真好！做得非常漂亮）

## 和字瓦部

瓦

### 瓩 (キログラム)

瓩、キログラム〔名〕千克、一公斤

瓩原器、キログラム原器〔名〕（國際度量衡局保存的）標準重量原器

### 瓱 (ミリグラム)

瓱、ミリグラム〔名〕毫克（略作:mg）

### 瓲、噸、屯、トン

瓲、噸、屯、トン〔名〕（公制重量單位）噸（=一千公斤）、（容積單位）噸（貨物為四十立方英尺 石料為十六立方英尺 煤為四十九蒲式耳）、（船的排水量）噸

　一万瓲の船（いちまんトンのふね）（排水量一萬噸的船）

# 和字田部

## 畑（はた）

**畑、畠**〔名〕旱田，田地（＝畑、畠）
　畑を作る（種田）旗側傍端
　畑で働く（在田地裡勞動）

**畑作**〔名〕耕種旱田、旱田作物
　此の辺は畑作が主だ（這一帶主要種旱田）

**畑地**〔名〕耕地、旱田
　野原を開拓して畑地に（と）為る（開荒地為耕地）

**畑鼠**〔名〕〔動〕田鼠

**畑栗鼠**〔名〕〔動〕地松鼠

**畑、畠**〔名〕旱田，田地、專業的領域
　大根畑（蘿蔔地）
　畑へ出掛ける（到田地裡去）
　畑を作る（種田）
　畑に麦を作る（在田裡種麥）
　畑仕事（田間勞動）
　経済畑の人が要る（需要經濟方面的專門人才）
　其の問題は彼の畑だ（那問題是屬於他的專業範圍）
　君と僕とは畑が違う（你和我專業不同）
　商売は私の畑じゃない（作買賣不是我的本行）

**畑水練**〔名〕脫離實際的理論、紙上談兵（＝畳水練）

**畑違い**〔名〕非本行專業，專門的領域不同、同父異母（的兄弟姊妹）
　父は退職して畑違いの仕事を始めた（父親退職後開始另一行的工作了）

## 畠（はた）

**畠、畑**〔名〕旱田，田地（＝畑、畠）
　畑を作る（種田）旗側傍端
　畑で働く（在田地裡勞動）

**畠、畑**〔名〕旱田，田地、專業的領域
　大根畑（蘿蔔地）
　畑へ出掛ける（到田地裡去）
　畑を作る（種田）
　畑に麦を作る（在田裡種麥）
　畑仕事（田間勞動）
　経済畑の人が要る（需要經濟方面的專門人才）
　其の問題は彼の畑だ（那問題是屬於他的專業範圍）
　君と僕とは畑が違う（你和我專業不同）
　商売は私の畑じゃない（作買賣不是我的本行）

田

# 和字扩部

## 癪 しゃく

**癪**〔名〕〔舊〕（胸腹等）激痛、痙攣

〔名、形動〕生氣，發火（=癇癪、怒り、腹が立つ）、討厭，倒霉，令人氣憤

　　癪が起る（痙攣發作）

　　癪が治まる（激痛平息）

　　癪の種（生氣的原因、發火的導火線）

　　癪な話（氣話）

　　癪に障る（觸怒、發肝火）

　　負けると癪だ（輸了可惹人生氣）

　　何がそんなに癪なのだ（為什麼那麼大動肝火？）

　　癪に障る程落ち着いている（沉著得令人發火）

　　本当に癪な男だ（真是個討厭的傢伙）

　　あんな奴に負けては癪だ（輸給那種人真倒霉）

**癪持ち**〔名〕患胸腹激痛宿疾（的人）

## 和字石部

### 礑
とう

**礑と**〔副〕砰地、突然、猛然、瞪眼，怒目而視貌
 礑と膝を打つ（砰地一聲拍了一下膝蓋）
 礑と戸を閉める（砰的一聲關上門）
 礑と突き当たる（猛然撞上）
 礑と思い当たる（突然想起）
 礑と返答に窮する（一下子答不上來）
 礑と廊下で行き逢う（突然在走廊碰上）
 礑と当惑する（一下子不知所措）
 礑と相手を睨み付ける（狠狠地瞪對方一眼）

### 和字立部

立

<ruby>竏<rt>キロリットル</rt></ruby>

<ruby>竏<rt>キロリットル</rt></ruby>、キロリットル〔名〕一千公升

## 和字罒部

### 罠、𦋅

**罠、𦋅**〔名〕（捕野獸用的）圈套。〔轉〕（陷害人的）圈套、（也寫作"輪奈"）（用線結的）圈，環

投げ罠（〔捕捉野馬等用的〕套索）

罠で野犬を捕える（用套索捕野狗）

草叢の中に罠を仕掛ける（在草叢裡下圈套）

罠を仕組む（設圈套）

罠回路（〔電〕陷擾電路）

罠に誘き込む（誘入圈套）

まんまと罠に掛かる（完全上了圈套）

自分の掛けた罠に掛る（陷入自己設的圈套、作繭自縛）

輪奈に通して結ぶ（通過線圈打結）

輪奈結び（活結）

## 和字ネ（衣）部

### 裃 かみしも

**裃** 〔名〕（江戶時代武士的）上下身禮服（因衣裙上下一色而得名）

　　裃を着る（態度拘謹）

　　裃を着た文章（文風拘謹的文章）

　　裃を脱ぐ（不拘謹、無拘束、無隔閡）

　　裃を脱いで話を為よう（無拘無束地談吧！隨隨便便地談吧！）

### 裄 ゆき

**裄** 〔名〕〔縫紉〕（和服從脊縫到袖口的）袖長

　　此の着物は裄が短い（這件和服的袖子短）

**裄丈** 〔名〕〔縫紉〕（和服從脊縫到袖口的）袖長。〔轉〕（事物的）前後關係

### 褄 つま

**褄** 〔名〕和服下擺的（左右）兩端

　　褄を作るには手際が要る（做下擺需要技巧）

　　褄を取る（提起下擺、〔轉〕當藝妓）

　　左褄（左下擺、藝妓）

　　左褄を取る（當藝妓）

**妻** 〔名〕妻←→夫。〔烹〕（配在生魚片等上的）配菜。〔轉〕陪襯，搭配。〔建〕（屋頂兩端的）山牆（=切妻）

　　妻を娶る（娶妻）妻夫

　　妻を取る（娶妻=嫁を取る）

　　妻を迎える（娶妻）

　　彼女を妻に迎える（娶她為妻）迎える向える

　　妻を振り捨てる（丟掉妻子）

　　刺身の妻（生魚片的配菜）

　　妻恋う鹿は笛に寄る（人往往毀於愛情）

**夫** 〔名〕〔古〕夫、丈夫（=夫）

**端** 〔名〕邊，邊緣（=縁、端）、線索，端緒（=糸口、手引き）

　　軒の端（檐頭）

**褄黄蝶** 〔名〕〔動〕黑斑蝴蝶

**褄黒横這い、褄黒横這** 〔名〕〔動〕黑尾葉蟬（一種水稻的害蟲）

**褄先** 〔名〕和服下擺兩端

**褄高** 〔名〕（穿衣）提高下擺

**褄取る** 〔他五〕提起下擺、當藝妓

**褄模様** 〔名〕衣服下擺的花樣、下擺有花樣的女服

### 襷 たすき

**襷** 〔名〕（為了工作時方便把和服的長袖繫在背後的）束衣袖的帶子、斜掛在肩上的窄布條

　　襷を掛ける（繫上束衣袖的帶子）

　　襷を外す（解開束衣袖的帶子）

　　次の走者に襷を渡す（把布條交給下一個賽跑的人）

　　立候補者が名前を書き入れた襷を掛けて車上から挨拶する（候選人肩掛寫著名字的布條在車上致辭）

　　帯に短し襷に長し（高不成低不就、做什麼也用不上、不成材料）

**襷掛け** 〔名〕肩上斜掛著束衣袖的帶子、掛著束衣袖帶子的姿態

　　襷掛けで働く（繫上束衣袖的帶子工作）

# 和字竹部

## 笹 ささ

**笹、篠**〔名〕〔植〕小竹細竹（矮竹類的總稱）
　笹の葉（小竹的葉）酒酒

**笹飴**〔名〕竹葉（包的）飴糖

**笹色**〔名〕古銅色、青銅色

**笹折り、笹折**〔名〕用竹葉包的食物、（盛食物的）木片盒（=折）

**笹掻き**〔名〕（把牛蒡、蘿蔔等）斜著削成（的）竹葉似的薄片
　牛蒡を笹掻きに為る（把牛蒡削成薄片）

**笹蒲鉾**〔名〕竹葉形魚糕（仙台名產）（=蒲鉾）

**笹草**〔名〕〔植〕淡竹葉（稻屬草本）

**笹熊、貛**〔名〕〔動〕貛（=穴熊）

**笹蜘蛛**〔名〕〔動〕尖眼蛛

**笹子**〔名〕初秋啁啾叫的黃鶯

**笹五位**〔名〕〔動〕北綠鷺（=アムールさぎ）

**笹竹、篠竹**〔名〕〔植〕小竹子（總稱）

**笹粽**〔名〕竹葉包的粽子

**笹っ葉**〔名〕竹葉

**笹鳴き**〔名〕（黃鶯在初冬）啁啾低鳴（聲）

**笹原、笹原**〔名〕矮竹叢生的原野

**笹生、笹生**〔名〕矮竹叢生的地方（=笹原、笹原）

**笹葺き、笹葺**〔名〕用竹葉葺（的）屋頂
　笹葺きの小屋（用竹葉葺的小房）

**笹舟**〔名〕（玩具）用竹葉做的小船

**笹縁**〔名〕〔縫紉〕（衣服等）飾邊、鑲邊、花邊
　笹縁を為る（鑲邊、飾邊）

**笹身**〔名〕（來自作竹葉形）雞的胸脯肉

**笹屋**〔名〕用竹葉葺的小房

**笹薮**〔名〕竹叢、矮竹叢生的地方

**笹竜胆**〔名〕〔植〕白花龍膽（龍膽科多年生草本）

## 筈 はず

**筈**〔名〕（形式名詞用法）應該，理應、（形式名詞用法）該，當。
　（形式名詞用法）理由，道理，緣故、箭尾（=矢筈）、弓兩端繫弦的地方（=弓筈）。〔相撲〕推的著數之一（將拇指與食指張開，按在對方腋下或胸前）
　及第する筈だ（應該考上、不會考不上）
　彼の人は知っている筈なのに知らない振りを為ている（他理應知道卻裝作不知道）
　彼は中国は五年も留学したのだから、中国語は旨い筈です（他在中國留學五年中國話理應很好）
　父が行く筈の処急用が出来たので私が行った（本來應該父親去因為有急事所以我去了）
　船が五時に入港する筈だ（船應該午點鐘進港）
　彼は今日来る筈です（他應該今天來）
　代表団は明日出発する筈です（代表團應該明天動身）
　そんな筈では無かった（並沒打算那麼做）
　彼に分らぬ筈は無いと思う（我想他不該不懂）
　彼の男がそんな小さな事で怒る筈は無い（他不會為這點小事生氣）
　確か貴方も然う言った筈だ（記得您也那麼說過的）
　そんな事を小さな子供に言って聞かせても分る筈が無い（這種事情說給孩子聽他也不會理解）
　そんな筈は無い（按理說不會是這樣、沒有那種道理）

## 筬 せい

**筬**〔名〕（織布用的）杼、筘
　筬編機（扎筘機、制筘機）
　筬密度（筘齒密度）

## 箙 ふく

**箙**〔名〕〔古〕箭囊、箭壺

## 簓 ささら

**簓**〔名〕（來自"さらさら"的響聲）（用竹子劈成細條製成的）竹刷子。尖端劈碎（的東西）。〔樂〕簓（樂器名、中國古時用於擊敵、在日本用作"田樂"、"歌祭文"等的伴奏）
　簓で飯櫃を洗う（用竹刷子洗飯桶）
　先の簓に為って杖（尖端劈開了的手杖）

## 和字米部

### 籾 <sub>もみ</sub>

**籾** 〔名〕稻穀（＝籾米）、稻殻（＝籾殻）

　林檎を籾と一緒に箱に詰める（把蘋果和稻殻一同填入箱子裡）

**籾殻** 〔名〕稻殻、稻皮（＝籾、籾糠）

　果物の箱に籾殻を詰める（水果箱裡填上稻殻）

**籾米** 〔名〕稻穀（＝籾）

**籾摺り** 〔名〕稻穀脫殻

　籾摺り機（碾米機）

**籾種** 〔名〕穀種

**籾糠** 〔名〕稻殻（＝籾殻）

### 粁 <sub>キロメートル</sub>

**粁**、**キロメートル** kilometre 〔名〕一千米、一千公尺、一公里

### 粍 <sub>ミリメートル</sub>

**粍**、**ミリメートル** millimetre 〔名〕毫米、（舊稱）公厘（略作mm）

### 糎 <sub>センチメートル</sub>

**糎**、**センチメートル** centimetre 〔名〕厘米、公分（1/100米、略作cm）

　糎波（〔電〕厘米波、超高頻率）

# 和字糸部

## 絎 くけ
**絎る**〔他下一〕〔縫紉〕繰（把布邊卷進去藏著針腳縫）
**絎け込む**〔他五〕〔縫紉〕（把布的毛邊）繰進去
**絎台**〔名〕〔縫紉〕繰邊架（繰邊時固定布的一端用的小架子）
**絎縫い**〔名〕〔縫紉〕繰邊
**絎針**〔名〕〔縫紉〕（繰邊用）大針

## 絣 かすり
**絣、飛白**〔名〕（布的）碎白點，飛白花紋（一種日本特有的織染法）、碎白點花紋布
**紺絣**（藏青色白點花布）

## 絽 ろ
**絽**〔名〕羅（=絽織り）
**絽の羽織**（羅和服外套）
**絽織り**〔名〕羅（=絽）
**絽刺し、絽刺**〔名〕羅紗刺繡（日本刺繡的一種、用絲線在羅紗上繡花樣）
**絽縮緬**〔名〕〔紡〕縐紗

## 綛 かせ
**綛、桛**〔名〕（纏線用工字形）桄子，捲線軸、成桄的線，纏在線桄上的線（=桛糸）、毛巾架、（助數詞用法）桄
**糸を綛に掛ける**（把線桄上）
**一桛**（一桄）

## 縅 おどし
**縅**〔名〕〔史〕連綴鎧甲片的細繩（的顏色）
**緋縅の鎧**（緋紅色綴繩的鎧甲）

## 縒、縒 し、さ
**縒る、撚る**〔他五〕捻、搓、擰
**紙縒りを縒る**（捻紙捻）寄る依る由る拠る縁る選る夜
**二本の糸を縒って丈夫に為る**（把兩根線捻在一起使之結實）
**腹の皮を縒って大笑いする**（捧腹大笑）
**縒れる、撚れる**〔自下一〕歪扭，折縐，糾纏（=捩れる、捩れる，縺れる）、（縒れる可能形）能捻，可以捻在一起
**ネクタイが縒れている**（領帶歪歪扭扭）
**ズボンが縒れる**（褲子出了縐折）
**縒り、撚り**〔名〕捻，搓、捻勁
**糸に縒りを掛ける**（捻線、搓線）
**二本縒りの糸**（兩股捻的線）
**此の紐は縒りが甘い（弱い）**（這條繩搓得不緊）
**此の綱は縒りが強い**（這條繩捻得緊）
**縒りを戻す**（倒捻、恢復舊好）
**縒りが戻る**（倒捻、恢復舊好）
**彼は彼女と縒りを戻然うと為ている**（他正想和她言歸於好）
**二人の仲は縒りの戻る見込みが無い**（他倆沒有恢復舊好的希望）
**（腕に）縒りを掛ける**（加勁、加油做）
**腕に縒りを掛けて遣って見ましょう**（加把勁試試看吧！）
**縒り糸、撚り糸**〔名〕捻線、多股捻成的線
**黒白の縒り糸**（黑白兩色的捻線）
**縒り糸機**（捻線機）
**縒り目，縒目，撚り目，撚目**〔名〕（繩股的）捻合處

## 縺 れん
**縺れる**〔自下一〕糾結，糾纏在一起、發生糾葛，發生糾紛，變得錯綜複雜、（動作舌頭）不靈，不好使喚
**糸が縺れる**（線糾纏在一起）
**話が大分縺れて来た**（事情變得相當複雜起來）
**石油問題で国会が縺れる**（由於石油問題國會發生糾紛）

## 糸

御互いの感情が縺れる（雙方感情發生齟齬）
脳溢血の後舌が縺れる（得腦溢血後舌頭不靈）

**縺**〔名〕糾結、糾葛、糾紛
　縺を解く（解開糾結、解開糾紛）
　髪の縺を解かす（梳整糾結在一起的頭髮）
　感情の縺が生ずる（發生感情上的齟齬）

**縺毛**〔名〕糾纏在一起的頭髮

**縺れ込む**〔自五〕（事情、交渉、比賽等）發生糾葛、糾纏不清、拖延起來
　話が縺れ込む（協商陷入僵局、洽談發生糾紛）
　延長戦に縺れ込む（混戰到延長賽）

## 繧

**繧繝、暈繝**〔名〕暈渲式染法（以一種顏色染成三段濃淡不同顏色的染法）
〔美〕暈渲，渲染濃淡（=隈取、暈取）
　繧繝彩色（暈渲彩色）
　繧繝雲形（用暈渲彩色畫的雲形）

**繧繝錦**〔名〕紅底彩色花樣織錦

**繧繝緣**〔名〕用繧繝錦包邊的草蓆

## 纈

**纈纈、纐纈**〔名〕交纈染法（把白布用線扎成褶皺、浸染後形成白色花紋的一種浸染法）

## 綟

**綟、綟子**〔名〕用麻紗織的粗布（=綟織、綟子織）
　綟の仕事服（粗麻布的工作服）

## 和字耳部

### 聟（せい）

**聟、壻、婿**〔名〕女婿、新郎←→嫁

　婿選び（選女婿、挑女婿、擇婿）

　婿に為る（當女婿）

　婿養子（養老女婿）

　婿を取る（招女婿）

　娘に婿を貰う（給女兒招女婿）

　娘一人に婿八人（一女八婿、僧多粥少）

　婿は座敷から貰え、嫁は庭から貰え（要招富家婿娶貧家女、招婿攀高門娶媳求貧家）

　婿は婿、息子は息子（女婿是女婿兒子是兒子、別拿女婿當兒子）

**嫁、娵、媳**〔名〕兒媳婦（=息子の妻）、妻子（=妻）、新娘（=花嫁）←→婿、壻、聟

　息子の嫁を貰う（給兒子娶媳婦）

　息子に嫁を取る（給兒子娶媳婦）

　嫁と姑の折合が悪い（婆媳不和）

　嫁を迎える（取る）（娶親）

　娘を嫁に遣る（嫁女兒）

　嫁を捜す（男子找結婚對象）

　彼には嫁の来手が無い（沒人願意嫁他）

　彼女は先月嫁に行った（她上月出嫁了）

　彼女は隣村へ嫁に行った（她嫁到鄰村去了）

　嫁に来てからもう十年に為った（嫁過來已經十年了）

　方方から嫁の口が有る（好多人要娶她作媳婦）

　花嫁（新娘）

　花嫁衣装（新娘禮服）

　花嫁御寮（新娘的敬稱）

　嫁の実家（新娘的娘家）

山中君の御嫁さんは迚も綺麗だ（山田君的新娘很漂亮）

耳

# 和字舟部

舟

## 艀 (ふ)

艀(はしけ)、艀(はしけ)(舟(ぶね))〔名〕舢舨、駁船

　艀(はしけ)で貨物(かもつ)を運搬(うんぱん)する（用舢舨搬運貨物）

　艀(はしけ)に乗(の)って本船(ほんせん)へ行(い)く（乘舢舨到大船上去）

船(ふね)、舟(ふね)、槽(ふね)〔名〕舟，船、(盛水酒的)槽、盆、火箭，太空船、盛蛤蜊肉等用的淺底箱、棺木

　船(ふね)が港(みなと)を出(で)る（船出航）

　船(ふね)をチャーター(charter)する（租船）

　船(ふね)に乗(の)る（乘船）

　船(ふね)に酔(よ)う（暈船）

　船(ふね)に強(つよ)い（不暈船）

　船(ふね)で行(い)く（坐船去）

　船(ふね)を造(つく)る（造船）

　小舟(おぶね)（小船）

　湯船(ゆぶね)（熱水槽、澡盆）

　酒槽(さかぶね)（盛酒槽）

　刺身(さしみ)の船(ふね)（生魚片的淺底箱）

　船頭(せんどうおお)多くして船山(ふねやま)に登(のぼ)る（木匠多了蓋歪了房子、廚師多了燒壞了湯、指揮的人多了反而誤事）

　船(ふね)が坐(すわ)る（穩坐不動、久坐不歸）

　船(ふね)に刻(こく)して剣(けん)を求(もと)む（刻舟求劍-呂氏春秋）

　船(ふね)に乗(の)り掛(か)かった（騎虎難下）

　船(ふね)を漕(こ)ぐ（打瞌睡）

　船(ふな)、舟(ふな)（造語）船

　船荷(ふなに)（船貨）

　船火事(ふなかじ)（船上火災）

　船方(ふなかた)（船員）

　船会社(ふなかいしゃ)（船公司）

　船形(ふながた)（船形）

## 和字虫部

### 螽
しゅう

**螽斯、螽斯**（ぎす、きりぎりす）〔名〕〔動〕螽斯、〔古〕蟋蟀（こおろぎ）（=蟋蟀）

**蟋**（いとど）〔名〕〔古〕灶馬（かまどうま）（=竈馬）、（京都方言）蟋蟀（こおろぎ）（=蟋蟀）

**蟋蟀、蟋蟀**（こおろぎ、しつしゅつ）〔名〕〔動〕蟋蟀

　蟋蟀が鳴いている（蟋蟀在叫）
　こおろぎ な

### 蟇
ま

**蟇、蟇**（ひき、ひき）〔名〕蟾蜍（=蟇、蟾蜍）
　　　　　　　　　　　ひきがえる　ひきがえる

**蟇、蟾蜍**（ひきがえる、ひきがえる）〔名〕〔動〕蟾蜍、癩蛤蟆（=蝦蟇）
　　　　　　　　　　　　　　　　　　　　　　　　　　　がま

**蝦蟇、蟇**（がま、がま）〔名〕〔動〕蟾蜍、癩蛤蟆（=蟾蜍、蟇）
　　　　　　　　　　　　　　　　　　　　　ひきがえる　ひきがえる

　蝦蟇の油（蛤蟆油-外傷用藥）
　がま　あぶら

虫

## 和字見部

### 覗
し

**覗く、覘く、臨く**〔自五〕露出（一點）

〔他五〕窺視，窺探，往下望、略微掃一眼，稍微看一下

窓から白髪頭丈が覗いている（從窗戶上只露出白髮的頭）除く

襟から下着が覗いている（從領子裡露出襯衣）

月が木の間から覗いている（月亮從樹間露出來）

畳んだ新聞がポケット（pocket）から覗いている（從口袋裡露出疊著的報紙）

隙間から覗く（從縫隙窺視）

鍵穴から覗く（從鑰匙孔往裡望）

塀の上から覗く（從牆上往下望）

山の頂上から谷を覗く（從山頂上往下看山谷）

本を覗く（看一看書）

こっそり顔を覗く（偷偷地看〔別人的〕臉）

古本屋を覗いて見よう（逛一下舊書店）

劇なんか覗いた事も無い（戲劇這玩意連瞧都沒瞧過）

英語は本の覗いた丈（英語只是學過一點點）

帰りに映画館を一寸覗いて来た（回來時到電影院看了一眼）

**除く**〔他五〕消除，去掉，取消，剷除，刪除、除了，除外，殺死，幹掉

不安を除く（消除不安）

弊風を除く（廢除陋習）

情実を除く（破除情面）

心の憂いを除く（消除心中的憂慮）憂い憂い

畑の雑草を除く（剷除田裡的雜草）畑畠畑畠

名前を名簿から除く（從名冊上刪除名字）

余計な形容詞や句を除くと読める文に為る（刪去多餘的形容詞和句子就會是一篇好文章）

二十年以上も行方不明に為っている光子は戸籍から除かれた（從戶口上銷去了二十多年下落不明的光子）

少数を除いて皆賛成だ（除了少數以外都贊成）

彼を除いて、此と言う者は居ない（除了他以外再沒有合適的人）

邪魔者を除く（把絆腳石除掉）

君側の奸を除く（清君側）

**覗き、覘き**〔名〕窺視（＝覗き見）、洋片（＝覗き眼鏡）

一覗きする（窺視一下）

覗き穴（窺視孔）

覗き窓（窺視窗）

覗き鼻（鼻孔朝上的露孔鼻子）

**覗ける、覘ける**〔自下一〕能窺視、看得見

〔他下一〕露出（一部分）

顔が覗ける（能看到臉）

顔を覗ける（只露出臉）

**覗かせる、覘かせる**〔他下一〕露出・顯露（一部分）。

〔相撲〕往對方的腋下淺插

ちらちら（と）覗かせる（若隱若現地露出來）

ポケット（pocket）からハンカチ（handkerchief）を覗かせる（從口袋露出手帕）

懐から匕首を覗かせる（從懷裡露出匕首）

筍が土の間から顔を覗かせた（竹筍從土裡冒出了頭）

左を覗かせる（淺插左手）

**覗き機関、覗機関**〔名〕西洋景・洋片（＝覗き眼鏡、覗眼鏡）

**覗き趣味**〔名〕偷看他人私生活的趣味

**覗き窓**〔名〕窺視窗（門上用來觀望來客的小窗）

**覗き見**〔名〕窺視、偷看、探聽（別人的秘密，私生活）

**覗き眼鏡、覗眼鏡**〔名〕西洋景、洋片(=覗き機関、覗機関)、(在匣底裝玻璃或凸鏡探視海中的)捕魚用透視鏡(=箱眼鏡)

# 和字言部

## 誂 （ちょう）

**誂える**〔他下一〕訂做（＝注文する）

　洋服を誂える（訂做西服）

　料理を誂える（定菜、點菜）

　誂えると高く為るが、レディー・メード（ready made）なら安いだろう（訂做價錢要貴如果買成品會便宜些）

**誂え**〔名〕訂做（＝注文）←→出来合い

　誂え（の）服（訂做的西服）

　君の靴は誂えか出来合いか（你的皮鞋是訂做的還是成品？）

**誂え向き**〔名、形動〕正合適、正適宜、正合理想

　此の靴は足に良く合って、正に（御）誂え向きだ（這雙皮鞋很合腳太合適了）

　誂え向きな（の）人（恰合理想的人）

　其の日は誂え向きの天気だった（那天是一個正合理想的天氣）

　バスケットボール（basketball）には誂え向き（の）な体だ（對於打籃球是正合適的體格）

**御誂え向き**〔名、形動〕正合適、正適宜、正合理想（＝誂え向き）

**誂え物**〔名〕訂做的東西←→既製品

# 和字身部

### しつけ
**躾**

**躾ける、躾る**〔他下一〕教育、培養、管教、教養
　子供を躾ける（教養子女）

**躾**〔名〕教育、培養、管教、教養
　子供の躾（孩子的教育）仕付け
　家庭の躾（家庭教育）
　躾が足りない（教養不足、缺乏管教）
　躾が良い（教養好）
　躾が悪い（教養差）
　子供は躾が大切だ（孩子教養是大事）
　親の躾次第で子供は如何にでも為る（孩子長成什麼樣子全靠父母對他的教養）
　彼の学校では生徒の躾が行き届いている（那學校對學生的教導做得很周到）

**躾方**〔名〕管教方法
　彼女は子供の躾方を知らない（她不懂管教孩子的方法）

### やがて
**軈**

**軈て**〔副〕不久，馬上（＝間も無く）、大約，將近，幾乎，差不多（＝殆ど）、亦即，就是（＝即ち）
　軈て帰って来るだろう（不久就會回來吧！）
　軈て夜に為った（天不久就黑了）
　私も軈て三十に為る（我眼看也三十歲了）
　其の問題は軈て解決するでしょう（那個問題快要解決了吧！）
　此処へ来てから軈て一月に為ります（來到這裡快一個月了）
　愛郷心は軈て愛国心に繫がる（愛郷心亦即和愛國心連在一起）

# 和字酉部

酉

## 醂 （りん）

**醂す、淡す**〔他五〕去澀味（=醂す）

此の柿は未だ十分醂していない（這柿子還澀）

**醂す**〔他五〕去澀味、浸在水裡漂洗、薄薄地塗上一層黑漆使不發亮光

湯に付けて醂す（浸在熱水裡去澀）

アルコールを注射して柿を醂す（注射酒精去柿子澀味）

**醂し柿、醂柿**〔名〕去澀味的柿子

## 和字金部

### 鈑
**鈑金、板金**〔名〕板金，金屬板（=板金）
　鈑金加工（板金加工）

### 鉾
**鉾、矛、戈、鋒、戟**〔名〕戈，矛。〔轉〕武器。〔神道〕以戈矛裝飾的彩車（=山鉾、鉾山車）
　敵兵が降参しない限り決して鉾を収めない（只要敵兵不投降我們就絕不收兵）
　鉾を収める（停戰、收兵）

### 鋲
**鋲**〔名〕圖釘、鉚釘（=リベット）、鞋釘
　画鋲（圖釘）
　壁に地図を鋲で止める（用圖釘把地圖摁在牆上）、（用圖釘把海報在牆上）
　鋲で締める（用鉚釘鉚牢）
　靴の鋲（鞋釘）
　靴底に鋲を打つ（在鞋底上釘鞋釘）
　底に鋲を打った靴（底上釘上釘子的鞋）
　鋲打ち〔名〕鉚，鉚接、釘圖釘
　鋲打ち機（鉚釘機）
　鋲打ち工（鉚工）
　鋲打ち器（圖釘機）
**鋲締め**〔名〕鉚接
　機械鋲締め（機器鉚接）
　鋲締め機（鉚機）

### 錆
**錆、銹**〔名〕（來自〝荒ぶ〞、與〝寂び〞同源）銹。〔轉〕惡果
　庖丁に錆が出た（菜刀生銹了）
　鉄は錆が付き易い（鐵容易生銹）
　錆を落とす（除銹）
　錆を止める（防銹）
　錆が付く（生銹）
　錆が出る（生銹）
　此の小刀は錆が付かない（這小刀不生銹）
　刀は錆だらけに為った（刀長滿了銹）
　刀の錆に為る（成為刀下鬼）
　鉄路の錆に為る（被火車壓死）
　身から出た錆（咎由自取、自作自受、自食惡果）
　身から出た錆だ、誰を恨む出来ない（那是我咎由自取我誰也不怨恨）
**錆びる**〔自上一〕（與〝寂びる〞同源）生銹，長銹、聲音沙啞，變蒼老
　ナイフが錆びて仕舞った（刀子生銹了）
　錠が錆び付いて仕舞った（鎖銹得打不開了）
　自転車が錆びた（腳踏車生銹了）
　鉄は錆び易い（鐵容易生銹）
　使わずに置いて錆びた（放置沒用生銹了）
　彼の声は錆びている（他的聲音沙啞）
**錆鮎**〔名〕（秋天為了產卵往下游的香魚-背部有銹般的顏色）秋季香魚（=落ち鮎）
**錆色**〔名〕鐵銹色、土紅色、紅褐色
**錆落とし、錆落し**〔名、自サ〕除銹
**錆声，錆び声、寂声**〔名〕蒼老的聲音、老練優雅的聲音
**錆瘤**〔名〕水銹、水垢、積垢
**錆染み**〔名〕銹斑
**錆竹、錆び竹**〔名〕（因枯萎而產生斑點的）斑竹、（用硫酸等燒成的）帶斑紋的竹子
**錆付く、錆び付く**〔自五〕銹住、完全生銹
　錠が錆付いた（鎖銹住了）
　錆付いた釘（長滿銹的釘子）
**錆止め、錆止**〔名、自サ〕防銹、防銹劑
　ナイフに錆止め（を）為る（往小刀上塗防銹劑）
　錆止め油（防銹油）

# 金

　　錆止め顔料（防銹顏料）
　　錆止めグリース（防銹潤滑脂）
　　錆止めペイント（防銹油漆）
　　錆止めを塗る（塗上防銹劑）

**錆病**〔名〕〔農〕（小麥等的）銹病
　　錆病菌（銹菌）

**錆脹れ**〔名〕〔船〕銹疱

**錆胞子器**〔名〕〔微〕銹孢子器

## 錣（てつ）

　**錣、錏、鍟**〔名〕盔下的護頸（用皮革或鐵片製成）

## 鎹（かすがい）

　**鎹**〔名〕（門上的）扣吊，插銷（=掛け金）、鋦子
　　鎹で確り止める（用鋦子牢牢地鋦上）
　　豆腐に鎹（白費、徒勞、不起作用）
　　彼に意見したとて豆腐に鎹だ（給他提意見是白費）
　　子は（夫婦の）鎹（孩子是維繫夫婦感情的紐帶）

## 鐚（わ）

**鐚**〔名〕（室町時代末期至江戸時代通用的一種）粗糙銅錢、（江戸時代）一文鐵錢（=鐚錢）

**鐚錢**〔名〕（室町時代末期至江戸時代通用的一種）粗糙銅錢、（江戸時代）一文鐵錢

**鐚一文**〔名〕一文錢
　　鐚一文も無い（一文錢都沒有）
　　鐚一文でも割って使う奴（一文錢也要分成兩半花的人、吝嗇鬼）
　　御前なぞには鐚一文（だって）遣らないよ（像你這樣的人我一文也不給）
　　彼の人には鐚一文も借りていない（我一文錢也不欠他的）

**鐚ひらなか**〔名〕一文錢（=鐚一文）

## 和字雨部

雨

### 雫 (だ)

**雫、滴** (しずく、しずく) 〔名〕水滴（＝滴り (した)）

　露の雫（漏水珠）

　雫が垂れる（水點往下滴）

　涙が雫と為って彼女の頬を伝わった
　（一滴滴的眼淚從她臉上流了下來）

　木の葉から雨の雫が落ちる（雨滴從樹葉上掉下來）

　額から汗が雫と為って滴り落ちた（額頭上的汗直往下流）

**滴り、瀝り** (したた、したた) 〔名〕水滴、水點（＝滴、雫）

　血の滴り（血滴）

　露の滴り（露珠）

　滴り積りて淵と為る（滴水成河、聚少成多）

**滴る** (したた) 〔自五〕滴

　木の葉から滴が滴る（從樹葉上滴下水滴）

　額から汗が滴る（汗珠從額頭上流下來）

　新緑滴る許り（新綠嬌翠如滴）

　水の滴る様（〔婦女、演員等〕嬌滴滴、嫵媚）

## 和字革部

革

### 靫、靱、靹
**靫**(ゆぎ)、**靱**(ゆぎ)〔名〕〔古〕箭囊、箭袋
**靫**(うつぼ)、**空穂**(うつぼ)〔名〕（圓筒形攜帶用）箭袋
**靫貝**(うつぼがい)〔名〕〔動〕玉螺
**靫葛**(うつぼかずら)、**靫蔓**(うつぼかずら)〔名〕〔植〕豬籠草（屬）
**靫草**(うつぼぐさ)〔名〕〔植〕夏枯草

### 鞆
**鞆**(とも)〔名〕（射箭時帶在左前臂上的）皮套
**鞆絵**(ともえ)、**巴**(ともえ)〔名〕巴字圖案、漩渦狀圖案（以一個或數個巴字形組成一個圖形的圖案）
　三(みっ)つ巴(ともえ)の紋章(もんしょう)（圓內有三個向同一方向旋轉的巴形徽記）
　雪(ゆき)が万字巴(まんじどもえ)と降(ふ)り頻(しき)る（大雪紛飛）

### 鞐
**鞐**(こはぜ)〔名〕（指甲形的）別扣
　足袋(たび)の鞐(こはぜ)を掛(か)ける（別上日本襪子的別扣）

## 和字風部

<ruby>颪<rt>おろし</rt></ruby>

<ruby>颪<rt>おろし</rt></ruby>〔造語〕從高山上吹下來的風、落山風（特指秋冬之交的寒風）

　<ruby>高嶺<rt>たかね</rt></ruby> <ruby>颪<rt>おろし</rt></ruby>（從高峰上吹下來的風）

　<ruby>赤城<rt>あかぎ</rt></ruby> <ruby>颪<rt>おろし</rt></ruby>（從赤城山上吹下來的寒風）

風

## 和字食部

食

### 饂
<ruby>饂<rt>う</rt></ruby>

**<ruby>饂飩<rt>うどん</rt></ruby>**〔名〕切麵、麵條

  <ruby>手<rt>て</rt></ruby>打ち<ruby>饂飩<rt>うどん</rt></ruby>（手工擀的麵條）

  <ruby>饂飩<rt>うどん</rt></ruby>を<ruby>打<rt>う</rt></ruby>つ（擀麵條）

  <ruby>饂飩屋<rt>うどんや</rt></ruby>（麵館）

**<ruby>饂飩<rt>ワンタン</rt></ruby>、<ruby>雲呑<rt>ワンタン</rt></ruby>**〔名〕〔烹〕（中國料理）餛飩

  <ruby>饂飩麵<rt>ワンタンメン</rt></ruby>（餛飩麵）

**<ruby>饂飩粉<rt>うどんこ</rt></ruby>**〔名〕麵粉

  <ruby>饂飩粉<rt>うどんこ</rt></ruby> <ruby>病<rt>びょう</rt></ruby>（〔植〕霉病）

# 和字髟部

## つと
### 髱

**髱、髱**〔名〕（女人頭髮梳出的）燕尾（=髱）

髱鋏み（燕尾卡子）

**髱**〔名〕（日本婦女梳扎在腦後的）燕尾、〔俗〕女子，年輕婦女

髱を出して結う（大髱に結い上げる）（結扎向外突出的燕尾）

髱留（〔防止燕尾散亂的〕髮卡）

凄い髱が行くぜ（那裡走著一個很漂亮的女人）

## きょく
### 髷

**髷**〔名〕（女人的）髮髻（日本相撲力士的）頂髻

頭の後ろに髷を結っている（腦後結著髮髻）

丸髷（〔已婚婦女結在頭頂上的〕橢圓形髮髻）

丸髷に結う（梳成橢圓形髮髻）

丁髷（〔明治維新以前〕男子梳的髮髻）

五十余の丁髷の男（一個五十多歲梳髮髻的男人）

丁髷物（〔以明治維新以前的時代為背景的〕歷史小說、歷史劇）

**髷物**〔名〕（以男子留髷的江戶時代事物作題材的）歷史小說，古裝戲劇（電影）（=丁髷物、時代物）

髷物の得意な作家（擅長寫歷史小說的作家）

# 和字魚部

魚

### 鮟
鮟鱇〔名〕〔動〕鮟鱇科（總稱）、黃鮟鱇，老頭魚

### 鮨
鮨、鮓、寿司〔名〕壽司，酸飯糰、（寫作〝鮨〞）。
〔古〕酸拌生魚片

握り寿司，握寿司、握り鮨，握鮨（握壽司－長形醋飯糰上加上生魚片，蝦，蛋等的飯糰＝握り）

押し寿司、圧鮨（模壓壽司，大阪式壽司＝大阪寿司、箱寿司）

散らし鮨（散壽司－糖醋調味米飯上撒青菜，魚，雞蛋，紫菜等的一種飯食）

巻き寿司，巻寿司、巻き鮨，巻鮨（壽司卷－用紫菜加雞蛋餅等卷的飯捲）

五目鮨（什錦壽司飯）

鮨詰め、鮨詰〔名〕擁擠不堪、擠得滿滿的

鮨詰めの鮨電車（擁擠不堪的電車）

鮨詰めの教室（擠滿了人的教室）

鮨飯〔名〕（以鹽，糖，醋調味做壽司用的）甜酸飯

鮨屋〔名〕壽司飯館、賣壽司的人

### 鯒
鯒〔名〕〔動〕牛尾魚

鯒科（鯒科）

### 鯣
鯣〔名〕乾魷魚、烏賊乾

鯣烏賊〔名〕〔動〕槍烏賊（可製做魷魚乾）

### 鯱
鯱〔名〕〔動〕逆戟鯨（＝逆叉）、（城郭，屋脊兩端的）獸頭瓦

鯱瓦、鯱瓦〔名〕（城郭，屋脊兩端的）獸頭瓦

鯱〔名〕（城郭，屋脊兩端的）獸頭瓦

金の鯱（金色獸頭瓦）

鯱立ち〔名，自サ〕倒立、全力以赴，竭盡全力（＝しゃっちょこ立ち）

万が一御前に負けたら鯱立ちして見せる（我若輸給你就倒著豎起來給你看）

鯱立ちしても彼には及ばない（我怎麼努力也趕不上他）

鯱張る、鯱張る〔名〕拘謹，嚴肅、道貌岸然，不可冒犯（＝しゃっちょこ張る）

そんなに鯱張るな（不要那麼嚴肅）

鯱張った儀式（居板的儀式）

鯱張って座る（拘謹地坐著）

あの鯱張った律儀面があたしは大嫌いなんだよ（那樣道貌岸然的嚴肅面孔我最討厭啦！）

### 鰺
鰺〔名〕〔動〕鰺科魚（總稱）、竹筴魚（＝真鰺）

鰺刺〔名〕〔動〕燕鷗

### 鰊
鰊〔名〕〔方〕鯡魚（＝鰊）

鰊、鯡〔名〕〔動〕鯡魚（＝鰊）

鰊油（鯡油）

鰊粕（鯡魚粉－肥料）

身欠き鰊（鯡魚乾）

### 鰯
鰯、鰮〔名〕〔動〕沙丁魚、鈍刀

鰯油（沙丁魚油）

鰯の頭も信心から（精誠所至金石為開、世上無難事只怕有心人）

鰯網で鯨を取る（意外的收穫）

鰯で精進落ち（因一點小事而破戒）

鰯粕〔名〕沙丁魚粉（用作肥料）

鰯雲〔名〕〔氣〕卷積雲的俗稱（＝卷積雲，絹積雲）

鰯鯨〔名〕〔動〕鰛鯨

背黒鰯、鯷鰯〔名〕〔俗〕黑背沙丁魚

## 鰰

はたはた はたはた
鰰、鱩〔名〕〔動〕雷魚
　　はたはた か
　　鱩 科（雷魚科）

## 鱚

きす
鱚〔名〕〔動〕白丁魚、船丁魚

## 鱶

ふか
鱶〔名〕〔動〕鯊魚
　ふか　ひれ
　鱶の鰭（魚鰭）

魚

## 和字鳥部

### にお
### 鳰

鳰〔名〕〔動〕〔古〕鷺鷀（水鳥的一種）（=鳰鳥）

鳰の海〔名〕琵琶湖的古稱

### ひ
### 鵯

鵯〔名〕〔動〕鵯

鵯花〔名〕〔植〕澤瀉

### や
### 鵺

鵺、鵼〔名〕〔動〕〔古〕畫眉（=虎鶫）、想像中的怪物（相傳古時源賴政，從紫宸殿上射下來的猿頭，狸身，蛇尾，手足如虎，鳴聲如畫眉的怪物）。〔喻〕態度曖昧（來歷不明，莫名其妙）的人或事物

    鵺的人物（莫名其妙的人、怪漢）

    鵺的存在（離奇〔不知真像〕的存在）

### つぐみ
### 鶫

鶫〔名〕〔動〕斑鶇

### ばん
### 鷭

鷭〔名〕〔動〕鷭

### しぎ
### 鴫

鴫鴫〔名〕〔動〕鷸

    鷸と蛤が争えば漁夫の利と為る（鷸蚌相爭漁翁得利）

    鷸の看経（呆立不動）

鴫焼き、鴫焼〔名〕〔烹〕醬烤茄子（把茄子切成圓片，抹上油，在火上烤，再抹醬吃）

    鴫焼きを作る（做醬烤茄子）

### 和字麻部

## 麿 まろ

**麿、麻呂**〔代〕〔古〕（第一人稱、男女上下通用）
我（平安時代的自稱）

〔接尾〕男人名（近世用〝丸〟作男孩子名、以代替〝麿〟、如牛若丸，多聞丸）

柿本人麿（柿本人麻呂）

## 參考書目

日語漢字辭典-莊隆福(萬人出版社-2006 年)

日語漢字讀音辭典-左秀靈(名山出版社-1984 年)

日語漢字辭典-曲廣田.王崟(五南圖書出版股份有限公司-2005 年)

日本語概論-顧海根(三思堂文化事業有限公司-2000 年)

日語語音學入門-黃國彥.戶田昌幸(鴻儒堂出版社-2005 四刷)

日本語文法百科辭典-錢紅日(山田社文化事業有限公司-2011 年)

日語詞句與句型手冊-黃偉修(鴻儒堂出版社-1989 年)

詳解日語句子結構-日本上智大學(建宏出版社-1995 年)

大新明解日華辭典-千田勝己(大新書局-1993 年十七版)

新時代日漢辭典-陳伯陶(大新書局-1992 年)

現代日漢大辭典-宋文軍(中國商務印書館.日本小學館-2006 年)

新世紀日漢雙解大辭典-松村明(三省堂-2009 年)

新日本外來語大辭典-田世昌(笛藤出版圖書有限公司-1996 年)

日語大辭典-市古貞次(小學館.尚學圖書-1995 年)

學生辭典-陳秉男(圖解出版社-1986 年)

新超群國語辭典-劉兆祐(南一書局-2002 年)

辭源-王榮文(遠流出版事業有限公司-1988 年)

國家圖書館出版品預行編目資料

日華大辭典(九) / 林茂編修.
-- 初版. -- 臺北市：蘭臺, 2020.07-
ISBN 978-986-9913-79-9(全套：平裝)

1.日語 2.詞典

803.132　　　　　　　　　　　　　　109003783

# 日華大辭典(九)

編　　　修：林茂(編修)
編　　　輯：塗宇樵、塗語嫻
美　　　編：塗宇樵、塗語嫻
封面設計：塗宇樵
出　版　者：蘭臺出版社
發　　　行：蘭臺出版社
地　　　址：台北市中正區重慶南路1段121號8樓之14
電　　　話：(02)2331-1675或(02)2331-1691
傳　　　真：(02)2382-6225
E—MAIL：books5w@gmail.com或books5w@yahoo.com.tw
網路書店：http://5w.com.tw/
　　　　　　https://www.pcstore.com.tw/yesbooks/
　　　　　　https://shopee.tw/books5w
　　　　　　博客來網路書店、博客思網路書店
　　　　　　三民書局、金石堂書店
總 經 銷：聯合發行股份有限公司
電　　　話：(02) 2917-8022　　傳　真：(02) 2915-7212
劃撥戶名：蘭臺出版社 帳號：18995335
香港代理：香港聯合零售有限公司
電　　　話：(852)2150-2100　　傳　真：(852)2356-0735
出版日期：2020年7月 初版
定　　　價：新臺幣12000元整（全套不分售）
ISBN：978-986-9913-79-9

**版權所有・翻印必究**